한 권으로 보는 大河實錄

# 청일전쟁

## 이 책을 읽기 전에

역사는 언제나 꾸밈없이 기록되어야 한다. 그러나 요즘 다시 문제가 된 '일본 역사교과서 왜곡 사건'에서도 엿보이듯 그것이 반드시 그렇지만은 않은 모양이다. 특히 다른 나라와 얽히고설킨 사건의 경우에는 어쩔 수 없이 '팔이 안으로 굽는 식'의 논리가 차용되기도 하는가 보다.

봇물이 터지듯 한꺼번에 수많은 일들이 밀어닥쳐 우리나라 근대사의 막을 연 19세기 후반, 그 때의 가슴아픈 역사를 우리는 이제껏 대개 안에서 울려 나오는 목소리로만 들어왔다. 따라서 이 역시 경우에 따라서는 자기 방어적인 색채를 띨 우려를 은근히 안고 있었다고 해야 할 것이다.

〈강은 흐르지 않고〉라는 원제목의 이 글은 임오군란 직후 청나라 증원군의 막료로 이 땅에 첫발을 디딘 위안스카이[袁世凱]의 이야기로부터 시작되고 있다. 그 후 풍운의 정치가 대원군(大院君)의 체포와 청나라 압송, 혁명가 김옥균(金玉均)의 '3일 천하'와 망명 그리고 암살, 방곡령 사건, 동학군의 궐기, 막강한 청국 북양함대의 처절한 패배 등 이 땅에서 일어난 파란만장한 역사의 파노라마가 생생하게 재현되고 있다.

그것은 바로 남의 눈에 비친 우리의 서글픈 근대 역사 바로 그것이었다.

특히 당시의 신문기사, 외교문서, 궁정기록 등 원저자가 채록한 귀중한 역사의 편린들을 대할 때 새삼 이 글의 가치를 깨닫지 않을 수 없다. 또한 이 작품의 배경이 되고 있는 청일전쟁의 전후상황과 당시의 복잡 다단한 국제정세, 그 속에서 풍전등화처럼 깜박이던 우리 민족의 운명을 마치 신문기사를 쓰듯 객관적이며 날카로운 시각으로 그려낸 저자의 필법에는 절로 찬탄을 금하지 않을 수 없었다.

더구나 일본에 살고 있는 중국인 사학자가 한반도를 배경으로 쓴 실록이란 점이 청국과 일본, 그리고 조선이 주역이던 당시의 정황과 묘한 대비를 이루어 자못 흥미를 자아내게도 해 주었다. 결국 아무 거부감 없이 '소설이되 소설이 아니다'는 억지를 부려볼 수 있는 것이 이 글의 매력이 아닐까 한다.

나는 이 책을 십수 년 전 처음으로 국내에 번역 소개했었다. 마침 1985년 11월 한국을 찾아온 원저자 천수천[陳舜臣] 선생 – 그는 NHK 방송 '실크로드'의 취재작가이기도 했다 – 을 만나 인터뷰 겸 무단번역에 관한 사죄의 인사도 했다. 천 선생은 뜻밖에도 "나의 작품을 번역해 주어 고맙다"고 말하며 동행한 부인에게도 나를 소개시켜 주었다. 그러면서 한국어로 옮겨진 자신의 작품을 꼭 보고 싶다고 했다.

그러나 안타깝게도 당시 나의 수중에는 교정본밖에 남아 있지 않아 원저자의 그 소박한 바람마저 충족시킬 수가 없었다. 그런 사건에다 또 남의 눈에 비친 우리의 역사를 되도록 많은 우리 독자들이 대할 수 있었으면 하는 마음으로 다시 발행하기로 했다.

이 번역서를 내는 데 큰 힘이 되어 준 당시 방송통신대 사학과 정재정 교수님, 소설가 송우혜님, 일본 시사통신(時事通信) 서울지국의 강윤봉님 등 도움을 주신 여러분께 깊이 감사 드린다.

끝으로 이 책이 청소년은 물론 일반인에게도 널리 읽혀져, 전환기의 우리 역사를 새로운 각도에서 반추해 보는 하나의 계기가 되길 빈다. 가슴 아픈 역사가 다시는 이 땅에서 되풀이되지 않도록……

조양욱 씀

〈차   례〉

제1장  제독과 청년 _ 7
제2장  대원군 체포되다 _ 31
제3장  난(亂)이 스쳐간 후 _ 53
제4장  급박해진 사태 _ 75
제5장  전야(前夜) _ 97
제6장  불길이 오르다 _ 118
제7장  붕괴 _ 141
제8장  귀향 _ 161
제9장  복귀의 날 _ 182
제10장  새로운 국면 _ 202
제11장  인내천 _ 222
제12장  자주의 길 _ 242
제13장  북양인 _ 262
제14장  허허실실 _ 282
제15장  파탄(破綻) _ 300
제16장  방곡령 여파 _ 318
제17장  망명 9년 _ 334
제18장  암살 _ 355
제19장  송환 _ 375
제20장  동학궐기 _ 395

제21장 앉으면 죽산, 서면 백산 _ 414

제22장 구우왕래(舊友往來) _ 433

제23장 산 위에 내리는 비 _ 451

제24장 바람은 불어오고 _ 471

제25장 진주(進駐) _ 491

제26장 외국의 개입 _ 511

제27장 청년 떠나가다 _ 532

제28장 제자리걸음 _ 552

제29장 해륙의 서전 _ 571

제30장 북상군(北上軍) _ 590

제31장 평양을 떠나다 _ 607

제32장 연기도 보이지 않고 _ 627

제33장 다음을 목표로 _ 642

제34장 벌남기를 꺾다 _ 660

제35장 여순 함락 _ 678

제36장 동학, 붕괴되다 _ 696

제37장 사절 추방 _ 715

제38장 춘범루(春帆樓) _ 734

제39장 리훙장 저격 _ 753

제40장 종막 그리고 개시 _ 772

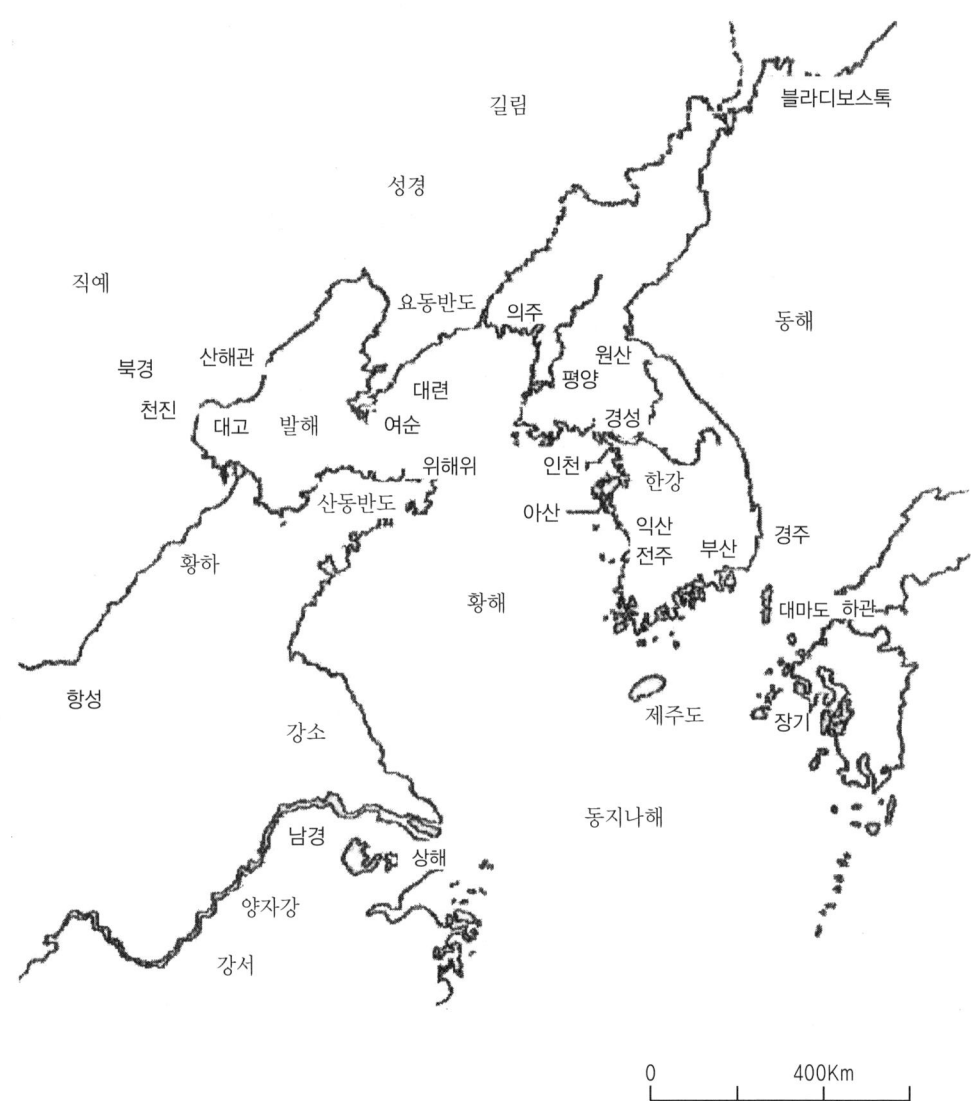

# 제1장 제독과 청년

1

7월, 수사통령(水師統領) 띵루창[丁汝昌] 공과 함께 선단(船團)을 인솔하여 증원군을 투입하다. 또한 띵루창 공과 함께 한경(韓境) 연해(沿海) 일대에 부임하여 삼판선(杉板船)을 띄워 상륙 지점을 탐사하던 도중, 파도에 밀려 배가 좌초하다. 공과 띵루창 공은 맨발이 되어 모래를 밟으며 1리(里)나 걸었다. 암벽을 오르면서 양쪽 발이 모두 터져버리기도. 띵루창 공이 웃으며 말하기를, 환고소년(紈袴少年＝귀한 집 청년)치고는 참 잘하는구나……

이것은 〈용암제자기(容庵弟子記)〉에 보이는 문장이다. 용암이란 위안스카이[袁世凱]의 호이며, 그의 문하생인 선주쎈[沈租憲]과 우카이성[吳闓生]이 편찬한 4권의 저작이 바로 이 책이다. 위안스카이의 사적(事蹟)을 기록한 것이지만 문하생이 펴낸 저서이므로 위안스카이에게 유리하도록 쓰여져 있음은 말할 나위도 없다. 위안스카이 자신의 자랑스런 무용담 정도로 읽어야 할 것이리라. 위에 든 한 구절도 아마 위안스카이가 젊은 날의 추억으로 문하생이나 가족들에게 몇 번이고 되풀이해서 들려 준 정경임에 틀림이 없다.

글 중에 나오는 '띵루창 공'이란 인물은 뒷날 청일전쟁에서 자결한 청국수사 제독 띵루창을 가리키는 것이고 '공'이라고 되어 있는 것은 위안스카이를 말하는 것이다.

그냥 7월이라고 되어 있는데, 1882년 즉 임오년의 7월을 가리킨다. 이 해 조선에서 '임오군란'이 일어나 청국이 군대를 파견한 때의 정경인 셈이다.

3천의 청국 증원군은 경군통령(慶軍統領) 우창칭[吳長慶]의 휘하 군대로 띵루창이 그 수송 책임자였다. 우창칭의 서한에 의하면 선단이 인천 앞바다에 도달한 것은 7월 7일 진시(辰時)였다고 한다. 날짜는 음력으로 표기되었으므로 양력으로 치면 8월 20일에 해당되며 진시는 오전 8시 전후를 말한다. 그러나 이들 증원군이 실제 상륙을 개시한 것은 이튿날 진시였다.

상륙에 거의 하루를 소비한 것은 인천의 상륙하기 좋은 지점에 이미 7척의 일본 선박이 정박하고 있었기 때문에 그곳을 피하여 다른 상륙 지점을 찾느라 많은 시간을 허비한 탓이었다. 청나라 선단은 그곳으로부터 30여 킬로미터 떨어진 남양(南陽) 앞바다에 정박하게 되었다.

상륙 지점을 찾기 위해 위안스카이는 띵루창과 함께 삼판선을 타고 접근하려고 했지만 도중에 배가 파도에 밀려 꿈쩍도 하지 않았다. 그래서 두 사람은 1리 정도를 맨발로 걸어서 상륙했다고 한다. 청나라 시대의 1리는 5백76미터에 지나지 않는다. 그러나 돌 부스러기와 조개껍질이 많은 곳을 맨발로 걸었기 때문에 발은 상처투성이가 되었고 피까지 배어 나왔다. 띵루창은 그것을 보고, "젊은 친구가 제법인데"라고 웃으며 말했다.

위안스카이는 띵루창과 어깨를 나란히 하고 군대를 인솔한 것처럼 표현하고 있지만 이 당시 두 사람의 신분은 큰 차이가 있었다. 뒷날 총독(總督), 대총통(大總統)에까지 이른 위안스카이의 회고담이고 보면 젊은 시절의 신분을 착각했는지도 모른다.

이 당시 띵루창은 파견군 사령관인 우창칭과 동격의 장군이었고, 위안스카이는 우창칭의 한 막료에 지나지 않았다. 막료 또는 막객으로 불리던 사람은 말하자면 개인 비서였으며 국가로부터 정식으로 임명된 관리가 아니었다. 본래 위안스카이는 과거에도 합격하지 못했던 '넌캐리어(Non Career)' 출신이었다.

막료는 자신이 받들고 있는 주인의 추천으로 중앙 정부로부터 임명을 받는 경우도 있지만 그러기 위해서는 그만한 이유가 있지 않으면 안 된다.

위안스카이는 조선에서의 활약에 의해 상전인 우창칭의 추천을 받아 '뜻을 받들어, 동지(同知)로서 임용하며 아울러 화령(花翎)을 하사함'이란 명을 받게 되었다.

'동지'라는 것은 지부(知府=府知事)의 부(副)로서 정5품 관리이다. '화령'이란 것은 공작의 깃으로 만든 장식으로 예모(禮帽)의 뒷부분에 늘어뜨리는 것인데, 특별히 공적이 있는 5품 이상의 관리에게만 하사되었다.

이것은 그 해 9월의 일이었다. 따라서 7월에 있은 조선 상륙 시점에서의 위안스카이는 아직 관직이 없는 인물에 지나지 않았다. 종1품관인 띵루창과는 맞먹을 수 없는 터였다.

"내 발을 한번 보라구!"

모래더미에 주저앉아 띵루창은 위안스카이 쪽으로 발을 내밀었다.

"아니."

위안스카이는 눈을 둥그렇게 떴다. 제독의 발바닥은 얼마나 두꺼웠던지 마치 피도 통하지 않을 것 같았다.

"우린 똑같은 모래밭을 걸어온 거라구!"

띵루창이 말했다.

"굉장하시군요."

"짚신보다는 더 질길 거야."

"마치 소가죽과 같으십니다."

"늘 단련을 해야 한다구. 하하하."

띵루창은 큰 소리로 웃었다.

"대단한데……."

위안스카이는 전혀 꾸밈이 없는 목소리로 제독의 발바닥을 뚫어지게 쳐다보면서 말했다.

'환고소년.'

띵루창은 또 한 번 이 말을 마음속으로 되뇌었다. '환고'라는 것은 흰 연견(練絹)으로 만든 정장할 때 입는 가랑이가 넓은 헐렁 바지란 의미인데, 옛날 귀족의 자제가 즐겨 입었기 때문에 '명문 출신자'를 지칭하는 말이 되었다.

띵루창은 문득 위안스카이를 선망의 눈빛으로 쳐다보았다. 상대는 24세의 무관의 청년이지만 명문으로 알려진 하남(河南) 항성(項城)의 원가(袁家) 출신인 것이다. 띵루창 자신은 안휘(安徽) 여강(廬江)의 빈농에서 태어났다. 그 후 회군(淮軍)의 한 졸개 병졸로부터 출발하여 갖은 고생을 다 경험한 뒤 군의 수뇌로 승진했다. 견습공으로 시작한 다음 고생 끝에 대회사의 사장이 된 사람이 곱게 자란 명문 출신의 신입 사원을 대하며 불현듯 시샘을 느끼는 것과 비슷하다.

그는 발을 모래톱으로 뻗으며 위안스카이의 얼굴을 찬찬히 뜯어보았다.

"왜 그러십니까?"

위안스카이가 물었다.

"자네에게 발바닥을 보여서 부끄럽구먼."

"부끄럽다니요? 무슨 그런 말씀을 다 하십니까? 단련한다는 것은 좋은 일이 아닙니까? 저도 이럴 줄 알았더라면 맨발로 산과 들을 뛰어다니며 발바닥을 단련했을 겁니다."

"지금부터라도 늦진 않다구."

"네, 그렇겠군요. 한번 시작해 볼까요."

"마음 내키는 대로 할 수 있으면 좋지."

띵루창은 중얼거리듯 말했다. 사실 그는 자신의 발을 일부러 단련하려고 한 건 아니었다. 가난한 집안에서 태어나 소년 시절에 신발 같은 것은 신어 본 적이 없었다. 군에 몸을 던진 것도 배고픔 때문이었다. 병졸이 되는 일 자체가 굉장히 굶주린 인간만이 하는 걸로 여겨지던 시대의 일이다.

'걸식보다는 오히려 낫겠지' 하는 생각으로 군에 입대했다. 병졸이 된 사람은 대개 비슷비슷하기 마련이다. 띵루창이 다른 무리들과 달랐던 것은 뜻을 품고 있었던 것이리라. 이왕 군인이 된 다음에야 이 세계에서 두각을 나타내야 한다는 뜻을 세우고 있었던 것이다.

그 날 그 날 쪼들린 생활을 하며 하루벌이 특유의 근성을 갖고 있던 병사들. 그 중에서 조금만 성실하게 하면 두각을 나타내기가 그리 어렵지 않았다. 극단적으로 말해서 보통만큼만 하면 자신은 싫더라도 금방 눈에 띄게 되어 있었다.

그는 류우밍후[劉銘傳]의 부하가 되어 '염군(捻軍)' 토벌에 나섰다. 류우밍후는 리훙장[李鴻章]이 만든 의용군 부대인 '회군'에 소속된 장군이었다. '염군'이라는 것은 남방(南方)의 '태평천국'과 호응하려는 듯이 하남, 안휘, 산동(山東) 지방에서 모반을 일으킨 집단이었다. '염'이란 낱말은 '무리를 이루다'는 의미인데, 그 시초는 농촌 공동체에서 생겨난 떠돌이 집단에서 비롯되었다고 한다. 당시 전매품이었던 소금의 밀매에 관여하고 있었다고도 전해진다. 비합리적인 일을 저지르면 자신을 보호하기 위해 무장을 하게 된다. 기근이 발생하자 부장 집단이 들고 일어났다. 몽고 출신의 장군 셍개린친[僧格林沁]이 몽고 기병을 이끌고 염군과 싸웠지만 허무하게 패배하고 말았다.

그만큼 센 모반군을 리훙장이 분리 작전을 펴서 진압해버렸다. 정부군의 근간은 회군이었다. 띵루창은 염군 토벌에 공을 세워 하급 장교로부터 중견 장교로 승진했고, 또다시 군의 최고 수뇌부에 들어갔다.

"녀석은 글을 읽을 줄 알았단 말이야."

옛 동료들은 반쯤 샘이 섞인 말투로 이렇게 말했다. 확실히 그는 공부하는 걸 좋아했다. 소년 시절뿐만 아니고 군대에 들어간 뒤로도 공부를 계속했다.

그러나 그에게 운이 따랐던 것은 무엇보다도 그가 국군 중에서 몇 사람 되지 않는 해군의 상군이었다는 점일 것이다. 그가 태어난 여강현은 양자강을 끼고 있었다. 따라서 어린 시절부터 그는 물에 익숙했다. 배를 나막신 삼아 자라났다. 고급 장교가 된 뒤 그는 이내 해군으로 자리를 옮기게 되었다. 육군에는 별의별 재주꾼들이 다 모여 있어서 그들을 제끼고 나서기가 어려웠을 것이다. 그렇지만 해군 쪽에는 애초부터 경쟁자가 얼마 없었다.

'순전히 행운일까?'

'아니야, 나는 내 나름대로 노력을 했다구.'

그는 몇 번이고 자문자답을 했다. 외국어를 할 줄 아는 막객을 높은 급료를 주고 고용하여 해군 관계 서적을 번역시키는 등 신지식의 흡수를 위해 애를 써왔던 것이다. 해군에 관한 한 그는 자타가 인정하는 제1인자로 평가를 받았다.

일인자는 외롭다. 해군에 대해서 같은 레벨에서 이야기를 나눌 상대가 없다. 이해받지 못한다는 건 외로운 일이었다.

눈을 감으니 얼마 전 유럽 여행길에 보았던 여러 장면들이 아른거렸다. 안개에 묻힌 런던의 거리, 파리의 개선문, 그리고 베를린의 오페라. 채 1년도 되기 전의 일인지라 추억 속의 장면들은 아직 또렷또렷했다.

리훙장의 명을 받은 그는 군함 구입을 위해 영국에 파견되었으며, 겸사겸사 프랑스와 독일의 해군도 시찰할 수 있었다.

눈을 떴다.

해상에 정박해 있는 청국 선단의 모습이 눈에 들어왔다. 안개에 휩싸여 흐릿한 그림자를 드리우고 있었다. 그가 타고 온 군함 '위원(威遠)', 병사들을 태우고 있는 초상국(招商局)의 '진동(鎭東)'과 '일신(日新)' 그리고 무기와 탄약을 적재한 '태안(泰安)'…….

"위풍당당하군요."

위안스카이가 말했다.

"아직 한참 멀었어."

띵루창이 대답했다. 해성의 선단에서 눈을 떼지 않은 채.

"예에! 이 정도로도?"

"영국의 해군과 비교해볼 때 우리들의 함대는 장난감이나 마찬가지야."

띵루창은 몸을 일으키고 주위를 둘러보았다. 상륙 지점 선정이라는 자신의 임무로 되돌아 간 것이었다.

"뭐 좀 도와 드릴까요?"

라고 위안스카이가 물었다.

"자네에게 도움을 받을 생각은 없어. 다만 해군에 관한 일을 잘 알아주었으면 하는 것 뿐이야."

"해군에 관한 일을?"

"뛰어난 사람에게는 해군을 잘 이해시켜야 하거든."

"제가 어디……. 뛰어난 사람이란 건 당치도 않습니다."

"장래의 뛰어난 사람이라구."

띵루창은 이렇게 말하고 웃었지만 그 옆 얼굴은 쓸쓸하게 보였다.

## 2

청나라와 일본이 제각기 출병을 하게 된 소선의 '임오군란'에 대해 간단히 설명해 두지 않으면 안 된다.

이 사건은 '군란'으로 불리고 있는 것처럼 군대가 중요한 역할을 했다.

조선왕조는 이미 말기적 증상을 드러내고 있었다. 정계는 파벌 투쟁으로 날을 샜고, 관리는 농민을 착취하는 등 부패가 극에 달해 있었다고 해도 과언이 아니었다. 파벌 투쟁의 이면에는 청국과 일본이 끈을 당기고 있었다.

조선은 명나라 때부터 중국을 종주국으로 하고 있었다. 그러므로 도요토미 히데요시[豊臣秀吉]가 조선으로 출병했을 때(임진왜란) 명은 원군(援軍)을 보내주었던 것이다. 명·청 교체기에는 조선은 당연히 양쪽의 힘을 보며 이쪽저쪽 눈치를 살피기도 했다. 청나라에 인질을 보내 복종할 것을 서약했지만, 청나라가 명을 치기 위해 조선군의 출병을 요청해 왔을 때는 이에 따르지 않았던 적도 있었다. 청나라가 나중에 격렬하게 문책을 한 것은 말할 나위도 없다.

청의 태종 숭덕(太宗崇德) 6년(1641년), 청이 명의 금주(錦州)를 공격했을 때에도 조선은 수군 5천 명과 1만 석의 식량을 제공했다. 분명하게 청나라 쪽에 붙었던 것이었다. 세조 순치(世祖順治) 원년(1644년), 청은 중원을 평정한 다음 조선의 인질을 송환하고 진공(進貢)의 액수도 반감해 주었다. 진공액은 그 후로도 점차 줄어들었다.

워이엔[魏源]의 〈성무기(聖武記)〉에는,

조선은 외번(外藩)이라 하여도 실은 내복(內服)과 같음. 강희(康熙) 때 이후, 나라에 큰 기근이 들면 즉각 해운조량(海運漕糧)을 보내 이를 극복시키고, 나라 중의 적을 토벌할라치면 즉각 공이 있는 장수에게 만금(萬金)을 나누어주어 그 공을 치하하다.

라고 적혀 있다.

외번에 대해서 청나라는 그다지 간섭하지 않았다. 이러한 방임정책에 의해 외번은 실질적으로는 독립을 향유하고 있었다. 조선의 경우는 처음에는 오히려 조선 쪽에서 더 청나라에 접근하려고 했었다. 기근이 들면 긴급 원조를 해주질 않나, 심지어는 공신에 대한 상여까지도 부담을 해주었으니 오죽했겠는가?

그렇지만 청은 아편전쟁을 통해 그 무력함을 드러내고 말았다. 조선의 내부에서도 슬슬 청나라에 모든 것을 기대는 것만이 상책이 아니라는 의식이 고개를 쳐들기 시작했다. 바로 그 무렵에 '메이지[明治] 유신(維新)'으로 근대화의 길을 걸으며 실력을 쌓은 일본이 조선으로 진출했던 것이다.

일본은 1876년의 강화도조약에 의해 부산과 원산에 특별거류지를 설치했다. 그 거주지에서는 행정권도 경찰권도 일본의 수중에 있었다. 또한 수입관세 면세의 특권이 있었으므로 일본의 상사(商社)들은 외제 상품을 대량으로 조선에 반입하여 현지의 수공업자들에게 큰 타격을 입혔다. 한편 일본 상사가 곡물을 사재기한 탓으로 쌀값이 배로 껑충 뛰어오르는 사태마저 발생, 서민 생활을 크게 압박하였다. 그런가 하면 일본은 또 군사 교관을 조선에 파견하여 조선의 군대를 일본화 하려고 애를 쓰기도 했다.

일본이 조선에다 친일 세력을 심어 두려고 한 것은 어쩌면 당연한 일이었을 것이다. 친일파들은 스스로를 '개화당' 이라고 불렀다. 현상에 불만을 품고 있는 사람이 많았다. 그들은 정권을 쥐고 있는 그룹을 '사대당' 이라고 부르며 반대를 했다. 사대당에는 여태껏 해 온 대로 청국에 기대려고 하는 생각을 갖고 있는 자가 많았다.

1881년에 이르러서는 일본의 특별 조치에 의해 개화당의 기세는 훨씬 강해졌고, 반면에 사대당의 세력은 약화되는 등 형세가 역전되었다.

'임오군란' 은 그것을 다시 역전시키고자 하는 움직임이었다. 발단은 조선 민중의 반일 행동이었다. 삼릉(三菱) 사원 오부치 요시다케시[大淵吉威], 대창조(大倉組 : 오늘날의 합명회사와 비슷한 형태의 상인 조직)의 사원 고다마 아사지로[兒玉朝二郎], 동본원사(東本願寺)의 승려 츠라겐 켄세이[蓮元憲誠] 등이 일본인 거류지 밖인 안변(安邊)이란 곳에서 격앙된 민중들의 습격을 받아 츠라겐은 즉사하고 오부치와 고다마 두 사람은 중상을 입었다.

이 당시 무슨 일이라도 생기기만 해보라며 호시탐탐 기회를 노리고 있던 사람은 바로 대원군 이하응(李昰應)이었다. 그의 아버지는 제16대 인조의 7세손으로 조선의 왕족 중에는 비교적 왕통과 인연이 멀었다. 그러나 21대 영조의 손자인 은신군(恩信君)의 상속인이 됨으로써 급속히 가까워졌고, 25대 철종이 죽자 종가 서열에 의해 그의 둘째 아들인 이명복(李命福)이 왕위를 계승하였다. 그가 바로 고종인데 나이가 너무 어려 왕의 생부인 대원군이 약 10년간에 걸쳐 섭정을 펴며 실권을 장악했다. 1864년부터 1873년까지를 '대원군 집정 시대' 라고 부른다.

대원군은 팔을 걷어붙이고 개혁을 단행했다. 행정 조직에서 군제, 문교에 이르기까지 구제도에 메스를 가했다. 호적법을 개정하여 양반으로부터도 세금을 징수했다. 그러나 이와 같은 진보적인 면도 있었지만 대외적으로는 양이(攘夷),

쇄국 정책을 고집했으며 천주교를 엄격하게 금압했다.

이처럼 대원군은 민완 정치가이기는 했지만 너무 과격한 면이 있었던지라 그의 정치도 여기저기서 균열이 생기기 시작했다. 그리고 이러한 균열을 그의 정적들은 놓치지 않았다.

대원군의 정적은 바로 고종의 비인 민씨 일족이었다. 대원군으로 볼 때는 자기 아들의 배필로써 그 스스로가 간택한 여성의 본가에 배신을 당한 느낌이었다. 그러나 민씨 일족으로 볼 때는 이미 스물을 넘긴 왕에게 언제까지나 대원군과 같은 후견인이 있어서는 재미가 없었다. 척족이 실권을 쥐는 일이 조선에서는 당연한 일로 여겨졌다.

명성황후와 그녀의 오빠인 민승호(閔升鎬)가 대원군의 실정을 공격하고, 국왕 친정을 주장하며 섭정을 폐지시킨 것은 1873년의 일이었다.

쉰세 살의 한참 일할 나이에 은퇴를 당하고 만 대원군은 지난 9년 동안 절치부심하고 있었다. 국왕의 친정이란 말뿐이었고 실질적으로는 명성황후와 그 배후 세력이 실권을 쥐고 있었기 때문이었다.

그런 참에 반일 소동이 있어났다. 당시 가장 반일 감정이 격렬했던 것은 조선의 군대였다. 일본은 조선에 군사 교관을 강압적으로 파견하여 군대의 일본화를 꾀하고 있었다. 구식 군대의 장병들이 감원을 겁내고 있었던 것은 말할 필요도 없다. 게다가 급료는 1년 분씩이나 밀려 있었다. 지난 6월에야 겨우 1개월 분의 급료를 쌀로 대신 받았는데, 그것이 썩은 쌀이란 걸 안 장병들은 격분했다. 그들은 군자감(軍資監)으로 몰려가 담당 관리를 구타하고 무위도통사(武衛都統使)에게 직소를 했지만 결말이 나지 않았다.

임오군란을 '군란' 혹은 '군변'이라고 하는 것은 이처럼 폭동의 주력이 군대였기 때문이었다. 1년이나 급료도 지급 받지 못한 군사들이 겨우 받은 게 썩은 쌀이라면 어찌 울화통이 터지지 않겠는가. 이것은 자연적으로 발생한 폭동이긴 했지만 기회를 노리고 있던 대원군이 이를 놓칠 리가 없었다.

'너희들이 밥도 먹지 못하는 건 일본 탓이라구.'

'민씨 일당은 일본과 한 패가 되어 있다. 그들을 쳐부수지 않으면 안될 걸.'
대원군은 바로 이때라는 듯이 선동을 했다.

폭동의 목표는 일본 공사관과 민씨 일족이었다.

강화조약이 체결된 지 5년이 지난 해에야 비로소 일본 공사관이 개설되어 있었다. 조선의 군대와 서울의 빈민들은 바로 그 일본 영사관에 불을 질렀다.

공사 하나부사 요시모토[花房義質]는 외무경 이노우에 가오루[井上馨]에게 장기(長崎)로부터 다음과 같은 보고서를 띄웠다.

금월 23일 오후 5시, 격도(激徒) 수백 명, 불의에 일어나 공사관을 습격하고 화살과 돌멩이, 총알을 날리며 불을 지름. 있는 힘을 다하여 방어하길 7시간이 지나도 정부의 원병은 오지 않고, 포위망을 뚫고 왕궁으로 들어가려 했으나 성문이 열리지 않음. 어쩔 도리 없이 인천 부(府)로 퇴각하여 휴식을 취하고 있던 중 동부(同府)의 병사들에게 또다시 불의의 습격을 받아 순사 2명 즉사, 3명 부상, 그 외에도 사상자 있음. 한참 뒤 포위를 뚫고 제물포에서 배에 올라, 26일 남양(南洋:南陽의 誤記) 앞바다에서 영국 측량선 프라잉퓌쉬를 만나 정숭한 대우를 받고, 부상자들도 무사히 이제 막 장기에 도착함. 우(右) 23일 격도들 왕궁과 민태호, 민겸호의 집도 습격했다고 들었음. 특히나 인천에서의 사건도 있었으므로 부산, 원산도 방심할 수 없음. 보호선 '반성함(磐城艦)' 현재 원산에 있으나 그 외에 한 척을 즉각 부산으로 파견하시어 보호할 것을 아울러 아룀. 경성(京城) 그 후의 형편, 국왕은 정부의 변화 안위 여하를 하문(下問)하셨다고 함. 곤도[近藤] 서기관, 미즈노[水野] 대위 외 24명 장기 귀착. 호리에[掘本] 중위 외 8명 생사 불명.

장기 7월 30일 오전 11시 30분  
하나부사 요시노노  
외무경 이노우에 가오루 귀하

나중에 판명된 것이지만 이 사건으로 살해된 일본인은 호리에 중위 이하 13명으로, 그 중 사체가 확인된 것은 12명이었다.

호리에 중위는 일본 정부로부터 파견되어 하도감(下都監 : 일본식 군사 훈련소)에서 조선군의 훈련을 맡고 있던 장교였다.

"호리에는 오랫동안 하도감에 있던 관계로 조선인이 가장 미워하였는데……."

조선에서의 사건을 보도한 〈도쿄일일신문(東京日日新聞)〉의 지상(紙上)에도 쓰여 있듯이 이와 같은 일본의 신식 군대 교육은 결국 구식 군대의 실업자가 생겨나는 원인으로 여겨졌으며, 호리에는 그 원흉으로 현지인들의 증오의 표적이 되어 있었다. 그래서 그는 바로 그 날, 공사관이 아닌 하도감에 있었던 것이다. 호리에 중위는 군중들이 투석을 하는 가운데에 머리띠를 질끈 동여매고 칼을 뽑은 채 뛰쳐나갔다고 한다. 그러나 뒤에서 달려든 자에게 곤봉으로 오른팔을 가격 당해 칼을 떨어뜨렸다. 군중의 한 사람이 그 칼을 집어 들고 호리에를 베었다는 것이었다.

대원군은 왕궁으로 들어가 민씨 일족을 물리치고 정권을 장악했다. 바깥으로 전해진 소식에 따르면 대원군은 왕궁에서 며느리인 명성황후에게 독약을 마시게 하여 살해한 걸로 되어 있었다. 조선 정부도 전국에 복상의 영(국상 선포)을 포고했다. 그러나 명성황후는 충청도 충주로 피신하여 무사하다는 사실이 판명되었고, 정부는 포고했던 복상령을 취소하는 등 법석을 피웠다.

## 3

'응징(膺懲)의 사(師)'

이런 명목으로 일본은 몇 차례인가 군대를 동원했던 적이 있다. 메이지 7년 대만에 출병한 적이 있는데 이것은 청국과의 싸움이 아니고, 표류한 일본인을 살해했던 현지인[그 당시는 생번(生蕃)이라고 부르고 있었다]에 대한 문책의 군대였다. 대외 전쟁을 위해 군대의 동원이 행해진 것은 이 '임오군란'의 출병이 처음이었다.

육군경 대리 야마가타 아리토모[山縣有朋]는 도쿄[東京]와 쿠마모토[熊本]의 진대(鎭台 : 각 지역 주둔 군대로 오늘날의 사단격임)에 동원령을 발하고 후쿠오카[福岡]에서는 혼성 여단을 편성토록 명하는 한편 다른 지역의 진대에도 대기 명령을 내렸다. 해군은 '일진(日進)', '천성(天城)', '금강(金剛)' 등 세 함정에 조선으로 급행할 것을 명했다. 군함 '반성'은 이미 조선 해안을 돌고 있었다. 이 함대의 사령관에는 동해진수부(東海鎭守府)의 사령장관인 니레이[仁禮] 소장이 임명되었다. 육군은 서부감군부장(西部監軍部長)인 타카시마[高島] 소장이 지휘를 맡았고, 오카모토[岡本] 대좌가 참모장이 되었다. 일단 귀국했던 하나부사 공사는 타카시마 소장 일행과 함께 공부성(工部省) 소속의 '명치호(明治號)'에 올라 다시 조선으로 향했다. '명치호'가 인천에 도착한 것은 8월 12일 오전 11시의 일이며, 군함 '금강'은 그보다 사흘 먼저 이미 인천 앞바다에 닻을 내리고 있었다.

8월 20일 위안스카이가 띵루창을 따라 상륙 지점을 찾고 있을 무렵, 하나부사 공사는 서울의 왕궁으로 들어가 국왕을 알현하고 일본 측의 요구를 들이대고 있었다.

국왕의 서한을 갖고 사죄를 위한 특별 사절을 일본으로 파견할 것, 범인의 처형, 피해자 유족에 대한 보상과 손해의 보전(補塡) 및 출병비의 배상, 공사관 보호를 위해 일본군이 주둔할 수 있는 권리를 부여할 것, 개항장의 권익 확대. 여행 제한의 완화 등을 골자로 한 제물포조약이 맺어지게 된다.

"일본이 어떤 식으로 나올까요?"

띵루창이 걸음을 내딛기 시작했으므로 위안스카이는 그 뒤를 따르며 이렇게 물었다.

"무인은 그와 같은 정치 문제에는 관여할 필요가 없어."

띵루창은 무뚝뚝하게 대꾸했다.

"그렇습니까."

입으로는 이렇게 말하면서도 위안스카이는 크게 갸웃거렸다. 띵루창에게는 뒤따르고 있는 젊은이의 동작이 보이지 않았다.

'정치 상황을 이해하지 않으면 임기응변의 결정을 내려야 할 경우가 많은 군사 행동은 하기가 힘들 텐데……. 무인은 좀더 정치에 관심을 가져야만 한다.'

위안스카이는 속으로 이렇게 생각하고 있었다.

"자네는 무인이 아니니까 정치를 논해도 상관은 없겠지."

띵루창은 모래밭을 천천히 밟고 걸어 나가면서 부드러운 목소리로 말했다. 그는 등 뒤의 젊은이에게 호감을 갖게 되었던 것이다.

"아니 그보다 더 크게 다루어 주었으면 오히려 좋겠군. 우리 같은 무인이 안심하고 싸울 수 있도록 말이야. 단지 정치에 관한 걸 나 같은 무인에게 물어 보았자 제대로 대답해 줄 수는 없는 거라구."

"제독님과 같이 경험이 풍부한 분도 말입니까?"

"모르니까 어쩔 도리가 없지."

띵루창은 그곳에서 문득 멈추어 서더니 또 해상의 선단 그림자로 눈길을 던졌다.

"좀 늦어졌군요."

위안스카이도 슬그머니 말머리를 돌렸다. 일본 측의 대응이 신속했고, 그에 비해 청국은 후수가 되었음을 뜻하는 말이었다. 그러나 그렇다고 해서 그렇게 애석해 하는 것 같은 목소리도 아니었다.

'내가 만약 저런 말을 입에 올린다고 치면 훨씬 비분강개한 어조가 되겠지. 이 젊은 친구는 그다지 동요를 하지 않는군. 둔한 것일까, 그게 아니면 침착한 것일까. 어쩌면 좋은 환경에서 자라난 탓일지도 모르지.'

띵루창은 이런 생각을 했다.

"중당(中堂)이 계시지 않으니까 그래."

이렇게 말하며 띵루창은 뒤돌아보았다. 위안스카이는 눈이 부신 듯한 표정으로 하늘을 올려다보고 있었다.

"중당이 계셨더라면 훨씬 빠를 수 있었을까요?"

위안스카이가 반신반의한 표정으로 물었다.

"약간은. 그렇게 여겨지는군."

중당이란 재상을 가리키는 아어(雅語)이다. 국정의 책임자를 당대(唐代)로부터 중당이라고 불렀는데 청대(淸代)에는 재상 제도가 없었다. 군기대신(軍機大臣)도 복수가 있었다. 제도상의 최고위는 대학사(大學士)이지만 그것도 문화전(文華殿), 무영전(武英殿), 문연각(文淵閣), 동각(東閣), 체인각(體仁閣)으로 나뉘어 각기 따로 대학사가 있었다. 그렇지만 그 시대를 대표하는 중심적인 정치가가 없을 수 없으므로 '중당' 이란 호칭은 그 인물에 한해서만 사용되어 왔다.

띵루창이 중당이라고 부른 것은 문화전 대학사이며, 직예총독(直隸總督 : 직예는 지금의 하북성)이며, 북양대신(北洋大臣)을 겸하고 있는 리훙장을 이르는 말이었다. 이 해 4월 리훙장은 어머니를 잃었고, 그 복상(服喪)을 위해 모든 관직에서 물러나 있었다. 본래대로라면 27개월간의 휴직이 인정되는 것이지만 국가 다사의 때였던지라 좀처럼 허가가 나지 않았다. 간신히 백 일에 한해서 복상 휴직이 받아들여졌는데, 임오군란은 바로 그 기간에 발생했던 것이다. 리훙장의 임시대리 명령을 받은 사람은 양광(兩廣) 총독인 짱쑤썅[張樹聲]이었다.

짱쑤썅은 안휘 합비(合肥) 출신, 즉 리훙장과 동향이며 리훙장이 조직한 '회군' 의 최고 간부였다. 상중이라고 하지만 짱쑤썅의 배후에 리훙장이 도사리고 있다는 사실은 누구나 알고 있는 일이다. 그럼에도 불구하고 리훙장이 형식적으로나마 그 직에 없으면, 대응이 늦어도 그가 지휘봉을 휘두르지 않고 있기 때문이라고 생각할 것이다.

'그렇군. 그런 식으로 여겨지는 인간이 되어야겠는 걸. 다섯의 힘밖에 없어도 열의 힘을 갖고 있는 걸로 믿어 주니까.'

위안스카이는 이렇게 생각했다.

띵루창은 '리훙장 신앙'이라고 밖에 부를 수 없는 것을 갖고 있었다. 그렇지만 위안스카이는 어떤 형태로든 신앙과 같은 것은 갖고 있지 않았다. 그러나 신앙이라는 것이 강하다는 사실은 잘 알고 있었다. 작전으로서의 지식인 것이다. 무엇이 자신에게 플러스가 되고 무엇이 마이너스가 되는가, 그것을 냄새 맡는 일에 관해서는 그는 아마 천재라 해도 되리라. 혹은 그것은 동물적인 본능인지도 모른다. 무슨 일이든 그는 그것을 인생의 작전과 연결해 버린다.

위안스카이라고 하면 이내 리훙장 문하의 '삼우오(三羽烏)'나 '사천왕(四天王)'의 한 사람으로 군사 면에 관한 유산 승계자라고 생각한다. 확실히 그렇기는 하지만 이 '임오군란'의 시점에서 그는 아직 리훙장과 직접적인 연관이 없었다. 그가 막료로서 받들고 있는 우창칭이 리훙장 문하로서 회군의 한 간부였다. 따라서 위안스카이는 아직 리훙장과는 간접적인 연분이 있음에 지나지 않았다.

"자네, 몇 살이 되지?"

띵루창은 돌연 화제를 바꾸었다.

"스물네 살입니다."

"그 나이 때 나는 회군의 병졸이었고, 중당께서는 진사(進士)가 되어 있었지. 인생이란 참 변화무쌍한 게로군."

또다시 중당이 화제에 올랐다.

"대단하셨군요."

위안스카이는 약간 목을 움츠리는 시늉을 하며 말하였다. 진사는 과거에서의 최고급 시험 합격자를 말한다. 청대에는 원칙적으로 3년에 한 번씩 밖에 과거를 치르지 않았다. 그 시험을 치르기 위해서는 '거인(擧人)'의 자격이 필요했다. 거인이 되기 위해서는 몇 차례의 시험에 통과하지 않으면 안된다. 어지간한 마을에서는 거인이 탄생하면 온 마을이 떠들썩하게 축제를 벌이기까지 했다. 3년에 한 번, 1만 명 정도의 거인이 베이징[北京]에 모여 시험을 보게 되는데, 이 중에서 진사가 되는 사람은 3백 명 정도에 지나지 않았다. 수험에 연령 제한은 없다. 백발이 되어도 계속해서 시험을 치르는 사람도 있었다. 리훙장의 선배격인 쩡궈후안[曾國藩]이 진사가 된 게 28세 때이며, 린저쉬[林則徐]는 27세, 훗날 '변법파(變法派)'로 활약한 캉유우워이[康有爲]는 38세에 진사가 되었다. 캉유우워이는 진사가 되기 전부터 일류 학자로서 꽤 이름을 날리고 있었다.

24세에 진사가 되었다는 건 확실히 대단한 일이었다.

"자네도 한 번 해 볼 생각이 없어?"

띵루창이 물었다.

"전 딱 질색입니다."

말이 떨어지기도 전에 위안스카이는 이렇게 잘라 말했다. 그런 다음 위안스카이는 정말 즐거운 듯이 웃었다. 진심으로 '제발 그것만은'이라고 여기고 있는 것이다.

"왜?"

"어릴 때부터 학문은 질색이었습니다. 세상에 그만큼 지겨운 것도 없을 걸요."

"사치스럽구나!"

"아니, 왜요?"

"학문을 하고 싶어도 하지 못하는 인간이 이 세상에는 얼마든지 있다구."

띵루창은 마음속으로 '나도 그 중의 하나였지'라고 덧붙였다.

"그건 제독께서도 말씀하시지 않으셨습니까? 인생은 가지가지라구요."

위안스카이는 전혀 거북해 하지 않는 눈치였다.

## 4

대가족이 공동 생활을 하는 경우가 많았던 시대였다. 하남성 항성현에서는 명문으로 알려진 원가도, 현의 북쪽에 있는 장영(張營)이란 곳에서 성채와 같은 주거지를 이루고 있었다. 주변의 사람들은 그곳을 '원채(袁寨)'라고 부를 정도였다.

혈연과 지연이 중시되는 시대에는 일족의 가운데에서 걸출한 인물이 나오면 그 집안은 활기를 띠기 마련이다.

원가에서도 '대관(大官)'이 나왔다. 위안스카이의 작은 할아버지인 위안쟈싼[袁甲三]이라는 인물이 바로 그였다. 위안쟈싼은 1835년(도광 15년)에 진사가 되었다. 쩡궈후안은 3년 후인 도광 18년에 진사가 되었으므로 그 1기 선배에 해당된다. 덧붙여서 말하자면 리훙장은 도광 27년의 진사이므로 쩡궈후안보다 3기 후배가 된다. 청대에는 동기의 진사를 '동년(同年)'이라 하여 친척들 사이보다 훨씬 더 친숙하게 지냈다. 진사가 된 해를 따지는 게 어리석게 여겨지겠지만 그것을 머릿속에 넣어 두면 의외로 이해하기 쉬운 일도 많다.

진사 출신인데도 군무로 이름을 날린 점에서 위안쟈싼은 후배인 쩡궈후안이나 리훙장과 공통점이 있다. 위안스카이가 태어난 1859년(함풍 9년), 위안쟈싼은 '조운총독(漕運總督)'이란 관직을 부여받고 있었지만 그것은 명목상의 것으로 실제로는 염군과의 전투를 지휘하고 있었다.

총독을 배출했으므로 항성현 장영의 원채가 활기에 넘치고 있었던 것은 두말할 필요도 없다. 총독 위안쟈싼도 출정을 나서면서 일족 중에서 신뢰할 수 있는 청년을 골라 막료로 썼다. 이 때 선발된 사람이 위안스카이의 숙부인 위안보우칭[袁保慶]이었다.

중국의 대가족제에서는 사촌을 포함하여 같은 세대는 같은 글자를 한 자씩 이름에 붙이는 예가 많다. 위안스카이보다 1대 위는 '보우[保]'가 바로 그 공유어였다. 위안스카이의 아버지는 위안보우쭝[袁保中]이었다.

위안스카이는 셋째 아들이었다. 그런데 숙부인 위안보우칭에게는 아이가 태어나지 않았다. 위안쟈싼의 막료로서 빈번하게 출정을 나갔던 탓이었던지도 모른다. 아들 복이 많은 위안보우쭝은 위안스카이를 동생인 위안보우칭의 양자로 보냈다.

양자라고 해도 처음에는 같은 '원채' 가운데에서 살았다. 그랬는데 위안스카이가 여덟 살이 됐을 때 양부인 위안보우칭은 산동성(山東省)의 도원(道員)으로 임명되었다. 도원은 도태(道台)라고도 불렸는데 정사품의 관직이었다. 위안스카이는 양부를 따라 산동으로 갔다.

그럭저럭 세월이 지나 위안쟈싼의 친우였던 마씬이[馬新貽]가 양강총독(兩江總督)이 되었다. 그는 같은 도원이라면 강소(江蘇) 쪽보다 나을 거라며 처음에는 양주(揚州), 다음에는 남경(南京)으로 위안보우칭을 위해 자리를 마련해 놓고 맞아 주었다. 양자인 위안스카이가 임지를 따라 동행한 것은 물론이다. 남경이 생활하기 좋았던지 양부 위안보우칭이 남경으로 전임한 후 실부인 위안보우쭝 일가도 남경으로 이사를 왔다.

위안스카이는 개구쟁이 대장이었다. 양부모는 친아들이 아니었기 때문에 어느 정도는 위안스카이를 놔서 길렀다. 친부모 쪽도 함께 살게는 되었지만 일단 동생에게 양자로 보낸 아들이므로 위안스카이에 대해서는 그다지 심하게 나무라지를 못했다. 어린 위안스카이는 그러한 상황을 잘 이용했다.

위안스카이는 양쪽 아버지로부터 모두 귀여움을 받았다. 가정 교사도 있었지만, "언제나 땡땡이를 쳤다"라고 그 자신이 고백하듯이 허구한 날 공부를 등한시했다.

가정 교사의 한 사람으로 곡(曲)이라는 인물이 있었는데 이 사람은 권법(拳法), 마술(馬術) 그 밖의 온갖 무예에 출중했다. 위안스카이는 읽기, 쓰기 공부는 제쳐두고 곡 선생에게 무예를 배우는 데 온 정신이 팔려 있었다. 열두세 살 때부터 야생마에 올라타는 재간을 부렸다.

위안보우칭은 남경 재임중 1874년(동치 13년)에 죽었다. 위안스카이의 나이 열여섯이었다. 강남(江南)에서의 생활은 5년 동안 계속되었다. 그러는 사이에 양강총독은 마씬이, 쩡궈후안, 허징[何璟], 짱쑤썅으로 교체되었다. 마씬이는 재임중에 암살되었고, 쩡궈후안도 재임중 병사했다. 급거 교체되어 온 허징은 부친상을 당하여 복상을 위해 현직을 떠났으며, 강소순무(巡撫)였던 짱쑤썅이

제1장 제독과 청년

대리 근무를 하게 되었다. 겨우 5년 동안의 일이었다.

소년 위안스카이의 눈에는 그것이 어떻게 비쳐졌을까?

양부 위안보우칭의 장례는 친우였던 류우밍후와 우창칭이 치상위원(治喪委員)이 되어 성대하게 거행되었다. 치상위원은 고인의 유족들 일까지도 배려를 한다. 위안스카이는 여덟 살에 떠나온 항성현으로 되돌아가게 되었다.

위안스카이가 정부 고관의 아들로서 남경에 있을 동안, 그 지역의 장관이었던 총독 중에서 쩡궈후안은 리홍장의 선배이며 마씬이와 허징은 리홍장과 동년의 진사였고, 짱쑤썅은 리홍장과 동향으로 회군 출신이었다. 양부의 치상위원이었던 류우밍후나 우창칭도 리홍장이 조직한 회군의 간부였다.

직접적인 관계는 없었다고 하지만 위안스카이가 리홍장의 파벌에 들어갈 것은 이미 정해져 있던 일이었다. 아마도 소식통들은 이미 그런 식으로 분류를 해 두고 있었는지도 모른다.

양부의 사후, 위안스카이는 고향으로 돌아와 빈둥빈둥 놀고 있었다. 당숙이었던 위안보우헝[袁保恒]이 그것을 보고,

"머리 좋고 똑똑한 젊은 녀석이 저게 뭐람. 하는 일 없이 진종일 빈둥거리다니. 지금 공부하지 않으면 나이를 먹으면 후회하고 말걸. 그렇지! 시골에 있으니까 천하태평인 거야. 이 녀석을 베이징으로 보내야지."

라며 야단을 쳤다. 베이징에는 보항의 동생인 위안보우링[袁保齡]이 있었다. 직예의 후보도(侯補道), 바꿔 말하자면 도원 후보였다. 위안스카이로서는 같은 당숙인 셈이다. 위안보우링은 어느 쪽이냐 하면 관리라기 보다는 학자 타입이었다. 일족의 자제를 교육하기에는 안성맞춤이었다. 그 위에다 베이징에는 시험을 보기 위해 상경해 있는 서생들이 많았다. 경쟁 의식에 의해 향학심을 불러일으키게 되기를 위안보우헝은 기대하고 있었다.

그 이듬해, 위안스카이의 친아버지인 위안보우쫑이 죽었다.

비슷한 무렵 일족 중에서는 자제들에 관해 가장 엄격했던 위안보우헝이 협감(陝甘) 총독 좌종당(左宗堂) 군영의 주천진주(酒泉進駐) 책임자에서 이부우시랑

(吏部右侍郎)으로 전근이 되어 베이징에 부임해 왔다.

'정말 지독했었지, 그 시절은.'

그 시기를 떠올리면 위안스카이는 반드시 양미간을 찌푸렸다. 위안보우헝은 본래부터 엄격한 사람이었지만 그 위에다 족장 의식까지도 갖고 있었기 때문에 스스럼없이 체벌을 가했다.

양부모에게도 친부모들에게도 귀여움을 받아왔던 위안스카이가 난생 처음으로 엄격한 감독자를 만난 꼴이었다. 그는 체벌을 무서워하지는 않았다. 그보다는 공부가 하기 싫었다. 하루종일 책상 머리에 앉아 있기보다는 차라리 당숙으로부터 실컷 얻어맞는 쪽이 더 좋았다.

그 이듬해 그는 귀향하여 향시(鄕試)에 응시했지만 보기 좋게 낙방을 했다. 향시에 합격해야 비로소 진사의 수험 자격인 거인이 될 수가 있다. 그는 첫 관문에서 막혀버린 셈이었다. 그 대신 귀향한 김에 친어머니와 양어머니의 권유로 우(于)씨 댁 처녀와 결혼을 했다.

그는 열여덟 살 때 처를 데리고 베이징으로 돌아왔는데 바로 이 무렵에 하남 일대에는 한발이 들었다. 위안보우헝은 이를 구제하기 위해 하남으로 파견되었고 위안스카이도 그 뒤를 따라 다시 귀향했다.

1878년(광서 4년) 4월, 위안보우헝은 하남의 개봉(開封)에서 사망했다.

위안스카이의 나이 스물이었다. 용서를 모르던 감독자의 죽음에 그는 내심 안도의 숨을 내쉬었다.

'내가 그럭저럭 이 정도나마 서적을 읽고, 남부럽지 않게 글을 쓸 수 있는 것도 사실은 당숙의 덕분이야.'

뒷날 그는 자주 이렇게 술회하기도 했다.

그렇지만 당숙 위안보우헝의 죽음에 그는 상당한 해방감을 맛보았다. 그는 수중에 있던 모든 책들을 불질러버렸다.

'이제 공부 같은 건 하지 않아도 된다!'

그는 그 당시 친구들을 향해,

"대장부가 될 자의 뜻은 사해(四海)에 있다! 언제까지고 답답하게 필묵 따위에나 파묻혀 아까운 세월을 보내고 말거냐."
라고 말하곤 했다.

'장부, 사해에 뜻을 둠'이란 삼국의 시인 조식(曹植)의 시구이다. 그는 그것을 인용했다.

철저한 공부 혐오주의자였지만 시에 관해서만은 그렇지도 않았다. 사서오경의 암송 따위는 지겨워 가만히 배겨내질 못했지만 좋아하는 시는 제 스스로 암송하기도 했다.

당숙이 죽은 해 위안스카이의 처는 사내아이를 낳았다. 바로 위안스카이의 장남인 극정(克定)이다.

2년 후인 1880년 그는 산동 지방의 해안 경비를 책임지고 있는 경군통령 우창칭을 찾아갔다. 양부의 친우이며 그 치상위원을 맡아 준 인물이었다. 위안스카이가 온다는 말을 들었을 때 우창칭은 약간 고개를 갸웃거리며, "원가 집안의 그 문제아로군"이라고 말했지만 잠시 뒤, "뭐, 괜찮겠지. 의외로 쓸모가 있을지도 모르지"라며 혼자 소리를 하듯 중얼거렸다.

친구의 가정에 관한 이야기를 우창칭은 여러 경로를 통해 듣고 있었다. 위안스카이가 학문을 기피하는 것이라든가 그의 방탕벽은 공공연한 사실이었다.

우창칭 자신도 그렇게 학문은 좋아하지 않는 편이었다. 그는 진사 출신이 아니며 회군에 참가하여 승진했던 것이다. 리훙장을 따라 전장(戰場)을 돌아다녔지만 학문을 한 인간이 전쟁에 도움이 되지 않는다는 사실을 진저리가 나도록 느끼고 있었다.

친구의 아들이 소년 시절부터 기마나 격검을 좋아했다는 소문은 어느 사이엔가 우창칭의 귀에도 들어가 있었다. 그런 인간이 오히려 바람직한지도 모른다.

회군은 국군의 일부라는 면 외에, 리훙장의 사병단이라는 면도 갖고 있었다. 우창칭이 지휘하는 사단을 '경군(慶軍)'이라고 부르고, 류우밍후의 군대를 '명군(銘軍)', 짱쑤썅의 군대를 '수군(樹軍)'이라고 칭하는 것처럼 군대 이름에도 개인의 이름이 덧붙여져 있었다. 거기서 알 수 있듯이 청 말의 군대는 거의 사물화되어 있었다. 그 대신 '두목'은 자신의 주머니에서 군대를 먹여 살릴 비용을 염출해 내지 않으면 안되었다.

'좋다, 원가의 문제아를 막료로 써보자.'

우창칭이 이렇게 정한 이상 그걸로 끝이었다.

과연 위안스카이는 실로 마음에 드는 귀한 인물이란 걸 알게 되었다. 우창칭은 조선행을 명받았을 때 위안스카이를 수행원 속에 포함시켰다.

"중당이 계셨다면 적어도 이틀이나 사흘은 빨랐을 게야."

중당 신앙신을 품고 있는 띵루창은 또다시 리훙장에 언급했다.

"그보다 어서 상륙 지점을 찾아야지요. 어떤 곳이 좋을까요?"

젊은 리얼리스트인 위안스카이가 베테랑 로맨티스트인 띵루창을 현실로 불러들였다.

"그렇군. 하다 못해 바다가 잔잔해 주기라도 했으면……."

이렇게 말하며 띵루창은 고소(苦笑)를 지었다. 좀체 현실로 돌아오지 않는 것이었다.

일본이 조선에의 파병을 결정한 사실을 재빨리 청나라 쪽에 전해준 인물은 실은 독일 공사였다. 일본의 배후에 영국이 도사리고 있다고 여긴 독일은 청나라를 출병시키려고 했다.

조선으로 향하기 위해 산동반도의 인태(烟台)에 집결한 청국 선단은 석탄을 적재하는데 의외로 시간이 걸렸다. 그래서 하루가 늦어진 음력 7월 5일에 일단 출범을 했지만 해상에서 폭풍을 만나 되돌아오는 바람에 다시 하루가 더 늦어졌던 것이다.

사실은 일본 측도 군함 '천성'이 막 횡병(橫浜)을 출발하려 할 때에 승무원들 중에 티푸스 감염 용의자가 있어 함내 소독을 실시하느라 하루가 지연되고 있었다.

"여기까지 와서 중당의 복상이니, 시간 타령을 해봤자 소용이 없지 않겠습니까?"

위안스카이가 내뱉듯이 말했다.

"음······."

띵루창은 위안스카이의 눈을 응시했다. 위안스카이는 둥근 눈을 빙글빙글 굴렸다. 귀엽다고 말해도 좋을 정도의 표정이었다.

띵루창은 원가의 사람들을 몇 명 알고 있다. 위안쟈싼이나 위안보우칭과는 염군과의 전투에서 어깨를 나란히 하고 싸운 적이 있었다. 위안보우형과도 면식이 있었다. 그렇지만 위안스카이는 원가의 누구와도 다른 멋이 느껴졌다. 도대체 '겁 먹는다'는 걸 모르는 듯했다. 너무나 청년답고 시원시원해 보였다. 그 모습은 거북함이 없는 자연스러운 것 같기도 했고, 일부러 지어낸 표정인 것 같기도 했다.

# 제 2 장 대원군 체포되다

1

조선의 임오군란에 관한 청국 측의 기록을 보면 우창칭, 띵루창 두 제독 외에 총병 우쪼우유우[吳兆有], 하남 후보도 워이룬셴[魏倫先], 부장(副將) 짱꽝첸[張光前], 같은 부장인 허쩡주[何增珠] 등의 이름이 자주 등장한다. 한편 증원군이 도착할 때까지 조선 해안에서 잘 버티고 있던 도원 마쩬중[馬建忠]은 우창칭의 오른팔이라고 할 정도로 중요한 인물이었다. 위안스카이나 그의 선배인 짱쩬[張謇]의 이름은 아직 등장하지 않는다.

주문(奏文)이나 상유(上諭)의 문중(文中)에 이름이 나오지 않는다는 것이 반드시 그 인물이 중요한 역할을 수행하지 않았다는 증거가 될 수는 없다. 우창칭의 막료였던 위안스카이는 정식으로 임관되어 있지 않았기 때문에 청조 천자의 직접적인 신하, 즉 '천조관원(天朝官員)'은 아니었다. 그러므로 공문서에는 등장하지 않는다. 그가 한 일은 우창칭의 업적 속에 함께 파묻혀버리고 마는 것이다. 위안스카이뿐만 아니고 막료라는 직책은 대개 그런 것이었다. 우창칭의 막하에 있던 짱쩬도 같은 처지였다는 것은 말할 나위도 없다.

짱쩬은 강소성 남통(江蘇省南通) 사람으로 자를 계직(季直)이라고 한다. 위안스카이보다 여섯 살 위였으므로 만 서른 살이었다. 어릴 적부터 신동이란 소문이 자자했다. 통주(通州)의 지주(知州＝知事)였던 우원진[孫雲錦]이라는 인물로부터 귀염을 받았는데, 그가 남경으로 전근하게 되었을 때 개인 비서로서 동행, 매달 은 10냥의 봉급을 받게 되었다. 이 때 그의 나이 스물한 살이었는데, 당시로서는 높은 봉급이었다. 그러나 짱쩬에게 있어서 이 남경행은 금전으로 따질 수 없는 인생의 중대한 전기가 되었다. 남경은 중국의 부도(副都)였다. 그는 그곳에서 수많은 사람들을 사귈 수 있게 되었다.

후일담이지만 이로부터 12년 후 짱쩬은 때늦은 진사가 되었는데, 그 성적이 일갑일명(一甲一名), 즉 수석 합격이었다. 진사의 수석 합격은 장원이라고 하여 천하 제1등의 재능을 인정받는다. 이것을 보아도 짱쩬이 얼마나 문재에 뛰어난가를 알 수 있다. 그는 시문응수(詩文應酬)의 자리에 자주 초대되었다. 문재로 인해 유력자들과 가깝게 지낼 수 있는 기회가 많았다. 스물네 살이 되던 해 그는 우창칭의 막료가 되었다.

우창칭과 우원진과는 아버지 대로부터 친밀한 사이였다. 소위 세교(世交)였던 것이다. 그 당시 우창칭은 '기명제독(記名提督)'으로 '실수총병(實授總兵)'이었다. '기명'이라는 것은 그 관직명을 사용하긴 해도 실제로 그 직을 부여받고 있는 게 아니다. 이에 비해 실제의 직책을 '실수'라고 한다. 제독이 중장이라면 총병은 소장이라고나 할까, 아무튼 그런 관계였기 때문에 우창칭은 '세교의 친우'인 우원진으로부터,

"나에게 뛰어난 문재를 갖고 있는 청년이 있다."

라는 자랑을 듣게 되었고, 짱쩬의 시문을 보게도 되었다.

회군 출신이므로 우창칭이 애초부터 무인이었던 걸로 생각하기 쉽지만, 사실 그는 처음에는 서생이었다. 그래서 그는 '유장(儒將)'이라고 불리는 것을 더없이 좋아했다. 시문에 대한 안목도 날카로왔다.

"흐음."

우창칭은 짱쩬의 시문을 보며 자기도 모르는 사이에 탄성을 올렸다. 대단한

문재였다.

"훌륭한 솜씨지요?"

우원진은 코를 벌름거렸다.

"확실히 이건 훌륭하군. 그런데 이 청년을 나에게 넘겨주실 의향은……."

우창칭은 불쑥 이렇게 말했다. 그 자신이 제법 문학적 재능을 갖고 있었으므로 자신의 막료들이 쓰는 문장이 항상 마음에 차지 않았다. 아이들을 위해 선생을 고용하고 있었지만 여기에도 불만이 많았다. 좀더 우수한 문서 담당자와 가정 교사가 필요했다. 이 정도의 시문을 짓는 인물이라면 문서 담당자를 시키든 가정 교사를 시키든 틀림이 없을 것 같았다.

"그건 곤란한데요. 총독으로부터도 말이 있었지만 딱 잘라 거절했습니다."

우원진은 고개를 설레설레 저었다.

그 당시 남경에 있던 양강 총독은 복건(福建) 출신의 선보우정[沈葆楨]이었다. 아편전쟁에서 활약한 린저쉬의 사위였다.

"총독과 나는 달라. 나는 당신과 선친대부터의 친우가 아닌가. 선보우정 총독은 이게 아니라도 인재를 모을 수 있는 힘을 갖고 있지만 나에게는 그런 힘이 없어. 언제나 그 점이 안타까워 견딜 수가 없었지. 세교의 부탁이오. 부디 이런 문재를 갖고 있는 인물을 내게 양보해 주시오."

우창칭은 끈질기게 짱쩬을 넘겨 줄 것을 요청했다.

결국 우원진도 꺾이고 말았다. 그는 짱쩬의 재능을 진심으로 아끼고 있었다. 운하수복(運河修復)의 서기(書記)에 지나지 않는 자신에게 매여 있는 것보다 실력자인 우창칭의 막료가 되는 편이 짱쩬에게도 훨씬 출세의 기회가 많아지겠지 하는 생각에 우원진은 짱쩬의 이적에 동의했다.

"다시 태어났다는 마음가짐으로 힘껏 노력해 보게나."

이런 격려의 말을 하며 우원진은 짱쩬을 떠나 보냈다.

짱쩬의 아명은 장태(長泰)였는데 열여섯 살 때 육재(育材)로 바꾸었고 자를 수인(樹人)이라고 했다. 그런데 우창칭의 막료가 된 것을 계기로 다시 개명을 했다. 이름은 쩬, 자는 계직이라고 했다.

짱쩬이 우창칭의 막료가 된 지 5년째에 위안스카이가 같은 막료로 들어왔다. 이쪽은 소망을 해서 들어온 것이 아니라 부친과의 교우에 빌붙어 굴러 들어온 것이었다.

위안스카이가 우창칭에게 온 다음해가 바로 임오년이었다.

짱쩬은 스스로 연보를 작성했는데 그것에 의하면 우창칭은 등주(登州)의 저택으로 찾아온 위안스카이에게 짱쩬을 교사로 붙여 공부를 시키려고 했던 모양이다. 그렇지만 위안스카이의 공부에 대한 혐오는 지독한 것이었다. 작문을 시켜 보면, "문자무예(文字蕪穢=글씨는 거칠고 악필이며), 편(篇=문장)을 지을 능력도 없음"이라고 하는 정도였고, 첨삭을 해보려고 해도 전혀 손을 댈 수도 없는 지경이었다고 한다. 그런데 우연히 우창칭의 막영의 사무가 몹시 바빠졌을 때, 짱쩬이 시험삼아 위안스카이를 조수로 써 봤더니 조목조목 따지는데 빈틈이 없고 대단히 숙련된 솜씨를 갖고 있다는 사실을 발견했다. 공부는 싫어했지만 실무의 재능은 있었던 것이다.

조선으로의 출장을 명받았을 때 우창칭은 막료 중에서 누구를 데리고 가고 누구를 남겨둘까에 대해 수석 막료라고 할 수 있는 짱쩬과 상의를 했다.

"위안스카이는 꼭 데려가야 합니다. 반드시 도움이 될 것입니다."

짱쩬은 주저하지 않고 대번에 위안스카이를 추천했다.

'과연 위안스카이를 데리고 오길 잘했다. 지금 쓸 만한 인물은 녀석밖에 없거든.'

군함 '위원호' 안에서 우창칭은 이렇게 생각했다.

굉장한 폭풍우를 만나자 그렇게도 위풍당당한 강철함도 나뭇잎과 같이 파도 위에서 춤을 췄고, 모두들 배멀미를 하느라 제정신이 아니었다. 해군 장병들조차도 반죽음 상태였다. 그런 가운데에서 배를 타본 적도 없는 위안스카이만이 천연덕스럽게 콧노래를 부르고 있었다.

'대단한 신경이로군. 어쩌면 신경 따위는 갖고 있지 않을지도 모르겠구먼.'

우창칭은 이렇게 생각했다. 확실히 모두가 뱃멀미에 나뒹굴어져 있으니 도움이 될 만한 인물은 위안스카이 한 사람에 불과했다. 문필의 천재인 짱쩬도 늘어져 있었다. 실무에 있어서는 내로라하는 쭈밍판[朱銘盤]이라는 막료도 새파랗게 질린 얼굴에 얼이 다 빠져버린 듯 멍청하게 눈만 뜨고 있으니 아무 쓸모가 없었다.

남양부 앞바다에 정박하고 있던 청국 선단에서 제독 띵루창이 직접 상륙 지점을 조사하기 위해 삼판선을 타고 해안 가까이 가게 되었다.

"그쪽에서도 동승할 사람을 한 명 차출해 주십시오."

띵루창은 우창칭에게 이렇게 요청해 왔다.

같은 제독이라도 우창칭은 이미 '실수'였으며 띵루창은 아직 '기명'에 지나지 않았다. 그렇지만 띵루창은 해군 제독이었기 때문에 상륙 지점 조사는 자신의 의사대로 할 수 있었다. 그렇더라도 동격, 아니 조금 격이 높은 우창칭이 있으므로 그쪽에서 사람을 보내 주었으면 좋겠다고 요청한 것이었다. 나중에 가서 '제 마음대로 정하다니'라고 비난을 당하지 않기 위한 수단이기도 했다. 띵루창의 요청을 받은 우창칭은 즉석에서,

"위안스카이라는 젊은 친구를 동승시킵시다. 원기가 있는 편이 좋으실 테니까."

라고 대답했다.

"아아! 바로 그 항성 원가의 젊은이입니까?"

띵루창도 위안스카이라는 젊은이를 주시하여 그 출신이나 경력을 듣고 있던 참이었다. 거의 전원이 비실비실거리며 초죽음이 되어 있는 속에서도 무엇이 즐거운지 몇 그릇씩 밥을 먹어 치우고 유유히 돌아다니고 있으니 자연 눈에 띄기 마련이다.

"그렇습니다. 앙가의 자제이긴 하지만 도움이 되리라 생각합니다. 사양 마시고 써 주십시오."

"그 친구라면 아무리 혹사를 시켜도 비명을 올리는 따위의 일은 없을 겝니다."

이런 이야기가 오고간 뒤에 위안스카이는 띵루창의 삼판선에 동승하게 되었던 것이다.

## 2

"일본의 하나부사 공사는 이미 나흘 전부터 한성에 들어가 있습니다. 무슨 말을 하고 있는지는 알 수 없습니다만 우리 청국도 여기서 우물쭈물하고 있을 때가 아닙니다. 서둘러 군대를 보내야만 합니다."

마쩬중이 이렇게 역설했다.

임오군란이 발생했을 때 복상중이던 리훙장의 대리로써 북양대신의 직에 있던 짱쑤썅은 도원 마쩬중과 기명제독 띵루창 두 사람을 현지로 파견했다.

동도 관변(東渡觀變). 즉 동으로 건너간 사변을 관찰하라는 것이었다. 띵루창은 일개 무인일 뿐이므로 관찰은 오로지 마쩬중의 책무였다.

마쩬중은 가톨릭 신자이며 프랑스에도 유학했다. 중국에서는 가장 빠른 시기의 유럽 유학생이며 해외 사정도 잘 알고 있는 인물이었다. 더군다나 그는 조선의 실정에 밝았다.

이 해 3월, 마쩬중은 미국과 조선의 수호 조약 체결에 입회하기 위해 조선으로 건너왔던 적이 있었다. 이 조미수호조약의 배후에는 리훙장의 뜻이 움직이고 있었다. 미국은 페리의 포하(浦賀) 내항(來航)에 의해 1854년에 일본과의 화친 조약을 맺고, 이어서 조선을 주목하고 있었다. 1886년에는 조선 근해에서 침몰한 미국 상선의 선원이 살해된 사건이 두 차례나 발생했다. 그런 일이 없도록 우호 조약의 체결이 시급했지만 만족할 만한 결과를 얻을 수 없었다.

1871년에는 미국 군함에 의한 강화도 공격 사건이 발생했다(신미양요). 1878년, 미국 정부는 슈펠트 제독을 파견하여 일본의 중개로 조선 당국과의 접촉을 꾀했지만 이것 역시 성공하지 못했다. 그렇지만 미국이 일본에다 주선을 의뢰했다는 사실은 청국의 사실상의 재상인 리훙장을 자극했다.

리훙장은 중요 문서를 넣어둔 서랍에서 황쭌쎈[黃遵憲]이 보내온 〈조선책략(朝鮮策略)〉이라는 문서를 꺼냈다. 리훙장은 6년 전에 황쭌쎈을 만나 한참 이야기를 나누어 본 뒤, "패재(覇才)가 될 터"라고 칭찬했던 일을 기억해 냈다. 황쭌쎈은 그 해에 주일 공사관의 참찬(參贊)이 되어 일본으로 부임해 갔던 것 같다. 그리고 금년 1월, 샌프란시스코 총영사로 전임되었다.

중국에서도 일본에서도 황쭌쎈은 시인으로 알려져 있다. 청대 260년의 대시인을 다섯 명만 들라고 한다면 황쭌쎈도 그 중 한 사람으로 들어가리라. 대시인으로서의 일면이 너무 강렬하지만 그는 우수한 외교관, 그리고 애국자라는 면도 있었다. 황쭌쎈의 조선 문제에 관한 의식은 '조선의 화근은 러시아에 있음'이라는 데서 출발하며 그런 까닭에 '청국과 일본은 조선과 관계를 맺고 러시아의 침입에 대비하지 않으면 안 된다' 라고 역설하기도 했다. 부동항을 구하고 있는 러시아의 저돌적인 남하 본능을 황쭌쎈은 외교관적인 감각과 시인적인 감각의 양면에서 다 감지하고 있었다.

리훙장은 〈조선책략〉을 다시 읽어보았으나 황쭌쎈의 의견에 전적으로 찬성한 것은 아니었다.

'일본에 4년씩이나 주재하고도 일본에 대한 의식이 너무 느슨해.'

리훙장은 황쭌쎈의 의식 구조에 대해 이와 같은 평가를 내렸다. 다만 조선 문제가 국제 문제라는 의견에는 동감할 수 있었다.

'조선 당국이 거절한 것은 다행이지만 만약 미국이 일본의 중개로 조선과 회담을 갖고, 그것이 계기가 되어 조선에서 미·일의 힘이 강해진다면 과연 어떻게 될까?'

이 설문의 답은 뻔했다. 지금도 명목일 뿐인 청국의 조선에 대한 종주권은 더욱더 약화될 것임에 틀림이 없다.

그렇게까지 미국이 조선에 집념하고 있다면 차라리 종주국인 청국이 중개를 서 줄 수도 있지 않을까? 어떻게 하든지 조선에 관해서만은 일본과 미국을 갈라

놓지 않으면 곤란하다. 리훙장은 이런 생각으로 미국 제독 슈펠트를 톈진[天津]으로 초대했다. 당시 직예총독의 주재지는 보정(保定)에서 톈진으로 옮겨져 있었다.

톈진에서 밥상을 다 차려 놓은 다음 조선으로 가서 교섭을 계속하도록 했다. 이 당시 청국 대표로 조선에 파견된 인물이 프랑스어와 영어에 능한 마쩬중이었다.

'조미수호조약'의 문제점은 조선을 독립국으로 간주하고 조약을 체결하려고 하는 미국에 비해 청국은 어떻게 해서든 종주권을 주장하려고 하는 데 있었다. 결국 미국 측의 끈질긴 반대로 조약 속에 '조선은 청국의 속방이다'는 문구는 삽입할 수 없었다. 단지 조선 국왕은 별도로 미국 대통령 앞으로 각서를 보내 속방에 관한 것을 그 속에 피력하고 말미에다, "대조선국 개국 491년, 즉 광서 8년 3월 28일"이라고 표기하기로 했다. 그러나 미국 대통령은 이 각서에 답신을 보내지 않았다. 그런 타협안으로 조약은 성립했고 뒤이어 영국, 독일 등이 그것을 모델로 조약 체결 교섭을 시작했다. 마쩬중은 조선에 머무르면서 청국 대표의 자격으로 그러한 외교 교섭에 관여했던 것이다.

그런만큼 마쩬중보다 '외교 면에서 바라본 조선의 정세'에 밝은 사람은 없었다. 바로 그 마쩬중이 일본의 신속한 행동을 보고 초조해 하고 있는 것이다.

'동도 관변'을 명받은 마쩬중은 함께 간 띵루창에게,

"일본은 틀림없이 출병할 테니까 우리나라도 증원군을 파견해야만 한다. 급히 귀국하여 군대를 이끌고 와 주시기 바란다"라는 청을 넣었다. 관위는 마쩬중 쪽이 조금 낮았지만 이런 일에 관해서는 그가 띵루창에게 명령할 수 있는 권한을 갖고 있었다.

띵루창은 급거 귀국하여 우창칭을 지휘관으로 하는 4함 6영(四艦六營)의 군대를 이끌고 다시 조선으로 향했다. 1영은 5백 명이므로 3천의 병력이었다. 위안스카이나 짱쩬은 지휘관 우창칭의 막료로서 이 때 처음으로 조선으로 건너간 셈이다. 이 증원군을 기다리고 있던 마쩬중은 한숨 돌릴 겨를도 없이, "빨리 서울로!"라고 재촉을 했다.

확실히 우물쭈물하고 있을 형편이 아니었다.

띵루창이 증원군을 데리고 오기 위해 조선 해안을 떠난 것은 6월 29일(양력 8월 12일)의 일이었다. 그 때 이미 일본 군함 '금강'은 도착해 있었다. 그리고 그 하루 전날에는 청국 군함과 예포를 교환하기도 했다. 일본의 '금강'은 띵루창 제독을 위해 15발의 예포를 쏘았으며, 청국의 '위원'은 니레이 게이한[仁禮景範] 소장을 위해 11발의 예포를 쏘아 답례했다. 일본의 해군 소장은 삼등수사제독(三等水師提督)에 상당한다고 여겼던 모양이다.

띵루창을 태운 '위원'은 오전 4시에 조선 해안에서 사라졌지만, 그 날 오전 11시 하나부사 공사를 태운 '명치호'가 인천 앞바다에 도착했다. 이튿날인 양력 8월 13일, 조선 측의 관리인 조영하(趙寧夏)와 김굉집(金宏集)이 인천으로 달려와 하나부사 공사와 만났다. 조선 측은 될 수 있는 대로 하나부사 공사가 서울로 들어오는 걸 지연시키려고 했다.

마쩬중은 하나부사 공사, 다케조에[竹添] 서기관 등과 만나 일본의 의향을 떠보았다. 이 하나부사 공사는 8월 16일, 서울을 향해 인천을 출발했다. 바로 코앞에서 일본군의 상륙을 보고 있던 마쩬중은 제정신이 아니었음에 틀림이 없다.

증원군이 도착하던 날 마쩬중은 김굉집으로부터,

"우리 국왕께서는 오늘 일본 공사 하나부사를 접견하신다."

라는 정보를 들었기 때문에 훨씬 더 초조해 했던 것이다.

이튿날 하나부사가 3일간의 기한을 붙여 일본의 요구를 전했다는 연락이 있었다. 급보를 보내온 사람은 대원군 이하응이었다.

"우물거릴 때가 아니에요."

마쩬중은 몇 번이고 되풀이해서 말했다.

청국군은 남양에 상륙했는데, 우창칭은 우영(右營)에 선발을 명했다. 서두르고 있던 마쩬중은 선발 부대와 함께 서울로 향할 예정이었다. 우영의 '관대(管帶=지휘관)'는 우쑈우팅[吳孝亭]이었다. 마쩬중은 협의를 하기 위해 우쑈우팅을 남양의 숙소로 불렀다.

대원군의 급보를 받고 마음은 초조한데 우쑈우팅은 좀처럼 나타나지 않았다. 마쩬중은 고래고래 고함을 치고 싶은 심정을 꾹 누르고 기다리고 있었다. 정오가 지나서야 우쑈우팅은 모습을 나타냈다.

"오늘 중으로 수원까지는 가도록 합시다. 그렇게 한다면 내일 중에 왕경(王京=서울)에 도착할 수 있습니다."

우쑈우팅의 얼굴을 쳐다보자마자 마쩬중은 불쑥 이렇게 말했다. 인사도 하지 않았다. '늦었군!' 하고 호통을 치고 싶었지만 그럴 시간조차 아까웠다. 무엇보다 용건이 먼저다. 지금은 일각을 다툴 때인 것이다.

"무리한 말씀은 하지 말아 주십시오. 가능한 일과 불가능한 일이 있겠습죠. 뭡니까, 도대체, 일방적으로……."

우쑈우팅은 볼이 부은 소리로 이렇게 대꾸했다.

"뭐, 뭐라구."

마쩬중은 할 말을 잃었다.

군직에 있는 자는 계급은 높지만 신분이 낮았다. 부장 우쑈우팅은 마쩬중과 마찬가지로 이품직이지만 격에는 큰 차이가 있었다. 마쩬중은 중앙으로부터 파견되었으므로 제독과 동격인 중직이었다. 상주문에도 우창칭, 띵루창 등 두 제독과 나란히 세 명이 함께 서명하는 경우가 많았다. 그에 비한다면 우쑈우팅은 상사인 우창칭이 한 마디만 하면 목이 달아나고 말 정도의 신분이었다. 그러나 마쩬중이 놀란 것은 격이 낮은 군인으로부터 반항적인 언사를 들어서가 아니라 일각을 다투는 중대사에 대한 지령을 정통으로 받아치고 나오는 인간이 있다는 사실에 어이가 없어진 것이었다.

"뭐냐고 말씀하시지만 대체 당신은 병졸들이 어떤 경우를 당했는지도 모르고 계십니까?"

우쑈우팅은 대들듯이 말했다.

"폭풍우를 만났다는 사실은 알고 있소."

"알고 있으면서 그런 말씀을 하시는 겁니까?"

우쑈우팅은 물어 뜯기라도 할 듯이 살기 등등하게 설쳤다.

"병졸들은 지쳐 있습니다. 그런 병졸들을 지금부터 수원까지 강행군시키려고 하다니 병졸들이 불쌍하지도 않습니까? 당신은 인간의 마음을 갖고 그런 말을 합니까?"

"국가 긴급의 시점이다."

상대가 화를 내고 있는지 모르지만 마쩬중도 격분하고 있었다. 저절로 목소리가 거칠어졌다.

"국가 긴급의 시기에 공적을 세워서 출세라도 하고 싶습니까?"

"닥쳐!"

"하하하. 말이 좀 지나쳤나? 고생을 모르는 문관의 공명심 그늘에는 언제나 애처로운 병졸들의 희생이 있다구요!"

"닥쳐! 닥쳐! 닥쳐!"

마쩬중은 손가락으로 상대의 코끝을 찌르며 고함을 질렀다.

"닥치고 어떻게 하라는 겁니까?"

"꺼져버려!"

마쩬중은 상대를 찌르던 손가락을 이번에는 방문 쪽으로 돌렸다.

"좋습니다. 나가 드리지요."

우쑈우팅은 벌떡 일어서더니 천천히 마쩬중에게 등을 돌리며 문 쪽으로 걸어 나갔다.

# 3

나중에 역사의 주역이 된 인물은 자신의 무명 시대의 일에 관해 온갖 전설을 만들어 낸다. 임오군란으로 조선에 건너간 스물네 살의 문제아 위안스카이도 예외는 아니다.

일각을 다투는 국가 긴급의 시기에 '병사들의 고생'을 방패로 진격을 거부한 부장 우쑈우팅에 대해 그 유명한 국제적인 인물인 마쩬중도 감정을 폭발시켜, 제독 우창칭에게 경질을 요구한 것은 상상하기 어렵지 않다.

어떤 대장이 선발을 명령받았으나 부하가 배멀미로 지쳐 있다는 걸 이유로 하루의 유예를 요구했다.

이 말을 들은 제독 우창칭은 격노하여 그 자리에서 대장을 해임했다. 그러나 해임하는 것은 좋지만 후임자를 찾지 않으면 안 된다. 우창칭이 휘둘러보니 그곳에 막료인 위안스카이가 있었다.

"자네가 후임 대장을 맡도록!"

우창칭은 위안스카이에게 이렇게 명령했다. 이것이야말로 위안스카이의 출세길의 첫걸음이었다.

이것은 유명한 전설이 되었다.

임오군란에서의 청국 측의 동정에 대해서는 마쩬중이 실로 상세한 일기를 남겨두고 있다. 강소단도(江蘇丹徒) 출신의 마쩬중은 '적가제(適可齊)'라는 실호(室號)를 갖고 있었다. 그에게는 〈적가제기언기행(適可齊記言記行)〉이라는 이름의 저서가 있다. 말과 행동을 기록한 것인데 기언 4권, 기행 6권의 모두 10권이 1898년(광서 24년)에 석인본으로 출판되었다. 그 가운데 임오의 일기가 있다. 그것은 시각까지 정확하게 써 놓은 귀중한 기록이다. 시각뿐만 아니다. 더운 날은 온도까지 기입해 놓았다. 예를 들면 '음력 7월 2일, 아직 띵루창의 병선단(兵船團)이 도착하기 전에 일본의 니레이 소장이 답례차 방문을 했는데, 시간은 정각 12시였으며 온도계가 화씨 96도를 가리키고 있었'는 식으로 써 두었다. '같은 날 오후 4시 반, 정탐인 돌아와 본 곳을 비술(備述)함'이라는 기술도 있다. 마쩬중이 각지에 스파이를 보내 줄곧 정보를 수집하고 있었던 걸 알 수 있다.

이 마쩬중의 자세한 일기에 의하면, 우쑈우팅이 찾아와 수원에의 진격을 거부하고, 크게 화를 내고 갔다는 날이 음력 7월 8일(양력 8월 21일)로 그 이튿날인 9일 오전 8시, 우창칭은 마쩬중에게 문서를 보내 '우영(대장·우쑈우팅)은 환자가 많으므로 대신 후영(대장·짱꽝첸)을 파견한다'고 통보했다. 마쩬중은 이 짱꽝첸의 부대와 함께 남양을 떠났다. 일각이라도 빨리 서울행을 서둘러야 했기 때문에 마쩬중은 2백 명의 병서들에게 경장을 하게 하여 급행시켰다.

이를 보면 출발 연기를 요구한 우쑈우팅 대신에 선봉장을 떠맡은 것은 짱꽝첸이며 위안스카이가 아니었다는 걸 알 수 있다. 다만 그렇다고 해서 위안스카이가 수행한 역할이 결코 보잘 것 없었다고 단정하지는 못한다. 총사령관인 우창칭의 언동 속에 위안스카이의 그것이 파묻혀 있다. 그리고 사태가 일단락 된 다음에 위안스카이는 1영의 군대를 맡게 되었다. 남양으로부터 서울에의 진군 도중이므로 기록되어 있지 않지만, 그가 눈부신 군사적 재능을 발휘했음에 틀림이 없다.

일본의 조선 출병은 임오군란으로 일본 군민이 십여 명이나 살해되었다는 것을 구실로 하고 있었다. 그리고 청국은 속국으로 간주하고 있는 조선에서 소란이 발생했기 때문에 정치를 바로잡는다는 명목으로 출병한 것이었다. 있는지 없는지도 모르는 '종주권'을 여기서 한 번 크게 주장해 놓을 속셈이었다.

조선은 영선사(領選使)를 청국에 상주시키고 있었다. 당시의 영선사는 김윤식(金允植)이라는 인물로, 그는 임오군란이 일어나자 청나라 정부에 대해,

"대원군은 비당(匪黨)과 손을 잡고 종묘사직을 위태롭게 하고 있으며, 그 역적은 오랫동안 현저함."

이라고 보고했다.

정치를 어지럽히고 있는 것은 국왕의 아버지인 대원군이며, 정치를 바로 잡

으려고 한다면 대원군을 처벌해야만 할 것이라는 주장이었다.

일본 측도 반일 폭동을 사주한 것이 대원군이란 사실을 알고 있었다. 청국도 일본도 어느 쪽이나 다 대원군을 '검은색'으로 보고 있었던 것이다. 그랬기 때문에 더더욱 마쩬중은 일을 서두르고 있었다. 일본 측이 먼저 원흉인 대원군을 체포한다던가 혹은 처벌한다면 청나라의 체면은 엉망진창이 되어버린다. 종주권 따위는 그림의 떡이란 사실을 세상에 다 드러내는 꼴이 되고 만다.

마쩬중이 서울에 들어간 것은 양력 8월 23일의 일이었다. 절기로 따지면 마침 '처서(處暑)'에 해당되었다. 그런데 웬일인지 일본의 하나부사 공사는 인천으로 철수해 있었다. 교섭 결렬을 각오하고, 타협의 의사가 없다는 점을 시위하기 위한 행동이었던 것 같았다. 이튿날 마쩬중은 인천으로 급히 떠났다. 저녁 무렵 인천에 도착하자마자 그는 곧 하나부사를 만났다. 6시 반부터 8시까지 두 사람은 이야기를 계속했다. 빈틈없이 꼼꼼한 성격의 마쩬중은 일본인과 회합을 가졌을 때 그것이 필담이었다면 필담이었다고 일기에다 명기를 해 두고 있다. 하나부사와의 회담은 필담이라는 기술이 없는 걸 보면 아마 영어를 사용했던 것 같다.

하나부사 공사가 역정을 내고 있었던 것은 당연했으리라. 3일의 기한을 붙여 회담해 줄 것을 요구했지만 아무런 답장이 없었다. 조선 국왕은 하나부사와의 회담을 영의정인 홍순목에게 명했다. 그런데 홍순목은 하나부사에게 다음과 같은 내용의 서한을 보내왔다.

"왕릉의 길지를 선정하기 위해 파견 되었으므로 3, 4일이 지나야 귀경하게 된다. 왕릉 선정은 조선에서는 중대한 일이므로 이것을 먼저 행한다. 귀국과의 교섭은 다녀와서 하도록 하자."

조선에서는 묘지의 길흉에 의해 자손의 운명이 좌우된다고 여기고 있었으므로 묘지를 택하는 것이 중요한 일임에는 틀림이 없다. 아마도 국왕의 묘지를 고르기 위해 그 길흉을 따져보러 간다는 뜻이겠으나, 국왕은 아직 젊고 팔팔하다. 묘지를 선정하는 것이 그렇게까지 시급하다고는 여겨지지 않는다. 지연시키고

자 하는 게 분명했다.

"국왕은 일단 우리나라와의 문제 해결을 위한 대표로서 홍순목을 임명했던 것입니다. 그런 후에 또 왕릉으로 보낸 거예요. 왕릉의 일이 중하고 일본과의 교섭은 중요치 않다고 생각하는 것일까요? 괘씸한 일입니다."

하나부사는 어지간히 분을 참을 수 없었던지 어깨를 몹시 흔들거리며 말했다.

"하나부사 공사, 지금 조선에는 정부라는 건 존재하지도 않습니다."

마쩬중이 말했다.

"국왕에게 자주성이 없는데 어떻게 타국과의 교섭이 가능하겠습니까? 모든 것은 국왕이 자주성을 회복한 다음의 이야기입니다. 설령 지금 서둘러 교섭하여 결판이 난다고 치더라도 과연 그것이 유효할지는 알 수 없습니다. 아마 가까운 장래에 별의별 문제가 다 생겨날 것입니다. 우리 청국이 출병한 것은 다만 난당을 징벌하기 위한 것입니다. 난당이 숙청되고 나면 국왕은 자주성을 회복하게 되겠지요."

이튿날 하나부사는 답례로 마쩬중의 숙소를 찾아와 다시 회합을 가졌다. 골치 아픈 이야기는 어제 다 끝냈으므로 이 날은 부담 없이 세상살이 이야기를 나누었다. 외교관끼리였으므로 서로 아는 사람도 많았다. 또한 마쩬중의 형인 마쩬창[馬建常]은 이 당시 청국 영사로서 신호(神戶)에 주재하고 있었으므로 하나부사와도 면식이 있었다. "형님과 많이 닮으셨군요"라는 말도 튀어 나왔다.

청국은 조선 국왕의 자주성을 회복한다고 말한다. 그것은 대원군을 제거한다는 것을 뜻한다. 어떤 식으로 제거할까, 일본 측은 추측할 밖에 없었지만 원칙적으로는 찬성이었다. 단지 일본으로서는 '명목'에 지나지 않는 청국의 종주권에 '실질'이 주입되는 것을 경계했다.

"솜씨 좀 봅시다."

라는 의미있는 말을 입 밖에 내놓고 하나부사는 돌아갔다. 이 날 마쩬중은 다시 서울로 향했다. 이제 대원군을 제거하기 위한 작업에 착수하지 않으면 안 된다.

마쩬중은 톈진에서 직예총독을 만나 조선 문제에 관한 청국의 근본 방침을 의논하여 결론을 얻은 바 있다.

'대원군을 격리시킨다'라는 것이었다. 야심가인 대원군을 조선에 눌러 있게 해서는 위험하다. 완전히 격리시켜야 한다. 청나라로 납치해 오는 것이 상책이었다.

양력 8월 26일 오후 우창칭, 띵루창, 마쩬중 등 청국의 세 간부는 대원군의 저택으로 대원군을 예방했다. 우창칭의 경호병이 너무 많았기 때문에 마쩬중은 그 수를 줄였다. 큰일을 앞두고 매우 신경을 썼다.

가랑비가 내리고 있었다.

예방을 끝마치고 각자의 숙소로 돌아갔지만 얼마 안 있어 간부들은 한성의 바로 곁에 있던 영사(營舍=군대 막사)에 모여들었다. 예의상 대원군의 답례 방문이 있을 터였다.

오후 4시, 대원군 이하응은 수십 기(騎)의 가신을 이끌고 찾아왔다. 마쩬중은 대원군을 필담으로 유도했다. 필담을 하길 두 시간, 스물네 폭의 종이를 소비했다. 숙소에는 건강한 병졸 1백 명과 16명의 가마를 메는 인부가 대기하고 있다.

"군지조선국왕위황제책봉호(君知朝鮮國王爲皇帝册封乎)."

때를 살피던 마쩬중이 종이에 이렇게 썼다. 조선 국왕은 청국 황제가 책봉하고 있다고 하는 사실을 알고 있는가 하는 질문이었다.

대원군은 붓을 들고, "지지(知之=알고 있다)"라는 두 자를 썼다.

마쩬중은 붓에 듬뿍 먹을 먹인 뒤 단숨에 다음과 같은 문장을 갈기듯 내려 썼다.

왕위황제책봉(王爲皇帝册封), 즉일체정령당자왕출(則一切政令當自王出). 군6월 9일지변(君六月九日之變), 천절대병(擅竊大柄), 주살이기(誅殺異己), 인용사인(引用私人), 사황제책봉지왕퇴이수부(使皇帝册封之王退而守府), 기왕실경황제야(欺王室輕皇帝也) 죄당물사(罪當勿赦), 도이어왕유부자지친(徒以於王有

父子之親), 고종관가(姑從寬假), 청속등여지마산포승병륜부천진(請速登輿至馬山浦乘兵輪赴天津), 청조정조치(聽朝廷措置).

청국 황제가 책봉한 조선 국왕은 일체의 정치적 명령을 스스로 내려야 한다. 그런데도 당신은 마음 내키는 대로 대권을 훔쳐 반대파를 살해하고, 자기 당의 사람을 등용하고, 왕을 쫓아내는 듯한 일을 저질렀다. 조선 국왕을 속이는 것은 청국 황제를 업신여기는 일이기도 하며, 용서할 수 없는 중죄이다. 다만 왕과는 부자의 관계에 있으므로 관대한 처분을 고려하겠다. 신속히 가마에 올라 마산포로 가서 군함을 타고 톈진으로 향하여 조정의 조치를 기다림이 좋을 것이다.

대원군의 얼굴이 삽시간에 창백해졌음은 더 말할 나위도 없다. 낭패하여 주위를 둘러보았다. 모습을 나타낸 것은 우창칭과 띵루창이었다. 마쩬중은 떨리는 대원군의 팔을 붙들고 밖으로 데리고 나갔다.

"싫다! 나의 가마가 아니면 타지 않겠다."

대원군은 대기하고 있던 가마의 앞에서 세차게 머리를 좌우로 흔들었다. 막다른 골목에서의 최대한의 저항이었던 것이다.

"좋소. 그러면 대감의 가마에 오르십시오. 금방 준비하리다."

마쩬중이 승낙을 했다.

## 4

'등영주(登瀛州)'

이것이 대원군을 호송할 청국 병선의 이름이었다. 마산포에 정박하여 대기하고 있다.

가늘게 내리던 비가 점차 세차게 쏟아지기 시작했다. 대원군은 덮개가 있는 가마 속이었지만 그것을 메고 가는 인부들이나 호송을 하고 있는 해군 병졸들은 물에 빠진 생쥐처럼 흠뻑 젖었다. 이 '유금 작전(誘擒作戰)'을 지휘하는 띵루창은 서양식 비옷을 머리부터 뒤집어 쓴 채 말을 타고 있었지만, 빗방울은 그 속을 뚫고 들어와 뼈가 시릴 정도였다.

휴식도 없었다. 장부들은 교대로 가마를 메었다. 아무리 서둘러도 진흙탕에 발이 빠져 제대로 나아가지 않았다. 서둘러 가기 위해 식량도 휴대하지 않았다.

"마산포에 도착하면 실컷 밥을 먹여 주겠다."

말 위에서 띵루창은 큰소리로 고함을 질렀다. 보통 때의 음성으로는 빗소리 때문에 들리지도 않는다.

"이 날 저녁, 구질구질한 비가 내리는 흙탕길을 도중에 휴식도 취하지 못한 채 군사들은 배고픔을 참고 약 170리(약 1백 킬로미터)를 걸어, 다음날 낮 마산포에 당도했다."

이 기록에 의하면 대단한 강행군이었다. 빗속을 뚫고 대원군을 '등영주호'에 옮긴 것이었다. 함장은 섭백공(葉伯蚩)이란 인물이었다.

대원군을 체포한 장소는 우창칭 휘하의 황쓰린[黃仕林]의 막사였다. 우창칭은 그 날 저녁 한성으로 들어가 짱꽝첸, 허쩡주 등 두 부장의 부대에 계엄을 발령했다. 마쩬중은 황쓰린의 막사에 남아 드러누웠으나 밤이 새도록 눈 한 번 붙이지 않았다.

"이 날 밤, 황영(黃營)에서 묵다. 빗소리 아침이 되도록 그치지 않았다."

그는 일기에다 이렇게 간결하게 써 놓고 있다.

대원군을 제거한 다음, '난당'의 숙청에 들어갔다. 대원군 유금은 전광석화와 같이 감행되었기 때문에 대원군의 무리들도 한동안 전혀 눈치를 채지 못했다. 대원군의 장남인 이재면(李載冕)도 이튿날 오후 3시에,

"아버지가 아직 돌아오시지 않았는데……."

라며 청국 측에 문의해 왔다. 청국 당국은 모르는 척 시침을 떼고 어물쩡 넘겼다. 그 이튿날의 마쩬중의 일기에 비로소 위안스카이의 이름이 나온다.

"15일(양력 8월 28일) 아침, 경군회판영무처(慶軍會辦營務處) 원위정(袁慰

亭=위정은 위안스카이의 아호)이 와서 함께 난당 제거의 일을 밀담했다. 돌아가서 오군문(吳軍門=우창칭을 가리킴)에 고해 주기를 청하다. 오후 위정이 돌아옴. 오군에 약속대로 전함. 위정 즉시 일체를 지휘하길 희망함."

이라고 적혀 있다. 위안스카이의 직책이 '경군회판영무처'라고 되어 있으나, 이것은 공식 관직명은 아니다. 경군이라고 했으므로 우창칭 군벌 안의 직책인 것이다. 성(省)의 국장이나 부장이란 공식 직명이 아니고 예를 들면 일본 정당의 각 파벌의 직원과 비슷한 것이리라.

"난당 퇴치를 저에게 맡겨 주십시오."

위안스카이가 말했다.

"흐음. 자네는 몇 살인가?"

마쩬중이 물어보았다.

"기분이 언짢아지는군요. 나이부터 물어보시다니요."

위안스카이는 진저리가 나는 듯이 어깨를 움츠려뜨리고는,

"스물네 살입니다."

라고 대답했다. 24살의 젊음이 일에 지장이라도 주는가라고 힐문하는 듯했다.

"나이는 참고로 물어본 것뿐이오. 나보다 14살이나 젊군. 그런데 당신은 무인이오?"

이런 질문을 당하자 위안스카이는 약간 고개를 갸웃거리더니 익살스럽게 눈을 껌뻑이면서,

"무인인 셈입니다만."

"그렇다면 난당 퇴치는 무인의 할 일이오. 나는 무인의 일이 손쉽게 될 수 있도록 해 줄 생각이니까 잠시 기다려 주길 바라오."

"기다린다고 일이 쉬워집니까?"

"그렇소. 원흉인 대원군을 붙잡아 톈진으로 보내버렸으니 난당은 수령을 잃고 만 꼴이오."

"수령을 잃었으니 난당의 힘은 약해져 있을 것입니다."

"새로운 수령을 떠받들 염려가 있어요. 만일을 위해 그것도 제거한 다음에 합시다. 그걸 오군문께 말씀드려 주시오."

'이재면이구나.'

위안스카이는 머리 회전이 빠르다. 대원군의 장남인 상장군(上將軍) 이재면은 훈련대신의 직에 있어 병마의 대권을 쥐고 있다. 그리고 국왕의 친형님이기도 하다.

"당신과 이야기를 나누고 있으면 즐겁군."

마쩬중이 웃으면서 말했다. 젊은 위안스카이는 정세 파악이 빠르고 정확했다. 한참 이야기를 하고 있는 동안에 마쩬중은 이 점을 느낄 수 있었다.

'아아, 바로 이 친구구나!'

마쩬중은 그제야 기억을 해내었다. 그는 대원군의 쿠데타가 발생한 이래로 계속 조선에 있으면서 증원군의 도착을 기다리고 있었다. 드디어 우창칭이 '위원호'를 끌고 도착했을 때 그는 재빨리 달려가서,

"굉장한 폭풍이었지요. 피곤하시겠습니다."

라며 위문의 말을 던졌다. 그 때 우창칭은 아직 배멀미가 깨지 않는 듯 창백한 얼굴로,

"정말이지 대단했어. 전부가 녹초가 되어버렸어. 아니 딱 한 명 녹초가 되지 않은 녀석이 있었지. 그 녀석은 앞으로 10일쯤 더 똑같은 폭풍우를 만나더라도 꿈쩍도 안 할 거야. 괴물이라구 괴물. 하하하. 항성 원가의 문제아. 그래 위안스카이라는 젊은 친구야."

라고 말했었다.

아무리 배가 요동을 쳐도 결코 배멀미를 하지 않는다는 '괴물성'으로 위안스카이는 한 발 먼저 명성을 떨친 셈이었다. 조선에 도착한 뒤 우창칭이 파격적으로 위안스카이를 등용한 것은, '이 젊은 친구는 때로는 완전히 무신경이 되어버리기도 하는 모양이야. 이것은 바로 군사의 재능이 아닐까?'라고 판단했기 때문이었다.

일단 써보고 나자 우창칭은 이 젊은 친구가 잘 드는 면도칼이라는 사실을 알았다. 너무 잘 들어서 자르지 않아도 될 것까지 잘라버릴 우려가 있긴 했지만.

남양으로부터 서울로 향하는 도중, 우창칭은 길가의 산더미처럼 쌓여 있는 잡동사니들을 보고 이게 뭐냐고 막료들에게 물어보았다.

"병졸들이 민가에서 약탈을 하여 괜찮은 물건은 챙기고, 쓸모 없는 잡동사니들은 여기에 버려 놓은 것입니다."

막료 중의 한 사람인 위안스카이가 대답했다.

"뭐라구! 약탈이라구!"

우창칭이 고함을 쳤다.

"군기는 엄중히 해야만 한다. 약탈 따위를 하는 녀석은 용서치 못한다!"

"약탈말고도 부녀자를 강간하기도 합니다만."

위안스카이가 태연히 말했다.

"뭣이라고! 처벌을 해야만 하겠다."

조선에까지 데리고 온 6영 3천의 장병은 '경군'이라고 불리는 우창칭의 군대 즉 사병이라고 해도 좋았다.

"너무 숫자가 많습니다만."

위안스카이는 고개를 내저으면 말을 이어 나갔다. 우창칭은 도중에서 말을 막았다.

"이럴 때는 일벌백계다. 다섯 명 정도만 엄벌에 처하면 군기는 바싹 졸라 매어지는 것이다."

우창칭은 이 유망한 젊은이에게 군사에 관한 지식을 가르쳐 주려고 했다.

"다섯입니까? 일곱 명이라면 너무 많을까요?"

라고 위안스카이가 물었다.

"으응, 일곱 명? 뭐야, 벌써 붙잡은 거야? 그래 일곱 명이라도 관계없지."

"특히 질나쁜 녀석으로 일곱 명을 체포했습니다. 여기 이쪽으로."

위안스카이는 이렇게 말하며 걸음을 떼 놓았다.

'불량 병사 7명을 체포하여 묶어놓고 그 근처 어딘가에 감금해 놓았겠지.'

우창칭은 이렇게 여기며 위안스카이의 뒤를 따랐다. '제법 잘 하는데'라고 속으로 감탄하면서.

"이 방입니다."

위안스카이가 문에 손을 댔다.

"음! 이 방인가?"

우창칭은 자신의 부하 병졸 7명이 뒤로 손을 묶인 채 이 방안에 처박혀 있을 거라고 생각했다. 문을 여는 순간까지 그는 그런 정경을 그려보고 있었다.

그러나 그 방의 방바닥에는 가마니가 깔려 있었고, 그 위에 7개의 사람 머리가 뎅그러니 얹혀 있었다.

"으윽!"

역전의 명장 우창칭도 신음소리를 내고 말았다.

# 제 3 장 난(亂)이 스쳐간 후

## 1

 우두머리를 체포한다고 난당의 힘이 약해진다는 보장은 없다. 새로운 우두머리가 나타나서 난당을 지휘할 수도 있다. 대원군을 체포한 다음, 그 장남인 이재면도 제거하지 않으면 안 된다. 마쩬중은 그걸 위안스카이와 이야기했던 것이다.
 "의논할 일이 있으니 남별궁(南別宮)까지 걸음을 옮겨 주시기 바랍니다."
 우창칭의 이름으로 위와 같은 내용의 편지를 이재면에게 보낸 것은 그 날(양력 8월 28일) 오후 5시의 일이었다.
 그러나 이재면은 나타나지 않았고, 그의 심부름꾼인 이영숙(李永肅)이 주인의 답장을 갖고 왔다.
 '모친의 병환으로 갈 수 없다'고 하는 거절의 편지였다.
 "돌아가서 상장군께 전해 주시오. 남별궁으로 오시는 편이 신상을 위해 좋을 거라구요. 오신다면 대원군을 어떻게 하면 석방해서, 귀국시킬 수 있는가에 대해 의논하고 싶소. 부군을 위한다면 반드시 오셔야만 하오. 좋소, 그걸 한 줄 써 드릴 테니까 상장군께 전해 주시오."

마쩬중은 간단한 편지를 써서 이영숙에게 건네 줬다.

그 날 밤, 김윤식이 달려왔다. 조선 영선사로서 청국에 주재하고 있다가 이번에 띵루창의 선대(船隊)에 편승하여 귀국한 인물이다. 난장판이 된 조선의 정치는 대원군에게 그 원인이 있다고 청국 조정에 보고한 바로 그 인물이었다. 김윤식은 중국어는 할 줄 몰랐지만 한문은 자유자재로 쓸 수 있었다. 배 위에서도 위안스카이와도 자주 필담을 했다. 그는 종이에다, "하고두발반백(何故頭髮半白)?"이라고 쓴 뒤 위안스카이에게 보였던 적이 있다. 스물네 살의 위안스카이는 이미 반백의 상태로 머리가 세어 있었으므로 그 이유를 물어본 것이다.

"제소고(弟少孤), 유지사방(有志四方), 유력천하(遊力天下), 우득실혈지증(偶得失血之症), 이치조백(以致早白)."

위안스카이는 이렇게 답서를 썼다.

자신은 어릴 때 고아가 되었으나 뜻이 있어서 여기저기 여행을 했는데, 우연히 실혈증(失血症)에 걸려 일찍 머리가 희게 되었다는 것이다.

배 안에서는 심심하므로 자주 이와 같은 필담을 나누었다. 그 필담 동무가 이번에는 중대한 용무로 찾아온 것이다.

"신속히 입조(入朝)하여 국왕에게 친서를 청할 것."

마쩬중은 종이 위에다 이렇게 썼다.

그 자리에 위안스카이도 있었지만, 문장이나 문자가 마쩬중에 미치지 못했으므로 붓을 들려고 하지도 않았다. 마쩬중과 위안스카이가 요구한 것은 대원군 일파의 난당을 토벌하기 위해 조선 국왕이 토벌을 요청했다고 하는 증거인 '친필'이었던 것이다. 그것을 머리 위에 번쩍 쳐들고 싸운다면 유리할 게 뻔했다.

"조선의 장령(將領) 신정희(申正熙)를 파견하여 우리의 군을 원조해 주기 바람."

마쩬중은 이런 요구도 적었다. 김윤식은 마쩬중이 한 단락씩 써나갈 때마다 한숨을 푹푹 내쉬었다. 마쩬중은 37세, 그리고 김윤식은 47세였다. 김윤식, 아호는 순향(洵鄕), 충청북도의 명문 출신이었다. 지난 해 영선사가 되어 청나라에 부임하기 전에는 순천부사(順天府使)로 있었다. 뒷날 친일 정권의 외무대신이 되어 한일 합방에 협력했으며 그로 인해 일본의 '자작(子爵)'이 된 인물이지만, 이 시점에서는 아직 친청파의 요인이었다.

'완료(完了).'

마쩬중은 붓을 붓통에 걸며 필담의 용건이 끝났음을 고했다. 이 정도의 중국어라면 김윤식도 이해할 수 있었다. 그는 한숨을 몽땅 뭉뚱그리려는 듯이 양쪽 어깨를 올리더니 유별나게 큰 한숨을 내쉬었다.

"그토록 한숨을 내쉬는 걸 보니까 묘한 기분이 들더군."

마쩬중은 김윤식이 돌아간 뒤 한숨을 내쉬었다.

"김윤식의 한숨이 전염되셨군요."

위안스카이는 싱글싱글 웃으면서 말했다.

김윤식이 사라진 반 시간쯤 뒤에 마쩬중 등이 머물고 있는 남별궁의 문 앞이 시끌시끌해졌다. 심상찮은 소동이었다.

"국왕의 친서 치고는 너무 빠른데요."

위안스카이가 말했다. 마쩬중도 고개를 끄덕이더니,

"상장군이겠지."

라고 대답했다.

과연 상장군 이재면의 방문이 맞았다.

"걸려 들었군요."

위안스카이는 익살스레 눈을 껌벅였다.

"아니야, 훤히 다 알고 온거야."

마쩬중은 방문객을 만나기 위해 일어섰다. 대원군의 장남 이재면은 청국의 호출이 무엇을 의미하는가를 충분히 알고 있는 듯했다.

"벌써 11시가 되었군요. 오늘은 우선 별실에서 주무십시오. 내일 아침 여러 가지 상담을 해 봅시다."

마쩬중이 이렇게 말하자 이재면은 표정도 바꾸지 않은 채 그냥 고개만 끄덕였을 뿐이다.

이재면이 숙박한 방의 주위에는 1개 소대의 청병이 칼을 뽑아 들고 경비를 했다. 대원군 일파를 진압할 동안 그들이 떠받들고 나올지 모를 이재면을 격리시켜버린 셈이었다.

마쩬중의 일지에는 오전 2시로 기록되어 있다. 김윤식이 한복 소매에 잔뜩 신경을 쓰며 달려왔다. 소맷자락 속에 국왕의 친서가 들어 있었던 것이었다. 필담을 위해 붓을 쥔 김윤식은 붓을 종이 위에 내려놓기 전에 또 한숨을 푹 쉬었다.

"토벌 요청(討伐要請)"이라고 쓰여진 국왕의 친서는 손에 넣었지만, 신정희가 조선 군대를 이끌고 난당 토벌에 가세하는 일은 거절되었다고 했다. 동포가 서로 싸우는 것을 국왕은 원하지 않았던 것이다.

조선 군대의 종군(從軍)이 있든 없든 청군은 이미 전투 준비를 완료하고 있었다. 남별궁 근처에 주둔하고 있던 짱꽝첸이 인솔하는 후영의 병졸들은 소동문(小東門)으로 빠져 나가서 오쬬우유우가 지휘하는 우영 및 허청오우[何乘鰲]가 지휘하는 정영(正營)과 합류하도록 명을 받았다. 그들은 그곳으로부터 왕심리(枉尋里=왕십리)로 향하게 되어 있었다.

난당의 거점은 왕십리와 이태리(利泰里=이태원)였다. 이태리 쪽은 총사(總師=총사령관) 우창칭이 직접 장병을 이끌고 쳐들어갔다. 전투는 이튿날인 8월 29일에 벌어졌다.

임오군란은 '병란'이라고 불리듯이 병사들이 중심이 된 폭동이었다. 왕십리, 이태원 두 곳은 병사들의 거주지였다. 그렇지만 그들은 막사에 거주하는 게 아니라 가족들과 함께 보통의 주민들과 섞여 살고 있었다.

"포화(砲火)를 사용해서는 안 된다."

우창칭은 이렇게 명령했다.

김윤식이 소매 끝에 넣어온 것은 국왕의 친서뿐만 아니라 주민에 대한 포고문도 있었다.

'토벌군에 저항해서는 안 된다. 난당을 포박하면 표창을 내린다. 만약 저항하면 포위하여 한꺼번에 제거한다'는 내용이었다. 이 포고문이 게시되었는지 어쨌는지 진상은 알 수 없다.

## 2

앞에서 말한 바와 같이 김윤식은 조선 병합에 협력한 공적으로 일본으로부터 작위를 받았다. 그런데 그 후 3·1운동에 관여했다는 이유로 자작의 작위는 취소되었다. 그에게는 〈음청사(陰晴史)〉라고 하는 저작이 있는데 그것을 읽어보면 임오군란에 대한 상세한 내용이 나온다. 김윤식에 의하면 남별궁에서 위안스카이를 만났을 때 그는,

"난병의 병사와 일반 주민을 어떻게 구별하겠는가?"

라고 질문했다고 한다. 그렇지만 위안스카이는 김윤식의 이런 걱정에는 전혀 무관심했다고 한다. 그는,

"너무 걱정하지 마시오."

라며 귀찮은 듯이 대꾸했다.

이태원 쪽에서는 그리 대단한 전투가 없었지만 왕십리에서는 시가전이 벌어졌다. 비록 포성은 들리지 않았지만 총성은 끊이지 않았다. 왕십리는 소동문을 나서서 3백 미터쯤 되는 곳에 있는데, 양쪽에 산이 있고 그 가운데의 한줄기로 난 거리에 민가가 늘어서 있었다. 그곳에 있던 난당 병졸의 절반은 산 속으로 도망가고 그 나머지가 밖으로 나와 저항을 했다.

짱꽝첸의 후영군은 여기서 1백30여 명의 '난당'을 체포했고, 뒤이어 들어온 허청오우의 정영군도 30여 명을 붙잡았다. 거의 전투가 없었던 이태원 지역에서는 정군이 접근하고 있다는 정보가 들어와 난딩의 병사들이 재빨리 도밍을 갔던 탓으로 겨우 20여 명이 체포되었을 뿐이었다. 체포된 사람들이 과연 전부 난당이었던가에 대해서는 의문이 많다. 자신들이 살고 있는 지역에 무기를 들

고 침입해 오는 자가 있으면 가족을 지키기 위해서도 싸우는 것이 '남자다운 남자'가 해야 할 바가 아닐까? 난당 이외에도 이 '남자다운 남자'가 체포자 속에 섞여 있었음에 틀림이 없다.

"체포자에 대한 취조는 조선 측에 맡기도록 합시다."

이렇게 제안한 것은 우창칭의 막료인 쨩쩬이었다.

"그러자구. 취조를 하려고 해도 말을 모르잖아. 맡겨버리지 뭐."

우창칭도 찬성했다.

"포도관 및 사법 판서를 지금 파견해 주시오."

우창칭은 국왕에게 이렇게 요청했다.

주로 조선 측이 조사한 결과 유죄로 처형된 사람은 10명뿐으로 나머지는 모두 석방되었다. 이로써 일단 임오군란은 해결된 셈이었다.

대원군을 납치한 것은 청국 측에 있어서는 대성공이었다. 책임의 소재를 밝히고, '종주권'의 존재를 과시할 수가 있었던 것이다. 그러나 과연 왕십리와 이태원에 군대를 파병한 것이 필요한 작전이었을까? 위협이 목적이었다고 치더라도 그것은 과잉 위협이었을 것이다.

"군관은 싸우길 바란다. 싸움이 출세의 기회이므로 어쩔 수 없을지 모르지만 곤란한 일이었다."

가톨릭 교도였던 외교관 마쩬중은 '곤란한 일'이라고 여기면서도 과잉 위협 작전에 반대하지는 않았다. 청국에서 조선으로 파견된 간부는 우창칭의 막료 수명을 제하고는 압도적 대다수가 군관이었던 것이다. 막료 중에서도 위안스카이는 분명히 군관적인 체질을 띠고 있었다.

출세의 기회, 이것을 가장 강하게 의식하며 움직인 것은 위안스카이였다.

"저 젊은 녀석 너무 까부는군."

황쓰린은 노골적으로 불쾌한 표정을 지으며 이렇게 말했다. 우창칭의 군중에서 황쓰린은 직업 군인으로서는 제일 연장자였다. 이미 기명제독이었으며 2년 뒤 우창칭이 죽자 그가 경군을 승계했다. 청일전쟁에서는 여순(旅順)의 수장(守

將)으로서 중요한 지위에 올라 있었다.

경험이 풍부한 직업 군인의 눈으로 볼 때, 젊은 백발의 위안스카이가 펼치고 있는 과장된 행동이 눈에 거슬리는 건 어쩔 수 없었다. 위안스카이는 별 일이 없으면서도 말을 타고 다녔다.

"남의 눈에 띄려고 안달이 났군."

말 위에 올라앉은 위안스카이를 보며 황쓰린은 혀를 끌끌 차며 이렇게 말한 뒤 '퇴엣' 하고 침을 뱉은 적도 있었다. 위안스카이는 확실히 자신을 드러내기 위한 마음뿐이었겠지만, 여기저기 마구 쏘다니는 위안스카이가 총사령관에게는 편리한 존재였다. 우창칭은 이 무렵 이미 몸이 제대로 말을 듣지 않았다. 쉬 피로해지는 총사령관은 몸놀림이 빠르고, 부리기 쉬운 부하를 애용하게 된다. 애용은 즉 등용을 의미한다.

위안스카이의 움직임은 조선 측의 눈에도 금방 띄었다. 더군다나 그는 당시 관직이 없는 막료였으므로 조선 측으로서는 청국 관계자들 중 가장 접근하기 쉬운 자로 여겨졌을 것이다.

살해된 걸로 알려졌던 명성황후가 충주에 있는 일족의 집에 숨어 있다는 사실이 알려졌다. 고종은 아내의 상(喪)을 취소한 것은 물론 그 자신이 직접 충주에까지 명성황후를 맞으러 갔다. 유교가 교조화되어 있는 조선에서 이것은 이례적인 일이었다. 고종이 얼마나 명성황후를 사랑했고, 또 신뢰하고 있었는지를 알 수 있다. 우창칭은 청병 1백 명을 파견하여 연도의 경호를 시켰다.

왕비 환궁에 즈음하여 청군의 간부 중에 가장 먼저 '축하'를 하러 간 사람이 다름 아닌 위안스카이였다. 조선 궁정인의 머릿속에 위안스카이의 이름이 깊이 아로새겨진 것은 당연한 일이었다. 왕비 이상으로 고종은 위안스카이의 축하에 기뻐했다. 왕비 환궁은 음력 8월 1일(양력 9월 12일)의 일이었는데 그 달포쯤 뒤에 고종은 특별히 위안스카이만을 불러 접견을 했다. 이 단독 접견에는 조선 측의 요인이었던 어윤중(魚允中)이 배석했다. 이 자리에서 무슨 말이 오고 갔는지 위안스카이는 별도로 언급해 놓지 않았다. 조선 측의 사료인 〈종정 연표(從

政年表》에도 단독 접견의 사실만을 기록하고 있을 뿐 그 내용에 관한 언급은 없다. 아마도 왕비 환궁 축하에 대한 답례였으리라.

정식 청국 관리가 아닌 위안스카이를 고종이 이만큼 후대를 한 것은 조선 측의 의사 표시였다.

"우리 쪽이 환영하는 것은 위안스카이와 같은 인물이다."
라고 하는 희망을 뜻하는 것이었다.

임오군란으로 조선 문제가 청국 당국에 주목받게 되었다. 일본과의 관계도 있으므로 이제부터 꽤 장기간에 걸쳐 청국은 조선에 병력을 주둔시키지 않을 수 없다. 그와 동시에 청국 대표단도 상주 시켜야 한다. 그 담당자는 조선 궁정과 원만하게 일을 해나갈 인물이 바람직하다. 위안스카이에 대한 파격적인 처우는 조선 측이 간접적으로 청국 측의 인선에 주문을 해 온 격이 되었다.

자신이 처해 있는 입장 때문에 당시 조선의 요직에 있던 사람들은 걸핏하면 말을 빙글빙글 돌려 간접적인 표현을 잘 썼다. 예를 들면 마쩬중의 일지 가운데,

"김윤식, 관(館)에 찾아와 필담을 나눔. 이 위인 몹시 우둔함. 한 가지 일을 논할 때마다 이내 끝맺음을 못함."
이라는 문장이 보인다.

김윤식은 조선의 최일선 외교관이며 학자이기도 했다. 결코 우둔한 인물이 아니었다. '둔(鈍)'은 아니었지만 '우(迂)'이기는 했을 것이다. 직설적인 발언을 삼가고 되도록 멀찌감치 돌아가는 표현을 찾으려고 했다. 그러므로 하나의 용건을 의논하는데도 좀처럼 결론을 보지 못했다. 마쩬중은 그것에 안달이 났던 셈이다.

조선 궁정의 간접적인 희망은 이윽고 달성되게 되었다. 임오군란 후 위안스카이는 잔류하게 되었던 것이다.

# 3

이만큼 눈에 드러나게 되었으므로 우창칭도 위안스카이를 그냥 관직이 없는 막료로 내버려둘 수가 없었다. 그는 본국 정부에 위안스카이에게 관위를 내리도록 요청했다. 복상중인 리훙장은 직예총독의 직에서 떠나 있었지만, 북양대신으로서 논공행상의 자문에 관여할 정도의 공무는 보고 있었다. 우창칭은 위안스카이의 공적을,

"군을 엄숙히 다스림."

이라고 말하고 있다. 군율이 엄격했다는 것, 구체적으로 말하자면 군기 위반자 7명의 목을 자른 것이 위안스카이 출세의 실마리였던 셈이다.

위안스카이는 '이동지용(以同知用)', 동지(同知) 대우로써 정식으로 임용되었다. 동지는 앞서 말한 바와 같이 부(府)의 부장관(副長官)으로 위계는 정5품이었다. 우창칭의 부장 황쓰린이나 우쪼우유우 등은 기명제독인 총병이다. 본 직책은 총병이지만 제독으로 칭하는 것이 허용되고 있었다. 제독은 종1품이고 총병은 정2품관이었다.

위계로 보면 위안스카이는 아직 이들 장성들과는 큰 차이가 있는 듯 했지만, 청대의 관제에서는 무관은 위계만 높았을 뿐이지 실질은 그에 미치지 못했다. 군인은 생명을 걸고 전장에서 일을 하므로 처음부터 위계는 높게 해주었지만 월급 등은 같은 위계 문관의 3분의 1 혹은 그 이하에 지나지 않았다. 예를 들면 정규의 세봉으로 살펴볼 때 정2품의 문관은 은 1백55냥이지만 같은 정2품의 무관은 67냥이었다. 위안스카이는 정5품 문관의 대우를 받았지만 세봉은 80냥이므로 정2품인 총병보다 많았다.

청대의 봉록은 정규의 세봉보다도 별도로 지급되는 양렴은(養廉銀=청렴 결백의 마음을 기르고, 생활을 위해서 뇌물을 받지 않도록 하기 위해서 관리에게 특별 지급되는 은)이 더 많았다. 같은 정2품이라도 문관인 총독의 양렴은은 2만 냥인데 비해, 무관인 총병의 그것은 단 천오백 냥뿐이었다. 1할에도 미치지 않

는다.

이와 같이 봉급 비교를 해 본 것은 중국의 '문존무비(文尊武卑)'가 얼마나 지독한 것이었나를 말하고 싶었기 때문이다. 조선에 잔류한 위안스카이는 무슨 일에서나 선배인 부장들을 깔본 것 같이 보이는데, 문관의 위계를 갖고 있는 그에게는 그만한 권한이 있었다. 예를 들면 우창칭과 나란히 조선 문제의 책임자가 된 마젠중은 정사품의 도원이었지만 정2품의 장군들에게 이것저것 명령을 내렸다. 그것이 당연한 일이었던 것이다.

이렇게 볼 때 위안스카이의 '이동지용'이 얼마나 파격적인 발탁이었던가를 알 수 있을 것이다. 3년에 한번씩 살인적인 수험 경쟁에 이겨 화려한 진사가 되어도 우선 정칠품인 지현(知縣)에서 출발하는 것이 보통이다. 영구히 진사가 되지 못할 것 같던 위안스카이가 동지 대우의 직을 얻은 것은 예사로운 일은 아니었다. 우창칭 군중의 동료나 선배들로부터 질투의 눈총을 따갑게 받았음은 말할 필요도 없다. 시샘의 배출구는 낙서이다. 경군이 주둔하고 있던 서울 동문 밖의 관제묘 벽에 누군가가 다음과 같은 희시(戱詩)를 써 놓았다.

> 본시는 이것이 고향 중주(中州)의 가짜 수재
> 중서(中書)의 지위를 빌려서 얻었으나 시기할 건 없어요.
> 오늘 아침 크게 경륜의 손을 펼쳤으나
> 한 일이라곤 고작 인간의 목 7개에 지나지 않아.

본래 고향에 있을 때는 시험에 합격도 하지 못한 가짜 수재였는데 지금 중서의 직책을 빌려 가슴이 두근거리고 있다. 그렇지만 질투할 건 없다. 이 바보 같은 자는 바야흐로 크게 경륜의 손을 뻗치려고 하는데 고작 한 일이라고는 인간의 목을 7개 자르는 정도이므로.

중서과중서(中書科中書)라는 포스트는 종7품이며, 위안스카이가 실제 그 대우를 받은 동지는 정5품이었다. 낙서를 한 자는 이왕 얻어 온 직책에 언급하면서도 일부러 훨씬 아래의 직책으로 했다. 그런 곳에서도 이 사나이가 품은 질투의 강도를 짐작할 수 있다.

이 낙서를 메모해 둔 사람은 짱쩬이었다. 짱쩬의 아들인 짱쑈우리[張孝若]가 부친의 유고를 정리하다가 이 희시를 발견, 우리들에게 전해 준 것이다. 낙서의 제작자는 주(周)모라고 하는 자였다고 한다. 이 시를 베낄 때 위안스카이의 선생이었던 짱쩬은 빙긋이 웃었음에 틀림이 없다.

위안스카이가 목을 자른 7명은 황쓰린 휘하의 병졸이었다. 따라서 경군 내부에서도 위안스카이를 가장 증오한 사람은 황쓰린이었다.

어느 날 밤, 황쓰린의 사령부로부터 우창칭의 본부에 급보가 날아왔다.

"수많은 일본인이 흰 옷을 몸에 걸치고 강을 건너 우리 진을 공격하려고 하고 있다. 지금 원군을 보내 줄 것"이라는 급보였다.

우창칭은 위안스카이를 불러, 병사 2백 명을 인솔하여 급거 구원하도록 명령했다.

이 무렵 우연히 위안스카이는 몸에 열이 있었다. 그는 다른 간부들처럼 숙사에 묵지 않고 텐트 속에서 숙박하고 있었다. 혹은 이것 역시 남들에게 보이기 위함이었을지도 모른다. 한동안 비가 계속 내렸기 때문에 침구가 젖어버렸고 그는 감기에 걸리고 말았다. 그렇지만 그는 그런 것에는 아랑곳하지 않고 관제묘(關帝廟)에 있는 경군 본부로 달려와 우창칭에게,

"일본과 조선의 사이에는 제물포조약과 수호조규속약(修好條規續約)이 체결되어 있지 않습니까? 현재로서 일본에게는 우리 측과 전쟁을 벌일 만한 이유가 전혀 없습니다. 설사 일본군의 공격이 사실이라고 치더라도 2백 명의 병사로서는 막아 낼 수 없겠지요. 그러므로 제가 정세를 한번 살펴보고 오겠습니다."
라고 말했다.

일본과 조선 사이에 제물포조약이 체결된 데 대해서는 마쩬중의 적극적인 유도가 있었다. 청국으로서는 일본의 토지 할양 요구를 물리치는 게 조선 문제에

관한 최대의 관심사였던 것이다. 결국 그 요구를 저지시키는 데는 성공했지만 공사관 호위를 명목으로한 일본 군대의 주류권(駐留權)은 인정치 않을 수 없었다.

이제부터 조선을 무대로 청국과 일본 사이에 패권 다툼이 시작될 것이리라. 그렇지만 일단 외교적인 해결을 본 직후에 갑자기 일본이 청국에 군사 행동을 가해 온다는 것은 있을 수 없는 일이었다.

"나도 이건 이상한 생각이 드는군. 군대에 출동을 명하기 전에 충분히 확인을 해봐야겠는 걸."

우창칭이 말했다.

"그럼, 다녀오겠습니다."

경군 총본부의 방을 나설 때 위안스카이는 비틀거렸다. 고열 때문이었다. 그러나 본부의 막료들 가운데에는 그가 나간 뒤,

"밉상스런 친구로군. 또 연극을 하잖아. 열이 난다는 건 말짱 거짓말이라구. 그런 척하고 있을 뿐이지. 우리 총사도 저런 연극에 속으면 안될 텐데……."
라고 말을 하는 자도 있었다.

위안스카이는 겨우 네 필의 기마병만을 데리고 10여 킬로미터 떨어진 현장으로 향했다. 현장에 도착했을 때는 이미 동녘 하늘이 트이기 시작했는데 그곳에서는 아무 것도 발견할 수 없었다.

"일본인이 이곳을 지나갔는가?"

근처에 흩어져 있는 민가의 문을 두드리며 이렇게 물어 보았지만 모두 도리질을 할 뿐이었다.

"정말 아무도 지나가지 않았는가?"

"아뇨, 사람은 지나갔습죠."

"어떤 사람이었나?"

"강 건너 박씨네의 장례 행렬이었죠."

"숫자는 어느 정도였나?"

"강 건너 박씨네는 대부호죠. 장례 행렬도 굉장했습죠. 일일이 세어 보지 않

앉지만 대충 1천여 명은 되지 않았을까요?"

"강을 건너지 않으면 묘지로 갈 수 없었구먼."

당시 조선에는 후장(厚葬)의 습관이 있었다. 심야의 장례 행렬에 참가한 사람의 수가 1천 명을 넘는다는 것은 결코 신기한 일이 아니었다. 황쓰린은 그걸 일본군의 도하 작전으로 오인한 것이었다.

이 이야기는 위안스카이의 문하생들이 펴낸 〈용암제자기〉에 기록되어 있다. 황쓰린이 당황해서 어쩔 줄 모르는 모습을 일부러 과장한 흔적이 없지도 않다. 위안스카이와 황쓰린이 대립 관계에 있었다는 사실을 이런 에피소드의 소개에서도 엿볼 수 있다.

4

임오군란 뒤 청국의 대조선 정책에 대한 의식은 크게 두 개의 파로 나뉜다.

하나는 주일 공사관 참찬에서 샌프란시스코 총영사로 선출한 시인 외교관 황쭌셴의 '연일정책(聯日政策)'이다. 열강 중에 조선에 대해 적극적으로 침략 행위에 나설 가능성이 있는 것은 러시아뿐이라는 관점에서 출발하는 것이다. 부동항을 찾아 남하하는 러시아를 억누르기 위해서 청국은 일본과 연합해야만 한다는 주장이다.

다른 하나는 우창칭의 막료장인 짱쩬이 주장하는 적극책이다. 일본을 그렇게 호락호락 봐서는 안 된다는 것, 러시아도 그렇지만 일본도 조선을 침략할 가능성이 큰 나라로 간주한다. 그러므로 일본에 기댈 생각을 버리고 청국은 전력을 다하고 조선을 보호할 방법을 찾아야만 한다는 주장이다.

정책론 이외에도 정치 역학이 얽혀 있나.

리훙장은 직예총독으로 국정의 정점에 서 있었지만 그 스스로도 기초가 단단하다고는 생각지 않고 있었다. 자신을 타도할 세력의 출현을 경계하고 있었다.

그는 회군의 무력을 정치적 배경으로 하고 있었으며 세간에서도 그를 회군의 총수로 간주하고 있었다. 그렇지만 그가 가장 경계하고 있었던 것은 다름 아닌 회군 계통의 유력자였다. 예를 들면 복상중이던 그를 대리하고 있던 짱쑤썅, 그리고 조선에 출병한 우창칭 등이 여기에 해당된다.

짱쩬은 대조선 적극책을 진언했다. 이것이 세상에서 말하는 '조선선후6책(朝鮮善後六策)'인 것이다. 그는 북양대신 대리인 짱쑤썅에게 기대를 걸었다. 짱쑤썅이라면 그의 '조선선후6책'을 조정에 반영해 줄 것이라고 여겼다. 당시 조정의 최고 권력자는 서태후(西太后)였다.

그런데 짱쩬의 '조선선후6책'이 톈진에 제출된 다음에, 리훙장의 1백 일간의 복상 휴가가 끝나고 북양대신의 직은 그의 손에 다시 돌아갔다.

"정치, 외교는 현실이다. 이것은 현실을 무시한 서생의 말씀에 지나지 않아."

리훙장은 그것을 묵살해버렸다. 관할 사항에 대한 헌책을 서태후에게 제출하느냐 마느냐는 그의 자유 재량에 달려 있었다. 묵살하는 것이 결코 비합법은 아니었다. 그렇지만 어느 결엔가, '리훙장은 조선 정책에 관한 훌륭한 제안을 묵살해버리고 말았다'는 소문이 떠돌았다. 더군다나 짱쩬의 '조선선후6책'의 구체적인 내용까지도 항간에 떠돌고 있었다.

묵살해버린 것이 어떻게 해서 널리 알려지고 있는 것일까?

"그 서생의 잠꼬대가 어디서 새어나갔고 또 누가 흘렸는지 조사해 보라."

리훙장은 측근에게 엄명했다. 수중에 든 권력을 지키기 위해서 그는 자주 첩보원을 사용했다. 그가 풀어 놓은 정보망에 드디어 출처가 걸려들었다.

북양대신을 대행하고 있던 짱쑤썅에게는 짱화쿠이[張華奎]라는 아들이 있었다. 짱화쿠이는 청년다운 우국의 정과 호기심으로 자기 아버지 앞으로 부쳐오는 조선으로부터의 문서를 필사했다. 우창칭, 띵루창, 마쩬중 등이 보내온 것들이었다. 짱쩬은 우창칭의 막료이므로 그의 '조선선후6책'은 우창칭의 명의로 와 있었다. 실은 이것이 도착한 직후에 짱쑤썅은 북양대신 대행의 임무에서 손을 뗐고, 모든 관계 문서를 리훙장에게 넘겨 주었다. 그렇지만 짱화쿠이는 그 이전에 이미 6책을 베껴 두었었다.

이러한 문서는 물론 극비 취급이며 외부로 발설하면 중대 문제가 된다. 그러나 짱화쿠이는 슬그머니 그것을 동우(同憂)의 청년 5, 6명에게 보여 주었던 것이다. 그들은 모두가 정부 고관의 자제로서 국사에 관심을 갖고 있었으며 요직의 사람들과도 친했다.

그들은 리훙장이 그것을 묵살한 사실을 몰랐다. 6책과 같이 우수한 논책은 당연히 조정에 제출되어 있으리라 여겼다.

"그 조선선후6책은 조정에서 어떤 식으로 검토가 되고 있는지요? 그에 대한 결론이 내려졌나요?"

청년은 군기처(軍機處)에 근무하고 있는 짱징[章京]에게 이렇게 물어 보았다. 군기 짱징은 군기대신의 비서로, 나이는 젊었지만 장래 국가의 최고 간부 후보생으로 기대되고 있었다. 직책상 국가 최고의 기밀에 접할 기회가 많았다.

"엣! 조선선후6책? 그런 건 모르겠는데요. 금시초문입니다. 물론 군기처에서 토의된 적도 없구요. 도대체 그게 뭡니까?"

군기 짱징은 도리어 되물어 왔다.

"으음, 그게 위로 올라가지 않았단 말인가."

청년은 비로소 그것이 묵살되었다는 사실을 눈치챘다. 그리고 괘씸한 일이라고 분개했다. 그렇지만 그가 조선선후6책을 알게 된 것이 비합법적인 루트였으므로 드러내 놓고 무어라고 할 수도 없었다. 그러다가는 국가 기밀 문서를 복사한 짱화쿠이는 사형이 될 게 뻔하다. 그는 신뢰할 수 있는 친구들에게만 비밀리에 이 일을 알려 주었다. 비밀스런 이야기를 들은 자가 그것을 반드시 자기 마음속에만 넣어 둔다는 법은 없다. 자신도 역시 신용할 수 있는 친우에게 살짝 귀띔을 해 주게 된다.

소문은 그런 식으로 세상에 퍼뜨려진다. 리훙장이 '멍론'을 묵살한 사실은 거의 공공연한 비밀처럼 알려지게 되었다. 급기야 정부 내에 있는 한 경골한이 서태후에게,

"리훙장은 특히 외교에 관한 한 신임할 수 없습니다. 조선에 대한 일은 황상께서 직접 단안을 내리십시오."
라는 밀주를 올렸다. 이 밀주문은 도중에 리훙장에게 걸려들었다.
"나의 실각을 노리는군."
리훙장은 이렇게 해석했다.
짱쑤썅, 우창칭 이 두 사람의 이름을 리훙장은 분명한 자신의 정적으로 뇌리에 새겨 두었다.
조선에 파견된 마쩬중은 리훙장파의 인물이었다. 그는 황쭌쎈과 친교가 있어 그 영향을 받았는데, 어느 쪽이냐 하면 '연일정책'에 기울어 있었다. 그 마쩬중에게서 정보를 얻고 있던 리훙장도 짱쩬의 적극책에는 공명하지 않았다.
'서생론'이라고 제쳐 두긴 했지만 리훙장도 짱쩬의 6책이 이상적이라는 사실은 알고 있었다. 이번의 임오군란도 적극적으로 출병에 나섰기 때문에 일본이 영토 할양과 광산권의 요구를 거두었던 것이다. 가능한 일이라면 적극책을 추진하고 싶었다. 그렇지만 그것은 무력을 배경으로 하지 않으면 안 된다.
리훙장은 현실주의자였다. 그는 청국 군부의 현실을 잘 알고 있었다. 왜냐하면 그는 지금의 국군의 창시자라고 해도 좋았기 때문이었다. 그는 누구보다도 청국의 군대가 국제적인 레벨에서 싸울 수 있는 군대는 아니라는 사실을 알고 있었다.
태평천국 발발까지의 청국 군대는 확실히 부패가 극에 달해 있었다. 제대로 무기도 갖고 있지 않은 태평군에 쫓겨 도망다니기에 바빴던 군대였다. 군대는 곧 불량배라는 것이 세간의 평가였다. 그런 군대를 의용병을 기초로 하여 소생시킨 것이 쩡궈후안의 상군(湘軍)이며, 리훙장의 회군이었다. 그것이 지금의 청국군의 모체가 되어 있다. 절개 수술을 통해 가장 악화되어 있던 환부는 분명히 도려내었다. 그러나 체질은 여전히 변하지 않고 또다시 부패가 진행되고 있다는 사실은 국군 탄생의 아버지인 리훙장이 가장 잘 알고 있었다.
임오군란의 2년 후, 청불전쟁이 일어나자 청군은 유리한 전투를 하였는데도 리훙장은 큰 양보를 했다. 언뜻 보면 이것은 수수께끼처럼 여겨지지만 리훙장의 국군에 대한 불신이 수수께끼를 푸는 열쇠라고 말해도 좋을 것이리라. 그 위에다 자신의 직계 군대가 손상을 입게 되면 정치에 대한 자신의 발언력도 약화될 것이라는 우려도 있었다.

이후로도 정부의 수뇌부에서 주전론이 나올라 치면 리훙장은 마음속으로 '나의 군대에 손실을 입혀 나를 실각으로 몰아 넣으려는지도 모른다'고 의심하려 들었다.

임오군란이 거의 평정되고 명성황후가 서울로 돌아왔다는 소식이 베이징에 전해진 무렵, 한림원시강(翰林院侍講)인 짱페이룬[張佩綸]이 '동정책(東征策)'을 상주했다.

짱페이룬은 당시 34세로 직예 출신이며 1871년(동치 10년)의 진사였다. 작년까지 이 인물은 복상중으로 리훙장의 막료가 되어 있었지만 지금은 원 직책으로 복귀했다. 떵청슈우[鄧承修] 등과 함께 '청류(淸流)'로 불리던 정의파의 격정가였다. 잘못을 저지른 고관은 가차없이 탄핵하는 걸로 유명했는데, 여태까지 상서(尙書)였던 완칭리[萬靑黎], 뚱쉰[董恂], 시랑(侍郎)이던 허써우즈[賀壽慈] 등이 그의 탄핵에 의해 실각했었다. 나중에 리훙장의 딸과 결혼하지만 주전론을 굽히지 않아 면직되었다. 청불전쟁 때는 제일선에 파견되었으나 복건 해군이 전멸되는 바람에 그 죄로 유배되었고, 의화단사건의 강화에서는 장인인 리훙장을 보좌했지만 얼마 안되어 이홍자의 연약외교(軟弱外交)와 충돌, 면직이 되는 등 그야말로 파란만장의 생애를 보냈다. 그의 주장은 신강(新疆), 동삼성(東三省), 대만을 엄중히 경비하여 일본과 러시아 침입을 방지해야 한다는 점에 계속 일관되어 있었다.

임오군란 후 그의 '동정책'은 일본에 원정군을 보내라는 주장이었다. 중국의 속민(屬藩)이었던 유구(琉球)를 빼앗고 이세 또나시 소선에 손을 뻗치고 있는 일본을 응징해야만 한다는 것이었다.

이 상주는 음력 8월 16일 날짜로 되어 있었다. 그렇다고는 하지만 지금 당장

원정군을 보내라는 게 아니라 원정의 기본 방침을 정하고, 그를 위해 지금부터 해군에 대한 훈련과 함선 건조에 매진해야 한다는 주장이었다.

상주뿐만 아니라 짱페이룬은 리훙장에게도 사신을 보내 똑같은 주장을 했다.

"조선을 거느리기 원한다면 마땅히 일본을 굴복시키는 것에서 시작해야 함. 일본을 굴복시키려면 인천 50만의 약(約)을 뜯어고치는 일로부터 시작해야 함."

이라며 일본이 빈한한 조선으로부터 50만의 배상금을 갈취한 사실을 통렬하게 비난하고, 조선의 종주인 청국이 이를 묵과해서는 안 된다고 설파했다.

이 편지의 서두에는,

"조선에서의 일을 어제 논의했으나 아직 끝을 보지 못함. 지금 한 번 더 젓가락을 빌릴 것을 청함. 가능할까?"

라고 되어 있다. 젓가락을 빌린다는 것은 〈사기(史記)〉에 장양(張良)이 유방(劉邦)에게 작전을 헌언할 때 젓가락을 빌어 땅바닥에 도해하여 가며 말을 했다는 것에서 유래된 말로 '헌책'의 의미로 사용된다. 어쨌거나 짱페이룬은 매일 같이 강경론을 리훙장에게 불어넣고 있었던 모양이다.

"청류라고 칭하고 있는 녀석들은 골치 아픈 것들이야. 짱쩬 그리고 짱페이룬. 이 무리들이 떠드는 대로 일이 된다면야 재상 해먹기도 쉬운 노릇이야.

리훙장은 편지를 서랍 구석에 던져 넣은 다음 필통을 끌어당겼다. 짱페이룬이 상주한 '동정책'에 대한 북양대신의 의견을 피력하기 위해서였다.

"해군불비, 도해원정비계(海軍不備, 渡海遠征非計)."

꼭 10자였다. 구질구질하게 설명치 않았다. 해군이 아직 제대로 갖추어져 있지 않으므로 바다를 건너 원정하는 일은 좋은 계책이 아니다. 이것만큼 딱 부러지는 설명은 없을 것이다.

리훙장은 가볍게 고개를 저었다.

이런 문장을 쓴다는 것은 유쾌한 일이 아니다. 리훙장은 뭔가 좀 즐거운 일을 해야겠다고 생각했다. 결제 보고서의 문서 다발 속에서 그는 조선에서 보내온 한 통의 문서를 꺼내 들었다. 문서의 제목은 '조선에서의 소임에 공이 있는 인원에 대한 표창을 청함'이었다.

공로자를 표창하고 승진시키는 일은 분명히 즐거운 일이었다.

"흠, 위안스카이라. 우창칭이 위안쟈싼의 종손을 막료로 채용했다는 말은 들었지만 그 녀석이로군. 뭐, 군을 다룸에 엄숙하다고. 명문의 자제이니 파격적으로 등용해 볼까."

리훙장은 문서 위로 눈길을 던지면서 이렇게 혼잣말을 했다.

리훙장은 부속 문건을 펼쳐 보았다. 그곳에는 위안스카이가 1859년(함풍 9년)에 태어났다고 기입되어 있었다.

'젊구먼.'

리훙장은 젊음을 부러워할 나이가 되어 있었다. 내년이면 환갑이었다.


# 5

짱페이룬이 '동징책'을 상주한 날, 고종은 베이징으로 자문을 발송했다. 민속제국(藩屬諸國)의 사무를 관할하고 있는 곳은 예부(禮部)였다. 그러므로 고종이 청국에 문서를 보낼 때는 예부 앞으로 하여 '전주(轉奏)'를 바라는 형식을 취한다. 그것이 '자문'인 것이다.

8월 16일자의 고종의 자문은 2통이었다.

한 통은 난당을 평정해 준 것에 대한 사례문이며 또 한 통은 생부 대원군의 귀국을 탄원하는 것이었다.

후자에 대한 청국 측의 회답은 '저무용의(著毋庸議)'였다. 대원군이 저지른 죄는 중대하므로 석방 귀국은 문제 외로써 검토할 가치도 없다는 것이었다. 다만 조선 국왕의 사모의 정은 이해힐 수 있으므로 매년 사람을 파견하여 대원군을 위문하는 것만은 허가되었다.

한편 이 임오군란에 대한 중국 측의 기록 중에는 '동학당'에 의한 사건이었다고 해 놓은 게 여기저기 눈에 띈다. 사건을 일으킨 병사들 중에는 동학당 관계자도 있었겠지만, 이 때의 폭동은 동학당이 일으킨 것이 아니었다. '난당=동학당'이라고 보는 것은 옳지 않다.

동학당이란 무엇인가? 한 마디로 말한다면 종교적 양이당(攘夷黨)일 것이다. 19세기 후반의 조선에서는 더뎠던 개국과 함께 가톨릭교가 넓게 퍼졌다. 그러더니 결국은 이 가톨릭이 조선에 대한 서구 침략자의 선발대가 아닐까 하는 의심이 생겨났다. 이와 동시에 종주국으로 절대시되고 있던 청나라가 아편전쟁에서 영국에 굴복하고, 꼬리를 물며 불평등 조약을 강요당하고 있는 현실이 되풀이되고 있었다.

왜 대국 청나라가 서구의 나라에 지는 것일까?

'과연 무력만에 의한 승부인가? 아니야, 그렇지만은 않을 것이다'라고 생각한 인물이 있었다. 경주의 몰락 양반이었던 최제우였다. 그는 서구가 강한 것은 기독교라고 하는 종교를 배경으로 하고 있기 때문이라는 결론에 도달했다. 그렇다면 조선이 부강해지기 위해서는 종교에 근본을 둔 힘이 필요하다. 그 힘을 생성해 내는 새로운 종교가 출현해야만 한다. 이제까지의 유교, 불교, 도교에는 그런 힘이 없다.

서학, 서구의 힘의 원천이 된 기독교를 중심으로 하는 신앙에 대해 우리들은 동학으로 대항하지 않으면 안 된다. 이렇게 생각한 최제우는 유·불·도의 3교 외에도 가톨릭의 교리도 참고로 하여 조선 고래의 샤머니즘의 기초 위에 새로운 종교를 구축했다.

이렇게 해서 생겨난 동학은 호부(護符=부적)를 태운 재를 마시면 부유하게 오래 살 수 있다는 따위의 대단히 현세적인 미신도 포함되어 있었지만, 문벌이나 주종 관계, 적서의 차별에 반대하는 등 진보적인 면도 있었다. 이 동학은 사회의 빈곤에 의한 불안을 배경으로 크게 유행하게 되었다. 특히 사회의 하층부에 널리 퍼져갔다.

사교를 가지고 민을 현혹시킨다는 이유로 최제우는 처형되었다. 그렇지만 법난(法難=종교적 박해)은 항상 그 종교를 강하게 만든다. 최제우의 처형은 '임오군란'이 있기 거의 20년 전인 1864년의 일이었다. 제2대 교주 최시형(崔時亨)은 새롭게 동학의 교의를 체계화하는 데 힘을 쏟아, 압금하였음에도 불구하고 동학의 세력은 주욱주욱 뻗어나고 있었다.

사회의 하층에 넓게 퍼져 있었으므로 임오군란을 일으킨 병졸들 중에도 적지 않은 동학의 신도가 있었음은 상상하기 어렵지 않다. 그러나 이 난은 조직으로서의 동학당이 주도권을 쥐고 있었다고는 여겨지지 않는다. 동학당이 그 조직으로서의 힘을 발휘하는 데는 아직 10년 이상의 세월이 더 필요했던 것이다.

임오군란 후 맺은 조약에 의해, 일본은 1년이란 기한이 붙어 있었지만 조선에 주병할 권리를 얻었다. 청국은 경군이 그대로 주류하게 되었다. 이와 같이 두 나라 군대의 주류를 허가한 나라의 상황이 어떻게 될지는 대충 추측할 수 있다. 조선 국내에 친청파와 친일파의 파벌 투쟁을 격화시킨 것은 물론이고 그로 인해 발생한 사회 불안은 동학에게는 가장 좋은 자양분이 되었다.

청국과 일본은 조선을 무대로 패권 다툼을 벌이게 되었지만, 조선도 이들을 공깃돌처럼 갖고 놀려고 했다. 아니 특별히 두 나라를 가지고 논다는 정도로 간단하지도 않았다. 가령 조선은 청국의 파견 기관 내부를 착란시키려고 기도하기도 했다.

청국의 일선 파견 기관, 즉 경군이 일치단결하면 조선에 대한 압력은 가중되기만 한다. 경군 내부에 끊임없이 분쟁이 일면 일수록 그만큼 받는 압력의 강도가 줄어들 것은 뻔한 이치였다.

조선의 요인들은 앞에서 말한 바와 같이 '우(迂)'이기는 했지만 결코 '우(愚)'는 아니었다. 역사는 그들에게 약소자로서 어떻게 해야 살아 남을 것인가 하는 지혜를 가르쳐 주었다.

웬일인지 조선 당국은 스물네 살의 애송이인 위안스카이를 중시했다. 위안스카이는 확실히 일종의 재능을 갖고 있는 인물이긴 했지만, 고종이 그에게 조선 군대의 훈련을 맡기려고 생각한 것은 그것만이 이유는 아니었다. 경군 내부에

'동지' 급으로 발탁된 위안스카이에게 질시가 집중되고 있다는 사실을 조선 당국은 재빨리 탐지하고 있었다.

조선이 위안스카이를 중용하면 그 질시는 점점 격화될 것이다. 그로 인해서 경군 내부의 단합이 흐트러지면 그만큼 조선으로서는 사정이 좋아지는 게 된다.

이와 같은 의미에서 위안스카이는 희대의 행운아라고 하지 않을 수 없다. 위안스카이가 이 행운을 자신의 재능이라고 잘못 판단한 것도 무리는 아니었다. 그는 몹시 상기되어 있었다. 예를 들면 그는 학문의 선생이기도 했던 짱쩬을 이제까지는 선생님이라고 부르고 있었다. 그렇지만 동지가 되고 난 뒤로는 호칭을 바꿨다. 편지에서도 나이 많은 스승을 의미하는 '부자대인(夫子大人)'을 쓰고 있다가 단순한 연장자를 의미하는 '인형(仁兄)'으로 격하시켜 버렸다.

위안스카이는 임오군란 뒤 14년간 조선에 주재한다. 뒷날 그가 발휘한 숙달된 솜씨는 조선에서 습득한 것이라고 해도 과언이 아닐 것이다.

# 제 4 장 급박해진 사태

## 1

조선에서 임오군란이 일어났던 해 프랑스는 베트남의 하노이를 점령했다.

프랑스가 베트남에 처음으로 대규모 출병을 한 해는 1858년이었다. 가톨릭교도의 보호를 구실로 스페인과 공동으로 파병했었다.

제2차 아편전쟁이 '애로호 사건'에 의해 발발하자 프랑스는 영국과 손을 잡고 태평천국군과의 전투로 지쳐 있던 청국을 공격했다. 영불 연합군이 베이징에 입성, 원명원(圓明園)을 파괴하고 대약탈을 행한 것은 1860년 10월의 일이었다. 베이징조약으로 정전이 성립되자 프랑스는 그 병력을 베트남 남부로 돌렸다. 베트남 남부는 '나무키[南圻]'라고 불리고 있었다. 1862년 프랑스는 베트남에 '사이공조약'을 강요하여 사이공을 포함한 3성 1도를 할양 받았다.

프랑스는 중국의 운남(雲南)에 눈을 돌리고 있었다. 열강에 의한 중국 분할 경쟁에 지각을 해서는 안되겠다는 듯 그 준비를 하고 있었던 셈이다. 지하 자원이 충분한 운남을 시작으로 사천(四川), 광서(廣西)로 침략의 손을 뻗칠 계획이었다. 프랑스는 메콩강을 침략 루트로 사용할 계획이었지만 조사 결과, 그 상류는 배가 항해할 수 없다는 걸 알았다. 그래서 베트남 북부를 노렸다. 홍하(紅

河), 즉 송코이강이라면 운남으로 통하고 있었다.

청국에 있어서 베트남은 조선과 마찬가지로 속국이었다. 롼후잉[阮福映]이 30년의 내란을 평정하고 신왕조를 세운 것은 1802년의 일이지만, 이듬해 청조는 광서 안찰사인 치뿌썬[齊布森]을 파견하여 그를 '월남 국왕'에 책봉했다. 사정은 조선과 마찬가지여서 베트남은 청조의 책봉을 받아들이지만, 청조는 종주국이란 명목을 유지했을 뿐 내정에는 거의 간섭하지 않았다. 이것은 조선뿐만이 아니라 유구의 경우도 마찬가지였다. 유구는 실제로는 도진번(島津藩)의 지배를 받고 있었지만, 표면상으로는 청조의 책봉을 받고 있었다. 그렇게 하지 않으면 교역이 불가능했기 때문이었다. 청의 책봉사가 유구에 오면 도진의 관리들은 그 기간만큼은 모습을 감춘다. 청의 책봉사도 아마 실정은 눈치채고 있었을 것이나 모른 척했음에 틀림이 없다.

긴 세월 동안 아무 문제도 발생하지 않고 지내왔는데 19세기 말이 되자 조선과 베트남에서 거의 동시에 분규가 일어난 것이다. 조선에서는 일본, 베트남에서는 프랑스가 연관이 되어 있었다.

일본과 프랑스는 조선과 베트남을 각각 '독립국'으로 간주하고 직접적으로 외교 교섭을 하려고 했다. 청국은 이에 대해 '종주국'의 간판을 어떻게 해서든 주장하려고 했다.

프랑스의 하노이 점령은 베트남으로부터 청국의 종주권을 추방하려는 의도도 있었다. 그 전년, 주영 공사를 겸하고 있던 주불 공사 쩡찌저[曾紀澤]는 프랑스 외무부에 대해,

"베트남은 오랫동안 청국에 속해 있으므로 종주권을 무시한 프랑스와 베트남 간의 조약은 승인할 수 없다."

라고 말해 놓고 있었다.

쩡찌저는 본국 정부에 베트남 문제에 관한 7개항에 걸친 건의를 제출했다. 예를 들면 베트남이 고관을 베이징에 파견한다던가, 베트남의 관리를 주불 중국 공사관에 수행원의 자격으로 주재시킨다는 것 등이었다. 그러나 그것은 모

두 리훙장의 반대에 부딪쳐 실현을 보지 못했다.

최초의 제안에 대해 리훙장은 '제도상 배신(陪臣)을 경사(京師)에 머무르게 할 수 없도록 되어 있다'는 이유로 이를 일축했다.

대원군은 조선 국왕의 생부지만 자기 자식인 국왕의 신하이기도 하다. 청조의 입장에서 볼 때 이는 배신에 해당한다. 임오군란을 일으킨 장본인으로서 종주국인 청국에 납치되었으되 그는 보정에 감금되었다. 베이징에는 위와 같은 이유로 머무를 수 없었던 것이다.

리훙장은 예로부터의 제도는 고쳐서는 안 된다고 생각하고 있었다. 하지만 외국 생활을 오래 한 쩡찌저는 시대가 변했으므로 제도도 고칠 것은 고쳐야 한다고 믿고 있었다.

구제도에 연연해 하기는 했지만 리훙장은 타협의 천재이기도 했다. 프랑스와 베트남의 조약에 관해서도 쩡찌저는 절대 인정할 수 없다고 주장했지만 리훙장은 체결된 조약은 묵인하고 종주국으로서의 체면을 유지하는 방법을 별도로 강구해야 한다는 의견이었다.

쩡찌저는 쩡궈후안의 장남이다. 오늘날 공사라고 하는 것은 그다지 거물이 아니지만, 그 당시는 열강끼리만 대사를 교환했고 청국과 같은 약소국은 상대국과 공사를 교환하는 게 고작이었다. 대사가 존재하지 않는 외교가의 공사이며, 청국에 있어서의 정식 관직명은 '출사흠차대신(出使欽差大臣)'이었다.

쩡찌저의 강경론과 리훙장의 유연 노선이 외교의 장에서 대립되었다. 그렇다고는 해도 국정의 결정권을 쥐고 있는 것은 리훙장 쪽이었으므로 쩡찌저의 강경론은 빛을 보지 못하고 말았다.

세간에서는 상군의 창시자인 쩡궈후안의 아들과 회군의 창시자인 리훙장과의 대립이므로 상·회 양파의 파벌 투쟁으로 간주했다. 실제로는 두 사람의 의견 대립이 있어서 그것이 양파의 항쟁을 불러일으켰다고 생각하는 편이 맞을 것이다.

청국으로 볼 때는 멀리 남북으로 떨어져 있는 '속국'인 조선과 베트남에서 동시에 외국과 연관이 된 귀찮은 문제가 발생한 셈이었다. 곤란한 일이었다. 그러나 일본 측으로 볼 때는 청국이 외교와 군사의 힘을 조선에 집중시킬 수 없었기 때문에 오히려 기회가 좋았다. 프랑스 덕택에 많은 도움을 받게 된 것이다. 도움을 받는다는 면에서는 프랑스 쪽도 피차 마찬가지였다. 일본이 조선에서 일을 벌이면 그만큼 베트남 문제에서 유형 무형의 이익을 받게 될 터였다.

"조선에서 쿠데타를 일으키면 가장 즐거워할 것이 프랑스이리라. 따라서 일본이 조선에서 쿠데타를 일으키면 프랑스는 경제 원조라도 해주어야 한다."

이런 발상도 있었다.

자유당의 이타가키 다이스케[板垣退助]와 고토 쇼지로[後藤象二郎]가 주일 프랑스 공사 생퀴치를 만나 조선에서의 쿠데타 자금 1백만 달러의 제공을 요구한 것도 바로 이런 발상에서였다는 건 두말 할 필요도 없다.

사실 급하기로 따지면 프랑스 쪽이 더했다. 베트남에는 태평천국의 잔당인 '흑기군(黑旗軍)'이 들어와 반프랑스 군사 활동을 펴고 있었다. 흑기군을 지휘하는 자는 천지회(天地會) 계통의 용장, 류우융후[劉永福]라는 인물이었다.

# 2

류우융후는 1837년(도광 17년)생이므로 임오년에는 만 40세의 장부였다. 본명은 의(義), 아호는 연정(淵亭)이라고 했다. 빈농의 아들이었다. 아니 빈농이라고 할 수도 없었다. 철이 들 무렵 양친은 유민이 되어 버렸다. 그는 부모를 따라 각지를 유랑했다.

본적은 광동성 흠주(廣東省欽州)였다. 다만 현재의 행정 구획으로는 뇌주 반도(雷州半島)의 뿌리로부터 서쪽은 광서 장족 자치구(廣西壯族自治區)가 되어 있으므로 흠주도 광서에 편입되어 있다.

〈청사고(淸史稿)〉에는 그가 광서 상사(上思) 사람인 것으로 기록되어 있다. 상사현은 예로부터 광서에 속해 있었지만 흠주에서 그리 멀지 않다. 유랑민인

부모가 한때 상사에서 산 적이 있었기 때문에 그곳이 본적으로 오인되었을 것이다. 본적이 흠주이건 상사이건 류우융후에게는 아무래도 상관없는 일이었다. 어차피 조부, 증조부의 대로부터 떠돌이였을 테니까. 누가 본적을 물어보면 류우융후는 싱글싱글 웃었다.

"지명을 들먹이지 않으면 안되는 겐가?"

지명을 입에 올리는 것보다 하류 사회의 천민이라고 표현하는 쪽이 훨씬 류우융후의 내력을 설명하는 데에 어울린다.

부친은 무예를 할 줄 알았던 모양이다. 자식인 류우융후에게 무기의 초보를 가르쳤다고 한다. 유랑시대, 류우융후 일가는 농민들의 농사일을 거들기도 했고, 주강(珠江) 지류에서 뱃사공을 하기도 했다.

긴 칼도 쓸 수 있었고 몽둥이도 휘두를 줄 알았으며, 권법도 꽤 할 줄 알았다. 이런 젊은이가 의협의 세계에 들어가는 건 어쩌면 당연한 일이었다.

당시 중국의 장강(長江) 이남에서는 '천지회'라는 비밀 결사가 활개를 치고 있었다.

천지회, 다른 이름은 삼합회(三合會) 혹은 삼점회(三點會)라고 한다. 비수회(匕首會), 쌍도회(雙刀會), 가로회(哥老會), 치공당(致公堂), 청방(靑幇), 홍방(紅幇) 따위는 모두 그 분파였다. 결사의 사람들은 대외적으로는 '천지회'라고 칭하고 대내적으로는 '홍문(洪門)'이라는 말을 썼다. 명칭의 기원에 대해서는 여러 가지 설이 있지만 입회할 때 '하나에, 하늘에 숙여 아버지로 하고 둘에, 땅에 숙여 어머니로 하고……'라며 읊조리는 예법이 있어 그로부터 유래했을 것이라고 한다.

천지회의 원류에 대해서도 많은 학설이 분분한데, 국성야 정성공(國姓爺鄭成功) 일당이 뭉쳐서 반청복명(反淸復明)의 비밀 결사를 조직했다는 설이 있는가 하면 청조의 탄압을 받아 망명한 소림사(少林寺) 잔당의 비밀 조직이라는 설도 있다.

정부에 의지할 수 없으므로 이 시대의 사람들은 여러 가지로 상호 부조의 방법이나 그 조직을 생각했다. 천지회도 정부 전복을 꾀한 비밀 결사라고 하기보다는 상호 부조 조직이라는 색채가 더 농후했다.

　소수 민족으로 중국을 지배하고 있던 만청(滿淸) 정권이 다수파인 한족(漢族)의 단결을 두려워한 것은 말할 필요도 없다. 단순한 상호 부조나 종교적인 모임까지도 당국은 신경을 곤두세우고 있었다. 목적 여하를 불문하고 결사를 만드는 일 자체를 이미 꺼려했던 것이다. 어떠한 결사이건 비밀리에 만들어졌다. 비밀이라는 것은 온갖 억측을 불러일으킨다. 결사 자체도 갖은 전설을 지어내어 스스로를 화려하게 꾸민다. 그럴싸한 기괴한 이야기가 쌓여져 있다.

　전해져 내려오는 전설의 진위야 어찌됐든 천지회가 사회의 하층부에 가까운 사람들을 포함한 거대한 조직이며 지극히 반정부적인 경향을 띠고 있었다는 사실은 틀림이 없다. 각지에 산당주(山堂主)라는 것이 있어서 이들이 우두머리급이었다.

　류우융후는 17세에 고아가 되어 21세 때 천지회의 어떤 산당에 들어갔다. 산당주, 즉 우두머리는 우쿤[吳錕], 별명이 아종(亞終)이라는 인물이었다.

　그의 나이 스물한 살, 1857년(함풍 7년)은 태평천국이 아직 왕성했던 무렵이었다. 전년에 양슈우칭[楊秀淸]·짱창후이[韋昌輝]의 분쟁이 있어서 점차 앞날에 그늘이 드리우기 시작했지만 청조 정부는 여전히 골머리를 썩이고 있었다.

　태평천국전쟁은 홍슈우췐[洪秀全]의 '배상제회(拜上帝會)'라는 그리스도 교단 세력과 천지회의 연합에 의한 모반이었다. 배상제회는 신앙으로 뭉쳐진 견고한 단결력을 과시하는 조직으로 높은 이상과 엄격한 계율을 갖고 있었지만 숫자는 그렇게 많지 않았다.

　천하를 뒤집어엎을 모반에는 역시 수가 모자라면 안 된다. 그래서 대세력인 천지회와 손을 잡은 것이었다. 천지회는 분명히 수는 많았지만 옥석이 뒤섞여서 조직이고 기율이고 배상제회에는 미치지 못했다.

　천지회에는 도교적인 색채가 농후하다. 도교의 선조는 후한 말에 '태평도(太平道)'의 황건의 난을 일으킨 적이 있다. 태평이라는 말은 그쪽 계통의 사람들이 즐겨 사용한 용어였다. 그리고 그리스도교인 '배상제회' 사람들의 애용어는 '천국(天國)'이었다. 양쪽의 애용어를 합쳐서 '태평천국'이라고 했다는 설이 있다.

태평천국 중의 천지회 계통의 최고 간부가 모반 전쟁의 초기에 죽어버린 탓도 있었지만, 천지회는 사람 수만 많았지 주류라고는 할 수 없었다.

양파의 사이에는 체질적으로 잘 어울리지 않는 것이 있었다. 가령 어떤 큰 성을 함락하면 천지회계의 사람들은 전승 축하회를 벌여 크게 한 잔 들이키자는 분위기인데 배상제회 계열의 사람들은 우선 기도회를 열고 상제에게 기도를 드린다고 하는 형편이었다.

주류가 되지 못한 천지회 사람들 가운데에서는 차츰차츰 탈락하는 자가 나왔다. 탈락하는 것뿐이라면 좋겠는데 청국군에 투항하는 예도 적지 않았다.

젊은 날의 류우융후의 가슴속에 어떠한 사상이나 이념이 깃들어 있었는지 우리는 알 수 없지만, 그의 기질은 바로 천지회의 전형이라고 할 수 있는 것이었다. 그다지 경건하다고 말하지는 못한다. 그러나 호방하고 자신이 생각하는 대로 행동하는 의기가 느껴지는 의협의 사나이였다.

태평천국의 수뇌부가 천경(天京=남경)에서 호사스런 생활을 하고 있을 무렵, 말단의 일개 병졸에 지나지 않던 젊은이 류우융후는 각지를 전전하고 있었음에 틀림이 없다. 천경이 함락된 것은 1864년 7월의 일이었다.

각지의 태평군은 청군의 공격을 받아 도망 다니기에 바빴다. 젊은 류우융후는 그러한 패잔군 속에 끼어 있었다.

"염병할! 저 비적 자식."

류우융후는 도망치면서 이런 욕설을 퍼부으며 아무 데고 툇, 툇 침을 뱉었다.

광서에서 태평군의 패잔병을 소탕하고 있던 사람은 휭즈차이[馮子材]라고 하는 제독이었다. 그는 류우융후과 동향인 흠주 사람이었다. 류우융후가 어릴 때 휭즈차이는 그 부근에서 꽤 이름을 날린 비적 두목이었다. 애가 울면 부모들은,

"쉿! 큰 소리를 내면 안돼! 우는 소리가 들리면 비적 휭즈차이가 달려와 채 가 버린다."

제4장 급박해진 사태　　81

라고 겁을 주었다.

그런 그가 정부에 귀순하여 지금은 광서제독인 것이다.

류우융후는 쫓겨다니고 있는 것 때문에 화를 내는 게 아니었다. 비적 출신인 횡즈차이의 '운이 좋은 것'이 마음에 들지 않았을 뿐이다.

"정말이지 운이 좋은 놈이야! 괘씸하게."

류우융후는 가래를 뱉었다.

"운은 녀석에게만 붙어다니지는 않을 거야. 그리 화낼 필요도 없다구."

두목 우쿤이 쓴웃음을 지으며 타일렀다.

"그럴까요. 아무래도 우리들은 행운의 신으로부터 버림받은 것 같습니다요. 예수쟁이들과 함께 전쟁을 하니까 그런가."

류우융후는 무슨 일만 생길라치면 무릎을 꿇고 '상제'에게 기도를 하던 배상제회 사람들의 모습을 떠올렸다. 그들이 끊임없이 십자가를 그리던 모습을 생각하자 류우융후는 배알이 틀려 왔다.

"그런 건 아무 관계가 없어. 어때, 허구한 날 쫓겨다니고만 있을 게 아니라 우리도 한 번 나라 밖으로 나가 볼까?"

라고 우쿤이 말했다.

"국외로?"

"베트남으로 가는 거야. 저 비적 녀석들도 설마 국경을 넘어 쫓아오진 않을 거야."

"그렇겠군요. 가볼까요? 이제 도망다니는 것도 지겨워요. 국외로 나가 우리의 '운'을 한번 시험해 볼까요?"

이렇게 해서 우쿤 일당이 베트남으로 도망을 간 것은 1865년의 일이었다. 당시의 베트남 국왕은 사덕제(嗣德帝)였다. 천지회의 패잔병들은 그에게 귀순을 했다. 2년 후 류우융후는 우쿤으로부터 떨어져 나가 자립을 하게 된다. 이 때 새롭게 조직한 것이 '흑기군'이었다. 검은 천에 붉은 색으로 '의(義)'자가 새겨진 깃발을 사용하고 있었다.

# 3

위안스카이는 청일전쟁의 발단에 연관된 인물이고, 류우융후는 그 종막에 등장한 인물이다. 위안스카이가 하남의 명문 출신이었던데 비해 류우융후는 서남 변경의 유민의 아들이었다. 과거에 급제하지도 않은 채 순풍에 돛을 단 듯 정부의 요인으로서 외국에 주재한 위안스카이는 혜택받은 시작을 했다고 말할 수 있겠다. 이와는 대조적으로 류우융후는 좌절의 연속이었다. 천지회의 회원으로 태평천국에 참가했지만 혁명 세력의 주류가 되진 못했다. 태평천국 붕괴 후에는 사냥터의 토끼와 같이 정부군에 쫓겨다녔다. 젊은 나이에 외국으로 나간 것은 위안스카이와 비슷하지만, 류우융후는 패잔병으로서의 망명이었던 것이다.

위안스카이와 류우융후는 많은 부분에서 극히 대조적인 인물이었다. 류우융후를 그냥 청일전쟁의 막을 내린 인물이라고 평가하는 것은 어쩐지 지나치게 피상적이지는 않을는지. 그의 행적을 되짚어 보면 사건의 발단 언저리에서도 연관되어 있다는 점을 발견하게 된다.

베트남으로 도망친 천지회계의 패잔군은 그다지 질이 좋은 집단은 아니었다. 그렇지만 베트남 북부에는 그들보다도 더 질이 나쁜 무리가 서식하고 있어서 원(阮) 왕조를 괴롭히고 있었다. 그래서 사덕제는 류우융후의 망명 군단을 이용하여 악질적인 토착 비적을 토벌하려고 했다. 이 계획은 어느 정도 성공을 거두었고, 그 전공에 의해 류우융후는 베트남 정부로부터 관작 등을 수여 받았다.

청국은 베트남의 명목적인 종주국에 지나지 않았지만, 보승(保勝=바오탄) 지방의 토착 비적들의 기승에 고통을 당하던 베트남 측이 '군대를 파병하여 악당들을 일소해 주길 바란다'는 탄원을 청국 측에 냈던 적이 있었다. 베트남 정부는 병력 부족으로 늑대의 손이라도 빌리고 싶었던 것이다. 걸핏하면 종주라고 말하고 있으니 이런 때 좀 도움을 받아보자는 심산이었다. 이 요청을 받고 청국이 파견한 군대의 사령관은 아이러니하게도 바로 저 비적 출신의 횡즈차이였다.

바오탄은 지금의 라오카이 지방이다. 송코이강이 중국의 운남성으로부터 베트남 국내로 흘러 들어가는 바로 그 부근이다. 운남성 측의 지명은 하구(河口)로 불렸으며 현재는 요족 자치현(瑤族自治縣)이 되어 있다. 그 부근의 비적 토벌에 류우융후 일당의 힘을 빌리고 있었는데, 새롭게 청국에서 빌려온 군대의 사령관이 예전에 류우융후를 뒤쫓던 훵즈차이였던 것이었다.

"바로 그 비적 아저씨인가?"

자신과 협력하여 토착 비적을 토벌할 경군의 사령관이 예의 훵즈차이라는 걸 알았을 때 류우융후는 고소를 머금었다. 그렇지만 예전처럼 화를 내지는 않았다. 고생을 많이 했으므로 류우융후도 이젠 인간적으로 세련되어 있었던 모양이다. 훵즈차이와 회견을 할 때도 싱글거리며,

"아이구 이거! 고향의 대선배님이시군요. 잘 부탁드립니다."
라고 정중하게 인사말을 했다.

임오년의 9년 전에 프랑스는 하노이를 한 번 점령했었다. 이 때 베트남 정부는 류우융후에게 원군을 요청했다. 류우융후는 1천 명의 정예군을 선발하여, 길도 없는 산악을 넘어 진격하여 프랑스군과 싸웠다. 프랑스군의 지휘관은 해군 대위 가르니에였다. 하노이 교외에서 격전이 벌어져 프랑스군은 수백의 사상자를 낸 뒤 패퇴했다. 이 전투에서 가르니에 대위는 전사했다.

여기서의 전공에 의해 류우융후는 삼선군무부제독(三宣軍務副提督), 영병관(領兵官) 등의 관직을 부여받았다. 소장이나 중장쯤의 대우였다.

하노이 교외에서 프랑스군의 패퇴는 1873년 12월의 일이었는데 그 후 한동안 프랑스는 목을 움츠리고 있었다. 그러나 1880년 9월에 쥬르 페리가 수상이 되자 프랑스는 다시 적극책으로 돌아섰다. 페리는 파리 코뮨을 진압한 악명 높은 인물이다.

임오년에 프랑스는 재차 하노이를 점령했다. 류우융후도 다시 흑기군을 이끌고 프랑스군 앞에 모습을 나타냈다.

이듬해인 1883년 5월, 하노이 서부 교회의 지교(紙橋=치퀘우)에서 벌어진

전투에서 프랑스군은 또다시 패퇴하고 말았다. 10년 전의 하노이 공방전 때와 흡사하게 프랑스는 이 전투에서 사령관인 리비에르를 위시하여 전사자만 2백 명을 내는 등 큰 손해를 입었다.

베트남에서의 류우융후의 관직은 다시 올라갔다. 부제독에서 정제독이 된 것이다.

류우융후가 이끈 흑기군의 분전에 의해 베트남 북부의 프랑스군은 격퇴되었다. 그러나 중부에서는 쿠르베가 이끄는 프랑스 함대가 우세하여 수도인 위에를 공격했고 급기야는 아르망 조약을 맺게 되었다. 이것이 8월의 일인데, 베트남을 프랑스의 보호령으로 한 파토노오틀 조약은 이 조약을 확인, 수정한 것이다.

프랑스 함대의 위에 공격 1개월 전에 베트남 국왕인 사덕제가 죽었다.

사덕제는 그의 생모인 범태후(范太后)와 함께 원래부터 대 프랑스 강화를 희망하고 있었던 걸로 전해진다. 베트남 원 왕조의 창시자 가륭제(嘉隆帝=쟈론)는 건국을 하면서 프랑스의 힘을 빌린 적이 있었기 때문에 조정에서는 친불의 기풍이 뿌리깊었다. 사덕제의 후계 국왕인 육덕제(育德帝)도 친불적이었기 때문에 반불론자이던 섭정 존실설(尊室說=톤타토튜에트)은 그를 4일 만에 폐위시켜 버렸다. 그 대신 즉위한 것이 협화제(協和帝)인데 그도 본질적으로는 친불적이었으나 존실설파의 압력으로 프랑스 함대에 대한 공격 명령을 내렸다. 그렇지만 협화제도 얼마 못 가 폐위된 다음 독살되고 말았다. 협화제가 프랑스 공사와 회견을 했기 때문이었다. 그 뒤를 이어 열다섯 살의 건복제(建福帝)가 즉위했다. 반 년 만에 네 번이나 국왕이 바뀐 것이다.

열성적인 반불주의자였던 섭정 존실설은 흑기군의 류우융후와 꽤 긴밀하게 연락을 취하고 있었다.

위에의 베트남 왕조가 친불파, 반불파로 나뉘어 암투를 벌이고 있었던 것과 마찬가지로 '종주국'인 청조에서도 강경파와 유연파가 서로 싸우고 있었다.

청불전쟁이 정식으로 불을 뿜기 시작한 것은 이 해(1883년) 12월이었다. 프랑스의 제2차 페리 내각은 1만 5천의 원정군 파견과 전비의 추가 지출을 의회에 제출하여 승인을 얻었다.

여기서는 청불전쟁에 관해서 많이 언급할 여유가 없다. 간단하게 이야기를 하자면, 쿠르베 제독이 인솔한 6천의 프랑스군이 서전(緖戰)에서는 송타이를 함락했지만 청군은 랑손에서 프랑스군을 물리치고 대승리를 거두었다. 프랑스군은 1천여 명의 전사자를 냈다. 그러나 프랑스 해군은 복건을 기습하여 청국 해군에 전멸의 패배를 안겨 주었다. 또한 프랑스 함대는 해상을 봉쇄하여 대만을 고립시키려고 했다. 그렇지만 프랑스 함대가 절강성 진해(浙江省鎭海)를 습격했을 때 보산(寶山) 포대의 반격을 받아 쿠르베는 중상을 입고 팽호(澎湖)에서 사망하기도 했다.

랑손의 패보가 프랑스에 전해진 날 페리 내각은 붕괴되었다.

그런데 리훙장은 기묘하게도 청군에게 정전을 명하고 프랑스와 톈진조약을 체결, 베트남에 대한 종주권을 포기하는 대신 프랑스의 베트남에 대한 보호권을 인정해 주었다.

"랑손의 승리는 정전을 위한 절호의 기회다."

리훙장은 이렇게 주장했다. 정전의 호기였는지는 모르지만 체결된 조약은 실질적으로 패전 바로 그것이었다.

톈진조약이 체결된 날은 1885년 6월 9일이었다.

청불전쟁 중에 류우융후는 변신했다. 패잔 망명 군대의 수령으로 베트남 조정으로부터 굉장한 관작을 받고 있었지만, 청국 측에서 볼 때는 변함 없이 도망친 반도였다. 그러나 이끌고 있는 흑기군은 프랑스와의 전투에서 청군의 주력이 되어 그 용맹을 천하에 떨쳤다. 청조 측도 그 실력과 공적을 인정치 않을 수 없게 되었다.

한편으로는 이런 실력을 가진 자는 그 싹을 한시 빨리 뽑아 내버릴 필요가 있었다. 그래서 청조는 류우융후에게 '기명제독'이라는 관직을 주었다. 이제 그는 청조에 의해 정식으로 임명된 것이다. 이것은 물론 흑기군이 정규군에 편입된 것을 의미하기도 했다.

구시대의 중국인에게 있어서 관작이 얼마나 선망과 도교의 표적이었는가는 현대의 우리들의 상상을 훨씬 초월하는 것이었다.

반도의 낙인이 찍혀 붙잡히면 효수를 당할 인간이 정부군의 최고 칭호를 얻게 된 것이다. 유민 출신인 류우융후의 기쁨은 굉장한 것이었다.

1885년 8월 류우융후는 10만여 석의 군량, 수많은 탄약, 총포, 병선에다 3천 명의 부하를 이끌고 투항 아닌 투항을 했다. 이 당시 대다수의 두목급의 부하들은 반대를 했지만, 류우융후는 비단옷을 걸치고 고향으로 돌아가고 싶어했다. 그의 부대가 광서에 도착했을 때 베이징에서는 1200명으로 수를 줄이도록 엄명을 내렸다. 이듬해 류우융후는 복건 남오(南澳)의 '총병'으로 임명되었다. 그의 직계이던 흑기군은 분산되어 나중에 그의 휘하에는 3백 명밖에 남지 않았다.

야생마인 류우융후조차도 관직위계훈등(官職位階勳等)에는 눈이 어두워졌던 것이다. 이런 미끼를 갖고 그를 설득하러 간 사람은 탕징숭[唐景崧]이라는 인물이었다. 아호는 미경(薇卿), 광서 관양(灌陽) 사람이었다. 1865년(동치 4년)의 진사이므로 엘리트 코스를 밟은 관료였다. 그런데도 호걸풍으로 풍류가 있고 사교에 능했다. 청불전쟁 때 그는 스스로 류우융후에게 귀순을 설득할 사자역을 맡고 나섰다.

"조정, 공을 애타게 갈망함."

이 촌철살인의 한 구절로 탕징숭은 류우융후를 설득시켜 버렸다.

이와 같은 경위를 통해 탕징숭과 류우융후의 사이에는 밀접한 관계가 맺어졌다. 뒷날 청일전쟁이 한창일 때 탕징숭은 대만순무가 되었고, 류우융후는 사태가 위급해지자 대만으로 군대를 이끌고 건너갔다. 강화조약의 결과 대만은 일본에 할양되게 되었고 대만에 있던 탕징숭과 류우융후가 결국 전쟁의 막을 내린 셈이 되었다. 이것은 1895년의 일이었다. 이야기를 다시 1884년으로 돌려보자.

# 4

1884년은 청의 광서 10년, 즉 갑신의 해이다. 베트남에서 흑기군을 주축으로 한 청군이 랑손에서 프랑스군과 싸워 대승을 거두는 한편, 프랑스 함대는 중국 해군에 큰 타격을 입히고 있던 시기였다.

임오군란 후 일본은 조선에 주병하고 있었지만 이듬해 병력을 2백 명으로 축소시켰다. 그러나 일본은 호시탐탐 쿠데타의 호기를 노리고 있었다. 청국이 프랑스와의 전쟁으로 정신이 없어 조선에는 힘을 쏟을 여유가 없다는 사실이 일본에게는 절호의 찬스로 비쳐졌다.

쿠데타를 일으키기 위해서는 일본의 수족이 되어 움직여 줄 조선의 유력자와 연계를 맺지 않으면 안 된다. 한편 조선 측으로도 종주권을 주장하는 청국의 압력에서 벗어나기 위해서는 일본의 힘을 빌려야만 한다는 의식이 있었다. 그런 생각을 갖고 있는 사람들은 앞서 이야기한 바와 같이 자신들을 '개화당' 또는 '독립당' 이라고 칭했다.

독립이란 종주국인 청국으로부터의 독립을 뜻한다. 이들에 반해 이제까지의 전통과 질서를 유지하고자 하는 일파가 있었는데 이를 '사대당', 대(大)를 쫓는 당파라고 칭했다. 이 경우의 '대' 란 청국을 가리키는 것이었다.

독립당이라고는 하지만 자력으로 하려고 했던 게 아니고, 일본의 힘을 배경으로 삼으려고 했기 때문에 별칭은 당연히 '친일파' 였다. 친일파의 주요 인물은 김옥균과 박영효 등이었다.

사대당, 즉 친청파의 요인에는 민영익, 김윤식, 민영목, 조영하 등의 얼굴이 보였다.

김옥균은 충청남도 공주 사람으로 1851년 생이었다. 22세 때 과거 문과에 수석으로 합격한 수재였다. 저명한 정치가이며 또한 학자이기도 했던 박규수의 문하생이었다. 박규수의 문하생 중에는 그 외에도 박영호, 홍영식, 서광범 등 우수한 인재가 많이 모여 있었다.

김옥균은 봉원사(奉元寺)의 승려였던 이동인(李東仁)을 일본에 파견했다. 청국의 사정은 두 번씩이나 사절로서 청국에 건너갔었던 박규수로부터 듣고 있었다. 그렇지만 일본의 사정에는 어두웠다. 메이지유신에 의해 국력이 급격히 신장되었다는 막연한 정보만 전해져 있을 뿐이었다. 김옥균은 자신이 직접 일본을 시찰한 뒤 조선의 장래에 대해 참고하려고 했지만, 당시 조선에서는 공용 이외의 국외 여행이 금지되어 있었다. 특히 양반의 국외 도항은 사적으로는 불가능했다. 그러므로 김옥균은 신임하고 있던 이동인을 자신의 '눈' 대신에 일본으로 도항시켰던 것이다. 도항비는 김옥균과 박영효가 부담하고, 부산에 있던 동본원사(東本願寺) 별원(別院)의 일본인 승려 오쿠무라 엔셍[奧村圓心]의 주선으로 밀항시켰다.

이동인은 도쿄 천초사(淺草寺) 별원에 숙박하며 후쿠자와 유키치[福澤諭吉]나 고토 쇼지로와 접촉했다. 이것이 1879년의 일로, 그 이듬해 김굉집이 수신사로서 일본에 파견되었다. 이 정식 사절은 밀입국자인 이동인과 같은 천초사 별원을 숙소로 사용했다. 김굉집은 주로 도쿄에 주재하고 있는 청국의 외교관과 접촉했다. 청국의 주일 공사는 허루짱[何如璋]이었고 참찬은 시인인 황쭌쎈이었다.

이와나미[岩波] 서점판 〈중국시인전집〉 2집 '황쭌쎈'의 말미에 겐구미코[筧久美子] 씨가 작성한 연보가 붙어 있는데 그 1880년의 항목에는,

"이 해 대조선 문제로 노력했으나, 효과가 없었음."

이라고 되어 있다. 이것은 〈조선책략〉의 저술을 가리키는 것이겠으나 조선 수신사 김굉집과의 접촉도 포함될 것이다. 황쭌쎈은 김굉집이 귀국할 때 〈조선책략〉을 선사했다.

이미 말한 바와 같이 황쭌쎈의 이 저작은 러시아의 남하에 대해 조선은 마땅히 청국 및 일본과 손을 잡고, 미국의 지지를 얻음으로써 비로소 영토를 보전할 수 있다고 설파한 것이다.

그러나 조선의 보수파에 있어서 근대화는 곧 금수화였다. 청국과의 종속 관

계를 갖는 것은 괜찮지만, 금수인 미국, 그리고 금수가 되려고 발버둥치는 일본 등과 손을 잡는다는 따위는 절대 용서할 수 없다는 것이었다. 이와 같은 반대론을 '위정척사론(衛正斥邪論)'이라고 칭하였는데 그 리더는 이만손(李晩孫)이라는 인물이었다.

위정척사론의 목소리가 드높았지만 조선 정부는 근대화의 방향을 향해 나가고 있었다. 일본인 군사 교관을 초빙한 것도 그 일환이었다. 김굉집, 이동인 등의 일본 견문담은 한층 더 요로의 인사들을 자극했다. 하여튼 간에 금수화인지 아닌지 한 번 자신들의 눈으로 직접 일본을 봐야 하지 않겠는가하고 하는 말이 나와 '신사 유람단'이 조직되었다.

총원 62명의 '신사 유람단'은 1881년 2월로 파견이 결정되었다. 육군, 해군, 내무, 외무, 세무, 우편, 철도 등 모두 12개 반으로 나뉘어진 본격적인 시찰단이었다. 이에 앞서 1년 동안 일본에 체재하고 있던 이동인이 수신사 김굉집을 따라 귀국, 밀입국한 죄를 용서받았을 뿐만 아니라 새롭게 설치된 '통리기무아문(統理機務衙門)'의 멤버로 등용되었다. 그는 당연히 시찰단원에 합류하여 일행의 안내역을 맡게 되어 있었다. 그렇지만 그는 출발 직전에 암살되었다.

하수인은 위정척사론자였음이 분명하다. 이동인에게는 금수화된 일본을 미화하고 선전한 죄 외에도 천민인 승려 주제에 '통리기무아문'의 중요한 직책을 맡고 있었다는 점이 구질서 유지파에게는 증오의 표적이 되었다.

이동인은 일본 체재 중 화복(和服=일본 옷)을 입고, 성도 '조야(朝野)'라는 일본식 성을 쓰고 다녔다. 아마도 〈조야신문(朝野新聞)〉을 읽고 있었던 탓이었으리라. 그가 암살된 다음, 그런 연분이 있었던 때문인지 일본의 〈조야신문〉은 이동인에 대한 소개를 해 놓았다.

그의 연령 삼십 내외, 키는 작고 안색 기추(奇醜)하며 안정괴이(眼睛怪異)함. 그의 담화는 한어(漢語)가 섞인 말씨로 매우 정연함. 명물 기구(名物器具)에 이르기까지 한 곳도 틀리는 곳 없음. 겨우 1년간에 우리 방어(邦語=일본어)에 능함 또한 놀랄 만한 일이다.

　이동인의 암살에도 불구하고 이 시찰단은 부산에서 배에 올랐다. 일본 시찰이라 해도 62명 전부가 반드시 친일파는 아니다. 개중에는 위정척사적인 사상을 갖고 있는 인물도 있었고, 보수파도 섞여 있었다. 앞에 나온 〈조야신문〉은 이들 일행에 관한 기사에서, '조선국 조사(朝士) 일본 연구를 위해 도래'라는 제목에 이어, '개진(開進), 수구(守舊)의 오월동주(吳越同舟)'란 부제목을 달았다.
　부산에서는 일본 영사 곤도 신스케[近藤眞鋤]가 일행을 배웅하기 위해 내려왔다. 그 때 단원 중의 한 사람이던 참의(參議) 심상학(沈相學)이 자꾸만 눈을 비비고 있었다. 곤도 신스케는 걱정이 되어,
　"눈이 아프십니까? 의사를 부를까요?"
라고 물어 보았다.
　이 심상학은 매우 완고한 보수파였다. 일본에 가는 것도 별로 탐탁지 않았을 것이다. 그의 곁에는 어윤중(魚允中)이 있었다. 이 사람은 열성적인 근대화론자였다. 어윤중은 곤도 영사가 말을 끝내자마자,
　"심 대감의 눈병은 일본의 물로 씻고 일본의 바람으로 불어내면 금방 나을 것입니다."
라고 말했다.
　"뭐요 그 말투는? 대체 뭘 말하고 싶은 게요?"
　심상학은 얼굴색을 바꾸며 따지고 들었다.
　어윤중은 교리(校理)라는 관직에 있었다. 나중에는 친일 색채를 짙게 띠지만 이 때는 아직 서른세 살의 혈기 왕성한 사람이었다. 하고 싶은 말은 이것 저것 가리지 않고 뱉어버린다.
　"당신의 눈은 번쩍번쩍 빛이 나고 있지만 유감스럽게도 '사물'이 보이지 않아, 다시 말하자면 눈 뜬 장님이 아니오. 이제부터 일본에 가서 그 개화된 모습을 목격하면 틀림없이 마음도 깨끗해지고, 그렇게 되면 눈을 감아도 '사물'이

보이게 될 것이오."

"뭐라구!"

심상학은 안면이 창백해졌다.

참판(參判)인 조준영(趙準永) 등이 황급히 두 사람을 뜯어 말려 싸움은 간신히 진정되었다. 이것은 아마 전형적인 오월동주의 일막이라고 말할 수 있으리라.

## 5

어윤중은 시찰단의 본대가 귀국한 뒤에도 한동안 일본에 머무르며 수행원 몇 명을 경응의숙(慶應義塾)에 입학시켰다. 돌아오는 길에는 바로 귀국하지 않고 일단 청나라로 건너가 조선 영선사로서 톈진에 주재하고 있던 김윤식을 만났다. 김윤식도 배신이었으므로 베이징에 머무를 수 없었기 때문에 직예총독이 있는 톈진에서 거주하고 있었다. 이렇게 해서 가슴 가득히 해외의 공기를 들이마셨다. 그 자신의 표현대로 '가슴속을 깨끗이 씻은' 뒤 다시 일본의 장기(長崎)를 경유하여 귀국했다.

귀국 후 그는 시찰 여행의 견문을 〈중동기(中東紀)〉라는 제목의 저작에 정리를 하여 이것을 요로의 인사들에게 보냈다.

김옥균은 시찰단에는 참가하지 않았지만 김굉집으로부터 황쭌쎈의 〈조선책략〉을 얻어 보았고, 어윤중이 보낸 〈중동기〉도 읽은 터라 일본에 대해 한층 더 깊은 관심을 기울이게 되었다. 그러다가 드디어 1882년 2월 임오군란이 일어나기 바로 직전에 다른 사람의 눈을 빌지 않고 자신의 눈으로 직접 일본을 체험하기 위해 서광범과 함께 일본으로 건너갔다. 음력으로는 아직 12월이었다. 조선력으로는 개국 490년이었는데 이 해 12월의 김옥균의 일기에는 "우리 대군주의 명을 받들어 일본을 여행하다"라고 기록되어 있다.

일본 측에서는 김옥균의 방일을 제법 중요한 사건으로 받아들였던 것 같다.

조선이 일본에 영사관을 설치하게 되었으며 김옥균이 영사에 임명되었다는 소문도 있었다. 신문에는 '조선 영사관은 코사카의 가와구치[川口]에 설치될 모양'이란 기사도 실렸다. 혹은 김옥균 일행의 여비는 2만 원인데, 이것을 어떤 상회에 빌리러 갔더니 예전의 빚이 아직 남아 있었기 때문에 거절당했다는 식의 장난스런 에피소드도 소개되어 있었다. 또한 김옥균의 일본행은 국왕의 내명(內命)을 받들어 국채를 모집하려는 것이었다는 정보도 신문에 보도되었다. 이러한 소문들에 대해 김옥균도 상당히 곤혹을 느끼고 있었던 듯하다.

여행 목적에 대해 김옥균은 일본을 시찰하여 참고로 삼을 것을 구하는 일과 반대당의 예봉을 피하려고 한 목적 외에는 공적인 이유 같은 건 없었다고 변명하고 있다. 너무 엉터리 같은 소문이 많이 나면 귀국한 뒤 무슨 일을 당할지 알 수 없는 위험천만한 일이라고 불만을 드러내 놓고 표시했다. 그렇지만 그의 일기에는 왕명을 받았다고 쓰여 있는 것이다.

김옥균의 장기 도착은 이타가키 다이스케가 기후[岐阜]에서 폭한에 찔려, "이타가키는 죽어도 자유는 죽지 않는다"는 유명한 말을 남긴 큰 뉴스가 있은 직후였다. 만약 이 뉴스가 없었더라면 김옥균에 대한 중상은 훨씬 더 지독하게 전해졌을지도 모른다.

일행은 후쿠자와 유키치의 저택에 머물면서 그의 소개로 이토 히로부미[伊藤博文], 이노우에 가오루, 오쿠마 시게노부[大隈重信] 등 일본의 정치가들과 회담했다.

김옥균 일행은 7월이 되자 귀국길에 올랐다. 신호항에서 '품천호(品川號)'에 올라 하관(下關)까지 갔을 때 조선에서 사변이 일어났다는 소식을 들었다. 임오군란이었다. 그래서 귀국을 보류하고 그곳에서 대기했다. 결국 그는 나중에 하나부사 공사와 함께 일본군함에 편승하여 귀국했다.

임오군란은 대원군이 일으킨 쿠데타였다. 대원군은 작년에 새롭게 설치되었던 '통리기무아문' 등 근대적인 색채를 띤 모든 것을 폐지시켜 버렸다. 이것은 김옥균 등의 개화당으로서는 견디기 어려운 일이었다. 김옥균과 서광범 등은 일본의 힘을 빌어 대원군의 보수 정권을 타도하고 다시금 근대화 노선을 회복하려 했다.

그 무렵 톈진에 있던 어윤중은 김윤식과 상담, 청국에 파병을 요청했다. 그들도 근대화 추진파였으며 대원군의 역코스에는 반대였다. 어윤중과 김윤식도 청국 군함에 편승하여 귀국했다.

청국이나 일본에 체재하고 있던 조선의 요인은 일란성 쌍생아적인 행동을 취한 셈이었다. 양쪽 다 자신들이 체재하고 있던 나라에 무력 개입을 요청했으며, 양쪽 다 그 나라의 군함을 타고 귀국했던 것이다.

임오군란에 대해서는 이미 말했으므로 그 후의 일에 관해 붓을 옮겨 보자.

청국과 일본이 출병을 해왔으므로 조선으로서는 그 '후의(厚意)'에 사의를 표하지 않을 수 없었다. 특히 일본의 경우는 호리에 중위 이하 십수 명이 사망했으므로 사죄의 수신사를 보내지 않으면 안 된다. 한편 청국에 대해서는 납치된 국왕의 생부, 대원군의 사면을 애원해야 했다.

청국에는 사은의 의미로 진주사(陳奏使)를 보냈는데 정사는 조영하, 부사는 김굉집이었다.

일본에 보내는 수신사는 정사가 박영효, 부사가 김만식으로 홍영식과 서광범이 수행했고, 김옥균과 민영익이 고문으로 참가했다.

8월에 일본에서 막 돌아왔던 김옥균은 9월에 다시 일본으로 향했다. 사절은 참내(參內)하여 메이지 천황을 알현했다. 사죄사였지만 일본으로서는 파격적인 대우를 해 준 것이었다. 배신이라는 이유로 사절에게도 대원군에게도 베이징의 땅을 밟지 못하게 한 청국의 태도와는 커다란 거리가 있었다. 한편 조선은 이때 처음으로 태극기를 국기로 사용했다. 숱한 조약들을 통해 뒤늦게나마 개국한 조선은 국제적인 관습에 의해 국기를 사용해야 할 기회가 많아졌다. 청국의 베테랑 외교관 마졘중은 청국의 종주권을 주장하는 의미에서 청룡기를 사용하라고 지시했다. 3각기(三角旗)인 청색 바탕에 용이 그려진 것이 청룡기이다. 이 당시 청국의 국기는 3각의 노란색 바탕에 용이 그려진 황룡기였다. 그러나 조선으로서는 그렇게 하다가는 지나치게 속국색이 강렬해진다고 저항, 태극기를 고안해 낸 것이었다.

조선 수신사는 신임 공사인 다케조에 신이치로[竹添進一郞]와 함께 이듬해 1월 7일 인천항으로 귀국했다.

청국에 가 있던 사람들도 다 귀국했다.

양쪽 모두 조선의 근대화에는 찬성하고 있었지만 실행의 방법에 있어서는 의견을 달리하고 있었다.

김옥균을 실질적인 수령으로 하고 있는 친일파는 급진적 개화파였다. 외척인 민씨 일파를 배제하고 국왕을 중심으로 한 정권을 수립하여 일본의 지원을 받아 일본의 메이지유신식의 개혁을 실행하려고 했다.

김윤식, 어윤중, 김굉집 등을 간부로 한 친청파는 온건적 개화파라고 할 수 있었다. 이 친청파 중에는 민씨 일족도 포함되어 있었다. 되도록 현상을 변경치 않고 근대화의 길을 걸어가고자 했으므로 대단히 이기적인 생각이라 하지 않을 수 없다.

양파는 항상 상대의 빈틈을 노리고 있었다. 친일파에게는 이노우에 가쿠고로[井上角五郞] 등의 응원단이 붙어 있었다. 친청파의 뒤에는 경군 6영, 3천의 주류군이 대기하고 있었다.

임오군란 2년 후에 일어난 청불전쟁은 친일파에게는 좋은 기회였다.

경군의 총사 우창칭은 이 무렵 건강이 나빠져서 무슨 일에나 소극적이었다. 때문에 위안스카이의 활약이 더욱 돋보였다. 짱페이룬 등은 "다른 유능한 장군을 골라 교체하시오"라고 주장할 정도였다.

청불전쟁 발발에 의해 군대의 이동이 있어 요동(遼東)의 방비가 허술해졌기 때문에, 리훙장은 조선에 주둔하고 있던 경군 6영 중에 그 절반인 3영을 금주(金州)로 이동시켰다. 전영(前營), 중영(中營), 정영(正營)의 3영이었으며 실제 지휘관은 황쓰린이었다. 서울에 잔류한 것은 좌영(左營), 후영(後營), 부영(副營)의 3영, 병력은 천오백 명으로 기명제독 우쪼우유우가 사령관이 되었다.

청나라의 주둔군 반감은 바로 조선에 미치는 영향력의 반감을 뜻한다. 친일파들은 그렇게 생각했다. 더구나 다케조에 공사는 적극적인 인물이었다.

조선의 정세는 급박히 돌아가고 있었다.

## 제 5 장 전야(前夜)

1

임오군란 때의 하나부사 대신 조선에 파견된 일본 공사 다케조에 신이치로는 비후 천초(肥後天草) 사람으로 호를 '세이세이[井井]'라고 했다. 뛰어난 한학자로 뒤에 문학 박사가 되어 도쿄제국대학의 교수가 되었다. 중국의 사천을 여행하며 쓴 〈잔운협우일기(棧雲峽雨日記)〉는 희대의 명문으로 읽혀지고 있다.

메이지 초기에는 한문으로 명문을 쓰는 것이 청국이나 조선에 파견되는 외교관의 중요한 자격으로 여겨지고 있었다. 통역을 사용하는 것보다 직접 필담으로 이야기를 진행하던 경우가 많았는데 그럴 때 서툰 글씨나 묘한 문장을 짓게 되면 웃음거리가 되어버린다.

'그렇지만 나는 단순한 한문학자는 아니라구. 일본국을 대표하는 유능한 외교관인 게야.'

다케조에에게는 그런 자부심이 있었다. 자만심이 강한 인물인 탓으로 때로는 다른 사람의 입장을 개의치 않고 함부로 말을 하여 물의를 일으킨 적도 있었다. 일본을 대표하는 외교관이면서도 처음에는 조선의 친일파 거두인 김옥균과 제대로 손발이 맞지 않았다.

당시 조선의 재정은 파산 직전이라고 말할 수 있었다. 조선의 재건을 위해서는 무엇보다도 이런 재정을 바로 잡아야만 했다. 이 때문에 청국은 재정 전문가라는 독일인 묄렌도르프(한자명, 穆麟德)를 조선에 파견했다. 조선이 서양인을 고용한 것은 이것이 처음이었다.

묄렌도르프는 목전의 재정적 어려움을 벗어나기 위해서는 당오전(當五錢), 당십전(當十錢)을 주조해야 한다고 진언했다. 이에 대해 김옥균은 외채의 모집을 주장했다. 포경 사업이나 그 밖의 이권을 담보로 하면 3백만 원 정도의 외채는 그리 어렵지 않게 모집할 수 있을 거라고 예상하고 있었다. 말이 쉬워 3백만 원이었지 그것은 당시 조선국의 1년간 총 세입과 맞먹는 거액이었다.

고종은 쌍방의 진언을 모두 받아들였다. 어느 쪽이든 성공하기만 하면 된다는 계산이었으나 결과는 실망스러웠다.

묄렌도르프는 톈진 주재 독일 부영사로서 세관 사무의 경험은 있었지만 한 나라의 경제를 대국적으로 조작할 수 있는 재능은 없었다. 그의 통화 남발로 인해 조선은 즉각 인플레이션의 수렁에 빠져 버렸다.

김옥균은 일본으로 외채 모집을 위해 갔지만 목표액의 1할도 채울 수 없었다. 김옥균은 자신의 실패를 라이벌인 묄렌도르프와 친한 다케조에 신이치로가 일본 정부에게,

"김옥균이 휴대한 위임장은 정식 위임장이 아니므로 신임해서는 안 된다."
라고 통고했기 때문이라고 여기고 있었다.

인플레이션이 점차 진행되고 있는 터에 외채 모집마저 실패했던 것이다. 그렇지만 김옥균은 자신의 실패는 '중상에 의한 것'이라고만 믿고 있었으므로 라이벌인 묄렌도르프의 실패만 물고 늘어져 공격을 가했다.

이것은 전혀 엉터리 같은 수작은 아니었다. 묄렌도르프의 배후에는 민씨 일당이 있었다. 화폐 주조는 일종의 도박으로 수많은 유력자가 관여하고 있었던 것이다.

임오군란 때는 대원군이 반일적이고 민씨 일족이 친일적으로 보였는데, 2년

후인 갑신년에는 민씨 일족은 친청파가 되었고 김옥균과 같은 새로운 친일파가 대두했다. 역사는 끊임없이 흐르고 있는 것이다.

김옥균은 친청파를 타도하지 않으면 조선에 독립을 가져올 수 없다고 생각한 듯하다. 친청파를 타도하기 위해서는 일본의 힘을 빌릴 밖에 딴 도리가 없다. 그를 위해서는 그다지 마음에 맞지 않는 다케조에 신이치로와도 손을 잡을 필요가 있었다.

다케조에 공사는 일단 귀국해 있었지만 1884년 10월, 다시 임지인 서울로 돌아왔다.

조선의 외무독판(外務督辦) 김굉집과 협판(協辦) 김윤식은 즉시 다케조에와 회담했다. 회담이라고는 해도 다케조에의 일방적인 설교라고 하는 편이 맞을 것이다. 세계의 대세로부터 말을 꺼낸 뒤, 청불전쟁의 상황을 설명하고 청국은 이제 끝장이라고 단언했다. 김굉집을 향해서는,

"귀국의 외교 당국에는 청국의 노예가 몇 명 있다고 들었는데 그런 무리를 상대로 하지 않으면 안 된다는 생각을 하면 나 자신이 부끄러워집니다."

라고 말했다.

김윤식에 대해서는 더 노골적으로,

"대감은 한학의 소양이 있어요. 더군다나 청국 편을 많이 든다고 하더군요. 왜 청국에 가서 벼슬을 하시지 그러세요."

라며 비아냥거렸다.

친청파 무리들이 다케조에에게 그런 식으로 당했다는 이야기를 듣고 김옥균은 한숨을 쉬었다. 이젠 개인적인 감정으로 다케조에가 싫다고 해서 제휴를 태만히 하고 있을 때가 아니었다. 친구인 이노우에 가쿠고로도,

"다케조에 신이치로도 이젠 예전의 다케조에가 아닙니다. 한 번 만나보시오."

라고 권유하고 있었다.

김옥균이 다케조에를 만난 것은 10월 31일이었다. 다케조에는 귀임하는 배 속에서 감기에 걸려 침실에서 면담을 하게 되었다. 이것은 말하자면 탐색전이

었다.

'우리들 친일파가 민씨 일족을 비롯한 친청파를 타도하는데 어느 정도 일본에 기대를 걸 수 있을까?'

김옥균이 알고 싶었던 것은 바로 이 점이었는데, 이 날 얻은 감촉으로는 꽤 괜찮은 반응인 듯했다. 김옥균은 다시 친구인 이노우에 가쿠고로와 박영효를 시켜 다케조에와의 접촉을 빈번히 하도록 했다.

김옥균은 쿠데타에 의한 정권 탈취 계획을 세우고 있었다. 그의 동지는 박영효, 홍영식, 서광범 등의 무리였다.

11월 3일은 일본의 '천장절(天長節)'이었는데 신축된 일본 공사관에 초대된 조선 측 요인은 김옥균, 홍영식, 서광범, 한규직, 김굉집의 다섯 명뿐이었다. 김굉집은 외무독판, 즉 외무장관이었으므로 별도로 치더라도 그 외는 모두 친일파였다. 단지 한규직은 일본 측이 친일파로 보고 있었을 뿐 그의 정체는 친로분자였다. 김옥균은 이 때 서울 주둔 일본군 중대장이었던 일본 무관 무라카미[村上]와 처음으로 알게 되었다. 쿠데타를 일으킬 때 힘을 빌리지 않으면 안 될 상대인 것이다.

조선의 군대는 과연 어떻게 되어 있었을까?

임오군란 뒤 고종은 위안스카이에게 새롭게 군대의 훈련을 위탁했다. 그 전에는 일본 장교 호리에 중위가 신병 훈련을 맡았으며 그것이 구군(舊君) 관계자에게 불안을 안겨 주어 임오군란이 되어 폭발했다는 사실은 이미 말한 대로다. 위안스카이는 김윤식의 도움을 받아 신식 훈련을 시킨 뒤 친군좌우양영(親軍左右兩營)을 창건했다. 식량이나 급료, 그리고 그 밖의 비용은 청국과 조선이 공동으로 부담했고, 훈련용의 무기 대포 10문, 라이플 총 1천 정은 청군이 기증을 했다. 그 후 조선에서는 강화심영(江華沁營)으로부터 5백의 장정들을 뽑아 '진무영(鎭撫營)'이라고 칭했으며, 그 훈련 역시 위안스카이에게 맡기기로 했다.

이렇게 되자 일본도 군사 교관을 파견하여 친군 전후 양영을 창설하려고 하는 등 훈련 경쟁이 벌어지고 있었다. 그러나 대세는 청국 쪽이 일본보다 한 발

앞서고 있었다. 그러던 것이 갑신년(1884년)에 와서 양상이 크게 변화된 것처럼 보였다.

그것은 청국이 프랑스와의 분쟁에 의해 여유가 없었던 탓만도 아니었다. 조선 주재 청국 외교 당국의 실태가 되풀이되었던 것이다. 1884년에 '한성순보사건'이 발생했다. 일본의 조선 원조는 민간 차원에서도 활발해졌다. 가령 후쿠자와 유키치 등은 대단한 정열을 쏟았다. 그는 물심양면의 원조를 아끼지 않았다. 후쿠자와의 조언으로 일본은 조선에 언론 기관을 만들었다. 이노우에 가쿠고로를 주필로 한 〈한성순보〉도 그 중 하나였다. 이 순보에 청국군의 장병과 조선인 사이에 분규 사건이 일어났다는 폭로 기사가 게재되었는데 청국 측은 이에 항의를 하고 나섰다. 이 사건에는 청일 두 나라뿐 아니라 조선통서(朝鮮統署)와 박문국(博文局)도 함께 얽혀 들게 되었다. 그런데 조선인의 눈에는 이것이 청국의 횡포로 비쳐졌다. 사실상 이번 사건에 대한 청국의 자세에는 대국 의식이 너무 지나치게 노골적으로 드러나 있었다.

'한성순보사건'은 1884년 1월의 일이었는데, 5월에는 다시 이범진(李範晋) 사건이 발생했다. 이범진은 전 병조판서 이경하(李景夏)의 아들로 사간원(司諫院) 정언(正言)으로 있었는데, 부동산 문제로 청국 상인과 다툼이 일어났다. 이에 청국에서 파견되어 있던 관련 기관인 상무공서(商務公署)가 이 사건에 개입했는데, 상무공서의 담당 관리 류우쟈충[劉家驄]이 서내에 '천자법정(天子法庭)'이라고 써 붙였다. 이를 본 조선 측은 물론이거니와 영국 대리총영사 아스톤도 항의를 하고 나왔다. 조선에서 발생한 사적인 사건을 청국 천자의 법정에서 재판한다고 하는 뜻이었으므로 조선인의 자존심을 크게 상하게 했다. 여기에는 친청파의 거두로 알려진 김윤식까지도 들고 나와 강력하게 청국 측의 처사를 비난했다.

청국 상인의 조선 진출도 조선인늘의 반감을 샀다. 조선에서는 조선 초기로부터 '육의전'이라는 여섯 채의 어용 상점이 독점적으로 상점 경영을 하고 있었으며, 하부 조직도 4백 년의 세월이 흐르는 동안 견고하게 형성되어 있었다.

주둔군의 무력을 배경으로 한 청국 상인의 진출은 4백 년의 경영 조직, 나아가서는 생활 체계를 뒤흔들었던 것이다.

일본이 신사유람단 등의 초청 외교로 점수를 쌓아가고 있는 동안에 청국은 거꾸로 이와 같은 실점을 되풀이하고 있는 셈이었다. 청국이 점수를 잃도록 만든 책임자는 외교 담당 총판인 천쑤탕[陳樹棠]이라는 인물이었다.

"천쑤탕이라는 친구, 햇병아리더군. 뼈도 없이 흐물흐물 거리고. 어딘지 제대로 사리 분별도 못하는 사나이 같아."

11월 3일 천장절의 초대연에서 홍영식과 다케조에 공사, 공사관원 아사야마[淺山] 사이에는 이런 화제가 나왔다. 기실은 바로 그 자리에 당사자인 천쑤탕도 있었다. 그러나 일본어와 조선어 통역을 통해 이야기를 주고받았으므로 천쑤탕은 무슨 말인지 알지 못했다.

"어째 내 이름이 나온 것 같은데?"

그는 곁에 있던 조선인 통역에게 물어 보았다. 곤란해진 통역은,

"무엇이든 맛이 있다는 이야기군요. 인간미라고 말씀드려야 할는지. 아무튼 고가의 요리와 같은 맛이라는 아마 그런 의미겠습니다만."

이라며 얼렁뚱땅 속이고 넘어갔다.

# 2

조선에 파견된 우창칭 휘하 3천의 병력은 청불 간의 사태가 위급해지기 시작했을 무렵, 그 반수가 금주로 이주를 명령받았다. 요동의 수비를 강화하지 않으면 안되었던 것이다. 우창칭은 천오백의 병력을 이끌고 금주로 옮겨갔으며 남은 3영 천오백에 대한 지휘를 제독 우쪼우유우에게 넘겨주었다. 금주로 이주한 후 얼마 지나지 않아 우창칭은 병사했다.

그 전에 위안스카이는 베이징으로부터,

'총리친경등영영무처(總理親慶等營營務處) 회판조선방무(會辦朝鮮防務).'
라는 긴 이름의 관직을 받게 된다.

조선에 주둔한 청국군의 야전 지휘관은 제독 우쪼우유우지만 군대를 움직여야 하는가 아닌가에 대한 정치적인 판단은 26세의 위안스카이 손에 달리게 되었다.

"바로 그 젊은 친구가……."

일본 측 진영으로는 이렇게 보였으리라. 장유의 서열에 특히 민감한 조선 사람들의 눈에도 26세의 중국 대표 겸 참모장은 왠지 미덥지 않게 비쳤을지도 모른다. 친일파 조선인들에게는,

'저런 젊은 녀석이 상대자라면 훨씬 일이 쉬워지겠는걸.'

하는 기분이 들었을지도 모른다.

3천의 청국군이 지금은 천오백으로 줄어들었다. 일본군은 2백이지만 얼마 있지 않아 교대를 한다. 2백 명의 후임 장병이 도착한 다음에 지금 주둔하고 있는 2백 명이 돌아가게 된다. 따라서 일본군은 한 시기에 4백 명이 되게 된다. 정예군 4백만 있으면 천오백 명의 둔한 청국군과 대항할 수 있을 것이다.

김옥균의 쿠데타 계획은 점차 구체화되어 갔다.

천장절의 이튿날, 다케조에 공사는 조선의 외무아문을 방문했다. 무역 문제에 대한 교섭이 표면적 이유였지만 그것은 금방 끝이 났고 다케조에는 다시금 세계의 대세에 관한 설교를 했다.

"청국은 재정적으로 교착 상태에 빠져 있으며 군대에는 규율이 없고 정부에는 정책이 없어요. 정말이지 어떻게 옴짝달싹도 할 수 없는 게 현실이에요."

요컨대 청국을 두려워할 필요가 없다. 그러니 일본을 한 번 믿어 보라는 뜻이었다.

그 날 밤 박영효의 집에는 김옥균, 홍영식, 서광범이 모여 일본 공사관 서기관 시마무라[島村]를 초대하고 밀담을 했다. 다케조에 공사가 귀국하여 부재중

일 동안에는 시마무라가 공사 직무 대리를 맡을 정도이므로 그는 일본의 의향을 정식으로 대표한다고 여겨지던 인물이었다. 이 밀담의 자리에서는,

'적측의 중요 인물을 일망 타진하는 데는 암살이 최상의 방책이다.'

라는 결론에 도달했다.

구체적인 암살 계획도 짜여졌다. 자객을 청국인 모습으로 변장시켜 민영목, 한규직, 이상연 등 세 명을 암살하여 죄를 민태호 부자에게 덮어씌우자는 안도 나왔다. 한규직이나 이상연은 러시아의 입김이 작용하고 있는 인물이지만 표면적으로 친일파로 여겨지고 있었다. 그네들이 암살된다면 친일파 요인이 암살되는 꼴이 되어 누구나 친청파가 배후에 있다고 생각하게 될 것이다.

"그렇지만 너무 지나치게 치밀한 게 아닐까? 암살은 단순하면 할수록 안전하다고도 하지 않는가?"

이런 이견이 나와 자객 변장책은 그만두기로 했다.

이튿날인 11월 5일 김옥균은 영국 대리총영사인 윌리엄 죠지 아스톤을 방문했다.

"그저께 일본 천황 탄생일 축하연의 분위기를 어떻게 생각하십니까?"

김옥균은 슬쩍 떠보았다. 아스톤은 빙그레 웃으며,

"당신도 햇병아리를 먹고 싶습니까?"

라며 놀렸다.

이미 쿠데타를 결의한 김옥균은 외국의 동정을 살펴 참고로 하려고 했다.

일본은 청국과 한판 일을 벌일 각오가 되어 있는 게 아닐까?

김옥균은 이 물음에 대한 영국의 견해가 알고 싶었다.

"아니에요. 일본의 육·해군은 청국보다 강할지 모르지만 재정적으로 무리에요. 청국과 일을 벌여 일본에 돌아갈 이익은 아무 것도 없을 게요."

아스톤은 부정적인 반응을 보였다.

"그렇지만 그저께 다케조에 일본 공사의 언동을 보면 청국의 대관 따위는 안중에도 없는 듯이 보였습니다만."

"나의 견해로는 말입니다. 다케조에는 다만 조선 사람들에게 너무 청국에 기대지 말아라, 이런 걸 보여 주고 싶었을 뿐이에요. 청국을 깨뜨리겠다고 까지는 생각지 않을 겝니다."

"하아, 그렇습니까?"

일본 측과 꽤 구체적인 협의까지 하고 있던 김옥균은 아스톤의 견해에 한편으로는 기쁨을, 또 한편으로는 불안을 느꼈다. 기뻐한 것은 쿠데타의 세부 계획까지 세워 놓고 있는 마당에 외부에서는 전혀 낌새도 채지 못하고 있다는 사실을 확인했기 때문이다. 불안을 느낀 것은 막다른 골목에 몰릴 경우 일본이 발을 빼고 도망치지나 않을까 하는 점 때문이었다.

이튿날인 11월 6일은 일본의 초혼제(招魂祭) 날이었다.

일본 주둔군을 비롯하여 주류관민은 남산 기슭에 모여 스모와 격검 대회를 열며 즐겼다. 그것이 끝나자 주둔군을 두 패로 나누어 홍백전을 개최했다.

"적(赤)은 일본, 백(白)은 청국이야."

다케조에 공사는 이렇게 편을 갈라놓고는 적이 이기면 어린애처럼 떠들며 좋아했다.

'일본은 이미 청국을 가상 적국으로 결정한 모양이다.'

다케조에의 모습을 보며 김옥균은 쿠데타의 성공을 확신했다고 한다.

11월 7일, 김옥균은 일본 공사관을 방문했다. 서울에서 가장 바둑을 잘 두는 두 명의 기사를 동행, 표면적으로는 바둑을 두러 가는 것처럼 꾸몄다. 공사관 안에 들어서자 김옥균은 슬쩍 자리를 떠나 다케조에 신이치로와 장시간 밀담을 나누었다.

'대계지결(大計之決), 실재차일차회(實在此日此會).'

김옥균은 이 날 일기에 이렇게 써 놓았다. 바로 이 날, 이 회합에서 쿠데타의 계획이 최종적으로 결정되었다는 것이다.

그 이튿날의 일기에는 '이인종(李寅鐘)의 제군을 소집하여 밀실에서 회음하다' 라는 구절이 보인다.

여기서 돌연 이인종이라는 이름이 등장한다. 그는 정부의 고관이 아니라 암흑가의 보스였다. 제군이라고 되어 있으므로 총두목인 이인종뿐만 아니라 주요한 소두목도 몇 명 와 있었던 모양이다. 그들은 시정의 떠돌이 무사들이었다. 양반인 김옥균이 들을 수 없는 시정의 정보에 그들은 정통해 있었다. 쿠데타이건 무엇이건 비합리적인 행동을 하기 위해서는 그들과 손을 잡을 필요가 있었다.

"청군들은 뭔가 눈에 띄는 움직임이 없던가?"

술을 권하면서 김옥균이 물었다.

"네."

이인종은 술잔을 들어 벌컥 들이킨 뒤 이렇게 덧붙였다.

"수일 전부터 위안스카이가 전군에 야간에도 무장을 해제하지 않도록 명령을 내려놓았습니다."

"흠. 휴식도 무장한 채로 취하는가?"

"예, 신발을 신은 채입니다. 벗으면 명령 위반이라면서. 자신의 부서에서 이탈하지 못하도록 지시를 받고 있기도 합니다."

"으음, 전시의 계엄과 같구먼."

김옥균은 눈살을 찌푸렸다.

'비밀이 새어 나간 건 아닐까? 새어 나갔다면 어디서 새어 나간 것일까?'

"청군뿐만이 아닙니다. 한규직이나 이상연의 군중도 똑같이 계엄 상태입니다."

"위안스카이의 지령이겠군."

"예, 그렇겠습죠. 위안스카이라는 그 젊은 친구만큼은 신경을 써야 할 겝니다."

이인종이 말했다.

시정의 떠돌이들은 시정의 소문을 잘 알고 있다. 비밀스럽게 속삭여지는 뒷이야기들이었지만 그것은 의외로 정확했다. 인물평에 있어서도 정부 측이나 외교 소식통으로부터 흘러나오는 것보다 시정사람들의 속삭임 쪽이 더 정곡을 찌르는 경우도 있다.

"그건 그래, 그 나이에 저 정도의 권한을 리훙장에게서 위임받고 있으므로 보통 친구는 아닐 거야."

김옥균 자신도 조선 정계의 소장파로 자부하고 있었다. 올해 34세로 조선국의 개조를 꾀하고 있다. 젊음이 그의 프라이드의 하나였는데 위안스카이는 그보다 더 젊다. 26살의 나이로 조선에 있어서의 청국 대표로서 궁정에까지 호령을 하려고 하고 있는 것이다. 김옥균은 입술을 깨물었다.

친일파에 불온한 움직임이 있다는 사실을 위안스카이도 똑같이 이인종의 소식통으로부터 냄새를 맡고 있었다. 진짜 유용한 정보는 항간에 있다는 사실은 위안스카이도 잘 알고 있었다. 그 자신은 명문의 출신이면서 시정의 무뢰한들과 잘 어울려 다녔다. 아니 그 자신이 바로 시정의 무뢰한이었던 시기도 있었다.

11월 9일, 김옥균은 혹시나 하는 마음에서 주의를 환기시켜 두기 위해 서재필을 일본 공사관의 무라카미에게 보내 청국 측의 움직임을 전했다. 다케조에게도 홍영식과 박영효 두 사람을 파견, 사정을 설명했다.

"일은 비밀을 요함. 부디 신중하시길 바람."

실례가 되지 않을 정도의 강력한 어휘를 사용하여 일본 측의 경거망동을 막으려고 했던 것이다.

'아무리 해도 일본인에게는 호언장담하는 버릇이 있어 곤란해.'

친일파의 김옥균은 지일가이기도 했다. 그는 조마조마해 하고 있었다.

조선의 정계에서 권력을 쥐느냐 마느냐는 것은 죽느냐 사느냐는 것을 의미했다. 쿠데타에 의한 정권 쟁탈은 목숨을 내놓고 하는 일이다. 일본은 남의 나라의 일이라고 생각하여 너무나 경계심을 풀고 있었던 것이 아니었을까?

# 3

11월 12일 이른 아침 김옥균은 왕궁으로부터 급히 입궐하라는 연락을 받았다.
"짐은 어젯밤 한숨도 자지 못했소."
김옥균을 보고 고종은 이렇게 말했다.
"무슨 일이라도 계셨사옵니까?"
"경은 몰랐단 말인가?"
"황공하옵니다. 산정(山亭)에서 여러 친구들과 회음을 하고 있었사옵니다."
"그렇다면 내가 말해 주지. 일본군이 남산 기슭에서 심야에 군사 훈련을 하지 않소. 큰일을 앞두고 대체 이게 뭣 하는 짓이란 말이오? 도대체 뭘 어떻게 할 심산인지 다케조에의 의도가 궁금하기 짝이 없소."
라며 화가 잔뜩 난 듯이 말했다.

왕비인 명성황후에게 눌려 큰소리도 치지 못하는 고종은 김옥균 등의 친일파 영수와 손을 잡고, 민씨 배후에 있는 청국 세력을 추방하여 '친정'에 착수하려고 했다. 그러므로 김옥균이 일본 세력을 배경으로 쿠데타를 일으킬 계획을 세우고 있다는 사실을 고종은 당연히 알고 있었던 것이다.

고종도 민씨 일족을 두려워하고 있었다. 민씨 일족은 조선 정계에 깊숙이 뿌리를 내리고 있었다. 그들이 힘을 합하여 한 번 뒤흔들게 되면 고종 따위야 흔적도 없이 어디론가 날아가 버릴 정도였다. 왕족의 수는 많다. 어디서라도 새로운 왕을 구해 오는 일은 가능하다.

'그러니까 더더욱 분하다.'
고종은 언제나 이렇게 여기고 있었다.

'친정'이란 말은 고종에게는 '자유'라는 말과 동의어였다. 아내의 일족을 넘어뜨리지 않는 한 그는 언제까지고 붙잡혀있는 몸이다. 그에게는 현재의 왕위가 영예가 아니고 굴욕이었다. 그 굴욕에서 헤어나기 위해서는 김옥균의 쿠데타에 기대를 걸 수밖에 없었다.

김옥균의 배후에는 일본군이 있다. 고종도 그것을 든든하게 여기고 있었다. 그렇지만 쿠데타는 대단히 위험한 계획임에 분명하다. 신중에 신중을 기해야만 하는 법이다. 그런데도 불구하고 일본군은 마치 '이제 곧 쳐들어 갈 테니 알아서들 하라구' 라고 천하에 공표하는 듯이, 이제까지 한 번도 한 적이 없었던 야간 연습까지 실시하고 있는 것이었다. 끊임없이 이어지는 포성은 누구의 귀에나 이상하게 들렸다. 이런 식으로 일을 하면 민씨 일족을 비롯한 친청파 무리들이 단단히 대비를 할 염려가 있는 게 아닌가.

"예, 당장 다케조에에게 달려가 따져보도록 하겠사옵니다."

김옥균은 황망히 대답했다.

그러나 다케조에 공사는 고종의 걱정에 코웃음을 쳤다.

"군대가 연습을 하는 건 당연한 일이 아니겠소이까? 연습도 않는 군대라면 그게 훨씬 더 이상하지 않을까요?"

"그렇지만 때가 때입니다. 심야에, 온 사방에 쩡쩡 울리도록 해대는 연습이 괜찮다는 말씀입니까?"

"아니, 아니에요. 요즘에는 야간 전투가 빈번해졌어요. 야간 연습을 강화하지 않으면 안 된다구요."

다케조에 공사는 일본군의 연습에 놀라는 사람들이 오히려 이상하지 않으냐고 대들었다.

김옥균도 걱정을 했지만 소심한 홍영식의 걱정은 한층 더했다.

"그런 일을 해서야 아무 것도 모르는 우부우부(愚夫愚婦)에게도 훤히 속을 내보이는 꼴이 아닐까요? 하물며 후각이 발달한 위안스카이의 청군이야 훨씬 더 경계를 강화할 게 뻔하지 않습니까? 도대체 다케조에는 진심으로 우리와 함께 일을 할 생각이 있는 건지요?"

"그야 물론 중대 결심을 하고 있음이 분명하다."

"다케조에는 그렇다 치더라도 과연 일본 정부도 그럴 생각이 있는 것일까요? 혹시라도 일이 틀어지면 다케조에는 자기는 그럴 생각이었지만 정부가 반대를 해서 어쩔 수 없다며 달아나지나 않을까요?"

홍영식은 아무래도 불안스러웠다.

"아니야. 이건 일본 정부의 의향임에 틀림이 없어. 나는 다케조에란 인물을 잘 알고 있어. 그는 원래 겁쟁이 학도에 지나지 않아. 뒤에 정부 측의 방패가 없다면 그런 자세를 취할 인물도 못 된다구. 걱정하지 말게, 일본 정부는 강력하게 우리를 지지해 주고 있으니까."

김옥균은 홍영식의 어깨를 다독거렸다.

'설사 일본 정부의 지지가 없더라도 일이 여기까지 온 다음에야 결행을 하지 않을 수도 없지.'

그는 마음속으로 이렇게 되뇌었다. 이런 나라에서 태어났으니 어쩔 수 없는 게 아닌가.

그런데 사실은 다케조에는 본국 정부에 갑, 을 두 개의 안을 제출해 놓고 있었다. 갑 안은 시마무라가 주장한 강경책이었으며 을 안은 온건책이었다. 그것은 청국을 자극하지 않는 범위에서 일본 세력을 키워보자는 것이었다. 현재 계획하고 있는 쿠데타는 갑 안에 따른 것임은 두말 할 필요도 없다.

일본의 중앙 정부 내에서도 조선에 대한 적극론이 대세를 점하고 있지는 않았다. 청불전쟁이 호기이긴 하지만 조선에 대해 너무 적극적으로 움직이면 청국과 정면 충돌할 우려가 있다고 염려하는 사람도 있었다. 이런 온건파들은 청국과의 정면 충돌을 피하면서 조선에의 영향력을 강화해야 한다고 주장했다. 참의 겸 궁내경(宮內卿)이던 이토 히로부미나, 외무대보(外務大輔) 요시다 기요나리[吉田淸成] 등이 이 그룹에 속해 있었다.

청불전쟁을 틈타 조선의 청국 세력을 일소해야 한다고 주장한 측은 이노우에 가오루 등이었다. 이타가키 다이스케나 고토 쇼지로가 프랑스와 연계해야 한다고 주장한 사실은 앞서 이야기한 대로다.

사정이 이러했으므로 갑 안인 강경책이 도쿄의 요인들에게 지지를 받고 있다는 아무런 보증도 없었다. 당시 도쿄의 분위기로 볼 때는 온건파의 을 안이 먹혀들어 갈 가능성이 더 많았다.

갑, 을 두 안을 도쿄로 보낸 것은 다케조에 공사의 계책이었다. 다케조에는 이미 친일파의 쿠데타 계획에 깊숙이 발을 들여놓고 있었다. 그렇지만 쿠데타의 결과 여하에 따라서는 중대한 책임을 지지 않을 수 없다. 그래서 강경 일변도뿐만 아니라 온건책도 고려하고 있었다고 하는 증거를 남기려 했던 것이다.

그는 강경, 온건 양책을 도쿄로 발송, 도쿄의 재결을 바란다는 형식을 취하고 있었다. 그러므로 만약 도쿄에서 을 안에 찬성이란 훈령이 오면 김옥균 일파의 쿠데타에 적극적인 지지를 보낼 수 없게 된다.

당시 조선과 일본 사이에는 전신 수단이 없었으므로 정기선인 '천세호(千歲號)'의 선편에 의지할 수밖에 없었다. '천세호'는 매월 7일경 인천항에 도착한다. 갑, 을 두 안도 '천세호' 편으로 도쿄에 보냈다. 그 결재가 '운반되어' 인천항에 도착되기 직전에 쿠데타를 일으키면 된다.

결재를 기다리고 있었으나 훈령이 도착되기 전에 이상 사태가 발생, 화급히 태도를 결정치 않을 수 없었다.

형식상으로는 이렇게 되는 셈이었다.

이에 따라 쿠데타 결행의 시기도 거의 결정되었다. 정기선이 도착하기 직전이라면 뻔한 것이다. 월초, 그것도 5일 이전이 가장 적당할 것이다.

11월 17일, 이인종이 황급히 김옥균의 저택으로 달려왔다. 시정 잡배들의 우두머리였지만 그래도 '판관(判官)'이라는 직함을 버젓이 갖고 있다.

"민영익이 위안스카이를 방문했습니다. 꽤 오랜 시간에 걸쳐 밀담을 했다고 합니다. 그런 뒤 위안스카이는 계엄을 훨씬 더 강화하도록 명령을 내렸답니다. 위안스카이는 또 우쪼우유우를 방문했습니다."

이인종이 갖고 온 것은 중대한 정보였다.

민영익은 민 일속의 거물이다. 우영사(右營使)라는 직에 있었으며 친청파의 거두로 꼽히고 있었다. 최근에는 목이 아프다는 핑계로 입궐조차 않고 있었다. 요즈음은 아는 사람과의 접촉도 거의 피하고 있는 듯했다. 그런 사람이 뜻밖에

제5장 전야(前夜)

위안스카이를 방문한 것이었다.

"무슨 밀담을 나누었을까?"

김옥균은 팔짱을 꼈다.

"위안스카이는 민영익의 방문을 받은 뒤 그와 일단 우영까지 동행한 다음 우쪼우유우에게 갔습니다. 우영에서도 두 사람은 의논을 계속했답니다. 무슨 수를 써서라도 이야기한 내용을 알아내려고 합니다만."

이인종은 짐짓 심각한 표정으로 말했다.

우영사인 민영익은 우영에 관사를 갖고 있다. 위안스카이는 그곳까지 민영익을 배웅하여 이야기를 더 나눈 뒤, 우쪼우유우의 사령부로 갔다고 한다. 위안스카이가 우쪼우유우와 무슨 말을 했는지는 전혀 알 수 없다. 그러나 우영의 경우는 알아낼 방법이 없지도 않다. 민영익과 위안스카이는 서로 필담을 나눈다. 서로가 써 놓은 초고를 '담초'라고 한다. 그 담초는 보통 집주인이 보관한다. 그러므로 우영에서의 담초는 우영에 보관되어 있기 마련이다. 사회 구석구석에 자신의 입김이 닿는 사람을 배치해 놓고 있는 이인종이다. 비밀리에 우영을 뒤지는 일도 불가능하지는 않다.

11월 19일, 각감(閣監) 박대영(朴大榮)이 김옥균을 찾아와,

"묄렌도르프가 수입하여 연경당(延慶堂)에 설치해 두었던 대포 2문이 어젯밤 청군 진영으로 옮겨졌습니다."

라고 보고했다.

"뭐라고, 대포 2문을 청군이? 대체 누가 옮긴 것인가?"

"우영사 민영익입니다. 수리할 곳이 있다면서 우쪼우유우에게 보냈다고 합니다."

당시 조선군은 대포의 조작법도 제대로 몰랐다. 더군다나 고장이 나면 자기들로서는 고칠 엄두도 내지 못했다.

쿠데타에 사용될 무기는 이노우에 가쿠고로의 손에 의해 일본에서 비밀리에 들여오기로 되어 있었다. 일본 측에서 무기 수송을 담당한 사람은 후쿠자와 유

키치였다고 전해지고 있다. 무기는 일본도, 보병총, 탄약 등이었다.

무기보다 훨씬 더 구하기 어려웠던 것이 사람이었다. 2년 전인 임오군란 때 보여준 민중의 반일 감정은 아직 사그라지지 않고 있었다. 조선인을 처음부터 노예시하고 있는 일본인에 대한 평판은 굉장히 나빴다.

친일파라고 하면 이내 '매국노'라는 단어가 연상되었다. 그랬기 때문에 쿠데타 인원은 이인종을 통해 돈으로 사들이는 수밖에 없었다. 이들이 모두 시정의 무뢰한들이었음은 말할 필요도 없다.

## 4

친일파에 의한 쿠데타 결행의 시기는 12월 4일(음력 10월 17일)로 정해졌다. 이 날 신축 우정국 건물의 낙성식이 있어 요인들을 초대하여 축하연을 개최하도록 되어 있었다. 우정국 총재는 홍영식이 겸하고 있었다. 모든 준비는 쿠데타 측의 유력자 홍영식이 마련할 수 있었다. 그리고 그것은 결코 부자연스러워 보이지 않았다.

세부 계획이 확정된 것은 12월 1일의 일이었다. 이 날 김옥균은 아스톤의 초대를 받아 저녁을 함께 했는데, 그 전에 그는 홍영식으로부터 다케조에 공사가 오늘밤에 만나고 싶어한다는 연락을 받고 있었다.

영국 총영사관에서의 연회를 끝내고 김옥균이 교동관(校洞館)에 있는 일본 공사관을 방문한 시간은 오후 9시 반이었다. 김옥균은 박영효, 서광범을 데리고 갔다. 홍영식은 이미 도착하여 그들을 기다리고 있었다. 그런데 만나고 싶다고 연락을 해 온 다케조에 공사는 모습을 보이지 않고 서기관인 시마무라와 통역인 아사야마가 나타났다. 시마무라는,

"다케조에 공사께서는 좀 더 여러분들과 이야기를 나누려고 하셨지만 이미 결심을 굳히셨으므로 더 이상 아무 말도 필요 없을 거라고 생각을 고쳐 먹으셨

습니다. 오늘 저녁 여러분과 만나지 않음으로써 공사께서는 자신의 결심이 금석과 같이 굳다는 점을 표시하고자 하시는 겁니다."
라고 인사말을 했다.

이쪽은 이미 결심을 했는데 그쪽은 어떤가? 시마무라의 인사말에는 그와 같은 재촉의 뜻이 함유되어 있었다. 김옥균은 스스로의 결심을 구체적으로 밝히지 않을 수 없다고 생각했다.

"별궁(別宮)에 불을 지른 뒤 소동을 이용하여 결행하도록 정했소이다."

김옥균도 단호히 말했다. 이것은 그 전날 저녁 동동(東洞)에서의 비밀 회의에서 결정된 사항이었다. 불이 나면 불을 끄기 위해 군대를 움직일 수 있게 된다. 별궁이라고 하는 것은 조선 왕가에서 세자의 혼례식이 있을 때 사용하는 궁전이다. 지금은 사용하고 있지 않은 건물인데다가 동지인 서광범의 집과 나란히 붙어 있었기 때문에 불을 지르기에도 편리했다.

"그런 것까지 이미 다 정하셨습니까?"

시마무라는 기분 좋은 표정을 지었다. 그리고는 무릎을 바싹 끌어당기고 세부 사항에 대한 질문을 시작했다.

'만일의 경우 실패했을 때를 생각하여 다케조에가 이 자리에 나오지 않은 것이구나.'

김옥균은 이렇게 추측했다. 비겁한 짓 같았지만 상대는 한 나라를 대표하는 공사이므로 경솔한 행동을 하진 않으리라. 김옥균은 되도록 호의적으로 해석을 했다. 실은 이제까지 다케조에의 경솔한 언동 때문에 친일파의 동지들이 몇 번이나 가슴을 죄었는지 모른다.

'다케조에는 이 자리에 나오고 싶어 안달을 했을 것이다. 아마도 시마무라가 이를 말렸으리라.'

온갖 생각이 다 들었지만 일은 이미 돌이킬 수 없는 지경에까지 와 있다. 이번의 쿠데타는 일본의 지원 없이는 전혀 승산이 없다. 모두가 한 배를 탄 운명이었으므로 서로 간에 숨겨야 할 비밀이 있어서는 곤란하다. 김옥균은 이렇게 생각을 하고 구석구석 자잘한 부분까지 상세하게 시마무라에게 설명해 주었다. 방화는 이인종이 담당을 한다. 공공연히 할 수 없는 일을 수없이 저질러 온 암흑 사회의 우두머리였으므로 이 일에는 그가 적역이었다. 그의 밑에 일본 호산(戶山) 학교에서 공부를 한 임은명(林殷明), 이규완(李圭完), 윤경순(尹景純), 최은동(崔殷童) 등 네 사람을 배치했다. 방화용으로 수십 장의 모포 주머니를 준비했다. 석유가 들어 있는 병도 이미 30개를 구입해 놓았다.

요인 암살의 담당은,

윤경순, 이은종 → 민영익

박삼룡, 황용택 → 윤태준(尹泰駿)

최은동, 신중모 → 이상연

이규완, 임은명 → 한규직

으로 각각 두 사람이 한 명을 맡았다.

정보는 유혁노, 고영석 두 사람이 담당한다.

서로간의 암구호는 '천(天)'과 일본어의 '요로시(좋다는 의미)'로 정했다.

여러 대신늘이 출입하는 금호문(金虎門) 밖에는 신복모(申福模)가 지휘하는 43명의 병사와 장정을 대기시킨다. 불이 난 것을 알고 창덕궁으로 들어갈 친청파의 민태호, 민영목, 조영하 등을 이곳에서 살해한다.

불이 난 얼마 뒤에 화약이 폭발하도록 장치를 하여 그것을 신호로 일본군이 출동한다. 그러기 위해서는 조선 국왕 친필로 된 '일본공사내위짐(日本公使來衛朕=일본 공사는 달려와 짐을 보호하라)'이란 서한이 필요하다. 일본 측은 그것을 요구했다.

"알았습니다. 다만 국왕의 친필은 사전에 마련할 수는 없습니다. 당일 폐하에게 받을 수 있도록 준비를 해두겠습니다."

이것은 심옥균이 책임을 섰다.

이 쿠데타 계획은 '방화'를 중심으로 하고 있었으므로 만약 비가 내리면 하루를 연기하도록 했다.

위안스카이의 문하생들이 엮어 낸 〈용암제자기〉에 의하면 쿠데타가 발생하기 이틀 전, 즉 12월 2일 친일파의 홍영식, 박영효, 김옥균, 서광범 등이 청군의 세 장수 위안스카이, 우쬬우유우, 짱꽝첸을 만찬회에 초대하여 그 자리에서 암살할 음모를 꾸몄다고 한다. 우쬬웅유우와 짱꽝첸은 이상한 낌새를 채고 참석치 않았다. 위안스카이는,

"나까지 거절하면 너무 겁쟁이로 여기겠지."

라고 말하며 연회에 나갔다. 단지 의복 안에 갑옷을 받쳐입었다.

"우선 한 잔 주시겠습니까?"

자리에 앉자마자 그는 술을 청하여 맛본 다음,

"실은 공무가 있어서 여러분과 끝까지 함께 할 수가 없습니다. 유감스럽지만 이로써 실례를 할까 합니다."

라고 말하며 박영효의 손을 쥐고 밖으로 빠져나갔다.

"모여든 무리들 서로를 바라보며 망연 자실하였고 음모를 달성치 못하였다."

〈용암제자기〉에는 이렇게 위안스카이의 대담성과 침착성을 칭찬해 놓고 있다. 그렇지만 쿠데타라는 큰 일을 눈앞에 두고 청군의 세 장수를 암살하려는 그런 모순된 행동을 했을 턱이 없다. 문하생들이 꾸며낸 창작이든지 그도 아니면 위안스카이가 허풍을 떨며 잔뜩 부풀려 한 이야기를 필기한 것이리라.

김옥균의 일기에 의하면 12월 2일 밤, 김옥균은 쿠데타의 동지들과 함께 사동(社洞)에 있는 서재창(徐載昌)의 집에서 회음을 했다. 1차가 끝나자 김옥균은 다시 그들을 모두 자기 집으로 데리고 가 주연을 베풀었다.

"하늘이 밝아진 뒤 헤어지다"라고 적혀 있는 걸로 봐서 밤을 새워 가며 술을 마신 듯하다.

청군의 세 장수를 초대했다고 하는 구절은 어디에도 보이지 않는다.

바로 이 12월 2일 밤, 다케조에는 이현(泥峴)에 있던 일본군 주둔지로부터 몰래 탄약을 공사관으로 옮겨 놓았다. 병졸들을 직공으로 변장시켜 공사관의 화물을 운반하는 듯이 보이게 했다.

드디어 12월 4일이 되었다. 비는 내릴 것 같지 않았다. 쿠데타는 이 날 밤에 예정대로 결행될 것이었다.

"평상시와 조금도 다름없이 보일 것. 부디 신중히."

김옥균은 동지 한 사람 한 사람에게 일일이 다짐을 했다. 박영효는 다케조에 공사에게로 가서,

"계획대로 진행하겠습니다. 부디 잘 부탁드립니다."

라고 말을 하며 단단히 다짐을 해 두었다. 다케조에는 빙글빙글 웃으며,

"너무 염려 마십시오."

라고 대꾸했다.

오후 4시, 김옥균은 전동(典洞)의 우정국으로 가서 축하연 준비 상황을 둘러보았다. 연회의 주인격인 홍영식은 이미 현장에 나와 지휘를 하고 있었다.

"어떤가? 손님들은?"

김옥균이 물어 보았다.

"다케조에는 몸이 아프다며 불참을 통보해 왔습니다. 독일 영사도 마찬가지입니다. 그 밖의 내외 요인은 대개 참석한답니다. 아, 윤태준이 오늘밤 궁중에서 숙직이므로 참석지 못한다고 연락해 왔습니다."

홍영식이 자세히 대답했다.

"윤태준은 아무래도 상관없지."

김옥균은 이렇게 말한 뒤 일단 되돌아갔다.

쿠데타 요원은 김옥균의 이웃에 있는 서재필의 집에서 대기하고 있었다. 김옥균은 그들에게 다시 한 번 쿠데타 계획의 세세한 부분을 설명했다.

"빨리 날이 저물었으면 좋겠는데……."

이인종의 한 젊은 부하가 이렇게 내뱉으며 긴 한숨을 쉬었다.

## 제 6 장 불길이 오르다

1

서울의 우정국 낙성 축하연은 오후 7시부터 시작되었다. 우정국 식당의 긴 테이블에 둘러앉은 내외 인사는 모두 18명이었다. 일본 측은 다케조에 공사가 불참한 대신 시마무라 서기관과 가와카미[川上] 통역이 참석했다. 미국 측은 공사와 서기관 등 두 명이 왔으며 영국은 총영사 아스톤 만이 출석했다. 청국은 영사인 천쑤탕과 서기 탄쏭요우[譚頌堯]가 동행해 왔다. 위안스카이를 비롯한 주둔군 수뇌는 전원 불참했다.

정부의 고용원인 묄렌도르프를 포함하면 외국인이 8명이었고, 나머지 열 명이 조선의 고급 관료였다. 우정국 총재를 겸하고 있던 홍영식이 테이블의 끝에 앉았고, 홍영식을 마주 보는 자리에 박영효가 앉았다. 독판 김굉집은 홍영식의 곁에 자리를 잡았다.

조선 국군의 중추를 이루는 4영의 통솔자 중 전영사 한규직, 우영사 민영익, 좌영사 이조연 등 세 명이 모두 참석했다. 이 세 사람은 김옥균의 쿠데타 계획에 의하면 모조리 살해되어야 할 인물이었다.

김옥균의 〈갑신일기(甲申日記)〉에 의하면 이들 외에도 서광범, 민병석, 윤치호, 신악균이 참석했다고 한다. 그렇다면 김옥균을 합쳐 19명이 된다. 김옥균은 당일의 좌석 순번을 메모해 놓았는데 그곳에도 그 자신을 포함하여 참석자는 모두 18명으로 서광범이 빠져 있다. 그러나 일본 측의 기록에는 서광범이 들어 있고 그 대신 신악균의 이름이 보이지 않는다. 신악균은 우정국 사사(司事)여서 다른 사람에 견주어 훨씬 지위가 낮다. 다만 그 날은 우정국의 낙성 축하연이었고, 신악균이 영어를 제법 할 줄 알았기 때문에 접대역으로는 빠뜨릴 수 없는 인물이었을 것이다. 김옥균은 개화 사상을 갖고 있는 사람이었지만 이 사건에 있어서의 언동을 보면 계급 차별 의식이 대단히 강했던 것처럼 여겨진다. 신악균의 이름을 메모에는 기입해 놓고는 사람 수를 셀 때만 빼버렸던 게 아닐까?

김옥균은 자리에 앉기 전에 주방으로 가 요리사에게,

"오늘 저녁은 외국 손님이 많이 오신다. 그네들은 식사 중에 천천히 이야기하길 즐기는 습관이 있다. 그러므로 음식을 너무 빨리 내와서는 안 된다. 천천히 가져오도록 하라."

라고 지시를 해 두었다.

결행의 신호가 될 방화는 8시 반에서 9시 사이로 예정되어 있었다. 그 때까지 연회가 계속되어야만 한다.

김옥균은 시마무라와 가와카미의 중간에 앉았다. 맞은편에는 이조연이 앉았고 그 좌우로 묄렌도르프와 신악균이 있었다. 가와카미는 통역이었지만 김옥균은 어느 정도의 일본어는 통역 없이도 할 수 있었다.

"당신은 '하늘[天]'을 알고 있습니까?"

김옥균은 그런 식으로 암구호를 써보는 등 여유를 갖고 있었다.

"좋아요, 좋아[요로시이, 요로시이]."

곁의 시마무라 서기관이 싱긋 웃으며 역시 암구호로 대꾸를 했다.

한참 연회가 진행 중일 때 우정국의 급사가 김옥균에게로 와서,

"급한 일로 면회를 하고 싶다는 분이 와 계십니다만 어떻게 할까요?"

라고 작은 소리로 말했다.

"급한 일? 어디서 온 사람인가?"

"홍현(紅峴=김옥균의 집이 있는 곳)에서 오셨다고 합니다만."

"그래, 만나볼까."

김옥균은 일어나면서 흘낏 왼쪽을 곁눈질해 보았다. 시마무라가 걱정스런 얼굴을 하고 있었다.

당일의 출석자 중에서 쿠데타 관계자 이외의 사람은 아무 것도 몰랐기 때문에 당연히 유유자적하고 있었다. 그러나 단 한 사람, 청국 영사 천쑤탕만은 보통 때처럼 술도 많이 마시지 않고 연회장의 분위기에 주의를 기울이고 있었다. 그는 이곳에 오기 전에 위안스카이로부터,

"오늘밤의 연회는 아무래도 이상한 느낌이 들어요. 방심하지 말고 관찰해 주시오. 그리고 만약 무슨 일이 생기면 바로 연락해 주시오."
라는 주의를 들었던 것이다.

위안스카이는 예의 동물적인 후각으로 뭔가 심상치 않다는 예감을 가졌던 것이리라. 조선 정계가 일촉즉발의 상황에 있다는 것을 위안스카이는 잘 알고 있었다. 군사 훈련 등으로 친하게 지내는 소식통으로부터 다른 사람이 모르는 정보가 그에게는 끊임없이 들어오고 있었다. 그러한 정보를 정리 분석하면 '쿠데타 임박'이란 판단이 나오는 것이었다. 결코 동물적인 후각만으로 치부될 수 없는 것이 위안스카이의 재능 속에는 들어 있었다.

'김옥균은 느슨하게 즐기고 있는 것처럼 꾸미고 있지만 사실은 긴장하고 있다. 그리고 시마무라는 뭔가 걱정거리가 있는 듯하다.'

위안스카이의 주의를 들은 천쑤탕은 그 자리에 참석한 인물들을 계속 관찰하고 있었다. 김옥균이 일어설 때 시마무라와 눈길이 마주친 것을 천쑤탕은 놓치지 않았다. 그가 앉은 자리에서는 일어서는 김옥균의 얼굴은 보이지 않았다. 그렇지만 시마무라의 얼굴에는 그것이 마치 거울처럼 비쳐지고 있었다.

'김옥균은 시마무라와 연결이 되어 있다. 즉 일본과의 사이에 비밀 연계가 있는 듯하다.'

천쑤탕은 거기까지는 읽어낼 수 있었다. 그는 그 자리에 있던 다른 사람들보다 별로 뛰어나게 민감하지도 않았다. 오로지 그 자리에서는 그 혼자만이 신경을 집중해 관찰하고 있었던 것뿐이었다.

김옥균은 천쑤탕을 의식하고 있지 않았다. 그는 좌석을 벗어나 새로 지은 우정국의 정문 쪽으로 나가 보았다. 그곳에는 그의 심복인 박재경(朴齋絅)이 안절부절못하는 모습으로 기다리고 있었다.

"웬일인가?"

김옥균이 황급히 물었다.

"별궁에 불을 지르기가 어렵게 되었습니다. 아무래도 안되겠습니다. 일이 급하게 되었습니다만 어떻게 해야 좋을까요?"

박재경은 재빠르게 이렇게 말했다. 왜 별궁 방화가 곤란하게 되었는지 자세한 사정을 따져 물을 여유도 없었다.

"별궁이 어렵다면 다른 곳이라고 좋아. 타기 쉬운 초가집이라도 골라 봐. 빨리 해, 빨리."

김옥균은 화가 치밀었지만 목청을 돋울 수도 없었다. 방화는 행동 개시 신호였다. 군대를 움직이기 쉬워 별궁을 방화 지점으로 택했지만 그곳이 불가능하다면 다른 적당한 장소로 변경하면 그만이다.

이런 일로 일일이 찾아와서 의논을 할 필요가 어디 있는가.

애써 표정을 감추려고 했지만 식당으로 들어선 김옥균의 얼굴은 잔뜩 부은 듯이 보였다. 적어도 주의를 기울이며 관찰하고 있던 사람의 눈에는 그렇게 보였다. 쿠데타 참가자 이외에 주의 깊게 관찰하고 있던 사람은 예의 천쑤탕뿐이었다. 천쑤탕은 김옥균의 표정보다도 시마무라 서기관 쪽에 더 신경을 썼다. 그러나 김옥균의 이런 움직임과 상관없이 연회는 계속되었다.

"무슨 일이 생겼습니까?"

시마무라는 걱정스러운 듯 물었다.

"아니오, 불을 지르는 일 때문입니다만."

김옥균은 일본말로 대답을 했다. 양쪽에 앉은 사람은 둘 다 일본인이었고, 그 밖에 일본말을 아는 자는 없었다. 그렇지만 그는 목소리를 낮추어 말했다.

"예정했던 장소에 불을 지르기가 어렵게 되었다는 연락이었소."

"그, 그래서."

시마무라는 드러내 놓고 얼굴색을 바꾸었다.

"장소만 바꾸면 됩니다. 그러면 되질 않습니까? 염려할 필요 없습니다."

"그렇긴 하지만……."

시마무라는 테이블 위에 놓인 잔을 집으려고 했는데 그 손이 한참 동안 떨리고 있었다. 천쑤탕은 그런 모습을 주욱 살피고 있다가 맞은편에 앉은 민영익에게,

"너무 연회가 길어지게 되면 우리 도중에 함께 돌아갈까요? 내가 댁까지 모셔다 드리다."

라고 말을 건넸다. 민영익의 곁에 앉아 있던 청국 서기관 탄쑹요우가 그다지 능하지 않았지만 그 말을 조선어로 통역했다.

"후의는 고맙습니다만 그렇게까지 피곤하진 않습니다. 그리고 오늘은 우리들 쪽이 초대를 했기 때문에……."

민영익은 부드러운 미소를 머금으며 대답했다.

얼마 지나지 않아 김옥균은 또 화가 나기 시작했다. 박재경이 다녀간 지 벌써 반 시간이 지났다. 어디선가 불이 치솟을 만한데도 전혀 그런 기색이 없고 아까운 시간만 자꾸 흘러가고 있었다. 도대체 무얼 하고 있는 것일까?

견딜 수가 없어서 김옥균은 자리에서 일어나 방 밖으로 나왔다. 화장실에 가는 척했다. 복도에 나온 다음에야 그는 크게 혀를 찼다.

김옥균이 문을 나서 여기저기 둘러보고 있으려니까 한패인 유혁노가 이쪽으로 달려오는 게 보였다.

"별궁에서 실패하는 바람에 순포가 쫙 깔렸습니다. 너무 위험해서 모두들 차라리 우정국으로 달려와 4, 5명을 골라 죽여버리자고 말하고 있습니다만……."

우혁노는 헐떡거리며 재빨리 말을 했다.

"아무래도 일이 어려우면 그것도 어쩔 수 없다. 그러나 외국의 공사들도 와 있으므로 가능하면 어디 아무 데고 불을 질러라. 순검 포졸들을 조심하고."

김옥균도 잽싸게 이렇게 지시한 뒤 서둘러 연회석으로 돌아왔다. 너무 오랫동안 자리를 비우면 다른 사람들이 낌새를 챌 우려가 있었다.

"이제 슬슬 차라도 마실까 해서요."

김옥균은 마치 밖에 나가 차를 내오도록 시킨 듯이 꾸몄다. 시키지 않아도 다과가 나올 시간이 되었던 것이다.

민영익은 눈살을 찌푸리고 있었다. 우정국 총재는 홍영식이다. 이 연회에서 김옥균이 나서서 주문을 하고 다닐 필요는 없는 터였다. 김옥균은 일에 나서기를 좋아하는 인간이긴 하지만 그렇다고 해도 너무 지나치지 않은가? 보통 때와는 어딘지 다르다. 무슨 일이 있는 건가?

김옥균의 일기에 따르면 그는 민영익이 의심하고 꺼려하고 있다는 사실을 눈치채고 있었다. 그리고 시마무라는 이미 불안한 표정을 감추려고 하지도 않았다.

급사가 다과를 날라와 그것을 테이블 위에 올려놓고 있을 바로 그 때였다.

"불이다, 불!"

바깥에서 외치는 소리가 들려왔다. 그 자리에 있던 사람들은 일제히 벌떡 일어섰다. 조선어를 알고 모르고를 가릴 것도 없이 누구나가 이상이 생겼음을 깨달았다.

김옥균은 북쪽으로 난 창문을 열었다. 그쪽 방향에서 불길이 치솟고 있었다. 연회에 참석하고 있던 사람들은 반사적으로 가지각색의 행동을 취했다. 가장 먼저 방을 뛰쳐나간 사람은 우영사 민영익이었다. 그러나 워낙 빨리 나갔는지라 아무도 그걸 알지 못했다.

# 2

"저 부근에는 전영의 막사가 있다. 내가 가서 동원을 해야겠군. 빨리 불을 끄지 않으면 큰일이야."

전영사인 한규직이 이렇게 말하며 문 쪽으로 향했을 때였다. 바로 그 문이 벌컥 열리더니 민영익이 들어왔다. 전신이 피투성이였다. 비틀비틀 방안을 걸어 들어와서는 픽 쓰러져버렸다.

"이거 빨리 원사마(袁司馬)에게 급보를 해야겠군. 서둘러!"

천쑤탕은 담서기를 재촉하여 혼란이 극심해진 그곳을 빠져나갔다.

위안스카이는 정식의 관직명보다 군관에 대한 고전적인 칭호인 '사마'로 불리는 것을 좋아했다.

김옥균의 쿠데타 계획에 의하면, 우정국에서의 연회 시간 내에 방화 소동을 일으켜 일단 발단 과정에서의 자신들의 알리바이를 만든 다음 왕궁 내에서 '일'을 추진하도록 되어 있었다. 연회에는 살해 예정자가 3명이나 참석해 있었지만 그 자리에서 죽이면 너무 속이 들여다보일 것이므로 적어도 우정국에서 많이 떨어진 장소에서 암살할 계획이었다. 설령 그곳에서 손을 쓰지 않더라도 그들도 화재 위문차 입궐을 할 것이므로 그 때 다른 무리들과 동시에 해치워도 되었다.

김옥균의 일기에는 민영익을 찌른 것이 일본인이었다고 기록되어 있다. 이 쿠데타는 친일파에 의해 계획되었기 때문에 일본인도 상당수 참가하고 있었다. 암구호에도 일본어를 사용할 정도였으니까……. 일본인들도 계획은 듣고 있었을 테지만 죽여야 할 상대가 어슬렁어슬렁 걸어 나왔으므로 공을 세우기 급급하여 두말도 없이 칼을 휘둘렀던 것이다.

우정국 내에 있던 사람들은 난장판이 되어 밖으로 튀어나갔다. 김옥균은 바로 자신이 꾸며 놓은 계략이었으므로 이 화재 소동에 당황하지는 않았다. 계획에 약간의 변경이 있었기 때문에 그에 따른 실행 면에서의 정정을 머릿속에서 짜내고 있었을 뿐이다. 그는 대단히 냉정한 모습이었다.

애초 계획대로라면 별궁 근처에 있어야 할 쿠데타 실행 대원들이 그쪽에서의 방화에 실패했으므로 우정국 부근에서 모습을 숨기고 있었다. 김옥균은 그 중에서 이인종과 서재필을 발견하고,

"일군들을 데리고 경우문(景佑門) 밖으로 나가 거기서 기다리고 있게. 그리고 일본인 동지들은 내 집 후원에 몸을 숨기고 있도록 이르게."
라고 지시를 했다.

그런 뒤 김옥균은 일본 공사관으로 향했다.

'그들의 기색을 살피기 위해.'

김옥균은 그의 일기에 이렇게 표현해 놓았다.

별궁 방화가 실패한 것을 구실로 일본이 쿠데타를 회피하려는 기색이 있지나 않은가, 그것을 떠보기 위해 갔다는 말이다. 그렇지만 진짜 의도는, 쿠데타 직전에 일본 공사관을 방문했다는 사실에 의해 일본을 자신들 속으로 옮아 넣어 꼼짝달싹 못하도록 하자는 속셈이었다.

시마무라 서기관은 이미 우정국에서 돌아와 있었다. 조금 전에는 영국의 아스톤 총영사가 찾아와 아무래도 밖이 소란스러우니 호위병을 빌리고 싶다는 부탁을 하러 왔었다. 그래서 두 사람의 호위병을 딸려 보낸 직후였다. 밖은 어두웠지만 아스톤은 김옥균의 일본 공사관 방문을 목격했을지도 모른다. 시마무라는 김옥균의 얼굴을 보더니 불쑥,

"대감은 어째서 궁중으로 가지 않습니까? 이런 곳에 온들 무슨 소용이 있습니까?"
라고 호통을 치듯이 말했다.

'지독하구먼.'

시마무라는 내심 이렇게 생각했다. 그도 김옥균의 내방이 쿠데타를 회피하지 않으려는지를 확인하려는 것임을 알아채고 있었다.

"아니오, 여기 온 보람이 있군요. 모습을 뵙고 나니 일본 측의 결의에 아무런

변화가 없다는 점을 확인했습니다. 이제 안심입니다."

김옥균은 싱글거리며 일본 공사관을 빠져나갔다. 그는 그 걸음으로 이동(泥洞) 어귀로 향했다. 그곳에서는 김봉균(金鳳均), 이석이(李錫伊) 등이 그를 기다리고 있었다. 신복모가 지휘하는 40명의 장정들은 어둠 속에서 여기저기 몸을 숨기고 있었다.

창덕궁의 서문을 '금호문'이라고 불렀다. 방위의 색깔로 말한다면 서쪽은 백(白)이었으므로 백호문이라고 해야 옳았지만 서울의 왕궁에서는 버릇처럼 금호문이라고 부르고 있었다. 궁중으로 입궐하는 모든 대신들은 반드시 이 금호문으로 출입하게 되어 있었다.

최초의 계획에서는 별궁 방화로 인해 모든 대신이 반드시 입궐할 것이므로 금호문에서 민태호, 민영목, 조영하 등 세 명을 기다렸다가 살해하게 되어 있었다.

불길이 치솟은 곳은 별궁이 아니고 우정국 근처였다. 그렇다고 하더라도 같은 서울이고 궁전도 결코 멀지 않았으므로 충신이라고 자처하는 자들은 다 달려오지 않을 수 없다.

기다리기보다 쳐들어가자.

김옥균은 수문 병사들에게 문을 열 것을 명했다. 사태가 혼란해지면 왕을 옹위하는 쪽이 유리하다. 기다리는 것은 일군들에게 맡기고 그는 일각이라도 빨리 왕에게로 가려고 했다.

"정원(政院)의 허가가 없으면 문을 열 수 없습니다."

수문의 부대로부터는 이런 대답이 되돌아왔다.

"나야, 나. 김옥균이다. 시내에서 사건이 터졌다. 급히 문을 열어라!"

김옥균은 큰소리로 외쳤다.

실은 이 금호문의 수문장은 김옥균의 심복 동지였다.

"긴급할 때는 정원의 허가가 없이도 문을 열어야 한다. 어서 열어라!"

수문장은 부하들에게 이렇게 명령을 내렸다.

김옥균, 김봉균, 이석이 이들은 금호문으로 들어섰다. 궁중은 쥐죽은듯이 고요했다. 음력 10월 17일이었으므로 달이 낮과 같이 비치고 있었다. 순라를 도는 군졸들의 발자국 소리가 때때로 들려올 뿐이었다. 인정전(仁政殿) 근처에는 미리부터 화약을 묻어 두었다.

"그것을 파내어 정확하게 30분 후에 불을 붙여라."

김옥균은 김봉균과 이석이 두 사람을 그곳에 남겨 두고 협양문(協陽門)으로 향했다. 협양문 바깥에는 무장한 군사들이 지키고 있다. 여기로부터 안쪽은 대례복을 입지 않고서는 들어갈 수 없게 되어 있었다.

"정지! 정지!"

군사들은 평복을 입은 채인 김옥균을 불러 세웠다. 시각이 시각이었으므로 설사 대례복을 입고 있었더라도 일단 정지를 당해야 했을 터였다.

"너희들은 바깥에서 무슨 일이 터졌는지도 모르고 있단 말인가? 무얼 멈추라는 거야!"

한 차례 호통을 친 뒤 김옥균은 그대로 안으로 들어가 버렸다. 얼굴을 아는 요인이며, 긴급한 일인 것 같았으므로 억지로 붙들어 둘 수가 없었다.

"밖에서 무슨 일이 있었습니까?"

라고 물어볼 뿐이었다. 김옥균은 대꾸도 하지 않고 그냥 쑥 걸어 들어갔다. 합문(閤門=편전의 앞문) 밖에는 전영 소대장 윤경완이 50명의 부하를 거느리고 기다리고 있었다. 윤경완은 김옥균이 신뢰하는 동지 윤경순의 친동생으로 익히 알고 있었다.

합문이란 왕의 침소로 가는 문을 가리킨다. 김옥균은 그 문을 밀고 안으로 들어갔다. 환관인 변수(邊樹)가 나와 왕은 이미 취침했다고 말했다. 다른 환관들도 여기저기서 뛰어나와 김옥균이 대례복도 입지 않은 것을 보고,

"이것은 전대미문의 일이옵니다."

"이런 일이 예전에 또 있었습니까?"

"아니오, 그럴 턱이 없소이다."

"말세로군요."

라며 쑥덕거리고 있었다. 그 중에는 유재권(柳在權)이라는 환관이 있었다. 왕으로부터 가장 총애를 받고 있는 인물이었으므로 그만큼 거사 후에 장애가 될 우려가 있었다. 그래서 이번 쿠데타의 요인 살해자 명단에도 유재권의 이름이 올라 있었다.

"뭐야! 너희들은. 환관인 주제에!"

김옥균이 고함을 질렀다.

"지금은 국가 위란의 시기이다. 무엇을 쑥덕거리고 있는가? 빨리 상감께 아뢰도록 하라."

김옥균의 목소리가 워낙 컸으므로 고종은 이미 잠이 깨어 있었다.

"어서 들라! 무슨 일인가?"

국왕의 음성은 시종을 통하지 않고서도 김옥균의 귀에 들릴 정도로 컸다. 주변이 너무 조용했던 탓도 있으리라.

김옥균, 박영효, 서광범 등 세 사람은 국왕의 침소에 들어가 우정국 근변에서 발생한 화재는 아무래도 예삿일이 아닌 듯 여겨지므로 한동안 거처를 옮기도록 진언했다. 이에 대해 왕비는,

"이변이라고 하는데 그게 도대체 청이 일으킨 것이오, 그렇지 않으면 일본이 한 일이오?"

라고 따져 물었다.

설마 자신들이 했다고는 말할 수 없다. 김옥균이 대답을 망설이고 있을 때 돌연 굉음이 일었다. 그것은 김옥균의 비밀 동지의 한 사람인 궁녀가 통명전(通明殿)에서 죽통에 넣은 화약을 쏘아 올렸기 때문이었다. 짐작했던 대로 그 자리에는 금방 혼란이 일었다.

"진정하시옵소서. 윤경완이 1개 소대의 병력을 이끌고 대기하고 있으므로 이내 그곳으로 달려갈 것이옵니다."

김옥균이 안심을 시키려는 듯 조용조용히 말했다.

"그렇지만 그들을 믿을 수 있을까."

국왕은 불안한 표정으로 중얼거렸다. 국왕이 신뢰하지 못하는 근위병, 이 얼마나 서글픈 일인가.

"그러하오면 이 기회에 용단을 내리시어 일본군에게 출동을 의뢰, 보호를 받으심이 어떠하올런지요. 그렇게만 한다면 만사 안심하실 수 있사옵니다."

김옥균의 말에 국왕은 고개를 끄덕이며 수긍하는 눈치였으나 곁에 있던 명성황후가,

"일본군에 호위를 요청하는 건 괜찮겠으나 그렇게 되면 청군은 어떻게 하시겠소?"

라고 물었다.

조선에는 청일 양국이 군대를 주둔시키고 있다. 이런 긴급한 때에 한쪽에는 아무 말도 않는 것도 문제였다. 명성황후가 말참견을 한 것은 지극히 당연한 일이었다.

김옥균은 일본을 배경으로 친일 정권을 세우기 위해 쿠데타를 일으켰다. 구실을 만들어 일본군을 왕궁으로 끌어들이고 싶었다. 청병에게 출동을 요청하는 일은 결코 있을 수 없는 우둔한 짓이었다. 그렇지만 명성황후의 '정론'을 무시할 수도 없었다.

"예, 지당한 말씀이옵니다. 그러면 곧 사자를……"

김옥균은 두 명의 사자를 불렀다. 일본 공사관에는 환관 유재권을 파견했다. 청군 사령부로 가도록 명령을 받은 자는, 김옥균의 일기에 의하면 다만 '모군(某軍)'이라고 되어 있다. 익명으로 할 필요가 있었던 모양이다. 이 모군에 대해서는 이내, 가는 척하기만 하고 결코 가서는 안 된다고 일러두었다.

# 3

 "역시 친필로 된 칙서가 필요하옵니다."

 김옥균은 이렇게 말하며 연필을 꺼냈다. 박영효는 백지를 국왕에게 내밀었다. 국왕은 요금문(曜金門) 내의 길 위에서, '일본공사내위짐(日本公使來衛朕)'이란 일곱 자를 썼다. 이것이 일본군 출병의 근거가 된 문서였다.

 국왕은 경우궁(景祐宮)으로 옮기게 되었는데, 그 후문이 안쪽에서 자물쇠가 채워져 있어서 열리지 않았다. 젊은 윤경완이 담을 뛰어 넘어 안쪽 자물쇠를 부수고 문을 열었다.

 이 무렵이 되자 중신들도 이변이 생겼다는 말을 듣고 줄을 이어 달려 왔다. 제일 빨랐던 사람이 숙직을 하고 있던 윤태준과 심상훈 등이었음은 물론이다. 한규직의 모습도 보였다. 우정국에서 곧장 달려온 것은 아닌 듯 옷을 갈아입고 있었다. 웬일인지 병졸의 복장을 하고 있었다. 암살을 우려하여 신분을 감추려고 했던 것일까?

 일본 공사관으로 심부름 갔던 유재권이 재빨리 돌아와,

 "밖은 별 이변이 없사옵니다. 화재도 이내 진화되었고 보통 때와 마찬가지옵니다만……."

 이라고 보고했다.

 "이게 도대체 어찌된 일이오? 이변, 이변이라고 하지만 궁중만이 시끌시끌할 뿐이 아니오? 난적은 대체 어디에 있으며 무슨 일을 저질렀다는 것이오? 김옥균 대감, 확실히 설명을 해 주시오."

 명성황후는 정말이지 괴이하다고 여겼다.

 김옥균이 왕비의 질문에 난처해하고 있는 것을 도와주기라도 하듯 또다시 굉음이 일었다. 인정전 부근에서 잇달아서 두 발이 터졌다. 이미 30분이 지나고 있었으므로 김봉균과 이석이 두 사람이 예정대로 화약에 불을 붙였던 것이다. 분명 굉음이라도 일지 않는 다음에야 '이변'이 생겼다고는 여길 수 없었다.

인정전의 굉음은 김옥균을 궁지로부터 구해냈다.

"폭발음이 들려오는 걸로 봐서 난적이 있다는 것은 분명하옵니다. 어디서 어떤 일을 저지르고 있는지는 3영의 사람들이 규명해야 할 일인 줄 아옵니다."

김옥균은 자신만만하게 대답했다.

말을 마친 뒤 그는 주위를 휘둘러보았다. 전영 사령관인 한규직이 병졸의 복장을 하고 서 있는 게 눈에 띄었다.

"뭡니까? 당신은. 전영의 병사들을 지휘해야 할 장수의 몸으로 이런 변란을 당하고도 병졸들을 이끌고 달려오기는커녕 태평스럽게 혼자와 있다니, 그리고 옷차림은 또 그게 뭡니까? 변장을 하여 주상을 놀라시게 할 심산이십니까?"

김옥균은 위엄을 갖추고 이렇게 호통을 쳤다. 쿠데타는 이제 8할은 성공한 셈이었다. 신정권이 들어서면 그는 최고의 실력자가 된다. 신정권의 요인 명단은 이미 만들어져 있었다. 그는 그다지 눈에 띄지 않는 직책을 맡은 뒤 의정(議政=재상)을 마음대로 주무를 계획이었다. 천하를 호령하게 되는 것이다. 그는 차츰차츰 흥분하기 시작했다.

"이 쥐벼룩 같은 놈!"

김옥균은 환관인 유재관을 노려보며 욕설을 퍼부었다.

"천하의 대세도 모른 채 계집과 같은 꼴을 하고는 이런 큰 변을 당하고도 유언비어나 퍼뜨리고 다니려고 하다니! 당장 목을 잘라 버리겠다!"

궁전 밖이 너무 조용하여 무슨 일이 생겼는지조차 느낄 수 없었다고 하는 것이 김옥균으로서는 '유언비어'였던 것이다.

경우궁의 정전(正殿)까지 왔을 때 박영효가 다케조에 신이치로와 일본군을 이끌고 달려왔다.

"어시아심시정(於是我心始定)."

김옥균은 그의 일기에 한문으로 이렇게 썼다. 일본 군대가 도착한 것을 보고 그는 겨우 한숨을 돌렸다. 쿠데타는 8할 정도 성공했다고 생각하고 있었지만 역시 일본의 태도가 걱정이었다. 2층으로 올라간 뒤 사다리를 치워버리는 듯한 일을 하지나 않을까 하고 내심 우려하고 있었다.

'이제 안심이야.'

김옥균은 가슴을 쓸어 내렸다.

국왕과 왕비는 정전으로 들어가고, 김옥균과 다케조에는 그 좌우에 시위했다. 일본군은 대문 안팎을 경호하며 교통을 차단했다. 전영 소대장 윤경완이 병졸을 이끌고 전정 내외에 늘어섰고 서재필이 정란교(鄭蘭敎) 등 13명의 사관 생도를 이끌고 전상(殿上)에 시립했다. 이인종, 김봉균, 윤경순 등 십여 명은 전문(殿門) 밖에 시립했다. 물샐틈도 없는 철통같은 방비라고 해야 했다.

신뢰할 수 있는 무감 십여 명이 경우문 밖으로 나가 접수역을 맡았다. 이변이 생겼다는 말을 듣고 달려오는 사람들을 응대하는 일이었다. 어떤 사람이라도 우선 이름을 대고 허가를 받아야만 비로소 안으로 들어갈 수 있었다. 홍영식과 이조연 등 우정국 연회에 참석했던 사람들도 달려왔다.

김옥균은 친청파의 동태를 살피고 있었다. 그들은 아까부터 소곤거리며 뭔가 이야기를 주고받고 있었다. 목소리는 들리지 않았지만, 일본군만 부르고 왜 청국군은 부르지 않았는가, 청국 사령부에 연락할 방법이 없을까라는 의논들을 하고 있지 않을까? 김옥균은 그런 생각이 들었다.

'아무리 머리를 짜내 봤자 이미 늦었다구.'

김옥균은 속으로 코웃음을 쳤다. 그는 친청파 요인들을 숙청하려고 하고 있다. 아무리 속닥속닥 의논을 하더라도 그들은 살아서 이 궁전을 빠져나갈 수 없었다.

박영효는 3영의 사령관을 향해 큰소리로 이렇게 말했다.

"이런 변란을 당하여 일본 공사는 군대를 이끌고 와서 호위의 임무를 맡아 주셨소. 그런데도 불구하고 3영의 사령관인 당신들은 어째서 병력도 인솔하지 않고 털레털레 빈손으로 와서 소곤거리기만 하는 거요? 대체 무슨 궁리들이오?"

"나는 숙직이었소. 숙직의 임무가 있었으므로 그냥 곧바로 이곳으로 왔소. 좋소, 지금이라도 병졸들을 데리고 오겠소이다."

성질이 괄괄한 윤태준은 등을 돌리고 소중문(小中門) 쪽으로 걸어 나갔다. 소중문 밖에는 자객들이 대기하고 있었다. 이규완과 윤경순이었다. 박영효의 말을 듣고 윤태준은 속이 울컥 치밀었다. 화가 불같이 치솟아 자신의 신변에 주의를 기울일 여유도 없었다. 문을 나서서 대전 내에서 보이지 않게 되자 두 사람의 자객은 좌우로부터 달려들어 검을 휘둘렀다.

"으윽!"

윤태준은 꽤 큰 비명을 올렸지만 대전 내의 사람들은 아무도 눈치채지 못했다. 쿠데타 그룹의 사람들을 제외하고는. 전내에서는 이조연과 한규직이 김옥균에게 대들고 있었다.

"변란, 변란이라고 하는데 대체 어디서 변란이 일어난 게요? 한번 보여 주시구려. 뭐요, 이게? 기껏해야 폭죽 터지는 소리가 두세 차례 들린 것뿐이질 않소? 그런데도 주상 전하를 옮기시도록 하질 않나, 일본군을 불러들이질 않나, 너무 허둥대고 있는 게 아니오?"

이조연은 말을 하는 동안에 점점 더 흥분하여,

"누군가가 짠 거야. 불은 우정국 근처였어. 그 때부터야, 이상해진 건. 궁중의 어디에서 불길이 솟았어? 아무 데도 탄 곳은 없어. 내가 만약 좌영의 병졸들을 이끌고 왔더라면 웃음거리만 될 뻔했질 않나? 그렇다면 이건 일본군을 궁중에 끌어들이기 위한 계략이야. 알았어. 이 사실을 성상께 말씀드려야겠어. 성상께."

그는 전내에 있는 국왕을 만나려고 했다. 그렇지만 서재필이 칼을 비스듬히 들이대고 이조연을 가로막았다.

"아문의 명을 받고 있소. 명령이 없는 한 전내에는 한 발짝도 들여보낼 수 없소."

서재필뿐이 아니었다. 박응학(朴應學), 정행징(鄭行徵), 임은명 등 팔팔한 사관 생도들이 검을 꽉 쥔 채 이조연에게 덤벼들었다.

"잠깐!"

한규직이 이조연의 소매를 끌며 말했다.

"이 무리들과 아무리 다투어 봤자 소용이 없어! 처음부터 다시 시작해야 해."
"그럴까, 그것도 그렇군."
이조연도 포기를 했다.
그들은 처음부터 일을 되돌린다는 생각을 갖고 경우궁의 후문을 나섰다. 그러나 문을 나선 순간 두 사람은 이제 모든 일이 끝났다는 사실을 깨달아야 했다. 칼을 빼어든 자객이 그곳에서 기다리고 있었던 것이다. 황용택과 고영석, 그리고 이제 막 윤태준을 살해한 이규완과 윤경순이 재빨리 다음 먹이를 노리고 달려왔다.
좌영사 이조연도 전영사 한규직도 우정국에서의 축하연 취기가 깨기도 전에 전신에 피투성이가 된 채 이 세상을 등졌다.
좌찬성(左贊成) 민영목은 접수부의 무감에게 통성명을 한 뒤, 이규완과 고영석 사이에 끼어 이끌린 듯한 꼴을 하고 입궐을 서두르고 있었다.
"어쩐지 무시무시하군."
민영목은 양쪽에 선 두 사나이에게 말을 걸었다. 그러나 두 사람은 아무 대꾸도 하지 않았다. 언제 칼을 뽑아 죽여버릴까 하고 기회만 엿보고 있는 두 사람의 귀에 민영목의 말이 들릴 턱이 없었다.
"호오! 일본군이 늘어서 있군."
민영목은 대답도 하지 않는 두 사람에게 다시 말을 붙여보았다. 그러나 역시 반응이 없었다. 두어 걸음 더 떼어놓은 뒤 두 사람은 동시에 허리를 비틀었다. 칼날이 어둠 속에서 번쩍 빛났다. 민영목은 일본군이 늘어서 있는 앞에서 살해되었다. 두 사람의 자객은 일본군이 보고 있는 앞이었으므로 솜씨를 자랑하려는 듯 약간 어깨에 힘이 들어가 있었다.
뒤이어 판서 조영하가 들어왔다. 그 다음에는 지중추(知中樞) 부사 민태호가 쫓아왔다. 두 사람은 다 똑같은 운명을 겪었음은 물론이다.
"아무 일도 일어나지 않지 않았습니까? 빨리 궁중으로 돌아갑시다."
명성황후가 이렇게 말을 꺼냈다. 그녀는 일족인 민태호나 민영목이 피살된 사실을 모른다. 자객들이 흉도를 휘두른 곳은 전내에서는 보이지 않는 장소였다.

정전에는 수백 명의 환관, 궁녀가 모여 있었기 때문에 여간 시끄럽지가 않았다.

"정말 이변이 일어난 건가?"

"이상하군요, 그렇죠?"

"빨리 돌아갔으면 좋겠는걸."

이런 말들을 주거니 받거니 하고 있었다.

이제부터 유신의 대업을 벌이고자 하는 판인데 환관이나 궁녀들이 지껄여대는 소리가 긴장된 공기를 깨뜨리고 있었다. 김옥균은 나중에 이런 방해 분위기의 조성은 명성황후의 계략에 의해서였다고 기록해 놓았지만 그것은 너무 지나친 생각이었으리라. 단지 환관이나 궁녀들 사이에는 자신들의 뒤에는 명성황후가 도사리고 있다는 방자함이 있어서 전혀 대신들을 어려워하지 않았다는 점은 있었다.

'이것들의 입을 꾹 다물게 할 방법이 있지.'

김옥균은 얼굴을 찌푸린 채 서재필에게,

"유재권을 데려오도록."

하고 명령을 내렸다.

잠시 후 장사들이 꽁꽁 묶은 유재권을 끌고 왔다. 과연 환관과 궁녀들의 재잘거림이 딱 멈추었다.

"지금부터 난적 유재권을 처형한다. 유재권은 궁중에 폭약을 장치하여 성상의 생명을 빼앗으려 한 대역 무도한 난적이다. 이는 참수형에 처함이 마땅하다."

김옥균은 별로 목소리를 크게 높이지도 않았다. 그렇지만 물을 끼얹은 듯 조용한 탓으로 그의 말은 또렷하게 울려 퍼졌다.

유재권에게는 무어라고 항변할 방법도 없었다. 유재권을 신임하여 그에게 신변의 잡무를 맡기고 있던 국왕조차도 이 처형에는 간섭할 수 없었다. 조선왕조에는 왕족이 많다. 국왕은 어디에서도 데리고 올 수가 있었다.

유재권은 불쌍하게도 많은 사람의 앞에서 살해되었다.

"쓸모 없는 자는 모두 이 자리에서 내보내겠다. 이제부터 국가의 대사를 논의해야 한다."

유재권을 처형한 뒤 김옥균은 이렇게 말하고, 조금 전까지 소란을 피우고 있던 환관과 궁녀들을 모두 내쫓았다. 마치 '너희들은 아무 쓸모가 없다. 국가의 큰 일은 너희들이 알 필요가 없다'고 말하는 듯했다.

김옥균은 '논의한다'고 말은 했지만 중요 인사의 명단 등 거의 모든 일은 이미 다 정해져 있었다. 그것을 국왕에게 승인시킨다는 것에 지나지 않았다.

## 4

우정국에서 제일 먼저 달려나간 천쑤탕은 곧 위안스카이에게 이 사실을 보고했다. 천쑤탕은 가장 신경을 집중해 연회의 분위기를 관찰한 인물이었다.

우정국 근변의 화재는 미리부터 꾸며져 있던 일이다.

김옥균과 일본의 시마무라 서기관 사이에는 무언가 있었다.

아무래도 이것은 친일파에 의한 쿠데타의 냄새가 난다. 일본 측도 한몫 거들고 있다는 느낌이 든다.

천쑤탕의 관찰은 대체적으로 정확했다.

위안스카이는 2백여 명의 부하를 이끌고 부랴부랴 우정국으로 가 보았다. 그곳에는 이미 아무도 없었다. 칼에 찔려 쓰러졌다는 민영익의 모습도 보이지 않았다. 그 부근에서 물어보고 나서야 중상을 입은 민영익이 재정 고문 묄렌도르프의 집으로 업혀갔다는 사실을 알았다.

"들어갈 수 없습니다."

묄렌도르프의 저택 문 앞에서 총을 든 한 명의 중국인 청년이 위안스카이의 길을 가로막고 나섰다.

"흐음, 왜 들어갈 수 없다는 것인가?"

위안스카이는 자기보다도 한두 살 아래로 보이는 상대에게 싱글싱글 웃으며 말을 건넸다.

"누구도 들여보내지 말라는 명이 있었습니다."

한 발자국도 물러설 기색이 없는 말투였다.

"아하, 그래……."

위안스카이는 자신이 2백여 명의 부하를 거느리고 있다는 사실을 깨달았다. 이래가지고는 누구라도 겁을 먹을 터였다. 그는 부하들에게 약간 뒤로 물러나라고 명령을 한 뒤 청년 쪽으로 한 발 다가가,

"다른 뜻은 없다. 문병을 온 것뿐이다. 이 저택 안에 중상을 입은 사람이 있을 것이다. 민영익이라고…. 그 사람은 나의 친구이다. 친구를 문병할 수도 없단 말인가?"

라고 말했다.

"한 사람이라면 어서 들어가시라고 말씀드리고 싶지만 성명을 가르쳐 주시지 않으면 안됩니다. 어디서 온 누구인지를 모르고서야 안으로 들여 보낼 수 없습니다."

"아이쿠, 이거 실례를 했군, 나는 위안스카이라고 하오. 회변조선방무라는 직명을 갖고 있소만. 그런데 당신은?"

"탕쏘우이[唐紹儀]입니다. 재정 고문 묄렌도르프의 조수로 임명을 받아 불과 요 며칠 전에 이곳으로 왔습니다."

"아, 탕쏘우이 선생이시군요. 존함은 이미 듣고 있었습니다."

위안스카이는 탕쏘우이라고 하는 광동 출신의 미국 유학생이 묄렌도르프의 조수로 부임해 왔다는 이야기를 바로 며칠 전에 들었다.

"황송합니다. 자 어서 드시지요."

탕쏘우이는 문을 열었다.

이것이 위안스카이와 탕쏘우이의 첫 대면이었다. 탕쏘우이는 콜롬비아 대학

제6장 불길이 오르다 137

에 유학한 뒤 리훙장에게 인정을 받아 묄렌도르프의 조수로서 조선에 파견되어 왔다. 묄렌도르프도 리훙장의 입김이 작용하고 있는 인물이었다. 묄렌도르프는 화폐 남발로 조선에서의 평판이 좋지 않았다. 리훙장은 이것을 보강하는 의미로 탕쏘우이를 보낸 것이리라.

위안스카이는 안으로 들어가 민영익을 문병했다. 자객의 칼이 뼈에까지 깊숙이 찔렸지만 목숨은 건질 수 있을 것 같다는 이야기였다. 미국인 의사(나중에 특명전권대사를 지낸 호레이스 알렌)가 치료를 맡고 있었다.

묄렌도르프의 집을 나설 때 위안스카이는 다시 탕쏘우이와 악수를 나누었다. 당시의 중국인에게 있어서 악수는 새로운 인사법이었다. 그리고 어쩐지 신분이 높은 사람이 자기보다 아래인 상대와 대등한 위치까지 끌어 내려지는 듯한 기분이 드는 인사이기도 했다.

위안스카이는 상대방의 손에 열기가 담겨져 있다는 것을 느꼈다.

'이 친구, 혹시 나를 경쟁자로 여기고 있는 게 아닐까?'

위안스카이는 쓴웃음을 지었다.

이 당시 위안스카이와 탕쏘우이의 관직상의 신분에는 큰 차이가 있었다. 위안스카이는 제독과 어깨를 나란히 하는 직권을 갖고 있었다. 그러나 탕쏘우이는 외국인 고문의 조수에 지나지 않는다. 아직 무관의 청년이었다.

"저는 통역이 아닙니다. 재정 경제에 대한 조언을 하는 역할을 맡고 있습니다."

헤어질 때 탕쏘우이는 일부러 이렇게 말했다.

"알았소이다. 알았소이다."

위안스카이는 탕쏘우이의 열기로부터 서둘러 도망쳤다. 왠지 견딜 수 없는 기분이 들었다. 앞으로도 이 사나이가 항상 자신을 따라다닐 것 같은 예감이 들었다.

위안스카이는 1859년 생이었으며 탕쏘우이는 1861년 생이었다. 나이는 두 살밖에 차이가 나지 않았다. 그 후 리훙장의 문하에서 탕쏘우이는 항상 위안스카이를 라이벌로 간주했지만 위안스카이는 그렇게 여겨지는 일 자체를 성가시게 생각했다.

위안스카이는 묄렌도르프의 집을 나온 다음 곧장 숙소로 되돌아갔는데, 이튿날 아침 조선 궁정 내의 정보가 꼬리를 물고 들어왔다. 정보를 수집하는 일에 있어서 그는 천재적이라고 해도 좋을 재능을 갖고 있었다.

"많이도 살해되었군."

경우궁에서 살해된 친청파 요인의 명단을 보며 위안스카이는 한숨을 내쉬었다. 그러나 그는 곧 한숨을 거두었다. 다른 명단을 손에 들고 들여다보았다. 이처럼 전환이 빠른 것도 그의 재능 중의 하나였다.

손에 쥔 것은 신정권의 요인 명부였다. 위안스카이는 그 명단에 올라 있는 사람들 중 몇 명의 이름 아래에 빨간색으로 동그라미 표시를 했다.

영의정 이재원 ○
좌의정 홍영식
전후영사 겸 좌포장 박영효
좌우영사 겸 우포장 서광범
좌찬성겸 좌우참찬 이재면 ○
이조판서 신기선
예조판서 김윤식
병조판서 이재완 ○
형조판서 윤웅렬
공조판서 홍순형 ○
한성판윤 김굉집
판의금(判義禁) 조경하 ○
호조참판 김옥균
병조참판 겸 정령관(正領官) 서재필
병조참의 김문현 ○

수원유수 이희선
평안감사 이재순 ○
설서(說書) 조한국 ○
세마(洗馬) 이준용 ○

위안스카이가 빨간 연필로 동그라미를 친 사람은 '친일파'로 여겨지지 않는 인사들이었다. 그 중 이씨 성을 갖고 이름의 첫 글자에 '재(載)'가 붙은 사람은 보정에 감금되어 있는 대원군의 친척이었다. 이재면은 대원군의 맏아들이었고 세마인 이준용(李埈鎔)은 이재면의 아들이었다. 설서인 조한국(趙漢國)은 대원군의 외손이었다.

위안스카이는 이 명단으로부터 두 가지 사실을 읽어낼 수 있었다.

첫째는 친일파만으로는 하나의 정권을 형성하여 그것을 유지할 수 없다는 사실이었다. 2년 전의 임오군란에서는 대원군이 명성황후와 연결이 되어 있는 친일파를 배제하려고 했다. 이번에는 친일파가 명성황후에게 붙어 있는 구 세력, 즉 친청파를 배제하기 위해 대원군 관련자들과 손을 잡으려고 하고 있었다.

둘째는 대원군의 평판이 매우 좋은 것 같다는 점이었다. 청국으로 압송되었기 때문에 동정도 있을 것이다. 이것을 약자가 약자를 생각하는 심리라고 하는가. 사람들은 없어진 인물은 곧잘 미화하기 마련이다.

"이럴 때 대원군이 있었다면······."

무슨 일이 생길라치면 이런 탄식을 하기도 했다. 대원군은 조선 사람들의 마음속에서 영웅처럼 추앙을 받고 있었다.

"그렇게 평판이 좋은 대원군을 언제까지고 계속 감금하고 있으면 청국만 나쁜 놈이 되고 만다."

위안스카이는 이렇게 중얼거리며 고개를 가볍게 저었다.

# 제 7 장 붕 괴

## 1

쿠데타의 이튿날, 신정권의 수뇌진은 환관인 변수를 서울 주재 외국 사절들에게 파견했다. 신정권의 수립을 통고한 것이었다. 미국은 공사, 영·독 양국은 총영사가 주재하고 있었다.

미국 공사와 영·독 양국 총영사는 곧 경우궁으로 가서 국왕을 알현했다. 쿠데타 측은 외국 사절들에게 각각 30명의 병졸을 보내 보호를 하도록 했다. 그것이 오전 8시의 일이었다. 일본의 다케조에 공사는 쿠데타 측과 밀착되어 같은 경우궁 내에 있었으므로 별도로 치더라도 청국 측에는 통고조차 하지 않았다. 이 쿠데타는 시초부터 반청적이었다. 청국 세력을 조선에서 몰아내는 것이 김옥균 등 쿠데타 수뇌들과 일본 측의 공통된 목적이었다.

김옥균의 일기에 의하면 미국 공사는 그에게 호의적이었지만 영국 총영사는 그렇지도 않았다고 한다.

경우궁은 너무 비좁았다. 수많은 사람들이 이곳에 있기에는 답답하게까시 여겨졌다. 특히 명성황후가 굉장히 불만스러워했음은 두말 할 필요도 없다. 그래서 경우궁의 남쪽에 있는 이재원의 저택으로 옮기기로 했다. 경우궁보다 어느 정도 넓은 곳이었다.

그래도 명성황후는 김옥균에게 자꾸 창덕궁으로 돌아갈 것을 요구했다.

"조금만 더 기다려 주십시오."

김옥균은 이렇게 말했다. 그것은 거절이었다. 청국 수뇌의 의향은 알 수 없었지만 이 정도로 명백한 반청 행동을 일으켰으므로 이대로 조용히 끝나지는 않을 것이었다. 김옥균은 일전을 각오하고 있었다. 그럴 경우 창덕궁은 너무 커서 방어하기가 어렵다. 경우궁이나 이재원의 저택이라면 적은 인원으로도 지킬 수가 있다.

그동안 다케조에 공사는 조선 국왕을 설득하고 있었다. 세계의 대세로부터 시작하여 인사에 이르기까지 하나하나 열심히 가르쳐 주었다.

"조선군 중에서 그럭저럭 괜찮다고 할 수 있는 건 전영뿐이옵니다. 다른 영보다 한 수 뛰어나다는 사실은 주상께서도 알고 계시지요? 그 전영을 훈련시키고 양성한 것은 박영효이옵니다. 그 박영효가 여태껏 군사에 관한 일을 맡지 못했사옵니다. 왜 그러셨습니까? 왜 유능한 인물을 등용치 않으신 것입니까?"

대충 이런 식이었다.

다케조에가 국왕에게 설교를 끝내자 명성황후가 그를 불렀다. 또 창덕궁 귀환 이야기를 꺼냈다.

"검토해 보겠습니다."

말꼬리를 흐린 뒤 국왕에게로 갔더니, 대비로부터 창덕궁으로 돌아가자는 재촉을 받은 국왕이,

"어떻게 좀 해 주시오."

라며 다케조에게 애원하는 지경이었다.

"청군의 동향을 알 수 없습니다. 하여튼 창덕궁의 기색을 한 번 살펴보도록 하겠습니다."

다케조에는 중대장 무라카미 대위를 파견하여 조사를 하도록 했다.

만약 청군이 공격해 올 경우 창덕궁의 지형이 이곳과 비교하여 어떤가를 전문

가에게 판단하도록 한 것이었다. 이윽고 무라카미 대위가 돌아왔다. 그는,

"창덕궁으로 돌아가도 상관없습니다. 상대가 상대니까요."
라고 보고했다.

지형뿐 아니라 상대의 전력도 판단의 요소에 넣은 셈이었다. 무라카미 대위는 청군의 역량을 좀 과소평가한 듯하다.

"그렇다면 괜찮겠지. 여자들이라서 바짝바짝 조르는 통에……."
다케조에 공사는 창덕궁의 귀환을 승인하고 말았다.

그 말을 들은 김옥균이 깜짝 놀라서 다케조에에게 달려갔다.

"그렇게 마음대로 일을 처리해서는 곤란하오. 유리한 지형인 경우궁을 거점으로 청군의 동향을 관망하자는 것이 애초의 계획이었지 않소이까? 이 저택으로 옮긴 것만도 큰 양보를 한 것인데 창덕궁으로 또 옮긴다니."

"수비 문제에 있어서는 군사 전문가가 판단한 것이므로 그다지 염려할 필요가 없소이다. 이미 그렇게 정하여 주상께도 말씀 드렸소. 일단 정한 일이니 아무 소리 마시오."

다케조에는 퉁명스럽게 말했다.

이 쿠데타는 일본군의 힘을 배경으로 일으킨 것이므로 군사적인 면에 있어서는 일본 측이 주도권을 쥐고 있다. 그런 까닭에 다케조에는 김옥균 등 조선 측의 쿠데타 수뇌부에게는 한 마디의 상의도 없이 마음대로 최초의 계획을 변경시켜 버린 것이었다.

창덕궁으로 돌아간다는 말에 고종은 즐거워하고 있었다.

가장 먼저 세웠던 계획에서는 국왕을 강화도로 옮겨가도록 되어 있었다. 그러나 다케조에의 반대로 실현되지 않았다. 여기서도 알 수 있듯이 쿠데타는 거의가 일본 측의 의향대로 움직여졌다 해도 지나친 말이 아니다. 김옥균은 소금을 한 입 씹은 듯 씁쓸했지만 어쩔 도리가 없었다.

창덕궁 귀환 후의 수비 배치는 경우궁의 그것과 똑같았다. 내부방어는 쿠데타의 핵심 장정들이 맡고, 중위는 일본군이, 그리고 외부 방어는 조선 4영의 병

사들에게 맡겨졌다.

김옥균은 신정권의 인사를 발표함과 동시에 '혁신전교(革新傳敎)'를 토의했다. 쿠데타에 의해 수립된 정권의 혁신 정치 강령이었다.

그 제1조는 "대원군 불일 배환사(大院君不日陪還事), 조공 허례의행 폐지(朝貢虛禮議行廢止)"로 되어 있었다.

청국에 납치된 대원군의 귀환을 재촉하고 조공의 허례를 폐지할 것을 검토하자는 것이었다. 조공 허례를 폐지한다는 것은 청국의 종주권을 인정치 않겠다는 걸 의미한다. 일본의 무력을 배경으로 정변을 일으켰으므로 이런 강령을 채택한 것은 당연했으리라. 조선국의 독립을 이루기 위해서 속국의 굴욕적인 행사인 조공을 폐지하는 것은 조선 민족이 걸어야 할 정당한 길이었다. 그렇긴 해도 김옥균 등은 한편으로는 바른 길을 추구하면서도 또 한편으로는 그릇된 길에 발을 들여놓았다고 해야만 할 것이다.

쿠데타에 일본의 힘을 끌어들였지만 그것이 무엇을 의미하는가 하는 것에 대한 그들의 인식은 너무나 안이한 것이었다고 말하지 않을 수 없다. 이 갑신년으로부터 겨우 26년이 지난 후에 조선이 일본에 병탄되고 만 사실이 바로 그 뚜렷한 증명일 것이다.

또한 대원군의 송환을 청국에 요구하기로 한 방침을 세운 것은 신정권의 인사에서도 엿보이듯이, 대원군 일파의 협력을 얻지 않고서 민씨 일당의 축출을 포함한 행정 사무의 유신마저도 실현하기 곤란하다는 점을 암암리에 비친 것이라고 할 수 있다.

'혁신전교'의 제2조에는 "폐지 문벌(閉止門閥), 이제인민 평등지권(以制人民平等之權) 이인 택관(以人擇官), 물이관택 인사(勿以官擇人事)"라고 되어 있다. 조선의 정계, 관계는 문벌 제일주의였다. 권세를 가진 문벌에 속해 있지 않고서는 출세할 꿈을 버려야 했다. 그러한 문벌을 '폐지' 하겠다는 것이다. 그리고 인민 평등의 권리를 법으로 제정하여 인물 본위로 '관'을 뽑지, 관을 가지고 인물을 선정하지 않는다. 이것은 부르주아 혁신 운동과 공통된 기치라고 할 수 있으리라.

　국내의 재정은 모든 것을 '호조(戶曹)'의 관할 하에 두어 이제까지 분산되어 있던 것을 한 곳에 집중하도록 했다. 김옥균이 호조참판으로서 국가의 재정을 손아귀에 넣으려는 것이었다.

　그밖에도 치안 대책으로 순사제도를 설치하기로 했는데, 이것은 일본의 제도를 그대로 복사하려 한 것이리라. 또한 군사에 있어서도 지금까지 4영이 뿔뿔이 나뉘어 제멋대로였으므로 이를 1영으로 통일시킴과 함께 근위군을 창설하도록 했다.

　한편 정부 6조(六曹) 외에 불필요한 관직으로 여겨지는 것은 이를 모두 폐지한다고 하는 행정 간소화도 '혁신전교'에 덧붙여졌다.

　6조라는 것은 중국의 고제(古制)인 '육부(六部)'에 상당하는 행정부이다. 조선에는 이(吏), 호(戶), 예(禮), 병(兵), 형(刑), 공(工)의 6조가 있었다. 이조는 관리의 임명 등을 관장하는 내무부(총무처 겸)와 같은 관공서였고, 호조는 재무부(경제 기획원 겸)에 해당한다. 예조는 외국과의 교섭 및 교육, 즉 외무부와 문교부를 합친 것과 같았다. 병조는 국방부, 형조는 법무부, 공조는 건설부에 각각 상응하는 관청이라고 할 수 있다.

　조의 장관은 판서이고 차관은 참판이다.

　여기서 주목할 일은 쿠데타의 최고 리더라고 해야 할 김옥균이 호조참판 즉 재무차관의 직책에 만족하고 있다는 사실이다. 그렇지만 요인 명단을 보면 알 수 있는 것이지만 6조 중에 5조는 판서가 있는데 호조만은 결원이 되어 있다. 김옥균은 재무차관이었지만 위에 장관이 없는 차관인 셈이었다.

　이런 점에서 상상해 볼 때 김옥균은 훨씬 자유로운 입장에서, 그들의 실력자로서 조선의 정치를 요리할 생각이었던 것 같다.

　이 날 청국 측에서는 수뇌진이 모여 회의를 거듭하고 있었다. 주로 위안스카이의 정보망을 통해 입수되는 사실들을 놓고 어떤 태도를 취할 것인가를 협의하고 있었다.

조선의 종주국으로서, 주둔군을 이끌고 입궐하여 국왕을 보호하는 것이 당연한 일이라는 원칙론에는 일치했다. 그러나 고종으로부터 구원해 달라는 의사 표시가 없는 한 군사 행동을 일으킬 수 없었다. 그렇게 하다가는 일본과 정면충돌할 위험이 있었다. 우쪼우유우나 천쑤탕은 그런 이유에서 신중론을 주장했다.

조선의 요인인 김윤식이나 남정철(南廷哲) 등은 청군에 대해,

"어떻게 해서든 국왕을 구출해 주기 바란다."

라는 요청을 해왔다.

김윤식이라고 하면 쿠데타 측 신정권이 예조판서로 임명한 인물이었다. 원래 신정권 요인 명단은 쿠데타 실행자들이 마음대로 발표한 것이어서 그곳에 이름이 오른 인사가 모두 취임을 한 것은 아니었다. 가령 급진 개화파로 알려진 윤웅렬까지도 형조판서 취임을 거부하고 있었다. 김윤식도 친일파 쿠데타 정권이 '자리'를 약속하는 데도 그것을 거절하고 도리어 청국 주둔군에게 위와 같은 요청을 하고 있었다.

그렇지만 김윤식도 청국군이 병력을 움직이리라는 희망은 갖지 않았다. 국왕까지 개입되어 있는 사건에 외국의 군대에 의한 유혈참사가 일어나는 것을 두려워했던 것이다.

청국 수뇌부에서 일단 정리가 된 결론은, 각국 사절과 협의하여 일본군에게 왕궁으로부터 퇴각할 것을 요구한다. 그리고 국왕을 곁에 끼고 여섯 대신을 살해한 난당의 죄를 따진다. 만약 일본군이 철병 하지 않으면 그 때는 병력을 이끌고 입궁하여 국왕을 보호한다는 것이었다.

쿠데타 측은 궁전의 모든 문을 폐쇄하고 외부와의 교통을 일시 차단했다. 우쪼우유우 휘하의 청군 병졸이 선인문(宣仁門)의 폐쇄를 실력으로 저지하려고 한 것이 이 날 발생한 유일한 다툼이었으리라.

모든 교통이 차단되어 있으므로 정세를 잘 파악할 수 없었다. 정평 있는 위안스카이의 정보망조차 어느 선 이상은 건져내지 못하고 있었다.

이런 상황에서 유언비어가 난무하는 것은 오히려 당연한 일이리라.

일본에서 곧 증원군이 도착한다는 소문이 끊임없이 나돌았는데 이것은 어쩌면 친일파가 고의적으로 퍼뜨린 말일지도 모른다.

지금의 국왕을 폐하고 새로운 왕을 옹립하려 한다는 소문도 있었다.

지금의 국왕이 명성황후의 전횡을 묵인하니까 온갖 분쟁이 일어나는 것이다. 현 국왕도 방계에서 들어와 왕위에 취임했다. 그 정도의 왕족이라면 그 외에도 얼마든지 있다. 차라리 새 왕을 추대하자. 이것은 조선의 지식인들이 은근히 바라고 있던 일종의 희망 사항이었다. 이번의 쿠데타에 참가한 사람들 중에도 기왕이면 그렇게 해야지 그렇지 않으면 죽도 밥도 안 된다고 여기고 있던 자도 있었을 것이다.

청국 측에서는 위안스카이가 가장 강경하게 주전론을 폈다. 그런 사실은 서울의 외교가에도 잘 알려져 있었다.

'다른 장군들은 몰라도 젊고 팔팔한 위안스카이가 있으므로 무슨 일을 저지를지 걱정이야.'

영, 미, 독, 일의 외교 사절들은 모두 이런 생각을 하던 참이라 청국 영사 천쑤탕을 통해 청국 주둔군의 자중을 요망했다.

위안스카이의 젊음은 외교 사절들에게 위구심을 품게 했다. 천쑤탕으로부터 외교 사절의 요망을 전해 들은 위안스카이는 "청국이 취해야 할 방침에 외국인들이 잔소리를 할 필요는 없다"라며 코웃음을 쳤다.

그는 이미 여순에 있는 숙부 위안보우링에게 "곧 군함을 파견해 주십시오"라는 내용의 편지를 띄웠다. 위안보우링은 위안스카이의 아버지의 종제였는데 당시 직예후보도로서 여순의 해안 방위를 맡고 있었다.

위안스카이는 그와는 별도로 우쭈우유우 등 군 수뇌와 연명으로 톈진에 있는 직예총독 리훙장에게 파병을 요청했다.

"최악의 사태를 고려하여 그에 대비하는 게 우리들의 임무가 아닐까."
라고 위안스카이는 주장했다.

쿠데타의 이튿날인 12월 5일도 이렇게 해서 하루가 저물었다.

## 2

쿠데타 3일째인 12월 6일 아침.

김옥균은 위안스카이에게 서한을 보냈다. 그 내용은 어제 청병이 선인문의 폐쇄를 방해한 일을 나무라고, 앞으로 이런 일이 발생하면 용서할 수 없다고 하는 대단히 고압적인 것이었다.

실은 어제 선인문에서 일어난 청군의 방해 사건에 대해 전후영사 겸 좌포장으로 임명되어 서열 세번째가 된 박영효가 격앙하여 청군을 쳐부수겠다고 날뛰는 것을 김옥균과 다케조에가 가까스로 진정시킨 일막이 있었다.

"문을 폐쇄하더라도 외부에서 공격하려고 마음만 먹으면 문을 부수고 쳐들어올 것이다. 폐쇄하고 안하고는 그다지 큰 문제가 아니다. 그것보다도 경비를 엄중히 하기만 하면 상관없다."

김옥균은 이렇게 말했다.

그렇지만 일단 항의는 해 두어야 한다. 위안스카이에게 편지를 보낸 뒤 김옥균은 호조참판의 신분으로 재정 상태와 병기 재고 등을 조사했다.

놀랍게도 각 영의 소총은 한 자루도 빠짐없이 전부 녹이 슬어 있었다. 연습할 때 빗물에 젖은 것을 소제도 하지 않고 그냥 처박아 둔 듯했다. 너무 녹이 슬어 탄환을 채워 넣을 수도 없는 상태였다.

"이건 너무하군. 하여튼 급히 분해 소제를 시키도록."

김옥균은 서둘러 병기 손질을 명령했다.

그런 일이 있은 지 얼마 되지 않아 다케조에 공사가 달려와,

"일본군이 너무 오래 궁중에 주둔하는 것은 이상합니다. 오늘 중으로 철수할 생각입니다."

라고 청천 병력 같은 말을 했다.

"기다려 주시오! 그건 말도 안되오."

김옥균은 대번에 고함을 질렀다. 이제 막 녹투성이인 총을 보고 오는 참이다.

청군이 공격해 와도 한 발의 총알도 발사할 수 없다. 그는 필사적으로 호소했다.

"녹이 슬었다구요?"

다케조에는 쓴웃음을 지었다.

"3일, 3일간만 더 주둔해 주시오. 3일만 있으면 분해 소제도 끝나고 또 신정권의 기초도 굳어질 테니까요. 그리고 일본군 철수 후에도 10명의 사관을 훈련 교관으로 남겨 주시오."

"그건 무라카미 대위와 상의해 봅시다."

다케조에는 한 발 양보를 했다.

일본군의 주둔 연기 문제가 해결되자 김옥균은 이어서 다케조에 공사에게 차관 문제를 끄집어냈다.

"얼마나 필요하십니까."

다케조에가 물었다.

"5백만 달러, 나는 그 정도는 필요하다고 생각합니다. 그리고 우선 3백만 달러는 긴급히 조달되어야 합니다."

"5백만 달러. 긴급히 3백만 달러."

"귀국으로서도 이만한 돈을 금방 돌려주기는 곤란하겠지요. 영국이나 미국 등 다른 외국과도 의논해 볼 생각입니다만."

김옥균은 일부러 영국과 미국을 들먹이며 견제를 했다.

"대감도 우리나라를 시찰하셨잖습니까? 그런데도 불구하고 우리의 실력을 너무 과소평가하시는군요. 3백만 달러 정도는 당장 조달할 수 있습니다. 안심하십시오."

다케조에는 가슴을 펴고 뽐내듯 말했다.

그러고 있는데, 청군의 사관이 찾아와 국왕을 알현하고 싶다는 신청을 해 왔다는 전갈이 왔다.

"안돼!"

김옥균은 부지중에 고함을 꽥 질렀다.

"만약 위안스카이던가 우쬬우유우던가 쨩꽝첸이던가 이 세 사람이라면 모를까. 뭐야! 일개 사관 녀석이."

"그럼, 어떡할까요?"

접수구의 사관이 주저주저하며 물었다.

"영의정이 만나 주면 될 것이야."

영의정 이재원과 좌의정 홍영식이 국왕 대신에 청군의 사자인 그 청군 사관을 만났다. 그는 제독 우쬬우유우의 편지를 제출하러 온 것이었다. 그것은 조선왕 앞으로 올리는 상서였는데 내용은 간단한 인사말에 지나지 않았다.

대왕 전하, 어젯밤에는 허경(虛驚=속아서 놀람)을 받으셨다고 들었사옵니다만 지금 다행히도 대왕께서는 홍복(洪福)하시고 경성 내외는 평정함이 평시와 다름이 없사옵니다. 바라옵건대 안심하옵소서. 폐군 3영도 덕분에 무사함을 아울러 알려 드리옵니다.

읽기에 따라서는 대단한 빈정거림이었다. 엉터리 방화 사건을 구실로 쿠데타를 일으켰지만 그것은 '허경'에 지나지 않았지 않느냐, 서울 내외는 평상시나 매한가지로 평온하다. 청군도 덕분에 무사하다.

김옥균의 쿠데타는 청군이 난을 일으킨 듯하다는 구실로 막을 열었다. 그런데 바로 그 청군은 덕택에 무사하다는 것이다.

비아냥거림이 담뿍 섞인 상서라고는 하지만 인사장을 받았으므로 답장을 보내야 한다. 박영효가 답신의 문장을 작성하여 사자인 사관에게 넘겨주었다. 사관은 아무 말 없이 깨끗이 물러갔다.

위안스카이는 사령부에서 여러 가지 정보를 수집하고 있었는데 그 중에는 명성황후가 이미 죽었다는 소문도 섞여 있었다. 이제 아홉 살인 국왕의 서자가 궁전에 들어간 걸로 봐서 국왕도 살해되었거나 아니면 폐위되었다. 어린 아이를 허수아비로 세워 놓았음이 분명하다는 정보도 있었다.

위안스카이가 리훙장에게 보낸 문서에는,

"인심이 날로 흉흉해지고 군민이 수십만 명씩 모여들어 당장이라도 궁궐에 들이닥쳐 왜노를 박살내려고 한다."

라고 민중의 반일 기운이 솟구치고 있음을 전하고 있다. 또한,

"일본군이 왕을 겁탈하여 동(東)으로 사라지고(국왕을 일본으로 납치하는 일), 따로 새 왕을 세우게 되면 그 때 가서 이를 보호 탄압해 보았자 이미 일국(一國)을 잃고, 또 일군(一君)을 잃게 됨. 문책은 과연 어느 쪽이 더 클 것인가."

라는 문장도 있다.

위안스카이는 화급을 요하는 일이라고 판단했다.

형식적으로 청군이 출병하기 위해서는 조선 측의 출병 요청이 있어야 한다. 다케조에 공사가 일본군을 인솔하여 왕궁에 들어간 것도 김옥균이 국왕으로부터 받아낸 바로 저, '일본공사내위짐'이란 일곱 글자를 근거로 하고 있었다.

그런 국왕이 김옥균, 홍영식 등 쿠데타파의 수중에 있으니 청군에게 출병 요청의 편지를 쓸 수 있을 턱이 없었다. 위안스카이는 우의정인 심순택에게,

"조선 정부를 대표하는 자격으로 청군 주둔병에게 출병을 요청하는 편지를 써 주기 바람."

이라는 문서를 보냈다.

심순택은 즉각 청국 주둔군 앞으로 편지를 썼다.


본월(本月) 17일(음력) 밤, 간신 김옥균 등은 궁중에 난입하여 비밀리에 일본공사 다케조에 신이치로를 불러 병사를 이끌고 입위(入衛)케 했고, 왕을 재촉하여 궁을 옮기도록 했으며, 출입을 금지시켜 안팎이 단절되길 벌써 3일째, 숨이 막힐 듯함. 지금 듣자하니 재신(宰臣) 6인, 중관(中官) 1인이 이유 없이 도살당했다고 함. 우리의 군주는 수욕 만단(囚辱萬端), 그 화(禍)를 헤아릴 수도 없음. 만백성, 신하들이 통한의 눈물을 흘리며 어떻게 해야 할 바를 모름. 청하건대 3영 대인 원사마, 오통령, 장총병은 화속 파병(火速派兵) 달려와 보호하여 다시

금 천일(天日)의 밝음을 볼 수 있길 바람.

심순택뿐만이 아니라 호조참판인 남정철과 그 밖의 조선군 관계자로부터도 청군의 출병을 재촉하는 밀서가 전해졌다.

위안스카이는 이를 근거로 하여 병력을 이끌고 왕궁으로 밀고 들어가 국왕을 보위하려고 했다. 우선 사자를 보내어 국왕을 알현하도록 했지만 쿠데타 측에 의해 저지되고 말았다. 앞서 나온 사관인데 그는 주득무(周得武)라는 인물이었다.

위안스카이는 병력을 거느리고 가서 국왕을 알현하고 싶다고 신청했다. 그 요청을 접수한 사관에게 김옥균은 이런 말을 전해 왔다.

"원사마가 국왕을 알현하는 것은 이치로 봐서는 안 될 바 없다. 그러나 병력을 거느리고 알현하는 점은 불손하기 짝이 없다. 결코 용납할 수 없는 행위이다."

오후 2시 반, 다케조에 공사에게 청국 측으로부터 한 통의 봉서가 배달되었다.

폐군(敝軍=청군)과 귀부(貴部=일본군)는 이곳에 주둔하며 같은 국왕을 보호하고 있다. 어제 조선에 내란이 일어나 대신 8, 9명이 살해되었다. 지금 왕성 내외의 군민들은 이에 불복하여 총궐기, 입궐하여 귀부를 공격한다는 설이 있다. 우리들은 또다시 국왕을 놀라게 하는 것을 염려하며, 또 귀부가 곤란을 당하는 것을 걱정하여 차라리 용감하게 병력을 이끌고 궁으로 나아간다. 하나는 이로써 국왕을 보호하고, 하나는 이로써 귀부를 보호하려는 것뿐 별다른 뜻은 없다. 맡은 임무에 방심 말기를 바람.

외부의 조선 군민이 이번의 유혈 쿠데타에 격앙하여 일본군을 공격하려 하므로 원호해 주겠다는 내용이었다.

다케조에 공사 및 쿠데타 측의 이야기에 의하면 다케조에가 이 편지를 뜯어보기도 전에 이미 포성이 들렸다고 하는데…….

# 3

위안스카이의 주장으로는 이 편지를 보내고 한동안 기다렸지만 다케조에 공사로부터 아무 대답이 없었기 때문에 마침내 마음을 정하여 공격해 들어갔다고 한다.

양쪽의 주장이 서로 달라 이것이 뒷날 책임 문제의 쟁점이 되었다.

여하튼 위안스카이는 직접 1대를 이끌고 돈화문에서 진공했고, 우쪼우유우는 다른 1대를 지휘하여 선인문으로 들어가 곧바로 창덕궁을 향했다. 선인문은 어제 청군이 폐쇄를 방해했다고 하여 문제가 되었던 지점이었다.

왕궁에 돌입한 것은 청군뿐만이 아니었다. 쿠데타 측은 조선의 군대조차도 장악하지 못하고 있었다. 위안스카이는 그 전날 조선의 좌우 양영 병졸들에게, 대의 이해(大義利害)를 설파, 같은 편으로 끌어들였다고 한다. 위안스카이가 비중을 둔 것은 '대의' 쪽보다 '이해' 쪽이었음에 틀림이 없다. 그는 양영에 각각 6백 냥을 주어 다가올 공격전에 참가하도록 약속을 받았다.

조선군 4영 중 쿠데타 측이 장악하고 있었던 것은 전영과 후영뿐이었던 듯하다. 청국 주둔군과 행동을 같이 하여 친일 쿠데타파를 공격한 조선군의 좌영과 우영은 각각 김종려(金鍾呂), 신태희(申泰熙)라는 두 영관이 지휘하고 있었다.

진공군은 단숨에 창경궁에서 선인문에 이르는 일대를 점령한 뒤 창덕궁의 앞뒤를 공격해 들어갔다.

쿠데타 수뇌진은 그 무렵 관물헌(觀物櫶)이라는 건물에서 회의를 열고 있었다. 일본군도 그 주변에 있었다. 포성이 들리자 궁중은 소란스러워졌다. 왕비와 세자는 북산(北山) 쪽으로 달아났고, 왕대비와 대왕대비도 모두 탈출했다. 김옥균이 창덕궁의 침소로 달려갔을 때는 이미 아무도 없었다. 김옥균이 서광범과 그 주위를 살피다 보니까 국왕이 무감과 병졸 몇 명을 데리고 산으로 오르려고 하는 것이 눈에 띄었다. 김옥균은 급히 국왕 일행을 불러 세운 뒤 산 아래에 있는 연경당으로 잠시 피난시켰다. 이미 주위에는 총탄이 비와 같이 쏟아져 위험해서 더 이상 나아갈 수도 없는 상태였다.

일본군은 관물헌 주변에서 응전했다. 쿠데타 측에 붙은 조선의 전영, 후영 병사들은 마침 녹슨 총의 분해 소제를 하고 있던 참이었던지라 '적 내습(敵來襲)'이란 말을 듣자 대부분이 하던 일을 몽땅 내던져버리고 빈 손으로 달아나 버렸다.

국왕도 이젠 어쩔 줄을 몰라 안절부절못했는데 마치 얼이 빠져 착란을 한 사람처럼 보였다. 쿠데타의 간부들은 국왕이 있는 후원 숲 속의 연경당으로 모였으며 일본군들도 그 근처까지 퇴각해 왔다. 김옥균 등 쿠데타 세력은 안전한 장소를 찾아 우선 국왕을 옥류천(玉流泉)이라는 작은 정자로 옮겼다가 다시 북장문(北牆門)으로 이동했다. 그런데 이곳에는 홍재희(洪在羲)라는 무관이 지휘하는 반일파 조선군 별동대가 포진하고 있었다. 그들은 일본군의 모습을 발견하자 일제 사격을 가해 왔다.

"이제 어쩔 도리가 없습니다. 혈로를 열어 주상을 인천으로 모시고 간 뒤 다음 일을 생각합시다."

김옥균이 분연히 말했다.

"짐은 싫소. 어찌 인천을 간단 말이오. 대비마마가 계신 곳으로 가겠소. 죽어도 좋아. 어머님이 계신 곳으로 가는 게 예교의 가르침이오!"

국왕은 갈라지는 듯한 목소리로 외쳤다.

인천까지 가게 되면 배에 실려 일본으로 끌려갈지도 몰랐다. 모친이나 처자와도 영원히 헤어질 위험이 있었다.

"주상께서는 저렇게 말씀을 하시고 있소. 여러분은 어떻게 하실 테요?"

다케조에가 황급히 물었다.

그는 쿠데타가 실패했다는 사실을 알았다. 실패의 원인은 첫째, 조선 민중의 강한 반일 감정을 과소평가했기 때문이었다. 둘째는 청국 주둔군의 실력을 과소평가 한 탓이었다. 지금 와서 후회해 봤자 때는 이미 늦었다.

총탄은 점점 더 격렬하게 날아왔다.

"아무래도 인천까지 가시지 않으면 안되겠습니다. 이렇게 되면 완력으로라도 주상을 모셔가지 않으면……."

김옥균, 홍영식, 박영효 등은 결코 국왕을 놓치려고 하지 않았다. 3일 전의 쿠데타에서도 어쨌거나 국왕을 옹위하고 있었기 때문에 성공할 수 있었다. 여기서 국왕을 떠나 보내면 만사 끝장이라 해도 좋았다.

조선군 별동대의 총격은 갈수록 격렬해졌다. 김옥균은 곁에 있던 무감에게 큰소리로 상대에게 말을 걸도록 시켰다.

"대군주께서 여기 계신다! 어디 감히 총을 쏘는가? 여기 대군주가 계신다!"

그 소리를 듣자 과연 별동대의 총성은 드문드문해졌다. 그러더니 그쪽에서도 고함치는 소리가 들려왔다.

"주상이 계신 줄은 몰랐다. 여기서 보이는 것은 일본군의 모습뿐이다. 일본군은 쏘아버리지 않을 수 없다!"

그 무렵이 되자 날도 많이 저물어 왔다. 차차 엷은 먹을 칠한 듯 주위에 어둑어둑 어둠이 깔리기 시작했다. 탈출하기에는 조건이 좋아진 셈이었다.

"일본 공사인 나는 여러분의 요청에 따라 대군주를 보호하기 위해 이곳에 왔소. 그러나 형편을 보아하니 우리가 여기 있는 탓으로 대군주의 신변에 위험을 미치게 하는 것 같소이다. 일과 뜻을 착각했소. 지금은 병력을 철수시켜야만 할 때인 것 같소."

다케조에의 말에 김옥균은 깜짝 놀랐다. 그의 일기에는 그때의 정경이 이렇게 한문으로 기록되어 있다.

"나는 대번에 크게 놀라 일본어로 질언하여 왈……."

'질언'이란 재빠르고 준엄한 어조로 말하는 것이리라.

"대군주께서 북문을 나서서 관제묘로 가시려고 한 것은 벌써 7, 8회나 되오. 그 때마다 우리는 억지로 못 가시게 붙잡아 두었소. 그렇게 한 것도 공사 당신이 시종 대군주를 보위하겠노라고 큰소리를 쳤기 때문에 그 말을 믿었던 것이 아니겠소? 그런데 지금에 와서 병력을 빼내겠다는 말은 도대체 무슨 경우란 말이오?"

 김옥균은 진정으로 조국의 근대화를 열원했었는지도 모른다. 외국에 기댄 것도 그리 무리는 아니었으리라. 그렇지만 이 갑신정변에서는 너무 지나치게 외국에 의지했다. 그리하여 결국에는 이렇게 쫓겨 나와 우는 소리를 늘어놓아야 하는 지경에 이르렀다.

 "아니, 그렇지 않습니다."

 다케조에는 비통한 표정으로 말했다.

 "지금 이쪽을 향해 발포하고 있는 무리들을 보니 청나라 병졸들뿐이 아닙니다. 조선인도 굉장히 많습니다. 그렇지 않습니까? 여기서 봐도 알 수 있잖습니까? 왜 그들이 이쪽을 향해 총을 쏘는지 분명하지 않습니까. 그것은 일본 군복을 입고 있는 사람이 있기 때문입니다. 일본군이 있으니까 대군주께서는 더 위험하다고 말할 수 있습니다. 만일 불행한 사태가 생긴다면 대사는 와해되고 맙니다. 그것보다는 여기서 일단 물러섰다가 뒷일을 강구해야만 하지 않을까요?"

 다케조에의 말을 김옥균은 알아들었지만 다른 무리들은 일본어를 몰랐으므로 일본인 통역인 아사야마가 그것을 조선어로 옮겨 주었다. 국왕은 그 말을 듣자 이내 서둘러 북문 쪽으로 가려고 했다.

 대왕대비나 명성황후가 북문 바깥의 관제묘에 있다는 사실은 이미 확실했기 때문이었다. 국왕은 일각이라도 빨리 그곳으로 가고 싶었다. 한 걸음 두 걸음 그쪽으로 발길을 놓는 것을 김옥균이 열심히 말렸다.

 "관제묘 주변에는 반드시 청군의 복병이 있사옵니다. 주의하지 않으면 안되옵니다. 저희들이 함께 있으면 청군 녀석들이 틀림없이 공격해 올 것이옵니다."

 희한한 일이었다. 충신이 곁에 있으면 주군의 목숨이 위태로워진다는 것이었다.

 그렇다고 해서 국왕을 홀로 가족들이 기다리는 관제묘로 가게 할 수도 없었다.

 "나는 여러분을 버릴 수는 없소. 친청파가 조선을 지배하면 여러분의 신변에 위험이 미친다는 것은 말할 필요도 없소. 어차피 우리 일본이 힘에는 힘으로 그들을 타도할 날이 반드시 올 것이오. 나를 따라와 주시오. 대군주에게는 누군가 적당한 사람을 붙여 가족이 있는 곳으로 보내도록 하고."

다케조에는 단안을 내리듯 이렇게 말했다.

## 4

"제가 대가(大駕=임금이 탄 가마)를 모실까요?"

이렇게 지원한 것은 홍영식이었다.

"그래, 자네가 가 주겠는가?"

김옥균은 홍영식의 손을 잡았다. 국왕은 친청파의 수중에 있는 가족들의 품으로 돌아가려고 한다. 친일파이며 쿠데타 정권의 제2인자인 그가 국왕을 보위하여 적중으로 가려 하고 있다.

"자네라면 괜찮겠지."

김옥균은 잡은 손에 힘을 주었다.

"나는 망명을 해야 한다. 그러나 나라를 위해 온 힘을 쏟을 생각이다. 나는 밖에서, 자네는 국내에서 서로 노력하세나. 언젠가 반드시 우리들의 날이 올 걸세."

홍영식은 온후한 인간으로 사람 사귐이 원만했다. 김옥균이 그라면 괜찮을 거라고 여긴 것은 그가 위안스카이와도 꽤 친했기 때문이었다. 게다가 우정국 사건 때 피투성이가 되어 뒹구는 민영익을 묄렌도르프의 저택으로 옮긴 것도 바로 그였다. 그러므로 민씨 일족도 그리 나쁘게 생각지는 않을 것이다.

그렇지만 김옥균의 이런 희망은 도저히 이루어질 수 없는 허무한 것이었다. 자신들이 그토록 가차없이 친청파 요인들을 살해해 놓고, 반대의 입장이 되어서는 목숨을 선사했나는 생각은 너무 낙관적이라고 힐 수밖에 없으리. 홍영식은 나중에 죽음을 당했다.

한편 이 사건에서 보여 준 고종의 무능과 겁이 많고 나약함은 논외로 칠 수밖에 어떻게 말을 할 것도 못 되었다.

　김옥균은 동지들에게 사방으로 뿔뿔이 흩어질 것을 제안했다. 이대로 전원이 다케조에를 따라가다가는 '전군 함몰'의 위험이 뒤따랐다. 국내에 오랫동안 몸을 숨길 만한 곳은 없었으므로 일본으로 망명할 수밖에 없었다. 인천, 원산, 부산 등 해외로 망명할 지점은 몇 군데 있으므로 한데 몰려다니는 것보다 분산하는 편이 좋았다.

　그러나 다케조에 신이치로는 통역인 아사야마를 통해,

　"우리 일본군은 더 이상 지체할 수 없다. 인천으로 향하겠다. 여러분도 머뭇거리지 말고 빨리 따라오는 편이 좋을 것."

이라고 말했다.

　이렇게 되어 공사를 위시한 일본군은 한 발 먼저 공사관으로 돌아가게 되었다. 그들이 공사관에 겨우겨우 도착한 것은 오후 8시였다고 한다.

　서울의 도로 곳곳에는 화톳불이 피워져 있었다. 그리하여 일본군이 그곳을 통과할라치면 길가나 집안에서 총알이 날아오기도 했고 돌멩이가 던져지기도 했다. 그 때문에 츠라다카[面高] 중위가 부상을 당할 정도였다. 공사관에 가까워지자 발포와 투석은 점점 더 심해졌다. 공사관에는 하급 관리, 관원, 공원, 위병을 합쳐 1백여 명이 잔류하고 있었다.

　공사관에서 농성을 하는 것은 불가능했다. 인원수는 많은데 식량은 얼마 없었다. 다케조에는 애초부터 공사관을 포기하고 인천으로 철수할 결심을 한 듯하다. 이튿날인 12월 7일 오후 2시, 다케조에 공사는 모든 기밀 문서를 소각한 다음 공사관을 빠져 나왔다. 그 때까지 바깥에서는 여전히 투석이 계속되고 있었다.

　안도[安藤] 소위가 철수대의 선봉을 맡았다. 오오니시[大西] 소위가 그 뒤에 서고, 후미는 츠라다카와 코타니[小谷] 두 중위가 따랐다. 중대장 무라카미 대위는 다케조에 공사를 경호했다. 부녀자와 아이들을 가운데에 세우고 그 전후 좌우를 관원과 병사들이 에워싼 뒤 서문을 나서서 쏜살같이 인천으로 향했다.

전원이 철수한 뒤 일본 공사관은 소실되었다. 이 일본 공사관 소실에 대해 위안스카이는 일본군이 철수하면서 스스로 불을 질러 태워버렸다고 주장했다.

　일본 측은 폭도가 방화한 것이라고 주장, 조선 및 그 배후에 있는 청국 당국의 책임 문제를 따지기도 했다.

　인천으로 철수하는 도중에도 일본군은 공격을 받았다. 투석이나 발포는 조직적이 아닌, 반일 감정에 불타는 조선 민중의 개별적인 행동이었다. 오직 한 번 조선 좌영군 1개 중대가 왕궁 앞에서 일본군을 공격했는데, 이것이 정규군의 조직적인 공격으로는 유일한 것이었다. 조선 좌영군의 설명으로는 왕궁 앞을 무장한 다수의 병졸들이 통과했으므로 발포를 하여 왕궁에 접근하지 못하도록 한 것은 정당한 일이라는 것이었다.

　다케조에 공사 일행의 철수는 밤을 세워 계속되었다. 12월 초순의 서울 근교는 매우 춥다. 눈도 슬슬 내렸다. 더군다나 부녀자와 어린애가 낀 피난행렬이었다. 제물포의 영사관에 간신히 도착한 것은 이튿날 오전 7시의 일이었다.

　조선 국왕은 관제묘에서 가족과 재회한 다음 우쪼우유우, 짱꽝첸 등 청군 수뇌들의 영접을 받아 우선 숭인문 밖에 있는 이경하의 저택에서 휴식하게 되었다. 청군의 모습을 보아도 국왕은 달아나려고 할 정도로 마음의 평정을 잃고 있었다.

　다케조에가 떠난 뒤에도 서울에는 십여 명의 일본인 거류민이 남아 있었다. 위안스카이는 윤본귀(尹本貴)에게 명하여 경호병을 딸려 그들을 인천으로 보내주었다.

　이 일본 교민 호송에 대해 위안스카이는 보고를 통해 그가 관대한 조치를 취해 준 것이라고 말하고 있었다. 그러나 일본 측의 기록에는 미국 공사의 요구에 의해 그렇게 된 것으로 되어 있다. 병졸 4명을 포함한 일본인 16명은 청병 30명, 조선병 20명의 호송을 받아 인천에 도착했다. 그 중 병졸 4명은 주둔군이 없는 영국, 미국 공사관이 정정(政情)이 불안해지자 일본군으로부터 위병으로 빌었던 인원이었다.

일본은 공사 이하 전원이 철수해 버렸으므로 미·영 공사관도 빌었던 위병의 처리에 대해 위안스카이에게 부탁을 했을 것이다. 조선 측은 쿠데타 및 반쿠데타 소동으로 누가 정권의 책임자인지도 알 수가 없었다.

위안스카이는 자신의 관대함을 자랑하고 있지만 일본 측, 특히 다케조에 신이치로로서는 모처럼 밀어 준 친일파의 쿠데타라는 다 된 밥에 재를 뿌린 위안스카이의 관용을 인정하고 싶지 않았다. 미국 공사의 덕이라고 해두고 싶었을 것이다. 그러나 병졸을 포함한 일본인의 호송은 위안스카이의 재가가 없이는 불가능한 일이었던 것만은 틀림없는 사실이었다.

다케조에 신이치로는 12월 11일에 귀국했다. 김옥균, 박영효, 서광범은 다케조에 공사와 함께 인천까지 왔지만 다케조에는 그들의 일본 망명을 그다지 달가워하지 않았다. 자신이 저지른 실패의 증인을 데리고 돌아가는 것 같았기 때문에 그랬으리라. 다케조에는 처음에 김옥균 일행이 '천세호'에 승선하는 것을 거부하려고 했다. 결국 '천세호'의 선장과 이노우에 가쿠고로의 노력에 의해 겨우 일본으로 망명할 수 있었다.

같은 해 12월 11일, 위안스카이는 청국 총병 유조귀와 조선 좌영 초장인 유동근을 동문 밖으로 파견하여 그곳에 있던 왕비와 세자를 왕궁으로 귀환시켰다. 이에 의해 위안스카이는 조선의 대신으로부터 요청 받은 국왕 보호의 임무를 끝마친 것으로 간주했다.

친일파 쿠데타는 6명의 요인을 살해했지만 마침내 실패로 끝났고 홍영식과 박영교는 처형되었다. 박영교는 일본에 망명한 박영효의 종형이었다.

이후 오랜 외교 교섭이 이어졌고, 그 과정에서 위안스카이는 힘든 상황에 처한 적도 있었다. 그렇지만 겨우 스물 여섯의 나이로 신속하고 과감한 행동을 취한 것 때문에 과연 인물이라고 인정을 받게 되었다. 이 당시의 그의 행동은 그의 인생에 있어서 큰 재산이 되기도 했다.

# 제 8 장 귀 향

1

  일본 공사 다케조에 신이치로는 귀국 후 도쿄제국대학 교수로 임명될 때까지 무임소 공사의 대우를 받으며 한가롭게 지내고 있었다. 조선에서의 일은 그의 큰 실책이었으므로 그것에 대해서는 그다지 말하고 싶어하지 않았던 모양이었다.

  다케조에는 막부 말기 3대 문인의 한 사람으로 꼽힌 기노시타[木下韡村]의 수제자로 18, 19세 때 이미 대리 강의를 맡기도 했다고 한다. 한문에 있어서는 그 당시 제1급의 인물이었다. 막부 말기에는 일찍감치 중국으로 건너갔었다. 그는 구마모토한[熊本藩]에서 벼슬을 하고 있었는데 그곳에서 구입한 '만리호(萬里號)'가 파손되어 그 수리를 위해 상해로 출장을 갔던 것이다. 쇄국 시대였으므로 정식으로 도항하는 게 불가능했지만, 다케조에의 아이디어로 배가 표류하여 상해로 떠밀려 간 것으로 했다. 그가 상해에 파견된 것은 한문을 자유자재로 쓸 수 있다는 재능을 인정받았기 때문이었다.

  만리호는 상해의 포동 선착장에서 수리를 했는데 그곳에 체재하는 동안 다케조에는 그의 장기인 한시를 짓기도 했다.

포동유람락조시(浦東維纜落潮時)
내왕범장여직사(來往帆檣如織絲)
주자무면야상경(舟子無眠夜相警)
연강변발반투아(緣江弁髮半偸兒)

포동에 닻 올리니 썰물일 때라
오고 가는 돛대는 옷감을 짜는 듯
사공은 잠 안 자고 밤마다 순행하네
연강 변발인에 도둑이 반인지라

태평천국전쟁이 겨우 종언을 고하고 이 무렵의 상해는 가장 궁핍한 상태였으며 인심은 황폐할 대로 황폐한 시기였다. 변발인, 즉 중국인의 반쯤은 도둑으로 여겨져 야경을 돌아야만 했다. 틀림없이 '낙조의 시'였던 셈이다.

그 후 다케조에는 한학자로서, 또한 정부의 관리로서 몇 번이고 중국을 방문했다. 중국을 보고 읊은 '낙조의 시'의 '반쯤은 도둑'이라는 관념은 좀처럼 그의 머리에서 사라지지 않은 듯하다.

뒷날 다케조에의 제자 중의 한 사람이었던 마츠가와[松崎鶴雄]가 '다케조에 옹에 관하여'라는 문장을 썼는데(1934년), 그 가운데 다음과 같은 구절이 있다.

선생이 조선의 공사가 되어 실패하여 현직을 사임하고 무임소 공사로서 오랫동안 한거한 것은 이미 듣고 있었지만, 실패한 사정을 나는 이해할 수 없었습니다. 나는 언젠가 한 번 선생께 조선에서의 사건을 여쭤 봤습니다만 선생은 '내가 잘 몰라 위안스카이에게 당했다'는 한 마디 말만 남기시고 아무런 설명을 해주시지 않았습니다. 어떠한 변명도 하실 의향이 없는 듯한 너무나 의젓한 태도에 감심하여 나도 그 이상 여쭤 볼 수가 없었습니다.

'위안스카이에게 당했다'고 말하지만 그 당시 다케조에는 44세였고 위안스카이는 26세에 지나지 않았다. 역시 다케조에가 지나치게 공명심에 연연했던 것이 그가 실패한 가장 큰 이유일 것이다.

다케조에가 조선에 있는 청일 양국 군대 병력의 큰 차이를 전혀 고려하지 않았던 사실을 논란하는 사가(史家)도 있다. 그렇지만 그가 병력의 큰 차이를 도외시한 것은 청불전쟁을 절호의 기회로 보았고, 또 그 위에 '연강변발반투아' 이래의 멸시에 의해 청국의 힘을 과소평가 한 때문일 뿐 다른 것이 아니었다.

뒷날 조선 사건에 관한 다케조에의 침묵은 아마도 김옥균 일행의 비운이 크게 작용한 듯이 여겨진다. 조선으로부터의 인도 요구에 난처해진 일본 정부는 김옥균을 소립원(小笠原)의 부도(父島)로 옮기기도 했고, 북해도(北海道)의 찰황(札幌)으로 보내기도 했지만 결국 그는 자객에게 유인되어 상해에서 숨을 거두었다. 이 일은 나중에 다시 언급하기로 하자.

26세의 위안스카이도 결코 순조롭지는 않았다. 조선 궁정에서 친일 세력을 일소하여 득의만면했지만 주둔군 내에서의 대인 관계는 부드럽지가 않았다. 청군에는 직업 군인인 제독 우쪼우유우가 있었다. 위안스카이보다 훨씬 연장이었음은 물론이다. 그렇지만 이번의 사변에서는 위안스카이가 주도권을 쥐었고 우쪼우유우는 얌전하게 그 꽁무니만 쫓아 다녔다.

우쪼우유우는 야전 사령관이었고 위안스카이는 그 참모였다. 참모의 지시에 의해 야전 사령관이 움직이는 것은 당연하다. 그러나 우쪼우유우는 내심 불쾌하기 짝이 없었다.

'젊은 녀석이.'

우쪼우유우는 이렇게 생각하고 있었다. 위안스카이가 겸허했다면 두 사람의 충돌은 피할 수 있었을지도 모른다. 그렇지만 위안스카이는 겸허와는 너무나 동떨어진 인물이었다. 청년의 객기가 있는 그는 보통 때에도 몸짓이 컸는데, 한번 성공하게 되자 한층 더 뻐기게 되었다.

'겸허해라, 자제하라.'

숙부인 위안보우링은 그에게 보낸 편지에 항상 이렇게 가르치고 있었다. 조카에게 충고의 편지를 보냈을 뿐만 아니라 우쪼우유우에게도, '위안스카이를 잘 부탁함. 세상 물정에 어두워 때로는 불쾌감을 느끼기도 하겠지만 그런 점은 눈감아 주시길 바람' 이란 내용의 편지를 보내 왔다.

아무리 선배의 부탁이라 해도 우쪼우유우는 눈감아 줄 수 없는 일도 있었을 것이다. 눈을 감아 주는 게 아니라 그는 눈에 핏발을 세우고 위안스카이의 흠을 들추어냈다.

'젊은 녀석이 조선에서의 성공을 자기 혼자만의 공적이라고 여기고 있어.'

우쪼우유우의 눈은 위안스카이의 지나치게 덤벙거리는 모습을 놓치지 않았다. 김옥균에게 살해된 친청파의 고관들은 모두 위안스카이와 친밀한 사람들이었다. 위안스카이는 그들의 유족들에게 원조를 해야 한다고 판단했다. 급히 서둘러야 할 일이었기에 그는 '군향(軍餉)', 즉 군의 회계로부터 그것을 지급했다.

군향은 주둔군의 직접 경비로만 지출된다. 병사들의 식량이나 무기, 탄약의 보충 등에만 사용하는 것이다. 쿠데타로 살해된 다른 나라 요인의 유족 조위를 위한 지출은 군향의 성격으로 볼 때 결코 허용되지 않는 것이었다.

우쪼우유우는 이 사실을 톈진의 리훙장에게 보고해 버렸다.

위안스카이는 달리 재원이 없었으므로 우선 이것을 끌어다 쓴 다음 나중에 정식으로 국가의 지출로 장부 정리를 할 계획으로 있었다. 그렇지만 그가 이것을 신청하기 전에 우쪼우유우가 먼저 폭로를 해버린 것이었다. 아무리 그럴 '계획'이었더라도 고발이 된 다음에야 공사 혼동, 난맥으로 낙인찍히고 만다.

리훙장은 빌린 돈은 개인적으로 갚아야 한다는 명령을 내렸다. 위안스카이는 이 때문에 나중에 자신이 소유하고 있던 재산을 처분하여 메워 놓아야 했다. 너무 의기양양해져 높아진 콧대를 갑자기 얻어맞은 느낌이었다.

'이런 걸 두고 너무 우쭐대었다고 하는 건가?'

위안스카이는 스스로도 그것을 시인했다. 그리고 깨달았다. 좋은 교훈이 되었다. 숙부인 위안보우링도 그 뒤 그에게 편지를 보내와,

'조선에서의 너의 공적은 누가 보아도 잘 알 수 있는 것이다. 그런데도 우쪼 우유우에게 한 방 맞은 것은 즉, 활자(活字)의 병을 얻은 것이다.'
라고 훈계를 했다. '활자의 병'이란 정신을 흐트러뜨려 빈틈이 생긴 것으로 바꿔 말하자면 방어가 허술했다는 뜻이다.

갑신정변 후 위안스카이는 중시지적(衆矢之的)이 되었다. 적도, 같은 편도 일제히 그를 표적으로 화살을 쏘았다. 우쪼우유우로부터 당한 것은 이야기한 대로다. 이건 그래도 흠을 들추어 낸 것뿐 별게 아니지만 '적'이 쏘는 화살은 훨씬 위력이 강할 뿐만 아니라 독이 듬뿍 발라져 있었다.

"양국 충돌의 책임은 청군의 지휘관에게 있다."

일본 측은 이렇게 주장했다.

임오군란에서의 일본인 사망자는 십여 명이지만 갑신정변에서는 이소바야시[磯林] 대위 외 40여 명의 사망자가 나왔다. 다케조에는 자신이 일으킨 쿠데타로 희생자가 많이 생긴 것에 대해 당연히 책임을 느꼈지만, 그 책임을 위안스카이에게 덮어씌우려고 했다.

후년 제자들에게는 침묵을 지켰지만, 갑신정변으로 귀국했을 그 무렵에 그는 일본 조정과 민간에,

"이번 일은 전적으로 위안스카이의 잘못이다."
라고 변명하기에 급급했었다.

일본 정부는 외무경 이노우에 가오루를 특파전권대사로 조선에 파견하여 우선 조선 정부와 교섭을 벌였다.

조선 측의 전권은 김굉집이었다.

이듬해 1885년 1월 9일 양국 사이에는 다음과 같은 약관이 성립되었다.

제1조 조선국은 국서를 만들어 일본국에 보내어 사의를 표명할 것.
제2조 일본국 피해 인민의 유족 및 부상자에게 보상금을 보내 위로하고 화물을 훼손 약탈당한 상인의 손해를 변상하여 11만 원을 지급할 것.

제3조 이소바야시 대위를 살해한 흉도를 사문(査問), 체포하여 엄한 형벌로 다스릴 것.

제4조 일본 공관은 새로운 곳으로 옮겨 건축할 필요가 있는 바, 이에 조선국은 부지를 교부하여 공관 및 영사관의 신축에 임할 것. 수축 증건(修築增建)에 있어서 조선국은 다시 2만 원을 지급하여 공비에 충당할 것.

제5조 일본 호위병 영사는 공관의 부속지(附屬地)를 선정, 임오조약 제5관에 비추어 시행할 것.

대일본 메이지 18년 1월 9일
특파전권대사 종3 위훈 1등(從三位勳一等)
백장 이노우에 가오루 ㊞

대조선국 개국 493년 11월 24일
특파전권대사 좌의정
김굉집 ㊞

여기에는 다음과 같은 2조의 부대 항목이 붙어 있었다.

1. 약관 제2조, 제4조의 금액은 일본 은화로 계산하며, 마땅히 3개월을 기한으로 인천에서 완불할 것.
1. 제3조 흉도의 처벌은 조액 성립 후 20일을 기한으로 행함.

이에 대해 국민의 여론은 너무 관대했다고 불만을 나타냈다. 1월 18일자의 〈조야신문〉은 여기에 대해 서울의 폭동은 조선 정부가 전혀 관여하지 않은 일이며, 조선이 빈약하여 배상 능력이 없으므로 어쩔 수 없다는 것을 전제한 다음 이렇게 피력했다.

우리들이 보는 바로는 우리 정부가 조선 정부에 대해 요구한 금액은 피해자 및 공사관 신축을 위해 지불하는 것뿐이다. 사변에 의해 우리나라가 입은 전후의 손해를 배상시키지 않는 점은 금번 담판의 주위에 있는 것은 지나(支那＝청국)이지 조선이 아니므로 우선 조선에 대해 적당한 상금을 요구한 다음 당당히 베이징에서 담판을 열어 일체의 손해를 배상시킨다고 하는 주의에 따른 것으로 본다.

금번 조선의 조약서에 있어서 이소바야시 대위 등을 살해한 자를 엄형에 처한다는 1조가 있으나, 왕궁을 포위하여 우리 군대에 공격을 가한 자를 처분한다는 요구가 없는 걸 보면 이 조약서는 다만 우리나라와 조선과의 관계를 해결한 것에 지나지 않는다.

궁핍한 조선에게는 관대하게 했지만 청국을 상대로는 크게 배상을 물고, 책임자 처벌을 요구해야 한다는 기대를 표한 글이다. 글 중에 있는 왕궁을 포위하여 우리 군대에 공격을 가한 자라는 것은 말할 필요도 없이 위안스카이를 가리키는 것이다. 한편 이소바야시 대위를 습격한 것이 조선의 민중이었다는 사실은 일본도 시인하고 있었다.

2월이 되자 조선은 약관에 따라 사죄사를 일본에 파견했다. 정사는 예조참판 서상우(徐相雨)였고, 부사는 독일인 묄렌도르프였다.

# 2

청국은 우따정[吳大徵]과 쒸창[續昌] 두 사람을 조선으로 보냈다. 그들은 1885년 정월 초하루에 서울에 도착했다. 정월 초하루라고 해도 음력으로는 11월 16일이었다. 두 사람의 임무는 사건의 진상 조사였는데 위안스카이는 이 조사의 대상이 되었다. 공석을 세우고도 조사를 받는다는 사실에 그는 유감 천만이었다. 위안스카이의 볼이 퉁퉁 부어오른 것은 두말 할 필요도 없다.

서울의 외교관들은 전술적으로 위안스카이에게 화살을 쏘았다.

위안스카이가 서울에 살고 있는 화교들을 충동질하여 일본인을 살해했다.

이런 정보가 외교가로부터 흘러 나왔다. 바로 일본을 자극하기 위한 것이었다. 일본과 청국이 서로 물고 뜯어 실력 행사까지 벌이게 되면 영, 미, 독, 불, 러시아 등은 다 어부지리를 얻을 찬스를 갖게 된다.

조선에 영향력을 갖고 있는 것은 종주국인 청국과, 주병권을 갖고 있는 일본 두 나라로 3위 이하의 나라와는 많은 거리가 있었다. 3위 이하의 나라들로서는 1위와 2위의 사투야말로 자신들이 부상할 수 있는 호기였던 것이다. 위안스카이에 대한 비난은 싸움질을 붙이기 위한 가장 적당한 불씨였다.

〈조야신문〉의 인용에도 있었듯이 조선과 일본의 교섭이 끝나면 그 다음은 청국과 일본의 담판이 남는다. 그러나 서울에 파견된 우따정은 일본 측과 접촉하지 않았다.

우따정은 강소 사람으로 진사 출신이다. 정치가로서보다는 금석학자로서의 업적이 훨씬 컸다. 또한 감정가로서도 서예가로서도 일류급의 인물이었다. 그는 나중에 관동순무, 호남순무의 요직에 앉게 되는데 조선에 파견되기 전에는 길림(吉林)에 있었다. 변방의 일을 맡고 있었으므로 외교 감각이 있을 것이라는 판단에 의해 선발된 모양이었다. 그렇지만 그의 임무는 앞에서 말한 바와 같이 어디까지나 '사변'이었으며, 일본과 접촉하는 일에 대해서는 중앙으로부터 전권을 위임받고 있지도 않았다.

우따정은 조선과 일본 교섭에 있어서 뒷자리에 숨어 조선 측에 여러 가지 조언을 해 주었다. 경우에 따라서는 '조언'이 아니라 '명령'이기도 했지만······. 그가 조선에 파견됨에 따라 그 때까지 청국을 대표하여 조선을 도맡아 관리하고 있던 위안스카이는 해임된 것이나 마찬가지였다.

"진품이 오니까 당할 수 없군요."

위안스카이는 눈알을 굴리며 말했다.

"진품이라니?"

우따정은 자신도 모르는 사이에 미소를 머금었다. 그의 나이 51세였으므로 위안스카이는 그의 아들 정도의 나이였다.

"말하자면 완벽한 경력을 갖고 있는 사람을 이르는 뜻이지요."

위안스카이는 역시 진사 출신인 인물에게는 콤플렉스를 갖고 있었다. 우따정과 같이 단순한 진사 출신만이 아니라 학자로서도 이름을 떨치고 있는 사람에게는 더더욱 그런 콤플렉스가 심했다. 그런 사람 앞에 나서면 왠지 자신은 가짜의 냄새가 나는 것 같았다.

"그렇지만 잘 처리를 했군."

우따정은 화제를 바꾸었다.

"다른 방법이 없었을 테지. 어차피 해야 할 바에야 그런 식으로 철두철미하게 해치워야 해."

우따정의 조사에 의하면 어쩐 일인지 위안스카이의 점수가 그렇게 낮지는 않은 모양이었다. 아무리 그렇더라도 조사를 받는다는 건 유쾌한 일이 아니며, 청국 대표로서의 임무가 정지되어 있는 것도 젊은 나이에 대권을 장악하고 있었던 만큼 더욱 위안스카이에게는 분통이 터질 일이었다.

더군다나 우쪼우유우에게 당한 게 아닌가? 재미없는 일뿐이었다. 그러고 있는 차에 고향에서 편지가 왔다. 양어머니인 우씨가 병환이라는 것이었다.

앞서 말한 바와 같이 위안스카이는 위안보우쭝의 3남이었으나 숙부인 위안보우칭에게 자식이 없었기 때문에 그곳에 양자로 갔다. 형식적인 양자로 그친 게 아니라 위안보우칭이 임지를 옮길 때마다 함께 따라다니는 등 명실 상부한 숙부의 아들이 되었다. 우씨는 여성이면서도 학문을 닦은 사람이어서 위안스카이로서는 양모인 동시에 교사이기도 했다. 공부하길 싫어하는 그가 웬만큼 문장도 만들고, 부끄럽지 않을 정도의 글을 쓸 수 있게 된 것도 다 양모 우씨의 덕분이었다.

"그러면 돌아갈까?"

그는 이렇게 중얼거리며 어머니의 편지를 서랍 속에 넣었다가 문득 생각이 난 듯 다시 편지를 꺼내 들었다. 눈에 익은 반가운 어머니의 글씨를 새롭게 찬찬히 뜯어보았다. 여성다운 가늘고 고운 글씨체였다. 나긋나긋하고 연약해 보이는 글씨는 예전 그대로였다.

'변하지 않으셨구나.'

적어도 어머니의 글씨체만은 병색이 엿보이지 않았다.

'설마?'

위안스카이는 고개를 갸웃거렸다.

열여덟 살 때 그는 하남의 재해 구제를 위해 부임한 숙부 위안보우헝을 수행하여 그 조수로 일하고 있었는데, 도중에 양모 우씨가 병이 들었다는 편지를 받고 서둘러 항성으로 돌아갔던 적이 있었다.

귀향해 보니 우씨는 그렇게 건강하지 않았지만 그렇다고 특별히 위험한 상태도 아니었다. 위안스카이는 나중에 왜 양모가 병을 핑계로 자신을 불렀는지를 추리해 보았다. 그는 숙부의 임지에서 그곳 토박이 깡패들과 옥신각신 분쟁을 일으키고 있었다. 그는 이 사실을 숨기려고 했지만 어떤 경로로 이것을 알게 된 양모가 병이 났다는 구실로 불러 들였을지도 몰랐다.

이번에도 그는 여러 사람의 '비난의 표적'이 되어 꽤 속을 썩이고 있었다.

일본의 전권대사 이노우에 가오루는 조·일간의 약관 조인을 끝내자 1월 11일 다케조에 공사를 데리고 서울을 떠났다. 이튿날 인천에서 전사자를 위한 초혼제를 지낸 그는 오후 4시경 '근강호(近江號)'를 타고 귀국길에 올랐다.

오래 있어도 소용없다고 여긴 듯했다. 그리고는 다음 상대는 청국이라는 제스처도 보였다.

'청국과 일본의 담판 장소는 어디가 될까?'

양모의 편지를 펴든 채 원새개는 이마를 짚었다.

조선이 아니라는 것만은 확실했다. 조선은 이노우에 가오루도 떠나버린 장소가 아닌가. 당연히 일본이 아니면 청국이 될 것이다.

'아마도 청국이 되겠지.'

위안스카이는 아무래도 회담이 청국에서 열릴 것 같았다. 현재 청국의 외교는 리훙장의 손에 달려 있다. 리훙장이 없으면 뭐 하나 제대로 결정되지도 않았다. 그리고 지금으로서는 리훙장이 해외로 출장가는 것은 거의 불가능에 가까웠다. 일본 측도 이런 사정을 알고 있으므로 일을 빨리 끝맺기 위해서는 청국으로 찾아와 담판을 벌일 것임에 틀림이 없었다.

이 다음의 담판에서는 드디어 위안스카이의 책임문제가 의제로 대두될 것이었다.

'좋다, 한 번 붙어 보자. 그러기 위해서는 일단 돌아가지 않으면 안 된다. 어머님도 그런 걸 계산하신 게 아닐까?'

그러나 위안스카이는 서둘러 귀국을 신청하지는 않았다. 해야 할 일이 많았다. 자신의 책임 문제에 관한 자료를 수집해야 했다. 공격은 최선의 방어인 것이다. 그가 귀국에 앞서 서울에서 열심히 모은 것은 일본군이 취한 행동의 위법성을 증명하는 증거들이었다. 다케조에 신이치로는 자신의 실책에 대한 증거를 꽤 많이 남겨두고 있었다. 다케조에는 이번 쿠데타가 실패한다는 건 꿈에도 생각지 않았던지 전혀 무경계 상태였다. 위안스카이는 여기저기서 증거를 끌어 모을 수가 있었다.

"귀국할거라면 함께 가도록 할까?"

우따정은 위안스카이가 귀국 신청을 한 걸 알고 이렇게 권유했다. 그는 조선에서의 조사 결과, 위안스카이에게는 과실이 없다는 판단을 내린 듯했다. 그러므로 이렇게 동행을 권해 온 것이었다.

우따정 일행과 위안스카이는 1월 31일 군함을 타고 귀국하게 되었다.

조선 병조판서 김윤식은 '위정의 하남 귀향을 보며'라는 한시를 지었다. '위정'은 위안스카이의 아호였다. 이 글의 서두에는,

'이름이 높아지면 질투하는 사람도 많고, 공을 세우면 많은 이들이 꺼려하는데, 이는 예나 지금이나 마찬가지네.'

라고 썼고, 말미는,

'머지 않아 서로 만날 것을 아노니, 노력하여 왕사(王事)에 힘을 쏟으시라.'

라고 맺고 있다.

　김윤식은 머지 않은 장래에 재회할 것을 예상했지만 위안스카이 자신도 곧 돌아올 생각이었다.

　"오랜만에 고향에서 설날을 보내게 되었구나."

　위안스카이는 자못 감회 어린 말투였다. 그가 조선을 떠난 1월 31일은 음력으로는 12월 16일이었다. 분명 설날에 맞춘 귀국이었다.

# 3

　햇수로 따져 4년간의 조선 재주였다. 위안스카이의 고향에는 그의 나이 18세 때 결혼한 처 우씨가 기다리고 있었다. 우씨와의 사이에는 그가 20세가 되던 해 사내아이가 태어났다. 장남인 극정으로 벌써 여덟 살이었다.

　항성은 하남성이긴 해도 오히려 안휘성에 가까운 곳에 있다. 가로하(賈魯河) 근처에 있는데 부근의 상수(商水), 회양(淮陽), 침구(沈丘) 등에 비해 훨씬 규모가 작은 시골에 지나지 않았다.

　모처럼 부인 우씨와 함께 둘이서만 방에 있게 되자 위안스카이는 안절부절못했다. 측실을 두는 일이 오히려 당연했던 시대였으므로 대개의 부인들은 정부인의 자리만 빼앗기지 않으면 남편이 첩을 두는 것에 그다지 개의치 않았다. 조선으로 가기 전에 위안스카이는 이미 심씨 성을 쓰는 미녀 첩을 두고 있었다. 등주의 우창칭의 막객이 되었을 때 정처인 우씨는 따라가지 않았다. 남편의 시중을 드는 것보다 고향집을 지키고 있는 편이 정처의 자리를 지키기엔 좋았다.

　심씨는 위안스카이가 톈진에서 거둬들인 여성으로 그 출신지에 따라 소주태태(蘇州太太)로 불리고 있었다. 미인 고을의 출신답게 대단한 미인이었다. 심씨는 조선에도 동행했는데 이것은 정처인 우씨가 이를 인정했기 때문이었다. 신변에서 시중을 들어 줄 사람이 없으면 불편하리라. 조선에서 돌아올 때 심씨를 데리고 온 것은 물론이다. 그것이 예사로운 일이었으므로 항성에 심씨를 데리고 돌아와도 아무도 이상하게 보지 않았다. 위안스카이보다 한 살이 많은 정처 우씨는 침착한 사람이었다. 심씨 역시 정처인 우씨에게 순종했다. 너무 지나치게 순종하여 조선에서 있었던 위안스카이의 염문까지도 낱낱이 고해 바쳤다. 이것은 심씨로서는 일종의 전술이었으리라. 첩이 버림을 받는 것은 남자가 버리는 경우보다 정처의 질투에 의해 헌신짝이 되고 마는 경우가 더 많다. 제2부인으로서 정처에게 고분고분 하는 것이 보신술로 통했다.

"말도 통하지 않으면서 잘도 지내 오셨군요."

정처인 우씨가 말했다.

'드디어 시작하시는 겐가?'

위안스카이는 시침을 뗄 생각이었으나 어차피 심씨가 1차 보고를 했을 터이므로 뭉그적거려 보아야 소용이 없다고 마음을 고쳐 먹었다. 거짓말을 하거나 얼렁뚱땅 넘어가 봤자 나중에는 결국 다 탄로나고 말게 뻔했다. 조선에서의 외교 절충을 통해 위안스카이는 그걸 배우고 있었다. 더군다나 정처 우씨는 사람이 꼼꼼하고 치밀한 데가 있어서 거짓말에 속아넘어갈 우둔한 여자가 아니었다.

"말은 몰라도 글을 쓰면 다 통한다구."

위안스카이가 시큰둥하게 대답했다.

조선 재임중 그는 두 사람의 조선 여성을 측실로 삼았다. 백씨와 민씨였다. 백씨는 3한 망족(三韓望族)이라 불린 명문 출신의 여성이었고, 민씨는 나는 새도 떨어뜨린다는 세력가 민씨 문중의 사람이었다. 단지 측실 민씨는 정치에는 전혀 관심이 없는 여성이었다. 혹은 관심을 갖고 싶어하지 않았다고 말하는 편이 옳을지도 모른다. 임오군란 때도 그녀의 일족은 큰 변을 당했었다. 너무 정치에 가깝게 있는 탓이라고 그녀는 나름대로 해석하고 있었다. 그러나 정치를 좋아하고, 권세에 집착하는 명성황후가 있으므로 민씨 일족이라는 사실은 언제나 위험이 뒤따랐다. 그녀와 똑같은 위험을 느끼고 있던 민 일족도 적지 않았으리라. 그러한 사람의 손을 거쳐 민씨는 위안스카이의 측실이 되었다. 갑신정변 직후의 일이었다.

"글씨는 쓸 줄 압니까? 그 두 사람은."

우씨는 아무 표정 없이 덤덤히 물었다.

"응, 쓸 수 있고 말고. 두 사람 다 조선에서는 명문 출신이야."

두 사람이라는 것까지 알고 있다. 숨기려 해봤자 헛일이었다.

"탕쏘우이라는 젊은 분과 친구가 되셨다면서요?"

우씨의 말투는 전혀 변하지 않았다. 더구나 탕쏘우이의 이름까지 들먹인다. 민씨를 측실로 맞았을 때 탕쏘우이는 명목상의 소개자였다. 혼례로 치면 중매인에 해당된다. 우씨는 이미 그런 이야기까지 심씨로부터 듣고 있었던 것이다.

"탕쏘우이는 꽤 괜찮은 친구야. 묄렌도르프의 조수이지만 중당과 연줄이 닿아 있다구."

위안스카이가 말했다.

어학이 가능하므로 외국인의 조수로 임명한 것은 누구라도 수긍할 수 있는 인선이었다. 그렇지만 리훙장은 탕쏘우이를 단순한 조수로 임명한 것은 아니었다. 묄렌도르프는 청국이 파견한 고문인데도 그의 언동이 수상쩍어지기 시작했다. 탕쏘우이는 조수라기보다는 감시원으로서 조선에 파견되었던 것이었다.

"단순한 통역이 아닌게군요. 중당과 연줄이 닿아 있다고 말씀하시는 걸 보니."

"바로 그래. 장래 크게 될 인물이야. 지금 손을 잡아 두고 싶은 인재라구."

"그쪽도 그런 생각을 하고 계신지도 모르잖아요. 그러니까 여자도 권하고, 연분도 맺어 주고."

"뭐, 상관없잖아?"

위안스카이는 이마에 맺힌 땀을 닦았다.

"그렇지만 광동 사람은 정한(精悍)하답니다. 조심해 가면서 노시도록 하세요."

누님 같은 아내인 우씨는 이렇게 충고했다.

탕쏘우이에 관한 간단한 후일담을 하나 소개해 보자.

위안스카이의 양모 우씨는 그다지 건강하지 않았지만 그로부터 6년이 더 지난 뒤에 세상을 떠났다. 당시 관료들의 관례에 따라 위안스카이는 귀향하여 복상을 하게 되었다. 그 무렵 그의 직명은 '총리조선교섭통상사의(總理朝鮮交涉通商事宜)'였다. 총영사나 공사급인데도 어디까지나 종주국이란 걸 내세우고 싶었으므로 그런 까다로운 명칭을 사용했다. 리훙장은 그에게 복상 휴가를 허가하면서 그 대신 직무를 대리할 자를 추천하도록 요청했다. 위안스카이가 추천한 인물이 바로 탕쏘우이였다.

위안스카이는 탕쏘우이를 자신의 부하로 생각하고 있었지만, 탕쏘우이로서는 자신도 리훙장과 선이 닿아 있었으므로 위안스카이와의 관계를 형, 아우 정도로 여기고 있었다. 탕쏘우이는 청조 말기에 우전부(郵傳部=체신부) 대신에까지 올랐는데 신해혁명 후에는 위안스카이의 참모격이 되었다. 신해혁명 직후 남방의 쑨원[孫文]과 북방의 위안스카이가 대립하여 두 사람은 상해에서 회의를 열었다. 그 때 탕쏘우이는 북방 대표로서 남방 대표인 우팅황[伍廷芳]과 논전을 벌였다. 위안스카이 총통의 아래에서 탕쏘우이는 초대 총리가 되기도 했지만, 위안스카이가 제정(帝政)을 획책하자 그에 반대했다. 나중에 탕쏘우이는 국민당의 원로 요인이 되었는데 서남파(西南派)의 중진으로서 짱쩨스[蔣介石]와 대립했다. 그 후 정계를 은퇴하여 홍콩과 상해에서 한거했다.

중일전쟁이 시작되자 일본은 괴뢰 정권의 수반을 물색했다. 최종적으로 왕찡워이[汪精衛]로 낙착되었지만 그간 우페이후[吳佩孚]와 탕쏘우이가 후보에 올라 일본의 유혹을 받기도 했다. 그들은 이런 일본 측의 유혹에 둘 다 꽤 관심을 가졌던 모양이다. 탕쏘우이는 1938년 8월, 상해의 프랑스 조계(租界)에 있던 자택에서 테러를 당해 쓰러졌다. 향년 78세였다. 이와 같이 탕쏘우이는 현대사와도 꽤 생생한 연계를 갖고 있었다.

갑신정변 당시에 탕쏘우이는 만으로 아직 23세의 젊은이였다. 그런 젊은 나이에 형님에게 여자를 알선해 준 것인데, 그 자신도 조선에서 그 길에는 큰 발전을 했음은 말할 것도 없다. 탕쏘우이의 정처가 조선 여자였다는 사실은 잘 알려져 있다.

현명한 우씨는 젊은 남편인 위안스카이를 여자 문제로 몰아세우는 일을 적당히 한 뒤 고향에서 영기를 기르도록 했다. 양모인 우씨는 병석에 눕기도 하고 또 아무렇지도 않게 일어나기도 했는데 어쩐지 이번의 '위독!'이란 급보는 위안스카이를 격동의 와중에서 구출해 내기 위한 방법이었던 것 같았다.

"역시 고향은 좋구먼!"

위안스카이는 항성의 교외에서 말을 달리며 고함을 질렀다. 물론 그는 언제까지나 고향에서 영기를 기르고만 있을 생각은 없었다.

귀향길에 톈진에 들러 리훙장을 만나 조선의 일을 상세히 보고했다. 또한 귀국 전에 수집한 방대한 자료를 건네 준 것도 물론이다.

"이건 쓸모가 있겠군."

리훙장은 목차에 시선을 던지며 이렇게 중얼거렸다. 앞으로 있을 일본과의 교섭에서 위안스카이가 수집한 자료들이 도움이 될 것이라는 뜻이었다. 정확한 인명, 시간, 장소, 문서의 복사물 등이 포함되어 있어서 교섭을 벌일 때 방어에나 공격에나 양쪽 다 쓰일 중요한 자료였다.

위안스카이는 버릇처럼 눈동자를 뒹굴뒹굴 굴리며 웃었다. 그는 중당 리훙장의 얼굴을 가만히 들여다보았다. 볼에 미소가 피어나는 걸 발견했다. 그는 벌써부터 일본 측 위원을 궁지에 몰아 넣을 구상을 짜내고 있는 것이리라.

위안스카이는 고향인 항성에서 음력설을 보냈다.

"전보가 오지 않았어?"

외출에서 돌아올 때마다 위안스카이는 이렇게 물었다.

"아뇨. 어디 전보가 올 데가 있습니까?"

우씨는 뻔히 알고 있으면서도 이렇게 되물었다.

"톈진이야!"

위안스카이는 귀찮은 듯이 대답했다. 그는 언젠가는 리훙장으로부터 호출 전보가 날아올 것이라고 믿고 있었다.

이 해의 음력 정월 초하루는 양력으로는 2월 15일 일요일이었다. 일본이 정식으로 전권대사 이토 히로부미, 참의 사이고 츠구미치[西鄕從道]의 청국 파견을 결정하여 수행원 명단을 발표한 것은 2월 26일의 일이었다. 수행원은 다음과 같은 인물들이었다.

    육군 소장 자작 : 노즈 미치츠라[野津道貫]
    해군 소장 자작 : 니레이 게이한[仁禮景範]
    해군 중좌 : 구루오카 타이토[黑岡帶刀]
    회계 일등 부감독(會計一等副監督) : 가와구치[川口武定]
    일등 군의정(一等軍醫正) : 이시자카[石坂惟寬]
    보병 소좌 : 츠치야 고하루[土屋光春]
    보병 대위 : 후쿠시마 야스마사[福島安正]
    공병 대위 : 야마네 다케스케[山根武亮]
    해군 중위 : 무카시 헤이[關文炳]
    일등 경시(一等警視) : 사와 시요우[佐和正]
    참사원 의관보(參事院議官補) : 가마후 센[蒲生仙]
    농상무권소(農商務權少) 서기관 : 카와카미 곤이치[河上謹一]

## 4

당시 이토 히로부미는 궁내경이었다. 아직 내각은 조직되어 있지 않았지만 총리에 상당하는 것은 태정대신(太政大臣)으로 공작 산조 시테토미[三條實美]가 그 직을 맡고 있던 시대였다. 그러나 진짜 실력자가 이토 히로부미라는 것은 누구라도 알고 있는 사실이었다.

  태정관이 폐지된 것은 바로 이해 12월로 이와 동시에 처음으로 내각이 조직되었으며, 초대 총리에 임명된 인물이 이토 히로부미였음은 두말 할 필요도 없다.

일본은 최고 실력자인 이토 히로부미를 파견했고, 청국도 최고 실력자인 직예 리훙장이 이를 맞아들였다. 담판은 직예총독의 주재지인 톈진에서 행해졌다.

주청국 일본공사 에노모토 다케아키[榎本武揚]가 이토 히로부미, 사이고 츠구미치 두 대표를 보좌한 것은 당연했으리라. 이 시점에 있어서 일본의 수뇌부는 강경, 온건 양파로 나뉘어 있었다. 이토 히로부미, 이노우에 가오루 등은 화평파(和平派)에 가까웠고, 구로다 기요타카[黑田淸隆]가 가장 강경했다. 그리고 베이징의 에노모토 다케아키도 꼭 분류를 하자면 강경파에 속했다.

청국 측의 수석 대표 리훙장을 보좌한 것은 조선에 사건의 진상 조사를 위해 파견되었던 우따정과 쒀창이었다. 위안스카이는 남몰래 비전(飛電)을 눈이 빠지게 기다리고 있었다.

일본 측과의 담판에 위원으로 참가하라는 전보가 이제 곧 날아들 것이라고 여기고 있었다. 그러나 톈진의 리훙장은 이 담판에는 위안스카이가 모습을 드러내지 않는 편이 좋다고 판단하고 있었다. 일본 측의 증오가 위안스카이에게 집중되어 있었던 것이다.

주일 청국 공사 쉬청주[徐承祖]의 비밀 전보에도 '일정의청징변주한제화장(日政擬請懲辦駐韓諸華將)'이라고 되어 있었다.

일본의 조정은 조선에 주재한 모든 청국 장수의 징벌을 요구할 것이라는 도쿄의 공기를 전해 온 전보였다. 그럴 마음을 먹고 덤벼드는 일본 대표단 앞에 바로 그 모든 장수들을 지휘한 위안스카이가 태연히 어슬렁거리며 나타났다가는 왕창 깨질 우려가 있었다.

한성에서 아무리 기다리고 기다려도 비전은 오지 않았.

'내가 안 가더라도 그 자료는 크게 도움이 될 것이다.'

위안스카이는 이렇게 생각함으로써 스스로를 달랠 수밖에 없었다.

톈진에서의 담판은 4월 3일부터 시작되어 16일까지 6회에 걸친 회의를 거듭한 끝에 겨우 성립되어 18일에 조인을 하게 되었다. 이것이 세상에서 말하는 '톈진조약'이며 3조로 된 간단한 것이었다.

1. 4개월 이내에 양국은 조선에 주둔하는 군대를 철수한다.
2. 양국은 철병 후 조선 병사를 훈련시킬 교관을 파견치 않으며, 양국 이외의 외국 교관에게 훈련을 위탁해야 한다는 점을 조선 국왕에게 권고한다.
3. 장래 만약 중대 사건이 일어나 양국이 조선에 파병할 때에는 상호 문서로써 이를 통지한다.

이렇게 해서 결국 갑신정변의 책임 문제에 대해서는 언급하지 않게 되었다.

청국의 모든 장수, 그 중에서도 특히 위안스카이의 처벌은 리훙장에 의해 일축되었다. 그는 위안스카이로부터 방대한 자료를 제공받고 있었다. 그리고 우따정의 보고서도 있었다. 일본 측이 주장한 처벌이나 배상은 확증 없음이라고 물리쳤다. 단지 그래서는 일본의 여론이 용납지 않을 것이라고 해서 만약 확증이 있으면 청국이 정한 군법에 의해 불법 행위자로서 처벌한다고 구두로 약속했을 뿐이었다.

이 톈진조약의 조인에 일본의 여론은 예상한 대로 격앙했다.

일본에서는 우리나라의 굴욕이라고 평할 수밖에 없다는 논평이 무성했다. 이토 히로부미는 '칙유(勅諭)'라는 형식으로 국민들에게 과격한 행동을 하지 않도록 경고했다.

격앙한 것은 일본 측 뿐만이 아니었다. 조선에서의 철병은 조선에 대한 청국의 종주권 포기를 의미하고 있었다. 리훙장은 위안스카이 등의 처벌은 막았지만 종주권을 포기한 꼴이 되고 말았다. 이래서는 얻은 것보다 잃은 것이 훨씬 많다고 하지 않을 수 없었다.

톈진조약의 내용을 고향인 항성에서 듣는 순간 위안스카이는 주먹으로 책상을 꽝하고 내리쳤다. 그 바람에 찻잔이 벌렁 뒤집어져 깨어졌다.

"철병이라니 무슨 소릴 하는 거야!"

그는 분하여 이를 갈더니 그 날 밤 완전히 고주망태가 되도록 취해버렸다. 귀향한 뒤 그는 술을 삼가고 있었다. 조선에서 돌아올 때 군함 '초용(超勇)'의 위에서 띵루창 제독과 대작한 이래 그는 한 번도 취하도록 마신 적이 없었다. 설날에도 술은 멀리했다.

'일단 전보가 날아오면' 하고 애타게 기다리고 있었다. 밝은 무대에 나설 몸이므로 술을 삼가고 있었던 것이다.

톈진조약이 체결되고 한참 지난 후 전보가 왔다. 그러나 그때는 이미 위안스카이도 시큰둥해져 있었다.

'조선으로 귀임치 않겠는가?'

라고 하는 문의 전보였다.

'병이 나서 갈 수 없음.'

위안스카이는 이렇게 회신을 쳤다.

'병은 당신의 어머니가 난 게 아니었던가?'

금새 쏜살같이 또 전보가 날아왔다.

'모자(母子) 함께 병이 났음.'

위안스카이는 다시 이런 전보를 쳤다.

그랬지만 전보는 우박처럼 계속해서 항성의 그의 집으로 배달되었다.

'병상 여하(病狀如何)?'

라는 내용의 전보에 대해 위안스카이가,

'오래 끌 모양.'

이라고 답신을 보내자마자,

'그럼 곤란하다.'

라는 난색의 전보가 배달되어 왔다. 위안스카이는 빙긋이 웃더니,

'탕쏘우이가 잘할 것. 그에게 부족이라도?'

라고 타전했다.

이런 전보 유희를 하고 있는 동안에 그의 마음속의 울화도 차츰차츰 꺼져가기 시작했다. 무엇보다도 자신이 변함 없이 기대를 받고 있다는 사실을 확인한 것만 해도 과히 기분이 나쁘지 않았다. 실은 이것도 리훙장의 수법이었다. 그의

회유책이라는 걸 얼핏 느끼면서도 젊은 위안스카이는 자기도 모르는 사이에 빨려 들어가고 있었다.

몹시 더운 어느 날이었다.

'지금 톈진으로 올 것.'

이라는 전보가 날아왔다.

문답이 필요 없다는 뜻의 전문으로 이제와 같은 장난기도 없었다. 더구나 이 전문은 리훙장 개인의 이름으로 발신되어 있었다.

위안스카이는 가볍게 신음소리를 냈다.

"드디어 내가 나설 차례구나!"

그는 이렇게 혼잣말을 한 뒤 출발 준비를 서둘렀다.

# 제 9 장 복귀의 날

1

갑신년(1884년)의 연말에 조선에서는 쿠데타가 있었으나 청국에서도 그 해 초에 정변이 있었다. 군기대신 전원이 경질되었던 것이다. 청대의 제도로는 몇 사람의 군기대신이 국정 참여의 최고직이었다. 그들이 황제를 보좌했고 그 결정을 행정 기관에 하달했다. 황제라고 해도 이 시대의 광서제(光緒帝)는 아직 성년이 아니었다. 아니 성년이 되고 난 뒤에도 광서제 재위 34년간은 서태후의 독재가 계속되었다.

당시의 필두 군기대신은 공친왕(恭親王) 콴쑤[奕訢]였다. 공친왕은 함풍제(咸豊帝)의 동생으로 도광제(道光帝)의 여섯 째 아들이었다. 서태후는 함풍제의 황후였다. 서태후가 낳은 동치제(同治帝)는 후사도 없이 죽었으므로 순친왕(醇親王) 혁현(奕譞)의 아들을 즉위시켰다. 그가 광서제로 갑신년에 만 13세에 지나지 않았다. 순친왕도 함풍제의 동생으로 도광제의 일곱 번째 아들이었다. 서태후가 권력을 장악한 배후에는 공친왕의 도움이 컸다. 그러나 그런 만큼 서태후에게는 거북한 존재이기도 했다.

프랑스와의 전쟁을 앞두고 새 진용이 필요하다는 이유로 공친왕을 권좌에서 밀어내 버렸다. 그 대신 현 황제의 친부인 순친왕이 기용되었다. 서태후에게는 공친왕보다 순친왕 쪽이 다루기 쉬웠다. 순친왕비는 서태후의 친동생이었던 것이다.

도광제의 7남으로 '노칠야(老七爺)'라고 불리고 있던 순친왕은 매우 근엄한 인물이었다. 자신의 아들이 즉위하자 모든 관직을 버리고 은퇴했었다는 사실만으로도 그의 성격을 알 수 있다. 근엄하긴 했지만 일관된 포부를 갖고 있지는 않았다. 서태후도 이 인물이라면 자신의 말을 잘 들을 것이라고 판단했다. 그는 과연 생각대로여서, 훗날 해군아문총리로서 신 해군 건설을 담당했는데,

"함정 건조비를 잠깐 이쪽으로 돌리세요. 별장을 지어야겠으니까."

라고 서태후가 말을 하자 그 말을 쫓아 건함비를 유용해 버리기도 했다. 서태후가 군함 건조 비용으로 지은 것이 바로 '이화원(頤和園)'이었다.

청국의 이 정변은 조선 정계에도 미묘한 파문을 던졌다.

순친왕은 현 황제의 실부(實父)이다.

이 사실은 조선의 요인들에게 당연히 대원군을 연상시켰을 것이다. 임오군란의 책임자로서 청국에 납치되어 보정에 유폐되어 있는 대원군은 조선 국왕의 실부였다.

같은 입장이므로 순친왕은 대원군에게 동정을 기울여 줄 것이다.

이러한 발상은 그다지 무리가 아니었다. 순친왕의 등용이 결정된 것은 3월이었는데 이 정보가 조선에 전해진 무렵부터 대원군 석방 귀국이라는 뜬소문이 일반에게까지 널리 퍼졌다.

나쁘게 말하면 야심가이지만 표현을 바꾸어 볼라치면 의욕적이고 투쟁심이 강한 인물이었다. 대원군도 그렇지만 며느리인 명성황후 또한 같은 경향의 여성이었다. 대원군과 명성황후는 숙명적인 라이벌이었다고 할 수 있다. 따라서 명성황후와 그 일족에게는 대원군이 언제까지이고 청국에 유폐되어 있는 편이 좋았다.

민 일족의 전횡에 저항하려 한 김옥균 일파의 '신당(新黨)'은 쿠데타 후의 정

권을 자신들의 멤버만으로는 구성하지 못하고 대원군계의 사람들과 연합하려 했다. 사라진 사람은 곧잘 '그 사람 참 좋은 사람이었다'고 칭송을 받는다. 당시 조선에는 '대원군 인기'라는 것이 있었다. 신당의 무리들이 생각이 다른 대원군 쪽 사람들과 연합 정권을 만들려고 한 것도 이런 인기에 편승하려 했기 때문이었다.

명성황후는 대원군의 귀환을 바라지 않았지만 고종에게 있어서는 친부모였다. 더군다나 유교 사상이 엄격한 조선이었고 그래서 더욱더 아버지의 석방을 위해 애를 쓰지 않을 수 없었다. 만약 전혀 손을 쓰지 않는다면 어떤 비난이 쏟아질지 알 수 없었다. 따라서 앞서 이야기한 대로 탄원의 사절을 종종 청국으로 보냈다. 그러나 청국에 있어서 대원군은 임오군란의 수모자로서 엄중히 처벌해야 할 인물이었다. 석방은 어림도 없는 일이었다. 그래서 조선 국왕은 적으나마 아들로서의 도리를 다하기 위해 민종묵을 문후사(問候使)로서 파견하여 보정에 머물면서 대원군을 위로하도록 했다. 그리고 갑신의 한 해 전에는 조선 국왕의 친형이며 대원군의 장남인 이재면을 파견하기도 했다. 그밖에도 대원군을 위문한다는 명목으로 조선에서는 많은 사람이 보정을 찾아갔다.

'이거 안되겠군.'

리훙장은 이렇게 결론을 내렸다. 대원군은 유명한 음모가로 알려져 있다. 조선에서 자주 '문후사'가 오는 건 괜찮지만 그 왕래가 음모의 연락이 될 우려가 있었다. 리훙장은 이 점을 고려하여 몸 시중을 드는 몇 명의 하인을 빼고는 외부로부터의 일체의 면회를 금지시켰다.

'지독하군.'

대원군파의 사람들은 실망했다.

민 일족의 압박을 받고 있던 대원군파의 사람들은 언젠가는 대원군을 받들어 정권을 탈취할 꿈을 갖고 있었다. 리훙장의 걱정은 결코 기우가 아니었던 셈이다. 청국 당국의 면회 금지에 의해 대원군파의 바람은 끊어진 듯이 보였다. 그런데 이듬해 3월의 순친왕 기용을 보고 그들은 다시 혹시나 하고 희망을 걸게 되었다.

 같은 입장의 순친왕이 중신의 우두머리가 되었으므로 대원군의 석방 가능성이 높아졌다는 소문을 흘린 것은 대원군파 사람들이었는지도 모른다.
 '운현궁의 명기(名器)를 팔려고 내놨다. 일본인이 산 모양이다.'
 이윽고 이런 소문도 나돌기 시작했다. 운현궁이란 대원군의 저택을 말한다. 주인은 국외로 끌려가 없었지만 혈연 관계가 있는 사람이 가산을 관리하고 있었다. 그 운현궁에 비장되어 있는 엄청난 고 미술품이 비밀리에 일본인에게 팔리고 있다. 아무리 주인이 없다고 해도 가산의 처분은 주인의 양해가 없으면 안 된다. 대원군의 허가를 받았을 것이다. 아니 대원군의 명령일지도 모른다. 그러면 무엇을 위해서? 뻔한 사실 아닌가? 청국의 순친왕이나 리홍장을 매수할 자금을 만들고 있다. 그게 틀림없다. 이제 곧 세상이 바뀔 거라구!
 이것이 항간에 떠도는 소문의 결론이었다.
 순친왕이나 리홍장이 매수되어 대원군을 석방하는 따위는 있을 수 없는 일이라 여겨진다. 그렇지만 조선에서는 이 유언비어가 뜻밖에도 진실처럼 믿어지고 있었다. 조선에서는 뇌물이 모든 것을 움직인다는 풍조가 있었기 때문이었다.
 순친왕은 벌써 고개를 끄덕였다고 한다. 이제는 시간 문제다.
 '여름이 되기 전이라는데……'
 '어쨌거나 세상이 바뀔 거야.'
 의식적으로 흘린 소문이 점점 과장이 되어 간다. 이것이 반대원군파를 자극했음은 물론이다.
 반대원군파라는 것이 반드시 민씨 일족만을 가리키는 건 아니다. 가령 선왕의 정비였던 조대비의 두 조카 조성하, 조영하 형제도 임오군란 때 민씨 일족과 손을 잡고 반대원군 활동을 했었다. 대원군을 꾀어 내어 청국에 연행하는 데 있어서는 조영하가 마쩬중을 도와 주었다. 대원군은 나중에야 그 사실을 알고 이를 갈았을 것이다.
 '대원군 귀국 복권'이 현실화되면 민씨 일족만 아니라 조 형제도 보복으로 숙청될 게 뻔하다. 그래서 조 형제는 민 일족과 다시 제휴하여 대원군 석방 반대 공작을 시작했다. 그들의 공작 대상은 리훙장이었다. 왜냐하면 서울의 항간에 퍼진 정보로는 순친왕은 대원군 석방에 찬성했지만 리훙장이 반대하는 듯하다고 했기 때문이다.

문후사의 면회 금지 조치에서도 보이듯 리훙장이 대원군에게 심한 태도로 임해 온 사실은 조선의 정계에도 잘 알려져 있었다. 반대파인 리훙장이 대원군 석방을 계속 반대하도록 만들어야 했다. 그런데 조선에서 비밀리에 중국으로 건너간 밀사는 민씨 일족에게는 비극적인 정보를 보내왔다.

리훙장은 프랑스와의 외교에 잘못이 있어 탄핵을 받고 있다. 때문에 그의 발언력은 눈에 띄게 저하되었다. 그에게 기대는 것은 위험하다.

민씨 일족은 그 다음으로 일본을 건드렸다. 리훙장이 안 된다면 그럼 일본인들 어떠냐는 생각을 갖고 있었다.

"청국이 대원군을 석방시킨다면 경상도 등지에서 동요가 일어날 것이다. 그렇게 되면 부산에 살고 있는 일본 상인이나 그 가족들이 위협을 받는다. 청국 측에 석방을 단념하도록 충고해 주기 바란다. 만약 그게 불가능하다면 일본 스스로가 교민 보호를 위해 출병하기 바란다."

그러나 이런 공작에 일본 측은 냉담했다.

한편 '대원군 석방'의 소문도 차츰차츰 사라져 갔다. 대원군파는 순친왕을, 그 반대파는 리훙장과 일본을 공작 대상으로 했다는 사실을 이미 말했다. 그런데 반대파의 책동도 순조롭지 않았지만 대원군파도 제대로 일이 되지 않았다. 순친왕은 소극적인 인물이었다. 자신의 의견을 강경하게 밀고 나갈 타입이 아니었다. 그랬기 때문에 서태후에게 기용되지 않았는가. 다른 중신들이 의견을 물어 온다면 그 때 가서 상의를 해보자는 식의 수동적인 자세였으며 스스로가 문제를 제기하려고는 하지 않았다.

'순친왕으로는 안 되겠는 걸.'

대원군도 마침내 깨달았다. 수석 중신이라고는 해도 순친왕은 결코 실력자가 아니었다. 청국 정계에서의 최고 실력자는 역시 직예총독 리훙장이었다. 힘이 들더라도 상대할 자는 리훙장밖에 없다. 대원군은 전술을 바꾸어 정식으로 사자를 파견하여 리훙장에게 은사를 요청했다.

리훙장은 대원군의 사자 이익서에게 이런 탄원은 도찰원(都察院)에 제출해야 하는 것이라고 가르쳤다. 그래서 이익서는 도찰원으로 달려갔지만 은사 탄원은 기각되고 말았다. 공식 절차를 밟았으므로 이 사실은 공적으로 알려져 서울에 있는 반대원군파의 요인들은 겨우 가슴을 쓸어 내렸다.

"현재로서는 기정 방침에 변경은 없다."

리훙장은 비서를 통해 대원군의 사자 이익서에게 기각 이유를 설명했다. 이 설명은 물론 공적인 것이 아니다. 도찰원의 기각은 대원군을 그다지 크게 실망시키지는 않았다. '현재로서는'이라는 단서가 붙어 있었다. 장래에는 변경될 소지가 있는 것이었다. 리훙장은 현실주의적인 정객이므로 상황의 변화가 생기면 언제라도 방침을 바꿀 용의가 있었다. 비서를 통한 사적 코멘트는 그런 의미를 내포하고 있었다.

장래 상황은 다양한 변화를 보일 것이리라. 대응책으로서 '대원군 석방'이 효과를 볼 경우도 발생할 것임이 틀림이 없다. 리훙장은 대원군 문제를 대응책의 '히든카드'로 염두에 넣어두고 있었다.

'나는 결코 잊혀져 버린 게 아니야.'

대원군은 이번 청원을 통해 그런 느낌을 얻을 수 있었다.


# 2

갑신정변 당시의 일본 공사 다케조에 신이치로가 나중에 도쿄제국대학 교수가 된 뛰어난 한학자였음은 이미 말한 대로다. 정변 후 사건의 조사를 위해 조선에 파견되었던 우따정 또한 금석학자로서 일류급의 인물이며 더구나 서화에도 능했다. 김옥균을 지지한 유력한 일본인이 후쿠자와 유키치였다는 사실도 잘 알려져 있다. 〈조선책략〉을 통해 청국은 일본과 연합하여 러시아에 대항해야 한다고 설파한 황쭌셴은 외교관이었지만 청 말 최고의 시인이기도 했다. 그런가 하면 '조선선후6책'을 상주한 쨩쩬은 장원 급제했던 석학이었다.

이와 같이 이 시대에 조선을 에워싼 정국에 등장했던 인물 중에는 문인 학자가 많았다. 리훙장이 파견하여 조선의 재정 고문이 된 독일인 묄렌도르프도 동양학자로 알려진 학자였다. 특히 언어학적 연구에 뛰어나, 그가 펴낸 〈만어문전(滿語文典)〉은 명저로서의 평판이 자자하다. 다만 갑신년에는 아직 명저가 세상에 나와 있지 않았다.

당오전, 당십전을 만든 묄렌도르프의 화폐 주조책은 조선에 인플레를 발생시킨 원인이 되었다. 언어학자로서는 우수한 인물이었을 지는 모르지만 정책 고문으로서는 부적격자였던 듯하다. 그러나 본인은 조선의 정치, 행정, 재정, 산업 등에 관해 개혁의 승산을 갖고 있었을 터였다. 그는 청국에 고용된 외국인의 신분으로 조선에 파견되었기 때문에 그의 조선에 관한 개혁책은 우선 청국, 바꿔 말하면 리훙장의 양해를 얻지 않으면 안 된다. 그런데 리훙장은 묄렌도르프의 계획에 번번이 퇴짜를 놓았다. 묄렌도르프는 점차 흥미를 잃어갔다.

갑오년의 윤오월, 러시아는 조선과 통상 조약을 맺었다. 이 때 가운데서 주선을 한 인물이 바로 묄렌도르프였다. 묄렌도르프는 러시아로부터 훈장을 받은 것으로도 전해진다. 조선의 정책 고문으로서의 활동이었으되 이것은 묄렌드르프와 러시아 사이에 강한 끈이 생긴 것을 의미한다. 더군다나 묄렌도르프는 이 무렵 실의에 빠져 있었다. 그의 눈앞에는 조선이라는 훌륭한 소재가 가로놓여 있었다. 그 소재에 손질을 하여 멋진 예술 작품을 만들고 싶었지만 그를 파견한 리훙장은 그의 계획을 받아들여 주지 않았다.

'당신의 착상은 분명히 훌륭해. 그렇지만 시기상조야.'

'계획 그 자체는 평가를 해 줄 수 있지만 영향을 미칠 범위를 알 수가 없어. 그걸 좀더 연구한 뒤 해 보자구.'

이런 식으로 리훙장은 대개 칭찬을 해 놓고는 거부해버린다.

묄렌도르프는 대단히 흥분했다. 그는 독일인으로 청국에 고용된 조선문제 고문에 지나지 않는다. 청국에 대한 충성심은 없었다는 말이다. 그렇지만 소재인 조선에 대한 애착심은 있었다. 그 애착 때문에 그는 청국에서 러시아로 신발을 갈아 신으려고 했던 모양이다. 그가 한 일은 우선 조선의 요인들 속에 친로파를 만드는 일이었다.

전영사인 한규직, 좌영사 이조연, 그밖에도 김지성(金智性), 조총희(趙寵熙) 등등의 요인들이 친로파가 되었다. 당시 조선의 정계에는 사대당 즉 친청파와 신당 즉 친일파의 두 그룹만이 존재하고 있었다. 그곳에 제3의 세력이 생겨난 것이었다. 용꼬리보다 닭대가리가 되겠다며 야심을 불태우고 있던 정객에게 친청, 친일 두 파는 이미 서열이 정해져 있어서 파고들 틈이 없었다. 새로운 파벌의 탄생은 이런 아웃사이드의 환영을 받았다.

김옥균이 일으킨 갑신정변에서는 한규직이나 이조연 등 친로파의 요인도 살해되었다. 친일파는 친청파와 함께 친로파도 매장시켜 버리려고 했다. 또한 친청파도 친로파도 김옥균의 눈에는 같은 보수파 무리로 비쳤다.

민씨 일파의 보수 그룹은 친청파를 주류로 하되 청국의 압박이 너무 강해지면 친로 노선을 은근히 내비치며 저항할 생각이었다.

조선과의 통상 조약 체결을 위해 러시아는 주톈진 영사인 카알이바노비치 웨베르를 파견했다. 웨베르를 도와 준 것이 묄렌도르프였다. 묄렌도르프의 배후에 그의 고국인 독일의 의사가 작용하고 있었는지에 관해서는 확실치 않다. 독일로서는 조선에까지 손을 뻗칠 여유는 없었지만 그렇다고 해서 조선이 자립할 힘을 얻는 것을 두고볼 수는 없었다. 독일로서는 청국과 일본뿐만이 아니라 러시아도 한 수 거드는 게 조선에 있어서의 열강의 힘이 분산되어 좋았다. 묄렌도르프는 역시 조국의 국익을 염두에 두고 웨베르에게 협력했던 것이리라.

이 웨베르가 결국에는 러시아의 주조선 대리공사 겸 총영사가 되었고, 나중에는 주청 대리공사가 되었다. 청일전쟁 뒤 3국 간섭이 있을 때도 웨베르가 암약한 걸로 전해진다. 그러므로 독일과는 계속 협력을 했던 모양이다.

갑신정변 직후 묄렌도르프는 일본으로 건너가 주일 러시아 공사인 다뷔도우와 조선에 러시아인 군사 교관을 파견하는 문제 등을 상의했다. 갑신정변은 일본을 배경으로 한 쿠데타가 위안스카이의 무력 개입에 의해 실패한 것이고 이로 인해 청일 관계가 긴장되었다. 두 나라가 만약 전화의 불꽃을 터뜨리게 된다면 그 무대는 조선이 된다. 양국이 싸우지 않도록 하기 위해서는 제3국이 얼굴을 내미는 것이 최상책이리라. 명성황후를 중심으로 한 조선 정부가 제3국으로서 러시아에 기대를 건 것은 물론이다. 묄렌도르프의 노력에 의해 그다지 큰 세력은 아니었지만 친로파가 존재하고 있었다. 쿠데타로 몇 명의 친로파 요인을 잃었지만 그래도 김지성 등 유력자가 아직 남아 있었다.

조선 정부는 김지성을 블라디보스토크로 파견하여 러시아의 연해주 총독과 회담시키기로 했다. 물론 이런 일은 '종주국'인 청국에 알릴 수도 없었고, 일본에게도 알리지 않았다. 시기가 올 때까지 감추어 두어야 했다.

김지성은 용원(鏞元)이란 또 다른 이름으로 더 잘 통한다. 그는 갑신년 12월에 블라디보스토크에 도착했다. 권동수(權東壽), 김광훈(金光勳) 등이 수행했다. 그는 반 달 정도 체재하며,

1. 러시아는 군함을 파견하여 조선 연해를 보호할 것.
2. 러시아는 조선군 훈련을 위한 교관을 파견할 것.

등에 관해 협의를 하고 김지성이 이 밀약(密約)에 서명했다.

이러한 교섭은 극비리에 행해졌지만 생각지도 않던 엉뚱한 곳에서 비밀이 새 나갔다. 블라디보스토크에 가까운 청국 길림 혼춘청(琿春廳) 부도통(副都統)이던 이구탕아[依古唐阿=이쿠당아]가 그 밀약의 정보를 잡아 중앙으로 급보를 띄웠다. 이듬해 3월의 일이었다. 리훙장은 즉각 조선주재 상무총판위원인 천쑤탕에게 조사를 명했다.

천쑤탕은 조사를 시작했다. 고종은 블라디보스토크에 사절을 파견한 적이 없다고 잡아뗐다. 그러나 김윤식이 친로파의 조총희 등을 신문한 결과 소인배가

국왕과 대신의 허락도 없이 무단으로 블라디보스토크로 가서 러시아 관헌과 마음대로 교섭한 듯하다는 사실을 알아냈다고 한다.

국왕이나 왕비, 혹은 외서독판(外署督辦)인 김윤식 자신이 블라디보스토크에의 밀사 파견을 모를 리 없었다. 친청파, 친일파 등으로 나뉘어져 있어도 소국의 지혜를 한껏 발휘하여 어떻게 해서든 살아 남으려고 하는 생각은 마찬가지다. 이왕 폭로된 이상 희생을 최소한으로 줄일 노력을 해야 했다.

이 정보는 떠들썩하게 소문을 내지 않은 채 텐진의 리훙장에게 보고되었다.

조선에서의 러시아의 그림자가 점차 진해져 간다. 정세는 자꾸만 변화한다. 리훙장은 이에 대응하기 위해 자신의 손아귀에 쥐어져 있는 히든카드를 음미해 보기 시작했다.

조선 정부는 러시아라는 카드를 들이대고 있다. 조선 정부란 극단적으로 말하자면 명성황후와 그 일당을 가리킨다. 고종이 흐리멍텅했기 때문에 명성황후의 치마 자락에 끌려 다니고 있었던 것이다. 그것을 누르기 위해서는 어떻게 하면 될까? 여순의 위안보우링도 리훙장에게 '부(父)를 갖고 자(子)를 다스림' 이라는 대원군 석방의 헌책을 보내왔다.

대원군 쪽에서도 끈질기게 이익서를 통한 석방 탄원 운동을 계속하고 있었다. 갑신의 이듬해 4월에 대원군은 세번째의 탄원을 올렸다. 이것도 성공하진 못했지만 접수 창구인 예부의 태도가 꽤 괜찮아졌다. 감촉이 점점 나아져 갔다.

일본은 조선을 무대로 청국과 다투고 있었지만 그렇다고 해도 러시아와 같은 제3자가 무대에 등장하는 데는 반대였다. 싸우고 있는 두 나라도 러시아 세력을 조선에서 배척하는 일에 있어서는 서로 이해가 일치했던 것이다. 일본은 조선을 청국의 속국으로는 인정치 않았지만 이 시기에 한해서는 외무경 이노우에 가오루가 주일 청국 공사인 쉬청주를 통해 청국이 조선에 영향력을 행사하여 러시아의 침투를 막도록 권했다. 보통 때는 청국의 조선에 대한 압박을 내정 간섭이라고 비난하던 일본이 청국에 내정 간섭을 권고하고 나오는 기묘한 현상이 일어났던 셈이다.

대원군 석방은 분명히 하나의 강력한 히든카드였다. 그렇지만 그것을 테이블 위에 뽑아 던졌을 때 과연 국면에 어떤 영향을 미칠 것인가? 도리어 혼란을 초래할지도 모른다. 아무튼 명성황후와 대원군의 대립은 대단한 것이었다. 임오군란 당시 명성황후는 하마터면 대원군에게 살해될 뻔했다. 명성황후를 견제하는 효과만 거둘 수 있으면 좋으련만 너무 지나쳐서 조선의 국면을 파국으로 몰아 넣게 된다면 본전도 건지지 못하게 된다.

리훙장은 우선 보정에 있던 대원군의 장남 이재면을 귀국시켰다. 그리고 친동생인 고종에게 지금 조선 국왕의 이름으로 사절을 청국에 파견하여 아버지의 귀국을 간청하면 풀려날 가능성이 있다는 말을 전하도록 했다.

친부의 사면을 권유받고 이를 거부할 수는 없다. 조선 국왕은 정사에 민종묵, 부사에 조병식을 임명했지만 이런저런 트집을 잡아 이 '진주사'의 출발을 지연시켰다. 물론 그것은 국왕의 의견이 아니고 명성황후 및 그 일파의 계략이었다. 민씨 일파는 대원군의 귀국을 저지시키기 위해 민영익을 톈진으로 보냈지만 리훙장에게 거절당했다. 그래서 잇달아 김명규(金明圭)를 파견해 귀국은 어쩔 수 없지만 몇 년 뒤로 연기해 달라고 청원했다. 그렇지만 이것도 리훙장의 동의를 얻지 못했다.

분위기가 무르익었다.

리훙장은 이렇게 판단했다. 그는 대원군을 톈진으로 초대하여 의견을 나누기로 했다.

"군기대신에게 부탁했으므로 이제 대감의 석방도 한 걸음 나아가게 되었습니다. 귀국 후에는 어떤 일을 하실 계획이십니까?"

리훙장이 넌지시 물었다. 3년 가까운 억류 생활로 대원군은 중국말도 대개는 알아들을 수 있게 되었지만 그래도 말과 필담을 섞어 가며 이야기를 나누었다. 필담은 성가시긴 했지만 증거로서 남는다는 이점이 있다.

"이제 지긋지긋 하외다. 국정에 관여할 생각은 조금도 없소이다."

대원군은 넌더리가 난다는 듯이 대답을 했다. 그런데 그는 리훙장의 얼굴에

서 의혹과 실망의 빛이 언뜻 스쳐 가는 것을 놓치지 않았다. 한 번 크게 숨을 들이쉰 뒤,

"종주국이 감국(監國)을 파견할 수 있도록 진언하는 정도의 일은 해야겠지요."
라고 재빨리 덧붙였다.

조선은 청국을 종주국으로 인정했지만 청국이 실제 '감국'을 파견했던 일은 없었다. 명나라 때도 그러했다. 종주·복속은 어디까지나 형식적인 것에 불과했다. 예외로서 몽고의 원나라 때는 그것이 있었다. 그렇지만 그건 먼 옛날의 일이다. 6백 년 전의 누구의 기억 속에도 그것은 남아 있지 않았다.

형식적으로만 종주권을 인정하고 있을 뿐 실질적으로는 독립국이었다. 만약 감국을 받아들이게 된다면 그 순간 '독립'을 잃어버리게 된다. 대원군은 자신의 석방에 대한 대가로 굉장한 약속을 한 셈이었다.

국정에는 간섭하지 않겠노라고 말하면서 독립과 연관되는 중대한 문제를 국왕에게 진언하겠다고 말한 것은 이만저만한 모순이 아니다. 본인은 그 모순을 느끼지 못하고 있지만…….

"혹시 자제 분으로부터 외교에 관한 상담을 받으시게 되면 어떻게 대답하시겠습니까?"

"외교라니요?"

"청국은 현재 다사다난합니다. 조선에 대해서도 처음부터 끝까지 보살펴 드릴 수 없습니다. 다른 나라에게도 분담시키지 않을 수 없게 되었어요. 가령 우리 청국은 일본과의 조약으로 주둔군을 철수했답니다. 군사 교관은 어떻게 할까요? 조선군의 훈련에는 우리나라와 일본 이외의 나라에 부탁하도록 되어 있습니다만."

"미국에 부탁하도록 권하지요."

대원군은 즉석에서 잘라 말했다.

청국이 가장 경계하지 않는 외국이 바로 미국이란 사실을 대원군은 알고 있었다.

"그것 참 좋은 생각이시군요. 그런데 그 밖에 무슨 부탁이라도?"
"있습니다."
대원군은 잠깐 망설이더니 결심을 한 듯 내뱉었다.
"왕비가 국정에 간섭하지 못하도록 충고해 주었으면 합니다."
"흐음, 그건 어려운 일입니다만."
"아닙니다. 어렵지 않습니다. 예로부터 여성은……."
대원군은 말을 꺼내 놓고는 갑자기 입을 다물었다. 옛날부터 여성이 국정에 관여하는 일은 용납되지 않았다. 당연한 일이다. 그러므로 어려운 일도 아니라고 말을 하려고 했는데 문득 현재 청나라도 서태후라는 여성이 한 손에 모든 권력을 쥐고 있다는 사실을 떠올렸던 것이다. 까딱했으면 무심코 말을 해버릴 뻔했다.
"기분은 잘 알겠습니다. 나의 힘이 미치는 한 군기대신들을 설득해 보지요."
리훙장은 이렇게 이야기의 매듭을 지었다.
대원군의 석방은 이미 결정했다. 그가 결정하면 그것으로 끝나는 일이었다. 군기대신을 설득할 필요도 없다. 설령 서태후가 반대하더라도 리훙장은 그녀를 설득할 방법이 있었다.
'대원군을 누구를 시켜 돌려보낼까?'
리훙장은 마음속으로 인선을 시작했다. 역시 그 젊은 녀석밖에 없으렷다. 인선에 시간이 걸리지는 않았다. 배짱이 필요한 일이므로 위안스카이 외에 따로 적임자가 있을 것 같지 않았다.
'항성에 전보를 쳐야겠군. 그 녀석 좀 토라져 있겠군.'
리훙장은 전보 문구를 생각해 봤다.

## 3

'지금 톈진으로 올 것.'

생각 끝에 리훙장은 이런 짤막한 전문을 보내기로 했다. 구질구질한 말은 하지 않는 편이 효과가 있을 듯했다.

위안스카이는 톈진이나 베이징과 몇 번이고 전보를 주거니 받거니 하고 있었으므로 이제는 결정적인 전보를 기다리고 있을 것이리라. 따라서 단연코 결정적이라 여겨지는 문구가 좋다.

하남의 시골에서 빈둥거리고 있다고는 하지만 위안스카이는 시세로부터 눈을 떼지 않았다. 특히 조선의 정세에 관해서는 잔뜩 주의를 기울이고 있었다. 여순의 숙부 위안보우링으로부터 끊임없이 조선에 관한 정보가 보내져 왔다.

'위안스카이가 출세하기 위한 실마리는 뭐니뭐니 해도 역시 조선 문제다.'

위안보우링은 단정적으로 이렇게 여기고 있었다.

"여순에서 편지가 많이 오는군요?"

위안스카이의 처가 편지를 들고 들어오며 물었다.

"여순에 친구가 많으므로 편지도 많이 오는 거지."

위안스카이는 편지를 받아 들면서 이렇게 대답했.

톈진조약으로 청일 양국은 모두 조선에서 군대를 철수시켰다. 서울에서 철수한 청국 군대는 여순으로 이동했다. 조선에서 함께 고생하던 무리들이 지금 여순에 와 있는 셈이다. 분명 지기(知己)도 많았지만 그곳에서 편지가 많이 온 것은 그것만이 이유가 아니었다. 위안스카이 역시 정력적으로 그들에게 편지를 보냈기 때문이었다.

조선에 관한 정보는 현재로서는 여순이 그 중심이라고 말해도 좋았다. 위안스카이는 다른 곳이야 어쨌거나 조선 문제에 관해서만은 누구에게도 지고 싶지 않았다. 조선이라면 이내 위안스카이의 이름이 연상될 정도가 되고 싶었다.

청국이 대원군 석방을 정식으로 결정한 것은 갑신의 이듬해(1885년), 양력으로는 9월 20일이었다. 연기에 연기를 거듭하던 조선의 '진주사'가 베이징에 도착한 바로 직후의 일이었다.

"대원군의 압송을 부탁한다."

직예총독 겸 북양대신 리훙장은 위안스카이를 불러들이자마자 불쑥 이렇게 말했다.

"띵루창 제독으로는 안됩니까?"

위안스카이는 되물어 보았다. 숙부의 편지를 보고, 대원군 압송 책임자로 띵루창 제독을 미는 소리가 드높다는 사실을 그는 알고 있었다. 리훙장이 반대하여 위안스카이로 낙착이 되었던 것이다.

"띵루창이 가게 되면 청국 군대가 조선으로 복귀하는 걸로 여겨질지 몰라. 그리고 너무 거물은 곤란하고. 그래서 좀 소물로 바꾸기로 했지."

리훙장의 대답이다.

확실히 북양함대 사령장관 띵루창으로는 너무 군인냄새가 농후했다. 텐진조약에 의해 청일 양국은 이제 막 조선에서 철수한 터였다. 띵루창이 움직이게 되면 청국의 협정 위반으로 오해받을 우려가 있었다.

"하아, 소물입니까?"

위안스카이는 뾰로통하게 말했다.

"그래, 소물이야. 우두머리만 교체를 하고 나머지 인원은 그냥 두었어."

"수행원은?"

"왕영승, 황금지, 장소화, 황건완……."

리훙장은 손가락을 꼽으며 말했다.

"모두 총병이군요."

위안스카이는 고개를 끄덕였다.

청의 녹기군제(綠旗軍制)로 총병이라고 하면 거의 여단장에 상당할 것이리라. 제독 띵루창의 수행원으로서는 총병을 몇 명을 늘어 놓아도 당연할 것이리라. 그러나 아직 20대의 청년의 수행원치고는 너무나 호화로운 면면들이었다.

'중당이 일부러 그렇게 하신 거로군.'

위안스카이는 눈치가 빠르다. 중당 리훙장의 속셈을 벌써 읽어버렸다.

대원군 귀국 압송의 책임자로서 띵루창의 이름이 들먹여졌을 때 리훙장은 금방 반대하지는 않았다. 그는 애당초 위안스카이를 점찍고 있었지만 한동안 그 이름을 입에 올리지 않았다. 띵루창을 부르는 소리가 높아지고 이어서 수행원의 이름도 들먹여졌다. 회의에서 이것이 거의 결정될 무렵 리훙장은 유유히,

"일본과의 협정이 체결된 직후에 군인을 수반으로 하는 사절을 보내는 게 좀 뭐하지 않을까? 수행원이 군인인 것은 괜찮더라도 수반만은 군인이 아닌 쪽이 좋을 것 같은데."

라고 자신의 의견을 비로소 털어놓았다.

이건 분명 정론이다. 아무도 반박할 여지가 없다. 그렇다면 누굴 수반으로 하면 좋을까? 역시 조선에 관해 잘 알고 있는 사람이 아니면 곤란하다. 압송하는 일뿐이므로 현재 근무중인 바쁜 사람 중에서 고르는 것도 뭣하다. 아아, 그렇다. 위안스카이가 모친의 병환으로 귀향해 있지 않은가. 모친의 병도 거의 나았다고 한다. 위안스카이가 적당하다.

우두머리만을 교체하고 수행원은 그대로 두게 되었다.

위안스카이는 호화 멤버를 이끌고 조선으로 간다. 압송 임무가 끝나면 곧 귀국하게 된다. 그리 긴 기간이 아니다. 젊은 청년의 수행원이 되어 불만인 총병 각도도 있었지만 잠깐 동안에 끝날 일이므로 눈감아 주었다.

'뒷일이 있는 거야, 역시.'

위안스카이는 리훙장의 수법을 눈치챘다.

총병들을 죽 거느리고 가면 조선에 있어서의 위안스카이의 평가는 한층 높아질 게 틀림없다.

'예사 젊은이가 아니군. 대단한 실력자인 모양이야.'

그렇게 받아들여지기를 리훙장은 기대한 것이다. 그것은 또 위안스카이가 압송 임무를 수행한 뒤 그리 머지않은 장래에 다시 조선에 파견되는 것을 의미했

다. 다음에 파견될 때 그에게 무게가 실릴 수 있도록 리훙장은 교묘하게 인사 회의를 주도했다.

대원군 석방 결정 1주일 후에 위안스카이를 수반으로 한 사절단은 텐진에서 배를 탔다. 대원군과 장남 이재면을 포함하여 20여 명이었다. 일행은 대고구(大沽口)에서 군함 '진해호'로 바꿔 탄 다음 조선으로 향했다.

'진해호'가 인천에 도착한 날은 음력 8월 25일이었다. 양력으로는 이미 10월 3일이었다. 대원군 귀국의 소식에 서울은 며칠 전부터 들끓고 있었다.

묄렌도르프는 민씨 일파의 요인들을 향해 지금이야말로 러시아와 손을 잡을 때라고 최후의 설득을 시도하고 있었다.

"천쑤탕의 눈이 빛나고 있다. 무심코 러시아와의 제휴를 벌이는 것은 위험하다."

민씨 일파 요인들은 신중했다. 묄렌도르프는 떠오르는 조소의 빛을 감추지도 않고 말했다.

"대원군이 돌아와 청국의 세력을 배경으로 당신들을 모두 죽이려고 하고 있는 판에 무엇을 두려워하십니까?"

"대원군은 귀국 후에 정치에는 관여치 않겠다고 서약했다지 않소."

"그건 빈말에 지나지 않습니다. 왜 청국이 이제 와서 대원군의 석방을 결정했는지 뻔한 일이 아닙니까? 민 일족을 견제하기 위한 것이라구요."

"우리들 민 일족은 청국에 대해 순종해 왔소. 복죄(服罪)를 하다 용서받은 대원군에게 우리가 어떻게 된다는 것은 있을 수 없는 일이오."

"느슨해요, 느슨해. 사고가 너무 느슨해요. 블라디보스토크에서의 교섭이 청국 측에 알려져 있지 않습니까? 청국은 당신들이 순종하고 있다고 여기지 않아요. 그러니까 당신들이 그렇게 열심히 탄원한 대원군 석방 연기조차 매정하게 거부하지 않았습니까? 러시아와 상의하십시오. 청국이 두려워하고 있는 러시아와……."

"러시아와는 친밀감이 없어요. 멍청히 있다가는 무언가를 뺏기지 않을까요?"

19세기 말 제국주의가 꽃을 피우던 시절의 아시아 제국은 처음부터 의심스런 눈으로 열강을 보고 있었다. 조선이 러시아에 접근한 것도 내심 쭈뼛쭈뼛 겁을 내면서 한 일이었다. 어차피 러시아도 침략의 야심을 갖고 있을 터였다. 2백여 년 동안 종주국이었던 청국은 조선에게 친근한 상대였으나, 친밀감이 없는 러시아는 두려운 존재였다. 설령 러시아가 청국 대신에 조선을 제압하더라도 그들이 어떤 방식으로 나올지 알 수 없기 때문이다.

"솔직히 말해 러시아는 부동항을 구하고 있습니다. 그러나 그렇게 되면 영국이나 일본이 잠자코 있지 않아요. 미국도요. 항구를 쓰게 해달라는 정도겠지요. 어떻습니까? 조선 전토를 청국으로부터 돌려 받아 항구의 일부를 빌려 주는 게 수지가 맞는 장사가 아닙니까?"

"그렇지만 금방 효과가 나지는 않겠지요. 지금 당장에는……."

내일이라도 대원군이 조선 땅을 밟으려고 하고 있다. 민씨 일파는 지금 장기적인 대책은 내동댕이치고 내일을 위한 긴급 대책을 강구하지 않으면 안 된다.

궁정에서는 명성황후가 형제들을 모아 놓고 긴급 대책을 의논하고 있다.

"대원군 한 사람으로는 우리 일족을 숙청할 수 없어. 더구나 이번의 청국 사절은 군대를 대동하고 있지 않다고 하더군. 너무 걱정할 필요는 없겠지."

이런 의견에 대해 명성황후는 묄렌도르프와 같이 '느슨하다'고 판단했다.

"분명히 대원군에게는 두 손밖에 없습니다. 그러나 대원군을 위해 수족이 되어 움직일 사람이 있다면 많은 일을 할 수 있어요."

명성황후가 말했다. 명성황후의 긴급책이란 조선에 있는 대원군파의 잔당을 즉각 처분하는 일이었다. 대원군의 손발을 잘라 버린다. 그것도 될 수 있는 대로 드라마틱하게 처형한다. 그렇게 한다면 대원군과 동행하여 돌아올 대원군파의 간부들도 겁을 집어먹고 민씨 일파와의 투쟁을 포기할 것이리라. 명성황후는 공포 정책을 실행하려고 결심했다.

3년 전에 임오군란을 선동한 반역자가 새롭게 판명되었다.

이런 구실로 명성황후는 대원군파로 여겨지는 김춘영, 이영식 등을 체포했다. 그리고는 대원군 일행이 인천에 도착한다는 바로 그 날 아침, 체포자를 능지처참해 버렸다.

능지라는 말은 한 치 크기로 몸을 잘라 죽음에 이르게 한다는 것으로 같은 사형 중에서도 교수형이나 참형보다 무거운 형벌로 치고 있었다. 처형은 공개되었다. 그리고 그 처형법은 잔인함이 극에 달한 것이었다.

"뭐라구! 아무도 마중을 나오지 않아? 한 사람도 오지 않았단 말인가!"

인천에 상륙한 뒤 조선 측으로부터 단 한 명도 출영을 나오지 않았다는 사실을 안 위안스카이는 일순 얼굴이 창백해졌다.

사실은 조선 정부는 이인응(李寅應)을 '영접사'로서 인천에 파견했었다. 그런데 바로 그 날 아침의 처참한 처형 소식을 들은 이인응은 너무 겁에 질린 나머지 모습을 감추어버린 것이었다. 대원군 도착 날에 맞춘 처형은 명성황후의 대원군파에 대한 선전 포고와 같은 것이었다. 누구나가 다 그렇게 여겼다.

상사로부터 명을 받은 것이긴 해도 인천까지 대원군을 마중 갔다는 사실이 알려지면 나중에 어떤 꼴을 당할지 모를 일이었다. 아차 하면 목이 달아난다. 고민하던 끝에 이인응은 인천까지 가긴 갔지만 대원군 앞에는 얼굴을 내밀지 않기로 작정했다.

인천까지 간 것은 상사의 명령을 저버릴 의사가 없었다는 뜻이고 얼굴을 내밀지 않은 것은 민씨의 적인 대원군을 환영할 의사가 없었다는 뜻이었다. 이것이야말로 막다른 골목에서의 고육지책(苦肉之策)의 처신법이었다.

위안스카이의 얼굴은 창백해진 뒤 홍조를 띠었다. 그는 분노를 억제하면서,

"띵루창 제독이 아닌 내가 오길 잘했다. 이런 때 그가 생각해 낼 대책보다 바로 내가 짜낼 계책이 훨씬 더 뛰어날 테니까."

라며 혼잣말을 했다.

국왕의 친부가 귀국하는데 출영자가 단 한 명도 없다는 건 상상조차 하지 못했던 사태였다. 그런 경우의 대책을 미리부터 준비했을 턱이 없다. 이제부터 생각해 내지 않으면 안 된다. 위안스카이는 아직 아무 대책도 세우지 않았으면서

도 자신이 생각해 낼 계책이 띵루창의 그것보다 뛰어날 것임에 틀림이 없다는 자신을 갖고 있었다.

"자, 어떻게 할까?"

위안스카이는 우선 그의 둥근 눈을 크게 한 번 떠본 다음 계속해서 몇 번인가 깜빡거리고 있었다.

# 제10장 새로운 국면

## 1

　대원군의 귀국에 대해 조선 궁정은 냉담한 태도를 취했다. 아니 귀국 당일에 대원군의 충실한 가신인 김춘영과 이영식을 처형했으므로 그건 냉담한 정도를 넘어 적대적인 태도였다고 해도 좋으리라. 그러나 민간인들은 궁정의 의향을 반영하고 있지 않았다. 오랜 세월 이역에 유폐되어 있던 대원군에 대해 민중은 소박한 동정심을 보였다. 앞서 말한 바와 같이 본래대로라면 대원군과 대립할 친일파 사람들조차 갑신정변 후의 인사에 대원군계의 인물을 기용하여 민중의 대원군 인기를 이용하려고 할 정도였다.

　대원군의 인천 상륙에 조선 궁정의 정식 영접은 없었지만 민간인들은 수없이 마중을 나왔다. 위안스카이의 제자들이 위안스카이로부터 듣고 쓴 예의 〈용암제자기〉에도,

　"25일 인천에 도착. 조선의 신민, 낙역(絡繹=왕래가 빈번함)하게 와서 맞이하고, 수많은 부로(父老), 유체(流涕=눈물을 흘리며 욺) 하는 자 인(仁=인천)에서 한(漢=한성)에 이르는 70리 길에 끊어짐이 없고……."

라고 되어 있다. 임금님의 친아버지가 긴 구금 생활에서 석방된 것이다. 유교

윤리가 강했던 당시의 일이므로 이것은 눈물을 흘릴 일이었음에 틀림이 없다.

인천은 수도 서울의 출입구에 해당되어 있었다. 당시 조선의 주요한 개항장은 인천, 부산, 원산의 3곳이었으며, 청국은 이 세 항구에 각각 '분서(分署)'를 세워두고 있었다. 영사관이라 불러야 할 성질의 것이지만 청국은 조선의 종주국이라는 의식에서 가능한 한 외교 관계 용어는 피했다. 수도 서울의 공사관에 상당하는 곳도 '공서(公署)'로 부르고 있었다.

위안스카이를 수석으로 한 대원군 일행은 인천 상륙 후 청국의 분서로 들어갔다. 인천에는 일본과 영국의 영사관이 있었다. 대원군이 인천에 도착했다는 연락을 받자 영일 양국의 영사는 각각 인천의 청국 분서로 인사차 방문을 해왔다.

예방을 받으면 이쪽에서도 답례로 방문을 하는 게 예의이다. 그러나 대원군은 답례 방문을 하지 않았다. 신중을 기한 것이었다. 영일 양국 영사는 대원군의 귀국에 축하를 하기 위해 청국 분서를 찾아온 것이다. 그러므로 청국 측의 최고 책임자, 즉 위안스카이가 답례 방문을 하고 그때 대원군의 명함을 가지고 가면 대원군이 답방을 한 것이나 마찬가지리라. 예방은 육상뿐 아니라 해상으로도 왔다. 영국의 군함이 인천 앞바다에 정박하고 있었던 것이다.

"저 군함은 명성황후가 일부러 인천으로 불렀다는 소문이 있습니다."

인천에 있는 위안스카이의 첩자 한 사람이 그런 항간의 소문을 전했다.

"있을 수 있는 일이지."

위안스카이는 턱을 삐죽 내밀었다.

명성황후의 구적(仇敵)인 대원군을 석방 귀국시킨 것은 명성황후의 눈에는 청국의 짓궂은 장난으로 비쳤다.

애써 친청적인 자세를 보이며 친일파와 대항하고 있는 데도 악수를 하자고 손을 내민 순간 정수리에 일격을 얻어맞은 듯한 기분이 들었음에 틀림이 없다. 상대가 그런 식으로 나오면 이쪽도 똑같이 응대해 주겠다. 명성황후는 대원군의 보호자인 위안스카이에게 보복을 하는 게 당연하다고 여겼다. 영국 군함을 불러들인 것은 청국이 조선을 버려도 영국이 있고, 일본이 있고, 러시아가 있다는 일종의 시위였을까?

 조선 국내에 뿌리깊은 친일파가 존재한다는 것은 이미 주지의 사실이다. 친일파의 거두 김옥균은 망명했지만 그가 없어졌다고 친일파마저 없어진다는 법은 없다.
 또한 조선이 러시아와 연계하고 싶어한다는 것도 공공연한 사실이었다. 묄렌도르프의 암약은 이 무렵이 되자 이미 '암(暗)'이 아니었다. 이것 역시 주지의 사실이라 해도 좋았다. 조선의 궁정 측이 블라디보스토크에 비밀리에 사절을 보낸 사실은 청국의 동북 관헌이 탐지하여 베이징에 보고되고 있었다.
 견해에 따라서는 조선이 청국 이외의 나라와 비밀 교섭을 벌이고 있다는 사실이 청국에 알려지는 편이 오히려 조선으로서는 편리하다. 욕심대로라면 확증을 붙잡히지 않고, 교섭 사실이 슬슬 알려지는 게 가장 이상적이리라. 확증이 잡히면 소란스러워질 테니까.
 영국과의 교섭도 여지껏 그렇게 드러나지는 않았다. 그래서 명성황후가 대표하는 조선의 정권은 영국 군함을 인천으로 부름으로써 청국에 대해 러시아나 일본뿐이 아니라는 것을 보여 줄 계획인지도 몰랐다. 있을 수 있는 일이라고 위안스카이가 중얼거린 것은 그도 그런 가능성을 고려하고 있었기 때문이었다. 아마도 항간의 소문은 명성황후 측이 일부러 퍼뜨린 것이리라.
 '좀 힘이 들겠는걸.'
 위안스카이는 고소를 지었다. 답례에 나서기 전에 그는 조선 정부에 전보를 쳐 왜 출영하지 않았는가를 따져 물었다. 사실은 따져 물을 필요도 없이 명성황후의 흉중을 읽고 있었지만.
 환영하지 않은 것은 대원군의 석방, 귀국에 불만을 나타내기 위한 것이었다.
 힐문의 전보를 받고 조선 궁정은 떫기는 했지만 인천으로 영접 사절을 보냈다.
 '처음부터 이런 절차를 밟으려고 한 것인가?'
 위안스카이는 명성황후의 태도에 매우 회의적이었다. 출영을 하는 것은 어쩔 수 없는 일인데도 왜 굳이 재촉을 받고서야 하는 것일까? 만약 위안스카이가 명성황후의 입장이었더라도 역시 그렇게 할 것이 분명했다. 책사는 책사의 흉중을 잘 헤아린다. 다만 이인응이 일찍부터 영접사로 인천에 와 있으면서도 모습을 나타내지 않았다는 내막을 위안스카이가 안 것은 좀더 나중의 일이다.

간신히 나타난 조선 궁정의 사자에게 위안스카이는,

"나는 조정의 명을 받들어 당신네의 왕부를 데리고 왔소. 그런데도 이런 상태는 마치 간설(簡褻)이라고 하지 않을 수 없소. 군부에 대해서 이렇게 해도 좋다는 것인가요? 어떤 경위가 있었건 외견만이라도 반듯하게 해두고 싶소. 예를 들면 인천만 해도 일본이나 영국 등 외국의 눈이 있소. 조선의 군신 부자는 정애가 전혀 없다는 말을 들으면 부끄럽지도 않은가요?"

라고 말했다. 20대의 위안스카이가 조선의 각료급인 도승지라는 관위를 가진 사자에게 이렇게 설교를 한 것이다.

'간설'이란 귀에 익지 않은 말인데 '간(簡)'은 소홀함, '설(褻)'은 깔보다는 의미가 있으므로 '소홀히 하여 깔보다'는 뜻이리라. 알기 쉽게 설명하자면 사람을 얕볼 테냐고 위협한 것이었다.

"한성에는 외국인의 눈이 훨씬 더 많소. 자신들의 국왕을 불효자로 만들어 웃음거리가 되지 않도록 충고하오. 아들된 도리로 적어도 교외에까지 마중을 나오시도록."

이런 다짐도 해 두었다.

위안스카이가 대원군 일행과 함께 서울로 들어간 날은 8월 27일이었다. 양력으로는 10월 5일 월요일이다. 조선 국왕은 남문 밖에 텐트를 치고 친부의 귀국을 맞았다. 3년만의 육친 상봉이므로 기쁘지 않을 리 없었다. 그러나 왕의 표정은 딱딱하게 굳어 있었다.

만약 여기서 노골적으로 기쁜 모습을 보였다가는 처인 명성황후가 기분이 상할 게 분명했다. 그의 주위에는 처와 선이 닿아 있는 무리들만이 있었다. 고종은 그의 측근이 처에게 일러바칠까봐 몹시 두려워하고 있었다.

대원군의 저택인 운현궁에는 그의 나이 많은 처와 측실들이 살고 있었다. 그들은 모두 문 앞에 늘어서서 정중하게 저택 주인의 귀환을 맞았다.

"정치적인 발언은 하시지 않도록. 그리고 방문에 대해서 말입니다만, 외국 사절의 방문을 받은 때는 답례 방문을 해도 좋지만 국내의 유력자나 정객의 방문을 받으면 답방을 하지 마시도록."

위안스카이는 대원군을 운현궁까지 배웅한 뒤 헤어질 때 이런 주의를 주었다.

그렇지만 대원군은 위안스카이의 주의를 지키지 않을래야 않을 수도 없게 되었다. 명성황후는 고종의 이름으로 '교서'를 선포, 문무백관에게 대원군과의 왕래, 서신을 주고받는 행위 등을 금지시켰다. 어디 그뿐인가, '대원군 존봉의 절별단(尊奉儀節別單)'이라는 8조로 된 조례를 공포했다. 이것은 '대원군을 공경하기 위해서'라는 명목으로 운현궁의 출입을 엄중히 통제한 조치였다. 사실상의 유폐라고 해도 좋을 것이다.

명성황후는 운현궁 가까이에 군대를 파견했다. 대원군의 가신 뿐 아니라 하인들까지도 언제 체포나 처형될지 몰랐기 때문에 잇달아 도망치기도 했다.

위안스카이는 조선 국왕을 만나 김춘영, 이영식 등 대원군의 측근을 처형한 것에 항의하고 앞으로 대원군의 사적인 관계자에게 탄압을 가하지 않도록 엄중히 요구했다.

운현궁을 포위하고 있던 군대는 이윽고 막사로 철수했다. 이것은 반드시 위안스카이의 요구에 굴복한 때문만은 아니었다. 명성황후의 참모 역할을 한 묄렌도르프가,

"그와 같은 눈에 드러나는 압박은 청국에게 개입의 구실을 줄 뿐만 아니라 외국에 나쁜 인상을 심어 주는 일이므로 이익이 될 게 없다."
라고 충고한 때문이었다.

이해 6월 리훙장은 묄렌도르프의 '외서협판(外署協辦)'직을 해임했다. 외서 즉 청국의 주조선 공사관의 고문직을 그만 두게 한 것이다. 그렇지만 묄렌도르프는 청국 세관의 직원이라는 다른 직책이 있다. 리훙장은 1개월 후에 묄렌도르프의 세무사직도 박탈했다.

그러나 묄렌도르프는 여전히 조선에 머무르면서 주로 민씨 일파의 외교 고문과 같은 일을 하고 있었다. 월급은 3백 금(金)이었다. 그 외에 조선의 궁정을 자유롭게 출입할 수 있도록 허용되었다. 민씨 일파는 청국의 내정에 밝은 묄렌도르프를 이용하여 청국의 '종주권' 행사에 저항하려고 했다. 묄렌도르프가 민씨 일파에게 가르쳐 준 비책이 러시아와 연계를 맺는 일이었음은 물론이다. 민씨 일파는 아직 러시아를 끌어들이는 일을 포기하지 않았다.

러시아도 주톈진 영사인 웨베르를 주조선 공사로 파견키로 했다.

앞으로 해야 할 일이 많겠지만 위안스카이의 이번 임무는 대원군을 조선에 되돌려 주는 일 뿐이었다.

"신경이 쓰이겠지만 돌아가셔야지요."

수행원인 왕영승은 머뭇머뭇하며 말을 꺼냈다. 총병 즉, 연대장 아니면 여단장급인 왕영승은 나이로 보나 경력으로 보나 위안스카이보다 훨씬 위였지만 이번의 대원군 호송에서는 위안스카이가 주임이었고 그는 수행원이었다. 상사이므로 정중하게 말하지 않으면 안되었지만 거기에는 한계가 있다. 지나치게 정중해도 안 된다.

조선의 정세가 신경이 쓰이지만 임무를 끝냈으면 귀국해야 한다. 위안스카이는 상당히 근심스런 태도를 보였던 것이다. 왕영승이 말을 꺼내자 그는 빙글빙글 웃기 시작했다.

"아니 별로 신경을 쓰고 있지도 않습니다. 어차피 될 대로 되겠지요. 하, 하, 하."

웃으면서 위안스카이는 반성하고 있었다. 왕영승에게 표정을 읽히고 만 것이다. 정치가, 특히 외교 담당자로서 그것은 부끄러운 일이었다. 그래도 그는 기가 죽지 않고 180도 회전하여 웃는 얼굴을 했다.

"그렇습니까?"

왕영승은 의심스런 눈초리로 바라보았다. 마음속으로 '풋내기 녀석'이라고 생각하고 있었지만 어쩌면 이 자는 의외로 진짜 거물일지도 모른다는 기분도 들었다.

## 2

 대원군 송환의 수석위원으로서 위안스카이가 조선에 체재한 기간은 10여 일에 지나지 않았다. 그동안 그는 적간론(摘奸論)이라는 문장을 지어 고종에게 보였다.
 간악을 적발한다는 문장이다. '간'은 주로 러시아를 가리켰고 구체적으로는 조선과 러시아를 연결시키려고 암약하고 있는 묄렌도르프를 가리킨다.
 위안스카이는 짧은 체재 기간 중 조선 정부의 요인이며, 친청파로서 신뢰할 수 있는 김윤식에게 국제 정세로 볼 때 러시아에게 기대서는 안 된다는 점을 설명했다. 그리고 묄렌도르프와 웨베르를 이간시켜서 러시아의 음모를 배제할 것도 권했다. 김윤식에게 설명한 내용을 문장으로 만든 게 '적간론'이었다.
 〈용암제자기〉에 의하면 위안스카이가 적간론을 고종에게 보낸 날은 9월 7일이었다고 한다. 그 내용을 조선 정부의 간부들에게도 보여줬다. 〈용암제자기〉에는 적간론을 읽고 왕과 왕비는 크게 놀랐다고 적어 놓았다. 그리고 고종은 이튿날 위안스카이를 초대하여 장시간에 걸쳐 필담을 했다.
 위안스카이는 러시아의 체질을 설명했다. 최소의 노력으로 최대의 효과를 노리는 것이 러시아의 전통적인 태도이며 군사 교관의 파견 등은 가장 경계해야만 한다. 그것에 의해 조선의 병권을 장악하고 조선을 집어삼키려고 할 것이다. 부동항을 찾아 남진하는 것은 러시아의 본능이랄 수 있다. 시베리아에서 가장 가까운 부동항은 조선에 있으므로 러시아가 조선을 노리지 않을 리가 없다.
 위안스카이는 되풀이해서 설명했다. 문장으로 만든 적간론보다도 얼굴을 마주 대한 필담 쪽이 훨씬 구체적이었음은 당연했으리라. 그는 묄렌도르프의 책략을 매우 노골적인 표현으로 비판했다.
 "그런 인간을 고용하고 있으면 나라를 도적 맞고 맙니다."
 이런 말까지 듣고 묄렌도르프를 그냥 둘 수는 없다. 묄렌도르프는 청국 측으로부터 해임되었지만 조선정부에 '전환국차사(典圜局差使)'로 고용되어 있었다. 고종은 퇴직금으로 3개월 분의 급료를 주고 그를 해임하기로 했다.

실업자가 된 묄렌도르프는 위안스카이를 찾아가 "뭐 일거리 없습니까?"하고 취직 운동을 했다. 이것도 〈용암제자기〉에 기록돼 있는 일인데 사실이라면 묄렌도르프도 대단한 철면피다. 위안스카이를 찾아갔다고 하면 취직 운동의 이름을 빌어 청국 측의 정세를 살피려 한 것임에 틀림이 없다.

위안스카이가 대원군 송환의 임무를 마치고 톈진으로 돌아간 날은 9월 18일이었다. 위안스카이는 곧바로 직예총독 리훙장에게 보고를 했다. 리훙장은 위안스카이의 보고를 들으며 '흠, 흠' 하며 연신 고개를 끄떡였다. 보고 도중에 질문은 하지 않았다. 위안스카이의 보고는 그만큼 요령이 있었다. 보고를 다 들은 리훙장은 "공서(公署)가 약하군"이라고 말했다.

위안스카이는 대원군 송환에 관한 일, 러시아와 묄렌도르프의 암약, 조선의 정치 상황 등에 관해 보고를 했을 뿐이다. 조선에 주재하는 공서의 활동상에 대해서는 한마디도 언급하지 않았다. 그런데도 리훙장은 공서의 일을 입에 올렸다.

"예."

위안스카이도 대답했다. 서울 공서의 천쑤탕은 아무래도 무게가 없는 듯 했다. 꼭 집어 이렇다 할 결점은 없었지만 관록이 모자랐다.

"개조해야겠는걸."

리훙장은 턱수염을 훑어 내렸다.

"명칭도 바꾸는 편이 좋겠습니다."

"상무 공서라……이름도 약해."

"영사관이라고 밖에는 여겨지지 않습니다."

"쉬청주가 겸임을 신청하고 있어."

리훙장은 변함 없는 어투로 말했다.

쉬청주는 주일 공사이다. 주일 공사가 주조선 공서의 우두머리를 겸임하려고 한다는 것이다.

"그건 한 번 생각해 봐야 할 일이군요."

"나도 반대야."

리훙장은 대수롭지 않게 말했다.

'조선은 동양의 발칸'이라고 말해지던 무렵이다. 조선은 국제 정국의 하나의 커다란 요충이 되어 있었다. 청일 양국 외에 이 2년 사이에 영국, 미국, 독일, 러시아, 이탈리아가 각각 조선과 조약을 맺었다. 프랑스가 교섭에 들어갈 것이란 정보도 있었다. 러시아는 주조선 공사를 임명했다. 외국이 조선을 중시하기 시작했는데도 청국은 주일 공사를 겸임시킨다는 것은 확실히 생각해 볼 일이었다.

"이노우에 가오루의 의견이 아닙니까?"

위안스카이가 이렇게 물었다.

주일 공사 쉬청주는 반년쯤 전에 일본의 외무경 이노우에 가오루와 면담을 했다. 그 때 이노우에 가오루는 쉬청주에게,

"귀국의 조선 주재 책임자는 보다 결단력이 있는 인물로 바꿔주셨으면 좋겠군요. 그리고 만약 신임이 정해지면 그 사람이 일본을 방문하길 희망합니다. 조선 문제에 밝은 귀하로부터 유익한 교시를 얻을 수도 있고, 우리나라 관계자들도 면담하여 의견 교환도 할 수 있을 테니까요. 그렇게 된다면 조선 주재의 우리나라 공사와도 원만하게 잘해 나갈 수 있겠지요."

라고 말했다. 쉬청주는 이노우에 가오루과의 면담 내용을 자세하게 리훙장에게 보고했었다. 위안스카이는 그 사실을 숙부인 위안보우링으로부터 듣고 있었다. 특히 조선에 관한 한 위안스카이는 누구보다도 '통'이라는 자신을 갖고 있었다.

리훙장의 눈이 번쩍 빛났다.

'어떻게 알고 있지?'

그렇지만 이내 그 경로를 눈치챘다. 쉬청주의 보고를 위안보우링에게 보였던 것이다. 위안보우링은 조선을 정치 재산으로 하고자 하는 조카 위안스카이에게 조선에 관한 일이라면 무엇이라도 알려 주었을 것이다. 아니 리훙장 자신도 조선 관계의 일을 위안보우링에게 들려 줄 때 그것이 한 젊은이 즉 위안스카이의 귀에 들어갈 것을 예상하고 있었다.

"하하하."

리훙장은 크게 웃음을 터뜨렸다.

"외국 정객의 의견이 반드시 우리 쪽에 좋지 않다고는 말할 수 없어. 그러나 천쑤탕 총판으로는 역시 곤란해."

총판의 직에 있는 천쑤탕은 지나치게 신중하다.

'너무 근후하여 재지(才智)가 부족하다.'

이것이 이노우에 가쿠고로의 천쑤탕 평이었는데 그것에 대해서는 리훙장도 동감이었다. 이노우에 가쿠고로가 볼 때는 같은 테이블에 둘러앉아 마작을 하고 있는 상대가 너무 움직임이 더딘 것과 같은 셈이었다. 외교의 상대도 때리면 울리는 종과 같이 반응이 빠른 상대가 아니면 리듬이 헝클어져 일하기가 힘들어진다. 그렇지만 그것보다 더 이노우에가 말하고 싶었던 것은 조선에 주재하는 청국의 책임자는 일본을 잘 알고 있는 인물이 아니면 곤란하다는 점이었다.

'일본을 가장 잘 알고 있는 사람은 주일 공사인 바로 나. 그렇다면 내가 겸임해도 좋겠지.'

쉬청주는 이렇게 생각했다.

1885년 청국이 공사를 파견하고 있던 나라는 일본, 영국, 미국, 독일, 프랑스, 러시아, 스페인, 페루, 이탈리아, 오스트리아, 네덜란드, 벨기에 등 12개국이었다. 그 중 쩡궈후안의 아들인 쩡찌저가 영국과 러시아 양국의 공사를 겸임했다. 7월에 류우루이로우[劉瑞芬]와 교체하게 되는데 류우루이로우도 영, 러 두 나라 공사를 겸임했다. 또한 쉬찡청[許景澄]은 독일, 프랑스, 이탈리아, 오스트리아, 네덜란드, 벨기에 등 무려 6개국 공사를 겸하고 있었다.

그러므로 청국은 12개국과 공사를 교환하고 있는 데도 공사는 4명만이 파견되어 있을 뿐인 셈이었다. 그리고 4명 중 전임은 일본 공사인 쉬청주 단 한 사람이었다. 쉬정주가 산난히 겸임이란 말을 끄집어내고 리훙상에게 신정을 한 것도 이러한 당시의 상황으로 볼 때 기이한 일은 아니었다.

"그렇습니다. 좀더 과단성이 있는 사람이 좋겠지요."

위안스카이도 동의하고 나섰다.

"쉬청주에게는 일본 일이나 몰두하도록 해야지. 조선에는 머리가 비상하고 과단성이 있는 인물을 보내기로 하지. 그런 인물은 이미 정해져 있다."

"그건 저를 말씀하시는 거지요."

위안스카이는 뺨에 살짝 손을 갖다 댔다. 그는 부끄러울 때는 언제나 그런 제스처를 보였다. 실제로는 전혀 부끄럽지 않았지만.

"하하하. 역시 눈치가 빠르군."

리훙장은 웃으며 말했다.

"기대에 어긋나지 않도록 노력하겠습니다."

위안스카이는 자세를 가다듬으면서 말했다.

"우따정의 학식은 풍부하지만 기재(奇才)라고는 말할 수 없지."

리훙장의 이 발언은 당돌하게 들리긴 하지만 결코 그렇지는 않았다. 정연하게 맥락이 갖추어져 있었다.

조선 주재의 책임자로 얼마 전 갑신정변의 조사를 한 바가 있는 우따정이 취임 운동을 하고 있는 기색이 있었다. 위안스카이의 귀에도 그 정보는 들어가 있었다. 리훙장도 위안스카이가 그 정보를 알고 있을 거라는 전제 아래 위와 같은 발언을 한 것이었다. 진사 출신의 우따정은 훌륭한 경력과 금석학의 태두로서 뛰어난 학식을 소유하고 있었다. 그것만으로도 마땅히 존경받아야 할 점이지만 목하 긴요한 직책인 주조선 공사급의 역할에는 그다지 걸맞지 않았다. 이 자리에는 '기재'가 필요했다. 리훙장은 학자로서의 우따정은 인정하지만 기재로서 평가하진 않았다.

"기재는 역시 바로 접니까?"

위안스카이는 넉살 좋게 말했다. 리훙장은 떫은 표정을 지었지만 그래도 고개를 끄덕였다.

"빨리 출발해야 한다."

리훙장은 이렇게 말끝을 맺었다.

# 3

 청국에 있어서 조선은 순수한 외국이 아니었으므로 공사라는 명칭은 사용치 않는다. 그러나 실질적으로는 공사의 인선이다. 이 무렵 대사라는 말은 대국이 대국에 파견하는 전권대관에게만 붙여졌다. 청국은 국제 정치상의 대국, 즉 열강은 아니었으므로 외국 주재 책임자는 모두 공사였다. 그 신분은 이품 또는 삼품의 대우로써, 내정(內政)의 순위로 따지자면 도원, 성포정사(省布政使), 내각의 각성(各省) 차관 등에 상당한다고 할 수 있다.
 위안스카이는 경력이 부족하였으므로 그를 추천하기 위해 리훙장은 약간의 테크닉을 부려야 했다.
 '담력이 있고 지략이 뛰어나, 대세를 능히 파악하며……'
 이런 식의 인물론만이 아니고 고종으로부터 '조선의 풍속을 잘 알며 일을 처리함에 능숙한 위안스카이'를 파견해 달라는 요청이 있었던 것으로 하기로 했다.
 리훙장은 9월 21일, 위안스카이를 기용하는 주문을 조정에 올렸다. 위안스카이가 직예총독 공서를 방문하여 귀국 보고를 한 3일 후의 일이었다.
 조정이 정식으로 위안스카이를 조선의 책임자로서 '훈령'을 내린 날은 그 이틀 후인 9월 23일(양력 10월 30일)이었다.
 "지(旨)를 받들어 도원으로 임명하며, 삼품의 직함을 줌."
 도(道)라는 것은 성(省)에 이은 대행정 구획이었다. 대만이 아직 복건성 관할 하에 있을 때 그곳은 대만도였으며 그 장관이 도원이었다. 도원은 본래 정사품이지만 특별히 삼품관의 대우를 해준다는 뜻이었다. 1년 전 쉬청주가 주일 공사로 배명되었을 때도 역시 '도원'으로 임명되었었다. 앞서 위안스카이가 조선에 주재하고 있을 때 그는 '동지(同知)'로 임용되었는데 동지는 지부(知府) 아래의 정5품관에 상당했었다.
 서울의 공서도 개조되었다. 그전까지 상부공서로 불리어 총영사 관적이었던 것을 이번에는 공사관적인 것으로 확대시켰다.

위안스카이의 정식 직명은 '주찰조선총리교섭통상사의(駐紮朝鮮總理交涉通商事宜)'라는 것이었다. 직역한다면 조선에 주둔하며 교섭이나 통상에 관한 사항을 총리한다는 것이다. 천쑤탕 시절은 상무뿐이었지만 이번에는 '교섭'이 불어났다. '교섭'이란 즉 '외교'를 가리킨다. 단순한 명목뿐이더라도 청국은 조선을 속국으로 간주하고 있었으므로 외교라는 용어를 피하여 '교섭'이란 단어를 사용한 것이다. 천쑤탕은 총판이라고 불렸지만 위안스카이는 총리라고 부르게 되었다.

공서의 인원도 천쑤탕 총판 시대에는 12명이던 것이 개보 확대에 의해 거의 배나 불어나 22명이 되었다. 청일전쟁 직전에는 이것이 다시 54명으로 불어난다. 더구나 이 수치에는 인천, 부산 등의 분서 요원은 포함되어 있지 않았다.

10월 7일 위안스카이는 리인우[李蔭梧], 요오원조우[姚文藻] 등과 더불어 조선에의 부임길에 올랐다. 리인우는 인천, 요오원조우는 원산의 책임자였다.

서울의 공서에는 총리 위안스카이 아래의 두 사람의 수행원이 있었다.

탄껑요우[譚賡堯]와 쨩청토우[張承濤]였다. 영문 번역 담당은 탕쏘우이가 맡았고, 일문 번역이 장광보(張光甫), 조선 통사(朝鮮通事)는 김대용(金大用)이 각각 위안스카이의 스탭이었다. 훗날의 거물 탕쏘우이의 신분이 너무 낮은 느낌이다. 그렇지만 급료를 보면 탄껑요우와 쨩청토우 등 수행원이 80냥인데 비해 탕쏘우이는 120냥이었으므로 상당히 우대를 받은 셈이다. 일문 번역의 장광보가 받은 30냥도 조선 통사의 15냥에 비하면 배인 것이다. 인천과 부산 분서의 책임자는 2백 냥이었다.

위안스카이의 자만은 짐작하고도 남는다. 이제 겨우 만 26세에 지나지 않는다. 당당한 진사 출신의 대학자 우따정이 나이 오십에 주조선 공사의 직을 노렸지만 그걸 따돌리고 취임한 것이다. 위안스카이가 어깨를 흔들거리며 인천에 상륙했음은 두말 할 필요도 없다. 위안스카이가 고종을 알현한 날은 10월 15일이다. 양력으로는 11월 21일 토요일이다.

"여하튼 군대가 없다면……."

고종은 모든 것을 무력으로 결론지으려는 듯한 말투였다. 때로는 청국의 말을 듣지 않았던 적도 있었지만 그것은 청국의 주둔군이 철수했기 때문이라고 변명했다.

"만약 대군의 파견을 요청하게 된다면 청나라에게만 부탁을 하겠소."

고종은 이런 말을 했다.

기이하게 여겨질지 모르지만 고종은 위안스카이에게 출병을 요청한 셈이다. 고종의 발언은 자신의 의사만으로는 행하지 않는다. 반드시 명성황후의 의사가 함축되어 있었다.

조선의 한 국가로서의 의사가 '독립'이라는 것은 말할 필요도 없다. 이것은 긴 세월 동안의 비원이었다. 그러나 독립 이전에 세력 다툼이 벌어졌다. 일본을 배경으로 하는 개화파에 대해 민씨 일족의 소위 사대파는 힘으로써 이에 대항해야 했다. 그 때문에 일본이 아닌 청국의 무력을 필요로 했다.

그렇지만 대원군의 석방, 송환에 의해 민씨 일파에게는 청국은 힘이 되지 않는다고 하는 의식이 강해졌다. 명성황후의 최대의 숙적인 대원군을 되돌려 보내는 따위는 민씨 일파에 대해 우호적이라고 여겨지지 않는 행위였다. 청국에 기댈 수 없다면 다른 나라에 '보험'을 들어두지 않을 수 없다. 민씨 일파가 러시아로 눈을 돌린 것은 어쩌면 당연한 일이었다. 그렇지만 러시아와 손을 잡는 데 대해 청국은 몹시 신경질적이었다. 변명을 준비해 두지 않으면 안 된다.

나라를 다스리고 치안을 유지하기 위해서는 무력을 갖지 않을 수 없다. 그 때문에 여러 차례 군대의 파견을 요청했지만 항상 거부당했다. 이렇게 되면 조선이 다른 나라의 무력에 의지하려고 나오는 게 당연한 것이리라.

신임 위안스카이에게 군대 파견을 언급한 것뿐만이 아니다. 고종은 리훙장을 통해 청의 조정에 '주자(奏咨)'의 문서를 낼 때마다 견병주방(遣兵駐防)을 청하고 있었다.

일본과의 사이에 '톈진조약'을 맺고 있던 청국은 조선에 출병하기 위해서는 일본에 통고를 해야만 한다. 아마도 일본은 그런 통고를 받으면 같은 수의 군대를 파견하려 들 것임에 틀림이 없다. 그야말로 특별한 사정이 없는 한 청국의 출병은 불가능한 일이다. 조선 측도 그런 점을 알면서도 출병을 요청하는 것이다.

"일본과의 조약으로 대군을 상주시킬 수는 없습니다만 인천에는 청국 군함이 항상 몇 척은 정박하고 있습니다. 만약 무슨 일이 생기면 군함이 어떻게 해줄 것입니다."

위안스카이는 고종에게 이렇게 대답했다.

고종을 알현하기 전에 위안스카이는 리훙장으로부터 위탁받은 용건을 거의 마무리짓고 있었다. 그것은 묄렌도르프를 청국으로 송환하는 일이었다. 묄렌도르프는 청국, 조선 양쪽에서 다 해임되어 있었으나 여전히 조선에 잔류하고 있었다. 개인으로서 잔류하는 건 자유지만 그가 조선에 있는 한 러시아와의 사이를 중개하려고 들 것은 뻔했다. 조선의 내정뿐 아니라 청국 측의 안방 사정까지도 훤히 알고 있는 인물이다. 아무래도 조선에 남겨 두는 것은 위험하다.

인천에 도착한 다음 위안스카이는 묄렌도르프를 만나 정력적으로 설득을 했다.

"당신은 학자입니다. 국제 정국의 수라장에서 암약하는 일 따위는 당시에게는 걸맞지 않습니다. 만주 문헌의 수집을 하고 계시다고 들었는데 그쪽이 훨씬 당신과 어울립니다. 중당도 만약 당신이 만주 문헌의 수집과 연구를 계속하실 의향이라면 가능한 범위 내의 원조를 하고 싶다고 말하고 있습니다. 어떻습니까?"

위안스카이는 그답게 '원조'의 구체적인 안도 제시했다. 묄렌도르프는 마음이 움직인 듯하다.

현재 조선의 경제 혼미 상태를 봐서 재정 고문으로서의 묄렌도르프의 업적은 마이너스 점수가 붙은 것이었다. 또한 러시아를 조선으로 끌어들이는 문제는 묄렌도르프가 조국 독일 정부의 지시를 따라 움직이고 있는 것이었으므로 자신은 그다지 적극적이지도 않았다. 몇 해 전에 독일, 러시아, 오스트리아의 3국동맹이 성립되었다. 조선에 한 발 늦게 눈을 돌린 독일로 볼 때는 조선에 압도적인 영향력을 행사하는 나라의 출현만이 걱정이었다. 러시아를 끌어들이는 것은 청일 양국 혹은 미, 영, 불에 대한 견제의 의미에 지나지 않는다. 러시아가 공사를 조선에 파견한 지금에 와서는 묄렌도르프의 활동도 제한을 받을 것이었다. 이런 일이 과연 남자의 일생을 걸 만한 것일까 묄렌도르프는 회의의 기분이 되어 있던 참이었다.

만주 문헌의 연구에 있어서 그는 적어도 유럽인 중에서는 제1급이었다. 후세에 이름을 남기는 데는 외국 공사의 상담역을 하는 것보다 하고 싶은 연구를 하는 편이 좋다. 또한 원조도 받을 수 있다.

생각한 끝에 묄렌도르프는 위안스카이의 권고를 받아들이기로 했다.

위안스카이가 조선 국왕을 알현했을 시점에서는 묄렌도르프는 조선 퇴거를 승낙만 했을 뿐 아직 인천에 머물고 있었다. 그러나 얼마 지나지 않아 그는 청국 군함 '초용'으로 텐진을 향해 떠났다.

묄렌도르프의 이 선택은 현명한 것이었다고 할 수 있다. 1901년 영파(寧波)에서 죽을 때까지, 아니 죽은 뒤에도 학자로서의 명성을 간직할 수 있었다. 그의 〈만어문전〉은 현재까지도 통용되는 명저이며, 문헌 수집 해제(解題)의 업적도 크다. 그의 장서는 중국에서 발간된 것은 베를린 도서관에, 유럽에서 간행된 것은 베이징 도서관에 보존되었다. 2차에 걸친 대전을 겪으면서도 둘 다 무사히 보존되었다.

묄렌도르프 일도 무사히 해결되었고 조선 궁정과의 관계도 그럭저럭 괜찮았다. 일본의 다케조에 공사는 당연히 경질되었는데, 신임 일본 공사 다카히라 고고로[高平小五郎]와 위안스카이는 신기하게도 서로 배짱이 맞은 듯하다.

위안스카이는 이 1885년부터 청일전쟁이 시작되어 귀국한 1895년까지 꼭 9년간을 주재한 청국의 최고 책임자였다.

## 4

〈용암제자기〉 등 위안스카이의 조선에서의 행동을 기록해 놓은 문서는 처음부터 조선을 '한(韓)'이라고 표기하고 있다. 그러나 '한'이라는 국호는 청일전쟁 후인 1897년이 되어 비로소 정식으로 채택한 것이었다. 따라서 여기서는 역시 조선이라는 명칭을 써야 할 것이리라.

총리라는 무시무시한 계급으로 위안스카이가 세번째 조선 땅을 밟은 뒤, 묄렌도르프를 설득하고 국왕을 알현한 직후에 항간에는 묘한 소문이 퍼져 나갔다.

"김옥균이 수천 명의 병졸을 거느리고 일본에서 공격해 온단다. 왕을 납치하여 강화도에 터를 잡을 계획이란다."

이런 것이었다.

위안스카이는 주일 공사 쉬청주나 서울의 일본 공사 다카히라로부터 일본에 관한 정보를 자세히 듣고 있었기 때문에 '김옥균 침공'이 아무 근거도 없는 뜬소문이란 사실을 알고 있었다. 그렇지만 김옥균 일파를 숙청한 현재의 조선 요인들은 국왕 이하 모두가 전전긍긍하고 있었다.

"그런 건 있을 수 없는 일입니다. 절대로 염려하실 필요가 없습니다. 그러나 만일을 위해 해안 지방의 경비를 엄중히 합시다. 해상에도 선박을 띄워 순시를 시키겠습니다. 김옥균이 정말로 쳐들어온다면 반드시 생포하겠습니다."

위안스카이는 그들에게 이렇게 다짐을 했다.

갑신정변에 실패한 김옥균은 일본으로 망명했는데 그 실정은 초라한 것이었다. 수천의 병사를 이끌고 조선으로 쳐들어 올 정도의 좋은 상황이 아니었다.

쿠데타에 실패한 김옥균이 인천으로 달아나 일본 배를 타려고 하다 다케조에 공사에게 거절당했다는 사실은 앞서 말했다. 결국 이노우에 가쿠고로와 선장 츠지가쿠 사부로[辻覺三郞]의 노력으로 배를 얻어 타고 일본으로 망명할 수 있었다. 다케조에라고 하면 김옥균이 보기에는 쿠데타의 배경이었다. 결행 직전에 방문하여 다짐도 했다. 소위 혈맹의 동지인 셈이었다. 그런데도 불구하고 조선에 남겨 두면 학살당할 게 뻔한 김옥균이 '천세호'에 오르는 것을 왜 거부했을까?

갑신정변과 일본과는 아무 관련도 없다고 주장하고 싶었기 때문이었다. 이것은 다케조에의 인간으로서의 자질 문제가 아니다. 국익이라는 국가 이기주의가 다케조에의 행동에 표현되었을 뿐이다.

갑신정변의 배후에 후쿠자와 유키치와 고토 쇼지로가 있었던 것은 모르는 사람이 없었다. 이노우에 가쿠고로는 그 대리인이었다.

만약 성공했더라면 일본은 그 '지원'을 들고 나왔을 터인데 실패하고 보니 일체 관계없음으로 뭉개버리려고 했다.

그런 상황이었으므로 일본으로 망명한 김옥균이 행복할 리가 없었다.

후쿠자와 유키치는 김옥균과 같은 인물을 조종하여 일본의 국익에 맞는 정권을 수립하려고 했다. 이에 실패하자 방향을 전환한 것이다. 후쿠자와의 유명한 탈아론(脫亞論)은 바로 이 1885년에 쓰여졌다. 그다지 길지 않은 그 문장은 다음과 같이 끝을 맺고 있다.

이것은 가령 서로 지붕을 맞대고 있는 한 마을, 한 거리의 사람들이 어리석고 무례하며 그 위에 잔인 무정할 때, 진귀하게도 어느 한 집의 사람만이 정당하게 처신하더라도 그것이 다른 이들의 추함에 파묻혀 버리고 마는 것과 마찬가지다.

그 영향이 사실로 나타나 간접적으로 우리 외교상에 지장을 일으키는 경우도 실로 적지 않아 우리 일본국의 일대 불행이라고 해야 할 것이다. 그렇다면 지금 우리나라가 이웃 나라의 개화를 기다려 함께 아시아를 일으키기 위해 주저해서는 안 된다.

그것보다는 서양의 문명국과 진퇴를 함께 하여 청국, 조선을 상대할 때도 이웃 나라라 하여 특별히 사양치 말고 서양인이 이들을 다루는 방법대로 처분해야 할 것이다. 악우(惡友)와 친하게 지내는 자는 함께 그 악명을 벗어날 수 없다.

내가 생각하기로는 아시아 동방의 악우를 사절해야 한다는 점이다.

이것을 탈아입구론(脫亞入歐論)이라고 하는데 바꿔 말하면 '입열강론(入列强論)'이다. '서양인이 이들을 다루는 방법대로 처분해야 할 것이다' 라는 말은 마치 제국주의 선언과 같았다.

악우를 사절한다는 것이므로 김옥균도 절교할 나라의 사람이니까 후쿠자와로부터 냉담한 대접을 받았음은 당연했다.

일본어에 능통했으므로 김옥균의 잠복 생활은 그렇게 곤란하지는 않았던 모양이다. 대판, 신호, 도쿄 등에 살았고 한번은 유마(有馬) 온천에 가 있는 것이 목격되어 신문에 기사화된 적도 있었다. 1885년 9월 17일의 〈조야신문〉에는,

일국의 정권을 쥐고 개화당의 영수로 추앙되던 김옥균 씨도 하루아침에 무너져 고객이 되어 우리나라에 떠밀려 오게 되었는데, 냉엄한 인정의 현실로 볼 때 어제의 친구도 오늘의 남이 되는 것이건만 변함 없이 의절을 지켜 동씨(同氏)와 신산(辛酸)을 함께 하는 두 사람이 있다.

라며 김옥균의 추종자 코사카 키지로[小坂龜次郎]와 이토 킨요시[伊藤金吉]를 소개하고 있다. 망명객인 김옥균에게는 이 두 사람의 급료를 지불할 여유도 없었지만 둘 다 아무 불평 없이 김옥균을 모시고 있다는 내용이었다. 이 기사는,

어제의 동씨와 친밀히 교제하고 있었음에도 불구하고 지금은 세상의 혐의를 구실로 그를 멀리하고 있는 자들에게 이 사실을 들려준다면 과연 어떤 감정을 일으키겠는가고 어떤 사람으로부터 기송(寄送=편지)이 있었다.

라고 맺고 있다.

박영효는 일본에서 미국으로 건너갔다.

위안스카이가 대원군을 송환하기 위해 서울로 향하고 있을 무렵 일본의 신문은 망명중인 김옥균이 불전(佛典)을 가까이하고 있다는 소식을 실었다.

일족의 유력자를 김옥균에게 살해당한 민씨 일파의 증오는 무시무시한 것이었다.

김옥균의 아버지 김병태는 체포되었고 어머니와 누이는 자살했다. 동생인 김각균은 체포된 뒤 옥사했다. 김옥균의 처와 딸도 투옥되었다. 그의 죄는 사건과 관계가 없었던 일족들에게까지 영향을 미쳤던 것이다.

## 제11장 인내천

1

19세기의 외압은 서서히 조선 사람을 억눌러 왔다. 적어도 중국이 아편전쟁에서 받은 것 같은 전격적인 충격은 아니었다. 단 한 방에 눈을 뜬 것이 아니라, 어쩐지 으스스해져 반쯤 눈을 뜨고 잠결에 눈을 비비며 일어나 주위를 둘러보니 아무래도 굉장한 일이 생긴 것만 같은 생각이 들었다. 대충 그런 느낌일 것이리라.

19세기 초엽에 조선에서는 천주교에 대한 탄압이 있었다. 소위 말하는 '신유사옥(辛酉邪獄 또는 辛酉迫害, 1801년)'이다. 조선의 천주교 신자가 프랑스인 선교사에게 군사적 원조를 요청하는 편지를 보낸 것이 당국에 발견되면서 탄압은 시작되었다. 그리고 탄압 대상은 천주교에만 국한되지 않고 천주교 이외의 이단 사상에까지 번졌다. 조선의 정통 사상은 주자학이었다.

예로부터 조선에서는 격렬하게 어느 한쪽으로만 밀어붙이는 경향이 강하게 존재하고 있는 듯하다. 유학이 정통 사상으로 인정되면 불교는 눈에 띄게 쇠퇴했다. 공존은 곤란했던 것이다. 유학 중에서도 주자학 일변도였고, 그 주자학도 교조화의 경향이 많아 다른 파를 배척하려고 했다. 천주교 탄압이 계기가 된 조선의 이단에 대한 탄압은 지식층을 위축시켜버리고 말았던 듯하다.

 신유사옥이 있은 뒤 농민의 반란이 눈에 띄게 많아졌다. 지식층의 저항이 그림자를 감추었기 때문이었다. 신미년(1811년)에 홍경래가 지도한 민란이 평안도에서 일어났다. 이 반란은 정부군에 의해 진압되었지만 각지의 지방적인 민란은 그 뒤로도 꼬리를 물었다. 처음에는 발작적이고 감정적이었던 민란도 차츰차츰 이론과 조직을 갖추게 되었다. 이것은 조선이 '웨스턴 임팩트(서양으로부터의 충격)'를 받기 시작하던 시기와 겹치고 있다.

 시기적으로 위기감이 팽배한 시대였다. 최제우가 일종의 신흥 종교인 '동학'을 일으킨 것은 1860년의 일이었다. 중국에 전격적인 일격을 가한 아편전쟁으로부터 이미 20년 정도가 지나고 있었다. 한창 태평천국전쟁이 격심하던 때이며, 인도가 영국의 직할지가 된 2년 후였다. 이 해 영불 연합군이 베이징을 점령했고, 러시아는 우스리 강 이동(以東)의 청국령을 점거했다. 이웃 일본에서 '사쿠라다[櫻田] 문 밖의 변(18명의 존양파에 의한 大老 井伊直弼 암살 사건)'이 일어난 것도 바로 이 해의 일이었다.

 최제우는 경상북도 경주군 사람으로 1824년, 저음의 이름은 복술(福述)이었으며 몰락 양반 출신이었다. 양반은 문관과 무관 즉 문무관을 의미하며 조선의 지배 계급을 이르는 말이다. 최제우는 양반이라고 해도 어릴 때 부모를 잃어 빈궁 속에서 자라났다. 다만 유년 시대부터 한학만큼은 빈틈없이 배웠다. 결혼한 다음은 처가인 울산으로 이주했다가 다시 각지를 떠돌아다녔다. 1860년 4월, 만 36세가 된 그는 천주의 강림을 감득했다고 칭하며 '동학'을 펴기 시작했다.

 '웨스턴 임팩트'에 대한 동방 문명권 사람들의 반응은 '서양은 물질 문명이 발달해 있다. 그렇지만 정신 문명에서는 동이 위다'라고 하는 것이 전형적이었다. 일종의 억지 논리라고 해도 좋으리라. 그러나 최제우의 생각은 그런 것에서 한 발 벗어나 있었다.

 인도의 무갈 제국을 넘어뜨리고, 중국의 청조에 치명적인 타격을 준 서양의 힘은 결코 물질 일변도는 아니었다. 그것만으로는 그렇게 강한 힘을 발휘할 리가 없다. 정신 '학(學)'도 있을 것이다. 서양의 학, 즉 '서학'이라는 기초 위에서 있음으로 해서 부강해진 것이다. 최제우는 이렇게 판단했다. 이 경우 '학'이란 것은 정신 문명이라고 바꿔 놓아도 된다. 서학은 서양의 정신 문명으로 그 속에는 당연히 천주교도 포함된다.

서양에 지지 않기 위해서는 '서학'에 대해 '동학'으로 대항하지 않으면 안되었다. 그가 품고 있던 위기감은 조선의 민중이 천주교에 빨려들어 서학의 앞잡이로서 조선을 서양에 넘겨주지나 않을까 하는 것이었다.

최제우는 이를 막기 위해 '동학'을 제창한 셈인데 그 기초는 조선의 민간 신앙이었다. 적의 무기를 빼앗아 우리의 무기로 만든다고 하는 전술을 몸에 익히고 있었으므로 그가 주창한 동학 속에는 유, 불, 도 외에도 천주교까지 도입되어 있었다.

'인내천(人乃天)'과 '천심즉인심(天心卽人心)'이 바로 동학의 신념이었다.

인간도 수양을 쌓음에 따라 천이 될 수 있다. 자신의 마음이 그대로 하늘의 마음이 될 수도 있다. 지상에 살면서도 이곳을 천국으로 만들 수 있다. 동학의 실제 면에 있어서는 미신적인 경향이 농후했지만 조선을 칭칭 얽매고 있던 문벌, 지연 등의 연고, 적자 서자의 차별 등을 비판하기도 했다. 그런 의식은 몰락 양반들로부터 큰 지지를 얻을 수 있었다. 그리고 현세 이익을 추구한다는 점에서 민중으로부터도 환영을 받게 되었다.

동학은 순식간에 퍼져 갔다. 어느 세상에서나 괴로움을 겪는 사람들은 종교에서 구원을 찾게 된다. 그러나 조선의 상층부는 동학이 사람들의 불만을 결집하고 있다는 사실에 불안을 느꼈다. 그래서 커다란 반란 조직으로 성장할지도 모르는 동학을 더 늦기 전에 처리해야 한다고 판단했다. 1864년, 동학의 교조였던 최제우는 좌도혹민(左道惑民)의 죄로 체포 처형되었다.

고대에 길은 오른쪽을 존중하여 이것을 정도(正道)라고 했다. 좌도(左道)는 옳지 않은 길이며 단적으로 말해서 사도(邪道)를 의미했다. '좌도술(左道術)'이라고 하면 요술을 가리켰다. 최제우는 사교를 퍼뜨려 민을 현혹시켰다는 죄로 대구에서 처형되었다.

교조의 처형은 도리어 동학의 사람들을 분기시킨 듯하다. 최제우가 죽은 뒤에도 동학의 세력은 죽죽 뻗어났다. 특히 부녀자에 대한 포교는 눈부신 것이었다. 2대 교주 최시형은 빈농 출신이었는데 초대 교주 수난 후 한때 태백산중으로 도망을 가면서도 포교에 힘을 쏟았다. 탄압은 조직을 더 단단하게 해준 결과가 되었다.

동학 2대 교주 최시형은 초대 교주의 처형에서 얻은 교훈으로 조직을 순수한 종교적인 것으로 정리하려고 했다. 정치적인 색채를 지우려고 한 것이다. 그는 초대 교주의 유문(遺文)인 〈동경대전(東經大典)〉을 간행했는데 그 본심은 동학을 종교의 테두리 내에 가두어 두려는데 있었다. 그러나 초대 교주의 유문 간행이라는 사업은 초대 교주가 죄가 없다는 주장과 마찬가지다. 그러한 주장은 바로 정치였다. 최시형은 몹시 조심스러운 인물이었지만 역시 정치로부터 완전히 이탈할 수는 없었다. 이것이 뒷날 그의 비극과 연결되어 진다.

동학의 조직 속에는 최시형과 반대로 정치적인 색채를 더 농후하게 할 것을 희망하는 사람도 있었다. 최제우의 무죄를 밝히는 교조신원운동도 대중을 동원하여 권력에 항거하는 방법이 아니고는 효과가 적을 것임은 두말 할 나위도 없다. 최시형은 가능한 한 권력과의 마찰을 피하려고 대중 운동에는 그다지 적극적이지 않았던 듯하다. 그렇지만 조직은 이미 성장되어 있어서 모든 것이 교주인 그가 마음먹은 대로 되지는 않았다. 동학을 정치화시키는 데 열심이었던 지도자는 전봉준(全琫準)이었다.

전봉준은 1854년에 태어났으므로 최시형보다 27세가 젊다. 젊기 때문에 반드시 과격하다는 법은 없다. 전봉준은 열혈아이긴 했지만 그밖에도 그를 과격파로 내몬 이유가 있었다. 그는 시골의 '독서계급(讀書階級)'의 집에서 태어났다. '녹서계급'이라 해도 말단 관리의 가문에 지나지 않는다. 열혈 기질은 그의 가문의 내림이었는지도 모른다. 그의 아버지 전창혁(全彰赫)은 중앙에서 임명된 군수의 횡포에 분개하여 관가를 습격했다가 붙잡혔다. 전창혁은 장형(杖刑)

에 처해져 죽었다. 곤장으로 맞아 죽은 것이다. 아들인 전봉준은 그것을 보고 있었다. 그의 가슴속에 권력에 대한 증오의 불꽃이 타오른 것은 당연했으리라. 동학의 조직에 들어간 전봉준에게 2대 교주 최시형의 미온적인 태도가 성에 차지 않았음은 물론이다.

동학은 커다란 조직이 되었다. 온갖 경향이 다 그 속에 섞여 있었다. 종교에 머무르는 사람, 정치에 눈을 돌리는 사람, 겁이 많은 사람, 용감한 사람 등 다양한 성격의 사람이 있었지만 그들의 대부분은 어딘가 불만을 갖고 있는 부류들이었다. 여러 가지 불만 중에서 가장 많았던 것이 생활의 빈곤에 대한 불만이었다. 생활은 날이 갈수록 어려워졌다.

조선의 개국은 일본보다 조금 늦었다. 그래서 이제 막 개국을 한 일본이 굳게 닫힌 조선의 문을 억지로 열게 되었다. 영국은 인도 문제(1857년 세포이의 난), 미국은 내정 문제(1861년 남북전쟁), 프랑스는 보불전쟁(1870년)과 안남(安南)의 경영, 러시아는 시베리아의 경영에 저마다 바빴다. 그러나 누구의 손에 의해서든 개국을 하면 조선 사회에 변혁이 일어나는 것은 피할 수 없다. 예를 들면 일본의 상인은 상해에서 영국의 면포를 사들여 그것을 지고 조선으로 팔러 온다. 조선의 영세한 수공업이 타격을 입게 되고, 의류 관계에 생활을 의지하고 있던 사람들이 몰락하는 건 자연스런 과정이다.

주자학적 질서 중시 사상이 지배하고 있던 조선에서 사회적 질서가 흐트러지게 되면 그 영향은 굉장히 크다.

임오군란, 갑신정변 등은 이런 사회적 배경이 깔려 있던 시기에 일어났던 것이다.

# 2

위안스카이가 총리가 되어 조선에 부임한 1885년은 영국과 러시아가 아프가니스탄을 둘러싸고 분쟁을 일으켜 전쟁 발발의 위험성까지 있었다. 러시아는 블라디보스토크에 군함을 집결하고 있었다. 영국으로 볼 때 이것은 홍콩에 대한 위협이었으므로 긴급히 대책을 강구할 필요가 있었다.

영국은 러시아 함대의 남하를 저지하는 거점으로 조선의 거문도를 점령했다. 그 해 4월의 일이었다. 거문도는 전라남도 남방 해상에 있으며 구미인들은 이곳을 '포트 해밀튼'이라고 불렀다. 블라디보스토크에서 러시아의 동양함대가 일본해를 남하하여 대한해협을 통과, 홍콩으로 향하기 위해서는 반드시 통과해야 할 코스에 있었다.

제국주의 열강의 선두를 다투는 영로 양국이 아프가니스탄에서 국경 분쟁을 일으킨 것은 당연하고도 당연한 일이라고 말할 수 있다. 제2차 아프간전쟁에 의해 아프가니스탄이 영국의 보호국이 된 것은 5년 전인 1880년이었다. 러시아는 1868년에 사마르칸트를 점령, 브라하 한국(汗國)을 보호국으로 만들었고 1873년에는 히부아 한국을 정복하여 보호국으로 했다. 러시아의 호칸드 합병은 그 2년 후이다. 1882년에 러시아는 멜부를 점령했다. 배부른 줄도 모르고 팽창하던 두 세력이 언젠가는 국경을 접하여 불꽃을 튀기게 되는 것은 역사의 필연이라 할 수 있다. 중앙 아시아의 국경 분쟁이 동아시아의 정세에 민감하게 반응하는 것도 제국주의 시대의 역사적 필연이라고 해도 무방하리라.

영국은 불법 점거한 거문도에서 요새 공사를 강행하여 영국 국기를 높이 매달았다. 동시에 영국은 청국에 대해 조선이 러시아에 양보하지 못하도록 종주국으로서의 영향력을 행사해 주도록 요청했다. 조선의 재정 고문인 독일인 묄렌도르프가 조선의 궁정을 설득하여 러시아에의 접근을 권유하고 있던 시기였다. 러시아가 군사 교관 파견의 대가로 영흥만의 조차를 요구하고 있다는 정보도 있었다. 영흥만은 강원도에 있는데 한반도 복부의 잘록하게 들어간 부분의 동쪽으로 중요 항만 도시인 원산을 품고 있다.

청국의 리훙장은 영국의 거문도 점령을 승인했다.

'영국이 거문도에 주둔하며 러시아를 막아 주는 것은 청국에게도, 조선에게도 손해가 아니다.'

리훙장은 이렇게 판단했다. 그런 뜻을 들은 주영 청국 공사 쩡찌저는 런던에서 영국의 거문도 점령을 승인하는 조문에 사인을 해버렸다.

조선 궁정이 비밀리에 러시아와 접촉하고 있다는 사실을 리훙장은 동북 지방 관헌으로부터 보고받고 있었다. 조선에 마수를 뻗치려고 하는 러시아에게 영국이 대항해 준다. 이것은 나쁜 일이 아니다. 리훙장은 '이(夷)'를 갖고 '이'를 제압한다는 고풍스런 생각을 하고 있었다.

조선 정부는 묄렌도르프와 엄세영(嚴世永)을 거문도에 파견하여 영국의 불법 점거에 항의했다. 물론 영국은 들은 척도 하지 않았다. 요새 공사는 착착 진행되었다.

조선 정부의 외교 담당 책임자는 김윤식이었다. 그는 주서울 영국 총영사 아스톤에게 거문도 철수를 요구함과 동시에 각국에 조정을 의뢰했다. 각국의 반응이 제각기 제 나라의 국익에 기초를 두었음은 말할 나위도 없다.

영국에 철수를 요구한 나라는 일본과 독일이었다. 일본은 자기들의 세력권 내에 영국이라는 강적이 들어오는 걸 우려하고 있었다. 독일은 조선에 한 발 늦게 왔기 때문에 어느 한 나라의 독점 상태를 환영하지 않았다. 그들은 도토리 키 재기와 같은 상황을 원했다. 그러기 위해서는 러시아의 진출에 의해 조선이 뒤죽박죽 되어 있는 편이 좋았다. 본래 독일인 묄렌도르프의 암약은 다분히 고국의 의도에 따른 것으로 여겨진다.

미국은 영국의 거문도 점령을 어쩔 수 없는 일이라고 인정했다. 현상으로 살펴볼 때 미국과 청국의 의견이 일치했고, 이에 맞서는 측에 일본과 독일이 있었다. 그러나 열강의 각축은 그렇게 단순하지는 않았다. 가령 일본은 영국의 세력권 내 침투를 우려했지만 러시아가 조선으로 진출해 오는 것도 대단한 위협이었다.

러시아는 청국이 영국의 거문도 점령을 인정했다는 사실을 알고 총리아문에 대해,

'만약 청국이 영국의 거문도 점령을 인정한다면 우리 러시아도 다른 도서(島嶼) 혹은 조선국의 일부를 점령할 필요가 있다.'

라고 통고했다.

러시아와 조선 정부 사이에는 묄렌도르프의 중개에 의한 밀약이 있었다. 그 밀약의 취소를 요구하는 일에 대해서는 청국뿐만 아니라 일본과 미국의 의견도 일치했다. 독일은 그 점에 관해서는 모른 척 시침을 떼고 있었다. 러시아는 고립된 꼴이 되어 조선의 영토를 점령할 의도는 없다고 성명을 내기에 이르렀다.

리훙장은 묄렌도르프를 해임하고 그 후임으로 미국인 데니를 조선에 파견했다. 신분은 묄렌도르프와 마찬가지였고, 청국에 고용되어 있으면서 고국의 국익을 우선적으로 고려한 점도 전임자와 닮았다. 이것은 리훙장에게 있어서는 또다시 엉뚱한 표적을 쏘고 만 셈이었다. 데니는 조선 정부에 청국으로부터 독립하기 위해서는 외국의 힘과 손을 잡아야 한다고 그 방법까지 자세하게 일러주었던 것이다.

리훙장이 총리아문에 보낸 편지를 보면 그도 청국의 국익을 중심으로 생각하고 있었다는 사실을 알 수 있다. 조선이 러시아에 기대려고 한 것은 조선에 대한 종주권의 유지를 노리고 있는 청국으로서는 유쾌한 일이 아니다. 그러나 그렇다고 해서 러시아에게 완전히 조선을 포기하도록 해서도 곤란하다고 생각하고 있었다.

'유아재방(有俄在旁), 일단불거생심(日斷不遽生心)'이란 문장이 보인다. '아'는 러시아이고 '일'은 일본이다. 러시아가 있음으로 일본은 야심을 드러낼 수 없다는 뜻이다. 청국에 있어서는 러시아도 쓸모가 있는 망아지였다. 그래서 리훙장은 적극적으로 러시아와 연락을 취하려고 했다.

거문도 사건은 뜻밖에도 제국주의 열강의 허허실실의 흥정술을 백일하에 드러나게 했다고 말할 수 있다. 이 사건은 아프가니스탄의 국경 분쟁이 해결되어 영국과 러시아 간의 긴장이 완화됨으로 해서 자연히 해결되었다. 영국이 거문도에서 철수한 것은 2년 후인 1887년 2월의 일이었다.

겉치레만으로 통하던 시대는 이미 지났다. 리훙장이 경력이 부족한 위안스카이를 등용한 것도 이 젊은 친구가 기재, 즉 복잡 기괴한 정세에 임기 응변으로 대처할 줄 아는 재능을 갖고 있다고 판단했기 때문이었다. 인간적인 무게로 보면 쉰을 넘은 노숙한 우따정 쪽이 훨씬 위였다. 그러나 이 학자 정치가는 때묻은 역에는 걸맞지 않았다. 리훙장의 인선은 친구의 조카라는 연고만이 작용하지는 않았다. 그는 위안스카이의 기용을 적재적소의 적용이라고 믿어 의심치 않았다.

# 3

갑신정변에 관계한 김옥균파에 대한 조선 정부 민씨 일파의 보복은 매우 신랄했으며 또 잔인했다. 1885년 6월 28일치의 〈도쿄일일신문(東京日日新聞)〉은 김옥균의 쿠데타에 가담했던 이석호의 처에 대한 처형 사실을 보도하고 있다.

오전 10시경 옥에서 끌어내어 종로라고 하는 네거리에서 소달구지에 싣고 시중(市中)을 돌아다녔다. 그 상황을 볼라치면 우선 달구지 위에 기둥을 세우고, 그 기둥을 십자형으로 하여 새끼줄로 꽁꽁 묶어 마치 거미줄을 치듯 하였다. 또한 돛단배의 돛을 보는 듯 달구지가 움직이면 덩달아 동요했지만 넘어지지는 않도록 해 두었다. 이 십자가에 죄인을 묶고 기둥 뒷면에는 '반역 이석호 처'라고 크게 쓰인 종이가 붙여져 있었다.

그리하여 시가지를 일주한 다음에야 오후 서소문 밖에서 교형에 처해졌다는 것이었다.

여성이므로 교수형이었지만 남자의 경우는 참수였다. 처형은 본때를 보이는 것이었으므로 옛날부터 공개되었다. 조선도 물론 예외는 아니었다.

앞서 말한 대로 민란이 자꾸 발생하고 있었던 탓으로 이 시대에는 자주 처형 광경을 볼 수 있었다. 조선 시대의 위안스카이와 처형에 관해서는 유명한 에피소드가 있다.

중국에서도 참수, 요참 등의 처형은 공개되고 있었다. 그러므로 위안스카이는 처형 그 자체는 결코 신기하다고 여기지 않았다. 처형 방법도 조선과 중국은 그렇게 다르지 않았다. 서울의 종로대로의 광장에서 자주 처형이 행해졌다. 위안스카이는 몇 번이고 처형을 목격했다. 오락이 얼마 없던 시대에 처형 구경은 일종의 레크리에이션이라고 말할 수 있었다. 처형장에는 언제나 사람들이 웅성거리고 있었다. 위안스카이는 서울에 있을 때 기마로 외출하기를 즐겨했다. 말에 걸터앉아 있으면 구경꾼들의 머리 너머로 처형의 광경이 잘 보였다.

"즐거운 듯하군요, 당신은."

나란히 말을 타고 있던 탕쏘우이가 위안스카이를 보며 말했다. 그 날도 종로 대로의 광장에서는 남자 세 명의 처형이 있었다. 목이 뎅겅 잘리는 순간 위안스카이는,

"솜씨 좋군!"

하며 나지막하게 말하고는 빙글빙글 웃으며 고개를 크게 끄덕이고 있었다. 몹시 즐거운 듯했다. 콜롬비아 대학에 유학하여 약간 휴머니즘의 맛을 본 탕쏘우이는 처형 광경을 진심으로 즐기고 있는 위안스카이의 모습에서 저항감을 느끼고 있었다. 그의 말투에는 비난의 뜻이 역력했다.

"미국에서는 처형을 구경시키지 않는 모양이로군?"

위안스카이가 덤덤하게 물었다.

"사형은 형무소 내에서 집행하지요. 그래도 시골에 가면……."

탕쏘우이는 미국인도 상당히 처형 구경을 좋아한다는 사실을 떠올렸다. 미국의 지방에서는 그 무렵 여전히 비인도적인 사형이 횡행하고 있었던 것이다.

"시골에서는 자주 하고 있는 듯하더군. 흑인의 두 손을 결박하여 이런 식으로 모두에게 구경시키기도 하고. 역시 어디나 마찬가지야. 박수 갈채를 보낸다지 않아?"

위안스카이는 독서는 그렇게 즐기지 않았지만 이야기를 듣는 건 좋아했다. 이런 귀동냥 학문은 그의 부족한 독서 지식을 보충해 주었다.

"미국의 일을 잘 알고 있군요."

탕쏘우이가 말했다.

"베이징에 있을 때 미국 사람으로부터 들은 거야."

위안스카이는 별일 아니라는 듯 대답했다.

'미주알고주알 꼬치꼬치 캐물었을 거야.'

탕쏘우이는 그 광경을 상상할 수 있었다. '그런데? 그래서?'라며 상대를 재촉할 때의 위안스카이의 눈빛을 상상하자 저절로 웃음이 나왔다. 상대인 미국인도 나중에는 곤란해 했을 것이리라.

'당신은 이야기 듣는 데는 명수니까요.'

탕쏘우이가 이렇게 말을 하려고 했는데 곁을 보니 위안스카이의 모습이 보이지 않았다. 바로 조금 전까지 말머리를 나란히 하고 있지 않았던가.

눈앞에 빙 늘어선 사람들의 행렬이 술렁거렸다.

그곳으로 사람들을 헤치고 들어가는 사나이가 있었다. 위안스카이였다. 조선의 관리가 새끼줄을 쳐놓았는데 위안스카이는 그것을 들어 올리고 안으로 들어갔다. 관리가 제지하려고 고함을 쳤지만 위안스카이는 쳐다보지도 않았다. 관리는 고개를 설설 저었다. 상대가 누군지 알았기 때문이었다.

위안스카이는 형리의 곁으로 가서,

"잠깐 그걸 빌려 주게. 내가 쳐 볼 테니까."

라고 중국어로 말했다.

조선의 형리는 중국어는 전혀 몰랐지만 위안스카이의 요구를 알아들었다. 형리가 쥐고 있는 청룡도에 손을 내밀고 있었기 때문이었다. 형리도 상대가 청국 공서의 총리라는 사실을 알고 있었다. 위안스카이는 서울 거리를 거의 매일같이 말을 타고 다녔다.

"청국의 총리다."

왕래하는 사람들은 길을 비켜 주며 이렇게 말했다. 말에서 내려 쇼핑이라도 하면 금방 구름같이 사람들이 몰려들었다. 위안스카이는 이런 식으로 중인의 주목을 받는 게 기분 나쁘지 않았다. 서울에서 위안스카이를 모르는 사람은 한 명도 없다고 해도 과언이 아니었다.

"그리 가볍게 나타나지 않는 편이 좋지 않을까요? 당신은 감국과 같은 인물이니까요."

이렇게 탕쏘우이가 충고한 적이 있다. 그러나 위안스카이는 이를 흘려 들었다.

"인간에게는 외적인 것을 좋아하는 타입과 내적인 것을 좋아하는 두 타입이 있다. 나는 자네와는 다르다."

위안스카이는 이렇게 대꾸했다. 탕쏘우이는 쓴웃음을 지었다. 실은 조선 재임중 탕쏘우이는 여성 관계가 많았다. 위안스카이도 물론 염문에서는 남에게 뒤지지 않았지만 그가 양성(陽性)이었던데 비해 탕쏘우이는 음성(陰性)이었다. 사람의 눈에 드러나는 걸 꺼려했던 것이다. 위안스카이는 자신을 외적 지향, 탕쏘우이를 내적 지향이라고 표현했다.

'감국'이란 국가의 감독자란 의미이다. 종주국이 속국에 파견하는 국정 감사관 등이 바로 '감국'이다. 명칭은 달랐지만 일본이 조선을 합병하기 전의 이토 히로부미는 실질적인 감국이었다. 뒷날 일본이 세운 괴뢰 국가 '만주국'의 경우는 관동군 사령관이 감국에 해당되었다.

감국은 좀더 신중해야 한다는 게 탕쏘우이의 의견이었지만 위안스카이는 그렇게 생각지 않았다. 그는 형리의 손에서 청룡도를 뺏어 든 뒤 그곳에 묶인 채

꿇어앉아 있는 죄수의 곁으로 갔다. 그는 몸을 조금 구부리고 죄수의 얼굴을 들여다보았다. 뭔가 말을 건넨 듯했지만 사형수는 그 말에 대답을 할 만한 상태가 아니었다. 위안스카이는 필경 중국어로 말을 걸었을 것이므로 죄수가 알아들었을 리가 없다.

위안스카이는 하얀 이를 드러내며 웃었다. 약간 고개를 갸웃거리는 몸짓은 마치 장난꾸러기 동자승과 같았다. 손에 쥔 청룡도를 한두 번 허공으로 저었다. 일본도와 달라서 청룡도는 그 무게로 물건을 자르는 것이었다. 그것을 취급하려면 완력이 없고는 불가능했다. 위안스카이는 무술을 배운 적이 있다. 그는 독서보다도 격검과 승마를 좋아했었다. 갖고 싶은 장난감을 손에 쥔 어린 아이 마냥 그는 기분이 좋았다.

청룡도라는 것은 도신(刀身)이 커 보통은 '대도(大刀)'로 불렸다. 손잡이에 청룡이 새겨져 있어서 청룡도라고 불렸는데 대도라고 다 청룡의 장식이 있는 건 아니었다. 대도는 양손으로 사용하는 것과 한 손으로 사용하는 것이 있었다. 한 손으로 사용하는 것은 실전용이어서 다른 한 손에 방패를 쥘 수가 있었다. 처형용으로는 양손으로 쓰는 게 좋았다. 손잡이 끝에 고리가 붙어 있다.

위안스카이는 머리 위로 청룡도를 크게 휘두른 뒤,

"예이—잇!"

하는 날카로운 소리와 함께 내리쳤다.

죄수의 목이 떨어졌다. 붉은 실과 같은 피를 뿜으며. 목은 굴러서 풀밭에까지 굴러갔다. 목이 멈추어 서자 몸뚱아리가 천천히 옆으로 쓰러졌다.

한 마디로 참수라고 해도 그리 간단히 할 수 있는 게 아니다. 형리도 직업상 굉장한 훈련을 쌓는다. 그런데도 형장에서는 실패하는 일이 적지 않다. 한 칼에 목을 날리지 못하면 실패인 것이다.

위안스카이는 가슴을 쫙 펴고 주위를 둘러보았다. 득의만면했다. 그는 관중의 갈채를 기대하고 있는 듯했다. 그러나 그의 기대와 달리 어느 누구 하나 박수를 치는 사람은 없었다. 분명히 아마추어로서 이제 막 위안스카이가 보인 솜씨는 훌륭한 것이었다. 그렇지만 이것은 물구나무서기나 공중제비 놀이와는 달라 갈채를 받을 재간은 아니었다.

위안스카이의 표정이 바뀌었다. 불만스런 모습이 되었다. 대도를 던져버리고 되돌아왔다.

"경솔하셨군요."

탕쏘우이는 꾸짖는 듯 이렇게 말했다.

"그런가?"

"어떤 죄인인지 아십니까?"

"몰라."

"아들이 민란에 참가했다고 해서 붙잡혀 죽게 된 아무 죄도 없는 부친이랍니다. 구경꾼들도 모두 동정하고 있을 터인데."

"잘못되었을까?"

"잘못입니다. 강도나 살인의 범인이라면 또 몰라도 어떻게 해서든 도와주고 싶다고 모두들 동정하고 있는 인간입니다."

위안스카이가 얼이 빠진 듯 형리의 대역을 하고 있을 동안 탕쏘우이는 구경꾼들로부터 사형수에 관한 이야기를 듣고 있었던 것이다.

"알았어, 알았다구."

위안스카이는 말채찍을 휘두르며 말했다.

"앞으로 목을 칠 때는 사형수의 평판을 먼저 물어보고 하지."

탕쏘우이는 목을 움츠렸다.

# 4

1886년 2월 15일 직예총독 겸 북양대신 리훙장은 위안스카이의 일본 방문을 허가했다. 일본의 내각총리대신 이토 히로부미가 위안스카이를 초대하여 도쿄에서 이야기를 나누고 싶다고 제안해 왔던 것이다. 이노우에 가오루 외무경이 청국의 조선 주재 책임자는 일본통인 것이 바람직하다고 청국의 주일 공사 쉬청주에게 말한 사실은 앞서 말했다.

위안스카이는 일본통이라고는 할 수 없다. 그러나 일본 정부로서는 청국의 주조선 고관이 일본의 사정을 알고 있었으면 하고 바랐다. 일본통이 아니라면 지금부터라도 그렇게 되어 주길 바랐다. 이토 히로부미의 제안은 예전부터의 희망을 말한 셈이었다.

리훙장은 위안스카이의 일본행을 허가하면서 '이가자석전혐(以可藉釋前嫌), 유비대국(有裨大局)'이라고 말했다.

김옥균과 일본 공사 다케조에의 합작에 의한 '갑신정변'을 위안스카이가 깨뜨려버렸으므로 그에 대한 일본의 평판은 나빴다.

다케조에도 위안스카이에게 당했다고 술회하고 있었다. 그 때 위안스카이만 없었더라도 조선은 일본의 것이 되어 있었으리라.

일본에 있어서 위안스카이는 악인이다. 리훙장이 말하는 '전혐'이란 위안스카이에 대한 일본의 이와 같은 증오를 가리킨 것이다. 이토 히로부미의 제안에 따라 위안스카이에게 일본을 방문토록 하면 그 개인과 일본과의 사이에 이는 어색한 관계가 조금은 호전될지 모른다. 만약 그렇게 된다면 대국에 비익(裨益)이 될 것이다.

리훙장은 위안스카이를 일본으로 보내면서 이런 기대를 품었다.

그 해 5월에 일본 방문은 실현되었지만, 공사다망한 위안스카이인지라 짧은 시간이었다. 아무리 해도 넉넉하게 일본의 상황을 관찰할 여유가 없었다.

당시의 일본은 태정관제(太政官制)가 폐지되고(1885년 12월), 내각제가 막 발족해 있었다. 총리는 이토 히로부미, 외상 이노우에 가오루, 내상 야마가타 아리토모, 장상(藏相) 마츠가타 마사요시[松方正義], 육상(陸相) 오야마 간[大山巖], 해상(海相) 사이고, 법상(法相) 야마다 겐기[山田顯義], 문상(文相) 모리 아리노리[森有禮], 농상상(農商相) 고쿠센 지요[谷千城], 우체상(郵遞相) 에노모토 다케아키 등이 내각의 멤버였으며 태정대신 산조는 내대신(內大臣)으로 취임했다. 이것은 국체를 존속시키되 정체(政體)를 근저로부터 변혁시키는 형태였다. 당연히 어느 정도 혼란이 있었다. 가령 구로다 기요타카[黑田淸隆]가 내각 인사에 불만이라는 소문이 항간에 떠돌고 있었다. 엽관 운동에 실패한 사람들의 불평의 목소리가 여기저기에 전해지고 있었음에 틀림이 없다.

'녹명관(鹿鳴舘=메이지 시대 일본의 최초의 신식 사교장)'이 화려했던 시대였지만 이 무렵 일본 정부는 긴축 재정을 실시하고 있었다. 그렇지만 그 긴축은 군비 확장을 위한 것이었다. 갑신정변을 당해서도 구로다 기요타카의 강경론, 주전론에 대해 이토 히로부미, 이노우에 가오루뿐만 아니라 군인인 야마가타 아리토모까지도 반대한 것은 현재의 군비로 청국과 장기간 싸우기는 불가능하다는 순전히 군사적인 견지에 의한 것이었다.

위안스카이는 일본을 단기간 방문하여 정체 개혁에 의한 일부의 불만을 '혼란'으로 간주했고, 긴축 재정을 '궁핍'으로 여긴 듯하다. 하여튼 그의 일본 방문은 안한 것만 못한 꼴이 되었다.

이토 히로부미와 구로다와의 대립의 진상을 위안스카이는 몰랐다.

구로다의 '속전론'은 지금부터 3년 이내에 조선에 패권을 확립하지 않으면 준비를 점차 정돈하고 있는 청국이 일본의 실력을 훨씬 초월할 것이며, 그렇게 되면 더 이상 일본에게 기회가 돌아오지 않는다는 이유를 기반으로 하고 있었다.

청불전쟁으로 해군력의 열세를 알아챈 청국은 독일에 철갑선 '진원(鎭遠)'과 '정원(定遠)'을 주문했다. 모두 7천 톤급의 거함이었다. 당시 일본 해군에서 최대의 군함은 3천 톤급에 지나지 않았다. 그밖에 쾌속함 '제원(濟遠)'도 주문했고 그 뒤로도 '치원(致遠)', '정원(靖遠)', '경원(經遠)', '내원(來遠)' 등의 제함도 구입할 예정이었다.

'3년이 지나면 일본은 청국을 맞설 수 없게 된다.'

구로다가 현상을 보고 이렇게 느낀 것도 무리는 아니었다. 그러나 이토 히로부미는 청국의 내정을 더 깊이 알고 있었다.

"3년이 지나면 청국이 강해진다고 하지만 그건 염려 없다. 어쨌거나 청국은 여전히 시를 잘 짓는가의 여부에 따라 문관을 채용하며 궁술의 우열을 가려 무관을 뽑고 있다. 하나도 겁낼 게 없다. 서양인도 말하고 있는 것처럼 청국은 아직 잠에 빠져 있다. 우리들이 염려해야 할 것은 청국이 잠을 깨는 일이다. 지금까지 청국은 잠깐 눈을 떴다가는 다시 잠 속에 빠져버렸다. 러시아와의 분쟁이 일어났을 때 청국은 잠을 깨어 이제까지 하려고 생각지도 않았던 전선 가설을 시작했다. 그러나 1년인가 2년이 지나자 다시 잠이 들었다. 이어서 프랑스와의 분쟁이 일어나 다시 눈을 떴다. 그리하여 7천 톤의 철갑선 '진원'과 '정원'을 구입했다. 이것으로 몇 해 동안 아무 일도 없으면 다시 잠들어버릴 것이다. 그 동안에 우리 일본은 청국을 따라 잡을 수 있다. 지금 조선에서 일을 벌여서는 잠들려고 하는 청국을 흔들어 깨워 그들의 분기를 재촉하는 꼴이 되고 만다."

이것이 이토 히로부미의 의견이었다. 청국의 사정에 대해서는 이토 히로부미가 구로다보다 정보량이 많았고, 그 분석도 훨씬 날카로웠다고 말할 수 있다.

청국은 1885년에 '진원', '정원', '제원'의 군함 세 척을 구입하고 1887년에 '치원', '정원', '경원', '내원' 등 4척을 구입했다. 청불 강화조약이 성립된 것은 1885년 6월이었다. 군함 구입은 이토 히로부미가 말하는 각성기의 일이었다. 1888년에 북양 함대가 창립되어 제독 띵루창이 사령관이 되었다. 청일전쟁은 1894년에 일어났다. 일본은 착착 군비를 확충시킨데 비해 청국은 1887년 영국, 독일로부터 4척의 군함을 구입한 뒤 전쟁 발발 때까지의 7년 동안 단 한 척의 군함도 구입하지 않았다.

청국에도 군함 확충을 위한 예산은 있었다. 그것을 서태후가 자신의 별장인 이화원 건조에 유용해버렸다. 군사비 유용을 허락한 대신들에게도 책임은 있지만 이것은 역시 '수면'하고 있었다고 할 수밖에 없다.

도쿄에서 일본의 수뇌는 위안스카이에게 12조의 요망을 제출했다고 한다. 요컨대 조선의 자주권을 존중하라는 것과, 서양 제국이 파고들 틈을 주지 않도록 조선에 관해서는 청일 양국이 협력하자는 것이었다.

지금까지 몇 차례 말한 바와 같이 종주국이라는 명목은 있었지만 19세기 조선이 개국에 이를 때까지 청국은 이것이라고 꼭 집어낼 만한 간섭은 하지 않았다. 조선은 충분히 자주적으로 행동하고 있었다.

청 초 조선은 동지, 원단(元旦) 및 만수성질(萬壽聖節=청국 황제 탄생일)에 정기적으로 사자를 보내고 있었다. 이것은 연공사(年貢使), 동지사(冬至使), 영력사(迎曆使)로 칭하고 있었다. 옹정 연간(雍正年間 : 1723~1735)에 이 3사를 합병하여 1사로 하기로 했다. 그밖에 청국 황실에 경조사가 있으면 그때그때 임시 사자를 파견했다. 또한 조선 왕실도 즉위가 있으면 청국 황제의 칙봉을 받았고, 조사(弔事)가 있으면 베이징으로 고부사(告訃使)를 보냈다.

이와 같이 소위 '교제' 정도였지 정치색은 희박했다.

1882년 6월에 동인도 회사의 상선 암하스트호가 조선에 와서 교역을 청했을 때 조선 정부는,

'조선국은 대청국에 복사(服事)하여 다만 대청국의 뜻에 따를 뿐임. 국법은 대청국을 제외한 다른 외국인과의 교역을 용서치 않음.'

이라는 이유로 거절했다. 귀찮은 일이 생기면 청국에 속해 있다는 점을 방패로 들고 난국을 헤쳐 나왔다.

형식적인 종주권을 실질적인 방향으로 돌린 것은 조선과 외국과의 관계가 늘어나고부터인데 그 선봉에 선 나라가 일본이었다. 메이지유신은 역시 민족 에너지의 발로라고 할 수 있다. 상해에서 수입한 영국제 면포를 조선으로 싸들고 갔다고 하는 일본인의 에너지는 결코 개인적인 것이 아니다. 민족의 에너지라고 불러도 좋을 것이다.

그에 따라 청국 상인은 자극을 받았다. 상해-장기(長崎)-인천으로 운반하는 것보다 상해-인천으로 직통 운반하는 편이 가격이 싸게 먹힌다. 청국 상인의 조선 진출이 시작되자 당연히 일본 상인과의 경합이 벌어졌다. 청국과 일본 사이에 조선의 패권을 둘러싼 경쟁이 일어났지만 그것은 자국 상인의 이익 옹호라는 면도 있었다.

위안스카이가 일본을 방문한 1886년에 망명한 김옥균을 에워싸고 일본과 청국, 조선 사이에 알력이 있었다.

조선과 그 배후에 있는 청국에 있어서 김옥균은 조선 궁정의 대신을 많이 죽인 대역죄인이다. 민씨 일족도 조난을 당했다. 당연히 신병 인도를 요구했다.

일본으로서는 '예, 그럽시다' 하고 김옥균을 넘겨 줄 수는 없다. 김옥균은 친일파의 리더이다. 일본을 등에 업고 조선 국정을 개혁하려다 실패하여 일본으로 망명한 것이다. 일본 정부가 만약 조선, 청국의 요구를 받아들이게 된다면 국가로서의 신의가 의심을 받게 될 것이다.

김옥균은 이와다[岩田]라는 가명을 쓰며 도쿄 부하(府下)에 잠복하고 있었다.

1886년 6월 야마가타 내상은 경시총감 삼도통용(三島通庸) 및 부지사(府知事), 현령(縣令)들에게 다음과 같은 훈령을 발했다.

조선 국민으로 국사범이 되어 자신의 나라에서 망명한 김옥균은 목하 우리 제국 내에 거주하고 있음. 일본 천황 폐하의 정부는 일본 천황 폐하의 영지 내에 김옥균이 주거하는 것은 일본 천황 폐하의 정부가 친목의 교(交)를 이룰 조선 정부에 대해 방해가 될 뿐만 아니라 일본 제국의 평화 정밀(靜謐) 및 외교의 안전을 위태롭게 할 것이라 신인(信認)하는 이유 있음. 따라서 나는 나에게 위임된 직권을 갖고 이 훈령을 발송한 날로부터 15일 이내에 일본 천황 폐하의 영지로부터 떠나고 또한 이 명령을 취소할 때까지 위의 영지 외에 머무를 것을 김옥균에게 명함. 위에 따라 나는 경들에게 명령 위임함으로 위에 든 모든 관리 또한 경들은 이 훈령의 등사를 김옥균에게 주어 이 명령을 실시하도록 할 것. 한편 만일 이 나라를 떠나지 않으면 구류할 권리를 부여함. 따라서 신속히 일본 천황 폐하의 영지에서 김옥균을 추방할 수단을 만들어 훈령의 목적을 수행할 사.

(메이지 19년 7월 3일 〈도쿄일일신문〉에서)

이후 다시 15일간의 유예가 있었지만 결국 김옥균은 구류되어 소립원(小笠

原) 섬으로 옮겨지게 되었다.

    조선으로의 송환은 김옥균을 죽이는 것과 마찬가지이므로 일본 정부는 고육지책으로 소립원 섬으로 옮기도록 했다. 그곳도 일본 천황 폐하의 영지임에 틀림이 없지만 좀 떨어져 있다는 느낌이었다. 사족이지만 이 태평양 상의 제도(諸島)가 '소립원'으로 명명된 것은 이 해 메이지 19년이었다.

## 제12장 자주의 길

1

망명한 김옥균이 일본 정부에 의해 소립원으로 옮겨졌을 무렵 조선 궁정에서는 다시 대러시아 접근이 시도되고 있었다.

1886년 봄부터 비밀리에 그런 움직임이 있었다. 영국은 거문도를 점거했고, 친일파는 김옥균의 망명과는 관계없이 조선 국내에서 완전히 활동을 정지한 것은 아니었다. 청국의 위안스카이는 '감국'의 기분으로 조선을 속국 취급하여 이를 기정사실화하려 했다.

'러시아 밖에 기댈 데가 없지 않은가?'

조선 궁정에 이런 공기가 감도는 것도 어쩔 수 없는 일이었는지도 모른다.

전번에는 정보가 청국 측에 새어 나가는 바람에 러시아 접근에 실패했다. 그런 경험이 있었으므로 이번에는 매우 신중히 했다. 굉장한 위험을 무릅쓰고서도 한 번 실패한 러시아 접근을 다시 실행하려고 한 것은 명성황후에게 강한 위기감이 있었기 때문이었다. 정계로부터 은퇴했다고는 하지만 대원군은 명성황후에게 있어서 여전히 일대 강적이었다. 대원군의 배후에는 청국이 도사리고 있다. 인형을 조종하고 있는 위안스카이가 언제 괴뢰인 대원군을 충동질하고 나설지 알 수 없었다.

제2차 대러시아 접근도 조선 궁정으로서는 막다른 골목에서 취한 행동이었다. 친로파의 요인은 민영환, 민응식 등 민씨 일족이다. 홍재희나 김가진(金嘉鎭) 등이 그들과 협력하여 움직이고 있었다. 러시아 공사관을 출입하며 파이프 노릇을 한 것은 죽산 부사인 조존두와 김양묵, 김학우 등이었다. 러시아어에 능통한 채현식이 그들을 위해 통역을 맡았다.

"청국은 종주국이라고 말하면서 영국이 우리의 영토인 거문도를 점거해도 무엇 하나 유효한 조치도 취하지 않았잖은가? 영국으로 하여금 거문도를 포기하도록 할 실력이 있는 나라는 러시아뿐이다."

친로파는 이렇게 주장했다.

영국이 거문도를 점거하여 요새를 구축한 것은 러시아가 블라디보스토크에 함대를 집결시켰기 때문이다. 러시아가 극동 함대를 해산시킨다면 영국은 거문도를 포기할 것이리라. 틀림없이 영국을 움직일 수 있는 것은 러시아뿐이었다.

조선 궁정은 제1차 대로 접근 계획 때 김용원과 함께 블라디보스토크로 갔던 김광훈을 비밀리에 서울로 불러들였다. 당시의 사절늘은 국왕의 명령이 아니고 자기들 마음대로 움직였다고 하여 각각 처벌을 받아 유배를 가 있었다. 김광훈도 근 1년 가까이 유배지에서 떠오르는 달을 보며 세월을 보내고 있었다. 그를 극비리에 서울로 불러 러시아 공사관과의 접촉을 시작했다.

러시아 측도 결코 수동적이지는 않았다. 주조선 공사인 웨베르는 그의 처를 궁정에 출입시켜 최고의 실력자인 명성황후와 개인적인 친교를 맺도록 했다.

위안스카이는 궁정 내에도 정보망을 갖고 있었다. 그래서 일찍부터 궁정에 대로 접근의 기미가 있다는 사실을 탐지하고 있었다. 그러나 그 확실한 상보에 접한 것은 8월 1일(음력 7월 2일)의 일이었다.

우영사인 민영익이 위안스카이에게 밀고를 했다. 민영익은 일본으로 시찰을 간 경험이 있는 데도 정치적 자세는 친청 반일적이었다. 갑신정변 때는 우정국에서 친일 쿠데타파에 습격을 받아 중상을 입기도 했다. 그는 민씨 일족의 요인이며, 국왕과 왕비로부터 다 신임을 받고 있었다. 조선의 자립에 대해서도 그것을 이상으로 하는 생각에는 이의가 없었다. 그렇지만 자립을 위해 러시아를 끌어들인다는 데에는 아무래도 찬성할 수 없었다.

지금 접근을 말리지 않으면 안 된다.

민영익은 그런 생각으로 위안스카이에게 알려 준 것이었다.

"대감의 힘으로 어떻게 그 계획을 깨뜨려버릴 수는 없습니까?"

위안스카이는 민영익에게 되물었다.

민영익은 고개를 저었다.

'나의 힘으로 좌우할 수 있었다면 이런 밀고 따위는 하지 않아요.'

그는 내심 이렇게 대꾸하고 있었다.

"그렇습니까? 친로 세력이 그렇게나 강한 것입니까?"

위안스카이는 어두운 표정으로 주억거렸다.

그가 마련한 제2대책은 그 정보를 서울의 외교가에 퍼뜨리는 일이었다.

일본이나 영국의 외교관이 민감하게 반응한 것은 물론이다.

묄렌도르프의 후임으로, 조선 정부뿐 아니라 위안스카이도 보좌해야 할 미국인 데니는 그런 정보에 대한 질문을 받으면, "영국인들이 퍼뜨린 소문이겠지요. 거문도 점령을 정당화시키기 위해서 말입니다"라고 대답했다.

데니가 조선 궁정의 움직임을 모를 리가 없었다. 대로 접근은 어쩌면 데니가 올린 헌책의 하나였을지도 모른다. 그는 조선 궁정을 위해 위안스카이에게 변명하는 입장을 취하고 있었다.

"곤란하군. 그 사나이의 포네이[怕內]도……."

위안스카이는 아랫입술을 불쑥 내밀며 중얼거렸다. 그 사나이란 고종을 말한다. '포네이'란 중국어로 공처(恐妻)라는 뜻이다. 처를 중국에서는 보통 '내인(內人)'이라고 한다. 반대로 처는 남편을 남에게 이를 때 '와이쯔[外子]'라고 말하던 시대였다.

고종은 완전히 명성황후의 엉덩이 밑에 깔려 있다. 대로 접근책도 고종 스스로가 생각해 낸 아이디어가 아니라 명성황후의 획책이었음은 물론이다.

'중당의 빗나간 예측이야.'

위안스카이는 아무리 해도 그런 기분이 들었다. 중당은 이미 60대 중반이었고 노숙한 정치가이다. 아직 서른도 되지 않은 위안스카이가 볼 때는 하느님과 같은 존재였다. 위안스카이는 중당의 예리한 판단력을 믿고 있었다. 중당이 하는 일은 긴 안목에서 볼 때 모두가 옳다고 여기고 있었다.

정확하게 말하자면 그렇게 여기려고 하고 있었다고 해야 할 것이다. 위안스카이와 같은 행동파에게는 방향을 지시해 주는 인물이 필요했다. 자기가 이것저것 생각하는 것보다 '이렇게 해'라고 행동 명령을 받는 쪽이 좋다. 명령자가 그릇된 판단을 해서는 곤란하다. 그러므로 위안스카이에게는 명령자인 리훙장이 원칙적으로 정확한 판단력의 소유자여야 한다.

그러나 리훙장이 결정한 대원군 석방은 아무래도 판단 착오가 아닐까. 위안스카이는 스스로가 마음대로 신격화했던 리훙장에게 비로소 의심을 품기 시작한 것이다.

대원군을 석방함으로 해서 이제까지 친청적 경향이 강했던 민씨 일당에게 반청 감정을 안겨 준 것은 부정할 수 없다. 그렇지만 명목상의 속국이라고는 해도 그 국왕의 아버지를 장기간 구류하는 것은 남보기에 좋은 일이 아니다. 석방은 인도적 견지에서 어느 누구로부터도 힐책받을 성질의 것이 아니었다. 또한 위태위태해진 종주권을 유지하기 위해서 고전적인 '분할 통치(divide and rule)' 법칙이 적용된 것이다. 조선 정계가 작은 그룹으로 나누어지는 편이 종주국으로서는 더 좋다. 일치단결하여 부딪쳐 오게 되면 일이 벅차게 된다.

그렇지만 대원군 석방은 도리어 민씨 일당을 단결시킨 듯했다. 위기감은 소이를 버리게 만드는 것이다.

지금 위안스카이는 상대의 일치단결이 힘에 겹게 느껴지고 있다. 국왕이 좀 더 다부지다면 국왕파로 분열을 일으킬 수가 있다. 그러나 지금은 국왕파 따위는 존재하지 않는다. 민씨 일파 일색인 것이다.

일치단결한 대로 접근은 중대한 문제가 아닐 수 없었다. 위안스카이는 톈진의 리훙장에게 하나의 건의 전보를 쳤다.

"혼군(昏君)을 폐하고, 따로 이씨의 현자(賢者)를 세울 것."

국왕의 폐위이다. 명성황후가 왕비이므로 그 일당이 전횡을 부리고 있다. 그녀의 남편이 국왕이 아니라면 권력의 원천도 녹아 없어져 버릴 것이다. 그러나 민씨 일당이 그렇다고 깨끗이 단념하리라고는 여겨지지 않는다. 그러므로 무력이 필요해진다.

"수천의 병력을 파견해 주시오."

전문에는 그것만이 러시아의 개입에 대한 최선의 방책이라고 말하고, 폐위에 관한 건은 3일이나 5일만 하면 정리가 될 것으로 예상하고 있었다.

일주일 뒤 서울 전보국 위원인 진동서가 위안스카이에게로 달려왔다.

"러시아 공사가 본국에 장문의 전보를 치려고 하고 있습니다. 이제까지 예를 찾을 수 없을 정도의 장문입니다. 뭔가 있는 듯해서 알려드리려고 왔습니다."

"그래서 그 전보는?"

"우선 보류해 두었습니다."

진동서는 어깨를 으쓱하며 대답했다.

암호 전보이므로 그 내용은 알 수 없다. 그러나 이례적으로 장문이어서 예삿일이 아닌 듯하다고 한다.

"고맙군. 앞으로도 신경을 써 주시오. 전보는 당분간 계속 보류해 주시도록."

위안스카이는 진동서를 되돌려 보낸 다음 재빨리 두 개의 조치를 취했다.

하나는 민영익과 연락하여 민 일당의 대로 공작에 무언가 중요한 일이 일어나지 않았는가 조회를 했다.

두 번째로는 영국 측에게 조선 연해에 군함을 순시할 것을 요청했다. 말할 필요도 없이 러시아를 견제하기 위한 것이다.

민영익의 조사에 의해 결국 조선 영의정 심순택이 러시아 공사 웨베르에게 편지를 보낸 사실이 판명되었다. 편지 내용은 이런 것이었다.

폐방(敝邦=조선)은 일우(一隅=모퉁이)에 편재(偏在)하여 자주독립하고 있지만 여지껏 타국의 수할(受轄)에서 벗어나지 못하고 있다. 우리 대군주는 이 점을 몹시 걱정하고 계시며, 지금이라도 노력하여 모든 전제(前制 : 이제까지의 제도)를 뜯어 고쳐 영원히 타국의 할제(轄制)를 받지 않기를 원하고 있다. 다만 우기(憂忌)할 점이 있다는 사실은 피할 도리가 없다. 폐방과 귀국과는 목의(睦誼=친목과 우의)가 대단히 두터워 순치의 관계에 있음은 타국과 저절로 다른 바다. 귀 대신, 귀 정부에 간절히 바라건대 협력묵윤(協力默允), 극력보호(極力保護)하여 영원히 변함이 없기를 청한다. 우리 대신들은 세계 각국과 일률평행(一律平行)하고 있지만 혹은 아직 타국에 미치지 못하는 점도 있다.

원컨대 귀국 병함을 파견하여 서로 도울 수 있다면 깊이 귀국을 경앙(景仰)할 것이리라.

대조선 개국 495년 병술(丙戌) 7월 10일
치(致) 대아국 흠명대신(大俄國欽命大臣) 웨이[韋] 각하
봉칙 내무총리대신(奉勅內務總理大臣) 심순택

이것은 분명히 함대 파견을 요청하는 서한이었다. 위안스카이가 초를 다투어 톈진의 리훙장에게 이 편지의 전문을 타전한 것은 물론이다.

리훙장은 위안스카이의 전보를 받자 곧 페테르부르크 주재 청국 공사 류우 루이로우에게 전보로 훈령을 발했다.

영국, 러시아 겸임 공사는 1년 전에 쩡찌저에서 류우 루이로우로 바뀌었다. 영로 겸주이었지만 이 무렵 청국의 외교는 러시아 쪽에 더 문제가 많았기 때문에 공사는 런던보다 페테르부르크에 있을 때가 많았다.

"러시아 정부에 조선으로부터의 서한을 수리하지 않도록, 혹은 수리 거부가 곤란하다면 군함 파견만이라도 거부하도록 제의하라."

류우 루이로우는 러시아 외무부에 직접 들어가 베이징의 훈령을 그대로 전

했다.

"러시아 정부는 조선 정부로부터 어떠한 서한도 받은 바 없음. 장래 그러한 서한이 도착하더라도 그에 따르지 않을 것임."

러시아 외무부는 이렇게 보증했다.

위안스카이는 파병을 요청했지만 리훙장은 그럴 뜻이 없었다. 수천의 병력을 북양 함대가 수송하게 되면 막대한 군비가 소모된다. 지금 북양에는 그럴 여유가 없었다. 예산은 서태후의 사치 생활에 충당하기 위해 모조리 날려 버렸다. 조선을 위협하기 위해서 쓸 비용이 있다면 유럽에 군함을 주문하는 편이 훨씬 효과가 있다.

서울에서는 위안스카이가 증거를 들이대며 조선 궁정을 위협하고 있었다.

"천병(天兵), 불일(不日) 조선으로 와 죄를 따질 것임."

8월 14일, 위안스카이는 조선의 문무 관원을 모아 놓고 이렇게 공갈을 쳤다.

이에 대해 조선 측은 그런 서한은 불순분자가 위조한 것으로, 정부는 전혀 모르는 일이라고 시침을 뗐다.

그렇다면 불순분자는 누구인가?

이 사건에서도 역시 희생자가 나오지 않을 수 없었다. 그렇게 하지 않으면 해결되지 않을 일이었다. 김가진, 조존두 등 4명이 투옥되었다. 그리고 민영익은 몰래 홍콩으로 갔다. 그가 조선에 있지 않으면 증인은 존재하지 않게 되기 때문이었다.

리훙장은 파병은 하지 않았지만 천윈이[陣允頤]를 특파하여 위안스카이와 연락을 취하게 하고, 띵루창에게 인천 앞바다까지 함대를 출동시키도록 했다.

이렇게 해서 사건은 종결되었다.

조선 정부의 제2차 대로 접근은 제1차의 전철을 그대로 밟아 유야무야로 끝나고 말았다.

리훙장은 조선 정부에 대해 청국은 조선에 '감국'을 두지는 않는다고 보증했다. 감국 국정 감독관을 두게 되면 조선을 속국이 아니라 직할령화(直轄領化) 하는 것을 의미한다. 일국의 재상이 그럴 의사가 없다고 보증했으므로 조선 측도 안심했으리라. 그래서 조선 정부도 외서독판 서상우를 북양대신과 베이징의 예부에 파견하여 조선은 다른 뜻이 없음을 해명하여 청국의 체면을 세워 주기로 했다.

## 2

이듬해인 1887년은 조선에 소강 상태가 유지되었다. 이 해에 영국은 거문도에서 퇴거했다. 아프가니스탄에서의 영국과 러시아의 타협이 실현되었으므로 영국으로서도 거문도를 계속 점거하고 있을 이유가 없어졌다.

이 해 조선에서의 위안스카이의 주요 임무는 러시아와 조선과의 육로 통상 조약을 방해하는 일이었다.

청국과 러시아의 국경 문제가 아직 해결되지 않았다는 것이 위안스카이가 반대한 근거였다.

러시아와의 동부 국경 문제 담판의 청국 측 위원은 에의 우따징이있다. 우따정은 연추(延秋)에서 해안에 이르는 선을 청국과 러시아의 국경으로 주장했다. 청국 측의 이 주장이 인정되었더라면 러시아와 조선은 육지에서 국경을 접하지 않게 된다. 국경을 접하지 않으면서 '육로 통상'이란 있을 수 없지 않은가?

위안스카이의 반대에도 이유는 있었다. 그러나 '노조육로통상조약(露朝陸路通商條約)'은 다음해로 넘겨졌지만 러시아의 끈기가 승리했다.

원래 조선 주재의 한 외교관의 힘에는 한도가 있는 법이다. 그렇지만 이것은 위안스카이의 역부족이라고 하기보다는 일부러 힘을 빼버린 것으로 여겨지는 대목이 있다.

이 무렵이 되자 위안스카이도 우두머리인 리훙장의 호흡이 이해가 되었다. 청국의 군비는 서태후란 존재로 인해 현저히 답보 상태에 빠졌다. 실력이 모자라게 된 것이다. 당분간은 외교 수단에 의해 난국을 헤쳐나갈 수밖에 없다.

'대적(大敵)은 일본.'

이것이 리훙장의 견해였다. 톈진에서 면회를 했을 때 위안스카이는 리훙장이 잡담 속에 그렇게 말한 걸 기억하고 있다.

"어째서 일본과 같은 작은 나라가?"

위안스카이가 믿어지지 않는다는 듯 물어보자 리훙장은 양손을 벌리고 말했다. "작지만 온몸으로 달려든다. 일본이 움직이려면 길은 조선행뿐이다. 그밖에 힘을 쏟을 곳은 없다. 러시아는 크지만 터키, 아프가니스탄, 청국 등 여기저기에 국경을 맞대고 있다. 조선에 두 손을 다 쓸 여유가 없다. 그렇지 발끝이야, 약간 발을 내민 것 같은. 그다지 힘이 없어. 힘이 있는 것 같으면서도 사실은 그렇지 않은 것이다. 그러나 위협하기에는 안성맞춤이지. 그걸 우리가 이용해야 한다구."

뒷부분의 말이 무엇을 의미하는지 그 당시는 몰랐지만 지금은 확연히 알 수 있었다. 전력으로 조선을 향해 부딪쳐 올 위험이 있는 일본에 대해 러시아를 번견(番犬) 대신으로 써먹자고 하는 책략이었다.

방어에 실패한 끝에 밀려난 듯이 보이지만 사실은 번견의 목줄을 늦추어 좀 길게 해준 셈이었다. 어차피 육로 통상이라고 해봐야 청국의 이익을 해칠 만큼 대규모 거래는 불가능할 것이다. 우선 조선의 구매력이 매우 빈약했다. 그 위에 위안스카이의 외교는 경제면을 그다지 중시하지 않았다.

'나는 국가의 외교를 맡고 있다. 상무 따위야 어디…'

위안스카이에게는 그런 자부가 있었을 것이다. 더군다나 그에게는 전문 지식도 없었다. 초기에는 묄렌도르프에게, 나중에는 데니에게 몽땅 맡겨버렸다.

상해, 인천 간에 쟈딘 매디슨 상회가 정기 항로를 연 것은 갑신년 즉 1884년의 일이다. 앞서 말한 바와 같이 조선과 일본 간의 주요 무역 상품은 영국제의 면포였고, 그것은 일본이 상해에서 수입하여 조선으로 재수출하는 형태를 취했다. 따라서 상해에서 직접 인천으로 반입한다면 일본의 재수출보다도 유리할 것이었다.

그러나 그보다 더 유리한 장사가 있었다. 위안스카이는 그것을 꽉 쥐고 있었으므로 다른 장사에는 관심이 없었을지도 모른다. 그렇게 좋은 장사란 무엇인가? 수사를 이용한 밀수였다. 주요 품목은 청국에서 조선으로는 아편을, 조선에서는 조선 인삼을 밀거래했다. 세금을 물지도 않았으므로 그 이익은 막대한 것이었다. 뒷날 위안스카이의 정치 자금은 조선 근무 중에 모아둔 것이라는 소문이 자주 떠돌았다.

조선에서의 위안스카이의 평판은 일본, 미국에게는 몹시 나빴고, 영국에게는 양호했다. 일본이 위안스카이를 미워한 것은 갑신정변 때의 일도 있고 했으므로 당연했으리라. 미국이 위안스카이를 꺼려한 것은 그의 조선 정부에 대한 오만한 태도 탓이라고 한다.

평등, 기회 균등 이런 원칙에서 말한다면 위안스카이가 기회가 있을 때마다 떠들고 다니는 종주권이 미국으로서는 불쾌하기 짝이 없는 것이었다.

"조선은 자주독립국이며 다른 어느 나라에도 종속지 않는다."

미국은 조선을 이렇게 간주하기로 했다.

이에 반해서 영국은 도리어 청국이 좀더 강력하게 조선에 대한 종주권을 주장해야 한다고 성원하는 듯한 구석이 있었다. 그것은 숙적 러시아의 조선에 대한 침투가 노골적이었기 때문이었다.

"조선은 청국의 아래에 있다. 러시아는 조선에서 함부로 일을 벌여서는 안 된다. 청국은 러시아에 강력한 태도를 보여 줘야 한다!"

이것이 영국의 자세였다.

아프가니스탄 국경 문제가 해결되자 거문도 철수를 실행한 이유도 그러한 자세에서 생겨난 방침에 따른 것이리라.

이와 같이 조선을 에워싼 각국의 태도는 다양했다. 지금 말한 것은 대충의 줄거리에 지나지 않는다. 경우에 따라서는 각국의 태도도 미묘하게 변화했다.

그러면 당사자인 조선 정부는 어땠는가?

'완전 독립.' 이것이 조선의 비원이었음은 두말할 필요도 없다. 열강의 조선 진출에 의해 청국의 '종주권'이 점차 흐릿해져 가는 점은 조선에서는 환영해야 할 일이었다. 명목적인 종주권을 실질적인 것으로 만들려 하는 위안스카이의 정책에 조선 정부는 별의별 수단을 다 사용하여 저항했다. 대로 접근을 시도한 것도 그런 저항의 하나였다.

1887년에 있어서의 조선의 저항은 두드러지게 열강으로 사절을 파견한 일이었다. 열강이 조선에 공사관이나 영사관을 설치하게 되었으므로 조선 측도 열강에 외교관을 파견하는 것은 당연한 일이었다. 이 해 8월 18일 조선 정부는 박정양을 미국에, 심상학을 유럽 각국에 파견키로 결정했다. 결정 후 심상학은 병이 들었기 때문에 조신희(趙臣熙)가 그 후임이 되었다.

위안스카이는 국제 정치의 역학에 대해 날카로운 감각을 갖고 있었다. 어쩌면 스승격인 리훙장의 그것을 능가하고 있었는지도 모른다. 그렇지만 국제 정치학에 관한 전문적 지식은 결핍되어 있었다. 외교관의 신분에 관한 원칙조차 확실히 모르고 있었다. 그러므로 조선이 외국에 사절을 파견한다는 말을 들어도 그것이 중대한 일이라는 건 몰랐다.

"그쪽에서도 와 있으므로 이쪽이 가지 않으면 예의가 아니지. 교제니까 말이야."

이 정도의 인식이었다.

"독립국이어야 비로소 외교관을 파견할 수 있는 겁니다. 왜냐하면 독립국이 아니면 외교권이 없기 때문입니다. 속국, 보호국의 특장(特長)은 제일 먼저 외교권이 없다는 점을 들 수 있습니다."

미국의 대학에 유학했던 탕쏘우이가 국제 정치학의 기초를 강의했다. 그 말을 듣자 위안스카이는 눈알을 빙글빙글 굴리더니, "안돼! 이건 결코 안 된다구!"라고 고함을 질렀다.

조선 정부가 사절을 파견한다는 말은 위안스카이의 귀에도 들어와 있었다. 그는 그것을 단순한 교제라고 여기고 있었는데, 탕쏘우이로부터 그것이 중대한 정치적 의미를 갖는다는 말을 듣자 갑자기 당황한 것이다.

조선의 사절 파견은 전례가 없지는 않았다. 민영준(閔泳駿)을 일본에 파견하고 사후에 청국 측에 그 보고를 했던 적이 있었다. 위안스카이는 그것에 전혀 개의치 않았다.

'선파후자(先派後咨 : 먼저 파견한 후 사후 승인을 얻는다)'의 전례가 이미 있었던 것이다. 이번에도 그 전례를 답습할 모양이었다. 위안스카이에게는 아직 정식 통지가 없었다. 우연히 그의 정보망에 걸려든 것에 지나지 않는다.

"국제공법을 읽어봐야겠군. 좀 번역해 주지 않겠나? 중요한 대목만 간단하게. 금방 이해할 수 있도록."

위안스카이는 탕쏘우이에게 이렇게 부탁했다. '중요한 대목만 간단하게'라는 주문 방식은 너무나 위안스카이다웠다.

"그럼 차트로 해둘까요?"

탕쏘우이는 국제공법의 요점을 정리, 위안스카이에게 학습시키기로 했다.

속국에 외교권이 없다는 사실은 국제공법의 기본적인 상식이다. 조약의 체결 등은 마땅히 외교 그 자체라고 해도 좋았다. 그런데 조선은 이미 여러 외국과 수많은 조약을 맺고 있다.

이것은 조선이 속국의 신분을 일탈한 행위라 할 수 있다. 반면 그것은 조선이 속국이 아니라는 걸 표시하는 근거가 될 수도 있었다. 조약 체결, 즉 외교 활동은 엄연한 기정 사실이다. 조약에는 상대가 있다. 지금 와서 조약 무효라고 말을 꺼냈다가는 국제적인 문제가 될 것은 뻔하다.

외교관 파견은 조약 체결과 똑같은 외교 활동이다. 조약 체결은 인정하면서도 외교관 파견은 인정치 않는다는 것도 앞뒤가 맞지 않는 이야기가 아닌가? 현실주의자인 위안스카이는 조선 정부의 외교관 파견을 저지할 수 없다고 판단했다.

'그 대신 외교관의 신분이나 활동에 제한을 가하자.'

그는 이렇게 생각했다. 구체적으로는 이제까지의 '선파후자'의 선례를 '선사후파'(먼저 청국의 승인을 얻은 뒤 나중에 외교관을 파견한다)로 변경시키려고 했다. 이 때문에 조선 정부는 일단 결정한 박정양의 미국 파견을 한동안 연기하지 않을 수 없었다.

이 연기에 미국 측이 불만이었음은 물론이다. 주조선 공사 덴스모아는 위안스카이에게 서한을 보내 청국의 간섭에 항의를 제기했다. 그 내용은 다음과 같았다.

1. 미조 조약은 양국이 평등한 입장에서 맺은 것이다.
2. 그 조약에는 상호 간에 외교관을 파견하도록 규정되어 있지만, 그것에 청국의 승인을 필요로 한다는 류의 규정은 일체 없다.
3. 조선 정부가 조일 조약에 의거 민영준을 일본에 파견했을 때 청국은 아무 간섭도 하지 않았다. 그런데도 미국에 파견할 때만은 왜 간섭하려 드는가?

동시에 주청국 미국 공사 덴바이도 국무장관 바야드의 훈령에 따라 청국 정부에 항의를 제기했다.

"청조 양국에 종속 관계가 있다손 치더라도 그것은 양국 간의 관계에 지나지 않는다. 청국은 지금까지 조선의 내정이나 외교에 사실상 자주권을 인정해 왔지 않았는가? 지금 와서 외교권을 제한하려는 것은 이해하기 힘들다."

일은 벌어졌다.

조선 문제이긴 해도 분규가 확대되면 위안스카이의 머리를 뛰어넘어 교섭이 진행되게 된다. 위안스카이는 그럴 때 자신의 의견을 표하게 되지만 그것은 참고 사항이 될 정도에 지나지 않는다.

조선 정부는 이럴 때 청국을 어떻게 요리하면 되는가를 잘 터득하고 있었다. 체면만 세워 주면 되는 것이다. 예빈사 주부(禮賓司主簿)인 윤기섭을 일부러 톈진으로 파견하여 정중하게 사정을 설명하고 지시를 바란다는 형태를 취했다.

청국 정부가 가장 먼저 생각하는 것은 '체면'의 문제였다. 조선 측은 그것을 잘 알고 있었다. 처음에 청국 측은 조선의 파미 외교관 박정양이 '전권공사(Plenipotentiary)'라는 칭호를 쓰는 데 반대하여 '변리공사(Minister

Resident)'로 변경하도록 요구했다. 이것은 3등 공사를 가리킨다.

이에 대해 조선 측도 끈질기게 나왔다. 미국에 외교관을 파견하는 최대의 목적은 자주독립의 심양에 있었다. 그것말고는 조선과 미국 사이에 별다른 현안이 없었다. 이 대목적을 위해서는 어떻게 해서든 '전권'의 칭호가 붙여져야만 한다. 이 칭호를 떼고 간다면 모처럼의 파견 효과도 반감되고 말 것이었다. 윤규섭은 끈덕지게 물고 늘어졌다.

"조약에 따라 외교관을 교환합니다만, 미국의 주조선 공사가 전권이므로 이쪽도 거기에 맞추지 않을 수 없습니다. 그렇지만 우리 조선국은 궁핍하므로 대등한 교제는 불가능합니다. 신임장을 제출하는 것이 주임무이므로 그것이 끝나면 박정양은 즉각 귀국하고 그 대신 1등 서기관을 대리공사로 보내 국비의 절감을 기할 예정입니다."

결국 청국 정부는 설득당하여 '전권'을 인정했으나 그 대신 3항의 부대 조건을 덧붙였다.

1. 조선의 외교관이 외국을 가면 우선 그곳의 청국 공사관에 보고하고 청국 공사와 함께 그 나라의 외무부로 찾아갈 것. 그 후의 행동은 구속하지 않는다.
2. 궁정, 국가의 공식행사, 파티 등에서 조선의 외교관은 먼저 청국의 뒤를 따를 것.
3. 외교 교섭의 중요 안건에 대해서는 조선의 외교관은 먼저 청국 공사에게 상담할 것.

조선 정부는 군말 없이 이 3항의 조건의 수락했다. 1항과 2항은 체면 문제에 지나지 않으며, 3항도 중요 안건인지 아닌지는 조선 측이 판단할 것이므로 설령 위반을 하더라도 얼마든지 변명할 수 있다.

지연에 지연을 거듭하고 있던 박정양의 출발은 이윽고 11월 12일 실현을 보게 되었다. 그는 미국 군함을 타고 인천을 떠났다.

주미 청국 공사는 짱인형[張蔭桓]이었으며 그 아래에 쉬써우펑[徐壽朋]이라는 거물 1등 서기관이 있었다. 그들은 베이징으로부터 전보를 받고 있었으므로 조선 공사가 착임하면 반드시 청국 공사관을 예방할 거라고 여기고 있었다. 말하자면 만반의 준비를 갖추고 기다리고 있었던 셈이다.

그러나 박정양 쪽은 이보다 한 수 위였다. 아니, 박정양에게 주어진 임무는 일부러 시침을 딱 떼고 앞의 3항을 무시하는 것이었다. '자주독립'의 실적을 올리는 것이 그에게 주어진 지상 명령인 셈이었다. 그는 동행한 미국인 알렌에게 부탁하여 워싱턴의 청국 공사관으로 가도록 했다.

"소문에 의하면 우리들은 미국 도착과 동시에 청국 공사관을 방문하도록 되어 있는 듯하지만, 실은 나 자신은 그러한 훈령을 받은 바 없다. 전보가 늦어지고 있는 것이겠으나 아직 훈령을 받지 않았으므로 이번에는 '외교의 상식'에 따라 행동할 수밖에 없다. 양해를 바람."

이런 전언을 알렌을 통해 청국 공사관에 전달했다.

박정양이 조선을 출발하기 전에 조선 정부는 이미 3항의 부대 조건을 받아들이고 있었다. 이것은 본인에게 직접 전해졌을 터이므로 별도로 전보를 치고 말고 할 것도 없었다. 그런 걸 태연히 전보가 늦는다는 구실로 무시하고 여봐란 듯이 '외교의 상식'을 들먹이고 있는 것이다.

조선 전권공사 박정양은 이렇게 해서 단독으로 국무성으로 바야드 장관을 방문했다. 이어서 미국 대통령 클리블랜드를 알현했다. 이로써 박정양은 조선이 독립국임을 분명하게 세계에 과시했다.

청국 공사 짱인형은 워싱턴에서 베이징의 총리아문에 전보를 쳤다.

"조선 사자의 태도는 불손, 청국의 권위가 크게 손상되었다. 징벌해야만 한다."

베이징으로부터 서울의 위안스카이 앞으로 이 전보가 전해졌다. 위안스카이는 눈썹을 잔뜩 찌푸리고 조선 궁정으로 돌입했다.

"착오였습니다. 이제부터는 위반하지 않도록 워싱턴에 전보를 치겠습니다."

이것이 조선 측의 회답이었다. 그리고는,

"그 3항 중에 제1항은 조선국의 체면이 걸린 문제이므로 삭제해 주실 수 없겠습니까?"

라며 새로운 제안을 했다. 이제부터는 위반하지 않겠노라고 말하면서 그 규칙의 삭제를 요구하는 것이므로 약속을 지킬 의사가 없음을 분명히 한 셈이었다.

조선은 뱀과 같이 몸을 꿈틀거리면서 청국의 종주권의 빈틈을 헤집고 밖으로 달아나려고 하고 있었다. 각국의 외교관이 조선에 주재하고 있으면서 조선 정부에 이런저런 지혜를 가르쳐 주고 있었다. 교섭 상대로서 조선은 점점 힘겨운 상대가 되어 갔다.

3

리훙장은 책상 위에 쌓인 문서 다발을 둘로 나누어 놓고 가장 위에 놓인 종이를 집어 들고 펼쳤다. 한동안 톈진을 비우게 된다. 당면한 용건을 마무리지어 두지 않으면 안 된다. 그렇게 생각하고 책상 앞에 앉은 것이다. 낭년의 용선은 그렇게 많지는 않았다. 시간이 남자 과거의 서류들을 정리하기 시작했다.

1888년(광서 14년), 갑신정변으로부터 4년이 지났다. 리훙장도 어느덧 66세가 되었다.

그는 서류를 정리하던 손을 멈추고 이마에 손을 댄 뒤 그곳을 문질러 보았다. 현저한 주름살은 손가락 끝의 감촉으로도 느낄 수 있었다. 지난날의 서류를 정리하고 있는 것이지만, 웬일인지 그는 자신의 인생이 정리기에 와 있다는 생각이 들었다. 그런 생각을 떨쳐 내기 위해서는 일에 열중하는 방법밖에 없다.

그는 과거의 정리를 하고 있었다.

하나하나 착실히 그때그때의 문세에 온 정력을 쏟아 왔다. 그러나 보니 시야가 좁아진 듯했다. 전체를 훑어본 뒤 그는 이런 사실을 통감했다. 이렇게 해서 펄럭펄럭 서류를 뒤적이면서 1년의 사건을 1시간 정도에 복습해 보니까 여지껏 느끼지 못했던 상호 관계가 새롭게 드러나는 듯했다.

"조선이 벅찬 상대가 되었군. 조선의 일도 좀더 치밀하게 해야겠는걸."

리훙장은 이렇게 중얼거렸다.

작년의 일을 돌이켜 보니 조선 정부의 행동이 청국의 그것보다 훨씬 치밀했다는 사실을 발견할 수 있었기 때문이었다.

"왜 그 때 몰랐을까?"

리훙장은 계속 혼잣말을 했다.

물론 그에게도 변명은 있었다. 작년에는 조선에 그다지 큰 문제가 없었다. 청국으로서 서기 1887년은 차라리 대만의 해였다고 말할 수 있다. 청불전쟁의 경과에서 대만의 중요성이 드러났던 것이다. 이제까지 복건성 관할 하에 있던 대만을 큰맘을 먹고 작년부터 하나의 성으로 승격시켰다. 10월이었다. 초대 대만순무에는 류우밍후가 임명되었다. 리훙장은 지나치게 힘을 쏟아 넣었는지도 모른다. 조선의 문제는 보잘 것 없는 것으로 제쳐져 있었다.

"흐음. 이것이군."

그는 한 장의 서류를 손에 쥐었다. 몇 줄로 된 간단한 보고서였다. 위안스카이가 스스로 기초했으리라. 너무나 위안스카이다웠으며 정문(正文)의 뒷쪽에 연필로 "여기에 대한 보복은 고려할 필요가 있음!"이라고 기입되어 있었다.

그것은 조선 정부가 김윤식 등을 해임한 사실을 보고한 문서였다. 김윤식은 누구나 다 아는 사대당 친청파의 거두였다. 친청파의 요인을 쫓아낸 것은 위안스카이 등 청국 측 주재관에 대한 도전으로 여겨졌다. 그렇긴 해도 조선 정계에 그렇게 큰 파벌 항쟁은 없었다.

연필로 쓴 메모에는 "개인적 원한에 의한 다툼인 듯"이라고 되어 있었다. 정책상의 의견 대립이 아니고 개인적인 시비가 자리 싸움으로까지 얽혀든 것이리라. 위안스카이는 그렇게 보고하고 있다.

맹우(盟友) 김윤식의 해임에 위안스카이가 성질이 났음에 틀림이 없다. 보고에는 자세히 기입되어 있지 않았지만 아마도 위안스카이는 조선 궁정으로 달려가, '왜 김윤식을 해임했는가?' 하고 마구 화풀이를 했으리라. 이에 대해서 조선 궁정은 예에 따라 얼렁뚱땅 응대했을 터였다. 그 장면을 리훙장은 머릿속에서 그릴 수 있었다.

'이것일까? 그럴까?'

리훙장이 마음속으로 일문일답을 되풀이했다. 그러다 보면 결론이 나온다. 그것은 거의 정확한 것이었다.

김윤식이 해임된 직후에 민영준의 파일(派日)이 있었다.

청국 측 위안스카이에 있어서 김윤식의 해임은 일시적이긴 했지만 큰 문제로 여겨졌다. 젊은 위안스카이는 그것 때문에 흥분했다. 흥분 상태는 다른 데 눈을 돌릴 여유를 빼앗아 버렸다. 그 틈에 조선은 민영준을 일본에 파견하며 선파후자의 실적을 올려버렸던 셈이다.

'어쩌면 김윤식도 납득을 한 해임 연극이었을지도 모른다.'

리훙장은 이렇게 생각했다.

친일파, 친로파, 친청파 이런 식으로 분열되어 있지만 정세가 어떻게 변하더라도 받침접시는 조선 측에 놓여져 있었다. 일종의 밀통인지도 모른다. 리훙장은 처음부터 이렇게 의심하고 있었다.

이게 연극이라고 한다면 조선도 제법이라고 하지 않을 수 없다. 리훙장은 천정을 올려다 보았다.

4월 말에 리훙장은 포르투갈과의 통상 조약에 조인했다. 그리고 5월 5일, 여순·대련(大連)으로 출장을 가게 되어 있었다. 새로 구입한 군함 '치원호'를 수령하기 위해서였다.

'이건 돌아온 뒤에 해야지.'

리훙장은 새로운 보고서를 책상 모퉁이에 정돈했다. 나이를 먹은 탓인지 혼잣말을 하는 버릇이 심해진 듯했다. 그는 잊어먹지 않도록 새 분서의 표제를 메모했다.

"박정양 아직 귀국하지 않았음."

'전권'의 타이틀을 갖고 조선에서 미국으로 건너간 박정양은 신임장을 제출하면 이내 돌아올 것이라고 말해 놓고는 1년 반이 지났는데도 워싱턴에서 꿈쩍도 않고 있다.

"김가진, 아직까지 예방해 오지 않고 있음."

이것은 도쿄로부터의 보고였다.

주일 대리 대사가 된 조선의 참찬 김가진은 앞에 기술된 3항의 부대 조건에 따라 청국의 주일 공사관으로 예방을 하게 되어 있는데도 아직 그것을 실행하고 있지 않다고 한다.

원래 김가진을 주일 대리공사로 임명한 것 자체가 청국으로서는 불유쾌했었다. 김가진은 러시아에의 접근에 활약한 인물로, 조선 정부가 위안스카이의 강경한 요청에 따라 '방축' 처분을 했어야 했다. 아무래도 '부활'이 너무 빨랐다.

러시아와 접촉했다고 해서 친로파라고 치부해버리는 것은 좀 생각해 볼 여지가 있다. 일본과 접촉을 한다던가 미국과 접촉을 하는 경우도 마찬가지다. 그런 사람은 모두 뭉뚱그려 자주독립파로 봐야할 것이리라. 아니, 조선의 양심이 있는 정치가는 모두가 가슴속에 자주독립의 뜻을 갖고 있을 터이므로 '파'라는 단어조차 타당한 것이 아니다.

친청파로 여겨진 민영익만 하더라도 청국과의 관계를 잘 이끌어 나가 결국에는 자주독립을 꿈꾸고 있을 것이리라.

위험을 무릅쓰고 대로 접근을 꾀한 김가진은 친로파라기 보다는 행동적인 열렬한 자주독립 운동가로 봐야 한다. 바로 그가 주일 대리공사로 임명되어 있었다.

청국의 주일 공사는 작년에 경질되었는데 리쑤창[黎庶昌]이 두 번째로 취임을 했다. 그는 4년 전에 복상을 위해 주일 공사직을 사임했었다. 주일 공사는 이미 만 3년 반의 경험을 갖고 있는 베테랑이었다.

음력 연말에 리쑤창은 도쿄에 착임했다. 그의 착임과 잇달아 신년 인사차 김가진은 청국 공사관의 문 앞까지 와서 명함을 접수에 건네기만 하고 돌아가 버렸다. 한 번도 청국 공사를 만나지 않고 있었다.

"청국과 조선과의 사이는 김옥균 등이 이곳에 있음으로 해서 더욱 나빠지게 되었다."

리쑤창은 이렇게 기록하고 있다. 또한 같은 문장 중에서 그는,

"조선인의 흉중에는 하나로 '자주'의 두 글자가 가로놓여 있어 그 단단함은 결코 깨뜨려지지 않는다."

라고도 쓰고 있다.

리쑤창은 김가진이 예방해 오지 않는 사실을 서울의 위안스카이에게도 귀띔해 주었다. 위안스카이는 예에 따라 조선 정부에 호통을 쳤다. 톈진의 리훙장에게 보낸 보고에는 '완힐(婉詰)함'이라고 표현하고 있다. 완곡하게 힐문했다는 의미이지만 리훙장은 그것을 읽고 소리를 내며 웃었다.

'완힐이라구. 그 친구가······.'

리훙장은 위안스카이가 조선 정부의 요인들에게 공갈을 치는 모습이 눈에 선하게 떠올랐다.

"정공사(正公使)인 민영준이 귀국해 있으므로 김가진은 대리공사의 신분에 지나지 않습니다. 자신의 신분을 깨닫고 명함만으로 인사를 한 것이겠지요. 사양을 한 것입니다. 양해해 주십시오. 이제부터는 예방을 하도록 말해 두겠습니다."

이것이 조선 정부의 회답이었다고 한다.

"점점 어려워지는걸."

리훙장은 이렇게 혼잣말을 중얼거리며 눈을 감았다.

리훙장은 여순, 대련을 시찰하고 '치원'을 수령, 포대의 모양을 점검한 뒤 5월 16일 톈진으로 돌아왔다. 66세인 그는 이 십여 일간의 시찰로 몸에 무리가 간 듯했다. 피로 때문에 병상에 눕고 말았다.

리훙장은 완쾌되고 얼마지 않아 도쿄의 리쑤창으로부터 보고를 받았다. 그것은 김가진이 드디어 예방을 해온 사실을 알리는 것이었다.

"그래? 위정의 완힐이 효과를 내었구먼."

리훙장은 턱수염을 쓸어 내리며 중얼거렸다.

# 제13장 북양인

1

"십일와각(十日臥閣), 향래소무(向來所無), 외간서문(外間傳聞) 혹지과심(或至過甚)."

리훙장은 완쾌 후 장익 앞으로 보낸 서한에 이렇게 적고 있다.

"10일간이나 집안에 누워 있은 것은 66세가 된 지금까지 전혀 없었던 일이다. 따라서 외부에 전해진 이야기는 매우 과장되었을지도 모른다"라는 의미였다.

이 편지 속에는 한방약은 아무리 먹어도 효과가 없어서, 서양의를 불러 진찰을 받았더니 금방 좋아졌다는 구절이 있다. 정치가인 리훙장으로 볼 때 이 병의 체험을 정치에까지 적용시켜 볼 기분이 되었으리라. 즉효성은 역시 서양파라야 한다.

완쾌 후 리훙장이 한 최초의 업무는 '북양해군장정(北洋海軍章程)'의 작성이었다. 북양 해군의 규칙 작성, 바꿔 말하자면 북양 해군의 조직화였다. 장정은 주로 영국 해군의 것을 채용하기로 하고 얼마간 독일식도 참고로 했다. 무엇보다 중요한 일은 해군의 인재 양성이었다.

리훙장은 '양무파(洋務派)'로 불리고 있다. 서구 근대 과학의 채용이 청국을 기사회생시키는 묘약이라고 믿고 있었다. 그리고 자신의 병에 의해서도 그것은 입증되었다고 생각하고 있었다. 국방의 견지에서도 근대화는 해군을 최우선으로 하게 되어 있었다.

1888년 12월에 북양 함대가 정식으로 편제되었다. 띵루창을 북양 해군 제독으로 하여 좌익총병(左翼總兵)은 '진원'의 함장을 겸한 린타이정[林泰曾]이었고, 우익총병은 '정원'의 함장인 류우백찬[劉步蟾]이 맡았다. 해군 인재 양성을 위한 연습함 '민첩호(敏捷號)'도 건조했다. 이것은 2년 전에 영국에서 구입한 선체 길이 152피트의 범선을 연습함으로 개조한 것이다. 구입비와 개조비를 합쳐 2만 2천여 냥이 들었다.

북양 해군은 신구대소(新舊大小)의 군함 25척을 거느린, 당시로서는 아시아 최강의 함대였다. 북양 해군의 제독은 띵루창이지만 그가 리훙장의 아래에 속해 있었음은 물론이다. 북양 해군은 리훙장의 사병단적인 성격을 띠고 있었으며 그의 정치적 재산이기도 했다.

주일 공사 띵루창으로부터 주일 조선 대리공사 김가진이 드디어 청국 공사관을 예방해 왔다는 통보에 이어 일본에 망명하고 있던 김옥균의 소식에 대한 보고가 있었다.

김옥균은 소립원 섬에서 유배나 마찬가지로 지냈는데 전지 요양을 위해 북해도의 찰황(札幌)으로 옮겨지게 되었다. 7월 말 김옥균은 소립원에서 '준하호(駿河號)'를 타고 횡병(橫浜)에 도착, 고야옥(高野屋) 여관에서 1박한 뒤 함관(函館)행 '고사호(高砂號)'에 승선했다. 소립원에 이송될 때 김옥균은 크게 불만이었지만 이제는 꽤 기분도 좋아져 있었다고 한다. 소립원 섬에 비하면 찰황은 번화한 곳이었다. 기분이 좋았던 것도 무리는 아니었다. 김옥균이 횡병에 체재할 때, 신내천(神奈川)에 있는 타카시마가에몬[高島嘉右衛門]의 별장에 식객이 되어 있던 박영효가 여관으로 찾아와 한참 동안 환담했다고 한다.

김옥균의 이송은 엄중한 경비 속에 행해졌다. 쿠데타로 많은 일족을 살해당한 명성황후와 그 일당은 김옥균에 대한 원한이 골수에 사무쳐 있었다.

"조선에서 자객이 잠입하다."

이런 소문이 끊임없이 떠돌았다. 그리고 그것은 소문에 그치지 않았다. 실제로 조선의 자객이 일본에 들어와 있다는 확증을 일본 측도 잡고 있었던 것이다.

신내천현 경찰 본부장 덴 겐지로[田健治郎]는 김옥균을 '고사호'의 선 내에까지 전송했다. 경비와 함께 승선 확인도 명령받고 있었을 것이리라.

"귀찮은 일이 생기지 않으면 좋겠는데……."

리훙장이 중얼거렸다.

청국의 국익으로 따진다면 친일 반청인 김옥균은 그렇게 탐탁지 않은 인물이다. 영향력도 크고, 무슨 일이 생기면 과감한 실행력을 갖고 있다는 사실도 그의 경력이 잘 말해 주고 있다.

김옥균에게 민씨 일파가 최초로 보낸 자객은 내서주사(內署主事)인 지운영이었는데, 그는 실패한 것에 그친 게 아니라 조선 국왕의 '위임장' 마저도 김옥균의 보디가드였던 유혁노에게 빼앗겨 버렸다.

조선 국왕의 '위임장'의 진위를 둘러싸고 일본 정부는 조선 정부에 해명을 요구했지만 결국은 김옥균을 소립원으로 보내고, 지운영은 본국으로 송환하는 것으로 끝장을 보았다. 김옥균을 소립원으로부터 찰황으로 옮긴 것은 암살하기가 쉬워졌다는 걸 의미한다.

보통내기가 아닌 리훙장은 일본에서 김옥균이 암살될 경우의 반향의 크기를 알고 있었다. 암살보다도 친일 반청파의 손발을 꼼짝못하도록 조치를 취하는 게 이상적이었다.

김옥균 문제 이외에 조선 관계에서는 위안스카이의 임기가 그 해 9월로 만 3년이 된다고 하는 문제가 있었다. 위안스카이 자신으로부터도 임기가 다 찼으므로 귀국하게 해달라는 편지가 와 있었다.

청국 정부 내에서도 위안스카이의 경질을 요구하는 목소리가 꽤 높았다.

"위안스카이는 본래부터 혈성(血性)이 있음."

리훙장은 이 문제에 대해 총서 앞으로 보낸 의견서 가운데 우선 위안스카이의 결점을 들어가는 것으로부터 시작했다. '혈성'이란 혈기가 지나치다는 뜻이다. 젊고 기운이 왕성하여 일에 소홀히 하고 덤벙대는 경우가 전혀 없지도 않을 것이다. 그렇지만 많은 경험을 쌓아 약간 신중해진 점도 보인다. 그렇다고 하더라도 그 고압적인 태도나 무리함에 대해 조선 정부나 서울의 외교계로부터 비판이 적지 않다.

그러므로 전혀 위안스카이의 유임을 고집할 필요는 없지만 그렇다고 해서 그 대신에 그와 동등한 일을 할 인물이 과연 또 있을까?

리훙장의 서한은 이렇게 완곡한 표현을 썼지만 실제로는 경질 반대를 표명한 것이다.

그는 위안스카이의 귀국 탄원 편지에 대해서도, "조선 문제에 관해 자네만큼 깊이 이해하고 있는 자가 없으므로 결코 직을 떠나지 않기를 바란다"라고 위로했다.

## 2

이 때의 청국 황제는 재첨(載湉)이었다. 전 황제였던 재순(載淳) 즉 동치제(同治帝)에게는 아이가 없었다. 중국의 명명법(命名法)은 동일 세대 형제, 종형제 등은 이름의 한 글자를 공유한다. 따라서 재첨은 선제와는 종형제 관계가 된다.

재첨의 묘호(廟號)는 덕종(德宗), 원호(元號)인 광서(光緒)를 쫓아 광서제로 불리는 게 보통이었다.

여기서 청 말의 황실 관계를 간략히 소개해 보자. 절대적 독재 군주제의 시대였으므로 황실의 계보를 염두해 두지 않고서는 역사의 순서를 더듬기 힘들기 때문이다.

자신의 통치 기간 11년을 태평천국전쟁으로 골머리를 썩던 함풍제(咸豊帝)는 1861년에 죽었다. 그에게는 사내 아이가 하나밖에 없었다. 그가 재순으로 다섯 살에 즉위했다. 바로 동치제이며 그 생모가 서태후였다.

원래 함풍제의 정실 황후는 나중에 동태후(東太后)로 불린 부인인데, 후사인 동치제를 낳은 섭혁나납(葉赫那拉)이 서태후로 불렸다.

다섯 살인 어린 왕의 친정은 불가능했으므로 선제의 측근이었던 숙순을 중심으로 이친왕(怡親王)과 정친왕(鄭親王) 등 황족이 정권을 독점하려고 했다. 서태후는 동태후와 함께 공친왕(恭親王)과 짜고 숙순 일파를 숙청하고 서태후에 의한 '수렴 정치'를 시작했다. 그렇지만 동태후는 그다지 권세욕이 강하지 않았던 여성이었기 때문에 실권은 어린 황제의 생모인 서태후의 손으로 넘어갔다.

황제는 성장했지만 서태후에게 속박된 채 19살에 죽었다. 이 동치제는 황후를 뽑을 때 생모인 서태후가 추천한 여성을 거부하고 동태후가 민 여성을 받아들였다. 이 때문에 양 태후의 사이에 불화가 일었을 뿐만 아니라 서태후와 친아들인 동치제와의 사이도 그다지 좋지 않았다.

동치제는 천연두로 인해 죽었는데 사인에 의혹이 많다고 전해지고 있다. 임신중이던 황후는 자살한 걸로 알려지고 있지만 그녀의 죽음도 과연 발표한 대로인지 의심스럽다.

"서태후가 죽였다."

이것은 서민들 사이에 퍼진 소문으로 진실임에 틀림이 없다.

동치제의 사후, 서태후는 강제로 순친왕의 4살 된 아들 재첨이 황위를 승계하게 했다. 이 사람이 현 황제인 광서제이며 그의 생모는 서태후의 동생이었다. 순친왕은 도광제의 7남으로 함풍제의 동생이다. 그러므로 선제인 동치제와는 종형제였다.

광서제가 열 살 때 동태후가 급사했다. 서태후의 마수가 뻗쳤다는 사실을 의심하는 자는 없었으며, 소년 황제는 이 때문에 몹시 괴로워했다. 조선에서 임오군란이 일어난 것은 그 이듬해였다. 갑신정변 때 광서제는 13세였다.

1888년(광서 14년) 황제는 17세가 되었고 내년이면 성년이 된다. 황제의 성년은 18세로 되어 있었다. 오랫동안 정치를 독점하고 있던 서태후가 귀정(歸政)

을 입에 올렸지만 그다지 신용하는 사람은 없었다. 귀정이란 섭정을 그만두고 황제가 친청을 한다는 즉 '정치를 돌려준다'는 바로 그 뜻이었다.

귀정식은 이듬해 2월 3일로 정해졌다. 그리고 '대혼(大婚)'도 행해진다. 부도통 계상(桂祥)의 딸이 황후가 되게 되었다. 그녀는 서태후의 조카딸이었다. 그렇지만 젊은 광서제는 이 황후가 그다지 마음에 들지 않았다. 장서(長敍)라는 자의 두 딸 근(瑾)과 진(珍)이 더 좋았다. 근은 15세, 진은 겨우 13세였다. 후일담이지만 광서제는 그 후로도 황후는 거들떠보지도 않았고 한결같이 근빈과 진빈만을 좋아했기 때문에 서태후와의 관계가 악화되었다.

황실의 대혼은 내년의 일이었으나 리훙장의 집에서는 이 해 경사가 있었다. 딸인 국우(菊耦)가 짱페이룬과 결혼한 것이다. 11월 15일의 일이었다.

국우는 갓 스무 살이었으며 리훙장의 후처인 조(趙) 부인이 낳은 외동딸이다. 오십이 다 되어 얻은 딸이어서 몹시 귀여웠고 더구나 시문을 잘 짓는 재원이었다. 리훙장은 눈에 넣어도 아프지 않을 정도로 이 딸을 좋아했다.

그런데도 신랑은 만 40세에 세번째의 결혼이었다.

"중당은 도대체 무슨 생각을 하고 있는 게지? 그토록 아끼던 딸의 남편이 나이는 딸보다 두 배라니."

"뛰어난 미인이라는데 후처라니."

"도무지 영문을 모르겠군."

사람들은 이런 말들을 했다. 리훙장의 귀에 그런 이야기가 들어가지 않을 턱이 없었다. 그러나 그는 딸의 결혼에 결코 불만이 없었다. 없었을 뿐만 아니라 더 이상 좋은 연분은 없다고 대단히 기뻐하고 있었다.

짱페이룬은 1871년(동치 10년)의 진사이다. 만 22세에 진사가 되었으니 희대의 재능이라고 해도 좋으리라. 더구나 그는 핏기가 없는 백면서생이 아니었다. 혈기가 왕성했다. 같은 혈기라도 위안스카이의 그것과는 상당히 다른 점이 있었다. 진사가 된 뒤 한림원 편수(翰林元 編修), 그리고 시강(侍講) 등으로 승진했지만 자신의 정견을 적극적으로 상서했고 직간도 서슴지 않았다. 부정을 저지르는 대신이 있으면 아무 것도 가리지 않고 탄핵을 했다.

한림4간(翰林四諫)이라고 하여 당시 4명이 직간을 서슴지 않았는데 그 중 한 사람으로 꼽히고 있었다. 정우(丁憂=양친의 상을 당한 것)로 퇴관한 다음 리훙장의 막료가 된 적도 있다. 관계에 복귀한 뒤로는 대외 강경론 일변도였다. 청불전쟁 때 복건에 파견되었으나 복건 수사 전멸의 책임을 지고 유배되었다. 금년에 석방되자 다시 리훙장의 막료가 되어 있었다.

짱페이룬은 직예 풍윤현(豊潤縣) 사람으로 리훙장과는 동향이 아니었다. 부친인 짱인탕[張印塘]은 안휘성의 안찰사로 일했으며 태평천국전쟁에서 죽었다. 리훙장이 짱페이룬에게 눈을 돌린 것은 그의 부친과의 관계였다고 하기보다는 본인의 인간성을 사랑했기 때문이었다.

"어째서 당신은 유초(幼樵)를 그렇게도 좋아하지요?"

리훙장의 부인 조씨도 이상하게 여겼다. 유초란 짱페이룬의 아호이다. 리훙장은 꾸불꾸불 꼬부라진 길을 교묘하게 헤치고 가는 성격이었지만 짱페이룬은 일직선형의 인간이었다.

"나도 잘 모르지만 어쩐지 마음에 드는군."

리훙장은 쓴웃음을 지으며 대답했다.

"당신과 정반대이니까 그렇지요?"

"그럴까?"

"당신은 혈기가 있는 사람을 좋아하시는군요."

부인의 뇌리에는 사위가 될 짱페이룬 말고도 항성의 개구쟁이 위안스카이의 모습도 떠올랐던 것이다. 양쪽 다 혈기가 넘치는 인물로 리훙장이 특별히 시선을 던지고 있었다.

"그렇다면 내 몸에는 피도 흐르고 있지 않다는 뜻이로군?"

"그런 뜻으로 말씀드린 게 아니에요."

"정반대의 인간을 좋아한다고 말하지 않았던가?"

"피가 흐르는 방식이 다르답니다."

"그래, 그렇군. 음, 피가 흐르는 방식이 달라. 똑같은 혈성의 인간이라도 유초와 위정과는 피가 흐르는 방식이 같지는 않아. 유초는 선두에 세워서는 안 되는 인간이야. 그런 식의 피가 흐르고 있다구."

리훙장도 역시 부인과 마찬가지로 두 사람을 대비시켜 생각하고 있었다.

'선두에 서다'라고 표현했지만 그것은 사위에게 경의를 표하여 완곡하게 말한 것에 지나지 않는다. 확실히 말하자면 그것은 책임 있는 직책을 갖는다는 뜻인 것이다.

"선두에 세우지 않는다고 말씀하셨는데 뒤돌아보지 않으니까 그렇습니까?"

부인이 이상한 듯 물었다.

"그래, 유초는 뒤를 돌아보지 않아. 부하가 따라오는지 마는지 돌아보고 확인도 안하고 곧바로 앞을 향하지. 위정은 뒤를 돌아본다구. 틈틈이 돌아보고 있어. 뒤를 쳐다보며 그 둥근 눈을 번쩍거리지."

"자신이 없어서 그런가요?"

짱페이룬은 어린 나이에 진사가 되었다. 더구나 시험 성적도 상위였다. 진사가 되어 한림원 편수의 직을 맡는 것은 상위합격자로서 엘리트 중의 엘리트였다. 본인도 자신만만할 것이다. 그에 비해 위안스카이는 과거의 낙방생이었다. 환경과 조건은 좋았지만 그는 학문을 그다지 좋아하지 않았다. 그런 콤플렉스가 있으므로 끊임없이 뒤돌아보는 것일까? 그렇지만 부인의 물음에 리훙장은 고개를 저었다.

"아니야, 위정은 교활해."

"교활해요?"

"나는 칭찬하는 뜻으로 이 말을 쓰는 거야. 그 녀석의 피는 그런 식의 흐르는 방식을 취하고 있어. 교활한 사내가 아니고는 선두에 세울 수가 없어."

"알겠군요."

부인도 수긍을 했다.

그녀는 남편이 사위를 위해서 좀더 나은 직책을 마련해 주기를 바랐다. 지금은 남편의 개인적인 막료에 지나지 않는다. 진사라는 신분이나 그 경력으로도 중앙 정부의 요직을 맡는다고 해도 하나도 이상할 게 없다. 그런데도 리훙장은 자신의 막하에 두고만 있었다. 부인에게는 그것이 불만이었지만 어쩐지 남편의 진의를 알 수 있을 것도 같았다. 확실히 지금 사위를 책임 있는 직책으로 옮기면 실패하고 말 우려가 있었다. 여성의 눈으로도 그걸 짐작할 수 있었다.

"유초는 유초로서 어딘가 쓸데가 있겠지. 너무 초조해 할 것은 없어. 가령 유초를 위정의 후임으로 한다고 쳐보라구. 이건 도무지 아무 일도 되지 않아."

리훙장이 가만히 말했다.

러시아, 일본, 영국, 독일, 프랑스, 미국 등 열강의 권모술수가 소용돌이치는 조선에 짱페이룬과 같은 직선형의 자신과잉형인 인물을 투입했을 때의 장면을 상상해 보면 알 수 있다. 격돌이 거듭되면 아마 본인이 먼저 흐물흐물해지고 말 것이리라.

당시의 과거는 문학 시험이었다. 진사가 된 인물의 재능으로 신용할 수 있는 것은 문재 뿐이었다. 가령 현재 조선의 정국에서 문재 따위가 과연 어느 정도 필요할까? 필요한 것은 일을 직선적으로 생각하지 않는 재능이리라. 그리고 쉼 없이 주위를 두리번두리번 살피는 자세이다. 짱페이룬은 그런 재능을 갖고 있지 않으며, 그런 자세를 취할 줄도 모른다.

위안스카이의 조선 근무도 3년이 넘었다. 조선 측에도 외국인들에게도 그는 그다지 잘 보이지 못했다. 기피 인물이었다. 본인도 귀국하고 싶어하므로 가능하면 경질시키고 싶다. 그렇지만 그 이상의 적임자가 없었다.

리훙장은 원래부터 위안스카이를 높이 사고 있었다. 그런데 경질 문제가 생기고부터는 한층 더 위안스카이를 평가하게 되었다. 다른 사람으로 바꾸기 어려웠다. 그만한 인물은 쉽지 않았던 것이다.

"저로서는 국이 행복하기만 해주면 좋겠어요."

부인은 조용히 말을 이었다.

짱페이룬의 첫 부인은 대리사경(大理寺卿)까지 역임한 주쉐친[朱學勤]의 딸이었다. 두 번째는 민절(閩浙=복건과 절강) 총독이었던 뻰보우첸[邊寶泉]의 딸이다. 두 번째 처인 변수옥이 죽은 것은 2년 전의 일이었다. 지금까지 두 명의 처는 모두 각료급 대관의 딸이었는데 이것은 짱페이룬이 어린 나이에 진사가 되어 장래가 촉망되는 젊은이로 보여졌기 때문이었으리라. 그러나 리훙장은 그렇지 않았다.

'이 사내는 인간으로서는 매력 만점이지만 이 난세에 실무를 담당할 수 있는 성격은 아니다. 되도록 책임이 없는 곳에 두자.'

그는 이렇게 판단하고 있었다.

출세는 자신만으로도 충분했다. 인간의 행복은 입신출세에만 있지는 않다. 리훙장은 딸의 상대자를 고를 때 능력보다는 인간성에 중점을 두었다.

리훙장의 판단대로 두 사람은 행복한 부부 생활을 보냈다. 짱페이룬에게는 〈간우집(澗于集)〉이라는 일기가 남아 있는데 그 중에는,

"처와 함께 술을 마시고 몹시 즐거웠다."

"처와 수담(手談)을 하니 몹시 즐거웠다."

이런 식의 아내 자랑과 같은 문장이 곳곳에 보인다. '수담'이란 바둑을 두는 걸 말한다. 부부가 바둑판 앞에 앉아 담소를 나누면서 돌을 놓는 장면은 상상만 해도 정겹다.

이 부부에 비교한다면 광서제의 가정 생활은 불행 그 자체였다.

17세가 된 광서제는 자신의 즉위에 어두운 그림자가 드리워져 있다는 사실을 알고 있었다. 선제가 19세에 죽었을 때 황후는 임신중이었다.

"황저(皇儲) 탄생 때까지 기다리자."

이것이 중신들의 의견이었지만 서태후는 "국가는 하루라도 군주가 없을 수 없다"며 무리하게 네 살 된 광서제를 즉위시켰다.

선제의 황후는 임신한 채로 죽었다. 서태후가 숙였는지 자살을 했는지 그녀를 죽음으로 몰아넣은 것은 서태후였음에 틀림이 없다. 그녀가 잉태하고 있었던 아이는 다름 아닌 서태후의 손이었다. 그런데도 서태후는 굳이 자신의 손주를 죽

였다. 손주를 잉태한 여자는 동태후의 천거로 동치제가 황후로 고른 여자였다. 만약 손주가 사내아이로 제위에 오른다면 정권은 동태후 쪽으로 기운다. 아니 어린 황제의 어머니가 섭정을 하여 전권을 쥘지도 모른다.

권세에 눈이 뒤집힌 서태후는 권세를 자신의 손에 쥐기 위해서 손주를 죽이는 일까지도 서슴지 않았던 것이다.

동태후가 고른 황후가 낳은 손주보다 서태후는 자기 동생이 낳은 아들 광서제를 제위에 올리고 싶어한 셈이다.

동치제의 전례가 있는데다가 동태후도 이미 죽었으므로 서태후의 힘은 선제 시대보다 커졌다. 이번의 관서제의 '대혼'은 황제의 의사 따위는 완전히 무시된 것이었다.

톈진에 있는 리훙장의 저택이 화촉으로 화려할 무렵, 베이징 자금성 내에서는 소년 황제가 왕좌에 앉아 울적해 하고 있었다.

# 3

북양 함대는 아시아 최강의 해군이었다. 적어도 그것이 편제된 1888년의 시점에서는.

그 진용은 '정원(定遠)', '진원' 등 두 척의 주력함을 중심으로 하고 있었다. 당시로서는 아직 신기했던 '철갑선'이었으며 둘 다 7천여 톤이었다. 여기에 배치된 5척의 순양함 '경원', '내원', '치원', '정원(靖遠)', '제원'은 각각 3천여 톤이었다.

청국이 해군성 즉 해군아문을 설립한 것은 3년 전이었다. 그 이전에는 북양 수사 외에 남양 수사, 복건 수사가 있었고 그 세력은 거의 동등했다. 그 중 복건 수사는 청불전쟁 때 마미해(馬尾海)의 전투에서 전멸했다. 나중에 리훙장의 사위가 된 짱페이룬이 다름 아닌 바로 이 마미해 패전의 책임자였던 것이다. 그런데 해군아문을 설립할 때 리훙장은 남양 수사 소속의 비교적 성능이 좋은 함정을 북양 수사로 배속시켰다. 중점주의라는 구실 아래 북양 수사는 외국에서 신예함도 구입했다.

아시아 제2의 해군국이 일본이었음은 물론이다.

북양 함대가 편제된 1888년 9월 4일자 〈조야신문〉에는,

'한심한 제국 해군의 현상'이란 제목으로 다음과 같은 기사가 게재되어 있었다.

우리나라에 현존하는 군함을 보면 모두 노후하여 실용에 적합지 않은 것이 많고, 이미 실용에는 쓰지 못할 것도 적지 않은데 그 제조 연호를 보니,

    뇌전함(雷電艦) 가에이[嘉永] 3년
    축파함(築波艦) 가에이 4년
    천대전함(千代田艦) 분큐[文久] 3년
    춘일함(春日艦) 분큐 3년
    부사산함(富士山艦) 겐지[元治] 원년
    동함(東艦) 겐지 원년
    용양함(龍驤艦) 게이오[慶應] 원년
    맹춘함(孟春艦) 게이오 3년
    봉상함(鳳翔艦) 메이지[明治] 원년
    천간함(淺間艦) 메이지 원년
    일진함 메이지 2년
    청휘함(淸輝艦) 메이지 8년
    신경함(迅鯨艦) 메이지 9년
    석천호(石川號) 메이지 9년
    비예함(比叡艦) 메이지 10년

금강함 메이지 10년
천성함 메이지 10년
반성함(磐城艦) 메이지 11년

위와 같이 현재 함대를 조직하는 군함 중 낡은 것은 39년 전, 새 것도 11년을 지났으니 곧 크게 수리하지 않을 수 없음. 이렇게 되고 보면 일본 해군은 불완전한 위에 불완전이 극에 달해 해군 확장의 본지에도 어긋나는 것임. 더구나 노후함에 견디지 못하는 선함 중에는 해체해야만 할 것도 있으니, 따라서 신함 제조를 외국에 위탁하는 것밖에 다른 길 없음. (후략)

청일 양국 함대는 그 숫자에 있어서, 또 그 성능에 있어서 현저한 차이가 있었다.

그것이 1888년을 분기점으로 역전하고 있다. 이 해부터 청일 개전에 이르기까지 6년 동안 일본은 이러한 위기감에서 군비를 계속 증강했지만 청국은 리홍장이 이 해에 여순에서 '치원'을 수령한 이래 1척의 신함도 추가하지 않았다.

청국도 해군의 예산은 짜고 있었다. 연액은 은 4백만 냥으로 정해져 있었다. 그런데 앞서 말한 대로 6년 동안 한 척의 신함도 구입치 않았다. 또한 개전 3년 전 즉 1891년부터는 탄약의 구입조차 그만두고 말았다.

서태후 한 사람 때문이었다.

이것은 너무나 유명한 이야기이다. 해군의 예산을 그녀의 대별장인 이화원의 건설에 유용한 것이다. 설마하고 여겨지겠지만 그것은 조금도 보탬이 없는 진실이었다.

서태후는 광서제가 18세가 된 것을 계기로 '귀정식'을 올리고, 자신은 섭정을 그만둔 뒤 은퇴하겠다고 했다. 그러나 그녀와 같은 권력욕의 화신이 그 권세를 포기하겠다는 것은 생각할 수도 없는 일이었다.

오랜 세월 그 달콤한 맛을 잘 알고 있는 그녀에게 권세를 놓을 마음은 추호도 없었다. 그렇지만 황제가 성장하면 섭정이라는 지위가 부자연스러워진다. 18세가 되어 한 몫을 할 수 있는 황제가 서태후의 치맛자락에 갇혀 있다는 사실은 세상의 웃음거리에 지나지 않을 일이었다.

'귀정'이라는 형식을 만들어 놓고 실제로는 여전히 궁정에서 군림할 계획이었다. 그것이 형식에 지나지 않는다는 사실은 세상이 다 알고 있었다. 그렇긴 해도 그 형식이야말로 중요한 것이다. 그 형식에 가치를 부여하기 위해서는 번드럽게 꾸밀 필요가 있었다.

형식을 강조하는 하나의 방법으로써 대별장 조영을 생각해냈다. 서태후는 정치의 중심인 자금성을 나와 유유자적한 생활을 위해 별장으로 옮긴다. 이것은 형식을 꾸밀 가장 유효한 수단이었다.

서태후의 별장은 단순한 별장이어서는 곤란하다. 정원 내의 건축은 물론이거니와 그 안의 산이나 연못도 모두 인공이 아니면 안 된다. 어지간한 악취미였지만 서태후로 볼 때는 그렇게 해야만 자신의 권위가 보존된다는 생각이었다.

이화원은 베이징의 서쪽 교외에 있으며 지금은 서민의 행락지가 되어 있다. 이화원 안에 있는 만수산(萬壽山)은 인공의 산이며 곤명호(昆明湖)는 인공의 연못이다. 그 웅장함에는 혀를 내두르지 않을 수 없다. 지금 이화원은 서태후의 우행의 기념물로서 남아 있다고 말할 수 있다.

"그런데 이건 어느 정도 경비가 들까?"

서태후는 자신의 계획을 알린 뒤 거기에 필요한 비용을 뽑아보도록 지시했다.

'은 3천만 냥'이라는 숫자가 튀어나왔다.

"그 금액은 조달할 수 있을까?"

서태후는 순친왕에게 하문했다.

순친왕은 광서제의 친부이다. 그의 처는 서태후의 동생이며 지금은 서태후 정권의 중추에 있다. 아들이 황제가 된 것도 모두 서태후의 덕이었다. 서태후가 하는 말이라면 기름을 지고 불 속으로라도 뛰어들 판이었다.

"어떻게 연구를 해보겠습니다"

순친왕은 대답했다.

"즉시 대답할 수 없을 만큼 어려운 일인가?"

"아닙니다, 그렇지 않습니다. 저, 자질구레한 문제가 있으므로 전문가에게 자문을 구해야 합니다."

순친왕은 이마에 땀을 송글송글 맺으며 대답했다. 은 3천만 냥의 무게를 그가 모를 리가 없었다. 그러니까 땀을 흘린 것이다.

"그렇다면 조달할 수 있는 것은 확실하지만 기술적인 문제가 있으므로 그것을 연구해 보고 싶다는 말인가?"

"예, 그렇습니다."

"그렇기도 하겠지. 그러나 당당한 대신이 기술적인 문제까지 염려할 필요는 없어. 자금 조달이 문제가 없다면 조속히 공사에 착수하도록 하라."

서태후는 자신의 계획에 빠져들기 시작했다. 미증유의 대정원 조영은 생각하면 할수록 그녀를 흥분시켰다. 만주족의 왕조를 세운 이래 2백 수십 년, 여지껏 이 정도로 거대한 공사가 있었던 선례는 찾을 수 없다.

아니 베이징 교외에 있는 명의 13능도 여기에 견주면 보잘 것 없는 셈이다. 장난감이 아닌 진짜 산과 호수를 인간의 힘으로 만드는 것이다. 대당의 성시에도 없었던 일이며, 진의 시황제조차 꿈도 꾸지 못한 일이었다.

심야에 서태후는 문득 잠이 깨었는데 걱정이 되는 일이 있어 방울을 올려 환관을 불렀다.

"시황제의 아방궁에 관해서 알고 싶다. 신속히 학자에게 연락하여 상세히 조사, 보고하도록 명하라."

그녀는 자신의 계획을 능가하는 조영이 과거에 있었던가 어쨌는가 하는 것이 알고 싶었다. 그럴 경우 최대의 적은 진시황제였다. 그녀는 그 적의 실체를 살펴보기 위해 학자에게 조사를 명한 것이었다.

서태후는 자기 도취의 상태였으나 은 3천만 냥이라는 거액의 조영비 조달을 명 받은 순친왕이 머리를 쥐어 싸맸음은 이를 나위도 없다.

# 4

"걱정하실 건 하나도 없습니다. 화가 복이 될 수 있다면 오히려 좋은 일이지요."

만주 귀족인 선경(善慶)은 순친왕으로부터 서태후의 망상을 전해 듣고 이렇게 대답했다.

"화가 복이 된다?"

"전하의 귀에는 들리지 않습니까? 한족들이 대군을 조직하여 우리들 만주족을 쫓아오는 발소리가. 우리들을 산해관(山海關) 바깥으로 몰아내려고 하고 있어요. 아니, 추방만으로 그치지 않을 겁니다. 우리를 섬멸하려 하고 있어요."

"설마?"

순친왕은 고개를 저었다.

"설마가 아닙니다. 태평천국의 홍슈우첸은 망했지만 그들이 어떤 기치를 올렸던가요? 섬멸. 우리들 만주족을 요(妖)라고 부르며, 요를 섬멸시키자고 외쳤던 것입니다."

"그들은 이미 망해버렸다구."

"분명히 망했습니다. 그들을 망하게 한 건 어떤 자들이었습니까?"

"상군, 그리고 회군."

"그렇습니다. 만주 팔기(八旗)가 아닙니다. 상군은 쩡궈후안이 조직했고, 회군은 리훙장이 조직한 군대입니다. 그 군대 중에 만주족이 있습니까?"

선경은 따지듯이 물었다.

"양군 다 한족의 군대로군."

"그렇지요. 지금 이 나라에 무슨 일이 생기면 싸울 수 있는 것은 한족의 군대뿐입니다. 그들이 우리를 향해 온다면 과연 어떻게 될까요?"

"아무리 한족의 군대라도 그들은 대청국군의 군대가 아닌가? 그들이 우리를 향해 쳐들어온다는 건 도저히 상상할 수 없는데⋯⋯."

순친왕은 고개를 크게 저었다.

"전하는 그렇게 생각하고 싶지 않으니까 일부러 생각을 않는 것이겠지요. 조금만 생각을 해보면 알 수 있습니다. 만약 내가 한족이라면 나는 하겠습니다. 상대에게는 힘이 없고 이쪽에는 힘이 있다. 그런데 지금 상대에게 지배를 받고 있다. 나 같으면 합니다. 이 지배 관계를 벌컥 뒤집어버리지요. 한족에만 한하지 않습니다. 몽고족이건 서장족(西藏族)이건 같은 상황에 놓인다면 반드시 똑같은 행동을 할 겁니다."

"그럴까?"

"그래도 고개를 저으십니까? 정말 안타깝군요. 어제 들은 정보입니다만 광동에서는 삼합회나 천지회의 반역이 빈발하고 있답니다. 그들이 깃발에다 뭐라고 쓰고 있는지 아십니까? '멸만 흥한(滅滿興漢)' 입니다."

"멸만 흥한."

"우리들 만주족을 한 사람도 빠뜨리지 않고 때려죽인다고 야단입니다. 광동뿐이 아닙니다. 아시겠습니까? 우리가 갖고 있는 것은 이제 왕좌뿐인 셈입니다. 이 나라는 우리들의 나라입니다만 그 가운데 우리는 소수파입니다. 그 점을 잊지 마십시오."

선경은 이렇게 말을 하고는 가늘고 긴 눈으로 순친왕의 눈을 뚫어지게 들여다보았다. 만주족의 용모의 특징으로 순친왕의 눈도 가늘고 길다.

"그럼, 어떡하면 될까?"

"누구라도 신용해서는 안됩니다. 상대가 한족인 이상."

"중당은 진충보국(盡忠報國)의 인물이라고 생각하는데?"

"그게 너무 여린 생각입니다. 죽은 쩡궈후안은 태평천국을 제압한 영웅입니다. 이 나라를 구해냈다고 해도 좋겠지요. 그렇지만 쩡궈후안이 상군을 조직했을 때 한 마디도 충의를 위한 것이란 말은 없었습니다."

"그랬던가?"

"그렇습니다. 그 당시의 격문은 전하도 잘 알고 계실 것입니다."

선경은 마치 순친왕을 힐문하는 듯한 어조였다.

순친왕은 쩡궈후안이 호남에서 발표했던 격문을 기억하고 있었다. 이미 30년도 더 전의 일이었지만 태평천국을 토벌한 의용군을 모집하면서 '예교(禮敎)를 지키기 위해'라고 부르짖었던 것이다.

청국에 대한 충의를 외친 게 아니었다. 청은 만주족의 왕조였다. 그것을 지키기 위해서라고 했다면 지원자가 없었을 것이었다. 그래서 "태평천국은 이국의 기독교를 신봉하여 중국 고래의 '예교'를 망하게 하려고 있다. 그 '예교'를 위해 일어서라"라고 격문을 띄웠던 것이다.

'예교'란 당시의 한족으로 볼 때, 자신들의 생활 양식이며 생활 그 자체라고까지 인식되고 있었다. 그것을 지키자는 꾐은 설득력을 갖고 있었다.

청조 지배 하이므로 한족은 나라를 지키기 위한 싸움에는 나서지 않는다. 뿐만 아니라 자신들의 힘으로 청조를 무너뜨리고 자신들의 나라를 세우려고 할 것이다. 마음속으로는 모든 한족이 그런 바람을 갖고 있다.

선경은 이렇게 단정했다.

"그들이 아직 궐기하지 않는 것은 힘이 부족하다고 생각하기 때문입니다. 그럴만한 힘이 있다고 여기면 언제라도 우리 쪽으로 총구를 겨눌 것입니다. 태후 폐하의 대정원 조영을 우리는 화를 굴려 복으로 만들 계기로 이용해야만 합니다. 북양 함대를 보십시오. 그 견함 거포(堅艦巨砲)는 모두가 한인의 것입니다. 그것을 지휘하는 자 또한 한족 대신 리훙장이지 않습니까? 이 이상 그에게 힘을 붙여 주어서는 안됩니다."

선경의 말은 점점 열기를 띠어갔다.

순친왕은 상대가 하고자 하는 말뜻을 알았다. 군비를 정원 조영비로 돌리자는 것이었다. 군함, 총포, 탄약의 구입은 한족의 힘을 길러 주는 것과 마찬가지다. 목하 청국군의 주력은 연기계(緣旗系=한족의 부대)이다. 국군의 증강은 왕조의 위기로 이어진다.

'그렇긴 하지만 일이 이상하게 되어버렸는걸.'

순친왕은 저절로 한숨이 나왔다.

"그러나 군비의 삭감을 중당에게 이해시킬 수 있을까?"

그것이 문제였다.

"계책은 있습니다."

선경이 자신있게 대답했다.

리홍장은 청조 유일의 실력자이다. 직예총독과 겸하여 북양의 군대를 지휘하에 두고 있다. 그렇지만 그에게도 정적은 있었다. 양강총독인 쩡궈취안[曾國荃]은 죽은 쩡궈후안의 친동생으로 리홍장의 라이벌로 여겨졌다. 양광총독 쨩즈뚱[張之洞]도 자신이 리홍장의 부하로 여겨지는 걸 언제나 꺼림칙하게 생각하고 있었다. 중앙 정부의 내부에도 웽퉁허[翁同龢]라는 리홍장을 아주 싫어하는 인물이 있었다.

웽퉁허는 호부상서 즉 재무장관이었다. 돈지갑을 쥐고 있는 인물이므로 우선 이 인물을 같은 편으로 끌어넣자는 선경의 말에 순친왕도 적극적으로 나서기 시작했다.

"태후 폐하의 진의도 여기에 있다고 생각합니다. 한족에게 군사력을 길러 주지 않기 위해서 그 비용을 돌려 만수산을 조영한다. 이 얼마나 기발한 계책입니까?"

선경이 이렇게 말하자 순친왕도 따라서 고개를 끄덕였지만 마음 속으로는 '설마'라고 여기고 있었다.

항상 서태후를 가까이에서 모시고 있는 순친왕은 그녀에게 그와 같은 '원대한 생각'이 있다고는 도저히 여길 수 없었다.

이화원 조영을 당시는 '만수산 공정'이라고 칭하고 있었다. 총감독은 순친왕이었으며 우선 2백60만 냥을 모으게 되었다. 그 할당은 각각 관동 1백만, 남양 80만, 호광(湖廣) 40만, 사천 20만, 직예 20만이었다. 그 다음에는 북양 군비의 거의 대부분을 끌어낼 계획이었음은 말할 나위도 없다.

서태후는 매우 마음이 흡족했다.

진의 시황제가 위수(渭水) 남안(南岸)의 상림원(上林苑)에 조영한 아방궁은 동서 약 7백 미터, 남북 약 1백20미터가 되는 대누각으로 인공적인 것으로는 상상을 초월한 규모였다. 그러나 학자의 보고로는 그것은 시황제의 죽음에 의해 결국 미완성으로 끝났다고 한다.

"아방궁이라는 이름만이 크게 전해지고 있습니다만 실제로는 완성을 보지도 못했습니다."

그 보고를 듣고 서태후는 목청을 높여 웃었다.

"나의 만수산은 미완의 아방궁을 능가한다. 나의 이름과 만수산은 불멸할 것이다."

그녀는 대만족이었다.

"이제 군대도 끝장이로군."

만수산 공정이 결정되었다는 말을 듣고 리훙장은 이렇게 중얼거렸다. 결국 올 것이 오고야 말았다고 생각했던 것이다.

# 제14장 허허실실

1

청일전쟁 직전, 조선에서의 청일 양국의 입장에 대해서 무츠 무네미츠[陸奧宗光]는 그가 쓴 〈건건록(蹇蹇錄)〉에서 다음과 같이 말하고 있다.

그래서 청일 양국이 조선에서 각자의 권력을 어떻게든 유지하려고 하는 점에서는 기름과 물의 관계였다. 일본은 처음부터 조선을 독립국으로 인정하여, 과거 조선과 청국 간에 존재해 온 애매한 종속 관계를 단절하고자 하였으며, 이와는 반대로 청은 과거의 관계를 근거로 조선이 청의 속국이란 사실을 널리 알리고자 하였다. 실제는 통상적인 공법상으로 확정된 종국과 속국이란 법적인 요소가 없음에도 불구하고, 계속 명분상으로라도 조선을 청의 속국으로 인정하려는 노력을 계속하였다.

무츠가 '물과 기름'이라고 표현했듯이 그것만으로도 양국의 관계는 충분히 짐작하고도 남았다. 어떤 행동을 해도 그 뜻하는 바는 분명했다.
청의 입장에서, 청국 대표 위안스카이는 항상 일본의 눈을 의식하여 그 행동이 불편했다. 위안스카이가 동양의 강국 일본이 자기의 임무를 방해한다는 사실을 잘 알고, 그 방해를 제거하려고 했던 것은 너무나 당연한 일이었다. 무츠의 저술에도,

"당시 경성의 주재관이었던 위안스카이와 같은 무리들이 이것(일본의 방해 제거)을 열망했던 것은 조금도 무리가 아니었을 것이다."
라고 판단하고 있다.

위안스카이는 자기의 입장이나 임무는 충분히 이해했지만, 그에 비해 일본에 대한 인식이 부족했다. 자신이 그것을 인식 부족이라고 느끼지 못했던 점에 비극이 있었다. 일본 정세에 대한 위안스카이의 인식 부족은 역대의 일본 주재 청국 공사 쉬청주, 리쑤창, 리징황[李經方], 왕횡쪼우[汪鳳藻] 등 공사관 관리들의 책임일 수도 있었다. 위안스카이 자신도 단기간 일본을 방문했었지만, 그가 알고 있는 일본 지식의 대부분은 주일 공사관으로부터 얻은 정보였기 때문이었다.

일본에 주재하는 청국 공사관 사람들은 화교를 무조건 무시했다고 한다. 신호, 횡병, 장기 등에는 많은 화교들이 일본인 사회에서 생활하고 있었다. 청국민은 조약국이 아니기 때문에 거류지를 정하여 사는 것이 아니고, 보통 일본인들과 함께 어울려 살면서 일본의 실정을 피부로 느낄 수 있었다. 그러나 본국에서 온 공사관의 관리들은 이들의 귀중한 체험을 얻으려 하지 않았다.

봉건 중국의 극단적인 '관존민비' 사상 탓도 있었으나, 청국의 관료들이 화교를 보는 눈은 '조국을 버리고 외국으로 도망친 믿을 수 없는 놈들'이라는 편견을 갖고 있었다고 한다. 화교들의 의견이나 체험을 참고로 한다는 따위의 생각은 청 말의 관료에게서는 찾을 수 없었다.

게다가 청조 측에서 보면 쑨원 등과 같은 반역자인 혁명가가 일본에서 비밀 활동을 시작하자 화교는 거의 그들의 열렬한 추종자가 되었고 쑨원은 이들을 가리켜, '화교는 혁명의 어머니'라고 부를 정도였다.

청국 외교관이 하는 일이라고는 도쿄의 공사관에서 주로 신문이나 공식 문서를 통한 일본의 '정보'를 수집하여 본국에 보내는 일이었다. 이렇게 모아진 정

보는 대개 '죽은 정보'였다.

이화원 조영, 소위 '만수산 공정'이 베이징에서 시작될 즈음 일본은 헌법 발포 직전이었다.

청국 관료의 눈에 입헌정치의 실현은 조정의 실력 저하로 비쳤다. 청국의 경우에는 조정은 곧 정부이므로, 정부의 지도력 약화라는 견해가 일반적이었던 것이다.

1889년, 문부대신 모리아리가 암살되었다. 이 사건은 일본의 치안에 문제가 있는 것이 아닌가 하는 의혹을 자아냈다. 내각 내부에서는 장주벌(長州閥)과 살마벌(薩摩閥) 간의 싸움이 있었다. 정계에서의 파벌 싸움은 대단하여, 살마벌도 개혁당(改革黨), 조화파(調和波), 도진당(島津黨)의 세 파로 나뉘어 있었으며, 신문은 그것을 재미있고 또 우습게 썼다.

"이런 상태로는 일본의 국론 통일은 불가능한 게 아닌가?"

신문을 읽으면 그런 듯 싶었다. 청국 공사는 그런 사실을 본국에 전하고, 본국은 그것을 조선의 위안스카이에게 전했을 것이다. 일본인 속에서 생활하는 화교들은 마치 국론이 분열되어 있는 것처럼 보여도 국가 이익이 분명한 때는 일치단결하는 일본인의 성격을 잘 알고 있었다. 그래서 그들의 무사 기질을 두려워했으나 이러한 경보를 울릴 만한 길이 없었다.

무츠가 지적했듯이 청국은 조선을 속국으로 확보하는 것이 비현실적임을 깨달았지만, 명분상으로라도 계속 종주국의 체면을 유지하고 싶어했다.

〈청사고〉에 의하면, 청국이 속국으로 간주한 나라는 조선, 유구, 월남, 미얀마[緬甸], 샴[暹羅], 남장(南掌), 소록(蘇祿), 곽이객(廓爾喀), 호한(浩罕), 감거제(坎巨提)의 10개국이다. 조선뿐 아니라 유구를 비롯한 다른 속국에도 청국이 군대를 주둔시킨 예는 없는 것 같다. 책봉사를 파견할 뿐, 직접 통치에 간섭한 일은 없었다. 본래부터 종주국이란 것은 명분상의 이름에 지나지 않고, 이들 속국이란 책봉사를 받아들이면서 처음으로 통상을 시작한 것이기 때문에 그러한 형태를 지니는 데 불과한 것이다. 동아시아 방식이라고 할 수 있는 형식이었다.

여기에 서구식 국가관을 지닌 열강들이 19세기에 들어서면서 진출하기 시작하여 일은 점점 복잡해졌다.

종주국의 위치에서 유력하게 지배해 오다가 차츰 후퇴하여 명분상으로나마 그 세력을 유지하려고 했던 게 아니고, 처음부터 명분뿐이었다. 그러나 그 명분만을 유지하는 일조차 어렵게 되었으므로 위안스카이의 임무는 어떻게 하든 명분상의 종주권 유지를 연장시키는 데 있었다.

## 2

조선이 박정양을 주미 공사로 파견한 사실은 이미 말한 바와 같다.

청국은 조선의 외교관 파견에 대해 3항의 부대 조건을 강요했으나, 그것은 종주국의 체면을 세우기 위해서였다. 그 세 가지 항목 중 제1항은 앞서 말한 바와 같이, '조선의 외교관이 외국에 나가면 우선 청국 공사관에 보고하여, 청국의 공사와 함께 그 나라의 외무부로 길 것'이있다.

부임지의 외무부에 형제 동반을 명한 것이다. 자주독립을 주창하는 조선 정부로서는 제1항은 어떻게 해서든지 받아들이고 싶지 않은 내용이었다.

박정양을 미국에 파견하면서 조선 정부는 위안스카이에게 신임장을 제출하면 즉시 귀국시킨다는 약속을 하여 겨우 '전권'의 직함을 얻어냈다.

그러나 박정양은 1887년 11월 워싱턴에 도착하여 신임장을 제출한 뒤에도 귀국하려고 하지 않았다.

조선의 자주독립을 세계에 알리기 위해 박정양은 하루라도 더 워싱턴에 체류하는 것이 임무였다. 이와는 반대로 조선에 대한 종주권을 주장하기 위해 하루라도 빨리 박정양을 귀국시키는 것이 위안스카이의 임무였을 것이다.

"곧 귀국시키겠다고 말해 놓고 이건 약속 위반이지 않은가?"

위안스카이는 조선 정부에 압력을 가했다.

"아마도 그쪽에서 만류하여 있게 하는 듯하오."

조선 당국은 회피하려고 했다.

"만류한다고 해도 너무 길게 지체되었소. 대체 무슨 용건이 있는 것이오?"

"글쎄, 멀리 떨어져 있으므로 미국의 상황은 잘 알 수가 없소."

"미국에 그렇게 오래 머무를 이유가 없소. 만약 있다고 한다면……."

위안스카이는 무섭게 눈을 치뜨고, 만약 있다면 청국에 대한 음모가 아닌가 하는 표정이었다.

"글쎄, 어떤 용건이 있었는지 아직까지는 보고가 없소. 긴급한 중대사라면 보고가 있을 터인데 없는 걸 보면 중요한 용건은 아닌 것 같소만."

"중대사라고 해도 보고할 수 없는 용건도 있을 터이고, 또 보고되어도 나에게 말할 수 없을 용건도 있지 않겠소?"

"아니오, 그런 일은 없소. 어쨌든 박정양은 내 지시대로 대청제국의 역법을 사용하여 광서 연호를 쓴 문서를 미국 정부에 제출했다는 보고는 있었소."

"청의 역법."

위안스카이는 쓰게 웃었다.

한 국가의 연호, 그 역법을 그대로 사용한다는 것은 그 나라의 속국임을 나타낸다는 뜻이다. '광서'는 청의 연호이고, 그것을 사용했다는 사실은 청에 복종하고 있다는 증거가 되는 셈이다. 진위는 분명치 않으나 조선 영의정 심순택이 러시아 공사 웨베르에게 보낸 밀서에는, '대조선국 495년(大朝鮮開國四百九十五年)'이라는 자국의 역법을 사용했다고 한다. 이것은 청에게 복종할 의사가 없음을 표명한 것이다.

그러나 이러한 관습이 통하는 것은 동아시아뿐이었다. 조선에서 파견된 전권공사 박정양은 광서라는 청의 연호를 사용하기는 했으나, 경험으로 미루어 볼 때 서구에서는 동아시아의 관습이 통하지 않는다는 점을 알았을 것이다. 영문으로 번역될 때는 결국 서기로 고쳐 쓰여질 것이므로, 간섭이 심한 위안스카이에게 변명할 자료로서 작전상 청의 연호를 사용했을 수도 있었다.

박정양의 미국 체재 기간은 1년 남짓 되었다. 그동안 서울에서는 위안스카이의 끈질긴 조기 귀국 재촉이 계속되었다. 조선 정부는 그때마다 미국의 요청이다, 본인이 병에 걸렸다는 등의 각종 구실을 붙여 시간을 끌었다. 힘들게 1년을 보내고 박정양은 미국 측에 병 때문이라는 구실을 대고 귀국했다. 미국 측에서는, '전권공사가 어째서 겨우 1년 정도로 귀국하는 것일까?' 하고 이상하게 여겼고 청국 측은 이와 반대로, '왜 1년씩이나 체류했는가?' 하고 약속 위반의 책임을 따졌다.

1년이라도 버틴 것은 박정양의 수완이라고 말하지 않을 수 없다. 문서에 '광서'라는 연호를 사용한 외에는 독립 국가의 외교관으로서 맹활약을 했다.

3항의 부대 조건 속에서 가장 어려운 문제인 제1항은 아직 훈령을 받지 않았다는 이유로 무시해 버렸다.

제2항은 공식 행사나 파티에서 조선의 외교관은 청국 공사의 뒤를 따르라는 내용이었지만 그런 차례는 미국 측이 정하는 것이 상례이다. 대개 알파벳 순서, 또는 부임 순이다. 전자일 경우 'KOREA'는 'CHINA'의 뒤이고, 후자라도 박정양보다 청국 공사 짱인헝이 2년 이상 선배이므로 제2항은 자연히 해결되었다.

제3항은 중요한 문제가 있을 때 조선의 외교관은 청국 공사에게 상담을 해야 한다는 것으로, 이것은 중요한 용건이 없었다고 함으로써 넘어갈 수 있었다.

자주독립국 조선으로서는 문제는 제1항에 집중되었다고 해도 좋을 것이다. 조선에서는 박정양의 공적을 높게 평가했다.

1888년 11월, 만 1년 되던 해 박정양은 워싱턴을 떠났다. 귀국하고서 맞게 될 위안스카이의 분노가 그의 눈에 보이는 듯 확연했다.

"분이 삭을 때까지 기다리자."

그는 본국 정부와 비밀리에 연락을 취하고 귀국 도중 일본에 들러 거의 4개월을 머물렀다. 그가 서울에 돌아온 것은 1889년 3월이었다.

"조선 당국은 박정양의 책임을 물어야만 한다."

위안스카이의 주장은 이러했다.

조선 정부는 중간에서 매우 난처하게 되었다. 1년여에 걸친 박정양의 공적은 지대하였으며 그 공적에 보답하지 않을 수 없었다.

귀국 후의 그에게 '외서독판'의 자리를 내정했었던 것이다. 그러한 때에 위안스카이는 그를 문책할 것을 주장했다. 조선 왕명으로 정병하와 민종묵 등이 위안스카이의 화를 달래기 위해 파견되었다. 그러나 위안스카이는 변함 없이 박정양의 처벌을 요구했다. 그러므로 처벌을 면하게 하려는 교섭이 고작이었으며 외무대신 취임 등은 아무래도 시기가 나빴다.

청국 외교의 실질적 힘을 장악하고 있는 리훙장은 박정양에게 '치직정차위 (褫職停差委)', 즉 해임하고, 어떤 관직에도 둘 수 없다는 처벌을 계획했다. 현지의 위안스카이는 보다 중히 처벌하려는 생각이었다. 조선이 두 번 다시 '자주외교'를 하지 못하도록 따끔한 처벌을 하려는 것이다. 이즈음의 조선은 이미 10여 년 전의 조선이 아니었다. 일본이나 러시아 같은 열강의 힘을 빌어 청국의 압력을 벗어나는 것이 불가능한 일이 아님을 깨닫게 되었다. 아무리 위안스카이가 눈을 부릅뜨며 윽박지른다 해도 그의 말대로 실행하지 않았으며, 한 걸음 두 걸음 자주적 행동을 쌓아 올리면서 진정한 독립을 달성하려고 했다.

"조선의 비원인 완전 독립을 달성하는 것이 쉬운 일은 아닙니다. 험한 일들도 피할 수 없습니다. 유혈도 불사할 각오가 필요합니다."

독립을 돕는 참모도 있었다. 우스운 일이지만, 리훙장이 파견한 외국인 고문 데니 등이 청국에 대항하는 조선의 저항을 지원하며 조언을 해주고 있었다.

"외무대신으로 임명할 경우 청국에 대한 자극이 너무 심할 듯합니다. 지금 같아서는 조금 평범한 직이 좋을 것 같소."

"예를 들자면 어떤……."

"부제학 정도면 어떻습니까?"

"글쎄요. 승진이라고는 할 수 없는 것이 좀……."

"해임보다야 나을 겁니다."

조선 궁정에서는 외국인 참모들이 이러한 묘책을 강구하는 중이었다.

청국이 해임·징계하라는 박정양을 조선은 승진시키려는 것이다. 그렇다고 해도 외무대신에의 기용은 청국을 지나치게 자극시킨다. 위안스카이의 불같은 분노도 있고, 리훙장도 가만 있지는 않을 것이다. 박정양 문제에 있어서는 위안스카이와 리훙장 간에 미묘한 의견차가 있으니까 이를 잘 조정해야만 한다고 데니 등은 설명했다. 그러므로 외무대신보다는 학부차관 정도면 어떻겠는가는 건의였다. 교육 관계의 관직은 정치·외교의 와중에서 멀리 떨어져 있으므로 일국의 정치를 좌우하는 자리는 아니다. 소위 한직이므로 우선 그 정도의 직책에 봉한 뒤 기회를 봐서 승진시킨다.

조선 정부는 참모들의 이러한 건의를 받아들여 박정양을 부제학에 임명했다.


3

데니 등은 중국에 오래 머물렀고, 그런 연유로 중국의 사정은 꽤 잘 알고 있는 터였다. 그러나 동아시아의 미묘한 심리 관계까지는 아직 모르는 점이 많았다.

그들이 예상했던 것 이상으로 리훙장은 노했다.

유교적 윤리 사회에서는 교육 관계 직책은 결코 한직이 아닌 요직인 것이다. 처벌을 명한 인물을 오히려 요직에 앉혔다는 사실은 청국의 체면을 여지없이 깎아 내린 것이라고 판단했다.

1890년 정월 19일, 위안스카이는 북양대신 리훙장에게 박정양의 임명을 보고했다. 글 중에는 '임요질현(任要秩顯)'이란 표현이 보인다. 새로 임명받은 직무는 중요하며 높은 자리라는 뜻이다.

위안스카이는 당연히 조선 정부에 실명을 요구했고 그 내답은 다음과 같았다.

"불과순례이수(不過循例而授) 병비별유의견(並非別有意見)."

즉, 전례에 따라 주었을 뿐 결코 특별한 대우는 아니다. 서열로 봐도 그러함을 알 수 있다는 말이었다.

위안스카이는 이에 만족하지 않고 국왕을 알현하여 설명을 듣고자 하였다. 조선 국왕은 병을 핑계로 위안스카이를 만나려 하지 않았다. 위안스카이의 뇌성 같은 소리를 듣지 않으려 했다. 병을 칭한 사람은 국왕뿐이 아니었다. 당사자인 박정양도 병을 이유로 두문불출, 조 대비마저 병이었다. 대비가 아프다는 이유로 국왕은 또 다른 구실을 얻은 셈이었다. 그러나 언제까지 피할 수만은 없는 노릇이었으므로 조선 국왕은 드디어 위안스카이를 만나 주었다.

"박정양 문제에 관하여 전하께서도 상세히 전해 들으셨겠지요?"

알현 인사조차도 지루하다는 듯이 위안스카이는 이렇게 단도직입으로 물었다.

"들었소."

고종은 짤막하게 대답했다.

"박정양이 규칙을 위반했다는 말이었소. 그 일에 대해서는 옳지 못한 것이므로 심히 유감으로 생각하고 있소. 그러나 그것이 처벌할 정도의 것인가에 관해서는 생각해 볼 여지가 있는 듯하오."

"애초부터 3항의 부대 조건은 전하께 올려서 결정하셨고, 중당에게도 그 사실을 보고하였습니다. 당당한 규칙입니다. 그런데도 박정양은 워싱턴에 도착한 후 도무지 이를 지키려 하지 않았습니다. 저는 몇 번인가 직접 담판을 했습니다만 2년이 지나도록 해결되지 않고 있습니다. 대신들은 박정양의 귀국을 기다려 처분을 고려하고 있다고 말하였습니다만, 그 박정양이 도승지의 직함을 받고 부제학이라는 요직에 앉지 않았습니까? 이것은 도대체 무슨 일입니까?"

"박정양이 도승지가 된 것은 서열에 따랐을 뿐 결코 승진은 아니오."

"박정양은 죄가 있고 이미 그 결정을 받은 몸입니다. 그런데도 어떻게 관직을 수여할 수 있습니까? 이 일에 대해 저는 몇 번이나 상소를 올렸는데 보셨습니까?"

"모두 읽어보았소. 단지 당신의 이해를 바랄 뿐이오. 더 이상 추궁하지 않도록 간곡히 부탁하오."

"추궁하지 않는다고 일이 끝나는 것은 아닙니다. 전하께서 박정양의 처분을 어떻게 하실 것인지 분명히 듣고 싶습니다."

위안스카이는 재촉했으나 왕은 묵묵부답이었다.

위안스카이는 자세를 고쳐 앉으며,

"이렇게 통역을 통해서는 오역으로 인한 오해가 생길지도 모르겠습니다. 정확을 기하기 위해 붓으로 말을 대신함이 어떠하겠습니까?"

라고 제안했다.

"그러한가. 그렇다면……."

국왕은 옆의 환관에게 지묵을 갖고 오도록 명령했다. 그러나 그 환관이 사라진 후 얼마 지나지 않아 병풍 뒤에서 소년 환관 1명이 들어와 아뢰었다.

"황공하옵니다만."

"무엇인고?"

"박정양의 문제는 글로 남겨야만 할 일이 아니라고 대신들이 아뢰고 있사옵니다."

소년 환관은 엎드려 이렇게 전했다. 물론 이 소년은 병풍 뒤의 대신들이 왕의 처소에 보낸 사람이었다.

"그렇사옵니다. 처분에 관해서는 지금부터 논의할 것이므로 증거로 남는 문서를 사용하셔서는 아니 되옵니다."

병풍 뒤에서 이렇게 말하는 분분한 의견이 들려 왔다.

조선에서 꽤 오랜 기간 생활해 온 위안스카이는 이 정도의 조선어는 알아들었다.

"왕은 침묵하며 꽤 오랜 시간 그대로 있었다."

위안스카이는 그 때의 상황을 리훙장에게 이렇게 보고하고 있다.

"지금 이곳에는 많은 사람들이 이야기를 듣고 있소. 특별히 필남을 통하지 않고도 좋을 듯하오."

왕은 난처한 듯 이같이 말했다.

"전하의 확실한 대답을 듣지 않고서는 저는 돌아가지 않을 것입니다. 필담을 한다고 무슨 지장이라도 있습니까? 결국 같은 것 아닙니까?"

위안스카이의 이 같은 말에 국왕은 도저히 피할 수 없다는 결론을 내렸다. 드디어 종이와 붓을 가져왔으나, 국왕은 척신 민영소(閔泳韶)에게 대필시켰다. 만일의 사태를 생각하였던 것이다. 대필자 민영소의 도움을 받아 국왕은 계속 요리조리 핑계를 대면서 위안스카이의 예봉을 피하고, 결국은 어떤 확약도 하지 않았다.

이처럼 중요한 내용도 없는 필담의 원본까지도 조선 궁중이 보관했으며, 위안스카이의 요구가 있었음에도 불구하고 복사한 것조차 주지 않았다. 신중에 신중을 기한 조선 측의 행동이었다.

필담의 원본을 위안스카이가 강제로까지 빼앗지 않았던 것은, 그가 충동을 잘 억제했다고 말하지 않을 수 없다.

수년 전의 그였더라면 물을 것도 없이 강탈했을 것이다.

그가 자신을 억제한 것은 리훙장의 충고가 있었기 때문이다. 조선에서의 위안스카이의 언행은 각국 외교관들에게서 악평을 받아 오고 있던 터였다. 그러나 그의 임무가 조선이 청국의 속국임을 기회 있을 때마다 알리고자 하는 것인 만큼, 악평이 높으면 높을수록 그의 임무 수행은 성공적인 것이었다.

서울에서 외교관 회합이 열려도 위안스카이는 참석한 적이 없었으며, 대개 탕쏘우이가 대리로 출석했다. 이렇게 함으로써 위안스카이 자신은 단순한 외교관이 아니라는 점을 주장하려는 속셈이었다. 종주국과 속국은 대등한 관계가 아니다. 그러므로 직명도 공사가 아니고, '주찰조선총리교섭통상사'였다.

외교라는 단어 대신 교섭이라는 애매한 용어를 쓴 것도 청국이 특별한 입장임을 강조할 의도였다. 결국 위안스카이는 다른 외국 공사들의 모임에 나가지 않음으로써 그들과 동등하게 보이지 않으려 했던 것이다.

"위안스카이는 도대체 어떤 권한을 갖고 있는가? 각국 공사 회의에는 통역을 내보낼 뿐이고, 자신은 다른 외교관과 협의도 하지 않고 마음대로 조선 궁정을 출입하고 있다. 위안스카이가 보통 판사대신(辦事大臣)인지, 아니면 흠차대신의 임무를 띤 공사인가를 조속히 회답해 주기 바라오."

청국 주재 미국 공사는 본국의 훈령을 근거로 청국 정부에 이 같은 질문을 했던 적이 있다.

판사대신이란 사무만 처리하는 고관으로 정부에서 소임받은 임무만을 수행한다. 이에 반해 흠차란 명칭이 붙은 대신은 스스로 직접 판단하고 행동하는 것을 허락받았다. 소위 '특명전권'인 셈이다. 그 때 위안스카이의 신분은 판사대신으로 아직 흠차의 자격을 얻지 못한 상태였다.

그러나 리훙장은 미국 공사의 질문서에 회답하기를,

"조선은 청국의 속국이다. 그곳에 파견된 위안스카이는 직접 조선 정부와 교섭할 수 있으며 또한 각국 공사와도 같은 특권을 갖고 있다. 회의에 참석하는가의 여부는 본인의 판단에 달려 있다. 애당초 귀국은 이러한 질문을 할 필요가 없지 않은가?"

이렇게 잡아떼었다.

위안스카이를 비호하고는 있으나 악명의 정도가 너무 높다는 사실을 인식하고, '너무 심하다'는 충고를 했던 것이다. 박정양 문제에 대해 위안스카이가 이 정도로 참은 것도 리훙장의 얼굴을 생각하여 자제한 때문이었다.

그러나 조선 측에서 보면 3항의 부대 조건 문제로 이렇게까지 국왕을 몰아붙인 것은 너무 지나쳤다는 생각이었다. 박정양은 병을 핑계로 겨우 자리를 지켜나갔다. 조선에서 고관을 처벌할 때는 반드시 국왕이 친히 문책하는 것이 상례로 되어 있다.

박정양은 병 때문에 국왕을 알현할 수 없었고, 병중인 동안에는 아무리 위안스카이가 추궁하여도 처벌되지 않는 것이다. 그의 '병'이 정치적인 구실이었음은 말할 나위도 없다.

조선 정부는 박정양을 미국에 보내면서 함께 심상학을 유럽에 보낼 계획이었으나 그는 병이 들었다. 심상학의 병은 결코 정치적인 것이 아닌 듯 했으나 그의 후임으로 파견된 조신희는 홍콩까지 간 다음 '정치병'에 걸려버렸다.

조신희가 홍콩에 도착했을 무렵 마침 민영익이 그곳에 체류중이었다. 그리하여 위안스카이가 '3항' 문제로 박정양의 처벌 문제를 강경히 주장하고 있다는 사실을 알고 조신희는 불안해지기 시작했다.

이대로 유럽으로 갈 것인가. 그래서 그곳 런던이나 파리에서 청국 공사를 무시하고 신임장을 제정한다면, 나도 박정양과 같은 처벌의 대상이 될 것은 필연적이고, 그렇다고 청국 공사를 동반하고 신임장을 제정하면 도대체 무슨 이유로 파견된 것인가. 자주독립을 널리 알리고자 하는 게 그 목적인데 오히려 그 반대로 청국의 속국임을 선전하는 꼴밖에는 안된다.

조신희에게는 박정양과 같은 용기가 없었다. 고민 끝에 병을 칭하여 조선으로 돌아와 버렸다. 코 앞에 적을 두고 돌아섰다고 해도 할 말이 없었다.

조선 정부는 조신희의 후임으로 박제순(朴齊純)을 5국사(五國使)로 임명했다. 영국·독일·프랑스·러시아·이탈리아 등 5개국의 공사를 겸임하였으므로 이를 5국사라고 칭한다.

조선 정부는 청국에 3항의 부대 조건의 폐지를 청했다. 그 중 제1항만이라도 폐지된다면 박제순은 출발하게 된다. 조선 정부는 변원규(卞元圭)를 톈진에 파견하여 리훙장과의 타협을 시도했으나 제1항의 폐지에는 실패했다. 결국 박제순은 5국사로 임명된 채 유럽에는 가지 못했다.

조신희가 귀국한 것은 1890년 정월이었다. 위안스카이는 그 바로 전해 '흠차'의 자격을 얻었다. 아무리 외국에서의 평판이 나쁘다 해도 그와 친분이 있는 리훙장은 '외국의 평이 나쁜 것은 그만큼 직무에 충실하다는 증거이다'라고 비호했다.

## 4

"러시아 공사와는 원만히 지내지 않아도 되지만, 자신의 결점에는 좀더 주의를 기울일 것."

위안스카이는 리홍장으로부터 이런 주의를 받았다.

이는 러시아 주재 청국 공사 훙쥔[洪鈞]에게서 위안스카이에 대한 러시아 외무부의 불평이 크다는 보고가 리홍장에게 전달되었기 때문이었다.

위안스카이는 이에 대해,

"러시아 공사와는 육로통상조약 때문에 언쟁하고 있는 터라 겉으로 뿐 아니라 이면적으로도 원만할 수 없는 것이 당연합니다. 러시아 공사는 공식 연회를 주최했을 때 일부러 청국 국기를 게양하지 않는 결례를 범했었습니다. 그러나 저는 광서제 결혼 축하 연회를 개최하면서 러시아의 국기를 게양하여 도량을 보여 주었습니다."

라고 변명하고 있다.

청국 국기는 황색 용이 도안된 삼각형이던 것을 1889년 장방형으로 바꿨다. 단 황룡의 삼각기는 상선에 한하여 계속 사용하도록 허용했다.

주의는 문책은 아니다. 리홍장이 기대하는 것은 위안스카이가 좀더 유연성 있게 행동하는 것 뿐이었다. 조신희가 5국사의 임무를 포기하고 조선으로 돌아온 1890년 정월, 위안스카이의 직위는 상가이품함(賞加二品銜)으로 승진되었다.

이는 대단한 것이었다.

'함'이라는 말은 '대우'를 뜻한다. 이품직의 대우를 받은 것이다. 이것만 보아도 위안스카이는 종종 주의를 받기는 했지만, 그것은 칭찬에 가까운 것으로 근본적으로 그의 정치적 행동은 정당하다는 평가를 받고 있다는 사실을 알 수 있다.

그 해 청국의 주일 공사가 경질되어 리쑤창의 후임으로 리징황이 부임했다.

리징황은 리홍장의 장남으로 되어 있으나 친아들은 아니다. 이홍장에게 자식이 없었을 때 동생의 아들을 양자로 삼았는데 이가 바로 리징황이었다. 양자를 들인 후 계속 자식들이 생겨났다. 또 일설에는 리훙장의 장남이 어려서 일찍 죽자, 그 아이 대신으로 동생의 아이를 받아들였다고도 한다. 자식이 없어서가 아니고 자신의 자식이 태어날 줄 알고 있으면서도 양자를 들인 것이다. 당시 대가족주의하의 중국에서는 결코 이상한 일이 아니었다.

리징황은 유럽에서 4년 동안이나 근무했고 외교관으로서의 경험은 충분했다고 하지만, 그의 빠른 승진에 부친의 후광이 없었다고는 할 수 없다.

일본에서 귀국한 리쑤창은 황제를 배알한 후 웽퉁허를 만났다. 웽퉁허의 일기에 의하면 리쑤창은 그에게,

"일본은 군사를 모으고 통상을 넓혀가고 있으나 새로운 내각을 만들어 불화가 있다. 대신은 자주 은퇴를 선언하고 있으며 중국과 화친하여 러시아가 동해에 진출하는 것을 막기를 바란다."

라고 말하고 있다. 의원(議院)을 설치하여 토론을 벌이는 것을 '불화'라고 단정지었음을 알 수 있다. 또한 당시 일본의 정치 흐름이 청나라와의 우호, 러시아에 대한 경계임을 지적하고 있다. 리쑤창은 황제와 만난 자리에서도,

"의고중일지교(宜固中日之交), 이충승가치물의(而沖繩可置勿議)."

라고 은밀히 말했다고 한다.

청일 양국 간의 국교를 굳건히 해야 하므로 현재 양국 간의 문제가 되고 있는 오키나와(沖繩)에 관해서 의논해야 하지 않겠는가라는 취지이다. 대를 위해 소를 버리자는 생각이었다.

그 해 쩡궈후안의 아들 쩡찌저가 베이징에서 52세로 죽었다. 영국·러시아·프랑스의 3국 주재 공사로 만 7년을 근무하고 귀국 후에는 호부우시랑(戶部右侍郞)의 요직에 있었다.

쩡찌저의 숙부 즉 쩡궈후안의 동생인 쩡궈취안도 같은 해 죽었다. 양강총독을 지냈고 67세였다.

광서제의 생부인 순친왕 혁현도 그 해 음력 11월 세상을 떠났다.

앞에서 말했듯이 광서제는 사촌인 동치제의 맏아들로 즉위했다. 혈연으로 보면 광서는 동치의 아들이지만, 그의 생부는 순친왕이다. 각 기관은 10일간 조기를 게양했으며, 광서제는 11일간 조정을 폐하고 복상했다.

조선에서는 그 해 4월 조 대비가 세상을 떴다. 고종이 위안스카이를 피하기 위해 말한 구실 중에서 조 대비의 병환은 거짓이 아니었던 것이다.

향현 80세. 대비라고는 하나 국왕의 어머니는 아니다. 조선 24대왕 헌종, 25대 철종에게는 자식이 없었기 때문에 현 국왕은 방계에서 즉위했다. 조 대비는 헌종의 어머니이다.

조 대비는 4대에 걸쳐 왕을 보필하면서 친청적 경향을 강하게 보인 인물이었다.

청대에는 속국의 국왕이나 왕비가 승하할 경우 베이징으로 '고부사'를 보내게 되고, 청은 이에 대한 보답으로 칙사를 파견했다. 이것을 '사전(賜奠)'이라 하며, 시호(諡號)도 이 때 부여한다.

그러나 조선 궁중에서는 조 대비의 사망에도 불구하고 고부사를 보내려고 하지 않았다. 표면의 이유로는 대비라 하여도 혈연 관계로 보면 대단히 멀기 때문에 대대적인 상을 치르지 않으려는 것이라지만 실은 '사전'이란 행사를 통해 조선이 청국의 속국임을 무엇보다도 명백히 밝힐 우려가 있었기 때문이었다.

위안스카이는 조선 정부에 고부사를 베이징으로 파견할 것을 강경히 촉구했다.
"국왕이 효를 보이지 않으면 국민 교화에도 문제가 됩니다."

위안스카이의 이 같은 간청도 표면적인 것이고, 내심은 각국 외교관 앞에서 성대한 사전 행사를 벌여 청국과 조선이 종주·속국의 관계임을 보여 주려는 데 있었다.

조선은 내키지 않는 마음으로 홍종영(洪鐘永)을 고부사로 베이징에 파견했다.

그러나 홍종영은 대비의 부음을 청조에 알림과 동시에, 사전을 중지해 줄 것을 청원하는 임무도 띠었다. 미국에 파견된 박정양은 '자주'라는 인상을 심게 하는데 성공했으므로, 홍종영은 굴욕적인 사전 행사를 중지시켜 '자주'를 더욱 명백히 하지 않으면 안 되었다. 그러나 상대는 미국이 아닌 청국이었다. 성공할 수가 없었다. 청조에서는 지금까지의 관행대로 '사전'을 행하기로 했다.

쒸창[續昌]과 충리[崇禮] 두 명이 정부사(正副使)로 임명되어 조선으로 향했다. 그들은 1백여 명의 수행원도 함께 데리고 떠났다. 지금까지의 관례대로라면 이 때는 국왕이 친히 교외까지 영접을 나와야 했고, 이를 '교영례(郊迎禮)'라 불렀다. 조선 측은 이 교영례만은 취소해 주기를 원했으나 위안스카이는 이를 듣지 않았다. 그러자 다시 '길을 바꿀 것'을 요청했다.

교영례는 서울 근교인 인천까지 국왕의 사절이 영접하러 가는 것이 관례였다. 그러나 인천에는 외국인이 많이 거주하고 있었다. 자주를 지향하는 조선으로서는 왕의 사자가 청국의 칙사를 영접하는 장면을 외국인에게 보이고 싶지 않았던 것이다. 그래서 외국인이 적은 마산진으로 상륙할 것을 요청했다. 그러나 이것 또한 위안스카이에 의해 거절되었다.

이렇게 해서 사전의 행사는 강행되었다. 위안스카이는 조선 궁중의 상을 이용하여 종주권을 다진 셈이었다. 조선 국왕은 친히 서대문의 모화관(慕華館)까지 나와 청의 칙사를 맞았다. 위안스카이의 대성공이었다.

해가 바뀌어 1891년, 이번에는 위안스카이가 역습을 당했다. 위안스카이의 양어머니인 우씨가 위독하여 그는 급히 하남 항성으로 돌아갔다. 그는 이 양어머니를 마음속 깊이 흠모했었다. 겨우 임종을 지켜 보았고, 백일간의 복상을 치르게 되었다.

위안스카이가 조선을 비운 사이, 용산 이사관(龍山理事官)인 탕쏘우이가 그의 직무를 대행하게 되었다.

조선 정부는 이를 기회로 삼아 위안스카이의 극심한 반대로 지금까지 올리지 못했던 박정양의 승진 문제를 단숨에 해결해 버렸다. 박정양을 부제학에서 이조판서로 발탁한 것이다.

박정양의 처벌 문제에 대해서는 현지의 위안스카이와 톈진의 리훙장과는 약간의 의견 차이가 있었다. 리훙장은 조선 국민의 감정을 고려했다. 박정양은 조선 국민에게는 영웅과 같은 존재인데, 이 영웅을 처벌하면 반청 감정을 불러일으킬지도 모른다는 걱정이 앞섰기 때문이었다.

조선 측은 이 점까지 간파했다.

위안스카이의 부재를 이용하여 박정양을 승진시키고, 이를 리훙장에게 확인시킨다. 리훙장이라면 박정양의 승진을 받아들이리라는 확신이 있었다. 위안스카이가 조선에 다시 귀임한 날은 1892년 4월이었다.

# 제15장 파탄(破綻)

## 1

　김옥균이 친일파 인사들과 공모해서 일으킨 '갑신정변'은 위안스카이의 개입으로 인해 실패로 끝났다. 쿠데타의 주동인 김옥균과 박영효 등은 서둘러 일본으로 망명했다. 민씨 일족이 실권을 잡고 있는 조선 정부가 민씨의 유력자를 살해한 김옥균, 박영효를 '모반인'으로 규정, 그들의 인도를 요구한 것은 당연한 일이었다. 그렇다고는 하나 처음부터 협력자였던 일본이 그들을 선뜻 조선에 송환할 수도 없었다. 그들 앞에 놓인 것은 죽음뿐이었기 때문이다.

　그러나 그들을 대하는 일본 정부의 태도는 지극히 냉담했다. 망명자에게 냉담한 것은 근대 일본의 전통이기는 하다. 청 말 쑨원의 망명 당시에도 일본 정부는 냉정했고 오히려 민간이 따뜻하게 대해 주었다. 구즈[葛生東介]가 쓴 '김옥균' 중에 나오는 이누카이 츠요시[犬養毅]의 이야기를 보면,

　그는 고종 21년 정변에 실패한 후 일본으로 망명했지만, 그 망명도 계획 없이 한 것은 아니다. 일본 정부 당국과 충분한 교섭을 거듭한 결과라고 생각하는 것은 어렵지 않다. 그런데 김옥균이 일본 당국의 신뢰만을 믿고 일본에 도착해 보

니, 겉과는 달리 일본 정부의 대우는 대단히 냉담했다. 특히 당시의 외무대신 이노우에 가오루의 경우는 김옥균이 몇 번을 방문해도 만나 주지 않아, 그는 일본의 배신에 대해 대단히 분개했었다.

일본 정부가 김옥균을 소립원으로 옮긴 것은 궁여지책이었다고 할 수 있다. 그 후 북해도로 거처를 옮겼으나 이것도 정치의 중심부에서 멀리 하려는 뜻이었다. 김옥균이 도쿄에 거주해도 좋다는 허락을 받은 것은 1890년이었다.

김옥균에 대해 일본 정부 측은 냉담했으나 민간에서는 많은 후원자가 있었다. 그러나 후원자라고는 해도 오합지졸의 무리로, 그 속에서 옥을 찾기란 어려웠다.

헌법 반포를 목전에 둔 일본에서는 정치 운동이 성행하여 소위 '열사'들이 횡행하였다. 그들은 입만 벌리면 '국익'을 외쳤다. 국민으로서 국익을 염두에 두는 것은 당연한 일이지만, 그들이 말하는 국익이란 다른 나라의 국익을 희생하여 얻는 것이었다.

하고다 로쿠스케[箱田六輔]를 사장으로 하는 '현양사(玄洋社)'는 일본 정부의 우유부단한 외교를 배격하고 강경 노선의 채용을 주장했다. 이 현양사가 김옥균의 유력한 후원자였다.

현양사는 일본 우익의 원류라 할 수 있다. 1857년 복강의 정부 비판적인 '교지사(矯志社)'가 그 원조이다. 이 교지사의 과격파인 타게베 고시로[武部小四郎] 등은 '복강의 난'을 일으켜 실패했으나, 여기에 참가하지 않았던 하고다 로쿠스케와 도야마 미츠루[頭山滿]가 1861년에 '향양사(向陽社)'라는 정치적 결사를 설립했다. 이것이 2년 후에 현양사로 바뀐 것이다. 초대 사장은 히라고 타로[平浩太郎]로 이 인물은 사이고 다카모리[西鄕隆盛]의 정한론(征韓論)과도 관계가 있다.

원래 현양사는 민족 운동의 결사였으나 점점 대외 강경론, 대륙 진출론 등과 같은 정치적 색채가 짙어졌다. 현양사의 최대 실력자인 도야마 미츠루는 이러한 신념에서인지 평생 관직에 나가지 않고 사장으로 만족했다. 현양사의 2대 사장이 하고다 로쿠스케로, 이 때 김옥균이 망명한 것이다.

현양사의 전신인 교지사가 이미 '복강의 난' 직전에 타게베 고시로 등의 과격파와 도야마 미츠루의 온건파로 나뉜 것처럼, 김옥균 등 조선 망명자와의 연결에서도 현양사는 역시 과격·온건의 두 파로 나뉜다. 과격파의 주동은 오이 겐타로[大井憲太郎]이고, 도야마 미츠루는 이번에도 자중론을 폈다.

오이 겐타로는 김옥균이라는 인물을 이용하여 전부터 주장해 온 '대륙 진출'을 실행하려고 했다. 조선의 자주독립이나 정치 개혁이 아니라 일본의 패권을 조선에까지 연장시키려는 것이 그들의 목적이었을 뿐이었다.

김옥균이 현양사 열사들의 속셈을 알지 못했을 리는 없다. 그러나 조선의 정치 개혁과 독립의 달성을 위해서는 현재 조선을 지배하고 있는 민씨 정권을 쓰러뜨려야만 한다. 그러기 위해서 김옥균은 가뭄날 비 기다리듯 '무력'을 필요로 하고 있었다. 그는 일본 정부에 접근했으나 반응은 냉정했다. 앞서 말한 바와 같이 이노우에 가오루 외무경은 김옥균을 만나려고 하지조차 않았다. 결국 김옥균은 독이 숨겨져 있다는 걸 알면서도 현양사의 미끼에 달려들었다.

같이 망명했던 박영효는 일본을 떠나 미국으로 향했다. 김옥균과 의견이 맞지 않는다는 이유에서였으나, 사실은 김옥균이 현양사와 손을 잡는 것을 본 박영효가 일종의 의구감을 느꼈던 탓도 있었다.

현양사의 과격파들은 의용병을 모집하여 조선에 보낼 계획을 세웠다. 그들은 조선의 부산에 '선린관(善隣館)'이라는 어학교를 세워 그곳을 대륙 진출의 거점으로 삼으려고 했다. 선린관의 설립 취지서를 기초한 사람은 나카에 초민[中江兆民]이라고 한다.

현양사 내의 최고 실력자는 도야마 미츠루이므로 과격파는 그의 상경을 재촉하여 조선 진출에 대한 동의를 구하려 했다. 도야마 미츠루는 복강에서 신호로 가서 그곳에서 김옥균을 만난 뒤 다시 복강으로 돌아왔다. 그 후 상경하여 사내 동지들에게 자중론을 설명했다.

그러나 오이 겐타로는 혈기에 넘쳐 대륙 진출을 서둘렀다. 의용군을 파견하는 데는 군자금이 필요하다. 오이 겐타로와 그 일당들은 자금 모집에 갖은 악랄한 방법을 동원했다. 공갈·협박은 기본이고 위조 지폐까지 찍어냈다. 대화(大和)의 '천수원(千手院)'에 잠입하여 당시로서는 거금인 2천 원을 강탈한 사건이 발생하자 드디어 경찰이 손을 대기 시작했다. 검거는 대판과 장기의 두 곳에서 행하여졌으나, 보통은 이 사건을 '대판사건'이라고 말한다. 또 그들은 무기로 폭탄을 몰래 입수해 있었기 때문에 '대판폭탄사건'이라고도 불렀다. 그 밖에도 사건의 성질로 따져 '대판국사범사건'이라고 하기도 했다.

검거는 1866년 11월이었고, 판결이 내린 것은 1868년 9월이었다. 검거자는 1백 명을 넘었으며 기소되어 판결을 받은 사람만도 58명이었다. 이 중에는 강산(岡山) 출신의 가케야마 히데코[景山英子]라는 열아홉 살의 여성이 끼어 있어 화제를 불러일으키기도 했다.

김옥균이 소립원에 유배된 것은 대판사건이 터진 후이고, 현양사의 온건파인 마토노 한스케[的野半介]와 구루시마 츠네키[來島恒喜] 등은 그 이전에 이미 소립원에 가 있었다. 김옥균과 현양사의 관계는 결코 끊어진 것이 아니었다.

오이 겐타로가 검거되었을 때 사람들은 그의 자금 모금이나 폭탄 구입 이유를 이해하지 못했다.

"그들은 조선으로 공격해 들어가려고 한 모양이다."

이런 말도 있었다. 그러나 그 당시로서도 보통 상식을 가진 사람들이라면 이런 말을 믿지 않았다. 검거 직후 〈조야신문〉에는 다음과 같은 논평이 실려 있었다.

구 자유당(현양사원의 대부분은 구 자유당원이었다)의 사람들이 국내에서 뜻을 펴지 못하게 되자 나라 밖으로 나가 공명을 얻으려 했지만, 우리 정부가 엄중한 경찰력을 발휘하고 있으므로 수백의 전사를 모아 군사 무기를 준비하여, 조선 해안으로 출병하려 했다는 사실은 얼토당토 않은 일이다. 설령 일시 기회를 노려 조선에 잠입한다 해도 수백의 오합지졸의 무리로 무엇을 성사시킨다고는 볼 수 없으며, 또한 만일 조선에서 소란을 일으킨다 치더라도 우리 정부는 물론 중국에서도 이를 결코 방관하지 않을 것이니 어찌 그 목적을 달성할 수 있으랴. 그러므로 구 자유당의 계획이 세상의 풍설을 따라 행한 것이라면, 어느 누가 그 경거천모(輕擧淺謨)를 비웃지 않겠는가.

풍설에 의하면 '조선 잠입'의 계획인 듯하다고 말하고 있지만 대부분의 사람들은, 설마라고 생각했다. 확실히 이 기사와 같이 그 풍설이 사실이라고 한다면 누구라도 그 '경거천모'를 비웃었을 것이다. 그것은 바로 만화였다. 그러나 모두들 설마라고 생각한 그것은 사실이었다.

이 대판 사건에서는 주모자 오이 겐타로 다음의 간부이던 이소야마 세이베[磯山淸兵衛]가 도중 탈락하여 몸을 감춘 일이 생겼다. 의용군들을 모아놓고 호언장담하던 때는 좋았으나 혼자 냉정하게 생각해보니 그 계획이란 것이 웃음거리가 되고 말 '경거천모'라는 사실을 깨달았던 것이다.

이 기산도 검거되어 수감되었으나 다른 패거리들이 탈락자인 그를 미워하여 몇 번인가의 구타 사건을 일으켰기 때문에, 당국은 그들을 격리 수감시킬 수밖에 없었다고 한다.

# 2

이같이 허술했던 대판사건의 판결이 있던 해 조선은 박정양을 미국에 파견하였고, 그는 조선이 독립국임을 외교적 수단으로 능숙히 보여 주었다. 설령 김옥균이 현양사의 무사들의 응원을 받아 일본의 의용병들을 자신의 조국에 보내는 데 성공했다 치더라도, 과연 '독립'의 열매를 거둘 수 있었을까라는 점을 생각해 본다면 박정양의 공적은 실로 위대했다.

위안스카이는 박정양으로 인해 큰 타격을 받았다. 위안스카이의 최대의 임무는 청국이 조선의 '종주국'임을 세계에 알리는 것이었기 때문이다. 그는 조 대비가 사망하자 '사전' 행사를 강행하여 박정양 파미가 그에게 가한 타격에 보복을 했다. 조선 정부는 이 행사 때문에 수십만 금을 썼다고 한다. 그렇지 않아도 조선 정부는 재정적으로 파산 일보 직전의 상태였다. 청국의 '사전'으로 인해 독립국으로서의 체면을 손상했을 뿐 아니라, 재정 면에서도 궁지에 몰리게 된 것이다.

조선 정부의 재정은 만성 적자였다. 그 때문에 지금까지 여기저기 차관 교섭을 해왔으나 위안스카이의 방해 공작으로 성공하지 못했다. 사전 행사가 있었던 1890년 초, 조선 정부는 프랑스계 미국인 찰스 르 장드와를 일본에 파견하여 150만 원의 차관 도입을 교섭하게 했다. '여선득(黎仙得)'이란 한자명을 가진 그는 관세를 저당으로 하여 12년 원리금 상환 조건을 갖고 갔다. 그렇지만 이것도 결국은 실패로 끝났는데 이 때는 반드시 위안스카이의 방해 때문만은 아니었던 것 같다. 조선이 일본에게서 차관을 빌리는 것에 대해서는 영국 총영사 히리어도 위안스카이와 보조를 맞추어 반대를 했다. 또 가장 중요한 여선득과 일본과의 회담도 원만히 진행되지는 않았다.

조선이 만성 적자에 허덕이게 된 가장 큰 원인은 임오군란으로 인한 배상금 지불 때문이었다. 제물포조약에 의하면, 배상금은 총 50만 원으로 매년 15만 원씩 5년에 걸쳐 지불하는 것으로 되어 있었다. 그 밖에도 군란에 의한 일본인 사상자에 대한 보상금이 별도로 5만 원이 있었다.

그 당시 조선은 이미 청국으로부터 은 50만 냥을 빌었다. 리훙장이 초상국과 광무국(礦務局)에서 총 50만 냥을 준비시켜 조선 정부에 빌려 준 것은 마침 임오군란이 일어난 해였다. 연리 8부, 12년 상환의 조건이었다.

임오군란 3년 후 조선 정부는 일본에 지불할 배상금조차 내지 않았다. 그래서 독일의 메이어 상회에서 2만 파운드를 차입하기로 했다. 연리 1할 2부 및 사금(砂金)·우피(牛皮) 등에 부과되는 관세를 낮추어 주는 조건이었다. 게다가 메이어는 미곡 운반시 독일 배를 사용할 의무까지 첨가했다. 지독히 나쁜 조건이었다. 유력 상사라고는 하지만 메이어는 영리 회사이므로 자사에 유리한 조건을 붙이는 것은 당연했다. 메이어는 중국에서는 '세창양행(世昌洋行)'이란 이름으로 알려져 있으며, 일본으로 말하면 삼정(三井), 삼릉, 주우(住友)와 같은 종합 상사였다.

위안스카이는 여기에도 개입했다.

"이자가 너무 높다."

"조건이 지극히 나쁘다."

조선의 관세를 담당하는 총세무사 메릴도 자기와는 상담도 않고 관세를 낮추었다는 이유에서 이 차관에 불만을 표시하며 강력히 반대했다.

위안스카이와 메릴의 반대는 메이어 상회와의 조건을 완화시켰다.

독일 영사 블도라가 중개에 나서 결국은 연리를 1할로 낮추고, 기타 조건도 완화시킨다는 조건으로 차관 도입이 성사되었다.

조선 정부로서는 사사건건 '종주국'의 권리를 주장하여 개입하려는 위안스카이는 심히 '귀찮은' 인물이었다. 그러나 이번의 메이어 상회와의 차관 문제만큼은 위안스카이의 개입에 의해 조건이 완화된, 그야말로 보기 드문 '귀찮지 않은' 예가 되었다.

그렇지만 사실 위안스카이의 개입이 조선 정부를 곤경에서 구하려는데 목적이 있었던 것은 아니었다. 그의 개입은 톈진의 리훙장 지시에 따른 것이었다. 리훙장이 위안스카이에게 보낸 지령 전문을 보면 메이어가 내놓은 미곡 운반 등의 독점 계약이 중국 상인에게 큰 타격을 줄 것이라는 점이 개입의 가장 중요한 동기임을 알 수 있다. 이자를 낮추었다든가, 조선 정부를 도왔다든가 하는 것은 부산물인 셈이었다.

메이어 상회에서 빌린 돈은 재정 재건에 쓰이는 자금이 아니고 일본에 대한 배상금으로 지불될 것이므로, 결국 아무 것도 남는 것은 없었다. 일단 연결된 줄은 이후에도 사용하게 되는 것이므로 조선 정부는 툭하면 메이어에서 돈을 빌렸다. 때로는 화폐 주조기, 총포·탄약 등의 현물 급여의 형태를 취하기도 했다. 확실히 메이어는 독일 정부의 조선 진출을 위한 복병이었다. 바꿔 말하자면 독일 정부와의 관계가 깊어지면서 그들은 정부의 지시에 따라 행동하는 경우가 적지 않았다는 것이다.

리훙장의 소개로 영국의 쟈딘 매디슨 상회와 홍콩의 상해 은행이 조선 정부에 돈을 빌려 준 적도 있었다. 연리 1할로 거의 메이어 상회와 같은 조건들이었다.

차관을 빌려 준 만큼 발언력이 강해지는 것은 말할 것도 없다. 청국의 입장에서는 어느 한 나라가 조선에 특별히 강한 발언권을 갖게 하는 것을 막아야 했다. 독일의 힘이 커지는 걸 느끼면 영국의 차관을 도입하게 하여 균형을 유지시켰다. 리훙장의 이 같은 감각을 그의 정책 집행자인 위안스카이가 자연히 몸에 익히게 된 것은 당연한 일이다.

조선 정부가 메이어에서 빌린 금액은 이럭저럭하는 사이에 눈덩이처럼 불어나 이십여 만 원에 달했다.

조선 정부도 근본적인 대책을 강구하지 않을 수 없었다. 그래서 프랑스 은행에서 2백만 프랑을 얻어, 반은 재정 재건의 자금으로 나머지 반은 차입금 상환에 사용한나는 큰 결심을 했나. 그러나 이 계획은 위안스카이의 반대로 빛을 보지 못했다.

위안스카이의 반대 이유는 명백했다. '속국'인 조선에서 타국의 발언권이 더 이상 강해지는 건 곤란하며, 돈을 빌리고자 하면 '종주국'인 청국과 상의해야만 한다는 것이다. 그러나 독립을 내세우는 조선의 사정은 정반대였다. 같은 돈을 빌리더라도 청국이 아닌 나라에서 빌림으로써 더 이상 '종주국'으로서의 발언력을 높여주고 싶지 않은 것이다. 그것은 중요한 독립을 점점 더 멀게만 할 따름이다.

청국의 재정 고문인 영국인 로버트 하트는 청국이 조선에 차관을 제공하여 지금까지의 조선의 차입금을 인수하라고 주장했다. 그는 또 청국 정부는 각국에 대해

'청국과 조선간에는 종속의 관계가 있다. 타국의 조선에 대한 차관은 일체 거

절한다.'
라는 의미의 성명을 내야 한다고 주장하는 건의서를 제출했다.

러시아의 조선 진출을 두려워한 영국은 청국이 강력하게 조선을 장악하길 원하였으므로, 그 '종주권'의 행사를 오히려 지지하고 있었던 것이다.

위안스카이가 하트의 건의서를 보고 득의만면해졌을 것은 말할 나위도 없다. 그러나 리홍장은 신중히 생각했다. 현실적 정치가인 리홍장은 조선이 짐이 된다는 것이 염려되었기 때문이다.

'채무의 인수, 게다가 또 돈을 빌려 준다. 그러나 과연 상대에게 상환할 능력이 있는가?'

'일본이나 러시아가 이런 성명에 대해 잠자코 있을 것인가? 또 귀찮은 문제를 불러일으킬 뿐이다.'

리홍장은 이 두 가지 이유를 들어 하트의 제안을 받아들이지 않았다.

그러나 리홍장이 반대한 이유는 이 두 가지만이 아니었을 것이라고도 한다. 이보다 좀더 중요한 이유가 있었다.

로버트 하트의 실권이 이 일로 인해 더욱 커지는 점을 리홍장은 은근히 우려했던 것이다.

재정 고문, 정식 명칭은 총세무사이고, 로버트 하트의 중국명은 '혁덕(赫德)'이었다. 1835년 북아일랜드에서 태어난 그는 퀸즈 컬리지(Queen's Collage)를 졸업한 후, 열아홉 살 때 영국의 외교관으로 중국에 부임했다. 영사관 근무를 거쳐 스물여덟 살이 되던 해 청국의 재정 고문이 되었다. 전임자였던 레이가 청국인에게 오만한 태도를 보여 극히 평이 나빴던 반면에, 하트는 청국 및 청국인들에게 우호적이었다.

"나는 중국이 강해져 영국과 더불어 가장 친한 친구가 되기를 희망한다."

이것이 그의 말버릇이 될 정도였다. 그는 영국의 외교관이면서 청국의 해관(海關=중국에서 해외 무역에 대하여 항구에 설치했던 세관) 장관이었다. 〈청사고〉에도 그의 전기가 실려 있다. 그것은 청국이 그를 청국의 관리로 여겼기 때문이다.

총세무사는 포정사에 상당하는 직으로, 포정사는 성순무(省巡撫) 다음 가는 관직이므로 부성장(副省長)의 요직이며 종이품관이다. 원래는 재무부의 주무국장(主務局長)에 해당하나, 그의 인격 됨됨이로 청국 고관들의 신임을 얻어 재정·외교뿐만 아니라 일반 정치에 관해서도 조언을 하고 참여하는 입장에 있었다. 리홍장도 청불전쟁 당시 하트의 힘을 충분히 빌렸었다.

그러나 북양 해군의 총사로서 청국 외교의 최고 수뇌가 된 리홍장은 차차 하트와 대립하게 되었다. 북양의 군사력을 배경으로 독재적 지위를 구축한 리홍장을 내심 좋지 않게 생각하는 유력자들이 적지 않았다. 이런 리홍장의 정적들이 하트를 이용하여 리홍장의 힘을 제지하려고 했던 사정도 있었다.

그 당시 리홍장에게는 로버트 하트라는 이름은 곧 저항자의 상징과 같이 생각되었다. 그러니 하트의 건의가 수월하게 받아들여지지 않은 것은 당연했다.

위안스카이로서는 하트의 방침에 대찬성이었으므로 리홍장이 거절한 것을 보고 이상하게 생각하고 있었다.

조선 정부와 프랑스 은행간의 차관 교섭이 있었던 해는 1889년이다. 로버트 하트의 건의도 같은 해의 일이었다.

위안스카이는 리홍장의 반대로 다른 나라에 성명을 내는 일은 할 수 없었으나 약자에 대한 지배 근성으로 조선 정부에 대해 '외국에서의 차관은 사전에 이곳의 허가를 받을 것'이라는 압력을 가했다.

위안스카이에게 허가를 구한다고 하면 그 때마다 거절할 것은 뻔한 사실이다. 그래서 그 이후 조선의 차관 교섭은 암거래 형식을 띠게 되었다. 홍콩에 장기간 체류하고 있는 민영익을 통해 미국의 모스타운젠드사와 영국의 홍콩·상해 은행과의 교섭이 시작되었다. 그러나 위안스카이는 이번에도 입김을 불어 방해했다.

일본과의 150만 원 차관 교섭은 홍콩에서의 교섭이 실패로 끝난 후 조선 정부가 내놓은 두 번째 카드였다.

위안스카이는 그래서 하트 건의보다는 약한 논조의 성명을 발표했다. 1890년 3월의 일이다.

'조선은 재정이 빈곤하면서도 낭비를 하며……'

조선에 대해 대단히 불손하고 결례적인 문구로 시작되는 이 성명을 요약하자면,

'조선에 돈을 빌려 준 후 만일의 경우 상환 불능이 되어도 청국은 절대로 보증할 수 없다.'

'조선 항구의 관세를 낮추는 일을 우리 청국은 절대로 허락하지 않는다.'

라는 내용이었다.

하트의 건의는 '외국의 차관은 거절한다'로 되어 있으나 위안스카이의 그것은 거절은 하지 않으나 보증도 할 수 없고, 관세를 낮추는 것도 허가하지 않는다는 표현을 내세웠다. 이것은 사실상의 거절과 다를 바 없었다.

이 성명에 대해 맨 먼저 환영을 표한 나라는 영국이었다.

미국이나 프랑스는 이 성명에 대해 아무런 반응도 보이지 않았다. 이탈리아나 벨기에도 마찬가지였다. 성명에 이의를 제기하지 않는다는 것은 반대는 아니라는 표현이다. 러시아도 역시 반대하지 않았다. 제정 러시아는 빈번히 조선에 접근하려고는 했지만 거액을 빌려 줄 생각은 없었다. 러시아가 두려워했던 것은 경쟁자가 조선에 차관을 제공하여 '특별한 관계'를 유지하게 되는 점이었다.

이즈음 러시아가 특별히 경쟁자로 생각한 것은 일본이었다. 조선과 일본간의 150만 원 차관은 유산되었으나, 제일 안심한 쪽은 반대를 했던 청국이나 영국이 아니라 러시아였을 것이다. 위안스카이의 성명으로 인해 일본의 대조선 차관은 곤란해졌다. 침묵을 지키고 있기는 했으나 러시아는 내심 위안스카이의 성명을 환영했을 것이다.

찬성, 반대를 명확히 표명한 나라는 각각 한 나라씩뿐이었다. 재정 고문 하트와 연결되어 있는 영국이 하트 건의와 같은 방향으로 위안스카이의 성명에 찬성

했던 것은 말할 나위도 없다. 반대를 표명한 나라는 일본뿐이었다.

일본 정부는 차관을 결정하는 것은 그 나라 자국의 일이라는 성명을 발표했다. 타국의 차관에 간섭할 권리는 누구에게도 없다는 주장이었다. 결국 일본은 조선은 독립국이라는 사실을 분명히 하기 위해서 그와 같은 성명을 낸 것이다.

위안스카이의 목적은 조선을 고립시켜, 역시 도움을 청할 나라는 청국뿐이라는 생각을 갖게 하는 데 있었다. 이렇게 되면 돈을 빌릴 상대는 청국밖에 없지 않은가? 그런데도 조선 정부는 청국에게 돈을 빌리려 하지는 않았다. 돈을 빌린다면 조선이 가장 혐오하는 '종주권'을 인정하는 수밖에 도리가 없었기 때문이다.

조선 정부는 계속 곤란해졌다. 일본에는 배상금 지불 외에도 차관이 있었고, 독일의 메이어 상회에도 갚아야 할 차입금이 있었다. 독촉은 심해졌다. 그래도 조선은 용기를 잃지 않았다. 어떻게 해서라도 청국이 아닌 외국에서 돈을 빌리고 싶었다. 조선 정부는 독일인 고문 쉬니케에게 부탁하여 외국 상인에게 급히 10만 원 상당의 차입을 구하려 했다. 그러나 빌려 줄 사람이 없었다. 위안스카이의 성명이 있고 난 후 영리를 목적으로 하는 상사가 담보도 없이 10만 단위의 돈을 선뜻 빌려 줄 리가 없었다. 당시의 10만 원이란 대단한 액수였던 것이다.

# 3

1891년 러시아 제국의 황태자 니콜라스 친왕의 극동 방문이 있었다.

청국 체류 예정 일자가 사전에 여러 번 바뀌자 리훙장의 심기가 편하지는 않았다.

"이쪽에도 예정이 있나. 해군 사열도 그 때문에 앞당겼는데 또 변경인가. 이제 잘 생각한 후에 연락을 주시오."

리훙장은 수염을 쓰다듬으면서 내뱉듯이 이렇게 말했다. 러시아 황태자는 군함으로 오기로 되어 있다. 이를 영접하는 측도 함대를 동원하지 않을 수 없고, 청국 해군은 북양 함대였다. 게다가 그 유지비는 국고에서는 한푼도 나오지 않는다. 해군 예산은 서태후를 통해 만수산 조영에 충당되었다. 따라서 해군의 비용은 리훙장이 몸소 염출하지 않으면 안되었다. 그런데다 러시아 황태자 출영 등에까지 비용이 들어 머리가 아팠다.

황태자를 태운 러시아 함대는 먼저 광주(廣州)로 입항했다.

"다른 방도가 없으니 함대를 광주로 돌려라. 그 대신 연습이다. 광주에서 돌아올 때도 역시 연습이다."

리훙장은 이렇게 말하고 러시아 영사에게 서신을 띄웠다. 예정이 한 번 더 변경된 점에 불만을 나타낸 것이었으나, 리훙장은 이 편지 속에 러시아 영사가 도움이라도 되지 않을까 하여 보내 주었던 황태자의 사진을 동봉했다.

"태자의 초상을 봉환합니다."

내용으로 보아 문제가 되지 않는 문장이고 사진 반송도 결례라고 할 수는 없다. 리훙장도 나이 69세가 되어 성질이 급해졌는가 보다.

해군 사열에 그가 특히 신경을 쓰는 것은, 그것이 자신이 손수 돌보아 키워 3년 전 정식으로 인정받은 군대였기 때문이다. 러시아 황태자의 방문보다도 북양 해군 창립 3주년 기념 행사가 그에게는 더 중요했다.

러시아 황태자의 청국 방문을 당시의 청국 문서에는 '아저(俄儲)'라고 기록해 놓았다. '아'는 러시아를 지칭하는 것이고 '저'는 황저, 즉 황태자이다. 황태자의 동방 방문에 관해서는 각종 소문이 나돌았다. 방문의 목적은 공식적으로는 물론 친선을 도모하기 위하며 또 장차 러시아의 황제가 될 황태자가 견문을 넓히기 위해서라고 되어 있었다. 그러나 군함을 이용한 방문이어서 동방의 해역, 항만 조사 등의 군사적인 의도를 숨기고 있는 것은 아닐까 하는 추측도 있었다. 특히 일본에서 그러한 의혹이 강했다.

황태자의 청국 방문은 예정 일자의 변경으로 리훙장 노인의 기분을 상하게 했으나, 방문 그 자체는 대단히 순조로웠다. 광주, 복주(福州), 상해, 한구(漢口)

와 항만을 순방하고 청국을 떠나 일본으로 향했다.

청국에서는 러시아 황태자의 방문 등은 정부 고관의 일로 일반 민중의 관심은 지극히 낮았다. 우선 그런 일들을 전해 줄 언론이 아직 충분히 발달하지 않았기 때문이었다. 무관심이라기보다는 그런 사실을 알 수 없었기 때문이었다.

반면 일본은 1827년 당시 이미 헌법이 반포되어 언론의 활동이 특히 활발하던 시기였다. 그리고 예나 지금이나 언론이란 진실과 거짓이 함께 섞여 있는 것이 그 본성인 듯, 예를 들면 그즈음 아직도 '사이고 다카모리[西鄕隆盛] 생존설(生存說)'이 뿌리 깊게 남아 있어 그다지 권위없는 신문에서는 '사이고 다카모리 10년형에 죽지 않고 도망쳐 러시아에 머물던 중, 이번 러시아 황태자 방문시 수행 멀지 않아 틀림없이 일본에 돌아온다고 한다'라는 기사가 나오는 지경이었.

〈도쿄일일신문〉에는 다음과 같은 기사가 실려 있었다.

근일(近日) 내방하는 러시아 황태자에 대해서는 각종 풍설이 유행, 그 중에는 심상한 여행이 아니라 통과하는 길도 이상하고 요충지를 탐색하여 훗날 동아시아 잠식의 기초를 준비하려 한다는 등의 소문까지 생겨남에 이르렀다.

이 기사는 결코 그런 일이 있을 수 없는 터에 귀한 외빈을 의심하여, 선린 관계를 깨뜨리는 어리석은 행동을 해서는 안된다고 경고하고 있다. 그러나 다음과 같은 문장이 같은 기사 속에 있다는 사실을 주목해야만 할 것이다.

이상하게도 우리나라에는 요즘 괴상한 요운(妖雲)이 곳곳에 떠돌아 걸핏하면 장대비, 주먹만한 눈이 내린다. 이러한 위험한 시기에 맞추어 이 같은 말을 퍼뜨려 혈기 왕성한 장한들을 선동해서는 안된다고 어느 외교관은 그의 주위 사람들에게 진심으로 이야기했다. 우리들이 마음에 새겨 두어야만 할 일이다.

이 기사는 1872년 3월 15일자로 러시아 황태자가 일본에 도착하기 한 달 반이나 전의 것이다.

제15장 파탄(破綻) 313

러시아 황태자는 4월 말 장기에 도착하여 5월 9일에는 신호에 상륙, 그 날 경도로 향했다. 5월 11일, 러시아 황태자는 경도에서 인력거를 타고 자하현(滋賀縣)을 방문하기로 되었으나, 대진(大津)에서 경찰인 츠다[津田三藏]에게 저격을 당했다. 소위 '대진사건'이다.

〈도쿄일일신문〉의 경고적 기사에서 보았듯이 이것은 어느 정도 예기되었던 사건이 아니었을까?

'남하하는 러시아'

일본인은 정한론이 대두한 이래 조선을 경유한 북진을 국가의 진로로 생각하고 있는데, 여기에 남하를 최대의 목표로 하는 러시아가 버티고 있으니 이를 숙명적인 대립자로 인식할 수밖에 없는 것이다.

사건은 대진에서 일어났다.

그러나 그 근본적 이유는 한반도에 있다고 할 수 있다.

러시아 황태자가 입은 상처는 길이 9센티미터 정도였으나, 뼈에까지는 스치지 않은 가벼운 상처였다. 메이지 천황은 경도의 숙소로 러시아 황태자의 문병을 갔으며, 군함으로 돌아가는 황태자와 기차에 동승하여 신호까지 환송했다.

청국 주일 공사 리징황도 급히 신호로 직행하여 러시아 황태자를 문병했다. 황태자는 그 자리에서 청국으로부터 받은 성대한 환영에 감사를 표하며, 이를 청국 황제에게 전해달라고 부탁했다.

## 4

주일 공사 리징황은 아버지인 동시에 청국 외교의 최고 책임자인 리훙장에게 이 사건을 보고하면서 그 원인에 대한 자신의 의견도 설명했다.

'환영이 너무 성대하여 그 비용이 과중했으며, 그 때문에 사람들의 불평을 샀다.'

리징황은 이런 견해를 가진 듯하다.

일본과 대립하고 있는 러시아의 황태자를 이렇게까지 환영할 필요가 있을까 하는 생각을 갖고 있는 사람은 적지 않았다. 그러나 과대 환영을 반대하는 사람은 있어도 그 이유는 주로 러시아가 일본의 경쟁자라는 점으로, 환영 비용의 문제에는 그다지 신경을 쓰지 않았다. 그런데도 리징황 공사는 아무래도 일본 사람들의 금전감각을 너무 중시했던 것 같다.

이것은 아주 사소한 일일지도 모르지만 리홍장, 나아가서는 청국의 대일 인식이 정확하게 맞아 떨어지지 않은 한 가지의 원인이 되는 것일지도 모른다. 청국의 재외 사신들은 구태의연한 태도로 공사관에 틀어박혀 있기만 할 뿐, 일본 내부에 들어가 그들의 체온을 알고자 하는 의욕을 보이지 않았던 것이다.

이 사건 직후 리홍장이 민절 총독인 뼨보우띠[卞寶弟]에게 보낸 편지 가운데, '왜란당극중(倭亂黨極衆), 대신루피격자(大臣屢被擊刺), 금내급어원객(今乃扱於遠客)'이라는 글귀가 있다.

일본에는 당파들이 난립하여 대신들도 자주 피격당했으나 이제는 그들의 손이 원객 즉, 러시아 황태자에게도 미쳤다는 것이다.

자유 민권 운동이 드높아지고 정치적 결사가 수없이 창설되는 것을 리홍장은 '난당극중'으로 본 것이다.

연전에 나카에 초민 등이 자유당을 재건하고, 이타가키 다이스케는 애국 공당(愛國公黨)을 창립했다. 이 해 1월, 안보조례에 의해 열사 54인이 도쿄에서 퇴거를 명령받았다. 2년 전에는 모리아리 문부대신이 암살되었다. 이러한 현상들이 리홍장 등에게는 난으로 보인 것이며, 일본에 대한 평가에 영향을 주었을 것이다.

확실히 혼란한 시기이기는 했다. 그러나 이 점만을 너무 중시하여 일본의 상황을 판단하면 정확한 초점을 맞출 수 없다.

그 해 6월 북양 함대가 일본을 방문했다. 일본 측은 이것을 청국의 시위라고 받아들인 듯했으나, 리홍장이 발표한 공식 문서에 의하면 일본 측의 요청에 따라 띵루창을 파견, 우호 증진을 위해서라고 되어 있다.
 북양 해군 제독 띵루창은 '정원', '진원' 등 6개 함대를 거느리고 6월 26일 청국을 출발, 일본의 하관으로 향했다. 하관에서 내해를 통해 도쿄로 향했다.
 일본 측에서는 에노모토 외무대신이 띵루창 이하 청국 해군 장교급의 군관 50명 정도를 소석천(小石川) 포병 공병창 내의 후락원(後樂園)으로 초청, 연회를 베풀었다. 군악대의 연주가 깔리는 화기애애한 분위기였다. 이에 대한 보답으로 띵루창도 귀족원(貴族院), 중의원(衆議院) 의원들을 '정원'으로 초대하면서 신문 기자들도 함께 불렀다. 이것은 당연히 일본 언론인들에게 호감을 사게 되었다.

 띵루창 일행이 우리나라를 방문하여 틀림없이 들를 곳도, 만날 빈객들도 많은데, 이상하게도 주로 제국 의회 의원들과 신문 기자들을 초대한 것은 매우 흥미로운 일이다. 띵루창이 이들을 주로 초대한 소이는, 우리 국민 일반을 대표하는 의원의 자격을 존중하며 또 여론을 통해 사회의 눈과 귀가 되어 온 신문을 중시한 것으로, 이는 모두 문명 기관을 중요시한다는 사실이며 그렇다면 이것으로 띵루창 제독의 고견한 식견을 보는 데 충분하지 않은가.

 이상은 〈도쿄일일신문〉 7월 14일자 기사의 한 대목이다.

 위안스카이가 양어머니 우씨의 병환 때문에 급거 귀국했던 것은 그 해 10월 8일의 일이었다.
 우씨는 12월 26일 세상을 떠났다. 위안스카이는 당연히 복상 휴직을 신청했고 리훙장은 이에 대해, '목하 조선 문제는 지극히 중요하고, 위안스카이는 그곳에 체류한 지 이미 10년, 정세를 숙지하고 있다. 지금으로서는 다른 사람으로 바꾸기 어렵고, 백 일간의 복상을 허락하니 그동안은 탕쏘우이가 대행한다'라는 결정을 내렸다.

조선 정부가 위안스카이가 없는 틈을 타서 문제의 박정양을 승진시킨 사실은 이미 말했다. 조선 정부는 원흉이 없는 동안에 할 수 있는 모든 일을 처리하려 했다. 지금까지 하고 싶어도 위안스카이의 방해 때문에 계속 하지 못했던 일이 있었다.

청국 이외의 나라에서 얻는 차관이었다.

조선 정부는 일본에 50만 원의 차관을 교섭하기 시작했다. 그러나 차관 교섭이 채 끝나기도 전에 상을 끝낸 위안스카이가 조선으로 귀임했다.

위안스카이가 이 차관 교섭을 결렬시킨 것은 말할 것도 없다.

"금리가 너무 높다. 보다 저리로 얻을 수 있다."

이런 이유였다. 저리로 돈을 얻을 곳은 있다. 그것은 조선이 가장 기피하는 상대, 청국인 것이다. 그러나 더 이상 생각할 겨를이 없었다.

# 제16장 방곡령 여파

## 1

위안스카이가 조선 정부에 제시한 차관 내역은 연리 6리로, 인천의 세관 수입으로 18년에 걸쳐 상환한다는 조선 측으로는 대단히 유리한 조건이었다.

첫번째 계약은 1892년 10월 9일 체결되었다. 서명인은 조선 측에서 전운조미어사총무관(轉運漕米御史總務官)이라는 긴 관직명의 정병하(鄭秉夏)였고, 청국 측은 민간인에 의한 차입이라는 형식을 취했기 때문에 동순태행(同順泰行) 주인 담이시(譚以時)라는 대상(大商)이었다. 총액은 은 10만 냥. 은 10만 냥만으로는 실제로는 새발의 피였다.

메이어 상회에서 고리로 빌린 돈만 상환해도 조선 측에는 아무 것도 남을 것이 없었다.

그래도 이자가 낮은 것이 큰 매력이었다. 청국의 '종주권'을 무시하려고 지금까지 계속 어렵게 참고 있었으나, 한번 둑이 터지자 계속 차관 요청이 줄을 지었다. 마치 금연을 결심했던 사람이 일단 그것을 깨뜨리면 전보다 더 심하게 피워 대는 것 같다고나 할까. 조선이 지금까지 일본이나 미국 상인에게서 차입한 고리의 차관을 청국의 저리 차관으로 바꾸려고 한 것은 당연했다. 2개월 후,

두번째 차관이 성립되었다. 첫번째와 같은 금액으로, 이번에는 인천이 아닌 부산에서의 관세 수입으로 상환하는 것이었다.

제2차 차관에는 중국 상인이 연간 10만 석의 조량권을 10년간 획득한다는 부대 조건이 붙어 있었다. 지금까지 조선에서 미곡의 운송은 일본 국적 기선 2척이 취항했으나 위안스카이는 그 상권을 훼방놓으려는 것이었다. 겉으로 보기에는 그다지 큰 일은 아니었을지도 모르지만, 청일 양국 간의 대립은 여기서도 싹이 트기 시작했을 것이다.

재정·경제 문제를 다루는 김에 방곡령 사건도 다루지 않을 수 없다. 이것은 조량권보다도 더욱 심각한 문제였다.

1889년 일본 각지에는 기근이 들었다. 복강, 화가산(和歌山), 내량(奈良), 애지(愛知)의 각 현에서는 미증유의 수해가 발생했고, 웅본에서는 지진이 일어나는 등 이 해는 천재지변의 해라고 말할 정도였다. 식량 부족에 고심하던 일본은 가장 가까운 인접국인 조선에서 미곡과 대두를 대량으로 사들였다. 풍부한 재력을 이용한 대량 수입으로, 그 때문에 오히려 조선에서 식량 부족이라는 역현상이 생겨났다. 또 13년 전에 체결 된 병자수호조약에 무관세 무역이 규정되어 있기 때문에 조선에서의 식량 수입은 매년 상당량에 달했다. 병자수호조약은 일본의 무력을 배경으로 강화도에서 체결된 것으로 '강화도조약' 이라고도 한다. 당시 일본은 구미 열강 간에 체결한 불평등 조약으로 인한 괴로움 때문에 그 내용의 개정이 국민의 비원이었다. 그런데도 조선과의 조약에서는 자신들이 당한 것보다 더 심한 불평등을 강요했다. 예를 들면 무관세 무역 조항 등은 구미 열강과 일본 간의 조약에서도 보지 못한 가혹한 것이었다. 조선은 이 조항으로 인해 자국의 산업 보호는 완전히 불가능한 입장에 놓이게 되었다.

임금 수준이 낮은 조선의 곡물은 값이 싼 게 당연하다. 게다가 관세도 전혀 없이 단지 운임을 더한 것뿐이므로 이윤이 남는 장사였다. 이 장사에 눈독을 들인 일본 상인은 해마다 늘어나 그들 사이에서도 경쟁이 일어났다. 그들은 값싼 전매금으로 선매하며 소위 고리대 상업 자본가로서 조선 농민을 착취한 것이다. 고통을 당한 것은 농민들만이 아니었다. 일본 상인들의 곡물 선매 때문에 곡물의 값은 앙등하기 시작했다. 일본에서 보면 조선의 곡물은 아직도 값싼 상태이나, 조선 농민들에게는 생명줄인 식량의 폭등이므로 사회 불안이 조성되었다.

이 같은 상황에서 1889년 일본 각지를 휩쓴 식량 기근은 집중적인 곡물 구입을 재촉했다. 게다가 그 해 조선에서도 농산물의 작황이 좋지 않았다.

조일통상장정에는 이 같은 사태도 사전에 예상하여 곡물의 수출을 금지하는 조항이 제37항에 명기되어 있었다. 조선 측이 수출을 금지할 경우, 1개월 전에 일본 측에 통고하도록 하는 것이었다.

조선 내정의 관행으로 식량의 이동을 금지할 권한은 지방 장관에게 주어졌다. 조선의 행정 구역은 전국을 8도로 나누고, 그 밑에 부·목·군·현 등을 두었다. 도에는 관찰사가 임명되었으며 이를 방백이라 하여 부윤·목사·군수·현령 등의 수령들을 통할하였다.

마침 그 해 함경도에 흉작이 들어 관찰사 조병식(趙秉式)은 10월 24일부터 1년간 곡물의 방출을 금지키로 했다. 그는 조일통상장정의 규정에 따라 실시 1개월 전에 해당하는 9월 1일(양력 9월 25일)에 '관문(關文)', 즉 조약에서 말하는 예고를 했다.

이것이 '방곡령'이다.

그러나 천하태평식의 공무 집행과 공문 서류의 날짜 취급에 대한 인식 부족으로 조병식의 서류가 외서에 도착한 것은 2주 후의 일이었다. 그리고 외서가 이것을 일본 측에 전달했을 때는 이미 반 달도 남아 있지 않았다. 일본 대리공사 곤도 신스케가 그 보고를 받은 것이 음력 9월 17일이었다고 한다.

조병식은 예정대로 음력 10월 1일부터 방곡령을 실시했다. 그러나 일본은 이것을 규정 위반이라고 비난했다. 장정 제37항에는 천재지변이나 대흉작으로 인한 방출의 금지가 가능하게 되어 있으나 일본은 함경도에 그와 같은 사태가 일어나지 않았다는 주장이었다. 예고 기간도 실제 규정된 반밖에 남지도 않았으나, 일본이 중점적으로 조선 측에 항의한 것은 원래부터 방곡령을 발동할 근거가 없다는 점이었다.

 조일통상장정에 의하면 방곡령은 조선이 일본에 통고하는 것으로, 별도로 일본의 동의를 필요로 한다는 규정은 명시되어 있지 않았다. 그러나 곤도 대리공사는 이러한 중대사에 있어서는 양국의 협의가 필요하다는 장정의 확대 해석을 한 것이다. 일본의 요구는, 방곡령의 취소와 조병식의 처벌로 조선 정부는 여기에 굴복해 버렸다. 이듬해 조선은 방곡령을 해제하고 조병식을 강원도 관찰사로 전임시킨 것이다.

 그래도 일본은 이에 만족하지 않았다. 방곡령이 실시되었던 지극히 짧은 기간에 일본 상인이 입은 손해를 배상하라고 압력을 넣었다. 이것은 조선에 체류하는 일본 상인들의 농간으로 이루어진 일이다. 일본 외무성은 이시이 키쿠지로(石井菊次郞)를 원산으로 파견하여 실상의 조사와 배상 교섭을 맡겼다.

 일본이 조선에 강요한 배상액은 일본 돈으로 40만 7천여 원이었다. 이에 대해 조선은 6만여 원이라면 받아들여도 좋다는 의향을 나타냈다. 조선 대표는 외무대신 민종묵(閔種默)이었다.

 이 같은 교섭이 한창 진행되고 있던 중 복상 휴가를 끝낸 위안스카이가 중국에서 돌아왔다.

 "무슨 소리! 더 이상 논의할 문제가 아니다. 취소한 것만 해도 큰 양보를 한 것인데, 게다가 배상금까지 지불을 한다는 게야. 바보 같으니라구. 좀 강하게 나가야 하는 법이거늘."

 위안스카이가 민종묵을 도닥거렸다.

 "나 혼자로서는 어쩔 수 없기 때문에 곤란합니다."

 방곡령에 대한 일본의 횡포에 가장 강력히 저항한 사람이 민종묵이고, 온건파의 대표는 우의정 김굉집이었다.

 "이해가 걸려 있기 때문입니다. 어느 나라든지 상인은 탐욕적이니까요."

 "정말 상인들의 요구에 따른 것인가?"

 위안스카이는 고개를 갸우뚱했다.

카지야마[梶山鼎介] 공사를 대표로 하는 일본은 이미 말한 바와 같이 40만 7천여 원의 배상을 요구했고, 민종묵은 그것을 6만여 원으로 줄였다. 카지야마는 일단 승낙했다. 외교관의 상식으로,

'방곡령 해제도 실현되었으니 외교상의 성공이다. 그런데도 수개월간의 방곡령 실시 중의 손해를 그렇게 많이 요구하는 것은 너무 무자비하고 탐욕적이지 않은가.'

라는 생각에서였다.

그러나 상인들은 이런 외교 상식보다는 이 기회에 얻을 수 있는 것은 가능한 한 많이 받아내려는 속셈이었다.

한편 일본 외무성도 단번에 해결짓기는 어렵다고 생각한 듯이, 무츠 외상은 통상국장 원경(原敬)을 조선으로 보내 카지야마 공사와 협력하도록 했다. 6만 원은 말도 되지 않는다는 의견이었다.

이 교섭이 채 끝나기도 전에 황해도 감사 오준영(吳俊泳)이 재차 방곡령을 내렸다. 오준영으로서는 식량의 부족과 가격 앙등을 해결하기 위해서는 이 방법 밖에는 도리가 없다고 판단했기 때문이었다. 허나 일본 측에서 볼 때 이는 중대한 도발이었다.

함경도의 항구는 원산이고 황해도의 경우는 인천이다. 인천 주재 일본 영사 하야시 곤스케[林權助]는 인천의 일본 상인이 입은 손해 배상으로 6만 9천 원을 요구했다. 조일 양국의 '방곡령' 처리 문제는 이렇게 점점 고조되었다.

이것은 일본 국내에서도 문제가 되어 의회에서도 다루어졌는데 특히 카지야마 공사의 우유부단함에 비난이 집중되었다.

1892년 10월 드디어 카지야마 공사의 파면으로까지 발전했다. 후임공사에는 재야의 정객 오이시 마사미[大石正巳]가 기용되었다.

## 2

오이시 마사미는 '사무라이' 집안에서 태어나 젊어서는 자유당 창립에 참여한 자유 민권 운동가였다. 그러나 이타가키 다이스케의 미국행에 반대하여 창립한 지 얼마 되지 않아 자유당을 나온 후 고토 쇼지로가 결성한 대동단결운동에 참가해서 중의원 의원이 되었다.

메이지 시대의 자유 민권 운동가라면 대외적으로 왕왕 강경한 국익주의자로 행세하지만 오이시 마사미는 그 중에서도 전형적인 대표자라 할 수 있었다.

온건 노선, 아니 온건이라기보다는 상식 노선이라는 편이 올바를 카지야마를 실각시켰으므로, 그 후임자에게 기대하는 것은 당연히 강경 노선이었다. 오이시 마사미가 추대된 것도 그가 강경 노선 추진에는 적임자로 생각되었기 때문이었다.

조선 정부는 더욱더 곤경에 빠졌다.

위안스카이는 지나가는 말투로 민종묵에게 격려를 하기는 했어도, 공식적으로 간섭은 하려 들지 않았다. 그는 조선 정부가 참다못해 구원을 요청해 오면 비로소 시작할 속셈이었다.

'자주독립'

이것이 조선 정부 최대의 희망이고, 청국의 속박에서 벗어나려고 한다. 그렇다면 자주독립이 가능한가 아닌가를 자신들의 힘으로 직접 경험하게 해도 좋을 것이다. 위안스카이는 남모르게 냉소를 머금고 이 방곡령 문제를 방관한 것이다.

조선 정부 역시 될 수 있는 한 위안스카이의 도움을 빌지 않고 일본과의 교섭을 진행하고 싶었다. 위안스카이에게 의논을 부탁한다면, 보란듯이 또 '종주권'의 냄새를 강하게 풍길 것은 자명한 사실이다.

그러나 강경파인 오이시 마사미가 조선에 온 후 방곡령 문제는 조선 정부의 손으로 해결하기에는 힘에 겨웠다. 결국 조선 정부는 다시 위안스카이의 힘을 빌 수밖에 없었다.

오이시 마사미의 요구액은 정확히 17만 5759원 37전 2리였다.

상담을 책임진 위안스카이는 요구액의 근거를 세세히 조사하기 시작했다. 곡물의 매매 계약 등이 근거가 되었으나, 위안스카이는 계약은 매매 당사자 쌍방의 것이 아니라면 그 불이행으로 인한 배상을 요구할 수 없다고 간주했다. 그건 그렇다. 일본 상인들이 매입했다고 하는 문서만으로는 얼마든지 조작이 가능한 것이다. 그 이외에도 운동비, 연체 이자 등 각종 명목을 붙인 금액은 조선으로서는 일체 인정할 필요가 없었다. 또한 원칙대로라면 방곡령을 정당화시켜 배상 요구 그 자체를 일축시킬 것이지만, 문제가 여기까지 분류되었기 때문에 어느 정도 지불할 수밖에 없는 것이다.

"4만 7575원 54전 9.312리다."

상대가 분명한 숫자를 제시했으므로 위안스카이는 더 확실한 숫자로 대응할 것을 외무대신에게 충고했다. 그동안 외무대신의 인사 이동이 있어 조병직(趙秉稷)으로 바뀌었다.

"문제가 있다."

오이시 마사미가 이것을 되돌려 보냈음은 말할 나위도 없다.

조선은 1개월의 냉각 기간을 두고서,

"그렇다면 전임 카지야마 공사와 거의 성사 단계에까지 도달했었던 금액으로 하자. 6만 734원 90전 6리."

로 재타진했다.

"나는 그런 변변치 못한 카지야마의 후임으로 온 것이다. 그런 숫자는 두 번 다시 보고 싶지 않다."

오이시 마사미는 문서를 받는 것조차 거절했다.

그는 오만 방자한 고자세로 조선의 관리들을 멸시했다.

편의상 조선 정부라는 단어를 사용했으나, 오이시 마사미와의 교섭 창구는 외서 즉 조선 외무부였다. 그러나 오이시 공사는 외서와의 교섭을 기피하고 의 정부와 직접 교섭하려고 했다. 그 이유는 외서에는 위안스카이가 뒤에 버티고 앉아 있어 오이시로서도 상대하기 힘들었기 때문이었다.

오이시의 희망은 조선 측에서 거절했다. 외교에 관한 문제를 담당하는 부서는 외서이므로 그곳을 통하지 않으면 안된다는 것이었다. 억지로 횡포를 부려 통하려 들었던 오이시는 조선에서 기피하는 인물이 되었다. 조선 관료뿐만 아니라 조선에 주재하는 외국인들 사이에서도 '오만한 녀석'이라며 심히 불평이 많았다.

교섭은 한 걸음의 진전도 보지 못했다. 재야 정객에서 일약 공사로 기용된 오이시 공사는 초조해지기 시작했다. 두꺼운 벽을 눈앞에 둔 38세의 소장 정치가는 드디어 강행 돌파를 시도하려고 했다.

"이렇게 된 바에는 정부에 출병을 요청하여 인천 및 부산 세관을 점령한 후 문제를 해결하고 싶다."

오이시 공사의 이 제안에는 정평있는 일본 정부도 당황하였다. 일방적인 출병이나 세관 점령은 청국과 체결한 톈진조약의 명백한 위반이기 때문이었다. 국제적인 안목에서도 이 강경책은 일본에게 불리할 것은 자명했다.

이토 총리나 무츠 외상도 오이시 공사의 제안을 거절했음은 물론이다.

그렇다면 이 사태를 어떻게 해결해야 좋을 것인가?

마침 이 때 청국의 전임 주일 공사였던 리징황에게서,

"조선에서의 문제는 오이시 공사와 위안스카이가 협력해서 해결할 수밖에 없지 않은가?"

라는 타진이 일본에 도착했다. 전 주일 공사라고는 해도 청국 최고 실력자 리훙장의 아들인 것이다. 이 타진은 리훙장의 의사라고 받아들여도 좋았다.

무츠 외상은 즉시 반응을 보였다. 1893년 4월 12일자로 그는 리징황에게 위안스카이의 중재를 청하는 서한을 보내고 동시에 조선의 오이시 공사에게 훈령을 내렸다. 위안스카이의 중재를 받아들이라는 것이었다. 이를 위해 외무성 참사관인 마츠오카[松岡郁之進]가 조선에 특파되었다. 오이시 공사는 양손을 묶인 격이 되었다.

오이시는 마츠오카를 대동하고 위안스카이를 방문하여 정식으로 중재를 의뢰했다.

그 후에도 일은 순조롭게 진행되지 않았다. 5월 2일에는 일본이 조선 정부에 최후 통첩을 내렸다. 단 가능한 한 양국 간의 결렬을 피하기 위해 실력 행사까지는 2주간의 유예를 남겨 놓았다.

공을 세우기에 급급한 오이시는 조선의 외서, 의정부를 뛰어넘어 직접 조선 국왕을 만나려고까지 했으나 들어주지 않았다. 그런데 이 때 육군 참모차장 가와카미 소로쿠[川上操六]가 조선을 시찰하기 위해 방문한다는 소문이 있었다. 이웃 나라 군의 우두머리이다. 참모차장이라 해도 참모총장은 황족이므로, 가와카미는 사실상 군의 최고 책임자였다. 시찰에는 이지치 코스케[伊地知幸介], 다무라[田村怡與造] 등 젊은 육군 영재들이 수행했다. 고종도 가와카미 장군은 만날 것이다. 오이시는 이 기회를 이용하여 가와카미 일행과 함께 조선 궁중에 들어가 그 '최후 통첩'을 고종에게 전달해 버렸다.

이렇게 되고 보면 오이시가 가와카미의 조선 방문을 잘 이용한 꼴이 되었지만, 때가 때이니 만큼 가와카미의 조선 방문 그 자체가 방곡령 문제에 압력을 가하려는 의도가 없었다고는 말할 수 없다.

방곡령 문제에 있어서 위안스카이는 카지야마가 일단 승낙했던 6만 원을 끝까지 밀고 나가면서, 황해도에서 실시한 방곡령에 대한 배상을 더하는 데는 거절하는 자세를 취했다. 오이시는 역시 17만 원을 계속 고집했다.

'인선이 잘못되었군.'

이토 히로부미나 미츠도 오이시를 기용한 것이 잘못이라는 생각이 들었으나 오이시 자신은 대단히 흥분되어 있었으므로 해결의 장소를 옮길 결심을 했다.

톈진이다.

역시 북양대신 리훙장을 상대로 하지 않고는 이야기가 되지 않는다.

톈진에는 대리 영사 아라카와 시지[荒川巳次]가 있었다. 이토 히로부미 수상

은 친필 서한을 아라카와를 통해 리훙장에게 전했다. 그 편지의 내용은,

"방곡령 문제의 배상금은 일본이 초안인 17만 원을 포기하고 9만 5천 원까지 낮추었으므로, 조선 측이 이를 받아들이도록 설득해 주기 바라오."
라는 것이었다.

조선 정부는 고압적 자세를 취하는 오이시를 기피하여 외무대신을 경질하는 등으로 시간을 끌었고, 도쿄에 주재하는 권재형(權在衡) 공사는 도쿄에서 문제해결의 담판을 짓자고 일본 측에 요구했다. 그뿐 아니라 오이시 공사를 경질시켰으면 좋겠다는 희망 사항까지 첨가했다. 이 인물이 얼마나 조선에서 눈엣가시였는지를 잘 알 수 있다. 외교 문제에 있어서 양같이 순하기만 했던 조선이 상대국 공사의 해임을 요구한 것은 보통 일이 아니었다.

일본 정부는 물론 오이시 공사의 해임 요구는 거절했으나, 오이시에게 인천으로 부임하여 훈령을 기다리라는 명을 내려 결국은 서울을 떠나게 했다.

이 같은 상황 속에서 1893년 5월 19일, 겨우 방곡령 문제가 해결되었다.

함경도 방곡령으로 인한 배상금 9만 원과 황해도 방곡령으로 인한 배상금 2만 원, 합계 11만원으로 이 중 6만 원은 먼저 지불하고 나머지 5만 원은 3년 분할 상환하기로 했다.

이 문제는 현지 거류 일본 상인들의 강경한 요구로 생겨난 것이다. 상인들의 힘은 온건파인 카지야마 공사를 해임시킬 만큼 대단했다. 그들은 스스로를 팽창하는 일본의 복병이라고 생각하였기 때문에, 자신들이 입는 손해는 당연히 일본 정부가 무력을 사용해서라도 배상받아야 한다고 믿고 있었다. 이 후에도 이 같은 일은 종종 일어난다.

# 3

조선이 방곡령 문제를 도쿄로 옮겨 담판 짓자고 하는 의사를 표명한 것은 오이시 공사를 기피하려는 때문만은 아니었다. 동학이 각지에서 일어나 조선 내의 치안이 급속히 악화되었던 것도 그 이유의 하나였다.

방곡령 문제를 해결하는 데는 긴 세월이 걸렸다. 조선에서는 이 교섭 과정을 거치며 일본은 참으로 두려운 존재라는 분위기가 넘쳐흘렀다.

조선에서 상인의 지위란 대단히 낮다. 상인의 이익 때문에 정부가 기를 쓰고 무력을 휘두르는 것을 보고 조선인들은 일본의 진의를 헤아리기 어려웠다.

'무엇을 하는지 도통 알 수가 없네.'

일반의 조선인들이 일본에 대해 품은 것은 이러한 의구심과 공포심이었다. 공포심은 일반 서민보다도 궁실 쪽이 더욱 강했다고 할 수 있다. 서민층은 빼앗길 것이 그다지 많지 않은 반면, 궁실 관계자들은 많은 재물을 소유하고 있었기 때문이었다.

조선 국왕, 그리고 민씨 일가는 일본이라는 공포의 대상 뒤에 김옥균의 모습을 발견했다. 몇몇의 민씨 일가를 죽이고 일본으로 도망한 김옥균은 그들에게는 잊을 수 없는 존재였다.

그들의 일본 공포증은 때때로 김옥균 공포증이란 형태로 나타나기도 했다.

"김옥균을 체포하여 인도해 주시오."

조선 정부는 전권공사 서상우와 묄렌도르프를 통해 일본 측에 이같이 요구했다. 그러나 일본은 아무리 그렇다고 해도 자신들이 이용했던 인물을 손바닥 뒤집듯이 사지로 몰아 넣을 수는 없었을 것이다. 그렇다고 김옥균을 눈에 띌 정도로 보호한다면 조선의 감정을 상하게 할 것이다. 체포·인도는 하지 않지만 보호도 안한다. 이러한 중립적인 태도를 보이는 수밖에 도리가 없었다.

일본에서는 유력한 망명자에 대한 대우를 정부는 냉담하게, 국민은 뜨겁게 대하는 경향이 있다. 이것은 '경향'이라고 하기보다는 '전통'이라는 편이 더 나을 것이다.

일본 정부의 김옥균에 대한 대우는 형편이 없었다. 이와다 슈사쿠[岩田周作]로 개명한 그는 소립원에서 북해도로 옮겨다니면서 사실상 일본 정부의 구속 하에 있었다. 그 구속이 풀린 것은 1891년이 되어서였다.

일본 정부가 인도를 거부하자 조선은 자객을 보내 김옥균을 암살하려고 했다. 조선에서 보낸 자객은 지운영(池運泳), 장은규(張殷奎)였다. 그러나 김옥균에게도 정란교(鄭蘭敎), 유혁노(柳赫魯)라는 만만치 않은 호위자가 있었다. 김옥균에게 접근해 오는 지운영을 수상쩍게 보기 시작한 것은 유혁노였다. 유혁노는 지운영의 숙소에서 조선 국왕이 암살을 명한 칙서와 무기, 독약 따위의 증거를 발견하여 우선은 암살을 미연에 방지하는 데 성공했다.

암살 계획이 수포로 돌아갔지만 조선 왕실이 결코 김옥균의 제거를 단념한 것은 아니었다. 김옥균이 일본의 구속에서 풀려나고 조선에서는 방곡령 문제가 일어난 1891년, 조선 왕실은 재차 자객을 파견했다. 자객의 이름은 이만식(李晩植), 본명은 이세식(李世植)으로 전에 실패한 지운영보다 훨씬 뛰어나다는 정평이었다.

지운영은 내무부 주사(主事)로 내무부 과장급의 고관이지만, '암살 칙서'를 도난당하는 어설픈 일을 저질렀기 때문에 일본 감옥에 유치되었다가 나중에 강제 송환되었다. 결코 뛰어난 전문가라고는 할 수 없었다. 이에 비하면 이만식은 만만치 않은 상대였다. 그는 권동수(權東壽), 권재수(權在壽) 형제와 함께 도쿄에 잠입하여 김옥균에게 접근했다.

지운영, 장은규의 전례가 있었기 때문에 김옥균의 경계심은 더욱 강화되었고, 어떤 이유로든지 자신에게 접근해 오는 사람에게는 우선 의심을 품었음에 틀림없다. 우국지사라는 가면을 쓰고 다가오는 이만식을 김옥균도 완전히 믿지는 않았다.

그러나 김옥균은 대단히 사교적인 인물로 자신에게 접근해 오는 사람을 사절하지는 않았다.

"자객일지도 모른다. 그러나 동지일 수도 있지 않은가? 또 동지로 바뀔 인물일 수도 있으니 특별히 피할 것까지는 없다."

김옥균은 걱정하는 주위사람들에게 이렇게 말했다.

함께 일본으로 망명한 박영효는 김옥균과 화목하게 지내지 못했다. 뜻이 맞지 않은 것이다. 정치적 의견뿐 아니라 개인적인 감정도 썩 좋지는 않았다. 김옥균이 암살된 후 박영효는 다음과 같이 그를 회상했다.

김옥균의 장점은 사교적이라는 것입니다. 실로 외교에는 능했었습니다. 문장력, 화술, 시, 글, 그림 그 어느 것 하나 못 하는 것이 없었습니다. 그러나 그의 단점이라면 덕이 없고 또한 모략이 없었다는 데 있습니다.

— 이광수 '박영효의 이야기'에서

사자에 대한 예의를 인식하고는 있으나 박영효는 칭찬 가운데 '덕이 없다'는 비판을 하고 있다. 그것이 예전 동지 박영효에 대한 덕이 없음을 지적하는 것인지 망명중의 김옥균의 여성 관계를 말하는 것인지는 모르지만, 아무튼 조선인에게 '덕이 없다'는 비판은 가장 지독한 것이라 할 수 있다. 반면 '모략이 없다'는 말은 얼핏 들으면 비판인 것 같으나 사실은 칭찬의 의미를 갖는다.

대립자였던 박영효가 김옥균의 장점이라고 인정했던 것은 '사교적' 즉 '외교적'이라는 점이다. 그가 얼마나 사교적 인물인가를 잘 알 수 있겠다. 그러나 이 사교적이라는 장점 뒤에 '모략적이지 못한' 단점이 숨어 있었다.

경계해야 할 인물인지를 알면서도 그 인물에 대한 경계의 모략이 부족했던 것이다.

사교에 능했다고는 하나 김옥균의 사귐은 수박 겉핥기식의 피상적인 것으로 여겨진다. 일본에 망명한 9년간 그는 많은 사람들의 도움을 받았다. 현양사계의 사람에서부터 이누카이 츠요시, 오자키 유키오[尾崎行雄], 후쿠자와 유키치 등과 같은 저명 인사들, 또 아사부키 에이지[朝吹英二] 같은 실업가는 경제적

도움을 주기도 했다.

민간인 사이에서는 정부의 냉담함에 대한 분노도 있었지만, 그보다는 언젠가 일본의 국익을 위해 김옥균을 이용할 수도 있을지 모른다는 속셈도 있었다. 일본 재야의 민권 운동론자들이 대외적으로는 극단의 배타적 국익론자가 된다는 사실은 오이시 마사미의 예에서 잘 나타나고 있다. 어쩌면 장래 일본의 미끼로 사용할지도 모른다는, 속된 말로 '키워서 잡아먹을' 계획으로 보살펴 주고 있는 사람도 있었을 것이다. 또는 지금까지 해 온 일이라 도중에서 원조를 중단하지 못한 사람도 있었다. 예를 들면 후쿠자와 유키치 등은 사상적으로는 벌써 탈아시아론(脫亞細亞論)의 단계에 들어서, 열강의 대열에 끼어 조선을 침략하는 것을 당연하다고 여기는 방향으로 기울어져 있었다. 조선을 일본의 세력 하에 두려고 하면, 사실은 김옥균과 같은 인물이 가장 골칫덩어리가 된다. 김옥균이 일본에 접근한 가장 큰 이유는 조선의 자주독립을 위해 청국의 구속력에서 벗어나려는 방편일 뿐이었다. 일본이 청국 대신 조선을 지배하려고 한다면 가장 격렬하게 저항할 사람은 바로 자주독립론자인 김옥균일 것이다.

쿠데타에 실패한 김옥균은 인천으로 도망하여 일본배 '천세호'에 승선하였으나, 다케조에 공사가 조선 측 대표 묄렌도르프의 인도 요구에 응하여 그에게 하선할 것을 명했다. 하선은 곧 죽음이므로 김옥균 일행은 자살을 꾀하였다. 다행히도 선장의 의협심으로 인하여 살아났다. 선장은 민간인이고 공사는 정부 관리로, 이때부터 김옥균은 일본 정부를 믿지 않게 되었다. 정치적 감각이 발달되어 있는 김옥균이기 때문에 자신을 이용하려는 목적으로 접근해 오는 재야의 국익 팽창주의자들의 냄새를 맡지 못했을 리는 없다. 그런데도 그들을 물리치지 못한 것은 경제적인 궁핍 외에도 동지의 수가 너무 적었던 때문이었다.

망명한 거물급 정객으로 김옥균은 자주 쑨원과 비교된다. 때때로 김옥균은 '조선의 쑨원'이라고 불리기도 했다. 그러나 양자를 비교해 볼 때 김옥균이 훨씬 조건이 나빴다.

쑨원의 경우 해외에 많은 동포가 있었다. 미국, 동남 아시아, 일본 등지에서 사업에 성공하여 경제적으로 풍부한 화교들이 적지 않았다. 그런데도 쑨원은 혁명 자금 조달에 고심했다. 그것은 혁명이 실현 단계로 들어가 많은 자금이 필요했기 때문이었다. 화교중에는 젊은 유학생도 많았다. 지식과 정열을 소유한 혁명의 전사들인 셈이다. 여기에 비하면 당시 해외에 거류하는 조선인의 수는 가뭄에 콩 나듯 적었다. 무엇보다도 개국한 지 10여 년밖에 지나지 않았고, 이 개국조차도 외국인이 조선으로 들어온 것이지 조선인이 밖으로 나온 예는 드물었다. 김옥균은 해외에 있으면서 쑨원과 같은 동포들의 경제적·정신적 지원을 기대할 수 없었다.

쑨원이 고심한 것은 현실적인 혁명 자금 조달이었지만 김옥균의 곤란은 자신의 생활비였던 것이다. 김옥균의 친구들은 자주 그의 서화 전시회를 열었다. 그림과 글씨에 재주가 있다고 해도 역시 전문가는 아닌 그였지만, 그래도 그의 지명도나 의리 등으로 해서 생활비 등에 충당할 비용 정도는 얻을 수 있었다.

생활의 궁핍 이상으로 김옥균을 괴롭힌 것은 동지의 절대수가 부족하다는 사실이었다. 일본의 친구들이 여러모로 도움을 주고 있으므로 직접 입으로 말할 수는 없는 문제였지만, 외국인인 일본인을 조선의 개혁, 자주독립의 동지로 삼을 생각은 전혀 아니었다. 동지 즉 동포의 수가 너무 적었다. 그래서 그는 같은 조선인이기만 하면 그들을 잠재적 동지로 간주했다. 분명히 적으로 여긴다 해도 그들은 같은 편이 될 사람들이라고 생각했다.

김옥균은 대단히 자신에 찬 인물이었다.

"나에게는 세 치의 혀가 있다."

자신의 설득력에 절대적인 자신을 가졌다. 중국 전국 시대 조(趙)나라 평원군(平原君)의 수행원으로 초(楚)나라에 간 모수(毛遂)가 그의 웅변으로 동맹 체결을 성공하여 '세 치의 혀가 백만 군사보다 강하다'고 칭찬한 사실이 〈사기(史記)〉에 기록되어 있다. 중국의 고전에도 해박한 김옥균은 자신의 세 치의 혀가 모수의 그것보다도 뛰어나다고 믿었다.

김옥균은 자신이 주창하는 '삼화주의(三和主義)'가 누구에게든지 반드시 설득될 것이라고 생각했다. 삼화주의란 조선·청나라·일본 삼국이 제휴하여 서구의 동방 침략을 막는 것을 목표로 한다. 그것은 다분히 이상주의적인 것으로, 원칙적인 찬성은 얻는다 해도 현실적인 정치가들 사이에 그것이 먹혀 들어갈 리는 없었다.

"나는 이 이론을 면밀히 세웠다. 어디에서도 결함은 발견할 수 없다. 어떤 논쟁이라도 응하여 주겠다. 물론 일본어로의 논쟁도 대환영이다."

김옥균은 호기있게 이렇게 말했다. 그의 일본어 실력은 일본인보다도 능숙하다고 할 정도였다.

그는 자신만만했으나 제3자가 볼 때 그의 생각은 아무래도 이상주의적이었다. 이 같은 면은 자신이 처한 입장을 잘 인식하고 있었기 때문이라고 한다.

조선의 정권을 장악하고 있는 현재의 민씨 일가가 일족의 원수로 자신을 노리고 있다는 사실은 그도 충분히 각오하고 있었다. 또 자주독립을 위해 일본과 손잡으려고 하는 자신을 청국 당국이 좋지 않게 생각한다는 것도 알고 있었다.

게다가 일본 정부의 냉담한 태도에서 자신이 일본의 실무자들에게 귀찮은 존재라는 사실도 깨닫기 시삭한 것이다.

그 모든 사실을 깨닫고 있었지만 그것을 결코 심각하게 여기지는 않았다.

"그런 일은 벌써부터 알고 있었다."

김옥균은 입버릇처럼 늘 이렇게 말했었다.

# 제17장 망명 9년

## 1

　홍종우(洪鍾宇)란 인물이 일본에 나타난 것은 1893년의 일이다. 이미 말했듯이 당시 일본에 거주하는 조선인들은 그다지 많지 않았다. 새로운 얼굴이 나타나면 곧 알려졌다. 그런데다가 홍종우는 특히 눈에 띄는 인물이었다. 프랑스에서 유학을 했기 때문에 그 당시로서는 멋쟁이였다.
　언변도 좋은 데다가 야심도 컸다. 프랑스에서 신사상을 섭취하였으므로 귀국하면 상당한 자리를 차지할 수 있을 것이었다. 그러나 당시 조선에서는 문벌이 없으면 아무리 유능한 인재라도 고위 관직에 오를 수 없었을 뿐 아니라 오히려 유능함 때문에 경계만 당하기 십상이었다.
　홍종우는 그런 사정을 누구보다도 더 잘 알고 있었다. 그래서 프랑스에서 직접 조선으로 돌아가 관직을 찾기 전에 자신을 알릴 방법을 강구했다. 그가 꿈꾼 자리는 외무대신이었다. 세계 외교의 공통어가 프랑스어였던 시대인 만큼, 홍종우는 자신에게 그 자격이 충분하다고 믿었다.
　자격은 충분한데도 문벌이 없기 때문에 외무대신은 한낱 환상에 지나지 않았다. 그는 그런 모순에 승복할 수 없었다. 문벌의 벽을 뛰어넘기 위해서는 비상한 행동이 필요했다.

문벌 외의 인물을 등용하지 않는 현 정권을 타도할 것인가.

아니면 현 정권을 위해 대단한 공을 세울 것인가.

이 두 가지 방법 이외에는 출세의 길이란 없었고, 이 두 가지 방법 모두 비상한 행동을 요구했다.

홍종우는 멋쟁이 신사이기는 했으나 자력으로 반체제파를 조직하여 쿠데타를 감행할 만한 능력도 배포도 없었다. 현 정권 타도의 길을 선택한다면 누군가에게 도움을 청할 수밖에 없다. 전부터 정변 지도의 경험도 갖고 있으며, 지금은 실패하여 일본에 망명해서도 민씨 일가에게 쫓기고 있는 김옥균과 손을 잡는 것이 가장 손쉬운 방법이다.

'그러나 김옥균이 소문과 같은 인물일까? 과연 그의 지도력이라면 조선 정권을 탈취하는 일이 가능할까?'

그것을 탐지하기 위해 홍종우는 일본에 와서 김옥균에게 접근한 것이었다. 그에게는 두 가지 속셈이 있었다.

김옥균에게 희망이 있으면 그와 손잡고 현 정권을 타도하여 신정권의 고관을 바라보자. 만약 김옥균에게 그 정도까지 기대할 수 없을 경우, 내 손으로 그를 암살하는 것이다. 현 정권은 김옥균을 암살하는 데 심혈을 기울이고 있으며 김옥균의 목에는 막대한 현상금도 걸려 있다고 한다. 홍종우는 현상금보다도 관직이 갖고 싶었다. 김옥균 암살에 성공한다면 출세의 염원은 풀 수 있을지도 모른다.

양다리를 걸치고 홍종우는 김옥균에게 접근했다. 그런데 김옥균 주위에는 벌써 암살을 목적으로 한 이만식이 자리잡고 있었다.

"자객일지도 모르나 설득하면 동지가 될 수도 있다."

이만식을 멀리 하라는 측근의 충고를 김옥균은 이렇게 말하면서 물리쳤다. 여기에 또 정체를 알 수 없는 파리 유학생 홍종우가 나타났다. 김옥균의 주위에서는 처음 접근해 오는 사람들에게 신경을 돋운다는 사실은 이미 말했다.

"홍종우에게도 신경을 쓰는 편이 좋을 듯합니다."

현양사 무리들까지 김옥균에게 이렇게 충고했다. 여기에 대한 대답은 이만식 때와 같았다.

김옥균 주위를 맴돌던 이만식은 홍종우를 한편으로 만들려 노력했다. 이 두 사람은 서로 통하는 점이 있었던 것 같다. 이만식은 민 정권에서 파견한 분명한 자객이었다. 그는 김옥균과 박영효, 양 거두를 암살하라는 명을 받았으나 잘 되지 않았다.

이만식은 일전에 박영효를 유람선으로 꾀어내 그를 커다란 트렁크에 넣은 후 그곳에서 조선 기선에 태워 보내려는 비밀 계획을 세운 적이 있었다.

이만식은 중간에 도와 줄 사람을 구하고 있는 중이었다. 어쨌든 살인에 관계되는 일이므로 그렇게 쉽게 구해지지 않았다. 매우 위험한 일이기 때문에 선뜻 나서려는 사람도 없었고, 있다 해도 웬만한 조건으로는 통하지도 않았다.

서로 교제하던 중 이만식은 홍종우가 입신출세를 열망하는 자라는 사실을 알게 되었다. 정부 고위 관직 취임을 미끼로 한다면 한 패가 될 것 같았다. 그러기 위해서는 이만식 자신이 국왕의 명령을 받은 사람이라는 점을 홍종우에게 증명하지 않으면 안 된다. 증거물이 없으면 홍종우는 믿지 않을 것이다.

그러나 전임 자객 지운영이 암살 칙서를 도둑 맞는 어처구니없는 일을 저질렀기 때문에 이만식은 구두 명령만을 받고, 증거물이 될 것은 휴대하지 않았다. 무리를 할 필요는 없지만 증거물 정도라면 위조할 수가 있었다. 궁중 생활의 경험이 없는 홍종우는 칙서 등을 본 적이 없을 것이므로 위조 증서로 넘어 갈 수도 있다. 이만식은 칙서를 만들어 위조 인장을 찍었다.

'이만식에게 칙명하노니, 갑신의 누망역적(漏網逆賊)을 토멸하여 짐의 대우(大憂)를 없애 주오.'

라는 문장으로 시작했다. '누망역적'이란 망을 빠져 일본으로 망명한 김옥균과 박영효 등이다.

"어떻게 하면 조선을 근대적 독립 국가로 만들 수 있을까?"

이만식은 이런 우국적인 화제를 갖고 홍종우를 관찰하기 시작했다. 홍종우가 즐겨 하는 주제이다. 귀국할 때는 정부 고관을 설득하려고 그 주제에 대한 수사학적 연구까지 했었다. 그는 이만식에게 그의 경론을 설명했다.

"알겠소. 잘 알겠소."

이만식은 감동한 듯 숨을 몰아쉬며 말했다.

"문벌주의를 폐지하고 능력에 따라 인재를 적재적소에 등용한다는 원칙을 따르면, 수년 안에 우리나라의 면모도 새로워질 것입니다. 김옥균도 그것을 목표로 하는 것입니다. 거기까지는 잘 알겠소만 국정의 개혁에는 전제 조건이 있습니다."

"어떤 전제입니까?"

"정국이 안정되어야 한다는 것입니다. 문벌주의에서 능력주의로 바꾸는 것은 대단한 개혁입니다. 그러한 개혁을 할 때 정계의 동요는 피할 수 없습니다. 그렇지 않아도 혼돈된 시기에, 더욱 더 혼란을 조성할 인물이 나타난다면 그야말로 뒤죽박죽이 되지 않겠습니까?"

"의식적으로 동요시킨다."

"그렇소. 우리는 개혁을 원하는 것일 뿐, 국가의 기초까지 흔들어서 붕괴하는 일은 용서할 수 없습니다. 그렇다면 남는 것은 아무것도 없습니다."

"그래서 당신은 온건하게 하자는 것입니까? 문벌주의도 어느 정도 잔류시키면서 미적지근한 개혁에 만족하라는 것입니까? 문벌을 제한하는 것만으로는 아무 것도 되지 않습니다. 문벌의 자기 방위의식은 굉장한 것입니다. 당신은 약합니다. 도대체 어떤 힘으로 문벌을 억제할 수 있다는 겁니까?"

"약하다구요? 내가 유약하다면 당신은 그 이상입니다. 이상주의에 지나지 않습니다. 물론 모두 독자적인 힘으로 한다면야 좋겠지요. 그러나 우리 힘은 너무 약합니다. 그렇기 때문에 보다 강한 힘을 빌리지 않을 수 없는 것이 현실입니다. 이상만을 추구하는 당신은 이해할 수 없을 지도 모르겠습니다만……."

"모르는 바는 아닙니다. 나로서도 무엇인가에 정착하고 싶지 않은 것은 아닙니다. 존재한다는 것은 현실을 바탕으로 한다는 사실 정도는 알고 있습니다. 그런데, 당신이 말한 좀더 강한 힘이란 무엇을 의미하는 것입니까?"

"문벌을 억제하는 힘이지요. 처음에 나는 김옥균에게 기대했으나. 요즈음 약간 실망하고 있습니다. 그는 억제하는 게 아니라 파괴해버립니다. 갑신정변 때도 그러했지요. 왜 그렇게 많은 사람들이 살상을 당해야만 했습니까? 지금도 그 당시의 생각과 조금도 달라진 게 없는 듯합니다."

"그렇습니까? 그래도 지금 김옥균에게는 힘이 없지 않습니까?"

"아니죠. 힘은 있습니다. 본인도 항상 말하고 있지 않습니까? 세 치의 혀. 때가 오면 그는 반드시 대단한 파괴력을 조직할 것입니다."

"그에게 기대는 게 위험하다면, 다른 안전한 방법이라도……."

"나는 처음에 일본의 힘을 빌리려고 했지요. 청국으로부터 완전 독립을 달성하기 위해서는 그것이 최선의 방법이라고 생각했던 것이지요. 그러나 일본에도 실망했습니다. 우리들에 대한 일본 정부의 냉당함이 어떻습니까? 일본 공사와 혈맹을 맺고 일을 일으킨 김옥균이나 박영효가 어떤 화를 입었는지는 잘 아시겠지요. 인천에서는 '천세호' 승선까지 한 때 거절당하지 않았습니까? 우리들이 마음놓고 기댈 수 있는 힘은 아닙니다. 당신도 일본에 있는 동안 이 나라의 분위기를 잘 파악하셨겠죠?"

"그렇소. 최후까지 기댈 수 있는지 신용할 수 없다는 생각이 들었습니다. 일본이 아니라면 러시아입니까?"

"러시아는 우리 일을 진지하게 생각하지 않습니다. 단지 일본이나 영국을 견제하자는 것 뿐이지요."

"그렇다면 어디입니까?"

"당신에게는 의외라고 생각될지 모르겠습니다만, 내가 생각하고 있는 곳은 청국입니다."

"청국?"

"의외이지요?"

이렇게 말하자 홍종우는 고개를 끄덕였다. 정말 의외였다. 청국은 조선에 대한 종주권을 주장하며 위안스카이 같은 국정 감사관을 보내고 있다. 현재 정권을 쥐고 있는 민씨 일가에서도 겉으로는 청국의 힘을 배경으로 하고 있는 것 같아 보이지만, 본심은 청국의 속박에서 벗어나려는 의도이다. 대신들 마음대로 진행했다는 러시아에의 접근도, 국왕 이하 민씨 정부 수뇌의 양해를 얻었다는 사실은 누가 봐도 명백한 것이었다. 위안스카이도 그 점을 모를 리가 없다.

보수적인 현 정권에서까지 청국의 힘에 슬며시 저항하고 있는데, 혁신을 꾀하는 인물이 청국의 힘을 빌리겠다는 것은 무슨 말인가?

"정치는 현실적이지 않으면 안되죠."

이만식은 계속 말한다.

"청국으로부터 독립하고 싶은 것이죠. 그렇기 때문에 상대는 청국입니다. 청을 무시하는 것은 현실적이지 못하죠. 무시하기보다 정면으로 청국과 맞붙어 상대에게 인식시키는 것이 최선의 방법이 아니겠습니까?"

"어떤 식으로 인정받습니까?"

"저냥한 이야기이긴 해도, 실제로 우리나라는 정국의 짐이 되고 있지요. 위안스카이의 힘을 빌려 청국 상인에게서 저리로 돈을 빌었으나, 그들 입장에서 보면 다른 데 빌려 준다면 훨씬 높은 이자가 보장되는 데도 특수한 관계가 있기 때문에 할 수 없이 조선에 빌려 준 것이지요. 결국 청국은 종주권을 주장하면서 현실적으로는 손해를 보는 셈입니다. 내심으로는 포기하고 싶은데, 체면상 어쩔 수 없는 게지요. 구실이 없는 겁니다. 조선이 혼자 설 수 있다는 것을 분명히 보여 준다면, 리홍장은 그 짐을 내려 놓고 말 것입니다."

"혼자 설 수 있는 증거를 보여주는 것입니까?"

"바로 그것입니다. 자력으로 서기 위해서는 무엇인가를 해야만 합니다. 예를 들면 국가의 기초를 위험하게 하는 사람이 있다고 할 때, 그를 제거하는 것과 같은 일 말입니다."

이만식은 이같이 말하고 가만히 홍종우의 눈을 바라보았다.

"제거한다?"

홍종우는 고개를 갸웃했으나 상대가 말하려는 의도는 확실히 알아들었다.

"청국도 그것을 원하고 있고 또 우리 국왕 역시……."

"제거를?"

홍종우는 반복했다.

"이 사실은 당연히 극비이지만 국왕 폐하께서도 그것을 원하고 계십니다."

"국왕 폐하께서도?"

홍종우는 자신의 감각에 자신을 얻었다. 이만식은 기묘한 냄새를 풍기는 인물로, 그것으로 상대를 유인하려 했다. 홍종우 역시 같은 냄새를 갖고 있는 자로 자신이 그에게 필요하다는 사실을 느꼈다. 그래서 이만식의 유도에 끌려가기로 한 것이다.

"그렇습니다. 그 증거를 갖고 있습니다. 만약 당신이 조금이라도 의심이 나신다면 그걸 보여드릴 수도 있습니다."

"그것이란?"

"국왕 폐하의 친필 문서입니다. 국가의 존망을 위협하는 역적을 토벌하면 은상을 내리시겠다는 것이죠. 이렇게까지 숨김없이 털어놓았으니 동지가 되어 주셔야 하겠습니다."

"무엇을 하기 위한 동지입니까?"

"역적을 제거하는 일이죠. 김옥균을."

이만식은 알아들을 수 없을 정도로 소리를 낮추었다. 홍종우는 고개를 끄덕이며 마른침을 꿀꺽 삼켰다.

# 2

이만식은 김옥균 암살 계획에 대해 홍종우와 의논을 거듭했다.

암살 장소로 일본은 아무래도 편치 않았다. 암살도 어렵거니와 경찰 기구가 꽉 짜여 있어 범행 후 추격이 심할 것이기 때문이었다. 이만식은 그 정도는 감수할 수도 있으나 다른 이유도 있었다.

일본 측 요인이 일본 이외의 장소를 선택하도록 유도하는 것이다.

이 암살 계획에는 일본도 한 몫 하고 있었다. 정부 측, 구체적으로 말하면 외무대신 이노우에 가오루였다. 이노우에 가오루로서는 어떻게 해서든지 김옥균을 일본에서 추방하고 싶었다. 김옥균이란 존재가 조선과 일본 관계의 애로가 되고 있다고 생각했다.

김옥균을 일본에서 청국으로 유도해 낸다.

과연 이 일이 가능할까?

"분명히 가능하다."

이만식은 이렇게 단언했다. 그는 상당히 오랜 기간, 의심을 사긴 했어도 김옥균의 주위에 있었다. 김옥균의 성격도 훤히 알게 되었다.

김옥균은 지금 곤궁에 처해 있다. 경제적으로도 쫓기고 있었다. 주위의 도움이란 주로 정신적인 면에 치우쳐, 김옥균은 자신의 그림·글씨 등을 팔아가며 생활비를 얻고 있는 상태였다.

"무엇인가 하지 않으면 안된다."

웬만한 낙천가인 김옥균도 때때로 이렇게 말하곤 했다. 잠시 마음이 약해지기도 하는 것이다. 어떻게 해야 현재의 곤경에서 벗어날 수 있을까? 김옥균은 계속 고민했다. 그의 고심은 조선의 개혁이란 문제를 원경으로 했고, 목하 어려운 망명 생활의 개선을 근경으로 했다. 그러나 근경인 현실이 보다 절실한 문제였다는 것은 말할 나위도 없다.

유인한다면 미끼를 물 가능성이 있다. 물론 그 미끼는 대단한 매력을 갖는 것이어야 한다.

"당신의 재능은 참으로 놀랍소. 그런 당신이 조국을 떠나 일본에서 궁핍하게 지내는 것을 보면 딱하기 그지 없구료. 차라리 귀화해서 일본인으로 행세한다면 훌륭한 실업가가 될 수 있도록 책임지겠습니다."

이렇게 김옥균에게 귀화할 것을 종용한 이는 전 외무차관 요시다 기요나리였다. 김옥균은 웃으면서 그러한 권유를 사절했다. 〈우편보지신문(郵便報知新聞)〉은 그 당시 요시다 기요나리에게 보낸 김옥균의 회답을 다음과 같이 소개하고 있다.

나를 불초라 한다 해도, 잠시 내 몸을 기탁하는 데 국토를 빌렸을 뿐이오. 어찌 마음 속에 생각이 없으리오. 만일 하늘이 나를 버리지 않으시어 때가 되어 사람들을 쓸 때가 있으면, 기필코 큰 뜻을 펼 마음이 있소. 지금에 와서 일본으로 귀화를 한다면 누가 고국의 피폐를 감당하며, 누가 게으른 관리들을 잠 깨우겠소. 그래서야 어찌 새로운 독립국을 우리 동양에 일으킬 자라 하겠소.

이런 인물에게 일본 귀화를 권한 요시다 기요나리는 좀 이상한 인물이라고 말하지 않을 수 없다. 일본인으로 귀화하여 실업계에서 활약하는 따위는 김옥균에게 있어서는 별볼일 없는 미끼에 불과했다. 그는 쳐다보지도 않았다.

돈이란 확실히 매력은 있다. 그러나 그것은 현재의 궁핍에서 벗어날 수 있는 금액이면 충분했다. 그런 것보다도 김옥균에게는 자신의 경륜을 실현시킬 가능성이 있는 길이 훨씬 큰 매력이었다.

금전은 조금씩이었지만 계속적으로 들어왔다.

후원자들은 일종의 투자를 하는 듯싶었다. 지금은 비록 망명중이긴 해도, 김옥균은 예전에 3일 천하로 조선의 정권을 획득했던 적이 있었다. 다시 조선의 최고 권력자로 돌아갈 가능성이 없다고는 잘라 말할 수 없다. 현재 조선이 인재 부족이라는 점에서 볼 때 김옥균이 정권을 탈환할 수도 있을 것 같고 또 현 정권이 그를 불러들일지도 모르는 일이다.

'지금 김옥균의 값은 싸다.'

이런 생각을 하는 무리들도 있었다.

지금 김옥균은 적은 돈일지라도 고마움의 눈물을 흘리고 깊이 감사해 하고 있다. 몇 퍼센트인가의 가능성이 실현되어 김옥균이 조선 천하를 잡게 된다면 그 은혜를 몇 배로 갚을 것이 틀림없다.

'설혹 빌려 준 돈을 받지 못한다고 해도 크게 손해될 것은 없다.'

조선에 관심을 두고 현재 그곳에서 사업을 하고 있는 사람 중에는 이런 생각을 하는 사람들도 있었다.

코사카 제58은행장이고 대판부 의회 의장이기도 한 오미와 쵸베에[大三輪長兵衛]는 조선에 금융업의 발판을 만들고 있었다. 이완용(李完用)이 총판(總辦)으로 있는 교환국에 오미와도 회판(會辦)으로 참가하고 있었다.

오미와는 조선의 내막에 정통했다.

정치 현실은 대단히 불안하고 열강들의 모략이 얽히고설켜있다. 언제, 어떤 역전극이 벌어질지 아무도 모른다. 그래서 오미와는 어떤 상황이 닥치더라도 조선에서의 자신의 권익을 보전할 수 있는 조치를 취했다. 김옥균이 천하를 잡을 가능성을 참작하여 그는 기꺼이 생활비를 돕고자 했다. 그러나 공공연히 해서는 안된다. 현재의 조선 정부에 알려져서는 좋지 않다. 김옥균은 현 정권에게는 모반의 역적이기 때문이다.

비밀의 전달책을 맡은 사람이 이만식이었다. 이 같은 무대 뒤의 이야기는 가능한 한 숨겨진 채 진행되기 때문에 자세한 기록은 남아 있지 않다. 이만식은 현 정권의 밀명을 띠고 모반인 김옥균에게 접근했다.

이만식이 박영효 납치의 무대를 대판에 설정했던 것도 이곳이 오미와의 세력권이므로 손쉽다는 이유도 있었다. 한번은 오미와가 상경하여 이만식을 불러 묻기를,

"당신들은 도대체 김옥균을 어떻게 하려는 것이오? 당신은 김옥균에게 끌리

는 것처럼 보이려고 하나 내 눈을 속일 수는 없소. 그건 그렇다고 치고, 김옥균이 죽으면 내가 빌려 준 돈은 채무가 소멸해 버린단 말이오. 적은 금액이긴 해도 내 손실임에는 틀림없소. 액수보다도 속았다는 사실이 내게는 참을 수 없이 기분 나쁜 일이오."

말은 온화했으나 속에는 가시가 있었다. 거기에는 사람을 당황하게 하는 독소가 숨어 있었다. 궁지에 몰린 김에 이만식은 오미와의 추궁에 진상을 밝혀버렸다. 반은 그 위세에 빨려 들어간 것이었지만 차라리 고백하는 편이 더 손쉬울지도 모른다는 계산도 있었다.

"분명히 국왕의 명령이오?"

오미와는 따져 물었다.

"의심스럽다면 증거를 보여 드리겠소."

"증거?"

"칙서요. 오늘은 이미 늦었으니 내일 가져오겠소."

"흠. 그런 명령이라면 비밀 칙서이겠죠?"

"예, 비밀 칙서이지만 분명히 옥쇄는 찍은 것이오."

"조선 국왕의 칙서라니 꼭 보고 싶소."

오미와는 호기심이 일었다.

다음날, 이만식은 위조해 만든 칙서를 오미와에게 보여 주었다.

그리고 성공하면 공은 배로 갚는다는 조건을 내 걸었다.

"만약 우리의 계획이 성공한다면 국왕은 기뻐하실 것이오. 이 계획을 실행하자면 적지 않은 자금이 필요하오. 그것을 빌려 준다면 성공 후 배로 갚아 주리다."

"배라······."

오미와는 은행가이기도 하다. 눈앞에 펼쳐진 '밀서'를 보면서 계산을 하기 시작했다. 마음 속으로 '배가 되는 것이다. 배가'라고 되뇌였다. 드디어 끼었던 팔짱을 풀고,

"그 계획이 무엇인지 나는 전혀 모르오. 또 그것을 알고 싶지도 않소. 그러나 만약 그것이 정말로 두 배가 되는 일이라면 빌려 줄 수 있소. 그리고 내가 당신의 소개로 김옥균에게 빌려 준 돈은 단념해도 좋소. 뭐, 뻔한 일 아니오."
라고 말했다.

어떤 계획인지 모르고 알고 싶지도 않다고 했지만 그는 이미 모든 것을 들은 후였다.

오미와는 5만 원의 거금을 내놓았다. 당시로서는 거액이었다. 은행을 경영하고 있었기 때문에 곧 가능했지, 만약 그렇지 않았다면 아무리 대판 재계의 거물이라도 개인적으로 그렇게 간단히 주무를 수 있는 금액은 아니었다. 오미와는 양다리를 걸친 셈이었다. 모르는 것으로 한 '계획'이 실패한다고 해도 원금은 찾을 수 있다. 그것은 조선 국왕에게 빌려 준 것이다. 또 다른 한편 김옥균의 쿠데타가 성공한다면 오미와는 그의 생활비 등을 도와주었으므로 한두 가지 이권을 요구할 수 있는 입장이었다.

## 3

김옥균을 일본에서 청국으로 유인한다는 방침은 세워졌다. 목적지는 상해였다.

어떤 미끼를 쓰면 김옥균이 움직일 것인가?

"최고 수뇌 회담이라면 틀림없이 청국으로 갈 것이다."

이만식은 이 점에는 자신있게 말했다. 오랫동안 문제의 인물 김옥균을 관찰해 왔기 때문에 그는 상대가 분명히 빠져들 미끼를 알았던 것이다.

"이토를 어떻게 해서든지 만나야 한다. 이도가 어렵다면 이노우에리도 믿니고 싶다. 만나기만 한다면 승산은 있을텐데……."

9년 동안의 망명 생활에서 이것이 김옥균의 입버릇이 되고 말았다.

이토란 총리대신 이토 히로부미이고 이노우에는 외무대신 이노우에 가오루이다. 자신의 언변을 절대적으로 믿었던 김옥균은 만나기만 하면 일이 성사될 것으로 생각했던 것이다. 반드시 설득할 수 있다고 믿고 있었으며, 나중에는 상대가 자신을 만나지 않으려는 것이 자신의 언변을 두려워하기 때문이라고까지 생각하게 되었다.

조선의 개혁에 있어서도 그는 수뇌 회담에서 해결하려고 생각했다. 이런 생각은 김옥균의 치명적인 결점일 것이다. 하층 기반을 다지고 사람들의 지지를 얻은 다음에 개혁을 행하는 게 아니라, 단도직입적으로 고위층을 설득시켜 밑으로 전달하려고 했다. 즉 궁중 개혁의 범위를 벗어나지 못한 것이었다. 갑신정변에서도 국왕을 옹호하고 새로운 정치의 개혁을 꾀하려 했었다.

망명 후에도 역시 김옥균의 생각은 바뀌지 않았다. 그런 그를 청국으로 부르는 데는,

'청국의 고위 수뇌가 만나자고 한다.'

라고 하는 것이 가장 확실한 방법이었다.

청국의 고위 수뇌란 직예총독 겸 북양대신 리훙장이다.

어린애를 달래는 일과는 전혀 다른 성격이기 때문에 청국과의 수뇌 회담이 실현된다는 증거를 보인다면 오히려 김옥균은 믿지 않을지도 모른다. 증거란 회견 희망을 담은 편지 같은 것일 텐데, 리훙장이 김옥균에게 보내는 편지라고 한다면 둘 사이의 지위 차가 너무 벌어져 있어서 누가 보아도 부자연스러운 일이었다.

"그렇다. 리징황이다!"

이만식은 리징황에게 생각이 미쳤을 때 자신도 모르게 무릎을 쳤다.

리징황은 리훙장의 양자다. 양자라고 해도 동생의 아들이므로 혈연 관계는 대단히 깊다. 리징황은 재능이 있었기 때문에 양아버지인 리훙장도 특별히 잘 보았다. 1890년 리징황은 리쑤창의 뒤를 이어 청국의 주일 공사로 취임했다. 1893년 7월, 리훙장의 부인 조씨가 죽었을 때, 리징황은 복상을 위해 사직하고 귀국

했다. 후임 주일 공사는 왕횡쪼우로 이 사람이 청일전쟁 발발시의 공사였다.

리징황이 도쿄에 있을 때, 중간에 사람을 놓아 몇 번인가 김옥균을 만난 적이 있었다. 별로 대단한 이야기는 아니었고 그림이나 글씨 등에 대해 주로 이야기를 나누었다. 김옥균은 그 당시 청국에게는 기대지 않는다는 생각을 갖고 있었다. 망명중 국왕에게 상소문을 올렸는데 그는 그 속에서,

청국은 최근 다른 나라에게 안남, 유구를 점령당하고도 한 마디 저항도 해 보지 못했다. 그런데 이런 청국에 의지하여 우리나라가 정국의 안정을 얻을 수 있다고 생각하는 것은 실로 우습기 그지없다.

라고 말하고 있다.

신뢰하고 의지하기에 부족하다고 생각하고 있었기 때문에 김옥균은 청국 공사 리징황을 만나도 정치적 기대를 품지는 않았었다. 그러나 그 이후 김옥균은 심하게 몰렸다. 아무리 낙천적이라 해도 9년에 걸친 망명 생활에서 조국의 개혁을 한 걸음도 진전시키지 못했다는 사실로 그 역시 좌절감을 느끼지 않을 수 없었다. 청국은 믿을 수 없고, 그렇다고 현재 거주하고 있는 일본을 믿을 수도 없는 노릇이었다. 전에 말한 국왕에게 올린 상소문에도,

"일본은 전에 무슨 생각에서인지 일시 열심히 우리의 국사에 간섭하려 했는데, 갑신정변 이후는 홀연 이를 포기하여 믿을 수 없는 상태입니다. 무엇을 믿고 기대기에는 충분치 않습니다."

라는 문장이 보인다.

청일 양국 모두 기대기에 부족하다면 자력갱생밖에 없다. 김옥균이나 박영효 등 개화파는 이것을 '취신자립(就新自立, 새로운 것을 위해 자립한다)'이라고 표현했다.

자력은 좋지만 해외에 있으면서는 어쩔 도리가 없다. 김옥균은 '자력'을 원하면서도 어느 틈엔가 '타력'에 기대려는 생각을 갖게 되었다. 앞서 말한 상소

문은 국왕에게 망명중인 인재를 등용하라는 것이 주안점인데, 조선의 현 정권에게서 그것을 바란다는 건 불가능했다.

민씨 일파의 요인을 그렇게까지 죽이지 않았더라면 김옥균 등에게 재등용의 기회가 주어졌을지도 모른다. 모처럼의 경륜도 김옥균이 나라를 떠나 있어서는 그림의 떡이었다.

김옥균은 조선의 현 정권이 붕괴되기를 바랐다. 붕괴된 후, 그 위에 새로운 조선을 건설하려는 꿈이 있었다. 그러나 현 정권은 붕괴하지 않았다. 김옥균의 눈으로 보면 무위도식하는 무능한 정객들의 집합체이므로 가만 놔두어도 저절로 붕괴해버릴 것으로 보였다. 그것을 애써 지탱해 오는 것은 버팀목이 받치고 있기 때문이었다. 그 버팀목이란 청국의 지원이었다. 즉 고리 차관을 저리로 바꾸어 주는 등의 도움을 위안스카이는 열심히 해주었다. 청국이 손만 놓으면 조선 정부는 그렇게 오래 견디지 못한다.

'청국을 상대로 하지 않는다.'

이런 김옥균의 생각이 미묘하게 바뀌어 갔다.

'청국에게 지금의 조선 정권을 돕는 일을 그만두도록 권고한다.'

그의 머리 속에 이 같은 작전이 세워지고 있었다.

청국이 손해를 감수하면서까지 조선 정부를 지원하는 것은 만약 청국이 손을 놓을 경우 일본이나 러시아에게 빼앗길 염려가 있기 때문이다. 김옥균은 청국 수뇌에게,

'안심하고 손을 떼시오. 그런 연후에 일본에도 러시아에도 빼앗기지 않도록 조선의 일은 내가 완전히 하겠습니다. 나는 구체적으로 이러이러한 방책을 생각해 놓았습니다.'

라고 설득하고 싶었다.

일전에 김옥균은 그의 거처에 드나드는 사람들에게 이 같은 계획의 일부를 이야기한 적이 있었다. 물론 일본인이 그 자리에 없었음은 말할 나위도 없다.

이만식은 김옥균의 그런 변화를 눈치챘다. 김옥균이 그 계획을 실행하기 위해

서는 지금까지와 같은 '청국을 상대로 하지 않는다' 라는 생각은 버릴 것이었다.

'청국의 수뇌를 만나고 싶다. 리훙장을 만나 내 화술로 설명해 주고 싶다. 그이외에 타결책은 없는 듯하다.'

그런 심정의 변화를 일으키고 있는 김옥균에게 만사를 제쳐놓고 달려들 수 있도록 하는 미끼는 리훙장과의 회견 가능성이었다.

김옥균과 리훙장을 연결시킬 사람은 리징황이다. 김옥균에게 미끼를 던지려고 할 때, 리훙장이 직접 하게 되면 도리어 그는 경계를 할 것이다.

리징황은 지금 산수 좋은 무호(蕪湖) 근처에서 정양중이었다. 실제 임무와 잠시 떨어져 있다는 점이 오히려 다행스러웠다.

"귀하와는 서화 등과 같은 풍류에 대해 많은 이야기를 나누었습니다만, 무호와 같은 경치를 바라보면서 친교를 돈독히 하시지 않으시렵니까? 풍류 이외의 것에 대해서도 의견을 나눌 수 있다면 영광이겠습니다."

지금 리징황에게서 이 같은 편지가 도착한다면 김옥균은 틀림없이 곧 달려갈 것이다.

이만식은 청국 공사관과 연락을 취했다. 김옥균과 같은 강경한 독립 노선을 취하는 인간은 청국으로서도 환영하지 않았다. 가능하다면 없애고 싶었다. 나이가 들어 성질이 조급해진 리훙장은 암살을 시인하는 쪽으로 기울어졌다. 최고 수뇌의 의향이 주일 공사관으로 전달되어졌다. 드디어 청국 공사관과 이만식 사이에 김옥균 암살 공동 작전이 전개되었다.

제1단계는 리징황이 주일 공사 왕훵쪼우를 통해 김옥균에게 내방 권유 편지를 쓰는 것이었다.

그즈음 홍종우는 김옥균의 신임을 얻는 데 성공한다. 성공의 비결은 돈이었다. 오미와에게서 받은 5만 원 중 이만식은 홍종우에게 1만 원을 운용비로 주었다. 우두머리 기질로 논을 아끼지 않는 김옥균은 여기서기 빚투성이었다. 홍종우는 조금씩 김옥균의 빚을 갚아 주었다. 한꺼번에 다 갚아버리는 것은 부자연스러웠고, 어디까지나 힘들게 갚아 나가는 것처럼 보이려고 했다.

"종우, 미안하네."

김옥균은 그에게 예의를 표했다.

홍종우의 표정은 갑자기 밝아졌다. 지금 이 김옥균의 말을 얼마나 기다렸었던가? 무심코 눈물이 흘렀다.

김옥균은 이 눈물을 오해했다.

4

그러나 김옥균이 그 눈물로 인하여 홍종우를 전적으로 믿었다는 말은 아니었다. 그렇게 깊이 파고들어 조사한 것은 아니지만 조금씩 갚아 나가는 금액을 합쳐 보면 꽤 큰돈이 되었다. 주위 사람들도, "그 심중을 모르니 주의하시오"라는 충고를 했다.

김옥균은 홍종우에 대한 신뢰도를 약간 늦추기는 했지만, 자신을 후원해 주는 일본인 동지들의 이야기도 액면 그대로 받아들이지 않았다. 김옥균을 후원하는 일본 동지들은 그를 독점하려는 경향이 있었다. 김옥균이 다른 누군가를 조금이라도 믿으려 들면 그 상대에 대해,

"수상하니 조심하시오."

라는 등 멀리 하게 하였다. 김옥균은 그것을 일종의 질투라고 생각했으며, 그 생각은 어느 정도 맞는 것이었다.

"우리들 손으로 김옥균을 다시 한 번 꽃피우게 하자."

일본의 후원자들은 이런 식으로 호언장담했다. '우리들'이라는 배타적 성격 때문에, 다른 힘이 합쳐지면 그만큼 김옥균의 역량이 커지는데도 불구하고 그것을 완강히 거부했다. 일본 정부는 김옥균에게 데면데면하게 대했으나, 그의 수하의 어느 누구도 일본 정부와 화해를 시켜 주지는 않았다. 정부라는 커다란 세력이 합세한다면 자신들의 힘의 순수성이 희박해질 것을 염려한 때문이었다.

그 때문에 그들은 김옥균의 생활비까지도 착실하게 도움을 줄 수가 없었다.

'묘한 무리들에게 둘러 싸여 있구나.'

때때로 김옥균은 주위를 둘러보면서 쓴웃음을 지었다.

'정말로 일을 일으킬 때는 이 무리들을 떨치고 가야 할지도 모르겠다.'

이런 생각도 했었다.

리징황의 첫 번째 편지는 의례적인 것으로 김옥균도 그 답례로 역시 의례적인 답장을 보냈다. 두번째 것은 상당히 구체적인 내용이 담겨져 있었다.

"부친께서도 조선의 일을 걱정하고 계십니다. 한번 귀하의 의견을 진지하게 듣고 싶다고 말씀하신 적도 있고……."

김옥균의 눈이 빛나기 시작했다.

리징황의 아버지라면 리훙장이다. 어찌 수뇌가 아니겠는가? 개혁은 상층부의 지도에 의해서만 달성된다는 김옥균의 신조에 의한다면 이것은 절호의 기회였다.

"청국으로 건너가서 요직의 사람들과 기탄 없는 의견을 나누고 싶다."

김옥균이 이런 희망을 보이자 일본인 후원자들은 한 명의 예외도 없이 반대를 했다.

"뭐라고? 리훙장과 이야기 한다고? 김군, 냉정해지시오. 당신은 리훙장과 절친한 위안스카이에 의해 조선에서 추방당한 것이오. 당치도 않은 말이오."

도야마 미츠루는 생각을 고치도록 충고했다.

"너무 이야기가 쉽지 않소? 함정일지도 모르오. 이번에는 보류하는 것이 좋겠소."

이누카이 츠요시도 역시 중지할 것을 조언했다.

"함정이라……."

김옥균도 도야마나 이누카이 같은 사람의 충고이므로 단순한 질투는 아닐 것이라고 생각했다.

"반신반의라면 그만두는 편이 좋소."

행동파인 미야사키 도텐[宮崎滔天]까지도 이렇게 말했다.

"그렇다면 이번 계획은 중지하기로 하자."

김옥균은 청국 방문 계획을 일단 중지했다. 결심과 중지, 사고와 행동이 명쾌한 그로써는 보기 드문 동요였다. 그런 동요를 꿰뚫어 보기나 한 것처럼 청국 무호에서 리징황의 세번째 서신이 도착했다. 매번 그 내용은 점점 구체화되어 갔다.

"역시 귀하를 내각의 요직에 앉히지 않고는 조선은 어떻게도 할 수 없지 않습니까? 톈진 측에서도 그런 소리가 높아지고 있다고 들었습니다."

신중을 기해 아버지 리훙장의 이름을 피하면서 '톈진 측'이라는 우회적인 단어를 썼다.

부친 리훙장의 의향이라는 뉘앙스를 풍겼다. 김옥균의 마음은 다시 동요하기 시작했다.

'이누카이는 함정일지도 모른다고 했고 또 그것이 사실인지도 모른다. 그러나 이대로 일본에 있다고 무엇이 되는 것도 아니지 않는가. 9년 동안 이룬 것이 무엇인가?'

이번 동요는 컸다. 지금 이대로는 죽은 것과 다름없다. 죽는 셈친다면 무엇을 두려워하겠는가. 죽는다고 해도 손해날 것은 없다.

"역시 가기로 했습니다."

김옥균은 이번에는 선언하듯이 말했다.

이누카이도 도야마도 소립원에서 함께 고락을 같이 했던 동지들도 모두 김옥균의 청국 방문을 중지시키려고 했으나 김옥균은 고개를 가로 저으며,

"일본에서의 나는 걸인과 다름없소. 걸식 생활은 이것으로 충분하오."

라고 말했다. 이 말을 듣자 모두 쥐 죽은 듯 고요해졌다. 김옥균은,

"게다가 얻은 것도 적었고."

라고 말을 덧붙였다.

후원자들도 가능한 한 도와 줄 심산이었지만 충분치 못했다는 사실을 잘 알

고 있었다. 특히 최근에는 김옥균 측에서 요구가 없었기 때문에 금전적 원조는 거의 하지 않았다.

김옥균의 생활비 중 대부분은 홍종우에게서 나오고 있었다. 그 금맥은 조선에서 화폐 주조 등의 사업에 참가했던 오미와로 거슬러 올라가지만 일본 후원자들은 그것을 알 턱이 없었다.

"위험하오. 역시."

고작 이렇게 말하는 이누카이에게 김옥균은,

"호랑이를 잡으려면 호랑이 굴에 들어가야만 하지요."

라고 대답했다.

김옥균의 결심은 단호했다. 지금에 와서 그의 결심을 돌릴 수 있는 사람은 아무도 없었다. 그의 굳은 결의를 알고 도야마 미츠루까지도 설득하기를 단념했다.

김옥균의 결심에 불을 붙인 것은 홍종우가 조달해 온 5천 원의 자금이었다. 김옥균은 그 자금의 내력을 알지 못했고 홍종우는 그에게 상해와 교역을 통해 꽤 벌었다고만 했다.

그리고 그 5천 원도 상해의 대상회 천풍호(天豊號) 앞으로 발행한 어음이었다. 즉, 상해의 천풍호에 가서 즉시 현금화 할 수 있는 것이었다.

5천 원만 있으면 조선 개혁을 위한 여러 가지 일을 할 수 있다. 청국에 체류하는 조선인은 적지 않다. 특히 만주에 많이 살고 있다. 잡지나 신문을 발행해서 정국의 개혁을 호소할 수도 있다. 그럴 경우 세계 각국의 눈이 집중되어 있는 상해가 지리적으로 가장 유리할 수밖에 없다.

김옥균은 평소 가슴에 품고 있던 모든 계획이 청국에서 일거에 꽃피는 듯한 생각이 들었다. 그래서 어음의 현금화 수속을 위해 홍종우도 동행하기로 했다. 그 홍종우가 바로 자객인 것이다. 그 밖에 리징황과 대담할 때의 통역으로 청국 공사관의 우보우런[吳葆仁]도 수행했다.

김옥균은 와다 엔지로[和田延次郎]와 둘만 만난 자리에서 목소리를 낮추어 말하기를,

"홍종우란 인물을 나는 아직 전적으로 믿지 않는다. 도야마가 말했듯이 자객일지도 모르겠지만, 나도 그렇게 호락호락 죽을 인간이 아니지 않겠나? 이 사실은 자네만 알고 누구에게도 이야기하지 말게."

와다 엔지로는 이내 수긍했다. 김옥균은 화전의 긴장을 풀어 주려는 듯 미소를 지으며,

"그건 그렇다 치고 자네가 도야마 씨에게 심부름을 좀 해주어야겠네. 배는 신호에서 떠나는데 굳이 도야마 씨가 관서(關西)까지 환송하겠다고 하므로 그렇게 부탁드린다고."

라고 덧붙였다.

김옥균의 청국 방문은 극비리에 이루어졌으나, 출범 후에는 동지들에게도 알려주었던 것 같다. 〈시사신보(時事新報)〉는 출범 후 4일째인 3월 27일 다음과 같은 기사를 실었다.

김옥균 씨는 지난 23일 신호발 선편으로 상해로 떠났다. 이는 연전에 이곳에 체류했던 청국 공사 리징황과 만나 회담하기 위함으로 유람을 겸하여 떠난 것으로 보인다. 리징황의 본가는 무호라는 곳으로 전해지나 혹은 그곳까지 갈 생각이 없을지도 모른다. 여하튼 이번 여행은 약 1개월 예정으로 출발했다고 한다.

## 제18장 암 살

1

김옥균의 상해 여행에 미야사키 도텐은 동행을 요구했으나 거절당했다. 그 경위에 대해서는 미야사키 자신의 이야기를 인용하는 편이 당시의 상황을 보다 이해하기 쉬울 것이다. 김옥균은 미야사키에게 다음과 같이 설명하면서 거절했다고 한다.

아니, 후의는 고맙지만 자네는 맞지 않네. 이번 방문은 비밀을 지켜야만 하는데, 자네의 풍채나 용모로는 사람들의 눈을 끌기에 충분해서 곤란한 것일세. 이번에는 자네도 알고 있는 와다 엔지로를 데리고 갈까 한다네. 나이는 어리지만 충실한 녀석이니까 안심할 수 있지. 그러나 아무리 주의한다고 해도 그건 역시 형식이야. 수천의 경호가 있다 해도 죽을 운명이면 죽는 것이 인간사인 것이지. 호랑이 굴에 들어가지 않고는 호랑이를 잡을 수 없지 않겠나? 리홍장이 나를 속이려고 지나치게 진절하게 환영한다손 지더라도 나는 그를 달래기 위해 그 배에 탈 걸세. 도착하자마자 죽이든, 유폐시키든 그것은 할 수 없지. 5분 만이라도 그와 대화할 수 있는 시간이 내게 주어진다면 나는 성공을 장담할 수 있다네. 여하튼, 문제는 한 달 안에 결정된다. 그 때까지 고향 웅본으로 돌아가 내가 연락하면 어디라도 올 수 있도록 형과 준비해 놓게나. 이야기는 이 정도로 끝내고 오늘 밤 한잔해야 하지 않을까?

이 글에 의하면 김옥균은 리훙장이 꾸며낸 함정이라는 것을 이미 알았다. 결과가 밝혀진 후의 회상이고, 그것도 김옥균을 존경하는 구즈의 저서에서 부록으로 실은 이야기이므로, 혹은 추켜세우기 위한 과장이었을지도 모른다. 함정일 거라는 의심을 어느 정도는 갖고 있었겠지만 백퍼센트 의심하지는 않았을 것이다. 그렇다고는 해도, 5분만이라도 대화할 수 있다면 자신이 이길 것이라고 공언한 것은 확실히 김옥균답다.

더구나 출발에 앞서 김옥균은 도야마 미츠루에게 그의 비장의 칼을 부탁했다. 리징황을 만나러 가는데 예의로 봐도 빈손으로 갈 수는 없었다. 주일 공사 시절의 리징황이 일본도에 관심을 갖고 있었다는 사실을 김옥균은 생각해낸 것이다. 도야마 미츠루의 비장의 칼이란 삼조(三條)의 대장간에서 만든 진품이었다. 도야마는 그것만은 내놓을 생각이 없다고 거절했으나 김옥균은 재차 부탁했다.

"나는 한 번 말한 것은 절대로 바꾸지 않는 인간이다. 원한다면 훔쳐 갖고 가게나."

김옥균은 결국 훔친다는 형태를 취해 그 칼을 받았다. 칼집 등은 직접 주문하고 하여 겨우 리징황에게 줄 선물을 마련했다.

김옥균 일행은 우편 화물선 '서경호(西京號)'를 타고 1894년 3월 23일 신호를 출발했다. 4일 후인 3월 27일 상해에 도착한 일행은 요시지마 도쿠사부로[吉島德三郎]라는 일본인이 경영하는 '동화양행(東和洋行)'에 들었다. 공동 조계 구역 철마로(鐵馬路)에 있는 여관이었다. 일행은 2층방 3개를 얻어 휴식을 취했다. 1호실은 김옥균과 와다 엔지로, 2호실은 통역관 우보우런이, 3호실은 홍종우가 각각 투숙했다. 복도를 사이에 두고 1호실과 2호실이 마주 보고, 3호실은 1호실의 옆방이다. 1호실에 두 명이 함께 묵은 것은 와다 엔지로가 김옥균의 경호역으로 따라왔기 때문이다.

상해의 영미 양국 조계가 합쳐 공동 조계로 된 것은 1863년의 일이다. 일본의 연호로는 분큐[文久] 3년, 왕실의 공주 화궁(和宮)이 출가한 그 다음해로, 경도에서 곤도 이사미[近藤勇]가 새로운 조직을 이끌고 활약했고, 세리자와 카모[芹澤鴨]가 암살된 사건이 일본인들에게 인상적이었던 해였다. 상해에서는 일년 전 고삼진(高杉晋) 등이 막부의 무역선 '천세호'를 타고 이곳을 방문하여 2개월 간 체류하였다.

하여간 김옥균이 그곳을 방문하기 30년 이상이나 전에 '공동 조계 구역'이 되었는데도 불구하고, 당시의 기록에는 김옥균 일행의 숙박지를 미국 조계라고 기록한 것이 많다. 양국 조계는 소주강을 사이에 두고 있기 때문에 합쳤다고 해도 일반인들은 아직도 영국 조계, 미국 조계라고 부르고 있었다.

구미국 조계는 구영국 조계보다 훨씬 넓었고, 당시 상해에 거주하는 대부분의 일본인이 이곳에서 살았다.

구미국 조계의 일부는 일본인 거리의 모습을 하고 있을 정도였다. 구영국 조계에도 거주하기는 했으나, 그들은 주로 중국인이나 외국인들을 상대로 장사를 해 왔다. 이에 반해 구미국 조계 내의 일본인 상점은 그곳에 거주하는 일본인을 상대로 하는 곳이 대부분이어서 축소판 일본이라고 해도 좋았다. 김옥균 일행이 머문 일본 여관 '동화양행'도 그런 환경에 위치한 곳이다. 소위 일본을 연장한 장소로, 그렇기 때문에 방심했었는지도 모른다.

그 당시의 일이기 때문에 '서경호'의 상해 도착 시각은 분명치 않았다. 23일 신호를 떠나 27일이나 28일 상해에 도착한다는 막연한 운항 계획이었다.

'밤에 도착하게 되면 부두에서 여관으로 향하는 길목에서 사살하고, 낮이라면 여관에 도착한 후의 일이다.'

홍종우는 예정을 잡았다.

흉기로 예리한 단도와 권총을 준비했다. 흉기를 숨기는 데는 꽉 끼는 양복보다는 헐렁한 한복이 편리했다. 홍종우는 가방 속에 한복을 함께 넣었다. 밤에 도착하게 되면 상륙 전에 한복으로 갈아입고 흉기를 소지할 계획이었다.

그러나 '서경호'는 27일 오후, 아직 해가 남아 있을 때 상해에 도착하여, 일행은 아무 일 없이 여관에 짐을 풀었다. 홍종우도 양복 차림 그대로였다.

김옥균은 일본에서 이와다 슈사쿠란 이름을 사용했으나 이번 상해 여행시, 여권에 써넣은 이름은 이와다 미와[岩田三和]였다.

상해에 도착할 무렵 그는 '서경호' 선실에서 자신의 이름을 어째서 이와다 슈사쿠로 개명했는가를 간단히 설명했다. 충실한 측근인 와다 엔지로도 그 경위에 대한 이야기는 처음 들었다.

"나는 무일푼으로 일본에 망명했기 때문에 장기까지의 배표도 살 수 없었네. 곤란해 있던 차에 어느 친절한 일본인이 내 표를 사다 주었지. 표에는 이름을 기입하는 난이 있다는 사실을 잘 알고 있지 않나. 그 일본인은 내 망명의 경위를 알고 있었기 때문에, 실명은 위험하다고 생각하여 잠시 생각을 더듬은 후 이와다 슈사쿠라고 적어 넣어 준 것이지. 그 사람에 대한 감사의 마음을 잊지 않기 위해 나는 그 이름을 쓰기로 작정했다네."

김옥균의 설명은 이러했다. 그 친절한 일본인을 단지 화가산(和歌山) 사람이라고만 했지만 '천세호'의 선장인 듯하다.

"그 후 결국 삼화주의에 투신하게 되고, 그리고 이번에는 심기일전의 기분으로 이름은 삼화로 바꾸었지만 이와다라는 성은 바꿀 생각이 없었다네."

조선·청국·일본의 3국이 연합해서 구미 열강들의 동아시아 제패에 저항하고자 하는 것이 삼화주의였다. 이 말은 맨 처음 후쿠자와 유키치가 제창했으나 그는 이미 탈 아시아론자가 되어 버렸다. 후쿠자와는 삼화주의를 철회하지는 않았으나, 그것은 3국의 평등한 연합이 아니고 일본이 열강의 하나로 조선과 청국에서 패권을 잡는다는 식으로 변질되었다.

김옥균은 전에 후쿠자와에게서 삼화주의의 설명을 들었으나, 약소국 조선의 망명 정객인 그의 '삼화'는 조국을 청의 속박에서 해방시켜 청국·일본 등과 평등한 입장에서 우호 동맹의 관계를 맺는다는 것이었다.

만약 리훙장을 만날 수 있다면 김옥균은 '삼화'를 설명할 작정이었다.

'청국은 조선에 대한 종주권을 포기하는 편이 부담이 가벼울 것이다. 그렇지 않아도 청국은 지금 다사다난한 판국이지 않은가? 조선도 완전 독립을 달성하게 되면 축적된 민족 정신의 힘이 발산되어 정치 개혁의 열매를 맺고, 부강한 나라가 될 수 있다. 청국도 부강해진 조선과 손을 잡으면 여러 가지 이점이 있을 것이다. 일본과 함께 3국이 연합하면 서구 열강의 패권에 충분히 맞설 수 있다.'

구체적으로 예를 들면 리훙장도 납득할 것이 틀림없다.

44세의 낙천적 망명 정객은 이렇게 믿고 있었다. 그래서 미야사키 도텐에게 리훙장을 단 5분간 만이라도 만날 수 있다면 승부는 날 것이라고 호언했던 것이다.

은혜에 대한 감사의 표시였던 일본명의 일부를 바꾼 것에서도 김옥균의 의지를 엿볼 수 있다.

상해에 도착한 날 밤, 김옥균은 일본에 있는 부인 송야(松野)에게 편지를 쓰기 시작했다. 그녀는 김옥균이 신호를 떠나기 3일 전 딸을 낳았다. 아기에게 우선 '사다'라는 일본 이름을 붙였으나 김옥균은 자기 딸을 위해 조선 이름을 여러 가지로 생각하고 있었다.

좋은 이름이 떠오르지 않았다. 그것보다도 신경이 집중되지가 않는다. 그것은 와다 엔지로가 같이 있어서인 것 같았다.

"잠시 밖에 나가 있지 않겠나? 편지를 쓰려고 하는데 혼자였으면 하는구나."

김옥균은 말했다.

"안 됩니다."

충실한 와다엔지로가 고개를 저었다. 그의 임무는 김옥균의 신변을 보호하는 일이므로 가장 충실한 방법은 거절하는 것이다.

"어째서지?"

"선생님 곁에 있는 게 제 임무입니다."

"곤란하군. 항상 옆에 있지 않으면 안되는 건가?"

"밤에는 특히 그렇습니다. 편지는 내일 쓰시면 되지 않습니까?"
"알겠다. 알았어."
김옥균은 쓴웃음을 지으며 펼쳐 놓았던 편지지를 다시 접었다.

## 2

 같은 시각, 도쿄 지구(芝區) 앵전본향정(櫻田本鄕町) 4번지 '운래관(雲來館)'에 있던 이만식에게 한 통의 편지가 전달되었다. 발신인의 이름은 김태원(金泰元)으로 되어 있고, 그 필적도 틀림없었다.
 이만식은 초조해 했다.
 김옥균 암살은 홍종우에게 맡겼으므로 일본에 남아 있는 박영효는 부득이 자신이 처치해야만 했다. 될 수 있는 대로 숨길 셈이었지만 이만식은 자신과 홍종우 간에 깊은 관계가 있다는 사실을 꽤 많은 사람들이 알고 있다는 게 마음에 걸렸다. 상해에서 홍종우가 김옥균을 암살할 경우, 도쿄에 있는 이만식도 엄중한 감시를 받을 것이다. 어떻게 해서든지 그 전에 먼저 박영효를 죽여야만 했다.
 일전에 대판으로 유인하려는 계획은 실패했다. 그러나 그 때 사용하려 했던 도구는 여전하다. 흉기뿐 아니라 커다란 트렁크도 사다 놓았다. 그것은 시체를 넣을 것이었다.
 그들은 암살범이니 만큼 포상을 받으려면 죽인 증거를 보여야만 했다. 즉 박영효를 도쿄의 밤거리에서 죽였다 해도 그대로 도망치면, '네가 했다는 증거가 어디에 있는가?'라고 추궁당할 염려가 있는 것이다.
 이만식은 권동수, 권재수(權在壽) 두 청부 살인업자 형제와 함께 '운래관'에 머물고 있었다. 운래관 주인의 친척이 되는 카이사 츠네기치[河久保常吉]라는 자를 돈으로 꾀어 중간에 세웠다. 운래관이 살해 현장이 될 가능성이 농후하므로, 일을 수월하게 하기 위해서는 여관 관계자 한 사람을 같은 편으로 만들어

두는 쪽이 유리했다.

운래관 방 하나에는 희생자가 흘릴 피를 닦아내기 위해 붉은색 모포를 몇 장 준비하여 그 전에 사용 못했던 큰 트렁크 안에 숨겨 두었고, 그 외에 솜, 기름종이 등도 충분히 구입하여 언제라도 암살을 꾀할 자세는 되어 있었다.

'서화전', 이것이 박영효를 운래관까지 유인할 구실이었다.

김옥균도 그랬지만 조선의 망명 정객들은 각지에서 서화전을 열어 자신들의 서화를 팔아 생계비나 운동비 등을 충당해 왔다.

실제로 박영효도 김옥균이 일본을 떠나기 직전까지 산이(山梨)현에서 서화전을 열었었다. 박영효의 경우는 친린의숙(親隣義塾)의 기부금 모집이 그 취지였다.

친린의숙은 조선 망명 정객들과 친분이 깊었던 후쿠자와 유키치의 경응의숙을 모방하여, 조선의 장래는 우선 교육 진흥부터 시작되어야 한다는 생각에서 설립하였다. 이 보잘 것 없는 학교는 국정구(麴町區) 1번가 29번지에 위치하였고, 박영효계의 재일 조선 청년들이 모였으며 숙박 시설도 있었다.

이만식은 그의 기밀비에서 얼마인가의 기부를 하여 박영효의 신임을 얻으려 했다.

친린의숙에도 때때로 놀러 갔다. 자객은 노리고 있는 상대를 가능한 한 깊게 파악하는 일이 바람직하다. 이만식은 가장 이상적인 기회를 만들어 내기 위해 자신의 심복인 김태원이라는 청년을 친린의숙의 기숙사에 들여보냈다.

김태원은 스물한 살의 청년으로, 외모는 성인이었으나 아직 정신적으로는 어려서 세상 물정을 잘 몰랐다. 순진하며 진실했다. 이만식은 김태원의 이 같은 단순함을 이용할 만하다고 생각했기 때문에 그를 친린의숙으로 침투시켜 내통자 역을 맡기려 했다.

이만식은 사람을 잘못 선택했다고 할 수 있었다. 순진한 청년은 분명히 조종하기 쉽다. 그러나 동시에 다른 사람에게서 영향을 받기도 쉬운 법이다. 그것도 훌륭한 인물과 가까이 하게 되면 상대에게 철저히 빠지게 되는 예가 적지 않다.

그는 점차 암살해야 할 대상인 박영효에게 심취하게 되었다. 김태원은 이만식에게서 받은 박영효 모살 요원이라는 임무가 고통스럽게 양심을 눌러오는 것을 어찌 할 수 없었다. 금전적으로 그는 이만식에게 도움을 받고 있으나, 정신적으로는 박영효의 정견이나 사상에 공감하게 되었다.

21세의 청년은 마음속의 갈등을 견디지 못해 노이로제에 시달리게 되었다. 기숙사 내에서 공동 생활을 하고 있기 때문에 수가 많지 않은 학생 중에 누군가가 이상해지면 곧 눈치챌 수 있다.

친린의숙의 간부는 정난교(鄭蘭敎), 이규완이라는 박영효의 친위대였다. 그들은 예전에 조선 정부에서 장래의 국군 간부 요원으로 일본의 육군호산학교로 유학 보낸 인물들이다. 호산학교는 일본의 여러 육군 학교 중에서도 교육, 특히 체육에 중점을 두고 가르쳤다. 당연히 조선 측도 건장한 청년을 선발하여 보냈다. 특히 정난교의 용맹은 잘 알려졌다.

"자네 무엇을 괴로워하고 있나. 우리들은 자네의 동지라네. 무슨 고민이라도 숨김없이 탁 털어 보게나. 우리가 할 수 있는 일이라면 어떻게든 힘이 되어 주겠네."

이 같은 말을 듣자 김태원은 감동하였다.

"여러분들은 나를 동지라고 생각하여 따뜻한 정을 나눠주고 있는데 이런 나는 여러분을 배반하려는 짐승만도 못한 놈입니다."

김태원은 이렇게 털어놓기 시작했다.

"아니 짐승만도 못하다니? 그냥 들어 넘길 수 없는 말인데. 상세히 말해 보게나. 도대체 배반이라니 무슨 말인가?"

이규완은 추궁하듯 물었다.

"사실 나는 이만식에게서 경제적인 도움을 받고 있습니다."

김태원은 힘없이 말했다.

"그 사람 어떻게 그렇게 돈이 많지? 대판에서 장사로 한 몫 벌었다기도 하고, 상해에서 복권에 당첨되었다는 등 사람마다 이야기가 틀린데 이상한 사람이야.

우리 의숙에도 기부금을 내기는 했지만."

정난교는 이렇게 말했다.

"그 돈이 어디에서 나오는지 거기까지는 모릅니다. 단지 그 사람이 민씨 일가의 명령으로 갑신정변의 망명 정객을 암살하러 온 것은 분명합니다."

김태원은 진상을 고백하고서야 겨우 마음이 가라앉는 듯했다. 듣고 있던 두 사람은 깜짝 놀라서, "정말인가, 그 사실이?"라고 동시에 소리를 질렀다.

망명 정객의 지도자가 본국에서 보내는 자객에게 신경을 곤두세우고 있다는 사실은 두말 할 필요도 없다. 장은규와 지운영의 전례도 있다. 박영효 측에서도 결코 이만식을 전적으로 믿은 것은 아니었다. 그렇지만 재정적 원조라는 실적이 쌓여 가면서 '설마'라는 생각이 들게 되었다.

"정말이구말구요."

김태원은 떨리는 음성으로 대답했다.

"음."

이규완과 정난교는 얼굴을 마주 보며 같은 생각에 빠졌다.

'김태원의 말이 사실일지도 모른다. 그러나 이 자는 최근 좀 이상해졌다. 신경 쇠약 증세도 보이는데 그의 말과 행동을 그대로 믿어도 좋을까?'

확실히 김태원은 안절부절못하면서, 때로는 앞뒤가 맞지 않는 말도 하고 병적인 증세를 느끼게 했다.

"그래도 확인해 보는 것이 좋겠지."

이규완이 이렇게 말하자 정난교도 고개를 끄덕였다.

그러던 차에 운래관의 이만식에게서 유혹의 손길이 뻗쳐오자, '역시 수상하구나'라고 여기게 되었다.

"산이에서 방금 돌아왔고 시간적으로도 좋지 않다."

박영효는 이런 거설 방법을 썼다.

그렇다고 해도 최종적으로 진위를 밝히지 않을 수 없었다. 그래서 과연 이만식이 민씨 일가에서 파견한 자객이라면, 적이 둘러싸고 있는 암살망의 전모를 밝혀내는 것이 이후의 안전에도 필요하다. 물론 그걸 밝혀내는 일이 쉽지는 않을 것이다. 아픈 경험을 하게 될지도 모른다. 그래서 이만식이 죽는다 해도 할 수 없다.

"최후에는 어차피 죽여버릴 것이므로 무슨 수를 써도 좋다."

정난교 등은 이렇게 말했다.

운래관에서 유혹의 손길을 뻗은 그 시점부터 박영효 진영은 김태원의 고백이 틀림이 없다고 믿었다. 그래서 고문을 포함한 모든 수단을 강구하여 이만식에게서 민씨 일가의 포석을 알아내고자 했다.

역으로 유혹해 내려고 한 것이다.

정난교는 김태원에게 유인 편지를 쓰게 했다.

"급히 상담할 일이 있습니다. 마침 박영효는 천엽(千葉)으로 여행중이어서 없으니 친린의숙으로 와 주셨으면 합니다."

이런 내용의 편지였다.

상채 철마로의 '동화양행'에서 김옥균이 편지지를 덮었을 때 도쿄 앵전본향 거리의 '운래관'에서는 이만식이 김태원에게서 온 편지를 펴 보고 있었다.

"28일 오전 9시."

이만식은 편지에 쓰여 있는 시간을 되뇌어 보았다.


# 3

바로 그 3월 28일 오전 9시, 이만식은 친린의숙 2층 기둥에 묶여 있었다. 그 앞에는 거한 정난교가 책상다리를 하고 앉아 때때로 그의 커다란 손바닥으로 이만식의 뺨을 때렸다. 이만식은 코피를 흘리며 혀끝이라도 깨물었는지 입에서도 피가 나고 있었다. 이규완은 화젓가락으로 머리를 때렸다. 관자놀이에서도 피가 뺨을 타고 흘러내리고 있다.

"자, 이 정도로 자백하는 것이 좋지 않겠어?"

두 사람 외에도 서양순(徐亮淳), 박평길(朴平吉), 유승만(柳承萬) 등도 함께 돌아가면서 이만식을 고문하며 자백을 강요했다.

"그런 일은 절대로 없다!"

얼굴 가득 피를 흘리면서도 이만식은 계속 부인했다. 그 자리에는 중요한 증인인 김태원은 없었다. 친린의숙에서도 김태원이 모습을 보이지 않는 편이 오히려 편했던 것이다.

"김태원이 모두 자백했다. 그놈은 이렇게 말했다구."

이규완 등은 때때로 유도 심문을 하면서 이렇게 추구했다. 이런 장소에 순진한 김태원이 있다면 그 얼굴 표정에서 알아차릴 것이었다.

"너는 국왕의 암살 지령서를 보여 주었다지."

이만식은 피투성이 얼굴을 찡그리며 웃는다.

"하하하, 한탕할 목적이었다. 일전의 지운영 사건 때 힌트를 얻은 것에 불과한 것이지. 그런 것을 갖고 있으면 누구나 믿어 주지. 실제로 나는 그 칙서를 보이고 꽤 많은 돈을 벌었다네. 하하하. '포상은 원하는 대로'라는 글귀를 보여 주면 욕심이 많은 놈들은 선뜻 거금을 내어 주었지. 후에 몇 배가 되어 돌려 줄 것을 기대하는 것이지. 그건 새빨간 거짓말이야. 위조 문서인 것이지. 나는 국왕에게서 박영효나 김옥균을 암살하라는 그런 명령을 받은 적이 없다네. 명령도 받은 적이 없는데 그런 위험한 일을 할 것 같은가?"

이렇게 말하고 이만식을 침을 퉤 뱉었다. 피가 섞인 붉은 침이었다.

"그렇게 여기저기 보이고 다닌 칙서란 것은 어디에 두었나?"

"어차피 가짜니까 그렇게 중요한 물건처럼 모셔 두지도 않았다. 운래관의 내 방 벽장 속에 있어. 가방이 2개 있고, 그 중 작은 것에 들어 있다구."

이만식은 거침없이 대답했다.

어느 틈엔가 박영효가 들어와 방 한쪽에 앉아 있었다. 자기의 목숨을 노렸을지도 모르는 자의 심문에 역시 신경이 쓰인 것이다.

"좋아, 그 가방을 갖고 와 보자. 자, 쪽지를 쓰게."

정난교는 이만식을 묶은 줄을 풀어 주며 붓을 들게 하여,

"이 서찰을 지참한 사람에게 가방을 내어 줄 것."

이라고 쓰게 하고는 서명을 하게 했다.

드디어 가방이 친린의숙에 도착했다. 안을 조사해 보니 과연 그 칙서가 들어 있었다.

"이만식에게 명하노니, 갑신정변의 누망 역적 등을 토벌하여 짐의 큰 걱정을 덜어 주오."

라고 시작되는 위엄있는 문서에는 완벽한 옥새가 찍혀 있었다. 그러나 그 칙서가 들어 있던 가방 속에서, 그것이 가짜라는 증거가 함께 발견되었다. 그다지 비쌀 것 같지도 않은 돌에 새긴 도장으로 '조선 국왕의 쇄'란 글이 새겨져 있었는데 칙서에 찍힌 것과 같은 것이라는 걸 대번에 알 수 있었다.

조선 국왕의 인장은 구중궁궐 깊숙이 엄중하게 보관되어 있는 귀중한 물건으로 도쿄의 한 여인숙 벽장 속에서, 그것도 아무렇게나 놓여진 가방에 처박혀 있다는 것은 상식 밖의 일이다.

박영효는 지금은 일본에 망명해 있는 처지이지만, 명문에서 태어나 13살 때 국왕의 부마가 되었던 인물이므로 조선 왕실과는 적지 않은 인연을 갖고 있었다. 칙서를 본 순간 가짜임을 알아차렸다. 게다가 고맙게도 국왕의 인장이라는 훌륭한 증거까지 들어 있다.

"칙서를 이용해서까지 돈을 벌려고 했다니 욕심이 지나치군."

박영효는 뱉듯이 말하고 어쨌든 이만식의 포승을 풀어 주었다. 그러나 아직 더 물을 것이 있을지도 모르므로 석방은 안 한 채 기숙사에 연금해 놓았다.

이만식은 역시 지금까지 파견되었던 어느 자객보다도 유능했다. 동지, 아니 동지라기보다는 살인 청부업자에게 믿게 하기 위해 가짜 칙서를 만들고, 만일의 경우를 대비해서 그것이 가짜라는 것을 밝힐 수 있는 증거인 싸구려 국왕의 인장을 준비해 놓고 있었던 것이다. 얄미울 정도로 철저한 사전 준비였다.

이만식은 속임수에 능했다. 실은 좀더 오래 고문을 견디고 참아낸 후 숨이 끊어질 듯이 그 가방에 관해 이야기하는 편이 효과가 크다는 것을 알고 있었다.

보통 때였더라면 그는 그렇게 했을 것이다. 그러나 이번에는 서두르지 않을 수 없었다. 만약 상해에서, '김옥균 암살 당하다' 라는 소식이 들어온다면 이만식의 입장은 결정적으로 불리해진다. 촌각을 다투는 상황이므로 연기 효과를 높이기 위해 시간을 낭비할 수도 없었다.

연금되어 있는 중에도 이만식은 제정신이 아니었다. 지금이라도 상해에서 김옥균의 암살을 알리는 전보가 도착하여 그의 운명이 끝나버릴 것 같은 두려움뿐이었다.

'권 형제는 도대체 무얼 하는 거야.'

이만식은 화가 치밀었다.

운래관에는 권동수, 재수 형제 외에도 하구보 등 한 패가 있다. 친린의숙에서 가방을 찾으러 갔을 때 수상함을 눈치채고 손을 썼어야만 했다.

실제로 이만식이 친린의숙의 한 구석에 연금되어 있던 그 때, 김옥균은 상해의 동화양행 이층에서 암살되었다. 그 경위는 뒤에서 자세히 서술하겠지만, 상해 일본 총영사관에서 보낸 이 사실을 알리는 전보가 도쿄 외무성에 도착된 것은 29일 오전이었다. 당연히 29일 조간에는 이 기사가 실리지 못했으며, 라디오도 없던 시대였으므로 사람들이 상해의 변고를 안 것은 30일부터였다.

권 형제와 하구보 등은 28일 밤에야 이만식이 돌아오지 않은 점을 이상히 생각하여 주일 조선 공사관으로 달려 갔다. 조선 공사관은 친린의숙에서 그다지 멀지 않은 3번가에 있었다. 조선 공사관에서는 일본 측에 연락을 취하고,

'이만식이 붙잡혀 있다면 분명히 친린의숙이다.'

라는 추측을 했다.

국정 경찰에서는 즉시 수십 명의 경찰을 동원하여 친린의숙을 소사했다.

이렇게 해서 이만식은 위기를 모면했고, 친린의숙에 있던 사람들은 경찰로 연행되었다. 이 사건으로 인해 소노다[園田] 경시총감 이하 20여 명의 간부가

국정 경찰서까지 출장나와야 했을 만큼 큰 사건이었다. 국제 문제가 얽혀 있어 분명히 평범한 연금 사건으로 그치지는 않았다.

일본 관헌의 대대적인 조사로 운래관에서도 권총 등의 흉기, 시체를 숨기려 했던 것 같은 큰 트렁크, 입마개 등이 발견되었다. 친린의숙의 박영효, 정난교, 박평길, 서양순, 유승만 등 6명이 감금·구타·고문 등의 혐의로 기소되었고, 이만식도 살인 미수 혐의로 기소되었다.

후의 일이지만 이만식은 살인 미수가 아닌 살인 예비 음모죄가 적용되었다. 당시 예비 음모죄는 처벌하지 않았기 때문에 무죄가 되었으나 일본 내무성은 그 권한으로 이만식에게 국외 추방 명령을 내렸다.

한편 친린의숙에서는 하토야마 가즈오[鳩山和夫], 오이 겐타로와 같은 일류 변호사를 대어 박영효 일행은 무죄가 되었으며 직접 이만식을 구타·고문했던 이규완과 정난교 두 사람만이 2개월 금고형의 판결을 받았다. 그 후 두 사람도 20원의 보석금으로 자유의 몸이 되었다.

## 4

민씨 일가의 암살 계획은 김옥균에게는 성공했으나 박영효의 경우는 실패한 것이다. 두 사람에 대한 계획을 각각 분담해서 실행한 데는 몇 가지 이유가 있었지만, 그 중 가장 큰 이유는 김옥균과 박영효 양 거두가 잘 어울리지 않았다는 데 있다. 김옥균에게 접근한 사람은 박영효에게 가까이 하기가 어려웠다. 반대의 경우도 마찬가지였다. 어쩔 수 없이 개별적으로 작전을 펼 수밖에 없었다.

이야기를 상해로 옮겨 보자.

상해에서의 첫날밤이 지나고 3월 28일이 되었다. 김옥균은 이틀밤, 사흘밤이 계속되리라고 생각하였을 것이다. 그러나 그는 상해에서는 하룻밤밖에 지내지 못하게 되고 말았다.

"오늘 오후 상해 구경이나 할까?"

아침 식사 중 김옥균이 이렇게 제안했다.

"상해 구경도 좋지만, 상해 사람들에게 구경거리가 되지는 않을까요?"

통역관 오보우런이 이렇게 말했다.

"그렇게 진기해 보이나?"

김옥균은 물었다.

"양복 차림은 아직 드물기 때문이죠. 사람들에게 구경거리가 되시는 걸 각오하십시오."

"그렇게 말하자면 서울에서도 이런 차림을 하고 길을 나서면 사람들이 몰려들지. 그러나 좋지는 않은데. 구경을 해야 할 판에 구경을 당한다는 것은……."

"중국 옷을 입고 가면 그렇게 빤히들 쳐다보지는 않겠죠."

"맞아. 그렇다면 점심 때까지 어떻게 하든 중국 옷을 마련할 수 없겠나?"

"예. 나중에 사오겠습니다. 중국 옷은 어차피 헐렁하니까, 치수도 그렇게 정확히 필요하지 않습니다. 길이만 맞으면 되니까요. 저와 거의 비슷하시니까 적당히 골라 오겠습니다."

김옥균과 우보우런은 이런 말을 주고받았다. 그 때 홍종우가 끼어들었다.

"당신들은 꽤 한가롭게들 있으십니다. 구경은 좋지만 먼저 해야 할 일이 있지 않습니까. 오후부터 구경을 하려면 오전 중에 은행에 가서 돈을 마련해 놓아야지요. 오늘은 수요일이죠? 오랫동안 배를 타고 여행을 했더니 요일까지 잊어버렸습니다."

"중국 옷을 입고, 거금을 쥐고……."

김옥균은 웃으며 이렇게 말했다.

"꽤 괜찮군. 그런데 '서경호'의 사무장인 송본(松本) 씨가 상해의 조차 지역에 상세하지 않을까? 배 안에서도 안내해 주겠다고 했는데 어떻게 할까?"

"사무장이 안내를 하는 것은 대찬성입니다만 연락을 해야 하겠지요. 나중에 와다군이라도 보낼까요?"

홍종우는 이렇게 말하면서 내심 '잘 될 것 같다'고 생각했다.

김옥균을 죽이는 데는 옆에 아무도 없게 하는 편이 가장 이상적인 것임은 말할 필요도 없다.

우보우린은 김옥균의 중국 옷을 마련하기 위해 나간다. 경호원인 와다 엔지로는 '서경호' 사무장에게 연락하려고 우편 수송선 회사 사무실로 갈 것이고, 홍종우는 은행에 돈을 찾으러 가기로 했다. 그렇다면 여관 '동화양행' 이층에는 김옥균 혼자 남게 되지 않는가.

그러나 아침 식사가 끝나자 김옥균은 와다를 데리고 외출했다. 우보우린은 오래간만에 온 상해이므로 중국 옷을 산다는 구실로 잠시 놀러 나갈 심산인 것 같았다. 홍종우는 은행에 가는 척하며 김옥균과 와다의 뒤를 밟았다. 와다와 함께 나간 김옥균의 외출은 단순한 식후 산책에 지나지 않아 이내 여관으로 돌아왔다.

"배에서 피곤했기 때문인지 기분이 썩 좋지 않은걸."

김옥균은 방으로 들어갔다. 문은 열어 놓은 채였다. 침대에 걸터 앉아 옆에 놓인 책을 집어 들면서,

"아, 그래. '서경호' 사무장에게 가는 일은 자네가 일부러 갈 필요는 없네. 1층 프론트에 연락을 부탁하면 되는 일이지."

라고 와다 엔지로에게 말했다.

"예, 그러면 프론트에 다녀오겠습니다."

충실한 호위병인 와다 엔지로는 1층의 프론트라는 말에 안심한 것 같았다. 선창 사무실까지라면 갔다 오는 데 시간이 꽤 걸리겠지만, 여관 프론트에서 일이 끝난다면 불과 몇 분밖에 걸리지 않는다.

'대단히 짧은 시간이다.'

홍종우는 와다가 없는 몇 분 안에 자객으로서의 임무를 수행하지 않으면 안 되었다. 확실히 너무 짧다.

그 때 폭죽이 울렸다. 꽤 가까운 곳이었다.

'이것은 천우신조다.'

홍종우는 이렇게 고쳐 생각했다. 폭죽소리는 총소리를 눈치채지 못하게 해줄지도 모른다. 역시 일은 순조롭게 진행된다고 생각했다. 그는 천천히 김옥균의 방으로 들어갔다.

"그 모습은 어쩐 일인가?"

김옥균이 미소지으며 물었다. 홍종우는 돌아오자마자 한복으로 갈아입고 총과 단도를 품 속에 숨긴 후 이렇게 나타난 것이었다.

"역시 우리에게는 이런 차림이 제일 어울립니다."

"그야 그렇지. 민족 의상이니까. 그러나 유감스럽게도 근대적 생활 방식에는 어울리지가 않아. 활동성이 없고 거추장스럽지. 집안에서라면 좋을까."

김옥균은 이렇게 말하고 다시 읽고 있던 책으로 눈을 돌렸다. 홍종우는 품 속에서 총을 움켜 쥐었다.

시간적 여유가 없는 것이 홍종우의 결심을 재촉했다. 프론트에 부탁하는 말은 '서경호'의 사무장을 초대한다는 것일 뿐 그렇게 복잡한 말이 아니다. 와다 엔지로는 그렇게 간단한 일을 끝내고 지금이라도 이층으로 올라오고 있는지 모른다. 홍종우는 폭죽 소리를 기다렸으나 더 이상 기다릴 수 없었다.

"오후의 상해 구경 전까지 잠시 누워 볼까. 피곤하군 그래."

김옥균은 옆에 있는 홍종우의 존재 등은 안중에도 없는 듯이 침대에 누워 이불을 끌어당겼다. 양복 상의를 벗은 채였다.

홍종우는 연발식 권총을 꺼냈다. 김옥균은 눈을 감고 있었다. 이처럼 겨누기 쉬운 표적은 없을 것이다. 절호의 기회였다. 그는 김옥균의 왼쪽 관자놀이를 표적으로 정하고 방아쇠를 당겼다.

"윽!"

신음소리를 내며 김옥균은 침대에서 몸을 일으키려고 했다. 홍종우는 두번째의 방아쇠를 당겼다. 어디에 맞았는지는 알 수 없어도 홍종우는 손에서 그 반응 같은 것을 느꼈다. 방아쇠를 당김과 동시에 홍종우는 주문을 외듯, "역적, 역적,

역적"이라고 외쳐댔다.

몸에 두 발씩이나 총탄을 맞고 김옥균은 침대에서 일어나 눈을 크게 부릅뜨고 홍종우를 쏘아 보면서 비틀거리며 복도를 향해 발걸음을 옮겼다. 문은 열린 채이다. 도망가려고 한 것인지, 사람을 부르려는 것인지 알 수 없었다. 홍종우는 그 뒷모습을 겨냥하여 세번째 총을 쏘았다. 김옥균은 무너지듯 쓰러졌다.

이제 우물쭈물하고 있을 틈이 없다. 홍종우는 복도를 달려 계단으로 뛰어 내렸다. 프론트 앞은 작은 홀로 꾸며져 있고 현관 문은 열려 있었다. 홍종우는 그곳을 지나 길로 뛰어 나갔다. 달리면서도 그는 "역적, 역적, 역적"이라고 계속 외쳤다.

와다 엔지로는 프론트에 있었으므로 이층에서 난 총성은 그의 귀에도 들어왔다. 그러나 아까부터 폭죽 소리가 번번이 들려왔다. 사원의 축제가 아니면 혼례식이라도 거행하는 듯했다. 게다가 와다 엔지로는 총성도, 폭죽소리도 처음 들어 본 것이기 때문에 그 구별이 불가능했다. 그러나 홍종우가 아무 말도 없이 와다 엔지로의 곁을 지나 밖으로 뛰어 나간 동작에서 심상치 않음을 느꼈다. 와다도 뒤따라 나오면서, "무슨 일이 생겼습니까?"라고 소리쳐 물었다. 그러나 지금 막 나갔을 뿐인 홍종우의 모습은 찾아 볼 수 없었다. 홍종우는 식사 후 은행에 갔다 오겠다고 외출했을 때 이미 여관 주위를 살펴보았었기 때문에 가장 가까운 골목길로 숨어 들어간 것이다.

와다는 고개를 갸우뚱하면서 여관으로 돌아와 이층으로 올라가고 있었다. 그때 이층에서 일본인 하나가 "큰일났다. 김옥균이 살해되었다"라고 외쳤다.

그는 같은 동화양행에 투숙하고 있던 일본 해군으로, 폭죽과 총성을 알아 듣고 현장에 달려온 것이다. 그 군인은 김옥균이 같은 여관에 묵고 있다는 사실을 알고 있었으며, 몇 번 사진을 통해 김옥균의 얼굴을 본 적이 있었다. 아마 총성을 듣고 암살이라는 생각이 들었을 때 반사적으로 김옥균이 머리에 떠올랐음이 틀림없다.

와다는 놀란 나머지 눈앞이 캄캄해지는 것을 느끼며 이층으로 뛰어 올라갔다.

복도는 피바다를 이루었고 김옥균은 거기에 쓰러져 있었다.

일본의 상해 영사가 무츠 외무대신에게 보낸 보고에는,

"김옥균의 시체에서는 3발의 총탄이 나왔다. 한 발은 좌측 관골 하부를 관통하여 총탄은 뇌에 박혔고, 다른 한 발은 모포 및 의복을 뚫고 복부를 스쳤으며, 나머지 한 발은 등 왼쪽 어깨뼈 밑을 꿰뚫었다."

라고 쓰여 있었다.

일행 중에서 홍종우만 사라졌고, 더구나 와다가 목격한 상황을 보아서도 범인이 누구라는 것은 처음부터 정해져 있었다. 홍종우는 곧 공부국(工部局) 경찰에 의해 체포되었다. 공부국이란 상해 공동 조계의 정청(政廳)이다. 영국풍의 헬멧과 제복을 착용한 외국 경찰관이 2백여 명 정도 있고, 중국인 경찰과 터번을 두른 시크족의 인도 경찰관도 채용되어 있었다. 공부국 경찰에 일본인 경찰이 들어간 것은 1919년부터이므로 그 당시에는 아직 없었다.

홍종우는 공동 조계 감옥에 수감되었다.

"김옥균을 암살한 홍종우는 어젯밤 상해 거류지의 공청 순사의 손에 체포되어, 즉시 회심아문(會審衙門)의 재판에 붙여졌다."

일본의 상해 총영사가 이 같은 전보를 도쿄의 외무성에 띄운 시간은 3월 29일 오전 6시경이었다.

이만식이 도쿄의 친린의숙 이층에서 풀려난 것은 29일 오후 2시였다는 재판 기록이 있다.

김옥균은 관서 지방으로 놀러간다고 도쿄를 떠났으나 일본 정부는 이미 그의 상해행을 알고 있었다. 김옥균은 일본 정부로서도 환영할 만한 인물이 아니었으므로, 그대로 아주 출국시켜버리는 편이 나았다. 암살 당할 위험이 있다는 것도 알았으나 이노우에 가오루 등은 차라리 그 편이 좋다고 생각했었는지도 모른다. 김옥균 암살에 이노우에가 한몫 거들었다는 소문은 지금도 남아 있다.

김옥균이 신호를 떠난 직후, 일본 외무성은 상해 총영사에게 그 사실을 알림과 동시에 서울에 있던 주조선 공사 오토리 게이스케에게도 통지했다. 그는 이 사실을 조선 외무대신 조병직과 위안스카이에게 전했다.

　조선 정부는 이 사실에 대해 비밀 회의를 열었고, 거기에는 위안스카이도 초대에 응해 출석했었다. 그러나 그 다음날 아침, 김옥균 암살 소식이 서울에 도착했다.

　그 때 조선 정부는 무엇을 했을까?

　우선 외무참의 고영희(高永喜)를 일본 대사관에 파견하여 김옥균에 대한 소식을 전해 준 사실에 감사의 뜻을 표했다. 한편으로는 외무대신 조병직을 위안스카이에게 보내 청국 정부가 홍종우를 구해주도록 요청했다. 민씨 일족에게는 '역적' 김옥균을 죽인 홍종우는 공훈을 세운 영웅이었고 무슨 수를 써서라도 구출하고 싶었던 것이었다.

## 제19장 송 환

## 1

일본의 상해 총영사가 외무성에 타전했던 전문 속에 있던 '회심아문'에 대해서는 약간 설명을 하는 것이 좋겠다. '아문'이란 관청이란 의미이고, 문제는 '회심'이다.

아편전쟁의 결과인 남경조약에서 비롯된 영사재판에 대해서는 대체적으로 잘 알려져 있다. 조차지 혹은 조계 내에서의 재판에 있어서는, 당사자가 외국인일 경우 중국은 관여하지 않게 되어 있다. 재판이란 국법에 기초를 둔 것이므로 재판권의 포기는 주권의 한 부분을 포기한 것이라고 할 수 있다.

그런데 조차지에 외국인들만이 살고 있던 단계에서는 별 문제가 없었다. 그것이 체류 외국인이 중국인을 고용하고, 그 숫자가 점점 불어남에 따라 문제가 생겨나게 되었다. 태평천국의 난 이후 대량의 난민이 조계로 흘러 들어온 일도 있고 해서 재판 문제에 관해 재검토를 필요로 하게 되었다.

숭국의 수권을 짐해하는 영사 재판은 생활 관습, 감정이 다르다는 이유를 내세웠던 것이다. 그러나 조계 안의 중국인들 사이에서 소송이 일어날 경우 이 같은 이유는 성립되지 않는다.

또 거류 외국인으로서도 전문적인 법률가가 부족했기 때문에 그들에게까지 손이 미치지 않았다. 후에 주일 공사가 된 파크스가 영국의 주상해 총영사로 재직할 당시, 그는 청국 정부에 조계 내의 중국인끼리의 소송 및 외국인을 원고로 하고 중국인을 피고로 하는 소송 사건을 재판하는 법정을 설치할 것을 건의했다.

외국인 법조인의 수가 부족하다는 사실 이외에 당시의 청국은 아직도 태형, 참수형 등이 남아 있어 외국에 비해 엄벌주의가 농후했다는 사정도 있었다. 그렇기 때문에 외국인을 원고로 하고 중국인을 피고로 하는 재판은 외국인들에게 있어서는 중국법을 적용하는 게 유리했다.

그러나 이 법정에서는 중국인이 원고이고 외국인이 피고인 사건은 취급할 수 없었다.

파스크의 요구에 의해 이 법정이 창설된 것은 1864년 5월 1일이었다. 이것을 시범 케이스로 해서 5년 후인 1869년에 '양경병설관회심장정(洋涇浜設官會審章程)'이 제정되었다. 양경병이란 상해 사람들이 조계를 부를 때의 명칭이다. 이것은 10개 조항으로 되어 미국, 영국, 독일 3국이 조인했다.

중국인끼리의 소송이 일어났을 경우는 조계의 영사관 위원은 참가하지 않고 중국 측 위원만으로 재판한다. 단 사건이 외국인과 관계가 있을 때는 중국 측 위원은 영사관 위원과 함께 회동하여 심문하게 되어 있다. '회심'의 머리 글자는 '회동'과 '심문'에서 한 자씩 따 온 것이다. 같은 곳에 모여 심문한다는 정도의 의미였다.

이 때 프랑스는 이 10개 조항에 구속되는 것을 거절하여 장정에 조인하지 않았다. 그리고 자신들의 조계 내에서 독자적으로 법정을 설립했다. 따라서 상해에는 2개의 회심아문이 존재하게 되었다.

이 회심아문은 형식적으로는 중국이 설립한 것으로 중국 측 위원, 정식으로는 '승심원(承審員)'은 상해 도지사가 임명했고 경비도 도에서 염출했다.

청국의 행정 단위는 성(省)-도(道)-부(府)-주(州)-현(縣)의 순이다. 상해는 강소성에 속하는 성 다음의 가장 큰 행정 단위였다. 성의 장관은 순무이고 보통 무태(撫台)라고 불렀다. 도의 장관은 도원으로 통칭은 도태이다. 조선에 주재하는 위안스카이의 최초의 자격이 무태였다는 것은 이미 말한 바와 같다. 그 아래 부, 주, 현의 장관은 각각 지부, 지주, 지현이었다.

그건 그렇고, 공동 조계 지역 내에서 홍종우가 김옥균을 살해했다. 이 사실은 분명하나 법률적으로 말하면 어떻게 될까 할 때, 이 해석은 그렇게 단순하지 않았다.

앞서 말한 장정 10개 조의 제4조 중,

"살인 사건이 발생한 때는 상해현이 이를 검시한다."

라는 조문이 나온다. 상해현은 상해도 밑에 속하는 현이다. 상해도가 관할 범위가 넓어 상해의 거리를 나누어 놓은 것이 상해현이었다.

이 같은 조문에 의해 김옥균의 시체를 검시하는 곳이 상해현인 것만은 분명했다. 그러나 제7조에,

"영사를 두고 있는 외국인의 범죄는 조약에 의해 영사가 이를 처벌하며, 영사를 두고 있지 않는 외국인의 범죄는 위원회에서 이를 심문 처벌한다."

라고 명시되어 있다.

조선은 상해에 영사를 두고 있지 않았다. 그렇다면 외국인과 중국인으로 구성된 위원회가 재판을 해야 하는 것인가? 그러나 청국의 원칙은 조선은 외국이 아니라는 것이었다. 즉 범인 홍종우도 피해자인 김옥균도 모두 외국인이 아니라고 해석하면 청국 측의 승심원만으로 재판하게 되는 것이다. 당시의 상해도의 책임자는 후자의 해석을 내렸으며 회심아문의 외국인 위원들도 이의를 제기하지 않았던 것 같다.

결국 이 사건은 청국 내부에서 처리할 수 있다는 법 해석이 내려졌다.

외국 영사관 위원들도 이 암살 사건은 무엇인지 뿌리가 깊은 듯한 느낌을 갖고 경원시하고 있었다.

외국인과의 분쟁에서 몇 번인가 혼난 적이 있는 당시의 청국은 조계 내의 문제에 대해서는 극히 신경질적이었다. 이번 일은 법 해석에 대해서 충분히 연구

하여, 회심아문의 외국 측 위원들에게 사전 교섭을 했음에 틀림없다.
　이처럼 회심아문의 장정이나 법 해석에 중점을 둔 것은 당시 도쿄에서 오이 겐타로 등이 외무성에,
　"김옥균은 일단 일본 법권의 보호 하에 있었던 사람이므로 그 유해는 일본으로 송환하는 것이 국제법상의 예의이다."
라고 유해 인도를 요구하는 탄원을 하여 과연 이런 요청이 타당한가 아닌가라는 문제가 생겨났기 때문이었다.
　결론부터 말하면 그런 국제법상의 예의는 존재하지 않는다. 단지 있다면 그것은 일본의 국민적 감정일 뿐이었다. 논리보다는 감정이 깊게 작용하고 있었던 것이나, 어찌 보면 그 국민적 감정이란 모두다 그렇다고는 할 수 없어도 외교적인 의도에 의해 일부 과장된 것이라는 느낌이 강하게 드는 것이었다.

## 2

　김옥균의 호위병 역인 와다 엔지로는 소립원 출신이었다.
　소립원에서의 김옥균은 겉으로는 대단히 쾌활했다. 원래 혁명가는 항상 낙관적인 인생관을 갖는 인물이라고 한다. 그러나 소립원과 같은 별볼 일 없는 곳에서는 아무리 쾌활한 낙천가라도 무료하고 따분해질 것이다. 쾌활하게 행동하는 것도 노력하지 않으면 안 되었다. 김옥균은 소립원에서는 어린이들을 상대로 무료함을 달래려고 했다. 과자 같은 것을 사 주면서 어린이들을 모아 놓고 함께 놀곤 했다. 와다 엔지로는 그 당시의 어린이들 중의 한 명이었다.
　와다와 김옥균은 수박으로 맺어진 인연이다. 김옥균은 대단히 수박을 좋아했고 와다의 집에는 그 맛을 자랑으로 여기는 수박밭이 있었다. 과자를 받은 답례로 와다는 김옥균에게 수박을 갖다주었다. 2킬로미터 이상 떨어져 있는 먼 곳에서 일부러 이 같은 호의를 보여 준 데 대해 김옥균도 감격했던 것 같다.

"아저씨라고 하지 말고 이제부터는 아버지라고 부르려무나."

김옥균은 이렇게 말했다.

"아버지도 아닌데 아버지라고 하는 것은 이상합니다."

와다는 입을 뾰루퉁히 내밀고 말했다.

"조선에서는 진짜 아버지가 아니더라도 아버지 같은 어른에게는 '아버지' 라고 부른단다."

"그렇다면 그렇게 부르겠습니다."

그 때부터 와다 엔지로는 김옥균을 한국어로 '아버지' 라고 부르게 되었다. 와다의 집은 학교에서 꽤 멀리 떨어져 있었으나 김옥균의 거주지는 학교에 가까웠다.

"우리 집에서 학교를 다니면 좋지 않겠니?"

김옥균이 이렇게 권해서 와다는 그의 집에서 통학하게 되었다.

이렇게 깊고 또 인간적인 관계를 맺은 사이였다. 상해의 여관 동화양행에서 와다는 김옥균의 시체에 매달려 "아버지, 아버지!"라고 외치며 울었다. 그는 아직 어렸다. 김옥균을 사모하는 마음은 열렬했지만, 이런 경우 어떻게 하는 것이 좋은지 경험이 부족했다.

다음날 상해도에서 사람이 왔다. 그 때의 상해도지사는 섭즙규(聶緝槼)란 인물이었다. 그는 톈진의 리훙장에게서 전보로 지시를 받자마자 현장에 사람을 파견했다. 리훙장의 지시가 있을 때가지 쓸데 없는 말을 해서는 안되었기 때문에 그 관리의 입장도 괴로웠다. 아무 말도 않는다고는 해도 인형도 아닌 한 그럴 수는 없었다. 되도록 별 지장이 없는 형식적인 말만을 할 작정이었다.

"누가 유해를 맡고 있는가?"

관리가 물었다. 시체를 인도할 사람이 누구인가를 묻는 것은 당연했다.

"접니다."

와다 엔지로는 대답했다.

"그러면 이 서류에 서명 날인하시오."

관리는 서류를 꺼냈다.

동화양행의 일본인이 통역을 해주었으나 서류의 내용까지는 통역하지 않았다. 서명 날인하는 장소를 가르켜 주었으므로 거기에 서명하고 인장을 찍었다. 무엇인가 적혀 있었으나 한문이므로 잘 알 수 없었다. 통역해 준 일본인이 아무 말도 안하므로 이상한 내용은 아닐 것이다. 와다는 그렇게 생각했다. 아버지의 죽음에 충격을 받은 터이라 머리 속이 텅 빈 듯했다. 무엇을 생각하려고 해도 멍해질 뿐이고 그 때의 기억은 희미했다.

"입관시켜도 좋습니까?"

겨우 이렇게 물었을 뿐이다.

"좋소."

관리는 간단히 허락했다. 이 말은 번거롭게 통역을 통하지 않고도 알아들을 수 있었다.

'예' 라고 말하면서 고개를 끄덕였던 것이었다.

와다는 몸을 움직일 일이 생긴 것을 다행으로 생각했다. 가만히 있다가는 슬픔이 그를 깊은 늪 속에 빠뜨려버릴 것 같았기 때문이었다. 어쨌든 관을 사고 아버지의 유해를 넣고 하는 등의 일이 생겼다. 와다는 즉시 동화양행 사람에게,

"어디서 관을 사면 좋겠습니까?"

라고 물어보았다.

"제게 맡기십시오. 사다 드리겠습니다. 값은 여러 가지인데 어느 정도의 것을 원하십니까?"

"아니오. 저도 함께 가겠습니다. 제가 직접 고를 것입니다."

와다는 관이 오기를 기다리는 것보다 오히려 직접 가는 쪽이 편했다.

빨간 옻칠을 한 관이 진열되어 있는 가게에서 그는 10원짜리 관을 샀다. 최하 3원부터 시작해서 상등품은 가격이 정해 있지 않을 정도로 고가였다. 고가인 것은 몇 번씩이나 옻칠을 한 것 같았다. 그것도 1년 걸려 다시 5번을 덧칠한 것도 있었다. 10년 걸리지 않고는 관이 완성되지 않는 것이다. 그런 것은 물론 대

단히 비쌌다.

여관 주인에게 중국 관의 설명을 들으면서 그는 10원짜리 관을 골랐다. 어차피 땅에 묻힐 것인데 몇백 원씩 하는 비싼 것을 살 필요는 없었다. 그러나 김옥균의 관이라면 너무 싼 걸 쓴다는 것도 생각할 수 없는 일이다. 그래서 와다는 김옥균이라는 이름에 경의를 표하는 정도의 관을 선택했다.

동화양행의 주인은 돌아오는 길에 한 가게에 들러 나중에 석회를 갖다 달라고 주문했다. 시체의 부패를 방지하고 방습을 위해 관에 석회를 채워 넣는 관습이 있었다.

와다는 입관하는 일에 열중했다. 작업이 빨리 끝나는 게 무섭다는 생각이 들었으나 일은 곧 끝나고 말았다. 다행히 여관 주인이 다음에 할 일을 생각해 주었다.

"선박 회사에 가야지요. 일본으로 운반할 것이지 않습니까? 이건 보통 화물과 다르니까 좀 복잡하지 않을까요? 아마 교섭을 하셔야 할 겁니다."

"그럼 제가 선박 회사 사무실에 다녀오겠습니다."

선박 회사 사무실은 여관에서 그리 멀지 않은 곳에 있었다. 와다는 프론트를 통해 그곳과 연락을 취했던 적이 있었다. 그 때문에 자리를 비운 사이 아버지가 암살되고 말았다. 그에게는 기분 나쁜 장소였지만 지금 그런 감상에 빠질 수는 없다.

"'서경호'에 싣는 것이 제일 좋겠지요."

여관 주인이 이렇게 덧붙였다.

김옥균 일행은 '서경호'를 타고 상해에 왔고 같은 배로 김옥균의 유해를 싣고 왔다가 그것을 모시고 귀국한다. 또 '서경호'의 사람들은 낯설지 않다는 사실이 어린 와다에게는 든든하게 여겨졌다.

"그럼 송본 씨에게 부탁하고 오겠습니다."

송본은 '서경호'의 사무장이었다. 김옥균과도 마음이 맞아 함께 상해 구경을 하자고 약속할 정도였다. 사정을 제일 잘 알아 줄 것이다.

와다는 선박 회사의 사무실로 가서 송본에게 김옥균의 관을 실어 줄 것을 부탁했다. 송본은 사무실 직원들과 교섭하여 승낙을 얻어내어, 관을 선박 회사가 지정하는 부두의 창고에까지 운반해 주기로 했다.

구즈의 '김옥균' 부록에 와다 엔지로의 이야기가 실려 있는데, 그 일부를 다음에 인용해 본다.

그래서 드디어 출발하기로 한 전날 밤, 여러 가지 운송 준비를 하고 있는데 일본 영사관에서 어떤 관원이 와서 김옥균의 유해를 일본으로 갖고 가는 일을 잠시 보류하라고 전했습니다. 그것은 또 무슨 이유이냐고 반문해 보았으나 단지 영사가 그렇게 전하라고 했을 뿐이라며 이유는 설명해 주지 않았습니다. 그래서 저는 직접 대월(大越) 영사를 만나 그 이유를 물어 보았으나 그 역시 요령 부득으로 단지 보류하라는 것이어서 저는 '그럴 수는 없습니다'라고 단호히 거절했습니다.

현장에서 유해 운송 등의 수속을 직접 했던 와다의 이야기는 전적으로 믿을 수 있다. 김옥균의 유해를 일본으로 옮기는 걸 금지한 것은 다름 아닌 상해의 일본 영사관이었다.

와다에게 뿐 아니라 선박 회사에 대해서도 김옥균의 유해를 싣지 말도록 일본 영사관에서 압력을 가했다. 당시 선박 회사 상해 지점의 지배인은 영국인 그레이엄이라는 인물이었다.

관은 이미 지정된 부두의 창고에 옮겨져 있었다. 그러나 그곳에까지 공동 조계의 경찰 즉 공부국 경찰이 찾아 와서 "김옥균의 유해와 그의 짐을 인도하시오"라고 명령했다.

"인도할 수 없소. 벌써 출발 시간도 가까워졌소. 왜 여기까지 따라와서 귀찮게 구는 거요?"

와다는 말은 통하지 않았지만 통역을 사이에 두고 열심히 설명했다. 호위병

역으로 김옥균과 동행했으면서 암살을 막지 못했다는 사실이 와다에게 큰 책임을 느끼게 했다. 더구나 김옥균의 유해마저 갖고 가지 못한다면 일본에 있는 이누카이, 도야마, 오이, 후쿠자와 등 김옥균의 친구들에게 얼굴을 들 수가 없지 않겠는가?

"이것은 공부국 경찰의 명령이오."

헬멧을 쓴 영국인 경관은 이렇게 말했다. 와다는 영어는 알아들을 수 없었지만 그 어조로 의미는 추측할 수 있었다. 통역이 천천히 말하는 것이 답답해서 그 말이 끝나자마자 곧,

"나는 김옥균 선생님과 함께 일본에서 상해로 왔습니다. 그런데 김 선생님은 상해에서 살해당하셨습니다. 함께 동행했던 내가 선생의 유해를 모시고 일본으로 가려고 합니다. 여기에 무슨 하자가 있습니까? 당연한 일 아닙니까?"
라고 기세 좋게 몰아 붙였다.

"당연한 일이라고 생각하는 사람은 당신뿐이오."

공부국 경찰은 대드는 듯한 와다의 태도에 기분이 상했다.

"그런 말이 어디 있습니까?"

와다도 지지 않고 대답했다.

"이것은 상식입니다. 적어도 우리 일본에서는요."

"그 당신이 말한 일본의 영사관에서 부탁한 것이오."

"예?"

와다는 동화양행을 찾아왔던 일본 영사관 사람을 생각하며 불안해지기 시작했다.

"일본 영사관까지도 허락을 했으므로 우리로서는 유해를 인도받는 데에 아무런 하자가 없소. 빨리 매듭짓게 도와 주시오."

영국인 경찰은 이렇게 재촉했다.

와다 엔지로가 너무 고집하니까 상대방도 그를 놀려 주고 싶었다. 보통 때라면 그런 내막을 말하지 않았을 것이다. 대드는 것을 보고 오히려 반격을 한 것

이었다. 와다는 완전히 맥이 빠져버렸다. 반격에 꼼짝없이 당한 것이었다.

"좋소. 그러면 영사관에 갔다 오겠소."

와다는 그 길로 영사관으로 갔다. 그러나 그곳에서도 완전히 무시당했다.

"변사자는 보통의 경우와는 다르다."

영사관 관리는 이렇게 말한 뿐이었다. 왜 다르며 그러면 보통의 경우에는 어떻게 하는가. 와다는 입에 거품을 물면서 열심히 물었으나 상대는,

"생각해 보면 모르겠습니까?"

라고 가볍게 넘겼다.

"그래도 모르겠소."

"그렇다면 도리가 없습니다."

와다는 화가 치밀었다.

'이렇게 되면 강경책을 쓸 수밖에 없다. 아버지의 유해는 누가 무슨 말을 한다 해도 일본으로 모시고 가겠다.'

그는 부두 창고로 돌아왔다.

그러나 김옥균의 유해가 들은 관은 그곳에 없었다. 사라져버린 것이다. 선박 관계자에게 황급히 물어보았더니, 공부국 경찰이 갖고 갔다고 했다.

"왜 주었습니까?"

"와다 씨. 어째서 내주었느냐고 물으시지만 이곳 공동 조계지에는 공동 조계의 관습이 있는 것입니다. 경찰이 영장을 갖고 요구하면 그걸 거역할 수는 없습니다. 인도해 줄 수밖에 없지 않습니까?"

"그렇지만……."

와다는 말을 잇지 못했다.

전신에서 힘이 빠지면서 그 자리에 주저앉을 것 같은 기분이었다. 그는 겨우 두 발로 지탱해 서 있었다. 전에 인용한 그의 이야기는 이 대목을 다음과 같이 쓰고 있다.

"젊은 저의 피는 완전히 끓어올랐습니다. 저는 너무 분해서 울어버렸습니다. 거류지 경찰의 불법적 행동을 원망하기보다는 일본 영사관의 이해할 수 없는 태도가 가장 원망스러웠습니다."

## 3

상해지현은 황승훤(黃承暄), 상해도태는 섭즙규로, 이들 상해의 책임자는 리홍장의 훈령을 기다렸다.

"조선은 난제 한 가지를 해결했군."

상해에서 온 전문을 읽고 리홍장은 이렇게 말했다.

리홍장이 섭즙규 도태에게 보낸 전문 원고가 남아있다. 그것은 다음과 같은 것이다.

김게재헌모빈수범(金係在韓謀叛首犯), 내화경난치치(來華正難處置), 금피힌인재조계자살(今被韓人在租界刺殺), 죄유응득(罪有應得), 가치물론(可置勿論), 외인여유요설(外人如有饒舌), 의직고지(宜直告之).

"김옥균은 조선의 모반 주동자이다."

이런 단정으로 시작하고 있다. 조선이 '한' 이라는 국호를 정식으로 사용한 것은 청일전쟁 이후의 일이나, 통칭으로는 이 무렵 이미 사용되고 있었다. 특히 전문과 같은 경우 두 글자보다는 한 자가 편하다. 한문 전보는 네 숫자로 한 자를 나타낸다. 1만을 넘지 않는 수로 충분히 상용 한자를 처리할 수 있었다.

전문에는 김옥균이 중국에 와서 어떻게 해야 할까 치치에 고심했었다는 것이다. 또 이 전문에는 '청' 이라는 것도 '화' 로 되어 있는데 이것도 당시의 관용이었다. 본명 외에 별명이나 아호가 있듯이 이런 것은 예사로웠다.

"중국에서 처치하기 어렵던 중에 조선인에 의해 조계에서 피살되었다. 김옥균은 죄가 있고 그에 응당하는 벌을 받은 것이므로 그것은 당연한 일이다. 범인의 심문 등은 하지 않아도 좋다. 만약 조계 내의 외국인들이 이러니 저러니 말이 있다면 분명히 이 사실을 알리면 된다."

다음날 리훙장은 상해에 다시 타전했다.

그것에 의하면 조선 관리들 속에 몰래 김옥균과 내통하고 있는 자가 많다는 것으로, 만약 그 사실이 발각되면 대대적인 옥사로 발전할 것이므로 김옥균의 짐을 조사하여 모든 문서를 소각하라는 내용이었다.

정국이 불안정한 나라에서 자신의 지위, 아니 생명을 유지하는 일은 대단히 어렵다. 만약 김옥균이 일본의 힘을 빌려 현재의 민씨 정권을 타도한다고 할 경우, 정부의 요인들은 숙청될 것이 틀림없다. 그것도 해임 실각에 머무를 리가 없다. 갑신정변에서도 그 당시의 정부 요인들을 아무 거리낌 없이 살해하는 등 결단력이 강한 김옥균이다. 이 다음에도 단호히 제거해버릴 것이다. 이를 면하기 위해서는 김옥균에게,

"지금은 할 수 없이 요직에 앉아 있지만 실은 우리나라의 장래에 대해 저도 귀하와 같은 의견을 갖고 있습니다. 귀하의 뜻이 실현될 날이 언젠가 올 것이니 잠시 참고 기다리시기 바랍니다."

라는 밀서를 보내 놓는 것도 한 가지 방법이다.

김옥균에게 그 밀서의 주인은 비밀 동지이다. 그 밀서를 공개하는 일은 절대로 없을 것이다.

현명한 김옥균이 그런 고관의 양다리 걸치기 식의 의도를 전혀 모르는 바는 아니다. 그러나 장래 김옥균이 조국에서 일을 성사시킬 때, 적어도 밀서를 보낸 사람들은 적극적인 방해는 하지 않을 것이 틀림없다. 완전한 동지가 아니더라도 완강한 적은 되지 않을 것이다. 그런 사람도 김옥균에게는 중요했다.

밀서의 공개는 하지 않을 것이므로 조선의 고관들 중에는 몰래 김옥균에게 편지를 보내어 만일의 경우에 대비한 면죄부를 얻어놓으려고 한 자가 꽤 있었

다. 그러나 밀서가 공개되지 않는다는 것은 김옥균이 건재하다는 전제가 있을 때이다. 그가 상해에서 암살되자 사정은 달라졌다. 그의 유해와 함께 소지품이 조선으로 보내져 그 속에서 현직 고관들의 밀서가 나타나면 어찌 되겠는가? 톈진의 리훙장이 상해로 보낸 전문에도 있는 것처럼, 그것은 미증유의 '대옥사'로 발전할 것은 명약관화하였다.

이미 유해와 소지품을 인도해 줄 것을 요구하는 조선 측의 전보가 도착했다. 동시에 위안스카이로부터 그 같은 대옥사로 발전할 위험성이 있는 사실의 내막이 리훙장에게 전해졌다.

조선 국왕의 아버지인 대원군은 당연히 반민파이므로 김옥균과 연결이 있을지도 모를 우려가 있었다. 재차 대원군을 둘러 싼 정치적 혼란이 일어나서는 일이 어렵게 된다. 리훙장은 위안스카이로부터 이런 사실을 연락 받고, 즉시 상해 도태에게 김옥균이 소지한 모든 문서의 소각을 명령했던 것이다. 조선 정부의 요청으로 김옥균의 유해를 조선으로 돌려보냈으나, 그 소지품의 소각은 위안스카이의 정보에 따랐다. 당시의 전보 및 기타 기록에서 이렇게 해석할 수 있다.

난시 마음이 쓰이는 것은 와나 엔시로의 이야기에서 본 것과 같은 상해 주재 일본 영사관 측의 움직임이다. 와다는 이를 '이해할 수 없는 태도'라고 분개하고 있었다. 선박 회사에 가장 강한 압력을 넣는 것은 일본 영사관이었다. 선박 회사 지배인은 일본 영사관에서 관의 선적을 금하라는 명령을 받았다. 와다 자신도 영사관 직원에게서 잠시 보류하라는 설득을 당했었다. 더구나 와다가 아무리 그 이유를 물어도 납득할 만한 이유를 설명하지 못했다.

김옥균의 암살, 적어도 그 후속 조치에 대해서는 리훙장과 일본의 이노우에 가오루 간에 합의가 있었던 것이 아닐까? 이런 추측은 당시부터 강하게 떠돌았다.

이 추측이 맞는다고 해도 두 사람의 생각이 각각이었다는 것은 말할 필요도 없다.

리훙장은 조선에 대한 종주권의 강화를 노려 조선 정부에 대한 영향력을 실제로 보여 주려고 했을 것이다. 김옥균의 유해가 일본으로 송환된다고 하면,

'뭐야! 청국은. 항상 조선을 '속국'이라고 하면서도 그 속국의 모반인이 자기 나라에서 살해되었는데도 그 시체를 일본으로 인도했다니 얼마나 한심한 일인가?'
라는 얘기로 권위가 떨어질지도 모른다. 따라서 어떻게 해서든지 조선의 요청을 들어 유해를 조선으로 송환시켜야만 했다.

일본의 경우는 어떠한가? 이노우에 가오루 편이 리훙장보다 한 수 위였는지도 모른다. 각종 정보, 군사 정탐의 보고 등에서 일본의 군비가 청국을 상회하고 있다는 사실을 확신할 수 있는 시기였다. 만수산 조영으로 예산의 대부분을 날려버린 청국 해군은 거의 10년 가까이 정체 상태에 머물렀다. 그리고 일본은 이 10년간에 득의만면한 강력한 태도로 군비를 증강시켰다.

후쿠자와 유키치의 '탈 아시아론', 아시아의 일원이라는 사실에서 벗어나 열강의 일원으로 끼어 열강과 어깨를 나란히해 아시아에서 이권을 얻자는 생각이 점차 일본 내부에 침투하고 있었다.

갑신정변 당시 눈물을 머금고 물러났었던 일에 대해 빚을 갚으려는 것이다. 대외 강경론이 높아지고 청국을 상대로 하는 전쟁 준비가 진행되었다. 일본이 지금 기다리고 있는 것은 전쟁의 '기회'였다. 청국과의 전쟁, 좀더 구체적으로 말하면 조선에서의 패권을 두고 청국과 싸우는 것이다. 조선을 자신의 세력권 안에 두고자 한 것이다.

이미 일본은 국민 개병제를 실시하여 모든 계층에서 징병하고 있었다. 군인의 사기를 고취시키는 데는 전 국민적인 적개심을 군사들의 배후에 집결시킨 후 그것을 터뜨리게 한다. 그러한 때 일본에 10년 가까이 망명하고 있던 김옥균이 청국에서 살해당했다. 유해를 정중히 일본으로 옮겨온다면 적개심을 불러일으키는 데도 어울리지 않는다.

'놈들이 김옥균의 시체까지 빼앗아 조선으로 돌려보냈다.'
이런 상황이 적개심을 불러일으키는 데는 훨씬 유리했다.
김옥균은 사실상 일본에게는 짐이었다. 그래서 냉담하게 대했지 않은가? 없애버리는 것이 좋지만 일본에서 죽는다면 외교 문제상 어렵게 된다. 청국으로서는 우선 친청의 자세를 보이는 현 조선 정권의 모반인이므로 김옥균은 죽이고 싶은 인물이다. 비록 일본 정부로부터는 냉대 받고 있지만 민간에서는 대단한 인기가 있었고, '친일파'라고도 불린다. 청국으로 보면 김옥균이 언젠가 친일 내각을 만들려고 할 것이므로 곤란하다. 죽여버리는 편이 좋다.

김옥균을 죽이려는 것도, 유해를 놓고 벌이는 처치 문제도, 청일 양국은 동상이몽이었다. 이런 동상이몽이 젊은 와다에게는 불가사의하게 보였을 뿐이다.

# 4

대등한 관계를 갖는 외국이 아니라는 이유로 조선은 청국에 공식으로 공사를 두지 못했다. 청국에서의 조선의 사무는 텐진에 있는 직예총독 겸 북양대신 리훙장이 담당했다. 그래서 조선은 텐진에 독리(督理)라는, 의미가 불분명한 이름을 가진 공사에 준하는 관리를 파견하고 있었다.

당시의 독리 서상교(徐相喬)는 본국 정부의 훈령을 받고 즉시 상해로 향했다.

조선과 상해 간에는 교역 관계가 있었기 때문에 조선 정부는 여기에 '찰리(察理)'라는 관리를 파견했었다. 그 정식 관명은 주상해찰리통상사무관(駐上海察理通商事務官)이었다. 당시 찰리는 조한근(趙漢根)이었다. 텐진의 독리 서상교는 상해의 찰리 조한근과 공동으로 홍종우 구명 운동과 김옥균 유해 송환 문제를 놓고 협의했다.

범인 홍종우의 죄를 논하지 않는다는 것에 대해서는 이미 리훙장이 상해도태에게 훈령을 발했다. 또한 다른 나라의 정치 문제에 깊숙이 간여하고 싶지 않은 공부국은 일본 정부도 이의가 없다는 것을 느꼈기 때문에 홍종우를 상해현에 인도해 주고 나중 일은 어찌 되어도 상관하지 않겠다는 방침을 취했다. 실제로 조계의 헌법이라고 할 수 있는 10개 조의 장정에 비추어 보아도 당사자는 모두 외국인이 아니다. 적어도 상해에 영사를 두고 있는 나라의 국민이 아닌 것이었다. 회심아문은 외국 영사관 위원이 함께 모여 심문하지 않아도 된다고 판단했다.

홍종우의 문제는 해결되었다.

다음은 김옥균의 유해 송환 문제이다. 독리와 찰리는 청국에 유해를 송환할 배를 부탁했다. 상해는 리훙장의 관할 지역이 아니고, 양강총독 유영일(劉寧一)의 휘하였다. 유영일은 리훙장의 연락을 받았으나 이는 연락이라기 보다는 단순한 인사말이었다. 기본적인 방침은 이미 결정되어 있었다.

"전의 그 일을 잘 부탁하오."

이 말만으로 충분히 알 수 있었다. 유영일은 김옥균의 유해 송환을 위해 군함 '위정호(威靖號)'를 파견해 주었다.

홍종우와 김옥균의 유해를 실은 '위정호'가 인천에 도착한 것은 4월 12일의 일이다.

서울에 있던 위안스카이는 인천에 주재하는 청국 분판위원(分辦委員) 유영경(劉永慶)에게 명하여, '한양호(漢陽號)'로 '위정호'를 마중나가게 했다. 김옥균의 유해는 양화진이라는 곳에서 조선 당국에 인도해 주기로 되어 있었으나 선체가 큰 '위정호'는 양화진까지 들어올 수가 없었으므로 소형 선박인 '한양호'로 옮겨 실었던 것이다.

그 동안 일본 국내의 움직임은 어떠했는가?

김옥균 암살 소식이 도쿄에 전해지자 오이 겐타로, 이노우에 가쿠고로 등이 '고 김씨 우인회(故金氏友人會)'라는 조직을 결성한 후, 유해 인도 교섭을 위해 오카모토 류노스케[岡本柳之助]와 사이토 신이치로[齊藤新一郎]를 상해에 파견했다. 비행기가 없었던 시대이므로 그들이 상해에 도착했을 때는 이미 대세는 결정되어 있었다.

4월 12일 오전, 우인회를 대표해서 코바야시 시요타미[小林勝民]가 외무성을 방문하여 다음과 같은 3가지 요망을 말했다.

1. 김옥균 씨의 유해를 본국으로 송환할 수 있도록 정부는 재조선공사 오토리에게 훈령을 내릴 것.
2. 오토리 공사에게 홍종우를 인도하도록 조선 정부에 요구하게 할 것.
3. 상해의 대월 총영사가 취한 조치는 정당함을 잃은 것이 분명하므로 징계처분할 것.

여기에 대해 답변에 나선 하야시[林董] 차관은,

제1항에 대해서는 하루 전 각의에서 이미 이 건에 관하여 조선 정부와 교섭하지 않기로 결정했기 때문에 재고의 여지가 없다는 냉담한 답변을 했다.

제2항도 이것은 사법부의 문제로, 홍종우를 파견한 이만식도 아직 예심중이기 때문에 뭐라고 말할 수 없고, 제3항에 관해서는 대월 총영사의 조치는 국제관습으로 보아서나 공동 조계 장정에 비추어 보더라도 전혀 비난받을 것이 못 된다. 징계 처분 따위는 정부로서는 전혀 고려하고 있지 않다. 하야시 차관의 대답은 단호한 어조였다. 우인회 대표 코바야시 시요타미는 맥없이 외무성 문을 나왔다.

코바야시가 외무성을 방문했던 4월 12일은 김옥균의 유해를 실은 '위정호'가 인천에 닿은 날이다. '위정호'가 출범했다는 사실은 이미 보도되었기 때문에 교섭의 상대를 조선 정부로 했던 것이다.

4월 13일치〈시사신보〉에는,

'청은 얼마나 기민했고 일은 얼마나 늑장을 부렸는가?'

라는 제목으로 다음과 같은 기사가 실려 있었다.

김옥균 암살 사건이 상해에서 일어나자 톈진의 리훙장 주위에 머물고 있던 조선 관리는 리훙장과 의논한 결과 즉시 톈진에서 상해로 건너갔으며, 청국 군함도 보통 때와 달리 신속한 행동을 취했다. 한의 관리는 흉악범과 김옥균의 유해를 인도받고 청국 군함은 급히 이를 적재하여 즉시 인천으로 호송하였는 바, 이 전후 행동의 신속·기민함은 실로 경탄할 만하며, 이에 반해 김옥균 살해 시간부터 와다 엔지로가 유해를 잃어버리고 상해를 떠날 때까지 일본인의 거동은 병든 노인과 같이 둔하여 이것 역시 놀라울 뿐이다.

자못 풍자가 가득찬 글이다.
김옥균의 암살은 3월 28일이고 '위정호'가 상해를 떠난 것은 4월 7일이었다. 사건 발생 후 10일간의 일로 그렇게 신속했다고는 할 수 없다. 석회를 재여 넣고 여러 가지 부패 방지책을 썼다고는 해도 호남회관(湖南會館)에 안치된 김옥균의 유해는 하루라도 빨리 송환해야 할 물리적인 필요가 있었던 것이다.
4월 20일의 〈도쿄일일신문〉에는 다음과 같은 기사가 보인다.

원래 이번의 흉변에 대해서는 리훙장 부자가 관계하지 않았을 리가 없다는 소문도 있지만, 지금 이번과 같은 군함 특파를 보아도 리훙장이 이 사건에 관련이 있다는 것을 알 수 있고, 그 인도를 요구한 자도 역시 톈진에 주재하는 한의 인물 중 대단한 지위에 있는 자를 골라 신속히 일을 처리하게 하는 등, 필시 리훙장의 의중에서 나온 것이라 할 수 있다. 김옥균의 유해를 인도받은 서상교(徐湘橋)는 17년 조선변란(=갑신정변을 가리킴) 후, 일본에서 공사로 주재한 적도 있고, 백방으로 김옥균의 체포에 주력했으나 김에게 탐지되어 그 뜻을 이루지 못했다. (중략) 이번에 비로소 그 뜻을 달성하여 서상교 씨가 유해를 인수받기에 이른 것은 깊은 인연이 아니라고 말할 수 없다.

기사 속의 서상교는 청국 측 문헌에는 서상교(徐相喬)로 되어 있고, 또 이 〈도쿄일일신문〉의 기사는 이를 서상우(徐相雨)로 착각하고 쓴 것 같다(일본에서 공사로 주재한 인물은 서상우다).
이미 말했듯이 상해에서의 김옥균 암살은 도쿄에서의 박영효 암살 실패와 거의 시간이 비슷하다. 일본 측은 조선 공사관을 수사하였고 공사인 유기환(俞箕煥)은 공인을 가지고 귀국해버렸다. 외교관의 귀환이란 외교적으로는 단교 일보 직전의 상태라고 할 수 있다.

"귀찮은 일이 되지 않을까?"

톈진의 리훙장은 이렇게 말하며 도쿄의 주일 공사 왕횡쪼우에게 편지를 썼다.

김옥균은 원래 조선의 반역자로 일본에 적을 두면서 오랫동안 조선인과는 멀리 하지 않을 수 없었다. 그러므로 그가 청국에 온다는 것은 어려운 일이었다. 그러나 마침 이런 일이 발생하여 그것을 해결해야만 했다. 조선 왕실은 위안스카이의 전보로 그 소식을 접하고는 미칠 듯이 기뻐했다고 한다. 지금 이미 김옥균의 시체는 본국에 와 있고, 자연히 일본인의 간섭은 벗어났다. 또한 뜻밖에도 박영효도 일본에서 살해될 뻔한 일이 발생하여, 일본은 조선 공사관을 수색하고 조선 공사 유기환은 공인을 갖고 돌아가버려 공사관을 철폐한 바와 다름없다. 조선은 다른 사람으로 하여금 공사의 일을 대행하게 하여 아직 군대를 사용하는 데까지는 발전하지 않았지만 빈번한 격론이 오고 갔다.

외교관을 소환했다고 해도 대리인을 두고 있으므로 곧 전쟁이 일어나지는 않겠지만 일이 복잡해질 것만은 틀림없다고 예상한 것이다.

예상은 맞았다. 그것도 단지 귀찮은 것만이 아니었다. 당장은 군대를 풀지는 않으리라는 예상은 빗나갔다.

김옥균 암살 후 4개월 만에 청일전쟁이 시작된 것이다.

"당장은……."

이라는 전제가 있기는 해도 리훙장이 예상했던 언젠가라는 전쟁의 조짐은 적중했던 것이다.

'해군이 염려된다.'

리훙상에게는 이것이 머리를 아프게 했다.

김옥균 암살 이틀 후 그는 해군 함선 적재용의 신식 함포를 매년 나누어서라도 좋으니 구입하고 싶다는 청을 올렸다. 그 물음에 대해,

"담당 기관에 명하여 결과를 알려 주겠다."
라는 회답이 있었으나 이것도 형식에 지나지 않아 차일피일 미루면서 실행되지 않았다.

문서상 위안스카이가 김옥균의 유해와 홍종우를 조선 정부에게 정식으로 인도한 것은 4월 14일의 일이다. 영의정 심순택은 같은 날 공식 문서를 통해 위안스카이에게 사의를 표했다.

# 제20장 동학궐기

1

김옥균의 유해에는 잔인한 형이 가해졌다. 목은 잘려지고 사지도 역시 잘렸다. 그런 후 양화진에서 효수형에 처해졌다.

양화진은 서울 남대문에서 20리 정도 떨어진 곳으로, 한강에 맞닿은 마을이었다. 일본과의 조약으로 애초에는 시장으로 열렸으나 후에 그것이 용산으로 옮겨짐에 따라 어느 정도 사양길에 접어든 상업 지역이었다. 그래도 한강을 낀 운송업을 중심으로 상점이 늘어서 있는 번화한 장소였다.

양화진 중심가에 떨어진 옥사장에 '대역부도옥균(大逆不道玉均)'이라고 적은 깃대가 세워져 있고, 그 옆에 기둥을 삼각으로 해서 김옥균의 머리를 묶어 매달아 놓았다. 머리와 손, 발이 잘린 몸체는 바로 그 옆에 엉망이 되어 놓여 있었다. 등에도 여러 군데 칼자국이 나 있었다. 칼자국의 흔적은 대퇴부에까지 이르러 있었다. 이것은 '능지(凌遲)'라는 형(形)이다. 원래는 살아 있는 그대로 처형될 사람을 설단하는 최고의 극형이다. 김옥균은 이미 죽었기 때문에 시체를 그 형식대로 만든 것이었다.

능지는 본래 '차차 쇠약해지다'라는 의미였으나 이런 참형의 이름을 가리키게 되었다. 고대의 누습으로 너무 잔인하다는 이유로 수·당 시대에는 폐지되었으나, 원나라가 들어서면서 부활되었다.

삼각 기둥에 늘어진 머리 밑에 있는 나무판에는,

모반대역부도죄인옥균(謀反大逆不道罪人玉均)
당일양화진두부대시능지처참(當日楊花鎭頭不待時凌遲處斬)

이라고 묵으로 쓰여 있었다.

이것은 능지라고 하기보다는 '육시'라는 편이 타당하다. 육시는 진시황이 모반을 꾀한 군사에게 행했다는 사실이 〈사기〉에 보이지만 그 이후 역대의 형법에서 이것은 찾아볼 수 없다. 그러나 명대에는 조부모, 혹은 부모를 살해한 자에 한하여 이 형을 적용하게 되었다. 청은 이것을 강도에까지 확대 적용했다. 능지, 효수, 육시라는 잔혹한 형이 중국에서 폐지된 것은 1905년 법률 대신 심가본(沈家本) 등의 상소에 의해서였다. 그러므로 조선에서 김옥균의 시체에 이같은 참형이 가해졌을 때, 청나라의 형법에도 확실히 이 형의 존재는 명기되어 있었다.

모반인은 최고의 극형으로 다스리는 것이므로 김옥균도 능지, 효수, 육시에 상당하게 된 것이다. 조선 주재 일본 공사 오토리 게이스케는 조선 정부에 대해 김옥균의 시체를 그 같은 형에 처하지 않도록 충고했다. 일본 공사뿐 아니라 암살 현장이었던 상해의 각국 영사도 각각 베이징에 있는 자국 공사에게 청국 총리아문을 통해 조선에 그 같은 조언을 해주도록 요구했다.

조선 정부에서는 그 같은 '요망'은 받았지만 결국 무시해버렸다.

"국법은 엄연히 존재한다. 존재하는 이상 이를 시행하지 않을 수 없다."

이것이 조선 정부의 해명이었다.

단지 그 야만적인 참혹함 때문에 외국에서 평판이 나빠지자 효수 5일 만에 김옥균의 시체를 거두어갔다. 효수되어 있는 동안 감시자는 있었지만 시체에 접근하여 그것을 만지는 일 등은 조금도 제지하지 않았다고 한다. 시체 곁에는 관이 놓여 있었고 그 뚜껑에도 '대역부도옥균'의 여섯 자가 적혀 있었다.

감시가 그렇게 엄중하지 않았던 탓인지 효수되어 있던 머리가 분실되는 변괴가 일어났다는 소문이 있었고, 분실된 머리는 일본인 갑비(甲斐) 아무개라는 자가 훔쳐 갔다고도 했다. 그러나 사실은 일본인이 훔친 것은 머리가 아니라 잘려진 머리카락에 불과했다.

김옥균의 죽음, 또 그에 대한 육시로 인하여 일본의 여론은 끓기 시작했다. 이것은 이노우에 가오루가 생각한 바였을 것이다.

4월 21일, 신전금가(神田錦街)의 '금휘관(錦輝館)'에서 열린 '김옥균 사건 연설회'에 이어 4월 23일에는 '지홍엽(芝紅葉)관'에서 정계 유력자 1백여 명이 '대외 강경파 대간담회'를 열었다. 고노에[近衛] 공작, 이누카이, 하토야마, 오이 등 쟁쟁한 인물들이 모여들었다.

김옥균 추도회는 천초의 '본원사'에서 열렸는데, 미증유의 성대함을 보여 주었다고 한다.

"망명중의 김옥균에게 좀더 따뜻한 대우를 해 주었더라면 이런 일은 없었을 것을……."

김옥균의 친우들은 '본원사'에서 벌인 이 같은 성대한 행사를 보고 입술을 깨물며 이렇게 말했다. 이 광경을 보면 일본이 거국적으로 김옥균을 우대했던 것처럼 여길지 모른다. 그러나 김옥균은 일본의 냉담함에 실망하여 청국으로 건너간 것이다. 죽은 후의 성대한 추모회 따위는 결코 김옥균이 바라던 바가 아니었음에 틀림없다.

김옥균의 묘는 일본의 두 곳에 만들어졌다. 아오야마[靑山]의 외국인 묘지와 본향구입(本鄕駒込)의 진정사(眞淨寺)이다. 예의 그 머리카락은 진정사에 묻혀 있다.

암살자인 홍종우는 귀국하여 개선장군과 같은 환영을 받았다. 후에 그는 '황국협회(皇國協會)'의 간부가 된다. 황국협회는 보수적 우익 폭력 단체로, 진보적인 정치 단체인 '독립협회'를 쳐부수는 데 크게 활약했다. 그가 그런 조직의 고위 간부가 된 것은 김옥균 암살이란 경력이 한 몫 작용했다. 홍종우는 정치적 암살이라는 실적을 자신의 정치 재산으로 삼았다.

자객이란 원래 그 일이 성공하든 실패하든 살아 남지 못하는 것이 상식이다. 연(燕) 나라 태자가 파견했던 자객 형가(荊軻)는 출발에 앞서 상복인 소복을 몸에 지니고 이수(易水)를 건넜다.

"사나이 다시 돌아오지 않는다."

라고 노래했듯이 처음부터 생환은 기대하지 않는다.

살아 돌아온 자객이란 단어는 조금 우스운 소리다. 게다가 자신의 암살 실적을 출세의 기반으로 이용할 정도라면 이상하다기보다 가련하다. 그런 인간은 스스로 자신을 광신화하지 않으면 하루도 살아갈 수 없다. 이같이 광신적인 인물은 극단적인 행동으로 치닫기 쉬운 법이다. 극우파의 간부로서 피비린내 나는 아수라장에서 살아난 홍종우는 죽지 않고 살아 온 희극적인 자객의 전형이라 할 수 있겠다.

갑신정변 당시 김옥균에게 죽음을 당한 여섯 대신 민태호, 민영목, 한규직, 이조연, 윤태준, 조영하의 유족들은 자신들을 대신하여 원수를 갚아 준 홍종우에게 크게 감사했다. 그리고 다투어 홍종우를 초대하여 연회를 베풀고자 하였다. 홍종우는 이들에게,

"호의는 고맙습니다만, 제가 표면상으로는 여러분들을 위해 복수를 한 것 같이 보이지만 그것은 결과론에 지나지 않습니다. 저는 여러분의 원수를 갚은 것이 아니고 갑신의 역적, 국가의 공적을 쓰러뜨린 것입니다. 그것뿐만이 아니지요. 김옥균이 살아 있는 한 3국(조선·청·일)의 평화를 가져 올 수 없고, 동양의 국면이 어지러워지기 때문에 어쩔 수 없이 행한 일입니다. 여러분들의 환대를 받을 수는 없습니다."

라고 거절했다.

그러나 아무리 거절해도 유족들은 결코 물러나지를 않았다. 홍종우도 끝내

거절하지 못하고 여섯 집을 전부 돌면서 환대를 받았다.

홍종우가 조선에서 환대받고 있다는 소문은 일본인들에게는 결코 유쾌한 일이 못 된다. 김옥균의 죽음과 그 시체에 가해진 참형 등은 일본의 여론을 한층 들끓게 하였다.

## 2

외국으로부터는 '미개적인 잔인성' 이라고 악평을 들었지만, 막상 조선 정부는 김옥균의 암살 성공으로 축제 기분이었다. 정적의 불행이나 암살을 몰래 기뻐하기는 해도 소위 '문명국' 에서는 그 기분 그대로를 밖으로 나타내지는 않는다. 그러나 조선의 경우 이번의 성사는 기쁨 이상의 것이었다.

그렇지만 조선의 현 상황은 정부 요인들이 승자인 것만은 아니었다.

동학당에 의한 봉기가 각지에서 일어나고 있었던 것이다.

"정기적인 민성병이 발작하는 게 아닐까?"

"아니, 이번의 것은 그 뿌리가 깊어 가볍게 넘길 일이 못 된다."

"말하자면 조직이 강한지 약한지 그것이 열쇠로군."

"지도자의 문제이지."

도쿄에서는 이 같은 탁상공론이 일어나고 있었다. 헌법 발포, 의회의 성립 등과 같은 자극으로 당시의 일본은 '정치적 계절' 에 돌입했다고 할 수 있다. 국사를 논하는 일이 유행병처럼 번져 갔다. 대외 강경론자들이 성행했던 것도 그 같은 물결을 배경으로 했기 때문이었다.

조선이나 청국의 일을 일본에서는 국사와 관련시켜 논하였다.

전형적인 정치 공론을 계속 재현해 보지.

"조선이 동학당의 궐기 등으로 복잡해지면 어떻게 될까? 결국 일본에게 유리할 것인지 불리할 것인지 말일세."

"이웃이 혼란하여 이쪽이 좋을 리는 없지. 걱정되는 일이다."

"아니지, 이웃 나라의 혼란은 우리 대일본 제국이 대외 진출을 꾀할 수 있는 좋은 기회가 아닐까?"

"청국은 자기 내부도 혼란하면서 조선에 대한 종주권을 계속 주장하고 있고, 지금 서울에서는 위안스카이라는 풋내기가 제 세상인 양 거리낌 없이 행동하고 있지 않은가? 이 풋내기가 조선 정부에 이래라저래라 지시하고 있는데 그 지시가 모두 청국에 유리한 것임은 뻔하지 않소?"

"동학당이 조선 정부에 손을 들지 않는다면 위안스카이는 청국에 출병을 요청하게 될 것이 아닌가."

"청국이 출병하면 조선에서의 우리나라 권익이 위험하게 되오. 그럴 수는 없소. 단호히 저지해야만 하는 것이오."

"아니, 그렇지 않소. 청국의 출병은 우리나라가 원하는 바가 아니오? 어떻소? 텐진조약에 의하면 일청 양국이 조선에 출병할 때는 서로 통고해야만 하게 되어 있소. 청국이 출병한다면 우리에게도 출병의 구실이 만들어지는게 아니겠소?"

"그렇긴 해도, 피를 흘리게 되겠군."

"이를 기회로 삼지 않으면 안되오."

"조선은 혼란해져야만 하오."

메이지유신으로 다시 태어난 일본은 그 당시 청춘기였다. 그리고 세계는 제국주의가 꽃피는 시대였다. 후쿠자와 유키치의 말처럼 아시아를 벗어나 열강의 일원으로 아시아에 진출하는 것만이 일본이 취해야 할 길이라는 견해가 상식이 되었다. 일본의 팽창 본능의 방향이 조선 반도로 향해졌음은 말할 나위도 없다.

동학당이 어떤 단체인지는 상관 없이, 단지 조선이 혼란에 빠져야 일본에 기회가 생긴다고 여긴 우익이 동학에 접근하려고 했다. 일본 우익의 입장에서 볼 때, 동학당을 견고하게 만들지 않으면 출병의 기회가 없어질지도 모르기 때문이다. 정부군에게 간단히 진압되어서는 곤란했다. 동학군 속에 침투하여 지도를 해줄 작정이었다.

접근의 움직임은 있었으나 일본인으로 동학당 내부에 들어간 사람은 없다. 일본인에 의한 동학당 조종 시도는 모두 실패했다. 이것은 동학당이라는 모임의 성질을 연구하면 너무나 명백히 드러나는 일이었다.

'척왜양창의(斥倭洋倡義)'

이것이 동학당의 구호였다. 왜와 양을 배척하고 의를 주창한다는 뜻이다. 왜가 일본을 뜻하는 것은 말할 필요도 없고 양은 서양을 의미하는 것이지만, 이 배열에서 보면 왜에 중점을 두고 있다는 사실을 알 수 있다. 투철한 반일 집회였다.

그 속에 들어가 지도한다는 따위의 생각은 일본 우익의 착각이 아닐 수 없었다.

동학이란 이름은 서학에 대항한다는 뜻으로, 당시의 서학이란 막연히 서양의 학문을 지칭하는 게 아니라 주로 기독교를 의식했던 것이다. 이름에서부터 배타적인 경향이 강했다.

동학의 교주 최제우는 1824년 경주 태생으로 호는 수운(水雲)이었다. 태어나기 3일 전부터 고향 뒷산 구미산(龜尾山)이 요동했다고 전해진다. 그가 동학을 제창한 것은 1860년의 일이었다. 유교·불교·도교에 기독교 사상까지 합쳐 조선 전래의 민속 신앙 위에 구축한 종교이다.

'인내천(人乃天)'

이것이 동학의 근본 사상이었다. 그리고 천도(天道) 즉 하늘의 도리를 섬겼다. 지금까지 '하늘의 도리'라고 하면 인간 위에 무한한 유일신을 설정한 후 인간은 그 밑에 위치했다. 그러나 동학에서 말하는 하늘의 도리는 인간 위에 군림하는 것이 아니고 '인내천' 즉 인간과 하늘(신)을 한 가지로 생각했다. 유형의 신을 인간으로, 무형의 신을 하늘로 표현한 것에 지나지 않으므로, 천주는 따로 있는 게 아니라 자기 자신 속에 있다는 것이었다. 최제우의 설교 내용은 〈동경대전〉에 담겨져 있고 그 속에 '시천주 조화정(侍天主造化定)'이라는 표현이 있다. 이걸 보면 누구라도 천주교를 연상할 것이다.

동학이 탄압을 받게 되어, 교주 최제우가 처형된 것은 1864년의 일이었다.

혹세무민의 사교라는 이유에서였다. 그 당시 조선 정부가 취한 사교 탄압의 가장 큰 목표는 실은 천주교였다. 서구 열강의 아시아 침략, 더구나 청국에서 일어난 태평천국의 난 등을 목격한 후 조선 정부는 천주교에 대한 끝없는 공포를 느끼고 있었다.

동학의 설교문에 '천주를 모신다'라는 등의 혼동하기 쉬운 표현이 있었기 때문에 무지한 관리들이 천주교의 일파로 생각했을지도 모른다. 그러나 천주교와는 별도의 것이라는 사실을 안 연후에도 역시 탄압의 대상에서 제외하지는 않았다. 공포증에 걸려 있던 조선 정부는 보수적인 유교나 불교 이외의 모든 종교 및 유사 단체를 없애버리려고 했다.

교주 최제우가 처형된 후 그 뒤를 이은 제2대 교주 최시형은 교주의 설교 등을 모아 간행하여 교리의 체계화를 꾀하였다. 그리하여 계속되는 탄압에도 불구하고 동학의 세력은 계속 확산되었다. 최시형에 의해 동학이 커다란 세력으로 확대되자 그 힘은 '교조신원운동'이라는 집회로 발전하였다. 처형된 교주 최제우는 무죄이므로 그 무고함을 벗게 하자는 항의 집회였다. 자신을 상실한 채 공포증에 걸려 있던 정부에서는 어떤 성질의 것이라 해도 일단 '집회'라는 데에 신경을 곤두세웠다.

동학의 구호에는, '보국안민(輔國安民)'이란 말이 있었다. 나라를 도와 백성을 편안하게 한다는 뜻이므로 동학이 대단히 정치적인 색채를 강하게 띠고 있다는 사실을 짐작할 수 있다. 현실 세계에 깊은 관심을 갖고 부정을 용납할 수 없다는 준엄한 정신을 갖는 것이다.

그런데 당시 조선의 현실은 부정으로 가득 차 있었다. 특히 백성들의 눈에 비친 양반의 모습은 부정 투성이였다.

더구나 상층부의 부정은 동학 신자에게 집중된 듯한 생각이 들었다.

교주 최제우의 처형과 동시에 동학이 금지된 것은 말할 필요도 없다.

그러나 이미 말했듯이 교주 처형 후에도 교세는 확장되었다. 신자가 불어난 것이다. 이러한 사실은 부정할 수 없는 현실이었고 누구라도 인정한 사실이었다.

상층 – 이 경우에는 상층부의 힘을 빌어 백성들 위에 군림하는 관리들을 이르는 말이지만 – 은 원칙과 현실의 차이에 눈을 돌렸다.

동학은 금지되어 있는데도 신자는 있다. 금지된 사교의 신자는 국법을 위반하는 것이다.

"이봐! 어딜 나다니고 있는 거야? 그런 데를 나가면 어떻게 되는지 알고 있겠지?"

벼슬아치들은 동학 신자의 이 같은 약점에 협박을 가하여 금전, 양곡 등을 착취했다. 부패 관리들은 백성들의 원망의 표적이었지만, 동학 신자는 그들을 더 미워했다. 실제로 착취를 당하고 있었기 때문이었다.

교주의 무고함을 풀기 위해서 열린 동학의 집회는 차츰 관리들의 부정 부패를 탄핵하는 장소로 변해 갔다. 또한, 동학의 기본 성격인 배외(排外) 정신에서 외국의 침략에 대항하는 반대의 외침도 집회 속에서 생겨나기 시작했다.

교조신원운동의 구호는 드디어 '척왜양창의'로 변해 간 것이었다.

'창의'란 의를 일으킨다는 뜻과 같은 말로 그 속에는 행동도 포함하고 있다. 의를 부르짖는다는 것만이 아니라 의를 위해 행동을 보여 준다는 의미가 있다.

김옥균의 암살, 육시의 소식이 전해진 후, 동학 혁명의 움직임은 한때 그 때문에 멈칫해진 느낌도 있었다. 그러나 동학 혁명의 소식이 전해진 후에도 일본에서는 '설마'라는 소리가 있었다. 지금까지 동학의 산발적인 움직임이 때때로 전해졌었기 때문이다.

"꽃피는 봄이 오면 머리가 좀 이상해지는 사람이 나타나듯이, 이 계절만 되면 동학당이 꿈틀대는 것 같군."

이 같은 멸시적인 목소리도 들렸다. 그러고 보니 작년 전라도 삼례에서의 집회나, 상경하여 벌인 복합 상소(伏閤上疏)에 이어 동학의 움직임이 일어났던 시기는 4월에서 5월에 걸쳐서였다. 만성병석인 성기석 발삭이라는 날에 수긍하는 사람들도 적지 않았다.

그러나 그 같은 생각은 조선인을 무기력하게 본 일본의 우월감 같은 데서 비롯된 것이었다.

이번의 동학 궐기는 지금까지와 같은 국지적, 산발적인 것과는 차원이 달랐다. 일본의 우익이 답답해 할 것은 없었다. 조선인 스스로가 압제자에 대해 봉기할 힘을 가지고 있었기 때문이었다.

조선 개혁의 핵심이 될지도 모르는 요소가 동학 속에 존재하고 있었다. 그런데도 개혁파인 김옥균이 동학에 깊은 관심을 보인 흔적이 없는 걸 보면 역시 그도 양반이었다. 동학이 지니는 서민적인 것과는 기질이 달랐던 것이다. 조선을 바로 잡기 위해서라면, 김옥균은 리훙장을 만나러 가기보다는 오히려 동학의 지도자를 만났어야 했다.

# 3

백성이 일으키는 봉기를 조선에서는 '민란'이라고 한다.

한 지역의 관리가 이치에 닿지 않는 일을 할 때, 그 고을 백성들은 상급 기관에 떼를 지어 몰려가 직소한다. 이 같은 민란은 대개 군에서 처리되어 더 이상 확대되는 일은 거의 없었다. 직소하는 것이기 때문에 구체적인 사항을 다루었으며, 그것은 대체적으로 그들 고을 안에서의 문제였다. 소위 표면에 나타난 문제일 뿐 뿌리 깊숙이까지 미치는 문제는 아니었다.

여기에서 '이치에 닿지 않는'이라는 말을 썼지만, 그 정도로 무거운 의미는 아니다. 당시의 조선에서 관리는 부정을 범하고 사복을 채우는 일이 당연시 되었다. 전혀 부정 행위를 하지 않는 관리를 찾는 편이 오히려 어려울 정도였다. 보통의 부정이라면 당연한 것으로 받아들이고 사람들은 그 고통을 감수했다. 이치에 닿지 않는다는 말은 상식으로 받아들일 수 없는, 부정의 한계를 넘어선 것을 뜻한다.

조선 팔도 중 남서쪽에 위치하는 전라도는 전국에서 가장 비옥한 땅으로, 조선의 곡창이라고 불린다. 조선 정부의 관리 임명은 문벌주의에 의하였기 때문에 비옥한 지방에는 유력 문벌 출신자가 임명되었다. 그런 비옥한 땅의 관리가 보통 지역의 사람들보다 수입이 좋기 때문이었다. 수입이란 물론 정부에서 받는 녹봉이 아닌, 그 지역에서 착취하는 수입이었다. 아무리 수완가라도 없는 것을 착취할 수는 없을 터이다. 그런 이유로 해서 전라도에서는 민란 혹은 민란 일보 직전의 징조가 특히 빈번했다.

전라도의 장관 관찰사는 이경식(李耕植)이라는 인물이나 직접 백성을 착취하는 자는 보다 하급 관리들이었다. 예를 들면 도 밑의 군수 등도 역시 문벌 출신자들이 대부분이어서 그 뒷배경의 힘을 빌어 거침 없는 착취를 자행했다. 설사 민란이 일어난다고 해도 서울과 강력한 연줄만 있으면 책임을 지고 실각하는 일은 없다.

이런 까닭에 노골적으로 부정을 저질렀다. 백주의 탈취였고, 이렇게 되면 백성들도 참을 수 없었다. 이런 이유로 전라도에서는 민란이 계속 일어났으나 번번이 불발이거나 단발로 끝나버려 결코 더 이상 확대는 되지 않았다. 그러나 전혀 예기치 않은 곳에서 이따금 한 건씩 발생하곤 했다. 전라도의 민란은 1893년 말경부터 고부, 전주, 익산의 세 군데에서 발생했다.

고부군의 민란은 여러 가지 이유가 겹쳐서 일어났다.

가장 먼저 양여부족미(量余不足米)의 재징수가 농민의 분노를 샀다. 농민은 수확한 미곡으로 조세를 낸다. 군의 관리들은 조세 징수시 관졸이 늘어서 있는 장소에서 서축(鼠縮), 건축(乾縮) 등의 명목을 붙여 규정보다 많이 징수한다. 서축이란 징수 후 쥐가 먹는 중량만큼 줄어드는 것이고, 건축이란 수분 함량이 적어지면서 줄어드는 것을 말한다. 그것을 처음부터 계산하여 한 섬에 대해 네 말 내지 다섯 말 정도를 여분으로 징수했다고 한다. 아무리 쥐가 먹는 분량이 많고 건축 부족이라고 해도 4, 5할씩 줄어들 리는 없다. 그것은 관리들이 떼어먹는 몫인 것이다. 반출할 때 토지 관리인이 떼어 먹고, 운송 도중에는 경비병이, 창고에 넣어서는 창고 관리들이 쓱싹한다. 대나무 끝을 뾰족하게 하여 쌀부대에 찔러 넣으면 쉽게 쌀을 훔쳐 낼 수 있었다. 그러나 그런 째째한 도둑질은 하급 관리들이나 하는 짓이고, 역시 큰 것은 상층 관리들의 행동이었다. 부대째 몰래 훔쳐 가는 것이다. 그런 까닭으로 관고에 넣을 때면 상당량이 부족하게 된다. 4, 5할이나 많이 징수했으면서도 규정보다 부족한 것이 소위 '양여부족미'이다.

고부 군수 조병갑(趙秉甲)은 이 양여부족미를 농민에게서 재징수했다. 이것은 너무 심한 이야기다. 농민들은 관리가 착복하는 몫까지 내었는데도, 이번에는 관리의 지나친 착복으로 모자라는 양까지 다시 거두려는 것이었다. 아무리 온순한 농민이라도 이번에는 화가 났다.

다음은 수리세이다. 고부군의 북쪽에 관개용 저수지를 개조하였다. 모든 농민을 징용하여 만든 것으로 부역인 셈이었다. 그러나 저수지가 완성되자 조병갑은 그 이용세를 농민으로부터 징수하였다. 피땀 흘려 저수지를 축조한 농민들이 반발할 것은 뻔한 이치였다.

시초세(柴草稅)라는 것도 농민의 분노를 샀다. 아무도 사용하지 않는 황무지에 땔감인 마른 풀 정도를 마련한다는 이유로 세금을 부과한 것이다. 그 외에도 갖은 착취를 자행하여 이치를 벗어나는 단계에까지 이르게 되었다.

이런 상식 밖의 일을 조병갑이 그렇게 당당히 저지를 수 있었던 것은 그의 자신만만함 때문이었다. 문벌 출신인 그는 웬만한 일로는 실각하지 않는다고 믿고 있었기 때문에 그까짓 백성들의 민란쯤이야 두려워할 필요가 없다고 대수롭지 않게 여겼다.

농민들은 봉기하여 전창혁, 김도삼(金道三), 정일서(鄭一瑞) 3인이 대표로 군청에 진정하였다. 군수는 세 사람을 체포, 투옥한 후 전라도 감영으로 보고를 올렸다. 불량한 놈들이 농민을 선동하고 있다는 보고였다. 그즈음 도의 관찰사는 경질되어 김문현(金文鉉)이 취임하였고, 그는 군수의 보고를 그대로 받아들였다. 보고를 믿은 게 아니라 군수의 문벌을 믿었던 것일지도 모른다. 그들은 태형을 받았으나 그 중 전창혁은 심한 매질에 못 이겨 옥사하고 말았다.

전주 민란의 원인은 '균세'였다. 이는 심한 가뭄이 들었을 때, 세금을 내지 않기 위해 땅 주인이 버리고 도망친 토지를 '균전'으로 하여, 지주가 없으므로 이 토지를 세금 원부에서 삭제한 후 이를 새로 개간시켜 조세를 징수하는 것이다. 균전이란 국유지로 균전의 소작인은 나라에 소작료를 바쳤다.

이 균전 정리 사업에 관계했던 균전사 김창석(金昌錫)이란 인물은 일반 지주에게, "이 기회에 당신의 토지도 균전으로 해 줄까? 그 편이 유리할걸"이라며 유혹했다.

지주는 토지의 넓이에 따라 세금을 내야 하는데 균전이 되면 나라에 소작료만 내면 끝난다. 새로 개간한 토지이기 때문에 소작료도 적을 것이다. 그렇게 하는 편이 유리하다는 꾀임이었다.

여기에 걸려든 사람들은 자작농인 소지주들이었다. 소유지를 균전으로 바꾼 후 분명히 토지에 대한 세금은 나오지 않았으나 소작료가 지금까지 내 오던 토지세보다 훨씬 높아졌다. 이 같은 엉터리가 어디 있을까?

수천의 주민들이 모여 진정했으나 이것도 민란으로 몰렸고 그 진정은 받아들여지지 않았다.

익산 민란의 원인은 '이포(吏逋)'였다. 이포란 관리가 횡령한 조세를 뜻한다. 실제로는 징수했음에도 불구하고 역대의 관리들이 그걸 훔쳐 내기 위해 장부상에는 '미수'라고 기입해 놓은 것이다. 이것이 쌓이고 쌓여 익산군의 경우는 3천 7백72섬에 달했다.

"정부에 기재된 아직 징수하지 않은 세미를 신속히 징수하라."

익산 군수 김택수(金澤洙)는 이렇게 명했다.

미수는 장부상의 일일 뿐이었다. 이 같은 일은 어디서도 자행되고 있는 것으로 군수가 그 사실을 모를 리 없었다. 그런데 신속히 바치라는 말은 무슨 횡포인가?

이것은 상식 있는 관리들의 부정의 한계를 훨씬 뛰어 넘는 일이 아닌가? 보통의 부정이라면 당연시하고 넘기겠지만 이것은 '상식을 초월한 부정'으로 이대로 물러설 수는 없다.

익산군 백성들은 오지영(吳知泳)을 대표로 뽑아 군청으로 향하여 이포 재징수를 철회할 것을 요구했다. 군수 김택수는 이를 거절했다. 격분한 백성들은 군청을 습격하자고 했으나 오지영은 이들을 달랜 후,

"상급 기관인 감영에 이 사실을 진정해 보자. 군청에서 군수의 명령을 철회하라고 했는데 일이 잘 되지 않았다. 감영에서 승부를 걸어 보고, 그곳에서도 안된다면 여러분과 함께 나도 일어설 것이다."

라며 수백 명의 젊은이들을 선발해서 전라도 감영으로 향했다.

전라도 관찰사 김문현은 처음에는 고압적 태도를 취했으나, 오지영과 이야기를 나누는 가운데 이포 재징수가 상식을 벗어난 부정이라는 사실을 깨달았다. 그래서 그는 재징수의 철회를 명하고 익산 군수 김택수를 해임했다. 이처럼 익산군에서만은 농민 측의 승리로 끝난 것처럼 보였으나 최후에는 이것도 다시 역전되어버렸다. 오지영은 체포되어 가혹한 형벌을 받지 않으면 안되었다.

오지영의 말솜씨로 관찰사는 설득시킬 수 있었으나 최후의 승리를 얻을 수는 없었다. 지금까지와 같은 일을 반복해서는 언제까지나 매한가지일 것이다.

그렇다면 온순한 백성들도 무슨 결정을 내리지 않으면 안될 단계에 달했다.

봉기(蜂起) 외에는 도리가 없었다.

이것은 과격파에 의한 선동이 아니었다. 모두가 직접 경험한 골수에 사무친 아픔이었다. 상층부들의 착취는 점점 더 심해진다. 이제는 살아가기조차 어려울 판이다. 죽는다고 손해볼 것도 없다. 이렇게 생각하는 사람들이 점점 많아졌다.

이상 예로 든 몇몇 '민란'은 결코 동학 신자들이 직접 일으킨 것이 아니다. 단지 그 마을 사람들이 진정서를 낼 때 대표로 뽑힌 사람들 중에 동학 신자가 많았던 것에 불과했다. 그들의 진정은 동학당으로서가 아니라 어디까지나 농민의 대표로 행동한 것이었다. 대표로 뽑힐 경우 곧 체포되거나 태형을 받고 투옥되기도 하므로 어느 누구라도 기피하는 자리이다. 또한 보통의 서민은 엄두를 낼 수도 없었다. 어느 정도 대범하고 굳건한 인물이 아니고는 힘든 일이었다. 그런 선택 기준에서 추천된 사람들 중에 동학 신자가 많았다고 하는 것은 확실

히 우연이라고는 할 수 없다. 앞서 말한 바와 같이 동학 신자는 지금까지 일반 사람들보다 더 많은 탄압을 받아왔다. 그런데도 동학교를 버리지 않은 것은 그만큼 그들이 강한 신념을 갖고 있는 인물이기 때문이었다.

다른 사람들을 위해 위험을 무릅쓰는 데는 대단한 의를 필요로 한다. 동시에 굳은 신앙심이 없어서는 불가능하다.

동학에 마음을 쏟았다는 사실 그 자체가 인생을 진지하게 대하고 있다고 말할 수 있다. 동학 교도들은 신앙심만이 아니라 정치적 의식도 높았다. 그들은 비록 일반 농민에 의해 추대되었지만 일단 추대된 이상 책임감도 강했다. 드디어 그들은 민란을 발전시켰고 그것을 지도하게끔 되었다. 그래서 단순한 민란이 언제부터인가 동학란으로 불리워지게 되었다.

지금까지의 민란이 군 단위의 산발적인 것이었던 이유는 불평의 구체적 문제가 각각이었다는 점을 들 수 있다. 여기서 예로 든 고부, 전주, 익산의 경우도 모두 각각 다른 원인에서 발생했다. 그러나 현상은 모두 다른 형태를 취했지만 그 근본은 같은 것이었다. 단지 그 뿌리까지 발견해 낸 사람들이 없었을 뿐이었으나, 농학 관계자가 신지하게 섬토한 결과 드디어 한 가지 뿌리를 발견해 내게 되었다.

게다가 동학은 교주 최제우가 동학을 세운 이후 하나의 조직을 거느리고 있었다. 실제로 교조신원운동에서 이 조직을 사용하기도 했었다. 그러니 대대적 민란을 지도하는 데는 역시 동학을 중심으로 하는 수밖에 없었을 것이다.

"우리들이 하지 않으면 아무도 할 사람이 없다."

"조선의 운명은 우리들의 양 어깨에 걸려 있다."

"일본을 비롯한 외국 세력의 침투를 더 이상 좌시하고만 있을 수 없다."

"일어나자, 지금은 돌아가신 교주도 우리들에게 일어나라는 명령을 하실 것이나."

보국안민의 교육을 받은 높은 의식 수준의 동학교인들은 이렇게 외치기 시작했고, 말뿐만이 아닌 실전으로 옮길 준비를 했다.

"우선 격문을 전국에 띄운다. 그래서 그것이 말뿐만이 아니라는 점을 분명히 전 국민에게 알리자. 결국 의병을 일으켜 요지를 점거해야 한다."

동지들은 착착 계획을 진행했다.

4

격문이 발표된 날은 갑오년 정월 초사흘이었다. 양력 1894년 2월 8일이다. 격문은 '창의문(倡義文)'이란 제목이 붙여졌다. 이것은 중요한 문서이므로 다음에 그 전문을 수록한다(오지영 〈동학사〉에 의함).

세상에서 사람이 귀타 함은 인륜이 있기 때문이다. 군신·부자는 인륜의 가장 큰 자다. 임금이 어질고 신하가 충실하고 곧으며 어버이가 사랑하고 자식이 효도한 후에야 국가는 무강지역(無疆之域)으로 뻗어가는 것이다.

우리 성상은 인효 자애하시고 신명 성예하시므로 현량하고 방정한 신하가 있어 그 총명을 익찬한다면 요순의 조화와 문경(문제와 경제)의 정치를 가히 바랄 수 있을 것이다. 오늘의 신하가 된 자는 도보(圖報)를 생각지 않고 한갓 녹위만을 도둑질하여, 임금의 총명을 옹폐(擁蔽)할 뿐이다. 반면 충간지사를 요언이라 이르고 정직한 사람을 비도라 이름 붙여 안으로는 보국하는 인사가 없고 밖으로는 학민(虐民)하는 관이 많다. 따라서 인민의 마음은 날로 변하여, 들어서는 낙생(樂生)의 업이 없고 나아가서는 보선의 책이 없다.

학정이 날로 자라고 원성은 그치지 않으며, 군신 부자 상하의 분(分)은 무너지고 말았다. 소위 공경 이하 방백, 수령들은 국가의 위난을 생각지 않고, 오직 비기 윤산(肥己潤産)에만 간절하여 전선(銓選)의 문을 돈벌이로 볼 뿐이며, 응시의 장은 매매 저자와 같다.

허다한 화뢰(貨賂)는 국고에 들어가지 못하고 다만 개인의 사복을 채워 국가에는 적루의 채(債)가 있어도 청산하기를 생각지 아니하고 교만하고 사치하고 음란하고 더러운 일만을 기탄없이 자행하여 팔로(八路)가 어육이 되고, 만인이 도탄에 들었다. 수재(守宰)의 탐학에 백성이 어찌 곤궁치 아니하랴.

백성은 국가의 근본이다. 근본이 쇄삭하면 국가는 반드시 없어지는 것이다. 보국안민의 책을 생각지 아니하고 다만 제 몸만을 생각하여, 국록만 없애는 것이 어찌 정당한 일이겠는가? 우리들은 비록 재야의 유민이나, 군토(君土)를 먹고 군의(君依)를 입고 사는 자다.

어찌 차마 국가의 멸망을 좌시할 수 있겠는가. 팔역이 동심(同心)하고 억조(億兆)가 순의(詢議)하여 이에 의기(義旗)를 들어 보국안민으로써 사생의 맹서를 한다. 금일의 광경에 놀라지 말고 승평 성화(昇平聖化)로 함께 들어가 살아보기를 바란다.

갑오 정월 ×일<br>호남 창의소(湖南倡義所) 전봉준<br>손화중(孫和中) 김개남(金開男) 등

훌륭한 문장이다. 갑신정변 당시 김옥균 등이 발표했던 그 어느 문장보다도 이 창의문은 뛰어나다. 이것은 전 조선의 의식있는 사람들을 감동시켰을 것이다.

이 격문을 발표한 날 밤, 태인읍 주산리의 최경선(崔景善) 집에 동학 신자 가운데 건장한 자 3백 명이 모였다.

'한 군데 거점을 점한다.'

이것이 격문 발표와 함께 하는 행동이다. 점령해야 할 장소로 동지들은 고부를 선택했다. 고부의 민란으로 태형을 받고 옥사했던 전창혁은 이 격문의 필두인인 전봉준의 아버지였다.

이번 의병은 전봉준에게는 놀아가신 아버지의 원한을 풀어 숨과 농시에 도탄에 빠져 허덕이고 있는 동포를 학정에서 구해내는 의미를 지닌다. 동학당 내에서도 전봉준은 주전론자였다. 반면 2대 교주 최시형은 오히려 신중론자였다.

고부군 북쪽에 있는 마항시 가까이에는 수천의 동지가 모였고, 민가에는 총과 창을 숨겨 놓았다. 이 같은 계획의 사전 준비는 역시 동학이라는 종교 조직이 있었기 때문에 가능했을 것이다. 만약 그게 아니었다면 배반자도 나오고 비밀이 새어 나갔을지도 모른다. 이 고부군 공격은 계획대로 진행되었다.

동학군은 고부성을 포위하고 그곳을 함락시켰다. 관리와 병졸은 성을 나와 항복했으나 원하던 군수 조병갑은 이미 도망간 후였다. 동학군은 군수와 함께 부정을 저지른 관리 몇을 체포하여 참수했다. 감옥의 문은 열리고 민란과 관련된 죄인들이 해방되었다.

'보국안민' 이것이 최대의 구호였으며 대장의 기폭(旗幅)에는 이 넉자가 크게 쓰여 있었다. 의병 성공 후, 동학군은 즉시 제2의 격문을 발표했다.

우리들이 의를 들어 이에 이름은 그 본의가 단연 다른데 있는 것이 아니고, 창생을 도탄에서 건지고 국가를 반석 위에 두자는 데 있다. 안으로는 탐학한 관리의 머리를 베고, 밖으로는 횡포한 강적의 무리를 구축하는 데 있다.

양반과 부호 밑에서 고통을 받고 있는 민중들과 방백·수령 밑에서 굴욕을 당하고 있는 소리(小吏)들은 우리와 같이 원한이 깊은 자다. 조금도 주저치 말고 이 시각으로 일어서라. 만일 기회를 잃으면 후회하여도 미치지 못할 것이다.

갑오년 정월 X일<br>호남 창의 대장소 재백산(湖南倡義大將所在白山)

대군은 백산을 본진으로 하여 군의 재편성을 보게 되었다. 대장으로 추대된 사람이 전봉준이었다는 것은 말할 나위도 없다.

김옥균이 동학의 움직임에 그다지 관심을 갖지 않았던 것처럼 위안스카이도 동학을 너무 경시했던 것 같다. 위안스카이에게는 조선 왕실을 조종함으로써 전 조선을 억제할 수 있다는 신념이 있었다. 조선을 움직이는 것이 다른 데 있어서는 곤란했다.

예전의 교조신원운동의 삼례 집회(1892년 12월)에 대해서 위안스카이는 톈진의 리훙장에게 다음과 같은 전보를 보내었다.

조사해 본 결과, 동학은 하늘을 공경하고 그 도를 따르는 것으로 천주교와 유사하다. 조선의 관리들은 항상 이단으로 처리, 징계한다. 때때로 무리지어 일을 일으킨다. 그렇지만 당은 심히 미비하여 실제로 변을 일으키는 데는 이를 수 없다.

천주교와 유사하다는 따위의 인식을 하고 있는 걸 보면, 위안스카이는 평소 동학에 대해서는 거의 연구하지 않았던 모양이다. 서울에 주재하면서 왕실에만 감시의 눈을 밝히면 된다는 생각이었다. 왕실의 조종에 대해서는 자신이 있었으므로, 전라도에까지 가서 동학의 실태를 조사하려고 하는 등의 생각은 결코 하지 않았다.

김옥균은 상해로 건너가기 전에 겨우 동학이 의병을 모은다는 소식을 들었을 뿐이다.

'또 백성들의 일발이 터지는구나. 가능한 한 민씨 일가를 괴롭히는 것이 좋지, 그러나 백성들의 일발이 국가 자체를 흔들어서는 곤란한데.'

분명히 그는 이런 정도의 생각을 가졌을 것이다.

# 제21장 앉으면 죽산, 서면 백산

## 1

　전봉준이 최초의 격문인 '창의문'을 발표한 이틀 후인 음력 정월 초닷새는 리훙장의 72번째 생일이었다.
　톈진의 리훙장의 저택에서는 여기저기서 들어오는 생일 축하를 되돌려 보내느라고 정신 없이 바빴다.
　'보통의 생일이므로' 라는 이유에서였다. 보통이 아닌 특별한 생일이란 환력(還曆), 고희(古稀), 희수(喜壽), 혹은 40세, 50세 등 순(旬)에 해당하는 해이다. 아무리 확대 해석을 한다 치더라도 12지에 맞는 해가 한도이리라.
　리훙장은 1823년 미(未)해 생이다. 나이는 72세, 만으로 치면 71세로 미해는 내년이다. 고희는 벌써 2년 전에 축하 받았다. 그는 2년 전의 일을 회상했다.
　국내외의 고관부터 하급 관리까지 축하 편지를 내고 선물을 바쳤다. 서태후는 그에게 족자를 선물로 내렸다. 그 족자에는,

　　동량화하자양보(棟梁華夏資良輔)
　　대관산하석대년(帶罐山河錫大年)

이라는 내용이 쓰여 있었다. '화하'란 중국을 가리키므로 '자네야말로 중국의 대들보로서 보필의 임무를 완전하게 다한 인물이다'라는 칭찬의 말이었다.

리훙장은 무심코 머리에 손을 가져갔다. 사천총독 류우삥짱[劉秉璋]이 멀고 먼 성도(成都)에서 보내 온 족자 구절이 생각났던 것이다.

'이십년전인선흑두재상(二十年前人羨黑頭宰相)'

20년 전, 사람들은 검은 머리의 재상을 선망하였다는 의미이다. '흑두'란 머리가 새까맣게 빛나던 장년의 일을 말하는 것이다.

사실상의 재상인 직예총독이 된 것은 실로 20년도 전의 일이다. 나이로 따져 48세의 일이었다. 전임자는 말할 것도 없이 국가의 대재목 쩡궈후안이었다. 아니, 그가 직예총독과 거의 동격인 양강총독이 된 것은 그보다 5년 전이었으나, 그 때도 전임자는 쩡궈후안이었다. 만 40세의 일등 공신 리훙장은 물론 검고 빛나는 머리였다.

"20년이 아니야, 벌써 30년이나 되었군. 완전히 백발이 되었어."

축하 선물로 보낸 족자의 글귀에서 햇수를 줄인 류우삥짱의 마음 씀씀이를 그는 잘 알았다. 태평천국과의 전쟁에서 류우삥짱은 그를 쫓아 각지에서 싸웠다. 단순한 막료라기 보다는 전우라는 느낌이 들었다.

앞서의 글귀를 계속 보면,

'삼만리외공추황발원훈(三萬里外共推黃髮元勳)'

삼만 리 밖의 사람들까지도 당신 황발의 공적을 헤아리고 있다는 의미이다.

"황발이라니 날 위해 주는군."

리훙장은 2년 전 일을 생각하며 씁쓸하게 웃었다. 그리고 눈을 지그시 감았다. 고희의 축하연을 생각할 때면 그 때의 가슴 아팠던 일을 잊을 수가 없었다. 고희의 축하연 다음날 그가 지극히 사랑했던 막내 아들 경진(經進)이 죽었던 것이다. 그것도 급사였다. 단지 3일간의 병고가 15세 소년의 목숨을 앗아갔다.

많은 처·첩을 거느렸던 당시의 권문세가로서는 5남 3녀도 적은 편에 속했을 수 있다. 이미 말한 바와 같이, 처음에는 자식이 없어 동생의 아들 리징황을 양자로 삼았을 정도였다.

　55세를 넘어 얻은 경진을 리훙장은 특히 총애했다. 경진도 이에 보답하듯 현명하여 중국 고전뿐 아니라 서구의 학문까지 익히고 있었다. 그 진도도 무척 빨라 늙은 부친을 즐겁게 해주었다. 당시로서는 이상한 일도 아니었지만, 15세에 이미 혼약을 했다. 상대는 도찰원 도어사 서포(徐郙)의 딸이었다.

　국정의 임무를 양 어깨에 짊어지고 있는 리훙장은 자식의 죽음을 애도하고 있을 여유가 없었다. 적어도 겉으로는 평정을 되찾아야 했다. 그는 참아 내었다. 그러나 그의 마음을 일거에 흔들어버린 것은 부인 조씨의 죽음이었다. 사랑하는 자식 경진의 사후 겨우 반 년 후인 6월의 일이었다. 그 이후 자신도 주체하지 못할 정도로 참을성이 없어졌다.

　'성미가 까다로와졌다.'

　측근의 사람들이 뒤에서 이렇게들 쑥덕거리고 있다는 사실을 그는 알고 있었다. 부인이 죽고 나자 자신이 어느 정도 그녀에게 의존했던가를 깨달았다. 경진의 모친인 막(莫)씨로는 아직 조씨의 대역으로 불충분했다.

　"내게 남은 세월은 이제 그렇게 많지 않다. 그러나 하지 않으면 안 될 일은 너무 많다. 어디까지 할 수 있을까?"

　리훙장은 이렇게 혼잣말을 했다. 지금부터 해야 할 일이 많다고 자신을 격려했으나, 마음은 어느새 뒤를 돌아보게 된다.

　'노인이 된 탓일까? 틈만 나면 옛 일만 생각이 나는구나.'

　이런 과거 지향적인 자세를 자기 격려의 혼잣말로 바로잡으려고 했지만, 그 혼잣말이 끝나기도 전에 다시 회상에 잠겼다.

　'대경방지협유자(對鏡方知頰有髭)'

　이런 시를 '20자술(二十自述)'이란 제목으로 지은 기억이 있다. 거울을 마주하니 문득 자신의 턱에 수염이 돋아난 것을 발견하게 되었다. 솜털과 같던 수염이 이제는 새하얗게 변해 있다.

　'아니다. 나는 장수할 수 있을 것이야. 확실해.'

리훙장의 아버지는 1838년 벼슬에 올라 형부주사(刑部主事), 낭중(郎中) 등을 역임했으며 태평천국의 난 당시 출정했었다. 55세로 세상을 떠났지만 군무의 과로가 없었더라면 훨씬 오래 살 수 있었을 것이다. 어머니는 83세까지 장수했다.

'문중에서도 장수한 자가 많았다.'

그는 모계와 연결된 리[李]씨의 사람들을 세어 보았다. 확실히 장수하는 가계인 듯하다.

중국에는 동성과의 통혼을 금지하는 원칙이 있다. 그러나 리훙장의 부모는 모두 리씨로 거기에는 이유가 있다. 원래 그의 선조는 허(許)씨 성이었다. 8대조인 허영계(許迎溪)라는 분이 같은 마을의 리씨 집안과 인척 관계를 갖고 있었는데, 이 집안에는 아들이 없었기 때문에 차남인 진소(愼所)를 맏아들로 양자들이겠다는 약속을 한 것이다. 중국에서는 성을 바꾼다는 것은 대단한 일로, 어린 진소는 꽤 저항감을 느꼈을 것이다. 그는 리씨 성을 따르기로 승낙은 했으나 그 대신 자기 이후의 리씨에게 원래는 허씨였다는 점을 잊지 않게 하는 방법을 생각해 내었다. 동성 불혼의 대상을 가훈에 의해 허씨로 정한 것이다. 그래서 친척 외의 리씨와는 결혼할 수 있었다.

이런 경우는 중국에서도 극히 드문 예이다.

"10년. 일을 할 수 있는 기간은 10년이다. 10년이라 생각하고 일을 하자."

쓸쓸한 자조적인 말이었다.

'지금까지 내가 해온 일이 과연 국가를 위한 것이었을까?'

요즈음은 번번이 이런 생각이 들곤 했다.

군대를 조직하여 태평천국의 난을 제압할 당시에는 젊었기 때문이었는지 혼돈에 빠진 적은 없었다.

만약 태평천국이 천하를 제압했더라면 어떻게 되었을까?

황제와 공·맹자를 요인(妖人)으로 몰아붙였던, 그 광서에서 숯을 굽던 사람들과 낙제 서생들의 이상한 활동을 리훙장은 전장터의 장면과 함께 떠올렸다. 그들은 모두 촌스럽고 상스러웠지만 그 집단 속에는 약동하는 무엇인가가 있었다.

그 힘을 현재의 중국에 사용했다면 조금은 나은 상태가 되었을지도 모른다.

'생각해도 소용없는 일이다.'

리훙장은 고개를 가로저으며 머릿속에 얽혀 드는 사념을 떨어버리려고 했다.

'너의 힘은 어떤가?'

어디에선가 이런 소리가 들려오는 것 같았다.

3년 전 북양 해군 제2차 사열 당시 그가 믿고 무슨 일이라도 함께 의논했던 직예 안찰사 쩌우후[周馥]가,

"북양 해군은 이미 천여 만 냥의 군미를 사용했는데도 이 정도의 군함밖에 갖추지 못했습니다. 유사시 이것으로는 외국의 함대를 이길 수 없습니다. 조정의 대신들은 모두 문관 출신으로 군사적인 일은 잘 모릅니다. 무슨 일이 생기면 그것은 북양의 죄가 됩니다. 지금은 어느 때보다도 해군의 확장을 강력히 주장해야만 합니다. 비용을 아까워하지 않도록 설득시키지 않으면 안됩니다. 국가의 장래를 위해서 이처럼 중요한 일은 없을 겁니다."

라고 정색을 하고 호소했다.

북양 해군은 리훙장의 사병이라고 해도 좋을 정도로 그 비용도 리훙장의 사재에서 염출해 왔다. '국고에서 좀더 보태시오'라고 당당히 말할 수 있었다. 그러나 리훙장은 그것이 불가능하다는 점을 잘 알고 있었다.

"내 힘의 한계는 여기까지다. 지금 이야기를 해보아도 관계 당국과 의논해 보겠다는 것과 그 이상의 비용은 거절되리라는 사실은 이미 정해져 있다."

리훙장은 이렇게 대답했었다.

"나이가 드셨군요."

쩌우후는 솔직하게 말했다.

"그럴지도 모르지."

그는 수긍했다.

연로한 자신이 국정을 계속 담당해도 좋은 것인가? 리훙장도 이런 문제를 생각한 적이 있다. 그러나 달리 사람이 없었다. 인맥으로 쌓아 올린 힘이었다. 군

대도, 그가 움직이고 있는 행정 조직도, 모두 그를 중심으로 했기 때문에 그가 손을 놓는다면 붕괴할 수밖에 없을 것이다.

'전쟁만은 안된다. 어떤 방법을 강구해서라도 북양군을 사용하는 일은 피해야 한다.'

군대를 장악하고 있는 리훙장은 그런 만큼 힘의 한계를 알고 있었다.

## 2

'서면 백산을 보고 앉으면 죽산을 본다.'

옛날부터 이런 예언이 있었다고 한다.

백산과 죽산이라는 산이 남북으로 있어 한 장소에서 볼 수 있다는 정도의 의미일 것이다. 그러나 전봉준을 위시한 동학 신도를 중심으로 하는 농민군이 백산을 근거지로 하고부터 이 말은 신비성을 띠게 된다. 예언이란 것이다. 백의의 조신 농민군이 모이면 온산이 새하얗게 보였다. 그 정도로 많이 모였다. 그들은 손에 손에 죽창을 쥐고 있었기 때문에 그들이 앉으면 머리보다 높게 솟은 죽창의 끝이 온 산을 뒤덮었다. 백산이 눈 깜짝할 사이에 죽산으로 변했다.

"몇 천 년 전부터 그렇게 전해왔다지."

"그래, 이런 일은 특별히 하늘이 정해 준 것이 아닐까?"

사람들 사이에서 이렇게 설명을 하며 돌아다니는 자들은 동학의 간부들이었다.

"음. 그런 말, 들어 본 적이 있다."

"나도 마찬가지네. 할아버지께서 자주 말씀해 주셨지."

"그래? 그렇다면 이번 일은 이미 예전에 정해진 것이었네 그려."

자신들의 행동이 정도에서 벗어난 것이 아니라, 유구한 예부터 이렇게 되도록 정해져 있는 길 위를 정해진 대로 달려가고 있다는 사실을 알게 되자 농민들도 일종의 안도감을 느꼈다.

한때는 백산에 수만을 넘는 농민들이 모였다. 그러나 무기라고 해야 죽창 정도로, 힘들여 모은 소총은 고작 30여 정에 지나지 않았다. 그같은 예언에 몸을 맡긴다는 일은 어쩐지 불안했을 것이다. 일종의 심리전으로 신흥 종교의 포교에 성공하고 있던 동학의 간부들은 그것을 교묘히 이용했다.

동학의 신자들은 스스로를 도도(道徒)라고 부르며 전국에 산재해 있었다. 그들은 백산의 동료들을 위해 심리 작전의 엄호 사격을 했다. 동학이라는 조직이 있기 때문에 그들이 퍼뜨린 말은 순식간에 사람들의 마음 깊숙이 파고 들었다.

'백산의 전봉준 대장은 하늘을 나는 신묘를 지닌 영웅이다.'

'백산에는 두 명의 신동이 있어 대장을 보좌하고 있다.'

'동학군은 군율이 엄격하고 초인적인 힘을 갖고 있다.'

이런 유언은 아군에게는 믿음직스러운 것이었고 반면 적에게는 기분 나쁜 것이었다. 더구나 19세기 말의 조선에는 수많은 무당이 존재하였고 미신도 횡행하였다.

전봉준이 바람을 부르고 구름을 타며, 총탄을 맞아도 죽지 않는 등 신통력을 갖고 있다는 이야기는 민중의 영웅 기대심에서 나온 것이라는 설도 있다. 고통스러운 생활을 보내고 있는 백성들은 초인의 출현을 기대하고 있는 것이다.

동학군은 고부를 함락시켰을 때, 그곳에 쌓여 있던 수천 석의 미곡을 손에 넣었다. 그 악명 높은 수리세 등으로 농민에게서 빼앗듯이 징수했던 것이 그대로 쌓여 있었다. 따라서 군량미에 관해서는 얼마간 걱정이 없었다.

동학 교도들은 작년 이맘 때도 봉기했었으나 조선 정부는 관찰사를 경질하고 양호도어사(兩湖都御史) 어윤중에게 선무사(宣撫使)의 책임을 맡김으로써 임시 방편으로 곤경을 벗어났었다. 그 때 조선 국왕은 이들을 제압하는 데 조선군만으로는 힘이 부족하다고 느끼고 청국의 원병을 요청하려고 했다. 사자로 보내진 사람은 내무부사(內務府事) 박제순이었다. 박제순은 위안스카이를 만나 청국의 군함 파견과 육군의 마산포 주둔을 요구했다.

그러나 그 때까지만 해도 위안스카이는 동학에 대한 인식이 아직 부족하여,

"사교의 오합지졸인데 무엇을 두려워하는 것입니까? 잠시 정세를 보기로 합시다."

라며 파병을 거절했다. 대단한 일이 아니라고 생각했던 것이다.

파병 요구는 과거의 공포증에 걸린 국왕 개인의 생각으로 세 정승(영의정 심순택, 우의정 정범조, 좌의정 조병세)은 모두 반대했다. 당연한 일이었으나 국왕은 두려움을 참을 수가 없었다. 다시 한 번 박제순을 위안스카이에게 파견했다.

두번째로 국왕의 사자를 만났을 때, 위안스카이도 조금은 사태의 중대성을 깨닫기 시작했다. 동학을 '사교의 오합지졸'로 생각하는 점은 변하지 않았으나, 그 '무리'를 이용하는 자가 있을지도 모른다는 생각이 들었기 때문이다.

누가 동학을 이용하려는 것일까? 조선의 정국이 불안해지기를 바라는 자다. 청국이 조선에 대한 종주권을 점차 실질적인 것으로 넓히는 데 반발하는 세력은 우선 일본이 아닐 수 없다. 척왜양창의를 간판으로 하는 동학을 일본이 직접 이용한다는 건 어려울 것이다. 그러나 중간에서 누가 연결해 준다면 가능하다. 친일파 정객으로 일본에 망명하고 있는 김옥균은 최적임자이다.

당시 김옥균은 동학을 그다지 높게 평가하지 않았었다. 궁중 쿠데타를 꾀하려고 한 인물은 농민 봉기 등에는 별 관심을 갖지 않는다. 그러나 고종은 김옥균과 동학의 연결이 염려스러웠다. 사실 그런 소문이 꽤 널리 퍼져 있었다. 일족의 유력자를 살해당한 명성황후로서는 김옥균은 두려운 악몽과 같았다.

명성황후에게는 그 외에도 또 두려운 구석이 있었다. 정치 무대에서 멀어진 대원군이 몰래 동학과 손을 잡는다는 사실이었다. 이 역시 각종 유언비어가 나돌았다. 일본에 있는 김옥균보다도 오히려 대원군 편이 동학과 연결될 가능성이 농후했다. 여러 지방의 산발적인 봉기에서도 '대원군의 집정 부활'을 요구 사항의 하나로 들고 있었던 것이다.

정권 탈취를 위해 현 정권에 반대하는 제3자가 합작할 가능성도 있었다.

그 후의 정보도 수집하여 동학의 세력이 생각보다 강하다는 사실을 깨닫기 시작한 위안스카이는 비로소 톈진의 리훙장에게 짱원쎈[張文宣]과 우창춘[吳長純]

부대를 파견하도록 건의했다. 이 시점에서는 리훙장은 파병을 단행하지 않았다.

'이토 히로부미는 대세에 밝은 인물이기 때문에 동학을 사주하는 일은 하지 않을 것이다.'

라는 전보를 위안스카이에게 보낸 뒤 만일의 경우에 대비하여 쾌속함 2대를 인천으로 향하게 했을 뿐이었다.

그 후 1년이 지났다.

동학의 봉기는 전년보다 훨씬 격렬했다. 전봉준의 백산 점령은 이미 일발의 범주를 벗어났다고 할 수 있었다. 점점 반정부 전쟁의 양상을 띠는 게 확실해졌다.

조선 정부로서도 더 이상 방치해 둘 수 없게 되었다. 전라도 관찰사 김문현은 부관 이재섭(李宰燮)과 송봉호(宋鳳浩)에게 1천의 병사를 주어 백산의 동학군을 진압하게 했다. 이 부대는 신식 장비로 무장한 건장한 병사들이었으나 군율이 엄격하지 않았다. 혹은 당시 조선군의 표준이었을지도 모른다. 연도의 백성들은 이들로부터 약탈과 폭행을 당했다.

총탄 소리를 아직 진기해 하던 시대였다. 그 깨어지는 듯한 소리는 지옥에서 온 사자처럼 생각되었다. 총성을 듣고 사람들은 놀라 벌벌 떨었다. 식량을 목적으로 갔던 무리들은 황급히 백산에서 도망쳐버렸다.

남아 있는 무리들은 거의가 동학 교도로 굳건한 신념이 있는 자들이었다. 그러나 정부군의 격렬한 공격에 동학군도 백산에서 후퇴하게 되었다. 철수에 임하여 간부들은 이후의 일을 세세히 의논했다. 패주도 계획성을 갖고 있었다. 동학군은 둘로 나뉘어 한 부대는 고부 방면으로, 또 다른 부대는 부안 방면으로 향했다.

# 3

천여 명의 병사를 둘로 나누어 추격하기는 역시 위험했다. 약탈과 폭행을 자행했던 군대였기 때문에 백성들의 지지가 없었고, 또 이 같은 군대는 수가 적어지면 백성들에게 습격당할 우려가 있었다.

대장 전봉준의 소재를 알리는 '보국안민'이라고 크게 쓰여진 대장기가 남쪽 고부로 향하는 것이 보였다.

"대장을 추격하라. 남쪽이다."

이재섭, 송봉호 두 군관은 이렇게 명령했다.

동학군은 황토현 산 속에 숨어들었다. 황토현은 백산이 있는 산맥에서 십리 정도 떨어진 곳에 있었다. 정부군은 황토현을 포위할 태세를 취했다.

그 즈음 순창과 담양에서 비정규 정부군이 도착했다. 그들은 보부상들의 집단으로 일종의 보조 군대의 성격을 갖는 무리였다.

보부상은 각지를 순회하며 타향을 여행해야 하기 때문에 자위 방어 능력을 갖추어야만 했다. 그러기 위해서는 각지의 동업자들과 연락을 취해 자연히 강력한 조직을 갖추게 되었다. 신변 보호를 위한 조직을 정부가 보조 군대로 이용했던 것이다.

황토현 포위에 참가했던 보부상은 수천도 넘었다. 이와 같은 보조 군대는 정규군의 전황이 어두울 때는 모르는 척 해버리지만, 이번처럼 도망치는 동학군을 추격하는 경우와 같은 때는 어디서부터 온 것인지도 모를 만큼 많은 수가 모여들었다. 승전의 전리품 분배에 끼어 들려는 상혼(商魂)인 것이다. 무조건 참가해 놓고 보는 것이었다.

처음에는 정부군도 수가 점점 불어남에 따라 마음 든든해졌으나, 너무 많아지자 달갑게 여기지 않게 되었다.

"당신들 정말로 전쟁을 할 작정인가? 싸우지 않는 자들은 사라져버리라구."

이처럼 불청객 취급을 했다.

정부군은 다음날 아침 황토현에 진을 치고 있는 동학군을 공격할 예정이었으나 날은 밝아오는데 심한 안개가 끼어 왔다.

"보부상들을 선두에 세워라."

이런 정부군 부관의 명령이 하달되었다.

잠시 참가만 하고 제 몫만 찾아가려고 하는 짓이 너무 뻔뻔스러웠다. 보수를 받고 싶으면 거기에 상응하는 행동을 보여 주어야만 했다. 그러나 보부상들은 정식 군사 훈련을 받지 않은 비정규군이므로 오합지졸의 무리라는 사실은 자신들 스스로가 잘 알고 있었다.

"자네들이 앞장 서게나."

"아니야. 우리들은 수가 적어서."

"우리는 이 지역 지세를 잘 모른다네."

보부상 내부에서는 이 같은 소집단의 토의가 벌어졌다. 각지의 보부상들이 모인 것이므로 그들 나름대로 많은 소집단을 이루었던 것이다.

"그렇다면 우리들이 가기로 할까?"

서로들 미루는 선진을 이렇게 순순히 받아들인 사람들은 무장(茂長) 관내에서 왔다는 무리들이었다. 무엇인가 자신이 있어 보였고 수십 명 무리들이 모두 젊고 건장했다.

그도 그럴 것이 무장 관내의 무리라고 하는 자들은 실은 동학군이 용맹하고 건장한 사람들을 선발하여 적진에 침투시킨 결사대였던 것이었다. 선발대는 희망만 한다면 언제라도 맡겨질 역할이지만 너무 노골적으로 희망하면 수상하게 생각할 우려가 있었다. 누가 전장에서 스스로 최전선에 서기를 원하겠는가? 그래서 적당한 연기를 섞어 강요당하는 것 같은 행동으로 선발대를 맡은 것이다.

안개는 그들의 모습을 가려 주는 데 적격이었다.

"천우신조다."

"돌아가신 교주님의 안내가 아닐까?"

그들은 작은 소리로 속삭였다.

안개 속을 무장 관내의 무리들은 용감히 전진했다. 뒤를 따르는 다른 보부상 무리 속에서,

"이봐, 목숨을 생각해야 하지 않아?"

라는 소리가 들렸다.

냉정히 생각해보면 무장 관내 집단의 행동은 의문투성이였다. 한치 앞도 잘 보이지 않는 안개가 가득 찬 산 속이므로 어디에 적이 있는지 주의해야만 한다. 엉거주춤한 자세로 조심조심 진전하는 게 당연하지 않은가? 그런데도 계속 거침없이 진전하고 있다. 아무리 무서움을 모르는 용사들이라고는 해도 이것은 너무한 행동이 아닐까? 만약 이들 바로 뒤를 정규군이 따라갔다고 하면 직업 군인인 장교들이 이상함을 눈치챘을지도 모른다. 그러나 뒤를 따르는 자들은 전쟁에 대해서는 아무것도 모르는 보부상들이었다.

"저 자들이 지나간 곳에는 복병이 없구나. 안심하고 통과해도 좋겠다."
라며 빠른 걸음으로 서둘러 뒤를 쫓았다.

정규군도 서둘렀다. 안개가 짙었기 때문에 앞서간 우군들의 모습을 잃어버린다면 큰일이었다. 이렇게 해서 정부군은 전부 황토현 산중에 유인되었다.

"이상하군. 전진이 너무 빠르다."

정부군 장교가 의심하기 시작했을 때 전방의 안개 속에서 한 발의 총성이 들렸다. 곧이어 응사의 총성이 들렸는데 그 거리로 판단해 본 결과 처음의 총성은 정부 측 선발 부대의 것이고, 다음이 동학군의 것으로 생각되었다.

"선두는 벌써 적과 만난 것 같군."

후방의 정규군 장교는 이렇게 중얼거렸다. 과연 프로답게 지휘관들은 총성을 듣기만 해도 전투의 상황을 추측할 수가 있었다. 정부군 측의 총성이 많고 동학군 측은 적었다.

"우리가 밀고 들어간다. 포위해 들어가는 것 같다."

"그럼, 이겼다."

"그건 그렇다 치고, 선발대는 정말 용맹하군."

"그러고 보니 그 무장에서 올라온 무리들 모두 건장한 체격을 하고 믿음직스러워 보이긴 했어."

장교들은 이렇게 주고 받았다.

동학군은 고부를 점령했을 때 무기도 손에 넣긴 했으나, 그것이 소총 30~40

정에 불과했다는 사실은 정부군 측도 잘 알고 있었다. 총알도 마찬가지로 적을 것이다.

동학군의 용사는 점점 줄어들었고 그 소리도 급히 떨어져갔다.

"적이 도망간다. 추격!"

승리할 것 같은 생각이 들자 전군은 힘이 솟구쳤다. 마침 안개도 걷히기 시작했다. 보부상도 속도를 내어 동학군 진지가 있는 중봉(中峰) 정상을 향해 돌격했다.

"한 사람도 남김 없이 도망쳤다. 적의 진지는 비었다."

전선에서 전령이 이런 보고를 갖고 왔다.

"소탕이다. 진지 근처 나무나 풀숲 속에 미처 도망치지 못한 자들이 숨어 있을지도 모른다. 계속 공격하라!"

부관은 명령을 하달했다.

거의 비어 있는 적의 진지를 공격해 들어가는 것이었기 때문에 이 때에는 정부군도 용감하였다. 밀어닥치듯이 공격하여 진지 주변을 샅샅이 찾았으나 역시 패잔병은 한 명도 눈에 띄지 않았다.

"좋다. 이제부터 추격전이다. 그 전에 잠시 쉬도록 하자. 휴식!"

정부군 장병은 동학군이 버리고 간 진지에서 각자 휴식을 취했다. 휴식 명령이 있은 지 5분도 못 되어 갑자기 함성소리가 일었다.

휴식 명령이 떨어짐과 동시에 그 용맹했던 선발대 무리들은 모습을 감추었으나 아무도 이를 눈치채지 못했었다.

정부군은 대경실색하였다. 전군이 한숨 쉬고 있던 참이었으므로 마음이 풀어져 누구 할 것 없이 해이해진 상태였다. 이 때 동학군이 습격해 온 것이다. 크게 당황하여 저항할 틈도 없었다.

'계략이었구나.'

이렇게 생각되었으나 이미 때는 늦었다. 더구나 적의 계략에 빠졌다는 생각이 정부군 측의 자신감을 일시에 뒤엎어버렸다.

"당황하지 말아라. 고작 농민 의용군일 뿐이다. 적은 대단한 것이 아니니 당황하지 않아도 된다."

유능한 장교가 전혀 없었던 건 아니었다. 그러나 아무리 소리 높여 이렇게 외쳐도 소용이 없었다. 모두 앞을 다투어 도망치기 시작했다.

"도망치지 말아라! 도망쳐서는 안된다. 적의 계략이 또 있을지 모른다."

조금이라도 전술을 알고 있는 자라면 그런 것쯤은 상식으로도 알고 있었을 것이다. 그러나 극히 소수의 냉정한 사람들의 외침도 공포에 질린 군중들의 귀에는 들리지 않았다.

과연 동학군은 2단계의 함정을 파 놓았다.

전날 백산에서 퇴각할 때 동학군은 두 패로 나뉘었었다. 정부군은 고부 방면으로 도망치며 대장기를 앞세운 무리들을 추격하면서도 부안으로 도망가는 적은 방치했다. 고부를 함락시킨 후 부안으로 향할 예정이었다. 그러나 부안으로 향했던 동학군은 밤이 되자 돌연 황토현으로 방향을 바꾸었다. 백산 철수 당시 수뇌들이 세운 작전 속에 이 같은 내용이 포함되었던 것이다.

부안에서 되돌아온 동학군은 복병으로 숨어 있었다. 도망치려 하는 정부군을 이 복병들이 습격했다.

이 황토현 전투에서 살아 돌아간 정부군의 수는 불과 십여 명에 지나지 않았다고 한다.

이 전투는 대단히 큰 의의를 지닌다. 죽창과 30정의 소총밖에 없었던 동학군이 정부군의 총포·탄약 등을 탈취하여 신식 군대로 변모할 수 있었기 때문이었다. 동학군은 그 날로 부안으로 향했다.

부안 고을에 정부군 참패의 소식이 전해지고 잇달아 동학군의 전진 소식이 들려왔다.

부안의 수비군과 관리들은 도망가는 데 급급했다. 주요 기지인 부안에는 최근 대량의 무기와 탄약이 보충되어 있었으나 부안의 정부 관계자는 그것을 처분할 틈조차 없었다.

동학군은 부안에 무혈입성하여 막대한 전리품을 손에 넣었다.

이렇게 해서 동학군은 불과 며칠 전에 철수했었던 백산으로 당당히 귀환하게 되었다. 그것은 개선이라는 편이 타당하리라. 더구나 그들은 눈에 띄게 달라져 있었다. 죽창은 총으로 바뀌었고 누더기를 입고 있던 자들도 반듯한 옷으로 갈아 입게 되었다.

황토현의 전투가 일어난 것은 5월 11일의 일이었다. 이 날 전주 성에는 정부군이 증강·파병되어 도착해 있었다.

동학군을 토벌하기 위해 홍계훈(洪啓薰)이란 인물이 호남 초토사(招討使)로 임명되었다.

급히 편성된 진압군을 동학군의 활동이 현저한 전주로 호송하기 위해 전에 리훙장이 위안스카이에게 보냈던 쾌속 선단을 이용하게 되었다. 토벌군은 5대대로 나뉘어 원세록(元世祿)이 지휘하는 1군은 기선 '창룡호(蒼龍號)'에, 이두황(李斗璜)이 통솔하는 1군은 '한양호(漢陽號)'에 각각 승선했다. 나머지 3군은 홍계훈 자신이 지휘하여 청국 군함 '평원(平遠)'에 올라 탔다.

'평원'이 인천을 출발한 것은 5월 8일, 군산포에 도착한 것은 그 이튿날이었다. 또 전봉준이 지휘하는 동학군이 백산에서 철수한 것은 '평원' 도착 다음날의 일이었다. 그리고 그 이튿날 황토현에서는 정부군이 대패했고 동시에 증원부대가 전주성에 들어왔다.

이 같은 사실에서 볼 때 만약 동학군이 황토현에서 정부군을 전멸시키지 못했더라면 대단히 큰 손해를 입었을 것이다. 정부군 증원에 대한 실제적인 결정은 위안스카이 손에서 이루어졌다고 해도 좋았다.

인천에서 '평원'을 떠나 보낸 4일 후인 음력 4월 8일, 위안스카이는 톈진의 리훙장에게 한 통의 전보를 쳤다. 그 내용은 '난당'들이 정부군의 도착을 알고 '와해' 해버릴 것으로 생각하여 '사불능구지(似不能久支)', 오랫동안 지탱할 능력이 없을 것 같다는 것이었다.

이 전보는 양력 5월 12일자로, 이 당시 위안스카이는 아직도 전날 밤 황토현에서의 정부군 참패 소식을 전해 듣지 못했던 상태였다. 그는 동학의 세력이 의

외로 강하다고 생각하기 시작했지만, 아직도 '사이비 교도들의 오합지졸'이라는 생각에서 완전히 벗어나지는 못했다.

# 4

황토현 전투 당일, 정부군 속에 보부상으로 가장하여 침투했던 결사 대원들은 때마침 낀 짙은 안개를 천우신조라고 했었다.

일본에서는 동학군이 조선을 혼란케 하는 걸 일본에 대한 천우라고 생각한 무리들이 있었다.

'천우협(天佑俠)'

그들은 자신들의 결사 단체를 이렇게 명명했다.

결사 대원은 현양사의 단원으로 마토노 한스케, 스즈키 츠마간[鈴木夫眼], 우치다 료헤이[內田良平] 등이 간부였다. 이들은 흑룡회(黑龍會)의 전신이라고 할 수 있을 것이다.

일본의 대륙 진출과 함께 그 비합법적인 부분을 담당한 단체들이었다. 결사의 동기는 역시 상해에서의 김옥균 암살로, 시기가 다가왔다고 판단했던 것 같다. 그들은 물론 조선 출병론자들이었다.

김옥균의 암살로 일본의 여론은 격분하고 있었고 더구나 조선에서는 동학군의 봉기가 계속되고 있었다.

"그들이 잘 해내고 있는 것 같군."

무리들 사이에서는 이런 이야기가 오갔다.

그들이란 부산에 건너간 한 패의 청년들이다. 다나카 시로[田中侍郞], 다케다 힌시[武田範之], 구츠우 슈스케[葛生修亮] 등은 조선에서 난동을 일으켜 일본이 출병할 기회를 잡기 위해 부산으로 건너갔었다.

그러나 동학이 일본을 적으로 배척하는 데서도 알 수 있듯이, 그들이 동학과 접촉하고 또 영향을 미치는 일 따위는 우선 불가능했다. 그런데도 현양사의 무리들은 부산에서의 동지들의 활약을 기대하고 있었다. 동학군 봉기의 소식이 들려오면 그 배후에 그들의 힘이 작용한 것이 아닌가 하며 자신들 마음대로 추측을 했다.

당시의 일본으로서는 이와 같은 과대망상적인 정치 활동이 가능한 분위기였다. 무엇보다도 대외 강경론이 대두하고 있었고, 자유당의 고토 쇼지로가 이토 히로부미를 방문하여 청국과의 즉각적인 개전을 요구하였고, 〈자유신문(自由新聞)〉도 이를 떠들썩하게 보도했다.

마토노 한스케는 무츠 외상을 만나 청국과의 개전을 설득하려 했으나 외상은 말끝을 흐리며 가와카미 소로쿠 참모차장을 소개했다. 가와카미 소로쿠은 육군 중장이었는데 나중의 장군 남발 시대와는 달리 그 당시의 육군 대장은 3명뿐이었다. 그나마 그 가운데 2명은 황족 출신이었으므로 실질적인 대장은 오야마 1명밖에 없었고 야마가타 아리토모는 휴직중이었으므로 가와카미는 사실상 육군 전군을 장악하고 있었다.

"우리들의 임무는 불을 끄는 것이오. 불이 당겨지기만 하면 언제라도 달려갈 것이오."

가와카미는 마토노에게 이렇게 말했다. 마토노의 귀에는 언제라도 불을 붙여달라는 부추김으로 들렸다. 마토노 한스케가 천우협 결성을 적극적으로 추진한 것은 이 가와카미의 말에 큰 영향을 받았기 때문이었다.

실은 그 당시 일본 육군의 눈은 이미 러시아로 향하고 있었다. 야마가타 아리토모의 이름으로 작성된 '군비 의견서(軍備意見書)'에도 그 사실은 분명히 밝혀져 있다. 그것은 1893년 10월에 작성되었다.

'10년 후'라고 그 문서에서는 정확히 러일전쟁을 예언하고 있었다.

10년 후라는 계산이 나온 근거는 시베리아 철도의 완성에 있었다. 유럽에서의 열강들의 세력은 목하 보합세를 이루어 당분간 전쟁은 없을 것이고, 넘쳐흐르는 힘은 아시아로 향할 것이다.

"그 때에 이르러 우리의 적수가 되는 나라는 중국도 조선도 아닌 영·불·로의 제국들이다."

라고 이 문서는 지적하고 있다. 적은 영국·프랑스·러시아로, 특히 러시아와의 전쟁을 위해서는 조선을 확보해 두지 않으면 안된다. 또 조선을 확보하기 위해서는 청국과의 전쟁이 불가피한 것이다.

장기 계획은 이미 진행되어 '청국 정벌책'은 오가와 마다시[小川又次] 소장의 손에서 거의 완성되고 있었다.

해군의 군비 확장도 착착 진행되었다. '송도(松島)', '교립(橋立)', '엄도(嚴島)'의 소위 삼경함(三景艦 : 일본의 세 명승지의 이름에서 땄다는 뜻임) 이외에, 2척의 순양함도 영국에서 건조하고 있었다. 반면 일본의 전략상의 커다란 벽으로 존재하고 있던 청국의 북양 함대는 거의 10년 가까이 전력의 증강이 없었다. 그동안에 일본 해군은 추격전을 폈고 드디어는 추월하게 된 셈이었다.

리훙장은 그런 사실을 알고 있었다. 누구보다도 잘 알고 있었을 입장이었다.

김옥균이 상해에서 암살당하고 3일 후인 3월 31일 리훙장은 해군의 신식 속사포 구입 문제를 왕에게 올렸다. 군함을 사는 것은 어렵겠지만 적어도 '진원', '정원'에 새로운 대포를 구입할 모처럼의 기회를 얻었으면 하므로, 20만 냥을 변통해서 약 20문 정도의 대포를 구비하고 싶다는 요청이었으나 이것마저 결론이 나지 않았다.

조선이 동학군의 봉기로 소요가 일기 시작한 그 해 5월, 리훙장은 오랜만에 해군을 검열하게 되었다. 북양 함대의 띵루창이 싱가포르와 네덜란드령 동인도를 방문하고 4월 말에 막 도착해 있었던 때였다. 이 해군 검열에 참가한 배는 북양 9함, 남양 6함, 광동 해군 3함이었다. 주력군은 말할 것도 없이 북양 해군이었고, 남양과 광동의 해군은 훈련차 왔다.

조선의 황토현에서 성부군이 동학군에게 대패했던 5월 11일, 리훙장은 여순에서 수비대장 쑹칭[宋慶]과 더추이린[德璀琳]을 만나고 있었다. 그로부터 3일 후 여순 해구(海口)에서는 수뢰 발사 훈련과 수사학당(水師學堂 : 해군 사관학교) 참관이 있었다. 여기에는 일본과 영국 군함이 초대되어 함께 시찰했으며 다음날의 해상 훈련에는 미국 군함 2척도 참관했다.

리훙장이 해군의 검열을 마치고 톈진으로 돌아온 날은 5월 27일이다.

같은 날, 조선의 장성(長城)에서는 동학군의 전봉준이 정부군을 대파했다. 정부군은 영광으로 패주하고 말았다.

2일 후인 5월 29일, 리훙장은 해군 검열에 관한 보고서를 서태후에게 올렸다. 그 속에서 그는 이번 검열에서 각국의 군함을 관찰한 결과 모두 정예 부대이고 특히 영국의 군함이 뛰어났다고 말하면서,

"일본은 소국이기는 하나, 그럼에도 불구하고 다른 경비를 절약하여 매년 군함을 구입하고 있습니다. 우리나라는 1888년 북양 해군을 창설한 후 오늘에 이르기까지 한 척도 증강하지 못했습니다."

라고 해군을 확장할 것을 완곡히 요구했다.

여기에 대해 5월 31일 답장이 있었다.

"해군은 군사들의 훈련에 주력할 것."

그리고 군함 구입 건에 대해서는 한 마디도 언급되어 있지 않았다.

조선에서의 혼란을 생각하자 리훙장은 마음이 어지러워졌다.

'위안스카이가 잘 해낼 것인가?'

그 위안스카이로부터 출병을 요청하는 전보가 들어온 것은 6월 3일의 일이었다.

조선 당국이 위안스카이에게 '동학군을 진압하는 데 실패했으므로 청군의 출병을 원하며 대신 토벌해주기 바란다'는 요구를 공식 문서를 통해 부탁했다는 것이었다. 전보를 읽고 난 후 리훙장은 눈을 지그시 감았다. 여순 항구에서의 일본 군함의 모습이 뇌리를 스치고 지나갔다.

# 제22장 구우왕래(舊友往來)

## 1

 남오는 북회귀선이 통과하는 섬이다. 복건과 광동의 변경에 위치하며 현재는 광동성에 속해 있지만 복건에 속했던 시기도 있었다.
 지도를 보아도 알 수 있듯이 남오는 해군 방어의 요충지이다. 청조 초엽, 국성야 정성공도 동족의 근거지인 하문(廈門), 금문(金門)을 탈취하기 전에는 이곳 남오를 근거지로 했었다. 복건과 광동의 바다를 엄중히 감시할 수 있는 이곳에 청국이 해군 진수부를 설치한 것은 당연한 일이었다.
 '남오진(南澳鎭)'
 진의 장관은 '총병'이다.
 청의 군 관제는 제독, 총병, 부장, 참장, 유격의 순이었다. 일본에서는 청국의 제독을 중장, 총병을 소장으로 간주한다. 전에 말한 바와 같이 같은 총병이라도 '제독'이라는 칭호를 붙일 수 있는 사람이 있다. 이는 '기명제독총병'이라는 약간 복잡한 명칭을 갖는다.
 남오진의 장관인 류우융후는 기명제독총병이었다.
 "섬에만 떠돌아 다녔어. 베이징은 나를 유배해 두고 싶은 것이야."

류우융후은 입버릇처럼 이렇게 말했다.

"벌써 8년 째군."

1년이 지날 때마다 입버릇 속의 세월이 일년씩 더해졌다. 그는 청불전쟁의 영웅이었다. 베트남에서 프랑스군과 일전을 벌이고, 다시 소환되어 남오진의 총병이 된 것은 1886년(광서 12년)의 일이다.

"마음 편히 유배시켜 놓기에는 무엇보다도 섬이 제격이지."

이 말 또한 그의 입버릇이었다. 술이 거나해지면 다음과 같은 말이 따른다.

'육로로 통할 수만 있다면 나도 군대를 이끌고 베트남으로 향하여 프랑스와 다시 한 번 승부를 겨뤄 볼 텐데……'

남오진이라는 요새는 지휘 계통이 복잡했다. 남오에는 좌영과 우영 2진영이 있어, 그 중 좌영은 복건 해군 제독의 지휘 하에 있었다. 그리고 우영 및 등해영(燈海營), 해문영(海門營), 달호영(達濠營)은 남오총병이 관할하며 그 지휘권은 광동 해군 제독에게 있었다.

복건과 광동 양편으로 그 힘이 나뉘어 있는 것이었다. 좌는 복건제독, 우는 광동제독이 통할하므로 불안정하여 일이 수월하지 않을 것이라고 여기기 쉽다. 그러나 사실은 그렇지 않았다.

이와 같이 지휘 계통이 2중으로 되자 오히려 복건 측이나 광동 측은 서로 사양을 해버리고 만다. 때에 따라서는 남오총병이라는 자리는 상사가 없는 격이 되었다.

특히 류우융후처럼 특이한 성격의 인물이 그 자리에 앉으니, 복건·광동 모두 명령 같은 것은 하지 않았다. 하고 싶은 대로 놔둔 것이다. 이에 류우융후는 하고 싶은 일은 거리낌 없이 해버렸다. 그런 식으로 지내온 지 벌써 8년 째이다.

1894년(광서 20년) 대만포정사 탕징숭[唐景崧]이 보낸 연하장에는,

"장군은 남오에서 명령하는 사람도 없이 자유롭게 행동하신다고 들었사오나 실로 부럽기 짝이 없소이다."

라고 조롱에 가까운 글을 적었다. 류우융후는 이에 대해,

"포정사께서는 대만에서 우아한 시회를 곧잘 여신다고 들었사온데 천하태평하니 실로 기쁜 일이 아닐 수 없소이다. 한번 대만의 시회에 참가하고 싶은데 그 자격이 제게도 있을 런지요?"
라고 역시 유머러스한 답장을 써 보냈다.

두 사람은 청불전쟁 당시 베트남에서 함께 싸운 옛 친구이다. 흉금을 터놓고 이야기할 수 있는 사이인 것이다.

남오총병 류우융후는 책상 위에 종이를 펼쳤다. 옛 전우에게 즐거이 편지를 쓰는 것도 하고 싶은 일들 중의 하나였다.

두 사람 모두 이 같은 서신 왕래를 즐겼다. 류우융후는 진심으로 즐겼으나, 탕징숭은 문관 출신답게 때때로 한 걸음 나아가 다음과 같이 생각했다.

'연정과의 서신 왕래는 즐겁다. 그러나 그것은 멀리 떨어져 있기 때문이다. 직접 일에 관련된 내용도 아니고 하니 즐거운 것은 당연하다. 그렇지만 함께 일을 하게 된다고 하면 이렇게 즐겁지만은 않을 것이다.'

베트남에서 프랑스군과 싸울 때도 두 사람은 때때로 의견 충돌이 있었다. 어느 쪽인가 하면 류우융후 쪽이 다루기 힘든 상대였다.

"같은 섬이라도 남오처럼 좁고 보잘것없는 섬이 아닌, 대만과 같이 큰 섬으로 가고 싶다."

류우융후는 때때로 이런 뜻을 편지에 썼다. 그 기분을 탕징숭도 모르는 바는 아니었다. 류우융후의 과장된 표현을 빌자면 '섬 어느 곳에서 활을 쏘아도 바다에 떨어져버린다' 는 작은 섬에 7, 8년을 있자면 싫증도 날 것이다. 그래서 하다 못해 대만으로라도 전임할 수 있게 운동해 달라고 류우융후는 부탁을 했다.

'대만으로 오게 되면 귀찮아질 것이다.'

탕징숭은 이렇게 예상했다.

류우융후는 거의 매일 책상 위에 종이를 펼치지만, 성ㅠ 교육을 받지 않은 그는 편지 한 장 쓰는 데도 쩔쩔 매었다. 특히 상대가 진사 출신이라는 생각이 들면 그도 적이 긴장이 되어 결점을 드러내지 않으려고 신경을 썼다. 자연히 글이

나가지를 않고, 몇 줄 쓴 후에 구겨버리기 일쑤였다. 때로는 한 자도 쓰지 못한 채 붓을 던져버린 적도 있었다. 지금도 종이 위에는 여섯 자가 쓰여 있을 뿐이다.

'미경인형 각하(薇卿仁兄閣下)'

미경은 탕징숭의 호이다.

쓰고 싶은 말들이 가슴속에 가득 쌓여 있었다. 이것을 술술 적어 내릴 수만 있다면 얼마나 통쾌할까?

전쟁터를 전전했던 자신의 인생에 대해 그는 결코 불만을 품은 적은 없지만, 생각하는 것을 글로 표현할 수 있는 기술을 배우지 못했던 일만은 항상 원통하게 생각했었다.

1894년(광서 20년) 단옷날은 양력 6월 8일 금요일이었다.

남오의 풍속은 광동보다는 복건 쪽에 가깝다. 류우융후는 복건 지방의 전통 음식인 주악떡을 벌써 3개나 먹었다. 그의 입에는 광동풍의 음식이 잘 맞았지만 음식에 대해 잔소리를 하지는 않았다. 먹을 수 있다는 사실만으로도 분에 넘치는 일이 아닌가? 그와 같은 인생을 살아 온 사람이라면 누구든 아무리 맛없는 음식을 먹게 되더라도 스스로 이같이 위로했을 것이다.

# 2

여기에 대만포정사 탕징숭과 남오총병 류우융후의 관계를 언급해보자.

탕징숭은 1865년(동치 4년) 진사에 올랐다. 중국에서는 제1급 엘리트 집단에 속한다. 광서성 관양 사람으로, 한림원에 들 정도이므로 그들 중에서도 특히 우수하다는 인정을 받았다. 그러나 그는 백면서생만은 아니었다.

"성격이 호탕하여 술을 마시면 시를 짓고 대신들과 즐긴다."

라고 〈대만통사(臺灣通史)〉의 그의 편(編)에 적혀 있듯이 관료로서는 약간 예외인 점이 있었다.

이부주사로 재직할 당시 베트남을 무대로 청불전쟁이 일어나자 그는 자원하여 일을 수행했다. 그가 올린 책략은 '류우융후의 기용'이었다.

이 책략은 이상하다고 생각하지 않을 수 없었다. 왜냐하면 류우융후는 원래 태평천국의 일파로 청군에 쫓겨 베트남에 들어가서, 병력 부족으로 고생하던 구엔[阮] 왕조에서 용병대 대장이 된 인물이었기 때문이다. 청조에서 보면 원래는 반역자이고 지금은 다른 나라에서 호위병의 두목이 된 자이다.

17세에 고아가 된 류우융후는 그 얼마 뒤 가장 큰 세력을 갖고 있던 비밀 결사 '천지회'에 들어간다. 천지회는 비밀 결사이기 때문에 자세한 내막은 알 수 없다. 현재 이용할 수 있는 자료는 청조 관헌의 손에 입수된 것이었거나, 진술서 등에 지나지 않는다. 그것만으로 전모를 알기는 어려우나 극히 반정부적 색채가 농후했다는 점은 잘 알려져 있다. 중국에서도 남방, 대만, 그리고 동남 아시아 화교 간에 특히 많이 침투되어 있었던 점에서 정성공의 반청 운동과 관련이 있었던 것이 아닌가 추측된다. 또 소림사와의 관계도 전설로 전해지고 있는 것 같다.

여하튼 청대에서도 천지회라고 하면 반체제파로 탄압되었기 때문에 조직 내의 결속은 대단히 강했다. 회원들 간의 상호 부조는 물론 의협 단체로서 무술 습득의 기회도 있었다. 비밀 결사 대원은 각 계층에 퍼져 있었으나 하층 계급이 많았던 것 같다.

류우융후는 21살에 천지회에 가입했다고 하나 필시 아버지도 회원이었을 가능성이 많으므로, 천지회의 분위기에는 어려서부터 젖어있었을 것이 틀림없다. 정식으로 입회해서부터 대단히 빨리 두각을 나타낸 것도 그런 이유에서일 것이라고 상상할 수 있다.

태평천국의 홍슈우첸이 광서성 금전촌(金田村)에서 궐기한 날은 1850년(도광 30년) 12월 10일이었다. 그 날은 그의 생일로 양력으로는 1851년 1월 11일 토요일이었다. 태평천국은 기본 원리를 기독교에 두고 있었고, 홍슈우첸 등이 조직한 '배상제회'에서의 상제란 여호와를 의미하는 것이었다. 그러나 배상제회의 회원만으로는 혁명을 수행하기에는 역부족이었으므로 그들은 비밀 결사인 천지회와 손을 잡으려고 했다.

외국의 종교를 지도 원리로 하는 '배상제회'와 국수주의적 비밀결사 '천지회'와는 생각해 보면 기름과 물과 같은 사이였다. 그러나 기독교 계통의 반체제 세력인 '배상제회'가 혁명을 실천하는 데 있어서 동맹 세력을 구하고자 한다면 '천지회' 밖에 없었다.

지금 우리들이 별 뜻 없이 쓰고 있는 역사상의 '태평천국'이라는 말도 곰곰 생각해 보면 의미 심장한 뜻을 지닌다. 기독교인 홍슈우첸 등은 항상 '천국'을 외쳐 왔고, 만약 그들만의 혁명이 일어난다고 할 때는 '천국' 혁명으로 충분했을 것이다.

그러나 그들만으로는 세상을 바로 잡기가 불가능했고 그 때문에 끌어들인 자들이 국수적인 의협 단체 천지회였다. 기독교도들이 자주 '천국'을 말했던 것과 같이 천지회가 입에 자주 올렸던 말은 '태평'이라는 단어였다.

이 태평이란 말은 보통 천하태평의 좋은 뜻으로 생각하게 되기 쉬우나, 중국에서는 본래 의미의 태평이라고 할 때 정반대의 '모반'이 연상된다.

삼국지 소설을 보게 되면, 그 시작은 산동성에서 하북으로 이르는 지방에서 도교의 무리들이 모반을 일으켜 그것을 천하의 여러 장수들이 진압하러 가는 장면이다. 그 모반군의 근간을 이루는 도교의 무리는 '태평도'라고 불려졌다. 그들은 자신들과 적을 구별하기 위해, 머리에 황색 수건을 둘렀기 때문에 일명 '황건군'이라고도 했다.

천하가 태평하지 않았기 때문에, 태평하게 만들기 위해 무력을 사용하여 현 체제를 무너뜨리려고 했던 것이다. 이렇게 볼 때 혁명군단에 '태평'이라는 두 글자가 사용된 이유를 이해할 수 있을 것이다.

태평천국은 기독교 계통의 모반군과 국수적이며 도교 색채가 농후한 천지회의 2개 조직이 합작하여 시작된 혁명이었다. 이 2개의 다른 조직은 공동의 적이 존재하는 동안은 협력할 수가 있었고, 그 공통의 적이란 '청'이라는 현 정권이었다.

배상제회는 기독교리에 입각해서,

"진·한 이래 우리 중국인은 요괴에 씌워져 고통을 겪어 왔다."
라고 설명했다. 그것은 한 이래 위, 진, 남북조, 수, 당, 5대, 송, 원, 명에서 청에 이르기까지 요괴 세상이었다는 인식이 그 밑바닥에 깔려 있다. 한편 천지회는 '반청복명'을 구호로 했다.

고색창연한 구호이다. 만주족 정권인 청을 타도하여 한족 정권 명을 부흥시키자는 것이다. 그 명이란 벌써 2백 년도 전에 멸망했으며, 설사 재흥한다고 해도 그 후계자마저 없는 형편이었다.

배상제회는 명의 왕조도 '요괴'라는 생각을 바꾸지 않았고, 그러므로 서로 협력을 하기는 했던 두 조직은 '반청'이라는 점 이외에는 공통점이 없었다.

여하튼 태평과 천국은 합치었다. 그러나 혁명 운동 초기에 태평계 즉 천지회 간부의 전사자가 늘어나게 되자, 그 균형이 깨져 겉으로 보면 천지회가 혁명에서 탈락하는 듯한 인상을 받게 된다.

젊어서 천지회에 입회했던 류우융후가 태평천국 혁명에 참가했음은 이를 필요도 없다. 그리고 천지회가 혁명에서 탈락하게 되자 그도 천지회와 같은 운명을 걷게 되어, 계속 추격 당한 후 드디어는 베트남으로 숨어들게 되었다.

그는 베트남으로 도망간 후 베트남의 구엔 왕조 사덕제에게 귀순했다. 중국의 모반 집단이 타국으로 도망쳐서 그곳의 정부군이 된 것이다. 구엔 왕조와 대립하는 여조(黎朝) 계통의 무장 집단도 있었고, 각지의 도둑의 무리들도 적지 않았기 때문에 비록 패잔 군대라고는 해도 베트남 측으로서는 믿음직스러운 아군이 되었다.

그들 집단은 검게 칠한 바탕에 붉은 색으로 '의'라고 적은 기를 사용했다. 그래서 사람들은 그들 군단을 흑기군이라고 불렀다. 흑기군은 베트남에서도 죄강의 전력을 자랑하여 사덕제에게까지 신임을 받게 된다.

흑기군은 점점 강대해졌다. 무력만이 정치상의 재산이라는 점은 류우융후도 잘 알고 있었기 때문에 그는 무엇보다도 흑기군의 세력 확장에 열심이었다. 이 점에는 사덕제도 경계심을 품었을 것이다. 류우융후는 송빠강의 운항권을 쥐고 그것으로 병력을 키울 수 있었다.

프랑스가 베트남에 침입하자 흑기군은 프랑스와 대항하여 싸우게 되었다. 그것을 청국의 지휘 하에 통솔하자고 주장한 사람이 다름 아닌 탕징숭이었던 것이다. 청불전쟁에서도 류우융후의 흑기군은 청군의 노장군 훵즈차이와 협력했다. 문관인 탕징숭도 베트남으로 참전했고 그래서 두 사람 사이에 맹우 관계가 결성된 것이었다.

청불전쟁은 전투에서는 청군이 우세해서 흑기군은 프랑스군 사령관 리비에를 전사시킨다. 그런 전황에도 불구하고 리훙장은 대단히 불리한 조건으로 프랑스와 강화조약을 맺었다. 프랑스 측이 놀랄 정도였다고 한다.

이것은 결코 이상한 일이 아니었다. 이 이상 계속 싸움이 지속될 경우, 리훙장은 자신의 사병인 회군을 대량으로 투입하지 않을 수 없었기 때문이다. 그가 직예총독, 북양대신 자리를 안전하게 확보할 수 있었던 것은 회군이라는 무력을 배경으로 하고 있는 까닭이었다. 그것을 잃게 되면 모든 것은 끝장이라는 생각이 그에게는 강하게 작용했다.

청불전쟁이 끝나고 흑기군은 양광총독 짱즈뚱의 요청으로 귀국했다. 그것이 1885년의 일이었다. 귀국한 다음해 류우융후는 남오총병으로 취임하였고, 그 이후 8년이 지나고 있었다.

# 3

"무엇부터 써야 할까?"

류우융후는 일단 놓았던 붓에 손을 내밀었으나 다시 제자리에 놓았다. 쓰고 싶은 말이 너무 많았다. 머릿속에서 그것들이 혼돈을 일으키므로 우선 정리부터 할 필요가 있었다.

'그 자가 와서 여러 가지 이야기를 내게 들려 주었다. 그것을 가능한 한 정확하게 탕징숭에게 전하고 싶다.'

류우융후는 이렇게 생각했다.

싸우라는 명령이 떨어지면 끝까지 싸우는 것이 그의 임무였고, 전쟁을 할 것인가 말 것인가는 등의 정치적인 결단을 내리는 것은 그에게 맞지 않았으며, 류우융후 역시 그런 일은 정객의 할 일이라고 생각했다. 그에게 가장 가까운 정객이라 한다면 베트남전 이래 친구인 탕징숭이었다. 그러나 결단을 내리기 위해서는 많은 정보를 얻지 않으면 안될 것이고, 그런 점에서 자신이 얻은 여러 이야기를 전해 주면 도움을 줄 수 있을 것이다. 그래서 편지를 보내려는 것이었다.

아까 말한 '그 자'란 베트남에서 알게 된 구엔민[阮明]이라는 사람으로, 요즘 말로 말하자면 정보원이라고도 할 수 있을 것이다. 여기저기 돌아다니면서 각종 정보를 탐색해 온다. 그 방면에 특별한 재능을 갖고 있었다.

"장군, 오래간만입니다."

구엔민이 그의 앞에 모습을 보인 것은 3년 만이었다. 여위고 키가 작은 구엔민은 벌써 50살이 가까운데도 8년 전에 헤어졌을 때나 조금도 변한 것 같지 않았다. 류우융후는 그의 모습을 본 순간, 아니 그 전에 심부름꾼이 구엔민이란 이름을 전하는 걸 들은 순간, 그가 갖고 왔을 엄청난 정보가 줄지어 있을 것만 같은 예감이 들었다.

"어디에서 왔는가?"

"상해입니다."

"쭈욱 상해에 있었나?"

"아니요, 상해와 조선의 인천 사이를 왕래했었습니다. 때론 홍콩에 가기도 했죠."

"무슨 일을 하길래 그렇게 바쁘게 움직이나?"

"장사를 합니다."

구엔민은 웃으며 대답했다.

"장사라. 이 남오에는 장사할 만한 것이 없을 텐데."

류우융후는 창 밖을 내다보았다. 남오는 요새지인 섬으로 장병들을 상대로 하는 소상인들 외에 큰 장사치들은 있을 리가 없었다.

"그렇죠. 아무도 이런 곳에 장사하러 오지는 않습니다."

"그러면 무슨 일이지?"

"장군을 뵈러 온 것이지요. 그리워했지요."

"호오. 듣기 좋은 말인데."

"사실을 말하자면 홍콩으로 돌아갈 수 없게 된 것이지요. 산두(汕頭)에 묶이게 되자 장군께서 이곳에 계시다는 것이 생각나서 얼굴이라도 뵙고자 이렇게 찾아온 것입니다."

"아직 홍콩은 못 들어가나?"

"그렇습니다. 대단히 나쁜 듯합니다."

"심하다고 하더군."

"요즈음 홍콩에 가는 사람은 머리가 돈 사람이라고들 합니다."

"비가 오지 않아서인가?"

"확실히 하늘이 노하신 겁니다."

구엔민은 목을 움츠렸다.

두 사람의 대화에서 나온 홍콩의 사정이란 그곳에 페스트가 발생한 사실을 가리킨다.

화남(華南)에는 작년 10월부터 마치 하늘이 비 내리기를 잊어버리기라도 한 듯이 한 방울의 비도 내리지 않았다. 비가 오지 않는 것은 유행병이 돌 전조인 것처럼, 과연 가공할 만한 페스트가 홍콩에서 발생했다.

구엔민이 탄 배는 결국 홍콩 경유를 포기하고 산두에서 손님을 내린 뒤 상해로 돌아갔다는 것이다. 그러니까 구엔민도 홍콩에 간 것은 아니다. 그런데도 그는 홍콩에서의 페스트 정보에 자세했다. 역시 정보통이었다. 그는 마치 직접 보고 온 사람처럼 홍콩의 페스트 발생 상황을 류우융후에게 전했다.

최초의 환자가 발생한 것은 물론 추측하는 수밖에 없지만, 양력 5월 6일 아니면 7일이라고 한다. 장소는 홍콩의 태평사(太平社)라는 중국인 거리였던 것 같고, 주위 사람들이 그것을 담당 기관에 알리지 않았기 때문에 그만큼 대책이 늦어진 것이었다.

홍콩에서는 관이 다 팔려버렸다고 한다.

페스트의 유행은 홍콩뿐 아니라 광동, 광서, 귀주에까지 번지고 있다고 하며, 그 발생지가 운남이라고 하는 자도 있었다.

인간의 살생이 차마 볼 수 없을 만큼 심했기 때문에 천제가 그들을 벌하려고 흑사병을 이 땅에 내린 것이다.

어디선가 도사라고 자칭하는 사람의 말이 곧 퍼져 나갔고, 광동에서는 그 때문에 돼지의 도살을 금하고 드디어는 생선을 잡는 일까지 정부의 명령으로 금지하였다. 사람들은 기도 이외에는 다른 수를 쓸 엄두도 내지 못했다.

"기도뿐이라······."

류우융후는 상을 찡그렸다.

"중국인답지요."

구엔민은 가만히 대꾸했다.

"중국인? 다른 사람은 기도하지 않는다는 이야기인가?"

"그야 기도는 하지요. 기독교 신부들도 기우제를 지낸다고 합니다. 그러나 그들은 기도만 하는 것이 아닙니다. 병을 퇴치하기 위해 열심히 움직입니다."

"의사가?"

"그렇죠. 그들은 도망가지 않습니다. 병세가 심할수록 그 원인을 끝까지 규명하여 뿌리부터 없애려는 것이지요."

"그렇긴 해. 프랑스인에게도 그런 성격이 있었지."

류우융후에게는 외국인이란 곧 프랑스인이었다. 프랑스와의 전쟁에서 배타주의로 굳어진 그였지만, 페스트에 대한 외국인들의 적극적인 자세에는 역시 경의를 표했다.

"중국인과 베트남인, 그런 점에서는 틀렸습니다. 제 자신 베트남인이지만 스스로도 우리 동포에게서 진보적이지 못한 점을 보면 싫어집니다. 조금만 더 적극성을 띤다면 좋을 텐데."

"우리 동양인은 어째서 이럴까? 체념을 쉽게 해서일까? 불교의 영향일지도 몰라."

"동양인이라고 일괄해서 말할 수 없습니다. 일본인은 좀 다릅니다."

"일본인?"

"그렇습니다. 일본은 홍콩과 특별한 관계도 없고 그곳에 체류하는 일본인도 몇백 명 정도 지나지 않으니 그렇게 많은 것도 아니죠. 그런데도 일부러 의료진을 파견한다고 합니다. 벌써 일본의 일류 의료진이 일본을 떠났다고 합니다. 같은 동양인이라도 이들은 칭찬할 만하지 않습니까?"

그의 정보는 거의 정확했다. 일본의 중앙 위생회(中央衛生會)에서는 전염병 연구소의 북리(北里) 박사, 제대(帝大) 의학부의 아오야마[靑山] 박사, 해군 대군의(大軍醫) 이시가미[石神] 박사, 그 외 기노시타[木下], 미야모토[宮本] 의사 및 비서역으로 오카다[岡田]를 홍콩에 파견하기로 했다. 그들은 6월 5일 횡병 출항의 '시티·오브·리오데자네이로호'에 올라 현지로 향하고 있었다.

"일본? 일본은 메이지유신으로 새로 태어났기 때문이다."

류우융후는 한숨을 쉬었다. 그는 학문은 배우지 않았으나 귀로 듣는 견문에는 열심이었다. 당시 중국의 지식인들 사이에는 일본의 메이지유신이 곧잘 화제에 올랐었다.

'중국도 유신에 의해 새로 태어나지 않으면 안 된다.'

'아니다. 중국은 그런 야만적인 방법 등을 배워서는 안 된다.'

이런 식의 찬반 양론이 되풀이되었다. 류우융후가 아는 일본이란 그런 정도였다. 배타적 사상을 갖고 있는 류우융후는 사실 일본과 같이 서구의 문명을 배울 필요는 없다는 의견으로 기울어져 있었다.

그러나 페스트가 만연하고 있는 홍콩에 일본의 의료진이 파견되었다는 정보는 그에게 적지 않은 감동을 주었다.

"그렇습니까? 저는 옛날의 일본을 모르기 때문에……."

라며 구엔민은 거들었다.

"지금쯤 우리나라와 비교해 무서운 상대로 등장했을걸."

류우융후는 중얼거리듯 말했다.

"하하하."

구엔민은 갑자기 큰소리로 웃었다.

"지금쯤이 아닙니다. 실제로 바로 지금 일본은 이미 중국의 손에 벅찬 상대가 되었습니다. 조선에서는 벌써 당하고 있는 것 같습니다."

"동학전쟁은 조선 정부 단독으로는 도저히 어쩌지 못한다고 하는데."

"중국의 대표는 위안스카이입니다만."

구엔민은 류우융후의 표정을 살피면서 말했다.

## 4

"그 풋내기."

류우융후는 불쾌한 듯이 말했다. 그는 위안스카이라는 청년을 만난 일은 없다. 그러나 진사도 아닌 녀석이 빨리 출세하는 것을 보니 그다지 좋은 기분은 아니었다. 위안스카이라는 젊은 녀석이 조선 국왕에게 이러쿵저러쿵 지시를 하고, 상대는 군말 없이 그에 따른다고 한다.

'바보 같으니라구.'

류우융후는 위안스카이에 관한 이런 이야기를 들을 때마다 울화가 치밀어 올랐다. 그 자신도 외국인 베트남에서 사덕제를 상대로 그런 적이 있었지만, 지금의 위안스카이처럼 화제가 되지는 않았다. 그래서인지 약간 분하게 여겨지기도 했다. 그러나 뭐라 해도 위안스카이는 명문 출신이었고, 그것을 잘 이용하는 것이 가슴 아플 뿐이었다.

"풋내기이지요. 지금 일본에게 당하고 있습니다."

듣고 보니 구엔민은 류우융후의 뜻에 동의하고 있는 것 같기도 하다.

"녀석이 일본에게 그렇게 쉽게 지는 건 문제 되지 않아. 단지 국가가 그 때문에 손해를 보아서야……."

"국가의 손실은 이미 피할 수 없습니다."

"그건 또 무슨 말인가?"

"일본은 조선을 먹어버릴 것입니다. 위안스카이를 능숙히 속여 넘겨서 말입니다."

"조선을?"

류우융후는 믿을 수 없었다. 그러나 그가 흑기군으로 활약하고 있었을 때 베트남을 프랑스에게 빼앗긴 것은 믿을 수 있었단 말인가? 믿을 수 없는 일도 능히 일어날 수 있는 것이다.

"그렇습니다. 일본이 조선에 출병을 하려면 중국이 먼저 출병하지 않으면 안 됩니다. 일본 정부는 조선이 중국에 원병을 청하기를 은근히 기대하고 있지요. 서울에 주재하는 일본 외교관은 위안스카이를 만나 중국은 왜 조선에 출병하지 않느냐고 묻는 형편이라고 합니다."

구엔민의 말은 허공을 떠도는 듯한 느낌이 들었다. 말소리 자체도 중후하지 못했다. 그러나 말하고 있는 내용은 묵직했다.

"그것은 뒤에서 출병해도 좋다고 하는 뜻이 아닌가?"

"위안스카이가 그렇게 마음을 먹도록 일본에서는 은근히 기대하고 있는 게지요."

"자네는 어떻게 그런 걸 알지?"

"그 와중에 들어가 있는 사람들에게는 오히려 잘 보이지 않는 법입니다. 어차피 저는 조선의 문제라면 전혀 관계가 없기 때문에 오히려 잘 알 수가 있지요. 후후후."

"그럴지도 모르겠군."

"아직 애송이입니다."

"무슨 방법이 없을까?"

"이미 늦었습니다."

"너무 늦었을까? 베트남을 잃고, 다음은 조선."

"베트남은 프랑스에, 조선은 일본에 각각 헌상하는 꼴이군요."

"농담이 지나치군."

류우융후는 정색을 했다.

"농담일까요? 적어도 반은 과거 사실이 아닙니까? 그렇지요?"

구엔민은 변함 없이 무미건조한 목소리로 무거운 내용이 담긴 말을 했다.

"……."

류우융후는 말을 잇지 못했다.

베트남을 프랑스에게 헌상한 것은 분명히 과거 사실이었고, 류우융후 자신도 그 와중에 있었다. 그와 똑같은 일이 조선에서도 일어나려는 것인가? 게다가 그것을 막기에는 이미 늦었다고 한다. 과연 그럴까?

"오늘은 피곤하군요. 홍콩에 갈 수 없게 되어 계획이 완전히 틀어져버리는 바람에 새로 바꾸는 수밖에 없겠습니다. 자, 그럼 이만 실례합니다."

구엔민은 이렇게 말하고 돌아갔다.

곧 뒤쫓아가 좀더 자세한 이야기를 듣고 싶었으나, '기명제독총병'의 권위 때문에 포기했다. 이 작은 섬에서 상대가 곧 도망쳐 나갈 것도 아니었다. 류우융후는 구엔민의 뒷모습이 사라지자 책상 위에 종이를 펼치고 먹을 갈기 시작했던 것이다.

여섯 자를 쓴 후 어떤 식으로 쓰면 좋을까 한참 궁리를 했다. 지금 구엔민에게 들은 이야기를 그대로 옮기면 좋을 것 같았다. 말을 그대로 쓴다는 일이 얼마나 힘든가? 그는 자신이 쓴 여섯 자의 글자를 한동안 바라보았다. 상대의 이름이었다. 계속 쳐다보는 동안 상대의 얼굴이 머리에 떠올랐다.

탕징숭은 류우융후과 함께 베트남에서 귀환하여 류우융후는 남오에, 탕징숭은 대만에 부임한 뒤 그대로 8년이 지났다. 류우융후는 그동안 계속 총병임에 비해 탕징숭은 도원에서 포정사로 승격했다. 진사 출신의 엘리트이므로 승진이 빠른 것은 당연한 일인지도 모른다.

그러나 지금 류우융후의 머리에 떠오른 탕징숭의 얼굴은 청불전쟁 당시의 그 긴장했던 표정이 아니고 오히려 대단히 유약한 모습이었다. 들리는 소문에 문인들을 모아 시회를 즐긴다고 한다.

'그래서는 안되지.'

류우융후는 여섯 글자를 향해 마음속으로 이렇게 질책했다. 다음 순간 그는 붓을 집어 들었다. 지금 이 질책의 말을 그대로 쓴다면 좋겠다는 생각이 든 것이었다.

"목단시사(牡丹詩社)는 성황인가? 그런 성황 중에 국사(國士)로서의 뜻을 묻어버리지나 않았나 모르겠군. 감히 고언을 하고 싶네."

그는 이렇게 적어 내려갔다.

'목단시사'란 탕징숭이 주최하는 시동인회의 명칭이었다. 그는 대만에 부임한 이래 특히 문교에 주력했다. 그의 상사인 대만순무 쏘우유우렌[邵友濂]은 그런 일에 반대하지 않았다.

대만에 순무가 부임한 것은 1885년(광서 11년)의 일이었다. 그 이전까지 대만은 복건성 관할이었으나, 그 해 처음으로 대만이 하나의 성으로 승격되었다. 대신 복건순무는 폐지되어 민절총독이 겸임하게 되었다.

초대 대만순무는 류우밍후였다. 졸병에서 승진하여 군관의 최고위직인 직예제독에까지 올랐다. 지금까지 성의 순무는 반드시 문관이 임명되었으니 무관인 그가 대만순무로 부임한 것은 대단히 이례적인 일이 아닐 수 없었다. 그것은 청불전쟁에 의해 대만 방위에 중점이 놓여졌기 때문이었다.

류우밍후는 대만에 철도를 부설하고 전신, 우편, 광산 등의 사업을 일으켰다. 행동파다운 행정으로 이끌어 나갔던 것이다.

2대째 순무의 밑에서 행정부문의 장관인 포정사로 임명된 탕징숭은 앞서 말한 바와 같이 문교에 중점을 두었다. 그는 스쓰호우[施士浩]라는 인물을 초빙하여 해동 서원(海東書院)의 교장으로 임명했다. 스쓰호우는 진사이면서도 벼슬길에 오르지 않고 야인으로 지내던 인물이었다.

해동 서원을 충실히 꾸미는 이외에도 탕징숭은 만권당(萬卷黨)이라는 도서관을 지었다. 1891년(광서 17년) 그는 도원에서 순무로 승진하면서, 성도(省都)인 대남(台南)에서 대북(台北)으로 옮겼다. 그와 동시에 목단시사를 창시했다.

당시 대만에는 탕징숭 외에도 스쓰호우, 뤄파유우[羅大佑], 치우횡쟈[邱逢甲] 등의 진사가 있어 서로 시를 지으며 화답하기를 즐겼다. 그들의 시는 〈사진사동영집(四進士同詠集)〉이란 책으로 전해져 사람들에게 애독된다.

황량한 신 개척지 같던 대만이 이 시기에는 약간 고상한 품위를 지니게 되었다. 그것은 결코 나쁜 일은 아니었다. 그러나 우아함에만 빠져있을 수 없던 시대였다.

이 해 가을, 대만순무 쏘우유우렌이 떠나고 탕징숭이 순무로 승진하면서 류우융후는 대만을 방위하기 위해 남오를 떠나게 되지만 단오 무렵에는 아직 두 사람 모두 그런 사실을 알지 못했다. 게다가 다음해 청일전쟁의 결과 대만이 일본에게 넘어가리라고는 꿈에도 생각하지 못한 일이었다.

단지 그들은 어렴풋한 발소리만을 듣고 있었다. 류우융후는 구엔민에게서 홍콩의 페스트나, 조선의 사정을 들으면서 그 발소리를 어렴풋이 깨달았고, 탕징숭도 시작(詩作)을 즐기는 중이었으되 그 희미한 발소리를 흘려버리지는 않앉다.

'시만으로는 안 되지.'

탕징숭은 옛 친구 류우융후에게서 그 같은 편지를 받았을 때 쉽게 수긍할 수 있었다.

# 제23장 산 위에 내리는 비

1

1894년 5월.

조선은 동학난으로 시끄러웠다.

총국에서는 오랜만의 해군 검열이 행해졌으나 리훙장의 해군 확상안은 서태후의 관심을 끌지 못했다.

대만에서는 네 명의 진사들이 시회를 즐기며 주안을 벌이는 등 천하태평이었다.

홍콩에서는 페스트가 유행하여 비상 사태로 돌입했으나, 조금 떨어져 있는 남오의 요새에서는 청불전쟁의 역전의 맹장이 매일 하품을 하며 세월을 보내고 있었다.

일본의 상황은 어떤가?

5월 12일 제6차 의회가 소집되어 뜨거운 정치 열기 속에 휩싸여 있었다. 이토 내각은 정적의 공격을 방어하기에 급급했다.

정적의 공격에는 정치 신념의 차이에서 오는 정책에 대한 반대 의견도 있었지만, 반대를 위한 반대도 적지 않았다. 반대 측에도 한 가지 정책에 대해서 절대 반대파와 조건부 반대파로 나뉘어, 단지 반대라는 공통점에서 연합한다는 사례도 있었다.

조약 개정 문제가 그 좋은 예일 것이다.

이토 내각의 외상 무츠를 비롯하여 일본 외무 당국자의 비원은 막부 말엽 이래 일본의 불평등 조약을 평등 조약으로 개정하는 데 있었다.

메이지의 역사를 개괄하여 설명한 교과서풍의 저술에 의하면 메이지 시대의 일본인들은 상하 모두 조약 개정을 희망했던 것 같은 인상을 준다. 그러나 사실은 그렇지 않았다. 일전의 제5차 의회에서도 정부의 조약 개정 방침에 대한 반대가 강력한 초점으로 대두되었었다.

어째서 불평등 조약의 개정에 반대하는 것인가?

확실히 불평등 조약에 의해 외국인들은 '거류지'라는 치외 법권 지역에 살면서 재판·경찰·과세 등에 특권을 갖고 있었다. 그러나 평등 조약을 체결하게 되면 특권적인 거류지는 폐지되고 '일본 내의 외국'이란 존재는 없어지는 대신에, 외국인도 일본인들과 함께 섞여 살며 동등한 조건 하에서 상공업 활동을 하게 된다. 그러나 과연 근대 산업의 기초가 아직 미약한 일본인들이 경험으로 보나 자본으로 보나 풍부한 저력을 갖고 있는 외국인들과 경쟁할 수 있을 것인가? 이를 우려하여 조약 개정에 반대하는 소리가 있었다. 아니 그것은 조약 개정 찬성의 소리보다 훨씬 드높았다.

'맹수를 밖으로 풀어놓는 것보다 우리에 넣어 둔 채로 '특권'이라는 미끼를 던져 넣는 편이 일본을 위하는 길이다.'

이런 생각이었다.

경제 생활이 압박 받을 우려뿐이 아니었다. 반대파는 외국인과의 혼거에 의해 일본 고유의 도덕, 습관, 풍속, 종교까지 해칠 것이라고 주장하였고 이는 꽤 설득력 있게 받아들여졌다.

그리고 반대파 가운데에는 절대 반대론자나 시기상조론자도 함께 섞여 있었다. 한편 정부는 조약 개정을 위한 예비 교섭을 이미 런던에서 벌이기 시작하여 꽤 진전을 보고 있었으므로 무츠 외상으로서는 어떻게 해서든 반대파를 제지하지 않으면 안되었다. 그의 눈에 반대파는 막부 말기의 양이론자(攘夷論者)의 망령과 같이 보였다.

반대파는 대외 강경파라고도 불린다. 한편 불평등 조약으로도 조문의 해석에 따라서는 거류 외국인들의 행동을 규제할 수가 있다는 주장이었다. 게다가 메이지 정부는 개방주의, 근대화 촉진주의 등에 의해 조약 이외에도 많은 특권을 외국인들에게 베풀고 있었으므로, 현행의 조약을 좀더 엄격히 운용하면 된다는 것이었다. 즉, '현행 조약 여행론(現行條約勵行論)'이었다.

아베 세이반레[安部井磐根], 오이 겐타로 등과 같은 반정부파는 '대일본 협회(大日本協會)'를 결성하여 더욱더 대외 강경론을 부채질했다.

제5차 의회는 점점 사태가 험악해졌다. 중의원에서는 성(星) 의장 불신임안이 가결되어 현행 조약 여행 건의안이 상정될 상황이었다. 그 위에 농상무성(農商務省)의 오직(汚職) 관련 문제까지 얽혔다. 정부는 두 번에 걸친 정회로 대항했지만 결국 1893년 12월 30일을 기해 국회를 해산하고 말았다.

1894년 3월 1일의 총선거는 대외 강경본자들의 승리까지는 미지지 못했으나 그들은 그런 위기감으로 단결을 강화하게 되었다.

해산, 총선거 등의 절차를 거쳐 대외 강경파의 핵심 주체인 '국민 협회(國民協會)' 의원을 66명에서 30명 이하로 줄이기는 했으나, 오히려 그들의 단결에 의해 정부는 계속 곤경에 빠졌다.

무츠 무네미츠 외상은 런던의 아오기 슈조[淸木周藏] 공사에게 편지를 썼다. 그 속에는 이런 구절이 있었다.

본국의 형세는 나날이 절박해져서 정부가 무언가 사람들을 놀라게 할 사업을 성패에 상관 없이 발표하시 않는나면 그 소요하는 인심을 만회할 수 없다. 그러나 사람들을 깜짝 놀라게 하기 위해 이유도 없이 전쟁을 일으킨다는 것은 억측할 수도 없는 일이므로 유일한 길은 조약 개정 하나뿐이다.

정부가 사람들의 관심을 돌리기 위해 무엇인가를 해야 했다는 사실을 알 수 있다. 설마 전쟁을 일으키지는 않으리라고 무쓰는 적고 있으나 그것은 다만 '이유 없는' 전쟁인 것이다. 명분만 있다면 기꺼이 전쟁을 일으킬 속셈이었다.

명분이 있는 전쟁 아니, 명분이 있음직한 전쟁이라도 좋았다.

일본 정부가 커다란 돌파구를 찾고 있다는 사실에 청국의 주일 관원들은 귀를 기울이지 않았었다. 또 신경을 썼다고 해도 그것을 과소평가했었다. 그다지 유능한 외교관은 못 되었다.

당시의 주일 청국 공사는 왕횡쪼우였다.

서울에 주재하는 위안스카이도 일본 정부의 속마음을 잘못 읽고 있었다. 왕횡쪼우를 통해 일본에서 들어오는 정보가 좋지 않은 탓도 있었지만, 위안스카이 자신이 서울에서 일본 측 인사들과 만나면서 느낀 감촉도 전혀 다른 '일본의 모습'을 그리게 했다.

조선 주재 일본 공사는 오토리 게이스케로, 그는 주청국 공사도 겸임했다. 오토리는 에노모토 다케아키 휘하에서 최후까지 관군에 저항하여 함관 오릉성(五稜城)에서 농성했던 인물이다. 대판의 적숙(適塾)에서 오카타 고안[緒方洪庵]에게 난(蘭)학을 배웠으나, 그 전에는 비전(備前)의 한곡횡(閑谷黌)에서 본격적으로 한학을 공부했었다. 조선 정책에 대한 그의 견해는 '일청동맹론'이었다. 즉 일청 양국이 협력해서 조선의 정치를 개혁하여 서구 열강의 간섭을 배제하고자 하는 것이었다.

오토리의 일청동맹론은 결과적으로는 일본의 진의를 숨기는 연막이 되었다. 그러나 오토리는 연막용으로 주장한 게 아니라, 그 자신 스스로가 그것만이 최선의 길이라고 믿었다.

도쿄의 중앙 정부에서도 조선에 대한 방침은 외무성의 그것과 군부 측의 주장이 서로 일치하지 않았다. 외무성은 지상 목표인 조약 개정을 위해 군사 행동은 될 수 있는 한 취하지 않으려고 한 반면 군부에서는 벌써 청국과의 전쟁을 기정 사실로 여기고 작전 계획 등을 세워 놓았다.

조선에서 동학군의 활동이 점점 심해지던 무렵, 오토리는 휴가로 귀국중이었고 임시대리공사는 스기무라 후카시[杉村濬]이었다. 무츠의 〈건건록〉에 의하면 5월경에 보내온 스기무라의 보고는,

동학당의 난은 근래 조선에서 보기 드문 사건이긴 해도 이 민란은 현 정부를 전복할 정도의 세력을 갖고 있다고는 인정할 수 없으며, 또 이 민란이 진행함에 따라 혹은 우리 공사관, 영사관 및 거류민을 보호하기 위해 본국에서 소수의 군대를 파견해야 하지 않을까 추측하고는 있으나 목하 경성은 물론 부산·인천, 어디도 그런 염려는 없다.

라는 것이었다.

외교관과 거류민 보호를 위한 소수 군대의 파견은 고려할 수 있으나, 전투를 위한 대규모의 출병은 필요치 않다고 예상하고 있었다.

스기무라는 오랜 기간 조선에 근속했고 조선 국내 사정에 능통하다고 하여 일본 정부는 그 보고를 그대로 믿었다. 결과를 놓고 말한다면 스기무라도 위안스카이처럼 동학의 힘을 과소평가했다고 할 수 있다.

참모 본부는 조선의 정보를 수집하기 위해 이지치 코스케 소좌를 부산에 파견했었다. 이지치 소좌는 5월 30일 돌아와 가와카미 참모차장에게 결과를 보고했다. 그 보고에 의해 참모 본부는,

"조선은 반드시 청국에 원병을 요청할 것이며 청국은 이에 응할 것 같다."

라고 판단했다.

이 판단은 정확했다. 이지치 소좌는 가와카미 참모차장이 조선을 시찰했을 때 부관으로 수행했었고, 참모 본부 내에서는 조선 문제 전문가로 지목되고 있었다.

이지치 소좌가 귀국한 다음날, 무츠 외상은 오토리 공사를 불러 출병의 규모와 그 수속에 관한 사항 등 사무적인 일에 대해 의견을 들었다.

'톈진에서 인천까지 이틀.'

'문사(門司)에서 인천까지 사흘.'

오토리 게이스케는 청일 양국 파병시의 해상에서의 소요 시간을 비교해 볼 때 이틀 간의 차이가 있으므로 신속히 행동하지 않으면 안 된다고 설명했다.

오토리 게이스케는 여전히 청일 양국이 협력하여 동학을 평정하고 공동으로 조선의 정치를 개혁해야 한다고 생각했다. 개혁의 제1보는 조선 정부 속의 친로파를 추방하는 일이었다.

그 날 5월 31일, 중의원에서 이토 내각에 대한 탄핵안이 가결되었다. 내각은 몰리고 있었다.

같은 날 조선에서는 동학군이 결국 전주를 점령해버렸다.

## 2

전주는 전라북도의 중심지이다. 특히 조선 왕조의 본가이기도 하여 다른 지역보다 중시했었고, 태조 이성계의 신주를 모신 경기전(慶基殿)도 이곳에 있었다.

그런 전주가 왕실에 대항하는 '반란군'인 동학군의 손에 들어가버린 것이다.

청국의 군함을 탄 조선의 정부군은 인천을 떠나 군산에 도착하여 그곳에서 직접 전주성으로 입성하였다. 그곳의 총사령관은 홍계훈으로, 조선에서는 최강의 군대라고 할 수 있는 신식 장비를 갖춘 천여 명의 장병들은 즉시 동학군에 대한 공격을 시작했다. 동학군은 거의 무저항으로 남쪽으로 도망갔다.

'오합지졸.'

호남 초토사의 직함을 받은 홍계훈은 처음부터 농민들로 구성된 동학군을 얕보았다. 너무 상대를 허술히 본 것이었다. 아무런 조직도 없는 군대이므로 막강한 정규군에 쫓겨 패주하면서 와해될 것이라고 믿었다.

"계속 도망병이 나오는 것 같지 않나?"

전황을 듣고 홍계훈은 내심 만족해했다. 전공에 의한 출세가 눈앞에 기다리고 있었다.

"역시 농사꾼은 농사꾼입니다. 싸움 같은 것을 알 리가 없지요. 아마 진짜 전쟁이라도 일어나면 놀라서 우리에게라도 황급히 도망 올 것입니다."

토벌군 장교 이학승(李學承)이 익살스럽게 이렇게 말했다.

"고부에서 흥덕까지 도망가는 동안에 놈들은 반이나 줄어들었습니다."

또 한 명의 장교 원세록이 말했다.

"흥덕에서 무장 사이에서 또 반이 줄을 것입니다."

이학승은 호기있게 말했다.

"지리멸렬이로군. 하하하. 조금은 남아 있어야지 우리도 공을 세우지 않겠나. 곤란하지. 자 모두 흩어져 도망가버리기 전에 몇몇이라도 체포하여 잡아오지 않으면 안되겠네."

홍계훈은 기분이 좋았다.

그는 동학이라는 단체의 본질을 파악하지 못했다. 단순히 농사꾼들에 의한 폭도라고 생각했을 뿐, 농학에는 농학교의 신념이 있다는 사실을 알지 못했다. 아니 처음부터 농사꾼들에게 이념이나 사상이 있다는 사실에는 생각조차 미치지 못했다.

강한 신념을 기초로 하는 동학당에는 분명한 작전 계획이 있었다. 동학의 총대장인 전봉준이 계획한 것은 전주를 점령하는 일이었다. 전주를 점령하기 위해서는 유력한 정부군을 가능한 한 전주에서 멀리 떨어진 데까지 유인하는 편이 좋았다.

'패주하여 뿔뿔이 도망갔다.'

정부군 대장 홍계훈에게는 이렇게 보였지만 동학군은 사전에 이미 계획적으로 군사들을 선주 가까이에 숨겨 두었다. 극히 소수의 군대가 남으로 남으로 소선 반도의 남단까지 도망을 갔다. 정부군은 기세 좋게 이들을 뒤따랐다.

도망가는 도중에 낙오된 것처럼 보인 사람들은 비밀리에 연락을 취해 전주로 향하고 있었고, 그들은 보통 농사꾼 차림으로 전주성 밖에 모여들었다. 수천 명도 넘는 수였다. 이렇게 많은 사람들이 모인다면 보통 때 같으면 금방 눈에 띄었을 것이다. 그러나 전주성 밖에는 5일에 한 번씩 서는 5일장이 있다. 성 안에 상점다운 상점이 없던 시대였던 만큼 백성들이 생필품을 구하는 것은 성 밖의 장터를 통해서였다. 각지에서 각종 상품을 이고 지고 사람들이 몰려오게 되는데 그 중에는 낯익은 사람도 있지만, 생면부지의 사람도 있어 그것을 전혀 이상하게 생각하지 않았다. 동학군은 그 점을 이용했다.

황토현에서의 승리로 동학군은 신식 소총, 탄약 등을 손에 넣었다. 그들은 그런 무기를 감추고 삼삼오오 전주성 밖의 장터로 모여들었다. 품이 넓고 헐렁헐렁한 한복은 무기를 숨기기에는 안성맞춤이었다.

5월 31일, 도쿄에서 중의원이 내각 탄핵안을 가결한 날은 음력 4월 27일이었다. 전주 서문 밖에 장이 서는 바로 그 날에 해당했다.

서문 밖 장터에 들어와 있던 동학 교도의 수는 수천을 넘었다고 한다. 장터 맞은 편에는 '변룡(便龍)'이라는 언덕이 하나 있었다. 이 언덕 위에는 동학군의 선발군 몇 명이 숨어 있어 '정오'로 결정된 봉기의 시각을 일제히 맞추기 위해 총을 발포하기로 되어 있었다.

"이상할 정도로 누구 하나 수상히 여기지 않았다."

이 봉기에 참가했던 동학교도 한 사람은 후에 이렇게 술회하고 있다. 많은 무리들이 장터에서 돌아다녀 다섯 사람 중에 한 사람꼴이 동학교도들이었다. 마음이 든든했음은 말할 필요도 없다.

물건을 내려놓고 땅바닥에 주저앉은 사람, 물건이 들어 있는 짐을 끌어당기는 사람 등 여러 가지였다. 정오까지는 얼마 남지 않았다. 동학군들은 슬슬 무기를 꺼낼 차비를 하기 시작했다. 소총은 짐 속에 감추어 놓았으므로 사람들은 총소리를 신호로 곧 총을 꺼낼 자세를 취했다.

"탕!"

언덕 쪽에서 총성이 울렸다.

"이 소리가 뭐지?"

"총소리 아냐?"

"설마, 이런 장소에서 전쟁이 일어날 리가 없지 않아."

사람들은 이렇게 웅성거렸다.

그러나 이 총성에 이어 장터의 공기가 술렁거리기 시작했다. 동학군들이 제각기 소총을 꺼내 든 것이다.

'단지 한 발.'

그들은 이런 엄명을 받았다.

싸움이 지금부터 어느 정도 계속될지 모른다. 탄약을 아껴야만 했다. 장터에 잠입한 무리들은 하늘을 향해 한 발씩 쏘아댔다.

한 사람이 한 발이지만 어쨌든 수천 명의 것이었으니 빨리 쏜 사람도 있고 좀 늦게 쏜 사람도 있었을 것이다.

갑자기 소란스러운 총성에 사람들은 경악했다. 서문 밖 장터는 아수라장으로 변했고 그들은 앞을 다투어 성 내로 도망쳐 들어갔다. 성으로 둘러싸인 곳에 사는 사람들은 무슨 일이 생기면 성 안으로 늘어가는 습성이 있게 마련이다.

동학군들도 주민들과 함께 성문을 통과하여 마을로 들어왔다. 아무런 방해도 있을 수 없었다. 동학군의 무리가 성 내에 들어감과 동시에 근처에 숨어 있던 동학군들이 함성을 지르며 성문으로 쇄도했다. 성의 내외가 모두 하나인 셈이었다.

눈 깜짝할 사이의 일이었다.

동학군은 혼란을 이용하여 전주에 입성하였으나 전주성 내의 관리들 역시 같은 혼란을 이용해서 도망쳐버렸다.

전주 관찰사 김문현과 판관 민영승 등의 모습은 찾아 볼 수 없었다.

이렇게 해서 전봉준은 전주성에 입성하여 관찰사의 집무실인 '선화당(宣化堂)'에 오를 수 있었다.

전주 함락 소식은 서울을 흔들어 놓았다. 조선 반도 남단까지 동학군을 추격했던 홍계훈에게서 '동학을 강진으로 몰아 완전 소멸시켰다'는 보고가 들어와 있는데 이건 도대체 무슨 말인가? 태조의 신주를 모신 경기전이 있는 전주가 반란군의 손에 떨어졌다는 사실은 실로 초비상 사태가 아닐 수 없었다.

'동학은 이대로 이씨 왕조를 무너뜨려 버리는 게 아닐까?'

국왕을 비롯한 정부 관리들의 뇌리에 이 같은 불길한 생각이 들었음에 틀림이 없다.

"역시 청국에 원병을 청할 도리밖에 없다."

각의에서 민영준은 이렇게 주장했다.

지금까지 열린 몇 번의 대신 회의에서 민영준은 이렇게 주장했으나 아무도 찬성하지 않았었다.

"그렇지 않아도 주종 관계를 분명히 해 두려고 압력을 넣고 있지 않는가? 원병을 요청하기라도 한다면 우리나라의 독립은 잃어버리고 말 것에 틀림없다."

모든 대신들이 이런 이유를 내세우며 반대했었다.

그러나 전주 함락은 민영준의 주장을 부상시켰다.

"그렇다면 어떻게 하자는 건가? 최강의 부대를 보내도 동학군을 격파하지 못했다. 동학을 토벌하는 데에는 보다 많은 병력이 필요하다는 사실은 누구나 다 잘 알고 있지 않은가? 또한 이미 우리나라 병력은 끝이 났다는 사실도 알고 있을 것이다. 독립을 이루지 못하게 될까 두려워 청국에게 군대를 요청하지 않는다고 하나, 그렇다면 우리 조선이 동학에게 망하는 것을 그대로 앉아서 기다리자는 뜻인가? 군대를 청국에서 빌린다고 조선이 그대로 삼켜지는 것은 아니지 않는가? 약간 간섭은 심해질지도 모르지만 자주성은 서서히 회복할 수 있다. 뿌리가 아직 땅 속에 있는 한 나무는 다시 푸른 잎을 무성하게 키워 꽃을 피울 수 있을 것이다. 그러나 뿌리가 죽어버리면 이미 소생할 수도 없다. 어떤 희생을 치르더라도 뿌리만은 지켜야 한다. 동학을 토벌하기 위해서는 청국으로부터 군대를 빌리는 이외의 다른 방법이 있겠는가?"

민영준의 말은 돌연 설득력을 갖게 되었고 반대하는 소리는 차차 사그라졌다. 끝까지 반대한 사람은 영돈령(領敦寧) 부사 김병시(金炳始) 뿐이었다.

# 3

민영준은 병조판서였다. 그의 주장은 5월 16일의 각의에도 제출되었으나 부결되었다. 청국이 출병하면 톈진조약에 의해 일본도 출병할 가능성이 있어 조선의 국토가 열강들에 의해 유린당할지도 모른다. 그것보다는 동학군들이 요구하는 부패 관리의 처벌, 정치개혁 등으로 당면하고 있는 문제를 해결해야만 할 것이다. 확실히 이 반대론은 타당했다.

그러나 일단 반란을 일으킨 동학군의 요구를 들어 주는 것은 조선 국왕이 반란인에게 굴복하는 걸 의미한다. 그것은 현 체제의 붕괴와 다름 없다. 동학군과의 타협이라고는 하나 한창 상승세를 타고 있는 그들이 타협에 응한다는 어떤 보장도 없다. 또 어느 누가 처음부터 그런 교섭을 맡으려고 하겠는가?

민영준은 최소한 반 달 전부터 '차병론(借兵論)'을 주장하여 그동안 끊임없이 위안스카이와 연락을 취했었다. 위안스카이가 가장 두려워했던 것은 역시 일본의 움직임이었다. 아니 그보다도 리훙장이 더 우려했다.

"일본의 움직임에 주의하라."

리훙장은 끊임없이 위안스카이에게 이렇게 지시했다.

위안스카이는 오토리 공사와의 접촉에서 일본은 청국에 대해 대단히 우호적이라는 생각을 갖게 되었다. 그러나 위안스카이는 오토리 게이스케 개인과 일본의 의사를 혼동하고 말았다.

위안스카이가 조선 정부의 출병 요청에 따라 자신의 의견을 첨부하여 본국으로 타전한 것은 6월 1일의 일이다.

이 날 일본 공사관 서기인 쩡융빵[鄭永邦]이 위안스카이를 방문했다.

'쩡융빵'은 중국식 이름이긴 해도 당당한 일본인으로 일본의 외교관이었다. 몇 대인가 전의 선조가 중국에서 일본으로 건너와 '통역'을 세습으로 해왔다. 중국어는 직업으로써 대대로 내려와 몸에 익혔다. 위안스카이는 쩡융빵을 만나자 반은 동족인 듯한 생각이 들었다.

대리공사 스기무라는 위안스카이의 이런 심정을 알아채고 일부러 쩡융빵을 보낸 것이었다. 위안스카이의 성격상 쩡융빵의 말이라면 다른 일본 외교관들의 말보다 깊이 있게 들을 것이다. 스기무라 후카시 대리공사가 노린 점은 맞아 들어갔다.

'피는 물보다 진하다.'

이런 의식이 위안스카이에게는 있었다. 한족의 피를 받은 쩡융빵이 선조의 조국인 중국에 불리한 일을 하리라고는 생각하지 않았던 것이다. 그뿐인가, 윗사람에게 숨기면서라도 중국에 유리한 조처를 취할 것이 틀림없다고까지 생각했다.

그러나 메이지유신 초 국가 의식 고양을 한창 북돋울 때, 외국인의 피를 받은 쩡융빵의 의식 구조는 위안스카이가 생각하는 정도로 단순하지는 않았다. 쩡융빵은 그의 성(姓)으로 인하여 누구보다도 더 애국적인 일본인이 되지 않으면 안 되었다. 이름에 붙어 있는 중국적인 부분을 가능한 한 떨쳐버리려 했다.

위안스카이를 방문해서도 그는 일본의 국익을 제일 먼저, 아니 그것만을 생각했었을 것이다. 그는 자신의 역할을 분명히 알고 있었다. 위안스카이가 자신에게 친근감을 느끼고 있으니 그 친근감을 이용하여 일본의 국익을 위해 상대를 움직이는 것이 자신의 임무였다. 그래서 위안스카이와 만나서도 친근감을 느낄 행동을 보였다. 그가 상사인 스기무라 대리공사로부터 받은 지령은 청국을 출병시키라는 것이었다.

조선 정부의 요청을 받아들여 청국이 출병한다면 일본도 톈진조약에 의해 출병할 수 있다. 그래서 일본은 무엇보다도 청국의 출병을 기다리지 않을 수 없었다. 그런 청국은 일본의 대량 출병을 초래하여 군사적 충돌이 일어날 것을 우려하여 조선 정부의 요청에도 불구하고 신중한 태도를 보이고 있었다. 청국을 대표하는 위안스카이로서는 출병했을 때의 일본의 반응을 미리 알아 놓고 싶었지만 외교관에게 정면으로 질문을 한다고 해서 사실을 말해 줄 리도 없었다.

'쩡융빵이라면……'

위안스카이에게는 이런 기대가 있었다. 쩡융빵은 위안스카이와 만난 자리에서,

"청국 정부는 왜 출병하지 않는 것입니까?"

라고 물었다.

"병(兵)은 상서롭지 못한 기(器)라는 말이 〈노자(老子)〉에도 나오지 않는가. 병을 움직이는 데는 상당히 신중할 수밖에 없다네."

위안스카이는 조급해지는 마음을 억누르면서 말했다. 일본의 반응이 걱정이기 때문이라고 털어 놓고 싶은 기분이었다.

"조선은 동학군을 진압할 힘이 없습니다. 이렇게 동학난이 오래 계속된다면 장사에도 지장이 있겠지요. 청국 상인들도 많지만 요즘 일본 상인들도 제법 늘었습니다. 일본으로서는 무엇보다도 조선에서의 내란이 가라앉기를 바라는 것이지요. 조선이 자력으로 내란을 평정할 수 있다면 그 이상 좋은 일은 없겠지요. 그러나 조선의 힘이 부족하니 어느 나라가 응원을 한다 해도 그것은 일본의 이익이 된다고 생각합니다."

"아니, 출병을 재촉하는 것 같지 않은가?"

"한 번 재촉해 보고 싶은 생각이 들었습니다."

"자네가 그렇게 말하니 하는 말인데, 우리도 준비는 해 두었다네."

"준비요?"

"언제라도 군대를 움직일 수 있지. 그렇군. 조선에 평화가 되돌아오고 장사할 수 있는 날도 그다지 멀지는 않을 걸세."

"그럴까요?"

"동학군이란 원래 오합지졸인데 지휘자들 중에 약간 상대하기 벅찬 자들이 몇 명 있기 때문에 잘 전진하는 것이지. 게다가 조선군은 너무 약해. 또 한 번 이기면 승세가 오르는 게 싸움의 상식이므로 동학군도 일단 패하게 되면 그것으로 끝장이지."

"빨리 끝났으면 좋겠습니다."

"멀지 않았다지 않는가, 하하하."

위안스카이는 외국 공사관 서기에게 너무 중요한 말을 해버렸다.

쩡융빵이 일본 공사관으로 돌아가자마자 스기무라 대리공사에게 이 사실을 보고한 것은 두말 할 필요도 없다.

"잘 되어 가는군."

스기무라는 만족한 듯이 고개를 끄덕였다.

"내일이라도 내가 가서 확인시켜 줄까?"

쩡융빵 서기는 위안스카이에게 청국의 조선 출병을 일본이 결코 반대하지 않는다는 인상을 심어 주었다. 확실히 쩡융빵의 방문은 성공했다. 이 날 위안스카이는 톈진의 리훙장에게 쩡융빵과의 회담 사실을 보고했다. 쩡융빵은 이런저런 이야기 끝에, "일본에서는 국내가 어수선하여 곤란합니다"라고 투덜거려 보였다.

이토 내각과 반대파간에 벌이는 국회 안팎에서의 공방이 매일 격렬함을 더하고 있다는 것은 사실이었다.

'일본은 국내 사정 때문에 출병할 여유가 없다.'

'만약 톈진조약 운운하며 출병한다고 해도 공사관 보호를 위한 소수 출병에 그치지 않을까?'

위안스카이는 이 같은 자신의 견해를 전보에 첨가했다.

한편 그즈음 청국에서는 일본의 주요 신문의 중요 기사를 동문관(同文館) 학생 천이환[陳貽範], 짱더[長德], 꾸이썬[桂紳], 쩌우쯔자이[周自齊]라고 불리는 자들이 번역을 했다. 리훙장은 도쿄 공사관에서의 보고와 신문 기사의 역문에 의해 일본의 사정을 알게 된다. 자유당이 정부에 매수될 뻔한 일이 있어 야당 6파의 정부 공격은 한층 격해졌으므로, 일본의 실상을 모르는 사람이 신문 기사만으로 정세를 판단한다면 내란 일보 직전이라고 여길지도 모른다.

리훙장은 위안스카이가 보낸 6월 1일자 전보에 의해 출병을 결심했다.

다음날인 6월 2일 스기무라 대리공사는 확인을 위해 몸소 위안스카이를 방

문했다. 위안스카이가 텐진에 보낸 보고에 의하면,

 경왜서사삼촌래오(頃倭署使杉村來晤), 해의역반화속대감(該意亦盼華速代戡), 병순화윤부(並詢華允否), 개답(凱答), 한석민명(韓惜民命), 기무산(冀撫散), 급병행승(及兵幸勝), 고미문청(姑未文請), 불편거감(不便遽戡), 한민여청(韓民如請), 자가윤(自可允)….

이라는 것이었다. 스기무라도 역시 중국에게 빨리 출병하여 내란을 평정했으면 좋겠다는 말투였다. 그리고 중국이 출병의 의사가 있는지 없는지를 질문했다. 그 질문에 대해 위안스카이는 조선 정부는 평화적으로 반란군을 해산시킬 방침이기 때문에 토벌군이 승리하고 있기는 해도 원병을 요청해 오지 않았다. 그러나 요청을 받는다면 수락할 예정이라는 의미의 말을 한 것이다.
 전주가 함락된 사실은 아직 일반에게는 알려지지 않았지만 스기무라나 위안스카이는 당연히 그 정보를 접했다. 이기고 있을 때는 괜찮으나 지고 있을 경우에는 원병을 요청할 것이다. 요청을 받으면 당연히 줄병한다고 위안스카이는 확언했었다. 스기무라는 조선 정부가 민영준의 주장을 좇아 위안스카이에게 원병을 요청했다는 사실도 알고 있었다.
 '청국은 출병한다.'
 스기무라는 이렇게 확신했다. 전날 그는 벌써 도쿄에 "조선은 청국에 원병을 청했다"라고 타전해 놓았다.
 역시 스기무라와 면담한 후 위안스카이가 텐진에 보낸 전문은, "여개구호(與凱舊好), 찰기어의(察其語意), 중재상민(重在商民), 이무타의(似無他意)"라고 끝맺었다. 스기무라와 자신은 예부터 친했기 때문에 서로 마음을 잘 알고 있다. 상대의 말에서 보건대 일본은 상인(거뮤민)들의 일에 중점을 누고 그것을 걱정하고 있을 뿐 그밖에 다른 뜻은 없는 것 같다. 대단히 무사 안일한 상황 판단이 아닐 수 없었다.

# 4

여기는 도쿄.

탄핵안이 가결되었으므로 이토 내각은 총사퇴 하든가 의회를 해산 하든가 두 가지 중 어느 하나를 선택해야만 하는 입장이었다. 6월 2일 수상 관저에서 내각 회의가 열렸다. 이 각의의 최대 문제는 의회의 해산에 관한 것이었다. 그러나 무츠 외상은 스기무라 대리공사의 전보를 이미 읽은 후였다. 이것 또한 중대 문제였다. 외상은 각의 장소에서 전문을 근거로 출병의 필요성을 역설했다. 각료 전원은 출병에 찬성했다. 무츠는 그의 저서 〈건건록〉에 다음과 같이 간단히 서술하고 있다.

나는 오늘(6월 2일) 회의에 나아가 개회 초 우선 스기무라에게서 온 전문을 보이고, 내 의견으로 만약 청국이 하등의 명분도 없이 조선에 군대를 출병하는 사실이 있을 때에는 우리 역시 상당수의 군대를 조선에 파견하여, 그럼으로써 불의의 변에 대비하여 일청 양국이 조선에 대한 권력의 평형을 유지하지 않을 수 없다고 말했다. 각료 모두 이 의견에 찬성했고 이토 내각총리대신은 곧 사람을 보내 참모총장 치인(熾仁)왕 전하 및 참모차장 가와카미 육군중장의 배석을 요구하였다. 그들도 배석하여 금후 조선에 군대를 출병하는 뜻에 협조하여, 내각총리대신은 본 건 및 의회 해산건을 갖고 천황을 배알, 천황의 허락을 받아 그 일을 집행했다.

이토 수상은 이 날 의회 해산과 조선 출병이라는 2가지 중대 안건을 갖고 천황을 만났다.

중의원 해산에 관한 칙서는 그 날 오후 4시 의장에게 전달되었다.

그 날 밤 외상 관저에는 하야시[林董] 외무차관과 가와카미 참모차장이 참석한 가운데 무츠 외상이 주재하는 3자 회담이 열렸다.

무츠의 〈건건록〉에는 그 날 밤의 비밀 회의에 대해서는 말이 없지만, 임 차관의 회고록 〈이제는 옛날 이야기〉에 '지금에 와서 이야기지만' 이라는 식으로 쓰여져 있다. 하야시에 의하면 그 날 밤의 의논은 어떻게 평화적으로 일을 해결할까 하는 것이 아니라 어떻게 하면 전쟁을 일으키고 또 어떻게 승리해야 할까 하는 점에 지혜를 총동원했었다는 것이다.

청국이 조선 정부의 요청에 거의 승낙한 것을 확인했던 스기무라의 다음 전보는 아직 도착하지 않았던 시점이었다. 그래서 6월 2일의 비밀 3자 회담은 청국이 출병하는지의 여부가 불확실한 가운데 진행된 것이었다. 그리고 평화적인 해결 방안에 대해서는 전혀 거론조차 않았다.

이 비밀 회의는 이토 총리대신을 어떻게 속이는가 하는 점에 초점을 두었다. 조선에의 출병 그 자체에는 이토 수상도 결코 반대하지 않았다. 그러나 같은 찬성이라고는 해도 '적극적' 찬성이라고 말할 수는 없었다. 수상의 입장 때문에, 또 그의 성격상으로도 강경일변도의 자세를 취하지 않았다. 이런 정치 자세를 리훙장은 높게 평가하여, 이토는 평화주의자이므로 그가 있는 한 안심할 수 있다고 생각하고 있었다.

이토 히로부미는 결코 평화주의자는 아니다. 메이지 시대의 정치인답게 국권 확대론자였다. 단지 그 힘의 확대 방법에 대해서 너무 강경해서는 안된다는 생각을 품고 있었다. 따라서 출병에 관해서도 찬성은 했으나, 대량 출병의 문제가 나오면 고개를 저을지도 모른다.

조선에서 청일 양국의 현재 세력은 '종주권'을 내세우는 청국 측이 훨씬 강했다. 무츠는 이것을 '이미 기울어진 조선에 대한 일청 양국의 권력의 관계'라고 인식하고 있었다. 그리고 각의 등과 같은 공식 석상에서는 조선에 대한 청일 양국의 힘을 균형 있게 유지하고 싶다고 표현했다. 조선에서의 청·일의 세력 균형은 이토 수상도 원하는 바였다.

그러나 무츠 외상은 균형이 아닌 역전을 노렸던 것이다. '추격'이 아닌 '추월'인 셈이었다. 같은 국권 확대론자라고 해도 단계를 밟아 착착 진행하려는 이토는 이런 극단적인 정책에는 찬성하지 않을 우려가 있었다.

'6천에서 7천.'

출병 규모에 대해서 3자 회담의 결론은 이 정도였다. 한편 공사관과 거류민 보호를 위한 병력으로 오토리 공사가 건의한 숫자는 5백에서 1천 명이었다. 대단한 규모의 차이다.

청국이 출병한다고 해도 아마 그 숫자는 5천을 넘지 않을 것이다. 참모 본부는 첩보 활동을 관장하는 곳이기도 하므로, 청국의 군사 관계 정보는 가와카미 참모차장이 담당했다. 그의 분석에 의하면 동학군을 평정하는 데는 5천 이상의 군대를 보낼 리가 없다는 추측이었다.

일본이 출병하면 청군과 충돌이 있을 것인 만큼 단 한 번의 공격으로 승리할 수 있는 병력을 보내지 않으면 안된다. 그렇게 되면 청국은 화친을 청해 올 것이다. 만약 청국이 첫 번째 패배에도 강화를 생각지 않고 증원한다면 일본은 1개 사단을 보내어 평양 부근에서 다시 승리를 거둔다. 그러면 강화가 성립될 것이 틀림없다.

조선을 무대로 한 청일전쟁에 관해서 일본의 참모 본부는 다년간에 걸쳐 연구를 계속해 왔다. 오가와 마다시[小川又次] 소장의 '청국정토책안(淸國征討策案)'이 완성된 것은 벌써 7년도 전의 일이다. 제일진의 병력을 곧 차출했음은 물론이다.

"6천이나 7천이라는 숫자를 들으면 총리대신은 대단히 놀랄 것이 뻔하다."

무츠는 이렇게 걱정했다.

"그렇겠지요."

가와카미 참모차장은 잠시 생각했다.

"어쨌든 평화주의자이시니까."

"그럼 이렇게 합시다."

가와카미는 묘안을 짜내었다.

"총리에게는 1개 여단을 파견한다고 말하는 것이지요."

"1개 여단이라면 2천이로군."

당시의 육군에서 여단은 겨우 2천 명으로 구성되었다.

"하하하."

가와카미 참모차장은 큰 소리로 웃었다.

"대신도 군의 편성에는 문외한이시군요. 총리도 같을 겁니다. 분명히 여단의 표준 병력은 2천입니다만 혼성 여단이란 것이 있기 때문에 7, 8천까지라도 늘릴 수 있습니다. 그래도 어디까지나 1개 여단이지요."

"총리가 병력을 물어 본다면?"

"1개 여단이란 말로 통할 것입니다. 여단의 편성은 총사령관의 사항이므로 군에 맡겨 달라고 하면 되겠지요."

"과연 그렇군."

무츠 외상은 이 같은 편법에 만족했다.


리훙장이 띵루창에게 '제원', '양위(揚威)' 두 척을 인천으로 향하게 하라는 명령을 내린 것은 6월 4일(음력 5월 1일)의 일이다. 동시에 직예제독 예쯔초우[葉志超]에게 명하여 태원진(太原鎭) 총병 네스청[聶士成]에게 회군의 정예군 1천5백을 선발하여 초상국의 배로 조선으로 향하게 했다.

같은 날, 서울의 스기무라 대리공사는 그 정보를 빨리도 알아내어 즉시 도쿄에 이를 타전하여 "무엇보다 급히 일본 병사를 보내야 한다"고 요청했다.

그 당시 조선 정부는 전주 함락을 숨기기에만 급급했었다. 그래서 일반 외국인들은 조선 정부가 어째서 독립을 위태롭게 할지도 모를 원병 요청을 청국에게 했는지 이상하게 생각했다. 그래서, '위안스카이가 조선 국왕을 위협하여 강제로 출병 요청을 하게 했다'는 소문까지 나돌았었다.

그러나 농학군이 대원군과 연결될 것을 두려워한 민씨 일가가 적극적으로 원병 요청 공작을 벌였던 게 사실이고, 민씨 일가의 뜻을 구체화시켜 위안스카이를 움직이게 한 인물은 역시 민영준이었다. 이 시기의 위안스카이는 민영준의 사주를 받고 쩡융빵과 스기무라 대리공사에게도 농락당한 일종의 어릿광대였다.

"그 풋내기가 잘 해낼까?"

출병 명령을 내린 후 리훙장은 잠시 이렇게 생각했다.

## 제24장 바람은 불어오고

1

동학군은 전주성을 점령했으나 그 남쪽에 있는 완산 칠봉(完山七峰)에는 군대를 배치하지 않았다. 전주를 수비하기 위해서는 남쪽의 산까지 확보해 놓는 것이 군사 전략상의 상식이다. 그런데도 그런 조치를 취하지 않았다는 데에서 동학의 성격을 엿볼 수 있다.

조선 왕조는 신라 재상이었던 이한(李翰)을 시조로 한다고 전해진다. 조선을 세운 태조 이성계는 이한의 22대 자손이라 한다. 그러나 태조의 4대 전까지는 그 이름만이 알려질 뿐 사적은 거의 전해지지 않고 있다. 4대 선조 이안사(李安社) 때부터 겨우 기록이 전해져온다. 그 당시 이씨는 완산(전주)을 출발점으로 각지에 진출하여 기반을 닦았다. 그래서 전주는 왕조 발생의 근거지로 신성시되어 있었다. 일본으로 말하면 필경 고우수(高于穗) 산이나 강원(橿原)과 같은 곳이다. 완산 칠봉에는 목재 채벌 및 수렵은 물론 입산까지 금지되어 있었다.

동학군도 그 산에는 들어가지 않았다. 이 사실은 그들이 반란군이기는 했지만, 조선 왕조를 뒤집어엎을 의사는 없었다는 것을 설명하고 있다. 그들은 농민들을 착취하는 악덕 관리들을 증오했던 것이지, 국왕에게 모반을 꾀하려는 등

의 엄청난 생각은 없었다. 봉기 당시 전봉준을 필두로 발표한 '창의문' 속에도,
"우리의 성상은 자애로우시며 현명하시고……."
"우리들은 재야의 유민들에 지나지 않으나 나라의 땅에서 먹고, 나라의 옷을 입는 자이다."
라는 글귀가 있었다.

탐관오리 타도를 외쳤으되 국왕에게까지 반대하지는 않았던 셈이다. 그래서 왕실 발생지인 신성한 완산 칠봉에는 군을 주둔시키지 않았다. 그들은 스스로 자신들이야말로 진정한 왕의 군대라고 생각했던 것이다.

남으로 남으로 유인되었다가 황급히 북쪽으로 다시 돌아온 호남 초토사 홍계훈은 전주가 함락되었다는 사실을 알고 동학군이 진주하지 않은 완산 칠봉에 진을 쳤다.

'반란군과 싸우는 것이니까 입산이 금지된 산에 들어가는 것도 어쩔 수 없지.'
라고 홍계훈은 생각했다.

전주성과 완산 칠봉을 각각 본진영으로 하는 양군이 격렬한 전투에 들어갔다. 태조의 신주를 모신 경기전이 불타버린 것은 이 때의 싸움에서였다.

사기는 동학군이 높았다. 동학군은 농민군이기 때문에 근처의 농민들도 몰래 도와 주었다. 완산 칠봉의 정부군에는 동학군에 대한 정보가 거의 들어오지 않았으나, 정부군 측의 정보는 처음부터 끝까지 동학군들 손에 전달되었다.

완산 칠봉의 정부군은 자신도 모르는 사이에 포위되었다. 군량미 운반로가 끊겼다는 소식을 듣자 홍계훈도 단념했다.

"그렇다면 동학과 담판을 할 수밖에 도리가 없지 않은가?"

동학군은 진정한 왕의 군대라고 자칭했고, 그들의 목적은 창생을 도탄의 고통에서 구해내고 국가를 반석 위에 올려 놓는다는 것이지 절대 국가의 멸망 등을 바란 것은 아니었다. 악정만 개혁되면 그것으로 족했다. 그래서 항상 대화의 길을 열어 놓는다는 자세를 보였다.

"그 대화에 응하겠소."

홍계훈은 그밖에 다른 방법이 없다는 점을 서울에 보고하고 동학군과 휴전에 들어갔다.

조선 정부는 홍계훈의 보고를 받고 긴급 회의를 소집했다.

눈앞의 혼란을 수습하기 위해서는 동학군과 강화하는 수밖에 도리가 없다. 그것은 홍계훈의 말대로였다. 회의는 강화한다는 결론에 도달했다. 그렇다고는 하지만 강화에 찬성했던 대신들 가운데 진심으로 정치 개혁을 생각했던 사람들은 소수에 불과했다. 단지 동학군의 세력이 너무 강하니까 우선 상대의 이야기를 듣는 척하며 시간을 끌어보자는 속셈인 사람들이 대부분이었다. 결국 임시방편에 지나지 않았다.

이렇게 해서 조선 정부와 동학군 사이에는 강화가 성립되는 것처럼 보였다. 소위 말하는 '전주 화약(全州和約)'이다. 물론 악정의 개혁을 조건으로 한 것이나, 그 개혁의 내용이 27조였는지 13조였는지 정확한 것은 잘 모른다. 오지영의 〈동학사〉에는 다음의 12개 조항을 싣고 있다.

1. 동학교인과 정부 사이의 수년간의 원한을 물에 흘려 보내고 서정(庶政)에 힘을 합친다.
1. 탐관오리는 그 죄상을 명백히 밝혀 엄벌에 처한다.
1. 횡포한 부호 역시 엄벌에 처한다.
1. 행실이 좋지 않은 유림과 양반 모두를 징계한다.
1. 노비 문서를 소각한다.
1. 일곱 천인(백정, 장인, 기생, 노비, 승려, 무당, 점쟁이, 광대)의 대우를 개선하고, 백정은 상투의 평양립(平壤笠)을 벗게 한다.
1. 청상과부의 재혼을 허용한다.
1. 이유 없는 잡세는 일체 실시하지 않는다.
1. 관리 채용시 지방의 차를 두지 말고 인재를 등용한다.
1. ○와 간통하는 자는 엄벌에 처한다.

1. 과거의 공·사(公私) 채무 모두를 소멸한다.
1. 토지는 평균적으로 분작시킨다.

제10조의 빈 공간으로 남겨둔 ○는 다른 사료에 비추어 볼 때 '왜(倭)'였다는 것을 알 수 있다. 위에 인용한 〈동학사〉는 조선이 일본의 식민지였던 시기에 출판된 것이기 때문에 '왜' 자를 빈 공간으로 남겨 둘 수 밖에 없었던 것이다.

동학은 원래부터 외국에 대한 배타적 사상이 농후했지만, 정부와의 강화 조건에 특히 '왜'를 가리키고 있다는 점에서 배일 의식이 얼마나 강했던가를 알 수 있다.

지사임을 자칭하는 일본의 폭력단 '천우협'이 이런 배일 집단과 접촉하여 그들을 움직여 보려고 했다는 말은 실로 우스운 일이 아닐 수 없다. 그런데도 과대 망상증에 걸려 있는 그들은 자신들이 동학을 선동하여 난을 일으키고 일본의 출병을 가능하게 했다고 떼를 쓸 정도였다. 청일전쟁에서 국위를 떨친 것도 근본 이유를 말하자면 천우협의 행동 때문이었다는 말이 〈현양사사(玄洋社史)〉라는 책에 나온다.

그 책에 의하면 천우협의 소위 '용사'들이 동학 본부로 전봉준 대장을 방문하여, 함께 작전을 꾀하고 진영을 설치하고 조선의 병력과 싸웠다고 되어 있다. 그 진영이란,

본영 총독 전봉준
    군사(軍師) 다나카 시로, 스즈키 츠마간,
        요시쿠라 오세이[吉倉汪聖]
유격군 한장(韓將) 김(金)씨
    대장(大將) 우치다 료헤이
    부장(副將) 이노우에 토사부로[井上藤三郎]
이 밖에 동면군(東面軍), 서면군(西面軍), 남면군(南面軍), 북면군(北面軍), 치중군(輜重軍), 적십자군(赤十字軍)이 있고, 각각 대장은 '일동지사(日東志士)'였

다고 한다.

〈현양사사〉에 의하면 천우협 사람들이 부산에 도착한 것은 6월 27일이었다. 그렇다면 동학과 정부군의 전투는 이미 끝나버린 후였다. 호언장담이 변질되어 이상하게 꾸며진 이야기가 전해져서 이를 믿던 시기도 있었다. 그러나 다나카 시로를 두목으로 한 천우협은 조선에 침투하여, 군사 정탐을 위한 공작을 펴 일본군에 협력하는 것이 그 목적이었다고 볼 수 있을 뿐이다.

더구나 다른 사료 등에 의하면 전주 화약에는 〈동학사〉에서 나온 12개조 이외에도, '외국 상인의 상업 활동 금지'도 주창했으며, '대원군의 정계 복귀'도 요구했다고 전해진다.

동학이 대원군의 이름을 때때로 들먹이므로 그것이 민씨 일가를 당황하게 하여 청국에 원병을 요청하게 된 원인이 되기도 한 것이다.

전주 화약은 시기적으로 이미 조선 정부가 청국에 원병을 요청했고, 일본도 텐진조약을 구실로 출병을 결정한 다음이다. 이 화약은 조선 정부로서는 시간을 벌며 동시에 외국 군대에 의한 무력 개입을 피하기 위한 고육지책이었다.

'반란은 끝났다. 정치 개혁도 우리들끼리 해결을 보았으니 이제 외국의 간섭은 필요하지 않다'라는 걸 보여주고 싶었던 것이다.

외국의 무력 개입을 피하고 싶은 건 동학도 마찬가지였다.

조선은 전라도 관찰사 김문현을 해임하고 새로 김학진(金鶴鎭)을 임명했다. 전주 화약을 맺을 당시 조선 정부를 대표해서 동학과 교섭을 벌인 사람은 바로 이 김학진과 안무사(按撫使=왕명을 받아 민정을 살펴 백성을 안무하는 임시 벼슬) 엄세영이었다.

전주 화약에 의해 전라도 각지에는 '집강소(執綱所)'가 설치되었다. 종래의 관청이 행정 사무를 집행하고, 민간의 집강소가 이를 감시한다는 형식이었다. 형식적으로는 행정 기관과 의회를 조금씩 닮아 있었다. 집강소가 동학계라는 것은 말할 필요도 없으며, 그 우두머리를 '집강'이라 불렀다. 그러나 동학이 봉기를 일으켰을 때 관리들이 거의 도망가버리다시피 한 지역이 많아 그런 곳은 집강소가 행정까지 맡아 집행했다.

정부나 동학 모두 자력으로 해결할 수 있음을 외부에 알렸던 셈이다. 그러나 이 조약이 성공하는 것은 출병을 예정하고 있었던 나라들로 봐서는 달갑지 않은 일일 수밖에 없었다. 조선을 자신들의 세력 하에 두고 싶었기 때문에 스스로 해결하게 둔다는 것은 바람직하지 못한 일이었다.

## 2

이토 히로부미는 정계의 노장이고, 야마가타 아리토모는 군의 노장이었다.

혈기 왕성한 장년의 관료들은 이토와 야마가타를 '노인네들'이라고 불렀다. 그래서 불리한 상황은 될 수 있는 한 노인네들에게는 알리지 않으려 했다. '1개 여단' 문제는 그 전형적인 예일 것이다.

도쿠도미 쇼이치로[德富猪一郞]의 〈소봉자전(蘇峰自傳)〉에,

청일전쟁은 노인들이 일으킨 것이 아니고 젊은이들이 시작했다. 국내에서는 가와카미 소로쿠[川上操六] 참모차장, 베이징에서는 고무라 주타로[小村壽太郞] 공사, 거기에다 활기를 불어넣어 준 무츠 외상 등이 교묘히 이토오와 야마가타 등의 거물을 조종하고 있었던 것으로 여겨진다.

라고 하는 부분이 있다. 하야시의 회고록에도 이를 뒷받침하는 장면이 있다는 점은 앞에서 말했다.

도쿠도미의 〈소봉자전〉에는 젊은이들이 거물을 '조종했다'고 말했으나, 사실은 '속였다'라고 표현하는 것이 적합할지도 모른다. 파견 인원수까지는 잘 속였으나 계속 속임수를 쓰기는 어려웠다. 그래서 노인네들이 입을 열 수 있는 여지를 없앨 방법을 생각했다.

대본영(大本營 : 합동 참모 본부와 같은 전시 기구)의 설치이다.

6월 5일 참모 본부 내에 대본영을 설치하고 혼성 여단의 조선 파견에 대한 윤허를 얻었다.

이렇게 함으로써 군대 출병에 대한 계획은 모두 '통사(統師)사항' 이 되어 대본영에서 결정하고 내각총리대신이라 해도 참견을 할 수 없게 되었다. 이토 수상은 전쟁 수행의 모든 결정에서 소외당하게 되는 셈이었다.

대본영의 설치는 '전시 대본영 조례' 에 근거하는 것이기 때문에 선전 포고를 한 이후에야 설치할 수 있는 것이다. 1896년 6월 5일 현재 일본은 아직 선전 포고를 하지 않은 상태였다. 그러므로 이 대본영 설치는 위법이었다. 그러나 누구도 이의를 신청하는 자는 없었고, 또한 그것이 위법이라는 사실을 알고 있던 자는 아마 스기무라 중장 이하 대본영 설치를 강력히 주장했던 소수에 지나지 않았을지도 모른다.

대본영을 설치한 이틀 후인 6월 7일 육군성과 해군성은 군에 대한 사항을 신문 잡지 등에 게재하는 것을 금지했다.

신문지 조례 제22조에 의해 당분간 군대의 이동 및 군기(軍機) · 군략(軍略)에 관한 사항을 신문 · 잡지에 기재하는 것을 금함.

메이지 27년 6월 7일<br>육군대신 백작 오야마

해군성의 발표문은 '군대' 라는 단어 대신 '군함' 을 사용한 것 이외에는 똑같았다. 해군대신 사이고도 오야마와 같은 백작이었다.

같은 날, 칙령에 의해 임시 육군 중앙 금궤부(臨時陸軍中央金櫃部)가 설치되었다.

'전시 또는 사변이 일어날 때 이를 도쿄에 설치하고, 임시 육군 경비에 관한 수입 지출 및 그 계산 보고를 관장하는 곳' 이라고 조례에 적혀 있듯이 사법 · 입법부에서 완전히 독립한 전비 재정부이다. 기밀이라는 이름 하에 자유로이 거금을 움직일 수 있는 곳이다.

군비는 이처럼 밀실에서 이루어지고 보도 역시 '대본영 발표'라는 식으로 바뀌었다. 6월 9일 각 신문사 모두 거의 같은 기사를 신문에 실었다.

조선 국내에 내란이 일어나 그 세력이 점점 극렬하여져 조선 정부는 무력을 이용하여 이를 진압하지 않을 수 없는 상황에 이르렀다. 고로 조선에 주재하는 본국의 공사관, 영사관 및 국민 보호를 위해 군을 파견한다.
청국 정부는 조선국에 출병한다는 사실을 우리 정부에 통보하여 왔고, 우리 정부 또한 전 항과 같이 출병한 사실에 대해서는 즉시 청국 정부에 그 취지를 통지했다.

오토리 게이스케가 도쿄를 출발했던 날은 대본영이 설치된 날과 같은 6월 5일이었다.

"그곳에 도착하면 그 청국의 젊은이, 위안스카이와 잘 이야기하길 바라네. 될 수 있는 대로 온건하게 시국을 일단락 짓고 싶은 것이지. 위안스카이도 이야기하면 이해하겠지. 뒤에 리훙장도 있으니까. 나는 그 리훙장과 연락을 취해 놓겠네."

이토 수상은 오토리 공사의 출발에 앞서 이런 훈령을 전했다. 그러나 오토리가 무츠 외상을 만나러 가자,

"하여튼 평화적으로 일을 해결 짓는 것처럼 우선 말해 두십시오. 상투적인 방법이니까요."

라고 말하는 것이었다. 직선적인 말은 아니다.

'총리대신의 말과는 의미가 다르다.'

오토리는 곧 그것을 알아차렸다.

"조선에서는."

무츠는 말을 계속했다.

"어느 나라보다도 일본 제국이 절대적으로 유리한 지위를 확보해야만 합니다. 이게 가장 중요합니다. 이것을 달성하기 위해서는 평화적인 일의 해결이 불가능할 경우, 평화라는 말에 굳이 구애받을 필요는 없습니다. 주저말고 평화를 깨야만 합니다. 그로 인해 발생하는 모든 책임은 외무대신인 내가 지겠습니다."

"알았습니다."

오토리는 짤막하게 대답했다.

"너무 지나친 행동이라고 걱정할 필요는 없을 겁니다. 아시겠지요? 기회를 보고 단호히 결단을 내리는 것입니다."

무츠의 〈건건록〉에는 오토리 출발 대목을 다음과 같이 쓰고 있다.

나는 오토리 공사가 도쿄를 출발하기에 앞서 세세한 몇 가지 훈령을 내렸었다. 당시 정부는 조선의 상황에 있어서 상당수의 군대를 출병한다고는 했지만, 도저히 어쩔 수 없는 상황에 이르기 전까지는 평화적으로 일을 해결하는 것을 항상 명심하라는 생각이었다. 그러나 당시의 형세는 이미 절박해진 상태였으므로, 나는 여러 훈령 가운데 만약 시국이 다급하여 본국 정부의 훈령을 기다릴 여유가 없을 경우에는 공사 자신이 적합하다고 생각하는 임기응변적 조치를 내려야만 한다는 한 가지 사항을 첨가했다. 확실히 이 훈령에는 두 가지 다른 의미를 갖고 있다고 볼 수밖에 없지만, 어떤 절박한 상황을 살피러 외국에 파견하는 사신에게 막대한 권한을 부여한 것은 역시 어쩔 수 없는 일이었다.

이 글에서 보면 무츠는 '두 가지 다른 의미'를 지닌 훈령을 내린 것 같이 보이고, 그 중에서 평화적 수단에 중점을 두고 있었던 것 같이도 읽을 수 있다. 그러나 〈건건록〉은 외교 기밀 문서를 인용하고 있기 때문에, 처음에는 공표되지 않았다고는 해도 언젠가는 일반에 밝혀지리라는 사실을 의식했을 것이다. 그래서 일부러 꾸민 부분이 많이 나온다.

실제의 훈령은 반대로 평화보다도 단호한 조치를 취하도록 강한 압력을 가했던 것이다. 그것은 그 자리에 동석했던 외무차관 하야시의 회고록에서도 밝혀져 있다. 하야시는 무츠 외상의 훈령이 될 수 있는 대로 전쟁을 유도하는 방책을 취하라는 것뿐이었다고 말하고 있다.

오토리 게이스케 공사를 보낸 후 무츠 외상은, "그가 정말 이해하고 있을까?"라고 혼잣말을 했다.

약간 불안했던 것이다. 보다 명백히 '절대적으로 전쟁이다'라고 말하는 편이 좋지 않았을까? 오토리의 머리 회전이 둔하다고는 생각지 않는다. 단지 오토리의 사고 방식이 무츠에게는 불안하게 느껴진 것이었다.

'일청동맹론'

이것이 오토리의 지론이었다. 구미 열강들의 압박을 동아시아에서 몰아내는 데는 일청 동맹밖에 없다는 것이 오토리의 사고 방식으로, 조선에 있어서도 일청 양국이 공동 작업을 해야 한다고 그는 주장해 왔다.

무츠는 그의 주장에 동의하지 않았다. 조선은 오직 일본만이 독점해야 한다고 생각하고 있었다.

'오토리도 고루한 점이 있기 때문에……'

무츠는 의자에 걸터 앉아 무릎을 주먹으로 두드렸다. 그는 만 50세이다. 오토리 게이스케는 무츠보다 11살 많은 61세, 작년에 환갑을 지냈다.

대신과 공사라는 상하 관계가 연령상으로는 반대였다. 훈령이라고는 해도 무츠는 오토리에게 정중하게 말할 수밖에 없는 것이다. 방을 나갈 때 오토리의 눈은 번쩍 빛났으나 입은 미소짓고 있었다.

'그것이 무엇일까?'

무릎을 치던 동작을 멈추고 무츠는 생각에 잠겼다. 미소짓는 것처럼 보였지만 혹시 조소는 아니었을까?

'풋내기'라고 마음속으로 생각했을지도 모른다.

무츠는 화가산성의 무사 집안에서 태어났으나, 젊어서 장주의 가츠라 고고로[桂小五郎]와 사귀어 근황 운동(勤皇運動, 왕을 위해 충성을 바치는 무리들이 일으킨 운동으로 특히 막부에 충성하는 좌막(佐幕)파에 대한 말)에 참여하여 토좌(土佐)인 시카모토 료마[坂本龍馬]의 휘하에 들어가게 된다. 메이지유신 이후 그의 운명에도 몇 번씩 기복이 있었으나, 대개 빛을 본 경우가 많았다.

무츠가 서생일 당시, 오토리 게이스케는 이미 막부의 육군봉행(陸軍奉行)이라는 요직에 있었다. 오토리는 대정봉환(大政奉還)에 반대했으며, 강호개성(江戸開城)에도 반대하여 주전론을 주장하며 함관 오릉성에서 싸운 기개가 강한 무사였다.

"무사 집안 출신이면서도 막부의 장군이 하는 일에 저항하다니."

유신 이후 27년이 지난 지금에도 오토리는 그런 눈으로 무츠를 보고 있는지도 모른다.

'내게도 기개는 있다. 감옥에 들어갔었던 사람은 너뿐만이 아니야.'

무츠는 자신도 모르게 이미 돌아간 오토리의 등에다 이 같은 말을 해주고 싶은 충동이 일었다. 오토리는 메이지 정부에 의해 투옥되었지만, 무츠도 메이지 11년 오에 다쿠[大江卓]와 임유조(林有造)의 반정부 운동에 가담한 죄로 5년 가까운 옥중 생활을 했던 적이 있었다. 서로 대가 센 인물들이었다.

"당신의 기개가 약간 고루하지. 한곡에서 키워진 기개도 있기 때문이지."

오토리는 서쪽의 탕도성당[湯鳥聖堂=강호(江戸)에 있는 유학을 가르치는 학당. 서쪽이라는 것은 강호가 동쪽에 위치함에서 나온 말]이라고 불린 비전의 한곡횡에서 한학을 배웠고, 무츠는 오토리의 일청동맹론은 한곡 한학 때문이라고 생각했던 것이다.

# 3

 청국의 주일 공사 왕횡쪼우가 톈진조약 제3조의 규정대로 조선에 출병하는 사실을 일본 외무성에 통지한 것은 6월 6일의 일이었다. 그 속에는 '속국을 보호하기 위해' 라는 문장이 있었다.
 다음날 6월 7일 일본 외무성은 청국 공사에게 일본의 출병을 통고함과 동시에 "조선이 청국의 속국이라는 사실은 인정할 수 없다"고 일침을 가했다.
 일본의 주청국 대리공사 고무라 주타로가 리훙장에게 출병 통지를 전한 것도 같은 날인 6월 7일이었다. 고무라는 이 당시 만 37세였으므로 확실히 젊다고 할 수 있었다. 이 통지는 지극히 간단 명료했다. 오로지 톈진조약에 따라 파병한다는 것이었다.
 '총리아문'
 청국 외교의 관청을 이렇게 불렀다. 공식 명칭은 '총리각국사무아문(總理各國事務衙門)'으로 각국에 관한 사무를 총괄하는 관청이라는 뜻이다.
 예전의 중국은 세계 제국이었으며 여러 가지 관계를 맺고 있는 나라는 대등한 입장의 '외국'이 아니고 속국이라는 생각을 가지고 있었다. 그래서 근대 국가의 외무부에 해당하는 게 아니고 예부나 이번원(理藩院)에서 적당히 외국의 사무를 취급했었던 것이다. 그런데 영불 연합군이 베이징까지 진출한 후 각국 공사관이 베이징에 설치되었기 때문에 외국의 외교관들과 교섭할 기관이 필요하게 되어 1861년 이 아문을 설치하게 되었다. 그래도 '총리외국'이 아니고 '총리각국' 인 것을 보면 상당히 완고함을 엿볼 수 있다.
 총리아문의 특징은 시랑 이상 고관 10여 명이 총리아문의 대신이 되어 합의제를 채택함으로써, 전원이 겸임한다는 것이 원칙이었다.
 외국과 대등한 교류를 나누는 관청을 설치했다는 것 자체가 분통해 하지 않을 수 없는 일이었다. 어쩔 수 없이 설치는 했지만 전문적으로 그 일을 맡는 직을 두지 않은 것은 깨끗이 미련을 버리지 못한 태도에서 비롯되었다고 할 수 있다.

그 당시의 아문 대신은 황족인 경친왕(慶親王)을 필두대신으로 하고 있었으나, 경친왕은 1884년(광서 10년) 공친왕의 후임으로 임명된 이래 벌써 10년간 같은 직책을 맡고 있었다. 기타 대신들은 이부우시랑 리오써우헝[廖壽恒], 병부상서 쑨수원[孫毓汶], 호부좌시랑 짱인헝[張蔭桓], 이번원상서 충리[崇禮], 이부좌시랑 쉬융이[徐用儀], 종실의 후훈[福餛] 등의 인물이었다.

후에 유명해진 룽루[榮祿]가 보병 통령(統領)의 자격으로 아문 대신의 일원이 된 것은 그 해 12월이어서, 청일 양국이 조선에 출병했을 때는 아직 이름이 올라 있지 않았다.

총리아문은 고무라 대리공사의 통지를 받자,

아국(청국)은 조선 정부의 요청을 받아 그 내란을 평정하기 위해 즉 속국 보호라는 명분으로 출병하는 것이다. 그리고 내란을 평정한 후에는 즉시 철병할 예정이다. 반면 일본 정부의 출병 이유는 공사관·영사관 및 상인의 보호이므로 그렇게 많은 군대를 필요로 하지 않을 것이다. 더구나 일본은 조선 정부로부터 요청을 받은 것이 아니기 때문에 조선에 군대를 투입하여 백성을 놀라게 해서는 안된다. 또한 만일 청국 군대와 마주치게 되었을 때, 언어 불통 등의 이유로 사고가 일어날 위험이 있다. 이 점을 본국 정부에 전해주기를 바란다.

라고 요망했다.

고무라 대리공사는 그대로 일본 정부에 전달했다. 여기에 대한 일본 정부의 회답은,

"우리 정부는 톈진조약 규정에 따라 출병한 것으로 청국의 어떤 요구에도 응할 이유가 없다."

라는 것이었다. 또 일본 정부는 일찍이 조선을 청국의 속국으로 인정한 적이 없고 더구나 일본 군대는 엄격한 군율에 의해 절제 있게 이동하므로 청국 군대와 마주친다 해도 사고 등이 일어날 리가 없다고 했다. 이 회답은 이어서 그러므로

청국 정부도 그 군대에 명하여 사고를 일으키지 않도록 주의하기를 바란다고 추가했다.

문서를 통한 일대 설전을 벌인 것이다. 〈건건록〉에도,

평화가 아직 깨진 것도 아니고, 아직 교전 상태로 들어간 것은 아니지만, 단 한 편의 서신 왕래에서 이미 양자 간의 싸움을 보는 듯 갑론을박 상태를 나타내었다. 각기 다른 극을 갖고 있는 양운(兩雲)은 이미 정면으로 부딪혀 충격을 일으킬 형세임이 명백했다.

라고 기록되어 있다.

오토리 공사는 군함 '팔중산(八重山)'으로 귀임했다.

무츠 외상의 방침은 외교상 항상 수동적인 입장인 것처럼 보이다가, 일단 일이 일어날 때는 무력으로 기선을 제압하라는 것이었다.

앞서 말한 바와 같이 조선의 중심 항구인 인천까지 군대를 보낼 때, 청국의 산해관 혹은 대고에서는 이틀밖에 걸리지 않는 데 비해, 일본은 우품(宇品)항으로부터 4일 정도가 소요된다. 청국의 출병 통지를 받은 후에 일본이 출병하게 되면 상당한 차이가 벌어진다.

묘안이 있었다.

귀임하는 오토리 공사에게 상당수의 군대를 딸려 보내는 것이다. 그러나 이 문제는 이토 수상이 반대했다.

"상대에게 구실을 만들어 주는 게 아닌가?"

일본 정부의 입장에서는 청국이 먼저 출병했기 때문에 텐진조약 제3조에 의해 일본도 출병한다는 형태를 취하고 싶었다. 외교상의 수동적 입장이란 바로 이런 걸 가리키는 것이었다.

"동학난으로 서울이나 인천이나 다 불안하기 때문에 경비병을 대동하는 것은 당연하지 않습니까?"

무츠 외상은 설명했다.

"그러나 아무리 그렇더라도 정도라는 것이 있지 않소. 같은 경비 요원이라고 해도 군대라고 하는 것보다는 경찰이라는 게 듣기 좋은 것이니. 방법을 좀더 연구해 보았으면 하오."

이토 수상도 공사 귀임시에 무장 병력을 대동하는 문제에 반드시 반대한 것은 아니었다. 단지 청국에게 좋은 구실을 주지 않는 '정도'라는 조건을 붙인 데 지나지 않은 것으로, 그래서 군대를 경찰이라고 바꿔 부르는 식의 방법을 강구해 보라고 요구한 것이었다.

군함에는 당연히 수병이 있고, 이들이 상륙하게 되면 육군으로서 훌륭한 병력이 될 수 있다. 그러므로 정원보다 많은 수의 수병을 태우면 극히 자연스럽게 병력을 늘일 수 있다. 군함 '팔중산'은 단순히 정보 따위를 취급하는 배였으나 해군과 협의한 결과 정원 외로 1백 명 가까운 인원을 태울 수가 있다는 것이었다.

사이고 해군대신과 협의하던 중 대양에서 연습하고 있던 수척의 일본 군함이 부산 근처까지 항해한다는 사실을 알았다. 이들 군함을 인천으로 돌리면 또한 병력을 늘일 수 있었다.

'3백에서 4백.'

이 정도가 자연스럽게 오토리 공사가 대동할 수 있는 숫자였다. 거기다 경시청 순사 20명이 공인된 호위였다.

오토리 공사가 군함 '팔중산'으로 일본을 출발한 것은 6월 5일의 일이었다. 청일 양국이 서로 출병 통지를 하기 전이었으나 일본 측은 청국 파병의 대략적인 정보를 손에 넣었었다. 거기에 비해 청국에서는 일본의 계획에 대한 정보가 전무 상태였다고 할 수 있었다. 위안스카이는 스기무라 대리공사와 쩡융빵 서기라는 일본 외교관의 손에서 농락당하고 있었다.

오토리 공사가 인천에 도착한 날은 6월 9일이었다.

청국군의 도착은 그보다 하루 빠른 6월 8일로 상륙 지점은 아산만이었다. 그러나 제1차 파병군이 2천 명 이상이었기 때문에 일시에 상륙하기는 어려웠다.

결국 도착은 8일에 했으나, 전원이 상륙을 끝낸 것은 11일이었다.

'청국군 상륙중.'

이런 정보를 접하자 오토리 공사는 서둘러 4백20명의 군대를 인솔하여 서울로 향했다. 상륙한 다음날 오토리 공사 일행은 이미 서울에 들어올 수 있었다.

청일 양국의 상륙 경쟁은 거의 동시에 시작되었으나 병력 규모의 문제를 떠나 서울에 진입하는 데는 일본이 기선을 잡은 것이다.

## 4

오토리 공사가 인솔한 4백여 명의 일본군은 사실은 일본의 정식 파병 이전의 군대인 셈이다. 명분은 공사의 보호였다. 그러나 4백여 명이라는 숫자에서 볼 때 그것은 파병 제1진에 해당한다고 할 수 있다. 더구나 일본은 6월 7일 벌써 출병을 통고하고 있었다. 그러므로 조선 측에서 보면 일본은 출병 통고와 동시에 군대를 상륙시킨 것 같았다.

군함 '팔중산' 이 인천에 도착한 6월 9일은 비가 심하게 내렸다.

'인천에 일본군 도착.'

이 같은 소식에 경악을 금치 못했던 것은 물론 조선 정부였다.

서울의 조선 궁정에서는 긴급 회의가 열렸다.

전에 말한 '전주 화약' 은 이러한 상황 하에서 성립된 것이었다.

'청국 · 일본 모두 군대를 철병시키기 바란다.'

이것이 조선 전체의 희망이었다.

청일 양국 모두 '조선에서 난이 일어났다' 라는 소식에 접하여 군대를 보내온 것이다. 양국군을 철수시키기 위해서는 조선의 난은 이미 끝났다는 상황을 보여 주지 않으면 안되었다. 전주 화약은 6월 10일부터 11일에 걸쳐 이루어졌다. 그것은 청국군이 아산에 상륙하고 일본군이 서울에 진입했던 시기였다.

조선 정부에서는 책임론이 대두되기 시작했다. 책임자 1명을 처벌하고 모든 것을 덮어두는 일은 조선에서 자주 행하여지는 정치적 해결 방법이었다. 조선은 분명히 청국에 원병을 요청했었다. 그것은 정부의 의사가 아니었고 개인이 제 마음대로 한 요구에 지나지 않았다고 발뺌을 해버리는 방법이었다.

청국의 파병을 가장 열망했던 사람들 즉 동학을 가장 두려워했던 사람들은 민씨 일족이었다.

동학은 현 체제의 타도를 외치고 있고, 조선의 현 체제란 민씨 일족을 가리키는 것 이외에는 생각할 수 없다. 민씨 일족의 권세를 흔들려는 것은 동학이고, 그 동학이 민씨 일족의 숙적인 대원군과 연결할 기미를 보이고 있다. 지금 동학을 진압해버리지 않는다면 큰 사건으로 발전할지도 모르는 일이다. 청국의 힘을 빌어서라도 동학은 전멸시킬 필요가 있었다.

민씨 일족의 이런 뜻을 대표해서 청국에 원병을 요청한 사람은 경리청 대장(經理廳大將)이라는 직함을 가진 민영준이었다. 그래서 지금 모든 죄를 민영준에게 뒤집어씌우려는 것이다. 그리고 위안스카이에게는 '아직 도착하지 않은 청군을 도중에서 돌려보내기를 바란다'고 부탁했다. 청군이 조선에 오기 때문에 일본도 군대를 파견하는 것이다. 그러므로 청군을 되돌려 보내면 일본도 군대를 철수할 것이다.

회의는 이렇게 결정을 내렸다.

"농담하지 말아라."

위안스카이는 일축해버렸다. 요청을 받았기 때문에 출병한 것이고, 군의 이동이라는 것은 그렇게 간단한 일이 아니다. 장비를 갖추고, 계획을 세우고, 모든 준비를 완료했다. 군함, 기선 등도 모두 대기중이므로 이를 중도에서 그만둘 수는 없었다.

"그래도 일본군이 왔소. 양국군이 한 장소에 주둔하게 되면 어떤 예기치 못하는 사태가 일어날지 알 수 없소."

조선 측은 고충을 털어 놓았다.

"그렇군."

위안스카이는 생각에 잠겼다. 일본군이 지금 곧 서울에 들어와서는 곤란하다.

"하여튼 일본군을 잠시 인천에 머물게 하여 서울에 들어오는 것을 중지하도록 설득해 보겠소. 최소한 날짜를 연기하게라도 말이오."

"그럼 부탁하는 바이오."

"오토리 게이스케는 말귀를 잘 알아들을 사람 같으니……."

위안스카이는 오토리의 일청동맹론을 떠올리며 설득할 가능성이 있다고 판단했다. 그러나 한편으로는 불안했다. 위안스카이는 요즈음에야 겨우 스기무라 대리공사나 쩡융빵 서기 등 일본 관리들에게 감쪽같이 속았다는 생각이 들기 시작했다. 그들은 청국에게 출병하도록 권하는 듯한 언동을 했으며, 만약 일본이 출병한다 해도 공관이나 거류민을 보호하기 위한 소수일 것이라고 느끼게 하였다. 그러나 청국의 출병 통지에 대해 마치 기다렸다는 듯이 거의 동시에 일본의 출병을 통고해 온 것이다. 그것도 소수 병력인 것 같지는 않은 느낌이었다.

일본의 출병 통지를 접한 후 위안스카이는 조선 정부에 일본의 출병을 취소하도록 교섭하게 했다.

"우리 정부는 귀국에 출병을 요청하지 않았던 바……."

조선 정부는 이렇게 말했으나 스기무라 대리공사는,

"톈진조약을 읽어보시오. 특히 제3조를 말이오."

라며 상대조차 하려 들지 않았다.

일본의 출병을 저지하기는 거의 불가능했다. 그것은 청국의 출병을 도중에서 중지시키는 일이나 마찬가지였다.

위안스카이로서는 현재 아산에 상륙중인 청군 2천여 명을 먼저 서울에 진주시키고 싶었다.

"좋은 비로군."

공관 관저 창 밖으로 심하게 내리는 비를 바라보면서 위안스카이는 중얼거렸다.

'내일 당장 인천으로 나가 보는 거다.'

청국 군대의 관습대로라면 야전 작전시 비가 오면 상륙, 이동 등의 군 작업은 당연히 중지되었다. 위안스카이는 그래서 일본군도 비 때문에 인천에서 이동하지 못했을 것이므로 인천에는 내일 간다해도 충분하리라고 태평스럽게 여기고 있었다. 그러나 일본군은 우중 행진 따위는 대수롭지 않게 여겼다. 게다가 일본 역시 청군보다 먼저 서울에 도착하는 것이 파병의 목적이었다. 비 때문에 쉰다는 것은 어불성설이었다.

이튿날인 6월 10일, 일본군은 서울에 들어왔고 일본 공사관이 있는 소고(小高)라는 곳에 진을 쳤다.

"의외로 조용하지 않은가?"

오토리 공사는 서울 성내가 보통과 다름없이 평온한 사실에 약간 어안이 벙벙했다. 스기무라 대리공사는 옆에서 웃고 있었다. 조선의 내란을 이유로 출병했는데 이다지 평온하니 명분이 서지를 않는 것이다.

"특히 요 며칠 간 민심도 빨리 진정되었습니다."

스기부라가 보고했다.

전주 함락 이래 10일이 지났다. 조선 정부는 보도를 통제했으나 그 소문은 이미 널리 퍼졌고, 동시에 전주에서 정부군과 동학군이 평화 교섭을 진행중이라는 사실까지도 입에서 입으로 전해지고 있었다. 서울에서도 시국에 대한 불안감이 진정되어가고 있었던 참이었다.

그런데 나팔소리를 드높이며 일본군이 들어왔다.

"민심이 진정된 데에는 쌀값 하락도 크게 작용하고 있는 것 같습니다."

스기무라의 이야기는 계속되었다.

정부와 동학간의 타협안 내용이 서울을 비롯하여 전국 각지로 전해졌다. 그 가운데 '남관 오리와 횡포가 심한 부호, 사새기하는 상인들을 처벌하고 미곡류를 몰수할 것'이라는 항목이 있다고 전해지고 있었다. 아직 화폐 경제가 발달하지 않았던 때이니 만큼 미포가 유통 경제 단위였다. 여기저기에 쌀이 축적되어 있었으니, 그런 지주들을 처벌한다면 그들이 서둘러 처분하려고 했을 것은 당연한 일이다. 쌀을 갖고 있던 사람들은 급히 쌀을 팔러 내놓았다. 그 결과 쌀값은 내리게 되었다.

주곡의 값이 내려간다는 것은 민생이 안정되었다는 사실을 의미한다.

"묘하게 되었군."

오토리 게이스케는 이마를 짚었다.

# 제25장 진주(進駐)

## 1

청국군은 아산에 상륙하여, 그 주변에 주둔한 채 서울에는 들어오지 않았다. 일본군 4백 명만 평온한 서울에 진주했다. 외교관이라는 입장에서 오토리 게이스케는 각국의 시선을 따갑게 느꼈다.

기정 방침으로는 우선 오토리가 4백 명의 병사를 끌고 서울에 들어가 조선 정부에 정식으로 동학 진압의 의뢰를 받아내고, 계속 후속 혼성 여단을 끌어들이려고 했었다.

'이 4백 명만으로도 구실을 붙이기가 어렵군.'

서울에 진주한 다음날 오토리는 즉각적인 각국 외교관들의 질문 공세를 받았다.

위안스카이는 조선 정부를 종용하여 일본에 항의하게 했다. 조선의 외무참의 민상호(閔商鎬)와 협판인 여선득, 이용식 등 간부들이 각각 오토리에게 철병을 요구했으나 일본은 들으려고 하지 않았다. 위안스카이는 또한 각국의 외교관들이 일본에 압력을 가하리라고 기대하여 그 나름대로 움직였다.

그러나 서울의 각국 외교관은 모두 각기 자국의 이익을 대표하고 있었다. 그들은 우선 오토리를 향해 항의조의 질문을 했으나, 일본군의 서울 진주라는 현실에 어떻게 대처할까는 잠시 두고 보기로 했다. 여기서 너무 적극적으로 움직인다면 앞으로 행동의 폭이 좁아질 우려가 있었던 것이다. 외교관들 사이에서도 의견의 통일이 이루어지지 않았다.

예를 들면 조선으로의 남진이 숙원인 러시아로서는 청일 양국 모두 적이었다. 양자가 서로 다투어 상처 입고 쓰러지는 것이 러시아로서는 이익이었다. 그런 장면을 실현시키기 위해서는 더 두고 보면서 행동을 신중히 할 필요가 있었다. 청국을 자극하기 위해서는 일본군의 서울 진주는 오히려 바람직했다. 입으로는 일본에게 출병 이유의 근거가 박약하다고 추궁하고 있는 것 같지만, 내심 완전히 철수해버리면 오히려 재미 없을 것이라고 여기고 있었다.

톈진의 리훙장도 외교관들의 압력을 기대하여 위안스카이에게 다음과 같은 전보를 띄웠다.

"한성은 무사 평온한데 일본 혼자 군대를 진주시켰다. 각국 공사들 간에 당연히 공론이 있을 터인 즉, 우리는 신중하게 잘 대처해야 한다."

각국 외교관들의 '공론'을 기다리는 리훙장의 자세는 너무 낙관적이었다고 할 수 있다.

조선 정부 내에서는 지금까지의 친분상 이야기 붙이기 쉬운 청국 측에게 아산에 상륙한 군사를 철수하게 만들 수 있다면 일본도 군대를 철수하지 않겠느냐는 격론이 벌어졌다.

"모두들 쉽게 생각하는군."

위안스카이는 담담한 표정으로 말했다.

"그러나 달리 손쓸 방도도 없으니 할 수 없지."

마땅한 방법은 없었으나 무엇인가 손을 쓰지 않을 수 없는 괴로운 입장이었다. 어차피 무슨 수를 써야만 한다면 위안스카이는 오토리를 설득하여 조금이라도 일을 누그러뜨릴 방법을 강구해야겠다고 생각했다.

"오토리와 만나면 필담으로 하는 것이 좋겠지?"

위안스카이는 옆에 있던 탕쏘우이에게 반은 질문조로 이야기했다.

"차이쏘우지[蔡紹基]는 어떻게 합니까?"

라고 탕쏘우이가 말했다. 차이쏘우지는 일본어 통역관이다.

"필담을 한다면 없는 편이 좋겠지."

"그렇습니다. 차이쏘우지가 있는데도 필담을 한다는 건 이상하니까요. 회담할 때 그는 다른 일이 있는 것처럼 하기로 하죠. 그리고 저도 함께 있겠습니다. 뭔가 도움이 될지도 모르니까요."

"자, 어떡한다."

비전의 한곡횡에서 한학을 충실히 교육받은 오토리는 대단히 숙달된 한문을 쓸 수 있었다. 위안스카이는 그와 그의 지론인 '일청동맹론'에 대해서 필담을 나누던 때의 일을 생각해내었다.

"역시 빠져나갈 길이 있는 통역을 쓰는 편이 좋지 않을까요?"

탕쏘우이가 잠시 생각한 후 이렇게 고쳐 말했다.

"과연 그럴까? 인정에 호소해서 부탁하려는 게 아니지 않은가. 무사 평온한 외국의 수도에 군사를 진주시켰기 때문에 잘못은 일본 측에 있음이 명백하지. 원칙에 따르는 것이니까 필담으로 하는 편이 좋을 듯한데."

위안스카이는 탕쏘우이와 이야기를 나누었으나 특별히 누구를 향해 말하는 투가 아니라 혼잣말처럼 중얼거렸다. 그다지 마음이 내키는 일은 아니었다. 오토리와의 담판도 하지 않는 쪽보다는 나을 것이라는 정도로밖에 생각하고 있지 않았다. 담판에도 기대를 걸지 않았다. 톈진의 리훙장에게도, '말로만 싸울 수 있는 것이 아니다'라고 비관적인 관측을 타전했다.

'이번에는 일본 정부도 본격적인 채비를 갖추고 있다.'

그는 이렇게 느꼈다.

오토리 개인의 세계관이나 정견이 어떻다고 해도 그가 일본 정부의 기본 방침에서 벗어나는 일을 허락하지는 않을 것이다.

'그것보다도 군대이다. 무력에는 무력을.'

여기까지는 생각을 했지만 아산의 2천여 병력을 서울로 진입시킨다는 점에 이르러 생각을 멈추었다. 일본의 작전에 말려드는 것 같은 기분이었기 때문이다. 같이 출병한 청국이 일본을 비난할 수 있는 것은 서울에 들어오지 않는 상황에서 만이다. 지금 청군이 서울에 진주한다면 곤경에 빠져 있는 일본을 도와주는 셈이었다.

"이쪽도 괴롭지만 상대도 괴로울 게야."

위안스카이는 중얼거리듯이 말했다.

"그렇구 말구요."

탕쏘우이도 힘있게 대답했다.

"오토리도 외교관들의 질책에 꽤 곤란을 당할걸요."

6월 11일 오토리 게이스케는 위안스카이의 회담 요청을 거절했으나 웬일인지 이튿날 태도를 바꾸어 자신이 직접 위안스카이를 방문했다.

확실히 오토리는 어려움에 봉착하고 있었다.

무코요마[向山] 해군 소좌가 지휘하는 4백 명의 육군과 20명의 경찰뿐이었지만, 그들의 모습은 서울에서는 너무 확연히 눈에 띄어 어쩔 도리가 없었다. 군대 진주에 대한 변명에도 힘이 들었다. 더구나 후속의 혼성 여단이 도착한다면 손을 들 수밖에 없었다.

오토리는 도쿄에다 서울은 평온하니 후속 군대의 파견을 보류하도록 타전했다. 그리고 이미 파견된 혼성 여단에 대해서도 여단장 오지마 요시지마[大島義昌] 소장에게 본인의 명령이 있을 때까지 부대를 상륙시키지 않도록 명령을 내려 주기를 부탁한다는 전보도 쳤다.

"서울의 지금 형세로는 다수의 병력을 진주시킬 정당한 이유가 없다."

오토리는 자신의 괴로운 입장이 도쿄에도 직접 전해지기를 기도하는 마음으로 전문을 썼다.

그것이 11일 밤의 일이었다.

이튿날 위안스카이와 오토리의 회담이 진행되는 동안 위안스카이는 오토리의 태도를 보고 의외라고 생각했다.

'잘될 지도 모르겠다.'

오토리는 진지했다. 그리고 솔직했다.

"혼성 여단의 선발대 8백 명은 이미 이치노헤[一戶] 소좌 지휘로 인천에 상륙하고 있소. 그들은 서울에 들어와 있는 육군과 교대하기 위한 인원이므로 이미 변경은 할 수 없소. 그러나 그 후는 필요가 없다면 지연시키겠소. 가능한 한 상륙시키지 않도록 나도 노력하겠소. 그 대신 청국도 아산의 부대를 이동시키지 말고 더 이상의 출병도 중지시켰으면 하오."

이에 대해 위안스카이는,

"지금이야말로 우리 양국의 협조가 가장 필요한 시기 같소. 말씀하신 것에 원칙적으로는 찬성이나, 역시 본국의 훈령을 기다려 보아야 하오."
라고 대답했다.

'한발 후퇴한 것 같으나 꿍꿍이속이 있는 게 아닐까?'

청일 관계에 대해서는 비관론자였던 위안스카이는 오토리의 태도에 아직도 의심을 품고 있었다. 그러나 이미 위안스카이에게는 리훙장의 기본 방침이 전달되어져 있었다.

'조선의 민란을 평정하는 것보다는 일본을 막는 일이 중요하다. 일본군의 철병을 위해서라면 청군의 철수도 불사하라.'

두 사람의 제2차 회담은 이튿날인 6월 13일에도 열렸다.

"철병 문제는 본국 정부의 승인을 얻었소."

위안스카이가 이렇게 전했다.

"2천의 증원 부대 파병은 중지하기로 결정했소. 일본 측도 후속 부대를 타고 있는 배 그대로 돌려 보내 주기 바라오."

"후속 부대와는 이미 교신이 불가능하오. 그러나 책임자를 인천에 파견하여 부대의 지휘관과 연락을 취하도록 하겠소. 여하튼 부대를 상륙시키지 않도록 노력하겠소."

양자 회담은 서로의 노력이 결실을 맺는 것처럼 보였다. 철병의 원칙적인 협의는 합의점에 도달했다.

'이것으로 끝나는 것인가?'

위안스카이는 2차 회담을 끝내고 오토리와 헤어진 뒤에도 아직 믿을 수 없다는 표정이었다.

"잘 되었군요. 축하합니다."

탕쏘우이는 이렇게 말했으나 위안스카이는 선뜻 수긍하려 하지 않았다.

"아직 좀더 정세를 살펴야지."

위안스카이는 평소의 그답지 않게 지나치게 신중했다.

# 2

도쿄. 일본 외무성.

무츠 외상은 서울의 오토리에게 회신을 보냈다.

"상륙을 중지하는 일은 곤란하다."

그의 결의는 굳었다. 싸움은 이미 계획상 시작되었다.

결정은 이미 내려졌다.

여기까지 와서 되돌린다는 것은 불가능했다. 무츠 외상의 저서 〈건건록〉에 다음과 같은 기록이 있다.

공사는 계속 우리 정부에 전보를 보내, 그동안 너무 많은 군대를 조선에 파병하여 조선 정부 및 백성에 대해 또한 특히 제3자인 외국인들에게 말할 수 없는 의심을 받은 것은 외교상 득을 보는 게 아니라는 점을 충고했다. 그러나 반대로 우리의 입장은 이미 전비 태세가 갖추어졌고, 중도에서 이미 정해진 군대의 수를 변경할 수도 없다. 그뿐 아니라 종래 청국 정부의 외교를 관찰한 결과, 그간 얼마나 권모술수에 능했으며 마지막에 우리를 속일지도 모른다는 점을 인식해야만 했다.

현지에서 너무 독주하여 중앙에서 이를 억제한 것이 그 후 일본의 대륙 진출 정책의 진행 방법이었으나, 이 때는 반대였다. 혹은 오토리 공사 한 사람만이 예외였는지도 모른다. 대리공사 스기무라 등은 역시 강경파로, 오토리의 유약함을 비난했었다.

외상의 회신을 받고 오토리는 또 거듭해서 전보를 띄웠다.

'너무 많은 군대를 상륙시키게 되면 외교상 분쟁을 초래할 것이다. 본인이 필요하다고 인정하는 병사 이외에는 모두 대마도로 퇴각시켜 명령을 기다리게 하도록 부탁함. 육군대신과 의논하여 이 뜻을 오지마 여단장에게 명령하기를 희망한다.'

"오토리의 생각은 이해하지만……."

무츠는 전문을 몇 번이나 읽어 보면서 이렇게 중얼거렸다.

조선에서의 구미 외교관 혹은 거류민들이 일본을 보는 질시의 눈은 무츠도 가슴이 따가울 정도로 잘 알았다. 그도 역시 외교관이므로 어느 누구보다도 그런 일을 이해하고 있었다.

서울에 진주한 일본군이 아무리 군율이 엄하고 온건하게 행동한다 해도 군인은 군인이다. 무장 단체가 평화롭게 보일 리가 없는 것이다. 인천에서부터 서울까지 이동한 일본군은 각국 외교관이나 거류민들의 눈에 띄게 마련이다. 반면 아산에 상륙한 채 그 일대를 벗어나지 않은 청군은 사람들의 눈에 띄지 않았기 때문에 그들의 존재는 의식되지 않았다.

또 무츠의 말에 의하면 청군 2천이 상륙했다는 소식을 듣고도 외국 관리 및 상인들은 표면상으로는 뭐라고 해도 내심 조선은 청국의 속국이라는 사실을 인정했기 때문에, 이번의 청국의 출병도 조선 국왕의 요청에 의한 것으로 믿는다는 실정이었다.

무츠는 일본이 조선을 하나의 독립국으로 간주하여 양국 간에 제물포조약을 체결했다는 사실을 외국인이 잘 몰라주는 점이 유감스러웠다.

누가 생각해도 조선 국왕 혹은 조선 정부가 일본에 출병을 요청했다고는 보지 않으나, 그 반대로 청군의 모습을 보면 조선 측의 요청이 있었겠지라며 당연한 일로 여겨버리는 것이었다. 그들(외교관 및 거류민)은 우리 정부가 출병하게 된 명분 및 그 진의가 어떤 것인가에는 상관없이, 일본 정부는 평온한 곳에 파문을 일으키며 이 기회를 빌어 조선을 침략하려는 망상에 빠져 있다고 보았다. 따라서 그들은 일본보다 청국에 동정심을 표했으며 그들 조선 주재 구미 외교관, 영사관 등은 그들이 추측하는 바를 각자 본국 정부에 보고했다. 또 상인들은 한층 과장하여 그들 본국의 여러 신문에 소식을 전했다.

이 청일 사건도 구미 각국의 감정을 건드렸을 것임에 틀림없다.

이같이 무츠 자신도 〈건건록〉에서 국제 여론이 일본에 대단히 불리했다는 사실을 인정하고 있다.

현지에 있는 오토리의 고충도 충분히 이해했다. 같은 책에 무츠는, "오토리 공사의 요청을 지당하다고 생각하나"라고 오토리가 보낸 전보의 정당성을 인정하고 있다. 그러나 그가 표현했던 것처럼 이미 물은 엎질러진 뒤였다.

당연히 외무성에는 각국 주재 외교관으로부터 전보가 끊임없이 들어왔다.

주영 공사 아오기 슈조는 "러시아의 남하를 저지하는 것이 목적이라면 일본의 행동을 시인한다는 태도를 영국 외무장관이 암암리에 비쳤다"는 타전을 해왔다. 이 '암암리'라는 게 재미있는 표현이다. 외교관은 공식 발언 이외에 비공식적인 사교적 예의로 적당히 화제를 다루는 때도 있을 것이다. 나중에 보면 아오기 공사의 이 보고는 다분히 희망적 관측에 의한 것이었다는 사실이 판명된다.

일본 정부가 가장 우려했던 것은 러시아의 태도였다. 주일 러시아 공사 히트로붸는 대단히 강경한 어조로 일본의 출병 이유를 힐문하는 등 고자세를 보이고 있었다.

그러나 시베리아를 한 필의 말로 단신 횡단하여 유명해진 참모 본부의 후쿠시마 야스마사 대좌의 정보에 의하면 러시아의 극동 병력은 예상외로 미약하여 조선에 군사적 개입을 시도할 여유가 없다는 판단이었다. 러시아를 두려워할 것도 없고, 영국의 승인도 암암리에 얻을 수 있을 것 같았다.

그러나 아오기 공사와는 정반대의 정보도 들어와 있었다. 그것은 상해의 대월 총영사가 보낸 것으로, '영국은 거문도 재점령을 승인한다는 조건으로 청국의 조선 합병을 묵인할 용의가 있다' 라는 것이었다.

더구나 텐진과 베이징에서 보내 온 전보에는 청국은 조선 출병을 위해 군대를 편성하고 있다고 전해 왔다.

"오토리 공사의 입장도 이해하지만 무엇보다도 나라의 이익을 우선하지 않으면 안된다. 만약 지금과 같은 기회를 놓쳐버린다고 한다면……."

무쯔 외상은 가와카미 참모차장에게 '만약' 이라는 가정적 추측으로 물어 보았다.

"너무 늦어져 실패하겠지요. 지금도 늦을지 모릅니다. 시베리아 철도의 완성이 가까워오면 가까워올수록 러시아의 태도는 강경해질 것이 틀림없지요. 지금은 단지 입으로만 고자세를 취하지만, 이번 기회까지 놓친다면 어떻게 될지는 아무도 모릅니다. 더구나 이번에는 이동 계획까지 이미 세워 놓았으니 지금에 와서 취소할 수는 없습니다. 이 점은 대신께서 잘 알고 계시겠지요."

가와카미 소로쿠는 미소를 지었다.

조선 출병 문제에 있어서는 서로 공모자인데 이런 상황에서 가정의 문제를 생각해 보는 것은 시간 낭비라는 뜻이었다.

6월 12일 오토리에게서 혼성 여단을 대마도까지 퇴각시키도록 요망하는 전보가 도착한 날, 대본영은 오히려 제5사단을 동원하여 조선에 파견키로 결정했다.

대본영이 설치되자 동원·삭선 등은 모두 통사사항이 되므로 내각이 어떤 의사를 갖고 있어도 개입할 수는 없었다.

대본영의 결정은 일급 비밀이므로 서울의 오토리 공사에게는 전해지지도 않았다.

한편 그 때 오토리 공사는 위안스카이와 함께 철병 교섭을 진행시키고 있었다.

1개 대대는 이미 서울에 들어와 있었다. 서울에 주둔하는 일본군은 천 명에 달해 있었다. 오토리와 위안스카이의 양자 회담에서는 단계적 철병이라는 현실적인 방법을 채용하기로 의견의 일치를 보았다.

일본군은 4분의 3을 철병 하여 인천에는 2백50명을 남겨둔다. 청국군은 5분의 4를 철병 하여 4백 명을 유지하나 아산에서 인천 가까운 곳으로 이동시킨다. 동학란의 무리들이 소탕될 때를 기다려 전군을 철수시킨다.

그러나 이 교섭 도중 오토리는 자신의 제안을 거부하는 훈령을 도쿄으로부터 전해 들었다.

그러나 위안스카이와 오토리가 의견의 일치를 본 날은 6월 15일로 후에 공식으로 문서만 교환하면 되는 것이었다.

## 3

리훙장이 파병군에게 귀환 준비 명령을 타전한 날은 양자 회담이 한창 진행 중이던 6월 13일이었다.

청국 파병군 총사령관은 직예제독 예쯔초우였고, 부사령관은 네스청으로 인천의 남쪽에 위치하는 아산에 진을 치고 있었다.

리훙장은 현지의 위안스카이보다도 더욱 낙관적이었다. 지금까지 그의 정치 신념은 인간 관계를 중요시하는 것이었다. 그리고 그는 무엇보다도 이토 히로부미를 믿고 있었다.

그는 일본 의회가 정부의 강경론자들을 저지할 것이라고 예상하고 있었으나, 이는 리훙장의 연구 부족 탓이었다. 일본의 의회 내에서는 대외 강경론이 주류를 이루었다. 또한 그는 정부와 의회를 초월한 존재인 '대본영'의 성격에 대해서도 정확한 이해를 하지 못한 상태였다. 그리고 그 무엇보다도 리훙장이 희망했던 것은 전쟁만은 어떻게 해서든 피해야만 한다는 것이었다.

지금 일본과 전쟁을 벌인다면 최전선에 서게 되는 것은 그가 수년간 심혈을 기울여 온 회군계의 북양군이다. 그 북양군이야말로 리훙장의 정치적 생명으로 만약 북양군이 손상을 입을 경우 그의 정치적 지위에 영향을 끼칠 것은 말할 나위도 없었다.

청국 정계의 일인자라고는 해도 그에게는 적도 없지 않았다. 그의 입장이 약해지면 정적의 공격에 대한 방어가 어려워진다. 이 점을 예견하여 리훙장의 정적들이 대일 강경론을 주창할 우려가 있었다.

철병이라는 평화적 조치를 리훙장이 그답지 않게 급히 서둘렀던 것은 그러한 정적의 움직임을 의식했었기 때문이었다.

'정비 귀장(整備歸裝)', 돌아올 준비를 차리라. 이 전문은 명확히 철병하라고는 말하지 않았지만, 거의 그에 가까운 뜻이었다. 이 전문을 읽으면 누구나 '철병'이라고 여길 것이었다.

리훙장이 이 '정비 귀장'이란 전보를 아산의 예쯔초우 제독에게 발송한 날, 도쿄의 주일 공사 왕횡쪼우에게서 한 통의 전보가 텐진으로 날아들었다.

"이토 히로부미 수상은 민란 평정 후 양국 모두 철병한다고 표명하고 있으나, 암암리에 군대를 체류시킬 후속조치를 강구할 의사를 비쳤다."

물론 '암암리'였지만, 리훙장의 낙관적인 견해도 조금 흔들렸다.

완전 철병은 아닌 듯싶다. 게다가 그것이 일본에서도 가장 온건파라는 이토가 암시했다는 것이다.

'그도 정적의 공격을 피하기 위해 때로는 마음에도 없는 말을 할 필요가 있을 것이다.'

리훙상은 이렇게 해석하기로 했다.

그러나 현실은 그의 희망적인 관측대로 풀리지를 않았다.

리훙장이 믿는다던 이토 히로부미는 6월 14일 각의에서,

'조선에서의 내란은 일청 양국의 군대가 공동 협력하여 신속히 진압하여야 한다. 내란 평정 후에는 조선의 내정을 개혁하기 위하여 일청 양국에서 위원을 조선에 파견하여 내정 개혁을 실행해야만 한다.'
라는 제안을 했다.

내란의 진압에 대해 말하고 있을 뿐 철병 문제에 대해서는 다루지도 않았다.

왕횡쪼우는 그다지 유능한 외교관이라고는 할 수 없었으나, 이토 수상이 철병 문제를 곤란하게 생각한다는 사실을 '암암리'에 알아챘던 것이다.

이 같은 수상의 제안에 무츠 외상은 하루간의 유예 기간을 두고 숙고한 결과, 일본 정부는 외교상 '권모술수'를 쓰지 않으면 안 될 시기에 도달했다고 판단했다. 그리고 일본의 제안에 대해 청국은 십중팔구 동의하지 않을 것이라고 예상했었다. 그는 다음날 각의에서 이토의 제안에 원칙적으로 동의했으나,

1. 청국 정부와의 협상이 진행중이나 그 결과 여하를 두고 볼 때까지는 현재 조선에 파견해 있는 우리 군대는 결코 철수하지 않는다.
2. 또한 만약 청국 정부가 우리 제안에 찬성하지 않을 시는 일본 정부 단독으로 조선 정부로 하여금 앞에서 말한 개혁을 하게 한다.

라는 조항을 첨가하여 결정하고 수상은 이를 상주하여 재가를 받았다.

이 일에 대해 무츠는 스스로 잘한 일이라고 자찬을 아끼지 않았다.

청국이 공동 개혁에 십중팔구는 동의하지 않을 거라고 예상할 수 있었던 것은 청국이 조선에 대한 종주권을 계속 고집하리라는 판단에서였다.

조선의 폐정을 개혁하고 그것을 지휘하는 일은 종주국인 청국만이 허락할 수 있었던 것이다.

청국이 그렇게 생각할 건 분명하고, 따라서 일본과 공동으로 내정 개혁을 꾀하자는 말은 조선에 대한 청국의 종주권을 부정하는 꼴이 된다.

〈건건록〉에는 십중팔구라고 쓰고 있으나, 무츠는 십중십까지 청국의 동의를 기대하지 않았음에 틀림없다.

일본의 언론도 계속 강경론을 부채질했다.

"설마 사열을 하기 위해 조선에 출병한 것은 아니겠고"라며 빈정거리는 기사도 있었다.

무쯔 외상은 이 같은 각의 결정의 내용을 6월 19일 주일 청국 공사 왕횡쪼우에게 전달했고 왕횡쪼우 공사는 그 즉시 텐진에 타전했다.

일본의 의사는 군대를 그대로 체류시키면서 그 대책을 강구하는데 있다. 그 저의는 대적에 대한 준비와 같으므로 병력을 모아 그들의 음모를 저지하는 편이 좋을 듯하다.

왕횡쪼우 공사도 이왕 일이 이렇게 된 바에야 병력을 모아 일본의 움직임에 대비하지 않을 수 없다고 건의했다.

그러나 리훙장은 이를 묘책으로 인정하지 않았다.

다음날 위안스카이도 장문의 전보를 리훙장에게 보냈다. 그 역시 일본이 철병할 의사를 갖고 있지 않는 한 청국도 파병해야 한다는 견해를 갖고 있었다.

"일본은 금년이 서태후의 환갑이라는 사실을 알고 있기 때문에 청국이 반드시 참고 넘길 것이라고 판단하고 있다. 그러나 반대로 만약 우리가 큰일을 계획하려고 한다면 오히려 그 결속이 쉬울지도 모른다. 아무쪼록 해군을 재편성하여 신속히 출병하고 엄중히 감시하며 계속 육군을 준비시켜 주기 바란다. 이와 동시에 본국에 주재하는 각국 공사를 잘 설득시켜 그들을 움직이게 한다면 평화가 당장 결렬되지는 않을 지도 모른다."

대충 이런 내용이었다.

위안스카이도 리훙장이 전쟁을 벌이고 싶어하지 않는다는 점을 눈치채고 있었다. 그래서 출병, 해군 파견 등과 같은 일을 각국의 외교관들을 조정하면서 동시에 진행한다면 전쟁은 막을 가능성이 있다고 설명한 것이었다.

그동안 일본군은 속속 인천에 상륙하고 있었다. 오토리 공사의 상신서(上申書)는 6월 15일 각의에 도착했다.

서울에 4천의 병사를 투입시켜야 하는 적당한 이유를 발견할 수 없다. 정부가 군대를 철수할 조치를 세우는 것이 결코 우리 외교에 손해될 일이라고는 믿지 않는다. 그러나 정부가 출병 이외에는 어떤 다른 대책에도 응하지 않으려는 결심인 이상 지금까지의 이야기는 모두 없었던 것으로 하겠다.

이 상신서에 대해 무츠는 각의를 끝낸 후, "어떠한 구실을 붙여서라도 우리 군대를 서울에 체류시켜 놓는 게 가장 중요하다"는 답신을 보냈다.

일본은 현지 책임자가 온건주의를 부르짖고 본국의 수뇌가 강경했던 반면, 중국은 그 반대로 현지의 위안스카이가 출병을 재촉하는데도 텐진의 리홍장은 어떻게 해서든 출병을 피하려고 했다.

양측의 중추부는 투쟁 의욕에서부터 커다란 차이가 있었다.

## 4

위안스카이는 아산에 주둔하고 있는 제독 예쯔초우에게, "일본이 주저하는 의도는 우리를 막으려는 데 있다. 만약 우리가 움직이면 일본은 반드시 수그러든다"며 서울로 이동할 자세를 취하라고 충고했다.

아니, 반드시 지금 곧 이동할 필요까지도 없다. 그것보다 이동한다는 소문을 내어 상대의 거동을 기다리는 편이 좋지 않을까 생각한다.

위안스카이는 정말이지 기다리기에 지쳤다. 그러나 예쯔초우 제독은 일이 일이니 만큼, 자기 혼자서는 결정하지 못하고 텐진의 리홍장에게 훈령을 청했다. 단 예쯔초우 제독은 전문 속에 자신의 의견을 다음과 같이 첨부했다.

"본인의 의견으로는 먼저 이동한다는 소문을 퍼뜨린다고 해도 이익될 것은 없고, 오히려 반대로 일본의 출병 증대를 초래할지도 모른다고 생각합니다. 일본은 서울과 인천에 밀집되어 진영을 설치하고 있으니 어떻게 하는 쪽이 좋을 것 같습니까?"

이 물음에 대해 리훙장은,

"서울이나 인천으로 이동하면 사고가 일어나기 쉽다. 그러므로 군대를 마산포로 이동시켜야 한다. 그곳이라면 인천이나 서울에도 가까울 것이다. 고종에게는 진정하라는 충고를 전하고 만일의 경우 마산포에서 보호할 수 있게 대비하라. 띵루창 제독에게는 해군을 통솔하여 마산포로 향하게 할 터이니 서로 협력하여 해결할 것."

이라는 훈령을 보내 왔다.

리훙장은 이와 동시에 각국과 외교 공작을 벌이기 시작했다. 주일 공사 왕휑쪼우가 일본 측 제안을 상세하게 알려 온 것은 이즈음이었다. 그것은 5개조로 되었고 각 조마다 그럴싸한 내용이 적혀 있었다.

제1조
1. 정부의 육조(행정 기관)는 각자 맡은 임무를 다해 구제도를 개혁하며 왕실은 국정에 간여할 수 없게 한다.
2. 외교는 숭신늘에게 관장시킨다.
3. 정치 제도는 번거로움을 피하고 간소화한다.
4. 지방의 각 읍을 정리·통합한다.
5. 중요치 않은 관직은 정리한다.
6. 인재를 고루 등용한다.
7. 관직의 매매를 금한다.
8. 관리의 봉록을 늘린다.
9. 관리의 뇌물 수수를 금한다.
10. 관리의 개인적인 영리를 금한다.

제2소
1. 출납 제도를 정하여 명백히 한다.
2. 회계를 공개한다.

3. 화폐 제도를 개혁한다.

   4. 토지를 측량하여 조세를 정한다.

   5. 경비의 낭비를 줄이고 정당한 용도에 사용한다.

   6. 철도 · 전신을 부설한다.

   7. 세금은 조선 정부 자신이 관리하고 타국의 간섭을 금한다.

제3조

   1. 법률은 상세히 제정한다.

   2. 재판은 공정히 진행한다.

제4조

   1. 군대를 잘 양성한다.

   2. 구식 군대는 대강 정리하여 새로 훈련시킨다.

   3. 곳곳에 순경을 설치한다.

제5조

   1. 각 읍에 국민학교를 세운다.

   2. 점차 중학을 세운다.

   3. 학생을 해외에 파견한다.

내용만 보아서는 비판할 구석이 없다. 너무 광범위하기는 해도 이대로 실시할 수만 있다면 조선으로서는 실로 경축할 만한 일이었다.

문제는 청일 양국의 공동 작업이라고 하는데 있었다. 조선 문제에 관한 한 청국은 일본과 대등한 입장에 서는 것을 인정하려 하지 않았다. 종속 관계는 아직 계속된다고 고집했다. 그러나 일본은 그러한 관계가 존재한다는 사실을 부정해 왔다. 이런 점에서 이 5개 조항의 공동 개혁 제안은 그 내용 등은 2차적인 문제에 불과했고, 단지 나열해야 할 것들을 그대로 써놓은 것뿐이었다.

일본 역시 제안했다는 점에 의의가 있었다. 내용은 물론 제안에 대한 회답마저도 처음부터 문제시하지 않았고, 그 제안이 십중팔구 아니 십이면 십 모두 거부당할 것이라는 사실도 벌써 예상하고 있었다.

군대를 조선에 머무르게 하는 구실, 그뿐이었다.

왕횡쪼우 공사 역시 이 제안을 받았을 때 본국에 전하겠다고 하면서도,

"무엇보다도 철병이 선결문제라고 생각합니다만……."

이라며 개혁안은 중요한 문제가 아니라는 의견을 말했었다.

왕횡쪼우 공사가 본국 정부의 훈령이라며 이 제안에 동의하지 않는다는 뜻을 공식 통보한 날은 6월 21일이었다.

청국의 공식 회답은 동의할 수 없는 이유로써 3가지 조항을 들었다.

1. 조선의 내란은 이미 평정되었다. 청국 군대가 조선 정부 대신 토벌할 필요도 없다. 따라서 청일 양국이 협력하여 진압할 대상은 존재하지 않는다.
2. 개혁안은 상당히 바람직한 것이지만 조선의 개혁은 조선 자신의 손으로 하는 게 당연하다. 종주국인 청국일지라도 그 내정에는 간섭하지 않는다. 일본은 지금까지 조선을 자주독립국이라고 인정해 오지 않았는가. 그렇다면 더욱 내정에 간섭할 권리는 없다.
3. 사태가 평정되면 각기 군대를 철수하는 것이 톈진조약의 규정이므로 철병은 당연한 일이다.

무츠는 이 회답을 받고는 '망상미몽(妄想迷夢)' 이라고 혼자 중얼거렸다.

## 5

무엇이 '망상미몽' 이었을까?

청국의 공식 회답은 무츠가 예상했던 대로 리훙장의 의견을 정확히 반영한 것이나, 세나가 논리 정연하여 틀린 데를 찾아 볼 수 없있다. 무츠는 바로 이 논리 정연함이 리훙장의 '망상미몽' 이라고 말하고 싶은 것이었다.

일본 정부, 적어도 이 일의 당사자인 외상 자신과 가와카미 참모차장은 이미

굳은 결심을 한 뒤였다. 그런 결심을 논리 정연한 사고의 전개로 깨뜨릴 수 있다고 생각하는 것이 과대 망상이 아니고 무엇이겠는가?

무츠는 즉시 청국의 회답에 반박하는 공문을 왕횡쪼우 공사에게 전하기로 했다. 청국의 회답이 논리 정연했기 때문에 그에 반박하기 위해서는 대단히 어려운 논법을 사용하지 않을 수 없었다.

제1조의 조선의 내란이 평정되었다는 사실을 우선 부정해야만 했다.

"단순히 겉으로 보면 조선 국내는 평온을 되찾은 상태라고 할 수 있으나……."

무츠도 역시 조선이 겉으로나마 무사 평온하다는 점은 인정하는 수밖에 없었다. 그러나 그것은 어디까지나 '피상적'인 것일 뿐이라는 논조를 사용했다. 정말로 조선에 평화가 회복되었나 아닌가 하는 것은 양국 정부의 견해차로서, 일본으로서는 내란이 평정되지 않았다고 보았다.

조선의 내란은 그 뿌리 깊은 원인을 제거하지 않으면 안심할 수 없다. 지금의 일시적인 가장 평화에 만족하여 장래에도 역시 위험이 없다고 단정할 수는 없다.

일본과 조선과는 바다 하나를 두고 거의 근접해 있어 서로 교역상 중요함은 물론 일본 제국의 조선에 대한 각종 이해 관계는 점점 긴밀하고 중대해지므로, 금일 조선에서의 참상을 수수방관하여 그것을 바로 잡게 도와주지 않는 것은 이웃 나라의 우의에도 벗어난다. 실제로 본국을 방위하는 길과도 다르다는 비난을 면치 못하기 때문에 일본 정부는 조선의 안녕과 질서를 구하려는 계획을 실행하는 데 있어 조금이라도 지연시키거나 의구심을 품을 수 없다.

초고는 담당관들이 작성했으나 그 끝마무리는 무츠 자신이 신중하게 써넣었다.

본 대신이 이같이 흉금을 터 놓고 진실을 말하는 바, 비록 귀국 정부의 소견과 맞지 않는 점이 있다 해도 일본 정부는 결코 현재 조선에 주둔하는 군대의 철수를 명할 수 없다.

무츠의 입장에서 이것은 일본 측이 청국 정부에 보낸 '제1차 절교서'라고 할 수 있었다.

왕횡쪼우 공사가 공식 회답을 무츠 외상에게 전달한 바로 그 날, 참모 본부가 텐진에 파견했던 카이오[神尾]에게서 청국이 조선에 5천의 군대를 더 파병한다는 지급 전보가 들어왔다.

사실은 오보였다.

다음날인 22일에도 카이오로부터 리홍장이 워이루꾸이[衛汝貴], 우위런[吳育仁] 등 장군에게 출병 준비를 명하고 북양 해군에 계엄령이 발동되었다는 전보가 전달되어 왔다.

카이오 소좌가 실제로 오보를 얻어 듣고 그런 사실을 모른 채 도쿄에 타전을 한 것인지, 혹은 의식적으로 오보를 보냈었던 것인지는 지금도 정확히 판단하기가 어렵다.

한편 무츠는 그것이 오보인지 모르고 정세 판단의 자료로 썼다고 주장한다. 그러나 그것은 믿기 어려운 말이다.

청일 간 외교상의 모든 문제를 속속들이 알고 있었던 무츠 외상이, 청국 측이 전쟁을 회피하는 자세를 취한다는 사실을 모를 리 없었다. 여기에 비추어 볼 때 카이오 소좌의 정보도 약간은 추려서 자료로 이용했었을 것이다.

혹은 참모 본부의 사기극이었다고 생각할 수도 있다. 전쟁의 용단을 내리려면 긴박한 상황이 거듭되지 않으면 안되는 것이다. 무츠는 '카이오 정보'를 내심으로는 믿지 않았음에 틀림없다.

그 증거로써 청국 측이 논리적으로 일본을 곤궁에 빠뜨렸던 전제 조건은, '조선의 내란은 이미 평정되었다'는 것이었고 반면 일본은, '아니다, 그것은 표면상일 뿐 화근은 아직 도려내지 못했다'고 반론한 것이었다.

양국은 이런 견해 차이에서 한쪽은 철병을 주장했고, 다른 한쪽은 계속 주둔을 주장하고 있었다.

내란 평정과 철병을 주장하는 리훙장이 이러한 때 조선에 출병을 늘린다는 것은 상상할 수 없는 일이었다. 설령 다른 사람은 모른다고 해도, 외교의 베테랑인 무츠가 그 부당함을 눈치채지 못했을 리가 없는 것이다.

카이오 소좌의 정보는 어전 회의에 큰 영향을 주었다. 그것이야말로 무츠가 원했던 바였고 바람직한 움직임이었다. 어전 회의에서는 청일 제휴를 포기한다는 방침이 결정되었다. 일본 단독으로라도 무력을 배경으로 조선의 개혁을 추진한다는 것이었다.

6월 22일 외무성의 가토 마스오 서기관이 조선에 파견되었다. 전보로 치지 않은 극비 훈령을 지니고서였다.

"금일의 형세로 미루어 보아 개전은 불가피하다. 따라서 우리에게 해가 되지 않는 한 어떠한 수단을 써서라도 전쟁을 시작할 구실을 만들어야 한다."

'우리에게 해가 되지 않는 한'이라는 조건이 붙어 있으나 문맥상 조금 무리를 하더라도 어떻게 해서든지 전쟁으로 이끌어야 한다는 의미로 읽을 수밖에 없다.

어전 회의의 결정에 따라 정부의 의사는 조선의 오토리 공사에게 전해졌고, 23일 오토리 공사는 오지마 소장이 지휘하는 혼성 여단의 서울 진입을 재촉했다. 24일, 인천에 대기하고 있던 여단의 주력 부대는 서울을 향해 행진을 시작했다.

행군 나팔 소리는 드높았고 일장기는 바람에 휘날렸다.

온건파라고 불리웠던 오토리 공사도 이제 굳은 각오를 할 수밖에 없었다.

# 제26장 외국의 개입

1

갑신정변을 일본의 다케조에 공사는 '위안스카이에게 당했다'고 후에 회상했다. 그러나 갑오년의 사건 즉 동학란에 이어 일어난 청일전쟁에서 감쪽같이 속아 넘어간 쪽은 위안스카이였다. 현혹되었다고 하는 편이 적절하겠다.

일본 측이 청국 당사자들을 고의적으로 현혹하려고 했던 것은 아니었다. 일본의 태도가 그 당시 이원적이었을 뿐이다.

무쓰 외상의 강경.

오토리 공사의 온건.

일부러 역할을 분담하여 특별히 이중적인 태도로 상대를 현혹시키려고 했던 게 아니라 자연히 그렇게 된 것이었기 때문에 그 영향력은 더욱 강하였다.

극비 훈령을 휴대한 가토 마스오 서기관은 6월 27일 인천에 도착했다. 가토 서기관은 22일 출발하여 23일 하관에서 훈령을 받고 그로부터 나흘만에 인천에 도착했다.

일본 혼성 여단의 주력군이 서울에 진주하자 민영준은 위안스카이를 방문했다.

"일본은 조선의 정치에 간섭하려고 하고 있습니다."

민영준은 여기서 말을 끊었다. 그의 두 눈은 충혈되기 시작했다. 잠시 후 그는 결심을 굳힌 듯 이야기를 계속했다.

"일본의 간섭에 따르게 되면 나라는 망합니다. 그래서 따르지 않는다면 역시 망합니다. 지금의 상태가 이러합니다. 일국의 수도에 일본군이 꽉 차 있는 것입니다. 그렇지 않습니까? 조선이 망하는 것을 구하는 데는 청국군의 증원밖에 별 도리가 없습니다. 아산의 청군은 2천뿐입니다. 서울에 들어와 있는 일본군의 병력을 잘 아시지요?"

위안스카이는 책상 위의 종이를 집어 들고 그것을 읽었다.

"장군은 오지마 소장 1명, 좌관(左官) 16명, 위관(尉官) 1백87명, 그리고 하사관(下士官) 5백84명, 보병 5천8백22명, 그밖에 수송병, 기마병, 총계가 그러니까……."

"총계는 8천을 넘습니다. 8천."

"8천인가?"

위안스카이는 입술을 깨물었다.

"보병 2개 연대, 기병 1개 중대, 산포(山砲) 1개 대대, 공병(工兵) 1개 중대, 그밖에 위생병, 수송 부대, 헌병, 야전 병원까지 준비해 놓고 있습니다. 게다가 병참 사령부……."

"야전 병원까지?"

"그렇습니다. 북양대신에게 전보를 보내 주십시오. 부탁합니다. 내가 텐진에 가서 중당에게 파병을 청하겠습니다."

"텐진에는 내가 연락할 수 있습니다. 대감은 여기서 할 수 있는 일을 해주십시오."

위안스카이는 맥없이 말했다.

아무리 민영준이 텐진에 가서 머리를 맞대고 담판을 벌인다 해도 지금 리훙장에게 증원 출병을 결정하게 만들 수는 없다. 하루에도 몇 번씩이나 전보 연락을 하고 있는 위안스카이는 누구보다도 그 사실을 잘 알고 있었다. 리훙장은 아직까지 열강들이 일본에 대해 펴부을 비난과 간섭에 기대를 걸고 있었다. 조선 현지에 있는 위안스카이는 그것이 너무 낙천적인 기대라고 생각했으나 그 혼자만으로 리훙장을 움직일 수는 없었다. 민영준이 필사의 각오로 직접 호소한다 해도 어쩔 수 없다는 것은 너무도 분명했다.

"여기서 할 수 있는 일이란 무엇이지요?"

"김가진 등의 움직임을 막는 일입니다."

당시 조선 정부 지도층에는 친청파가 많았으나 소수이긴 해도 친일파가 있었고, 그 가운데 가장 활발히 움직이던 자가 김가진이었다. 조선 정부의 각의에서 청군에게 먼저 철병하게 하고, 그 다음에 일본군이 철병하게 하자는 주장을 한 것도 김가진이다.

청국은 조선 정부의 요청을 받고 출병했다. 그리고 일본은 청국이 출병했기 때문에 톈진조약 규정에 따라 파병한 것이다. 그러므로 철병도 그 순서대로 해야 한다는 묘한 논법이었다. 이것은 누가 생각해도 불공평한 처사로, 동학군이 평정되어 출병의 필요가 없어지면 군대의 철수는 동시에 이루어져야 하는 것이었다.

또한 조선 정부의 책임을 회피하기 위해 '청국에 파병을 요청했던 것은 조선 정부가 아니고 민영준 개인의 소행'이라 하여 그를 제물로 쓰자는 안을 낸 인물도 역시 김가진이었다.

"불가능한 건 아니지만, 일본의 대군이 왔기 때문에 김가진은 요즈음 으스대고 있는 것 같습니다."

민영준은 떫은 표정으로 말했다.

"그밖에도 할 일이 있습니다. 외교관들을 움직여 일본군 진주에 항의하게 하는 것입니다. 이것은 정부의 이름으로 당당히 해야 하는 일 아닙니까?"

"알았습니다."

톈진행을 거절당하고 민영준은 고개를 떨군 채 위안스카이의 거처에서 물러

나왔다.

6월 25일, 서울에 주재하는 각국 외교단은 청일 양국의 책임자 위안스카이와 오토리 게이스케에게 서한을 띄웠다.

그것은 양국 모두 동시에 군대를 철수하라는 내용이었다. 외국 군대가 조선에 주둔하면 곤란한 일이 생기게 되며, 자기들의 거류 상인의 안전을 방해할 우려가 있기 때문에 이를 각기 정부에 빨리 전해 달라는 내용이었다.

이 거류 외교단 문서의 대표자는 미국의 존 실 공사였고, 영국, 러시아, 프랑스의 각 공사, 영사가 서명을 했다. 그러나 독일 영사의 이름은 없었다.

독일 영사는 아직 서명하지 않았다. 이것은 오랫동안 일본에 있었던 탓인가, 혹은 아직 조선을 돕는다는 일에 생각이 미치지 않는 탓인가?

위안스카이는 리훙장에게 보낸 보고 전문 끄트머리에 이렇게 부가했다.

외교단들의 문서를 전달받은 후 "벌써 신속하게 우리 정부에 전달했다"는 말을 위안스카이는 잊지 않았다.

그 날, 도쿄에서는 러시아의 주일 공사 히트로뵈가 무츠 외상을 방문했다.

"본국에서 훈령이 있었습니다."

히트로뵈 공사는 이렇게 말하며 청국 정부가 러시아 정부에 조선 내에서의 청일 간의 문제에 대한 조정을 의뢰해 왔다고 설명했다. 그가 외상을 방문한 요건은,

"러시아 정부는 귀국과 청국과의 분쟁이 가능한 한 빨리 해결되어 조선이 평화로워지는 것을 원하고 있소. 그러니 만약 청국이 조선에 파견한 군대를 철수시키면 귀국도 마찬가지로 철병하는 데 동의하지 않겠습니까?"

라는 것이었다.

무츠는 잠시 눈을 감았다. 싫다는 대답을 하기도 어려운 질문이었다. 한 번 호흡을 가다듬은 다음 그는 천천히 입을 열었다.

"원칙적으로 이의는 없습니다."

그는 '원칙'이라는 말을 강조했다.

"그 말을 듣고 안심했습니다."

히트로볜 공사는 반가운 듯 말했다.

"그러나", 무츠는 잠시 사이를 두고 말머리를 이어 나갔다.

"지금 상태로는 서로 상대를 의심하고 있기 때문에 그렇게 간단하게 해결되기는 어려울 것입니다. 이것은 청일 양국 간의 일만은 아닙니다. 당신들 유럽 각국 간에도 비슷한 경우가 있었겠지요. 그리고 청국은 지금까지 여러 가지 위협적인 수단으로 조선의 내정을 간섭해 왔기 때문에 우리 정부로서는 청국의 말을 전적으로 믿을 수 없는 처지인 것입니다."

"그렇다면 조정을 받아들이는데 조건이 있다는 뜻입니까?"

"그렇습니다. 이미 우리 정부가 제안했습니다만 조선의 정치 개혁이 완료할 때까지 청일 양국이 공동 협력하여 그 일을 담당하는데 동의하지 않으면 됩니다. 두번째로……."

무츠 외상은 테이블 위에 놓인 물을 마셨다. 청국은 조선에 관한 한 일본과 '공동' 으로 정치 개혁을 실행하는 일에 동의할 리가 없었다. 무츠도 그것을 잘 알고 있었고, 히트로볜 공사도 알고 있을 것임에 틀림없었다. 그러나 무츠는 그걸 특히 강조하여 말하지 않을 수 없었다.

"두번째는?"

히트로볜는 뒷말을 재촉했다.

"만약 이 제안에 대해 청국이 공동 작업에 동의하지 않는다면, 우리 정부 단독으로 조선의 개혁을 실행하는 걸 방해하지 않을 것. 이런 보증이 없으면 안됩니다."

"보증입니까?"

히트로볜는 지금 들은 모든 일들을 머리 속에서 정리하는 중이었다. 그의 눈에는 의심의 빛이 역력했다. 그런 눈치를 채고 무츠는 부언했다.

"일본 정부는 조선의 독립과 평화를 희망하는 것 이외에 다른 뜻은 없습니다. 그래서 만약에 말입니다. 불행하게도 청국 정부와의 사이에 무력 충돌이 일어날 것 같은 기미가 보여도 일본으로서는 방어적인 교전만을 할 것입니다."

무츠는 마음속으로, '이것이 외교라는 것이다' 라고 자신에게 말했다. 무츠가 진정코 원한 것은 공격적인 교전에 의해 청국 세력을 조선에서 일소해버리는 일이었다.

## 2

주일 러시아 공사 히트로베는 5일 후 다시 무츠 외상을 방문했다. 그것은 본국 정부의 훈령에 의한 한 통의 공문을 전하기 위해서였다.

'리훙장이 러시아를 움직이고 있구나.'

무츠는 이렇게 예감했다.

그 추측은 정확했다.

리훙장은 각국에 일본을 견제하도록 조종했으나 가장 믿는 쪽은 러시아였다. 이것은 리훙장의 외교 감각이 부족했음을 증명하는 데 지나지 않았다. '힘(무력)'의 신봉자였던 리훙장은,

"일본이 두려워하는 나라는 영국이 아니고 러시아이다."

라고 믿고 있었다.

이것은 정확한 관찰이었으나 두려운 상대의 간섭이 가장 두렵다고는 단정지을 수 없다. 일본은 러시아의 극동 병력이 약하다는 사실을 간파하고 있었다. 적어도 시베리아 철도가 완성될 때까지 실질적인 위협은 없을 것이라는 사실을 정보를 통해 익히 알고 있었던 것이다.

마침 그 즈음 주청국 러시아 공사 카시니가 휴가를 받아 러시아로 돌아가게 되어 리훙장을 인사차 방문했었다. 그 때가 6월 20일로 리훙장은 카시니를 향해,

"예전에 우리 정부는 귀국과 조선에 대한 불가침 협정을 체결한 적이 있습니다. 그런데 지금 일본은 군대를 조선에 파견하고 있으니 이것은 실로 부당한 일

입니다. 러시아도 조선의 이웃이 아닙니까? 청국과 일본의 양국 군대가 조선에 체류하게 되면 언젠가는 충돌이 일어납니다. 그것은 극동의 평화를 위협하는 일이니 어떻게든 피해야만 합니다. 아무쪼록 귀국의 외무부에 타전하여 그곳 주일 공사를 통해 일본에게 청국과 동시에 군대를 철수하도록 충고해 주시지 않겠습니까?"
라고 말을 건넸다.

"그렇게 전보를 보내지요."

카시니도 동의했다.

이튿날 리홍장은 카시니 공사가 방문해 준 데 대한 답례차 카시니를 찾아갔다.

"일본이 대군을 파견한 것은 조선의 내정에 간섭하려는 것만이 아니라 침략해서 영토를 빼앗으려는 야심이 있는 것입니다. 청국으로서는 묵묵히 좌시할 수만은 없습니다."

리홍장이 말했다.

"그렇습니까?"

카시니 공사는 리홍장이 바라는 것이 무엇인지를 알고 있었다. 일본에 대한 러시아의 압력을 기대하는 것이었다. 그것을 리홍장의 입으로 분명히 확인하고 싶었다.

"실은 영국이 조정하려는 의사를 타진해 왔습니다. 그러나 조선에 관한 일이라면 영국은 너무 멀리 떨어져 있기 때문에 제 생각으로 조정자의 자격으로 적합하지 않을 것 같습니다. 그런 점에서 귀국은 조선과 인접해 있고, 조선의 평화에도 지대한 관심을 기울이고 있으므로 만약 우리 정부가 조정을 의뢰하고자 한다면 영국보다는 러시아일 것으로 생각합니다. 그러나 귀국이 조정할 의사가 없으시다면 영국에 의뢰할 수밖에 없겠지만…… 어떻겠습니까?"

리홍상은 영국의 움직임을 늘먹이면서 러시아를 끌어늘이려고 했다.

다른 나라들 간의 분쟁을 조정하여 해결해 주게 된다면 그 나라의 국위를 선양하는 일이다. 병력을 사용하지도 않고 국위를 드높일 기회를 놓쳐버릴 수는

제26장 외국의 개입 517

없다. 카시니는 이런 생각이 들었다.

"지금의 일본의 태도는 제 개인으로도 대단히 유쾌하지 못한 것입니다. 러시아 제국으로서도 인접국인 조선에 분쟁이 일어나게 되면 국가의 이익에 상당한 손실을 초래하게 됩니다. 일본이 제멋대로 취하는 행동을 중지하도록 우리나라로서도 적절한 조치를 취해야만 할 것입니다. 하여간 본국에 전보를 치겠습니다. 그리고 계속 서로 협력하고 싶습니다."

카시니가 또렷이 말했다.

제국주의가 팽배했던 시대였다. 영토적 야심이 없는 열강이란 존재하지 않았고, 무력 침략도 다른 나라가 행할 경우에는 불쾌했으나 자국이 행하면 환영의 쾌재를 불렀다. 러시아 역시 조선에 대한 영토 확장 야심이 없을 리가 없었다. 오히려 부동항 획득에 혈안이 되었던 때이니만큼 지나치게 많았다고 해야 할 것이다. 단지 시베리아 철도가 완성되지 않았던 때였으므로 유럽의 먼 곳에서 대군을 극동으로 수송하기가 곤란하여 무력 침략이 불가능했었던 데 불과했다.

'조정이란 수지가 맞는 일이다.'

리훙장의 방문을 받고 조정을 의뢰받은 카시니는 이렇게 판단했다.

조정이 성공하면 러시아의 국위는 선양될 것이고, 만약 실패한다고 하면 일본과 청국 간에 싸움이 일어날 공산이 크다. 어떤 방향으로 전쟁이 진행될지는 예측할 수 없어도 조선에 대한 러시아의 진출을 방해하는 나라는 청일 양국이므로 둘 중 하나가 다치게 되면 적수가 하나 줄어드는 셈이다. 물론 가장 이상적인 경우라면 양국 모두 싸우다 지쳐 쓰러져버리는 것이지만······.

양쪽 모두든 어느 한쪽이든 상관없이, 러시아가 조정의 역할을 담당함으로써 잃을 것은 아무 것도 없을 터였다.

"그럼 잘 부탁합니다."

당부의 말을 남기며 리훙장은 돌아갔다.

6월 25일 러시아의 대리공사 파브로프가 리훙장의 거처로 찾아와서,

"각하께서 부탁하신 대로 본국에 타전했습니다. 황제 폐하께서는 즉시 주일

공사에게 훈령을 내리셨다고 합니다. 그 내용은 일본은 청국과 군대 철수 문제를 협의하고, 철병 후 현안 문제에 대해 회의를 열도록 권고하신 것입니다. 일본이 우리나라의 조언을 듣지 않을 경우 그에 상당하는 각오를 필요로 하겠지요."라고 말했다.

"일본이 귀국의 조정을 거부할 때는 어떻게 하실 작정인지요?"

리훙장은 이렇게 넌지시 물었다.

"다음 방법이 있습니다."

파브로프는 주먹을 불끈 쥐어 보였다. 그 동작은 누가 봐도 무력 행사를 의미하는 것으로밖에 볼 수 없었다. 리훙장은 내심 즐거웠다. 그 날 그가 총서에 보낸 전문 가운데, "여왜부준변(如倭不遵弁), 전고아정(電告俄廷), 공수용압복지법(恐須用壓服之法)"이라는 구절이 있다.

일본이 조정을 거절해 올 때, 러시아 조정에 타전하면 반드시 '압력을 가하는' 방법을 강구해 줄 것이라는 내용이었다.

카시니 공사는 본국 외무부에 전보를 보내 조정을 담당해야 한다는 의견을 전했다. 외무대신 길스는 카시니의 의견에 찬성이었다. 그는 즉시 도쿄의 히트로뵈 공사에게 연락을 취했다.

히트로뵈는 길스 외무대신의 훈령을 받고 무츠 외상을 방문한지 5일 만에 재차 그를 찾아가서 공문을 전했다.

그 문서에 이르기를,

조선 정부는 조선의 내란이 이미 평정되었다고 하는 바를 조선 주재 각국 사신에게 고하였으며, 또한 청일 양국이 군대를 동시에 철수시켜야만 하는 문제에 대해 본 사신 등의 원조를 구했다. 따라서 러시아 정부는 일본 정부가 조선의 요구를 늘어 줄 것을 권고한다. 만약 일본 정부가 청국 정부와 동시에 군대를 철수하기를 거절하는 경우, 일본 정부는 스스로 중대한 책임을 져야 한다는 사실을 충고한다.

무츠 외상은 의지가 굳은 인간이었다. 그러나 그는 이 러시아 제국의 공문, 정확히 말해서 간섭에 부닥쳤을 때의 일을 후에 다음과 같이 서술하고 있다.

"당시의 일을 회상하면 아직도 온몸에 소름이 끼치는 것 같은 두려움을 느끼지 않을 수 없다."

러시아의 극동 군사력이 약하다는 사실은 알고 있었지만, 당시 세계의 초강대국이었던 러시아가 그렇게 강경한 어조로 간섭을 해오자 그 유명한 무츠도 겁을 먹었던 것이다.

그는 문서를 갖고 이명자(伊皿子)로 서둘러 갔다. 이명자는 이토 히로부미의 저택이 있는 곳이다. 마차로 그곳까지 가는 동안 무츠는 다리가 후들거리는 것을 느꼈다.

"군대를 철수하면 어떻게 될까?"

솔직히 너무 큰 규모의 출병을 하고 난 후였다. 청국군이 철병했기 때문이라고 하여 일본도 군대를 철수하게 되면 그렇지 않아도 지지 기반이 약한 이토 내각은 더 이상 지속하지 못할지도 모른다.

조선 출병은 일본 국민을 이미 흥분시키고 있었다. 조선은 거의 일본의 일부분이 되었다고 여기는 사람들이 많았다. 국내 정치상 철병을 실행하기 어려운 난관에 빠졌던 것이다.

"대단히 급한 일인가보군."

이토 수상은 이렇게 말했다. 급한 일이 아니라면 외상이 총리 저택까지 올 리가 없었다. 무츠는 가볍게 고개를 끄덕이며 러시아 공사의 문서를 이토에게 전했다.

아무 말도 하지 않은 상태로였다.

이토 수상은 그 문서를 받아 펼친 후 노려보듯이 읽어 내려갔다. 이토의 시선이 그 문서에서 벽으로 향한 것을 보고 읽기를 끝마쳤다는 걸 알 수 있었다.

"총리 각하의 의견을 듣고자 합니다."

무츠는 처음으로 입을 열었다.

이토는 한동안 잠자코 있었다. 잠시 후 그는 무츠를 향해 가볍게 고개를 좌우로 흔들면서 말했다.

"지금에 와서 러시아가 이렇게 말해 왔다고 해서 순순히 조선에서 군대를 철수시킬 수 있을까? 불가능한 일이다."

무츠는 하마터면, '고맙습니다'라고 외칠 뻔했다.

"알겠습니다. 저도 같은 의견입니다. 장차 어떤 일이 일어난다고 해도 각하와 함께 책임을 지겠습니다. 이상입니다. 이밖에 더 보고드릴 것은 없습니다."

끓어오르는 흥분된 감정을 억누르면서 무츠는 이렇게 말하고 일어섰다. 그는 서둘러 수상 저택을 빠져 나왔다. 벌써 시간이 늦어졌지만 그는 외무성으로 되돌아왔다.

러시아 주재 니시도쿠 이치로[西德二朗] 공사에게 지급으로 전보를 보내야만 한다. 그에게만이 아니라, 영국 주재 공사에게도 연락을 취해 놓아야만 한다. 러시아를 견제하려면 영국을 움직여야 하는 것이다.

러시아에 공식으로 회답을 보내기 전에 러시아 주재 공사에게 극비 암호 전보로 사정을 분명히 알려 주어야만 했다.

공식 회답의 문안은 다음날 검토되었다. 다른 각료들과 협의한 후 천황의 재가를 얻었다. 따라서 히트로웨 공사에게 그것을 전해 준 날은 7월 2일이었다.

## 3

러시아의 간섭을 거절하기에는 당시의 일본으로서는 상당한 용기가 필요했었다. 그래서 이토 수상은 러시아에 강경한 자세를 취하는 대신 영국을 방패로 삼을 생각을 했던 것이다. 외교적인 문제는 영국과 협의하기로 결정했다.

영국 외교의 기본 방침은 러시아의 남하를 저지하는 데 있었다. 러시아가 조선에 영향력을 구사하는 일이 있어서는 안되었다. 그래서 영국은 청국이 조선에 대한 종주권을 강화하는 것을 오히려 바라고 있었다. 청국이 조선을 단단히 잡고 있으면 러시아는 발 디딜 틈이 없는 것이다.

그런데 그런 조선 반도에 일본의 힘이 다가오기 시작했다. 영국의 입장에서는 귀찮은 일이었다. 이해 관계로 따져 볼 때, 청국을 지지하고 일본을 견제하는 일에 가장 적합한 나라는 영국이었다. 홍콩·싱가포르 등에 기지를 두고 인도라는 대병력원을 소유하고 있는 영국은 언제라도 극동으로 병력을 이동시킬 수 있었다. 철도가 완성되어 있지 않은 광대한 시베리아를 경유해야 하는 불안한 러시아의 병력과는 비할 바가 아니었다.

이처럼 영국이 부탁하기에 가장 적합한데도 리훙장은 무슨 까닭인지 러시아에게 의뢰했다. 이것은 그의 성격상의 문제였다고 하는 편이 타당할지도 모른다. 사람들은 그를 친로파의 거두라고 불렀고, 러시아로부터 거액의 뇌물을 받고 있다는 등 극론까지 서슴없이 하는 자도 있을 정도였다.

근대 중국에서는 국방에 관한 주요 관리들의 생각이 두 가지로 나뉘어 왔다. 열강의 침략을 막는 것이 국방임에는 틀림이 없으나, 그 중점을 어디에 두느냐에 따라 견해의 차이가 있었던 것이다.

아편전쟁 이래 침략자들은 바다를 통해서 들어왔고 그 선두에는 늘 영국이 있었다. 따라서 해군력을 충실히 배양하여 바다에서 그들을 격퇴시켜야만 한다는 생각을 가진 사람들은 '해방파(海防派)'라고 불리웠다.

여기에 반해 바다를 통해 들어오는 압력은 대단한 게 아니라는 생각을 한 사람들이 있었다. 영국이나 미국은 상업을 목적으로 하므로 이들에 대처하는 일은 쉽다. 이에 비하면 한없이 긴 국경선을 접하고 있는 러시아가 오히려 위험한 상대로, 이미 국토를 잠식하고 있지 않은가? 이렇게 주장하는 사람들은 '새방파(塞防派)'라고 불리웠다.

해방파는 영국 주적론자로, 이 두 가지 큰 조류는 근대 중국의 내적 대립의 중요한 원인이 되었다.

리훙장은 해방파의 대표자였다. 조정자로 가장 적합한 요건을 갖춘 영국에게 부탁하지 않았던 것은 이런 사정이 있었기 때문이었다. 첫번째 적으로 꼽는 상대에게 국가의 중대사를 맡길 리가 없었다.

그러나 청 말의 정치적 논쟁은 정치적 견해차보다도 오히려 인맥이 원인이 된 경우가 많았다. 리훙장파는 청국 정계에서 가장 거대한 인맥을 형성하고 있었지만, 반리훙장파도 전혀 없지는 않았다.

반리훙장파는 리훙장이 일본과의 충돌을 피하려고 출병을 삼가고 있다며, 그가 유약한 외교를 펴는 것을 비난하며 주전론을 전개했다. 또 리훙장이 일전을 벌이겠다는 결심을 하여 군대 이동을 명령하자 이번에는 화해론을 주창하는 등 반대를 위한 반대를 할 뿐이었다.

당시 주청국 영국 공사는 오커너였다. 파아크스가 죽은 후 젊은 나이로 대리공사로 근무했던 경험도 있었다. 한때 불가리아로 전출되었으나 다시 청국에 파견된 유능한 외교관이었다.

오커너는 청일 간의 조정을 러시아의 카시니가 독점하는 걸 허용하지 않았다. 극동에서 러시아의 발언력을 강하게 하지 못하는 것이 영국의 외교관인 자신의 임무라고 생각하고 있었다. 그는 주톈진 영사에게 편지를 내어 리훙장을 만나게 하였다.

그 당시 각국 공사들은 베이징에 주재하면서 총리아문의 대신들을 상대했으나, 청국의 실력자인 리훙장이 톈진에 있었기 때문에 양면 작전을 쓸 수밖에 없었던 실정이었다.

영국은 일본의 대규모적인 군대 파병을 옳지 못하다고 판단하여 조선 주재 영사와 일본 주재 영국 공사를 통해 일본 측에 철병을 권고하고 있다.

이 문제로 인하여 영국 외무부는 런던에 있는 일본 공사와 접촉하고 있다.

영국의 톈진 영사는 이러한 사실을 리훙장에게 전했다.

조선 문제에 대해 청국을 위해 고심하고 있는 것은 러시아만이 아니라는 사실을 리훙장에게 알리고자 했던 것이다.

"먼저 이렇게 하는 게 어떻습니까?"

리훙장은 영국 영사에게 말했다.

"귀국의 외무부에 전보를 타전하여 해군 제독에게 십여 척의 군함을 거느리고 횡병으로 향하게 하는 것입니다. 그리고 제독이 주일 공사와 함께 일본 외무성을 방문하여, 일본이 대군을 거느리고 조선을 위협하여 극동의 평화와 상업 활동을 방해하는 짓은 영국과도 중요한 관계가 있기 때문에 빨리 군대를 철수시키라고 직접 담판을 하는 것입니다. 틀림없이 일본은 영국의 말을 들을 것입니다. 이 방법을 베이징에 있는 오커너 공사와 의논해 보셨으면 합니다."

"그 말씀대로 전보를 보내겠습니다."

영국의 주톈진 영사는 리훙장의 말을 베이징의 오커너 공사에게 타전했으나, 그 제안은 너무 유치했다. 리훙장도 진정으로 그의 제안이 실현될 수 있다고는 여기지 않았다. 영국 공사를 놀려 준 것에 불과했다.

'조정은 러시아에 부탁한다. 영국이 나설 자리가 아니지. 만약 제안이 받아들여진다면 이야기는 달라지지만.'

이런 생각을 품고 한 발언이었다.

오커너가 이 같은 리훙장의 발언을 런던에 보내지 않았음은 말할 나위도 없다.

그러나 아무리 냉담하게 대한다고 해도 영국으로서는 해야 할 일은 해야 했다. 오커너는 도쿄와 연락을 취했다. 영국의 주일 대리공사는 랠프 페제트였다.

랠프는 일본 외무성을 방문하여 무츠 외상에게 다음과 같이 물었다.

"청국 정부는 일본 측이 전에 제안했던 것에 대해 얼마간의 조건을 붙여 다시 협의해도 좋다는 의향을 갖고 있습니다. 그렇다면 귀국은 회담 석상에 나갈 의사가 있습니까? 없습니까?"

오커너가 제시한 이 중재안은 리훙장이 아닌 총리아문 대신들의 양해를 얻은 것이었다. 리훙장은 오로지 러시아의 조정만을 기대했었기 때문이었다.

런던에서도 영국 외무장관 킴벌리가 주영국 일본 공사 아오기 슈조에게 일본이 영국의 조정을 받아들이도록 권고했다.

"일본은 가능한 한 빨리 조선의 문제를 해결해야 합니다. 그렇지 않으면 러시아는 유럽 각국을 불러모아 연합 중재에 나설 가능성이 있습니다. 그렇게 될 경우, 일본은 국제 외교상 고립될 위험이 있는 것입니다. 이 점을 특히 염두에 두시기 바랍니다."

킴벌리 장관은 이렇게 아오기를 설득했다.

"우리나라도 양보할 수 없는 선이 있습니다."

아오기 공사가 대답했다.

"조선에 대한 청국의 종주권을 인정하지 않는다는 것이지요?"

"그렇습니다."

"그 종주권은 지금은 이름만 남아 있습니다. 온 세상이 그것을 다 알지요. 그렇기 때문에 각국이 조선에 공사나 영사를 파견하고 있는 것이지요. 당면한 문제를 해결하기 위해서는 피해서 돌아갈 수 있는 곳은 피해가야 하지 않겠습니까? 그것이 결국 외교라는 것이지요."

"각하의 의견은 본국에 전해 보겠습니다."

아오기 공사는 도쿄에 타전하면서, 영국의 조정을 받아들이는 편이 좋을 것이라는 자신의 의견을 함께 피력했다.

우선은 청일 양국의 군대를 될 수 있는대로 떼어놓아 충돌을 피하기 위해 일본군은 부산에, 청국군은 원산에 각기 주둔시키자는 안이었다.

## 4

국가의 운명이 걸린 문제였다.

러시아의 간섭, 영국의 중재 개입이 들어오게 되자 일본의 입장은 미묘하게 흔들렸다. 무츠는 가장 강경한 주전론자였지만 시대의 흐름에 역행할 수는 없는 일이었다.

7월 2일, 일본이 러시아의 간섭에 대해 거절의 뜻을 비친 다음 침묵이 계속되었다. 그러던 중 영국이 조정에 개입할 의사를 전해왔다. 이런 상황에서는 일본도 계속 과격한 행동을 취할 수는 없는 형편이었다.

그러나 극비 훈령을 휴대한 가토 서기관의 출발은 러시아의 간섭이나 영국의 중재 신청이 있기 전의 일이었다.

조선의 오토리 공사는 가토 서기관에게서, 어떠한 수단을 써서라도 전쟁을 일으킬 구실을 만들어야 한다는 훈령을 받았다. 그는 여기에서 종래의 온건적이고 유연한 태도를 버리고 완전한 강경파로 변신했다. 그것이 그에게 주어진 임무라고 생각했던 것이다. 그러나 그 즈음 도쿄의 흐름은 러시아와 영국의 개입 때문에 약간 주춤해졌다. 비록 일시적인 현상에 지나지 않는 것이었긴 해도, '현지(오토리 공사)의 강경', '도쿄(일본 정부)의 온건'이라는 정반대의 현상이 일어났다.

위안스카이는 이 같은 변화에 현혹되어 사건의 흐름을 잘 볼 수 없었던 것 같다.

병력의 차이만은 잘 보였다. 일본군은 인천에서 서울까지 연도에 꽉 차 흘러넘쳤고, 아산에 주둔한 2천의 청국군 병력은 점점 빛이 바래는 것처럼 보였다.

위안스카이는 두통이 심해졌다.

오랫동안 그는 조선 정계에 친청파 정객들을 배양했다고 여기고 있었다. 그러나 일본군이 증강·파병되어 청국군의 수를 압도적으로 상회하게 되자 돌연 친일 정객들이 눈에 띄기 시작한 것이다.

어제까지 친청파였으나 오늘은 친일적 언사를 사용한다는 정보가 위안스카이의 귀에 계속 들려왔다. 두통뿐 아니라 그는 인간 불신증에까지 빠져버렸다.

열성적으로 청일 우호, 청일 동맹론을 주창해 왔던 오토리 게이스케마저 지금은 청국에 대한 공격 의도를 감추려고도 하지 않았다. 한편 오토리 게이스케의 괴로움은 어디에 있었을까?

청일 양국의 주둔지가 각기 20리나 떨어져 있었기 때문에 언제라도 충돌하게 될 기회가 없지나 않을까 하는 점이었다.

오토리 게이스케도 때때로 두통에 시달렸다. 그러나 그것은 위안스카이의 두통처럼 쫓기는 느낌의 두통은 아니었다. 그 반대로 어떻게 해서 추격할 것인가라는 문제 때문에 망설이는 중의 두통이었다.

"우리에게 해를 끼치지 않는 한이라는 말은 어느 정도의 허용 범위를 갖는 것일까?"

오토리 게이스케는 가토 서기관에게 이렇게 물었다.

도쿄에서 보내 온 훈령은 어떤 수단을 써도 좋으니 전쟁을 일으킬 구실을 만들어야 한다는 내용이고 거기에 붙어 있는 조건은, '우리에게 해를 끼치지 않는 한' 이었다.

"꽤 넓은 허용 범위라고 생각합니다. 조리만 닿으면 되지 않겠습니까? 일단 설명할 수 있는 근거만 있으면 통할 것입니다."

가토가 대답했다.

"조리에 닿는 근거라."

오토리는 팔짱을 꼈다.

같은 시각, 위안스카이는 조선 정계 내에서의 친청파의 몰락을 한탄하고 있었고 오토리는 친일파의 행동이 둔한 것을 역시 한탄하고 있었다.

조선의 내정을 일본 단독으로 개혁하자면 충격 요법이 아니고서는 도저히 목적을 달성할 수 없을 것이다. 개혁에 즈음하여 조선 정치가들의 머리 속에 일본의 존재를 부각시키려면, 그 전에 우선 이미 그들 머리 속에 존재하고 있는 청국의 이미지를 몰아 내야만 한다. 그렇게 하기 위해서는 일본군이 청군에게 통렬한 일격을 가하는게 가장 효과적일 것이다.

어떻게 해서든지 청국군과 충돌하고 싶은데 우발적인 사고에 의한 충돌은 불가능했다. 양국의 주둔지가 너무 멀리 떨어져 있기 때문이었다. 충돌을 하자면 공격하는 수밖에 없는데 거기에 무슨 이유를 붙여야 좋을 것인가?

근거, 공격의 이유이다.

"종주권밖에 없는 것 같다."

오토리는 팔짱을 풀면서 이렇게 말했다.

"그렇군요."

가토도 수긍했다.

"우선 종주권이라는 근거를 세워 볼까?"

"질의서를 띄우는 것입니다. 조선은 청국의 속국인가 아닌가 하고."

"공식적인 외교 문서를 이용해서 말이지. 그래. 그러나 도대체 어떤 회답이 올까?"

"예 아니면 아니오, 답은 이 두 가지 중에서 하나밖에 없습니다."

"긍정의 대답이 떨어지면?"

"사기입니다. 강화도조약 제1조에는 조선을 자주국으로 규정하고 있습니다. 속국이라고 한다면 18년간이나 거짓말을 했던 꼴이 되며 죄를 문책해야 합니다."

"문책뿐인가?"

"아니지요. 사죄에는 필시 배상이라는 조건이 필요합니다."

"배상."

오토리는 그것만으로는 부족했다. 그러나 아무 일도 하지 않는 것보다는 나을 것이고, 배상 문제에 대해 조선 측과 교섭하고 있는 동안에 청국을 끌어들일 기회가 있을지도 모르는 일이었다.

"아니라고 대답하면?"

오토리는 가토에게 다시 이렇게 물었다.

"당연히 청국군의 군대를 철수시키도록 요구합니다. 청국은 속국의 요청에 의해 군대를 파견했다고 하는데 속국이 아니라면 원칙상 불법 파병이 되는 셈이 아닙니까?"

"청국이 불법 파병이라는 건 좋으나 그러다가 우리의 파병까지 문제가 되어서는 곤란하지 않을까?"

"그 점은 문제 없습니다. 우리나라는 톈진조약이 정해진 대로 파병했을 뿐입니다. 청국이 파병하면 일본도 파병한다. 우리 일본으로서는 청국의 파병이 무슨 이유 때문이며, 또는 합법적인 것인지 아닌지 하는 등의 문제는 알 필요가 없는 것이죠. 청국의 파병이라는 사실, 그것에 근거를 두고 우리나라는 파병한 것 뿐입니다."

"청국군은 불법으로 조선에 체류하고 있다고 하나 일본의 주둔은 합법이라는 뜻인가?"

오토리는 다짐하듯이 물었다.

"저는 그렇게 해석합니다."

"가토 군. 자네는 국제법을 많이 공부했으니까 자네 말이 틀리지 않을 걸세. 그러면 불법 주둔하고 있는 청국군을 어떻게 하면 좋은가?"

"조선은 독립국이라고 하니까 우선 조선에 청군의 철수를 요구합니다."

"조선은 청군을 철수시킬 수 없겠지. 한 마디도 말하지 못할걸. 그렇게 용기 있는 자는 없지."

"조선 정부가 불가능하다면 일본군이 대신 실행하는 것입니다."

"그렇군 그래. 대강 골격은 이루어진 것 같군."

오토리는 만족한 듯이 고개를 몇 번씩 끄덕거렸다.

"전문을 작성할까요?"

"그래. 쇠뿔은 단김에 빼는 것이지."

그는 이것을 썩 잘된 계획이라고 생각했다. '우리 편에 해를 주지 않는 한'이라는 허용 범위 내에서 이루어진 묘책이라는 자신이 있었다. 그래서 이 계획대로 도쿄에 전보를 침과 동시에, 조선 정부에도 질의서를 발송했다. 도쿄에서 중지 명령이 내리리라고는 꿈에도 생각지 못했다.

이 같은 근거로 계획을 세운 것은 가토 서기관이 조선에 도착한 다음날로 6월 28일의 일이었다.

"이것은 안된다."

도쿄의 외무성에서는 무츠 외상이 오토리 공사의 전보를 펴 들고 상을 찡그렸다.

"형편없어. 안돼."

무츠는 계속 되풀이했다.

러시아 공사 히트로붸가 외무성 1차 방문을 끝낸 직후였다. 영국이 개입하려는 움직임도 느낄 수 있었다. 무츠는 이런 움직임들을 고려했다.

청국이 조선에 대한 종주권을 갖고 있다는 사실은 정도의 차는 있어도 당시의 국제적인 상식으로 인정되고 있었다. 어디 그뿐인가, 영국은 청국이 그 종주권을 강화시키기를 기대하고 있었다.

종주권 문제로 조선을 문책하는 것은 지금까지 일본이 주장해 온 바로 별다른 문제는 없었다. 그러나 그것을 이유로 청국을 실력으로 철수시키는 것, 즉 청군에게 공격을 가한다는 것은 너무 당돌하고 과격하다고 생각했다.

영로 양국이 개입하려는 기미가 보이고 있는 시기인 만큼, 이 구실로 전쟁을 일으키는 것은 문제가 있었다. 무츠는 오토리보다 몇 배나 강력한 주전론자이다. 전쟁을 일으키고자 하는 강렬한 의지는 결코 남에게 뒤지지 않는다.

문제는 그 구실이었다.

종주권으로는 너무 빈약하다. 국제적인 논의를 불러일으키게 될 경우, 청국은 조선이 속국이었다는 사실의 증거를 산만큼 쌓아 올릴 수가 있을 것이다.

'다른 구실이 없지도 않을 텐데.'

무츠는 속을 태웠다.

오토리 공사가 보낸 전보에는 아산 주둔 청군의 장군 네스청이 공식적으로 발표한 격문 속에 '속국을 보호한다'는 문구가 있다는 점을 지적하고 있었다. 이것을 조선 정부에 들이대고, "조선도 이를 승인하고 있는가?"라고 구체적으로 윽박질렀던 것이다.

무츠 외상이 오토리 공사에게 재차 보낸 훈령은,

"네스청이 발표한 포고문 가운데 '속국'이라는 두 글자를 삭제하게 하라. 그러나 아산에 있는 청군을 철수시켜야 한다는 주장은 현재의 정책과 맞지 않는다."

는 것이었다.

같은 날 외상은 뒤쫓듯이,

"비상 수단을 쓸 때는 먼저 훈령을 요청하라."

는 전보를 보냈다.

영로 개입이 한창 고비인 지금 계속 자세를 낮출 필요가 있었다. 전보로는 자세히 설명할 수가 없으므로, 무츠 외상은 가토 마스오 서기관에 이어 이번에는 정무국장(政務局長) 구리노 신이치로[栗野愼一郞]를 서울에 파견하기로 했다.

# 제27장 청년 떠나가다

## 1

릴라이(rely)라는 영어 단어는 '의지하다, 신뢰하다'라는 뜻을 지니고 있다. 외교의 용어로서는 어느 세력을 믿는다는 의미가 된다.

'영국을 믿는다.'

조선 문제에 대하여 이토 수상은 기본 방침을 이렇게 결정하였다. 러시아의 간섭이 있었으므로 그 대책으로서 영국의 세력을 믿고 의지하는 것은 당연한 일일 것이다.

그러한 결정을 내린 이상, 영국이 고개를 갸웃거린다고 해서 청국과의 전쟁의 실마리를 그렇게 간단히 풀 수는 없었다. 영국은 청국의 조선에 대한 종주권을 인정하고 있었을 뿐만 아니라, 그 강화조차 희망하고 있었던 것이다. 중앙의 분위기에 어두운 오토리 공사는 '종주권' 문제를 개전의 꼬투리로 삼으려고 하여 현지와 도쿄의 사이에 마찰이 생겼다.

일본 측에 불협화음이 일었던 것과 마찬가지로 청국 내부에도 마찰이 있었다. 리훙장파와 반리훙장파의 사이에 조선 문제를 둘러싼 의견의 불일치가 존재하였다.

서울에 있던 청국의 대표자 위안스카이는 양국의 마찰에 그 독특한 정치적 후각도 잘 움직여지지 않았다. 대개의 경우에는 핵심 부분을 냄새 맡고, 그에 대응하는 자세를 취할 수가 있었다. 그렇지만 이번만은 그렇게 간단히 되지가 않았다.

위안스카이는 자기의 정치적 감각에 자신을 가지고 있었다. 그것이 움직여 주지 않았으므로 초조감을 느낀 것은 당연했다. 꽤 대담하고 유들유들한 신경을 가지고 있는 사람이었음에도 불구하고 두통을 비롯하여 노이로제의 증상이 나타났다.

골치가 아픈 것은 톈진에 있는 리훙장도 마찬가지였다.

리훙장은 확실히 국정의 우두머리에 서 있었다. 그렇지만 그것은 봉건 독재체제의 아래에서였다. 독재 황제의 신임을 얻지 못하면, 아무 일도 되지 않는 것은 두말할 필요도 없었다. 이 경우 독재 황제라는 것은 서태후를 가리키는 말이었다. 리훙장과 서태후의 관계는 별문제 없이 잘 이어져가고 있었다. 이제까지는 그다지 어려울 것이 없었다.

서태후는 금년 환갑을 맞이하려 하고 있다.

황제-아이신죠우뤄[愛新覺羅] 재첨-는 4세에 즉위하였으므로 오랫동안 서태후가 섭정을 통해 사실상의 여황제로서 군림하여 왔다.

금년은 광서 20년, 광서제는 만으로 따져서 벌써 스물셋이 되었다.

'얼마 안 있어 서태후 시대가 지나가고 금상 폐하의 친정 시대가 올 것이다.'

누구나 이렇게 생각하고 있었다.

서태후가 젊었을 때에는 대신들은 모두 그녀의 앞에 무릎을 꿇고 엎드려 그녀에게 반항하려고 하는 따위는 꿈에도 생각하지 않았다. 그러나 시대는 서서히 변해가고 있었다.

"이세 은서하여 즐기는 것이나."

서태후 자신도 꽤 오래 전부터 이렇게 말했으며 실제로 은거소로서 이화원 만수산의 조영 등이 행해졌다. 공식적으로는 5년 전 광서제가 결혼했을 당시

대권을 돌려 준 것으로 되어 있었다.

그러나 이 5년 사이에 서태후의 영향력이 약해졌다고 믿어지는 사실은 발견할 수 없었다. 의연하게 서태후 시대가 계속되고 있었다.

리훙장은 서태후의 신임을 받아서 국정을 운영하고 있었다. 비린내 나는 정계의 일이므로 반리훙장파도 없진 않았다. 그러한 정적들은 자연적 추세로 반서태후 감정을 갖고 있었지만, 그것을 표면에 나타내지는 않았다. 그런만큼 반리훙장 감정은 한층 더 증폭되어 갔다.

광서제가 성인이 됨에 따라 황제파라는 그룹이 형성되었다.

당시의 호부상서인 웽퉁허와 예부상서 리훙쪼우[李鴻藻] 등이 황제파의 중요한 멤버였다.

중국에서는 형제간에 그 이름의 한 자가 공통되는 경우가 많으므로, 리훙쪼우와 리훙장이 관계가 있는 것처럼 여기기 쉽지만 사실은 전혀 관계가 없다. 리훙쪼우는 하북성 고양(高陽) 사람이었고, 리훙장은 안휘성 합비 출신이었다. 또한 리훙장 형제는 '훙'이 아니라 '장(章)'이란 돌림자를 갖고 있었다. 사천, 호광, 양광 등의 총독을 역임한 리한짱[李瀚章]이 리훙장의 형이었고, 리허짱[李鶴章]은 그의 동생이었다.

웽퉁허는 1856년(함풍 6년)의 장원이었다. 장원이라고 하는 것은 과거의 수석 급제자로서 대단한 우등생이라고 봐야 했다. 그의 학식을 높이 사서 광서제의 교육 담당으로 임명된 적도 있었다. 광서제와 그러한 개인적인 관계가 있었기 때문에 그가 황제파의 중심인물이 된 것은 어쩌면 당연하다고 말할 수 있으리라.

황제파의 또 하나의 기둥이었던 리훙쪼우는 웽퉁허보다 4년 전의 진사였다. 이 해는 실은 회시(會試=베이징에서 행하는 최고 시험)가 행해지는 해가 아니었지만 은과(恩科), 즉 백성에 대한 특별한 은혜로써 시험이 시행되었다. 리훙쪼우는 선제 즉 동치제의 교육 담당을 맡았던 경력을 갖고 있다.

또 1894년의 장원은 옛날 임오군란 때 우창칭의 막료로서 조선에 출장한 적이 있고 위안스카이와도 교류가 있었던 짱쩬이었다. 42세라고 하는 비교적 늦게 진출한 진사였지만 성적은 수석으로 곧바로 한림원 수찬(修撰)이 되었다. 그는 웽퉁허파에 들어가 청일전쟁 직전에 황제파의 참모로서 활약하였다.

그는 조선에 가본 적도 있고 조선 문제에 정통한 인물이다.

이런 일로 해서 시국의 성격상 황제파는 그의 의견을 잘 들었다. 조선 문제에 관한 한 그는 일관해서 강경파였다.

조선 문제 강경파에 둘러싸인 황제는 연소 기예(年少氣銳)의 시기였기도 하여 처음부터 주전론으로 기울어져 있었다.

서태후는 유연파이지만 그것은 그녀가 현실의 상황을 잘 파악하고 있었기 때문이 아니다. 자신의 환갑을 평온하게 보내고 싶다는 이유 때문이었다. 그녀는 여러 외국으로 하여금 일본의 조선 정책에 간섭하도록 작용한다는 리훙장의 방침에 찬성하였다.

싸우지 않고 일본을 조선으로부터 물리칠 수가 있다면 그것보다 나은 방법은 없다. 그러나 리훙장 정도의 인물이 가장 효과가 있는 영국이 아니고 러시아에게 간섭을 기대한 점은 커다란 실책이라 할만한 것이었다.

일본은 외교적으로 영국에 의지한다는 방침을 정하고 있었다. 영국으로부터의 압력이 강해지면 일본은 어쩌면 정책을 변경하려고 할지도 몰랐.

주전파의 최선봉이었던 무쓰 외상조차도 영국이 인정하는 종주권 문제를 개전의 구실로 하는 데는 반대했다.

이러한 정세를 청국의 중추부는 알아차리지 못하고 있었다. 정보가 흐르는 파이프가 어디쯤에선가 막혀 있었다고도 할 수 있으리라.

〈덕종실록(德宗實錄)〉에 의하면 광서제가 리훙장에게 군비의 실태를 조사하여 보고하도록 명령한 것은 5월 29일(양력 7월 2일)의 일이었다고 한다.

"북양절쾌각함(北洋鐵快各艦)으로서 해전에 견딜만한 것은 겨우 8적. 2백만 냥 내지 3백만 냥의 군비를 지출해 주시기 바랍니다."

이것이 리훙장의 복주(覆奏)였다.

광서제는 이 보고에 접하여 분노를 감추려고도 하지 않았다.

"당신은 오랫동안 해군을 감독해왔고, 지난번의 해군 연습의 상황 보고에서도 준비는 충분하다고 했지 않은가. 그럼에도 불구하고 실전에 견딜만한 것이 겨우 여덟 척이라니 그게 무슨 말인가? 도대체 어떻게 병사를 훈련했다는 말인가?"

광서제의 이 논지는 엄격한 질책이었다. 같은 날 황제는 류우밍후에게 베이징으로 올라와 참내하도록 명하였다.

류우밍후는 리홍장의 직계 인물이다. 염군 진압에 공적을 세워 대만순무로서 대만의 근대화를 꾀하였다. 청국에서 철도 제1호가 부설된 곳은 실은 대만에서였다. 기륭(基隆)으로부터 대북을 거쳐 신죽(新竹)에 이르는 철도가 그 때에 이미 완성되어 있었다.

광서제는 이와 같이 실무에 밝은 유능한 인물을 기용하여 비상시에 대비하고자 했다. 물론 이것은 황제 한 사람의 생각은 아니었을 것이리라. 황제파 요인들의 진언이 있었음에 틀림없다.

반리홍장적인 경향을 가진 황제파의 사람들이 리홍장 직계의 류우밍후를 기용할 생각을 한 셈이 된다. 감정은 감정으로서, 국가의 장래를 부탁하는 데는 파벌을 넘어서 유능한 인재를 적당한 부서에 두어야 한다. 황제파의 사람들도 이렇게 생각하고 있었다.

반면 이것은 황제파에 얼마나 인재가 적었던가를 단적으로 보여주는 일이기도 했다. 특히 실무적인 재능을 가진 인물이 없었다. 시험에 수석으로 합격했다거나 문장과 변론에 뛰어난 인물은 있었다. 말하자면 이론가뿐이고 실천가가 없었던 것이 그 실정이었다.

류우밍후는 전보를 받아 들였지만 병을 핑계로 상경하지 않았다. 리홍장에게 상담하여 참내하지 않았다는 소문도 있었다. 그러나 류우밍후는 다음 해에 사망하였으므로, 이 때의 일을 꾀병이라고 치부할 수는 없었다.

황제파가 노리는 바는 이름뿐인 황제의 친정을 명실상부한 것으로 만드는 기회를 잡는 데 있었다.

속국인 조선에 일본군이 진출해 있다. 그것을 저지하는 일은 종주국으로서의 당연한 행동이다.

이것은 맞는 얘기였다.

이 말에는 누구도 반대할 수 없었다. 서태후라 하더라도 이 명분은 부정할 수 없으리라. 적어도 정면에서의 반대는 있을 수 없다. 서태후를 밀어붙이는 것은 황제 친정을 견고하게 하는 계기가 될지도 모른다.

주전론에 건 황제파의 기대는 큰 것이었다. 그리고 리훙장도 그것을 알고 있었다.

"곤란한 일이다."

리훙장은 하루에도 몇 번이나 똑같은 말을 중얼거렸다.

북양군의 실력은 그가 가장 잘 알고 있었다. 그리고 일본군의 실력도.

# 2

7월 초순의 톈진은 벌써 꽤나 더워져 있었다.

톈진에 있는 중류급의 여관에서 두 청년이 창 밖을 내다보고 있었다. 두 사람 모두 더위는 별로 고통스럽게 여기고 있지 않았다. 그들은 더위에 익숙해진 지방으로부터 왔던 것이다. 두 사람의 출신지는 광동이었다.

"일선(逸仙), 아무리 밖을 내다보아도 북양대신의 사자는 오지 않을 것이오. 단념하는 편이 좋지 않을까?"

"헌향(獻香), 우리들의 전도는 아직 멀다. 더 참고 견디지 않으면 안될 일이 장래에 꼭 닥칠 게야. 2주일 정도로 단념해서는 안된다."

"리훙장을 믿었던 것은 우리들의 잘못이었는지도 몰라. 조정의 대관은 우리들의 적임에 틀림없다구."

"궁극적으로는 적일지도 몰라. 그렇지만 지금은 그 적을 이용하는 외에 어떤 방법도 없지 않은가?"

"음. 지금의 형편으로는 그 외에 좋은 지혜가 떠오르지 않네. 그렇지만 저 나풍록(羅豊錄)이라는 사나이, 확실히 그것을 건네주었을까?"

"그는 확실히 건네주었다고 말하더군."

"사례금을 받았으므로 건네주지 않는다고 말하지 않을 것이야."

"아니야, 건네주는 것은 그렇게 어려운 일도 아니지. 막료는 여러 가지 참고 자료를 대신에게 건네주기 마련이니까. 나는 건네주었다고 믿네."

"건네주었어도 상대방이 그것을 읽었는지가 문제로군."

"바로 그거야, 헌향. 제발 읽어 주었으면……."

"반드시 리훙장의 사자가 온다고 일선은 믿는가?"

"믿고 말고."

일선이라고 불리운 청년은 주저 없이 이렇게 대답했다.

28세. 그가 바로 젊은 날의 쑨원이었음은 말할 필요도 없다.

헌향이라고 불리운 청년은 쑨원과 동향인 루하오둥[陸皓東]으로 나이는 쑨원보다 한 살 아래였다. 두 사람은 어렸을 적부터 친한 사이였으며, 십 년쯤 전에 함께 홍콩에서 크리스트교의 세례를 받기도 했다. 두 사람의 죽마고우는 어떤 일도 감추지 않고 서로 얘기할 수가 있었다.

나이는 비록 한 살 차이였지만, 13세 때에 하와이에 건너간 경험이 있는 쑨원 쪽이 훨씬 넓은 세계를 알고 있었으므로 깍듯이 형님 대접을 받고 있는 사이였다. 그렇지만 쑨원이 루하오둥에 대해서 형 행세를 하는 일은 없었다.

청년의 뜨거운 피는 조국애로 불타고 있었다. 열강에 압박 받고 있는 조국의 현실에 쑨원은 가만히 있을 수가 없었다.

"만청 정부(滿淸政府)를 넘어뜨리고 미국과 같은 공화국 정체를 만들지 않으면 우리나라는 구해질 수 없을 걸."

이것이 쑨원의 지론이었다.

"그러면 넘어뜨려버려!"

루하오둥은 열혈한이었다. 곧바로 팔을 치켜올리면서 소리쳤다.

"4백여 주를 통치하는 정부를 상대로 어떻게 단숨에 넘어뜨리는가? 이쪽에는 한 명의 병사도 없다."

"속이 타는 일이지만 태평천국과 같은 군대를 만들지 않으면 안된다. 어쩔 수 없구나."

"그러는 사이에 나라 그 자체가 망해버리면 아무 것도 안된다."

"제2의 인도인가."

제2의 인도가 되지 않도록 하기 위해서는 쇠약해가는 국가에 걸림돌을 걸지 않으면 안된다.

"그건 만청 정부를 강화시켜 주는 일이므로 우리들의 목적과 모순된다."

"이렇게 여기자구, 가령 쓰러져 가는 집이 한 채 있다고 치자. 그것을 보강하지 않으면 안된다. 새로운 기둥을 넣는다. 대들보도 새로운 것으로 바꾼다. 그러면 집은 오래 갈 것이다. 지붕도 바꾸어 잇는다. 그 집 자체가 새롭게 된다. 옛날의 낡은 집은 없어져 버릴 것이다."

"알았다. 탈취한다는 방법도 있는 것이구나."

"그렇다. 우리들이 기둥이 되고 대들보가 되어 파고 들어가면 될 것이다."

"파고 들어가기 위해서는?"

"유력자에게 접근한다."

"방법은?"

"지금의 만청 정부의 짜임새로는 돈만 있으면 대개의 일은 할 수 있다."

"말단 관리로 채용되어도 나라를 움직일 수 있을까?"

"아니, 나라를 움직이는 인물의 측근이 되어 그 인물을 이쪽에서 움직여 간다."

"그렇게 간단하게 될 일인가?"

"인정받도록 한다."

"어떤 방법으로?"

"역시 상서다. 포부를 쓴다. 사람의 마음을 움직일 수 있는……."

젊은 두 사람 사이에 이런 말들이 오고 간 것은 수년 전의 일이었다.

구체적으로 말하면 지금 국정을 움직이고 있는 인물은 리훙장이므로, 그의 측근이 되어 그를 움직여서 스스로 새로운 기둥의 역할을 하려고 하는 것이었다.

그러면 어떻게 하여 리훙장에게 접근할 것인가?

쑨원은 지금의 홍콩 대학의 전신인 홍콩서의서원(香港西醫書院)의 졸업생이었다. 이 학교는 영국의 아리스 병원이 경영하고 있었다. 홍콩은 영국의 식민지였지만, 이곳 주민의 대부분은 광동인으로 병원의 환자도, 의학교의 학생도 거의가 중국인이었다. 그 때문에 청국 정부와의 관계를 좋게 하기 위해 이 학교는 명예 이사로 리훙장의 이름을 얹어 놓았다.

모교의 명예.

이것이 쑨원과 리훙장과의 유일한 연결이었다.

그렇지만 그 정도의 명예직이라면 리훙장은 얼마든지 갖고 있을지도 모른다. 홍콩의 서의서원의 명예 이사인 것 따위는 본인 자신조차 알지 못할지도 몰랐다. 가장 중요한 것은 이쪽 의견을 누구를 통해 전달해 받기만 하면 좋았다.

"톈진에 가면 어떻게든 된다. 사례금을 목적으로 그런 중개를 하고 있는 인물이 반드시 있을 것이다."

동료에게 이런 말을 듣고 쑨원은 광주에서 상서를 작성했다. 문장에 능한 친구인 천샤오바이[陳少白]와 쩽콴윙[鄭觀應]이 첨삭을 가해서 일단 상서의 초고가 만들어졌다.

그것을 리훙장에게 전달하기 위하여 쑨원은 북으로 향했다. 그 때 동행한 사람이 루하오둥이었다. 여행의 목적은 톈진뿐이 아니었다. 큰뜻을 품은 그는 될 수 있는 대로 조국의 토지를 봐 두고 싶었다. 특히 상해는 장래에 그가 구국의 대업을 완수하는 데 중요한 근거지가 될 것임에 틀림없었다.

루하오둥은 전보국원으로 상해에 거주한 일이 있었다. 쑨원은 그 곳 지리에 익숙한 그에게 동행을 부탁하여 양자강 유역으로부터 톈진까지 여행했다.

두 사람은 상해에서 왕도(王韜)라고 하는 인물을 만났다. 왕도는 소주 사람이었지만, 20년 넘게 홍콩에 살았던 적이 있었으므로 홍콩에서 인연이 있던 사람이 상해에 가면 자주 그를 예방했었다. 당시 이미 66세로 격치서원(格致書院)이라는 학교의 교장을 맡고 있었다.

왕도가 이십여 년이나 홍콩에 체류한 것은 어떤 사정 때문이었다.

그는 젊었을 때에 외국인 선교사가 경영하는 학교의 교원이 되어 외국인과 친하게 되었고, 그들을 통하여 서양의 사정에 밝아졌다. 당시로 말하자면 개명 인사였던 셈이다. 곧 태평천국전쟁이 일어났지만 그 때 그는 기묘한 행동을 취했다.

청조 정부에 근대 무기의 채용을 진언했던 것이다. 태평천국전쟁에서 청군이 위력을 발휘한 양창대(洋槍隊)는 바로 그의 진언에 의해 만든 것이라고 한다.

그런데 그는 한편으로는 태평천국의 소주수장(당시 소주는 태평천국군에 점령되어 있었다)에게 상해 공략의 방법도 진언했다. 이것이 청국 정부에 들통이 나버렸다. 소주수장에게 진언한 문서가 발견된 것이 움직일 수 없는 증거가 되어버렸다. 증거를 잡혔다는 사실을 안 그는 상해의 영국 영사의 보호를 받아 홍콩으로 망명했다.

20여 년의 망명 생활로 일단 시효가 지난 형태가 되었다. 거기에다 청국에서는 양무파의 시대가 되어, 영어를 할 수 있고 서양 근대문명에 정통한 그가 등장할 차례가 왔다. 홍콩 시절에 번역했던 외국 서적들이 그의 이름을 높여 주고 있었다. 그런 이유로 해서 그는 상해로 다시 돌아왔던 것이다.

쑨원은 왕도에게 리훙장에게 보내는 상서문 초고를 보여 주었다. 그 취지에는 양무파의 왕도도 크게 찬성하였다.

"확실하게 해보게. 자네들과 같은 젊은이가 있다니 나도 어쩐지 안도감이 드네. 해내야 하네."

왕도는 붓을 들어 조금 문장을 고쳤다. 그러다 그것은 몇 마디에 지나지 않았고 단지 글귀 표현에 관한 것으로 상서의 정신을 손상시키지는 않았다.

8천 자에 이르는 장문의 이 상서는 쑨원 전집에도 수록되어 있다. 그렇지만 왕도가 어디를 고쳤는지는 알려지지 않고 있다.

두 사람의 광동 청년은 상해로부터 톈진으로 가서 당시의 상식에 따라 사례금을 준비하여 리훙장 막료의 한 사람인 나풍록을 통하여 예의 상서문을 전달했다.

# 3

2주간은커녕 1개월을 기다려도 전혀 반응이 없었다.
'읽어 주기만 한다면 반드시 마음이 움직일 것이다.'
쑨원에게는 그런 자신이 있었다.
상서의 내용을 요약하면 다음과 같다.

유럽 각국의 부강의 원인은 결코 군사력에만 있는 것이 아니다. 사람이 제대로 그 재능을 다하고, 땅이 제대로 그 이익을 다하고, 물자가 제대로 그 쓰임을 다하고, 경제가 제대로 그 유통을 다하는 것이다. 이 네 가지가 부강의 대본이고 치국의 근본이다. 그를 위해서는 서양의 방법에서 배우지 않으면 안된다. 교육, 산업……. 

지금 생각하면 지극히 당연한 말에 지나지 않는다. 쑨원 연구자 중에서는 입헌 정체화조차 주장하고 있지 않은 이 문서의 미적지근함을 불만으로 여기는 경향도 있는 것 같다. 그러나 외국을 모두 오랑캐 취급하고, 그 뛰어난 점은 군사 기술면 뿐으로 배울 만한 것은 그것밖에 없다는 게 지식 계급의 상식이었던 시대였다. 서양의 부강의 근원이 그것만이 아니라는 인식은 한 발 전진한 것이라고 하지 않으면 안 된다.

다음으로 상서의 상대방이 만청 정부 최고의 요인인 리훙장이었다는 점도 고려해야 할 것이리라. 그 사람의 마음을 움직이는 게 목적이었다. 감동시키는 것이지 노하게 해서는 안된다. 정체 변혁설 등은 마음 속으로는 생각하고 있었어도, 그런 말을 쓸 수는 없었으리라. 리훙장 앞으로 보낸 상서만 가지고 이 시점까지 쑨원에게 강렬한 혁명 사상이 없었다고 판단하는 건 옳지 않다. 문장의 목적상 쓸 수 없는 말이 훨씬 많았을 것이다.

리훙장에게 접근하기 위한 하나의 수단으로서 생각했다. 그러므로 가까이 접근하기 위한 수단까지 그의 본심이라고 보아서는 안된다.

"역시 이것은 틀렸구나."

참을성이 있는 쑨원도 드디어 고개를 저으며 이렇게 말했다.

"단념해. 언제까지 톈진에 있을 수는 없다. 시간의 낭비다. 좀더 많은 지방을 돌아보는 게 좋지 않을까?"

단념이 빠른 루하오둥은 리훙장의 측근이 되기 위한 공작을 어서 포기하자고 했다.

두 청년은 그 후 베이징으로 가서 다시 무한(武漢)을 거쳐 광동으로 돌아왔다. 그 무렵에는 청일전쟁이 이미 시작되어 있었다.

리훙장이 과연 쑨원의 상서를 읽었는지 어떤지는 지금으로서는 조사해 볼 방법이 없는 듯하다. 단지 객관적으로 보아 그 해의 6월에서 7월까지는 조선 문제가 가장 중요한 시기였고, 리훙장은 그 문제와 직접 관계가 없는 문서를 8천 자나 읽을 시간이 없었을 가능성이 크다. 읽기 시작했다가 도중에서 그만 둬버렸을지도 모른다.

"그것을 읽고도 사자를 보내지 않았던 리훙장이라는 친구, 별볼일 없는 인물이구나."

베이징을 산책하면서 쑨원과 루하오둥은 이런 말들을 주고 받았다.

"역시 힘이다. 군대다."

쑨원은 자신에게 들려주려는 듯이 중얼거렸다.

"그렇다. 자신의 힘으로 하지 않으면……"

루하오둥은 팔을 치켜올렸다.

청년들은 의기양양하였다.

베이징으로부터 광동에 돌아오는 도중에도 중요한 화제는 힘에 의한 국가의 소생에 관해서였다.

"이 마을을 공격할 때는 어디서부터 공격해야 할까?"

"이 지방에는 군대가 별로 없다. 만일의 경우 어디로부터 증원군이 오게 되어 있을까?"

"태평천국군이 이곳을 공격했을 때 저 부근에 진을 쳤었는데 그게 과연 옳았던 것인가?"

태평천국전쟁으로부터 아직 30년밖에 지나지 않고 있었다. 당시 중국인에게 있어서 그것은 아직 생생한 사건이었다. 태평천국을 지도한 중요한 간부는 광동과 광서의 객가(客家=다른 곳에서 이주하여 온 유민)이고, 쑨원도 똑같은 객가이다.

'나는 제2의 홍슈우첸이 되리라.'

쑨원은 마음속 깊이 맹세했다. 대청 제국에 반항한 용기 있는 사람들이 자신과 똑같은 그룹에 속해 있었다는 사실에 자랑스러움을 느꼈다. 홍슈우첸은 쑨원이 태어나기 2년 전, 천경(天京=지금의 남경) 함락 직전에 죽었다. 태평천국은 실패로 돌아갔다.

'제2의 홍슈우첸은 결코 실패하지 않는다.'

양자강을 따라서 여행한 것은 태평천국의 전쟁 흔적을 돌아보는 일이기도 했다.

"태평천국군의 작전을 음미하는 것도 좋지만, 쩡궈후안과 리훙장의 스타일도 연구해 두지 않으면 안된다."

루하오둥이 이렇게 말했다.

쩡궈후안과 리훙장은 태평천국을 진압한 인물이다. 쩡궈후안은 이미 죽었지만 리훙장은 아직 살아 있다. 극히 최근까지도 쑨원은 그를 이용하려고 생각하고 있었다. 이제 그런 일은 이미 단념했다. 단념한 이상 리훙장은 쑨원이 생각하는 적의 표본이 되었다. 태평천국의 전적에서도 적의 전략과 전술을 배워야 한다.

"그것은 당연하다. 그렇지만 이 성을 함락시키는 데 얼마만큼의 병력이 필요할까?"

쑨원은 무창(武昌)의 성벽을 올려다 보며 한숨을 지었다.

"군대를 모으는 데는 아무래도 돈이 필요하다."

루하오둥의 목소리는 갑자기 원기가 없어졌다.

"돈을 모으는 일부터 생각하지 않으면 안된다."

"모으기 어려울 걸. 더구나 정부를 넘어뜨릴 군대를 만들기 위한 돈이라고 말해 봐라. 아무도 내지 않는다. 우리들의 취지에 찬성하는 소수의 사람들이라 하더라도 무서워서 내지 않을 것이다. 어렵구나."

"어려워." 쑨원은 잠시 생각한 후 말을 계속했다.

"확실히 국내에서는 모으려고 해도 좀처럼 모아지지 않을 것이다. 선량하고 겁이 많은 사람들은 무시무시한 모반에 연좌되고 싶어하지 않는다. 그러나 국외에서는 만청 정부를 무서워하지 않는다."

"국외?"

"화교다. 나는 하와이에 갔던 적이 있으므로 잘 알고 있다. 수많은 화교가 있다. 성공한 사람들도 적지 않게 있다. 그들은 나라를 떠나 있는 만큼 대단히 애국적이다. 그들이라면 자금을 대줄 것이다. 하와이뿐만 아니라 샌프란시스코에도 로스앤젤레스에도 화교는 많다. 미국뿐만 아니다. 싱가포르에도 마닐라에도 성공한 화교가 있다. 그렇다, 그들을 설득하는 것이다."

실천가인 쑨원은 벌써 구체적인 방법을 생각하고 있었다. 그는 위대한 낙관주의자라고 불리워지고 있었지만, 스물여덟의 청년의 말 한 마디에 아무리 애국적인 화교라 하더라도 간단하게 돈주머니를 푼다고 여길 정도는 낙관 과잉은 아니었다.

"혁명이 성공했을 때에는……."

이런 미끼를 던지는 것이다. 빌린 돈을 배로 갚는다는 조건이라면 도박하는 마음으로 돈을 내는 사람도 있으리라.

"하와이라면 자네가 살았던 적이 있고 연고도 있을 것이다. 그러나 다른 지방에서는 어렵지 않을까?"

루하오둥은 조금 고개를 갸우뚱했다.

"홍문이 있다. 홍문은 해외의 각지에 존재하고 있다."

쑨원은 이렇게 대답했다.

'홍문'은 다른 이름으로 '천지회'라고 한다. 비밀 결사이고 임협적(任俠的) 성격과 상호 부조 조직적 성격을 가진 동시에 극히 민족주의적인 경향을 가지고 있다. 당연히 반청정부 감정이 강하였다. 이 회의 멤버는 사회의 이면에 있는 사람이 많았다. 아웃사이더적인 집단이라고 할 수 있으리라.

태평천국 거병의 때에도 천지회는 참가하고 있다. 크리스트교를 지도 원리로 하는 훙슈우첸 등은 극히 금욕적이었으나 천지회의 패거리들은 〈수호지(水滸誌)〉적인 호걸이 많았다. 이 양자의 결합은 잘 이루어지지 않았다. 태평천국 혁명 실패의 원인으로 그것이 들어지는 것이 상식이다.

비밀 결사이므로 그 조직의 자세한 내막도, 창설의 전말도 잘 알려지지 않는다. 단지 천지회에서 전해지는 말에 의하면 청나라 초기에 탄압된 소림사로부터 탈출한 다섯 명의 중이 조직한 것으로 되어 있다.

태평천국에 참가했다는 사실로 인해 천지회에 대한 청조 정부의 압박은 꽤 엄격한 구석이 있었다. 그 압박에 견딜 수 없어서 국외에 새로운 생활의 터전을 구하는 자도 적지 않았다.

이런 까닭으로 해외 주재 화교에는 천지회 즉 홍문에 속하는 자가 많았다. 인구에 대한 회원의 밀도로 따져 보면 화교 사회에서는 국내와는 비교도 되지 않을 만큼 그 밀도가 짙다고 할 수 있었다.

홍문은 각지에 횡적인 연결을 가지고 있다. 다른 곳 홍문의 우두머리로부터의 소개가 있으면 결코 차갑게 대하지는 않는다는 임협 단체적인 성격도 있었다.

쑨원 자신도 광주와 홍콩 및 마카오에서 홍문계의 사람들과 교제가 있었다. 연결이 전혀 없다고는 할 수 없었다.

자신들의 조직도 참가했던 태평천국의 복수를 위해서 행사하는 싸움에 군자금을 대주는 일은 홍문의 사람들로서 틀림없이 뜻이 통하리라.

광주에 돌아와서 얼마 지나지 않아 쑨원은 하와이행 배에 올랐다. 이 무렵에는 리훙장의 군대가 조선에서 연패하고 있다는 소식이 광동에도 도달하고 있었다.

하와이로 향하는 쑨원의 마음속은 장래의 계획에 가득 차서 리훙장에 대한 동정은 눈곱만큼도 없었다.

# 4

리훙장이 청국 군대의 실상을 광서제에게 보고하도록 명령받은 다음 날, 일본의 칭국 대리공사 고무라 주다로는 통리아문에 대하여, "조선 문제는 청일 양국 간의 대화로서 해결하자. 타국의 간섭은 바람직하지 못하다"는 의견 타진을 했다.

이튿날인 7월 4일, 리훙장 앞에 조선의 위안스카이로부터 전보가 도착되었다.

'일본은 평화의 의사가 없다.'

'나를 전근시켜 주시기 바랍니다.'

이런 용건이었다. 다음날 위안스카이로부터 다시 전보가 왔다.

'일본은 조선에 대해 국정 개혁을 요구하고 다시 1천5백의 군대를 증파했다. 이런 상태로는 내가 이곳에 있어도 아무 일도 할 수 없고 굴욕을 당할 뿐이다. 톈진에 가서 조선 문제에 대해 보죄하고 싶으므로 잠시 탕쏘우이와 교체하고 싶다.'

위안스카이는 조선에 있어서 오랫동안 일본의 진출을 방해해 온 인물이다.

따라서 이런 때가 되어 그를 경질하면 깃발을 내리고 퇴각하는 것과 같은 일이었다.

그러나 사태가 여기까지 온 이상 위안스카이가 서울에 머물러 있는 것은 별로 득이 되지 않는다. 일본 측으로부터 미움을 받고 있는 그가 없는 편이 오히려 좋을 지도 모른다. 단지 싸움에 패한 장군의 모습으로 귀국하는 것은 곤란하다. 적당한 구실을 붙여야 할 것이다.

이 일에 대해서 리훙장은 총리아문과 상담하였다.

'막판에까지 이르러 더 이상 만회할 수 없을 때까지 기다렸다가, 북양으로부터 조선 문제에 대해 직접 만나서 보고를 듣고 싶다는 구실로 톈진에 불러 들이도록 하면 어떨까?'

이것이 베이징의 의견이었다.

위안스카이가 서울을 떠나는 데에 대해서는 여기에서 본국의 허가가 원칙적으로 얻어진 셈이 된다.

시기만이 미정이었다. 리훙장이 위안스카이의 경질로 결심을 굳힌 것은 두 가지의 이유가 있었다. 조선 문제에 대해서 그만큼 정통한 인물이 없었으므로 본래라면 현장에 머물러 있어 주기를 바랐다. 그렇지만 리훙장은 러시아의 간섭을 기대하여 평화 해결의 희망을 버리지 않고 있었다.

1. 일본과 문제 해결을 위한 대화를 할 경우 이제까지 일본과 뒤틀린 관계에 있는 위안스카이의 존재는 방해가 될 염려가 있다.
2. 만일 문제가 해결되지 않고 전쟁으로 번질 경우 위안스카이의 정치적 생명이 끊어질 지도 모른다. 리훙장의 소위 북양 군벌에 있어서 위안스카이의 재능은 빼놓을 수 없는 것이었다. 위안스카이의 완전 실각은 막지 않으면 안된다.

이 두 가지를 고려하여 리훙장은 위안스카이라고 하는 말을 장기판으로부터 거두어 들이기로 했다.

영국의 조정에 의해 베이징에서 일본의 대리공사 고무라 주타로와 총리아문

대신과의 회담이 행해진 것은 7월 9일의 일이다. 그렇지만 회담은 평행선을 달리다가 결국 결렬되고 말았다.

일본의 외무대신 무쓰는 애초부터 영국의 조정에 반대였다. 이토 수상이 영국에 의지하려고 결정했으므로 조정 그 자체를 거절할 수는 없었다. 다만 조정이 조정답지 않기를 기대하고 있었다. 그리고 리훙장도 러시아의 간섭에 너무 큰 희망을 걸고 있었으므로 영국의 조정을 일단 환영은 했지만 러시아와의 조정 경합에서 문제가 뒤틀리는 걸 염려하였다.

청일 양국 모두 영국의 조정에 의한 베이징 회담에 냉담하였다. 그러한 회담이 성공할 리가 없었다.

얄궂게도 커다란 기대를 걸고 있었던 러시아의 간섭이 실패했다는 사실을 리훙장이 안 것은 똑같은 7월 9일의 일이었다.

러시아의 주청 공사 카시니가 파브로프를 리훙장에게 파견하여,

"러시아 제국은 단지 우정으로서 일본에 철병을 권고할 수 있는 데 불과하다. 병력을 사용하여 일본에 강제할 수 있는 입장에 있지 않다. 조선의 내정을 개혁할 것인가 아닌가는 러시아로서는 끼어들고 싶지 않은 문제이다."

라고 통고했다.

실은 카시니 공사는 적극적인 간섭론자였다. 만약 일본이 조선을 독점하게 되면 러시아의 입장은 현재보다도 나빠진다고 판단했다.

해군을 극동에 파견하는 일이 불가능한 현재 러시아로서는 조선의 사태가 이제까지와 같이 유동적으로 불안정한 편이 바람직했다. 청일 양국의 어느 쪽이 확실하게 조선 반도를 장악해버리면 이제 러시아의 남진은 희망이 없어진다.

카시니 공사의 정세 분석은 틀렸다고는 말할 수 없었다. 그렇지만, 현재 대군을 극동에 파견할 수 없는 엄숙한 사실을 축으로 해서 생각해 보면 간섭이 실패할 때의 저방이 불가능하게 된다.

간섭해도 좋지만 그래도 일본이 철병하지 않을 경우에 러시아는 팔짱을 끼고 물러가지 않을 수 없다. 러시아 제국의 체면은 완전히 손상되게 된다.

시베리아 철도의 완성 전에는 극동에서 대규모적인 작전은 불가능하다.

이 러시아의 약점은 다름 아닌 일본이 제일 잘 파악하고 있었다.

간섭해도 성공률은 극히 낮다. 러시아 외무부는 이렇게 판단했다.

베이징의 카시니 공사는 적극 간섭론자이지만 페테르부르크의 길스 외무대신은 그렇지 않았다.

도쿄의 히트로뵈 공사로부터 '일본인은 자부심에 도취해 있고 국내는 극도로 흥분 상태에 있으므로 정부가 바란다 하더라도 철병할 수 없을 것이다' 라는 보고가 있었다.

일본 국내의 여론은 주전론 일색이었다. 그것도 히트로뵈 공사의 보고와 같이 흥분 상태에 있었다.

'아아, 드디어 일본도 열강의 일원이 될 것 같구나.'

메이지유신 이래 일본은 목표였던 '열강' 에 지금 막 뛰어들려 하고 있다. 열강이란 힘을 가지고 외국에 출병하여 국익을 얻는 국가인 것이다. 비원 달성을 목전에 둔 흥분이었다. 신문도 주전론을 선동하고 있었다.

6월 29일의 〈시사신보〉에 다음과 같은 기사가 게재되었다.

옛 수호번(水戸藩) 복권사족(復權士族) 및 옛 수판번(須坂藩) 복권사족 268명의 총대인 수호번 의전덕운(依田德雲), 수판번 시천감삼(市川勘三)외 1명으로 발도대(拔刀隊)를 편제하고, 조선국 출병대열에 참가하려는 태세, 어제 도쿄부(東京府)를 거쳐 육군성에 출원했다고 함.

다음은 7월 1일의 〈도쿄일일신문〉에 실린 기사이다.

관동지방에 있어서 협객으로 알려진 이시이는 이번의 조선 사건에 즈음하여 근일 부하의 떠돌이 1천 명을 규합하고, 스스로 이들을 총 감독하여 군대에 종군하려고 오로지 동분서주하고 있는 형편이다. 어떤 사람은 그를 꾸짖어 말하기를, 그대의 뜻은 정말로 좋지만 전투는 육해 군대가 맡아서 하므로 희망을 달성하기는 어려운 일이고, 오히려 인부가 되어 탄환이 비오듯 쏟아지는 아래에서 병참 수송을 돕는 편이 좋을 것이라고 하지마는, 그래도 목하 그 일에 몰두하고 있다던가.

7월 4일, 신전의 금휘관에서 열린 정치 간담 연설회는 주전론 대연설회라고 칭해도 좋을 것이었다. 그 연제를 보아도 '천재일우의 기회', '이번 기회를 결코 놓치지 말 것', '동양의 맹주(盟主)', '위기일발', '계림(鷄林)의 풍운' 등으로 무척이나 호전적이었다. 오이 겐타로, 이누카이 츠요시, 하세바 스미타카[長谷場純孝] 등의 인물들이 그 날 밤의 중요한 연사였다.

당시의 일본의 신문 논조를 보면 오로지 리훙장이 처음부터 주전론이고, 궁정이 비전론이었던 것같이 기술하고 있다. 정확하게 말하면 이미 말한 것처럼 청일전쟁 발발 직전에는 궁정에 서태후파와 황제파가 있었고, 전자는 온화파 후자가 주전파였다. 리훙장이 서태후파로 보여졌다는 것은 말할 나위도 없다.

리훙장의 사위인 짱페이룬의 〈간우집〉에는,

이 날(양력 7월 9일), 러시아 공사가 오다. 화의는 이루어지지 않았다. 합비(合肥=리훙장을 말함. 그의 출신지 이름으로서 부른 것이다)는 심히 화가 나서 비로소 전쟁의 뜻을 정하다. 그렇지만 육군에 장수가 없고 해군의 여러 장수는 재능이 없다. 특히 근심해야 할 바이다.

라고 쓰여 있다.

실권파의 거두 리훙장이 전쟁이 불가피하다고 결정한 것은 아무래도 카시니의 사자 파브로프가 톈진에 와서 러시아 본국 정부의 불간섭 결정을 전했던 때였던 것 같다.

## 제28장 제자리걸음

1

노인정(老人亭) 회담.

일본 공사 오토리 게이스케와 조선 정부 대표 사이에 행해졌던 정치 개혁에 대한 회담을 이렇게 부른다. 서울 남산에 있는 노인정에서 열렸기 때문이었다.

그러나 실제로 이것은 '회담'이라는 명칭이 어울리지 않는 것이었다. 오히려 '공갈'이라고 부를 만한 것이었으리라.

일본은 청국의 거부를 예상하고 청일 양국의 공동 개혁을 제안했다. 종주권에 연연하는 청국이 이를 거부하면 일본은 단독으로 조선의 정치 개혁에 임한다고 조선 정부에 의사를 전했다.

일본 측의 제안은 시한부였다. 그렇지 않으면 조선 정부는 반드시 연기 작전으로 나오리라고 보았기 때문이다. 7월 3일의 제의는 7월 8일 정오라는 기한이 붙어 있었다.

조선 정부는 이 제의에 접하자 우선 톈진에 주재하는 독리 서상교(徐相喬)에게 이 사실을 전보로 알렸다. 톈진에 주재하는 독리에게 전보를 친 것은 톈진에 있는 리훙장에게 보고하여 조선의 고충을 이해 받고 싶었기 때문이었다. 그리고 어떻게든 해주기 바란다는 '구원 요청'이기도 하였다.

동시에 조선 정부는 신정희, 김가진, 조인승(曺寅承) 등을 내정 개혁 위원에 임명하여 일본 측과 상대하도록 하였다.

오토리 공사와 조선 측의 '의견 교환'이 소위 노인정 회담이었다. 이 자리에서 일본 측은 일방적으로 5조 27항의 '내정개혁방안강목(內政改革方案綱目)'을 들이대었다. 7월 10일의 일이었다.

일본은 이미 조선에 주재하는 청국의 대표자 위안스카이를 무시하고 있었다.

위안스카이는 착잡한 얼굴로 공관의 책상에 턱을 괴고 있었다. 조선 정부로부터 일본의 움직임에 대하여 끊임없이 보고가 있었지만 그로서는 더 이상 어떻게 해볼 수 없는 일이었다.

"내가 할 수 있는 일이라고는 조선에서 사라지는 일 뿐이다. 사라지는 것이 나라를 위해서 도움이 된다."

이것이 당시 위안스카이의 입버릇이었다. 그의 의사는 매일같이 전보로 톈진의 리훙장에게 전해졌다.

노인정 회담이 열리고 있던 즈음 그는 공관에서 탕쏘우이에게 "일본 군대는 강한 것 같네 그려"라고 콕 집어내듯이 말하였다.

탕쏘우이는 머리를 끄덕이고 "우리나라 군대가 아산에 주둔한 게 다행이었다고 생각합니다"라고 말했다.

일본군은 인천으로부터 서울에 걸쳐서 주둔하고 있었다. 청국군은 조금 떨어진 아산에 주둔하고 있다. 떨어져 있었으므로 사람들은 직접 비교를 할 수가 없었다. 양군을 서로 직접 비교하면 청군쪽이 빈약했다. 양적으로 병력이 적은 것만이 아니었다. 질적으로도 그리고 무엇보다도 사기 면에서 열세였다.

"그래. 정치가가 아무리 강경해도 가장 중요한 힘이 없고서야 아무 일도 안 된다."

위안스카이는 이렇게 말하며 한숨을 쉬었다.

종주권 문제에 대해 그렇게까지 강경했던 그도 일이 여기에 이르자, '원래부터 조선에서는 내정에 대해 자주적이었으므로 그 개혁에 대해서 조선이 일본과 의논하는 것에 청국이 강력하게 간섭할 수 없다'는 쪽으로 기울었고 그러한 의견을 리훙장에게도 타전하고 있었다.

그러나 당사자인 리훙장은 노인정 회담의 전날, 러시아의 불개입을 통고받아 싸우는 수밖에 없다고 각오를 다지고 있었다.

노인정 회담에서 오토리 공사는 제출한 5조 27항 중에서 아래의 7항은 3일 이내에 의결하고 10일 이내에 실행할 것을 강요했다.

1. 정부는 의정부로 복구하고 육조판서의 권한을 확립하며, 세도집정의 폐를 바로 잡을 것.
2. 궁중, 부중의 구별을 엄격히 하고 궁정이 정부를 간섭하는 일을 금지할 것.
3. 외교의 책임을 명확히 하여 전임 대신을 임명할 것.
4. 문벌을 타파하고 인재를 등용할 것.
5. 매관을 엄금할 것.
6. 관리의 수뢰를 엄금할 것.
7. 서울 및 중요 항구 사이에 철로를 건설하고, 전국 중요 도시에 전신을 가설할 것. 본 항은 10일 이내에 기공을 결의할 것.

이들 내용을 읽는 한에서는 하나하나가 지당한 개혁이었다. 조선 정부는 스스로가 내정 개혁의 필요성을 통감하고 있었기 때문에 일본 측의 제안에 이의는 없다고 말했다. 그러나 단서가 붙어 있었다.

단지 현재 일본이 강대한 병력을 서울에 주둔시키고, 그 위에 시한부로 개혁의 실행을 요구하는 것은 내정 간섭이 아닌가 하는 점이었다.

노인정 회담은 7월 10일과 11일에 행해졌으며 조선 정부는 일단 7월 13일 의정부에 교정청(校正廳)을 두고 내정 개혁을 위한 인사를 발표했다. 이러한 적극적인 자세에 의해 일본 측에 성의를 보여 주었으므로,

"일본이 우선 그 군대를 철수하고 또 내정 개혁에 관한 기한부의 조회를 철회하면 조선 정부는 반드시 앞장서서 개혁의 실효를 올리고 일본 정부의 호의에 보답할 것이다."
라고 회답했다. 조선 정부가 오토리 공사에게 이 회답을 통고한 날은 7월 16일이었다.

제1회 노인정 회담이 행해진 날 오토리 공사는 본국 정부에 조선문제 해결에 관한 2개 안을 제안하여 그 중 어느 것인가를 취할 것을 요청했다. 그 2개 안이라는 것은,

(갑) 내정 개혁이 시급히 필요하다는 이유로 병력을 동원, 왕궁을 점령하여 사정없이 몰아쳐서 담판에 이를 것.
(을) 청국과 조선과의 종속 관계 파기와 청국과 동일의 권리 특전, 전신선 가설권을 요구하고 그것이 받아들여질 때까지 왕궁의 각문을 점령 장악할 것.

이었다.
왕궁 그 자체와 왕궁의 문과는 차이는 있지만 어쨌든 병력을 움직여서 조선의 궁정을 위협하는 방책이었다.

강경책은 원래부터 무쓰 외상의 원하는 바, 아니 노리는 바였지만 그에게는 마음에 걸리는 것이 하나 있었다.

영국과의 조약 개정이 아직 조인되어 있지 않았던 것이다. 어쨌든 일본은 외교적으로 영국에 의존하고 있었다. 영국을 화나게 해서는 안된다. 양국 사이에 현안의 문제가 없으면 좋지만 조약 개정이라고 하는 국민적 비원과 같은 중대 문제가 존재하고 있었다.

조약 개정의 조인만 되면 문제는 없어지게 된다. 조약 개정은 마지막 단계에 이르러 모자와 사탕의 관세 등 지엽적인 문제만 남아 있었다. 모자의 수출국인

영국은 그것을 대량으로 팔기 위해 일본 측의 관세를 낮추고 싶어했다. 일본 측은 자국의 모자 업자를 보호하기 위해 관세를 높이고 싶어했다. 그런 점에서 아직 완전한 합의점에 도달해 있지 않았다. 문제는 모자가 아니었다.

무츠 외상은 주영 아오키 공사에게 7월 14일에 조인될 수 있으면 모자와 사탕의 관세는 양보하도록 지시했다. 이 지시 전보는 7월 12일에 친 것이었으므로, 일본 정부는 대청전쟁을 초읽기의 단계로 보았던 것이다. 아오키 공사의 제의를 영국이 승낙하여 조약 개정은 드디어 조인되었다. 조금 늦었지만 조인은 7월 16일에 끝났다.

아오키 공사의 조인 성공의 전보에 무츠 외상은 어지간히 기뻐했을 것이다.

"나는 곧바로 목욕재계하고 궁성에 달려가 천황 폐하에게 일영조약 조인의 결과를 아뢰고……."

무츠는 이와 같이 말하고 있다.

강경책에 대한 최후의 장애물이 제거되었던 것이다.

## 2

도쿄에서 제1차 대본영 어전 회의가 열린 것은 7월 17일의 일이었다. 개전은 피할 수 없다는 결정을 내린 것은 바로 이 회의에서였다.

똑같은 시기에 리홍장은 정적에게 괴로움을 당하고 있었다. 러시아의 개입 절망을 보고 그는 겨우 군대의 동원을 결의했다. 일본의 대리공사 고무라 주타로의 소위 제2차 절교서가 리홍장 앞에 전달된 것은 7월 14일의 일이었다고 한다. 고무라 대리공사는 도쿄에서 받은 절교서를 다시 강경한 표현으로 바꿔 써서 청국 측에 전달하였다.

이것을 받아 든 총리아문은 리홍장에게 군사적 대응책을 물었다.

리홍장은 다음과 같은 작전 계획을 톈진으로부터 베이징에 타전했다.

1. 워이루꾸이가 이끄는 성군(盛軍) 6천을 평양에 진입시킨다. [이 군대는 직예성의 소참(小站)이라는 곳에 주둔하는 영하병(寧夏兵)이었다]
2. 마유우퀀[馬玉昆]이 이끄는 의군(毅軍) 2천을 의주에 진입시킨다. [이 군대는 여순 주둔의 것으로 적(籍)은 사천 제독에 속한다]
3. 성경장군(盛京將軍 : 당시 동북 지방은 군정 하에 있었고, 그 장관을 말함)에 타전하여 거기에 속하는 쥐빠오꾸이[左寶貴]의 봉군(奉軍) 4천을 평양에 진입시켜 합류하게 한다.
4. 아산에 있는 예쯔초우[葉志超]의 부대 2천을 평양으로 옮긴다.
5. 병선을 조선 근해에 파견한다.

이중 세번째의 성경장군 소속의 군대만이 리홍장의 휘하가 아니었다. 꽤 새로운 훈련을 받은 정병이라고 알려져 있었다. 나머지 여러 군대는 북양군이라고 불리는 부대로 리홍장이 태평천국과 싸웠던 때에 조직한 회군을 근간으로 하고 있었다. 사천, 영하 등 소속은 가지가지였지만 부대 장병의 대부분은 안휘성 출신이었다. 결국 리홍장과 동향이었다.

리홍장이 북양대신이 되자 군대도 북양군이라고 불리게 되었다. 사병이라 불려도 할 수 없지만 청국은 사병에 의존하지 않으면 안되는 상태였다.

태평천국군이 광서로부터 쳐올라와 노도의 진격으로 남경을 함락한 것은 약 40년 전인 1853년의 일이었다. 그 때 관병(정부군)은 태평천국군에 대하여 완전히 무력하였다. 연전연패는커녕 싸우기 전에 이미 전의를 상실하고 있는 군대였다. 무릇 전의 따위는 애초부터 가지고 있지 않았다고 해도 좋을 것이었다.

청국 군대의 부패는 극에 달해 있었다. 군대는 써먹을 수 없다. 그러면 어떻게 하면 좋을까? 새로운 군대를 만드는 수밖에 없다.

태평천국의 토벌을 명령받은 쩡궈후안이 새로운 군대를 만들었나. 의용군이었다. 향리를 방위하려 한다는 슬로건 아래 인간 관계에 의해 맺어진 군단이었다. 서원의 선생이 장교가 되고 제자들이 병사가 된 조직이었다. 물론 군사적으로는 문외한이었지만 조금 훈련을 실시하자 정부군보다도 강한 군대가 되었다.

쩡궈후안은 호남 사람이었다. 호남은 '상(湘)'이라고 불리었다. 그가 만든 새로운 군대는 '상용(湘勇)' 또는 '상군'이라고 불리었다.

리훙장은 선배인 쩡궈후안의 상군을 모델로 하여 똑같은 군대를 만들었다. 그는 안휘 출신으로 그 지방은 그곳을 흐르는 강의 이름을 따서 '회(淮)'라 불리었다. 리훙장의 군대는 따라서 '회용' 또는 '회군'이었다.

상군과 회군의 힘으로 십여 년에 걸친 태평천국은 진압되었다.

그때 '쩡궈후안은 상군을 이끌고 베이징에 들어가 신왕조를 수립할 것이다'라는 유언비어가 떠돌았다.

만약 쩡궈후안에게 그럴 생각이 있었다면 신왕조 수립은 가능하였음에 틀림없었다. 어쨌든 청조를 지켜야 할 국군이 쓸모 없는 것이었으므로.

이러한 유언비어를 알고 쩡궈후안은 상군이 존재하는 한 자신은 의심받을 것이라고 생각했다. 그리하여 상군을 해산했지만 그 때 유능한 장교를 리훙장에게 양보했다. 리훙장도 회군을 가지고 있는 유력자였지만 쩡궈후안보다 훨씬 후배여서 서열로 말해서는 아직 의심받을 정도는 아니었던 것이다.

그 후 리훙장의 회군은 염군이라고 불리는 반란군도 평정하여 점차 성과를 올렸다. 원래 사병단이었던 회군은 나라의 정규군에 편입되었지만 리훙장 색채가 아직 강했던 것은 말할 필요도 없다. 리훙장이 직예총독으로서 톈진에 있으면서 절대적인 권세를 휘두르고 있는 것도 그의 의사대로 움직이는 군대를 가지고 있었기 때문이었다. 그의 발언은 힘을 배경으로 하고 있었다.

여기에 반발하는 사람들도 적지 않았다. 왕공 귀족(王公貴族)과 고관이면서 힘의 배경이 없는 사람들은 그를 질투하였다. 앞에서도 말한 것처럼 서태후에 대한 반감 때문에 그녀가 신임하는 리훙장에게 적의를 품는 자도 있었다.

리훙장의 정적은 결코 적지 않았다.

일본에서 대본영 어전 회의가 열리기 하루 전날인 7월 16일에 베이징에서는 황제의 고문인 수명의 군기대신과 총리아문의 멤버가 모여서 조선 문제를 검토했다. 리홍장은 출석하지 않았으나 톈진에서 친 그의 전보는 회의장의 책상 위에 놓여졌다.

황제파의 리홍쪼우와 웽퉁허가 주전론을 주장했음은 물론이다. 그렇지만 그들은 소수였다. 서태후가 환갑을 맞는 해에 전쟁 따위가 있어서는 안된다고 생각하는 왕공 대신이 많았다.

조선과의 종속 관계를 명목적으로나마 유지할 수 있다면 나머지는 양보해도 좋지 않을까는 피전론(避戰論)이 대세를 점하였다.

주전론자는 리홍장의 정적이었지만 피전론자도 그러하였다.

'리홍장은 어떻게 하여 일본과의 관계를 이렇게 뒤틀리게 만들었단 말인가?'

'일본이 조선의 내정 개혁에 공동으로 임하자고 제안했을 때에 리홍장은 왜 거절한 것인가? 그 때 받아들였으면 이 지경에는 이르지 않았을 텐데……'

이런 무책임한 비판이 피전론자의 입에 오르내렸다. 공동 개혁의 제안을 그 때 받아들였더라면 일은 국체에 관계되는 일로서 누가 당사자였어도 비난의 집중 포화를 받았음에 틀림이 없다.

톈진에 있던 리홍장은 베이징에서의 회의 모습이 대개 짐작이 가고 남았다. 출석자 한 사람 한 사람의 얼굴이 그의 머릿속에 떠오른다. 누가 어떤 발언을 할지는 어렵잖게 상상할 수 있었다.

일은 진행되고 있다. 회의도 좋지만 실제로 손을 쓰지 않으면 안된다. 리홍장은 런던에 전보를 쳤다. 군대의 수송에는 배가 필요하다. 배 구입의 일도 고려하지 않으면 안된다. 문제는 시시각각으로 다가오고 있다. 일각을 다투는 일이 너무나도 많았다.

"그렇다. 속도가 빠른 배가 아니면 시간에 댈 수 없다."

리홍장은 런던의 공사에게 친 전보 초고에,

"속률(速率) 23, 24 해리."

라고 구입해야 할 배의 스피드를 써넣었다.

막료로부터 속속 전보가 접수되었다.

"조선의 원도(袁道)로부터입니다."

막료는 전문을 리홍장의 책상에 올려놓으며 발신자의 이름을 댔다.

"아아, 항성인가. 지금 곧 그를 조선으로부터 빼내오지 않으면 안되겠는데……."

중얼거리면서 그는 전문을 훑어보았다. 몇 차례나 사임 귀국의 바람을 전보로 쳐왔었지만, 이번의 그것은 어조가 극히 비통했다.

'위안스카이의 고민은 다음과 같음. 누구나 죽음이 있을 뿐. 그렇지만 죽어서 국사에 무슨 이익이 있으랴. 통절함이여.'

"알았다, 알았어."

리홍장은 전문을 향하여 몇 번이나 고개를 주억거렸다.

## 3

군기대신과 총리아문의 회의에서 '피전'의 결론이 나온 것에 대해 광서제는 몹시 불만이었다.

"북양을 처벌하고 싶다."

젊은 황제는 측근에게 이런 말을 흘렸다고 한다.

그렇지만 이 중대한 시국에 리홍장 외에 누가 문제를 처리할 수 있을 것인가? 황제는 주전론을 주창하고 있지만 리홍장이 없으면 군대 하나 움직일 수 없었다.

리홍장의 처벌 따위는 탁상공론에 지나지 않는다. 광서제 자신은 이제 젖먹이가 아니라고 여기고 있었을지 모르지만 과연 서태후의 양해 없이 리홍장을 처벌할 수나 있었을는지…….

예부시랑(禮部侍郞)인 지예(志銳)가 리홍장과 총리아문 대신들을 탄핵하는 상주문을 올린 날은 음력 6월 15일, 양력으로는 7월 17일에 해당한다. 피전의 결론이 난 회의의 이튿날로, 도쿄에서는 다름 아닌 대본영 어전 회의가 열리고 있던 시기였다.

지예의 탄핵 상주문은 어투는 격렬했지만 수긍할 만한 점도 있었다. 그는 리훙장이 외국의 개입에 너무 지나치게 의지했던 사실을 비난하고 있었다.

"일의 시초에 곧 러시아 공사에게 의지하고, 러시아 공사에게 희망이 없자 다시 영국 공사에게 기대를 건다. 영국 공사에게 희망이 없으니 장차 누구에게 의지할 것인가?"

라고 말한 대목도 있었다.

과연 지예는 탄핵은 하고 있었지만 리훙장을 처벌하라는 따위의 비현실적인 주장은 하지 않았다. 리훙장에게 명하여 군사를 모아 될 수 있는 대로 빨리 진군시켜 시기에 맞추지 않으면 안된다고 논하고 있었다.

싸우기를 바라지 않았던 리훙장이 '결국 여기까지'라며 개전을 각오하고 동원 계획을 세워 영국에 쾌속선을 주문하는 등 부산을 피우고 있었음에도 불구하고, 베이징의 그의 정적들은 다시 피전 방침에 의해 그의 행동을 속박하려고 했다.

이에 대하여 무쓰는 그의 〈건건록〉 속에서 이렇게 평하고 있다.

리훙장은 이번의 조선 문제에 관한 일청의 분의(紛議)를 야기한 청국 측의 장본인이고 주모자이다. 그 공과는 모두 그의 일신에 돌아가야 할 것은 본래부터 말할 필요도 없다. 그렇지만 지금은 사태의 진행중, 특히 국운의 사활이 정말로 눈앞에 박두하고 있는 때이다. 베이징 정부는 쓸데없이 당쟁을 일으키고 어린애 같은 견책을 더하여 그로 하여금 그 계략을 충분히 단행할 수 없도록 할 뿐만 아니라, 나아가서 그 책임도 면하게 하려는데 이는 리훙장의 불행뿐만 아니라 청국 정부는 스스로 국가를 멸하려 한다고 할 만함.

이 표현은 진실 그대로라고 할 수밖에 없었다.

리훙장이 총리아문에 전보를 보내어 위안스카이의 귀국을 요구한 것은 7월 18일의 일이었다. 후임은 탕쏘우이였다.

그날 중으로 위안스카이는 귀국하라는 전보를 접하였다. 그는 그 날 밤 탕쏘우이와 둘이서 조용히 대작을 했다.

"당신과 둘만이 남았군."

소흥주(紹興酒)의 술잔을 입 근처에서 멈추고 위안스카이는 탕쏘우이에게가 아니라 잔 속의 술을 향해서 말하는 것처럼 속삭였다.

"그렇군요."

탕쏘우이도 상대를 보지 않고 천장을 향하여 대답했다.

공관의 고용인은 한 사람 두 사람 도망을 쳐서 지금은 한 사람도 남아 있지 않았다.

"인간이라는 건 현실적인 동물이야."

"그게 바로 보통의 사람들입니다."

"사그라져 가니 숫제 모르는 사람인 체 해버리는군."

"그것은 조선이나 우리나라나 마찬가지입니다."

"경기가 좋을 때는 문전성시였는데……."

"지금은 문전에 새그물을 치게 되었군요."

"완전히 포위되어버렸다."

"그렇습니까?"

"아니야, 몇 겹이나 둘러싸여 있다. 그대가 모르고 있을 뿐이야."

위안스카이는 침통하게 말했다.

이 청국 대표의 집무소는 일본의 탐정과 그 앞잡이들에 의해서 엄중하게 둘러싸여 있다는 게 위안스카이의 견해였다. 탕쏘우이는 그렇게는 생각되지 않았다. 한참동안 창문으로 밖을 내다보아도 그럴싸한 사람의 그림자는 없었다. 물론 서울에는 수많은 일본군이 들어와 있으므로 병사의 모습은 자주 눈에 띈다. 1분대 정도의 병사가 보조를 맞추어 행군하곤 했다. 그러나 그것은 무슨 용무가 있어 그곳을 통과하고 있는 것에 지나지 않는 듯이 보였다.

"너무 지나치게 신경을 쓰고 있습니다."

탕쏘우이가 위로하듯 말했다. 하마터면 신경쇠약이라는 말이 튀어나올 뻔했으나 가까스로 그 말을 입안으로 집어삼켰다.

"아니, 그대가 너무 대수롭지 않게 생각하고 있는 거라구. 일본인뿐만 아니야. 동학당의 패거리도 나를 노리고 있어. 내일은 어떻게 이곳을 빠져나갈 것인가?"

위안스카이의 적은 일본인뿐만이 아니었다. 그는 동학의 반란 진압에 힘을 빌려 주고 있었다. 동학의 사람들에게 있어서도 위안스카이는 증오할 만한 원수였던 것이다.

"언제까지 그러고 있을 것입니까? 그 술잔 비워버리십시오."

탕쏘우이는 웃으면서 말하였다.

술잔을 입 근처에 갖다 대기만 했지 위안스카이는 아까부터 술을 마시고 있지 않았다. 탕쏘우이로부터 그런 말을 듣자 그는 쓴웃음을 지으면서 술잔을 단숨에 비웠다. 정말이지 쓰디쓴 표정으로.

위안스카이가 리홍장 앞으로 보낸 애원과 같은 최후의 전보는,

"개등재한(凱等在漢), 일위월여(日圍月餘), 시화구심(視華仇甚), 뇌유이삼원면가변공(賴有二三員勉可弁公), 금균도(今均逃)……"

로 시작되고 있었다. 그 뜻은 "자신들은 한성에 있어서 일본군에게 한 달여나 포위되어 있다. 중국인 보기를 원수처럼 여기는 극심한 증오 속에서 2, 3인의 사용인에 의지하여 어떻게든 일을 해왔지만 지금은 그들도 모두 도망갔다"이다.

〈용암제자기〉에 의하면 일본군은 거포를 장치하고 포구를 위안스카이의 거소를 향하도록 했다고 한다. 그의 문하생에 의해 쓰여진 이 저작에서는 그가 얼마나 비범했던가, 그리고 얼마나 고통을 겪었는가를 조금은 과장하고 있으므로 그대로 믿어야 좋을지 어떨지 모른다. 리홍장도 예쯔조우도 모두 위안스카이의 진언을 듣지 않았으므로 실패한 것으로 되어 있다. 어찌 되었든 이 시기에 위안스카이는 조금 노이로제 기미가 있었다.

"변장해서 빠져나가지 않으면 안된다. 어떤 변장이 좋을까?"

위안스카이의 혼잣말이었다.

"늙은이처럼 하십시오. 변장하시려거든."

탕쏘우이는 이렇게 말을 이었다.

"이 나라에서는 아무튼 노인은 대접을 받으니까요. 그래, 허리를 구부리십시오 허리를. 그것만으로 충분합니다."

위안스카이는 제법 백발이 섞여 있었다. 탕쏘우이는 그것을 염두에 두고 이런 말을 했다. 생명의 위험을 느낀 위안스카이는 탈출을 고려하고 있었다. 그리고 탕쏘우이는 뒤에 남겨둔다.

'나의 생명은 어떻게들 생각해 주는 것인가?'

탕쏘우이로서는 이렇게 항변하고 싶었으리라. 그렇지만 그는 위안스카이보다도 훨씬 낙관적이었다.

'서울에는 외교단이 있다.'

콜롬비아대학 출신인 탕쏘우이는 각국의 외교관과 위안스카이보다는 친하게 교제하여 왔다. 여차하면 그들이 구원의 손길을 뻗쳐 줄 것이 틀림없다.

탕쏘우이는 오토리와 몇 번이나 서로 얘기를 주고받은 적이 있지만, 그가 국제공법에 대한 이해가 깊다는 느낌을 얻고 있었다.

"늙은이. 그래, 늙은이라. 그렇다, 저쪽 어딘가에 지팡이가 있었는데 지팡이를 짚고 걸을까."

위안스카이의 혼자 중얼거리는 버릇은 요새 와서 부쩍 눈에 띄게 늘었다.

다음날인 7월 19일. 위안스카이는 지팡이를 짚고 걷는 노인으로 변장하여 서울을 빠져나가 인천으로 향하였다.

"10년인가."

인천에 도착하여 그곳에 정박하고 있던 군함 '평원호'에 오르기 전에 그는 또 이렇게 중얼거렸다. 그의 조선 생활은 벌써 10년을 넘고 있었던 것이다.

"이제 두 번 다시 올 일은 없을 것이다."

그는 주위를 돌아보면서 중얼거렸다.

부랴부랴 서둘러서 하는 탈출이었다. 탈출에 임해서 그는 아산 주둔 군 수뇌와 연락도 취하지 못했다.

2천의 군대를 이끌고 아산에 주둔하고 있던 제독 예쯔초우에게는 '해로를 이용하여 평양으로 이주할 것'이라는 명령이 하달되어 있었다.

8천이 넘는 일본군이 서울에 운집하고 있었으므로 아산의 2천의 청병은 고립되어 버린다. 더구나 아산의 청군은 대포 여덟 문밖에 갖고 있지 않았다. 리훙장의 작전 계획은 평양에다 청나라의 대군을 결집시켜 서울의 일본군과 대치한다는 것이었다.

리훙장이 베이징에 제출한 작전 계획에는 워이루꾸이의 성군 6천과 봉천군 4천의 합계 1만을 평양에 보내고 아산 예쯔초우의 2천 명을 합한 뒤 다시 마유우퀸[馬玉昆]의 의군 2천을 의주에 집결시키는 것으로 되어 있었다. 1만 4천을 평양 부근에 집결시켜 1만이 못되는 서울의 일본군에 대비하려는 것이었다. 숫자상으로는 그렇게 되어 있었다. 단지 일본의 오지마[大島] 여단 8천은 실제로 서울에 주둔하고 있었던 것에 반해, 평양에는 아직 단 한 명의 청병도 없었다.

더구나 가장 가까이 있던 아산의 예쯔초우가 본국으로부터의 이동 명령을 거부하고 나왔다.

"해로에 의한 대군의 이동은 이미 위험하게 되어 있다. 오히려 이대로 아산에 주둔하여 부산과 서울 간의 일본군의 연락로를 차단하는 쪽이 유리하다. 그러므로 증원 부대의 파견을 바란다."

예쯔초우가 친 이 회답 전보가 리훙장 앞에 도착한 날은 7월 18일이었다.

전시에는 현지의 사령관이 가장 상황에 밝으므로 이와 같이 상부로부터의 명령을 거부할 수 있도록 되어 있었다.

리훙장은 다망하기 그지없었다. 위안스카이 귀국의 허가를 준비하는 것과 동시의 톈진 근교에 있던 군대로부터 2천3백의 장병을 선발하여 아산에의 증원군으로 충당하였다.

이 증원군은 두 부대로 나뉘어졌다.

선발의 제1대 1천3백의 군대가 두 척의 상선에 분승하여 대고항(大沽港)을 출발한 것이 7월 21일이었다. 두 척의 상선은 모두 영국의 이화양행(怡和洋行＝쟈딘 매디슨 상회)으로부터 빌린 '애인호(愛仁號)'와 '비경호(飛鯨號)'였다.

증원의 제1대가 톈진을 벗어나던 날, 위안스카이를 태운 '평원호'는 톈진에 도착했다.

# 4

영국에 최후의 조정을 의뢰한 날은 위안스카이가 조선을 탈출한 7월 19일의 일이었다.

같은 날 오토리 공사로부터 전보가 와 노인정 회담에서의 제의를 조선 정부가 사실상 거부하였으므로, 을 안의 실행 준비에 착수한다고 하는 보고가 있었다.

개전 직전에 일본 정부는 조금 망설임을 보였다.

영국의 조정 신청을 딱 잘라 거절하면 외교상의 예의를 지키지 못할 위험이 있었다. 이미 조약 개정은 조인이 끝났으므로 영국의 동향은 그렇게 염두에 두지 않아도 좋았다.

'영국과 청국 간에 밀약이 있는 것은 아닐까?'

이런 걱정도 있었다. 청일 간의 분쟁에 영국이 무력으로 개입하는 사태는 백 퍼센트 부정할 수도 없는 일이었다.

그렇지만 무츠 외상은 그런 사태는 있을 수 없다고 믿었다.

청국의 정책은 리훙장에 의해 운영되어 왔다. 리훙장이 가장 의지한 것은 러시아의 개입이었고, 그것에 전력을 다하였다고 해도 좋았다. 이제까지 영국의 조정 요청에 대하여 리훙장은 러시아와의 경합을 두려워하여 예의적으로 응해 온 것에 지나지 않았다.

정보와 그것을 분석해서 얻은 감촉에 의해 청국과 영국과의 사이에 무력 개입을 밀약할 만큼의 관계는 없다고 판단한 것이었다. 그러나 예의를 결해서는 안되므로 무츠 외상은 '청국 정부가 도저히 수락할 수 없는 조건을 제시하여 자연히 이를 중지시키도록 해야 할 것'이라고 판단했다.

조정을 제의한 인물은 도쿄 주재의 영국 임시대리공사 페제트였다. 페제트는 베이징 주재 영국 공사로부터의 전보 조회라고 전제를 했었다.

'리훙장의 최후의 발버둥이구나.'

무츠는 이렇게 생각했다.

페제트는 구두로 고무라 대리공사가 베이징에서 통리아문에 제출한 '제2차 절교서'는 청국 당국을 격분시켰으나, 일본 정부에 아직 화평의 뜻이 있다면 청국은 담판 재개의 희망을 버리지 않고 있다고 말하였다.

이에 대하여 무츠 외상은 조선 문제는 더욱더 진전하여 이미 옛날과 비교할 수 없다고 전제를 한 다음, '일본은 공동 개혁을 제안하여 청국에 거부당했다. 지금 청국이 앞의 말을 번복하여 공동 위원을 파견한다고 하더라도 일본 정부가 오늘날까지 강력하게 착수한 사항에 대해서는 청국은 일체 말참견을 하지 않을 것을 약속하지 않으면 안된다'는 조건을 내세웠다.

일본이 강력하게 착수한 사항이라고 하는 것은 확대 해석하면 개혁안 전부에 미치고 있었고, 공동 위원회를 열더라도 일체 말참견을 해서는 안된다는 뜻이었다.

그래도 막판에 몰린 청국이 달려들지도 모른다고 무츠는 두려워했다. 일본은 벌써 개전 준비를 완료하고 있었다. 청국은 바로 이제부터였다. 준비를 갖추기까지의 시간을 벌도록 하는 일은 일본으로서는 불리했다.

무츠는 닷새의 기한을 붙였다.

"조선 문제를 이처럼 긴박하게 만든 것은 모두 청국 정부가 음험한 수단을 부려 구태의연한 방법으로 매사를 지연시켜 왔던 게 원인입니다. 그러므로 이번 조건의 승낙 여부가 또 지연되어서는 곤란합니다. 5일간의 말미를 붙입시다.

닷새가 지나도 회답이 없으면 거부로 간주합니다."

무츠가 붙인 기한은 7월 24일까지가 된다.

"이와 같은 절박한 요구에 대하여 청국과 같은 완만하고 의심이 많은 정부가 원래부터 쉽게 승낙할 리도 없고……."

그는 〈건건록〉에서 위와 같이 기술하고 있다.

또 이때 그는 중대한 점을 부언했다.

"만약 청국이 다시 조선에 군대를 증파하기에 이르면 일본 정부는 곧바로 이를 위협의 조치로 인정할 것임."

이라는 것이었다.

사흘 후 페제트는 재차 외무성을 방문하여 영국 외무장관의 전문에 의한 메모를 무츠에게 건네 주었다. 그 내용은 일본 정부가 청국 정부에 대하여 요구한 사항은 과거 일본 정부가 담판의 기초로 하려고 공언한 사실과 모순되며, 일본이 단독으로 착수한 일에 대해 청국이 말참견을 못하게 한다면 이는 톈진조약의 정신을 도외시하는 것이라고 말하고 있었다. 그리고 만약 일본 정부가 이 정략을 고집하여 개전을 하면 그 결과에 대해서 일본 정부는 책임을 져야 할 것이라고 경고했다.

말투는 엄격하다.

그렇지만 무츠는 영국에 의한 실력 개입은 없다고 믿고 있었으므로 이 메모를 눈을 딱 감고 거절해 버렸다.

"톈진조약은 단순히 청일 양국이 군대를 조선에 파견하는 수속을 규정하는 외에 아무런 약속도 없다."

무츠는 이런 말을 하며 반발했다.

톈진조약 그 자체와 톈진조약의 정신이 서로 잘 들어맞지 않았다.

무츠는 자신있게 영국의 실력 개입은 없다고 여기고 있었지만 그래도 마음 한 구석에 '자칫 잘못하면' 이라는 위기감을 갖고 있었음에 틀림없었다.

이튿날, 페제트는 다시 외무성으로 무츠를 방문하였다.

"만일 청일 양국이 개전하게 된다 해도 상해는 영국이 권리와 이익을 얻는 중심지이므로 상해항 및 그 근처에서 전투 행위를 하지 않는다고 하는 일본 정부의 약속을 얻고 싶소. 이것은 본국 정부의 훈령입니다."

페제트는 이렇게 말했다.

'역시……'

무츠는 안심했다. 영국은 역시 청일 양국의 전쟁은 피할 수 없다고 인식하였고, 거기에 개입할 의사는 가지고 있지 않았던 것이다. 영국이 관심을 가지고 있었던 것은 자국의 권익이 집중되어 있는 상해 부근의 안녕의 문제뿐이었다.

"상해에 전화가 미치는 일은 없습니다."

무츠는 그 자리에서 확답했다.

일본 정부의 망설임의 또 하나의 원인은 천황의 발언에 있었다.

서울의 오토리 공사로부터 을 안 실행에 착수했다는 연락이 있었고, 이 보고를 받은 메이지천황은 도쿠다이지[德大寺] 시종장에게,

"을 안 실행에 착수한다고 하지만 일본 정부가 충분히 손을 썼다고 여겨지지 않는데, 외무대신은 어떻게 생각하고 있는가 질문하라."

하고 명하였다.

이 하문이 외무대신 무츠를 형식적으로 속박했다.

아무리 천황의 의사라고는 하지만 무츠는 여기서 더 이상 손을 쓸 의사는 없었다. 화살은 이미 날아가 버려 다시 거두어들일 수는 없는 것이었다. 앞으로 나아갈 수밖에 다른 길은 없다. 그렇지만 천황의 뜻은 존중하지 않을 수 없었으므로 '망설임'의 자세만큼은 해 보여야 했다.

외상은 오토리 공사에게 보낸 훈령 속에,

"우리 군대를 가지고 왕궁 및 한성을 장악하는 게 득책이 아니라고 판단되면 이를 결행하지 말기를 바람."

이라는 1행을 덧붙였다.

오토리 공사는 그것이 득책이라고 판단했으므로 을 안 실행을 결의했다. '득

책이 아니라고 판단되면'이라는 가정문은 완전히 의미 없게 되어버렸다.

결국 그것은 훈령 속에 천황이 표한 의사의 편린을 기록으로 집어넣었다는 의미밖에 없는 것이었다.

서울의 오토리 공사는 무츠 외상의 훈령에 따라서 실질적인 최후 통첩을 조선 정부에 들이대었다.

그것은 다음의 네 가지 항목으로 되어 있었다.

1. 경부(京釜) 간의 군용 전신 가설은 일본 정부가 스스로 착수하도록 할 것.
2. 조선 정부는 제물포조약에 따라서 신속하게 일본 군대를 위한 상당한 병영을 건설할 것.
3. 아산에 있는 청나라 군대는 원래 옳지 못한 명분으로 파견되어 왔으므로 하루 빨리 철병시킬 것.
4. '청한수륙무역장정' 등 조선의 독립에 저촉되는 청한 제조약은 이를 일체 폐기할 것.

회답 기한은 7월 22일로 되어 있었다.

오토리 공사가 이 요구를 조선 정부에 보낸 날이 7월 19일이었다.

그 날은 위안스카이가 조선을 탈출한 날이기도 했다.

# 제29장 해륙의 서전

1

영국의 페제트 임시대리공사의 조정 신청에 대하여 무츠 외상은 청국에 공동위원 파견에 관한 가혹한 조건을 내세웠다. 그리고 회답 기한을 7월 24일로 정했다.

서울의 오토리 공사가 조선 정부에 들이대었던 최후 통첩적 요구는 그 회답 기한이 7월 22일로 되어 있었다.

조선 정부가 이 기한 내에 어떤 회답을 해도, 또 기일이 지나도록 회답을 하지 않아도 어느 경우에도 일을 시작한다.

이것은 스기무라 서기관이 도쿄로부터 파견된 군령부의 야스하라[安原] 소좌에게 공사관의 결정으로서 설명한 내용이었다.

조선과 청국에 요구한 회답 기한에는 이틀의 차가 있었다.

회답의 유무에 관계없이 일본 측은 조선 왕궁을 공격하게 되어 있었다. 이 군사 행동의 뒤에 청군이 주둔하는 아산까지 진군하는 시간을 생각해서 48시간을 비워 놓았던 것이다.

7월 23일 새벽, 일본군은 예정대로 조선 왕궁으로 진격했다. 조선 왕궁은 경복궁이라고 불리고 있었다.

　5백 년 전에 조선의 태조가 세웠던 궁전은 2백 년 후 도요토미 히데요시의 조선 출병 때에 거의 전부 소실되어 오랫동안 황폐해져 있었다. 그것을 재건한 것은 고종 대에 이르러서였다. 신 궁전이 완성된 것은 1870년이었으므로 이제 겨우 10년 밖에 지나지 않았다. 낡은 구석은 전혀 찾아볼 수 없었다.

　정면인 광화문의 좌우에는 돌로 조각된 사자가 세워져 있었다. 높은 돌담으로 둘러싸인 궁전은 웅장하고 화려했다. 정전에 해당하는 근정전(勤政殿)은 안정감이 있는 2층 건물이었다. 조선의 국운이 기울어 가고 있던 때에 이러한 웅장한 궁전이 만들어진 것은 얄궂은 일이라 하지 않을 수 없었다. 그러나 멀리서 바라보면 훌륭한 궁전이긴 했지만, 실은 세부적인 끝맺음은 별로 단정하지는 않았다. 그것은 조선말 건축의 하나의 특색이라고 말해지고 있다.

　충분히 현지 조사를 하여 짜고 짠 작전 계획에 기초한 일본군의 공격이었다. 힘없는 조선군은 도저히 이를 저지할 수가 없었다.

　왕궁은 곧 일본군에 의해 점령되었다.

　오지마 여단장의 보고에 의하면 이 작전에서의 전리품은 포 20문, 소총 3천 정, 무수한 잡무기 등이었다고 한다. 이들 대부분은 무기고를 점령하여 얻은 것이었다.

　일본군이 왕궁에서 손에 넣은 것은 이들 무기뿐이 아니었다. 민상호가 변장하고 톈진에 와서 호소한 바에 의하면, 빈곤한 조선 정부가 수십 년 동안 피땀 흘려 구입한 총, 포가 모두 상실된 외에도 일본군은 조선이 5백여 년에 걸쳐서 중국의 조정으로부터 받은 인장 등 기타의 선물 종류도 몰수했다고 한다.

　이유를 댈 수 없는 기습이었지만 일본 측은 그것을 감추기 위한 대략의 줄거리를 준비하고 있었다. 그것은 말하자면 국내 선전용의 준비였다. 외교관이 주재하고 있었으므로 서울에서 무슨 일이 일어나고 있는지 외국에서는 잘 알고 있었다. 제국주의가 제법 위세를 떨치고 있었던 시기였으므로 일본의 행동은 어느 정도 당연하게 받아들여지고 있었다.

국내적으로 일본은 어디까지나 정의의 편이라고 해 두지 않으면 안 된다. 국민의 사기에도 관계되는 일이었다.

국민을 향한 연극의 줄거리는 다음과 같았다.

'조선 국왕은 국정에 대해서 실부인 대원군에게 자문을 구하려고 했다. 그 계획이 민씨 일족에게 전해져 도중에 습격 당할 두려움이 있었으므로 대원군은 주저하고 행하려 하지 않았다. 국왕은 할 수 없이 대원군이 입궐할 때에 일본병을 호위로 붙일 것을 일본 공사에게 의뢰했다. 그래서 오토리 공사가 호위병과 함께 대원군을 호위하여 왕궁에 들어가려고 할 즈음, 민씨 일족이 지휘하는 조선병이 발포하여 이를 방해하려고 하였기 때문에 호위병은 곧바로 응전, 약 20분 만에 그들을 진압했다.'

허구는 이내 분치장을 하게 된다. 〈시사신보〉 7월 25일자 기사에는 이렇게 게재되었다.

"엊그제 23일 서울에서 우리 병사에게 발포한 것은 왕궁 수호의 한병(韓兵)이었다고 하나 아마도 이것은 그 전부터 숨어늘어 있던 청나라 병사가 한복으로 변장한 것이라고 할 수 있다. 대저 한병이 아무리 바보라 하더라도 눈앞에 우리의 대군을 바라보면서 싸움을 도발하는 무모함을 알지 못할 리가 없다. 그 위에 우리 병사가 국왕의 생부인 대원군을 호위했다고 한다면 감히 군을 향하여 발포할 수는 없었을 것. 이와 같은 점에서 생각해 보면 아마도 청군의 소행이 틀림없을 것이라고 조선의 사정에 정통한 사람이 말하는 바이다."

일본군의 왕궁 점령 작전은 반 시간이 안되어 완료되었다. 일본병 2명 전사, 조선병 전사자는 30명이라고 전해진다.

동시에 서울에 있는 청국의 元 소선 총리 공관노 일본군의 공격을 받났다. 위안스카이의 후임으로 남아 있던 탕쏘우이는 재빨리 영국 총영사관으로 피신했다.

같은 날 오전 11시, 연합 함대 제1유격대의 '길야(吉野)', '추진주(秋津洲)',

'낭속(浪速)'의 세 군함이 좌세보(左世保)를 출발했다. '송도', '천대전(千代田)', '고천수(高千穗)', '교립', '엄도'가 그 뒤를 이었고, 제2유격대의 '갈성(葛城)', '천룡(天龍)', '고웅(高雄)', '대화(大和)'의 제 함정도 드디어 닻을 올렸다.

아산 주둔 청군의 증원 부대를 실은 영국선 '애인호'와 '비경호'도 이 날 아산에 도착했다. 두 선박은 1천3백의 청병을 수송해 왔다. 이것이 증원의 제1진이었고, 제2진의 영국선 '고승호(高陸號)'는 950명의 청병을 싣고 이 날 오후 대고를 출범했다.

조선을 탈출한 위안스카이는 7월 21일 톈진에 도착해 있었다. 그가 리훙장에게 현지의 정세를 자세하게 보고한 것은 말할 나위도 없다. 그러나 베이징으로부터 출두 명령이 내리자 그는 병을 핑계로 톈진에 머물렀다. 그는 아산에의 증원 제2진의 출발을 톈진에서 배웅했던 셈이다.

"싸울 수밖에 없는 것인가."

리훙장은 싸움이 불가피하다는 걸 일단 각오했는데도 아직 전쟁을 피할 최후의 수단은 없을까 하고 모색하고 있었다.

그는 외국인 고문인 데트링으로부터 주력함인 '정원'과 '진원'의 주포 포탄이 세 발밖에 없다는 소리를 듣고 충격을 받았다.

"'정원'과 '진원'에 세 발씩. 단지 여섯 발뿐인가."

리훙장은 아연하여 이렇게 말했다.

"아닙니다. '정원'에 한 발과 '진원'에 두 발, 모두 합쳐서 세 발입니다."

데트링의 대답은 매정하였다. '정원'과 '진원'은 주포를 각각 네 문씩 가지고 있었다. 무엇을 위한 전함인가?

리훙장은 머리를 감쌌다. 5월에 그는 해군을 사열했었다. 저장된 포탄 수를 점검하지 않은 것은 그의 커다란 실수였다. 이화원 만수산 조영을 위해 해군의 예산이 유용되어 장비가 불충분하다는 점은 예상할 수 있었다. 그렇지만 싸울 결정을 내리고 나서야 포탄이 없다는 사실을 알았던 것이다.

"군계국장(軍械局長)은 그런 사실을 보고하지 않았다."

리훙장은 새파랗게 질렸다.

"묻지 않는 것은 보고하지 않습니다. 이 나라의 해군에는 그런 관습이 있는 것 같습니다. 아니 해군뿐만이 아닌 것 같습니다만."

데트링은 비웃듯이 말했다.

리훙장은 온후한 군계국장 짱스헝[張士珩]의 얼굴을 떠올렸다. 확실히 물은 것은 정중하게 대답해 주었다. 리훙장은 포탄의 수를 묻는 걸 잊고 있었다. 아니 잊고 있었던 것이 아니라 그럴 필요가 없다고 생각하고 있었다. 포탄의 수가 적다는 사실은 짐작하고 있었지만 설마 이렇게 적을 줄은 상상도 못했다.

설마라 한다면 일본과 전쟁을 하게 될 것도 리훙장은 '설마' 라고 여기고 있었다.

"싸움은 피할 수 없습니다."

위안스카이가 말했다.

"아니 벌써 싸움은 시작되었습니다."

"이토 히로부미가……."

리훙장은 일본의 정치가 중에서 이토를 가장 신뢰할 수 있는 인물이라고 평가하고 있었다.

"상대는 이토보다도 무츠입니다."

"그러나 무츠는 외무대신이고 이토는 그 위의 총리대신이다. 무츠를 억누를 수가 있으리라. 이토에게 특사를 보내면 어떨까?"

리훙장은 이 단계에서 기적에 의지하고 싶은 기분이 되어 있었다.

"그런 일을 해도 도저히 안 될 것입니다. 첫째 특사를 받아들일 것인가 아닌가는 무츠를 통하는 수밖에 없으니까요."

"그런가. 그러나 세 발로는."

"될 수 있는 한 보충하도록 노력하는 수밖에 없을 것입니다."

어떤 의미에서 위안스카이 쪽이 리훙장보다 훨씬 현실적이었다.

## 2

아산은 인천의 남쪽 약 70킬로미터의 해안에 면한 지방이다. 만의 가장 깊숙이 들어간 곳에 위치하고 있다. 만의 출구에 해당하는 곳에 풍도(豊島)라 불리는 작은 섬이 있다.

일본 함대의 임무는 아산만을 정찰하는 데 있었다.

"그곳 부근의 청국 함대가 약하면 전투할 필요도 없지만 강하면 공격할 것."

함대는 이런 명령을 받고 있었다. 함대 참모인 부곡(釜谷) 대위는,

"약한가 강한가는 전투해 보지 않으면 알 수 없다. 적함을 발견하면 어쨌든 공격해야 한다."

라고 그 명령을 해석하고 있었다.

7월 24일, 일본 해군 제1유격대의 선발인 세 군함은 풍도만에서 청국 순양함인 '제원호'와 포함 '광을호(廣乙號)'를 발견했다.

그렇지만 무츠 외상이 해군의 자유 행동을 인정한 것은 7월 25일 이후의 일이었다. 영국의 조정에 의해 청국 측에 다시 내놓은 제안의 회답 기한은 7월 24일이었다. 그 기일이 지나지 않으면 포격할 수 없는 터였다.

일본 함대는 하루를 기다렸다. 25일부터는 전투 행위가 허락되어 있었다. 좌세보를 출발할 때에는 물론 전쟁을 할 셈으로 모든 준비를 갖추고 있었다.

청국의 '제원호'와 '광을호'는 어떠했을까? 일본 함대와 조우한 24일의 하루 전날에 일본군의 왕궁 점령이 있었지만 청국의 군함은 아직 그 소식을 전해 받지 못하고 있었다. 정보를 보내야 할 서울의 공관도 일본군의 습격을 받아 책임자인 탕쏘우이는 영국 총영사관으로 피난하고 없었다. 해상에 있는 군함에 급보를 보낼 계제도 되지 않았다.

'제원호'와 '광을호'는 아산에의 증원군 상륙을 호위하기 위하여 그곳에 와 있었다. 증원군이 보내져 온다는 사실이 비상 사태를 의미하는 것임은 분명했다. 그렇지만 일본의 함대가 공격해 오리라고는 생각조차 않고 있었다. 군함의

그림자를 확인했지만 일본의 군함은 아무 행동도 취하지 않았으므로 '제원'과 '광을' 쪽에서도 긴장은 했지만 전투 배치에 들어가지는 않았다.

청국의 군함은 일본 함대가 시간을 기다리고 있다는 사실을 알지 못했다.

'제원'은 '궁면강갑쾌선(穹面鋼甲快船)'이다. 독일의 프르칸 조선소에서 건조되었다. 같은 조선소에서 7천 톤 이상의, 당시로서는 거함이었던 '정원'과 '진원'도 건조되었다. 그렇지만 '제원'은 베트남의 사태가 긴박해져 청불 관계가 긴장되고 나서부터 추가 주문되었던 것으로, 톤 수도 정원의 반 정도에 지나지 않는 순양함이었다.

'정원', '진원'과 동시에 청국에 인도되었던 군함이지만 앞의 두 척은 독일에서 완성 후 2년 정도 계류되어 있었다. 청불 간에 분쟁이 일어나 돌아오는 길에 프랑스군에 나포되는 걸 두려워했기 때문이었다. 추가 주문한 '제원'은 청불전쟁용이었지만 1885년의 가을에 인도되었으므로 전쟁에는 시간을 대지 못하였다. 청불 간의 정전을 결정한 텐진조약은 그 해의 6월에 체결되었던 것이다.

'광을'이라고 하는 포함은 북양 해군 소속이 아니었다. 그 이름은 '광동의 을(廣東의 乙)'이란 뜻이다. 옛날의 일본 해군이 잠수함 이름에 '이(イ) 무슨 호', '로(ロ) 무슨 호'라고 일본어 알파벳 순서로 이름을 붙였던 것과 같은 명명법이었다. 남양 해군과 광동 해군도 있었지만 양쪽 다 북양 해군에는 훨씬 미치지 못하였다. 거기에다 지방 해군은 때때로 북양 해군의 연수를 위하여 인원과 배를 파견하곤 했다. '광을'도 북양 해군에 파견되어 연수중에 조선연안으로 빼돌려졌다.

일본 함대가 청국 군함에 첫 번째 탄을 뿜은 시간은 7월 25일 오전 일곱 시였다고 한다. '제원호'의 관대(管帶=함장)인 방백겸(方伯謙)은 당황하여 부산을 떨었다.

"일본의 '길야함'이 쫓아온다."

"백기를 올려라!"

"도망쳐라."

그는 지리멸렬의 명령을 내렸다.

그렇지만 그의 명령은 하부에 전달되지 않았다. 평소의 훈련이 엉망이었기 때문이었다.

'제원'은 백기를 올리고 도망치면서 대포를 쏘았다. '제원'은 격파되었지만 간신히 여순까지 도망쳤다.

포함 '광을'은 도망치다 잘못하여 좌초되어버렸는데 거기에서 화약고가 폭발하여 버렸다.

이 해전이 한창일 때에 청국이 빌린 영국선 '고승호'가 풍도만으로 들어왔다. 대고에서 청병 950명을 싣고 아산으로 수송하는 참이었다. '고승호'는 '조강호(操江號)'라는 구식의 목조 포함에 의해 호위되고 있었다.

'낭속함'의 함장은 대좌(大佐) 시대의 도고 헤이하치로[東鄕平八郞]였다. 도고 함장은 히토미[人見] 대위를 파견하여 '고승호'를 임검, 이 배가 수천 명의 청병을 싣고 아산으로 향하는 길이라는 사실을 알았다. 그래서 나포를 선언했다.

그렇지만 '고승호'는 '낭속함'의 명령을 거부, 뒤를 따라오려고 하지 않았다. 탑승하고 있던 청국 장병이 항복을 거부했던 것이었다. 청국의 지휘관은 영국인 선장을 억류하고 전진하여 아산에 가지 않으려면 대고로 돌아가도록 강요했다.

'낭속함'은 정선 명령을 내린 네 시간 후에 포격을 개시했다.

'고승호'는 영국 국적의 상선이지만 청국의 군대에 의해 불법 점거되었다는 것이 도고 함장의 판단이었다.

해군 사관으로서 영국에 유학한 도고 헤이하치로는 국제법과 해사법(海事法)에 정통하였다. 잘 알고 있었으므로 대담한 행동이 취해졌을 것이리라.

상선에 있어서도 항해중에는 선장이 절대적인 권한을 갖는다. 재판권까지도 갖고 있었다. 고승호는 선장의 의사대로 되지 않았으므로 배는 불법 점거되었다고 볼 수가 있었다.

도고 함장은 탄테히[短艇]를 파견하여 몇 차례나 영국인 선장과 접촉했다. 그래서 선장이 '낭속함'의 명령대로 나포되는 것에 동의한 사실을 알고 있었다.

후에 법률상의 문제가 되었을 때 이 점이 특히 중요하게 된다.

또 임검한 히토미 대위의 보고에 의해 청국 군대의 사령관이 영국인 선장에게 고압적인 태도를 취하여, 선장을 비롯하여 영국인 고급 선원이 하나같이 모두 불쾌감을 갖고 있다는 사실도 알았다. 후에 문제가 되어도 선장 이하는 청국 측에 유리한 증언을 하지 않으리라는 확신이 있었다. 또 네 시간의 유예 기간 사이에 배를 포기하라는 신호를 보냈다.

도고에게는 이 정도 손을 쓴 후의 포격은 허용되리라는 자신이 있었다.

낮 12시 40분 '낭속함'은 포격을 개시했다.

포탄은 '고승호'에 명중, 서서히 침몰하여 갔다.

'낭속함'은 구명정을 내렸다.

"선장 및 백인 고급 선원만 구출하라."

이것이 도고 함장의 명령이었다. 일본 측에 유리한 증언을 할 것으로 기대되는 사람들만을 골라 우선적으로 구조한 것이었다.

호위한 목조 포함 '조강호'는 재빨리 백기를 걸고 항복하였다. '조강호'를 포획한 것은 '추신주함'이었다. 결국 '소상호'의 돛대에는 일본 군함기가 펄럭이었다.

'고승호'는 백인 선원만 구조되었고 중국인 승무원과 탑승한 청군 장병 천여 명은 해상에 내버려졌다. 그 중 구출된 병졸은 2백여 명에 불과했다. 그것도 해전의 다음날 프랑스 군함이 지나가다 구조를 했다. 만약 그렇지 않았더라면 전원이 조선 바다에서 생명을 잃었을 것이었다.

이 풍도 앞바다의 해전에서 일본 측은 단 한 명의 사상자도, 배의 손상도 없었다.

청국 측은 '고승호'의 수많은 장병의 생명 외에 '조강호'를 포획당하고 '광을함'은 폭발에 의해 폐함되었으며 '제원호'가 파손되는 등 큰 손해를 입었다. '제원호'의 대부(大副＝사무장)인 심수창(沈壽昌)은 포격을 받아서 전사하였다.

# 3

풍도 앞바다의 해전 소식이 도쿄에 들어온 것은 3일 후인 7월 28일의 일이었다. 리훙장이 소식을 들은 것은 하루 전인 7월 27일이었던 것 같다. 리훙장은 이 날 총리아문에 전보를 치고 있다.

살펴 보건대, 현재 청일은 아직 선전 포고도 하지 않았다. 일본의 함대가 갑자기 다가 와서 우리 순양함을 공격했다. 먼저 포격을 했으니 실로 공법의 위반이라…….

교전중의 해상에 상선이 들어왔을 때 취한 도고 함장의 조치는 틀렸다고는 할 수 없었다. 그렇지만 선전 포고 전의 해전이 과연 '교전'이라고 할 수 있을까가 문제였다.

증원된 약 1천 명의 장병을 잃은 리훙장은 의기소침해 있었다.

참패였다. 더욱이 그것은 예상되었던 참패였다.

'길야', '추진주', '낭속'의 세 척을 합쳐서 1만 1천 톤임에 비하여, 청국의 '제원'과 '광을' 양함은 겨우 3천3백 톤에 불과했다. 속력도 일본함이 18노트 이상이었던 데 비해 청함은 그 이하였다. 더구나 일본의 군함에는 속사포가 있었으나 청함에는 그것이 없었다. 보통의 포함 한 발을 쏠 동안에 속사포는 여덟 발을 쏠 수가 있었다.

예상되었던 참패라고 하는 것은 리훙장은 이와 같은 장비의 차이를 알고 있었기 때문이다. 대일개전이 되면 똑같은 상태의 확대에 불과하다.

'전쟁을 피하는 것이 불가능하다면 빨리 종식시키지 않으면 안된다.'

리훙장은 아직 선전 포고가 되지 않고 있음에도 불구하고 종전 공작의 일을 계속하여 생각하고 있었다.

풍도 앞바다의 해전에 일본 국민들은 미칠 듯이 기뻐 날뛰었다.

"육군은 일본 쪽이 우세하지만 해군 쪽은 어떨지 모른다. 여하튼 상대에게는 '정원'과 '진원'을 비롯하여 철갑 거함이 많으므로……."

이것이 당시의 일반적인 생각이었다. 띵루창이 이끄는 북양 함대는 일본을 방문한 적이 있었다. 친선을 위한 기항으로 되어 있었지만 시위를 겸해 있지 않다고도 말할 수 없었다. 일본의 민중은 철갑 거함을 직접 눈으로 보고 한숨을 쉬었다. 그 정체가 주포의 포탄을 한 발이나 두 발밖에 가지고 있지 않다는 사실은 몰랐다.

선례에 따라 국내를 향한 보도는 일본 측이 먼저 포격을 받아 할 수 없이 응전했다는 식으로 되어 있다.

7월 27일의 〈시사신보〉는 다음과 같은 기사를 실었다.

부산으로부터 어제 아침 도착한 전보는 일대 쾌보를 전하여 말하기를, 지난 25일 오전 7시 풍도 부근에서 청국 군함이 우리에게 발포하여 싸움을 도발하려 함에, 우리 군함이 이에 응전하여 청병 1천5백을 태운 운송선 한 척을 침몰시키고, 청국 군함 '조강호'를 나포하고, '정원'은 청국으로, '광을'은 조선 농쪽 바다로 도망하였다.

염려하고 있던 해전에 승리를 거두었으므로 일본 국민이 기뻐한 것도 무리는 아니었다. 기실 그것은 당연한 승리였던 것이다.

국민은 기뻐하였으나 외무대신 무츠는 침통한 표정으로 전문을 노려보고 있었다.

"도고는 대단한 일을 벌였다. 이런 중요한 시기에……."

그는 이렇게 중얼거렸다.

'낭속함'은 영국 선박 '고승호'를 격침시킨 것이다. 사성은 어쨌는 간에 영국 국기를 건 상선을 일본의 군함이 포격한 것이다. 외교관의 직감으로서 무츠는 '이것은 보통 일이 아니다'라고 생각했다.

자세한 소식이 들어오기까지 그는 제정신이 아니었다.

무츠의 〈건건록〉에 그가 대단히 냉정했던 것처럼 되어 있지만 실은 한때 그는 매우 동요했었다. 주전론의 급선봉이었고 이만큼의 개전 공작을 한 무츠가 '고승호' 사건의 소식을 듣자 이토 수상 앞으로 편지를 보냈는데 그 속에는,

말씀드리고자 하는 점은, 폐하의 영단을 바라옵건대 대병 증발(大兵增發)의 결의는 잠시 보류하여 주십시오. 너무 우려되어 여기에 일서를 올리나니 배려하여 주십시오.

라고 쓰여 있었다.

영국의 간섭은 불가피하고 일본은 그 때문에 잠시 근신의 자세를 보여야 한다고 생각했던 것이다. 증원을 그만 두는 것을 일본이 자중한다는 표시로 나타내고 싶었다. 이토 수상은 이에 대하여 "이왕 그렇게 된 이상 변경하기는 곤란하다"며 증원 중지 제안을 일언지하에 거절했다. 이토 수상 쪽이 한결 더 냉정했던 셈이다.

무츠는 자신의 일시적 동요를 나타내는 이 제안에 대하여 〈건건록〉 속에서는 전혀 언급하고 있지 않다. 개인적인 회고록 종류에는 이와 같은 경우가 많다.

당초 풍도의 해전 중 우리 군함이 영국의 국기를 단 운송선을 포격하여 침몰시켰다는 보고에 접했을 때에는, 이 생각지 않았던 사건으로 일영 양국 사이에 장차 일대 분쟁이 야기되지 않을까 누구나 심히 놀랐고, 어떻게 해서든지 시일을 끌지 않고 영국에 대하여 충분히 만족을 주지 않으면 안된다는 얘기가 많았으며……

이렇게 서술하고 있는데 지나지 않았다.

"도고 녀석!"

무츠는 이를 갈고 있었지만 그 도고 대좌는 꽤 주도면밀한 조치를 취하고 있었다. '고승호'의 영국인 선장, 백인 고급 선원을 구조하여 유리한 증언을 얻으려고 하였다. 좌세보 진수부에 도착한 선장 일행의 증언은 과연 일본 측에 유리한 것이었다.

법제국장인 스에마쓰 가네즈미[末松謙澄]는 좌세보로 출장, 사실 조사를 실시했으나 그 결론은 일본 측에 잘못이 없고 배상의 책임을 질 의무도 없다는 것이었다. 그 근거는,

1. '낭속'은 청일 양국이 이미 포격을 주고받은 후에 '교전자'로서의 권리를 '고승호'에 행사한 것이다.
2. '고승호'는 영국 선적에 속해 있었음은 말할 것도 없지만, 사변의 도중에 선장은 그 직무를 수행할 권리를 빼앗겼다. 배는 청국 군관이 지배하게 되어 극론하자면 영국 선박 '고승호'는 그 시점에서는 청국 군관에 빼앗긴 셈이 된다.
3. '고승호'의 소유자는 개전이 되면 이 배를 청국에 양도한다는 계약을 청국 정부와 맺고 있었다.

라는 것이었다.

7월 28일은 음력으로는 6월 26일에 해당하고, 이 날은 청국 광서제의 탄생일이었다. 광서제는 여러 신하의 축하를 받고 연회를 베풀었으며 영수궁(寧壽宮)에서는 연극이 상연되었다. 질풍노도의 시대임에도 불구하고 궁정은 태평한 시대와 다름이 없었다.

# 4

아산의 청군 본영에도 풍조 앞바다의 해전 소식이 들어왔다. 아산만의 출구 근처에서 벌어진 해전이었으므로 육안으로는 보이지 않았으나, 장병들에게는 소름을 끼치게 하는 싸움이었다.

그것이 패전이었다.

더구나 이 아산에 와야 하는 증원군 1천 명의 장병이 일본군의 포격을 받아 대부분이 죽어버렸다고 한다.

겨우 이틀 전에 영국선 '애인호'와 '비경호'로 아산에 도착한 1천3백의 증원군은 '고승호' 1천 명 장병과는 한솥밥을 먹고 있던 동료들이었다. 대고에서는 같은 막사에 있으면서,

"자, 먼저 갔다 오겠네."

라며 헤어져 한 발 먼저 왔던 것이다.

이래서야 사기가 저하되는 것은 뻔한 일이다. 싸우기 전에 이미 청국군 진영에는 절망적인 분위기가 감돌고 있었다.

그럴 즈음에 일본군의 왕궁 점령소식에 이어서 일본군 남하의 정보가 들어왔다.

아산의 수뇌진은 직예제독인 예쯔초우와 태원진총병인 네스청 두 사람이었다. 남하하는 일본군에 대비하여 청군은 3천5백의 총병력을 2천과 1천5백으로 나누었다.

아산의 동북 20킬로미터에 성환(成歡)이라고 하는 마을이 있다. 교통의 요충지였다.

네스청은 2천의 병력을 이끌고 성환에서 일본군을 방어하기로 하였다. 아산에 있던 여덟 문의 야포는 모두 성환으로 이동되었다.

충청남도 대전의 서북에 공주라는 고을이 있다. 아산 남쪽 약 60킬로미터 지점으로 예쯔초우가 1천5백의 군대를 이끌고 주둔했다. 공주의 진지는 소위 수

용 진지였다. 성환에서 패해오는 패잔병을 이곳에서 수용하고, 우회하여 평양에 보내려고 하였던 것이다.

애초부터 패전을 예상한 포진이었다.

원래 리훙장의 작전 계획은 아산의 군대를 당초부터 평양으로 옮기려는 것이었다. 이에 반대한 것이 현지의 장군이었다. 반대하면서도 자기편의 대군이 평양에 집결된다는 사실을 고려하여 이러한 포진을 취한 것이었다.

7월 29일, 성환에 포진한 네스청의 전선 부대는 고지에 진지를 구축했지만 그것은 넓게 전개된 형태가 되어 있었다. 병력을 분산한 것에 지나지 않았다.

청군의 진지를 정찰한 일본군은 양동작전(陽動作戰)을 쓰기로 하였다. 이것은 넓게 분산한, 병력이 적은 적에 대하여서는 가장 유효한 작전이었다.

일본군은 우익 지대(右翼支隊)를 전진시켰다. 물론 그것을 주력인 것처럼 보이게 하였다. 네스청은 이를 보고 스스로 병력을 이끌고 달려들었다. 청군의 주진지는 당연히 병력이 줄어들었다. 청군의 주진지는 월봉산(月峰山)에 있었다.

여지껏 숨을 죽이고 있던 오지마 여단 주력은 월봉산 진지에 공격을 가했다. 청군은 감쪽같이 일본군의 작전에 걸려들었다.

월봉산의 전투는 두 시간 동안 계속 되었다.

청군은 드디어 성환의 진지를 버리고 공주로 후퇴하고 말았다.

일본군도 이 청군을 계속 쫓아갈 수는 없었다. 왜냐하면 평양에는 청군의 대부대가 집결되어 있었기 때문이었다. 오지마 소장이 추격을 단념하고 서울에 돌아온 것이 8월 5일이었다.

공주의 수용 진지까지 퇴각한 청군이 우회 북상하여 평양에 도착하기까지는 1개월 가까이 걸렸다.

그렇지만 이 때 예쯔초우는 본국에 대하여 허위 보고를 보내고 있었다. 일본군 수전을 숙이고 대승을 거두었다는 것이었다.

만약 현지로부터 전보가 빈번히 도착하여 왔다면 아무리 허위 보고를 하더라도 탄로가 나서 금방 실정이 알려진다. 그렇지만 이 때는 일본군의 가선방해에 의해 전보가 두절되어 있었다. 리훙장 정도의 인물이 일시적이라 하더라도 허위 보고를 믿었다는 사실은 이상한 감이 든다. 그렇지만 인간은 누구나 희망적 관측을 하고 싶어한다. '대승리'의 허위 보고에 그가 들뜬 것은 그다지 허물이 되지 않는다.

성환의 승리 소식은 풍도 앞바다의 해전에 이어서 일본에 전해졌고, 해륙의 승리가 일본 국민을 기쁘게 함과 동시에 사기도 높여 주었다.

그렇지만 성환의 전투는 일본군에게도 그렇게 간단하지만은 않았다. 조선에서 일본군이 제일 골치를 앓았던 점은 병참이 확립되어 있지 않은 것이었다. 인부와 마필, 혹은 식량을 징발할 필요가 있었지만 그것은 조선 정부의 공식적인 의뢰가 없으면 안되었다. 조선 정부의 공문은 어쩐 일인지 좀처럼 일본 측에 도착하지 않았다. 일본군은 하루 분의 식량만을 휴대하고 출발하지 않으면 안 되었다.

인마를 징발할 수 없어 출발이 지연되었던 코시[古志] 대대는 대대장인 코시 마사츠사[古志正綱] 소좌가 인책 자살하는 비극을 빚어냈다.

일본이 조선 국왕의 요청에 의해 대원군을 호위하여 왕궁에 들어갔다는 말은 물론 일본 측이 꾸며낸 거짓에 지나지 않는다. 대원군도 별로 그럴 마음이 없음에도 불구하고 일본군에 떠밀림을 당했다. 단지 대원군에게는 민씨 일족에 대한 복수심이 있었고, 이것이 좋은 기회라고 여길 수는 있으리라. 일본군의 총검 하에 있다고는 하나 조선 정부는 경솔하게,

"조선 정부를 대신하여 아산의 청군을 격퇴시켜 주기 바란다."
라는 공문을 낼 리는 없었다.

그러기는커녕 일본군의 감시를 피해 평양의 청군에 서울의 상황을 연락하고 있었다.

오토리 공사는 7월 25일에 조선 정부로부터 공문을 받았다고 도쿄에 보고하고 있다. 그러나 조선 정부의 공문철에는 이 공문의 기록은 없다.

조선 국왕은 전권을 생부인 대원군에게 위임하는 조칙을 7월 24일에 발하고

있다. 대원군이 우선 손을 댄 것은 민씨 일족의 처벌이었다. 이제까지의 조선 정부와 달리 이 조치는 실로 빠르게 결정되었다.

민영준(閔泳駿)과 민형식(閔炯植)은 '멀리 악도(惡島)로 안치(安置)' 되었고, 강화유수(江華留守)의 직에 있던 민응식(閔應植)은 '절도 유배(絶島流配)'의 처벌을 받았다. 개성유수(開城留守)였던 김세기(金世基)는 '멀리 악지(惡地)에 정배(定配)' 되었고, 경주부윤(慶州府尹)인 민치헌(閔致憲)은 '원지 정배(遠地定配)' 되었다.

똑같은 섬이라 하더라도 원악도와 절도는 다른 것 같았고, 원악지와 그냥 원지의 차도 있었다. 안치와 정배의 차이는 잘 모르겠다. 안치의 쪽이 더 강한 처벌인 것처럼 보인다.

신정부의 수반은 김굉집이고, 김윤식과 어윤중이 유력 멤버였다. 사람들은 김어내각(金魚內閣)이라고 불렀다. 그리고 해외에 망명해 있는 반민파, 진보파의 인재를 소환하여 요직에 앉혔다. 일본에 머물고 있던 박영효에게도 드디어 찬스가 돌아왔던 셈이다.

그렇지만 조선의 신정부는 민씨 처벌 이외의 것에 대해서는 어정쩡한 태도를 취했다. 민씨 처벌은 순전히 내부 문제였다. 민씨는 때로는 친일 반청 때로는 친청 반일의 태도를 보였고, 러시아에의 접근에도 열심이었다. 그러므로 민씨 일파의 처벌에 대해서는 일본으로부터도 청국으로부터도 항의는 없으리라고 안심했던 것이다.

그 외의 것에 대해서는 청일 양국 어느 쪽이 이길지 아직 예상할 수 없었다. 청국이 이겨서 서울로 복귀할 경우도 고려하지 않으면 안된다. 대원군의 흉중에는 그때를 위한 포석도 고려되고 있었으리라.

'아시다시피 나는 일본군에게 강제로 납치 당했다. 일본군의 총검의 협박에 의해 할 수 없이 집정하지 않으면 안되었다. 그러나 당시의 정황 하에서 할 수 있는 만큼의 저항은 했다. 예를 들면……'

이러한 변명의 말을 준비하고 있었던 것이다.

'예를 들면······'에 해당하는 실적을 만들어 놓지 않으면 안된다.

오토리 공사가 조선 정부에 대하여,

'대신하여 아산의 청군을 격퇴하여 주기 바란다.'

라는 공문을 요구했을 때, 그것을 단번에 거부하지 않더라도 회답을 지연시키는 것이 일본에 대한 저항의 증거가 될 수 있다.

오토리 공사가 열심히 재촉하여도 위의 공문을 발하지 않은 것은 그와 같은 속사정이 있었던 때문이었다.

일본군이 이미 아산으로 출발한 후에야 겨우 공문을 손에 넣었지만, 오토리 공사가 군대 출발의 날짜에 맞추어 일자를 바꿔쳤다는 게 정설로 되어 있다.

조선 정부의 공문철에 위의 공문이 없었던 것은 후에 청국 측의 검열을 받을 것을 두려워하여 일부러 철하지 않았을 가능성도 있다.

오토리 공사로부터 조선 정부의 공문을 입수했다고 하는 소식이 있고, 그것이 메이지 천황에게 보고된 것은 7월 28일의 일이었다고 한다. 그 때 천황은 이토 수상에게,

"조선 정부로부터 그러한 의뢰의 공문이 있었을 때에 어떻게 할 것인가 미리 훈령이 내려져 있었는가? 혹은 공사에게 위임시켜 놓았었는가? 외무대신이 어떠한 훈령을 보냈는지 나에게 알려 주시오."

라고 명하였다.

이것은 천황이 아산의 청군을 공격하는 데 찬성하지 않는다고 느껴지는 질문이었다.

이토 수상은 천황의 뜻을 알아차리고 무츠 외상과 참모 본부에게 아산 공격을 중지하도록 지시했다. 그렇지만 무츠는 공격 중지 명령의 발신을 막았다.

"이번의 싸움은 대신의 싸움이지 짐의 싸움이 아니다."

메이지 천황은 이렇게 말하며 이세신궁(伊勢神宮)과 효명천황(孝明天皇)릉에의 개전보고를 위한 칙사 파견을 거절하였다.

"이와 같이 원래부터 본의가 아닌 예의라면 두려워하면서 신명에게 고하는

일은 피해야 할 것."

이라는 것이었다.

　서울의 왕궁 점령도, 풍도 앞바다의 해전도 상대가 먼저 발포한 걸로 되어 있다. 공식 발표는 그렇게 되어 있었고 그렇게 신문에 보도되었으며 대부분의 국민도 그렇게 믿고 있었다. 그렇지만 상황으로 보아서 조선 호위병과 청국 군함이 먼저 발포하는 일은 있을 수 없다. 너무나도 속이 뻔히 들여다보이는 일이었으므로 일본 측은 왕궁의 호위병은 조선복을 입은 청국병이었을 것이라는 괴설을 소개하지 않을 수 없었으리라.

　이미 헌법이 반포되어 있었다. 천황은 입헌 군주로서 내각이 보필하게 되어 있었다. 개전에 반대하였으되 천황은 직접 그것을 주장할 입장이 아니었다. 그래도 메이지 천황은 꽤 저항했던 셈이었다.

## 제30장 북상군(北上軍)

1

메이지 27년 8월 1일, 일본은 선전 포고를 했다. 선전의 조칙은 그 다음날의 관보에 실려 있다.

천우(天佑)를 보전하고 만세 일계(萬世一系)의 황조(皇祚)를 실천하는 대일본 제국 황제는, 충실 용무(忠實勇武)한 너희들 백성에게 유시하노라. 짐은 여기에 청국에 대하여 전쟁을 선포한다. 짐의 백료 유사(百僚有司)는 짐의 뜻을 잘 깨닫고, 육상에서 해상에서 청국에 대하여 전쟁의 임무에 종사하고, 이로써 국가의 목적을 달성하는 일에 노력할 것. 어떠한 일이 있더라도 국제법에 저촉되지 않는 범위에서 각각의 권능(權能)에 따라서 일체의 수단을 다하여 반드시 미진함이 없도록 꾀할 것.

조칙은 서두에 이렇게 말을 꺼낸 후에, 개전의 이유에 대해 언급했다. 일본의 출병은 메이지 15년의 조약에 의한 것이므로 조선의 치안을 유지하고 동양 전체의 평화를 지키려는 것이다. 이에 대하여 청국이 시종 방해를 하고 대병(大

兵)을 조선 땅에 파견하였으며, 우리 군함을 조선 바다에서 요격하는 등 방자한 행동을 극하였다고 서술하고 있다. 조칙은,

> 사태는 이미 이에 이르렀다. 짐은 평화와 더불어 처음부터 끝까지 제국의 영광을 내외에 선양하려고 전념했지만, 이제 세상에 전쟁을 선포하지 않으면 안 되게 되었다. 너희 백성들의 충실 용무에 의뢰하여 하루 빨리 평화를 영원히 회복하고, 그것으로서 제국의 영광을 완전하게 하기를 바란다.

라고 맺어져 있다.

청국의 선전 포고도 같은 날이었다. 청국에서는 아직 음력을 사용하고 있었다. 1901년(광서 27년) 7월 1일의 날짜가 붙어 있다. 신구력은 이상하게도 꼭 한 달의 차가 있었다.

청국 황제의 선전(宣戰)의 상유는,

"조선은 우리 대청에 번속하기 2백여 년, 매년 직공을 바치는 것은 모든 나라가 알고 있는 바이다."

라고 우선 종주번속의 관계를 서두에서 강조하고, 조선 내란 평정을 위해 출병한 것의 정당성을 논한 다음 아래와 같이 일본의 출병을 비난하고 있었다.

각국의 공론은 일본의 출병은 명분이 없다는 것으로서 인정에 따른 도리에 맞지 않으므로 군사를 철수시켜 평화를 회복시킬 것을 권하노라. 그러나 완고하여 고려함이 없이 아직도 응답이 없고, 오히려 계속하여 군대를 파견하고 있다. 조선 백성과 중국 상민은 날로 놀라 소란스러우니 군사를 보내어 이를 보호하려 하였다. 무슨 일로 가는 도중에 이르러 돌연히 왜선 수 척이 있어 우리의 불비를 틈타 아산만 입구 해상에서 포를 쏘아 공격하여 우리 운반선을 상하게 하느뇨. 괴이한 속임수의 정형은 특히 말로써 표현할 수 없을 만하다. 이 나라는 조약을 준수하지 않고, 공법을 지키지 않고, 마음대로 날뛰고, 오로지 위계

(詭計)를 행한다. 죄과를 묻는다면 저들로부터이다. 공론이 명백하다.

라고 말하여 조정이 이에 대하여 인과 의를 다하여 노력했음에도 불구하고, 일본 측은 무리하게 억눌러 왔으므로 부득불 싸우지 않을 수 없음을 천하에 포고한다고 되어 있었다.

이 때 청국 측은 예쯔초우의 허위 보고를 믿고, 청군이 아산에서 대승하고 일본군을 무찌른 게 2천여 명이라고 기뻐하고 있었다. 그리하여 선전 포고 이틀 후 예쯔초우 부대에게 2만 냥의 상금을 내릴 것을 결정했다.

예쯔초우는 안휘성 합비 출신이므로 리훙장과 도고이다. 리훙장이 창설한 회군에 들어가서 류우밍후를 따라서 염군과의 싸움에서 공을 세웠다. 총병으로 승진한 뒤 회성(淮城)의 전투에서는 상처를 입었다. 일종의 논객이었고, 강인한 점이 있었으므로 유능하고 과감한 인물로 보여졌다. 적어도 그의 후견인 격이 리훙장은 그렇게 믿고 있었다.

총병으로서 보정, 신성(新城)의 연대장을 역임한 후 직예제독이 되었다. 수도권의 사단장이므로 군의 최고 요직이었다. 그를 발탁한 인물이 리훙장임은 말할 필요도 없다. 청일전쟁 직전에는 직예제독으로서 산해관에 주둔하고 있었다. 조선의 사태가 긴박해지자 아산에 파견된 청군의 사령관이 되었다. 리훙장의 신임이 얼마나 두터웠는가를 알 수 있다. 그렇지만 리훙장의 이 인사는 커다란 실수였다.

예쯔초우는 독선적인 군인이었다.

리훙장의 최초의 작전은 평양에 대군을 집결시켜 서울의 일본군에 대치시키는 것이었다. 그 때문에 서울 남방의 아산에 있던 예쯔초우의 부대를 해로를 통해 평양으로 이동시키려고 했다. 그렇지만 예쯔초우는 이를 거부했다.

전시에 있어서는 야전 사령관이 가장 현지 사정에 밝으므로 본국으로부터의 지령을 경우에 따라서는 거부할 수 있게 되어 있다. 그러나 아산의 군대를 평양으로 옮기는 것과 같은 사항은 작전의 대강이다. 그것을 일축해버린 데에 예쯔초우의 독선성이 잘 나타나 있다.

"해로의 이동은 이미 위험하다. 이대로 아산에 머물러 부산으로부터 북상하는 일본군을 저지하고 싶다."

예쯔초우는 계속 버티었다.

성환의 싸움에서 패한 예쯔초우의 청군은 결국 평양으로 가지 않으면 안 되었다. 그것도 육로로 우회하여 서울에 있는 일본군의 공격권을 피해서였다.

청주, 진천, 충주, 괴산, 흥당의 코스를 더듬어 거기서 한강을 도하하고 제천, 원주, 횡천, 낭천, 금화, 수안, 상원을 거쳐 대동강을 건너서 겨우 평양에 도착했던 것이다. 이 사이에 한 달 이상이 걸렸다.

8월 한달을 청국군 장병들은 조선의 산을 넘고 계곡을 지나 북으로 향했다.

"잔군, 배고픔과 질병으로 죽어 가는 자 꼬리를 물다."
라고 기록되어 있다.

패잔군의 패주였다. 머리 위에는 한여름의 태양이 내리쬐고 있었다. 식량은 현지에서 조달했을 테지만, 청군이 왔다는 말을 들으면 주민들은 집을 비우고 도망쳤으므로 체력이 없는 자는 우선 굶어 죽어버린다. 이런 때에는 반드시 질병이 유행한다. 한 사람 두 사람 쓰러져 죽은 시체는 들을 덮었다. 그런데도 제독 예쯔초우는 본국에, '일본 군에 대승하다' 라고 보고했다.

예쯔초우로서는 본국의 본래의 방침이 평양에 대군을 집결시키는 것이었고 결과적으로 그렇게 되었으므로 꾸중을 들을 이유가 없다고 판단했던 것이리라. 해로가 위험한 것은 '고승호' 격침에서도 증명되지 않았는가. 그러므로 자신은 육로로 평양에 갔다. 그것으로 좋지 않은가. 예쯔초우는 도리어 강경하게 나왔다.

성환의 싸움에서 일본군이 이긴 듯하다는 사실은 꽤 오랜 시간이 지나고 나서야 겨우 알려졌다. 선전 포고 직전 주일 공사인 왕횡쪼우는 본국에 소환되어 있었다. 일본 측의 정보는 이미 텐진에도 베이징에도 전달되지 않게 되어 있었다.

이 때 일본에서는 성환 전투에서 전사한 나팔수가 죽은 후에도 입에서 나팔을 떼어놓지 않았다는 미담이 거리에 전해져 사람들을 흥분시키고 있었다.

나팔수의 미담은 전의를 앙양시키기 위하여 상층부가 의식적으로 흘려 보낸 조작극이었다. 그 외에도 이와 비슷한 여러 가지 무용담이 전해지고 있었다.

# 2

"허둥지둥 재빨리 도망쳐버렸다고 하지 않는가. 저 린타이정이. 해군의 일이라면 나에게 맡겨 두라고 떠벌인 자는 도대체 누구였던가?"

"제원의 관대인 방백겸이라는 놈은 풍도 앞바다에서 일본의 군함이 대포를 쏘자 선창에 기어 들어가서 벌벌 떨고 있었다더라."

"떨면서 소리쳤다더군. 백기를 게양하라, 빨리 게양하라고."

"대부와 이부(二副=차장)가 선교(船橋)에 서서 포격의 명령을 기다리고 있었는데 '빨리 명령하여 주십시오'라고 소리치는 찰나에 배 밑으로부터 백기를 게양하라는 회답이 돌아왔다는 것이다."

"우스운 이야기야."

"우스운 정도로 끝나는 게 아니다. 대부인 심수창은 전사했으니까."

"정말 그렇다. 평소부터 귀에 못이 박힐 정도로 북양 해군의 강력함을 들어왔으나, 그 해군은 어디로 가버렸단 말인가?"

"선전뿐이다."

"입놀림을 잘 하는 녀석이 이익을 보는 세상이다. 선전하지 않으면 손해야, 손해."

"예쯔초우라는 장군도 말뿐이었다는 얘기지."

"그래 그래, 그런 말도 들었다. 아산에서는 정말로 졌다고 한다. 이건 큰 소리로는 말할 수 없지만 비참한 패전이었던 것 같다."

"그건 틀림없다. 나는 상해에서 온 친구로부터 들었지만……."

거리에서는 이런 소문이 한창이었다.

상해의 외국인을 통한 뉴스가 베이징과 톈진에 곧 전달되었다. 그것은 관제(官製)의 정보와는 많이 달랐으나 사람들은 상해로부터 흘러 들어온 이야기를 더 신용했다.

리훙장도 예쯔초우로부터 온 한 장의 전보가 어쩐지 이상하다는 느낌이 들었다. 잔류하고 있던 탕쏘우이가 영국 영사관으로부터 인천으로 탈출하여 톈진에 돌아왔다.

"인천에서 들은 얘기로는……."

탕쏘우이는 이렇게 말문을 꺼낸 뒤 2만의 일본군이 아산의 청군을 공격하여 청군은 중과부적(衆寡不敵)하여 싸움에서 지고, 사상자도 대단히 많이 났으며 예쯔초우 제독의 행방도 알지 못한다는 정보를 전했다.

일본에서는 나팔수의 미담과 같이 오로지 무용담만이 사람들의 입에 오르내렸다. 거기에 비하면 중국에서는 청군의 실패만이 화젯거리가 되고 있었다.

청국 황제도 아무래도 사태가 심상치 않다고 여겼을 것이다. 8월 15일의 전보에서 황제는

"전사(戰事)에 관한 보고에는 말 한마디라도 꾸미지 말 것."

이렇게 엄명을 내렸다.

다음날 리훙장은 북양 함대 사령관인 띵루창에게,

"정신을 진작(振作)하고 장사(將士)를 독려하여 대담하게 힘을 내라."

라고 준엄한 전보를 치고 있다. 그 전문 속에 린타이정과 방백겸이 도망친 사실을 언급, 그것이 외국인의 웃음거리가 되어 좋지 못한 유언비어가 온 거리에 퍼져 있다며 분기를 재촉했다.

극히 최근까지도 북양 함대는 중국의 자랑거리였다. 그것이 눈 깜짝할 사이에 전락하여 지금은 웃음거리가 되고 있었다.

띵루창도 골치가 아팠다. 북양 해군 증강의 군비는 이화원 만수산 조영에 돌려져 있었다. 상대가 서태후인 만큼 어디에도 고민을 털어놓을 곳이 없었다. 해군 내부에도 문제가 있었다.

북양군의 총수인 띵루창은 리훙장과 같이 안휘 출신이었다. 확실히 리훙장은 그를 신임하고 있었다. 재상의 신임은 군의 우두머리에게 있어서 이보다 더 큰 재산은 없다 해도 좋았다. 띵루창은 위로부터 신임을 받고 있었지만 아래와는 별로 화합이 좋지 않았다. 북양 해군의 고급 장교는 거의가 복건 선정 학당 출신의 복건 사람이었다. 그리고 그들은 강한 파벌을 만들고 있었다. 혹은 파벌이라고는 할 수 없을지도 모른다. 파벌이라 하면 그것에 대항하는 그룹이 있기 마련이지만 북양 해군의 복건 파벌에는 라이벌이 없었다. 라이벌이 있다고 한다면 그것은 그룹이 아니고 제독 띵루창 개인일 것이다.

그러한 환경에 놓여 있었으므로 띵루창도 해내기 어려웠다.

해군도 해군이지만 육군 쪽도 인간 관계가 복잡하였다. 리훙장의 회군계의 군인들이었으므로 한솥밥을 먹어 동지애가 강할 것 같았지만 현실은 그렇지가 않았다.

평시라면 문제가 있어도 표면화되지 않고 끝난다. 군의 수뇌는 각각 주둔지 부대의 장관이었으므로 좀처럼 얼굴을 마주치는 적은 없다.

전시가 되었다. 청국은 평양에 병력을 집중하여 일본군을 막는다는 방침을 세웠다. 각지에서 우쭐대던 대장의 무리가 평양에 모여 같은 곳에서 아침부터 저녁까지 얼굴을 맞대고 있으므로 문제가 일어나지 않으면 오히려 이상할 정도였다.

청군이 평양에 파견한 것은 29영의 군대였다. 1영의 정원은 5백 명이므로 1만 4천여 명이다.

워이루꾸이가 이끄는 성군 13영, 쥐빠오꾸이가 이끄는 봉군 6영, 횡썬아[豊伸阿]가 이끄는 봉천(奉天)의 성군 6영, 마유우퀀이 이끄는 의군 4영이었다.

청군이 진주하여 왔을 때 조선 민중은 연도에 줄을 서서 환호의 소리를 울려서 맞아들였다. 여름의 삼복더위였으므로 사람들은 다투어서 차를 날아 왔다.

'왕의 군대[王師]'가 왔다는 것이었다.

이것만으로 청국이 조선의 민중들에게 인기가 있었다고는 말할 수 없다. 그것보다는 일본이 조선에서 얼마나 미움을 받고 있었는가를 대변해 주는 일이었다. 청군이기 때문에 환영하는 게 아니다. 미운 일본군을 해치워 주는 군대이기 때문에 환영하는 것이다. 이와 같은 반일 의식은 도요토미 히데요시의 조선 출병에서부터 연원하고 있는 아주 뿌리깊은 것이었다.

그만큼 기대되고 있었음에도 불구하고 이 '왕사'는 그 기대를 보기 좋게 저버렸다. 너무나도 수준이 낮은 군대였다. 민가의 물건을 약탈하고 장정을 사정 없이 마구 부리고 여자를 낚아채는 형편이었다.

"조선 민중, 크게 실망하다."

청국 측의 문헌에도 이렇게 기록되어 있다.

그 중에서도 가장 지독했던 것은 워이루꾸이의 성군 13영이었다.

회군의 부대명은 대개 그 장군의 이름을 땄다. 리훙장의 직계 중에서도 직계라고 할 수 있는 쩌우썽뻐[周盛波]의 군대가 성군이라고 불리었다. 형인 쩌우썽후[周盛傳]는 별도로 전군(傳軍)이라고 불리우는 군대를 통솔하고 있었지만 이 양군을 합쳐서 성군이라고 부르던 적도 있었던 것 같다.

그러나 청일전쟁 발발 전에 쩌우썽뻐, 쩌우썽후의 형제는 이미 죽고 없었으며 그 군대를 워이루꾸이가 계승했다. 워이루꾸이는 원래 성군계의 인물이 아니고 류우밍후가 이끄는 명군 출신이었다.

사령관의 이름을 부대명으로 하는 경우는 쩡궈후안의 상군에는 없었다. 리훙장의 회군이 상군 이상으로 사병단적 성격이 강했다는 사실을 이것으로도 짐작할 수 있으리라.

워이루꾸이라는 인물에도 문제가 있었다. 후에 판명된 일이지만 그는 군비를 횡령하여 자기가 경영하는 고리 대금업의 자본금으로 썼다. 그러한 인물의 부하이므로 정도가 낮은 것은 당연할지도 모른다. 대장이 군비를 속여먹고 있으면 부하도 그걸 배워서 약탈을 자행한다. 횡령이 있었으므로 병대의 급료는 늦게 지급되었고 또 깎여지곤 했던 셈이다. 대우가 나쁜 군대는 난폭해지기 쉽다.

질이 나쁜 29영의 군대가 평양에 들어온 후에, 예쯔초우 휘하의 패잔병 6영이 가세하여졌다. 패잔병이므로 이 부대도 무참하게 약탈과 폭력을 해 대었다. 악질의 병균을 집어넣은 것 같이 평양 주재의 청군은 썩은 냄새를 풍기고 있었다.

사군(四軍)의 장 워이루꾸이, 쮜빠오꾸이, 횡썬아, 마유우퀀의 뒤에 아산으로부터 패주해 온 예쯔초우와 네스청이 다시 섞였다. 그 외에도 쨩쯔캉[江自康], 샤칭윈[夏靑雲]이라는 1영의 우두머리 즉 독립 수비 대장급의 사람들도 스스로 장군 행세를 하고 있었다. 이래서는 인간 관계가 얽히고설키지 않는다고 기대하는 것 자체가 무리였다.

서로의 관계를 원활히 하기 위해서는 술을 먹고 환담하는 것이 제일이다.

'치주고회(置酒高會 : 술상을 놓고 높이 모인다는 뜻으로, 성대히 베푸는 연회를 말함)'

청국 측의 대개의 문헌에는 평양에서의 장군들의 정황을 이렇게 서술하고 있다. 술을 놓고 성대한 연회를 매일같이 베풀었던 것이다.

과연 그렇게 해서 친목의 효과가 있었던 것일까? 적을 코앞에 두고 우선 친목을 도모하지 않으면 안되는 사실 자체가 청군의 부패한 상태를 보여 주는 증명에 지나지 않았다.

# 3

장군들의 불화에 대해서는 리홍장도 걱정하고 있었다. 태평천국전쟁 때에 리홍장이 회군을 창설한 후로부터 이미 40년의 세월이 경과하고 있었다.

쨩쑤썽[張樹聲], 쩌우썽뻐 형제 등 창설 때부터의 장군들은 이미 죽었다. 리홍장은 지금 아들이 아니라 손자를 부리고 있는 상태였다. 과거의 회군 전성기와 같이 그는 장군들을 마음대로 움직일 수 없게 되어 있었다. 침식을 같이 한 부하들이 아니라 간격을 둔 부하들의 부하 뻘이므로 손아귀에 쥐기가 힘이 들었다.

제멋대로 우쭐대고 뻐기는 녀석들을 꽉 쥘 수 있는 큰 우두머리가 있었다. 류우밍후였다. 그러나 류우밍후는 병상에 있었다. 도저히 조선에까지 출사하게 할 수는 없었다.

위에서 장악하는 게 아니라 옆에서 연락을 취하여 각 장군의 관계를 원활하게 만드는 재능을 가진 인물이라고 하면 리홍장의 막료로서, 직예포정사를 맡고 있는 쩌우후일 것이다.

류우밍후의 출사가 절망적이라면 차선책은 쩌우후의 파견이었다. 그러나 쩌우후는 평양의 장군들과 같이 풍부한 야전 경험은 없었다. 문관이었다.

'전적영무처(前敵營務處)를 총리한다' 라는 역할이 그에게 주어졌다.

어떻게든지 서로 으르렁대는 장군들을 잘 합쳐 보라는 뜻이었다. 총리라는 직책은 군의 총사령관은 아니다.

리홍장이 두려워했던 점은 조선의 장군들이 '피차 관망하고, 시기하고, 군심이 흩어진다' 는 것이었다.

쩌우후는 어느 정도 그런 추태를 막아 줄지도 모르지만, 군인이 아니기 때문에 군사의 지도는 할 수 없었다. 만약 류우밍후라면 그것이 가능했으리라.

확실히 인물이 없었다. 없을지라도 평양에는 어떻게 해서든지 총사령관이 없으면 안되었다. 그렇지 않으면 뿔뿔이 흩어진 군대가 되어버린다.

이것은 일각을 다투는 긴급한 일이었다.

새로 파견하기보다는 실제로 평양에 있는 장군 중에서 선정할 필요가 있었다.

"그 친구라면 어떻게든 해낼 수 있을 거야."

리홍장이 뽑은 인물은 예쯔초우였다.

예쯔초우는 직예제독이었으므로 평양의 여러 장수들 중에서 가장 지위가 높았다. 당초부터 리홍장은 아무나 그렇게 기계적으로 뽑은 셈은 아니었다.

무언가 해내리라고 평가하고 있었던 것이다. 예쯔초우는 언변이 뛰어나 리홍장의 눈에는 유능하게 보였다. 그 변설에 의해 여러 장수를 통합할 수가 있으리라고 기대했다.

그러나 예쯔초우는 패군의 장수였다.

거기에 문제가 있었지만 리홍장은 아산에서의 전투는 '중과부적' 의 상태였으므로 패전이라고는 생각하고 싶지 않았다. 서울에 2만 명의 일본군이 있고 아산에는 6영 3천여의 청군뿐이 없었다. 전멸을 면한 것만도 지휘가 훌륭했다고 평가할 만하다. 더구나 2천의 일본병을 죽였다고 하지 않는가. 리훙장은 예쯔초우의 거짓 보고를 아직도 조금은 믿고 있었다. 그 때쯤에는 일본의 나팔수의 미담이 청국에도 외국인을 통해 전해져 있었다.

'역시 일본군도 매우 많은 사상자를 낸 것이다.'

나팔수의 미담은 리훙장에게는 예쯔초우의 분전을 증명하는 에피소드로 받아들여졌다. 그는 용감하게 싸운 장군을 총사령관으로 임명한 기분이었다.

8월 25일(음력 7월 25일) 예쯔초우로 하여금 평양에 주재하는 각군을 총괄하도록 하여 권한을 하나로 통일한다는 결정이 내려졌다.

이 말을 들은 리훙장의 사위 짱페이룬은 그의 일기 속에,

"예쯔초우가 총통의 직을 얻었다고 듣다. 우스운 일이 되어버렸다. 이에 따라 퇴각한 문무의 인원도 하나같이 포상을 간청하리라. 알지 못하도다, 무슨 공이 있는가를."

이라고 울분을 참지 못하는 듯이 서필로 기록하고 있다.

현지 장군들의 불만이 그 이상이었음은 말할 필요도 없다. 예쯔초우군이 어떤 모습으로 패했는가를 현지에서는 잘 알고 있었다. 패잔병들은 말끝마다 지휘관의 무능함을 욕하고 있었다.

"그 때 월봉산의 진지로부터 움직일 필요가 없었어. 일개 졸병인 나도 그 때 일본군의 우익 지대 공격이 유인 작전인 듯한 것은 알았다구."

"그래, 맞아! 옆에 있던 장(張)이란 녀석에게도 말했다구. 이것은 미끼다, 따라가다가는 위험하다고. 그 때 충분히 생각도 하지 않고 따라갔던 거야!"

"감쪽같이 적의 계략에 걸렸었다구."

"불쌍하게도 장이란 녀석은 일본군의 탄환에 맞아 죽어버렸지."

"나도 도망칠 때 계곡 밑에 떨어져서 이 다리를 다쳤다구. 자칫 잘못하면 이것은 일생의 병일거야."

"서로 멍청한 상관을 만나 운이 나빴었구나."

아산, 성환의 전투가 청군에 있어서 대실책이었다는 사실은 평양에서는 누구나 알고 있었다. 이 이상으로 지독한 형태의 패배는 없다고 여겨질 만큼 철저하게 얻어맞은 장군이 전군의 총통이 된 것이었다. 모두 싸울 마음이 없어져 버렸다.

병사들뿐만이 아니었다. 아직 싸우지도 않고 있는 평양의 장군들도 안정이 되지 않았다.

"말 잘하는 놈이 이익을 본다."

들으라는 듯이 이렇게 내놓고 떠드는 장군도 있었다.

회군의 동료 중에서도 예쯔초우가 아직 총병일 때 똑같은 총병이라도 이미 기명제독이 되어 있던 워이루꾸이는 내심 자기가 총통이 되어야 할 것이라고 믿고 있었다. 이끄는 군병도 13영으로 여러 장수들 중에서 가장 많았다.

'열심히 싸워도 전공은 예쯔초우의 것이 되고 마는 게 아닐까? 아무래도 입심이 좋으니까. 진 싸움도 이긴 싸움이 되어버린다. 나의 전공도 저 놈에게 돌아갈 것 같구나.'

워이루꾸이는 순진하게 전쟁을 하기보다는 병대의 식비와 급료를 가로채 장사 밑천이나 마련하는 쪽이 현명할 것 같다고 생각했다.

회군계가 아닌 쮀빠오꾸이와 횡썬아도 자신들이 빈 껍데기 제비를 뽑는 게 아닐까 걱정하고 있었다. 리홍장이 두려워하고 있던 '군심 환산'은 예쯔초우의 총통 취임에 의해 오히려 표면화했다고 해도 과언이 아니었다.

총사령관을 임명했지만 리홍장은 청군에 대하여 전진을 명하지는 않았다.

청군으로서는 길게 끌면 끌수록 유리하다고 판단하고 있었다. 그 사이에 외국의 간섭이 있으면 종전으로 끌고 갈 수가 있으리라. 열강은 일본의 조선 독점을 결코 기뻐하지 않는다. 영국 등은 분명히 청국의 참패를 자국에 불리하다고 믿고 있었다. 청국의 통지력이 저하되면 신강과 티베트의 지배가 약해질 것이다. 러시아가 거기에 파고들면 영국의 인도 지배는 그만큼 위협을 받게 되는 셈이었다.

일본 측도 그런 속셈쯤은 간파하고 있었다. 열강 특히 영국의 간섭이 없는 동안에 결정적인 승리를 거두지 않으면 안 된다.

'속전 즉결' 이것이 이번 전쟁에 있어서의 일본의 대방침이었다. 국력에 맞지 않는 무리한 일을 해도 좋다. 대규모의 동원을 실시하여 일거에 일을 결정해 버리려고 했다.

이미 조선에 파견된 제5사단에 덧붙여서 다시 제3사단을 증파하기로 했다. 우선 이것을 제1군으로 하여 총사령관에는 야마가타 아리토모가 취임했다. 당시 야마가타 아리토모는 추밀원 의장이었다. 그는 현직을 가진 채로 야전의 총사령관을 겸하였다. 그의 통솔력은 더할 나위 없이 강했다. 야마가타는 군의 대선배였고 그 위엄은 압도적이었다. 이토 히로부미 수상이 야마가타의 권위가 너무나도 강해지는 걸 두려워했을 정도였다.

현지가 독주하여 본국 수뇌부가 끌려 다녀서는 전쟁 지도상에 어려움이 생긴다. 이토는 메이지 천황에게 부탁하여 야마가타가 출정할 때에, '문무가 서로 잘 따라서 주도면밀하게 할 것' 이라고 훈시하도록 했다.

'무' 의 독주는 안된다고 천황이 못을 박은 셈이었다.

평양의 예쯔초우의 권위는 야마가타가 갖고 있던 그것과는 꽤 거리가 있는 것이었다.

## 4

8월 29일(음력 7월 29일). 평양 전투 17일 전, 황해 해전의 19일 전, 리홍장은 상주문을 올렸다. 그 속에 "해상에서 교전을 하면 아마도 승산은 없다"라는 구절이 있었다. 패전을 예상하여 미리 언급한 것처럼 보인다. 그러나 이 구절은 이 시기에 이르러 리홍장이 토해 낸 약한 소리는 아니었다.

"신, 예전에 예주전비섭(子籌戰備摺) 속에서 상주한 것처럼……."
이라는 서두가 붙어 있다. 전에도 그런 내용을 한번 상주하고 있었던 것이었다.

정말 '진원', '정원'의 양 철갑함은 일본의 군함이 따르지 못할 것이었지만, 몸체가 무겁고 속력이 느렸다. 또 물 먹이가 깊었기 때문에 강이나 만에 들어갈 수가 없었다. '제원', '경원', '내원'의 세 함정은 스피드가 나지 않았다. '치원'과 '정원'은 주문했을 당시에는 18노트였지만 이미 낡아버렸기 때문에 지금은 기껏해야 15, 16노트밖에 낼 수 없었다. 그 외의 군함도 낡을 대로 낡아 스피드가 떨어지고 있었다.

변화를 중시하는 근대 해전은 무엇보다도 스피드가 중요했다. 그 스피드가 떨어지고 있었으므로 얘기가 되지 않았다.

신함이면 속도는 빠르다. 청국이 최근 6년간 한 척의 신함도 구입하고 있지 않았는데 비하여 일본은 최근 6년간에 아홉 척의 신함을 구입하고 있다. 속력이 빠른 것은 23노트, 그 다음 가는 것도 20노트 전후였다. 또 신함·구함의 차이뿐만 아니라, 최근의 조선 기술의 진보에 의해서 기능 그 자체에도 크게 차이가 나고 있었다.

근년 부(部 : 호부=재부부)의 의견에 따라 선박을 구입하는 걸 중지하고, 광서 14년 이래 우리 군대는 아직 한 척도 늘리지 못했음. 띵루창 및 각 장령은 자주 신식 쾌속함을 구입하도록 요구했지만, 신은 재정 곤란을 고려하여 아직도 감히 주청하지 못했음. 신, 정말로 스스로 그 잘못을 통감함.

신식 군함을 구입할 수 없었던 것은 오로지 서태후의 잘못이었지만, 리훙장은 그것을 자신의 책임이라고 말하고 있다. 일종의 빈정거림으로도 들리지만 띵루창 이하의 해군 수뇌의 책임을 이 상주문에서 면제시키려는 마음이 있는 듯했다. 그들도 신식 군함을 사고 싶다고 귀찮을 정도로 말해 왔지만, 내가 그 요청을 물리치고 위에 보고하지 않았다는 것이었다.

이 상주문은,

"일본의 군함이 빈번히 청국의 연안에 나타난다고 하는 보고가 있었다는데 띵루창 등은 도대체 무엇을 하고 있었는가? 교묘하게 빠져나가 적을 피하고 있었던 것은 아닌가?"
라는 황제의 엄한 상유에 대한 리훙장의 회답이었다.

청국의 연해에 접근해 오는 일본 군함을 때려부수고 싶은 마음은 태산 같았으나 스피드가 따르지 못한다. 너무 무리한 요구는 하지 말아 주길 바란다. 신식 군함을 구입하지 않았던 것이 잘못이었고, 그 책임이라면 나에게 있지 띵루창 등의 죄는 아니다.

일본 군함의 정찰은 빈번하였지만 함대의 행동은 아직 초기 단계에서는 행해지지 않았다. 일본에는 '진원', '정원'에 대한 거함 공포증이 있었다.
북양 함대를 무서워하여 일본군의 증원 부대는 처음에 부산 경유로 파견되었다.
대마도 해협을 건너 부산을 경유했는데 거기까지는 북양 함대가 나타나는 일이 없는 안전한 코스였다.
그러나 육로 수송은 대단한 일이었다. 더구나 8월의 염천 하이므로 서울에 도착하면 사람과 말이 모두 지쳐버렸다. 그래서 제5사단의 후속 부대는 동해안의 원산으로 배를 이용하여 보내기로 하였다.
이런 가운데 제5사단 휘하의 서울 주둔군은 평양을 목표로 하여 북진했고, 증원 부대는 부산으로부터 염천 하의 강행군으로 훨씬 늦게 북상하였으며, 일부는 원산에서 산을 넘어 평양으로 향했다.
일본군은 본의 아니게 전력을 분산하여 평양에 육박하여 갔다. 이에 대해서 청군은 각개 격파라는 유효한 작전이 있었음에도 불구하고 그것을 써먹지 않았다.
'싸우지 말라. 현상을 유지하라. 기다리는 것이다, 열강의 간섭을……'
이것이 청국의 전략이고 보면 각개 격파의 작전도 도저히 나오지 않는다.
어떻든 일본 측도 청국의 자세를 눈치챘던 것 같다. 평양의 상태는 정찰대를 보내어 관찰하고 있었는데, 매일 같이 병졸이나 현지의 장정이 동원되어 성의 내외에 보루를 쌓고 있다는 사실을 탐지했다. 방어 태세를 갖추고 있다는 걸 확실히 알 수 있었다.

"장기전으로 끌고 갈 심산이구나."

육군만이 그렇다는 게 아니다. 근본 방침에 의해 해군도 그러함에 틀림없었다.

일본은 인천으로 수송선을 보내도 청국의 북양 함대가 출동하지 않는다고 판단했다. 제3사단의 수송선 목적지는 이제까지와 같은 부산과 원산이 아니라, 서울의 외항이라고도 할 수 있는 인천으로 정해졌다.

이것은 하나의 도박이었다. 그렇지만 일본의 대본영에서는 90퍼센트까지 북양 함대의 출격은 있을 수 없다고 보고 있었다. 그러므로 야마가타 총사령관도 인천으로 향했다. 과연 청국의 군함은 모습도 나타내지 않았다.

일본군의 주력은 계속해서 북상했다. 선봉의 정찰대는 자주 청군과 접촉하였다. 정찰을 목적으로 하고 있는 부대였으므로 청군에게 발견되면 대체로 급히 퇴각하였다.

평양은 계엄 상태를 취했다.

9월 2일 밤의 일이었다. 일본군의 주력 부대가 접근해 오고 있다는 정보가 끊임없이 들어왔으므로 초계 부대가 평양성 밖에 나가 순찰하게 되어 있었다. 워이루꾸이의 성군 초계대와 마유우퀀의 의군 초계대가 어둠 속에서 양쪽 모두 상대가 일본군이라고 오판하여 총격전을 벌였다. 이 전투는 실로 1시간이나 계속되어 꽤 많은 사상자가 났다.

양군이 접근하여 명령소리 등을 들을 수 있게 되자 양쪽 다 이상하다고 생각하기 시작했다. 적진으로부터 들려오는 말은 일본말이어야 할 것이다. 그럼에도 불구하고 정확하게 알아들을 수 있는 중국어였던 것이다.

"쏴라, 일본병 따위 한 놈도 남기시 말고 쏴 죽여라!"

이런 중국어가 상대 쪽에서 들려왔다.

"기다려라! 어쩌 잘못된 것 같다. 어이, 그쪽은 어느 부대인가?"

먼저 말을 건 것은 의군이었다.

"이쪽은 성영의 초계대이다. 그렇게 말하는 그 쪽은 누구냐?"

"의영이다. 초계중인 의영이다!"

같은 편끼리의 싸움이었다. 총알을 쓸데없이 버린 것까지는 그렇다 치더라도 사상자가 났으므로 비극이라고 해야 했다.

평양의 청군은 이 일이 있고 나서 야간의 초계를 중지하여 버렸다.

청군 측은 정찰대를 내보내지 않았지만 적어도 서울의 일본군에 대해서는 꽤 많은 정보가 들어와 있었다. 일본군의 움직임을 평양에 알려 온 것은 실은 조선 정부였다.

조선 국왕도 대원군도 일본군 휘하에 있었다. 일본군에게 복종하지 않으면 살아갈 수가 없었다.

그러나 청일 양국의 전쟁이 결말을 보게 되는 것은 이제부터였다.

조선 국왕 등은 약 7대 3으로 청군이 승리하리라고 생각하고 있었던 것 같다. 오랫동안 청국은 조선의 종주국이었다. 그 심리적인 영향은 예상외로 강한 면이 있었다.

'어찌 되었든 육지로 연결되어 있으니까.'

누구나 이렇게 생각했다.

그 당시 바다는 높은 방벽처럼 여겨졌다. 증원군을 보내려 할 때 일본으로부터는 난관이 많지만 청국으로부터는 용이하다는 것이 상식이었다.

청군이 일본군을 압도하여 간 다음 어슬렁어슬렁 나와서,

"일본군에 힘으로 짓밟혀서 본의 아니게 복종한 데에 지나지 않는다."

라고 변명하기보다도 일본군에게 저항한 실적을 만들어 놓는 편이 보신을 위해서는 훨씬 유효했다.

일본군의 도고에 대한 정보를 평양에 흘려 보내는 것은 일본군에 저항했다는 가장 확실한 증거일 것이다.

조선 국왕은 톈진의 리훙장에게 극비 전보도 치고 있었다.

## 제31장 평양을 떠나다

1

리훙장의 전쟁이다.

조선에 있어서 일본과의 군사 충돌에 대하여 청조 정부 요로의 대관들조차 이렇게 생각하고 있었다. 하물며 전국적으로 이 전쟁으로 흥분하는 일은 중국에서는 전혀 없었다.

'달로와 왜인이 서로 물어뜯고 있다.'

민간의 지식인은 이렇게 보고 있었다. '달로'라 하는 것은 한족이 만주족에 대해 모멸적으로 부르는 말이었다. 새외(塞外)의 야만인을 의미하는 '달단(韃靼)'과 노예를 의미하는 '노(虜)'를 서로 뜯어 맞춘 말이었다.

벼슬을 하는 한족은 별도로 치더라도 일반의 한족은 만주족을 중심으로 하는 청 왕조에 대하여 거의 충성심을 갖고 있지 않았다. 30년 전에 진압되었지만, 태평천국의 반란이 그 정도로 많은 사람의 지지를 받았던 것은 그 크리스트교 입국의 이념이 아니라, '멸만 흥한'이라는 슬로건이 대중의 공감을 불렀기 때문이었다. 태평천국에서는 만주족을 요인(妖人)이라고 부르고 있었다.

얄궂은 일은 태평천국을 붕괴시킨 것은 청조의 근본 군대라 할 수 있는 만주 팔기군이 아니라, 한족의 의용군인 상군과 회군이었다. 상군은 쩡궈후안, 회군은 리훙장에 의해 각각 조직되었던 군대이다. 두 사람 모두 한족의 대관이었던 것은 물론이다.

그 이후 만주족 왕조를 지키는 군대의 근간은 상군과 회군 계통의 한족 부대가 되었다. 또 정치의 실권도 오로지 리훙장 등 한족 대신의 수중에 장악되게 되었다.

만주족—그들은 팔기의 어느 것엔가 적(籍)을 가지고 있었으므로 기인(旗人)이라고 불렸다—중에서는 이런 현상에 대한 불만이 꽤 강했다. 그들의 본심을 말하자면,

"한족 대신이 지배하는 현 체제를 변경시키기 위해서는 리훙장이 실각되야 한다. 리훙장의 정치 배경인 그의 군대가 일본군에게 얻어맞으면 맞을수록 좋다."라고 하는 것이리라.

만주족뿐이 아니었다. 한족 대신 중에서도 리훙장의 정적은 적지 않았다. 그들도 리훙장의 사병인 북양군이 일본군에 의해 큰 손실을 입으면 좋을 텐데라고 내심 생각하고 있었다. 북양군이 건재하는 동안에는 리훙장을 끌어내리는 게 불가능했다.

일반 사람들은 만주인과 일본인 그 어느 쪽도 똑같이 제삼자의 싸움이라고 생각하고 있었다. 만주인이 지는 편이 한인 정부를 수립하는 데 도움이 될 거라고 생각하는 사람도 많았다.

외국과의 전쟁에 무관심할 뿐만 아니라 '지는 편이 좋다'고 생각하는 사람도 꽤 있었으므로 애국심 고양에는 전혀 효과가 없었다.

청조 정부 상층의 책임자조차도 전쟁에 대한 전망을 가지고 있지 않았다. 리훙장과 그 주변만이 "어떻게 해야 군대의 손해를 보다 적게 하고, 될 수 있는 한 빨리 외국의 간섭에 의해 전쟁을 종결시켜버릴 것인가?"라는 궁리를 할 뿐이었다.

이에 비하여 일본에서는 전쟁과 그 후의 방침에 대해서 자세한 연구와 토의가 행해지고 있었다. 선전 포고 후, 8월 17일의 각의에서는 갑을병정(甲乙丙丁)

의 네 안이 무츠 외상으로부터 제출되어 각의가 토의를 했다.

갑 안 : 제국 정부는 이미 내외를 향하여 조선을 하나의 독립국으로 공인하고 또 그 내정을 개혁시킬 것을 성명하였다. 이에 대해서는 금후 청국과의 최후의 승패가 결정되고 우리들이(무츠 외상) 희망하는 대로 우리 제국의 승리로 돌아간 후라 하더라도, 의연하게 하나의 독립국으로서 그 자주 자치를 방임하고, 우리나라도 이에 간섭하지 않고 또 추호도 다른 나라로부터의 간섭을 허용하지 않으며 그 운명을 조선에게 일임하는 것.

을 안 : 조선을 명의상 독립국으로서 공인하지만 제국(일본)이 간접 직접으로 영구 혹은 어느 장시간 그 독립을 부식하고, 다른 나라로부터의 멸시를 방지하는 데 힘을 들이는 것.

병 안 : 조선 정부는 자력으로 그 독립을 유지할 수 없고, 또 우리 제국에 있어서도 직접 간접을 막론하고 독력으로 이를 보호하는 책임을 질 수 없을 때는, 과거에 영국 정부가 청일 양국 정부에 권고한 것처럼 조선 영토의 안전은 청일 양국이 함께 남낭할 것.

정 안 : 조선이 자력을 가지고 독립하는 것은 도저히 기대할 수 없다고 본다. 또 제국(일본)이 독력으로서 이를 보호하는 일이 불리하고, 또 청일 양국이 그 독립을 담당하는 데 있어서 피차 협동 일치를 얻을 가망성이 없다고 할 때에는, 우리나라가 구미 제국 및 청국을 설득하여 조선을 세계 중립국으로 만든다. 조선으로 하여금 마치 구주에 있어서 벨기에, 스위스와 같은 지위에 서도록 할 것.

이 네 안은 토의 결과 어느 쪽이나 일장일단이 있다는 사실을 알았다.
갑 안은 국제적으로는 평가뇌셌시만 현 상태로는 조선의 실질적인 독립 유지는 곤란하다. 일본도 간섭하지 않지만 타국의 간섭도 허용하지 않는다. 조선에 모든 것을 맡긴다고 하지만 조선이 다시 배일 친청 노선을 선택하면 어떻게 될 것인가? 지금 거금을 들여서 조선에 출병하고 있지만, 그것은 시궁창에 혈세를 버리는 꼴이 된다. 그러므로 갑 안은 채택할 수 없다.

청일 양국에서 조선의 영토를 담보한다는 병 안은 청일 양국의 의견이 일치한다는 보증이 없으므로 이것도 현실적이지 못하다.

정 안에 이르러서는 병사 한 명 보내지 않았던 구미 제국이 어부지리하는 결과가 되지 않을 수 없다. 이 안에는 역시 찬성자가 없었다.

그러면 을 안밖에 남지 않는데 이는 일본의 조선 독점이라는 형태가 되어 국제적인 비난을 초래할 위험성이 있었다. 조선에 대한 다른 나라로부터 침략을 일본이 독력으로 방위한다고 하지만, 만약 러시아가 본격적으로 출병할 경우 일본의 실력으로 과연 그것을 방지할 수가 있을까?

목표는 을 안이다. 그렇지만 을 안을 추진하기 위한 문제점에 대해서는 훗날 다시 토의하기로 했다.

을 안, 조선을 일본의 보호국으로 한다.

각의는 이 안을 노려야 할 목표로 결의하고 세부에 관한 사항은 숙제로 남겨 두었다.

8월 20일, 일본과 조선 정부 사이에 조인된 '잠정합동조관(暫定合同條款)'은 그전에 오토리 공사가 조선 정부에 요구했던 내정 개혁과 일본의 자금·기술에 의한 철도 및 전신선의 유지, 일본인 고문의 채용 등을 내용으로 하는 가조약에 조금 손질을 한 것이었다.

이를 발판으로 하여 8월 26일에는 '대일본대조선양국맹약(大日本大朝鮮兩國盟約)'을 조인했다. 그 내용은 다음과 같은 것이었다.


제1조 : 이 맹약은 청병을 조선국의 국경 밖으로 철퇴시켜 조선국의 독립 자유를 공고하게 하고, 조일 양국의 이익을 증진함을 목적으로 한다.

제2조 : 일본국은 청국에 대하여 공수(攻守)의 전쟁에 임하고, 조선국은 일본국의 진퇴 및 그 식량 준비를 위해 될 수 있는 한 편의를 제공할 것.

제3조 : 이 맹약은 청국과 평화 조약을 맺을 때까지 철폐하지 않을 것.

이 맹약은 일본의 특명전권공사 오토리와 조선국 외무대신인 김윤식이 각각 기명 조인한 것이다.

이와 같이 일본 측은 착착 손을 쓰고 있었음에도 불구하고 청국 측은 단지 외국의 간섭을 기다리는 외에 이렇다 할 방법을 강구하지 않았다.

일본은 청국 북양 함대의 거함을 두려워하고 있었지만, 청국의 리훙장은 그것이 도움이 되지 않으리라는 점을 잘 알고 있었다. 리훙장은 오히려 청국 육군에 희망을 걸고 있었다.

'정원', '진원'을 두려워하고는 있었지만 일본은 육군에 대해서는 자신을 갖고 있었다. 그렇지만 북양 함대를 너무 경계한 끝에 부산과 원산 등 북양 함대가 출현하지 않는 지방에 군대를 수송, 병력을 분산시켰다. 최후에는 도박하는 심정으로 인천으로 수송하여 결과적으로는 성공하게 되었다.

적의 병력이 처음에는 분산되어 있었음에도 불구하고 청국군은 이를 각개 격파할 수 있는 기회를 잃었다.

"평양에서 가능한 한 길게 시간을 끌어라."

이것이 리훙장이 현지 수뇌부에 부과한 임무였다.

평양의 청국군 장군들은 그 임무를 구실로 하여 출격하지 않았다. 그들은 평양성을 중심으로 줄기차게 보루를 쌓았다. 이것은 오로지 방위할 뿐 출격할 의사가 없다는 방침을 상대방에게 드러내 주는 것과 같았다.

아무래도 싸우기 전부터 승패는 정해진 것 같았다.

# 2

야간 도주한 위안스카이.

일본에서는 위안스카이의 일을 이렇게 말하고 있었다.

변장하여 서울의 공관으로부터 탈주하여 인천항으로부터 톈진에 도망쳐 돌아온 위안스카이는 '야간 도주'를 했다는 소리를 들어도 할 수 없었다.

위안스카이는 병을 핑계로 톈진에 머문 채 베이징 궁정으로부터의 부름에 응하지 않았다. 일본의 강행 정책 앞에서 무릎을 꿇고 위안스카이는 패해 달아났다. 그는 그 책임을 추궁 당하는 게 두려웠다. 항간에는 책임 추궁을 두려워한 사람이 리훙장이었다는 소문도 있었다.

소문은 소문을 낳고, 위안스카이의 신변에 대하여 기괴한 얘기들이 이것저것 전해졌다.

일본의 신문에는 '위안스카이가 독살되다'라는 기사까지 실렸다.

독살 범인은 리훙장의 하수인이라는 것이었다.

이 정보에 의하면 조선에서 야간 도주하여 돌아온 위안스카이를 리훙장이 연금하여 아무도 만나지 못하게 했다고 한다. 위안스카이는 조선에서 실패했지만, 그가 조선에서 취한 모든 조치는 리훙장의 명령에 의한 것이었으므로 그의 실패는 리훙장의 실패와 다름이 없었다. 그런데 리훙장은 비겁하게도 실패의 책임을 위안스카이 한 사람에게 뒤집어 씌우려고 했다. '모두 리훙장의 지시에 의해 한 일이다'라고 폭로되어서는 곤란하므로, 우선 위안스카이를 연금하고 나서 독살하였다는 이야기가 만들어졌다.

좀더 잘 짜여진 줄거리도 있었다. 연금된 위안스카이가 톈진을 탈출하여 베이징의 요로 대관에게 모든 사실을 고해 바치려고 했다는 것이다. 호랑이 굴을 빠져나와 베이징에 도착한 위안스카이는 우선 친구 집을 찾아갔다. 그런데 실은 그 친구가 훨씬 이전부터 리훙장에게 매수되어 있었다. 위안스카이는 용케 톈진을 빠져나간 셈이었지만, 실은 리훙장이 일부러 빈틈을 만들어 그가 그곳으로부터 도망칠 수 있도록 해두었다는 것이 진상이었다고 한다. 도망쳐 가는 목적지는 베이징으로 정해져 있고, 베이징에 가면 그 친구의 집으로 갈 게 뻔했다.

거액의 돈을 주었다고 하고 매력 있는 지위를 약속했다고 하지만, 어쨌든 리훙장은 그 위안스카이의 친구에게 독살하라고 명령하여 두었다.

"잘 왔다. 조선에서 온 이후 대단히 피곤했을 것이다. 오늘밤은 내가 자네를 위하여 위로의 잔치를 열어 주마."

위안스카이는 친구로부터 이 말을 듣고 눈물을 흘리고 말았다. 그렇지만 어찌 생각이나 했으리요. 바로 그 친구가 음식 속에 독약을 넣었다는 것을.

불쌍한 위안스카이는 피를 토하고 죽었다. 이 얼마나 비겁한 짓인가!

이 소문이 허황된 정보였던 건 말할 나위도 없다. 그러나 당시로서는 분명히 그랬을 것이라고 믿는 사람이 많았다.

'베이징, 톈진 사이에서도 위안스카이의 독살설은 공공연한 비밀이 되어 있다.'

이렇게 보도한 일본 신문도 있었다.

위안스카이는 당시의 중국에서는 낮지 않은 조선 문제 전문가였다. 시국의 성격상 이런 귀중한 인물을 놀게 해서는 안 된다. 하물며 살해하는 따위의 쓸데없는 짓은 할 수 없었다.

리훙장은 위안스카이를 조선 문제 담당의 새로운 직에 앉히려고 하였다. 그러나 위안스카이는 더 이상 조선 문제는 지긋지긋하다고 혀를 내두르고 있었다. 리훙장이 위안스카이를 위해 마련해 둔 자리는 이제까지의 '총리조선교섭통상사'의 직은 그대로 두되, '무집사의(撫輯事宜)'를 겸임시키는 것이었다. 이것은 병참 담당의 일이다. 일본과의 싸움에 군량, 무기, 탄약 등을 보충하지 않으면 안 된다.

전선의 상군들과 사이가 좋은 써우후를 '전적영무처총리'로서 위안스카이와 협력시키고자 하는 게 리훙장의 인사였다.

위안스카이 뿐만 아니라 쩌우후도 이런 일은 싫었다. 두 사람은 여기저기 운동을 벌여 그 임무를 면제받으려고 했다. 리훙장의 사위인 짱페이룬에게 찾아가기도 했고, 친척에 의뢰하여 베이징의 유력자 웡퉁허를 움직여 보도록 하기도 했다. 그렇지만 리훙장은 이 인사를 변경시킬 의사가 없었다.

당시 위안스카이는 매우 속이 뒤틀려 있어서 상사인 리훙장과의 사이도 서먹서먹해져 있었다. 그런 까닭으로 해서 여러 가지 억측이 나돌았고, 끝내는 위안스카이 독살설까지 창조되었던 셈이었다.

쩌우후와 위안스카이는 떨떠름하게 여겼지만 우선 기구 창설부터 시작했다.

"우리 군대가 서울을 탈환했을 때 완전히 서울 주재 공관의 기능이 발휘되도록 그쪽의 인재를 미리 선정해 두는 편이 바람직하다."

쩌우후는 이런 제안을 했다.

"그것도 좋지만 지금 어디에 있는지 알지 못하는 사람도 있다."

위안스카이는 별로 마음이 내키지 않았다.

'청군이 서울을 탈환할 수가 있을까?'

그는 마음속으로 이렇게 반문하고 있었다.

서울 진주 일본군의 엄격한 군기와 통제가 잡힌 엄정한 단체 행동을 그는 자신의 눈으로 보고 왔다. 이를 본 자신의 눈에는 청군 자체가 너무 흐물흐물해 보여서 견딜 수가 없었다.

'이래가지고는 이길 것 같지도 않다.'

그렇지만 쩌우후에게 정직하게 이렇게 말할 수도 없었다.

"북양에게 조사해 보도록 하면 될 것이다."

쩌우후는 이렇게 말했다.

북양대신 리훙장은 인사의 천재였다. 정치라는 것은 인간 관계에 지나지 않는다는 신념을 지닌 사람이었다. 어디에 어떤 특기를 가진 인물이 있는가, 그 친족 관계, 인맥 등이 그의 머릿속에 꽉 차 있었다. 어느 쪽이나 유능한 인간이지만 함께 일을 시키면 서로 반발하여 일을 그르치는 경우도 있을 수 있다. 한 사람으로서는 믿음직하지 못하지만 딱 맞는 파트너를 붙여 주면 놀랄 만큼의 일을 하는 경우도 있다. 오랜 경험으로 리훙장은 그것을 알고 있었다.

간부급의 인간이 지금 어디에 있는가 리훙장 자신은 알지 못해도 그의 막료 그룹은 정확하게 조사하고 있었다. 그것이 바로 막료의 일이었다.

"그렇게 할까."

위안스카이는 시큰둥하게 대답했다.

기구를 만드는 작업이 끝나자 두 사람은 전선 가까이까지 출장을 가기로 하였다. 전쟁이 일어나고 있는 조선에 가까운 요령(遼寧) 지방에 가지 않으면 안 된다. 두 사람이 직예성을 뒤로 하고 산해관을 넘어서 요령 땅에 들어 선 것은 양력 9월 9일의 일이었다.

# 3

계통이 다른 사단과 연대의 병사들이 한 곳에 모이면 때때로 좋지 않은 일들이 일어난다. 병사들의 얘기는 반드시 대우 문제에 이르기 때문이다.

"규정된 급료가 정확하게 나오고 있을까?"

"나오기야 나오지만 항상 늦게 나오고 있다. 당신들은 어떠한가?"

"급료는 정해진 날에 나오지만, 정말로 우리 쪽은 식사가 나쁘다네. 원래 이런 것일까 하고 체념하고 있었지만, 어제 북문에 있는 부대 쪽을 살펴보았더니 그 녀석들은 좋은 음식을 먹고 있더군. 양도 많고."

"아니야, 식사는 우리들 쪽이 더 지독하다. 비교가 되지 않는다. 아니 내가 좀 전에 당신들의 식사를 들여다보았는데 우리들 쪽보다 낫더라구."

"그럴까. 이쪽보다 나쁘다니 믿어지지 않는데."

급료는 규정이 있으므로 늦게 지급되는 정도로 그 이상 속일 수도 없었지만 식비의 횡령은 왕왕 있었다.

병사들이 서로 대우에 관한 정보를 교환하다보면 떼어먹히고 있다는 사실이 드러난다. 다른 부대와 비교해 보면 대단히 많이 속여먹고 있다는 사실을 알게 되는 것이다.

가장 지독하다고 알려진 쪽이 워이루꾸이의 성군 13영이었다. 줴빠오꾸이의 봉군 6영의 식사는 양에 있어서 성군의 배는 되었다. 단지 말로 듣는 것뿐이 아니라 실제로 자신들의 눈으로 그것을 보고 확인했던 것이다.

"개새끼들! 이제까지 잘도 뜯어먹었구나!"

워이루꾸이 휘하의 병사들은 마음이 편하지 않았다.

그 중에서 누가 퍼뜨렸는지 워이루꾸이가 커다란 전당포를 차리고 있다는 사실이 유포되었다. 근대적인 은행이 없었던 당시에 있어서 전당포는 대표적인 금융 기관이었다. 커다란 전당포를 경영하고 있다고 하면, 현재의 어감으로는 '은행을 가지고 있다'는 말에 가까운 뜻이었다.

"우리들의 식비를 속여서 전당포의 자본으로 돌렸구나! 쳇, 저런 게 무슨 대장인가."

"웃기지 말라. 이렇게 해서 전쟁을 하겠다는 건가. 전쟁이라는 것은 목숨을 버리는 일이다."

"저런 대장에게 목숨을 맡기겠다는 건가!"

"일본군이 공격해 오면 우리가 먼저 도망가자."

"정말이다. 멍청한 일이다. 어이 술 있는가!"

"저쪽에 벌써 취해 오는구나. 어이, 술 가져와!"

병사들의 마음은 동요되었고 완전히 자포자기에 빠져 있었다.

워이루꾸이는 식비를 떼어먹은 것뿐이 아니라 유령 인원으로 급료도 속여먹고 있었다. 한 영의 정원은 5백 명이었지만 실제로는 4백50명 정도로 50명분의 급료를 주머니에 챙겨 넣고 있었다. 조선에 출동이 명해졌을 때에는 점호가 있었으므로 황급하게 보충을 하였다. 긴급 보충으로 긁어모은 것이 그 근처에 있던 실업자, 떠돌이들이었다.

워이루꾸이의 성군은 군율 따위가 있었던 게 아니다. 싸움이 그칠 날이 없었다. 장교들은 돈 떼어먹는 데는 한패였으므로 부하에게 심하게 대하지 못한다. 질서가 문란해져도 내버려두었다. 이 부대의 난폭한 행동은 다른 부대에서도 빈축을 샀다.

이런 추문이 본국에 전해졌음은 말할 것도 없다.

9월 12일, 리홍장은 워이루꾸이에게 전보를 쳐서 엄중하게 경고하고 있다.

듣자하니 성군은 평양에 있어서 병사들이 복종하지 않는다 함. 상호 싸움하기 수차, 매일 저녁 난폭하여 서로 치고 받는다 한다. 염려했던 바의 낭패가 이에 이른다. 여기저기서 들리는 소문이 다 사람을 놀라게 한다. 기회 있을 때마다 훈계하였음에도 불구하고 아직도 스스로 단속하지 못하고 있다. 적이 다가 오고 있다. 만약 큰 화를 불러오게 되면 너의 몸과 재산은 반드시 온전치 못하리라. 나의 체면과 명예는 어디에 있는가? 바라건대 군법을 세워서 병사들의 마음을 안정시켜라. 혹은 손현인(孫顯寅)으로서 보좌하도록 하라.

이례적으로 엄격한 경고였다. 그런 짓을 하면 목숨을 부지하지 못하리라는 협박에 가까운 어조였다.

리홍장은 동시에 예쯔초우에게도 전보를 쳐서, 워이루꾸이에게 '밀실'에서 철저하게 전달하도록 요청했다. 무엇을 전달하는 것인가?

'그런 짓을 계속하여 만약 부대가 지리멸렬 상태가 되면 진중에서 처형하는 일도 있을 수 있다' 라는 것이었다.

그러나 때는 이미 늦었다. 리홍장이 경고 전보를 보낸 사흘 후에 일본군은 총공격을 개시했다. 평양에 주재하고 있던 청군은 내부적으로 혼란한 상태에서 적의 공격을 맞았다.

경고 전보를 받던 날 예쯔조우는 톈진의 리홍장에게 전보를 쳤는데 그 속에,

"내일 이후 반드시 혈전이 있을 것."

이라고 꽤 정확하게 일본군의 공격 시기를 예측하고 있었다. 일본군의 움직임

을 보고서 그것을 알았을 것이다.

평양에는 여섯 개의 성문이 있었다. 동쪽 문은 장경문(長慶門), 서쪽 문은 칠성문(七星門), 남쪽 문은 주작문(朱雀門), 북쪽 문은 현무문[玄武門 - 청국 측의 기록에는 모두 원무문(元武門)이라고 되어 있다. 강희제의 이름이 현엽(玄燁)이었으므로 '현' 자를 피했던 때문이었다]으로, 그 외에도 서남의 문을 정해문(靜海門), 동남의 문을 대동문(大同門)이라고 불렀다. 장경, 대동의 두 문은 대동강에 면하여 있다. 평양성의 명맥은 현무문에 있다고 말해지는 것처럼 현무문은 언덕 위에 있었고, 문의 바로 옆에 모란대(牧丹臺)라 불리는 산이 있었다. 이 고지에 의거해서 공격해 오는 적을 막을 수 있었지만 일단 이곳을 적에게 빼앗겨 버리면 만사가 끝장이 나는 요지였다.

청군은 현무문 내의 언덕 위에 두 대의 포대를 쌓고 문 밖의 산꼭대기에 다섯 개의 진지를 쌓았지만 그 중에서도 모란대의 진지가 가장 견고하였다.

성의 남쪽에 다섯 개의 보루를 만들고, 대동강의 동쪽 연안에도 똑같이 다섯 개의 진지를 세워 거룻배를 나란히 세운 부교로서 대동문과 연락을 취하도록 해 놓았다. 이것이 청군의 포진이었다.

총사령관인 예쯔초우는 성 내 중심부에 있으면서 지휘를 했고, 줘빠오꾸이가 현무문 쪽을 막았다. 마유우퀀의 의군은 대동강 방면에 대비했고, 문제의 위이루꾸이의 성군은 주작문에서 칠성문에 걸쳐서 방위를 담당했다. 칠성문 이북은 예쯔초우 휘하의 역전의 부대가 포진했다. 역전이라고 하면 듣기에는 좋은 말이지만 그 정체는 패잔병이었다. 횡썬아의 성군과 짱쯔캉의 인자영(仁字營)은 평양의 명맥인 성북에 배치되었다.

일본군의 선두 부대는 9월 12일 대동강 동쪽 연안에 도달했다. 전초전은 이미 시작되어 있었고, 예쯔초우는 이미 수일 내의 총공격을 예상하고 있었던 것이다.

일본군의 총공격 기일을 예상한 것까지는 좋았지만 예쯔초우가 띄운 전문의 후반부는 너무나도 한심한 내용의 것이었다.

금일좌보귀우편중풍(今日左寶貴右偏中風), 초역두현심도(超亦頭眩心跳), 마옥곤최용이인소(馬玉昆最勇而人少), 풍신아지병불심족지(豊伸阿之兵不甚足恃), 일세방장(日勢方張), 아군병력여차(我軍兵力如此), 지능진심력이보지우(只能盡心力以報知遇).

그 뜻은 "성북의 요지를 지키는 쭤빠오꾸이가 아무래도 우측에 가벼운 뇌졸중의 발작을 일으킨 것 같다. 초(예쯔초우를 말함)도 머리가 혼미해지고, 심장의 고동이 격하다. 몸의 컨디션이 좋지 않다는 것이었다. 가장 기력이 좋은 자는 마유우퀸이었지만, 겨우 네 영뿐으로 병력이 적었다. 횡썬아의 봉천 성군을 의지하기에는 부족했다. 그것은 리훙장 직계의 북양군이 아니었다. 이에 반해 일본군은 사기가 대단히 높았다. 이렇게 되면 단지 전심전력을 다하고 요행수를 바라는 수밖에 없다"는 것이다.

이 문맥을 보면 '패전 예고'의 전문이라고도 해석할 수가 있었다.

# 4

평양의 작전 회의에서 예쯔초우는 압록강까지 퇴각할 것을 제안하여 여러 장군들에게 반대를 받았다. 이것은 패배주의라고 할 수 있으리라. 싸우지 않고 퇴각하려는 것이므로 볼품 있는 모습은 아니다. 그렇지만 순전히 전술론에서 말하면 평양은 청나라의 후방 기지로부터 너무 멀었다. 병참 담당인 쩌우후와 위안스카이도 겨우 산해관을 넘어와 있던 정도였다. 압록강까지 퇴각하여 산지의 게릴라전에 의해 일본군의 전진을 저지한다는 것도 당시의 상황에서 보면 하나의 현실적인 작전이었다고 할 수 있을 것이다.

만약에 평양의 작전 회의에서 부전 퇴각론이 통과되었다 해도, 그것을 톈진에 타전하면 리훙장으로부터 거절되었을 것이 뻔했다. 리훙장 자신이 부전 퇴각을 양책이라고 생각해도 베이징의 궁정과 정계 상층의 분위기로 보아 이를 채용하는 일은 불가능했을 것임에 틀림없었다.

조선의 종주권을 위한 싸움이다. 종주국인 청국 군대가 조선 영토로부터 철퇴해 버리는 것은 아무리 군사상으로 보아 최상의 정책이라고 설명하더라도 아무도 납득할 수 없으리라.

평양에 주둔하고 있는 청국군은 1만 2천에서 1만 4천 사이라고 알려져 있었다. 이에 비해 노즈 중장이 이끄는 일본의 제5사단은 원산 지대를 합쳐서 1만 7천이었다. 옛날부터 성에 갇혀 있는 군대를 포위 공격하는 데는 그 세 배의 병력을 필요로 한다는 게 작전의 상식이었다. 일본군은 병력에 있어서 성에 있는 군대를 겨우 상회하는 데 지나지 않았다.

후속 제3사단의 도래를 기다려야 할 것인가?

그렇지만 제5사단의 군량은 벌써 비축된 여분이 거의 없었다. 제3사단이 도착할 즈음에는 제5사단의 장병은 허기에 직면해 버린다. 그 위에 평양성의 방비가 점차 공고해질 우려가 있었다. 제5사단의 선두 부대가 대동강 동쪽 연안에 도착했을 때, 평양에서는 성의 내외에 다시 보루를 구축 중이었다. 하루가 경과하면 그만큼 방비는 보강되었다.

'단독 공격이 있을 뿐이다!'

노즈 중장은 이렇게 판단했다.

그것도 속전 즉결을 요하였다.

병졸은 휴대 식량을 이틀 분밖에 가지고 있지 않았다. 그들은 사단 본부에는 보급 준비가 되어 있을 거라고 여겼지만 실은 그렇지 않았다. 탄약도 마찬가지였다. 개인이 휴대한 조그만 배낭의 탄약이 전부였다.

될 수 있는 한 이틀 이내에 평양을 함락시키지 않으면 안 된다. 특히 속사정을 알고 있는 장교들은 공격에 기백이 들어 있었다. 그 기백이 병졸들에게 전해지지 않을 리가 없었다.

평양의 청군 총사령관은 압록강까지 싸우지 않고 퇴각하는 편이 좋을 것 같다는 생각을 가진 인물이었으므로, 위로부터 전해져 오는 기백 따위가 있을 리가 없었다.

9월 15일에 일본군의 총공격이 개시되었다.

일본군은 네 가지 경로로 평양을 공격했다.

대동강의 동쪽 연안에 나와 마유우퀀군과 대치한 것은 제일 먼저 전선에 파견되었던 오지마 소장이 이끄는 오지마 혼성 여단이었다. 평양의 서남 방면을 공격한 것은 노즈 중장 스스로가 지휘하는 주력군이었다. 문제의 성북을 노리고 공격해 들어간 것은 입견(立見) 소장이 이끄는 '삭령 지대(朔寧支隊)'였다. 이들 북상군과는 별도로 원산에 상륙한 제5사단의 일부가 사토[佐藤] 대좌의 인솔로 서행하여 평양의 서북에 진을 폈다. 이곳은 평양의 청군이 궤멸되었을 때의 퇴로를 차단하는 위치였다.

총공격의 전날도 예쯔초우는 다시 퇴각안을 들고 나와 쮜빠오꾸이에게 일축당했다.

"지금 성을 나가지 않으면 퇴로를 차단 당한다. 원산에 상륙한 별동대가 우리들의 퇴로를 막는 형세가 되어 있다. 지금이라면 그 별농대의 포진이 완료되어 있지 않다. 포위를 돌파할 수가 있다."

예쯔초우는 이렇게 주장했다.

총사령관이긴 했지만 성환의 패장인 예쯔초우에게 여러 부대의 장군을 통솔할 힘은 없었다.

"이 때에 이르러 아직도 도망갈 궁리만 하고 있는가요? 싸울 뿐이오. 싸우고 난 후에 어떻게 될 것인가는 또 그 때에 생각해 봅시다. 싸움이라는 것은 그런 것입니다."

쮜빠오꾸이는 예쯔초우를 째려보면서 말했다.

쮜빠오꾸이는 병졸 출신으로 태평천국선생 때에 상남 군영에 투신하여 두각을 나타낸 인물이었다. 산동성 비현(費縣) 출신으로 회군 계통의 군인이라고는 할 수 없었다. 봉천에 주둔하면서 당시 겨우 날뛰기 시작한 마적의 토벌에 공적을 세웠다. 그의 부하는 전쟁에 익숙해져 있었다. 삼 년 전 그는 열하 조양(熱河 朝陽)의 교비(敎匪)와 싸워서 이를 진압한 전공에 의해 '황마괘(黃馬褂)'를 입도록 허용되었다. 마괘라고 하는 것은 일종의 조끼인데 황색은 황제의 색이어서 일반 사람들은 착용이 금지되어 있었다.

북양군이 아니면 군인 축에 들지도 않는다던 최근의 군대 풍조에 대해서 쥐빠오꾸이는 반감을 가지고 있었다.

"실례지만 이 싸움은 당신이 여지껏 상대해 온 치들과 같은 멍청한 바보를 상대로 하는 전투는 아니다."

예쯔초우는 빈정거리듯이 말했다.

"일본이건 마적이건 간에 적인 것임에는 변함이 없다."

쥐빠오꾸이는 화가 나서 미간을 찌푸렸다.

"아아, 너무 흥분하지 마시오. 몸에 안 좋으니까."

예쯔초우는 고개를 저었다.

쥐빠오꾸이는 고혈압으로 극히 최근까지도 가벼운 발작을 일으켰었다.

"음. 나는 나 나름대로의 방법으로 전쟁을 한다."

쥐빠오꾸이는 예쯔초우의 지휘권도 퇴각론도 일체 무시할 작정이었다. 그는 태평천국 이래로 몇 차례나 전화를 뚫고 살아왔다. 실전 경험에 있어서는 자기를 능가할 만한 사람이 없다고 자신하고 있었다. 또 그것을 자타가 공인하고 있다고 생각했다. 그렇기 때문에 예쯔초우로부터 '전쟁의 질이 다르다'는 말을 들었던 것이다. 마적을 상대했던 전법으로 일본군에게 이길 것인가. 쥐빠오꾸이는 예쯔초우가 이렇게 말하고 싶어했다는 걸 눈치챘다. 착용을 허락 받은 '황마괘'에 마가 끼는 듯한 기분이었다.

# 5

일본군은 역시 평양의 성북에 중점을 두고 있었다. 대동강 정면으로부터도 공격했지만, 그것은 성 내의 청군이 성북에 더 이상 병력을 돌리지 않도록 견제하기 위한 공격이라는 의미도 있었다.

성북에는 마적 퇴치의 용장인 쮜빠오꾸이가 열심히 일본군과 싸우고 있었다. 성밖의 모란대에 있던 청군 포대와의 공방이 평양 싸움의 하이라이트였다고 할 수 있다.

삭령 지대와 원산 지대는 처음부터 목표를 모란대에 좁혀서 공격을 가해 왔다.

사토 대좌의 원산 지대는 의주 가도(義州街道)로부터 평양으로 향하여, 일찍부터 청군과 포격전을 주고받았다. 삭령 지대는 그 포성에 몸을 감추듯 하여 모란대의 배후로 육박하였다. 입견 소장은 충분히 준비를 하고 기다리고 있었다.

삭령 지대는 모란대까지 3백 미터의 지점에 도달했다. 아직 새벽이었다. 은밀한 행군이었지만 실은 청군 진지에서는 삭령 지대의 접근을 일찍감치 감지하고 있었다. 그러나 모란대 포대의 청군의 기술로 멀리있는 목표물은 명중시키기 어려웠으므로 될 수 있는 한 끌어들인 것이다. 3백 미터까지 일본군이 진격해 온 뒤, 모란대의 청군 진지로부터 일제 사격이 개시되었다.

총성에 이어서 포성도 울려 퍼졌다. 삭령 지대가 진출한 부근은 공동 묘지였다. 여기저기에 흙의 봉분이 솟아 있어서 몸을 감추기에는 안성맞춤이었다. 원래 봉분은 총탄을 피하는 데는 도움이 되었으나, 포탄은 그 봉분을 그대로 헤쳐 없애버리므로 만능의 엄폐물이라고는 할 수 없었다. 일본군은 이 부근에서 꽤 많은 피해를 입었다.

그렇지만 삭령 지대가 고전하고 있을 무렵 이번에는 원산 지대가 우측으로 돌아 나와 일제히 함성을 올렸다.

"영성사산(零星四散), 소불승소(剿不勝剿)."

일본군이 총공격하기 전날, 리훙장이 예쯔초우의 보고에 기초하여 베이징의 총리아문에 친 정보에 위와 같은 구절이 있다.

그것은 일본군의 움직임을 형용한 말이었다.

"일본군은 새벽 하늘의 별과 같이 눈 깜짝할 사이에 사라져버린다."

죽이려 해도 죽일 수 없다는 뜻이었다. 눈앞에 나타났으므로 해치워버리려고 생각을 해도, 곧바로 위치를 바꾸어버리므로 아무리 해도 잡을 수가 없었다.

그러한 일본군의 재빠른 기동력에 대해 리훙장은 같은 전문 속에서,

"일본 병사는(청국 병사가 하는 것처럼) 냄비나 밥그릇 등과 같은 무거운 물건을 몸에 지니고 있지 않다. 서양과 같이 배낭에 마른 음식을 넣고 있기 때문이다."

라고 설명하고 있다.

서양과 같다고 리훙장은 표현했지만, 평양 싸움에서 일본병이 휴대했던 것은 '도명사비(道明寺糒)'라는 아주 일본적인 비상 식품이었다. 결국 일본은 모란대와 현무문에 동시에 공격을 가하는 전법으로 바꾸었다.

모란대를 공격하려면 현무문의 청군 진지로부터 엄호 포격이 있어야 했다. 순서로서는 성외의 모란대를 탈취하고 나서 현무문을 공격하는 것이 상식일 것이다. 그렇지만 일본군은 일부러 상식을 깨뜨리고 동시 공격을 퍼부었다. 그 때문에 성내와 성외는 모두 자기 방어에만 급급하여 다른 쪽을 엄호 사격할 여유가 없었다.

이 전투에서는 일본군의 유산탄(榴霰彈)이 위력을 발휘하였다. 모란대의 포대에는 당시로서는 우수한 성능을 가지고 있던 카트링 포가 장치되어, 이것이 공격하는 일본군을 괴롭혔다. 그렇지만 삭령지대 포병의 유산탄이 드디어 카트링 포를 쏘아 부숴뜨려 침묵시켜 버렸다.

결과적으로는 모란대 쪽이 먼저 함락되었다. 모란대를 일본군에게 빼앗겼다는 사실을 알자 현무문의 청군은 의기소침해졌다. 모란대 진지의 위력을 가장 잘 알고 있던 쪽은 그것을 대들보로 의지하고 있던 청국 군대였기 때문이었다.

"벌써 여기까지……."

쥐빠오꾸이는 새로운 각오를 했다. 그는 성벽에 올라가서 진두 지휘를 하고 있었지만 모란대가 함락된 것을 알자, 무엇을 생각했는지 급히 자기의 숙소를 향하여 달려갔다.

도망갈 채비는 아니었다.

그는 명예스러운 '황마괘'를 몸에 걸치고 다시 성벽에 올라가 지휘를 계속했다. 성벽 위에 선 그는 보기 좋은 목표였다. 쥐빠오꾸이는 쓰러진 그를 감싸안고 내려오는 부하를 향하여 "부끄럽게 만들지 말라"고 말하였다.

부하들이 쥐빠오꾸이를 성벽으로부터 떼어 메고 내려와서 치료를 하려 했을 때 이미 그는 숨져 있었다.

현무문이 일본군에 의해 격파된 것은 쥐빠오꾸이의 전사 직후의 일이었다.

일본에서는 하라다[原田] 일등병의 '현무문 1등 점령'의 전공담이 유명해졌다. 하라다 일등병이 단신으로 성벽을 기어올라 성안에 들어가서, 안쪽으로부터 현무문의 대문을 열고 일본군을 불러들였다는 것이었다.

중국 측의 기록에는 왜졸 십여 명이 사닥다리를 이용하여 성벽을 기어 올라와서, 청국에게 불의의 습격을 가해 문을 지키는 병졸을 목베어 죽이고 대문을 열어 젖혔다고 되어 있다.

어찌 되었던 간에 일본군은 평양성 내에 돌입했다.

대동강을 사이에 둔 청일 양국의 싸움은 승패를 결정하지 못했다. 마유우퀀은 끈기있게 응전하여 일본군을 접근하지 못하도록 했다. 실은 이 때 노즈 중장 휘하의 일본군 주력은 이미 총탄을 모두 소비하고 있었다. 이미 백병전 이외의 공격은 할 수 없게 되었고, 노즈 사단장은 일단 포위를 풀어서 재기를 꾀할 수밖에 없다고 생각하기 시작했다.

바로 그 때, 평양성에 백기가 펄럭이었다.

"백기를 게양하라."

이렇게 명령한 인물은 두말할 것도 없이 부전 퇴각론자인 예쯔초우였다. 그는 일본의 군사 사절에게 평양을 퇴각하는 데 있어서 퇴로를 열어 주도록 요청했다. 일본의 군사 사절은 이를 거절했다.

회담이 끝나고 떠나갈 때에 일본의 군사 사절은 천천히 걸었다. 그것은 이상하리 만큼 느린 템포였다.

'도망가려면 자력으로 지금 도망가라.'

군사 사절은 그 걸음걸이로 이렇게 가르쳐 주는 것 같았다. 적어도 예쯔초우는 그렇게 받아들였다.

예쯔초우, 마유우퀀, 워이루꾸이 등 여러 장수는 부하를 모아서 그 날 밤 북을 향하여 도주했다. 일본군은 당연히 이를 알고 있었으므로 도중에서 잠복하고 기다리다 패잔군에게 공격을 가하였다. 산 속의 길은 좁았으며 여기서 청군은 꽤 많은 전사자를 내었다.

평양 싸움에서 청군의 전사자는 2천이었는데 거의가 이 패주중에 죽었던 것이다. 일본군의 전사자는 1백80여 명에 지나지 않았다.

청군이 평양에 내버리고 간 무기는 포 40문, 소총 1만여 정이었다. 결국 패주하면서 거의 모든 무기를 버렸다는 말이 된다.

고급 장교의 사재로 보이는 금화 열두 상자도 버려져 있었다. 그 속에는 금괴 67개, 금 촛대 61개가 있었으며 그밖에도 사금 14상자, 크고 작은 꾸러미가 약 30개 정도 있었다.

청국군이 정부로부터 지급받은 군자금으로 여겨지는 은괴가 10만 냥에 이르고 있었지만 예쯔초우는 미처 이것을 운반해 낼 틈도 없었다. 그것뿐인가 밀전(密電)의 전고(電稿), 기밀 문서에 이르기까지 거의 처분하지 않고 떠나갔다.

"일본군의 승리는 청국군 당사자의 능력 상실에 의함이다."

이것이 후세 전술가의 평양 전투에 대한 평가이다. 일본군으로서도, 특히 보급의 면에서는 살얼음을 밟는 것과 같은 전쟁을 했다. 예쯔초우가 펄럭이게 한 백기가 총탄을 모두 쏘아버린 일본군을 구했던 것이다.

## 제32장 연기도 보이지 않고

1

도쿄의 참모 본부 내에 있던 대본영을 광도(廣島)로 진출시키는 영(令)이 공포된 날은 9월 8일이었다. 관보(官報)에 "오는 18일 대본영을 광도에 진출시킴"이라고 육해 양 대신의 이름으로 발표되었다.

군대는 광도의 우품항으로부터 실어낸다. 대본영을 광도로 진출시켜 천황이 그곳까지 간다는 사실은 '천황친정'을 의미했다.

대본영을 광도로 진출시킬 것을 가장 강하게 주장한 사람은 이토 히로부미 수상이었다. 그는 그 노리는 바를 '작전과 외교를 일치시킨다'는 점에 있다고 설명했다. 확실히 전선으로부터의 정보는 도쿄보다 광도 쪽이 조금 빨리 도착했을지도 모른다. 그렇지만 각국 공사관은 모두 도쿄에 있었고, 외교관도 도쿄에 있었으므로 광도에서 외교 활동을 수행하기에는 불편한 셈이었다.

이토의 의도는 천황친정이라는 사실에 의해 국론을 통일하고, 민심을 고양시키려는 데 있었다.

헌법 발포에 의해서 제국 의회가 열리고 나서부터는 갑론을박이 되풀이되어 외부에서 보면 마치 일본의 국론은 혼란되어 있는 것처럼 보였다. 청국 측에서도,

"일본은 국론이 분열되어 있으므로 군사적으로도 마음껏 조치를 취하지 못하리라. 조금 참고 기다리면 일본은 내부 분열에 의해 전쟁 수행이 곤란하게 될 것이다."
라는 관측이 행해지고 있었다. 이토는 이런 사실은 알고 있었다. 일본 국내의 단결이 견고함을 보여서 청국의 희망적 관측을 깨뜨릴 필요가 있었다.

메이지 천황이 광도에 들어간 날은 9월 15일로 일본군이 평양에 총공격을 가했던 바로 그 날에 해당하였다. 광도의 행재소(行在所=천황의 거처)는 예전의 제5사단 사령부에 두어졌다. 평양의 전투 소식은 아직 들어와 있지 않았지만, 천황을 맞이하는 1백 발의 축포는 승전 전야제의 축복인 것처럼 들렸다.

'세계의 나라들은 모두 두 종류로 나누어진다. 강국과 약국이다. 강국이 약국을 압박하는 것은 당연한 이치이다.'

개국 이래 일본 국민은 이와 같은 소박한 국가관을 갖고 있었다. 쇄국에 의해서 개화의 기회를 가지지 못한 일본은 약국의 부류로 분류되어 있었다. 그 때문에 수많은 불평등 조약을 맺지 않으면 안되었다. 개국 이래 약 30년, 일본은 약국으로부터 강국에 들어가는 것을 목표로 노력하여 왔다. 노력 목표는 '문명개화'와 '부국강병'이었다.

모든 분야에서의 눈부신 서구화에 의해서 '문명개화'의 실적이 인정되어 영국과의 조약 개정이라는 열매도 맺어졌다.

이제 '부국강병'의 실적을 세계로부터 인정받지 않으면 안 된다. 그 길은 전쟁에 이기는 것 뿐이다. 일본에게 있어서 청국과의 충돌은 절호의 기회였다. 사람들은 모두 그렇게 느끼고 있었다.

청춘 일본은 젊음에 넘쳐 있었지만 전쟁 지도자는 국민의 전의가 한층 더 솟아오르기를 기대하고 있었다. 나팔수의 미담을 만들어 낸 것은 이를 돕기 위한 하나의 방편이었다.

'대원수(大元帥) 폐하의 친정.'

이토 등은 이것으로 국민을 들끓게 하려고 했다. 대본영의 광도 진출은 절호의 기회였고, 대원수 친정의 흥분을 평양의 승전이 다시 불질러 놓았다.

마사오카 시키[正岡子規]는 진군의 노래[進軍句]와 개가의 노래[凱歌句]를 지었다.

들로 산으로 진격하누나 달님의 3만 기(三萬騎).
한 달 천리마상(千里馬上)에 손을 이마에 대고 고향을 그린다.
대포 소리 그리고 달 내음이 가득하구나 산등성이에.

9월 15일은 음력으로 8월 16일이었다. 한가위의 다음날인 '십육야(十六夜)'에 해당한다.

중추는 중국에서는 정월과 함께 중요한 축제일이다. 일본에서는 '봉쇼오가쯔[盆正月]'라고 하지만, 중국에서는 외상값과 빌린 돈의 계산은 정월과 중추에 결재하는 걸로 되어 있었다. '단원절(團圓節)'이라고도 하는데, 만월의 둥근 것과 가족의 단란함을 합쳐서 만든 조어로 이 날만은 가능한 한 집으로 돌아가게 되어 있었다.

둥근 것을 본떠서 떡도 일본에서는 '월견단자(月見團子＝달구경 떡)'라 했고 중국에서는 '월병(月餠)'이라고 불렀다. 이 날의 중심적인 행사는 제단을 설치해서 집마다 월신(月神)을 제사지내는 일이었다.

월신은 '태음성군(太陰星君)'이라고 불려지는데 양에 대한 음이므로 이 제사는 주로 여성이 행하게 되어 있다. 제사로 바치는 물건은 월병 외에 오이가 있지만, 그것은 꽃잎처럼 잘라지는 경우가 많다. 정월에 비하여 중추에는 여성적인 화려함이 있다.

중추에는 남자들은 할 일이 없어 오히려 심심해 했다.

중추절의 사흘 후 양력 9월 17일, 평양의 패보가 베이징에 도착했다. 텐진의 리홍장 앞에는 실은 그보다 몇 시간 빨리 비보가 전달되어져 있었다.

리홍장은 서재의 창가에서 마당을 바라보고 있었다. 원형의 창문이었다. 원

속에 마당의 일부가 싸여 있었다. 그 원은 사흘 전의 한가위 달을 생각게 했다. 그것뿐이 아니라 원 속의 마당 한구석에 중추의 여운이 남아 있었다. 여운이라기보다는 잔해라고 해야 할지도 모른다. 리훙장이 바라보고 있는 것은 바로 그것이었다.

월신 태음성군을 그려 넣은 종이는 '지마'라고 불린다. 월신의 승마용인 말이 그려 넣어져 있기 때문에 붙여진 이름이리라. 아주 옛날에 신에게 제사를 지낼 때에는 말을 죽여서 제물로 바쳤다. 시대가 내려오면서 말의 그림으로 대용하게 되었다는 설도 있다.

중추의 제사가 끝나면 지마는 지전과 함께 불태워진다. 지전은 명전(冥錢)이라고도 하는데 명토에서 사용하기 위해 종이에 돈의 모양을 새겨 넣은 것이다. 리훙장의 공판 뜰에는 중추에 불태워진 지마와 지전의 재가 아직도 거뭇거뭇 남아 있었다. 주위가 하얀 돌 바닥이었으므로 그 검은색이 두드러져 보였다.

"베이징에서는 어떤 일이 결정되고 있을까?"

그는 이렇게 중얼거렸다.

그는 저녁 때가 되어서 베이징의 궁정에서 어떤 일이 결정되었는가를 전보를 통해 알게 되었다.

리훙장은 아직껏 신속하게 병기의 준비에 전념하지 않고, 직무에 임한 지가 오래 되었어도 공을 세움이 없음. 명하노니 삼안화령(三眼花翎)을 빼버리고, 황마괘를 벗어버리도록 할 것.

이런 결정이었다.

황마괘는 평양에서 전사한 쥐빠오꾸이가 죽음의 방어에 나설 때 일부러 몸에 걸치었던 것이다. 훈공에 의하여 그 착용이 허용되는 것이지만, 실패가 있으면 이와 같이 빼앗아 버린다.

화령이라고 하는 것은 공작의 깃털로 만든 예모에 꽂는 장식물로서, 이것도 역시 훈공이 있는 자에게만 착용이 허락되었다. 단안화령(單眼花翎), 쌍안화령(雙眼花翎), 삼안화령의 세 종류가 있다. 공작의 날개에 붙인 눈알의 수에 차이가 있는 것이다. 삼안화령이 최고임은 말할 나위도 없다.

그 날부터 리훙장은 황마괘라는 조끼를 착용하는 것도, 예모에 삼안모양이 붙은 공작의 깃털을 꽂는 것도 허락되지 않는다는 결정이었다.

황마괘와 화령은 보통 때 착용하고 있는 물건은 아니다.

훈장을 패용해서는 안 된다는 통고와 마찬가지였다. 처벌의 한 종류에는 틀림이 없으나 형식적으로 불명예일 뿐, 실제로는 아무렇지도 않았다.

전갈을 들었을 때 리훙장은 빙긋 웃고 나서 옆에 있던 막료에게,

"파면하면 좋을 텐데……."

라고 말했다.

파면할 테면 해보라. 그게 가능할까? 리훙장은 베이징 궁정에서의 중신 회의의 모습을 상상하고 있었다. 싸움은 이미 시작되어 있다. 현재의 청국에서 북양군을 제외하고 전투가 가능한 군대는 과연 어느 만큼 있다고 할 수 있는가?

북양군의 참가 없이는 전쟁은 불가능하였다. 그리고 북양군은 리훙장의 지령에 의해서만 싸우는 군대이다.

중신 회의의 일을 당시의 사람들은 '추원 회의(樞垣會議)' 라고 불렀다.

그 날의 추원 회의에서는 리훙장의 정적들이 시국에 대처하는 그의 조치에 잘못이 있다고 규탄했다. 제일 먼저 이렇게 발언한 사람은 리훙쯔우였고, 웽퉁허가 여기에 동조하고 나섰다. 그렇지만 누구도 파면이라는 말은 입 밖에 내지 않았다.

"엄책의 논지를 발한다."

이렇게 말하는 게 고작이었다.

황제에게 엄하게 꾸숭을 받아 보라는 뜻이었다.

이 때의 군기대신은 예친왕 세탁(禮親王 世鐸, 황족), 액륵화포(額勒和布, 무영전대학사), 장지만(張之萬, 동각대학사), 쑨수원(병부상서), 쉬용이(이부좌시

랑)의 다섯 명이었다. 그렇지만 중요 회의에는 호부상서인 웽퉁허와 예부상서인 리훙쪼우가 함께 참가했다. 그리고 이 두 사람은 이 해의 10월에 장지만과 액륵화포의 두 사람과 교체되어 군기대신에 임명되었다. 공친왕 뤈쑤가 황족으로서 군기대신에 참가한 것은 11월의 일이었다. 황제의 비서실이라고도 할 만한 군기처는 이들 강경파에게 점유되기에 이르렀다.

베이징에 있던 미국 공사는 국무성에,

"황제와 그 측근의 중신들은 리훙장의 대일전쟁을 지원하려고 하지 않았을 뿐만 아니라, 오히려 일을 어렵게 만들고 있다."

라고 보고하고 있다.

리훙장은 일본과 싸우는 동시에 베이징의 정적들과도 싸우지 않으면 안 되었다.

베이징의 궁정에서 추원 회의가 리훙장에게 '엄책'을 결정한 날, 황해의 해전이 일어났다.

## 2

연기도 보이지 않고 구름도 없다.
바람도 없고 파도도 일지 않는다.

이런 노래처럼 그 날의 황해는 물결이 잔잔하였다.

일본에서는 황해의 대해전이라고 말하고 있지만 중국 측에서는 이 싸움을 대동구(大東溝)의 싸움, 혹은 압록강의 해전이라고 부르는 경우도 있다.

북양군은 리훙장의 정치적 자산이고, 이 함대에 전쟁을 시킬 생각은 애초부터 없었음에 틀림없다. 북양 해군에는 '제해권'이라는 개념이 없었던 것처럼 여겨진다.

단지 위협용의 장식품이어서야 무슨 쓸모가 있었으리. 해상을 왕래할 수 있으므로 수송 도구로 사용하려는 생각이 보다 강하였다.

수많은 육군을 태운 북양 함대가 대련만을 출발한 것은 9월 15일 밤의 일이었다. 그 날 일본군은 평양 공격을 개시했지만 물론 여순에는 이 소식이 들어와 있지 않았다. 함대는 다음 날 정오 압록강구의 대동구에 도착했다. 류우썽슈우[劉盛休]를 지휘관으로 하는 명군은 심야에 전군의 상륙을 완료했다.

명군은 류우밍후가 이끌던 군대이다. 류우밍후는 리홍장과 동향인 안휘성 합비 출신으로, 리홍장이 조직한 회군 중에서도 가장 용감한 무장으로 알려지고 있었다. 태평천국과 염군과의 싸움, 혹은 섬서(陝西) 회민(回民)의 반란 진압에 공적이 있어서 일등남작(一等男爵)이 된 인물이다. 그렇지만 좌종당[左宗棠]과의 불화로 군무를 떠나서 휘하의 군대를 조카인 류우썽쪼우[劉盛藻]에게 양보하였다. 지휘권의 상속이 가능한 것은 회군계의 군대가 사병적 성격을 농후하게 가지고 있었던 사실을 말해준다. 류우밍후는 그 후 대만의 경영에 진력했지만 그나마 삼 년 전에 대만순무 직도 사임했다. 조선에서의 일본과의 관계가 긴상뇌자, 베이싱의 궁성은 과거의 용상 류우밍후를 생각해 내고 그를 출소시키려 하였으나 류우밍후가 병을 이유로 하여 참내를 거부한 사실은 앞서 말한 바와 같다.

명군을 물려받은 류우썽쪼우는 부친의 상을 당하여 군대의 지휘권을 다시 동생인 류우썽슈우에게 양도했다.

북양 최강의 명군은 압록강으로부터 평양으로 보내져 일본군과 싸울 예정이었다. 그렇지만 그들이 대동구에 상륙했을 때에는 평양의 청군은 대패하여 북쪽으로 도주 중이었다.

북양 함대는 명군 호송의 임무는 무사히 끝마쳤다. 제독 띵루창은 기함(旗艦)인 '정원(定遠)'에 있었고, 그 외에 '진원', '지원', '정원(靖遠)', '경원', '내원', '제원', '초용', '양위', '광갑'이 대동구 앞바다에 늘어섰다. 명군의 상륙을 호위했던 것은 '진남(鎭南)', '진중(鎭中)'의 두 포함과 수뢰정(水雷艇) 네 척이었다. 항이 얕았으므로 포함과 수뢰정만이 항 내로 들어가고, '평원'과 '광병' 두 척이 외항에 있으면서 명군의 상륙을 지켜보았다.

임무를 끝내고 띵루창 제독이 함대에 출발을 명한 것은 17일 오전 8시의 일이었다.

"정오에 출발한다."

함정들은 출발에 눈코 뜰 새 없이 바빴다.

"남쪽에 검은 연기가 보입니다."

오전 11시 '진원함'으로부터 이런 보고가 있었다.

석탄을 연료로 하고 있던 시대의 해전은 군함의 모습보다도 먼저 연기가 보였다. 결국 그 검은 연기는 일본 함대의 것이라는 게 확인되었다.

적과의 만남이었다.

북양 함대는 적에 대한 탐색 활동을 하고 있지 않았다. 제해권을 장악할 의도는 없었고, 리훙장도 그것을 요구하지 않았다. 병원(兵員) 수송과 연안 방위가 북양 함대의 임무였다. 해상에서의 대함대끼리의 조우전은 그다지 신중하게 고려되고 있지도 않았던 것이다.

"전함, 곧바로 닻을 올려라!"

"전투 준비!"

띵루창은 차례차례로 명령을 내렸다.

또 대동구항 밖에 위치하고 있던 '평원'과 '광병'도 재빨리 전열에 참가하도록 지시했다.

일본의 연합 함대는 인천항까지 육군을 호송하고 평양 작전을 응원하기 위해 북상한 것이었다.

연합 함대는 9월 15일 대동강의 하구에 도달했다. 일본군은 바로 이 날 평양에 돌입했다.

연합 함대 사령관인 이토 스게유키[伊東祐亨] 중장의 전보는 이랬다.

16일, 본대와 제1유격군 '적성(赤城)', '서경' 등 도합 열두 척을 이끌고 대동강을 출발하여, 17일 아침 해양도(海洋島)를 거쳐 성경성(盛京省) 대고산항(大孤山港) 앞바다에 이르러 적함대 14척과 수뢰정 여섯 척을 만나, 오후 0시 45분부터 오후 5시를 지나기까지 수회에 걸쳐 격전을 벌임.

일본 해군은 적극적으로 적에 대한 탐색 활동을 하고 있었다. 적을 발견하고 싸울 것을 목표로 했다. 청국의 북양군은 병원 수송과 연안 경비만을 목적으로 했으므로 남하하여 적을 찾아내는 일은 하지도 않았다. 그 결과 불리한 위치에서 싸울 수밖에 없었다. 육안(陸岸)을 등지게 되어버렸던 것이다. 큰 바다를 등지는 편이 자유롭게 행동할 수 있다. 북양 함대는 처음부터 막다른 골목에 몰린 형태로 싸워야 했다.

일본 측 열두 척, 청국 측 열네 척으로 함수는 청국 측이 많았지만 전력은 평준화되어 있지 않았다. 배수량 총 톤 수는 일본 측 4만 톤에 비해 청국 측은 3만 5천 톤에 지나지 않았다. 단지 청국 측이 철갑함 다섯 척을 가지고 있었던 것에 반하여 일본 측은 '부상(扶桑)' 한 척뿐이었다. 그 대신 스피드는 일본 측이 뛰어나서 평균 속력은 16노트로서 평균 14노트인 청국 측을 뛰어 넘고 있었다. 실마력에 있어서도 일본의 7만 3천 마력에 비해 청국 측은 4만 6천 마력에 지나지 않았다.

중포(重砲)는 청국이 스물한 문, 일본이 열한 문이었지만 속사포는 일본이 예순일곱 문인데 비해 청국은 겨우 여섯 문이라는 큰 차이가 있었다.

종합 전력 면에서 따져 볼 때 일본 함대 편이 한 수 위였다.

그러나 전투 훈련의 차는 그 이상 벌어져 있었을지도 모른다. 북양 해군은 지금까지 수년 동안 본격적인 훈련을 받지 않았다. 과거 영국의 해령 대령이었던 랭이 딩투장의 밑에서 장병 교육에 임하고 있었다. 그렇지만 랭은 내우 문제로 틀어져서 사임해 버렸다. 딩루창이 황제에게 불리어 베이징에 입궐하게 되었을 때 랭 대령은 당연히 자기가 그동안에 북양 함대를 지휘하리라고 여기고 있었다. 그는 자기 자신을 부제독쯤으로 생각하고 있었던 것이다. 그런데 총병인 류우백찬이 사령관 대리가 되었다. 랭 대령의 신분은 고문에 지나지 않았기 때문이었다.

일국의 함대가 일시적이라 하더라도 외국인의 지휘 하에 들어간다는 것은 상식적으로도 있을 수 없었다. 랭 대령은 진심으로 그런 생각을 하고 있었으므로 어지간히 성격이 외고집이었던 걸로 보인다. 사령관 대리가 되지 못한다는 사실을 알자 그는 깨끗하게 사직하였다. 이런 외곬의 인물은 전투 훈련도 철저하게 시킨다. 그는 장병에게 특훈을 실시하여 크게 성적을 올렸다. 그렇지만 랭 대령의 사임 후 무서운 교관은 이제 없어져 버렸다.

리훙장은 랭 대령의 후임에 폰 하넥켄을 기용했다. 하넥켄은 프러시아 출신의 육군 엔지니어였다. 그는 요새 구축의 전문가로서 여순과 위해위(威海衛)의 포대는 그의 설계와 지도에 의해서 축조되었다. 포대와 요새에 대해서는 권위자였지만 해군의 전투 훈련에는 문외한이었다. 그는 과거에 프러시아 육군이었음에 지나지 않았다.

랭 대령이 떠난 뒤 북양 해군의 외국인 고문은 하넥켄 외에도 알 브레히트라는 독일인 엔지니어, 헤크만이라는 같은 독일인 포술 전문가, 마크기핀이라는 미국인 항해술 교관, 파비스라는 영국인 엔지니어 등이 있었다. 모두가 전문 기사였으며 전투 훈련과는 별로 인연이 없는 인물들이었다. 단 한 사람 니콜스라는 영국인 퇴역 수병이 있었다. 그가 훈련을 맡은 적도 있었는데 그는 원래 군사 교련의 조수로 근무할 만한 정도의 실력밖에 없는 사람이었다.

나중에 타이라라는 영국의 해군 예비 소위가 북양 해군에 초빙되었다. 이 인물은 당시 영국인 로버트 하트가 장관으로 있던 중국 해관에 근무하면서, 순집함장(巡緝艦長)이란 직책을 갖고 있었다. 밀수를 단속하는 게 그의 임무였다. 타이라는 청일전쟁 직전에 북양 함대에 들어왔다. 그는 후에 회고록을 썼는데, 전운이 감도는 때에 북양 해군에 들어간 것은 그의 모험심 탓이었다고 말하고 있다. 그의 신분은 하넥켄의 고문 겸 비서였다. 그렇지만 시간적으로 볼 때 그가 훈련을 실시할 여유는 거의 없었다.

북양 해군의 장병은 항해는 할 수 있어도 전투 훈련은 별로 받지 않았다.

이와 같은 상태에서 양국의 함대가 서로 맞부딪친 것이었다.

# 3

타이라의 회고록에 의하면 훈련은 부족했어도 북양 해군의 수병들은 극히 활발하고 기민했다고 한다. 그리고 하급으로부터 중급에 걸치는 장교들 중에도 뛰어난 재능을 가진 자가 많았다. 그러나 그 이상은 위로 올라가면 갈수록 관료주의적인 악습에 젖어 있었다.

제독인 띵루창은 회군의 기병 출신이다. 류우밍후의 부장 출신으로서 염군과의 싸움에서 공적을 올려 리훙장의 신임은 두터웠지만 애당초 해군 군인은 아니었다. 가끔 군함 구입을 위해 유럽에 파견되어 해군과 인연이 맺어졌다. 청군의 해군 학교는 복건에 있있으므로 해군의 군인 중에는 복건 출신이 많았다. 그 외에 산동과 절강 등 연안 지방 출신자도 있었다. 안휘 출신인 띵루창은 그 때문인가 빈 껍데기 존재처럼 따돌리고 있었다.

"띵루창은 괴뢰에 불과하고, 실제상의 제독은 총병 겸 기함관대인 류우백찬이었다."

타이라는 그의 회고록에서 이렇게 기술하고 있다.

류우백찬은 청국 해군의 주류인 복건 출신이다. 그의 원적은 복건의 후관(候官)이었고, 어렸을 때부터 고향의 위인인 린저쉬의 이야기를 들으면서 자랐다. 복건 선정학당(船政學堂)에서 영어·측량·항해를 배웠다. 그 후 다시 영국에 파견되어 포술과 수리 등을 연구하였다. 대만에서는 번사(蕃社)의 해안을 측량하여 상세한 지도를 작성하였고, 도고의 선배인 양강총독 선보우정의 인정을 받아 해군에서 순조롭게 승진하였다. 그 후 '정원함'을 이어 받아 유럽에 파견되어 그대로 '정원'의 관대가 되었다.

황해 해전의 청국 측의 실제 지휘관은 바로 이 류우백찬이었다.

일본 함대를 발견함과 동시에 북양 함대는 전투 배치에 들어갔다.

북양 함대는 적에 대한 탐색 활동을 하지는 않았지만, 명색이 군대인 이상 전투할 때의 태세는 미리 간부 회의에서 정해 두었었다. 언제 어디서 어느 만큼의 힘을 가진 적과 만날 것인가를 알지 못했지만, 원칙상 4열 종대로 싸우기로 되어 있었다.

그렇지만 기함에 있던 류우백찬이 기위(旗尉)에게 명하여 게양시킨 신호기는 1열 횡대였다.

"류우백찬은 생명이 아까웠던 것이다."

타이라는 이렇게 쓰고 있다.

기함을 중심으로 하여 주력함을 거느리고 1열 횡대로 벌리면 양쪽 날개에 약한 함이 위치하게 된다. 적은 우선 약한 곳부터 공격하게 되므로 이런 대형으로는 서전에서 주력함만은 안전하다는 것이다.

"오로지 적을 만날까 두려워했다."

라고도 쓰고 있다.

타이라는 류우백찬과 의기가 투합하지 않았던 모양이다. 류우백찬은 후에 위해위에서 자살을 해버리지만, 과연 그가 황해의 해전에서 목숨을 아까워했던 것이었을까?

전투 대형은 돛대의 신호기에 의해 변경된다. 이쪽의 작전을 숨기기 위해 최초에는 미리 정한 방침대로 대형을 취하지 않을 수도 있으리라.

1열 횡대라고 하지만 양쪽 날개의 약한 군함은 자신의 위치가 가장 위험하다는 사실을 알고 있으므로 약간은 후퇴하려는 어정쩡한 자세를 취한다. 그러므로 북양 함대는 일직선이 아니라 반원형으로 늘어서 있었다. 횡대는 그 진형을 유지하기가 가장 어려운 대형이라고 한다. 또 행동이 현저하게 제한된다. 그렇지만 함정의 머리에 중포를 갖고 있는 북양 함대로서는 그 중포의 위력을 유효하게 발휘시키기 위해서는 역시 횡대를 지어 뱃머리가 적을 향하도록 하는 게 최선의 방책이었을 것이다.

제독 띵루창은 주포 위의 지휘소에 서 있었다. 그의 옆에 타이라가 있었다. 관대인 류우백찬에게 이 모습이 보이지 않을 리가 없었다. 그럼에도 불구하고 류우백찬은 포격의 명령을 내렸다.

10인치 주포가 발포되면 그 위의 지휘소에 서 있는 인간은 진동에 의해 튀어 날아간다. 띵루창과 타이라도 10여 미터 정도 날아갔다.

띵루창 제독은 허리를 강타 당하여 일어설 수 없게 되었고 타이라는 한동안 의식을 잃었다. 이러한 사건도 타이라의 회고록에 류우백찬이 너무나 건방진 모습으로 그려져 있는 이유의 하나일 것이다.

함포가 불을 뿜기 시작한 삼십 분 후에 북양 함대 기함 '정원(定遠)'의 신호기에 일본의 포탄이 명중했다. 이것이 승패를 결정했다고 할 수 있으리라. 이 시대의 해전은 기함에 걸리는 신호기에 따라 행동했다. 북양 함대는 기함이 명령을 내릴 수 없는 상태가 되어버렸다.

진형을 바꾸려 해도 할 수 없게 되었다. 그 이후에는 각 함이 녹자적으로 싸울 수밖에 없게 된 것이다. 기함의 신호기는 함대의 눈이자 귀였다. 북양 함대는 눈과 귀가 없이 싸운 셈이 된다.

종합 전력으로 보아 일본의 연합 함대 쪽이 상위였다. 거기에 덧붙여 청국 해군은 전투 개시 후 곧바로 기함의 신호기를 빼앗겨 기동적인 연계 전법을 취할 수가 없게 되었다.

사투는 다섯 시간에 걸쳐서 계속되었다. 북양 함대는 '초용', '치원', '경원'의 세 척을 잃었고, '양위', '광갑(廣甲)'이 대파되었다.

일본 함대의 속사포는 위력을 발휘했다. '정원'과 '진원'은 탄환을 3백여 발이나 맞아 10여 명의 사상자를 내고 있었다. '성원'의 주포는 일본의 기함 '송도'에 그 포탄을 명중시켰지만 격침시키기에는 이르지 못했다. 그렇지만 '송도'는 1백 명이 넘는 사상자를 냈다.

'송도'의 용감한 수병 미우라 코지로[三浦虎次郎]는 부함장 무코요마 소좌에게,

"'정원'은 아직 침몰하지 않았는가?"

라고 묻고서 숨을 거두었다.

그렇지만 '정원'과 '진원'의 양 거함은 2백 이상의 대소 포탄을 맞고서도 침몰하지 않았다.

등관대(登管帶)가 이끄는 '치원'은 불을 뿜으면서도 일본의 '길야'와 '낭속함'을 겨누고 몸체를 부딪치려고 하였다. 그러나 끝내 힘을 다하여 침몰하고 말았다. '치원'에는 영국인 기사 파비스가 타고 있어 배와 운명을 같이 하였다.

수병 출신인 영국인 니콜라스는 중상을 입고 치료를 받았지만 효력도 없이 딸의 이름을 부르면서 죽었다.

사투가 한창일 때 선체를 손상한 '제원'은 전열로부터 떨어져서 대련항으로 돌아갔다. 그러나 전투중인 함대에게는 '제원'의 이런 행동이 '적전도망(敵前逃亡)'으로 보였다.

오후 5시가 지나 황해에 드디어 황혼의 그림자가 물들기 시작할 무렵 일본의 연합 함대는 돌연히 반전하였다. 한 척도 잃지 않고 상대방의 군함 세 척을 격침시켰으므로 분명히 일본 함대의 승리였다. 그렇지만 압승은 아니었다. 오랜 세월 일본 연합 함대의 가상적이었던 '정원'과 '진원'은 격침시킬 수가 없었다.

5시간에 이르는 해전은 결코 휴식 없이 포격의 응수를 하고 있었던 것은 아니다. 몇 번인가 10분에서 20분 정도의 휴지 시간이 있었다. 일본 함대는 돌아서기 전에 포격을 그쳤는데 북양 함대는 처음에는 이것을 휴지 시간으로 생각했던 것 같다.

일본 함대의 그림자가 점차 멀리 사라져가는 것을 보고 '진원'에 승선하고 있던 미국인 항해 기술 교관 마크기핀은,

"일본 함대도 포탄을 모두 쏘아버렸는가."

라고 중얼거렸다.

북양 함대 제함의 탄약고도 거의 비어 있었다.

띵루창, 류우백찬이 이끄는 북양 함대는 만신창이의 모습으로 발걸음도 무겁게 대련만으로 향하였다.

# 제33장 다음을 목표로

1

 압록강 하류에 있는 의주는 조선 측의 요충이고 그 대안(對岸)에는 청국의 구련성(九連城)이 있었다. 압록강이라고 하는 일선을 지키기 위해서도 마주보고 있는 의주와 구련성은 군사상의 중요한 거점이었다.
 전선의 전투의 그늘에 가리어져 눈에 띄지 않지만 전쟁에는 보급이 중요하다. 이것이 승패를 결정하는 커다란 요소임은 말할 것도 없다.
 조선으로부터 야반 도주를 하듯이 톈진으로 돌아온 위안스카이에게 새롭게 주어진 임무가 보급이었다.
 처음에는 해상 수송에 의해 의주에 무기와 식량을 보급할 예정이었지만 그것은 불가능하게 되었다. 황해의 제해권이 일본의 손에 떨어졌기 때문이었다.
 위안스카이는 별로 마음이 내키지 않았다. 조선과 관계를 맺는다는 사실에 이제 영 질려버린 기분이었다. 그가 조선에서 꾀했던 일 즉 청국의 종주권을 확립하는 일은 거의 실패로 끝났다고 할 수 있었다. 그는 자신이 할 수 있는 일은 전부 했다는 생각이었다. 도리어 너무 지나쳤다고 할 수 있으리라. 도가 지나쳤기 때문에 일본과 무력 충돌이 일어났다.

"당신의 수법이 서툴렀다."

리훙장의 사위인 짱페이룬은 눈 한 번 깜짝하지 않고 이렇게 말하였다. 그러나 그런 방법 외에 달리 길이 있었을까?

병을 이유로 거절하려고 했지만 상사인 리훙장에게 한 마디로 거절당했다.

"뒤처리 정도는 하라!"

위안스카이는 쩌우후와 함께 산해관을 넘어서 심양(瀋陽=봉천)으로 향했다. '전적영무처총리'라는 직함을 가진 쩌우후도 이 일을 하고픈 생각은 별로 없었다.

애초의 예정으로는 무기와 탄약은 배로 운반하고, 식량은 현지인 의주 근방에서 조달하게 되어 있었다. 그렇지만 두 사람의 부임 여행중에 평양이 함락되었고 황해 해전에서 청군은 제해권을 빼앗겼다. 일본군은 패주하는 청군을 쫓아서 북상중이므로 의주는 교전지 내에 들어가 버리게 된다. 도저히 그런 곳에서 예정된 1만 석의 군량을 구입하는 일은 불가능했다. 결국 청국 내에서 구입하여 보내지 않으면 안 되게 되었다.

"큰일났구나."

외출했다가 심양의 숙소로 돌아온 쩌우후는 전에 없이 흥분한 어조로 말했다.

"무슨 일이 있었습니까? 이렇게 되면 이제 무슨 일이 있어도 그다지 놀랍지도 않군요."

위안스카이가 덤덤하게 말했다. 요즈음 그는 약간 자포자기가 되어 있었다.

"제원의 관대가 정법(正法)되게 되었다."

"앗, 정법……"

위안스카이는 기가 막혔다. 정법된다는 것은 사형에 처해진다는 뜻이었다.

'제원함'의 관대인 방백겸은 '임진선도(臨陳先逃)'의 죄에 의해 사형에 처해지게 결정되었다고 한다.

"그렇다. 더구나 형은 유예 없이 집행되는 것 같다."

"엄격하구나. '제원'은 전과는 있었지만 아산의 전투에 대해서는 방백겸 쪽에서도 할 말은 있을 텐데……."

 일본에서는 '풍도 앞바다의 해전'이라고 말하는 싸움을 중국에서는 '아산의 전사'라고 부르는 때가 많다. 도고 헤이하치로 대좌가 '고승호'를 격침시킨 해전이다. 일본함대의 속사포에 계속 두들겨 맞아 '제원함'은 백기를 내걸고서 도주했다. 관대는 백기를 내걸기를 명하였지만 포수는 대포를 계속하여 쏘았다고 한다.

 "그건 추태였어. 일본 군함의 깃발까지 내걸었다지 않는가."
라고 말하면서 쩌우후는 혀를 내둘렀다.

 풍도 앞바다에서 방백겸은 항복의 의사를 보다 확실히 하기 위해서 백기의 밑에 정중하게 일본 군함의 깃발을 내걸도록 했다고 한다. 이것은 도고 헤이하치로의 일기에도 기술되어 있으므로 사실임에 틀림이 없다.

 북양 함대의 제독 띵루창도 이 사실을 알고 있었다. 물론 떫게는 생각하고 있었지만, 수사 간부의 인재 부족으로 파면하지도 못하고 의연하게 '제원함'의 관대 직에 머물러 있게 했다.

 이와 같은 전과를 가지고 있는 '제원함'이 또다시 도망친 것이다.

 "포가 격파되어 중대한 손상을 입었으므로 자력으로 전선을 이탈하여 대련만에 도착하였다."

 방백겸은 이렇게 보고했다.

 '제원함'은 확실히 포를 격파당하였다. 그러나 그것은 일본 함대의 함포에 의해 받은 손해가 아니다. 전문가가 검사하면 알 일이지만 스스로 파괴한 것이라고 한다. 함에 붙어 있는 포탄의 흔적도 거추(巨鎚)로 일부러 만들어 붙인 것이었다. 말할 것도 없이 구실을 만들기 위한 소행이었다.

 그게 사실이라면 정말 기가 막히는 이야기다.

 전후(戰後), 방백겸의 무죄설도 주장되었다.

 황해의 해전으로부터 일주일도 지나지 않는 9월 23일에 띵루창의 전보 품신에 의해 리훙장은 방백겸의 사형을 결정했고, 그 집행은 이틀 후인 9월 25일 새벽에 행해졌다. 이 신속한 판결과 집행의 뒤에는 무엇인가 특별한 사정이 숨어 있음에 틀림없다고 의심하는 사람도 있었다.

'원해술문(冤海述聞)'이라는 문장이 쿵쾅더(孔廣德)가 편집한 〈보천충분집(普天忠憤集)〉 속에 들어 있다. 그것에 의하면 방백겸의 처형은 띵루창과 류우백찬, 거기에 폰 하넥켄 세 사람의 음모였다고 한다. 이 세 사람은 각각 방백겸에게 사사로운 원한이 있었다고 한다. 예를 들면 띵루창은 해군 기지인 유공도(劉公島)에 많은 임대 주택을 세워서 고급 장교에게 그것을 임대하고 있었는데, 방백겸만은 띵루창 제독의 임대 주택에 들어가지 않았다는 것이다.

그러한 일은 사사로운 원한이랄 것도 없는 미미한 일이다. 황해의 패전에는 속죄양이 필요했고 방백겸이 그 배역으로 뽑혔다면 이해가 간다. 그렇지만 뽑히는 데는 그럴 만한 이유가 있었을 것이다.

앞서 말한 '원해술문'은 풍도 앞바다의 해전에 대해서도 방백겸을 변호하고 있다. 풍도 앞바다에서 '제원'은 있는 힘을 다하여 일본의 '길야함'을 포격했고, '길야함'은 그 때문에 기우뚱거리면서 백기와 용기(龍旗)를 내걸고 도망친 설로 되어 있다. 황룡기는 청국의 국기였다. '제원'은 쫓아가려고 했지만 기수에 손상을 입고 있었기 때문에 추적하지 못하고 돌아왔다는 내용이었다.

이것은 방백겸을 지나치게 편들어 주어서 오히려 그에게 불리하게 해놓았다. '길야함'의 도주란 '제원함'의 도주를 슬쩍 자리만 바꾸어 놓은 데에 지나지 않았다. 도고 헤이하치로의 일기는 지극히 솔직하다. 일본은 공식적으로는 청국 군함이 풍도 앞바다에서 먼저 공격하여 왔다고 주장하고 있었다. 그렇지만 동향의 일기에는 명백하게 일본 측의 선제 공격이었다고 기술되어 있다. 공식 발표 따위는 의식하지 않은 사실의 기술인 이상 '제원'이 백기와 일본 군함기를 내걸고 도망쳤다는 말도 믿을 만한 것이리라.

내런만으로 도망친 '세원함'의 손상이 작위적인 것이었다는 사실은 타이라의 회고록에도 보인다.

'대본영 발표'란 것은 제2차 세계대전을 통하여 완전히 그 권위를 실추했지만, 청일전쟁 당시에는 절대적인 신뢰를 받고 있었다. 메이지 28년 9월 18일 오후 4시 30분, 해군 군령부 부장 화산자기(華山資紀)의 이름으로 게시된 대본영 발표에는,

지난 16일 오후 5시, 본함대 제1유격대 '적성', '서경' 등 열두 척의 함정은 해양도를 거쳐 대고산 앞바다로 항해하고 있었는데, 17일 오전 11시 45분에 적의 함대 '정원', '진원', '정원', '치원', '내원', '경원', '위원', '양위', '초용', '광갑', '광병', '평원'의 열두 척 및 수뢰함 여섯 척을 발견했다.

라고 되어 있다. 이것을 앞에서 인용한 이토 스게유키 연합함대 사령장관이 띄운 전보 속의 '적 함대 열네 척과 수뢰함 여섯 척'과 비교하여 보면, 대본영 발표는 군함이 두 척 줄어 있다. 이토 스게유키의 전보에는 군함의 이름이 없었다.
　실은 이 때의 북양 함대의 진용은 다음과 같았다(괄호 속은 관대명).
　　정원(총병, 류우백찬)
　　진원(총병, 린타이정)
　　치원(부장, 등세창)
　　정원(부장, 섭조규)
　　경원(부장, 임익승)
　　내원(부장, 구보인)
　　제원(부장, 방백겸)
　　초용(참장, 횡경신)
　　양위(참장, 임이중)
　　평원(도사, 이화)
　　광갑(도사, 우찡룽)
　　광병(도사, 정벽광)
　군함이라고 할 수 있는 것은 이 열두 척이었고, 그 외에 '진남', '진중' 등 두

척의 포함과 네 척의 수뢰정이 있었다.

포함을 군함 속에 넣으면 확실히 이토 스게유키의 전보가 말하는 것처럼 열네 척이 되지만, 네 척의 수뢰정을 여섯 척으로 보고 있다. 대본영 발표 쪽이 포함을 수뢰정으로 잘못 보고 있는 것이라면 숫자는 맞다. 단지 대본영 발표의 '위원'은 이 때 북양 함대 속에 없었다. '위원'으로 잘못 발표된 것은 '제원'일 것이다.

그 밖에 수송선이 다섯 척 정도 있었으므로 때로는 그 중에서 수 척이 군함 혹은 수뢰정으로 잘못 보였는지도 모른다.

그렇다 하더라도 다른 함정의 이름은 딱 들어맞고 있는데 '제원'만이 틀렸다는 것은 일본 측이 확인할 수 있을 만큼 오랫동안 전장에 있지 않았던 때문인지도 모른다.

한 사람을 희생하여 중생을 구한다는 것을 불교 용어로 '일살다생(一殺多生)'이라고 하지만, 그 말을 흉내내어 '일살다계(一殺多戒)'라고 했던 것이다. '광갑'의 우찡룽[吳敬榮] 등 적전도망 일보 직전으로 여겨지는 케이스도 있었지만, 방백겸 한 사람을 과녁으로 하여 해군의 상병들을 깨우치려 했던 것이리라. 어쨌든 풍도 앞바다의 해전에 이어서 두번째의 도주이므로 본보기로써 희생자를 선택하려고 한다면 그 외에는 없었다.

"멍청하게 있을 수 없구나."

위안스카이는 무심코 목덜미에 손을 대어 보았다.

이번의 전쟁에서 가장 큰 책임이 있는 사람은 바로 자기 자신이 아닌가. 이렇게 생각하자 그에게 있어서 방백겸의 처형은 남의 일로 보이지 않았다.

## 2

황해 해전의 다음날 리훙장은 한 통의 주문을 베이징으로 보냈다. 그 속에서 그는,

북양 한 귀퉁이의 힘만을 가지고 왜인전국(倭人全國)의 군대를 물리치는 것은 스스로 미치지 못함을 안다. 단지 발해(渤海)를 엄히 방어하고 심양(瀋陽)을 힘껏 지키고서, 그런 연후에 병력을 많이 모집하여 대거 공격을 다시 꾀할 따름이다. 바라옵건대 믿을 만한 신하를 뽑아서 봉천의 군세를 독판(督辦)시키기를······.

일본은 온 나라의 힘을 일으켜서 대적하여 오는 것이다. 그럼에도 불구하고 청국은 이에 대하여 북양 한 귀퉁이의 힘, 나라의 일부분에 지나지 않는 지방의 무력으로 대항하려고 하고 있다. 이것으로는 무리다.

리훙장이 말하고 싶은 것은, 이것은 일본 대 청국의 싸움이 아니라 일본 대 리훙장의 싸움이 아닌가 하는 것이었다. 확실히 동원된 군대의 대부분은 회군계였고, 출동하는 해군은 리훙장이 혼자서 고심하여 육성한 북양 함대였다. 리훙장 한 사람이 열심히 싸울 뿐 나머지는 모르는 체하고 있다. 그는 이런 불만을 터뜨리고 있었다.

여순에 돌아온 하넥켄으로부터의 전보에는 함대의 전함정이 크건 적건 간에 손상을 입고 있고, 그 수리에는 35일 정도는 걸릴 것이라고 했다. 이제부터 35일간 북양 함대의 전투 능력은 제로가 되는 것이다. 도대체 어떻게 해 줄 것인가. 리훙장은 팔짱을 끼었다.

무기와 탄약이 부족하다. 북양 한 모퉁이만이 아니라 전국의 힘을 모으지 않으면 안된다. 리훙장은 양강총독인 류우쿤이[劉坤一] 쪽이 얘기가 통하리라고 생각했다. 리훙장이 실형인 양광총독 리한짱에게도 전보를 친 것은 말할 필요

도 없다. 형제이므로 이런 때는 가장 확실하게 말할 수 있다. 거기에 리한짱이 총독이 된 것은 동생의 후광 때문이었음은 누가 봐도 명백한 일이었다. 리훙장은 형에게 보답을 요구할 수 있었던 것이다. 앞서 소총 6천 정의 차용을 요청하고 있었지만 다시, "될 수 있는 대로 많이 빌리고 싶다"고 타전했었다.

동생이 있고 난 후의 그이므로 리한짱은 할 수 있는 만큼의 일은 하였다. 오히려 과잉 협조를 꾀하여 조금은 발을 헛디디게까지 되었다.

조금 후의 일이지만 그는 군비 염출을 위해 '위성연(闈姓捐)'을 시작하려고 하였다.

'위'라 하는 것은 원래 궁전의 옆문을 말하나, 과거의 시험장이라는 의미로도 사용되었다. 각성의 성도에서 향시가 행해지고 여기에 합격하여 거인이 된 사람이 베이징에서의 회시에 참가할 자격을 얻는다. 회시에 합격하면 진사이다.

회시의 경우는 전국에서 거인이 모여들기 때문에 누가 어떻게 될지 전혀 짐작하지 못한다. 그렇지만 성 단위의 향시의 경우 '아무개의 몇 번째 자식'이라는 식으로 수험자에 대해서 대개 안면이 있어서 하마평이 오르내린다. 그것에 착안하여 합격자의 성명을 맞추는 일종의 노름이 행해지는데 이를 '위성연'이라고 불렀다.

신성해야 할 국가 시험을 도박의 대상으로 삼는 것은 무엄한 일이라고 하여 폐지되어 있었다. 리한짱은 그 위성연을 부활시키려고 했던 것이다. 어떤 도박이라도 물주가 되면 꽤 많은 돈을 벌 수 있다. 리한짱은 이 관영 도박으로 번 돈을 군비에 충당하려고 했다.

본인은 묘안이라고 생각했을지도 모르지만 도박에 대한 민중의 반발을 계산에 넣지 않고 있었다. 원래 그에게 있어서 리훙장의 형이라는 사실은 강력한 뒷받침도 되었지만 동시에 약점이기도 했다. 리훙상에게는 정적이 많았다. 그들은 방어가 뛰어난 동생보다도 느슨한 형 쪽을 노리기가 쉽다. '위성연 부활 안'은 여론의 총반격에 부딪쳤고 그는 그 때문에 사임의 궁지에까지 몰렸다. 확실히 여론이 반대했겠지만 그것을 불붙이는 자가 있었음도 용이하게 추측할 수 있다.

9월 2일(양력 9월 30일), 밤낮으로 대책을 강구하고 있는 톈진의 공관에 호부상서인 웡퉁허가 방문하였다. 웡퉁허가 군기대신이 된 것은 이 때부터 1개월 정도 후의 일이다. 그렇지만 그는 십여 년 전에 햇수로 삼 년간 군기대신을 역임한 바가 있었다. 이미 천자의 가까운 신하로서 궁정에서는 중진이었고, 반리훙장파의 중신으로서 알려져 있었다.

이러한 때에 이런 인물이 일부러 베이징으로부터 톈진의 리훙장을 방문하였으므로 공용이었던 것은 말할 나위도 없다. 그는 서태후로부터 리훙장을 만나러 가도록 명령을 받았던 것이다.

'이것은 황태후 폐하의 용무이니 나는 그것을 리훙장에게 전하고 리훙장의 회답을 받아서 전하는 것뿐이다.'

웡퉁허는 길을 가면서 자신에게 이렇게 다짐하였다.

몇 가지의 용건이 있었다. 그 중에 하나는 참으로 쉬운 일이었다.

"어떻게 하여 일이 이렇게 곤란하게 되었는가. 단단히 책망해 주어라."

서태후는 이런 지시를 내렸다.

그렇게 말하는 서태후는 누구보다도 리훙장을 신임하고 있었다. 서태후의 말로써 질책을 전하는 일에 웡퉁허는 남몰래 쾌감을 느끼고 있었다.

청조의 정치는 군기대신이 천자의 비서로서 움직이고 있었다. 청 말이 되어서 실력자인 총독이 거기에 가담하였다. 그렇지만 청조의 제도는 원래 국가의 최고 지도자는 대학사라고 되어 있었다. 군기대신이건 총독이건 간에 대학사를 겸한 사람이 그만큼 권위를 가졌던 것이다. 대학사는 문화전(文華殿), 무영전, 문연각, 동각, 체인각에 각 한 명, 협판 대학사 두 명의 합계 일곱 명이 정원인데 결원도 있을 수 있다. 예를 들면 문연각 대학사는 광서제 즉위 이래 20년간 줄곧 결원이었다. 일곱 명의 대학사 중에서 문화전 대학사가 그 우두머리로 되어 있었다.

리훙장은 벌써 이십 년째 그 문화전 대학사였다. 그 이전에 무영전대학사를 3년, 다시 그 앞에 협판 대학사를 3년 역임했었다.

웡퉁허는 이 때 아직 대학사가 아니었다. 그가 협판 대학사가 된 것은 그로부터 3년 후의 일이다.

소위 궁중 석차에서도 웡퉁허의 편이 훨씬 아래였다. 그러나 서태후의 명령에 의해 그녀의 말을 전하러 왔으므로 톈진의 직예총독 공관에 들어와서도 웡퉁허는 당연히 상좌에 앉았다.

리훙장은 머리를 숙이고 서태후의 질책의 말을 들었다.

"수륙 각군의 참패의 양상은 변명할 여지도 없습니다."

하고 리훙장은 말했다. 그러나 가슴속으로는 은밀하게

'이것이 나 혼자만의 책임인가? 국정을 보좌하고 있는 것은 나 혼자만이 아니다. 확실히 북양군은 내가 만든 군대이다. 그렇지만 나 이외에 누가 또 군대를 만들었는가? 나는 다른 사람이 군대를 육성하는 것에 대해 한 마디도 반대한 적이 없다.'

라고 생각하고 있었다. 원통한 것이다.

"심양(瀋陽)은 배도(陪都)입니다."

웡퉁허는 가라앉은 음성으로 말하였다.

지금의 국도는 베이징이지만 만주족은 입각 전에 심양을 국도로 한 시대가 있었고, 순치제(順治帝) 이전의 태종과 태조의 능도 거기에 있었다. 그리하여 선양[瀋陽]을 배도-부국도(副國都)로 간주하고 있었다.

"알고 있습니다."

리훙장은 얼굴을 들지 못한다.

"소중한 땅입니다. 어릉(御陵)도 그곳에 있습니다. 만약의 일이 생긴다면 어떤 일이 있을 수 있겠습니까?"

"솔직하게 말씀드리면 봉천병은 믿을 수 없습니다. 저에게는 자신이 없습니다."

리훙장은 정색을 하고 나왔다. 웽퉁허는 조금 당혹하였다. 리훙장의 어조로 보아 다시 질책을 가하면 공동 책임론을 들고 나오리라는 것을 예감했다. 그는 재빨리 다음 용건을 꺼냈었다.

"러시아로부터 도움을 받는 일은 불가능한 것일까? 그것을 리훙장에게 물어보고 오라."

서태후의 두번째 지시였다.

그녀는 전쟁을 빨리 종결시키기를 바라고 있었다. 화의를 위해 러시아의 힘을 빌리는 일을 리훙장과 상담하려고 한 것이다. 웽퉁허의 개인적인 의견으로는 해륙에 있어서 패전 직후의 화의는 청국의 체면에도 관계되고, 유리한 조건은 바라지도 못하므로 절대 반대였다. 전선에서 조금이라도 만회하여 주지 않으면 화의를 진척시키는 게 아니다. 그의 일기에도 강화의 일을 진전시키려면 세상의 온갖 타박을 각오하지 않으면 안 된다고 쓰여 있다.

"이것은 황태후 폐하의 말씀을 전한 것뿐입니다. 당신의 대답도 나의 논단을 더하지 않고 그대로 전해 드리도록 하겠습니다."

웽퉁허는 일부러 이렇게 덧붙여 말하였다.

"러시아 공사는 병 때문에 아직 귀임 하여 있지 않습니다. 참사관과는 끊임없이 연락을 취하고 있습니다마는, 러시아가 일본이 조선을 점령하는 걸 깊이 미워하고 있는 점은 말할 나위도 없을 것입니다. 귀국중인 카시니 백작도 항상 그런 말을 하고 있었습니다. 러시아에 특사를 파견하는 것도 하나의 방법이라고 생각합니다."

리훙장은 차분하게 대답했다.

"러시아에 의지하는 것은 좋으나 러시아에게 무슨 꿍꿍이가 있을지도 모릅니다. 은혜를 팔아서 동삼성을 사실상 점령해버릴 우려는 없습니까?"

"그런 점은 걱정하실 필요가 없습니다. 그러한 일은 결코 없다는 것을 이 사람이 보증할 수 있습니다."

리훙장은 일관하여 친로파였다. 러시아에게 야심이 없다는 점을 보증한다고 말했을 때, 그의 얼굴에는 자신감에 넘치는 미소가 떠있었다.

"어찌 되었든 간에 나는 상부의 명령으로 일을 보러 왔습니다. 좀전에 말씀드린 대로 당신의 말을 그대로 위에 전달하겠습니다."

이렇게 말하고서 웽퉁허는 베이징으로 돌아갔다.

바로 그전에 리훙장이 상주한 대로 이 전쟁의 총괄자가 임명되었다.

쑹칭에게 전적 각군(前敵各軍)을 절제(節制)할 것을 명한다.

쑹칭은 75살의 노장이었다. 옛날에는 위안자싼의 부장이었다. 위안자싼은 위안스카이의 작은 할아버지다. 태평천국 진압의 싸움에 공적을 세워서 '의용파도로(毅勇巴圖魯)'의 칭호를 받았다. 파도로는 만주어로 '용감'을 의미한다. 군공이 현저한 자에게 이 칭호가 주어졌다. 그 이래로 그의 군대는 '의군'이라고 불리게 되었다. 그의 부장인 마유우퀀은 이미 의군을 이끌고 조선에 출정하고 있었다.

쑹칭은 산동성 동래현(東萊縣)의 출신이므로 상군이라고 회군이라고도 할 수 없었다. 그는 동향의 선배로 안휘성 호주(亳州)의 지주(知州)가 되어 있던 꿍궈쉰[宮國勳]에 의지하여 그 종복이 되었었다. 마침 염군 진압이 한창 진행 중이었고, 염군의 두목 중의 한 사람인 쑨즈유우[孫之右]라는 자가 투항하여 왔다. 사실은 이것은 위장 투항이었고 이끌고 온 부대원과 함께 청군 내부에서 봉기할 계획이었던 것 같았다. 어찌된 일인지 그 사실을 쑹칭이 간파해 버렸다. 그리하여 주인인 꿍궈쉰의 허락을 얻어서 쑨즈유우의 목을 베었다. 그 결과 그는 쑨즈유우의 부하를 자신이 이끌게 되었다.

일개 종복에서 한 부대의 장이 되었던 것이다. 이것은 1862년(동치 원년)의 일이므로 벌써 30년 전의 일이었다. 그런데 그가 이끄는 부대는 거의가 안휘 출신이었으므로 그들은 회군의 장병들과 동향이어서 쑹칭의 의군은 비회군계이지만 때로는 회군으로 간수된 적도 있었다. 회군의 방계라고 해도 좋을 것이다.

쑹칭의 의군은 1880년(광서 6년) 하넥켄이 여순에 요새를 쌓은 이래로 그곳에 주둔하고 있었다. 전선으로부터도 가까웠다. 쑹칭은 이미 열흘 전에 구련성으로 향하도록 명령을 받아 그의 군대는 이동 중이었다.

　이동 중의 전신 연락 따위는 불가능한 시대였다. 쑹칭은 자기 자신이 전군의 총괄자가 된 사실을 구련성에 도착하여 비로소 알았다.

# 3

　무엇을 꾸물꾸물하고 있는 것인가. 빨리 구련성으로 가라! 너의 임무는 단지 보급뿐만이 아니다.

　위안스카이가 리훙장으로부터 이런 의미의 전보를 받은 날은 음력 3월 말이었다. 위안스카이와 쩌우후는 심양(瀋陽)에 있으면서 그곳의 서북에 있는 신민청(新民廳)이라는 곳에서 군량의 구입에 임하고 있었다. 군량 구입은 심양에 머물기 위한 구실에 불과했다. 그런 일은 어용상인에게 맡겨 두어도 되었다.

　'지독한 장군들이다. 이제는 위험해서 전선에 갈 수가 없다.'

　입 밖에 내지는 않았지만 위안스카이와 쩌우후 콤비는 이심전심으로 될 수 있는 한 전선에 가까이 가지 않으려 하고 있었다.

　그런 참에 상관인 리훙장으로부터 질책의 전보가 날아왔다.

　그들의 임무는 단순한 보급이 아니었다. 톈진을 떠날 때에도 리훙장으로부터 구두로 임무에 대한 설명을 받고 있었다. '만약 우리 군대가 싸움의 보람도 없이 퇴각할 때에는 잔여 군사를 수용하여 전투 단위를 재편제 할 것' 이라는 임무도 있었다.

　청군은 평양에서 패하였다. 어수선하게 패주를 계속하고 있었다. 이런 때에 될 수 있는 한 전선에 가까이 가서 패잔병을 수용하여 재차 싸울 수 있도록 준비하지 않으면 안된다.

　"하는 수 없다. 갈까……."

　쩌우후는 힘없이 말했다. 베이징도 톈진도 육해군의 패전으로 부아가 치밀어

올라 있다. 비상시이므로 명령 위반은 어떠한 처벌을 받을 지 알지 못한다. 사형에 처해진 방백겸의 예도 있다.

"목을 잘려버리면 끝장이니까."

위안스카이도 이렇게 대답했다. 두 사람 다 생각하는 게 똑같았다.

처형되어버리면 이것도 저것도 다 끝장이므로 그들은 구련성에 가서 거기에서 전운참(轉運站)을 설치하기로 하였다.

쑹칭은 그 즈음에 의군을 이끌고 요동으로부터 전선으로 급히 향하고 있었다.

"8월 9일(양력 10월 8일)까지 구련성에 도착할 수 있도록 전진한다."

쑹칭은 여순을 떠날 때에 베이징과 톈진에 이렇게 타전하였다. 당시의 일본 신문에,

"쑹칭이 총지휘관에 임명되어 리훙장은 크게 분노하였다."

라는 기사가 실렸다. 이는 추측에 의한 기사가 틀림이 없다. 전군 총괄자를 임명한 것은 리훙장이 베이징에 요구한 때문이다. 그 요구대로 된 것을 리훙장이 분노했다고 잘못 말하고 있는 것이다.

이 때 리훙장이 분노했다고 한다면 한림원 시녹학사인 원팅쓰[文廷式]을 비롯하여 35명의 한림이 연명으로 리훙장을 탄핵한 일일 것이다.

원팅쓰는 강서(江西) 출신으로 리훙장의 정적인 웽퉁허의 문하생이었다. 1880년(광서 16년)의 진사이므로 겨우 4년 만에 시독학사에 임명된 이례적인 승진을 했다.

진사에 급제하면 정7품에 임명된다. 같은 정7품이라도 하위 합격자는 대개 지방의 지현으로부터 출발하지만 상위 합격자는 장래의 대간부로서 한림원에 들어가 연수에 전념한다. 한림원 편수도 정칠품이지만 엘리트가 반드시 통과하지 않으면 안되는 관문과 같은 것이었다. 급제 후 4년이라고 하면 이 관문의 주변에 있을 터인데 원팅쓰는 이미 종사품인 한림원 시독학사가 되어 있었다. 이것은 국자감 제주(國子監祭酒=국립대학 총장)와 동격인 종사품이니 너무 빠른 출세였다. 3계급 특진 정도가 아니었던 것이다.

확실히 원팅쓰는 방안(榜眼=제2위 합격자)이었고 성적은 뛰어났다. 그러나 그의 이례적인 출세에는 특별한 사정이 있었다. 그는 진사가 되기 전에 광주장군 장서의 두 딸의 가정 교사를 역임했다. 그리고 이 두 딸 모두 광서제에게 사랑을 받아 진비, 근비가 되었다. 광서제는 두 비로부터 원팅쓰의 이름을 전부터 듣고 있었으리라. 발표가 있던 때에,

"이 사람은 유명하다."

라고 말했다 한다.

리훙장에게 대립하는 웽퉁허의 문인이 되었지만 웽퉁허도 반리훙장 세력을 결집하는데는 장래 유망한 젊은 간부 후보 관료를 자기편으로 끌어들일 필요가 있어서 특히 원팅쓰에게 눈을 돌렸다.

"지금이야말로 리훙장을 밀어 떨어뜨리는 절호의 기회이다."

원팅쓰는 이렇게 판단하고 한림원의 젊은 엘리트들을 이끌고 연명으로 리훙장을 탄핵하기로 했다. 한림원의 젊은 엘리트는 출세욕에 불타 있었다. 그들의 마음속에는 '포스트 리훙장의 시대가 온다'는 생각이 있었을 것이다.

지금은 리훙장의 시대이지만 이미 고령이어서 패자(覇者) 교체의 시기는 멀지 않다. 새로운 시대는 그 시대의 막을 연 그룹에 의하여 운영된다. 새로운 시대의 스타의 자리는 낡은 시대의 막을 내린 사람들에 의해서 채워지는 것이다.

'뒷차를 타서는 안 된다.'

이런 생각이 젊은 수재들의 머릿속 어딘가에 있었다. 그렇지만 그들은 주의가 깊다. 한림원의 자리는 쉽게 얻어지는 게 아니었다. 그 귀중한 자리를 잃고 싶지는 않았다.

그렇지만 집단 행동이라면 그들은 꽤 대담해진다.

그 위에 '비단의 황제기'와 같은 것이 있으면 한층 더 안심하고 행동에 들어갈 수 있으리라. 지금 누구에게도 비난받지 않는 비단으로 만든 황제기가 그들의 눈앞에 펄럭이고 있다.

청국군이 조선에서 동해의 작은 섬나라 일본에게 패하고 있다. 육지에서도

바다에서도 참패를 맛보고 있었다.

이 추태를 연출한 사람을 탄핵한다고 해서 누가 이들을 비난할 것인가? 그들의 외침은 애국심에서 나온 것이다. 참으려 해도 참을 수 없어 들고일어나 패전의 책임자를 규탄한다. 그 규탄 당하는 인물이야말로 낡은 시대를 대표하는 자임에 틀림이 없다.

리훙장을 탄핵하는 것은 새로운 시대의 권력의 자리에 이르는 지름길이 된다. 원팅쓰는 한림원의 야심적인 엘리트의 심리를 부추겨서 35명의 동조자를 얻었다.

탄핵의 내용은 리훙장이 준비를 게을리 하고, 여러 장수에게 맘대로 간섭하고, 사사로운 사람을 신임하고, 양대(糧臺)를 설치하지 않았고, 전주(電奏)를 개작하여 조정을 속였다는 것이었다.

"리훙장은 혼용교건(昏庸驕蹇), 상심망국(喪心亡國), 바라옵건대 파척(罷斥)을 내리실 것."

탄핵 상주문은 이렇게 맺어져 있었다.

리훙장은 이 탄핵의 일을 사전에 알고 있었다. 한림원 중에서도 리훙장파의 사람이 없을 리가 없었다.

탄핵자의 뒤에 웡퉁허가 있다는 사실도 무수하게 권력 투쟁을 거쳐 온 리훙장은 확실하게 눈치챌 수 있었다.

"풋내기 같은 놈들!"

연명 탄핵의 정보를 들었을 때 리훙장은 내뱉듯이 말했다. 풋내기 속에는 예순다섯 살의 웡퉁허도 들어 있었다. 리훙장이 말하는 풋내기라는 것은 실력에 의하지 않고 단지 황제와의 연고에 의해 출세한 인간을 가리키는 것이었다.

맨 처음 말을 꺼낸 원팅쓰는 광서제의 두 애비(愛妃)의 옛날 선생이었다. 뒤에서 조종하고 있는 웡퉁허도 또한 광서제의 교육을 맡았던 적이 있었다.

"윗사람도 문제가 많구먼."

속삭이듯 리훙장은 중얼거렸다. 이 때 중신이 입에 올리는 윗사람은 두 사람을 가리키고 있었다. 황제와 서태후, 지금 리훙장은 전자를 가리켜서 말한 것이었다.

이미 성년에 이른 광서제가 친정에 정열을 불태우는 것은 나쁜 일이 아니다. 의욕이 없는 황제보다는 의욕적인 황제를 모시는 편이 국가를 위한 일일 것이리라.

그렇지만 친정을 위한 인재를 모집한답시고 보잘 것 없는 인간만 모으고 있는 것이다. 아니 인재를 널리 모으고 있지 않는 데에 문제가 있었다. 자기의 선생 그리고 애비들의 교사. 이들은 황제의 사사로운 사람이다. 친한 사람일 것이지만 과연 재능이 있을까는 의문이다.

전날 웽퉁허가 서태후의 심부름으로 톈진에 왔을 때, 자기의 의견이라며 입에 올린 것들은 리훙장이 볼 때는 모든 게 다 초점이 어긋나 있었다. 현실에 맞지 않았던 것이었다. 그것은 그가 현실의 문제와 씨름해 본 경험이 없었다는 증명이었다.

'그런 일은 문제삼지 않겠다. 나는 나의 일을 하리라.'

리훙장은 풋내기들을 무시하기로 했다.

눈을 감고 잠시 정신을 가다듬은 뒤 천천히 붓을 들어 전문의 초고를 만들기 시작했다. 그의 책상에는 여러 가지 보고서가 놓여 있었다.

위안스카이로부터 온 전보도 있었다.

"전운참을 구련성으로부터 봉황성(鳳凰城)으로 이전시켰다. 그쪽이 어쩐지 사정에 맞으므로……."

그것은 병참 기지를 후퇴시킨 데 지나지 않는다. 패잔병은 계속하여 압록강을 건너 구련성으로 들어왔다.

'구련성도 가망이 없다고 본 것이구나.'

리훙장은 위안스카이의 예측을 아직 믿고 있었다. 위안스카이는 특별한 후각을 가지고 있다. 병참 기지를 전장으로부터 떼어놓은 것이다. 아마도 이 조치는 틀림이 없을 것이리라.

리훙장은 붓을 들어 올렸다.

패전의 장군을 꾸짖고 명예 회복을 위해 노력하도록 격려하는 전문을 만들었다.

강궁(講宮 : 원팅쓰 등을 이름)들이 너의 군대가 군심불복(軍心不服)으로 기율이 문란하여 이르는 곳마다 소요를 일으키고, 평양 전투에서는 싸우지도 않고 궤주했다고 탄핵하고 있다. 동시에 나도 너를 비호하는 일로 탄핵당하고 있다. 조정은 너를 원망하기가 치를 떠는 것 같고, 쑹칭에 명하여 엄중하게 조사하게 하였다. 이번에는 패주한 5천의 군대를 모아서 지급 군령을 정착하고, 적(일본군)을 만나면 있는 힘을 다하여 혈전일장(血戰一場)하라. 그렇게 하면 중죄를 조금이라도 속죄할 수 있을지도 모른다. 만약 그렇지 않으면 위험한 지경에 이르리라. 톈진에 있는 장사(將士)들은 모두 너희들이 적전도망을 하였다고 말하고 있다. 성군은 수가 많으면서도 싸우지 않는다고 통박하고 있다는 사실을 잊지 말아라. 이 악명은 과연 맞는 것인가 어떤 것인가?

꽤 엄한 문장이었다. 리훙장은 이것으로도 너무 온건하다고 생각하고 있었지만……

막다른 골목이다.

엄중한 문서를 쓰면서 그는 흥분하여 자아를 잃어버려서는 안 된다고 스스로 다짐하였다.

# 제34장 벌남기를 꺾다

1

조선은 옛날부터 향당의식이 강하였다. 동학 속에도 남접과 북접이라는 말이 있었다. 전라도를 남접이라 불렀고 충청도를 북접이라고 부르고 있었다. 그런데 이 파벌의 명칭은 단지 출생지의 구별만은 아니었다. 남접과 북접에 새로운 의미가 더해지게 되었다.

될 수 있는 한 동학을 순수 종교 활동의 조직으로서 한정하려는 생각을 가진 사람들을 '북접'이라고 불렀고, 정치 활동 나아가서는 군사 행동도 불사하겠다고 생각하는 사람들을 '남접'이라고 부르게 되었다. 전라도 출신자는 대개 남접일 것이지만, 그 중에서도 '동학은 종교 단체로서 대중의 정신적인 면에서의 교화에 힘을 쏟아야 하며 정치에 발을 들여놓아서는 곤란하다'고 생각하는 사람도 있었을 것이다. 반대로 북접이어야 할 충청도 출신자 중에서도 '동학이 종교의 껍질에 숨어버리는 것은 이상하다. 이상과 포부가 있으면 그 실현을 목표로 모든 노력을 해야 할 것이다. 정치에 진출하고 무력에 호소해도 좋다. 아니 적극적으로 그렇게 하지 않으면 안 된다'고 생각하는 사람도 있었다.

원래 조선 사람들은 격정파가 많다. 그룹을 만들어서 싸우려고 하면 외곬으로 돌격해 들어가기 쉬웠다.

지연에 의한 말다툼이라면 자기 고향 자랑의 응수로 침을 뱉거나 욕설을 퍼붓는 정도로 끝난다. 그러나 동학처럼 같은 그룹 속에서 노선에 어긋나는 문제가 얽히면 일은 심각해진다.

일본이 출병하기 직전의 동학 결기만 하더라도 북접의 리더였던 최시형이 군사 행동에는 소극적이었고, 그 때문에 충청도 남부에서의 호응이 부족하였다. 조선 정부군의 입장으로서는 이것은 상대방의 힘이 분산된다는 의미였으므로 아주 바람직한 현상이었다. 확실히 그 당시 동학의 거병에는 어딘가 분명하지 못한 구석이 있었으며 나중에 내부에서도 여기에 대한 반성이 있었다.

남접파의 지도자는 전봉준이었다. 일본군의 출병이라는 새로운 사태를 앞두고 그의 신념은 점점 더 확고해 졌다. 그가 생각하고 있던 대로였다. 저항의 자세를 보이지 않으면 적은 용서 없이 돌진해 온다. 적이 코앞까지 와 있음에도 불구하고 기도의 세계에 갇힌 채로 있어도 좋단 말인가? 전봉준은 무장 봉기의 준비를 적극적으로 추진했다.

그렇지만 동학이라고 하는 종교 단체의 상층에는 북접계가 많았다. 남접계의 논객은 끊임없이 무장 투쟁을 주장했지만 교단 전체를 움직이는 데는 시간이 걸렸다.

'눈이 멀어버린 것인가? 왜병은 왕성에 넘치고 있다. 그대로 방치하라는 것인가? 무엇을 기도하는 것이냐? 지금 무기를 들고 일어서는 것 외에 다른 할 일이 있을까? 도대체 그들은 올바른 도인(道人=동학 신도)인가? 아니, 인간인가?'

불평의 목소리는 높아졌고 논조는 점점 과격해질 뿐이었다. 궁정의 내부가 대원군파와 민씨파로 나뉘어 싸운 것처럼, 조선에서는 여러 분야에서 파벌 항쟁이 격심하였다. 이것은 조선 유교의 가장전제체계(家長專制體系)에 의한 영향도 클 것이나. 가정에서 시작하여 동문, 동향 등의 관계가 얽히어 온다. 본인의 의사 여하를 묻지 않고 소속 그룹의 의사로서 일사불란하게 움직이는 상태가 되기도 한다.

주전론인 남접 쪽의 주장이니 만큼 소리도 높았음은 말할 것도 없다. 종교적 순화를 주장하는 북접측도 거병을 반대하기는 하였지만 결코 비폭력주의자의 집단은 아니었다. 대립하는 남접을 타도한다는 대목에 이르러서는 북접도 힘을 사용하길 사양하지 않았다. 남접측이 "그러고서도 남자인가! 겁쟁이 녀석들!" 이라고 지독하게 비난을 퍼부으면 그 소리를 들은 쪽도 가만히 있을 수 없다. 여기저기에서 싸움이 벌어졌다. 단순한 싸움이 아니라 사망자가 나올 정도로 항쟁은 격화되었다.

"남접의 횡포다!"

"무기를 가지고 우리들을 협박한다."

"횡포에 대해서는 이쪽도 힘을 가지고 맞서라!"

북접측도 군사를 모으기 시작했다. 물론 일본군과 조선 정부군에 대항하기 위한 것이 아니었다. 똑같이 동학을 신봉하는 남접과 싸우기 위해서였다. 북접의 지도자였던 김연국(金演局), 손병희(孫秉熙), 손천민(孫天民), 황하일(黃河一) 등은 벌남군(伐南軍)을 조직하고 벌남기(伐南旗)를 내걸었다.

'도(道=동학)를 가지고 난을 일으키는 것은 좋지 않은 일이다. 전봉준, 서장옥(徐璋玉) 등의 패거리는 국가의 역적, 사문의 난적이니 우리들은 단결하여 그들을 섬멸해야 하지 않겠는가?'

이런 격문을 기초하여 그것을 북접 각지에 돌리려고 하였다.

내부 분열이었다.

이래가지고는 일본군과 싸움은커녕 자기 스스로 궤멸하지 않을 수 없다. 남접 측으로서도 거병하기 전에 북접과의 대립 문제를 해결해 둘 필요가 있었다.

그 사이에 상황은 크게 변화하였다. 성환 전투에서 청군이 패하고 일본군은 아산을 점령했다. 청군은 평양을 향하여 퇴각했고 일본군은 추격의 고삐를 늦추지 않았다. 조선 정부는 이제 완전히 일본의 허수아비에 불과했다.

일본의 조선 진출에 가장 격렬하게 반대한 것은 동학이었다. 정부군과 강화를 맺을 때에도 동학은 '왜와 통한 자는 엄벌에 처할 것'이라는 한 항목을 덧붙일 것을 강력하게 주장했었다.

아니, 왜와 통한다는 건 이제 정확한 표현이 아니다. 왜에 굴복해버린 것이다. 이제부터의 조선의 의사는 일본의 의사와 다름이 없었다. 일본의 의사는 전 조선의 지배에 있는 듯이 보였다. 전 조선을 지배하는 데는 일본에 반대하는 동학을 궤멸시키지 않으면 안 된다. 청군을 구축한 뒤에 일본이 어떤 행동으로 나올지는 불을 보듯 뻔한 일이었다.

동학은 커다란 세력이 되어 있었다. 이제까지는 소박한 방법으로 내부 통일이 가능했지만, 그것도 한계에 와 있었다. 소박한 방법이라는 말은 인간 관계에 의지하는 것이다. 조직이 확대되면 인간 관계가 복잡해지는 건 당연한 일일 것이다.

동학은 초대 교주인 최제우가 처형된 후 최시형이 2대 교주가 되어 있었다. 원래대로라면 최시형의 한 마디로 동학은 하나가 되어야 했다. 그것이 불가능하다는 데에 문제가 있었던 것이다. 그 원인은 조직의 팽창뿐만이 아니었다.

교주인 최시형의 생각이 동학의 내부에서는 소수파가 되어 있었던 탓이었다.

처형된 초대 교주의 명예 회복 운동 '신원운동'을 시작할 때 최시형은 신중하였다. 처음에는 반대였지만 도인 중에서 신원운동론자가 다수가 되었다는 사실을 알고 비로소 행동에 옮겼다. 교단을 통일하여 통솔하는 정치면에서의 수완은 볼 만한 게 없었다. 그의 뛰어난 점은 종교가로서의 재능이었다.

최시형은 내심 동학의 활동을 종교만으로 한정하고 순화하고자 마음 먹고 있었다. 그렇지만 동학에 참여한 사람들은 압박을 받았고, 탄압 당했고, 기성의 종교에도 실망한 사람들이었다. 그들은 벽이 있으면 뛰어 넘고, 가만히 있는 것보다는 행동하기를 바랐다.

일본에 굴복한 조선 정부가 일본과 더불어 동학을 탄압할 것이라는 점은 눈에 분명히 보이고 있었다. 이에 맞서 무장 봉기를 하자는 것이 동학의 다수 의견이 되어 있었다.

남접과 북접으로 동학이 분열 상태가 된 데에는 역시 교주인 최시형이 소수 의견에 찬성하고 있던 것이 큰 원인일 것이다.

# 2

동학 내부에서도 의식이 있는 사람들은 이런 상태를 걱정하고 있었다. 해결될 수 없는 문제는 아니었다. 무장 봉기는 사실상 압도적인 다수였고, 북접측이라고 여겨지는 사람들도 내심 무장 봉기에 찬성하고 있었다. 그렇지만 여러 가지 사정, 특히 조선적 가부장제와 소속에의 절대적인 충성심 등으로 해서 찬성을 표명할 수 없는 사람들이 많았다. 거기에다 북접·남접의 항쟁에 의해 감정적 대립도 생겨나고 있었다. 그러나 항쟁은 겨우 수개월의 일이므로 감정의 대립도 그렇게 깊은 곳까지 가 있지 않았다. 하루라도 빠른 해결이 바람직했다.

여기서 조정자로 선발된 사람은 오지영이라는 인물이었다.

그는 동학 내부에서는 수적으로 많지 않은 지식 계급 출신이었다. 그는 동학의 교리를 손화중으로부터 받았다. 그 후 손화중은 그에게 김방서(金邦瑞)를 따라가서 더 배우도록 권하였다. 물론 이것은 남접·북접의 항쟁보다 훨씬 전의 일이다. 유교는 체제 그 자체로서는 중국보다도 조선 쪽이 훨씬 더 엄격하게 되어 있었다. 일단 스승으로 모신 사람에게는 언제까지나 제자로서의 예를 취했다.

우연히도 오지영의 두 은사 중, 손화중은 남접의 사람이었고 김방서는 북접의 사람이었다. 이런 식으로 과거형으로 쓰는 것은 문제가 있을 것이다. 과거에는 남접도 북접도 없었기 때문이다. 만약 그런 명칭이 있었다 하더라도 단지 출신지나 거주지를 나타내는 말에 지나지 않았을 것이다. 정확하게 말하자면 손화중과 김방서는 후에 남접과 북접으로 나뉘어지게 되었다고 표현해야 할 것이리라. 어쨌거나 오지영은 남접·북접의 요인과 깊은 관계를 갖고 있는 인물이었으므로 조정자로서는 안성맞춤이었다.

여기서 '접(接)'이라는 말의 뜻을 살펴 보자. 동학에서는 1878년에 문도(門徒)의 집회소를 최초로 설치하며 이곳을 '접소(接所)'라 칭하였다. 이것을 '개접(開接)'이라고 한다. 말하자면 '교회'로서 각지에 설치되었다. 바로 이 접소를 줄여서 '접'이라고 하는 것이다. 남접이라고 하는 것은 남방의 교회라는 뜻이며 북접은 북방의 그것이니, 처음에는 지역을 구별하는 정도의 의미밖에 없었다. 그것이 노선 투쟁과 연결되어 말 그 자체도 심각성을 띄게 되었던 것이다.

오지영이 남북 양파의 조정에 나선 때는 그의 저서에 의하면 한가위가 지난 뒤부터였다고 한다. 바로 청군이 평양에서 패하여 퇴각하고, 홍해의 해전에 의해 제해권이 일본의 수중에 돌아갔던 즈음이었다.

"당신들은 벌남기를 내걸고 남접을 토벌하려는 계획을 갖고 있다고 들었습니다만?"

북접의 간부를 방문하여 오지영은 이렇게 물었다. 물을 것도 없이 북접의 사령부인 보은군(報恩郡)의 대도소(大都所)에는 살기가 넘치고 있었다.

"도를 가지고 난을 일으키는 자는 동학의 정신에 의거하여 토벌한다. 이것이 우리들의 신념이다."

오지마 소장인 김연국이 대답했다.

"당신들 북접이 토벌군을 파견할 것까지도 없이 일본군과 괴뢰 조선군은 남접에 군대를 파견하고 있소. 남접은 그들과 싸우겠지만, 적에 비하여 병력이 열세임은 말할 것도 없소. 선전은 하겠지만 이대로는 이기리라고 생각할 수 없소. 거기에다 똑같은 동학인 북접이 다시 군대를 보낸다. 과연 어떻게 되겠습니까?"

오지영은 김연국 이하 북접 간부의 얼굴을 한 사람 한 사람 뚫어지게 바라보면서 그들 한 사람 한 사람에게 묻는 것처럼 천천히 또렷또렷 말했다.

대답은 없었다. 간부의 한 사람인 손병희의 어깨가 흔들리고 있는 것 같았다. 오지영은 손병희를 가만히 바라보면서,

"결과는 대답해 주시지 않아도 확실한 것입니다. 남접군은 적과 과거의 한패인 동학에 의해 토멸 되어 참패할 것입니다. 당신들 북접국의 대승리입니다. 어떻습니까. 기쁘시겠지요?"

여전히 대답은 없었다. 잠시 사이를 누고 나서 오지영은 말을 계속하였다.

"그러면 후세의 사가는 이 싸움에 대하여 어떠한 평론을 가할까요? 당신들은 자신들의 면목이 설 만한 해명을 준비하지 않으면 안됩니다. 어떠한 해명을 준

비하고 계신가 듣고 싶습니다. 들려주시지 않겠습니까?"

김연국은 입술을 한 일 자로 꾹 다물고 있었지만 드디어 눈을 감아 버렸다. 손천민도 눈을 내리깔고 있었다. 어깨를 떨고 있던 손병희는 오지영의 시선을 피하지 않고 가만히 있었지만 그의 얼굴은 점점 더 붉어졌다.

"우리들은 남접 패거리의 이유 없는 험담을 더 참을 수 없게 되었던 것입니다."

참을 수 없다는 듯이 손병희가 입을 열었다. 말을 끝낸 후에도 그의 입술은 떨고 있었다.

"알겠습니다. 그것은 사죄하면 끝나는 일이 아닙니까? 도인끼리의 일입니다. 자, 형제끼리의 싸움과 같은 것일 겁니다. 형제끼리의 싸움이 한창일 때에도 만약 다른 사람들이 형제의 어느 한쪽을 괴롭히려고 하면 싸움을 그만두고 서로 조력하는 것이 우리 조선의 인정이지 않았습니까?"

오지영이 이렇게 말하자 손병희는 크게 고개를 끄덕였다.

"우리들에게는 남접·북접의 문제가 있습니다."

오지영은 계속 이렇게 말하였다.

"그렇지만 일본군과 경군(京軍=조선 정부군)에는 우리들과 같은 남북의 구별은 없습니다. 그들의 안중에 있는 것은 단지 미워하는 상대인 동학뿐입니다. 동학뿐으로 남도 북도 없습니다. 지금 그들은 군대를 파견하려 하고 있지만, 당신들 역시 그들의 토멸 대상이 되어 있습니다. 그것을 알지 못하십니까?"

북접 간부는 오지영의 열변 앞에서 고개를 숙였다.

그들도 마음속으로는 소속의 문제 따위를 포함하여 이제까지의 껄끄러운 경과가 없었더라면 무장 봉기에 반대하지는 않았다.

"사죄만이라도 해 준다면……."

손병희는 가슴을 쥐어짜는 듯한 소리를 내었다. 그 말은 격정 때문에 도중에서 잘려져 버렸다.

"사과하지요. 남접을 대표하여 내가 이제까지의 잡언 험담과 폭행에 대해 이와 같이 사죄합니다."

오지영은 그 자리에서 무릎을 꿇고 머리를 숙였다.

"그렇다면 우리도 이렇게 한다!"

손병희는 벌떡 일어나서 방의 벽에 걸려 있던 깃발을 끌어내려 방바닥에 내팽개치려는 듯이 하여 발로 밟아 꺾어버렸다.

그것은 '벌남기'였다.

조정은 성립되었다.

물론 북접 속에서도 동학의 종교로서의 순화를 주장하며 어디까지나 무장 봉기에 반대하는 사람들도 있었다. 오지영의 조정은 전면적으로 북접을 설득하여 흡수하였다고는 할 수 없었다. 그렇지만 북접 내부의 대세를 무장 봉기로 향하도록 만든 것은 대성공이었다.

3

평양과 황해에서의 일본의 승리에 대해 영국은 위기감을 느꼈다.

영국의 권익의 중심은 상해에 있었다. 일본이 전쟁을 시작했을 때에 영국은 전화가 양자강 하류 상해 지구에 미치지 않으면 일본의 무력 행사에 반대하지 않는다는 의향을 가지고 있었다.

그렇지만 이 때 영국은 청국이 완패할 리가 없을 것이라고 예상하고 있었다. 전황이 청국의 대패로 기울어 가자 영국은 이것저것 장래를 예측해 보기 시작했다. 영국은 청국의 현상 유지를 가장 열망하고 있었다.

일본에 완패하게 되면 청조의 정치 체제가 붕괴되고 중국 전체가 혼란에 빠진다. 그렇게 되면 상공업 활동을 할 수 없게 된다. 영국은 이점을 가장 두려워하고 있었다. 일본군의 빠른 진격 상태를 보자 그 가능성이 높아지게 되었다.

영국의 견해에 의하면 청국의 붕괴는 그 주변부의 중앙으로부터의 이탈에서 시작하는 것이었다. 티베트 그리고 신강, 나아가서는 동북부의 분리인 것이다.

그것은 독립이라든가 자립이라고 할 수 있는 게 아니라 반드시 그 배후에는 열강의 힘이 움직이고 있는 셈이었다. 주변부로부터 흔들리기 시작하면서 중앙부에서는 반정부 운동의 격화로 혼란에 기름을 붓는다. 이것이야말로 영국이 가장 두려워하고 있던 상공업 활동의 정체를 가져오는 것에 틀림이 없었다.

반정부 활동 즉 혁명 운동도 드디어 중국 속에서 태동하기 시작했다. 그것이 영국의 첨병 기관에 포착되어 있었다.

이 때 쑨원은 하와이에 있었다. 톈진에서 리훙장에게 개혁을 설득하려던 고리타분한 생각을 버리고, 하와이에서 홍문회 비밀 결사의 패거리들과 접촉하는 일에 전념하고 있었다. 쑨원은 무장 봉기의 군자금도 모으고 있었다.

'청조를 무너뜨리고 우리들의 신정권이 수립될 때에는 배액으로 반환한다.'

이런 조건으로 돈을 모았는데 그 계획은 점차 현실성을 띠어갔다. 해외 화교의 반만감정(反滿感情)은 각지의 영국 첨병 기관의 촉각에 걸려들었다.

현재로서는 청국의 기반은 아직 확고하지만 실패할 경우 그것은 흔들리지 않을 수 없다. 일본과의 싸움에서 더 이상 볼품 없는 패배를 거듭하면 오랫동안 곪아 온 상처가 일시에 터져버릴 우려가 농후하다. 이렇게 판단한 영국은 일본에 정전을 재촉하는 움직임을 보였다.

10월 8일 주일 영국 공사 트렌치는 본국 정부의 내훈(內訓)이라고 칭하며 무츠 외상에게,

1. 열강이 조선의 독립을 보장할 것.
2. 청국은 일본에 대하여 전비를 배상할 것.

이 두 항목을 조건으로 정전·강화의 의사가 있는가 없는가를 타진했다.

트렌치는 8월 중순경에 부임해 온 참이었지만, 부임하자마자 외무성을 방문하여 영국 정부가 청일 양국의 전쟁 종결에 대하여 가까운 시일 내에 무엇인가를 제안할 것이라고 예고 비슷한 말을 해두었다.

그 후 10월 초순까지 전국의 추이를 지켜보면서 영국은 조건과 그 시기를 고려하고 있었던 것이리라.

영국 정부는 그 사흘 전 10월 5일에 우선 구미 주요 국가에 대하여,

"청국에서 반정부 활동이 일어나기 시작했으므로 그것이 격화될 경우 재류 구미인의 보호에 공동의 행동을 취해야 하지 않을까?"

라는 제안을 한 뒤 잇달아 다음날인 6일에는 청일 양국 간의 강화를 공동으로 권고할 것을 제안했다. 그 상대는 불, 독, 이, 러, 미 등의 다섯 나라였다.

트렌치는 무츠 외상에게,

"청일 양국 간의 강화에 대해서는 각국과 협의 중이므로 빠른 시일 안에 다른 나라의 공사로부터도 같은 얘기가 나오리라고 생각합니다."

라고 말하였다.

일본 정부는 그 당시 아직 강화의 조건 등을 검토하고 있지 않았다. 그러나 언젠가는 연구하지 않으면 안 되었기 때문에 트렌치의 제안을 계기로 정부 내에서 작업에 들어가도록 했다.

한 나라를 대표하는 공사로부터의 의견 타진이므로 예의로써라도 회답을 해야 한다.

회답의 초안 작성이라는 형식으로, 강화 조건을 외부성에서 연구하여 세 개의 안을 작성했다.

갑 안

1. 청국으로 하여금 조선의 독립을 확인시키고, 또한 조선의 내정에 간섭하지 않을 것을 영구히 담보하기 위해 여순구 및 대련만을 일본에 할양하도록 할 것.
2. 청국으로 하여금 군비를 일본에 상환시킬 것.
3. 청국은 구주 각국과 체결한 현행 조약을 기초로 하여 일본과 신조약을 체결할 것.

(이것은 불평등 조약을 강요하는 것에 지나지 않는다.)

이상의 조건을 실행할 때까지 청국은 일본 정부에 대하여 충분한 담보를 제

공할 것.

을 안
1. 각 강대국으로 하여금 조선의 독립을 담보할 것.
2. 청국은 대만 전도를 일본에 할양할 것.
기타의 조항은 갑 안과 같다.

병 안
일본 정부가 어떠한 조건에 의해 전쟁의 종식을 승낙할 것인가를 확언하기 전에 우선 청국 정부의 의향 여하를 알아두는 게 필요하다.

무츠 외상은 이 세 개의 시안을 문서로 만들어 광도의 대본영에 있는 이토 총리에게 송부했다.
"이 갑 을 안은 후일에 내가 기초한 하관조약의 기초가 되었다."
무츠 외상은 〈건건록〉에서 이와 같이 쓰고 있다.
이토 수상은 갑 안에 동의하긴 했지만 지금 곧 영국에 회답하는 건 상책이 아니라는 의견이었다. 그러나 공식의 의견 타진이므로 일단 회답해 주지 않으면 안 된다. 무츠 외상이 생각한 것은 병 안에 수정을 가한 것으로서, 그 구상서(口上書)는 트렌치의 방문 후 15일이 지난 뒤에야 전달되었다. 그것은 다음과 같은 내용이었다.

제국정부는 영국 황제 폐하의 정부로 하여금 청일전쟁의 종식에 관하여 문의를 하도록 한 그 우의에 대하여 충분히 감사하는 바임. 오늘날에 이르기까지의 전쟁의 승리는 항상 일본군과 함께 하였음. 그렇지만 제국정부는 오늘날의 사태의 진전을 가지고 아직 담판상 만족할 만한 결과를 보충하기에는 부족하다고 생각함. 따라서 제국정부가 전쟁을 종식시키는 조건에 관하여 공공연히 의견을 발표하는 것은 잠시 이것을 후일로 미루어 두지 않으면 안 된다고 인정함.

결국 강화의 조건을 운운하는 것은 아직 시기상조라는 뜻이었다. 왜 이토 수상이 갑 안에 찬성하면서 지금 회답하는 것은 상책이 아니라고 판단하였는가 하면, 여순과 대련을 아직 점령하고 있지 않았기 때문이었다. 이 작전 계획에는 여순, 대련에의 공격이 포함되어 있었다. 그러나 여순 공격을 위한 제2군은 아직 출발하고 있지 않았던 것이다. 제2군이 우품항을 출발한 것은 10월 15일의 일이었다. 제2군의 사령관에는 오야마 대장이 임명되어 있었다.

외국의 간섭이 시작된 이상 그 사이에 될 수 있는 한 전과를 올려 두지 않으면 안 된다. 무츠 외상은 가능한 한 빨리 여순 작전을 실행할 것을 각의에 요청했다. 그렇지만 무츠는 영국의 '간섭'의 강도에 대하여 낙관적인 자료를 가지고 있었다. 트렌치는 각국과 협의했으므로 며칠 사이에 다른 나라의 공사로부터도 얘기가 나올 것이라고 말했었다. 그래서 무츠는 재경 각국 공사를 만나서 슬쩍 동정을 살펴보았다. 그러나 트렌치가 열거한 러·독·불·미 등의 각국 공사 모두가 본국으로부터 아시아의 전쟁 종결에 대하여 훈령 같은 것을 받은 흔적이 없어 보였다.

러시아에서는 황제가 위독해져 있어서 영국이 얘기한 것과 같은 여유가 없었다. 미국은 영국의 제안을 거부했다. 유럽의 여러 나라와 공동으로 외교 활동을 실행하는 것은 전통에 반한다는 이유 때문이었다.

독일은 일본에 간섭해서도 거절되었을 때의 행동을 정해 두지 않으면 효과가 없다는 이유로 제안을 받아들이지 않았다.

트렌치가 제의한 강화 조건은 청국 측으로부터 제안된 것은 아니었다. 물론 영국은 이를 일본에 제시함과 동시에 청국 측에도 보여 주었다. 그렇지만 청국 당국은 거기에 동의를 표하지 않고 있었다.

주청 영국 공사인 오코너는 10월 10일에 톈진으로 가서 리훙장을 만나 강화에 대해서 의견을 타진했다.

"전비의 배상 따위는 말도 안 되오. 그것은 불가능한 상담입니다."

리훙장은 딱 잘라 말했다. 그러면서도 그는 영국이 간섭하는 것 자체는 환영했다.

오코너의 톈진 방문 이틀 후, 러시아 공사인 카시니가 리훙장을 만나러 왔다. 리훙장은 카니시를 전적으로 믿고 있었다.

"요즈음 도무지 본국으로부터의 전신이 없습니다. 그 이유는 알고 계시겠지요?"

카시니는 심드렁하게 말했다.

"하루라도 빨리 완쾌하시기를 빌고 있습니다."

리훙장은 통역을 통하여 이렇게 말했다. 러시아 황제 알렉산더 3세는 지금 빈사의 병상에 있었다. 제정 러시아의 외교는 말하자면 궁정 외교였으므로 이럴 때에는 외교 활동은 가능하지 않았다.

"그런 이유로 해서 러시아는 지금 정관하고 있습니다. 그렇지만 우리나라로서는 일본의 조선 독점을 결코 허용하지 않습니다. 그 점은 보증할 수 있습니다."

카시니는 다짐하듯 이렇게 말했다.

당시의 청국 정부내의 분위기로서는 전비의 배상 등은 도저히 불가능한 상담이었다. 그렇다고 하여 끝까지 일본과 싸우겠다는 의사가 수뇌부에 있었던 것일까? 가장 싸우기를 싫어하고 그 조기 종결을 바라던 인물은 청조의 최고 권력의 자리에 앉아 있는 서태후 바로 그 사람이었다.

주전론의 선두에 섰던 웽퉁허가 쓴 9월 16일(양력 10월 14일)자 일기에는 영국 공사 오코너의 제안을 처음으로 알았으며 급히 서태후를 알현한 사실을 기록하고 있다. 그것에 의하면 군기대신인 쑨수원과 쉬용이는 영국의 제안을 받아들이지 않으면 배도 봉천을 지킬 수가 없고, 산릉(山陵)을 양도하지 않을 수 없다고 비관론을 펴고 있었다. 웽퉁허와 리훙쪼우는 서태후에게 강경론을 피력하여 상금과 훈장을 내걸어서라도 구련성의 장병을 격려하고, 손상을 입은 군함을 재빨리 수선하여 발해만을 지키도록 진언하였다. 그들은 되풀이하여 주전론을 논하였으며 그것은 장시간 계속되었다.

"그렇지만 천의(天意＝서태후의 의사)는 이미 정해져서 돌이킬 수 없을 것 같았다. 돌아와서 분개하였으나, 죽음으로서도 어찌 할 수 없는 것. 아아!"

그 날의 일기는 이렇게 맺어져 있다. 웽퉁허의 촉감으로는 서태후는 강화에 아주 열심이어서, 이미 주전론은 희망이 없어져 버린 것 같았다.
다음날 일본에서는 내무대신인 이노우에 가오루를 특명전권공사로서 조선국 주차(駐箚)를 명하는 사령이 발령되었다. 특별히 이전의 관록에 대한 예우를 내리는 형태를 취하고 있었다.

4

내무대신이 공사로서 조선에 부임한다. 이 인사가 이상하다는 점은 누가 보아도 알 수 있으리라. 아무리 전직 관료의 예우를 내린다는 단서가 붙어 있어도, 거기에 무엇인가가 숨겨져 있다고 추리히는 건 당연한 일이었다.
단순한 외교관이 아니다. 공사라고 하는 직함을 붙이고 있지만 실제로는 그 이상의 것임은 이노우에 가오루의 경력을 생각하면 누구나 상상할 수 있었다.
'감국', 옛날에 위안스카이가 이런 별명으로 불려진 적이 있었다. '국사를 감독한다'라고 직역된다. 원래 감국이라는 말은 국왕에게 무슨 일이 생겨서 그 대리를 하는 자를 일컫는 뜻으로서, 명나라 말기에는 황제가 사망하여 후계자로서 임명된 황족이 즉위의 수속을 밟기 이전에 부르는 명칭이었다. 황태자를 감국이라고 부르는 때도 있었다. 황제가 부재중일 때에는 대신하여 국정을 잡았기 때문이었다.
더 옛날 용법으로는 제후의 나라를 감시하기 이하여 천자로부터 파견된 자를 일컬었다. 말하자면 감시 첩자인 셈이다.
위안스카이는 종주국인 청나라로부터 파견되어 번속국인 조선의 국사를 감시할 작정이었으므로 그렇게 부르는 것은 맞는 말이었다. 일본이 한국을 병합하기 이전에 이토 히로부미가 취임한 '한국통감(韓國統監)'이라는 명칭은 실질적으로는 감국이었다.

열국이 감시하고 있는 중에 조선에 파견되는 이노우에 가오루에게 설마 감국 혹은 그것을 상상하게 하는 관직명을 줄 수는 없다. 이토 수상은 처음에 '특파전권판리대신(特派全權辦理大臣)'이라는 명칭을 생각했다. 그러나 무츠 외상이 거기에 강력하게 반대를 제기했다. 이 새로운 명칭은 확실히 이노우에 가오루의 경력을 존중한 것일지 모르지만, 외교상의 배려에는 모자람이 있었다고 하지 않으면 안된다.

귀에 익지 않은 관직명은 너무 노골적이어서 일본이 조선을 병탄하려는 게 아닐까하고 여러 열강으로부터 의심받을 우려가 있었다. 사실상 병탄할 의도가 있으면 있을수록 의심을 받을 일은 피해야 한다.

이노우에 가오루의 역할은 조선의 내정 개혁을 지도하는 것으로, 확실히 '감국' 바로 그것이었지만 이제까지의 '특명전권공사'라는 명칭을 그대로 사용하기로 하였다.

동학의 거병은 이 때쯤의 일이었다.

충청남도의 남쪽에 논산이라는 곳이 있다. 동학의 총사령부는 이곳에 위치하여, 남접의 전봉준과 북접의 손병희의 양웅이 이곳에서 회견을 했다. 북접의 모든 사람을 무장 봉기로 이끌지는 못했지만 일단 동학의 대동 단결은 여기서 이루어졌다고 해도 좋았다.

동학의 목표는 우선 공주를 점령하고 이어서 국도 서울로 진출하는 것이었다.

동학 궐기의 정보에 접한 일본군은 미나미 시로[南小四郎] 소좌가 이끄는 후비(後備) 제19대대와 충청도 감사인 박제순이 이끄는 조선군을 합하여 공주 방비의 태세를 취하였다. 일본군의 미나미 시로 대대는 약 1천의 병력이었고 조선군은 모두 합하여 1만에 가까웠다. 그렇지만 주도권은 일본군이 장악하고 있었다.

북방의 전선에서는 제1군이 10월 24일에 압록강을 건너 드디어 청국 영내에 들어갔다. 선발은 사토 대좌가 이끄는 제18연대의 한 지대였다. 수구진의 상류를 걸어서 건넜지만, 그 후 야간에 압록강에 가설 부교를 놓는 공사가 진행되고 있었다. 일본군의 주력은 이 다리를 25일 새벽에 건넜다.

대안의 청군은 노장 쑹칭이 이끄는 부대였고 구련성에 본거지를 두고 있었다.

위안스카이는 리훙장에게 재촉되어 구련성에 병참 본부에 상당하는 전운참을 설치했지만, 일본군이 압록강에 도달하자 그것을 봉황성으로 후퇴시켜버렸다. 전국을 읽는 눈, 아니 후각이라고 해야 할까 위안스카이는 그런 '감각'이 뛰어났다. 아마도 천성이리라.

구련성에 있던 명군은 류우썽슈우가 지휘하는 회군계로, 청군 중에서는 정예라 해도 좋았다. 그러나 일본군의 새벽 도하를 전혀 눈치채지 못하고 있었다. 그런 일이 가능하리라고는 전혀 생각지도 않았다. 자신들에게는 불가능한 일이 다른 사람들에게는 가능하다는 사실을 알지 못했다. 독선의 정예는 일본군의 급습을 받아서 곧바로 전의를 잃어버렸다.

구련성은 10월 26일에 함락되었다. 퇴로를 차단 당하는 걸 두려워 한 청군은 거의 싸우시도 않고 도주해 버렸나.

대산 대장의 제2군은 마침 제1군이 압록강을 도하한 10월 24일에 화원구(花園口)에 상륙했다. 전혀 저항을 받지도 않았다. 상륙이 완료된 것은 29일의 일로써 전군은 여순을 목표로 하여 진군을 개시했다.

그 10월 29일에 제1군의 입견 소장이 이끄는 지대가 봉황성에 입성했다. 구련성으로부터 도망친 청군은 그대로 봉황성을 통과해 버렸을 뿐이었다. 일본군 진격의 스피드를 알고 있었으므로 그들은 봉황성에서 잠깐 쉬는 것조차 엄두를 내지 못했다. 휴식을 취하는 대신에 약탈을 자행하고 다시 후방으로 도망친 것이었다. 병졸들은 장교가 도망치는 방향과는 반대의 방향으로 골라서 도망쳤나. 너 이상 전쟁 따위는 하고 싶지도 않은 듯했다.

봉황성을 포기하기 전에 청군은 그곳에 불을 질렀다. 음력으로는 시월 초하루였다. 이틀 전부터 봉황성과 베이징과의 전신이 불통되었지만 베이징에서는

제34장 벌남기를 꺾다

벌써 단념해 버리고 있었다.

금주의 동쪽 화원구에 일본군이 상륙했다는 소식이 베이징을 더 놀라게 했던 것 같다. 구련성과 봉황성이라면 조선과의 국경에 가깝고 변경의 땅이라는 이미지가 있었다. 그렇지만 요동반도라고 하면 발해만을 건너서 곧바로 눈앞에 톈진, 베이징이 있다는 느낌이 들었다.

베이징은 크게 진동하였다. 국도 방위를 위해 군대가 모아졌고, 공친왕과 경친왕 등 황족이 군무를 독판하게 되었다.

주전파의 웡퉁허와 리훙쪼우가 군기대신이 된 것은 봉황성 함락의 이튿날이었다. 이 인사로 보면 철저하게 항전하려는 결의라고도 생각될지 모르지만, 완전히 정반대의 움직임도 있었다. 그 이틀 후 공친왕은 영·미·독·불·러의 5개국 공사를 방문하여 일본과의 전쟁 종결에 대한 조정을 의뢰했던 것이다.

러시아의 카시니 공사를 방문했을 때 공친왕은 우선 위안의 말을 건네야 했다. 러시아 황제의 서거 전보가 막 도착한 참이었기 때문이다.

조정을 의뢰하기 위해서는 당연히 조건을 제시하지 않으면 안된다. 조선의 독립을 인정할 것과 전비의 배상을 승인하는 것이었다. 그러나 일본은 똑같은 내용으로 제시되었던 영국의 제안을 이미 거부하고 있었다. 더구나 전황은 그 후 일본 측에게 압도적으로 유리하게 돌아가고 있었다.

11월 6일 금주가 함락되었다. 청군은 싸우지 않고 성을 포기해 버렸다. 성을 지키는 부도통 렌쑨[連順]은 일찍부터 여순으로 도주해 버렸고, 일본군은 금주의 포대가 침묵을 지키고 있는 데에 고개를 갸우뚱거리면서 입성했다.

"상륙해 보니 마치 빈집과 같았다."

점령을 보도한 일본의 신문은 이렇게 머리기사를 붙이고 있었다.

그 이튿날 11월 7일 일본군은 대련을 점령했다. 대련은 명군의 총병 쪼우화이예[趙懷業]가 지키고 있었지만, 그의 휘하 3천여 명의 병졸은 대부분 신병이었다. 쪼우화이예는 쓸데없는 저항은 아예 그만두고, 1백20문의 대포와 수많은 탄약을 그대로 버려둔 채 여순으로 도망쳤다.

대련이 함락된 11월 7일은 음력으로 10월 10일이었고, 이 날은 서태후의 탄생일이었다. 더구나 이해는 육순의 경전(慶典) 환력이었던 것이다.

전시중이었으므로 조금은 자숙하리라고 보았지만 전혀 자숙과 같은 흔적은 찾을 수 없었다. 서태후의 경전 비용으로 재경의 고관은 연봉의 4분의 1을 헌상하게 되었다. 각 성의 순무는 각각 3만 냥을 조달했다. 환관과 궁녀들까지도 '빈자(貧者)의 일등(一燈)'을 바친다는 형편이었다.

경전의 비용은 7백만 냥에 달했지만, 이 때의 헌상금은 아마도 1천만 냥을 밑돌지는 않았을 거라고 말해졌다.

"작년 북양 해군이 위로부터 받은 경비는 얼마였을까?"

리홍장은 경전 비용의 금액을 들었을 때 무심결에 옆에 있던 막료에게 이렇게 물었다.

"1백50만 냥에도 미치지 않았습니다."

막료는 불만스러운 듯 대답했다.

"철갑함을 몇 척이라도 살 수 있다."

리홍장은 낮은 목소리로 중얼거렸다.

"무엇이라고 말씀하였습니까?"

"여순이다. 어렵구나, 여순도."

리홍장은 넋이 나간 듯이 벽을 뚫어지게 바라보았다.

## 제35장 여순 함락

1

여순도 함락되었다.

그것은 11월 21일의 일이었다.

여순은 요동반도의 맨 끝에 있다. 조선과 중국을 연결하는 회랑이라고 할 수 있었다. 조선뿐만 아니라 당나라 시대에는 압록강 상류에 국도를 가지고 있던 발해국도 요동반도로부터 대안의 산동반도를 건너서, 거기서부터 국도 장안으로 사절을 보냈다. 765년 일본의 조정은 견당사(遣唐使)인 후지와라노 기요가와[藤原淸河]를 맞이하기 위해 고원도(高元度)를 보냈는데 이 사절 일행은 발해국의 정사(正使)가 동반하여 이 길을 지났다. 여순이라고 하는 지명은 '여정의 순로'를 의미한다.

여정의 순로는 고쳐 말하자면 '공격의 순로'인 셈이다. 여순 함락은 요동반도 전체가 일본의 수중에 떨어지고 그 대안인 산동반도에의 발판이 만들어졌다는 사실을 의미했다. 산동반도에는 위해위라고 하는 청군의 해군 기지가 있다. 위해위에서의 방어가 불가능해지면 그 뒤에는 톈진으로부터 베이징에 이르는 직예의 평야에 일본군을 차단할 것은 하나도 없었다.

'여순은 지키지 않으면 안된다.'

청조 당국에는 이러한 기분이 강하였다. '강하다'고 하는 형용사로는 부족하였다. 기도하는 마음을 담은 '기원'이었다.

여순의 방어 임무가 긴요함에 따라 리훙장에게 전보로 명령하여 몸소 순력하고, 방어함을 격려하라 하였으나 지금에 이르기까지 십여 일, 한 자의 회답 상주문을 보지 못했다. 이외에 전보로 묻고 독려한 일이 역시 많으나 회답 전문은 없었다. 이처럼 군사 정세가 위급한 때를 당하여 어찌 이와 같은 한가한 잘못을 용서하겠는가? 현재 여순을 방비하는 일이 날로 위태하다. 리훙장은 도무지 계책이 없다. 단지 이것에 대처하는데 '초급(焦急)'의 두 글자를 가지고 있을 뿐……

청국 궁정의 초조함이 11월 20일 발신의 전문에 잘 나타나 있다. 열흘 전에 전보를 쳤는데도 불구하고 한 자의 회답 전문도 없는 것은 도대체 어찌 된 일인가 하고 분개하고 있는 것이다. 그렇지만 궁정의 전보에 의한 독촉은 불가능한 의논뿐이었다.

북양 함대 사령장관인 띵루창은 이미 10월 18일에 함대를 이끌고 여순으로부터 위해위로 옮겨갔다. 단지 위해위는 여순과 달라서 선착장을 갖고 있지 않았다. 함의 수리가 불가능한 것이다.

상처를 입고 아직 수리가 끝나지 않은 '정원'과 '내원'은 그대로 여순에 남아 있었다. 그것을 신속하게 끌어내라고 베이징으로부터 불같은 성화가 쏟아져 왔다.

'만약 두 군함에 잘못이 있으면 즉시 띵루창을 끌어내어 처형시킬 것'
이라는 엄중한 전문이었다.

실은 이 전문이 도착했던 날 두 군함은 여순을 빠져나와 위해위를 향해 떠났다.
전보는 두 군함의 일 이외에도 여순에 원병을 운반하는 방법을 신중하게 고려하라고 재촉하고 있었다.

제35장  여순 함락  679

요동에 상륙한 일본의 제2군은 신예 부대로 일거에 금주, 대련, 여순으로 진출했다. 그러나 제1군은 압록강을 넘어서부터는 숨이 막힌 것 같았다. 점령한 성시로부터 한 발자국만 밖으로 나가면 게릴라화 한 청병과 거기에 협력하는 농민의 저항에 부딪혔다. 성밖으로 나간 정찰대는 자주 포위 공격을 받아서 봉황성으로 도망쳐 돌아왔다.

요동 방면의 전투에 있어서도 적은 수의 일본군 정찰대가 청군의 공격을 받아서 퇴각한 일이 있었다. 그때 버려진 일본군의 시체에 청병이 능욕을 가한 사건이 일어났다.

이것은 여순에의 총공격 직전의 일이었다. 일본군은 복수의 일념에 불탔으며 일본군 장병은 점차 이성을 잃고 있었다.

여순을 점령하자 일본군은 청나라 군사뿐만 아니라 일반 시민, 부녀자에 이르기까지 가리지 않고 살해했다.

중국 군사가 보이면 가루로 만들려고 했고 여순 시민이 보여도 모두 살해하였다. 때문에 도로에는 시체가 가득해 행진하기에도 어려웠다. 민가에 있는 사람도 모두 죽였는데 대개의 민가에서는 세 사람에서 다섯 사람까지의 사망자를 내지 않은 집이 없었다. 그 피가 흘러 냄새가 지독했다.

이것은 병졸 쿠보다 나카무라[窪田仲藏]가 쓴 종군 일기의 한 구절이다.

여순에는 각국의 해군과 신문 기자가 있었으므로 이 대학살은 곧바로 전 세계에 보도되었다. 〈뉴욕월드〉는 일본군이 비전투원 6만 명을 살해했다고 보도하면서 일본은 문명의 껍데기를 쓰고 야만의 뼈와 살을 가진 야수로서, 지금은 문명의 가면을 벗고 야만의 본체를 드러내었다고 논평했다.

영국의 친일적인 국제공법학자인 홀란드 박사도 여순학살사건에 대해서는 일본군의 만행을 엄중하게 비난했다. 무츠 무네미츠의 〈건건록〉에는 박사의 논문을 다음과 같이 인용하고 있다.

당시 일본 장졸의 행위는 실로 상도를 벗어났다. 그리고 비록 그들이 여순 입구의 보루 밖에서 동포의 갈기갈기 찢긴 시체를 발견했고, 청국군 병사가 먼저 이와 같이 잔인한 행동을 했다고 하더라도 그것이 그들의 만행에 대한 변명이 되기에는 부족하다. 그들은 싸움에 이긴 첫날을 제외하고 그 다음날부터 4일간은 잔학하게도 비전투원, 부녀, 아동을 살해했다. 현재 종군하고 있는 구라파 군인 및 특별 통신원들은 이 잔학한 상황을 목격했지만 이를 제지할 수 없었고, 멍청하게 방관하며 구토를 참을 수 없는 상태였다.

이 사건은 꽤 오랫동안 꼬리를 길게 끌었다. 마침 일본은 미국과 미일 신조약을 교섭중이었지만 미국의 국무장관은 일본의 구리노 공사를 불러, 여순사건이 진실이라면, 이 조약에 대하여 상원의 비준을 얻기는 지극히 어려울 것이라고 경고했다.
구리노 공사로부터 이 말을 전해들은 무츠 외상은 이렇게 훈령하고 하고 있다.

여순항의 사건은 풍설만큼 과대하지는 않지만 다소 무익한 살육이 없었다고는 할 수 없다. 그렇지만 제국 병사의 다른 곳에서의 거동은 가는 곳마다 항상 칭찬을 받았다. 금번의 일은 무엇인가 분격을 일으킬 만한 원인이 있다고 믿는다. 피살자의 다수는 무고한 평민이 아니라 군복을 벗은 청병들이라고 한다. 이 사건으로부터 다시 수많은 소문이 생기기 전에 귀관은 민첩하게 수단을 써서 하루라도 빨리 신조약이 상원을 통과하도록 진력할 것.

무츠 자신도 '다소 무익한 살육'이 있었던 사실을 인정하고 있다. '다소'라고 하는 말은 극히 애매한 표현이다. 소문이 퍼지기 전에 빨리 손을 써서 상원을 통과하도록 노력하라는 선문 훈령이었다. 그 설득에는 피살자가 비전투원이 아니었다는 데에 중점을 둘 것을 시사하고 있다.
그러나 여순의 잔학 행위는 외국인에게 목격되었으므로 거기에 뚜껑을 덮는 일은 불가능하였다. 총검으로 부인의 가슴을 찌르고, 사람을 줄줄이 칼로 찔러서 줄에 꿰어 공중에 높게 걸었던 사실도 영국의 해원(海員)에 의해 보고되었다. 〈타임즈〉는 일본군의 포로 참살, 비전투원 특히 부인마저 살해한 사실을 무츠 외상에게 들이대면서,

'일본 정부는 이번 일을 어떻게 처리할 것인가?'
라고 신문 지상에서 힐문하였다.

이 기사는 목격자로서 기자뿐만이 아니라 영국의 동양함대 사관과 사령관인 해군중장까지 들고 있었다.

일본 정부는 궁지에 몰리게 되었다.

## 2

여순 함락 이전에 청조는 이미 동요하고 있었다. 일본군이 압록강을 넘어 요동의 각지를 점령하기 시작했을 무렵, 공친왕 룐쑤는 강화를 고려하지 않으면 안된다고 각오했다.

주전파인 웽퉁허와 리훙쪼우는 광서제를 만나 통곡하면서 역전(力戰)을 건의하였다.

'이길 수 있다면 싸워도 좋다. 그렇지만 이기지 못할 걸 뻔히 알고 있으면서 계속하여 싸우는 것은 나라를 멸망시키는 일이다. 저녀석들은 나라가 망해도 좋다는 말인가.'

공친왕은 이렇게 생각하고 있었다.

그는 함풍제의 동생이다. 형인 함풍제와는 함께 자랐으므로 특히 친밀했고, 태평천국과 제2차 아편전쟁의 난국을 형을 도와서 헤쳐 나온 공적을 가지고 있었다. 그에게 있어서 서태후는 형수였다.

서태후가 실권을 잡은 것에 대해서는 그가 최대의 공로자라고 할 수 있으리

라. 어린 동치제를 옹립하여 실권을 장악하려는 이친왕과 정친왕에게 쿠데타를 감행하여 서태후의 섭정 체제를 수립하였기 때문이다. 그렇지만 그런 만큼 서태후로서는 거북한 존재여서 점차로 경원되어 십여 년 전부터는 정치의 무대에서 사라져 있었다.

그가 재차 등용된 것은 외국과 교섭의 실적을 평가받았기 때문일 것이다. 1860년에 영불 연합군이 베이징에 쳐들어와 함풍제가 열하로 도망친 후, 영불 양국과의 교섭은 스물여덟 살의 황제(皇弟)인 공친왕에게 맡겨졌었다. 외무성에 해당하는 '총리각국사무아문'이 설치된 것은 바로 이 해였다.

그 이후로 공친왕은 청국 외교의 대표자였다.

서태후가 10년 만에 자기를 정치 무대에 불러낸 까닭을 공친왕은 잘 알고 있었다. 과거에 신기영(神機營)을 통솔한 일은 있었지만 지금은 벌써 군에 대한 영향력은 거의 없었다. 그가 할 수 있는 일이라고 한다면 영불 연합국과의 외교 절충 이래의 경험을 살려내는 일뿐이 없었다.

공친왕은 낙도주인(樂道主人)을 칭하여 좋아하는 시작(詩作)으로 날을 보내고 있었는데, 이해 9월 29일에 총서대신(總署大臣)으로 부활되었다. 그가 처음 만들어 낸 총리각국사무아문의 멤버였다.

부활된 후의 최초의 일은 일본과의 전쟁을 끝내는 일이었다. 외교통인 공친왕은 당연한 것처럼 외국 여러 나라에 조정을 타진하는 일로부터 손을 썼다.

'전비의 배상과 조선의 독립.'

이 두 항목은 인정하지 않으면 안되리라. 이 두 항에 대해서도 주전파로부터 격렬한 공격을 받으리라는 것쯤은 공친왕도 이미 각오했다.

외교는 거래다.

긴 외교 생활에서 그는 이런 점을 체득하고 있었다. 거래인 이상 불리한 측은 양보하지 않으면 안된다.

감원(鑑園).

공친왕은 자신의 저택 정원을 이렇게 불렀다. 그것은 정원뿐만 아니라 건조물도 포함한 명칭이었다. 자연의 냄새보다도 여기에서는 인공미 쪽이 강하였다.

방의 창문으로부터 곧바로 가로지르는 하얀 모래가 깔린 길을 가만히 바라보면서 그는 붓을 잡았다.

전보 원고를 쓴다. 각국에 주재하고 있는 공사들에게 그 나라의 유력자를 움직여서 조정을 의뢰하려고 하는 것이다.

공사는 세 사람밖에 없었다. 공소원(龔昭瑗), 쉬찡청, 양유(楊儒)의 세 사람이었다. 공소원은 영국·프랑스·벨기에·이탈리아 등 네 나라의 공사를 겸임했고, 쉬찡청도 러시아·독일·오스트리아·네덜란드의 네 나라 공사를 겸임하고 있었다. 양유는 미국·스페인·페루 등 세 나라의 공사였다.

공친왕은 오랫동안 망설였다. 썼다가는 지우고, 지웠다가 다시 썼지만 곧바로 뻗은 하얀 길에 격려를 받은 듯 허리를 쭉 펴고 최종 전문을 썼다.

그는 구체적인 양보의 조건을 전문 속에 넣을까 말까 하고 망설이고 있었던 것이다. 공사들에게 보내는 전문에는 그것을 넣지 않기로 하였다.

공문은 보존된다. 굴욕적인 양보를 이쪽으로부터 제시한 첫 인물로서 기록에 남는다는 것은 견딜 수가 없다. 그렇게 생각하는 반면, 가장 중요한 양보 조건을 꺼내지 않으면 상대방으로서도 일의 실마리를 잡을 수 없으리라는 감도 들었다. 조건을 뺀 전보는 쳐보았자 쓸데없는 공포탄이 되고 말리라.

'아니, 쓸데없는 공포탄이 되지 않게 하는 방법이 있다.'

공친왕은 일단 조건을 뺀 전보를 재외 공사들에게 치고, 조건 같은 것은 베이징에 있는 제외국의 공사에게 구두로 전달하기로 맘을 먹었다. 베이징에 주재하는 각국의 공사는 그 조건을 본국에 타전할 것이다. 외국에서도 공식 전보는 보존되겠지만 그것은 외국에서의 일이다. 또 '공친왕이 말하기에는……' 이라고 서두가 붙여질 것이므로 어떻게 변동할 수 없지도 않았다.

마음이 변하기 전에 그는 벨을 눌러서 비서를 불렀다.

"전보를 쳐 주게. 그리고 나서 각국의 공사관을 방문한다. 미리 연락하여 두도록."

공친왕은 이렇게 명령했다.

만나 본 각국 공사 중에서 가장 강한 반응을 보인 인물은 미국 공사인 찰스 덴바이였다.

'청국의 현 체제의 존속은 미국에게 유리하다. 따라서 청국의 현 체제가 붕괴할 우려가 있을 때에는 그것을 방지하는 일에 손을 대지 않으면 안된다.'

덴바이는 이렇게 생각했다. 미국의 국익을 중심으로 생각했음은 말할 나위도 없다.

주청 공사인 덴바이로부터 전보를 받아 든 미국 정부는 청일전쟁 정전에 대한 조정에 관하여 주일 공사인 에드윈 단에게 훈령을 발하였다.

단 공사는 무츠 외상을 만났다. 이것은 11월 6일의 일로써 제2군이 금주에 이어서 대련을 함락하기 하루 전이었다.

무츠는 아직 강화의 기운이 성숙하지 않았다고 보았다. 청국 내의 주전론은 아직도 강하다. 또 언젠가는 전쟁을 그만두고 강화를 해야 하겠지만 반드시 제3국의 중재를 필요로 하지는 않는다. 승자 대 패자의 관계로 강화를 맺으면 될 것이다. 그러나 어떤 나라가 중간에 서서 양자의 의견을 조정하는 역할을 해준다면 진행상 극히 편리할 것이다. 그 역할은 청국과 권익의 면에서 지나치게 밀접하게 연결되어 있는 영국보다는 미국 쪽이 보다 적당하다고 생각된다. 이렇게 판단한 무츠는 처음에는 회답을 질질 끌려고 하였지만, 마음을 고쳐 먹고 각의에 붙여서 천황의 결재를 얻은 뒤 다음과 같은 메모를 단 공사에게 건네 주었다.

일본 정부는 청일 양국의 화목을 위해 조정의 노고를 아끼지 않으려는 미국 정부의 후의에 대하여 깊이 감사하는 바이다. 대저 교전 이래 제국의 군세는 이르는 곳마다 승리를 얻어왔으므로, 지금 새삼스럽게 전쟁을 종결시키기 위해 우국의 협력을 요청할 필요는 없다고 생각한다. 그렇지만 제국 정부는 무리하게 승리에 도취하여, 이번 전쟁에서 얻어야 할 결과를 쟁취하는 데 만족하지 않고 그 욕망을 뻗치려 하는 건 아니다. 단지 청국 정부가 아직 직접 제국 정부에 대하여 강화를 요청해 오지 않으므로 제국 정부는 아직도 이런 한계에 도달한 시기로 간주할 수 없다.

이 메모는 공식 문서였지만 무츠 외상은 이를 건네 줄 때에 사적인 의견이라는 형식으로,
"실은 공공연하게 미국 정부를 번거롭게 하여 청일 양국의 조정자가 되어 주기 바란다고 요청하는 것은 제삼국에 대하여 어떨까 하고 생각되어집니다. 왜 미국을 선택하였는가하고 책망을 받게 되면 일본으로서도 귀찮은 일입니다. 그러므로 당분간 이 일은 비밀로 해주시기 바랍니다. 그렇지만 언젠가 청국 측이 강화의 단서를 열어 올 경우, 미국이 청일 양국의 상호 의견 교환에 편의를 제공해 주신다면 일본 정부로서는 그 후의에 의지하고 싶다고 생각합니다."
라고 덧붙였다.

단 공사는 무츠의 말에 만족하여 이를 본국 정부에 전할 것을 약속했다.

이것은 여순 함락 나흘 전의 일이었다.

단지 이 때의 단 공사의 무츠 외상 방문에서는 구체적인 조건 문제가 제시되어 있지 않았다. 전비 배상과 조선 독립이라고 하는 두 가지 조건이 제시된 것은, 무츠의 〈건건록〉에 의하면 11월 22일의 일이었다고 한다. 여순 함락의 다음 날이고, 여순의 학살 사건은 이 날부터 시작되었다고 되어 있다.

11월 22일, 베이징 주재 미국 공사 덴바이는 도쿄 주재 미국 공사 단에게 전보를 쳐 말하기를 '청국은 직접 강화 담판을 열기를 본 공사에게 위임했고 또 의뢰하였다. 강화 조건은 조선의 독립을 승인하고 나아가서 배상금을 지불하는 두 가지이다. 이 뜻을 일본국 외무대신에게 빨리 전달해 주길 바란다'고 했는데, 이것은 청국 정부가 직접 일본 정부에 대하여 강화 조건을 제의한 제일보였다.

무츠 외상은 이것을 뻔뻔스러운 제안이라고 생각했다. 일본군은 연전연승이

다. 조선 독립 따위는 청국이 승인하지 않아도 이미 기정사실로 되어 있다. 아니 사실은 더 나아가서 조선은 일본 속국화의 단계에 있다고 해도 좋았다. 아무리 배상금의 변상만으로 일을 끝내려 하여도 일본 측으로는 받아들일 수 없었다. 제국주의 시대의 전쟁 해결에는 영토의 할양이 상식처럼 되어 있었다. 청국이 제시한 조건에 그것이 포함되어 있지 않는 한 이야기가 되지 않는다. 일본은 전쟁의 승리자이다. 강화를 서두르는 쪽은 청국이며 일본이 아니었다.

닷새 후 무츠 외상은 단 공사에게 다음과 같은 메모를 보냈다.

베이징 및 도쿄에 있는 미국 대표자를 경유하여 청국 정부로부터 제출된 제의는 강화의 기초로서 일본국이 승낙할 수 없는 바이다.

현금의 정세에 있어서 청국 정부는 만족할 만한 강화의 기초에 동의할 의사가 없다고 여겨지지만, 만약 청국이 성실하게 화목을 희망하여 정당한 자격을 고루 갖춘 전권위원을 임명한다면, 일본 정부는 양국 전권위원 회합에서 일본국 정부로서의 전쟁을 종식시킬 만한 조건을 선언할 것임.

# 3

도쿄에서 단 공사가 청국의 두 가지 강화 조건을 제시한 날, 제2군의 오야마 대장은 여순 점령을 광도의 대본영에 타전하였다.

제2군은 21일 새벽부터 여순 후방의 모든 보루를 공격하다. 적은 종말에 이르기까지 굉장히 완강한 저항을 했지만, 결국 오전 여덟시 반, 의보영(毅寶營) 언병장의 시방 고안에 있는 보루들을 점령했다. 오후 두 시에 여순에 침입, 네 시에는 황금산(黃金山)의 포대를 점령했고, 오후 열한 시 반 팔리창(八里倉) 이남의 보루들을 점령했다. 22일 오전에 아군은 나머지 해안 포대를 모두 점령했다. 우리 측 사상자는 장교 이하 2백여 명, 적의 사상자와 포로는 아직 밝혀지지 않았으나 전리품 특히 대구경(大口徑)의 가포(架砲)와 탄약이 아주 많아, 적의 병력은 2만을 밑돌지는 않을 것 같다.

22일 오전 8시
오야마 대장

여순에 주둔하는 청군의 총사령관은 제독인 쑹칭이었다. 그러나 평양의 패전에 의한 여러 장수 간의 불화가 문제가 되어 군의 장로인 쑹칭에게 '전적 각군을 절제하라'는 칙명이 내려져서 그는 압록강 방면으로 향했다.

쑹칭은 구련성에 이어서 봉황성도 포기하고 퇴각하였다.

요동반도의 전황이 위급함을 고하게 되자 청조 정부는 쑹칭에게 여순의 구원을 명하였다. 쑹칭은 일본의 제1군에 쫓기고 있는 것도 아니고, 여순에서 일본의 제2군과 싸우기 위해 행진하고 있는 것도 아닌, 어느 쪽과도 관계 없는 형태로 군대를 이동시키고 있었다. 결국 쑹칭군은 여순의 구원군으로는 시간적으로 맞지 않았다.

여순을 지키던 인물은 조선 출병의 경험을 가진 제독인 황쓰린이었다. 그는 회군계의 장군이었다. 그렇지만 요동반도에 있던 명군과 의군의 주력은 조선에 보내지거나 쑹칭이 이끌고 갔으므로, 경군 6영 이외는 모두 새로 모집한 보충병이었다. 훈련도 불충분한 데다가 지급된 무기도 구식의 것으로 사기가 높을 리가 없었다.

여순 선착장 총판으로서 사정장관(司政長官)을 지내고 있던 꿍쯔우위[龔照璵]는 주영·불·이·벨기에의 네 나라 공사를 겸하고 있는 공소원의 동생이었고 정4품의 도원이라는 신분이었다. 위안스카이가 조선에 파견된 시기의 신분도 도원이었다. 꿍쯔우위는 주로 민정과 항만, 선착장 등의 관리에 임하고 있어서 '나는 무관이 아니다'라며 전쟁의 국외(局外)에 서려고 했다.

항만 관리라고 하는 역직을 이용하여 제일 먼저 배를 구하여 도망친 자가 바로 꿍쬬우위였다. 보충병들 중에서는 소총을 쏘는 방법도 모르는 자가 있었다고 한다. 그들은 재빨리 평복으로 갈아 입고 민간인 속으로 숨어 들어갔다.

학살 사건으로 세계의 비난을 받았을 때에 일본 정부는 '피살자는 비전투원이 아니라 군복을 벗은 군인이다' 라고 변명하였다. 확실히 군복을 벗은 군인이 많았지만 일본군 장병이 살해한 사람은 그러한 사람들뿐만은 아니었던 것이다. 쿠보다 나카무라의 종군 일기에도 부인 사십여 명을 죽였다는 소리를 들었다고 쓰고 있다. 그렇지만 무츠 외상을 비롯하여 일본 정부의 책임자는 어디까지나 국제공법에 위반한 살육은 없었다고 발뺌을 하려고 했다.

병사들은 민간인으로 변장하여 도망쳤고 장군과 고급 장교들은 배를 타고 산동반도로 도망하려 하였다. 큰 배는 곧 준비되지 않는다. 북양 함대는 모두 위해위로 이동하여 있었다.

제독인 황쓰린, 수뢰영방대관(水雷營幇帶官)인 쿵유시양[孔玉祥] 등이 탄 작은 배는 해상에서 뒤집혀져 상선에 의해 구조되었다. 짱꾸이티[姜桂題]와 쩡원허[鄭允和] 등의 간부들도 탈출했다. 고군 분투 일본군과 잘 싸웠던 쉬빵또우[徐邦道]의 용감함이 그만큼 눈에 누드러셨다.

선착장이 있는 여순으로부터 북양 함대를 위해위로 옮긴 것은 처음부터 여순을 포기하고 있었다고 볼 수밖에 없다. 여순은 신병뿐이라는 사실은 베이징에서도 알고 있었던 셈이다.

각오를 하고 있었다고는 하지만 여순의 실함은 베이징의 조정으로서는 커다란 충격이었다. 발해의 제해권이 일본의 수중으로 들어간 꼴이 된다. 건너편인 산동반도의 위해위에 청국 해군의 기지가 있다고는 하지만, 함선을 수리하는 선착장조차 없는 군항이다. 베이징으로부터는 위해위의 띵루창에 대하여, 쓸데없이 출동하여 함선을 손상시켜서는 안된다는 지시가 내려졌다. 이것은 싸워서는 안된다는 말과 같았다.

발해에 일본 해군이 자유롭게 들락거리게 되면 톈진, 베이징이 바로 최전선이 되는 셈이다.

이 무렵 톈진에서는 병사들의 소동이 있었다.

"도대체 어찌 된 셈인가?"

"언제나 병졸을 제일선에 내세우고, 장교가 먼저 도망친다고 하지 않는가."

"아니야, 제일 먼저 도망치는 자는 제독이라든가 총병이라는 따위의 장군님들인 것 같다."

"일본군이 톈진에 공격해 오면 장군들을 제일선에 세우도록 하자."

"그렇다, 그렇다. 그놈들은 신용할 수 없으니까 우리들이 뒤에서 감독을 해야지 않을까."

병사들은 술을 마시고 가두에 나와 소란을 부렸다. 병영 내에 있을 시간인데도 불구하고 거의 모두가 밖으로 나왔다. 위병이나 보초도 없었다. 전원이 그랬으므로 처벌할 수도 없었다.

보통 때는 그렇게도 느리던 연락도 패전과 그에 얽힌 정보는 놀라울 만큼 빠른 속도로 전해졌다. 장군과 사관의 도망치는 발걸음이 빨랐던 것은 사실이지만 그것은 다시 과장되어 전해졌다.

"병대를 한 줄로 세워놓고 그걸 방탄막으로 하여 도망쳤다. 한 사람의 장군 목숨을 구하기 위해 3백여 명의 병사가 죽었다."

이런 말이 그럴듯하게 전해졌다.

'있을 법한 일이다.'

병사들이 이렇게 생각한 것은 상관들의 평소 언동으로 보아 당연한 일이었다고 할 수 있으리라.

청국 군대는 무정부 상태였고, 이래서는 전쟁을 치를 수도 없었다.

"황제는 서안부(西安府)로 도망친단다."

"집식구들을 데리고 슬슬 말이야."

"우리들은 또 총알받이라구."

"보나마나 뻔한 일이지."

황제 몽진(蒙塵)의 소문마저 전해지고 있었다. 원래 그것은 소문만은 아니었다. 여순 함락 전부터 발해의 재해권을 잃으면, 궁정을 위험한 베이징으로부터 섬서성의 서안으로 옮길 것을 이미 검토하고 있었다.

"황제가 서안으로 도망갈 때 우리가 호위를 맡게 되지 않을까?"

"만주 팔기의 군대로 정해졌어. 같은 만주족이니까."

"그렇게 생각하기 십상이지. 그러나 그렇지만도 않다구. 도대체 그놈들로 전쟁이 되기나 하겠는가?"

2백 수십 년, 중국의 주인으로서 포식난의(飽食暖衣)하여 온 만주 팔기군은 본래 청조의 직속 군사로서 정예여야 할 부대였음에도 불구하고 지금은 장식품에 지나지 않았다. 40년 전, 태평천국이 일어났을 때 이미 증명되었던 사실이다.

싸울 수 있는 군대를 다시 조직하지 않으면 안 되었다. 쩡궈후안이 '상군'을 만들었고, 리훙장이 '회군'을 조직했다. 만주 팔기군에 전투 능력이 없다는 사실은 천하가 다 아는 일이었다.

"그렇다면 그놈들이 전쟁을 할 수 없다는 것은 더 잘 알겠구나. 그러면 황제를 지키는 게 그놈들도 아니고 우리들도 아니라면 도대체 어느 군대란 말인가?"

"그렇게까지 말했는데도 모르셌는가? 머리가 나쁘구나. 징해저 있지 않은가? 청국 황제를 호위하여 서안부로 가는 것은 외국의 군대이다. 북양 해군의 하넥켄이 상해로 가서 외국인 의용군을 모집하고 있다는 얘기가 있다구. 확실히는 모르지만 급료는 우리들의 2백 배라고도 한다."

"지독한 얘기이구나."

"정말 그래! 멍청한 것들. 야, 술이나 다오, 술!"

장소가 톈진이었으므로 가두에 병사들이 나와서 소란을 피우자 사람들의 눈에 띄게 되었고 소문은 꼬리를 물고 널리 퍼지게 되었다. 보도는 되지 않았지만 각지에서 똑같이 자포자기한 병사들이 소란을 일으키고 있음을 추측할 수 있었다.

"싸움을 빠른 시일 내에 끝내지 않으면 안된다."

눈앞에서 이 사건을 보고 있던 리훙장이 이렇게 생각한 것은 무리가 아니었다. 조기 정전파로서 그는 공친왕과는 동지였던 셈이다.

# 4

공친왕의 장남인 재징(載澂)은 10년 전에 후사가 없이 죽으니, 차남인 재형의 장남 공친왕의 장손이 된 부위(溥偉)가 재징의 양자로서 가독을 잇게 되어 있었다.

4년 후 공친왕은 죽지만 부위가 세습하여 공친왕으로 불리게 된다. 청 말에 때때로 이름이 나오는 공친왕은 이쪽인 것이다.

공친왕 콴쑤는 손자인 부위에게 기대를 걸어 일류 가정 교사를 몇 명이나 붙였는데, 그 중의 한 사람인 위다[裕達]는 여든 살이 넘은 늙은 만주인이었다.

위다는 부위의 교사일 뿐만 아니라 공친왕의 이야기 상대이기도 했다. 근래 10여 년간 공친왕은 서태후에게 경원되어 일체의 관직으로부터 떨어져 있었으므로 아주 한적하였다. 그는 그 사이에 주로 시를 짓고 놀았는데 그의 시문 선생이 바로 위다였다.

"요즈음은 별로 뵈올 기회도 없습니다. 이렇게 댁으로 찾아와서 부위님의 공부를 봐 드리고 있습니다만, 전하께서 바쁘셔서……."

여순 실함의 소식이 있었던 수일 후, 부위에게 〈춘추〉의 강의를 마친 위다가 공친왕을 뵙고 싶다고 말했다. 공친왕도 위다를 만나고 싶었다.

"바쁜 것은 마음 뿐이야. 어떻게든지 마음을 가라앉히려고 생각하고 있지만 그럴 때면 당신이 생각나더군. 노인장과 얘기를 하고 있으면 내 마음도 가라앉지 않을까 하는 기분이 든다."

공친왕은 쓸쓸하게 말했다.

"전하와 말씀을 나눈 것은 이제까지 화조풍월(花鳥風月)의 내용뿐이었습니다. 지금은 국정의 중추에 복귀되시어 그럴 입장이 아니십니다. 그렇지만 너무 외곬로만 깊게 생각하시면 몸에 해롭습니다. 실은 그걸 말씀드리고 싶어서 이렇게 찾아뵈었습니다."

"나의 일을 그렇게 생각해 주는 사람이 있다는 사실만으로도 기쁜 일이야. 노인의 얼굴을 보니 안심이 되는군."

"화조풍월의 얘기라도 나눌까요?"

"나도 그런 얘기를 하고 싶다."

공친왕은 여기까지 말하고는 눈을 감고 목을 가볍게 좌우로 흔들었다.

"그러나 지금의 나로서는 할 수 없는 일이다."

"그도 그럴 것입니다. 나라의 일로 머리도 가슴도 꽉 차 있음을 이 늙은이도 잘 알고 있습니다. 싸우는 일에 마음 아파하고 계시는 모습을 상상만 하여도 가만히 서 있을 수가 없습니다."

"나라가 망하느냐 마느냐의 절체절명의 순간이야."

"그것도 일이 늦으면 늦을수록 상처가 깊어질 것 같은……."

"노인장."

공친왕은 위다의 눈을 가만히 응시하였다.

"당신도 그렇게 생각하는군?"

위다는 가만히 고개를 끄덕였다.

"황제의 주위에는 용감한 말만 하는 사람들이 있지. 그러한 분위기 속에서는 사실을 말하는 일조차 불가능하다. 어지간히 용기가 없으면……."

공친왕은 힘없이 말했다.

'사실'이라는 것이 정전 강화를 의미한 말임은 이를 나위도 없다.

"저 사람들에게 나라가 망하는 일은 없습니다. 그들은 눈물을 흘리고 때로는 통곡한다고 들었습니다. 아무리 통곡의 목소리가 높다 하여도 결국 그것은 가라앉습니다. 그러나 우리들에게 그 통곡은 영원히 계속될 것입니다."

"영원히 계속된다. 그럴까, 끝이 없는 통곡인가?"

공친왕은 이마를 찌푸렸다.

주전론의 웽퉁허와 리훙쪼우 혹은 짱즈퉁이라는 패거리들은 모두 한족의 대신이었다. 그들은 비분강개하고 황제의 앞에서 통곡하며 힘써 싸울 것을 주장했다고 한다.

'언제까지든 일본과 싸운다.'

그렇지만 지금의 상태로는 싸우면 싸울수록 상처는 깊어진다. 상처가 옅은 때에는 회복의 희망도 있지만 뿌리가 깊어지면 회복 불능이 되고 만다.

나라는 망한다. 그 나라라는 것은 청조이다. 만주족이 2백50년 전, 산해관을 넘어서 베이징을 점령하고 전 중국을 제패하여 세운 나라인 것이다. 그 나라가 멸망한다. 그렇지만 다른 나라가 대신 설 것이다.

동해의 소국인 일본이 아니다. 일본에게 중국은 너무나도 크다. 일본은 조선을 삼키는 게 고작일 것이다. 소문으로는 요동반도를 먹는다고 하고, 대만의 할양을 요구하리라고도 한다. 기껏해야 거기까지이다.

중국에는 다른 정권이 들어서게 된다. 청조에 대신하여 수립되는 정권은 한족의 것이 된다.

'저 놈들에게는 나라가 망하는 일은 없다.'

위다가 말한 뜻은 바로 이걸 가리키는 것이었다.

만주족의 나라, 청 왕조는 망하여 재생하지는 못할 것이다. 만주족의 통곡은 그런 의미에서 끝이 없는 것이다.

"노생은 정치와 군사 등에 대하여 아무 것도 모릅니다. 한 가지만 전하에게 여쭈어 보고 싶습니다만, 이 싸움은 도대체 승산이 있습니까? 조금이라도 좋습니다. 이길 가망이 있습니까?"

위다는 자신도 모르게 의자에서 몸을 일으켜 세우며 물었다.

공친왕은 크게 한숨을 쉰 뒤 천천히 고개를 좌우로 흔들었다.

"그렇다면 전하께서 하실 일은 정해져 있지 않습니까? 고민하실 건 아무것도 없습니다. 건청궁(乾淸宮 : 자금성으로 보통 황제가 측근과 정무를 행하는 곳)의 분위기 등은 어떻게 되건, 그런 데에 눈을 돌려서는 안됩니다. 한 가지 길입니다. 그로부터 벗어나는 길은 어떤 길도 없을 것입니다. 한 가지의 길, 그 길을 가십시오."

위다는 이렇게 말하고서 혀로 입술을 핥았다. 입술이 바싹바싹 마르고 있었다.

"노인장의 말을 듣고 나니 마음이 편해지는군. 그렇다. 내가 할 일은 그 일밖에 없다. 확실히 다른 길은 없기 때문에 고민할 것 따위는 없겠구나. 하하하."

공친왕의 웃음소리는 어울리지 않았고 또한 메말라 있었다.

"중당도 그 일에 열심이라고 소문으로 듣고 있습니다만?"

중당이란 물론 톈진에 있는 직예총독 리훙장을 가리키는 말이다. 리훙장이 정전 강화론자라는 사실은 그 당시에 이미 널리 알려져 있었다.

"중당은 잃는 것이 많지 않은가? 군대도 함대도 모두 중당의 것이 아닌가?"

"새로운 나라는?"

위다는 목소리를 낮추어서 물었다.

청 왕조가 망하고 새로운 왕조가 대신 들어선다고 하면, 그 새로운 나라의 주인은 리훙장이 아닐까?

태평천국을 진압한 최대의 공로자인 쩡궈후안은 한때 신왕조를 수립할지 모른다는 의심을 받은 적이 있어서 그 때문에 정계로부터 은퇴했었다.

"중당은 나이가 너무 많다."

공친왕은 거침없이 대답했다.

"그렇다면……."

위다는 안심한 표정이었다.

리훙장 이외에 무력을 가진 실력자는 없었다. 지금부터 출현할지도 모르지만 현재로서는 당분간 새로운 나라를 세울 만한 인물이 없다.

"빨리 서두르지 않으면 안 된다. 모든 방법을 동원해서라도……."

공친왕은 속삭이듯이 말했다.

모든 방법 속에는 외교 수단도 포함되어 있었다. 그는 손을 썼다. 그렇지만 현재로서는 별로 눈에 띄는 반응은 없다.

# 제36장 동학, 붕괴되다

1

정청삼책(征淸三策).

제1군 사령관 야마가타 아리토모가 이것을 대본영에 상신한 것은 여순 함락 직전인 11월 3일의 일이었다.

제1책은 산해관 근방에 상륙하여 베이징 공격의 기지를 점령하는 것. 이것은 여순을 공격한 제2군의 제2차 상륙인 셈이다.

제2책은 요동반도를 제압하고 결빙하지 않는 해안에 병참 기지를 건설하는 것.

제3책은 곧바로 북진하여 봉천을 공격하는 것.

이 세 가지 방책 중에서 어느 쪽인가를 선택해야 한다고 대본영에 강경한 요구를 들이밀었다. 그렇지만 대본영은 현지에서 그대로 '동영(冬營)' 시킬 방침이었다. 어쨌든 조선의 북쪽에 있는 중국의 동북부는 혹한의 지방이므로 겨울에는 단지 움직이는 것만으로도 대단한 일이었다. 하물며 싸우려 한다면 여러 가지 곤란한 일이 예상되었다. 현지의 군간부도 대체로 동계 작전에 반대였다. 제3사단장 가츠라 다로[桂太郎] 등은 동계 작전 불가론자였다. 단 한 사람 야마가타 대장만이 의기양양이었다.

참모차장 가와카미 소로쿠는 대본영에서 육군 관계의 작전을 총괄하는 입장이었지만, 그도 야마가타의 베이징 진격론에 난처해하고 있었다.

야마타 대장의 주장은 이러하였다.

"가만히 머물러서 동영하면 사기가 저하된다. 그 사이에 적은 보강되므로 봄이 되어서는 공격하기 어렵게 된다."

오야마 대장의 제2군이 여순을 함락한 것에 야마가타가 자극을 받았던 것이리라. 11월 25일에 해성(海城) 공격을 명하였다.

해성은 봉천의 남서쪽 약 1백20킬로미터에 있고 사하(沙河)에 면해 있다. 요동반도와 봉천과의 꼭 중간에 있는 요지였다. 거기를 점령하면 봉천에 위압을 가하게 되고 다시 산해관에의 길도 열리는 셈이었다.

야마가타 대장이 명한 해성 작전은 대본영 명령의 확대 해석으로서도 한계선을 넘고 있었다. 상식적으로 보아 이것은 통제 위반이었다. 전공에 빛나는 군사령관을 명령 위반의 이유로서 제꺽 파면할 수도 없었다. 그렇다고 하여 이대로 방치하면 야마가타 대장의 독단적인 전행은 막을 수가 없게 된다.

어떻게 하면 좋을 것인가?

어차피 파면은 피할 수 없으나 야마가타 대장의 명예를 위해서도 통제 위반의 죄를 정면에 내세워서는 안 된다.

'병.'

출정중인 군 최고 사령관의 경질에는 이것 이외의 이유는 생각할 수 없었다.

이토 총리가 천황에게 주청한 결과 다음과 같은 칙어가 내려졌다.

짐, 경을 보지 못한지 오래다. 지금 또 경이 병에 걸렸다는 말을 듣고 걱정을 금할 수가 없다. 짐은 그 위에 적군 전반의 상황에 대해 친히 경으로부터 듣고 싶다. 바라건대 경은 하루 빨리 귀소하여 상주할 것.

이 칙어를 전한 사람은 시종 무관인 나카무라 오부[中村覺] 중좌였다. 병이 나지도 않았는데 천황으로부터 병에 걸렸다는 소리를 듣고 야마가타는 자기가 확실히 해임되었다는 사실을 알았다. 원래대로라면 배를 갈라서 죽어야 할 일이었지만 칙어는 귀조보고(歸朝報告)를 명하고 있다. 통제 위반의 일에는 한마디도 언급하고 있지 않았다.

야마가타 대장이 우품에 도착한 것은 12월 16일의 일이었다. 우품에 정박하고 있던 군함은 모두 화려한 장식을 하고 환영하였다. 이토 총리 스스로가 광도로부터 우품까지 환영하러 와 있었다. 야마가타의 소환 운동을 가장 적극적으로 진행시킨 가와카미 소로쿠 중장도 나와 있었다. 군악대의 취주 속에서 야마가타 대장은 개선 장군으로서 조국의 땅을 밟았다.

모자의 차양에 손을 대고 야마가타는 환영 나온 사람들에게 답례하고 미소를 띄우려 하였으나 아무리 해도 얼굴이 굳어졌다. 가슴속은 부글부글 끓어오르고 있었다.

12월 18일, 야마가타 대장은 광도의 대본영에서 천황을 알현했다. 당시의 신문은 이때 야마가타 대장이 천황으로부터 받은 칙어를 다음과 같이 보도하고 있다.

짐, 종전에 경이 군중에 있을 때 질병에 걸렸다는 소식을 듣고, 걱정이 태산같아 사람을 보내어 위문케 하고 친히 적정(敵情)에 대해 듣고자 하여 귀조를 명령하였음. 지금 직접 병이 나아감을 보고 짐은 크게 기뻐하며 현직을 해직하고 특별히 참모부에 배치하노니, 경은 이제 몸조리에 힘써 짐을 보좌하라.

제1군 사련관의 직이 파해진 야마가타는 '감군'이라는 직에 임명되었다. 3개월이 안 되어서 그는 육군대신이 되었다. 육군대신이었던 오야마가 제2군 사령관으로서 출정하고 있었으므로 그 사이에 해군대신인 사이고가 육군대신도 겸임하고 있었다. 사이고는 겸임이 풀려 해상 전임이 되었다.

야마가타 대장이 군사령관의 직을 면해졌다고 하더라도 경질 전에 내려진 해성 공격 명령은 취소되지 않았다. 실제의 전투에서는 일단 내려진 명령은 그렇게 간단하게 정정될 수 없는 것이었다.

해성 작전에의 출동을 명령받은 제3사단의 사단장이 야마가타 해임에 관하여 대본영의 가와카미 중장과 함께 가장 강력하게 움직였던 가츠라 다로 중장이었다는 사실은 얄궂은 일이었다.

해성은 12월 13일에 함락되었다. 제3사단은 패주하는 청군을 추격하였지만, 항와채(缸瓦寨)에서 대격전이 벌어져 4백 명에 가까운 인명 손실을 내고, 일단 그곳을 점령한 뒤 재차 해성으로 돌아왔다. 청군은 그 후에도 다섯 차례에 걸쳐서 해성에 공격을 가하였다. 가츠라 다로의 제3사단은 이 전투에서 고전을 겪었다. 해성의 일본군을 공격한 것은 사천제독인 쑹칭이었다. 일본군은 해성에서 포위되어 고전하게 되었다. 대본영은 해성을 포기하고 전선을 정리하고 싶었지만 귀국하여 감군이 된 야마가타 대장이 강경하게 이에 반대했다.

'역시 야마가타의 작전은 잘못 되었다.'

이런 결론이 내려지는 걸 두려워했기 때문이었다.

야마가타 대장에게 귀국 명령이 내려졌던 직후 일본군에 의한 여순의 학살 사건이 외국의 신문에 보도되었다. 수많은 외국인 목격자가 있었음에도 불구하고 무츠 외상이 어디까지나 딱 잡아 뗀 것은 여순의 책임자를 처벌할 수가 없었기 때문이었다.

대청전쟁은 야마가타 대장의 제1군과 오야마 대장의 제2군에 의해서 계속 수행되었다. 그리고 제1군의 야마가타 대장이 실질적으로 막 해임된 참이었다. 제2군의 오야마 대장에게 책임을 묻게 되면 두 사람의 군사령관이 머리를 나란히 하여 파면되는 꼴이 되어버린다.

당시 일본에는 육군 대장은 네 명밖에 없었다. 더구나 그 중의 두 사람은 아리스 가와노미야[有栖川宮]와 고마츠 미야[小松宮]라는 황족이었다. 아리스 가와노미야는 다음해 1월에 사망했다. 야마가타과 오야마는 난 두 사람의 육군 대장이라고 해도 좋았다. 그러므로 만약 두 사람이 모두 해임된다면 사기에 영향을 줄 수밖에 없었다. 국운을 걸고 하는 전쟁의 막판에서 그런 일을 할 수는 없었던 것이다.

　노즈 미치츠라 중장이 야마가타 대장의 후임으로서 제1군 사령관에 임명되어 표면적으로는 어쨌든 파탄을 보이지 않고 전쟁이 계속되게 되었다.

## 2

　여순 함락 후 얼마 되지 않아서 텐진 해관 세무사인 독일인 구스타프 데트링이 리훙장의 내명을 받아서 일본으로 건너갔다. 그가 탄 '예유호(禮裕號)'가 신호항에 도착한 것은 11월 26일의 일이었다. 그의 사명이 강화를 미리 떠보기 위한 것이었음은 두말할 필요도 없다.

　출발에 앞서서 리훙장은 데트링에게 두품정대(頭品頂戴＝일품관이 붙이는 모자의 장식)를 주었다. 이것은 데트링의 요구에 의한 것이었다. 일본 측과 교섭을 하기 위해서는 신분을 확실히 해두어야 한다고 생각했기 때문이었다. 단지 리훙장의 친서를 휴대하고 있다고 하여 일본 측이 회담에 응하리라고는 단정할 수 없었다.

　'그에 적합한 자격'이 필요하므로 모자의 장식을 붙이는 정도는 허락하라는 데트링의 요구였다. 그러나 두품정대를 붙이고 있다 하여 이 홍모벽안(紅毛碧眼)의 인물이 청국의 고관이라는 사실이 증명되는 것은 아니다. 데트링의 방일은 세련되지 못한 계획이었다.

　데트링을 아는 사람들은 대개 그를 '세상 물정에 밝은 재인'이라고 평하였다. 그러나 그는 두뇌의 회전이 빠르고 확실히 유능한 인물이었지만 중후함이 결여되어 있었다.

　사람의 비위를 잘 맞추는 사교가여서 리훙장에게는 신임을 받고 있었다. 그는 원래 청국의 고용 외국인으로서 지부(芝罘 : 산동성 인태)의 세무사로 근무하고 있을 때에 리훙장을 알게 되었다고 한다.

양국의 외교관 마아가리가 운남에서 살해된 사건을 처리하기 위하여 지부 조약이 체결된 것은 1876년의 일이었다. 이 때 영국의 전권 대표는 토마스 웨드였고, 운남 사건 이외의 여러 문제를 이 기회에 한꺼번에 해결하려고 했으므로 교섭은 극히 난항하였다. 영국은 고자세로 임하여 최후 통첩을 발하기도 했고 퇴장하기도 하여 리훙장을 괴롭혔다. 이 때 리훙장을 위하여 웨드와의 절충에 노력한 인물이 데트링이었다.

그 이후로 리훙장은 데트링을 신임하고 있었다. 데트링도 데트링 나름대로 리훙장을 위해서 이와 같은 국제적인 조약 체결뿐만 아니라 조그만 문제들까지도 서비스해 주었다.

리훙장은 그를 톈진 세무사로서 자신의 본거지에 두고 막료로 이용했다. 여순 요새를 구축하고 북양 해군의 최고 고문이 되었던 앞서의 독일인 하넥켄도 실은 데트링이 리훙장에게 추천한 인물이었다.

데트링은 신호에 상륙하자 병고현(兵庫縣) 지사를 통하여 리훙장의 친서를 이토 히로부미에게 전달하여 주기 바란다는 희망을 피력하였다. 이것은 이례적인 수속이었다. 정식의 외교 문서라면 외무대신을 통하여 총리에게 전달될 것이었다.

리훙장 개인의 칙서이지만 그것은 결코 국서는 아니었다. 국서를 휴대하고 있지 않은 자는 공식의 자격자로는 인정되지 않으리라. 일본 측도 이 애매한 인물을 어떻게 취급할 것인가 조금은 당황한 모양이었다.

우선 광도에 있는 내각 서기관장인 이토 미요지[伊東巳代治]가 병고에 파견되었다. 데트링의 자격은 애매했지만 그의 사명은 명백한 것이다. 강화에 대해서의 타진 이외에 용건은 없는 것이다.

이토 미요지는 신호에 도착하자 곧바로 지사 관저로 주포(周布) 지사를 방문했다.

강화의 타진에 대한 일본 정부의 대응책은 이미 정해져 있었다. 그것은 당분간 상대하지 않는다는 것이었다. 군사적으로 한 번 더 중대한 타격을 가한 연후에 엄중한 조건을 제시하려는 계산이었다.

이토 미요지 서기관장은 병고현 지사에게 이토 총리의 훈령을 전했다. 현 지사를 통하여 청해 온 이야기이므로 그 회답도 현 지사를 통하여 행한다는 형태를 취하고 있었다.

데트링은 이토 총리와의 면회를 요구하고 있었지만 그것은 거절되었다. 그뿐인가, 리홍장의 친서도 수리도 거절되었다.

이토 미요지 서기관장은 병고현 지사 관저에서 극히 짧은 시간이었지만 데트링을 만났다. 그러나 이 면담도 비공식적인 것이었다. 데트링에게 정부의 회답을 전한 사람은 주포 병고현 지사였던 것이다.

배의 시대에 신호와 횡병 두 항구는 일본의 현관이었다. 귀빈이 때때로 방문하기 때문이었는지 당시의 병고현 지사 관저는 꽤 훌륭한 응접실을 갖고 있었다. 서양풍인 이 방의 크림색 천정에는 멋있는 샹들리에가 늘어져 있었다. 그 아래에서 주포 지사는 데트링과 마주 앉았다.

"당신에게 의뢰받은 일, 즉 청국의 리홍장 씨로부터 이토 총리 앞으로의 서한 전달에 관한 일입니다. 신속히 광도의 이토 히로부미 총리에게 전보를 쳤습니다. 그리고 오늘 저녁 내각 서기관장이 총리의 훈령을 휴대하고 멀리 광도로부터 오시게 되었습니다. 그 훈령의 내용은 아마도 당신에게는 불만일 거라고 생각되어집니다마는 말씀드리지 않을 수도 없군요."

주포 지사는 이렇게 말머리를 꺼냈다.

데트링은 미소를 띄우면서 고개를 끄덕였다. 지사의 말투에서 바람직한 회답은 아니라는 걸 알아챘다. 그러나 그것은 이미 각오한 일이었던 것 같다.

'서기관장의 말씀으로는' 이라며 말을 꺼낸 지사는 가벼운 기침을 하였다.

"당신을 정당한 수속을 밟은 사절로서는 인정할 수 없어 유감입니다. 총리대신을 만나는 일은 불가능합니다. 그런 얘기입니다."

"나는 직예총독이며 북양대신인 리홍장 각하의 친서를 휴대하고 있습니다. 리홍장 각하가 청국에서 어떠한 위치에 있는가, 이것은 지사 각하가 아니더라도 모두 알고 있을 것으로 생각합니다만……."

데트링의 독일풍의 영어를 동행한 통역이 일본어로 번역했다. 아주 젊은 통역이었다. 20대 후반일까, 영어와 일본어 외에도 중국어도 잘했다. 일본 측으로부터 질문을 받으면 곤란한 대목에서는 데트링과 중국어로 주고받았다. 데트링은 중국 생활이 길었으므로 중국어가 유창했다.

뒤에 잡담을 나누게 되었을 때 황이라 불리우는 이 통역은 자신의 부친이 횡병에 재주(在駐)하는 중국인이고, 모친이 일본인으로 교육은 주로 홍콩에서 받았다고 그 성장 과정을 말하였다. 데트링은 이상적인 통역을 데리고 온 셈이었다. 그렇지만 그의 사명은 이상대로는 되지 않았다.

"친서라고 말씀하십니다만, 그것을 주고받는 일에는 사전 수속이 필요할 것입니다. 특히 현재 양국은 교전 중이므로 국제법에 따른 정당한 수속 이익 대표국을 통한 신청으로부터 시작하는 공식 수속을 밟지 않으면 안 됩니다. 당신은 그것도 없이 오셨으므로 우리나라에서도 당신을 공식 사절로서 인정할 수가 없습니다."

"그렇다면 비공식 회담이라도 좋습니다."

"안됩니다. 비공식이라 하더라도 당신이 청국 정부를 완전히 대표한다는 권한을 가졌다는 것이 공식적으로 인정되지 않는 한 면담은 불가능합니다. 면담은 고사하고 서한을 받아들이는 것도 불가능합니다. 유감입니다만 이 결정은 변경할 수 없는 것입니다."

주포 지사는 단호하게 말했다.

좀더 물고늘어질 거라고 여기고 있었는데 데트링은 지사가 뒤로 꽁무니를 빼면 뺄수록 시원스럽게 말하였다.

"하하하. 그러실 줄 알고 있었습니다. 그래서 실은 리홍장 각하의 이토 총리 앞으로의 서한은 오늘 아침 이미 우송하여 두었습니다. 동시에 나도 한 동의 편지를 써서 보냈습니다. 적어도 우편 배달부는 그것을 이토 총리의 관저까지 배달하겠지요. 그분이 읽게 될 지는 알 수 없습니다만."

데트링은 천연덕스럽게 이렇게 말했다.

"이제부터 어떻게 하실 예정입니까?"

"전보가 와 있습니다. 서둘러 톈진에 돌아오라는……. 총독 각하가 나에게 무엇인가 용무가 있으신 모양입니다. 그래서 내일 아침 톈진으로 돌아갈 예정입니다."

데트링이 지사 관저로 불려온 때가 저녁이었으므로, 다음날 아침 일찍 출범할 예정이었다면 이토 총리와의 면담 등은 처음부터 기대하고 있지도 않았던 모양이다.

데트링이 '지급 귀환'의 전보를 받은 것은 사실이었다. 그렇지만 그가 말하는 것처럼 리훙장이 그에게 급한 용무가 있었기 때문은 아니었다. 그 전보를 치게 한 사람은 공친왕이었다.

공친왕은 이미 총서대신으로 복귀하여 총리아문의 주인이 되어 있었다. 청국의 사실상의 외무대신이었다. 그는 톈진의 리훙장과 더불어 강화파의 인물이었다. 열렬한 강화파인 공친왕이 왜 강화의 실마리를 풀기 위해 일본으로 건너간 데트링을 불러 들였는가? 겉으로 볼 때 그것은 강화 촉진 운동에 물을 끼얹는 행위와 같았다.

미국의 주청 공사 찰스 덴바이가 데트링의 행동에 불쾌감을 갖고 있었던 때문이었다. 덴바이가 주일 공사인 에드윈 단과 연락을 취하고 본국의 승인도 얻어서 청일 양국의 강화에 힘을 쓰고 있었음은 앞에서 서술하였다. 무츠 외상도 비공식적으로,

"언젠가 청국 측이 강화의 실마리를 마련하여 올 경우, 미국이 청일 양국의 상호 의견 교환에 편의를 제공해 주신다면 일본 정부로서는 그 후의에 의지하고 싶다."

라고 약속하고 있었다.

청일 양국의 강화에 제3국의 힘을 빌릴 필요가 있을 경우 어느 나라보다도 미국을 택한다는 것이 일본의 의향이었다. 국제 외교 무대에서 미국의 발언권

을 강화시키려 하고 있는 덴바이로서는 청일 강화는 이미 침을 발라놓은 포획물이었다. 소위 미국에 판매가 약속된 예약 상품이었던 셈이다. 그것을 독일인계의 이상한 외국인 데트링이 앞에 나서서 무언가 획책하고 있다는 사실이 덴바이로서는 마음에 들지 않았다. 리훙장의 신임을 받고 있는 비밀 막료인지는 모르지만 눈에 거슬리는 건 어쩔 수 없었다.

"미국이 전하의 의뢰에 따라서 여러 가지로 애쓰고 있다는 사실은 알고 계실 것입니다. 조정이라는 것은 창구를 하나로 하지 않으면 뒤틀려버릴 위험성이 있습니다. 지금 병고에서 활발하게 움직이고 있는 데트링은 대단히 방해가 되는 존재입니다. 빨리 소환해 주시기 바랍니다."

덴바이로부터 이러한 충고를 듣고서 공친왕은 서둘러 병고의 데트링에게 타전하도록 명령한 것이었다.

데트링의 방일은 무츠 외상이 평한 것처럼, '지극히 어린애 장난과 비슷한 짓이었다'고 말할 수 있지만 효과가 완전히 제로였던 것은 아니었다. 데트링에 대한 일본 측의 반응, 또 그 본인이 피부로 느낀 감촉에 의해 강화에 대한 일본 측의 태도가 지극히 강경하다는 사실을 파악할 수 있었다. 다음에 강화를 제안할 때에는 정당한 수속을 밟지 않으면 일본 측이 상대해 주지 않을 거라는 점을 알았다.

리훙장이 이토 히로부미 앞으로 쓴 서한은 그전에 텐진에서 만났던 옛정을 서술하고, 동양 대국의 평화의 필요성을 강조한 것으로서 무츠 외상의 말을 빌리자면 "이성에 호소하는 게 아니라 오히려 감정에 호소하려 하는 것"이었던 것 같다.

# 3

여순이 함락될 즈음에 일본군을 주력으로 하는 조선군과의 연합군이 농민을 주력으로 하는 동학군과 싸우고 있었다.

남접과 북접의 화해가 성립했다고는 하지만 동학군은 전쟁에는 문외한의 집단이었다. 정부군만이 상대라면 동학군은 지지 않을 지도 모른다. 그렇지만 상대방에게는 근대적 무기를 가진 일본군이 가세하고 있었다.

김복용(金福用)에게 통솔되고 있던 동학군의 군단은 공주 방면의 목천(木川)과 세성산(細城山)에서 조일 연합군의 기습을 받아 붕괴되었다.

대장인 전봉준은 남방으로부터 공주를 향하여 북진했다. 논산에서 공주까지의 산야는 동학군의 군세에 의해 메워질 것 같았지만, 아무리 공격하여도 공주는 함락되지 않았다. 여기에서도 일본군의 근대적인 무기가 위력을 발휘했다.

어느 쪽이나 일본군이 주력이 되어 있었지만, 당시 동아의 천지에 두 개의 서로 다른 종류의 전쟁이 병행하여 행해지고 있었던 셈이다. 청일전쟁과 동학군 전쟁이었다. 후자는 내전의 양상이 농후했으며, 동학군 중에는 정부군계의 사람들이 뒤섞여 있어서 언제 어떤 역전극이 펼쳐질지 알지 못하는 상태여서 반드시 일본군의 근대적 무기가 전능한 것만은 아니었다.

조선 정부는 이제는 일본의 제압 하에 있었다. 일본에 저항하려는 움직임이 정부 내에서 일어나면, 공사 이노우에 가오루는 재빠르게 이를 발견하여 조선의 대신이 사죄하도록 만들었다. 일본에 망명하고 있던 박영효, 서광범, 서재필 등이 복권했음은 물론이다. 친일 정부가 아니면 조선은 하루라도 살아갈 수가 없게 되어 있었고 당연히 이에 대한 반발도 있었다.

동학군의 반란이 커다란 세력으로 성장한 것도 이러한 배경이 있었기 때문이었다. 그 때의 동학군의 격문에는 '개화간당(開化奸黨)은 왜국과 결탁하여 대원군을 방축하고 국권을 찬탈하여' 라는 문장이 보였다.

동학군은 반체제임에도 불구하고 개화를 바라지 않았다. 농민의 보수성이라고 말할 수 있을지도 모른다. 개화는 악이고, 20개조의 개혁 요목을 조선 정부에 강제로 들이미는 일본은 악의 근원으로 취급되었다. 일본 즉 왜국의 후원에 의해 개화를 이룩하려는 패거리들은 매국노에 지나지 않았다. 일본과 관계가 깊은 박영효 등의 복권은 동학군에 있어서는 정의에 반하는 일이었다.

'조선의 동지들은 설령 다른 길을 걷더라도 척왜, 척화의 뜻에서는 공통이다.'

동학군은 이와 같은 슬로건으로 정부군에게 반기를 들 것을 호소하였다. 반일·반청에 있어서는 조선인은 모두 똑같지 않느냐는 뜻이었다.

청국이 후퇴한 오늘날, 조선인에게 있어서 가장 무서운 상대는 일본이었다.

'조선이 왜국화 하지 않도록 같은 마음으로 협력하지 않으면 안 된다!'

이에 반대하는 조선인은 없을 것이리라.

인심을 모아서 커다란 힘을 만들 가능성은 있었다. 아니 현실로 거대한 힘이 되어 가고 있었다. 그렇지만 동학군은 전술에서도 전략에서도 너무나 지나치게 문외한이었다.

동학군의 격문에 감동하여 동학군에 참가하려고 백기를 내걸고 이곳을 향하여 오는 일단의 성부군 병졸에게 동학군은 발포하는 따위의 일을 하고 있었다.

공주는 아무리해도 함락되지 않았다. 동학군은 하는 수 없이 남하하여 논산의 옛 근거지로 되돌아갔다. 그곳에서 휴식을 취하려고 했으나, 그런 마음의 틈을 간파한 정부군과 일본 연합군의 공격을 받아 다시 남하하여 전주로 도망쳐 들어갔다.

형세는 나날이 악화되어 갔으며 동학군은 드디어 군을 해산하기로 하였다.

"장성 노령(芦嶺)에서 다시 만나자!"

그들은 서로 이렇게 말하고서 헤어졌다.

동학군의 수령 전봉준, 손화중, 김덕명, 최경선, 김방서 등이 복흥산(福興山) 중의 피노리(避奴里)라는 곳에서 비밀리에 모이고 있다가 급습을 당하여 체포된 것은 12월 9일의 일이었다.

조선에서는 새로운 내각이 발족되었다. 총리대신이 김굉집이었고 동학군이 개화간당으로 매도한 박영효가 내무대신의 요직에 앉았다. 외무대신은 김윤식이었다.

동학군의 수령들을 재판한 것이 바로 이 내각이었지만 그들이 가장 관심을 가진 점은 동학군과 대원군과의 관계였다. 앞서 말한 격문에서도 개화간당은 왜국과 결탁하여 대원군을 추방하였다는 비난이 있었고, 이 문맥으로 보면 누구나 동학의 배후에 대원군이 있다고 생각하고 싶었을 것이다. 또 항간에도 대원군과 동학군이 제휴하고 있다는 소문이 뿌리깊게 퍼지고 있었다.

법무대신은 서광범이었다. 갑신정변에서 살아 남은 인물이었다. 임오군란 후에 수신사로서 일본을 방문한 이래 개화파가 되어서 후쿠자와 유키치와의 교류도 깊었고, 입장이 명백한 친일 요인이었다. 이러한 법무대신 밑에서 재판관은 당연히 반개화당인 박영효와 서광범의 정적을 심문하는 데 열심이었다.

"너희들은 군사를 일으키기에 앞서서 대원군과 연락을 취했으렷다?"

법관은 끈질기리 만큼 이 점을 뒤풀이하여 심문하였다.

다리에 중상을 입고서 가만히 평상에 누운 채로 법정에 나온 전봉준은,

"우리들 동학은 권세가 눈곱만큼도 없는 농민의 집단이다. 대원군은 권세를 가진 사람이 아닌가. 그러한 인물과 우리들 사이에 어떠한 연결이 있다는 말인가?"

하고 대답했다.

"너희들은 척왜라는 말을 자주 입에 올렸다. 대원군도 척왜에 열심이다. 연락이 없었다고 하는 게 이상하지 않은가?"

"아하! 척왜라는 말이 그렇게도 진귀한 것인가? 나는 조선 전체의 모든 사람들이 척왜의 정신을 가지고 있다고 믿고 있다. 척왜는 대원군 한 사람의 구호는 아닐 것이다."

전봉준은 대원군과의 관계를 딱 잘라 부정하였다. 실제로도 동학군과 대원군과는 아무런 연결이 없었다. 야심가인 대원군은 궁정에 있는 정적을 무너뜨리는 도구로서 동학을 이용하려고 한 적이 있었다. 대원군은 분명히 동학군에게 사자

를 보낸 일도 있었다. 그렇지만 동학 쪽에서 대원군과의 연결을 거절했었다.

그것이 진상이었지만 전봉준은 대원군이 보낸 사자의 일조차도 입밖에 내지를 않았다. 야심 덩어리와 같은 대원군이었으므로 유혹의 손길이 있었다는 사실조차도 동학의 순결을 더럽힌다고 여기고 있었다. 그는 동학의 치부를 밖으로 드러낼 기분 따위는 없었다. 그는 법관에게 오로지,

"나와 너희들은 적이다. 나는 너희들을 타도하여 국가를 재건하려고 하였다. 그런데 타도하지 못하고 이렇게 붙잡혀 버렸다. 이제 세세한 것을 꼬치꼬치 캐물을 필요도 없다. 너희들은 나를 죽이면 그것으로 좋은 것이다."

라고 말할 뿐이었다.

동학의 정신을 말하는 외에 법관의 심문에 대답다운 대답을 하지 않았다. 적의 법을 인정하지 않았던 것이다. 적의 법에 의해 재판받는 것을 거부했으므로 심문에도 응할 수 없다는 식의 논리였다.

일본 측은 조선의 서민에게 신망이 있는 전봉준을 어떻게든 이용해 보려고 애썼다. 특히 이노우에 가오루는 아주 열심이었다. 그렇지만 아무리 설득을 하여도 전봉준은 일본에 이용될 만한 일에는 동의하지 않았다. 그는 다리의 부상에 대해서도 일본 측이 제공한 치료를 거부하고 있었다.

"어차피 죽을 것이다. 이 다리를 고쳐서 무엇에 쓰겠다는 것인가?"

이노우에 가오루는 전봉준을 일본 공사관에 묵게 하며 전향을 권하였지만, 물론 그는 고개를 좌우로 흔들 뿐이었다.

동학과의 연락의 증거는 없었지만 이노우에 가오루는 대원군을 추방했다. 그렇다고 하여 대원군의 오랜 정적이었던 민씨 일족의 정치 간여를 허용하지도 않았다. 김굉집을 수반으로 하는 새로운 내각에도 민씨 일족은 한 사람도 입각하고 있지 않았다.

이노우에 가오루 공사는 국왕에게도 책망을 퍼부었다. 국왕이 비밀리에 친서를 청군에게 보낸 사실을 잡아내어 사죄하도록 했던 것이다.

# 4

동아시아의 하늘에 검은 구름이 끼어 있는 채로 1894년은 저물어 갔다.

해성에서는 제3사단이 고전했고, 조선 각지의 동학의 반란은 불이 꺼져 갔다.

청군의 병참 본부의 책임자인 위안스카이와 쩌우후는 본부를 이리저리 옮겨 다녔다. 구련성으로부터 봉황성으로, 거기로부터 심양, 그리고 다시 신민부(新民府)로 이전하였다.

"아무래도 이름이 좋지 않은 것 같다."

위안스카이는 쓴웃음을 지으면서 말했다. 병참 본부를 '전운국' 이라고 부르고 있었다. 어쩐지 이 명칭은 끊임없이 이전하는 신세와 같은 감이 든다.

'이것은 완전히 포국(跑局).'

위안스카이는 동생에게 보내는 편지에 이렇게 쓰고 있다. '포' 라는 것은 '도망간다' 는 뜻이다. '국' 은 장기 용어에서 '대국(對局)' 등으로 쓰여지므로 모든 것이 도망가는 싸움이라는 뜻이었다.

'평양이 함락된 후 병사들에게 싸울 의지가 없음' 이라고 편지는 계속되고 있다.

일본군의 동계 작전은 해성 공격뿐이었다. 동계 작전 추진파인 야마가타 대장이 해임되었으므로 더 이상 엄동 하의 작전은 있을 수 없었다.

'산해관으로부터 베이징으로.'

야마가타의 이 구상은 결코 비현실적인 작전이 아니었다. 위안스카이도 말하고 있는 것처럼 청군은 이미 전의를 잃고 있었다. 진공 작전을 저해하는 것은 추위뿐이었다고 해도 좋았다. 성공의 가능성이 있다는 점은 이토 총리도 무츠 외상도 알고 있었다.

그럼에도 불구하고 이 두 사람은 야마가타의 구상에 반대하였다. 작전은 성공하여도 전쟁의 전 국면을 실패로 끝낼 위험이 있었기 때문이었다. 일본군이 아무리 강하다고 해도 병력에는 한정이 있었고 전비도 그럴 만큼 여유가 있지는 않았다. 적당한 곳에서 강화하지 않으면 안되었다.

산해관으로부터 베이징을 엿보게 된다면 일대 혼란이 일어나서 청조가 붕괴할 가능성이 있었다. 강화할 만한 상대가 없으면 어떻게 될 것인가? 일본군은 그대로 진흙탕 속으로 빠져버리는 꼴이 아닌가? 확실히 적은 없어질 것이리라. 대적할 만한 적은 없어지리라. 그러나 어디까지 가도 끝이 없는 것이다. 당시의 일본의 힘으로 경영할 수 있는 범위는 그렇게 넓지 않았다.

상대가 완전히 쓰러져버리면 도리어 낭패였다.

야마가타의 구상에는 그럴 위험성이 있었다.

청조가 붕괴되어 곤란한 쪽은 아무래도 교전국인 일본뿐만이 아니었다. 열강도 마찬가지였다.

여러 가지 유리한 조약(청국 측으로 보면 불평등 조약)을 맺은 상대가 없어지면 열강으로서도 형편이 나쁘다. 일본군이 산해관으로 밀려가면 열강의 맹렬한 간섭이 있을 것임은 눈에 선히 보이던 터였다.

무쓰 외상이 두려워한 점은 열강의 간섭에 의해 이제까지의 성과가 물거품이 되어버리는 일이었다. 포탄에 의한 전쟁에 이겼어도, 전국(全局)에서 보면 패전과 같게 된다.

베이징의 궁정에서는 류우쿤이를 흠차대신으로서 산해관의 방위에 파견하기로 결정했다. 류우쿤이도 태평천국과의 싸움에 공을 세워 강서순무로부터 양광총독, 다시 양강총독으로 승진하였다. 쩡궈후안과 쨩쭝웬[江忠源]이 창시한 상군계의 인물이었다. 좌종당이 죽은 후 류우쿤이는 상군계의 최고 영수가 되었다.

리훙장의 회군계의 북양군이 싸울 수 없게 되었으므로 이번에는 상군을 투입하려는 의도였을 것이다.

한편 공친왕과 리훙장에 의한 지하의 강화 추진 공작이 드디어 결실을 맺기 시작했다. 궁정의 분관이 어떠한 강경한 주선론을 주창하여도 입반으로는 선생에 이기지 못하는 것이다. 그들에게는 군대를 지휘할 능력이 없다.

"싸움을 알지 못하는 사람은 싸움에 대해서 논하는 게 아니다."

리훙장은 씁쓸한 듯이 이런 혼잣말을 자주 입에 올리고 있었다.

데트링의 파견에 의해 리훙장은 일본이 고자세라는 것, 강화의 사절에는 정당한 수속을 밟은 책임 있는 관리가 선정되지 않으면 안 된다는 것을 배웠다. 리훙장은 공친왕과 협의한 결과 두 사람의 인물을 선택했다.

"당신이 제일 좋지 않소. 프랑스와도 해봤고, 러시아와도 해봤으니."

공친왕은 리훙장에게 이렇게 말했지만 리훙장은 떫은 표정을 지었다. 패전 처리에는 이제 질려버린 것이다.

"아니 이제 좀 봐주었으면 좋겠소. 이런 종류의 교섭에는 끈기가 필요한데, 나이를 먹으면 그것이 도무지……."

"그도 그렇지만."

공친왕은 리훙장의 목 언저리에 눈을 주었다. 연령이 가장 정직하게 나타나는 곳이 목 근처의 피부라고 한다. 확실히 리훙장은 나이를 먹었다.

'이 사나이, 조금만 더 젊었더라면 청조도 위험했을 것이다.'

공친왕은 위다 노인의 말을 생각해 내면서 마음속으로 이렇게 중얼거렸다. 리훙장도 이만큼 나이를 먹어서는 지금부터 신왕조를 만들 기력도 없을 것이다. 자신이 황족으로 속해 있는 청 왕조를 위해서는 리훙장의 나이는 다행이라고 해야 했다.

"그러면 이 두 사람으로 할까."

사절로서 일본에 파견키로 작정한 인물은, 호부좌시랑 짱인헝, 호남순무 쏘우유우렌의 두 사람이었다.

짱인헝은 광동 사람으로 정규로 진사에 급제한 관료는 아니었다. 거액의 현금에 의해 임관된 인물이었다. 미국, 페루, 스페인의 삼국에 주재하던 공사였으므로 외교에는 강한 셈이었다. 쏘우유우렌은 명순무라고 일컬어지던 류우밍후의 뒤를 이어 3년 이상이나 대만순무를 지낸 인물이었다. 부친인 쏘우찬[邵燦]은 조운총독이었다. 관료의 견실함이 인정을 받은 때문이리라.

"이번에는 실수가 없도록."

공친왕은 이렇게 말했다.

"수속 등의 일도 주의해서 하도록 말해 두었습니다."

이전의 데트링의 때에는 수속 문제를 트집잡아 일본은 그 교섭자로서의 자격을 인정하지 않았던 것이다. 그런 쓰디쓴 경험이 있으므로 리훙장은 이번에는 신중하였다. 이 임명은 미국 공사 덴바이에게 통지되었다.

베이징의 덴바이는 도쿄의 단 공사에게 청국 측의 의향을 일본 측에 전달시키도록 했다. 청국 측은 회담지로서 장기를 희망했고, 일본이 전권위원을 임명한 날을 휴전 개시의 시점으로 정할 것도 아울러 제안했다.

일본 측은 이들 모두에 대하여 '노'의 회답을 하였다. 회담지를 장기로 하면 대본영이 있는 광도에서 마중가지 않으면 안 된다. 일본은 전승국이므로 상대를 불러들이는 게 맞는 순서이다. 그래서 회담지는 광도가 아니면 안 된다고 회답했다. 일본 측 위원의 즉시 임명과 휴전의 일도 거부했다. 회담 중에도 휴전하지 않는다는 주장이었다.

청국 측 위원은 1월 26일에 상해를 출발했다. 그 다음날, 대본영에서 어전 회의가 열렸고, 그 자리에서 무쯔 외상은 그전부터 준비하고 있던 강화조약안을 설명했다. 그 날의 출석자는 고마츠, 이토 총리, 야마가타 육상, 사이고 해상, 화산 군령부장, 가와카미 참모차장, 무쯔 외상의 7명이었다.

그 외의 각료는 도쿄에 있었지만 무쯔 외상은 이미 그들에게 사전 교섭을 해 두고 있었다.

강화조약은 조선의 독립, 요동반도의 할양, 전비 배상, 통상조약의 개정이 골자였다. 화산 군령부장은 영토 할양에 산동반도를 첨가해야 할 것을 제안하였다. 그러나 별로 강한 어조의 것은 아니어서, 회의는 원안을 채택하는 것으로서 결정되었다.

일본 측의 선권은 이토 총리와 무쯔 외상의 두 사람으로 결정하였다. 국징 담당의 최고 책임자와 외교의 우두머리와의 콤비였다. 상대는 재무차관과 일개 성의 장이므로 처음부터 격이 달랐다. 이쪽은 명실공히 전권이지만 상대는 그 정도로 독단 단행의 권한을 부여받지 못하고 있는 셈이었다.

"전권 문제를 트집잡읍시다."

"잘 될까?"

이토 총리는 턱수염을 쓰다듬었다.

"잘 될 것입니다. 차관이나 성장으로는 그만큼 권한이 많이 맡겨져 있지 않을 것입니다."

"트집잡아서 굽혀 온다면 감사한 일이다."

"아무래도 연기시켜 두지 않으면 안됩니다."

"그렇군, 위해위를 점령한 뒤가 아니면 안 된다."

"거기다 국민도 아직 전쟁에 염증을 느끼고 있지 않습니다. 어떠한 강화에도 불복을 부르짖을 것입니다."

서로 많이 얘기할 것도 없이 총리와 외상은 상대방의 흉중을 모두 다 읽고 있었다.

국력에 한도는 있지만 현재로는 아직 어느 정도 여력이 있었다. 사실 지금 위해위 공격을 계획하고 있는 중이었다. 위해위에서 대승을 거둔 후라야 일본으로서는 강화에 유리했다. 그러나 미국이 중재하는 강화 회담이므로 함부로 거절할 수는 없었다. 회담에 응해서 그 진행 중에 상대가 전권을 부여받지 못하고 있다는 사실을 지적하여 결렬로 이끌어 간다는 작전이었다.

"역시 중당을 끌어 내지 않으면 안 된다."

이토는 톈진에서 리훙장과 만났던 장면을 회상하고 있었다.

# 제37장 사절 추방

1

"틀렸구나, 상대방은 한 번 더 공격할 속셈이다. 나라고 하여도 여기에서는 타협 따위는 하지 않는다. 저 두 사람이 가봐도 소용이 없다."

위안스카이는 이렇게 단언했다.

"틀렸는가. 아직도 여기서 많은 일들이 생길 것 같구나."

쩌우후는 이렇게 말하며 한숨을 쉬었다.

이 두 사람은 패전 처리를 위해 신민부에 와 있었다. 군량의 보급이 주요한 일임에도 불구하고 패잔병을 수용하고 정리·재편하는 일 쪽이 더 바쁘다.

귀찮은 일이었다.

위안스카이는 병을 이유로 사직원을 내었지만 허용되지 않았다. 청국이 두 사람의 강화 사절을 일본에 파견한 것을 알고 위안스카이는 교섭이 이루어지지 않을 것을 예견했다. 즉 전쟁이 앞으로도 당분간 계속되리라고 본 것이다. 패잔병은 점점 더 많아지고, 그늘의 일은 한층 더 바쁘게 될 것이다. 그러한 예상을 듣고 쩌우후는 한숨을 쉬었다.

같은 리훙장의 막료이지만 쩌우후는 위안스카이보다 스물두 살이 위였다. 경험도 풍부한 행정관이었지만 이 전쟁에 관해서는 위안스카이보다 한 수 아래였다.

'이상한 사나이다.'

쩌우후는 혀를 찼다. 일본과의 싸움은 연전연패였지만, 위안스카이는 언제쯤 패해서 언제 어느 만큼의 병졸이 패주하여 몰려 들어올 것인가 실로 정확하게 맞추어 내는 것이었다. 쩌우후는 어느 틈엔지 위안스카이의 예언의 신자가 되어 있었다.

"조금 더 두들겨 두는 편이 좋은 조건으로 맺어질 수 있으니까. 동네 싸움에서도 마찬가지이지 않은가."

위안스카이는 '감'으로 사태를 말하는 것이고, 그 '감'은 힘의 관계를 될 수 있는 한 적나라하게 관찰한 결과에서 나오는 것 같았다.

"자네 자신의 일도 맞출 수 있는가?"

쩌우후는 이렇게 물었다. 그는 언젠가 아무리 뛰어난 점쟁이라도 자신의 운명을 점치는 일은 불가능하다는 얘기를 들었다. 예언의 천재인 위안스카이는 과연 자신의 장래를 예견할 수 있을까?

"자기 자신의 일이라는 뜻은?"

위안스카이는 천연스런 얼굴로 되물었다.

"강화 회의에서 자네의 책임 문제가 나오는 일은 없을까? 조선에서 일본과 서로 다툰 주역은 누가 뭐라 해도 자네이니까. 꽤나 일본에게 미움을 받고 있을 것이야. 여차하면 자네의 목을 요구할 지도 모르지."

쩌우후는 동문의 연장자로서 거침없이 말했다.

"미움을 받고 있는 일 따위는 없어요."

위안스카이는 빙긋 웃으면서 말하였다.

"일본은 마음속으로는 오히려 나의 손을 맞잡고 감사하고 있지 않을까요? 이렇게 경기가 좋은 전쟁이 가능한 것도 위안스카이의 덕분이니까. 뭐, 책임 문제 따위는 나오지 않아요. 책임 문제를 꼬치꼬치 캐면 일본 쪽에도 여러 가지 좋지 않은 일이 드러나므로 내 목은 괜찮아요."

"대단한 자신이구나."

쩌우후는 조롱하는 듯이 말했지만, 내심 상대방이 말하는 대로 될 것이라고 반쯤은 믿는 기분이 되어 있었다.

위안스카이의 예언과 같이 청국의 두 사절 쏘우유우렌과 짱인형은 일본 측으로부터 전권 자격의 부족을 이유로 쫓겨나는 꼴이 되었다. 2월 1일, 일본 측의 전권대신 이토 히로부미와 무츠는 광도 현청에서 청국 측 전권대신 두 사람과 회합하였다. 외교 관례로서 쌍방이 전권 위임장을 서로 교환하는 일부터 회담이 시작되게 되어 있었다. 무츠 전권은 청국 사절이 제출한 문서를 보고,

"이것은 일종의 신임장에 불과하다. 전권 위임장이라고는 인정할 수 없는 게 아닌가."
라고 트집을 잡았다.

그 문서를 청국 사절은 '국서'라고 말하였다. 청국 황제로부터 일본의 천황 앞으로 보낸 문서였다.

대청국 대황제는 대일본국 대황제의 안부를 묻는다. 우리 양국은 진하세도 같은 주에 속하고, 원래부터 미움과 원한이 없었으나 근자에 이르러 조선의 일을 둘러싸고 서로 군대를 사용하고 백성을 괴롭히며 재산을 탕진하는 것은 정말로 안타까운 일이다. 현재 미국이 중간에 서서 조정함으로 해서, 대청국도 전권대신을 파견하여 귀국이 파견하는 전권대신과 협의·타결하려고 하니, 이에 특히 상서형총리 각국사무대신 호부좌시랑 짱인형, 두품정대서 호남순무 쏘우유우렌을 파견하여 전권대신으로 하여 귀국에 미리 보내어 일을 맡아 처리하도록 함. 단지 대황제께서 접대하시어 이 사신들로 하여금 직분을 다하도록 해 주시길 바라는 바이다.

"어디가 안 되는 것입니까?"
짱인형이 짜증스럽게 물었다.

"우리나라와 청국은 지금 국교를 단절하고 있습니다. 국교가 없는 나라끼리의 군주가 문서를 교환하는 일은 없습니다. 외교의 상식으로서 국교가 없는 나라의 군주의 편지는 그 수취를 거부하는 것입니다. 우리들이 당신들에게 요구하고 있는 것은 당신들이 황제로부터 과연 참된 전권을 위임받고 있는가 어떤가, 그것을 증명하는 문서 즉 전권 위임장에 지나지 않습니다. 당신이 국서라고 말씀하신 이 문서는 단지 소개장에 불과하지 않습니까?"

무츠는 이렇게 말했다. 통역은 거침없이 그것을 중국어로 통역했다. 무츠는 이러한 상황을 상정하고 통역에게까지 공부를 시켜 놓았던 것이다.

"그러한 문서를 요구하고 계시다면 이것을 보아주십시오. 우리들이 받은 칙유입니다."

짱인헝은 양손으로 그 칙유를 이마 높이만큼 받들어 올려서 일본 측에 건네주었다.

상서형총리 각국사무대신 호부좌시랑 짱인헝, 두품정대서 호남순무 쏘우유우렌을 파견하여 전권대신을 삼아 일본으로부터 파견된 전권대신과 사건을 협의할 것. 그대는 또 한편으로 총리아문에 전보를 쳐서 짐의 뜻을 받아서 실행할 것. 수행하는 관원은 그대의 통제에 따를 것. 그대는 정성을 다하여 신중하게 일을 처리하고 위임한 일에 반하는 일이 없을 것. 그대는 이를 경계할 것. 특별히 칙유함이다.

"이것은 단지 명령서에 불과합니다. 사건을 상의하라고 되어 있습니다만 도대체 무슨 사건인가 명기되어 있지 않습니다. 통상 문제인지 어업에 관한 문제인지도 모릅니다. 너무 막연하게 되어 있습니다. 더구나 하나하나 총리아문에 전보로 물어보도록 하고 있습니다만, 그래서는 전권일 수 없지 않습니까."

무츠 무네미츠는 그 '칙유'를 읽은 후에 이렇게 말하고 수행원에게 '그것을' 하고 낮은 소리로 명하였다. 그는 여러 가지 경우를 상정하여 갖가지 준비를 하고 있었던 것이다. 그는 다시 말을 계속하였다.

"요컨대 일본 측 전권대신의 권한과 청국 측 전권대신의 그것이 똑같지 않으면 교섭을 개시할 수 없습니다. 구두로는 후일의 증거가 되지 않으므로, 서면으로써 이것을 확인하여 둡시다. 교섭은 그때부터입니다."

그가 말을 끊었을 때, 일본 측 수행원의 한 사람이 각 대표에게 한 장의 문서를 배부하였다. 배부가 끝나기를 기다려서 무쓰는,

"배부해 드린 각서에 대하여 서면으로써 회답하여 주시기 바랍니다."
라고 덧붙였다.

그 각서의 내용은 다음과 같았다.

일본 전권대신의 위임장은 강화조약 체결의 안건에 대하여 일본 황제 폐하로부터 부여된 일체의 권한을 포함한다. 상호대등의 주의에 기초하여 청국 전권대신의 위임장이 과연 청국 황제 폐하로부터 강화조약 체결의 건에 대하여 일체의 권한을 부여받았는가 어떤가. 서면에 의해 확답하여 주시기 바랍니다.

이에 대하여 청국 전권대신은 즉답할 수가 없어서 추후에 회답하겠다고 대답하였으므로 이 날의 회담은 결렬되었다.

다음날 2월 1일, 청국 측은 전기 문서에 대한 회답을 문서로서 보냈다. 거기에는 청국 전권대신은 강화조약 체결을 위한 회담, 기명, 조인의 전권을 부여받고 있다고 쓰여 있었다. 그렇지만, "각 조항에 대해서는 전신으로서 본국에 주문하여 칙지(勅旨)를 듣고 기일을 정하여 조인하고, 그 위에 조약서를 중국에 가지고 와서 황제 스스로가 그것을 보고 타결하여 비준하는 것을 기다려 시행한다"라는 문장이 들어 있었다. 일본 측으로 보면, "그렇다면 전권이 아니지 않는가"라고 교섭 중단의 구실을 상대편이 던져 주는 것과 마찬가지였다.

역시 위안스카이가 간파한 것처럼 일본 측은 좀더 두들겨서 보다 유리한 입장에 서서 강화 회담에 들어가고 싶었던 것이다.

설령 청국 측의 전권 위임장이 완비되었다 하더라도, 예를 들면 회담을 할 때 지나치게 가혹한 조건을 붙여서 회담 결렬로 이끌고 간다는 게 무츠 무네미츠의 복안이었다. 단지 중간에 선 미국의 체면을 손상시켜서는 안 되므로, 일본의 고자세보다도 청국의 수속상의 불비를 교섭 중단의 이유로 내세우는 편이 바람직하였다.

문서에 의한 회답을 받은 날, 양국 전권은 재차 광도 현청에서 만났으나 그 석상에서 이토 수상은 일장의 연설을 했다. 그것은 담판을 정지한다는 선언이었다.

"양 각하의 위임권이 너무 불완전한 점은 청국 조정의 의사가 아직 강화를 추구하는데 절실하지 않다는 사실을 증명하는 것에 지나지 않는다."

이것이 회담 중지의 이유였다.

짱인형은 깜짝 놀랐다. 의견이 맞지 않아서 회담이 결렬되었다면 그는 그것으로 사명을 다한 셈이 된다. 그렇지만 담판에도 들어가지 못하였다면 무엇 때문에 일본에까지 왔는지 알 수 없다.

"위임장이 완비되어 있지 않다면 본국 정부에 타전하여 완비된 전권이 부여되도록 청구할 터이니, 어떻게 해서든지 회담을 개시할 수 있도록 해주길 바란다."

이렇게 부탁했다. 그것은 차라리 애원이었다. 이에 대한 무츠의 회답은 차가운 것이었다.

"한 번 거부한 상대와 두 번 다시 얘기할 마음은 없다."

청국 전권 일행은 실망하여 힘없는 발걸음으로 방으로부터 나가려고 했다. 그 때 이토 수상은 수행원의 한 사람인 우팅황을 불러 세웠다.

"오랜만입니다. 조금만 기다려 주십시오."

10년 전, 이토 히로부미가 톈진에 갔을 때 리훙장의 막료였던 우팅황과는 어떻게 만났던 적이 있었다. 두 사람은 전부터 아는 사이였던 것이다.

이토 수상이 상대방 나라의 대표의 한 사람에게 다정한 듯이 말을 건 것은, 그 장소의 험악한 분위기를 조금은 부드럽게 한 것 같았다.

# 2

"어찌하여 당신이 전권대신이 되지 않았습니까?"

이토 히로부미는 영어를 사용했다.

산동 출신인 우팅황은 젊었을 때에 홍콩의 영국계 법률 학교에서 법률을 배웠으며 그 후 미국에도 유학한 인물이었다.

"아니, 천만에요. 나 따위가. 지금의 얘기에서 나왔던 것처럼 전혀 자격이 없습니다."

우팅황은 당황한 듯 황급히 말했다.

"그렇지 않습니다. 당신은 법률가이므로 오늘의 문제점은 잘 알고 계시겠지요. 제일 잘 알고 있는 당신이 직접 상대였더라면 좀더 일하기 쉬웠을 것이오."

"똑같은 일일 것입니다."

법률가인 우팅황은 잘 알고 있었다. 확실히 청국 전권의 위임장에는 문제가 있었다. 그렇지만 문제점은 수속상의 것이므로 나중에 보완하도록 하고 회담에 들어갈 수는 있었다. 외교의 전례에도 그러한 일은 있었다.

'좀더 두들겨 놓고 싶은 것이다.'

우팅황도 간파하고 있었다. 위안스카이는 직감으로 그것을 간파하고 있었으나 우팅황은 법률가로서 또 외교의 현장에 있는 자로서의 관찰에 의한 것이었다.

이토는 쓴웃음을 지었다. 오늘의 연설이 연기를 위한 연기였다는 사실을 상대방이 알고 있다는 걸 그도 짐작하고 있었다. 어쨌든 10년 전 톈진에서 조선 문제 해결을 위한 조약을 상의하고, 법률 문제에 대해서도 깊숙한 토론을 했던 사이였다.

그 때의 '톈진조약'은 조선으로부터의 동시 철병과 장래 파병을 할 때에 서로 통고할 것을 결정했었다. 이 조약에 기초한 파병이 이번의 전쟁을 낳은 것이다.

"중당께 전언하여 주시기 바랍니다."

우팅황은 덤덤히 말하였다.

"어떤 전언입니까?"

"이 교섭의 중단이 결코 일본이 싸움을 좋아하기 때문이 아니라는 사실을 자세하게 전하여 주시기 바랍니다. 나는 양국을 위해서 하루라도 빨리 평화가 회복되기를 바라고 있습니다. 이번의 교섭은 이것으로 끝입니다마는 새로운 전권대표, 정확한 수속에 의하여 자격을 갖춘 전권 대표가 오면 기꺼이 교섭을 재개합니다. 음, 이런 일은 각하와 구면이므로 말씀드리는 것입니다. 공식 발언은 아니므로 저 전권대신에게는 말씀드릴 필요가 없습니다. 우리들끼리의 사담입니다."

"알았습니다. 감사합니다. 그렇지만 여기서 확실히 알고 싶은 것이 있습니다. 결국 이번 전권대신의 관위 명망이 부족한 것이 각하에게는 불만이지 않습니까?"

"아니, 그렇지는 않습니다. 제대로 된 전권 위임장을 가진 사람이라면 교섭을 시작하는 걸 거절하지 않습니다. 물론 그 사람의 작위 명망이 높으면 높을수록 사정은 좋습니다. 아니 솔직히 말씀드려서 국정의 최고 담당자라면 말할 필요도 없습니다. 예를 들면 중당이나 공친왕이 전권대신이 된다면 우리들 쪽에서 마중하러 가도 좋다고 생각하고 있습니다. 최고의 사람과의 회담이라면 그것은 결코 종이 위의 공문으로는 되지 않기 때문입니다. 책임을 가지고 실행해 주시기 바랍니다."

"알겠습니다. 중당에게는 반드시 전하겠습니다."

이토와 우팅황의 사담은 여기서 끝났다. 가볍게 주고받는 듯한 얘기로 보였지만 무츠 외상은 이것이 리훙장의 방일로 연결되리라고 보았다.

이 당시의 짱인헝, 쏘우유우렌 두 대신은 1월 5일 칙유를 받았으며 그 때,

'각 항의 교섭에 임해서는 수시로 전보로 보고하여 지시를 받아서 행할 것. 국체에 방해가 되는 것, 청국의 힘에 미치지 않는 것 등은 맘대로 약속해서는 안 된다.'

라고 전권 위임은커녕 몇 겹의 제약을 부과 받고 있었다. 설사 끈기 있게 교섭 개시에 달라붙었어도 교섭은 진행될 리가 없었다.

일본 측은 청국 사절단이 빨리 광도로부터 떠날 것을 강요했다. 일행은 할 수 없이 장기로 옮겨가 22일 거기서 귀국을 했다. 이것은 '추방'과 다름이 없었다.

청국 측 양 전권대신이 일본을 방문하고 있을 시점에 위해위의 사태는 긴박해지고 있었다.

그 해의 섣달 그믐은 양력으로 1월 25일이었다. 일본군은 1월 20일 산동의 영성(榮成)을 함락시켰다. 이것이 위해위 공격의 포석이었음은 말할 것도 없다. 리훙장은 위해위의 제독인 띵루창에게 전보를 쳤다.

"일본군은 그믐 혹은 정월 초에 아군을 공격하려 하고 있다. 예년과 같이 연말 연초를 보내서는 안 된다. 죽을 각오를 하고 싸워라."

1월 23일, 일본의 연합 함대 사령장관 이토 스게유키 중장은 띵루창에게 '권항서'를 보냈다. 이것은 위해위 해역에 있던 영국 군함 세빈호에 부탁한 것으로서 원문은 영어로 되어 있었다.

삼가 일서를 띵루창 제독 각하에게 드린다. 사국의 변이 곧 나와 각하를 서로 석으로 만들고 있나. 내체 이세 웬 불행한 일인가. 그렇지민 급일의 싸움은 니라끼리의 싸움이라 한 사람 한 사람과 원수를 맺게 하는 것은 아니니, 곧 나와 각하와의 우의의 따스함은 지금도 역시 옛날과 같다.

이런 말로 시작되는 권항서는 명문이었다. 거기에는 청국 육해군의 연패는 군신 한 사람 한 사람의 개인의 죄가 아니라, 옛 것을 고수하려는 정치의 폐가 원인이라고 말하고 있었다. 이토 스게유키 중장의 붓은 일본의 메이지유신에 이르러서 낡은 정치를 버린 것이 흥륭의 길이었다고 설파했다. 그리하여 띵루창에게 일본 망명을 권고하면서 시절의 도래를 기다리라고 충고했다.

귀국에는 지난 부끄러움을 씻고 큰 뜻을 완성한 예도 있지 않은가. 우리나라에도 에노모토 해군중장과 오토리 추밀원 고문관과 같은 사람은 반기를 들었음에도 불구하고 사면되었을 뿐만 아니라, 그 재능에 따라서 중요한 높은 지위에 승진하여 있다. 각하는 구정치의 결과에 의한 패전에 책임은 없으므로 여력을 길러서 뒷날을 도모해야 할 것이다.

물론 띵루창은 이 권고에 응하지 않았다. 보내진 권항서는 그대로 톈진의 리홍장 앞으로 보내졌다.
그와 서로 엇갈려서 리홍장으로부터 전보가 왔다.
"해군의 힘이 지탱할 수 없다면 좀더 바다로 나가 싸워보면 어떨까? 싸워서 이길 수만 있으면 철갑선을 인태로 퇴피시켜서 전력을 보존하는 것도 좋다."
실은 여순 함락의 책임에 의해 띵루창은 사문되게 되어 있었다. 12월 17일에 사문에 대한 결정이 있었다. 그렇지만 리홍장이,
"위해위는 적을 막고 있는 제일선이고 그 방비는 무엇보다도 긴급한 일이다. 잠시 처분을 연기하고, 적당한 후임자를 얻고 나서 띵루창을 사문에 붙여야 한다고 생각한다."
라는 의견을 제시했다.
새롭게 흠차대신으로 임명된 상군계의 거물인 류우쿤이도 휘하의 강남군을 산동반도로 이동시킴과 동시에 '잠시 띵루창의 처분을 늦추고, 공을 세워서 스스로 속죄시키도록 엄명해야 할 것' 이라는 의견을 피력하였다.
인재가 부족한 것이다. 띵루창을 여순 패전의 죄에 의해 처형하는 건 좋다하더라도 그 후임이 마땅치 않았다. 띵루창의 목은 가죽 한 장으로 연명되고 있었다.
육군 쪽에는 얼마든지 대체할 사람이 있었으므로 조선에서의 패장 워이루꾸이의 운명은 불쌍한 것이었다.
"임적패퇴(臨敵敗退), 군기를 태만했으므로 사형에 처한다."
1월 16일에 이런 결정이 내려졌고 더구나 그 날로 바로 처형되었다.
띵루창은 어느 정도 각오를 하고 있었다.
'나는 워이루꾸이와 같은 죽음만은 피하고 싶다. 어떤 일이 있어도!'

그는 입술을 깨물었다. 워이루꾸이는 시장에서 뭇사람들이 둘러보는 가운데서 처형되었다. 영하진 통병(寧夏鎭統兵), 성군통령이라고 하는 빛나는 군대 경력도, 벌레처럼 죽여져버리면 아무것도 남지 않는다. 아니 추함만이 남는 게 아닌가.

"여차하면 자결이다. 좋지 않은가, 자결이다. 시장에서 목이 잘려서야 될 법이나 한 일인가?"

띵루창은 자기 자신에게 이렇게 말하였다.

'진원함'의 관대 린타이정은 수뢰에 의해서 함이 손상을 입자 깨끗하게 음독자살을 하였다. 그 당시는 '아무래도 성급하게 일을 저질렀구나'라고 생각했지만, 지금 와서 보면 선견지명이 있었던 것 같은 감이 들기도 했다.

1월 30일, 위해위의 남봉 포대(南幇砲台)가 일본군의 손에 들어갔다.

1월 31일, 위해위의 북포대를 수비하고 있던 청군 장병은 일본군의 접근에 놀라서 싸우지도 않고 내빼 버렸다.

이 상태로는 북포대를 통째로 일본군에 진상하는 꼴이 된다. 북포대의 탄약고에는 대량의 탄약이 저장되어 있었다. 북양 함대는 할 수 없이 북포내와 그 탄약고를 포격하였다. 적의 손에 넘겨주기보다는 그렇게 하는 편이 나을 거라고 판단한 것이다. 북양 함대의 북포대 포격은 수비군이 도망친 다음날의 일로서 청일 양국의 전권대신이 광도 현청에서 얼굴을 마주한 날에 해당한다.

# 3

산동반도의 맨 끝에 있는 영성만에 위치하고 있는 영성은 이미 1월 20일에 점령되어 있었다. 영성에서 위해위까지는 서쪽으로 50킬로미터에 지나지 않는다.

위해위의 끄트머리에 유공도라는 섬이 있다. 북양 해군의 사령부는 이 섬에 위치하고 있었다.

일본군의 위해위 공격은 2월 4일 밤에 개시되었다. 수뢰정에 의한 공격이었다. 청국 측은 해면에 방재(防材)를 늘어 놓고 있었지만 끊어진 부분이 있어서 일본 해군 제2, 제3수뢰정대는 그곳으로 진입했다. 제1수뢰정대는 서쪽 입구의 경계에 임했다.

북양 해군은 원래 우수한 군단이었다. 장교는 신식 훈련을 받았고, 수병은 연해 출신자들로 바다에 익숙해 있었다. 그렇지만 위해위에서는 육군 장병의 적전도망이라는 불상사가 속출했고, 그것이 해군 장병의 사기를 급속히 저하시키고 있었다.

일본군은 승리의 물결을 타고 있었다. 거기다가 수뢰정에 의한 야간 전투는 일본 해군의 가장 뛰어난 장기였다. 위해위 내륙의 여섯 포대는 일본의 수뢰정대에 별로 유효한 공격이 되지 못하였다. 청국 해군에 종군하고 있던 외국의 군사 고문 중에서 위해위 실함에 가장 큰 책임이 있었던 것은 여섯 포대를 지휘하고 있던 류우페이초우 장군이라고 지적하는 사람도 있었다.

4일간 야간 전투에서 청국은 북양 함대의 자랑이었던 '정원'을 잃었다. '정원'은 처음에는 완전히 침몰하지 않았다. 일본의 수뢰정에 격파되어 행동의 자유를 잃었던 것뿐이었다. 군함으로서 행동은 취할 수 없었지만 아직 바다 위에 떠 있어서 포대 대용으로서의 역할은 할 수 있었다. 사실 '정원함'의 용감한 수병들은 함정에 머물러서 함포를 계속하여 쏘려고 했다. 그렇지만 물 위에서 움직일 수 없게 된 거함은 좋은 목표가 되어 포탄이 집중적으로 퍼부어지기 시작했다.

"폭탄을 장치하고 함을 떠나라!"

승무원이 모두 함을 떠난 5분 후에 그들이 장치한 2백50파운드의 폭탄이 작열하여 '정원함'은 침몰했다.

일본 해군은 두 척의 수뢰정을 잃었다.

2월 5일에도 전날 밤에 이어서 일본군에 의한 야습이 있었다. 이 날 밤은 전날 밤에 경계에 임하느라 실전에 참가하지 않았던 제1수뢰정대가 진입하였다.

그리고 제2, 제3수뢰정대가 교대로 경계에 임했다.

청국 북양 함대는 이 날 밤 '내원'과 '위원' 두 척을 잃었다.

"벌써 이것마저도."

제독 띵루창은 '진원함'에서 독전하고 있었지만 5일의 야간 전투 후에 유공도에 상륙했다. 피로하여 초췌해 있었다. 외국인 고문은 그에게 항복을 권고했다.

'더 이상 인명을 잃고 싶지 않다.'

띵루창도 이렇게 결심했다. 싸워서 조금이라도 승산이 있으면 좋지만 그런 희망이 전무하다는 사실은 누구보다 그 자신이 가장 잘 알고 있었다. 싸움을 계속하는 것은 쓸데없이 인명을 버리는 것을 의미했다.

"명예로운 항복."

외국인 고문들은 이런 말을 사용했다. 그렇지만 청국에는 명예로운 항복 따위의 관념은 없었다.

띵루창은 이미 이제까지의 패전의 책임에 의해서 사문되기로 되어 있었다. 단지 전선에 있어서 다른 사람으로 교체할 수가 없었으므로 속죄를 위해 함대의 지휘를 계속해서 맡고 있었다. 여기서 일전을 올렸으면 죄는 없어지는가 혹은 가벼워졌을지도 모른다. 그렇지만 기함 '정원' 이하의 주력을 잃고 포대를 빼앗기는 등 참패였다.

그의 앞길에 기다리고 있는 것은 죽음뿐이었다. 그리고 그는 워이루꾸이와 같은 굴욕적인 사형은 어떻게든 피하고 싶었다. 자결만이 있을 뿐이었다.

영국인 고문인 마크류어는 띵루창의 결의를 알고서,

"죽으면 된다고 하는 생각은 잘못입니다. 이번은 워이루꾸이의 경우와 다릅니다. 이 싸움에서 당신은 아무런 비난도 받을 이유가 없는 것입니다. 비난받아야 할 사람은 포대를 잃은 육군의 장군, 그리고 원군을 한 사람도 보내지 않았던 순부들이지 않습니까. 고립무원으로 이 이상의 선투가 불가능한 것은 누가 봐도 확실합니다. 죽지 마십시오. 당신은 죽을 이유가 없습니다. 워이루꾸이와 달라서 당신은 일본 측에 인도되어 국제법에 의한 보호를 받게 될 것입니다."

라며 열심히 설득했다.

띵루창은 고개를 저었다.

항복한 후 신병은 일단 일본 측에 인도된다. 마크류어에 의하면 송환되어 죽을 죄라고 판명되는 경우이므로 본인이 희망하면 미국으로의 망명이 허용되리라고 한다. 청국은 강화를 미국에 의지하려고 하고 있으므로 제독의 망명에 항의하는 일은 없으리라.

띵루창의 뇌리에 북양 함대를 이끌고 일본을 친선 방문했을 때의 추억이 차례로 떠올랐다. 환영연, 친선 방문, 그 때에 사귄 일본의 친구들. 사실 지금 싸우고 있는 적의 사령장관 이토 스게유키 중장도 일본에서 서로 알게 된 같은 일을 하는 친구였다. 장기에서는 수병들이 가두에서 소란을 피운 불상사가 있었다. 그렇지만 그의 추억 속의 일본은 온화한 분위기에 휩싸여 있었다.

'살고 싶다.'

실은 이런 강한 욕망이 그의 가슴속 깊은 곳에 꿈틀거리고 있었다. 집착의 마음이라고 해야 할 것이다.

'불가능하다.'

그는 세차게 부정하였다. 허리를 펴고 마크류어에게 말했다.

"군인으로서의 최후가 항복이라는 것은 나에게는 견디기 어려운 일입니다. 그러나 정식으로 항복하지 않으면 쓸데없이 인명이 희생됩니다. 내가 죽으면 나의 관인을 사용하여 나의 이름으로 항복 문서를 만들어 주기 바랍니다. 나로서는 도장을 찍을 마음이 없습니다."

제독의 눈은 물기를 띠고 있었으나 그것은 결국 눈물로 흐르지는 않았다.

띵루창은 독을 마시고 자살했다. 2월 12일 오후의 일이었다. 장소는 유공도의 군영 내였고, 사용한 독약은 아편이었다. 부사령관인 류우백찬은 그 전에 자살했다. 띵루창과 동시에 자살한 인물은 기명 총병인 짱원쎈이었다. 짱원쎈은 리훙장의 조카로 포술의 명인이었다고 한다. 부장인 양용림은 권총으로 머리를 쏘아 자살했다.

백기를 내걸고 항복 문서를 전달한 것은 북양 함대 포함인 '진북호(鎭北號)'였다.

조회(照會)를 요망함. 본 제독은 전에 좌세보 사령장관의 서한을 접하였지만, 양국이 교전중이었으므로 회답하지 못하고 오늘에 이르렀음.

본제독은 결전으로서 배가 가라앉고 사람이 죽어가는 지경에 이르렀음은 할 수 없는 일이나, 지금은 생명을 보존하기 위하여 휴전을 바라는 바임. 위해위에 있는 현재의 함대와 유공도 및 포대 병기를 귀국에 헌상할 것이므로 육해군 내의 외국인 관원, 병사, 인민들의 생명을 상해함이 없이 그 고향으로 돌려보내 줄 것을 갈망하는 바임.

만약 이 사항에 대하여 윤허가 있으면 영국함대사령장관을 증인으로 할 것임.

이것을 귀 사령장관에게 조회함. 조사하시어 즉일 회답이 있기를 바람. 이 뜻을 조회함.

광서 21년 정월 18일

혁직 유임 북양 해군 제독(革職留任北洋海軍提督)

띵루창

이토 스게유키 함대사령장관 각하

이것이 항복 문서였다. 연합함대사령장관이라고 써야 할 곳을 좌세보 사령장관이라고 잘못 쓰고 있다. 이에 대한 이동 사령장관의 답서 중에 다음과 같은 문장이 있다.

이미 말씀드린 대로 귀관은 일신상의 안전 및 귀국의 장래의 이익을 위해서는 아국에 와서 이 전쟁의 종국을 기다리는 편이 좋을 것이라고 생각하는 바임. 귀관이 아국에 오신다면 어디까지나 예를 갖추어 대접하고 보호해 드릴 것임.

영국 함대 사령관으로서 귀관의 증인을 세우려는 뜻에 대해서는 소관은 이를 불필요하다고 생각함. 소관이 믿고 있는 바는 귀관이 무관직에 있다는 사실 하나 뿐임.

# 4

이토 스게유키 사령장관은 '강제호(康濟號)'에 띵루창과 기타 자결한 군인의 관을 싣고 인대까지 운반시켰다.

'강제호'가 위해위를 출범할 때 일본의 모든 함정은 조포를 쏘았다.

청군의 항복에 의해 잔존의 북양 함대 제함은 일본 측에 인도되었다. 오랫동안 일본에게 위협적인 존재였던 7335톤의 거함 '진원'은 이제부터 일본 해군의 주력으로 쓰이게 되었다. 같은 형의 '정원'은 이미 해저에 가라앉아 있다.

'진원' 외에 '제원', '평원', '광병', '진변', '진중', '진북', '진서', '진동', '진남'이 일본 해군의 수중에 떨어졌다.

위해위가 이미 일본 해군의 공격을 받고 있을 때 리훙장은 인대에 있는 유도함(劉道舍)에게,

"북양의 모든 철함을 오송(吳淞=양자강 하구)으로 퇴피시키는 방법은 없는가. 철함 이외의 배는 가라앉아도 좋다."

라는 전보를 치고 있다. 이미 늦은 때였다. 그러한 방법은 이미 소용 없어져버렸을 뿐만 아니라, 이 전보를 친 날(2월 7일)에는 벌써 기함인 '정원'은 가라앉아 있었다.

무장을 해제 당한 병사들은 보통 때와 다름없이 귀청이 떨어져 나갈 듯이 큰 소리로 서로 떠들고 있었다.

"자, 나머지는 만주 병사들이 와서 뒤처리를 하도록 할까."

"이제 전쟁은 딱 질색이다. 나라를 지킨다고? 도대체 어디에 우리들이 지키

지 않으면 안 될 나라가 있는가?"

"황제 폐하의 출정은 아직 이른가?"

"아니 훨씬 전에 출정하셨다구. 그렇지만 적을 향해서가 아니라 서쪽을 향하여 도망가고 있다더군."

"위가 그런 꼴이니 전쟁에서 이기겠는가."

"그렇고 말고. 만주병을 징발하여 보내라. 만주 팔기군의 솜씨를 좀 보자구!"

"그렇다. 여기는 만주인의 나라이니까. 우리들은 관계없네."

패전의 병사들은 아무 걱정이 있을 턱이 없었다. 특히 수병들은 고립무원의 싸움 뒤라서 불만도 많았고 말하는 것도 지나치게 분격하고 있었다.

상군계의 흠차대신 류우쿤이는 이 때 겨우 산해관 근처에 도착하였다. 지휘하는 장병은 많았다. 1백여 영, 약 4만의 병력이라고 했다. 이 군대를 가지고 일본군에게 빼앗긴 해역을 공격하려고 했던 것이다.

"뭐야, 이 군대는. 완전히 통제가 되지 않는구나. 통제를 하려 해도 전혀 말을 들으려 하지 않는군."

총대장인 류우쿤이가 이렇게 말하고 한숨을 쉴 정도이니까 이 군대의 난잡함을 알 수 있으리라. 계통이 다른 부대를 여기저기에서 주워 모아서 온 것이다. 한 줄기로 뭉친다는 건 지난한 일이었고, 또 시간도 걸리는 일이었다.

흠차대신으로서 남경으로부터 베이징에 불려 나간 류우쿤이는 산해관으로 출정을 명령받았으나 출발을 지연시키고 있었다. 그는 주전론자였다. 그 당시 대두하고 있던 화평론자를 분쇄하기 위하여 베이징에서 공작을 벌이고 있다는 설도 있었다. 그렇지만 어쩐지 그 진상은 주어진 장병의 질이 나쁘고 장비도 열등하였으므로, 어떻게 해서든지 쓸모 있는 군단으로 개선하는 방법은 없을까 하고 궁리하고 있었던 것 같았다.

곧바로 개선될 수 있는 편리한 방법은 없었다.

웽퉁허가 아무리 권하여도 "이런 군대로 가볍게 움직이다가는 큰일난다"며 움직이려 들지 않았다.

칙유에 의해 재촉을 받게 되자 음력 1월 10일이 되어서야 겨우 무거운 발걸음을 옮겼다.

북양 함대 궤멸의 소식에 베이징의 분위기가 크게 강화 찬성쪽으로 움직인 것은 당연한 일이었다. 베이징에서는 여러 가지 유언비어가 난무하고 있었다.

"알지 못하는가? 중당은 5백만 냥의 재산을 벌써 고향인 안휘로 옮겼다. 포기해버린 것이다."

"어쨌든 갈 곳은 상해일 것이다."

이러한 거리의 속삭임들은 반드시 유언비어라고 해서 무시해버릴 내용은 아니었다. 확실히 부호들의 베이징 탈출은 아무리 감추려 하여도 사람들 눈에 뜨였던 것이다.

"베이징을 토벌하라."

일본의 여론도 확실히 그것을 바라고 있었다. 연전연승의 전과는 국민을 들뜨게 만들고 있었다. 북양 함대를 전리품으로 획득한 후 "이제 영국에게 벌벌 떨지 않아도 된다"는 논조가 신문과 잡지에 등장하게 되었다.

청국 조정은 드디어 리훙장을 전권대신으로 일본에 파견하기로 결정했다. 리훙장은 아직 혁직 유임의 처분을 받고 있는 참이었지만, 명예는 회복되어 황마괘를 상환 받았다. 띵루창이 자결한 이튿날 2월 13일의 일이었다.

장기로부터 귀국한 짱인형은 상해에 체재중이었다. 리훙장은 상경하여 입궐하기 전에 상해의 짱인형에게 타전하여,

"국제공법, 조약법 등에 정통하고 지략이 있는 인물을 추천해 주지 않겠는가?"
라고 부탁하였다.

'쉬써우펑과 리징황', 짱인형은 이 두 사람을 추천했다.

쉬써우펑은 그렇다 치더라도 짱인형이 타전한 리징황은 리훙장의 아들이었다. 주일 공사를 지낸 일도 있었고 일본어에도 영어에도 뛰어났다. 이 정도의 적임자도 수월치 않았다.

리훙장은 처음부터 리징황을 수행원으로서 데리고 갈 예정이었다. 그러나 자

신의 아들이라는 게 아무래도 마음에 걸렸다. 그래서 전임자의 추천이라고 하는 형식을 취하고 싶었던 것이다.

짱인형의 전보에는,

"방일했을 때에 무츠 외상이 끊임없이 리징황의 일을 물었다."

라는 설명이 삽입되어 있었다.

강화 교섭을 조금이라도 유리하게 진행시키기 위해서는 모든 수단을 강구해야 한다. 상대의 전권이 자꾸 소식을 알고 싶어하는 인물을 수행원으로 하는 것은 당연하였다. 짱인형의 전보에 의한 추천으로 공사 혼동의 비난은 피할 수가 있었다.

리훙장은 톈진에서 주도면밀한 준비를 했다. 직예총독 직도, 북양대신 직도 각각 해임되었다. 그쪽의 일을 끝맺은 다음 2월 21일 베이징에 도착했다. 명령을 받고 나서 일주일 이상 지나고 있었다.

이튿날 리훙장은 입궐했다. 강화조약에 대해서 청국으로서의 원칙을 정하는 일은 그가 예상하고 있던 대로 하루만에 결말이 나지 않았다.

영토의 할양에 대해서 광서제는 끝까지 거절하라고 호기 좋게 말했다.

'위해위까지 빼앗긴 지금 할양 없이는 강화가 될 수 없다.'

리훙장은 이렇게 믿고 있었다. 그렇지만 궁정에는 강경론이 아직 조금은 남아 있었다. 그 위에다 리훙장을 절대 신뢰하고 있던 서태후가 병 때문에 모습을 나타내지 않았다.

일본과의 강화 교섭을 시작하기 전에 리훙장은 궁정 세력을 상대로 이야기의 결말을 보아 두지 않으면 안되었다.

# 제38장 춘범루(春帆樓)

## 1

리훙장은 호락호락한 사람이 아니었다. 영토의 할양 없이는 강화가 성립되지 않는다고 여기고 있었으므로 2월 22일의 광서제 소견 때에는 가장 강경하게 할양 불가론을 진언했다.

영토 할양은 피할 수 없다. 그 조약에 그는 조인하지 않으면 안 될 입장에 있었다.

매국노라는 무서운 합창이 그에게 퍼부어지리라.

"처음부터 일본을 무서워하여 유유낙낙하게 상대방의 주장을 받아들였다."

"기골이 없는 연약한 관료."

모든 비난이 집중될 것이다. 한림원 시독학사 원팅쓰 등 35명이 상주한 탄핵문에는 "혼용 교건, 상심 망국의 리훙장"이라는 표현이 보인다.

그것뿐이 아니다. 같은 문장 중에 리훙장은 은 수백만 냥을 일본의 다산 탄광 회사에 맡기고 있다든가 아들인 리징황이 일본에 세 채의 무역상을 열고 있다는 내용도 서술되어 있었다. 그 때문에 "패배를 들으면 곧 좋아하고, 승리를 들으면 곧 근심한다"라고 했다. 이는 있을 법한 얘기도 아니었지만, 항간에는 이 정도의 소문은 있었던 모양이다. 거리의 소문을 그대로 주워담아서, 그 진부를 가리지도 않고 올린 조잡한 상주였다. 황제에의 상주문에 이 정도로 낮은 수준의 내용을 집어넣었으므로 제멋대로였다고 할 수밖에 없었다.

굴욕적인 조건으로 조인하면, '그것 보라구!' 라고 하는 비난과, 갖은 욕설의 파도를 뒤집어 쓸 것이다. 그 파도를 물리치기 위해서도 리훙장은 강경한 발언을 해두지 않으면 안되었다. 그것을 기록에 담아서 아무래도 처음부터 연약하고 비굴하지 않았다는 증거를 만들어 둘 필요가 있었던 것이다.

리훙장은 강경파인 웽퉁허에게 강화 회의에의 동행을 요구했다. 말로만 용감하게 떠들지 말고 그것이 외국에 나가 통할 것인가 어떨 것인가를 황제의 교육 담당자였던 웽퉁허에게 실제로 체험시키고 싶었던 것이다. 또 강경파가 전권단(全權團)에 참가하면 그만큼 자기 자신에 대한 저항이 옅어지리라는 생각도 있었다.

"처음부터 외교의 일에 관여하고 있었다면 나는 결코 동행을 사퇴하지는 않겠소. 그렇지만 대외 관계에 대해서는 아무 것도 모르오. 갈 수가 없을 것이오."

웽퉁허는 궁색하게 대답했다.

거절당했지만 리훙장은 상대방으로부터 대외 교섭에 대해서는 아무 것도 모른다는 언질을 얻은 셈이 된다. 아무것도 모르는 자는 모르는 것에 대해서 나중에 투덜거릴 자격이 없다.

"그렇습니까."

리훙장은 웽퉁허가 거절하여 미련이 남는다는 듯이 말하였다.

"별로 어려운 일도 아닙니다. 할지는 절대로 할 수 없는 것입니다. 그 때문이라면 재빨리 돌아와 버릴 참이니까요."

리훙장의 의외의 강경론에 직면하자 총리아문에서 외교를 담당하고 있는 쑨수원과 쉬용이 등의 대신들이 난색을 나타냈다.

"할지 없이 강화가 가능하겠습니까."

"가능하다면 더 이를 데 없습니다만."

강경론에 반대는 아니었지만 위기감이나마 표명한 인물은 이 두 사람뿐이었다. 나머지 중신들은 너무나도 중대한 일이어서 발언을 피하고 있었다.

"군공묵묵(群公默默)."

이 때의 어전 회의의 모습을 웽퉁허는 일기에 써 두고 있다. 발언하는 자가 적어서 아주 어색한 회의가 되었던 모양이다. 웽퉁허 자신은,

"배상이라면 얼마든지 좋지만 할지 만큼은 안됩니다."
라고 하는 의견을 내 놓았다.

"호부에서 어느 정도의 돈이 염출될 수 있습니까?"

리훙장은 확인하려는 듯한 어조로 물었다. 호부상서는 다름 아닌 웽퉁허였다.

이 회의에서 리훙장은 열강, 특히 영국과 러시아의 의향을 타진할 필요가 있다고 말하였다.

베이징 주재 각국 공사관에 대한 타진과 재외 공사관에 외국의 간섭 가능성 유무를 조사하는 작업이 시작되었다.

외국으로부터의 반응은 극히 냉담한 것이었다.

"천도하든지, 그렇지 않으면 할지입니다."

독일 공사는 이렇게 말했다. 천도라는 말은 베이징을 포기하고 서안으로 옮긴다는 뜻이다. 철저히 항전하든가 그렇지 않으면 영토할양도 하든가, 그 어느 쪽을 취해야 한다. 베이징을 점령당하고 철저하게 항전하더라도 최후에 이긴다는 보장은 없었다.

냉정하게 따져 볼 때 그 처지를 면하는 길은 영토할양 이외의 방책은 없었다. 궁정 내에 영토할양도 불사한다는 소리가 나와서 그것이 지배적이기를 리훙장은 기다리고 있는 것이다.

대만과 요동반도, 일본이 할양을 요구하고 있는 영토가 이 두 곳이라는 사실이 그때쯤에는 이미 알려져 있었다.

류우쿤이 대신에 호광총독에서 양강총독으로 전임되어 있던 짱즈뚱은 강령(江寧=남경)에서 총리아문에 전보를 보내어 대신 아뢸 것을 부탁하였다.

"대만은 절대로 포기해서는 안 된다."

강경한 의견이었다. 대만은 물산이 풍부한 토지로 복건, 절강에 가깝다. 그곳을 적에게 넘겨 주어버리면 남양(南洋 : 중국 남부의 해안을 가리킴)은 언제까지나 제어를 당하지 않으면 안 된다. 국가를 위해서 이것은 커다란 손실이다.

그러면 어떻게 하면 좋다는 말인가?

할양할 정도라면 대만을 담보로 하여 외채를 빌려야 할 것이다. 그 상대는 영국이 좋다. 차관의 담보이므로 영국은 대만에 권리를 가지고 일본으로부터 대만을 방어하여 줄 것이다. 얼마나 좋은 이야기인가. 짱즈뚱은 이 '기책(奇策)'을 급히 타전해 왔다.

짱즈뚱은 호광총독 재임 중에 베이징과 한구 간의 철도 건설, 제철소, 방적공장 등을 만들기 위하여 노력했고, 외채의 도입에도 열중이었다. 그 때문에 미국에 유학하는 룽훙[容閎]에게 상의한 일이 있었다. 룽훙은 마카오의 모리슨학교를 졸업한 뒤 중국인으로서는 처음으로 미국에 유학하여 예일대학을 졸업한 인물이었다. 한때 귀국하여 쩡궈후안의 고문을 역임한 적도 있었다. 미국에 귀화했다 하더라도 고국의 근대화에는 커다란 관심을 가지고 있었다. 외자 도입의 상담을 받았을 때 룽훙은 짱즈뚱에게, "대만을 저당 잡히면 10억 달러를 빌릴 수가 있다"라고 타전한 적이 있었다. 아무리 그렇다고 하더라도 영토를 차관의 저당으로 할 수는 없었다. 룽훙의 전보도 유머를 포함한 셈이었던 것이리라. 그렇지만 짱즈뚱은 그 일을 기억하고 있었다. 확실히 영토를 저당잡히는 일은 허용될 수 없다. 그러나 그 영토가 할양되려고 하고 있다. 보통의 사태가 아닌 것이다. 긴급 사태가 되었으므로 대만을 담보로 하는 방법도 검토해야만 할 것이리라.

전비를 조달하는 일도 가능하고 영국을 대만의 방위에 끌어들이는 일도 가능하다. 이것은 일석이조가 아닌가? 그리고 이 방법은 바로 고대의 병법가가 가르친 '원교근공(遠交近攻)의 책(策)'에 해당하는 것이었다.

총리아문이 이 전보를 받은 날은 2월 28일로 재빨리 영국 공사를 만나 보니,

"확신을 가지고 말씀드리겠는데, 이것이 실현될 가능성은 제로입니다."
라는 회답이었다. 회답이 빠른 것으로 보아 검토의 가치도 없는 방책이라는 사실을 알았다. 이 전보는 사본을 떠서 리훙장에게도 보내졌다.

"어린애 장난과 같은 짓이구나."
단 한 마디로 그는 이렇게 말했다.

## 2

"달리 방법이 없다."
강경파의 사람들도 이렇게 여기지 않을 수 없었다. 그 때문에 시간을 들인 것이다. 드디어 궁정의 분위기도 '영토 할양은 피할 수 없다'로 변해 가기 시작했다.

기다리는 것은 하나의 수순이었다.

리훙장 자신이 먼저 강경론을 주창한 것은 장래에 자신의 입장을 좋게 하기 위한 하나의 포석이었다. 그 정도로 신중하였으므로 그는 권력의 자리에 오랫동안 머물러 있을 수 있었다.

청조의 정치 조직을 잘 알지 못하면, 이 지경에 이르러서 아직도 강경론에 집착하는 리훙장을 보고 '조금 이상하지 않은가?', '역시 우물 안의 개구리구나', '사태를 잘 모르고 있는 것 같다'고 생각하기 십상이다. 미국 공사인 덴바이는 대통령에게 보내는 비밀보고 속에서,

"리훙장의 명성은 잘못 전해진 것이며 그의 주변에는 기생충과 같은 인물만이 모여 있다. 정치적 견해에 있어서도 취할래야 취할 만한 것도 갖고 있지 않다."
라고 혹평하고 있다. 확실히 그의 실제 재능은 그의 명성에도 미치지 못했을지도 모른다. 그렇지만 단지 허명에 불과했다고 단정하는 것은 지나치다. 태평천국전쟁, 염군 진압, 회군의 조직 등 모두가 대단한 재능을 가지지 않으면 불가

능한 일들이었다.

외국인에게 오해를 받으면서도 격식의 차례를 거쳐서, 리훙장은 2월 3일이 되어서야 비로소 영토 할양이 불가피함을 상주하였다.

오랑캐가 변경을 엿보는 일은 옛날부터 항상 있었던 것임. 당은 하황(河湟)의 땅을 버렸지만 헌(憲)·무(武)의 중흥을 손상시키지 않았으며 송은 요(遼)·하(夏)의 침입이 있었어도 인(仁)·영(英)의 전성을 잃지 않았다.

영토의 할양이 반드시 망국이 아니라는 것을 역사의 사실로부터 예를 들었다. 당은 안록산(安祿山)의 난 후에 하황의 땅 감숙성(甘肅省)의 서부를 토번(吐蕃 : 티베트)에게 점령당했다. 돈황(敦煌)이 토번에 병탄된 것은 781년의 일이었다. 장의조(張義潮)가 이 지방을 회복한 것은 850년 경이므로 약 70년간 영토를 잃고 있었던 셈이다. 그렇지만 이 시기는 헌종으로부터 무종에 걸쳐서(806년~846년), 안록산의 난의 황폐로부터 당이 일어서서 '중흥'이라고 불렸을 만큼 좋은 시대였다. 북송(北宋)노 요(遼 : 시란쪽)와 서하(西夏 : 딩구드쪽)에 침공되어 영토를 빼앗겼지만, 그것은 인종으로부터 영종에 걸쳐서(1023년~1067년) 전성기로 구가될 만한 시대에 해당되었다.

리훙장은 나아가서 가장 가까운 시대에 유럽의 역사를 인용했다. 프러시아와 프랑스는 자주 싸워서 그 승패의 결과로 영토가 할양되었지만, 한 쪽이 이긴 후에 다른 쪽이 상대를 격파하는 일이 되풀이되었다.

"단지 능력을 키워서 자강의 계책을 꾀하면, 잠시 굽히더라도 어렵지 않게 다시 펼 수 있다."

리훙장은 이렇게 강조했다.

현재의 고성을 뚫고 나가는 네는 할지의 요구에 응하는 수밖에 없다. 모든 방법을 검토한 결과였다. 강경파인 웽퉁허도 포함하여 함께 방책을 강구하였다. 베이징에 없는 중신도 짱즈뚱과 같이 남경으로부터 한 가지 방책을 타전하여 왔다. 아무리 검토하여도 할지에 응해야 한다는 결론에 도달할 수밖에 없었다.

다음날인 3월 3일 자금성 내에는 군기대신들이 모였고, 잠시 병환이었던 서태후도 모습을 보였다. 할지의 교섭에 대한 허가를 내리는 일이었으므로 최고 권력자인 서태후의 승인이 없으면 안 된다. 필두군기대신은 복직하여 얼마 안 된 공친왕이었다. 그 외에 예친왕, 쑨수원, 웽퉁허, 리훙쬬우, 쉬용이, 강의가 있었다.

3월 4일, 리훙장은 자금성에 불리어 갔다. 이 자리에서 그는 서태후와 광서제에게 정식으로 훈령을 청했다. 여기에는 군기대신들은 참가하지 않았다. 리훙장 단 한 사람이 옥좌를 대했던 것이다.

3월 5일, 리훙장은 베이징을 출발하여 톈진으로 향했다. 하루를 건너 뛰어 3월 7일, 그는 톈진에 닿았다. 그리고 곧바로 강화 사절단의 인선에 착수했다.

복안을 짜낼 시간은 충분히 있었다. 조금 떨어진 곳에 있던 마쩬중에게는 전보를 쳐 두었다.

조선에서 임오군란이 일어났을 때, 마쩬중은 리훙장의 명령으로 대원군을 체포하여 청국으로 압송하는 일을 맡았었다. 벌써 13년 전의 일이었지만 이번의 일본과의 전쟁도 원인을 찾아가 보면 거기에서 비롯되고 있었다. 일의 앞뒤를 잘 알고 있는 인물이었다. 그것뿐인가, 청불전쟁의 강화를 할 때에도 마쩬중은 리훙장을 도왔다. 프랑스에 유학한 마쩬중은 법률을 전공하여 파리에서 변호사 자격을 취득하고 있었다. 아편 세금 일로 인도의 영국 총독과 교섭을 벌였고 조선에서도 여러 외국과의 절충을 담당하였다. 국제 외교계에서의 경력은 충분하였다. 리훙장은 이 인물은 꼭 참가시키지 않으면 안 된다고 판단했다.

아들인 리징황을 대동한 것은 공사 혼동이 아니었다. 옛날 주일공사를 역임한 일이 있었고, 일본의 정계에 아는 사람이 많았으며, 일본의 사정에도 밝았고 일본어도 할 수 있는 인물이었다. 누가 수석전권이 되어도 리징황을 그 멤버에 참가시켰으리라. 공사를 경험했고 현재의 위계도 높았으므로 그는 참의가 되었다. 사실상의 차석전권이었다.

오랫동안 리훙장의 신변에 있으면서 막료장직을 맡아온 나풍록도 빠질 수 없는 인물이었다. 재능과 식견면에서도 조그마한 잡무를 요령 좋게, 그리고 정성을 다하여 해내는 인물이었다. 나풍록의 연결이 없으면 누구도 리훙장을 만날 수 없었다. 쑨원이 리훙장을 만나려고 했을 때에도 소개자인 왕도가 나풍록에게 부탁한 것이었다. 그는 참찬이라고 하는 신분으로 일행에 참가했다.

마쩬중 외에 우팅황, 쉬써우펑, 위쓰메이[于式枚] 등이 주요 멤버였다.

리훙장이 남 모르게 부탁한 인물은 고문인 퍼스터였다. 미국의 국무장관을 역임한 일도 있었고, 마침 이 강화 회의의 배경에 미국의 그림자가 드리워져 있었기 때문에, 그런 의미에서도 귀중한 존재였다. 리훙장은 일본에 가야만 한다는 사실을 알자 아들인 리징황을 상해에 파견하여 퍼스터와 미리 접촉시켜 두었다.

주치의인 린모우후이[林聯輝], 통역인 루융밍[盧永銘], 뤄캉링[羅康齡] 등 정식 수행원은 33명이었다. 그 외에 잡역, 요리인, 소사 등이 38명이나 붙어 있었다.

일본이 지정한 회담 장소는 하관이었다. 청국 전권 일행은 3월 14일 독일 국적의 상선 '공의호(公義號)'와 '예유호'에 분승하여 톈진을 출범했다.

회담 장소의 지정, 톈진 출발의 일 등에 대한 양국 사이의 연락은 베이징과 도쿄에 주재하는 미국 공사가 중재했다.

무츠 외상은 도쿄에 있었다. 유럽 제국의 움직임이 미묘하여 정보를 보다 많이, 보다 정확하게 수집하기 위해서는 대본영이 있는 광도보다도 각국 공사가 있는 도쿄 쪽이 형편이 좋았던 것이다.

리훙장 출발의 소식을 주일 미국공사로부터 받자, 무츠 외상은 그 날로 도쿄를 출발하여 광도로 향했다. 대본영에서 이토 수상과 무츠 외상은 재차 전권판 리대신의 대명을 받았다.

무츠 외상은 3월 17일 밤자로 하관으로 향하였다. 이도 수성은 우품으로부터 배를 타고 하루 늦은 19일에 하관에 도착하였다.

이토 수상의 하관 도착과 거의 같은 시각에 청국 대표단을 태우고 황룡기를 펄럭이는 독일 선박 두 척이 일본의 '대호호(大湖號)'의 물길 안내를 받으며 입항했다. 다만 사절의 상륙은 다음날 오후가 되어서야 행해졌다.

제1차 회담은 우선 양국의 전권 위임장 교환으로부터 시작되었다. 회담 장소는 후지노[藤野]의 저택 즉 '춘범루(春帆樓)' 였다.

이번의 전권 위임장에 대해서는 아무 문제도 없었다. 실은 앞서 일본이 위임장 불비를 이유로 청국 사절을 추방한 일이 국제적으로는 별로 평판이 좋지 않았다. 엄밀하게 말하자면 그 때의 청국의 위임장은 확실히 불비이긴 했다. 그렇지만 이제까지 청국은 여러 외국과의 교섭을 자기 방식대로 하여 온 적이 많았다. 그것은 국제적으로 공인되어 있다고 해도 과언이 아니었다. 전 세계가 주목하고 있는 속에서 교섭을 행하는 것이 다름 아닌 전권 위임장에 해당한다.

"너무 하는군!"

이런 소리가 적지 않았다.

이번에는 리훙장의 얼굴이 전권 위임장이라고 해도 좋았다. 형식적으로 전권 위임장을 교환한 것에 지나지 않았다.

이어서 청국 측으로부터 강화조약의 회담에 들어가기 전에 휴전의 일을 의논하고 싶다는 각서가 제출되었다.

일본 측으로부터는 이 안건에 대해서는 내일 회답한다는 통보가 있었다.

이것은 각본대로였다.

청국 측이 그런 각서를 제출하고, 일본 측은 다음날 그 회답을 한다고 하는 절차는 중간에 선 미국이 각각 양국에 미리 전해 두었던 일이었다.

이것으로 제1차 담판은 끝났다.

# 3

공식 회담이 끝난 후 개인적인 이야기로 들어갔다.
"10년 만입니다."
이토 수상이 말했다.
1885년의 '톈진조약' 이래로 꼭 10년 만에 만난 것이다.
"우리들이 만날 때는 언제든지 문제의 해결을 위한 경우로군요. 일을 떠나서 만나 환담하고 싶습니다."
리훙장은 이렇게 대답했다.
"서로 공무에 매인 몸이므로 여가가 없었습니다. 그때는 저도 꽤나 바빴습니다. 그래요, 그 해는."
이토가 톈진에 갔던 해에 태정관제도(太政官制度)가 폐지되고 내각 제도가 창설되어 그가 초대 내각 총리대신이 되었었다.
"이 10년 사이에 귀국은 눈부시게 변하였습니다. 이것은 각하가 국정을 관장하여 그 운영의 묘를 살렸기 때문입니다. 반대로 내 자신을 생각하면 얼굴에 땀이 다 납니다. 우리나라에서는 여러 가지 사정이 있어서 아직 정치상의 개혁이 되고 있지 않습니다. 노력은 하고 있습니다만."
"어느 나라든지 제각기 사정이 있습니다. 일본에서도 조그만 진전은 보였습니다만 이것으로는 아직 부족합니다. 나의 힘이 미치지 못하는 걸 한탄하는 일이 자주 생겨서……."
이토는 어디까지나 겸손했다.
"이번 일은 정말로 유감입니다."
리훙장은 침통한 표정으로 말했다.
"이 아시아 주에서 우리들 양국은 이웃입니다. 더구나 같은 문화의 나라이고, 원래부터 원한 등은 존재하지 않았습니다. 이번은 포화를 서로 주고받았습니다만, 한시라도 빨리 싸움을 끝내고 평화를 회복하고 싶습니다. 우리나라에 유해한 것이 반드시 귀국에 유익하다고 한정할 수 없습니다. 그러한 관계가 되고 싶지도 않습니다. 현재의 유럽을 보면 군사 훈련은 엄격하고, 강력한 군대를 가지고 있습니다만 그렇게 가볍게 분쟁을 일으키지 않습니다. 좋은 것은 사양말고 모방해야 하지 않겠습니까? 우리 두 나라도 유럽의 좋은 점을 배워서 좋은 이웃이 되었으면 합니다. 우리 양국이 아시아의 대국을 안정시키고 영원하게 우호 관계를 맺는다면, 아시아 황색 인종의 인민이 이제부터 유럽 백색 인종의 침입을 받거나 굴욕을 당하는 일은 없을 것입니다."

리훙장은 말이 많았다.

"동감입니다."

이토는 리훙장의 일중 우호론에 짧게 대답했다.

"이번의 불행한 전쟁에도 나는 두 개의 성과가 있었다고 생각합니다."

리훙장은 몸을 앞으로 내밀며 말했다.

"하나는 일본이 유럽식의 육해군 조직을 이용하여 크게 성공한 것입니다. 그것이 유럽인의 독점물이 아니라는 사실을 깨달았습니다. 황색 인종에게도 훌륭하게 운영된다는 점을 증명한 셈이 아닙니까? 결코 지지 않습니다. 두번째는 이 전쟁에 의해 청국이 긴 잠에서 깨어난 것입니다. 아마 이번 일로 해서 일본을 두려워하는 중국인이 많을 것입니다. 그렇지만 나는 오히려 감사하고 있습니다. 일본과 싸우지 않았더라면 언제 눈을 떴을지 모릅니다. 필경은 영영 잠자는 일만 계속했을 것입니다."

"그렇습니까."

"그렇고 말고요. 일본은 이토 각하와 같은 뛰어난 지도자를 가지고 있기 때문입니다. 그에 비하면 청국은 아직도 이 늙은이가 채찍을 잡고 서투른 일을 하고 있는 형편입니다."

"그런 일은……."

이토는 약간 거북하였다.

무쓰 외상은 리훙장의 요설을 차갑게 관찰하고 있었다. 그는 뒷날 〈건건록〉

속에서 이 당시의 일을 이렇게 회고하였다.

　이것을 간략하게 기록하면, 그는 줄곧 우리나라의 개혁 진보를 찬미하고 이토 총리의 공적을 찬미했다. 또 동서 양 지역의 형세를 논하고, 형제간의 난투가 외국으로부터의 모멸을 초래하는 것임을 경계했으며, 청일 동맹을 말하며 은근히 강화의 필요를 풍자하는 것 같았다. 그 말하는 바는 오늘날의 동방의 경세가로서의 이야기로는 지극히 평범한 말뿐이었다. 그렇지만 그는 종횡으로 담론을 구사하여 우리의 동정을 불러일으키려 했고, 간간히 호쾌한 논박과 냉엄한 평론을 교환하여 패전자로서의 굴욕의 지위를 감추려했다. 그 노회함이 가상스러웠고, 과연 청국 당대 제일의 인물임에 부끄러움이 없다고 할 만했다.

　리훙장은 자신의 임무 때문에 요설하였던 것이다. 무츠는 그것을 간파하고 노회하다고 생각하면서도 미워하지는 않았다. 이것이 리훙장의 자질이었으리라. 복잡 기괴한 청국 정계에서 실력자로서 25년이나 되는 세월을 직예총독을 맡아 왔던 것은 특히 다른 사람들로부터 미움을 사지 않는 성격을 가지고 있지 않으면 안될 일이었다.

　북양 해군은 이미 없어졌다. 그 일이 가끔 리훙장의 뇌리를 스쳐갔다. 이 10년 사이에 북양 해군은 전혀 보강되지 못하였다. 그것은 노후화를 의미했다. 몇 번이나 보강을 요청하였던가.

　돈이 없는 것은 아니었지만, 북양 해군에까지 돌아오지 않았다. 이화원 만수산의 조영에 유용되었던 일도 있었다. 서태후의 의사였으므로 하는 수 없는 일이었다.

　'이토에게는 그런 류의 장애는 없었다. 그것이 나와 이토의 업적에 차이가 되어 나타난 것이다. 우선 일본 해군과 북양 해군의 차이이나. 그리고 승리와 패배로 나뉘어졌다.'

　미소를 띠면서 이야기하고 있던 리훙장도 마음속으로는 쓴웃음을 지었다.

서태후가 없었더라면 좋았을까? 그녀가 없었어도 누군가가 서태후와 같이 등장하였을 것이다. 그리고 그는 어떻게 할 수도 없었다.

그러한 체제를 무너뜨리는 것은 왕조를 무너뜨리는 일이었다. 일본은 덕천막부(德川幕府)라고 하는 체제를 무너뜨렸지만 황실이라고 하는 혈통이 있었다. 청국에는 그것과 닮은 것이 없었다.

'입헌 군주제론이 성하게 될 것이다.'

리훙장은 이제부터의 국내의 동향을 예상할 수 있었다. 일본의 승리의 기초가 메이지유신과 입헌제에 있다는 사실은 명확했다. 왕조 전복으로 연결되는 체제 타파는 불가능하다. 배운다고 한다면 입헌제 쪽이리라.

입헌은 군주의 실권을 제한하는 것이므로 이해심이 있는 군주의 시대가 아니면 실현될 가능성은 없다. 지금의 서태후로는 불가능하리라. 작년에 환갑이었던 서태후는 앞으로 몇 년을 살 수 있을까?

리훙장은 금년 73세이다.

'나는 이미 그런 시대를 볼 수 없을 것이다.'

이야기를 장황하게 늘어놓는 것처럼 보여서, 리훙장은 자신의 말의 효과를 고려하여 여유를 가지고 보다 직접적인 말을 찾고 있었다. 그러므로 가끔 감개에 젖을 수도 있었다.

별로 말에 끼어들지 않던 무츠가 리훙장의 이야기가 조금 끊겼을 때 사무적인 발언을 했다.

"오늘의 예정에 의하면 배에 돌아가셔서 숙박하시게 됩니다만, 이제부터 매일 그러면 불편하실 것입니다. 육상의 숙박이 좋으시다면 준비시키겠습니다. 내일부터라도 머무르실 수 있으리라고 생각됩니다만."

"아아 그렇게 해 주신다면 감사합니다."

리훙장은 반가운 듯 말했다.

고령의 리훙장은 선실에 며칠간이나 머무르는 게 적지 않은 고통이었다. 게다가 배로부터 왔다갔다하지 않으면 완전히 고립되어 버려서 정보를 모으는 데도 불편하다.

선 내에 있어도 배의 움직임으로 일본군의 수송 상황을 조금은 알 수 있다. 그러나 좀더 폭넓은 정보 수집을 위해서는 해상에서의 정보 수립만으로는 형편이 좋지 못하다.

입항하여 꼭 하루가 지났지만 일본 측 증기선의 선원과 인부들의 무심한 수작으로부터 일주일 정도 수송 선대가 이곳을 지났다는 사실, 수송되었다고 생각되는 군사 인원이 약 5천이었다는 사실, 목적지는 팽호도(澎湖島)일 것이라는 사실 등을 겨우 알아냈다. 육상에 숙박할 수 있으면 접촉의 면에서도 훨씬 폭이 넓어질 것이리라.

"건물이 크고, 뜰도 넓은 곳. 사원은 어떨까요?"

무츠가 조심스럽게 물었다.

"좋습니다. 우리나라에서 여행할 때에도 자주 절에서 묵었습니다. 절은 익숙해져 있습니다. 그렇군요, 불교도 일본과 청국에 공통되는 것입니다."

리홍장은 들떠 있었다. 적어도 흥분하고 있음을 가장하고 있었다.

"그렇다면 인접사(引接寺)라는 절로 정합시다. 오늘 중으로 청소 등 기타의 준비를 끝마치고 내일은 그곳에 들어가시도록 하겠습니다."

무츠는 실무자답게 용건을 척척 해결했다.

리홍장 일행이 제1차 회담을 끝내고 춘범루를 나선 시간은 오후 4시경이었다. 현관문에는 중국풍의 가마가 기다리고 있었다. 가마에 탈 때 리홍장은 미소를 지어 보였지만 곧 고개를 숙였다.

가마를 탄 것은 리홍장 한 사람뿐으로 리징황 이하 수행원은 인력거를 타고 아미타사정(阿彌陀寺町) 진수신사(鎭守神社) 앞의 임시가설 잔교(桟橋)로 향하였다. 그 사이의 거리는 2백 미터 정도에 불과했다.

소증기선 '소야선호(小野出號)'에 올라 항 내에 성박중인 '공의'와 '예유'를 향했다. 소증기선에 오를 때 리홍장을 비롯하여 중요한 수행원은 각각 두 사람의 종자가 좌우를 껴안았다. 리홍장은 노인이므로 할 수 없었지만 나머지는 거의 장년이다. 종자의 도움이 없어도 탈 만한 나이였다.

'이것은 단지 대국대원(大國大員)의 의식에 불과한 것'이라고 당시의 신문은 쓰고 있다.

그들의 일거수 일투족이 진귀하여서 벌떼같이 구경꾼들이 모여들었다. 춘범루로부터 진수신사 앞의 잔교까지 연도에 쭉 순사와 헌병이 서 있었다.

4

긴 항해이기도 했고 수석전권이 고령이기도 하여 제1차 회담은 위임장 교환과 청국 측의 정전에 관한 각서의 제출만으로 일이 끝났다. 그 뒤는 잡담뿐이었다.

"시간은 얼마든지 있습니다. 천천히 얘기합시다. 납득할 때까지 교섭합니다만 단지 인기를 위한 연기만은 그만두어 주십시오."

무츠는 명백하게 말했다.

일본은 서두르지 않았다. 서두르는 것은 지고 있는 청국 쪽이다. 이쪽은 받아들이는 입장인 것이다. 무츠는 그러한 자세를 그의 언동으로 표하고 있었다.

그렇지만 이 강화 교섭을 가장 서두르고 있던 사람은 무츠 무네미츠 바로 자신이었다. 후에 그는 이 때의 심경을,

"어떻게 해서든지 청국 정부를 유도하여 하루라도 빨리 강화 사신을 다시 파견하도록 하여 신속하게 전쟁을 종식시켜 평화를 회복하고……."

라고 고백하고 있다.

"유럽의 형세가 어딘지 불온하다."

무츠는 이렇게 읽고 있었던 것이다. 일본에 있어서 '불온'이라고 하는 것은 유럽 제국이 간섭하여 올 가능성이 있다는 뜻이었다. 도쿄에서 각국 공사들과 접촉해 본 뒤 무츠는 깊은 우려를 느꼈다.

주일 독일 공사 구트 슈미트는 본국으로부터 '유럽 열강 중에는 청일 간의 분

쟁에의 간섭을 결정한 나라도 있다'는 정보를 얻고 있었다. 물론 이것은 일본 측에 전하여 충고하기 위한 것이었다.

"일본이 청국 본토에 있는 영토의 할양을 요구한다면 간섭을 도발하는 매개가 될 것이리라."

독일 공사는 일본이 청국에 과대한 요구를 하지 않도록 충고했다. 청국의 본토라고 하므로 대만이라면 상관없을지도 모른다. 그렇지만 일본 정부는 요동반도의 할양을 요구하기로 결정하고 있던 참이었다.

영국의 신문〈타임즈〉는 러시아가 영·불과 연합하여 청일전쟁에 간섭하려고 시도하고 있다고 보도하였다.

독일은 처음에는 영국과 보조를 맞추려고 하고 있었다. 그것은 영국의 킴벌리 외무장관 쪽으로부터 먼저 협력 요청이 있었기 때문이었다.

영국은 일본이 청국과 열강을 배제한 동맹 관계를 만들려고 하고 있다는 예감을 얻고 있었기 때문이었다. 그것은 주영 일본 공사인 아오기 슈조가 킴벌리 외무장관에게,

"일본은 청국을 멸망시킬 의사는 전혀 없다. 그뿐만이 아니라 오히려 청국을 재건시키려고 노력하고 있다."

라고 한 말에 근거를 두고 있었다.

영국이 가장 두려워하고 있던 것은 청국이 혼란해져 장사를 하지 못하게 되는 것이었다. 양자강 하류에 막대한 권익을 가지고 대청무역을 그 생명선으로 하는 홍콩을 안고 있다. 무정부 상태의 출현은 영국에 커다란 타격을 준다. 아오기 공사는 영국의 관심사를 정확하게 꼬집어 내어 그러한 우려는 없다고 보장한 것이다. 그렇지만 안심시키려고 한 말의 부산물이라고 할 만한 '청국 재건 운운'을 꽤 강조한 모양이었다.

일정 동맹—동아시아의 두 거인의 연합. 킴벌리 상관은 일본의 의도를 이렇게 파악한 것이다. 무정부 상태에 의한 혼란이라면 일시는 통상이 단절되더라도 결국 신정권에 의한 질서의 회복으로 재개할 수 있으리라. 그렇지만 배타적

인 청일 동맹이 생기면 강제적으로 통상이 금지되어 버린다. 오히려 이쪽이 더 우려되는 바이다.

영국은 '청일 동맹'의 성립에 반대하기 위하여 간섭하려고 한 것이며, 독일을 거기에 끌어넣으려고 했다. 독일은 영토 협상에 제동을 걸기 위해서도 청일의 분쟁에 대하여 영국과 협조하려고 하였다.

그러나 결국 아오기 공사의 발언이 배타적 청일 동맹을 의미하지는 않는다는 사실을 알았다. 〈타임즈〉는 일본의 믿을 만한 소식통의 정보로서, 대청국 통상에 있어서 일본은 다른 나라 이상으로 이익을 얻을 의사는 없다는 점을 보장한다고 보도하였다.

통상에 대한 걱정이 없어지면 다음은 러시아의 남하를 막는데 관심이 돌려진다.

'동아시아에 있어서 러시아의 남하를 막는 데에는 보다 강한 일본이 중국 대륙에 존재하는 게 좋지 않을까.'

영국은 이렇게 판단하게 되었다. 일본이 하는 일에 간섭할 필요는 거의 없어져 버린다.

뻗쳐져 온 손을 잡으려고 독일이 손을 뻗어보니 상대방인 영국은 손을 도로 집어넣고 있었던 셈이다.

"영국은 현상 유지 이외에 아무런 관심도 가지고 있지 않다."

주영 독일 공사는 본국에 이렇게 타전했다.

그렇다면 독일로서도 손쓸 곳은 있었다. 이번에는 러시아를 향하여 손을 뻗친 것이다. 러시아는 이미 프랑스와 함께 일본에 대한 간섭을 계속 협의하고 있었다. 거기에 독일이 가담하게 된다. 이것이 삼국 간섭의 싹이 되었다.

유럽에 그러한 움직임이 있다는 사실로 인해 무즈의 가슴속은 바싹바싹 타들어 갔다. 청국의 수뇌가 이것을 눈치채면 강화를 연기할지도 모른다. 늦어지면 늦어질수록 간섭의 가능성이 높아지고 청국에게는 유리한 일이다.

그러나 청국의 외교 체제는 올바른 정보 분석이 불가능하였다. 열강의 간섭이야말로 리훙장이 가장 바라는 바였다. 그는 그 나름대로 열강의 간섭을 위한 공작을 벌여 보았다. 그럼에도 불구하고 반응은 차가운 것이었다.

'안되겠는걸.'

리훙장은 이렇게 판단하고서 강화 회담에 임하게 되었던 것이다. 열강의 간섭이 청국의 의뢰와 그 공작으로 행해지는 것은 아니다. 열강 자신의 이익을 위해서 행해지는 것이다. 그러므로 청국의 의뢰와 같은 맥락에 있지 않았다. 반응이 없었음은 당연한 일이었다. 간섭의 소리는 반응으로서 들려오는 것이 아니다. 간섭은 엉뚱한 방향에서 엉뚱한 목소리로서 들려오기 마련이다.

청국의 외교는 두드린 문의 안쪽으로부터의 응답에만 주의를 기울이고 있었다. 한 발자국 물러서서 그 주변의 소리에 귀를 기울이려고 하지는 않았다. 리훙장은 간섭의 소리를 놓쳐버렸다. 그렇게 기다리고 기다리던 소리였음에도 불구하고……

청국이 리훙장을 수석전권에 임명하여 강화를 위해 일본에 파견한다는 소식을 들었어도 무츠는 안심하지 못했다. 무츠가 들은 소식을 리훙장이 언제 듣게 될지 모른다. 그것을 들으면 리훙장은 회담을 포기할 것이다.

리훙장 일행이 톈진을 출발했다는 소식을 도쿄의 미국 공사로부터 들었을 때에야 무츠는 겨우 안심하였다.

그렇다고 하여도 아직 방심은 금물이었다. 문제의 퍼스터는 미국의 전 국무장관이므로 미국이 일부의 역할을 맡고 있는 이 회담을 망치려고는 하지 않으리라. 퍼스터 이외에 저 소리를 들을 수 있는 인물이 있다면 곤란한 일이었다. 일본에 도착한 뒤 유럽의 소리가 그들에게 전달되어서도 곤란하다. 무츠는 될 수 있는 한 그들의 정보를 차단하려고 하였다.

내심으로는 서두르고 있었지만, 그것을 겉으로 나타내서는 안된다.

'이쪽이 이기고 있다. 앞으로도 계속하여 이길 것이므로 강화는 좀더 훗날이라도 좋다. 베이징을 함락시키고 나서가 실은 더 좋지만……'

이라는 표정을 지으려고 애를 썼다.

제38장 춘범루(春帆樓) 751

제1차 회담을 한 시간 정도로 끝낸 것도 서두르지 않는다는 인상을 심기 위한 것이었다.

리훙장은 '공의호'에 돌아가서 베이징의 총리아문에 전보를 쳤다.

그 속에서 5천의 병사가 팽호도에 아니면 대만으로 보내진 것 같다는 정보를 일러준 다음, '요심(遼審), 유관(榆關)의 군사 정세는 여하한가?'라고 전황을 알려 줄 것을 요구하고 있다.

다음날 오전, 청국 대표단 일행은 상륙하여 준비된 숙사인 인접사로 들어갔다.

# 제39장 리훙장 저격

1

 리훙장이 강화 회의를 위하여 출국하기 전에 청군은 우장(牛莊)과 전장대(田莊臺)를 잃고 있었다. 우장에는 쩡궈후안 이래의 전통을 자랑하는 상군계의 군대가 웨이꽝토우[魏光燾], 리꽝지우[李光久] 장군 등의 봉솔을 받아 지키고 있었지만 일본의 제3, 제5사단의 맹공에 3월 4일 함락되고 말았다.
 전장대에는 호남순무인 우따정이 있었지만 우장이 함락되자 그는 밤을 틈타서 석산참(石山站)으로 도망쳤다.
 3월 7일, 영구(營口) 함락.
 3월 9일, 전장대 함락.
 요하평야(遼河平野)의 청군은 완전히 침묵하여 버렸다.
 우따정은 정치가로서보다는 금석학자로서 알려져 있었다. 고대 청동기에 새겨진 고대 문자의 연구에 관해서는 그보다 앞서는 자가 없었다. 관료로서 또는 학자로서도 명성을 얻고 있었지만 그는 거기에 만족하고 있지 않았다. 장군으로서도 이름을 날리고 싶었던 것이다.
 그는 지원 장군(志願將軍)이었다. 스스로 군사를 이끌고 일본과 싸울 것을 청하여 허락을 받았다. 그 의기는 장하다고 하지 않으면 안되었지만 전쟁은 고대 문자의 연구 같이는 되지 않았다.

우따정은 산해관에서 일본군을 향하여 투항을 권고하는 문서를 발표하였다. 문인이므로 문장은 뛰어난 것이었다. 더구나 그는 이 투항 권고문에 얼마 만큼의 효과를 기대하고 있는 눈치였다. 고대 문자에 너무 골몰하여서 현실을 보는 눈이 어두워졌던 것일까.

대개 그가 종군을 지원한 것은 '도요 장군(度遼將軍)'의 직인을 손에 넣고 난 후라고 말해지고 있다.

도요 장군은 전한(前漢) 원봉(元鳳) 3년(기원전 78년)에 설치된 관직이다. 표기 장군(驃騎將軍)이나 군기 장군(軍騎將軍)과 같이 항상 설치되는 장군 직이 아니라, 잡호 장군(雜號將軍)이라고 하여 임시로 명명되는 장군 칭호의 하나였다. 잡호 장군의 한 예로서 전한의 루뷔더[路博德]와 후한의 마위안[馬援]이 임명된 '복파 장군(伏波將軍)'이 들어진다. 그들은 남월(南越)과 교지(交趾 : 북베트남)로 바다를 넘어서 원정하였으므로 '복파'의 이름이 선정되었다. '도요'는 요하를 건너서 오환(烏桓)을 정벌하였다는 의미이다. 원봉 3년에 환밍유우[范明友]가 도요 장군에 임명되었다. 후한에 이르면 요하라는 지명과 관계없이 흉노에 대비하여 임명되는 장군의 이름이 되었고, 영평(永平) 8년(기원후 65년)에는 우탕[吳棠]이 그 직에 임명되었다.

한대의 인장은 신분 증명서이기도 하고 사령(辭令)이기도 하였다. 당시의 인장은 황제는 옥으로, 왕 이하는 금, 은, 동과 금속으로 주조되었다. '도요 장군인'은 은이었다.

우따정은 고대 문자의 학자인 동시에 고대 도장의 수집가였다. 소주 사람으로 쉬룬칭[徐翰卿]이라는 자가 그 도장을 그에게 보냈던 것이다. 우따정은 크게 기뻐하여, '이것은 만리 봉후(萬里封侯)의 전조'라고 믿었다. '만리 봉후'라는 것은 원정에 의한 군공에 의해 후(候)에 봉해지는 것이다. 이 한인(漢印)을 입수했을 때 일본과의 싸움이 시작되었다.

'이것이다. 청사에 나의 이름을 영원히 남기는 절호의 기회이다.'

중국만에 한한 일은 아니지만 국학 등 그 나라의 전통에 깊게 관여된 학자 중에는 때때로 열광적인 언동에 흐르는 사람이 있다. 우따정도 열광하여 종군을 지원한 것이다.

그는 자신을 단순한 서생이라고만 여기고 있지는 않았다. 15년 전에 길림의 방위를 감독하는 임무를 맡은 적이 있었다. 무기 공장을 만들기도 했고, 포대를 쌓기도 했으며, 군대의 훈련에도 임하였다. 짧은 기간의 일이지만 그는 자신의 경험을 과신한 것 같다. 예의 일본군에의 투항 권고서 속에서도 '일본군이 3번 싸워 3번 진 후에도 본 대신에게는 칠종 칠금(七縱七擒)의 계가 있다' 라는 말이 있었다. 과연 국학자답게 '삼전 삼패' 는 〈국어〉라고 하는 고전으로부터 인용한 말이었고, '칠종 칠금' 은 〈삼국지〉의 '제갈량전' 이 출전이었다. 제갈량은 맹획(孟獲)과 싸워 그를 포로로 잡았다가 석방하였다. 맹획은 그래도 다시 싸워서 7번이나 붙잡히고 7번이나 석방되어 드디어는 제갈량에게 굴복하였다는 고사가 있다.

'철저하게 상대가 되어 주마.'

이런 심산이리라. 아무리 그렇다 치더라도 표현의 허풍이 너무 지나쳤다. 이 권고서는 중국인에게도 웃음거리가 되었다고 한다.

실제로는 철저하게 패배를 당한 것은 우따정 쪽이었다.

일등 서기관으로서 도쿄의 주일 공사관에 파견되었던 일도 있었고, 일본인과도 교분이 두터운 황쭌쎈은 우따정의 패주에 분개하여 '도요 장군가' 라고 하는 장시를 지었다. 그 중에,

"관(冠)을 버리고 검(劍)을 빼앗겨도 애석해 하는 사람은 없다. 단지 다행으로 여기는 것은 허리춤의 인장만은 아직 잃지 않았다는 일이지."라는 구절이 있다. 패주할 때에도 귀중한 고물 인장만은 허리춤에 매달려 있으리라고 비웃었던 것이다.

이 고인(古印)은 실은 당시 상해에 있던 저명한 서화가인 우창쒀[吳昌碩]가

위조한 물건이라고 말해지고 있다.

우장, 영구, 전장대의 함락에 의하여 전황은 일단락되었다. 다음 작전을 감행하려고 한다면 산해관으로부터 베이징을 치는 수밖에 없었다. 그를 위해서는 많은 준비 기간을 필요로 한다.

전선은 실제로는 잠시 교착되어 정전 상태에 빠져 있었다.

청국 대표인 리훙장은 강화의 담판에 들어가기 전에 '우선 정전'을 요구하였다.

열강의 간섭을 두려워하여 하루라도 빨리 강화의 타결을 바라고 있던 무츠 외상은 현상의 추인에 지나지 않는 정전을 깨끗하게 승인하여 중국 측에게 선심을 써두는 편이 상책이라고 판단했다.

그렇지만 정전은 군부의 의향을 존중하지 않으면 안되었다. 연전연승의 군부가 강경하게 휴전에 반대한 것은 물론이다. 군에 휴전을 납득시키기 위해서는 매우 유리한 조건을 만들어 주지 않으면 안 되었다.

3월 21일, 제2차 회담에 있어서 이토 히로부미가 제출한 정전의 조건은,

1. 대고, 텐진, 산해관을 일본에 양도할 것.
2. 동 지역의 청군의 무장 해제, 군수(軍需)의 인도.
3. 텐진, 산해관 철도를 일본군의 지배하에 맡길 것.
4. 정전중의 군비는 청국에서 부담할 것.

이런 내용이었다. 이것은 수도 베이징의 목에 비수를 꽂는 것을 의미하였다. 일본의 군부가 해내고 싶었지만 병력과 전비의 부족으로 실행에 들어가지 못하고 있는 작전을 한방울의 피도 흘리지 않고 성공시키는 꼴이 된다. 이 조건이 완전히 성취된다고 하면 군부로서도 이의가 없을 것이었다.

일본군을 납득시킬 만한 조건이란 단적으로 말해서 청국에게는 가혹한 것이었음은 두말할 필요도 없다.

현상 그대로 '정전 플러스 알파'를 생각하고 있던 리훙장은 이 가혹한 조건에 놀라버렸다.

"이것은 지독하다. 너무 지독하다. 상상을 절하는 가혹한 안이다."

테이블 위에 펼쳐진 일본 측 안건의 역문을 읽고 리훙장은 입술을 떨면서 "너무 지독하다"는 말만 되풀이하였다.

리훙장의 모습이 갑자기 조그맣게 보였다. 원래 그는 당시의 중국인으로서는 큰 축에 들었다. 키가 170센티미터 이상이었다. 회군의 통령으로서 그는 그 거구에서도 도움을 받았다고 할 수 있다. 별로 풍채가 없었던 쩡궈후안과 비교하여 리훙장은 체격으로서도 한몫 보고 있었던 것이다.

"이번의 전쟁은 조선 문제로부터 일어나서 일본군은 이미 조선 전토를 수중에 넣고, 우리나라의 영역에도 군대를 진격시키고 있습니다. 일본이 정말로 영구하게 평화를 바란다면 자신의 입장뿐만이 아니라 청국의 명예도 고려해야 하지 않을까요. 톈진, 대고, 산해관은 국도(國都)의 현관에 해당합니다. 나는 이 안은 정도를 넘어선 것이라고 생각합니다. 전황이 압도적으로 유리하여 일본이 어떠한 안건이라도 내세울 수 있다는 점은 이쪽도 잘 알고 있지만 일에는 정도가 있는 법입니다. 그것을 관철시킨다면 일본은 평화의 공백만을 얻고 그 실리를 잃어버릴 위험도 있을 것입니다."

리훙장은 목소리까지도 변해 있었다. 이제까지보다도 가라앉은 어조였다.

"나로서는 이 안건이 정도를 지나쳤다고는 생각하지 않습니다. 톈진 등의 점령은 일시적인 담보이고, 거리를 파괴하려는 것 따위는 생각지도 않습니다."

이토가 이렇게 응수했다.

"휴전의 조건은 가혹하지만 우리들의 목적은 강화이지 휴전은 아닙니다. 이토 각하도 그렇게 생각하지 않습니까?"

"그대로입니다. 우리들은 하루라도 빨리 평화가 회복되기를 바라고 있습니다. 단지 정전은 각하 쪽에서 제출한 것입니다. 그것에 대하여 우리들은 안건을 제출하였습니다. 먼저 정전하고 나서 강화를 담판하자고 하는 것은 청국의 의향에 불과합니다. 일본으로서는 정전 없이 강화를 논의해도 좋고, 정전하고 나서부터도 좋습니다. 후자 경우의 조건을 지금 내세운 것입니다. 정전의 조건에는 제2의 안건이라는 것은 준비하고 있지 않습니다."

"그렇다면 강화의 안을 제출하여 받고 싶습니다."

"귀측에서 휴전 문제를 철회하지 않는 한 강화의 안건은 내지 않습니다. 그리고 일단 철회한 이상 휴전의 일은 다시 논의할 수 없다는 점도 알아주시기 바랍니다."

이런 말을 듣고 리훙장은 갈피를 잡지 못하였다.

## 2

만약 전황의 실태를 리훙장이 정확하게 파악하고 있었다면 그는 이때 즉석에서 휴전 문제를 철회하였을 것이다.

우따정이 꼴사납게 패주한 때에 실은 일본군도 지쳐 있었다. 다음의 작전을 수행하기까지에는 병원과 군수의 보급을 위한 시간을 필요로 하였다. 물론 일본 측은 그 기진맥진함을 감추려 하고 있었다. 인친왕(仁親王) 고마츠창[小松宮彰을 '정청 대총독(征淸大總督)'으로 임명하여 대총독부(大總督府)를 현지에 파견하려 한 것도 그 일환이었다고 할 수 있었다.

대총독부가 여순에 보내져도 베이징을 공격할 직예 작전(直隷作戰)은 아직도 조금 뒤의 일이 될 것이었다. 리훙장이 두려워하고 있던 '강화 담판 중에 일본군이 요서 지방에 진격하여 산해관을 노린다'는 장면은 상상할 수 없는 일이었다.

"며칠 생각할 여유를 주시기 바랍니다."

리훙장은 유예를 희망했다.

"생각하는 것은 좋지만 양국 인민은 지금 이 회담을 주목하고 있습니다. 될 수 있는 한 신속하게 회담의 목적을 달성하는 것이 우리들의 의무입니다. 기한을 3일로 하겠습니다."

이토는 사흘의 기한을 주었다.

인접사에 돌아온 리홍장은 일본 측이 제출한 휴전 안건을 총리아문에게 타전하고,

'어제의 전보에서 대만 방면으로 향하였다고 알린 5천의 일본군은 북쪽으로 향할지도 모른다. 각지의 군대에 엄중하게 경계하도록 전하기 바란다.'
라고 덧붙였다.

일본 측의 휴전 안건은 다음날 광서제에게 전해졌다. 광서제는 그것을 읽고 '얼굴 표정이 변하다'라고 웽퉁허는 일기에 쓰고 있다. 젊은 황제는 큰 충격을 받았던 것이다. 서태후와 상담하려고 하였으나 아직 병환중이므로 망설이고 있었다고 한다. 그러나 이러한 중대한 일은 서태후의 병중이라고는 하나 그녀의 귀에 넣어두지 않으면 안된다.

사흘의 유예기간 중에 리홍장은 휴전 문제를 철회하고 강화 문제를 협의하기로 결정하였다. 정청 대총독 고마츠창은 아직 출발하고 있지 않았다. 일본 국내의 군편제가 막 끝난 터이므로 작전을 일으켜 요서로 군대를 진격시키기에는 아무리 빨리 잡아도 반 달은 걸린다는 사실을 리홍장도 겨우 알아차렸다.

강화 담판중에 대규모 전투가 일어날 가망성이 거의 없다고 한다면 휴전 조건으로 고민하는 것은 부질없는 일인 것이다.

사흘 후 3월 24일, 제3차 회담이 행해졌다. 이 날은 청국 측이 회답의 각서를 일본 측에게 건네 주었다.

휴전 문제는 철회하고 곧바로 강화의 담판에 들어가고 싶다는 내용이었음은 말할 나위도 없다.

이에 대하여 일본 측은 강화조약의 안을 내일 제출하기로 한다고 약속했다.

너무 맥이 빠진다고 여겼던지 리홍장은 돌아가기 전에 한마디 의견을 말하였다.

"내일 제출되는 강화조약안에는 다른 외국의 이익을 손상시킬 것 같은 소항은 들어 있지 않다고 믿어도 좋겠지요? 어찌하여 이러한 점을 말씀드리는가 하면 강화 문제는 청일 양국의 문제이고, 문제를 확산하여 타국의 간섭을 초래하

는 일을 피하고 싶기 때문입니다."

리훙장의 발언을 무쓰는, '귀를 막고 종(鐘)을 훔치는 짓'이라고 평하고 있다.

타국의 간섭을 초래하고 싶지 않다고 말하면서 그 간섭을 불러들이려고 갖가지 수단을 꾀한 인물이 다름 아닌 리훙장이었기 때문이다. 리훙장의 열강 공작은 무쓰의 정보망에 포착되어 있었다.

"말씀대로 이것은 완전히 청일 양국만에 관한 문제입니다. 우리 쪽이 제출하는 조약안에 타국의 간섭을 초래할 우려는 없다고 믿어주시기 바랍니다."

이토는 간략하게 대답했다.

리훙장의 발언은 일본이 강화조약안에 너무 가혹한 조항을 삽입하면 열강의 간섭을 초래할 위험이 있다는 경고였다. 간섭을 피하고 싶다는 말은 물론 그의 본심이 아니었다. 어떠한 간섭도 대환영이라는 것이 정직한 표현이었다.

청국 대표가 퇴장할 때에 무쓰 무네미쓰는 리징황을 향하여,

"내일 담판에 대하여 사전에 사무적인 절차를 맞추어야 하기 때문에 당신은 좀더 남아 있어주시기 바랍니다."

라고 부탁했다.

"알았습니다. 담판을 성공시키기 위해서는 아무리 오랫동안 남아 있어도 상관 없습니다."

리징황은 유창한 일본어로 즉시 대답하면서 아버지를 향하여 용건을 중국어로 번역하여 말했다. 리훙장은 가볍게 두세 차례 고개를 끄덕이었다.

무쓰와 리징황은 춘범루의 현관에서 이토 히로부미와 리훙장 일행을 배웅하고 나서 다시 방으로 돌아왔다.

비공식적인 대면이 되자, 두 사람은 일본어로 응대하였다. 우선 몇 마디 세상사 이야기로부터 시작하였다.

"올해도 꽃 구경할 처지가 아니군요. 천천히 꽃 구경이나 하고 싶습니다만."

무쓰가 아쉽다는 듯 이렇게 말했다.

"벚꽃도 꽃망울이 부풀어 오른 것입니다. 빨리 일을 끝내고 당신과 함께 천천

히 꽃 구경이나 하고 싶습니다."

"그를 위해서는 당신의 협력이 중요합니다. 그런데……."

무츠는 용건에 들어가려고 수첩을 꺼내 펼쳤다.

그때 복도가 갑자기 소란스러워졌다. 누군가가 달려오고 있었다. 회담이 끝난 뒤라 하더라도 중요한 회담 장소에서 소리를 내며 뜀박질을 하는 것은 예의가 아니었다. 춘범루에 배치되어 있는 사람들은 잘 훈련된 경비병과 경관 그리고 외무성의 직원들이었다. 터무니없는 행동을 벌일 사람들이 아니었다.

무츠와 리징황은 눈을 마주쳤다. 두 사람 다 '무슨 일이지?' 하는 표정이었다.

문이 열렸다. 노크도 없이 들어오는 인간이 여기에 있을 것인가? 실내의 두 사람은 문을 열고 들어온 인물을 쳐다보았다. 무츠가 잘 알고 있는 외무성 관리였다.

"자네…."

불러 세우고서 무츠는 입을 다물었다. 어지간한 일이 아니면 이와 같은 예의에 벗어나는 행동을 할 인간이 아니라는 사실을 알았다. 상대는 숨을 헐떡거리며 뛰어온 모양이었다. 문 앞에서 식립 부동의 사세를 취하고 어깨를 들썩거리고 있었다. 얼굴은 창백해져 있었다.

'이변이 일어났다!'

무츠는 직감적으로 느꼈다. 그것도 리홍장의 신변에 무엇인가 일어난 것임에 틀림이 없었다.

"조금전 리홍장 각하가 폭한에게 권총으로 저격당했습니다!"

관리는 외치는 듯이 보고했다.

"그래서, 각하는!"

"좌측 볼에 탄환이……."

"한 발 뿐인가?"

"예."

무츠는 경악 속에서도 안도감을 느꼈다. 볼이라면 치명상은 아닌 셈이었다.

"폭한은?"

"곧바로 체포되었습니다."

무츠는 옆의 리징황을 바라보았다. 두 사람 모두 소파로부터 일어서 있었다. 리징황의 관자놀이가 실룩실룩 움직이고 있었다.

"유감스런 일이 일어난 것 같습니다만 우리 전력을 다하여 선후조치를 강구합시다. 우선 부친의 거처로 가십시오. 나는 이토 각하의 거처로 가겠습니다. 선처하여 주십시오."

무츠는 무릎에서 힘이 빠져나가는 듯한 기분이 들었다.

"폭한은 25, 26세의 장사와 같은······."

관리는 보고를 계속하였다.

'어떤 바보 멍텅구리 같은 녀석이······. 미친 것인가. 반역자 같은 놈. 우리들의 노력을······.'

무츠는 얼굴을 찡그리고 있었다.

## 3

리홍장 일행은 춘범루를 나서서 아미타사 거리의 서쪽을 지나 외병정(外浜町)의 모퉁이를 돌아서 숙사인 인접사로 향하고 있었다.

군마(群馬)현 사람, 스물여섯 살의 고야마 도요타로[小山豊太郎]는 그 외병정의 모퉁이에 있었다. 거기에는 헌병 주둔지가 있었고 다리를 건너서 맞은편에는 순사 파출소가 있었다. 상식적으로 말하자면 경계가 엄중하여 암살자가 가장 기피하는 지점일 것이다. 그렇지만 헌병 주둔소와 파출소에 둘러싸여 있었으므로 경계하는 측으로서도 가장 안심하여 손을 쓰지 않는 장소라고도 할 수 있었다. 고야마 도요타로가 거기까지 생각하여서 장소를 선택한 것인지 어떤지는 모른다. 단순하게 모퉁이가 적당한 장소라고 판단했는지도 모른다.

청국 대표단은 리훙장만이 가마에 타고 나풍록과 우팅황, 마쩬중 등은 인력거에 타고 있었다.

일본의 가마는 가마군이 앞뒤에서 가마를 메고, 타는 부분은 위로부터 늘어져 내려 있다. 중국풍의 가마는 네 사람이 어깨에 메고, 타는 부분은 그 위에 만들어져 있으므로 '견여(肩輿)'라고도 불리운다.

리훙장 전용의 견여는 몸체가 청색으로 하부만이 붉게 칠해져 있었다. 사방에 유리 창문이 붙어 있었으므로 가마 속으로부터 밖이 내다 보였다. 리훙장은 그 유리 창문을 열고 있었다.

될 수 있는 한 가장 가까운 거리에서 저격하려고 고야마는 앞으로 뛰어나와 권총을 발포하였다. 고야마가 뛰어나온 순간 주둔소에 있던 헌병 상졸(上卒)인 아부(阿部)도 뛰어 나왔다. 신조(新條) 경부도 가세하여 곧바로 고야마를 잡아 눌렀다.

순간의 일이었다.

총탄은 리훙장의 좌측 눈 아래에 파고 들었다. 리훙장은 금테 안경을 쓰고 있었는데 그것을 조금 빗겨 내려 쓰고 있었다. 탄환은 안경을 맞춘 뒤 리훙상의 볼에 맞았다. 안경이 조금은 탄환의 위력을 줄였는지도 모른다. 렌즈는 깨어져서 사방으로 흩어졌지만, 눈을 감고 있었기 때문일까 안구는 상하지 않았다.

바로 근처였으므로 부상당한 리훙장은 인접사에 둘러메어져서 운반되어 긴 의자에 눕혀졌다. 주치의인 린모우후이 박사가 응급 처치를 하였다.

아들인 리징황이 먼저 춘범루로부터 달려왔고, 나중에 수상 이토 히로부미가 외상 무츠종광과 내각 서기관장 이토 미요지를 데리고 인접사로 달려왔다.

의사 린모우후이가 말렸지만 리훙장은 문안을 온 이토 일행에게 "이러한 일도 얼마쯤은 각오하고 왔습니다"라고 태연히 말했다. 의식은 확실했던 것이다.

대신에서 츠다가 러시아 황태사를 쏜 것은 4년 선의 일이었나. 외국 요인에 대한 테러는 일본의 풍토에 뿌리를 내린 것이라는 해석도 행해지고 있엇다.

이토 일행은 머리를 숙였고 무츠는 입술을 깨물었다. 무츠가 가장 두려워 한 것은 이 돌발 사태가 열강들에게 간섭의 구실을 주는 일이었다.

만약 리훙장이 부상을 이유로 귀국해 버린다면 어떻게 될 것인가? 일본의 잘못을 비난하며 귀국하면 몇몇 열강의 동정을 얻는 것도 그리 어려운 일은 아니다.

'일본과 같이 야만적인 풍습이 남아 있는 나라에 교전국 수뇌로서 가는 것은 생명의 위험이 있다. 직접 일본과 교섭하는 일은 그만두고 제삼국에 주선을 의뢰한다' 라는 식으로 떠들면 큰일이었다. 고야마와 같은 흉도가 실제로 나타났으므로 리훙장의 주장이 먹혀 들어갈 것은 뻔한 이치였다.

그 전에 두 사람의 청국 사절을 쫓아보내고 최고 책임자인 리훙장을 끌어 낸 것을 무쓰는 자신의 외교적 승리라고 믿고 있었다. 그렇지만 그 후 구미로부터 정보를 수집하고 있는 중에 반드시 그렇지 않을지도 모른다는 기분이 들었다.

세계적으로 리훙장에게 동정이 모여지기 시작하는 것 같았다.

첫째로 그가 고희가 지난 고령이라는 점이었다. 만으로 세어도 72세이다.

다음으로 그의 지명도가 극히 높다는 것이다. 또한 그가 처음으로 바다를 건너서 외국에 사신으로 갔다는 사실도 해외에서는 화제가 되었다. 그는 사실상 외교의 담당자였지만 청불전쟁의 강화 회의도 톈진에서 행하여졌고, 러시아와의 사이에 이리 지방을 둘러싼 중대한 외교 문제를 담판한 때에도 페레르부르크에 파견된 인물은 쩡궈후안의 아들 쩡찌저이었다.

"한 번도 외국에 간 적이 없는 노인을 끌어내어 일본이 지독한 일을 저지른게 아닐까."

구미에 이러한 비판의 소리가 있다는 사실이 재외 공관 소식통으로부터도 전하여 오고 있었다.

가만히 있어도 저절로 외국의 동정을 사고 있는 리훙장이 일본에서 흉도에게 저격당한 것이다. 일본은 국제적인 악인이 되어버릴 우려가 있었다.

"다행히 회담에 그렇게 지장을 줄 만한 상처는 아닌 것 같습니다."

위로하듯 마쩬중은 이런 말을 했다. 의사의 진단에 의해서 그렇게 발언한 것이리라.

회담이야 어떻게든 계속되더라도 그것이 일본의 '야만'을 세계에 선전하는 장소가 되어서는 안 된다.

청국 측의 수행원들 사이에는 리훙장이 인접사를 나서서 해상의 '공의호'에서 요양해야 할 것이라는 의견이 있었다.

"일본의 국토 내에 있어서는 위험하다. 제2, 제3의 위험이 없다고도 보장할 수 없다."

이것이 인접사 철수의 이유였다.

고문인 퍼스터가 선내 요양에 반대하였으므로 '공의호'에의 철수는 그만두었다. 무츠는 안심했다.

리훙장이 만약 배로 돌아가면 전세계의 사람들이 '왜'라고 묻게 될 것이고 청국 측은 일본 측의 '만행'을 이유로 내세울 것이다. 뚜렷한 명분이 있는 일이므로 일본 측의 변명도 약하게 된다. 겨우 기억에서 사라져가는 여순에서의 학살 문제가 재연되어 올지도 모른다.

'어떠한 일이 있어도 리훙상을 날래지 않으면 안된다.'

무츠는 이렇게 결심했다.

일본 측은 리훙장의 부상에 대하여 최고의 배려를 했다.

두 사람의 육군 군의총감이 파견되었다. 이시쿠로[石黑], 사토[左藤]의 두 박사였다. 육군 이토군의정인 후루우다[古宇田], 내무기사인 나카하마[中浜] 박사 등 전문의도 하관으로 향했다. 프랑스 공사관 소속의 주바스 박사도 초청되었다. 의료에 대해서는 이 이상의 의료진은 바랄 수 없었다.

청국 대표단 고문인 퍼스터가 배로 철수하는 데 반대한 이유로는 육상에 있는 편이 치료에 편리하다는 것, 이런 사건이 일어난 후이므로 일본 측의 경비도 물샐 틈 없이 펼쳐질 것 등을 들고 있었다.

확실히 그 이후의 일본 측의 경비 태세는 신경 과민이라고 해도 좋을 만큼 무시무시해졌다. 메이지 천황은 특별히 칙어를 내렸다.

짐이 생각하건대 청국은 우리와 지금 교전중이지만 이미 그 사신을 파견하여 예를 다 갖추어 강화를 협의하고, 짐도 역시 전권판리대신을 임명하여 이들과 하관에서 회동하여 상의하도록 하였다. 짐은 원래부터 국제 관례에 따라 국가의 명예를 가지고 적당한 대우와 경호를 청국 사신에게 제공하지 않으면 안된다. 그런 즉 특히 각 관청에 명령하여 나태한 곳이 없도록 하였다. 그러나 불행히 사신에게 위해를 가하는 흉도가 나타나서 짐은 이를 깊이 유감으로 생각한다. 그 범인은 관계 관청에서 법을 참고하여 가차없이 처벌하고 백관과 일반 서민은 더욱더 짐의 뜻을 실천하고 엄격하게 불령(不逞)함을 경계하여 나라의 영광을 손상시키는 일이 없도록 노력할 것을 명하노라.

동시에 천황과 황후는 리훙장을 위문하기 위하여 나카무라 시종무관을 파견했다.

야마구치 현[山口顯] 지사인 하라야스 타로[原保太郎]와 현의 경무부장인 고토 마츠요시로[後藤松吉郎]는 곧 진퇴 여부의 청원을 제출하였으며 이들에게 즉각 면직 발령이 내려졌다.

구미 신문들은 '반드시' 라고 해도 좋을 만큼 4년 전의 대진사건을 예로 들고 있었다. '무기의 싸움에서 이기고 도덕의 싸움에서 패하였다' 는 평론도 있었다.

"문명의 가면을 쓰고 있었지만, 때때로 본성을 폭로한다."

이렇게 기술한 기사도 있었다.

리훙장은 중요한 카드를 쥐고 있었다. 전 세계의 동정을 받으며 일본으로부터 철수해도 상관없었다. 누가 보아도 잘못은 일본 측에 있었다. 담판 결렬의 책임은 일본에게 덮어 씌워진다. 그러한 상태에서는 직예 작전 등은 불가능하였다.

고마츠가 이끌고 가는 군대는 근위 사단으로부터 북해도 주둔의 군사까지 동원하여 편제되어 있었다.

이토 수상은 "대거 출정, 거의 모든 방비를 철수함"이라고 표현하고 있었다.

군은 모두 밖에 나가 있어서 일본의 본토를 지킬 군대가 거의 없어져 있었다는 뜻이리라.

본국에 수비병이 없다는 사실을 각국 공사관 소식통이 본국에 보고하고 있는 셈이었다.

열강은 정보를 분석하여 '일갈하면 일본은 후퇴하게 된다'고 판단할 것이리라.

배후의 중재자인 미국은 도쿄 주재 공사를 통하여 하야시 외무차관에게, 리훙장의 요구에 응하여 무조건 휴전하는 수밖에 없을 것이라고 충고하고 있었다.

"확실히 그럴 수밖에 없을 것이다."

차관의 보고를 듣고서 무츠 외상은 우울한 듯이 고개를 끄덕였다.

리훙장에게 '분연 귀국'의 카드를 쥐어주고 나서 일본은 이제 더 이상 손 쓸 수가 없다. 직예 작전은 불가능하게 되었고 열강의 간섭은 눈에 보이고 있다. 리훙장이 그 카드를 들이밀지 않게 하기 위해서는 무조건 휴전에 응하는 수밖에 방법이 없는 것이다.

## 4

리훙장 저격의 범인 고야마 도요타로는 통칭으로 녹지조(錄之助) 또는 육지조(六之助)라고 불리웠다. 부친은 군마에서 현의원이기도 하였고, 도요타로는 경응의숙에 들어갔지만 결국 퇴학하고 '강담사(講談師)' 이토 사유우(伊藤痴遊)의 제자가 되었다. 그러나 예(藝)도 진보하지 않았으므로 그것도 그만두고 '신도관(神刀館)'이라는 우익 단체에 들어갔다. 당시는 우익이라고 하는 말은 없었고 이런 유의 단체를 '장사단(壯士團)'이라고 부르고 있었다.

산구 지방 재판소에서의 공판에서 그는 무기도형(無期徒刑)의 판결을 받았다. 판결은 3월 30일에 내려졌으므로 대단히 빨리 진행된 재판이었다. 러시아 황태자를 습격한 대진사건의 진전삼장도 똑같이 무기도형이었다.

고야마는 청일 양국의 전쟁은 리훙장이 일으켰다고 믿었고, 지금 강화를 맺으면 청국은 언젠가 재기하여 일본과 싸울 것이므로 강화를 방해하려 했다고 말했다.

판결이 있던 3월 30일, 일본은 드디어 강화 담판 전에 무조건 휴전을 인정하기로 결정했다. 단지 일본군이 현재 작전중인 대만, 팽호도는 휴전 지역으로부터 제외되었다.

결국은 휴전중인 지역의 휴전을 추인할 꼴이 되었고 그 기간은 3주로 정해졌다. 3주간이라고 하면 일본군이 다음 작전을 시작하는 데 필요한 준비 기간과 일치하였다. 실제로는 이 휴전 조약의 성립에 의하여 일본은 아무 것도 잃을 게 없었던 것이다.

그럼에도 불구하고 무츠는 군부의 양해를 얻어내는 데 고심했다. 가와카미 참모본부차장(이미 정청 대총독부 참모총장을 겸하고 있었다)도, 화산 군령부장도 휴전에 반대하였다. 그 뿐만 아니라 사이고 해상, 마츠가타 마사요시, 에노모토 농상상 등 유력한 각료도 휴전에 찬성하지 않았다.

야마가타 육상만이 휴전에 찬성하였다. 러시아군 3만이 청국의 북부로 이동 중이라는 정보가 있었기 때문이었다. 열강의 간섭이라 하더라도 그것은 무력을 배경으로 이루어지는 것이다. 러시아가 군대를 움직이고 있는 것은 간섭의 전조라고도 받아들여진다. 하루라도 빨리 강화를 성립시키기 위해서도 리훙장에게 마지막 카드를 사용하도록 해서는 안된다. 그 대가로서 휴전 승인은 값싼 것이었다.

3월 25일 밤차로 하관으로부터 광도로 향했던 이토 수상은 정력적으로 중신들을 설득하여 3월 27일 밤에 겨우 휴전의 칙허를 얻어냈다. 29일 이토는 하관에 귀착하여 청국 측에 휴전을 제시하였다. 3주일간 기한으로 대만, 팽호도를 제외한다고 하나 나머지는 무조건 휴전이었으므로 청국으로서도 이의가 있을 리 없었다.

군의통감 사토 박사는 리홍장의 좌측 볼에 박혀 있는 총탄을 빼내도록 권했다. 그렇게 하는 쪽이 치유가 빠르게 된다. 그 대신 수일간의 절대 안정이 필요했다.

리홍장은 이를 거부했다.

"그것은 담판이 끝난 후에 하자. 지금은 하루라도 빨리 현안 문제를 해결하지 않으면 안된다. 이러한 중요한 시기에 수일간의 낭비는 허락되지 않는다."

서두르고 있기는 이토와 무츠도 마찬가지였다. 러시아의 움직임이 마음에 걸렸다. 이때 만약에 러시아 군사의 이동에 관한 정보를 리홍장이 얻고 있었다면 그는 사토 박사의 권고에 따랐을 것임에 틀림이 없다.

4월 1일, 무츠 외상은 리징황에게 강화조약안을 수교하여 4일 이내에 회답할 것을 요구하였다. 무츠의 〈건건록〉에 의하면 그 내용은 거의 다음과 같다.

1. 청국은 조선이 완전 무결한 독립국임을 확인할 것.
2. 청국은 아래의 영토를 일본에 할여할 것.
    (갑) 봉천성 남부의 땅.
    (을) 대만 전도 및 그 부속 제도와 팽호 열도.
3. 청국 다카히라는 3억 냥을 일본 군비 배상으로서 5개년 분할로 지불할 것.
4. 현재 청국과 구주 각국과의 사이에 존재하는 제 조약을 기초로 하여 일청 신조약을 체결하고, 이 조약의 체결에 이르기까지 청국은 일본국 정부 및 그 신민에 대하여 최혜국 대우를 부여할 것.

청국은 이외에 다음의 양여를 행할 것.

① 종래의 각 개항장 외에 베이징, 사시(沙市), 상담(湘潭), 중경(重慶), 오주(梧州), 소주, 항주(杭州)의 각 시항을 일본 신민의 거주 영업을 위하여 개방할 것.
② 여객 및 화물 수송을 위해 일본국 기선의 항도를 확상할 것.
③ 일본 국민이 상품을 수입할 때 원가의 100분의 2의 저대세(抵代稅)를 납부하는 것 외에는 청국 내지(內地)에 있어서 일체의 세금, 부과금, 취립금

을 면제할 것이며, 또 일본 신민이 청국 내에서 구매하는 공작물 및 천연의 화물로서 수출을 위한 것이라는 걸 언명한 이상은 모두 저대세 및 일체의 세금, 부과금, 취립금을 면제할 것.

④ 일본 국민은 청국 내지에 있어서 구매 또는 그 수입에 관계되는 화물을 창입(倉入)하기 위해서 아무런 세금, 취립금을 납부하지 않고 창고를 임대하는 권리를 소유할 것.

⑤ 일본국 신민은 청국의 제세금 및 수수료를 고평은을 가지고 납부할 것. 단, 일본국 본위 은화를 갖고 이것을 대납할 수가 있을 것.

⑥ 일본국 신민은 청국에서의 각종 제조업에 종사하고 또 각종의 기계류를 수입할 수 있을 것.

⑦ 청국은 황포 하구에 있는 오송의 카와카미를 준설하는 일에 착수할 것.

5. 청국은 강화조약의 성실한 수행을 담보하기 위해 일본 군대가 봉천부 및 위해위를 일시 점령하는 걸 승낙할 것이며, 아울러 주재 군대의 비용을 지불할 것.

위의 강화조약안 중에서 권익에 관한 부분은 간섭 방지의 의미로 삽입된 조항이 많다. 수입세의 인하와 각종 취립금의 폐지는 실은 청국에 가장 큰 권익을 갖고 있던 영국이 자주 청국 정부와 교섭하고 있던 문제였다. 그것은 아직 실현되어 있지 않았다.

만약에 일본이 강화조약에 의해 이를 실현시킨다면 가장 큰 이익을 얻는 쪽은 영국이었다. 최혜국 조항에 의해 영국도 자동적으로 일본과 같은 권익을 향유하게 되기 때문이었다.

이 내용을 알면 영국은 간섭 따위는 하지 않으리라. 일본에게는 그다지 이익이 되지 않는 조항을 일부러 삽입한 것은 무츠의 외교 기술이었다.

리훙장도 보통내기는 아니었다. 일본 측의 요구를 베이징의 총리아문에 타전했을 때 그는 말미에 그 내용을 모두 베이징 주재의 영·불·러 3국 공사에게도 귀띔하라고 덧붙였다. 그리고 일본이 제출한 통상 권익의 항은 될 수 있는 대로 감추어 두도록 요망했다.

고문 퍼스터의 외교 회고록에 의하면 그것은 퍼스터 자신의 조언에 의한 것이었다고 한다.

일본 측은 통상 권익의 항에 비중을 두어 각국에 균점의 유리함을 선전했다. 일본이 기대한 대로 영국은 간섭의 의사를 표하지 않았다. 그것은 권익 확대를 균점할 수 있다는 사실보다는 러시아의 남하에 대비하여 청국보다는 일본 쪽이 도움이 되는 방벽이라고 판단했기 때문이었다.

이러한 사고 방식이 영일 동맹으로 연결되었음은 물론이다.

베이징에서는 일본 측 요구의 냉혹함에 조정이 커다란 충격을 받고 있었다. '안' 에 불과하다고는 하나 이제부터 커다란 양보를 얻어내기는 곤란할 것이다.

그러면 철저한 항전이 가능한 것인가?

궁정과 정부 기관을 서안으로 옮기지 않으면 안될 것이리라. 베이징의 자금성도 역대 황제의 능원(陵園)인 동릉(東陵)과 서릉(西陵)도 일본군에 점령되는 실 각오해야 한다.

과연 중국 인민은 일본과의 싸움에 들고일어설 것인가? 모든 인민이 일본을 적으로 하여서 싸움에 협력한다면 승리는 의심할 수 없다. 일본에는 그럴만한 병력원이 없었기 때문이다.

그렇지만 과연 중국의 인민이 청 왕조에 대해 확실한 충성심을 가지고 있는 것일까? 최근 30년 정도 전까지 청 왕조는 태평천국이라고 하는 커다란 인민의 반란에 고심하지 않았던가. 그 반란은 태평천국의 내홍과 지방 의용군의 무력에 의해 진압되었다. 그 뒤에도 염군의 난이 계속되었다.

청 왕조가 대외적으로 고경에 처하게 되면 협력하는 사람보다도 그것을 기회로 난을 일으키려고 하는 사람이 많지 않을까? 이런 상태에서는 천도항전은 불가능하다고 할 수밖에 없었다.

# 제40장 종막 그리고 개시

1

강화조약이 체결된 것은 4월 17일의 일이었다.

청조가 가장 저항한 대목은 요동반도의 할양이었다. 만주족의 청 왕조는 동북 지역에서 일어나서 베이징에 진출하기까지는 심양을 국도로 하고 있었다. 베이징에 천도한 후에도 이곳을 성경 혹은 유도(留都)라고 칭하여 왔다. 원래의 궁전도 그대로 남겨 놓고서 봉천고궁(奉天故宮)이라고 부르고 있었다. 또 교외에는 태조 누루하치의 복릉(福陵)과 태종 스레한의 소릉(昭陵)이 있었다. 두 황제 모두 청조로서는 창업의 대제였던 것이다.

조선으로부터 일본군이 압록강을 넘어서 요동으로 진출했을 때 베이징의 궁정은 새파랗게 질려 '심양(瀋陽)은 황조침릉(皇祖寢陵)의 땅'이므로 사수하라는 격문을 띄웠다.

일본이 할양을 요구한 북쪽 한계는 요하의 선으로부터 봉천의 남쪽 경계선을 통하고 있었다. 누루하치가 심양으로 수도를 옮기기 전에 만주 왕조의 국도였던 요양(遼陽)은 일본 안에 의하면 일본에 할양되는 부분에 속해 있었다.

요동반도가 일본의 손아귀에 들어가면 여순은 지브롤터와 같은 존재가 되고, 일본은 발해만을 제압하여 언제라도 베이징을 공격할 수 있게 된다. 청조는 압록강 서안의 봉황성을 중심으로 하는 조선과의 국경 지방이라면 일본에 할양하여도 좋다는 생각이었지만 그 정도로 일본이 만족할 리가 없었다.

이 방면의 할양에 대하여 일본은 원래 갑을병의 3개 안을 준비하였고, 리훙장에게 제시한 것은 그중의 을 안이었다. 실은 갑 안은 그것보다 서쪽으로 많이 넓은 것이었다. 요양, 안산(鞍山)을 포함하는 을 안도 상당히 광대한 지역이지만 리훙장의 성실한 교섭에 의해 꽤 일본 측의 양보를 얻어 낼 수가 있었다. 양보라 하더라도 일본 측으로서는 그것은 거의 '예정된 양보'였다.

그것을 위하여 처음부터 병 안을 준비하고 있었다.

병 안에 의하면 요양, 안산을 청국은 양도하지 않아도 되었다. 그러나 그렇다 하더라도 뒷날 일본이 러시아로부터 이어받은 조차지, 소위 '관동주(關東州)'에 비하여 일곱 배나 넓은 광대한 지역이었다.

전비 배상에 대해서는 청국 측은 자기 쪽에서 공격한 것이 아니고, 일본 영토를 한치도 짓밟고 있지 않은 마당에서 배상 요구는 없으리라고 여기고 있었다. 그런 차세에 3억 냥의 5년 할부는 너무 가혹했다.

"아무래도 너무 지독하다."

리훙장은 불평을 되풀이하였다. 그는 청조 정부의 부엌 살림이 몹시 궁핍하다는 사실을 숙지하고 있었다.

일본 측은 전비 배상을 2억 냥, 7년 할부로 양보했다.

요구가 과중하여 청국이 도저히 받아들일 수가 없다면 담판은 결렬되고, 일본은 직예 작전을 단행하지 않으면 안된다. 그럴 경우 열강의 간섭은 피할 수 없는 정세였다. 만약 그렇게 되었다가는 국토의 할양은커녕 배상금도 무일푼으로 끝나버릴 우려가 있었다.

청국 측은 앞서 밀한 깃처럼 영토 할양은 조신 국경의 4개 현과 펭호 얼도(대만섬을 포함하지 않음)만으로 하고, 전비 배상은 1억 냥이라는 안을 제출하고 있었다. 리훙장이 이 수정 안을 제출한 날은 4월 9일이었고 일본 측이 전기의 양보안을 제출한 것은 그 이튿날이었다.

직예 작전이 위험 부담이 많다는 점은 알고 있었지만 정청 대총독부 소속의 증원군을 우품항으로부터 출발시켜야 했다. 리훙장의 눈앞에서 수송 선단을 띄워서 보여 줄 필요가 있었던 것이다. 증원군의 우품항 출항은 4월 13일이었다.

이토 히로부미는 양보안을 제출한 다음날 4월 11일에 인접사의 리훙장에게 서한을 보내어, 4일 이내에 회답을 바란다고 기한을 붙였다.

양국 대표의 마음은 동요하고 있었다.

이토로부터 최후 통첩적인 서한을 받은 날, 리훙장은 톈진으로부터도 한 통의 전문을 접수하였다. 발신인은 데트링이었다.

독일인 구스타프 데트링은 톈진 세무사로서 리훙장의 측근에 있는 인물이었다. 리훙장의 뜻을 받들어서 최근 일본에 사신으로 파견되었다가 정식 대표가 아니라는 이유로 이토 수상과의 면회를 거절당하기도 했었다. 일본과의 강화에는 이전부터 관련하고 있던 인물이었다.

"전임 주청 독일 공사로부터 전보 있었음. 열강들 가운데 청국의 영토 할양에 대하여 의논이 있었음. 모두가 일본의 요구를 부당하다고 인정하였음. 청국은 강화 회담을 서두를 필요가 없음."

이토 수상은 4월 12일, 러시아 주재 니시도쿠 이치로 공사로부터 충격적인 전보를 받고 있었다.

"러시아 육해군 합동 위원회는 일본군의 베이징 진공을 저지하는 수단을 토의하고, 러불 연합 함대에 의해 그 목적을 달성할 수 있다는 결론에 달하였음."

이런 내용의 전보였다.

직예 작전은 틀림없이 러시아의 간섭을 초래한다. 프랑스와 독일이 간섭에 동조할 것이리라.

'지금 이곳에서 조약의 조인을 해두지 않으면······.'

이토도 무츠도 안달하고 있었다.

증원군의 출발을 확인한 리훙장은 그 이상으로 안달하고 있었다. 일본의 경우는 획득할 수 있는 것을 잃어버릴까 하는 두려움이었다. 청국의 경우는 이미 잃어버린 것 이상의 것을 잃어버릴까 하는 우려였으므로 한층 더 절박했다.

'일본군이 베이징에 공격해 오면……'

만약 태평천국과 염군이 아직 진압되어 있지 않았다면 청 왕조는 지금 여기서 곧바로 멸망하여버리리라. 태평천국과 염군은 이미 리훙장 등의 노력으로 평정되어 있었지만 일본군이 베이징을 공격해 오면 그 주변에 제2, 제3의 태평천국이 탄생할 것은 필지의 형세이지 않은가.

리훙장은 인접사의 침실에서 문득 지난해 읽은 문장을 생각해 내었다. 정계의 제일 우두머리에 선 그의 주변에는 항상 '상서' 하여 오는 사람이 있었다. 나라의 전도를 걱정하고 구국의 방법을 진언하는 내용이 많았다. 잘 되면 그 문장이 인정되어서 '등용' 될 지도 모른다고 기대하고 있는 것 같았다. 리훙장은 그러한 상서를 별로 읽지 않았지만 때때로 일시적인 생각으로 훑어보는 경우도 있었다. 그렇지만 곧 그 속셈이 보여서 대체로 도중에서 집어 던져버린다. 작년에 끝까지 읽은 문장이 한 통 있었다.

'확실히 그것은 광동의 청년이었을 것이다. 이름이 무엇이었던가.'

쑨원이라고 하는 이름을 리훙상은 생각해 내지 못하였다.

국가의 일을 진심으로 걱정하고 있다는 사실을 깨달았다. 외국의 사정에 밝은 사람인 듯 외국과 비교하는 대목이 많았고, 외국의 문물을 마음껏 받아들일 것을 논하고 있었다. 단지 그 인물이 사랑하여 마지 않는 국가는 청 왕조의 그것이 아닌 것 같았다. 그 문장의 행간에 정체(政體)를 바꾸더라도 국가를 흥륭시키지 않으면 안된다는 사고 방식이 깔려 있는 것 같았다.

물론 답장도 하지 않았고 면회도 하지 않았지만 어쩐지 마음에 걸리는 문장으로, 어떤 인물이었을까 만나지 않았던 것을 조금은 후회하는 기분이 들었다.

'그런 생각을 가지고 있는 젊은이가 점차로 불어나고 있는 게 아닐까? 그들은 유력사에게 사기 의견이 채용뇌닌 같은 뜻을 품는 동시들을 모아서 도당을 조직할지도 모른다. 그것이야말로 제2의 태평천국이 될 우려가 있다. 일본군의 베이징 공격은 그들에게 그 계기를 부여하는 꼴이 될 것 같다.'

# 2

최후 통첩 – '얼티메이텀(Ultimatum)' 이라고 하는 단어는 그것이 갖는 꺼림 칙한 어감 때문인지 중국에서는 처음부터 원어가 사용되었다. 네 개의 숫자를 가지고 한어의 한자에 짜맞추는 중국의 전신에 있어서는 '아이더메이뚠수' 라고 표현되었다.

이토 수상으로부터 4일의 기한부로 회답을 요구받은 4월 11일 리훙장은 총리아문에 대하여, "지금, 또 이와 같은 서한이 오다. 아이더메이뚠수에 흡사함" 이라고 훈령을 청하고 있다.

4월 13일, 리훙장은 이토가 제출한 수정안 대로 조인해도 좋은가 어떤가를 다시 훈령해 줄 것을 요청하였다. 강화 담판이 결렬되면 정전 협정은 자동적으로 무효가 되고 전투는 재개된다. 일본 측은 그 점에 대하여 청국 대표의 주의를 환기시키고 있었던 것이다.

4월 14일은 일요일이었지만, 청국 대표에게 휴일 따위는 없었다. 약속한 4일째는 내일로 다가오고 있었다. 리훙장은 톈진 해관의 도원의 직에 있던 썽쎈화이[盛宣懷]에게 한 통의 전보를 쳤다. 하관으로부터 리훙장이 본국에 친 전보는 거의가 총리아문에 보낸 것으로서 해관 도원에 친 전보는 잘못 친 것처럼 보인다. 그렇지만 사흘 전에 톈진 해관 세무사인 데트링으로부터 전보가 와 있었고, 그에 대해 우선 회답 전보를 쳤지만 연락의 선을 끊은 것은 아니다. 그 위에 썽쎈화이는 리훙장의 유력한 부하의 한 사람이었다. 북양 군벌의 성대가로(城代家老)에게 연락할 의도도 있었던 것 같다.

이등양차애적미돈서(伊藤兩次哀的美敦書), 운무가상(云無可商), 현약명일회오즉정(現約明日會晤卽定), 욕보경성(欲保京城), 부득불이(不得不爾), 이후간각국판법(以後看各國辦法), 조선준자주(朝鮮准自主), 상령양국물간예내치(商令兩國勿干預內治), 이불윤(伊不允), 비거이하(非據而何)

이것이 그 전보문의 전문이다. 그 뜻은

"이토의 두 차례에 걸친 최후 통첩은 더 이상 교섭의 여지가 없다는 점을 표명하고 있다. 바야흐로 내일 회담하여 결정하기로 되어 있지만, 경성(京城 : 北京을 말함)을 보전하려고 한다면 이렇게 할 수밖에 없다. 이렇게 해둔 후에 각국이 하는 수작을 보아야 하지 않을까? 조선에 독립을 허가하게 되었지만 청일 양국이 그 내정에 간섭하지 말도록 하자는 제안을 이토는 받아들이지 않았다. 그 태도는 점거가 아니면 무엇일까"이다.

분노를 전문 속에서 숨김없이 털어 놓은 것 같다.

베이징은 이제는 끝장이다고 각오를 한 것 같았다.

웽퉁허의 일기에는 이 14일인 일요일, '불욕기(不欲記), 불인기야(不忍記也)' 즉, '쓰고 싶지 않다. 아니 쓰는 걸 참고 견디어 낼 수 없다'라고 쓰여져 있다. 하관으로부터 타전되어 온 절망적인 상황을 가리키고 있다.

약속한 4월 15일의 회담은 오후 4시부터 시작하게 되어 있었다. 베이징으로부터의 황제의 이름에 의한 조인 허가의 정식 훈령은 14일 밤과 15일의 오후 두 차례에 걸쳐서 도착하였다. 똑같은 내용의 것이지만 무슨 사고로 인하여 도착하지 못하는 일이 생기면 큰일이므로 되풀이하여 타전한 것이다.

리훙장 19일 3전균실(李鴻章十九日三電均悉), 18일 소유각절(十八日所諭各節), 원기쟁득일푼유일푼지익(原冀爭得一分有一分之益), 여의무가상개(如意無可商改), 즉준전지여지정약(卽遵前旨與之定約), 흠차(欽此)

리훙장은 3월 19일(양력 4월 3일)에 세 통의 전보를 쳤다. 강화 대표단 체재 중 하관 우편 전신국에 지불한 전보 요금은 1만 5천 원이었다고 한다.

그 세 통의 전보에 서술되어 있는 내용은 모두 다 이해하였다. 18일의 훈령 (대만의 할양은 남쪽 반만으로 한다는 것, 동북 교역의 중심지인 영구를 요동 할양지로부터 분리하는 것)은 본래 극력 교섭하여 일푼을 얻으면 일푼의 이익이 있다고 바라는 것이었다. 말하자면 밑져야 본전이다. 만약 교섭하여도 개정이 불가능하다면 하는 수 없으므로 조인해도 좋다는 취지였다.

'이렇게 하지 않으면 베이징은 지킬 수 없다.'

궁정의 강경파도 아무 소리가 없었다. 도대체 누가 베이징을 지킬 수 있는 것일까?

비분강개 하는 것만으로 적병을 막을 수는 없다. 호언장담의 강경파의 실체가 무엇이었는가는 우따정의 패전에 의해서 폭로되었다고 해도 좋았다.

리훙장은 일본으로 출발하기 전에 필두군기대신인 공친왕을 만나,

"담판이 결렬되면 하루빨리 주상을 서안으로 옮기고, 베이징에는 주전론자가 반드시 잔류하여 일본군과 싸울 것을 정신(廷臣)들 앞에서 제의하여 주기 바란다. 주전론자로서 베이징을 떠나는 자는 참수에 처한다고."

이렇게 말하여 두었던 것이다. 중신 회의 때에 공친왕은 화의 결렬의 장면을 상정하여 주전론을 부르짖는 모든 대신이 자금성을 베개로 하여 죽을 때까지 싸울 것을 주장하였다. 정식 제안은 아니었지만 공친왕의 어조로는 '이렇게 해야 한다'는 소감과 같이 받아들여졌다. 그렇지만 이 발언 후 주전론의 소리가 적어진 것은 틀림없었다.

말할 것도 없이 이런 일은 강화 조인의 지반을 다지는 일이었다. 리훙장과 공친왕과의 연계공작은 궁정에 있어서는 꽤 효과를 올릴 수가 있었다.

인접사의 청국 대표단의 분위기는 당초에 비하여 무척 느긋해져 있는 것 같았다. 리훙장이 폭한에 습격당한 사건은 대표단에 대한 일본 사람들의 태도에 커다란 변화를 주었다.

위문품이 계속하여 답지되어 왔다. 황후가 스스로 만든 붕대를 비롯하여 여러 가지 위문품이 쌓여져 갔고, 하관 서부 어업 조합 등은 유리 어항에 70여 마리의 산 물고기를 넣어서 인접사로 가져오기도 했다.

리훙장의 부상을 계기로 적의의 눈으로 둘러싸여 있던 대표단은 동정을 받게 되었다. 일본인 사이에 속죄 무드도 생겨나 있었다. 이것은 리훙장의 조난을 통

탄하기보다는 이 일로 하여 일본이 여러 외국으로부터 비난받고, 강화에 불리해지는 것을 두려워하는 감정이 저류에 흐르고 있었기 때문이었다. 무츠도 〈건건록〉에 이런 기록을 남겨 두고 있다.

"청국의 강화 회담 대표단으로 볼 때 일본인의 적의가 비록 표면적이기는 했지만 완화된 것만은 심리적으로 편하게 되었다고 할 수 있을 것이다. 또 본국에도 자신들이 문자 그대로 생명을 걸고서 교섭에 임하고 있다는 인상을 심을 수 있게 되었다."

'매국노' 라고 외치던 비난도 리홍장의 조난에 의해 점차 사라져가고 있었다. 신명을 걸고 일을 하고 있는 상태는 '매국노'에게는 적합하지 않은 말이었다. 강경파의 비난의 말은 갑자기 설득력을 잃어버렸다.

'조인 허가' 라는 황제의 '지(旨)' 가 베이징 총리아문 발의 전문으로써 도착했을 때 인접사의 청국 대표단 숙사에는 일순간 안도의 분위기가 흘렀다. 패전의 처리를 위해 와 있었으므로 근신하는 자세였겠지만, 축배라도 들고 싶은 기분이었다.

"조인이 끝나면 곧 귀국이다."

전문을 책상 위에 내려놓으면서 안경을 벗은 리홍장은 불현듯 이렇게 말했다.

## 3

"나의 일은 끝났다."

리홍장은 이렇게 중얼거렸다.

4월 15일의 제5차 회담(병상에서 한 것을 포함하면 제6차)이 끝난 후에 73세의 그는 몸의 중심에서부터 피로가 몰려 오는 것을 느꼈다.

그 날, 그는 최후의 힘을 쥐어 짜내어 3분의 1이 감해져 2억 냥으로 된 배상금을 다시 5천만 냥을 감하여 1억 5천만 냥으로 하도록 교섭했다.

"전혀 말이 되지 않는다. 이미 3분의 1이나 감하여 주었지 않았는가?"

이토는 상대하려고도 하지 않았다.

"그러면 적어도 2천만 냥은 감해주기 바란다."

그렇지만 이토는 고개를 옆으로 흔들 뿐이었다.

배상금이 지불하는 청국 측의 단위로 표시되었음은 말할 것도 없다. 청국은 은본위였지만 화폐라는 것은 없었다. 양은(洋銀)이라고 하여서 멕시코 은화를 주로 하는 외국의 은화가 통용되고 있었다. 마제은(馬蹄銀)이라고 하는 소은괴(小銀塊)도 사용되고 있었다. 순은의 무게를 다는 것이다. 조세 수입에는 순은 575그레인(약 37그램)을 1냥으로 하였다. 이것을 고평량(庫平兩)이라고 부른다. 고평이라는 것은 호부에 보관되어 있는 표준의 '저울'을 말하는 것으로 외국인은 고평량을 '테일(tael)'이라고 부르고 있었다.

전쟁 직전인 1891년(광서 17년)의 세입은 8968만 냥 정도였고, 세출은 7935만 냥 정도였다[〈청사고(淸史稿)〉 '식화지(食貨志)'에 의함]. 이것만 보더라도 청국에게 일본의 요구가 얼마나 가혹한 것인가를 알 수 있다.

이토 수상도 다소간의 축의(祝儀)를 표하여 주지 않으면 안된다고 생각하여 조약 실행의 담보로써 일본군이 위해위와 봉천부를 점령한다는 조항을 위해위한 개소만으로 했고, 주병비(駐兵費)로써 청국이 지불하는 연간 2백만 냥을 50만 냥으로 감하도록 했다.

4월 10일과 15일의 두 차례 회담에는 일본 측 위원인 무츠 외상의 모습이 보이지 않았다. 그는 병상에 누워 있었다.

조인식은 4월 17일에 거행되었다. 정확하게 갑오의 날에 해당하였다. 전쟁이 발발한 해, 1894년은 갑오의 해였으므로 중국에서는 이 전쟁을 '갑오의 역(役)'이라고 부르는 것이 보통이었다. 갑오의 해에 일어난 전쟁이 패전으로 끝나고 그 종말을 고하는 강화조약의 조인식이 다음해 3월(음력)의 갑오의 날에 행하여졌던 셈이다.

조인은 단지 형식적으로 행하여진 것으로서 병중의 무츠 외상도 이 날은 무리를 하여 출석했다.

이제는 의논해야 할 문제는 없었다. 이 날은 단지 비공식의 잡담으로 시종하였다. 공식 국가 대표끼리였고, 더구나 전쟁 종결을 위한 조약의 담판에 와 있었던 것이다. 리훙장과 이토 히로부미는 10년 전의 톈진조약에서 서로 알게 된 사이였지만 공무를 띠고 있는 사이에는 의제 외의 잡담은 피해야 했다. 담판중에 잡담이라고도 여겨지는 말을 입에 올린 적은 있었어도 쌍방 모두 그것은 자국에게 유리하게 담판을 이끌어가려는 의도에서 행한 것이었다. 따라서 순수한 잡담이라고는 할 수 없었다.

이미 조인을 끝낸 후에는 어떠한 말을 입에 올려도 조약을 변경할 수는 없다. 양국 대표는 이 날 처음으로 잡담을 나누었다고 하여도 좋았다.

"무츠 각하, 몸의 용태는 어떻습니까?"

두 차례의 회담에 결석한 무츠가 병으로 고심하고 있다는 사실은 청국 측도 알고 있었다. 건강에 대하여 묻는 것은 예의상 당연한 일이리라.

"평소 몸 단련이 부족한 탓인지 부끄럽게도 자주 병이 납니다."

무츠는 힘없이 대답했다.

"과로일 것입니다. 격무에 시달린 게 아닙니까? 잘 훈련된 부하에게 어느 정도 맡기셔야 될 것입니다. 처음부터 끝까지 외무대신 혼자서 하시게 되면 휴식의 여유도 없을 것이 아닙니까. 각하는 아직 젊습니다. 이제부터이지 않습니까. 건강에 신경을 써야 할 것입니다."

통역이 리훙장의 말을 전부 전하자 이토 히로부미가 이야기에 끼어 들었다.

"우리들은 불사신이 아닙니다. 일을 어느 정도 부하에게 맡기는 게 이상적이긴 합니다만 재능이 있는 인물을 부하로 갖는다는 것이 무척 어려운 일입니다. 그 점에서 중당 각하의 휘하에는 준재가 구름과 같이 모여 있다고 듣고 있습니다. 부러운 일입니다."

리훙장을 중심으로 '북양벌(北洋閥)'이 존재하고 있다는 사실은 세계 주지의 일이었다. 중국 인재의 대부분을 리훙장이 자기의 주머니 속에 넣고 있다고조차 말해지고 있었다.

"구름과 같이, 입니까."

리훙장은 보일 듯 말 듯 웃었다. 거기에는 자조의 표정이 엿보였다.

그 자리에도 북양벌의 주요한 인물이 있었다. 우팅황, 마쩬중, 나풍록, 쉬쎄우펑, 위쓰메이…….

'비웃는 것은 아니겠지요?'

이렇게 되묻고 싶은 충동이 끓어올랐다. 그렇지만 이토가 준재라고 추켜세운 사람들 앞에서 그렇게 되묻는 것은 사려분별이 없는 짓일 것이다. 구름과 같이 준재를 모아서도 일본에 이길 수 없지 않은가?

"구름은 구름이지만, 난운(亂雲)이겠지요."

리훙장은 결국 이렇게 대답했다. 통역인 루융밍은 일단 '흐트러진 구름'이라고 통역했다가, '조각 구름'으로 고쳐서 말하였다.

"조각 구름입니까."

이토 히로부미는 웃으려다가 이내 생각을 고쳐 먹고 반은 웃고 있던 입술을 꾹 다물었다. 그 장소에 조각 구름이 있었던 것이다.

"한 사람 한 사람은 확실히 뛰어난 재능을 가지고 있습니다. 그것을 한곳으로 모아서 커다란 구름을 만들지 못한 것은 노생의 부덕의 소치이므로 부끄럽기 짝이 없습니다."

리훙장은 이런 말을 덧붙였다.

겸손한 것이 아니라 마음속으로부터 그렇게 생각하고 있었다. 부덕이라고 하는 것은 휘하에 모인 유능한 인물을 움직이게 하는 데 있어서 경쟁만을 그 원동력으로 했던 것을 말한다. 그는 그것을 후회하고 있었다.

경쟁에 의해서 재능을 갈고 닦아서 각각 뛰어난 업적을 올릴 수가 있었다. 그렇지만 인간 집단으로서 통합력을 결하고 있는 게 아닐까. 하나의 커다란 목적을 위하여 조그만 차이를 그대로 두고 모두가 협력하는 일이 별로 없었다.

비서역인 나풍록은 베이징과 톈진의 항간에서 떠도는 소문 등을 자주 수집하여 온다. 리훙장은 그 출신과는 다르게 항간에 떠돌고 있는 이야기를 중요하게 생각하고 있었다. 매스컴 등이 거의 없었던 시대에 인심의 동향을 아는 데에는 거리의 소문은 중요한 자료였다. 일본으로 출발하기 얼마 전에 나풍록은 "부하의 한 사람이 불을 붙이고, 다른 부하가 그것을 부채질 하니, 두목이 당황하여 불을 끄고 있다"라는 이야기를 주워와서 들려주었다.

"두목은 나를 가리키는 말이구나?"

"그렇습니다."

"불을 붙인 부하는 위안스카이겠지만, 부채질을 하는 인물은 누구일까?"

"썽쎈화이인 듯합니다."

"과연."

리훙장은 무릎을 치면서 재미있어 하였다.

'세상 인심은 상황을 잘 보고 있다'고 새삼스럽게 감동하였다.

조선에서 불을 붙인 것은 확실히 위안스카이였다. 텐진 해관의 썽쎈화이는 주전론적 언동이 많았고 일본군의 실력을 과소평가하는 정보를 자주 가져왔던 것이다.

이들 부하는 두 사람 모두 우수하였지만 힘을 합치는 일은 없었다. 두목인 리훙장이 될 수 있는 한 서로 떨어져서 경쟁하도록 하였기 때문이었다.

"그런데 조선에 있던 위안스카이는 어떻게 하고 있습니까?"

이토 히로부미가 궁금한 듯 물었다.

"글쎄, 아무래도 말단 관리이므로 거기까지는 듣고 있지 않습니다."

리훙장은 머뭇머뭇 대답했다.

"중당 각하의 눈이 미치지 않는 곳에 있는 것입니까. 아깝지 않습니까. 그 인물은 그렇게 유능하건만……."

이토는 칭찬인 듯 조소인 듯 이렇게 중얼거렸다.

# 4

위안스카이의 이름이 나왔을 때 리훙장은 이토가 이번 전쟁의 불을 붙인 그의 처벌을 요구하지 않을까 하고 생각했다. 조인은 끝났지만 '요망' 정도의 것이라면 제안하여도 좋은 셈이었고, 리훙장은 조인 후의 잡담에 대해서도 서기에게 요점을 필기시키고 있었다.

'말단 관리이므로······' 라고 하는 말뜻은 '전쟁에 책임이 있는 지위에 있지 않으므로 만약 처분을 요구한다 하더라도 그에 응할 수 없다'고 하는 복선이 깔린 말이었다.

그렇지만 이토는 위안스카이의 유능함을 칭찬하고 있을 뿐 처벌의 일에 대해서는 언급하지 않았다.

"그 청년에게는 우리들의 노련한 다케조에 공사까지도 한방 먹었으니까요. 멋있는 일입니다. 저의 휘하에도 위안스카이 정도의 인물이 있었으면 좋겠습니다."

이토는 이렇게 말하였다.

골똘히 생각하는 척하고 나서 리훙장은 문득 생각난 것처럼,

"심양 부근에 있다고 들은 적이 있습니다. 수송을 담당하고 있다고 하던가요."

라고 말했다.

위안스카이가 어디에 있는지 리훙장은 물론 알고 있었다. 리훙장이 폭한에게 저격당하여 부상당했을 때 국내로부터도 수많은 위문 전보가 왔었는데 그 중에는 위안스카이가 친 것도 있었다.

위안스카이는 심양에 있었다. 그가 담당하고 있던 병참 본부는 약 60킬로미터 서북의 신민부라는 곳에 있었고, 그곳으로부터 전선에 가까운 심양까지 열두 개의 병참 분소를 설치하였다. 보급을 릴레이 식으로 행하기 위한 것으로서 위안스카이는 대개 중간인 심양(瀋陽)에 머물고 있었다.

"이것이 상군과 회군의 영락한 몰골인가."

라고 쩌우후가 말했다. 직예 안찰사인 그는 도원인 위안스카이보다 약간 지위

가 높았다. 안휘성 출신으로 리훙장의 막료로서도 위안스카이보다 선배였다.

전선으로부터 도망하여 오는 장병은, 30년 전 저 강력한 태평천국군과 싸워서 결국 그 진압에 성공했던 상군과 회군 소속이었다.

"당시는 지금보다 강하였습니까?"

위안스카이가 물었다.

"당연하다!"

쩌우후는 기분이 상한 듯이 대답했다.

"결국 약해진 것이군요."

"그렇다."

"훈련을 자꾸 쌓아가면 군대는 점점 강해져 가는 것이 아닙니까? 훈련된 병사가 새롭게 들어오는 병사를 훈련한다. 훈련을 진보하는 것이라고 생각하고 있습니다만."

"생각대로는 되지 않는다. 머릿속으로나 종이 위에서는 그렇게 되게 되어 있어도, 막상 현장에서 해보면······."

"왜 현장에서 이상하게 되는 것입니까?"

"새삼스레 무엇을 묻고 있는가. 모르는 게 없을 정도로 알고 있는 주제에."

"하하, 그도 그런 셈입니다."

쩌우후에게 가르쳐 받을 것도 없이 위안스카이는 그 이유를 알고 있었다. 너무 지나칠 정도로 많이 알고 있었다. '부패'에 지나지 않는다. 쩡궈후안과 리훙장이 장년으로 기력이 넘치고 있던 시대에는 상군도 회군도 정규군에서는 보이지 않는 동지적 결합을 가졌으며 정예의 이름에도 부끄러움이 없었다.

부패는 무엇에서부터 시작하였던가?

"훈련의 문제가 아니라, 군대 관리의 문제이군요."

위안스카이는 혼자 숭얼거리듯이 말하였다.

"그렇다. 그대로이다!"

마침 곁에 있던 장로염운사(長蘆鹽運使)인 후위훤[胡燏芬]이 갑자기 큰 소리로 이렇게 거들고 나왔다. 호도 병참 책임자의 한 사람으로서 후방에 와 있었다. 비참한 도망병의 무리를 매일같이 보고서 그도 열심히 그 원인을 생각하다가 똑같은 결론에 도달했던 모양이었다.

부패는 금전 면으로부터 시작된다.

청부 제도와 같이 100명을 지휘하는 대장은 100명분의 병사의 급료를 수취한다. 실제로는 그의 휘하에는 70명뿐이 없다. 30명분의 급료는 그가 떼어먹는다. 물론 그에게도 두세 명의 심복이 있어서 몫을 나누어주지 않으면 안된다. 70인이라면 그런대로 나은 편이었고 실제로는 반 이하의 경우도 적지 않았다.

돈을 떼어 먹은 장교는 뒤가 켕기는 게 있어서 병사들에게 강력하게 말을 하지 못한다. 병사들도 멍청해져서 엄격한 훈련 따위는 거부하게 되어버린다.

그런 일이 있었고, 또 그것이 일상적인 일이 되어 있었던 것은 군대가 제대로 관리되고 있지 않았기 때문이었다. 마음만 먹으면 돈을 떼어 먹는 일 따위를 못하도록 관리를 할 수 없는 것도 아니었다. 간부들은 기득의 권익을 잃고 싶지 않았기 때문에 관리의 개선을 환영하지 않았을 뿐이었다.

청국 군대는 부패한 모습 그대로 일본군과 싸워야 했다.

"지는 것이 당연하지."

쩌우후는 또 이렇게 말했다.

그러나 위안스카이도 후위훤도 그것이 쩌우후의 말이라고는 여기지 않았다. 그들도 자신의 입으로 그런 말을 하려던 참이었으니까……

"지금 나에게 1만의 군대를 준다면 1년을 훈련한 뒤, 1년 후에는 10만의 국군과 싸울 수 있지 않을까. 나는 반드시 이길 수 있다."

위안스카이는 이렇게 호언장담하였다.

"그렇다, 당신은 당신 자신의 군대를 만들어야 한다."

후위훤은 힘을 주어서 말하였다.

아직 이른 봄이었던 탓으로 심양의 바람은 여전히 쌀쌀했다. 그 속에서 정열에 불타고 있는 그들 앞에 조국의 패전이 있었다.

4월 17일의 강화조약 조인의 날, 물론 심양에도 당일로 입전(入電)이 있었다. 그곳은 전선의 지휘소와 같은 곳이었다.

위안스카이는 후위훤과 상의하여 전후 처리에 임하였다. 이제 전쟁은 끝난 것이다. 병참에 남아 있는 식량을 한 부대도 빼지 않고 각 부대에 골고루 배급하도록 했다. 앞으로 얼마나 더 전쟁이 계속될 것인가 전망할 수 없을 때에는 저장의 필요가 있었지만 이제 그럴 필요가 없는 것이다. 저장된 물품을 모두 꺼낸 후에 각군에 앞으로의 일은 스스로가 해결하도록 요청했다.

"무어라고, 전쟁이 끝났다고? 바보같은 소리를 하지 마라. 아직도 싸운다. 나에게는 아직 싸움이 남았다."

심양에 있던 류우썽슈우 제독은 책상을 치면서 격앙하고 있었다.

"싸울 수 없습니다. 군량은 이제 한 톨도 없습니다. 군대의 사기는 보시는 바와 같습니다."

위안스카이는 차갑게 말하였다.

가장 격렬하게 주전론을 주장한 류우썽슈우의 군대가 이번의 전쟁에서 가장 부패하여 약탈과 도망만을 일삼은 사실은 누구나가 알고 있었다.

"나는 이제 돌아갈 준비를 시작하겠습니다."

위안스카이는 군대를 이끌고 있는 게 아니었으므로 몸이 가벼웠다.

'중당과 누가 먼저 톈진에 도착할까?'

위안스카이는 속으로 가만히 헤아려 보았다.

# 5

소인에 서명하는 일을 낭시의 중국에서는 '화압(畵押)'이라고 부르고 있었다.

리훙장은 화압을 끝낸 날 곧바로 배에 올랐다. 임무는 종료되었다. 하루라도 일본에 머무를 일은 없었다.

그러나 아직 어깨의 짐을 완전히 벗어버리는 데까지는 이르지 않았다. 조국에서는 '매국노'라는 대합창이 기다리고 있음에 틀림이 없다. 조난에 의해 조금은 합창 소리가 작아졌을지도 모르지만 그것은 기대하지 않는 편이 좋을 것이다.

선 내에서도 리훙장은 분주하였다.

귀국하면 곧바로 주보(奏報)하지 않으면 안 되었다. 그 원고를 작성하는 일이 남아 있었다.

"나는 베이징에 가지 않는 편이 좋으리라."

생각을 짜내면서 리훙장은 속삭이듯이 말했다.

"병환이라고 하십시오. 그러시는 편이 좋을 것 같습니다."

아들인 리징황도 곁에서 이렇게 말했다.

"너에게도 바람이 심하게 불 것이다."

"그것은 각오하고 있습니다."

"모두들 각오하고 온 것이긴 하지."

리훙장은 붓을 들어 올렸다.

"엎드려 생각하건대, 황제께옵서는 시국을 잘 살피시어 전쟁을 종식시키기를 허락하셨습니다."

그의 선실에는 그 날 밤 밤새도록 유리 램프가 켜져 있었다.

"신, 늙은 몸으로 정말 무능하옵니다. 깊이 바라옵건대 황제께옵서 위에 계셔서 진려하시고, 내외 제신이 모두 합심 협력하여 하루빨리 변법을 행하여 인재를 구하고, 자강하여 적에게 이긴다면 천하에 이보다 더한 행복이 없을 것입니다."

날이 샐 무렵이 되어 겨우 끝맺음의 문장을 써내었다.

아침 해가 눈부셨다.

4월 20일, 리훙장 일행은 톈진에 도착했다. 그는 곧바로 우팅황과 퍼스터를 베이징에 파견하여 가장 중요한 문서인 조약서를 총리아문에 제출하도록 했다.

비준서의 교환은 5월 8일, 지비(芝罘)에서 행해지도록 되어 있었다.

비준 거부 운동이 각지에서 일어난 것은 말할 것도 없다. 우국의 정열로부터 나온 것도 있었지만, 리훙장의 정적에 의하여 공격의 호기로 판단되어 행해진 것도 있었다.

비준 거부 운동을 가장 격렬하게 전개한 것이 베이징에 재류하는 대만의 성민들이었음은 말할 나위도 없다. 원래부터 베이징에 재류하고 있던 자도 있었지만 이 때문에 일부러 대만으로부터 올라온 사람도 적지 않았다. 그들의 운동은 신변에 절박한 문제이니 만큼 말할 수 없는 비장감을 띠고 있었다.

당시 리훙장의 최대의 정적이었던 양강총독 짱즈뚱은 강령(江寧=남경)으로부터 총리아문에 타전하여, '아마도 대학사 리훙장은 상처가 깊어서 정신이 혼미해져 있었을 것이고, 그때 리징황 등이 몽매하여서 승낙한 것이리라' 라고 반은 정적을 감싸려는 듯한 탄핵의 방법을 취하고 있었다.

그렇지만 짱즈뚱에게는 어떤 방책이 있었던 것일까?

그는 일본과의 조약을 폐절시키기 위하여 영국, 러시아 등 강국의 원조를 요청해야 한다고 주장했다. 그리고 서둘러서 밀약을 맺고 신강의 수개 성과 티베트의 오지를 그 보수로써 주어도 좋다고 말하고 있었다.

그렇지만 열강은 자신들의 이해에 의해서 별도로 청국의 요청이 있어도 간섭할 때에는 간섭하는 것이다.

러·독·불 3국이 정식으로 일본의 요동 영유에 간섭하고 나선 것은 4월 23일의 일이었다. 그 일의 주도권을 쥔 나라가 가장 깊은 이해 관계를 가지고 있던 러시아였음은 물론이다.

3국 간섭의 결과 일본은 할 수 없이 요동의 영유를 포기하게 되었지만 이것은 또 다른 이야기의 시작일 것이다.

마침 그 무렵 베이징에는 전국의 준재가 모여 있었다. 여러 단계의 시험을 거쳐서 향시에 급제한 거인이 3년에 한번씩인 회시를 목표로 하여 상경하여 있었던 것이다. 그 중에는 광동의 캉유우워이와 같이 학자로서 이미 전국적으로 이름을 날리고 있는 인물도 있었다.

캉유우워이는 베이징에 모인 거인들에게 "굴욕적인 강화의 비준 거부, 천도

하여 변법을 실행시켜라!"라고 부르짖으며 곧바로 1천 수백의 서명을 모집하였다. 캉유우워이는 이 상서를 도찰원으로 가지고 갔다.

'공거 상서(公車上書)'라고 불리우는 사건이다. '공거'라는 것은 옛날부터 민간의 상서를 취급하는 관청의 이름으로서 청조에서는 도찰원이 거기에 해당한다.

도찰원은 그 수리를 거부하였다. 왜냐하면 급제 전의 거인은 아직 관도(官途)에 들어서 있지 않았기 때문이었다.

변법 개혁 운동이 이제부터 시작된다. 이것도 또 다른 이야기의 시작이라고 하여도 좋을 것이다. 이것은 그 후의 '무술변법(戊戌變法)', 소위 '백일유신(百日維新)'으로 연결된다. 이 개혁 운동을 부수어버린 인물이 위안스카이였다고 한다. 그는 심양으로부터 톈진에 돌아온 후에 새로운 군대의 창건에 노력하게 된다. 새로운 군벌의 탄생 이야기이다.

리훙장은 일본과의 싸움에 패하여, 호랑이의 아들격인 북양군을 잃어버리고 양광총독으로 좌천되었다. 그러나 의화단사건이 발생하자 다시 출정하여 직예 총독으로 복귀했으며, 그 재임중인 1901년에 사거했다. 하관을 떠나 6년 후의 일이었다.

의화단, 이것 역시 별도 이야기임은 말할 것도 없다. 그렇지만 일본과의 전쟁 뒤에 계속되는 이야기는 비록 별도의 이야기이긴 하지만 떼려야 뗄 수 없는 깊은 연결을 갖고 있었다.

리훙장의 사후 그의 유산인 군대는 위안스카이에게, 외교는 우팅황에게, 실업은 썽쎈화이라는 식으로 분할 상속되었다.

또 대만에서는 일본의 접수에 대항하여 저항 운동이 일어나서 대만 민주주의 성립이 선포되기에 이르렀다.

대만의 인도에 참가했던 인물은 리징황, 퍼스터, 마쩬중, 루융밍 등 주로 하관에 갔던 멤버들이었다. 낡은 세대의 등장 인물이지만 그들은 새로운 이야기의 제일 첫 장에도 등장하는 사람들이 된다.

# 청일전쟁

**개정판** | 2012년 1월 3일 발행
**지은이** | 천 순 천(陳 舜 臣)
**옮긴이** | 조 양 욱
**펴낸이** | 이 은 경
**펴낸곳** | 도서출판 세경
**주   소** | 서울특별시 서초구 반포본동 1313 반포프라자 403호
**전   화** | 02-596-3596
**팩   스** | 02-596-3597

정가 : 16,000원

잘못된 책은 언제나 바꾸어 드립니다.
이 책의 모든 권리는 세경에 있습니다.
본 출판사의 동의 없이 내용을 복제하거나 전산장치에
저장·전파할 수 없습니다.
Printed in Korea
ISBN : 978-89-97212-06-4  03900